悠悠岁月

刘贞年作品自选集·夕阳

刘贞年 著

济南出版社

图书在版编目（CIP）数据

悠悠岁月：刘贞年作品自选集/刘贞年著．—济南：济南出版社，2016.9
ISBN 978-7-5488-2350-6

Ⅰ.①悠… Ⅱ.①刘… Ⅲ.①中国文学－当代文学－作品综合集 Ⅳ.①I217.2

中国版本图书馆CIP数据核字（2016）第229974号

悠悠岁月——刘贞年作品自选集

责任编辑	郭　锐　丁洪玉
封面设计	焦萍萍　刘　畅
出版发行	济南出版社
地　　址	山东省济南市二环南路1号（250002）
电　　话	0531-86131729
网　　址	www.jnpub.com
经　　销	各地新华书店
印　　刷	山东临沂新华印刷物流集团有限责任公司
版　　次	2016年10月第1版
印　　次	2016年10月第1次印刷
开　　本	148毫米×210毫米 32开
印　　张	38
字　　数	1050千
印　　数	1—2000
定　　价	128.00元（全三册）

法律维权　0531-82600329
（济南版图书，如有印装错误，可随时调换）

目 录

第一章　风雨中相遇……………… 1
第二章　事情怎么会是这样……… 10
第三章　没有想到………………… 18
第四章　美丽的肥皂泡…………… 24
第五章　低调也起风波…………… 35
第六章　大明湖畔………………… 45
第七章　树欲静而风不止………… 54
第八章　北京之行………………… 68
第九章　赵珍负重………………… 78
第十章　石波浪村………………… 83
第十一章　四千汇款……………… 111
第十二章　九九重阳节…………… 116
第十三章　多行不义……………… 124
第十四章　古老的石碾…………… 130
第十五章　远方来电……………… 137
第十六章　四面八方……………… 155
第十七章　吴老师的艰难………… 169
第十八章　电话号码……………… 179
第十九章　倪副教授……………… 189
第二十章　"为政以德"及其他… 199
第二十一章　大雪纷飞的日子…… 211
第二十二章　楚河汉界…………… 246

第二十三章	春天来了	254
第二十四章	薛城之旅	263
第二十五章	关于道德建设	274
第二十六章	鱼和熊掌	289
第二十七章	往事重提	296
第二十八章	寻找李春	301
第二十九章	第三次住院	313

第一章　风雨中相遇

1

午后一点半，阳光依然炽热。

乌云，正在蒙山顶上翻腾……隐隐约约，有雷声传来。人们开始忙乱起来：走路的人加快了脚步，汽车在提速，摩托车在加油门，骑自行车的弯腰猛蹬……只有路边草丛里横躺着的那个醉汉无动于衷，依然鼾声如雷，睡得似乎很舒坦。良久，他才翻了翻身子，就又不动弹了。

"轰隆隆——"雷声终于传来了。

雷声震动着人们的每一根神经，他们手更忙了，脚步更快了。可是，那位醉汉仍沉睡如初。

风来了！刚开始，徐徐地，缓缓地，轻轻地，溜溜地。很快，劲头来了大，急速了，猛烈了，打着旋儿，向前猛扑……风是雨的先锋官，很快，雨点子就打在了行人的脸上，麻煞煞的。人们神经更紧张了，手忙得更快了，脚迈得更急了。可惜，这一切似乎与那个沉睡的人一点儿关系也没有，他只动了动胳膊，就又昏睡过去了。

一道闪电过后，"咔嚓嚓——"就在头顶上，一声霹雳炸开，震得人们哆嗦了一下。那个人坐起来了。"这是要做什么？人家正睡得好好的，你捣什么乱！"他揉了揉眼皮，说着又倒下了。

一个风头扑来，刮得树木乱弯腰，乱低头。有的树倒下了，再也没有起来；有的树东倒西歪了一阵，又站直了身子。一根树枝子被风头裹挟着，像老鹞叼小鸡一样在空中飞舞，一忽儿，就落在了他的身旁，戳痛了他的脑袋瓜子。"你这是要做什么？扰乱别人休息！"他坐起来，把树枝子拨拉了一下，再次躺倒了。

风停了，电闪不见了，雷鸣也停了，紧接着，瓢泼大雨开始了！但是，他满不在乎，雨点子打在他身上，凉飕飕的，很是惬意。他再次昏睡过去……不知过了多久，脚突然被撞了一下，继而撕心裂肺般的疼痛蔓延全身，没过多大会儿，他就什么也不知道了……

2

赵珍出来已经三天了！她一路走，一路想，越想头越疼，越想越混乱，心里像塞了团乱麻……

韩树林笑着对她说，五十岁的汉子包二奶，时尚之举。她顿时气不打一处来，破口大骂："放你娘的狗臭屁！"随即，一个铁巴掌落在左腮上，她趔趄了几下，终于歪倒了。她哭着，喊着，陡然站起，扑向韩树林……韩树林打着哈哈，跑了。

她在家里闷睡了三天，爬起来到厂子里去找韩树林。韩树林一见她就跑，她穷追不舍，但就是追不上。她累得直喘，坐在地上掉眼泪……闹了一个月，又闹了一个月，这是第三个月了，事情一点头绪也没有，她叹气了。她听人们说，男人有了钱就坏，女人坏了就有钱。开初，她还不信；现在，她不得不信了，是她丈夫的所作所为要她相信的。韩树林给她上的这一课太深刻了，她终于绝望了，头脑不停地嗡嗡直响，眼前一片茫然，一切都完了，一切都毁了，完好的那个家，已经不复存在了……

有一天，有人送来了起诉书！她哭着回了娘家，跟爹娘一说，爹娘来不及生气，忙把几个有谋略的近门请来。大家七嘴八舌，议论了个把钟头，都认为不能答应他，就跟他摽，跟他熬，摽死他，熬死他，看他能有什么猴耍！时间长了，还能没个回心转意？她说已经快三个月了，众人说，三个月算个啥，跟他论持久战，三年，五年，甚至十年！听了亲人们的这一番议论，她真的增加了不少信心。她擦干了眼泪，骑上车子回了家，下定决心跟他摽，跟他熬。

这摽，这熬，说说容易，真做起来，实在艰难！一天24小时，一月多少小时，一年多少小时，三年，五年……什么时候是个头啊！这不是钝刀子割肉吗？太熬煎人了！半个月后，她就有些撑不住了，心里不停地嘀咕，这样真能摽死他、熬死他吗？人家跟那个小浪娘儿们滚在床上，寻欢作乐，而她整天以泪洗面，整夜睁着大眼看着黑黑的天花板……这种摽法，这种熬法，是在摽、熬人家呢，还是在摽、熬自己呢？她脑袋越发疼痛，精神开始恍惚，不停地游走。起初几天，她都在近处，村前村后，东庄西庄……有一天，她顺着公路一直往前走，一个小时十里，坐下歇歇，再走。一气走了三个小时，累了，她在一家路边小店里坐下，喝了碗水，吃了点饭，觉着有些困，就坐在路沿石上打了个盹，醒来后，顿觉精神大振，眼前一片明亮！她立即意识到这也许就是治她病的良方。她继续往前走，走……十多天后，她疑惑了，就这样一直走下去吗？走到哪里是个头？路怎么这么长啊？走走停停，朝前望望，不见尽头；再走走停停，再朝前望望，仍然不见尽头……还往前走吗？走出千里之外，万里之外，翻过高山，越过峻岭，涉过大江大河，渡过大海大洋，走到天涯海角……十多天的工夫，花费一百多元了。出来时，身上有二百元钱，现在只剩下七八十了！花没了这些，以后怎么办呢？回去？一想到回去，她的头皮就发炸！回去做什么呢？要是还回去，那出来干什么？出走的时候，她心里并不明晰；一天天走下来，她现在倒明白了，知道自己离家出走了，再回去无脸见人了……开弓没有回头箭，回去没有路了。走吧！前路虽然茫茫，但不走又怎么办呢？兜里的钱越花越少，真到了花光的那一天，别无他法，只有乞讨。要饭并不困难，人们都富了，要个馒头煎饼的，不成问题。只是，这老脸往哪里搁呢？如果遇上熟人，就更难看了！但是，真到了那个时候也讲说不起，到哪座山上唱哪支歌，真走投无路了，要就是了，顾虑那么多做什么……想到这里，她擦了把泪水，又举步向前。走啊，走啊！风来了，她低低头；雨来了，她到人家的屋檐下避避。风雨过后，她继续赶路……

时间终于到了 2008 年 8 月 16 日，早晨就有点热，走了三里路，吃了点饭，坐在树荫下，就不想走了。直到下午两点，觉着有风丝了，她才起身上路……暴风雨过后，凉快多了，她从人家的屋檐下跑出来，精神为之一振。她踏着硬化路面，看着淙淙的路面流水，心情好了许多。

　　"哎呀！哎呀……"路边传来了呼喊声。她站住了，转身看路边，那里躺着一个人，血水伴着流水，从他身下流出，鲜红鲜红的。她心里咯噔了一下子，凑近一看，是个大男人，她犹豫了。他继续呼喊，声音很凄厉！声音一声比一声小，渐渐变成了呻吟，变成了哼哼……毕竟他是个汉子，而且天色向晚……犹豫片刻，她决定问问再说。

　　"喂，喂，你怎么回事？"

　　"我，我……"

　　"叫车撞了？"

　　"嗯，嗯。"

　　"车呢？"

　　伤者抬手指了指西方，落下手，就不吱声了。

　　从西边来了辆机动三轮，她忙拦住，说明了情况，并掏给了他二十元钱。司机很忠厚，说离镇医院就三里路，收你五元吧。她连忙说谢谢。二人把伤者抬上车子，直奔镇医院而去。

　　一入急诊室，医生叫交费，赵珍忙解释，医生说不交费，抢救困难，叫她找院长去。她说我不认识院长，我去找，哪有你们去找好呢？医生们就都笑了，说伤者亲属不去找，我们何必忙活？赵珍像被蝎子蜇了一下似的，心想，我是他什么亲属呢？可她立即又想起了一句古训："杀人杀个死，救人救个活。"又是一个开弓没有回头箭！事情已经到了这个地步，怎能半途而废呢？她把身上所有的钱都掏出来，数了数，不足八十了。她说就这些了，医生说太少了。伤者似乎意识到了什么，艰难地抬了抬手，指了指裤兜……赵珍明白伤者的意思，她略加思索，觉着一切都在其次，人命关天，救人要紧！她不再顾及自己是个女流，动手掏伤者的裤兜，果然掏出了五百元钱，还有老年证。他叫程同，是枣岭镇中学的退休教师。赵珍喜出望外，忙交上押金。很快，医生们就把程同推进了手术室……

不大一会儿,主治医师出来了:"你是他什么人?"

"我,我……"她一时语塞。

"他夫人?这么大年纪了,还羞口吗?"

"我不是他夫人,是他妹妹。"

"你能做主吗?"

"能啊!"

"那就快转市医院吧!我们这里治不了。"

3

手术后十天,程同的神志才完全清醒。他见赵珍忙里忙外,端饭倒水,收拾污物……心下很过意不去,叫她坐下歇歇,赵珍笑了笑,说好。

坐下后,程同问她:"你还不够55岁吗,还没退休?你总该是护士长了吧,怎么还亲自下手,干这些脏活累活……"

赵珍一听这话,还没开口,泪珠子就掉下来了。程同见她流泪,心下发窨!这是怎么了,俺说错了哪句?他不敢再说什么,轻轻地叹了一口气。赵珍擦着泪水哽咽,说:"你看我这人,动不动就发惨;也恨自己,但没有办法,到时候就拿捏不住了。"程同听了赵珍这话,忙说:"做医生护士的,就得心硬点儿。见病人痛苦就发惨,那还行……"

赵珍知道程同还以为她是护士,就忙解释,说自己不是此地人,游走到这里,见他叫车撞了,无人过问,不忍心见死不救,就把他弄到了医院……程同如梦初醒,忙问医疗费怎么弄的?赵珍说,在镇医院,交了你身上的那五百;转到这里,你昏迷不醒,我只好拿着你的退休证,找到了院长,院长打电话叫来了你的校长……程同咬着牙,忍着疼,从床上坐起来,双手抱拳作揖:"谢谢,谢谢。"

"你这是做什么?"她说着,忙跑过去叫他躺下,又拿过一块毛巾来给他擦汗。

程同接过毛巾来，擦着汗，问她家里出了什么事，离家出走为了什么。已经到了这个时候，还隐瞒什么！赵珍擦着眼泪叹着气，说道："程老师，我也不怕你笑话了，我看你也是个老实人，见了老实人不说实话，是有罪的……"

程同就笑了，他说："你有话就直说嘛。"

她再次说自己不是此地人，是河南商丘人，她男人叫韩树林，是个杀猪的。"文革"期间，上过初中，两人一班。那时，韩树林追她，追得死去活来，无处躲藏。定亲的时候，父母说了话，说答应他吧，韩树林学习虽然不怎么样，面相也不咋的，可他有个好出身，听说他爹是个残废军人，老党员；他们家出身地主，巴不得这门亲事！既然父母发了话，韩树林又海誓山盟，向她磕了头，写了决心书，她无法不答应了。18岁刚满，她就进了韩家的大门。还好，婚后的日子挺恩爱。改革开放后，他起初杀猪卖肉，一年后盈利，二年后发迹，三年后办起了肉店，五年后办起了食品加工厂……她当然非常满意，韩树林是老板，她成了老板娘。头生是闺女，二生是个小子，儿女双全，滋润得她时时都想笑。她回忆起当年的选择，觉得实在是太对了，父母的眼光是明亮的，韩树林确实是条汉子……一晃，二十几年过去了！去年下半年，有一天她突然产生了一种异样的感觉，韩树林有些日子不回来了，怎么回事呢，还能，还能……不会吧？哪能呢！也可能是忙，但一天忙，两天忙，一个月忙，两个月忙……三个月过去了，她沉不住气了，得采取点措施了！有个女工叫张霞，40岁的样子，跟她很要好，管她叫姐。一天，她找到张霞，说出了心中的疑虑，张霞为人坦诚耿直，透露了点信息。赵珍心里终于有了数，她要张霞盯着点，有情况及时告诉她。今年4月21日晚间8点多，张霞的电话来了。她接完电话连忙跑去，一头闯进韩经理的卧室，他正搂着一个叫苏枝花的小妮睡觉……从那会儿就闹，一直闹到现在。

听完了赵珍的哭诉，程同心里乱极了，脑袋瓜子嗡嗡直响，思绪乱得形不成语句了。他一边叹气，一边摇头……他实在弄不明白，难道这"男人有了钱就坏,女人坏了就有钱"已经成为人性发展的一个走向了吗?韩树林和赵珍的婚姻不能说没有感情基础啊,怎么也到了这步田地?他叹口气再叹口气,摇摇头再摇摇头,总觉着难以启齿,说什么好呢?劝人家离婚?"能毁十座庙,不拆一门婚!"古训犹在,忘记了?劝她回去?回去,怎么过下去?韩树林能改邪归正吗?为了赵珍,他可以前去说韩树林,但人家理他这个茬儿吗?"你算老几呀?滚出去!"果真如此,这台怎么下呢?

一阵狂风刮来,带来了雨星子……病房里顿时来了凉爽。赵珍忙去关窗子。一个电闪明亮,"轰隆隆——"雷声紧接着来到了。赵珍忙关了电扇,转身拿了毛巾被给他盖上。

一个素不相识的女人,何必对他如此呢?程同的思路开始拐弯,他挣扎着坐起来,睁大眼睛,直盯着赵珍的脸面,赵珍被他瞅低了头……

"你离婚吧!离了婚,我娶你。"

赵珍立即脸红腮热,不停地哽咽,泪水涓涓而出……然后跑走了。程同懊悔死了,他太莽撞,说话太直接了……可是你走什么呢,不同意,说句反对的话,不就行了吗?女人啊女人,女人毕竟是女人,活到二百也还是女人……

4

吃晚饭的时候,赵珍回来了。如同往常一样,她弄来了饭菜,放下后,又去打水……程同喜出望外,慢慢爬起来,试探着坐在床沿上,开始吃饭。

"你怎么自己起来了?"赵珍回来埋怨他。

"行了!这不是好好的吗?"程同笑道。

赵珍也笑:"你憨大胆啊!弄不好,摔一下子,就又有罪受了。"

饭罢,赵珍叫程同躺下,程同说坐一会儿吧,光躺着并不舒坦。赵珍说那就坐一会儿,说着递给了他一把蒲扇,说热就扇扇,光开电扇并不好。程同说好,接过了蒲扇。赵珍在病床旁边的那张椅子上坐下来,向后拢了拢头发,轻轻地叹了口气。

"生我的气了,是吧?"程同笑着,讨好似的说。

赵珍慢慢地低下了头,掐着手指甲,沉默不语。

"你心里老观念太多……"

赵珍忙摇头,咳了一声,说道:"动不动就拿这句扣大帽子,没有别的?"

程同说:"我不是还没有说完吗?"

"那你就往下说嘛。"

程同说,他的老伴没了一年多了!他和老伴是娃娃亲,老伴比他大两岁。上中学的时候,老岳家就有了担心,隔个一年半载,就托人打听,父母告诉来人,没有的事。老伴心里当然也悬着,为了表示真心忠心诚心,就忙里偷闲,点灯熬油做鞋。一年送两双,春节送一双,六月六送一双。你别说这办法还就是起了作用,尽管在中学时就有女同学向他表示过爱意,但他没有回应。父母怕夜长梦多,大学只上了一个学期,放寒假回来,就给他们结了婚。到了二年级,他学习成绩突现出来,赢得了老师们的喜爱和同学们的敬慕。有个叫钱玉娟的女生,对他特别热情,常跟他一起讨论问题,家里送来些好吃的,就叫他去一起吃。一边吃着,钱玉娟话语滔滔,说自己已把他的情况说给娘听了,娘很满意……程同的心慌慌地跳了!他后悔死了,那么早结婚干什么,这回怎么办呢?他不敢向钱玉娟说实话,他喜欢她,她那匀称的身个儿,她那一脸眉清目秀,她的聪慧……后来,她还特意为他向正在服兵役的哥哥要了一条军裤。他在钱玉娟心目中,只是一个同学吗?程同不是憨子傻子,他的心里明镜儿一般。临近毕业,一个星期天逛公园,钱玉娟把话挑明了,他也不得不实话实说,钱玉娟愣怔片刻,立即说她不嫌,叫他回去离婚。他回家一说,父母要打他,老婆哭得死去活来……他没敢回去,只给钱玉娟去了一封信。他对不住钱玉娟,但没有办法。他不是怕父母的打,而是怕老婆的哭泣。老婆虽然没有文化,但对他特别好,饭端到桌上,茶送到手里,而且特别能劳动,除了夜里睡觉的那几个钟头,没有闲着的时候,湖里家里,针线饭食……操劳得太多了,积劳成疾,白天还忙着赶集买菜,夜里就睡过去了……他说他非常想念老伴,但是人死如灯灭,活不过来了。难过的时候,他就借酒浇愁!那天喝得大了些,倒在了路边……

原来是这样!人们说家家都有一本难念的经,委实不假。到了这个时候,赵珍不知如何是好了。结婚的时候,谁想到过离婚?欢乐的时候,谁又想到过离婚?还有闺女,还有儿子……他们能同意吗?而且,娘家人早就有话,父母尤其不乐意。可是,想想韩树林与苏枝花鬼混的那个疯狂样,她气就不打一处来,一刀两断,倒也痛快……

"你不会跟钱玉娟联系联系吗?"

赵珍在做火力侦察了!他笑道:"三十多年不见面了,怎么联系?谁知她是在天涯,还是在海角!就是知道,又有什么脸面去见人家?"

"我是想,也许人家还念着你。她是不是离了婚呢,或者……"

"你别说了,怎么可能呢。她一定生活得很好,事业有成,儿孙一大家子,和睦相处。"

"也许吧!"

"一定的,一定的。"

"还是考虑考虑自己吧,别扯得太远。"

"让我想想再说,行吗?"听得出来,赵珍的话语绵软了。

第二章　事情怎么会是这样

1

8月16日下午3点左右，尽管狂风大作，暴雨如注，但一点也没有影响李春和周云两口子的欢乐情绪。李春把门窗关好，周云拌馅子。周云是位办饭能手，全村有名，她拌的三鲜馅子，尤其令人喜爱，韭菜、虾皮、鸡蛋穗子。今天，她又加了两样：粉条、腐竹，成为五鲜了。

"你快来尝尝！"她喊道。

李春忙过来吃了一口，一边嚼着，一边称赞。

"那就包吧！"周云笑道。

李春擀皮，周云包，说着笑着，擀着包着，没觉着似的，半个小时过去了，两碗饺子也就包完了。

"就包这些吧。"周云说。

"把馅子都包了吧！面不够，再和点。"

"馅子剩下不要紧，炒炒吃。"

"多包点，叫程同二哥来吃一碗，他的日子过得太清苦……"

"那好吧。"周云忙起身去挖面。

包完饺子，暴风雨也就过去了。李春叫老伴弄两个菜，他去叫程同，阴天下雨没事，老哥儿们凑到一起喝二两。周云撇嘴，说别找因由了，自己嘴馋了，直接说就是了，还拐弯抹角干什么？李春笑道："自己嘴馋不假，可想请二哥来坐坐，也是实情。自从大嫂去世以后……"

"好好好，你去吧！"

李春家住村东，程同家住村西。他们的庄大，从他家到程同家，差不多有一里路。雨后的小巷，有些泥泞，他深一脚浅一脚，好歹走出小巷，奔上了东西大街。大街已经硬化，好走多了。他很快走到程同的大门首，可大门锁着。问过邻居，都说头晌还在家里，谁知现在到哪里去了？李春只好求邻人，遇着程同时，给他捎句话，就说自己找他，有事商量。邻人答应了，他就懒洋洋地回来了。

等到天黑也没来，也就不等了。第二天，天气很好。早饭后，李春跟老伴说到姐家一趟，没等周云说话，他就推着摩托车走了。刚跑上105国道，就见校长马壮站在路边跟一个人说话，他忙停住摩托车，跟马校长打招呼。

"正想找你，你就来了！"马壮这人豁达，当官没有架子。

"你想俺做啥，你又不是废品收购公司的经理……"

马校长没再说笑，正儿八经地把程同的事说了。他说夜里措手不及，临时给带去了一万元。他说这钱是公款，挪用十天半月尚可，时间长了不行；要他赶紧告诉程老师的大儿一声，抓紧时间把这钱堵上。

"事情怎么会是这样？"李春听了，又着急，又气愤，"肇事司机呢？"

"跑了……你快去通知他大儿吧，直系亲属去报案，比我们得力些。顺便……"

"好好好！"他刚要掉转车头，忽然又对马校长说，"我得先到医院里看看，然后……"

"还在急诊室，院方谢绝亲朋探视。"

既然这样，只得快去找他大儿了……从他大儿的厂子里出来，已近9点，李春感觉有些口渴，也就不去姐家了，一踏油门，向自己的村庄驶来。

回到家里，他倒了一杯开水凉着，坐下刚擦了把汗，就听里间里有动静。他起身推开里间门子，有个人从里面疾然窜出，竟然是村中的泼皮无赖郑起！郑起跑了，他追了几步，没有追上，回转身子扑到里间，只见床上的周云裹着被单，正在瑟瑟发抖……

2

事情怎么会是这样啊！李春神经错乱了，他坐在沙发上，无声的眼泪顺着鼻沟缓缓地流，流……这事怎么办呢？如果五十岁以前发生这样的事，也还好办，离了拉倒！现在不是不能走这条路了，只是困难较多，首先儿女那里不好说，他们都是三十多岁的人了……

"油饼烙好了，快吃去吧。"周云寒着脸说。

李春瞅了她一眼，怒火就腾腾地燃烧起来！他抓起一块油饼，就朝周云的脸上甩去，周云一转脸，油饼打在了后脑勺上。周云"哎哟"一声，接着活喊亲娘，脚不连地地向大门外跑去……李春一腚坐在沙发上，两手抱头，也呜呜地哭起来。

东邻三婶子来了，她踮着两只小脚，一边跑着一边唠叨："一个大男人家，哭什么的？天塌下来，你就站起来顶啊！哭，哭……唉，没出息鬼！"

三婶子的唠叨刺激了他，他忙止住哭声，擦了把眼泪，出去迎接。三婶子在沙发上坐下，继续唠叨："你心里有什么事，给我说说，我给你破解破解……一个大男人家，怎么娘娘们们的？哭是女人的活，你一个男人家，怎么干起女人家的活来了？天没有塌下来呀！你，你……"

怎么说啊，说得出口吗？他安慰三婶子，说没有什么事，自己闲得无聊了，哭两声，解解闷。三婶子不信，开始埋怨侄儿了："我老了，无用了，李春不给我说心里话了……"

没有办法，他只得把话题岔开："程同遭了车祸，我心里难过，就哭了两声。"

"是吗？"老人家说着，泪水也挂下来了，"那可是个好人啊，谁遭车祸都好，就是不该叫程同遭车祸……"有一年，她心口疼，程同拿了几回药给她吃了，就好了。这事她念念不忘，经常说，说得人们的耳朵都起茧子了。而此时，李春实在没有心情听她说这些，他说他的头有些疼，想上卫生室拿点药吃。

"那快去,那快去。"说着,老人家爬起来就走了。

他送三婶子,一直送到大门外。他转身回到家里,到屋里,就躺下了……

3

生活的道路太曲折!他不比程同,他只上到高小就下来了,爹去世了,家里无劳力挣工分。大队里安排他教社办小学,记一个整劳力的工分,当时觉着也蛮不错。不久,来提亲的就拱上门来,他都一一谢绝了。为啥呢?他想找个有文化的。那时,村子里女孩子上学的太少了,几乎没有。热闹了大概有一年多,就消停下来了,人们都说他眼眶子高,不是咱庄户人家能缠了的主。这话虽然不好听,但却是实情。本村晁大嗨嗨家的四女儿渐渐出落成大闺女了,她孬好上了三年小学。忽有一天,他在街头遇上她,说了几句话,就产生了深情,怎么也忘不了了。晁四妞身个儿高挑,脸型圆中见长,面色红润,浓眉亮眼,而且粗识文字,应该说是最佳人选了。怎么把这个意思透给人家呢?话不说不明,木不钻不透!俗话,实话。可请谁去透这个话呢?他左思右想,找不到合适的人选。他干着急,干熬煎,嘴上急出了燎泡,还是无计可施。忽有一天,他正上着课,四奶奶来了,递给他五角四分钱,嘱咐他下午到学区开会,给她割一斤猪肉回来。他满口应承,说你老放心。四奶奶说快上课吧,就笑嘻嘻地走了。他觉着四奶奶怪可怜,这五角四分钱,还不知哪年时攒出来的。他给添上五角四分,割回来二斤。四奶奶一见,喜出望外,忙说:"这可怎么了,这可怎么了……"叫他快坐下,倒了半碗开水端给他。他忙接了,喝了一口,试热,就放回了桌子。四奶奶问他媳妇怎么样了,他就红了脸。四奶奶又说,眼眶子不能太高啊!要媳妇识字做什么?能洗衣,能做饭,能生养孩子,不就行了吗?……听完了四奶奶的唠叨,他沉默了一会儿,壮了壮胆子,把熬煎了个多月的心窝子话,全掏出来了。四奶奶说那好,我去给你问问。

十天过去了，不见四奶奶回话，他耐不住了，就去打听。四奶奶叹着气说，四妞低头不语，她娘的话里有愿意的意思，就是晃大嗨嗨的口气死。他说李春28岁了，俺四妞才19岁，太大，不行。四奶奶说，你别看大嗨嗨见人说话就嗨嗨，他那个头可就是难剃，他认定的事，别人不好更改。李春无言，像个木墩呆愣着，一动不动。四奶奶觉着这孩子太可怜了，就告诉他，叫他先坐在这里，她去把四妮子叫来，两人说说话，看怎么样，然后再说。李春喜出望外，点头应允，四奶奶踮着小脚跑走了。不一会儿，四奶奶领着四妮子来了。四奶奶说你们的事我已经跟您老的都说了，现在时兴婚姻自主，你们一起说说吧，别害羞，大方的……说完她就出去了。李春说俺早就看好了你，不知你对俺是个什么心情？晃四妞满脸通红，待了一会儿，什么也没说，就跑走了。四奶奶回来，叹了几口气，说先这样吧。李春无奈，迈着沉重的步伐，走了。

艰难的日子又熬过了两年，他虚岁已经满30了，人们都拿怪怪的眼珠子瞅他了，说话也免不了刺儿刺儿的。那个时候，30岁娶不上媳妇的，都是下三烂，光棍的命运差不多铁定了，特别像他这样的教书先生，没有什么不济，怎么会搁到这么大呢？他感到了舆论的压力，过去的昂昂然荡然无存，他的内心里开始滋生灰暗。

那是一个雪花纷飞的日子，本家三嫂子来说，她有个不很近的姨姊妹，21岁，高小生，就是远点，河南东屯。他说不远，五十里路，骑自行车，不撑两个小时走。不几天，三嫂子又来说，人家同意见面。李春高兴极了，说俺也同意。三嫂子说事不宜迟，明天就去见面，李春说行。三嫂子说我给你瞒了两岁，到时候别说漏了嘴，他连忙点头，脸色不自然地红涨起来，大冷天额头上竟出了汗。见面很顺利，两人说了半个钟头的话，也很投机……十几天后，三嫂子又去跑了一趟，第二天中午，一封热情洋溢的情书就来到了李春的手上。亲戚朋友知道了，都高兴得不得了，都主张年三十结婚。娘流着眼泪四处跑颠，求亲告友，借钱借物……就这样，大年三十，周云来到了李春的家。第二年的十一月，周云生了个白胖小子。正在高兴当中，中心校来通知说，李春转成了公办教师。双喜临门！那一年过年，李春放了一挂一百头的火鞭……

以后的日子，虽然没少了磕磕绊绊，可两人的情意却与日俱增。举个例子说吧！搞联产承包制的第一年，开镰割麦，零点时分，两口子爬起来，磨磨镰刀下了湖。笼天明，一亩小麦拿下来了。李春弄着毕业班，必须返校。他叫周云回家看看孩子，歇息歇息再干，周云说趁凉快再割会儿，孩子有他奶奶看着，没事，叫他快走。李春身子是走了，可心还惦着妻子，放了早学，他给别的老师说了一声，骑上自行车就走。路过饭店，他买了二斤馒头一斤猪头肉，风驰电掣般地往回赶。一进大门，周云正在洗脸，两个孩子已经围了上来……

年年月月，都是这样，所以才有了今天的家境：儿子李海研究生毕业，取得硕士学位，在北京一家软件公司工作，月薪近万。儿媳妇跟他的情况差不多。闺女李冬雪、闺女婿沈德仓，都在大学任教，境况也不错。他孬好不济也是中学高级教师，周云虽然没有公职，但她对家庭的贡献，也是有目共睹的，谁也没有轻看她。最近，他正在酝酿住处，儿子叫去他那里，女儿叫去她那里，但他不愿离开故土，周云则说儿子女儿都行，不愿死待在这个烂地方了。前景一片明亮！怎么会发生这样的事呢？大晴天打雷呀！俺欠过谁的该过谁的吗？俺哪辈子丧过什么良心吗……

"李春，你出来！"院子里有人大呼小叫。

谁呢？他忙下来床，透过窗玻璃，只见小舅子来了！他站在当院，手里拿着链锁，满脸的横肉都在拧疙瘩，凶神恶煞一般。怎么办？他有些害怕，心里直打鼓。是福不是祸，是祸躲不过！他硬着头皮走出了屋门，勉强笑了笑，说道："兄弟来啦？"

"来啦！"他把手中的链锁向空中一举，"认得这个是做什么的吧？"

李春不知如何说好，往后退了一步。

"这个是专门揍人的！你打我姐，我就揍你……"说着，链锁就从空中落了下来。

这时，从大门外拥进十几个人来，人群中有人大喊："不得无礼！打人犯法！"

见此光景，李春一闪身子，向大门外跑去……

4

闹事的小舅子虽然被轰走了，可他也无地自容。有人问他，怎么回事，他有法说吗？他咕哝了一句："闹家包子呗！"东邻三婶子快人快语："闹家包子也不能这样啊！你说说叫大伙听听，也好替你拿个主意。还是教书先生呢，怎么恁埋汰，三把棍子砸不出个屁来，一个人闷着在家里暗自流眼泪，能中个屁用……"

接着三婶子的话口，众人七嘴八舌，嚷嚷开了。

他哀告道："我求求大伙了！我知道大伙都是为我好，只是我心里太乱，没有情绪说三道四。大伙先回家凉快，三婶子你老也回家凉快……"

一听他话，大伙就窃窃私语着，散开了。

"还有这样的来！"三婶子掷过来这么一句，一扭身子，气哼哼地咯噔着小脚走了。

他回到家里，左思右想无办法，就推出摩托车，去了城里。他想去看看二哥再说。可惜，到医院一打听，跟马校长说的一样，院方不让探视……

他推着摩托车，在大街上踯躅，毒花花的阳光晒得皮疼，这还不算，心里还火烧火燎……他觉着自己就要崩溃了！又过了几天，冬雪来电话，问候了几句，说她妈来了，叫他照顾好自己，别的没有多说。他深深地长出了一口气，虽然不是什么好消息，但那件烂事总算告一段落了，心理压力小了，浑身上下轻松了许多，就又去探视了程同一次，买了些营养品，蜂蜜、牛奶、豆奶粉之类。程同说他，何必如此？他说这也值得一说？程同就笑了，谈兴陡增，说车祸，说手术，说伤口愈合……终于说到赵珍，他非常郑重地说出了自己的想法，问李春的意见，李春立即表示这样最好。本来，他是想找二哥诉诉苦的，要二哥帮他拿个主意，但听了程同的述说，他就打消了这个念头。二哥招此横祸，刚有了点儿好心情，再给他增加心理压力干什么？无奈，他只好原封不动地抱着那一肚子烦躁，无精打采地往回走……

第三章　没有想到

1

在赵珍的精心护理下，程同的伤势恢复得很快。一个月后，他就能下床走动了，尽管得拄着拐杖，由赵珍扶着。他走不快，半分钟往前挪动一步；走十几步，就累得满头大汗，只好坐下歇歇。就是这样，也令人鼓舞！有一步，不愁十步；有十步，不愁百步……程同欣欣鼓舞，对赵珍说，自己还能健步如飞。赵珍笑道："只要你有信心，就能！"

"回家养着就行了。"听了医生这话，两个人商量一下，决定过了明天出院。赵珍决定做他的媳妇了！做过多次讨论，她的面前只有这一条路。程同呢，也没有别的路走。他叫赵珍到街上买来了几张信纸和一个信封，给当地法庭写了一封信，叫赵珍用挂号信寄出去了。

"这样能行？"赵珍心里老是不实落。

程同笑道："你就一百个放心吧！韩树林早就等着了，法庭里对这桩案子可能早就有了处理意见……我估计超过不了十天就能见到回信，安心等着就是。"

第三天，救护车送他们回了家。

消息很快传开……东邻三婶子跑到李春家，添枝加叶地说了许多，李春忙跑了去。他觉着这回怎么也得向二哥说说了，放在心里，憋得难受，这事总得有个解决，这样平放着可不行。

一进大门，见赵珍正在用柴火燎茶，他就掏出手机，拨通了灌煤气的电话……然后对赵珍说："嫂子，别受那个洋罪了，煤气很快就送来了。"不等赵珍说话，他就奔了堂屋。

程同正在看一张报纸,听到门响忙抬头,见是李春,起了两起没起来。李春忙跑过去,按住了他:"你怎么还叫嫂子烧火,什么年代了,也真有你的……"

一语未落,煤气来了。

"怎么恁快,坐的火箭吗?"

"我就在你们街上……"

忙活了一阵,正在洗手的时候,大儿媳妇郑兴兰风风火火地跑了来,指着赵珍追问老公公:"她是谁,做什么家什的?"来者不善,善者不来!程同气得浑身哆嗦,脸色发青……李春忙把郑兴兰叫到一边,给她解释。趁此机会,赵珍跑进堂屋,闩上了门……

"不用那么怕,我就不信阳沟底下翻得了船!"程同怒吼道。

赵珍喘着粗气,抄起褂大襟擦着汗,上句不接下句地劝说程同,说君子不跟牛生气,说秀才遇上兵,有理讲不通……

程同站起来了,赵珍忙抱着他,硬把他按进沙发里。

"嘭!嘭!嘭!"有人拍门,随即郑兴兰的喊声就从门缝里钻了进来:"程同,你多大年纪了,还弄这个?不知世界上还有'羞耻'二字了吗?还是教书先生呢,还为人师表呢……"

李春喝斥她:"郑兴兰,你太过分了!"

"我过分?更难听的还没说呢。"

"你说呀!"程同忍不住,嚷起来。

"那一万块钱还给俺!俺不能拿钱供你泡女人……"

"郑兴兰,你给我滚回去!"显然,儿子来了。

"我滚回去?你先滚滚我看看……"

就听一声巴掌响,儿媳妇哭喊起来。李春忙去拉仗,并大声喝斥程锡明,郑兴兰趁机跑了。

2

郑兴兰高一声低一声地哭喊着,跑回了娘家。她爹郑起立即咆哮起来:"这是要怎么?程锡明要反吗?快打电话叫你哥回来……"

郑兴兰的娘一向为人厚道,她不叫女儿打电话,说一巴掌算不了什么,你爹已经打过我多少巴掌了,你问问他……

"别扯远了!"郑起的驴脸越拉越长了。

郑兴兰的手机里,很快就传来了她哥郑兴富的声音:"什么事啊?你说吧。"

郑兴兰就说她老公公老不正经,在医院里弄回个娘儿们来,还问他儿要去了一万元;又说她去质问了下,程锡明就拳脚相加……

"这些年你能得不轻,程老师死了老伴找个娘儿们有什么不正经的?就算他不正经,也用不着你去质问啊!他不是还有儿吗?他不是还有女吗?用着你去充能了吗?你给我老实地待着,有事慢慢解决,狗吃不了太阳……"

郑兴兰满脸沮丧,收了手机。

郑起忙问:"你哥怎么说的?"

"他净说我的不是……"

"他回来不回来?"

"没来得及说。"

"你再拨通,我给他说。"

郑兴兰再次拨通手机,刚说了几句话,就掐断了。郑起满脸泛黄,喘着粗气,沙哑着嗓子,像老驴般喊叫:"婊子的狗熊,他不要爹了?我去找他!"

郑起刚一迈步,老伴就抓住了他的褂子后襟,哭泪洒洒地说:"你做的好事啊,兴富早都知道了……"

"我做了什么事,我怎么不知道?"

"你不知道,人家可清楚啊!"

郑起不再说啥,转身推倒老伴,风风火火地跑了。

3

李春喘着粗气,进了屋。程同就把工资卡递给他,要他跑一趟银行,取一万元回来,并要他回来时买些青菜,特别嘱咐他一定弄二斤猪头肉回来。用意不言自明,李春二话没说,走了。

赵珍正在里间里,坐在床沿上垂泪。程同见了,没说啥,弄了块湿毛巾给她,叫她擦擦脸。然后,他走出里间,去洗刷碗筷。很快,赵珍走出来,说道:"我来吧。"

程同说:"我已经下手了,你扫扫地吧。"

忙活了半个小时,李春也就回来了。他们一起动手,个多小时,六个家常便菜上了桌子。李春叫嫂子一起坐,赵珍摆手,说不会喝酒,就拿个板凳,出去了。

以往,这样的场合常有,都喝不多,三两二两,喝着骗菜吃,很惬意,喝着吃着说话,很滋润。三杯酒下肚,烧着了李春满腔的愁苦和愤怒,一张口就失了声……

"你,你……你有话慢慢说,哭什么?"程同忙劝。

李春抹了把泪水,顿了顿嗓子,平静了一会儿,说道:"这事已经个多月了,那次去医院就该说的,怕说了你生气,影响伤口愈合,就忍下了……"说到此处,他又停下了。

"别那么多担心,说吧。"

李春咳嗽了几声,低下了头。

"什么难言之隐啊?今天是怎么啦,娘娘们们的……"

李春端起酒杯,呷了一口,咬咬牙,把8月17日遇到的那件事,原原本本地说了出来。

程同听完了,深深地叹了一口气,说道:"万万没有想到,郑起孬种到了这步田地!"

"那些日子,我走坐不安,几个夜晚没有合眼……二哥,士可杀不可辱是吧?什么气都能吃,就是这口气咽不下去。我想了两个解决办法,一是找两个人揍他一顿,解解气;二是跟周云离婚……"

程同忙摇头，说这两条都不可行。说你自己要能揍了他，揍他两下，出出气，倒还可以，找人事情就复杂了。你找谁呀？谁上了憨疯，来掺和这样的事？雇打手，麻烦更多！打轻了，得包药费，不也丢了人输了理吗？真打重了，甚至出了人命，怎么收拾？打手有罪，雇主更有罪呀！孬好不济，咱也是教育工作者，如果这样处理问题，叫人们怎么说呢？说完了这事，又说离婚。程同说离婚并不是不可以，但你得征求一下周云的意见，别发生了意外；还得商量一下儿女，他们都三十多了吧，成年人了……

"商量他们？他们会同意吗？"李春把酒杯推向一边，抱住了头。显然，他对程同的说法有反感。这也不行，那也不行，就忍气吞声行？

"你不商量他们，怎么行啊？我们已经到了夕阳西下的时候了，还小年纪吗？舍掉了儿女，我们还有什么……"

李春没有再说什么，起身走了。

"你吃点饭啊！"

李春没有回答，很快就闯出了门外。程同知道李春生气了，也许他认为自己袒护亲家……他慌忙喊赵珍，但喊破嗓子，也听不见回答了！这，这……

4

程同感觉伤口有些疼……他不得不坐回沙发上歇息一会儿。儿媳妇发难，李春误解，赵珍失踪，伤口又疼……这是要怎么，要我的命吗？他的泪水涓涓而出……

太阳已经西斜，时令已近中秋，天气凉了。他把赵珍那件搭在沙发上的外套拿过来，包住了伤口，一会儿就觉着好了些，但伤感立即袭上心头！他想起了此地人说了千年万年的一句俗话——"家鸡打得团团转，野鸡不打傍天飞"。有锡明娘的时候，他也不是没有发过脾气，可是她擦擦眼泪，该干什么还干什么，从不埋怨，以后说几句热乎话，也就云消雾散，亲爱如初。儿媳妇也不是没给她脸子看，去世的前一年，有一天郑兴兰叫她去洗衣服，一头晌洗了两大盆。临晌午，郑兴兰的爹娘去了，下了饺子吃，连让她一声也没有。回来后，她就哭了。问明原因，程同就笑了，说这有什么，儿媳妇不是老婆婆养大的，不给饺子吃，没有什么。她不给吃，咱自己包……一席话说乐了老伴。可是赵珍就不行，儿媳妇来说了几句就撑不住劲了！她还没有直接冲击你呀，你怎么这样不顶事呢？噢，明白了，不是从小的夫妻，人家何苦承受这些？好啊！好啊！走吧！走吧！人心隔肚皮，做事两不知。人家也许还记挂着儿女，儿女是娘身上掉下来的一块肉，怎么会一走了之……他这样想着，想着，心情渐渐平静，不知不觉，就睡着了……一会儿，锡明妈来了。他问你来做什么？她说睡觉身上怎能不盖点衣服，不怕冻着？她说不放心，回来看看。他心里顿时暖流阵阵……果然有人给他盖衣服！他这样一动弹，就醒了。他眨了眨眼皮，是赵珍回来了。

"你上哪儿去来？"话中自然有埋怨。

赵珍在他身旁坐下，擦了擦眼睛，唏嘘几声，说对不住你，一来就给你招来了麻烦……她说既然这样，不如走了好，走到祊河桥上，坐下歇了歇，想法又有了变化，觉着这样走了，太对不住你了，就又走回来了。

"唉——"程同长长地叹了一口气。

"你生气了？"

"你是不是想孩子？"

"想是想啊！可这回……"

"我撺你来吗？只要我不撺你，你走什么的，咱在医院里说的那些，都白说了？儿媳妇不是老婆婆皮里出的，她怎么会有好态度呢？"

"俺不想搅得您家庭不安……"

"你走了，我的家庭就能安吗？我的好人！"

第四章　美丽的肥皂泡

1

刚刚6点，手机就响了，李春忙接，是李海打来的，说妈妈来了，叫他也去，中秋节、国庆节在即，全家团圆，图个吉利。还图个吉利呢？谁家都有吉利，就是俺家没有吉利！但是，不能这样说，不能扫孩子的兴。他回孩子的话，说考虑考虑再说。李海着急，反问这个还有什么可考虑的？他没再说，把手机关了。

刚下来床，手机又响，这回他不接了。响了一遍又一遍，他想也许是别人打来的，不接就怕误事。

"喂，哪里？"

"马壮！听不出来吗？"

"噢，马校长啊！有什么指示，说吧。"

"李老师，别开玩笑，是这样……"马壮告诉他，孙石被汽车撞死了，明天送殡，问他去吧？他愕然，说了些悼念的话，马壮说谁都是这个心情，但没有办法。他收起手机，就忙着打水做饭……正吃着早饭，程同来了，他拄着拐杖，满脸大汗淋漓。毕竟是六十多年的哥儿们了，尽管心里有些疙瘩，也不能太什么了。他忙跑出门外，搀扶着二哥进了屋。

"你说你，有什么事，打个电话我去不就行啦，你行动不便，何苦来着？"李春一声不连一声地埋怨。

程同连连摆手，说咱不说这些，你去我来都一样。坐下后，他们就说孙石的事，议论了一番，哀叹了几声，就讨论明天去吊唁的事。

李春说你行动不便，就别去了。程同说他也是这个意思，声言叫李春捎着，李春说可以。他就掏给了李春一张百元票，嘱咐道："先拿着这些，我考虑同事之间，不会超过这个数，你去到以后，看情况决定。咱不冒高，也不走低，中等情况就行……"

　　李春笑道："不靠前，不靠后，螃蟹过河随大溜……"

　　程同也笑了："咱是俗人，舍此没有什么好法。"

　　"在校时，你跟吴梅相处得不错，要不要多搁上点？"

　　"一般工作关系，没有什么特别。"

　　说着话的工夫，饭也就吃完了。李春走到院子里，推出摩托车，又去了趟茅房，看样子，要走了。

　　"还不晚，再坐一小会儿吧，我还有几句话给你说。"

　　李春一听二哥这话，忙坐下："什么话，你说吧。"

　　程同清了一下嗓子，猛抬头，正与李春的目光撞在一起，李春忙低下了头。程同说那天我说了你几句，你走得有些慌张，我估计你对我可能有意见了，起码想不通……是吧？稍停，见李春低头不语，他就继续说，你可能认为郑起是我亲家，我在偏袒他；实际，不然！他说我们这个亲家，不比人家那些亲家，相互之间，没有什么好感。对于锡明这件亲事，我打心眼里不乐意，可没有办法，儿子非走这条路不可。他娘也说："买猪不买圈……"既然这样，我无法硬阻。我劝你的那些话，不是偏袒郑起，而是为你着想。我们做事，不能只图一时痛快，而不顾后果。如果那样，我们这些年喝的黑墨水还能排泄干净了吗？他说我知道你心里很苦，但不能意气用事……

　　"我也是一时昏了头，心里常火烧火燎的。"李春说。

　　"平静平静再说吧！"程同觉着说多了并不好，别人说得天花乱坠也白搭，重要的是他自己能想通。

　　"我走吧，天不早了。"

　　"好吧。"程同起身拿起拐杖，慢慢地出了大门。

　　李春把摩托车推出大门时，程同已经走出老远了。他喊："二哥，我走啦？"

程同回头招了招手："走吧！走吧！"这时，程同心里才好受了些，他知道，李春还是李春，没有上他的怪。

走到东西大街上，遇着郑起。他嬉皮笑脸地凑过来，说道："二哥好！光说去看看你……"

程同没理他，一直往前走，他穷追不舍："我说二哥，你这是怎么啦，我，我……"

"我跟你没有什么好说的。"他依然向前走。

"我没想着得罪过你呀！"

"自己做的事，你都忘了吗？"

"那都是孩子胡咧咧……"

"你跟周云是怎么回事？"

郑起装模作样地搔着后脑勺，嘀咕道："你管这么多做什么？"

"你还是人吧？"

"我不是人，我……"

这时，围上来许多人，七嘴八舌地耍笑郑起。赵珍不知什么时候来的，她搀扶着程同，赶快走了。

2

夜里，雷声大作，暴雨倾盆。

李春睡不着，睁眼望着黑乎乎的屋顶，思绪又进入了快车道……他觉着应该跟周云一刀两断了，再这样名存实亡下去，太委屈自己了。他想起了吴梅的哭泣……他去拉她的时候，她扑到他怀里，哭得特别痛切！那时节，他被震撼了，他想命运之神太残酷了，对孙石，对吴梅，都是这样。对程同又何尝不是这样？程同做语文教研组长的时候，吴梅与他配合默契，工作成绩显著，个人关系融洽。有一段时期，还有过两个人的传言，但李春不相信，他信得过程同的人格。命运之神如果眷顾程同，现在孙石已经驾鹤西去，程家嫂子也不在了，他们俩结合在一起，不也是一份良缘吗？可惜，程同已经有了赵珍！

第四章　美丽的肥皂泡

这，这……这都是怎么了？

不知为什么，他突然想到了自己！他想求程同做媒，也许十有八成。他，他……他虽然不如程同，人家是正牌本科生，可自己也不是下三烂！他一想到这些，自然想到了周云……醒时乱想，睡时做梦。好歹熬到天亮，推开屋门一看，雨住了，天晴了，他精神为之一振，忙掏出手机，拨通了北京的电话。

"喂，李海爸爸吗？你明天来……"

"去什么，我懒得动弹。"

"怎么，身子不舒服？"

"没有。我说海子他妈妈，咱这样硬撑着做什么，办个手续算啦，好聚好散，各得其便……"

"你问李海吧！"

很快，手机里传来了李海的声音："爸爸，你最近身体还好吧？"

"好，好，好着呢。"

"你收拾好啦？哪天来呀，我好去接你……"

"我不去啦，我跟你妈妈感情不和，不准备去了。"

"爸爸，你觉着咱们的日子过得太舒坦了是吧？你出什么鲜点子，俺妈是那种人吗……"

说不清，说不清啊！浑身是嘴也说不清。他掐断了电话，回到屋里，坐在沙发上，发呆。孩子永远跟他妈一溜，狗不嫌家贫，儿不嫌母丑！儿是娘身上掉下来的一块肉，哪个当娘的不心疼儿呢？而任何一个有良心的孩子，都不会不孝顺娘的。根据这个多月来传回的信息，她给儿子看家望门，做饭洗衣看孙子，件件事都做得有条不紊，深受儿媳妇的喜爱。在北京，找一个家庭保姆，也得两千元。能找到称心如意的，凤毛麟角！婆母来掌家，还用开工资吗？每月给他一千元零用钱就行了，这无形中省了两千元，既放心，还赚了个孝顺的好名声，这种名利双收的好事，谁能拒之门外？儿媳妇褚丽是硕士研究生，智商自然不低，对于怎样对待婆母这个问题，她清楚极了。媳妇对婆母好，儿子还能打着胳膊往外掰吗？冬雪呢？那还用说吗？沈德仓更无异议！一条牢固的家庭统一战线建立起来了，唯独他自己成了"蒋介石"……

他坐在院中发呆，眼前一片迷茫，似乎山穷水尽了。这时，朝阳正在冉冉升起，朝霞烧红了东半边天，那气势，那光焰……都雄壮无比，都绚丽多彩。夕阳不也是这样吗？晚霞不也是这样吗？朝阳从东方升起，夕阳在西边落下，情景差不多，只是地点不同而已。古人云："夕阳无限好，只是近黄昏。"说的也是这个意思，地点不同。这就是说，太阳不灭，光热也就不断。生命呢？生命不死，代谢不止。他今年66岁，究竟还能活几年，谁也算不准。明天就死当然好了，可是明天不死呢？如果十年不死呢，二十年不死呢……分分秒秒，时时刻刻，日日夜夜，月月岁岁……都把这颗心放在油锅里炸吗？他跳了起来："不！不能！"他拨通了程同的电话……

3

跑到程同家里时，程同正在喝豆汁，赵珍坐在一旁择韭菜。听到脚步声，程同抬头一看，见李春来了，随即笑道："这么早跑来，有急事？"

好似做贼心虚一般，听了程同这话，他心里一惊，自言自语似的说道："没有什么急事，没有……"

程同没再说啥，叫赵珍盛过一碗豆汁来，嘱咐李春喝了。

"我家里已经准备好了。"

"又见外了是不是？叫你喝你就喝，实落的。准备好了，中午用，酸不了。"

俗话说，谦虚过度等于虚伪。在二哥面前不实落，他肯定要生气。古人云，恭敬不如从命，实在是经典之谈。那就坐下喝……喝着豆汁，说了些有关孙石追悼会的事，说大部分同事都付了五十元，我们也就服从了大多数。程同说那就好。喝完豆汁，李春掏给了程同五十元，程同接过来，装进了衣兜。

赵珍笑道："老实落！"

"别玩虚的，来往讲个实诚……"

李春说："多少年来，我们都是这样。"

赵珍说，老兄弟们测透了脾气，这样是好，可实落惯了，容易得罪人啊！程同哈哈大笑，说我们大概还没有愚蠢到那步田地吧！李春也笑，说嫂子多虑了，但肚子里的话咕咕的，就是没说出口，他当着新嫂子的面，实在难以启齿。静坐良久，他起身说走，程同说行动不便，就不送了，叫赵珍送送兄弟。李春迟疑了一下，说还有几句话，咱到大门外站站吧，就一小会儿……

不等李春说完，赵珍就笑了，说得到小卖部买点什么。话音未落，人就跑走了。

程同笑道："赵珍走了，有什么怕人的话，就说吧。"

李春红着脸，吞吞吐吐地把深思熟虑了一整个夜晚的心事，全说了出来。程同没有立即表态，他搔了搔短发，瞅着一直低着头的李春，思绪万千，是帮助他呢，还是阻止他呢？首先，周云那里怎么办？这个问题，以前说过了，李春可能一点都没有听进去。没有第一步，就不可能有第二步！你不跟周云离婚，谁帮你鼓捣这些？可离婚并不容易，儿女那里通不过。你不能把经营了大半辈子的家庭，抛在脑后……

"二哥，你先别顾虑恁多，问问再说，行吧？"李春哀告道。

"那好吧。"程同没有办法，勉强答应了。

4

度日如年！程同家不能跑得太勤，太勤了，不光赵珍笑话，二哥也可能产生一些异样的看法。孬孬好好熬到第十天，他觉着可以了，早吃早饭，穿街过巷，很快来到程同家。赵珍正在院子里洗衣服，问她话，她说你二哥在屋里。推门进屋，见二哥正在看《古文观止》。见他来，程同忙打招呼，兴高采烈地说道："《岳阳楼记》，背得烂熟的，现在重读，倍感亲切……先天下之忧而忧，后天下之乐而乐！一个封建士大夫，能说出这样的话来，能有如此高的精神境界，实在令人感叹……"

程同正沉浸在温故而知新当中,李春自然对此不感兴趣,但也不好扫二哥的兴,就随便应付了几句,坐下了。

"这些日子弄什么来,没读点书?"

二哥呀二哥,你怎么骑驴的不知下步走的呢?别人心里已经火烧火燎了,你却还在优哉游哉……李春低头不语,程同一下子想起来了,忙放下书,说道:"那事我做了点了解……"

"怎么样?"李春迫不及待地追问起来。

怎么说呢?程同为难了。从小处世为人,都是实实在在,从未玩过半点花招,到了这个年岁,何须再变原则?特别是面对李春,更应该实话实说,六十多年的情谊,容不得半点虚假;但真实话实说,效果肯定不会好了。前两天,有个叫钟明义的学生来看他,他顺便问了一下孙石的案子——钟明义在交警大队工作。钟明义说,那桩车祸,责任全在死者,至于为什么发生了这样的事件,他们也感到困惑,但他们只处理事件本身,不涉及深层次的原因。追究为什么,那得有人向法院起诉。钟明义问,孙石是老师的什么人?程同说,一般同事。钟明义又说,人已经死了,死无对证,亲人不说话,神人也说不清。车祸,有的很简单,有的相当复杂,想弄个明明白白,太不容易了。程同对钟明义说,随便问问,没有别的意思。这些天,程同就考虑这件事情,觉着很难办。李春不了解孙石,也不了解吴梅。吴梅嫁给孙石,是屈于父亲的压力。她父亲是位小学教员,孙石是他的学生,他对孙石爱抚有加。当知道二人的关系后,他非常高兴,自然全力支持。到了谈婚论嫁之时,吴梅不是没有犹豫,她所有的同学,都找了公职人员,而她嫁给一名社办教师,太没面子了。吴老师不同意,他表明了两点意见:其一,我们不能太大褂子眼了,嫌贫爱富。做人要守信用,成的时候,孙石不就是一个中学生吗?谁也没有保证他将来能做总统。现在怎么啦?社办教师也是教师,何罪之有,怎么就嫌弃人家呢?其二,孙石还年轻,凭他的实力,不会长期居于人下。第一点,对吴梅起不了什么作用。这第二点,倒给吴梅心里带去了几许暖意,婚姻终于成

第四章 美丽的肥皂泡

功了。几年下来,吴梅并没有看到孙石发迹的曙光,她心里开始长毛,不满情绪日趋增升,大吵小闹,时常发生。当时的校长杨树春,为了安慰吴梅,曾几次在周末的例会上,表扬了她,说她高风亮节,品质高尚;说她与孙石青梅竹马,情真谊纯,没为地位所左右,没被金钱所玷污……领导的表扬,使吴梅受宠若惊,与孙石的关系曾经好过几年。老校长退休后,新上任的校长叫王维信,刚满40岁,自然风华正茂。一来二往,二人关系渐渐深刻,一日,被孙石堵在了屋里……但孙石不敢怎么样,更不敢以拳脚对待吴梅。无奈之余,孙石只有抱头痛哭,碰头打滚。看他这样,吴梅不但不表示悔恨,安抚孙石,反而大打出手,把家中的碗筷盆碟,砸了个精光。有人看不惯,说上教育局告他,孙石不敢,好友三番五次动员,终于成行。不久,王维信调走,韦林就任。但狗改不了吃屎,没过半年,吴梅又跟他滚到了床上……从那以后,孙石成天抽闷烟,衣帽不整,焦头烂额,邋遢得不成样子……如果孙石能由民办转为公办,其命运可能也还会有转机,可不凑巧的是,孙石的工作时间,比法定日期晚了一个月零三天。老实巴交的孙石,毫无办法,只有认命,卷铺盖走人。从那以后,两人的关系越来越冷淡,小吵大闹成了家常便饭。程同也曾经做过吴梅的工作,说说好些日子,但解决不了根本问题。大清早,骑着摩托车,怎么就钻了汽车底呢?孙石才51岁呀!年富力强,还能得了神经病吗?如果得了神经病,家人为什么还叫他骑摩托车呢?他与吴梅长期不睦,是不是夜里闹了仗,清晨外出,感觉无所谓了,就毅然决然地走上了西天之路?这样推想,有些想当然,但他不是法庭庭长,何必了解得恁准确?他不就是因受李春之托,才考虑这件事的吗?就是孙石因病去世,李春想打她的主意,作为交情笃厚的兄弟,关键时刻能不进一言吗?只是李春已进入偏执,怎么使他从迷茫中清醒过来,实在不是一件易事。

"你说话呀,二哥!"

"你对孙石和吴梅不是都了解吗?"

"知道一些,都是传言,具体如何,不甚了然。"

这是实话。李春忙教学,忙函授学习,忙责任田,忙孩子的升学深造……他哪里有闲空听人们讲故事？但知道个大概，也不应有此想法呀！沉默良久，程同终于说："你想过没有，吴梅的眼珠子总是向上瞅的，你只是个一般教师，而且已退休，她会看上你吗？我认为，你的想法只是一个美丽的肥皂泡。"

"有枣无枣打一竿。"

"这一竿，还是不打为好。"

"你说，你说，你想那么多干吗？"

"我是你二哥，怎么能不多想一些呢？"

李春苦笑道："这不是杞人忧天吗？"

程同连连摇头："兄弟，对别人我可以水皮打一棍；对你，不行！我认为，吴梅并不比周云好。周云是偶尔失足，吴梅却是……"

不等程同把话说完，李春气哼哼地站起来，拂袖而去。

5

回到家里，李春一头栽到了床上，脑袋瓜子里好似钻进去一窝蜂，嗡嗡直响。程同是不是得了更年期综合症，不就是求他去问吴梅一声吗，你说他怎么恁担心的？程同都不帮这个忙，还能再找谁呢？还是自己的箅子上柴火，直接进攻吧！他赶忙从床上爬起来，动手写信。首先诉说自己的不幸，接着就写内心的苦闷，随后表示了对吴梅的同情，并劝说她化悲痛为力量，勇敢地生活下去；然后笔锋一转，进入正题，把自己酝酿了许久的想法，闪闪烁烁地摊在了纸面上……

写完后，复读一遍，颇觉满意，认真抄写后，再次复读，激动倍增，觉着张张信纸上，都涌动着情满春江的热情。他暗自想，程同也未必写得出来，文史不分家，实在是至理名言。司马迁就是一位史官，可他写的《史记》被普遍认为不但是伟大的史学著作，也是伟大的文学著作，鲁迅誉之为"史家之绝唱，无韵之离骚"……这又想到哪里去了呢？他忙止住继续延伸的思路，随手找了张报纸，把三张信纸夹在里面，塞进了手提包，然后刮脸，换衣裤……修整完毕，对着镜子自

第四章　美丽的肥皂泡

我欣赏了一番，虽然脸色老相了一些，但当年的青春神采并没有消失净尽。只是头发白了几许，甚为遗憾。如果没有白发，谁能说此人已经六十多了？也就别担心恁多了，走吧！摩托车一响，很快到了中学，他们村庄离中学只有三里路。离开只有六年，一切记忆都还清晰。他很快到了语文教研组，恰好吴梅在座。

"吴老师……"他的话语有些哆嗦。

"嗯，李老师来啦。"吴梅起身让座。

吴梅圆圆的脸蛋儿很耐看，略显不足的是，腮帮儿有些鼓，面色年轻时红润，现在仍然红润，下眼皮有些松弛，但猛一看，还有光彩照人的感觉。李春眼珠子在吴梅身上溜了一遍，心潮立即澎湃，他进一步坚定了自己的信念：选择吴梅对极了。

吴梅很大度地笑着，给他倒了一杯开水。李春接过去，喝了一口，放在了桌面上。坐定后，拉了些闲篇子，诸如人事变动、工资提升等等。后来，李春说到孙石，吴梅脸色立即晴转阴，鼻息抽搐，苦泪下滴……

"也别难过了，已经过去了，化悲痛为力量吧！"李春安慰道，"就是抚恤金有些少，交警大队里没有得力的人吧？"

吴梅说，人也找了，无用。

"十八中学的校长，跟我一起搞过函授，他儿子……"

吴梅摇头，说案已经定了，无法再翻腾，谢谢李老师的关心。

既然这样，该亮真牌了！

"你忙吧，我走啦。"他站了起来。

"忙什么，再坐一会儿着。"

"不不，我还有点别的事……"

李春走，吴梅送到楼下："你慢走啊！"

"好，好。哎，我这里有张报纸，有篇文章我觉着对你可能有些帮助，你看看吧！"说着，他就把那张夹着情书的报纸，从手提包里拿出来，递了过去。

吴梅接了过去："哪一篇啊？"

"第四版,我已经做了记号,你自己找吧。"说着,他就匆匆离开了。李春毕竟不是谈恋爱的行家里手,更不具备21世纪年轻人的恋爱技能,所以只能内心火热,表面平静。到了路上,他才知道自己出了一身热汗,油门一加,顿觉凉爽。他想,吴梅看了,不会不感动,他们平常的关系虽属一般,但毕竟没有过不快。他需要吴梅,吴梅不也需要他吗?他不信,他的愿望只是一个美丽的肥皂泡!程同的预言,肯定太轻率了……

第五章　低调也起风波

1

当地法庭很快来了信，离婚证装在同一个信封里。程同看了，递给赵珍。赵珍看了，泪珠子顺腮而下……

"不应该高兴吗，哭什么？"

赵珍无言，默默地走进里间，扯来一条毛巾，使劲擦着眼泪。程同也就不再说啥，拿起拐杖，一瘸一拐地走出门外……

到了第二天，起着床赵珍就说："今天去登记。"

程同就笑了："还登什么记！登不登都一样。"

"你不登，俺这就走！"

"登就登，生什么气。可怎么去，我这腿脚……"

赵珍没再接话，拔腿就往外跑。十几分钟后，她回来了，笑嘻嘻地说道："我跟二侄媳妇说了，她答应用脚蹬三轮带我们去。正好请她把关，就巧也买一辆吧。别太会过了，还是中学高级教师呢！"

"好好好，我完全赞同。"

2

也登记了，三轮车也买来了，接下去就是举行婚礼了。商量起这件事来，两个人又发生了争执。程同的意思，就这样算完，都到这么大年纪了，张扬什么，无所谓。可赵珍不同意，她说俺算什么，是你黑夜里摸来的贱货？程同就叹气，怎么说呢？人是有潜意识的！有些潜意识，是可以用语言表述的；另一些潜意识，却只可意会，不可言传。两口子之间，也有不能互相交流的话吗？这话不能说绝对了，应该说有，但多少是有区别的。

"你怕花钱？"赵珍问。

程同嘿嘿一笑，直摇头。

"那是为啥呢？"赵珍穷追不舍。

程同坐在沙发上，发呆。他在想什么呢，有什么话不能对赵珍说？人家遭遇了恁些苦难，在你生命垂危之际，不顾个人的一切，为你操持这，操持那……事到如今，你还有什么话需要瞒着人家吗？是有一些话，说不出口！他在怀念前妻……他们举行婚礼，鞭炮齐鸣，锣鼓喧天，欢天喜地……锡明娘地下有灵，她听了，不会哭泣吗？二婚不是初婚，再做张扬，叫人有些不好受。你有心，我有意，就行了。形式有时候重要，有时候纯属画蛇添足……当程同把这些意思吞吞吐吐地说出来后，赵珍立即哽咽，继而哭泣。

"你说，你说，你这是做什么？"程同急了。

"弄了半天，弄了半天……"赵珍抽泣着，话说不囫囵了。

当一个人思想有障碍的时候，最好不要穷追，这是积五十年之经验所得到的结论，给人以思考、分析、琢磨的时间，就像吃进肚子里的食物需要消化一样。程同拿来一块毛巾，湿了湿，拧干，递到赵珍手里，说道："擦擦脸，该做饭了。"说完，他就坐在沙发上，拿起了那本《古文观止》。

时间已经到了下午4点半，院中几棵银杏树的阴影向东拖去了老长。赵珍做饭去了，她先熬稀饭后炒菜，忙了一个钟头，回到屋里，问程同："这就吃？"

"再过半个小时，我还不甚饿。"

吃饭的时候，赵珍又说："俺觉着你说的理由不足。"

"吃不言，睡不语。吃饭少说话，尤其不能争论问题。"

睡觉的时候，赵珍又提，程同说："压一压吧！你好好想想，咱再讨论。"

第五章　低调也起风波

一夜无话，第二天天刚亮，手机就响了。女儿锡兰告诉他，今天去送节礼。他高兴地回话说，欢迎。女儿叫他在家里等着，就把电话掐了。听说女儿要来，赵珍忙收拾房间……

接近8点，一辆出租车停在了大门首，从车上不仅走下来了女儿，还有女婿文士毅和外孙宽宽，小儿锡志和媳妇朱兰玉。他们刚刚坐定，锡明、郑兴兰也提着大包小包来了。

"欣欣呢，怎么没来？"程同问。

话音未落，一个七八岁的胖小子，骑着一辆儿童电动车，风驰电掣般冲了进来。

"爸爸，你的宝贝孙子来了，这回放心了吧？俺宽宽来，怎么就什么也没说的……"女儿锡兰嬉笑着说。

文士毅忙拿眼珠子瞪她，并揪了几揪嘴唇，做了个鬼脸。

"宽宽来了，我就放心了，欣欣没来……"程同忙解释。

"跟你说着玩的，又当真！"

程同见都来了，就说他与赵珍的事，并说想举行个仪式。

听了这话，女儿锡兰疾然站起，气呼呼地说道："俺妈妈还没上三年坟就弄这个，俺不来！"

锡兰的话，惊得众人目瞪口呆，你看看我，我看看你，都不说话。锡兰急了，嚷道："怎么，都哑巴啦？"

郑兴兰冷笑道："俺有话，但不敢说……"

锡明瞪她，叫锡兰看着了："大嫂子你说，别怕他。"

"俺不嘴尖毛长了，你问你大哥吧。"

锡明懒懒地说道："我基本上同意妹妹的意见。"

"锡志，你还能说句话吧？"锡兰又嚷。

原来锡志睡着了，文士毅把他推醒，他问干什么，郑兴兰直言快语，向他介绍了当前的议题，锡志眨巴着睡眼，说道："我跟我姐的意见完全一致。"

"兰玉，你呢？"

朱兰玉说："你们说的都有道理，但主要得尊重爸爸和赵姨的意见。"

程锡兰狠狠地瞪了她一眼……

不等程同说话,赵珍就站了起来:"我同意儿女们的意见,婚礼就免了,只要儿女容我在此安身,就感激不尽了。"

程同长长地嘘了一口气,说道:"那就这样。"

孩子们走后,他笑着跷起了大拇指,说真没想到,你会拿出这样一个态度!赵珍无言,一个劲地抹眼泪……

3

万万没有想到,吴梅会来访!

2008年的中秋节,天气很好,蓝蓝的天上,飘着朵朵白云。早饭后,程同叫赵珍给他拿把椅子,放在院子里的银杏树下,他把《古文观止》装进衣兜,拄着拐杖走出了屋门。正看到好处,大门一响,随即就飘来了一声女人的问询:"这是程同程老师的家吗?"

"是啊!谁呀?快家来吧!"

话音未落,大门就被推开了,吴梅微笑着走了进来。她蓝裤白褂,穿着颇显素雅。赵珍见有客人来,忙拿来了一把椅子。吴梅接过去,没来得及说话,赵珍转身就走了。吴梅问,程同说是一个亲戚。既然这样说,也就不便多问,坐下说别的。闲聊了一会儿,终于说到李春,吴梅随即拿出了那封信,递到程同手里。程同展开,看了十几行,就叠好,还给吴梅。吴梅忙阻止:"你捎给他吧!"

"不不不!一般的信可代转,这样的信不行。我如何倒无所谓,这样会加深你们之间的矛盾……"

"有这么严重吗?"

"有的。你是女同志,可能对男同志的心理了解不足。李春心里正燃烧着两把火,怒火和爱火!他太需要安抚了,这信退回,他心里会是什么滋味,你不会一点都想不出来吧?"

"可是,俺对他一点兴趣也没有……"

第五章　低调也起风波

"没有，可以；但，信不能退。"

吴梅满脸不快，站起来，说了声再见，就走了。

第二天，马壮来了。马校长说，孙石走了，吴梅孤苦伶仃，怪可怜的。程同接话，说你当校长的，该关照的就关照啊，就是别学王维信和韦林……马壮就笑了，说枣岭镇中学的校长还能都是孬种吗？程同连连摆手，一声不连一声地说我可没那样说。马壮说程大教授别紧张，听我细说端详。他说他的夫人柳清明不是计生主任嘛，她与吴梅很要好，孙石出事后，吴梅寻死觅活，清明只好陪她。日子长了，感情深了，吴梅就把自己内心里的痛苦和悔恨透露了一些，她说她嫁给孙石是个错误，孙石娶她也是个错误。她如果像她的同学那样，找一个公职人员，怎么会有后来的那些烦恼？孙石如果找个乡下姑娘，同心协力办个厂子，也许现在已经成百万富翁了……她骂王维信和韦林，说他们玩弄了她的感情，破坏了她的家庭，甩掉不管了……

程同插话道："她自己没有责任吗？"

"打人不打脸，骂人不揭短！教授同志，老糊涂了吗？"

程同苦笑着，搔了搔头皮，说自己可能昏了头。孙石的死，能换来吴梅这些转变，虽然代价过高，但总算有了一点回报，这叫人心里还好受点……不等程同说完，马壮就打断了他的话，说咱不说这些不愉快了，据清明说，吴梅才50岁，并不想就这样独守空房……"于是，我们就想到了你。"马校长终于摊出了真牌。

"我怎么会有这份身价？"程同惊呼，脸红涨起来，额头上竟然出了一层小汗珠子。

"是不是嫌弃她的过去？"马壮穷追不舍。

"不是！"到了这个时候，不能再保守秘密了，他一五一十地把自己与赵珍的故事说了个明明白白、清清楚楚。

马壮戏谑道："老哥哥，你不是也六十多了吗，怎么还恁着急的？要有所选择嘛！唉，你真是……"

程同就笑了："马校长，你别奚落我了，我的事就这样定了，无须多说。咱说点别的吧。"

"别忙说别的,你咱还没有说完呢。"

"我没有什么说头了!"

"有!你说的这个赵珍不就是个家庭妇女吗?"

"家庭妇女怎么啦,家庭妇女不是人……"

马壮连连摆手,急忙否认:"我不是那个意思,我可不是那个意思。我是说,像你这样的条件,何苦如此?找一个有工作的该有多好!又没有多大困难,吴梅现在正等着。至于赵珍也好处理,离了拉倒,顶多给她些钱……"

程同放声大笑,笑得哈哈的,把马校长笑蒙了:"你什么意思,我说错了什么吗?"马壮的脸板起来了。

"你没有说错什么。我的意思很清楚,你可能不明白,我有责任解释一下……"程同把马校长的话分为三个层次剖析:家庭妇女有家庭妇女的优势,知识女性有知识女性的优势。他说如果一个女人能够兼备家庭妇女的优势和知识女性的优势,那最好了,可惜往往不能。男人也应如此!不要耍大男子主义,家庭性与知识性兼备,才是个完整的男人,用不着回家就跷二郎腿……为人要有道德品质,没有道德品质何以叫人?道德品质的内容太宽泛,一时难以说述,总起来说,对自己说的话要负责,对自己做的事更要负责。赵珍和程同的路已经走到这步田地了,没有理由再为难她。至于吴梅,就无须多说了。

"说来说去,你是嫌她身子太脏!"

"不说她,不说她。"

"人是会变的,有人由好变坏,也有人由坏变好……"

程同有些不高兴了,他叹了口气,给马壮端了一杯水,说喝口茶吧,润润嗓子。马校长接过茶杯,喝了一口,站起来试探着问道:"我是不是该走了?"

程同嬉笑着说:"你要没事,就再坐一会儿嘛。"

"事有啊!今天下午有个会……"

"有事就忙事,闲聊无尽无休。"

马校长点头,夹起皮包走了。

第五章 低调也起风波

程同感到有些疲劳,靠在沙发后背上,闭了眼。十分钟后,他听到了一阵急促的脚步声,睁眼一看,马壮又回来了。他忙喊道:"快来,快来!买菜的快回来了,咱怎么也得喝二两。"

"我不是那个意思,还有几句话忘了说……"马校长坐定,就问婚礼哪天举行,他说你有个低调的习惯,别水过地皮湿,草草了事,把俺给忘了。程同无奈,不得不实话实说。马壮笑着直嚷,说就知道你会这样,但这样不行,你不觉着丢人,**俺都替你脸红!**你不举行婚礼太窝囊,人们会说你是只铁公鸡,一毛不拔;还会骂你是守财奴,枉花一分钱,就疼得活喊!世道变了,俭省节约的观念已经荡然无存,你还一条路走到天黑,能行吗?唾沫星子淹死人!你没听说过?你要那样做了,人们就会拿很怪的眼神看你,再也不把你看作副教授级的中学高级教师了,而把你当一钱不值的下三烂看了。人们普遍热衷于张扬了,你怎么非要低调呢?再一说啦,人是社会的动物,你只要活着,时时刻刻,处处地地,都要不停地跟人发生纵向和横向的接触、联系、交往。你能关起门来朝天过吗,我的老哥哥?你只知其一,不知其二,读书读糊涂了,又一次钻了牛角尖儿。你这样低调,把亲戚、朋友、同志、同事、邻居都隔绝起来了。你不跟人家来往,人家也不跟你来往,你不就成孤家寡人了吗?别说到别处,就是在这个村里,怎么待下去呢?

"老哥,我说的这些都是疯话吗?"

程同笑道:"你下这么一场冰雹,把我砸昏了!我得慢慢地消解。现在回答你,我们就得吵仗,那样多不好啊!"

"好,好。"马壮点着了一支烟,吸了几口,又说,"记得我来就职时,首先去请教你,你推心置腹,跟我拉了个多小时的呱。当时我就表示,与君一席话,胜读十年书。还记得吧?"

程同点头:"记得,记得。一通枉说!"

马壮摇头:"不是枉说,是谆谆教导。后来的事实证明,你的话对我的工作帮助很大……你帮了我,我能不帮帮你吗?所以,才有今天这场谈话。不然,我怎么会这么冒冒失失呢?"

这时,赵珍买菜回来了。程同忙做介绍,并说这回可不能走了,马壮拿起手提包就跑，边跑边嚷："婚礼上喝，婚礼上喝……"

赵珍忙问："谁举行婚礼？"

程同叹了口气，说道："你快做饭吧，天不早了，以后再说。"

4

三婶子压辗，正碰上赵珍。

"你是程同家的吧？"

"是啊！不知怎么称呼老人家？"

"叫三婶子，程同怎么叫，你就怎么叫。是恁个理吧？"

赵珍就笑了："是，是。三婶子说得真好。"

三婶子张大嘴巴大笑，哈哈声很响亮，惊得前来觅食的家雀子都飞走了。她攥紧赵珍的双手，眼珠子在她的脸面上滚来滚去，赵珍被看羞了，忙低下了头。三婶子虽然98岁了，但她腰不弯腿不疼，耳不聋眼不花，走起路来像刮风，压碾小跑步，推得碾砣子骨碌碌飞转，尽管缠过足，但也没影响速度。她一眼就看好了赵珍，圆实的脸蛋儿，面色红中泛白，那鼻子那眼，处处透着秀气；满脸没有一丝皱纹，就是在笑的时候，眼角处微见鱼尾纹；头发乌黑，没有一丝白的。

"听说你今年50岁了，是吗？"

"今年55岁了，属马的，三月十八生人。"

"可不像恁大的，就像二三十岁的小媳妇一样。程同可是好命，前一个媳妇就挺俊的，是我当的娶女客。这回，娶女客还得我当，你回去就跟程同说。"

俗话说，家丑不可外扬！在是否举行婚礼这个问题上，家人意见不一，她不想嘴尖毛长，从中挑起事端。举行个仪式，很有面子，她是向往的；但程同不热心，儿女又反对，她就不坚持了。三婶子重提这话，引起了她的警觉，怎么说呢？

"你给我撒着，我压。"三婶子嘱咐道。

"我压，我压……"赵珍忙抢了碾棍去。

第五章 低调也起风波

压完碾，一路回家，三婶子还是不停地唠叨，她当娶女客的心愿太旺盛了，赵珍不得不把实情告诉她。

"什么，什么？"她立即来了气，嗓音响得像洪钟。

赵珍只得把好些细枝末节再说一遍……

"那好吧，我去找程同！"说着，她大步向前，赵珍紧跟其后。她一路急走，累得气喘吁吁，赵珍暗暗称奇，怎么像双枪老太婆？

三婶子闯进家院，见程同正在练走路，就喊道："二侄，你住住，我问你个话……"

程同擦把汗，笑道："三婶子来啦，快屋里坐！"

"不屋里去啦，几句话，说说就走，还得家去做饭。"

"也好。赵珍，你去给三婶子拿个板凳来。"

"不用，不用，不用……"

"好好好，恭敬不如从命，哈哈哈……"

"你说什么？要命，要谁的命，要我的命啊？"

"不是的，三婶子！程同说一定听三婶子的话。"赵珍忙解释，不停地向程同使眼色，"你跟三婶子转什么文？"

程同立即感到说错了话，忙笑道："三婶子，你有话就说吧……"他刚要说"洗耳恭听"，话到嘴边，又收住了："我一定好好地听。"

"这还差不多。哪天娶媳妇，我得当娶女客，为什么不告诉我一声，我得拾掇拾掇吧！"

弄了半天，还是为这事啊！

"你没给三婶子说说吗？"他问赵珍。

不等赵珍说话，三婶子就开了腔："侄媳妇都说啦，不用再说。我说二侄，人家都说识字的人乖，我怎么觉着你不是这样。是不是黑墨水忒厚，泥了心眼子？锡明娘走了就走了吧，黄泉路上无老少。走了的人就走了，活着的人还得过日子啊！不能光难过吧？俺一个瞎字不识，也明白这个理，可你是怎么了，就是放不下呢？人死如灯灭，俺不信神啊鬼啊魂啊灵啊那一套。别看你老婶子九十多了，俺不迷信。不向死的向活的，你把赵珍领了家来，一声不响，算哪门子事啊？这些天，庄邻都在嘀咕你，说你小气，鸡窝里打拳——小架的；还高级教师呢，连低级教师也不如……这些话多难听啊！我听了，都替你脸红。办几桌酒席的钱你也没有，每月不是好几千吗？"

程同忙说："三婶子，不是那么回事，是你孙子孙女不乐意，赵珍她也……"

"家有千口，主事一人。你是干什么的？儿女不家来就不家来吧，你娶锡明娘时他们参加来吗？"

赵珍扑哧一声笑了："那时候还没有他们，三婶子！"

"我知道。我是说，他们家来不家来都行，这得程同拿个主意，别犹犹豫豫，又怕冻着又怕烫着……拿出个男爷儿们的样子来！"

"我就怕他们闹啊！"

"他敢！你把电话给我拨通，我说他们，我就不信阳沟底下也能翻得了船！"

赵珍忙向程同使眼色，程同会意，忙说："还是我说吧。"

"就是的，这不就行了吗？别忘了我得当娶女客！"

"他忘了我想着，三婶子放心。"赵珍笑道。

"还下请帖吧？"

"商量商量再说吧。"

"给别人下，就得给我下，别舍不得那一块钱……"

"行！赵珍，到时候你提醒一下，别忙忘了。"

问题终于有了眉目，三婶子哈哈笑着转身走了。

"别走啊，三婶子，吃了饭再走。"

"不啦，留着肚子吃酒席。"

三婶子走后，程同问赵珍："这事我通了，你呢？"

"就怕孩子拿白眼珠子给我看……"

"他敢！"一有决心，程同的话语就斩钉截铁了。接着他就打电话，儿女们虽然有点烦，但也没有说敢来捣乱的。

第六章　大明湖畔

1

信抛出去后,李春开始了漫长的油煎火燎,一天不见动静,两天不见动静,三天、四天……十天过去了,依然不见动静,好似根本没有这回事一样。他再也憋不住了,胆战心惊地拨通了吴梅的电话,东扯葫芦西拉瓢,闲扯了几句,李春很快把话纳入正题,吴梅的话语立即变得严厉了:"你一个男爷儿们家,恁多小心眼子干什么?周云嫂子别说还没有,就是真有那么一次,又算得了什么……"话怎么能这样说呢?孔子曰:"道不同,不相为谋。"李春开始意识到他与吴梅的道不同了,起码对这件事情的认识不一致,再谈下去,可能就得吵仗,何苦呢?他把手机挂了,歪到沙发上,但睡不着,自然想起了程同的话……程同说的当然有道理,但话不说不明,木不钻不透。他肯定没去解劝吴梅几句,所以才产生了如此的尴尬。也许程同是对的,但看在多年交情的份儿上,他不该不去问一声,这叫人心里怪憋屈得慌。放在平常,该找程同说说了,可这回不行,他这张脸拉不下来。

"吱吱——"手机响了。

"喂,哪一位呀?"

"爸爸,我是冬雪。你来吧,快八月十五了!"

"我不去了,在哪里过都一样。"

"怎么都一样呢?"李冬雪显然来了气,语调中的亲切和热情一扫而光,质问的气势汹涌而至,"有儿跟没有儿一样吗?有女跟没有女一样吗?你别要俺哥啦,也别要我啦……"

"你这都说了些什么！我说不要你们来吗？"

"那你为什么不来？你不来我这里，去我哥那里吧。"不等他回话，女儿手机就挂了。

这是周云用孩子向他施压！去儿那里干什么，她在那里，见了面搭不搭腔？不搭腔，扭着鼻子抗着脸，搞冷战？搭腔，说什么，再吵？与其去儿家，还不如去女儿家……想到这里，他拿出手机，就拨女儿的手机号。

"怎么，想好啦，去北京？"冬雪的话口又满怀了希望。

"我去你那里，别再说些无用的了。"

"哪天来，我去接你？"

"明后天，不用接，我自己知道路。"

2

10点41分，从临沂到济南的列车开始运行。四个小时后，列车开进了济南火车站。李春拿着简单的行李，顺人流出站。还没出出站口，女儿就冲他喊："俺在这儿呢！"

李春循声看去，不光女儿来了，沈德仓也来了。他眼圈一热，泪水立即灌满了眼眶。一到出站口，行李就被冬雪接过去了。他就一声不连一声地埋怨，说接什么，我还没到那个年龄，上车下车走路，什么都还能行……

"爸爸，你就别说啦！"冬雪显然有些不耐烦。

李春不再说啥，随他们走出出站口，沈德仓招来了一辆出租车。

"坐公交车算啦！"他忙说。

"别说啦，快上车吧。"女儿催他。

很快到了大学楼区，回到家里，100平米的住处，还算宽敞，布置得也挺在意。坐下，沈德仓倒过一杯热水来，刚喝了一口，门铃响了。一开门，就响起了一个女孩子的吆喝声："姥爷来了吗？我想姥爷！"

"来啦！来啦！"他忙起身去迎，刹那间，外甥女寒露就扑到了怀里。随后,亲家老两口子也哈哈地笑着,前来跟他握手。寒暄过后拉家常,不知不觉,一个小时就过去了。几个便菜上了桌子,很快,沈德仓把火锅也端上来了……

饭后,喝了一杯茶,扯了一会儿闲篇子,亲家二人就告辞了。女儿叫他洗脚,早歇着。他到卧室收拾床铺,无意间发现了几张报纸,就翻看,翻着翻着,看到了《银河鹊桥》。也许是心有灵犀一点通吧,他的目光被粘在这一页上了……他看好了一个,就按手机号,电话很快通了,没说几句话,对方就说明天见面,到大明湖西南门,时间9点。他自然高兴,一口答应下来。一个多月的郁闷,好似一下子跑干净了,这一夜睡得很好,早晨起来,他感到浑身精神抖擞。早饭后,寒露叫她爷爷接走了,冬雪问他今天做什么,沈德仓抢话说自己请假,陪爸爸去爬千佛山。他忙婉言谢绝,说可不能请假,他自己想去哪儿去哪儿,随便,还强调自己对济南可不陌生。说好便好,女儿把钥匙交给了他。冬雪和德仓走后,他按捺不住内心的激动,又刮了一遍脸,梳了梳头,锁了门,兴致勃勃地下了楼梯。

走到大明湖西南门,一看手机,才8点40分,那就等吧。这里走走,那里看看,有些累了,只得坐在台阶上歇歇。二十分钟,这么漫长吗?三个钟头也没有这么难熬啊!终于到了9点整,但四下里环视,不见相宜的女性。听人讲,男女约会,女的总要迟到一点,以示自己并不着急,也算一种姿态。想到这里,他心里来了熨帖。继续等!十分,二十分……又过了半个小时,他心里实在无法再平静下去,就掏出手机拨号……

"这就到了,这就到了!"手机里传来了一阵欢笑的女声。

"我手里拿着一个红塑料袋。"

"好,好。我知道了!"

五分钟后,那位女士站在他的面前了!握手,问候……然后,他就说了自己的痛苦,还表示虽然没办手续,但那只是时间问题。女士很直爽,说自己不计较那些。李春立即喜形于色,说那就好。

"你的退休金谁掌握着?"

"这还用说嘛,当然由我掌握。"

女士微微一笑,说初次见面,就先谈这些吧。人家既然这样说了,他也就只得说好,握手说再见,各自走了。

他回到家里,倒了一杯热水,慢慢喝着,一点一点地回想着那位女士的言谈举止、音容笑貌,就是激动不起来。面相不怎么样,有些尖嘴猴腮的模样,与周云比起来,有些差距。退休金谁掌握着不一样?急于询问这个,叫人心里不是个滋味。怎么办呢?顺其自然吧,她要再来电话就再说,不来就算完。于是,他又拨通了另一个手机号码……

3

照样是9点钟,他跟一位姓谢的铁路女职工见了面。二人站在大明湖畔的柳荫下,看着波光粼粼的湖水,你一言我一语地聊起来。这位谢女士跟昨天见的那位女士心态差不多,也不计较有没有手续,但对房子特别关注,问他济南有没有房子,他说没有。谢女士说没有也不要紧,可以买嘛。他说买得五六十万,他连十万也拿不出来,积攒了点钱,供孩子上学,给孩子办婚事,都花了。谢女士说用不了那么多,到郊区,有二十万就够了。他叹了口气,说二十万也不是个小数目,他拿不出来。

"我们就谈到这里吧,我还有点事……"谢女士要走了,她显然产生了不满。

"我想到女方居住。你不是有房子吗?"

"嘿嘿!"谢女士冷笑道,"一面之识,谁敢把你领进家门,谁能保证你是个好人?"

这话虽然不中听,但不能说不在理。他点了点头,说道:"说得有理。以后慢慢了解不行吗?"

"可以。就到这里吧,以后再说。"谢女士伸出了手,跟他握手告别。

谢女士走了,她身个儿高挑,走起路来笔直,很有姿态。高跟鞋碰得水泥地面铮响，远远传来，很令人神往。他站着没动，一直看着谢女士的身影消失在拐弯处……

他走了几步，在一个石墩上坐下来，思来想去，这位谢女士不可能是他的人。他在济南没有房子，又拿不出二十万来，人家不会同意；他对这位谢女士也有些看法，抹着口红，打着青眼圈，戴着大耳环……包装得太现代化了！57 岁了，何须如此？找这么一个，领回村去，远亲近邻会怎么说呢？人家烦，自己心里也有疙瘩。既然这样了，此事基本上该结束了。他懒洋洋地站起来，迈着沉重的步伐，往回走。

到家后，才 10 点半，他再次翻看征婚广告，见一个 58 岁的中学数学教师很不错，就拨通了她的手机号。对方很快回了话，说是茌平的，姓张，又问他的情况。他如实相告：中学高级教师，66 岁，身高 1.72 米，月退休金四千余元，教历史的……

"那好，明天你来茌平吧，我到汽车站接你。"

"可是……"他迟疑了。

"你说吧，还有什么。"

他不得不说周云的不轨，自己的痛苦，又说还没办正式手续。姓张的数学老师立即表明了态度："那不行，你办妥了手续再说吧。"手机随即掐断了。

"这倒痛快！"他苦笑道。还有一个 49 岁的，太年轻了，联系不联系呢？他很快想起了自己给程同说的那句话——"有枣无枣打一竿"，就把电话拨通了。这位女士也是济南的，同意明天 9 点在大明湖南门见面，他很爽快地答应了。

第二天 9 点，二人准时在大明湖南门见了面。这位女士姓余，长得太秀气了，中等身材，不胖不瘦，圆脸，白净红润，面容光洁，没有一丝皱纹。那鼻子不大不小，那眼睛明亮如两汪秋水，一头黑发披肩，两只耳朵若隐若现……穿着也得体，暗灰色蝙蝠衫，咖啡色长裤，一双平底青布鞋，鞋脸子上绣着两朵红月季。李春看呆了，这，这……这可能吗？这样一位美人，能心甘情愿跟他个土老帽儿到乡下去吗？

"你是那里人？"谈话就这样开始了。

几句话过后，人家就笑了，说在家乡找一个吧，别好高骛远，城市的娘儿们不好缠。

李春忙说："你能说出这样的话来，心地一定善良……"

余女士又笑："不不不，我的条件愣高！"

李春也笑："愣高，能高到哪里去呢？"

余女士收住笑声："反正你不在我的条件之内，你的头发有白的了，脸型虽然中看，但皱纹已有了一些……"

"我已经66岁了，能没有白发和皱纹吗？"

"但有的人就没有！"余女士说得很自信。

李春心里很愧疚，一时不知说啥好了。

"就这样吧！"余女士站起来，微微一笑，走了。

人家走出十几步了，他如梦初醒，跑前几步，喊道："你住一住，我再问句话。"

"什么话呀，你快说！"

"以后还能谈吧？"

余女士摆了摆手，转身走了。李春看着余女士那秀气的身段，慢慢地摇晃着，消失在远处，无可奈何地长出了一口气……

4

中秋节，女儿女婿办了一桌非常丰盛的菜。刚到5点，亲家老两口子就来了。沈德仓忙安排座位，都坐好后，酒宴开始，三巡过后，沈德仓对女儿说："寒露，该你给姥爷、爷爷、奶奶敬酒了！"寒露刚满4岁，但特聪明，不管什么话，一教就会。爸爸妈妈教着她学说，敬姥爷酒，敬爷爷酒，敬奶奶酒，敬了一圈，逗得大伙一阵阵嬉笑。酒罢，吃饭；饭罢，喝茶。正喝着茶，冬雪的手机响了，忙接，是哥哥打来的。李海问他们全家好，接着就问爸爸的情况，冬雪忙把手机递给了爸爸。

"有事吗？"他问。

"没事过八月十五就不问问？"冬雪插话道。

沈德仓说她："你别乱说话！"

李海说，过了节就别回老家了，叫他去北京过冬，正好妈妈早来了，全家团圆过春节。没等他表示态度，周云就说话了："李海的话，你听明白了吗？你哪天来呀，孙子天天嚷着叫爷爷抱，你就快来吧……"他没有回话，就把手机关了。女儿说他，他沉默不语。亲家二人劝他，他模棱两可，说过两天再说吧。人家感到无趣，就走了。

他躺在床上，心里慌乱，脑子里更是乱七八糟！联系了四个，一个电话上就拉倒了，另外三个虽然见了面，但也都近于儿戏。"蜀道难，难于上青天！"李白在云端里喊。李白是他的祖先，肯定无错，但他是李白的多少世孙，却难以查对了，但总是李白的后裔吧？俺有困难了，你怎么不指点迷津呢？托个梦来吧！人人都说你是太白金星，你一定有奇招……这都想了些什么？他从蒙眬中清醒了。门一响，沈德仓进来了："爸爸，给你暖壶水。"

"我晚上不喝水。"

"睡一觉少喝一点，有好处。"

"行，放那里吧。你过来坐坐吧。"他拍了拍床沿。

沈德仓坐下，就说："爸爸，你要不愿去俺哥家，就在俺这里吧。俺爸俺妈有房子，你住俺这里，正好。"

"我过几天就走，家里还有个菜园，我舍不得丢了。"

"收拾收拾再回来也行啊！"

"不啦，我住不惯大城市……"

"爸爸，你已是六十多岁的人了，什么风没吹过，什么雨没淋过，什么困难没经过，什么罪没受过……什么都受了，什么都忍了，一点小事怎么就放不下了？常言道，丞相肚里撑开船……"

"别说了，德仓，我知道你的心意……"他呜咽着，捂住了脸。

"爸爸，你别太难过，我说的也许有错……你睡吧。"

"好，好。你忙了一天，也歇着去吧。"

5

正在街道上走着，手机响了，他忙接："喂，哪一位呀？"

"怎么，忘啦，你不是给我打过电话吗？"手机里响起了一个女人的声音，一边说话一边笑。

好似受了感染，他忙回话："记不清了。你能不能介绍一下自己的基本情况？"

"就不在电话上啰唆了，见面后谈吧，我今天就去济南。"

"不有点太盲目？"

"我一个女人家都没有那么多顾虑，你一个大老爷儿们家，顾虑恁多干什么？下午3点，济南长途汽车站见！"手机戛然掐断了。

午饭后，他躺下睡了一觉，醒来时，已经2点。去是不去呢？他心里很犯犹豫。打电话的这个女人，有些神秘，不确定因素太多……可转念一想，她一个女人家都不怕，他怕什么？去就去！她就算是只老虎，也不能在大庭广众之下就吃人……

3点，他准时到达长途汽车站。

"你还没到吗？我已经到了出站口……"

用不着接电话了，一个女子拉着个带轮的旅行包，站在出站口，正在打电话，看来就是她了。中等身材，鼻子高挑，面色红润，花格子蝙蝠衫，后脑勺上的发髻一亮一亮地乱闪光。对此外貌，李春没有什么特别感觉，来不及多想，忙问："你就是那位……"

"是啊，是啊。可是巧，一下子就见到了。"

女子拉着旅行包，径直奔饭店，他紧随其后，这才看到她的后脖颈上有个隆起……

到了饭店，她坐下就点菜。服务员走后，她说："我饿了，你吃了吗？"

李春说吃过了。饭菜很快上来了，女人就吃起来，一边吃着，一边说话。她说见了他很高兴，问他是哪里人，做什么工作，家庭情况，李春一一作答，并说还没办手续。她说那个好办，到法庭说一声，很快就能拿到。李春问她,她说丈夫死了,没有孩子,她从烟台机电部门退休,姓汪……说着话,没觉着似的,饭吃完了。

"你去结账吧!"

李春一愣,忙站起身来,向收款处走去。

"拿瓶饮料来!"

"知道啦。"

账很快结完,收银员说33元,再加一瓶饮料,38元。李春付了款,拿着饮料往回走,见汪女士已经站在门口等他了。汪女士接过饮料,打开盖喝着,又向前走,李春忙跟去。到了一家旅店,汪女士径直入内。

"汪女士,咱找个地方商量商量再说,好吗?"

"我很累,需要休息……"

一问,双人房间400元,单人房间250元……

"付款吧!"汪女士说。

就在这一瞬间,李春感觉到了什么,他义无反顾,转身跑走……几分钟后,电话来了:"你走什么?你快回来!"

还有必要再黏糊下去吗?他把手机关了。

第七章　树欲静而风不止

1

一切都平静了，婚礼举行了，腿伤日趋好转，弃了拐杖也能走了，尽管瘸点、慢点。赵珍来了高兴，她洗过头，正在梳头，泼墨一样的黑发，散落满头，阳光一照，黑亮黑亮。55岁的女人，并不显老相，况且人逢喜事精神爽，此时的她，更是容光焕发，青春神韵再一次覆盖了脸面……

"哟，原来你恁漂亮啊！"

赵珍白他一眼，故作生气："这话你也能说？"

"别人能说，我为什么不能说？"

"你别忘了，我是你的老婆。"

"丈夫不能说自己的媳妇漂亮，谁规定的？"

"我规定的呀！"

……

说笑一阵子，程同说得跟你商量件事。赵珍叫他快说，他说你快把头发梳好，用三轮车把我送到中学去，我得去借几本书。赵珍听了，忙把头发盘好，就到小耳屋里去推三轮车。程同把大门拉开，三婶子已经来到面前，她身后，还有两个青年男女。

"三婶子来啦，家来坐吧。"

"我就不家去了，这两个年轻人，说是赵珍的儿女，你要好生待人家，别小心眼子……听着了吗？"三婶子点了一下他的头皮。没等程同说话，三婶子就把那两个年轻人招呼过来，说这就是你们要找的程老师，家去吧，你们的娘在家里。不知为什么，三婶子嗓音有些哽咽，随即流下来两行泪。她擦着眼泪，低着头，走了。

来不及送三婶子，他忙招呼两个年轻人家来。这时，赵珍已把三轮车推出来了。孩子一见妈妈，没有说话，就哭了。赵珍也哭。程同忙说："见了面高兴才是，哭什么！"

赵珍止住哭，叫两个孩子也不要再哭，拽他姐弟俩进了屋，又打来一盆水，叫他们俩洗洗脸……

"您娘儿们说说话吧，我去割二斤牛肉。"程同说着，就往外走，一瘸一拐的。

赵珍忙说："不行，你走路还不稳。"

"行啦，行啦。我不是天天沿着河堰走三里吗？"

"那都是我跟着你，走得也慢……"

程同有些生气，不再说啥，径直走了。

赵珍忙回屋拿来拐杖，追到大门外，喊他："拿上拐杖！"

"真拿你没办法！"他回身拿去了一根。

"两根都拿着吧！"赵珍已经在哀求了。

"没事，没事，你快回去吧。"

她看着程同一瘸一拐地走远了……直到孩子来叫她，她才回去。坐下后，她问道："公司里不忙吗，怎么有空来这里的？"

儿子韩铁气哼哼地说道："倒闭啦，空有的是！"

"倒闭啦？怎么回事？"

韩铁瞅着韩雪："姐，你给妈妈说说吧！"

韩雪还没开口，泪就流下来了。她哽咽了几声，使劲擦了几下脸，说道："130万资金，几张支票，叫苏枝花带着跑了……"

赵珍愕然，惊呼道："怎么跑啦？还带走了支票？她外边另有人？跑到哪里去了，不去找吗？"

这一连串的问题，是一句话两句话能说得清的吗？韩铁说只知道跑了，其他都不知道。苏枝花走之前，写了张字条，压在玻璃板下，说"我走了，请你好自为之"。事情已经发生了个多月，至今什么线索也没有。韩树林成天像只掐了头的蚂蚱，不知所措，最近精神有些失常似的，抽着烟，流着鼻涕，正笑着又哭。大前天中午，韩铁和韩雪去看他，他一下子跪在儿女面前，连哭夹喊，哀求儿女去把妈妈叫回来，说再也不敢胡来了，只要她回来，她说怎么就怎么，叫他躺着绝不站着……

赵珍的眼泪像屋檐水似的挂下来，但她没有放声。她去洗了一把脸，回来说这是不可能的了，她说韩树林吃红肉拉白屎转脸无恩，他追我的时候，又发誓又下跪磕头，还写决心书，一旦发迹，就烧包起来，曾经说过的话全忘在脑后，酗酒、赌博、睡小老婆，薅着头发打我，逼着我离婚……他怎么叫树林的？他娘在树林里搂树叶子生的他呀！好了疮疤忘了疼，没吃三天饱饭，就望不着南天门了。他如今叫苏枝花坑完了，又想起我来了，谁信他的鬼话？再一说啦，婚姻不是儿戏，我不能坑人家……

韩雪忙哭着说："妈妈，你恨俺爸爸俺明白，可你就不念儿女吗？我和韩铁不是你亲生的？"

赵珍的泪水又一次涌出来，她呜咽着说："雪雪，别说了，行吧？有好多话堵得我心口疼，但我无法说。你饶了我吧！你们的命不济呀，摊了个孬种爹，又摊了个无能的娘。谁也别指望了，指望自己吧！雪雪，你是出嫁的闺女了，别在韩树林的厂子里清熬了，你跟刘经广都出来，自己立个门头。韩铁你回老家，把二层楼装饰起来，结婚；结了婚，自己经营自己的日子。韩树林好也罢、歹也罢，咱不去掺和了。"

"俺也是这个主意，就是……"韩雪说了个半截子话，停住了，直瞅弟弟。

"我们手头没有那么多钱。"韩铁低着头说。

赵珍立即听出了弦外之音，儿女来她这里淘金了！"我不掌握钱财。开初，韩树林自己管；苏枝花混进来后，全在她手里。我现在两手空空，没有办法……"

韩雪忙说："听说程老师很会过日子，肯定有积蓄。"

赵珍苦笑道："他每月四千来块钱，也不是很宽裕，吃、穿、看病买药、人情世事，都在里面。他有三个孩子，俩儿一个闺女，即便是有些积蓄，人家能不给亲生儿女给别人吗？"

"俺是别人吗？"韩铁脸色一沉。

韩雪瞪弟弟："你怎么跟妈妈说话！"

赵珍鼻子发酸，哽咽着说："我来了还不到三个月，开不了这个口。我不挣钱，你说叫我怎么说？我说了，人家不给，这台还有法下吗？"

"没法下俺走！"韩铁说了这么一句，站起身来，气哼哼地走了。

韩雪犹豫了一下，啥也没说，追弟弟去了。

赵珍没送，也没说话，只是泪水又爬满了脸……

2

程同兴致勃勃地割来了三斤牛肉，见赵珍阴沉着脸垂泪，心里好生纳闷，忙问："你哭什么，他们呢？"

赵珍忙擦眼泪，把刚才的情况说了说。程同就埋怨，说你怎么能这样，没有多还没有少吗？大远路地来，太伤孩子的心了！赵珍问他怎么办，程同说你快打电话叫他们回来，回来了再说。赵珍就拨通了韩雪的手机，啥也没说，把手机给了程同。程同笑着说道："初次见面，不辞而别，你觉着合适吗？"

"俺，俺……"韩雪一时语塞。

"快回来吧！韩雪，你不也快三十了吗，怎么净办小孩子事？"

电话里隐隐约约传来了姐弟俩商量的声音，韩雪问回吧，韩铁说要不就回去看看再说。于是，韩雪就高兴地回话："程老师，俺这就回去。"

"可是好孩子，快回来吧！"

程同放下手机，叫赵珍剁牛肉，他自己扒葱……姐弟俩回来后，十几棵葱已经扒好，但牛肉还没有剁好。他叫二人坐下，倒了两杯热水，没等他端，两个孩子就各自端起来了。程同笑道："是不是有些热？"

两个孩子同时笑了："是还热点。"

"那就再凉凉。常言道,心急喝不得热糊粥,同样的道理,心急也喝不得热茶……"

几句话把两个孩子说乐了,他们哈哈笑了几声,容光焕发。程同接着问他们,说你们都知道我是当教师的,可不知道教师的最大毛病是什么吧?两个孩子面面相觑,满脸茫然,不知所措地摇着头。"就是爱批评学生,说这也做得不对,那也做得不好。"这个开场白一说,接着就滔滔不绝起来,"我这个毛病虽然不严重,可一旦发作起来,也够个人受的!今天我就说说你两个,希望有个思想准备。我虽然没有直接教过你们,但论年龄,我应是你们的长辈,做你们的老师肯定够格,批评你们几句,也就顺理成章。你说,是吧?"

"是,程老师!"韩雪忙说。

韩铁抬头看了程同一眼,没有吱声。

"韩铁,你不同意,是吧?"

"哪能呢?"韩铁咧着大嘴笑了。

"既然认我这个老师,我就批评你几句:好不容易来一趟,还没坐下来好好说说话,就走了,对吗?这是其一。其二,赵珍是你母亲,亲娘,是吧?亲娘说了不中听的话,甚至说错了话,可以跟她辩解,不能赌气走啊!你们一走,当娘的不伤心吗?她现在还在哭,你们能不能过去给她认个错,赔个不是?"

赵珍正在门外石台子上剁牛肉,他们说了些什么,虽然没有听全,但丢三落四,也听了个大概。只要过来说一句认错的话,她就饶过他们;不然的话,她就再次撵这两个狼羔子走。她挨了韩树林大半辈子的坑,不能再受这些小孬种的害……

韩雪说:"俺去,俺给妈妈赔不是。"

"那,韩铁呢?"期待的目光投向韩铁。

韩铁立马站起来:"俺跟姐姐一样!"

"好,好,那就快去。"

儿女来了,几乎同时说:"妈妈,俺错了,你别生气了。"

赵珍忙把就要下跪的儿女拉起来,擦着眼泪说:"牛肉剁好了,雪雪，你快拌馅子，我去和面。铁子，你去洗洗手，准备擀皮……"

他们娘儿仨忙活，程同也不闲着，忙去烧水。一个小时包好，下出来吃罢，也就下午1点了。韩铁说走，他姐迎合，程同不同意，说不走了，明天早走，赵珍没说话。程同说我还有些话没说完，请你们别嫌烦。为什么喋喋不休呢？俗话说亲顾亲顾，无亲不顾，是吧？我说的这些话，也许不中听，但我是为了帮助你们，良药苦口利于病，忠言逆耳利于行嘛。韩雪说是，韩铁点头。程同就给他们讲《塞翁失马》的故事，他说苏枝花掠走了130万，暴富了，这对她来说是个好事；但另一方面，也是个坏事，这就要看她怎么摆弄了。她的背后肯定还有人！这个人是好人还是坏人？像苏枝花这样的人，好人能跟她一起混混吗？所以，这130万不但不可能给她带来好处，还可能会带来杀身之祸……不信就走着瞧！你的父亲损失了130万，当然是个灾难；但如果幡然悔悟，接受教训，以后再别乱七八糟，前途仍然是光明的。"浪子回头金不换，听说过吗？"程同笑道。

"就怕他听不进去！"韩雪愁云满脸。

韩铁说："他不管我们了，我们也不管他了。只是俺手里一个子儿也没有……"

听得出来，他们还是想要钱。赵珍看了程同一眼，使劲咳嗽了一声。程同说："这样吧，你回去说说，他信我们的劝说，当然好；不信，我们也尽心了，问心无愧。瘦死的骆驼比马大，船破还有三千钉！你父亲的企业既然能称公司，怎么能只有130万呢？你回去低声下气地跟他协商，虎恶不食子，他只要敞敞手，一人给你十万八万，你们各自开个门头，不就行了吗？"

赵珍忙插话道："我跟他离婚，什么也没要，就要了一张离婚证。我跟着他当牛做马三十多年，应该这样吗？我是想他对我没有人肠子，对儿女不可能狼心狗肺吧……"

"是啊，是啊，是这样。"

"再一说啦，别说你跟着他也十多年了，就是外人跟他打工这样也不行……"

韩铁跳了起来："他就是不给你，你能杀了他？"

程同一时没话说了！当然不是没有法子，可以找舅父叔父大爷，也可以找村民委员会，还可以到法院起诉，但现在他不能说这个话，他的身份不行。他要说了，人家说他挑拨离间怎么办？跳进黄河也洗不清啊！

"程老师，你说怎么办呢？"韩雪眼巴巴地望着他。

赵珍无言，又流开了眼泪。韩铁抱着头，低下了……

"我看这样吧，你们回去说说再说。真不行，我一人先给你两千做本，开个肉摊，慢慢朝前奔。你看行吧？"

韩铁说两千周转不开！赵珍说你老师遭了车祸伤了腿，花了好几万……韩雪说这样就蛮好，难为程大爷了！

程同说先这样，车到山前必有路，老天饿不死瞎鹰。话音未落，韩铁站起来，啥话没说，甩手走了。赵珍随即哽咽流泪，韩雪也哭泣起来。平常不抽烟的程同，无可奈何地嘘了一口气，从待客用的香烟盒里，抽出一支烟来，点上，吸着，咳嗽着……

3

第二天，赵珍送女儿走，一直送到祊河堰上，对她说："你大爷许下的那四千，现在还没有，得等下个月来了退休金，到时候寄给你。"

韩雪说："我回去跟经广商量一下，只要有办法，就不麻烦您了。"

赵珍又掉眼泪："雪雪，你能知道妈妈心里的苦就行！"

"妈妈，我知道，可你别靠哭啊，哭坏了身子怎么办？"

"行，我不哭。"她一边使劲擦着泪水一边说，"你回去说说铁子，叫他好好想想程老师的话，别钻牛角尖儿。"

走了，闺女走了！她站在河堰上，望着远去的闺女，眼泪又像断了线的珠子滚落下来。秋风刮着她的衣裤飘动，吹着她的头发扬起又落下，落下又扬起……

"妈妈，你回去吧，我过不多少日子就来看你！"

第七章 树欲静而风不止

她哭了,捂着嘴,跑下河堰……跑到家一看,郑兴兰已经跟她老公公吵上了。左听右听,是儿媳妇怀疑老公公给了她儿女钱。程同受苦了,小老鼠钻风箱,两头受气!究其原因,全是因为她。她要不来,哪有这么多是是非非?自己的骨头就这么贱吗,到哪里哪里出是非?好好的一个家,现在已成了烂摊子。难道不是韩树林苏枝花做的孽,而是她赵珍命该如此?来到这里,程同倒是真心实意,可他的儿女们总是不高兴,尤其是他大儿媳妇,可不是盏省油的灯!每次见面,都拿尖眼珠子瞪她。我就是这种团圆儿媳妇的命,我的日子就得时时刻刻放在黄连水里浸泡,我,我……我永远没有出头之日了?想着这些,她热血沸腾,怒气上升!她想起了那些恶老婆,那些骂大街的娘儿们……也有讲理的,也有不讲理的。咱不能不讲理!讲理,怎么讲?咱也不能缩头缩脑,又怕冻着,又怕烫着,不敢动,不敢挪,树叶掉下来怕打了头皮;高声说句话,还没惊动别人,自己早就心惊肉跳了,这样,这样……这样哪年时无人欺负呢?她一下子站到了郑兴兰的面前:"有什么话,你朝我说!"

"谁当家我朝谁说。"

"我当家!"

"你当家?你粪叉子犁头,算得了哪一道?"

"算程同老婆那一道。"

"这么不要脸啊!"

"你不要脸,你不要脸……"

"你个老养汉的!"

"你个小养汉的,你个……"

郑兴兰扑上来,赵珍迎上去,刹那间就抓挠在一起,喊声,哭声,骂声,厮打声……混成一片。

"你们要干什么?"程同呼喊着,从屋里一瘸一拐地走出来。

这时,赵珍已把郑兴兰摔倒在地,正在抓挠……从大门外拥进一群男女老少,很快将她们俩拉开。郑兴兰哭着骂着走了,大伙议论纷纷,说什么的都有。

"恶人没招着恶人磨，招着恶人没奈何！"有人笑道。

"哈哈哈……"刹那间，满院子响起一片笑声。

程同没笑，他招呼大伙屋里坐。大伙都说就不坐了，改天吧，说着笑着，陆续走了。几个近邻劝他，不要往心里去，有天湿了有天晒，阳沟底下翻不了船，沉住气，这点小事好解决。程同说他知道，没有什么大愁犯，请大家放心。几个近邻走后，不见了赵珍，他就喊："你做什么去了？"

"我在这里！"从屋里飞来了赵珍满蓄着喜悦的嗓音。

回到屋里，他不无埋怨地说道："你怎么能这样？"

赵珍一边包着手指头，一边说她的心情……程同苦笑，说这也许是个办法，但不是好办法，不到万不得已别使用。

"已经到万不得已了呀！我觉着实在无路可走了。"

"事情已经发生了，也就别说了，但还没完，更猛烈的暴风雨即将来临……"

赵珍没接话，陷入了沉思。

4

郑兴兰哭着回了娘家，郑起顿时暴跳如雷，驴脸平时就怪吓人，一发怒更吓人。不等闺女说完，他就号起来："我去找程同！"话音未落，长腿已经迈出了屋门。

"你回来，你行行好行吧？"老伴的哀告声里，带着哭音，"兰子，你快去把你爹叫回来，他一去会把事情闹得更糟。你们省点事吧，别叫俺提心吊胆了！"

郑兴兰为了安慰娘，忙往街上跑。街上有几个走动的人，但没有她爹。她回来一说，她娘气哼哼地直嚷："您爷儿们闹就是了！"说完，她爬起来就走了。

"你上哪儿去？"

"你别管我！"她娘甩下这么一句，就闯出了大门外。她顺南北大街一直向北,在村北头水渠桥上,遇上了闺女婿。程锡明问她做什么去,她忙把闺女婿拉到路边,说兴兰跟你赵姨娘闹了,没赚着便宜,回来一说,她爹又去了……叫他快回家看看,可别闹了呀,有理慢慢讲不行吗,闹仗有什么好处?程锡明说知道了,叫岳母坐上来,送她回家。兴兰娘不坐,说慢慢走就行,叫他快走,闹起来多不好,叫老庄邻笑话。程锡明说好吧,一踩油门,就来到了自家的大门首,只见老丈人正在举着拳头砸门:"咚!咚!咚!……"

"你做什么呀,手不疼吗?我爸爸的腿还没好利索,你慢慢地叫不行吗?什么大不了的事,恁急火?"

"打人的可以不急火,挨打的能不急火吗?"

"谁打人啦,啊?"

"你爹啊!你爸啊!程同啊!程教授啊!"

"我爸爸不会打人,他的腿脚也不灵便……"

这时,街坊邻居又围拢过来,都指责郑起太张扬,小年纪吗,还这么不讲理?儿媳妇跟老婆婆抓挠了两下,怎么非得赖程老头呢?你要是个人,说说你闺女不就万事皆了,还弄这些洋动静干什么,怪体面,不觉着丢人现眼?……七嘴八舌,也有声高的,也有声低的,也有耐心说服的,也有大声呵斥的。郑起的腿肚子软了,他嘿嘿两声,说自己一时犯浑,做错了事,还请大伙原谅。说完,他扫地一躬,地老鼠一般,顺街跑了。

"这个滑头!"有人囔道。

"走了好,别跟他一般见识。"又有人说。

众人走散后,程锡明也回了厂子,见郑兴兰坐在沙发上发呆,就不冷不热地说道:"闹完了吗?再闹啊!闹了这么一点点,显示不出郑女士的威风来。只有继续闹下去,才能……"

"你不用西北风带刀子,连讽带刺!我跟你闹,我找你老的找错了对象,原来后台还是你。"郑兴兰越说越气,呼的一声站起,就扑向程锡明。程锡明向旁边一闪,她趔趄了几下,就倒在地上哭喊起来。

程锡明坐回沙发,点了一支烟,跷起了二郎腿。一支烟吸去半截,郑兴兰哭得也就差不多了，爬起来去了里间。

"别走啊！既然哭完了，该商量商量事了吧？"

"我跟你没有事商量……"

"有！怎么没有？孬孬好好也在一起过了七八年，怎么能说没有事商量呢？"

"你有什么屁就放吧，我听着。"

"那就多谢了！"程锡明扔掉烟把，开了腔，"兴兰，咱离婚吧！当初年轻，只想好没想孬，天边子上也没想到还会有这么多乱七八糟。外边乱倒没什么了不起，难办的是咱内里跟着乱。为了家庭和睦，我轻易不愿发脾气，能少说一句，就不多说一句。过去的一些陈谷子烂芝麻我实在不愿再翻腾，但有一件事不得不再说说：我妈妈来洗衣裳，一口气洗到晌午，你包了饺子，叫你爹娘来吃，怎么就不叫俺妈妈呢？她是来给你干活的！就算是雇来的，也得管饭吧，更何况她是我的妈妈、你的婆婆！说起来是件小事，可我妈妈心小，撑不了这份打击。她回到家里哭了一场，病了个多月，没过二年，就去世了。那时候，她才66岁，平常没有大毛病，一直很壮。她的死与吃窝囊气一点关系也没有吗？"

"照你这个说法，你妈妈是我害死的了？"

"我没有那样说，但不能说一点关系也没有。"

"好啊！原来你记着这笔账……"

"本来这件事已经忘了，最近你不停地找事儿，使我想起了这件事。"程锡明又点着了一支烟，吸了几口，弹弹烟灰，继续往下说。他问郑兴兰前些日子发的什么疯，一声不响去找他爸爸要账，还向赵姨妈发难？今天又怎么了，竟然跟赵姨妈干起来了？"你是不是觉着日子过得太平淡，找刺激？"

"我找龟孙！我还找刺激……"

"你再骂一句。你要再敢骂，我就揍你！"

郑兴兰哭了！她一边哭着一边囔："你来揍吧，揍不死不是人种！"

"好啊，算你有种。我先不揍你，还有一些话说完了看情况再定。

这两次行动你都没给我说一声,谁给你出的主意?我们的厂子离村庄三里路,村子里的事我一点也不知道,是谁给你的信息,是你爹吧?"

"是我爹呀,你能怎么着?我还能跟我爹断绝来往吗?"

"我没有那个意思,但你为什么不跟我商量一下呢?"

"嘿嘿,跟你商量?"郑兴兰冷笑道,"跟你商量你能同意吗?跟你商量还不如不商量!"

"郑兴兰,我告诉你,家里的事必须协调一致。商量有两种可能:同意或不同意。不商量,说明你眼里根本就没有我,咱这个日子就根本无法往下过了。实话告诉你,这两件我当然不会同意!我父母拉扯我长大,供我上学,给我娶上媳妇,我办厂子,爸爸又拿给五万做资金……这一切,他来要过账吗?他使了咱一万,没过半个月,你就跑到门上去要账,你是人吗?我两岁时,得了肝炎,爸爸为了买几斤大枣,去费县,跑平邑,跋山涉水,两天才回来。那时,正在闹两派,对立面以此抓辫子,硬说他去搞反革命串联去了,写检查,挨批判,长期得不到解脱……"程锡明说着说着,就哽咽了。

"你别弄那个熊样给我看,谁家的父母都这样。"郑兴兰坦然自若,振振有词。

"谁家的父母都这样是不假,可谁家的儿女像你那样?"

"我怎么啦?赵珍还打我呢!"

"你出来!"程锡明呼地从沙发上跳起来。

郑兴兰疾然从里间里跑出来,高声呼喊:"出来就出来,你能怎么样?"

"我不能怎么样,我就是能揍你!"啪!啪!扬手就是两个耳光。

郑兴兰捂着腮帮子跑了,一边跑一边哭喊:"我不活了,我不活了……"

5

没用半个小时,爸爸的电话就打来了:"你回来一趟!"

"有什么事吗?"

"没有什么事,就是叫你回来一趟!"爸爸嗓音低沉而严厉,说完就挂了。

他有一种预感,爸爸传唤他,可能是郑兴兰告的状。自己的所作所为可能有些过火,郑兴兰再添油加醋、虚张声势一番,爸爸也就信以为真,难免生气,传唤他也就顺理成章。去吧!不去怎么能行呢?是福不是祸,是祸躲不过;躲了初一,躲不了十五。他推出摩托车,一踩油门,几分钟就到了家。爸爸正在银杏树下看书,坐在一个矮板凳上,旁边放着一把椅子,上面放着几本书。他叫了一声爸爸,程同"嗯"了一声,没有抬头,嘱咐他到屋里给你姨妈说一声,顺便拿个板凳来坐。一会儿,他就拿个板凳回来了。随后,赵珍也来了。

"你跟欣欣妈妈闹仗来是吧,还打了她……"

在老子面前,不能撒谎,他把大体情况说了一下。

"这'离婚'二字是随便说的吗?这是一错,打人是二错。有理说理,打人算什么本事?"

程锡明只得把郑兴兰的恶迹重述一遍……

"没给饺子吃,这事就别再提了!郑兴兰做得不对是不错,可也怨你妈妈肚量太小。当时,她回来哭,我就劝她,说她不给吃,咱自己包;她不管饭,以后不去洗不就完了吗?何必哭喊,还病了个多月!"

这种说法赵珍不同意,她立即提出了反驳:"你这说法可不行!大姐是个家庭妇女,又没有文化,她怎能跟你们男爷儿们比……"

程同摆了摆手,说这个事别再议论,不同的看法各自保存好,等将来闲暇了再议。他说今天叫锡明来,主要说说他跟郑兴兰吵仗闹乱子的事。他说郑兴兰两次向我发难,表面上看是她自己的作为,但她爹可能也没闲着。郑兴兰这孩子过日子还行,就是私心重些。这也难怨,人为财死,鸟为食亡,这种理念,依然很有市场。好在她娘还懂点情理,有时还念叨几句,但郑起不行,而且蛮横。郑兴兰听她娘的少,听她爹的多,这就难免坏事!叫儿子多说道说道,别光忙厂子,忘了跟妻子沟通。嘱咐他以后不准再随便说离婚,真离了婚,欣欣怎么办?

跟着你，没了妈妈；跟着郑兴兰，没了爸爸，都不好。"

"你听着了吗？"老子呼喊道。

"听着了。"

赵珍接话道："锡明，听你爸爸的话，他指的都是正道。我现在很后悔，不该跟欣欣妈妈闹……"正说着，她就哽咽了，继而泪水唰唰。

锡明忙说："那事不怨姨妈，怨她自己。"

程同趁机替赵珍解释，说她那时心情坏，以致酿成了那场闹剧。赵珍随即表示，过些日子，她去向欣欣妈妈道歉。锡明说那可不行，是她先发的难，她给姨妈道歉才对，哪有长辈给晚辈道歉的道理？程同长叹了一声，摆着手说："别争了，别争了，此事以后再说。"

快晌午了，赵珍做饭去了，程锡明要走，他说吃了饭再走，儿子说饭家里还有，他说也好，那就随便吧。程锡明就走了，但还没走到大门，他又吆喝，儿子只得再回来，问他还有什么事。他压低声音说道："儿啊，我心里很苦！郑起这人一肚子坏水，他不光唆使他闺女跟俺闹仗，出我的洋相，还到处说我的坏话，说我为了弄来这个娘儿们，花了多少多少钱……"

"行，我知道了。"

"咱不跟他闹，但一定说好兴兰，别再听她爹的了。不光这些，他在外边更孬种，他爬李春家的墙头，被你大叔逮个正着……你大叔欲哭无泪，死的份儿都有！好好的一个家庭，被他给搅黄了。六十多的人了，他搞这个做什么？作孽呀！"

"这事我听说了，以后想办法教训教训他。"

"可不能来粗的！"

"知道。我跟郑兴富说说，商量商量再说。"

第八章　北京之行

1

　　俗话说，不见不知道，一见吓一跳。真的，李春吓了一跳！北京火车站如此宏大、雄伟、壮观，以至让他这个中学高级教师也不知怎么形容好了。一句话，没有见过！临沂的火车站，他见得多了；济南的火车站，也不陌生。第一次见，他眼花缭乱，大吃一惊，以至头脑有些眩晕了。他放下行李，四下里看了一阵，感叹几声，这才定下神来，走出出站口，雇了辆出租车，到了儿家。

　　一按门铃，周云来了。虽然只过了二十多天，但周云比在家时好看多了，脸色白了，穿着也为之一新⋯⋯

　　"你来啦！"她说着，脸色红了一阵。

　　说什么好呢？似乎搜寻不到一句合适的话，他低着头，很不情愿地"嗯"了一声。周云见他冷淡，脸色骤然阴暗，伸手接过行李，就退回室内。李春几步走进去，坐在沙发上，歇息了会儿。周云端过一杯橘子汁来，对他说："你喝口试试，凉吧？要凉，就热一下。"

　　他说不用热，端起来，喝了几口。

　　"你要累，就去躺躺。"周云小心翼翼地说。

　　"不累，用不着躺。"

　　听得出来，话语里没有一点两个人之间的温情。她自然明白这是为什么，不再说啥，无奈之下，把小孙子从儿子的卧室里推出来，强打精神笑道："叫爷爷，爷爷来了。"李春就过去看孙子，小家伙好像认得爷爷似的，咧开小嘴笑了。李春高兴极了，伸手去抱，小家伙不乐意，哭了，周云忙去哄……

孙子的乳名是他起的，叫"三石"。名字乍一听，有些绕口，可蕴"光明磊落"之意于其内，一点也不俗气。一会儿，三石就不哭了，他又凑近逗趣。这回三石乐了，咧着小嘴笑了。

"爷爷抱，爷爷抱。"他伸手去抱，小家伙扑上来，李春两手一举，把孙子举到了头顶，小家伙笑得哈哈的。

"叫爷爷，叫爷爷……"周云笑着引导。

小家伙喊叫了一声，但没叫清。

"三石可乖，再叫：爷爷！"周云又教。

李春抱起孙子，走向阳台，周云感觉到了冷漠，一腚坐在沙发上，长叹一声，脸面上立即漫上来一块暗云。

听说爸爸来了，儿子儿媳妇都提前回来了，晚餐弄得很丰盛，德州扒鸡、北京烤鸭、红烧牛肉……应有尽有。儿子儿媳妇频频敬酒，周云也凑合着敬了几杯。虽然是葡萄酒，度数不高，但毕竟喝多了，有点晕乎，少吃了点饭，他就睡了。一觉醒来，已到凌晨2点。小解回来，他刚躺倒，周云就偎了过来……

"你做什么？"

"做什么，你不知道吗？"

"我不知道，你回你的被窝。"

"咱两人……"

"别咱两人了，咱不是两个人了。"

"你不要我了，你……"周云哭了。

"不是我不要你，而是你不要我。"

"我怎么不要你的？我跟你好，你拒我，还说这样的话！"

"你别跟我好了，跟郑起好去吧。"

"呜呜呜……你血口喷人！你……呜呜呜……"

他不再说话，也没的说了，再说那些，叫儿子儿媳妇听了，多不好！他坐起来，点着了一支烟……但光这样僵持着，也不是个办法。怎么才好呢？他觉着怎么也不好，三十六计走为上！他忙扔了烟，穿好衣服，溜下床，走出卧室，顺手抓来放在沙发上的那个提包，开开门，走出来，回身轻轻关了，慢慢地下了楼……

2

  这时候，凌晨2点半。
  去火车站，往哪儿走呢？夜里，他已找不清东西南北。得找个人问问，但又不见人。向前走吧，遇着人再问，这样的大都市，怎能缺了人呢？没走几步，就见前方有人影晃动。他心下顿生喜悦，喊了一声，跑起来。跑近一看，是个女清洁工。人家用手指了指，说大致方向是向那儿，叫他勤打听，最好遇着出租车搭车去。他连连致谢，就走了。走了大约半个钟头，见有出租车了，他就坐上了车。
  一到进站口，儿子早站在那里等他了，没说三句话，他妈妈也站在身旁了。
  "爸爸，你就是对我有意见，也不该偷着走啊！"
  说什么，怎么说？他蹲下身子，点着了一支烟，默默地吸着，良久，才说："你们饶了我吧！我家里还有好多事……"他在哀告。
  "那个家不要了，谁愿偷就偷，愿抢就抢！"周云说。
  儿子说你这样走，叫我如何给褚丽解释，如何向岳父岳母说？他们还要请请你！你这一走，人家是什么感受啊？你要走也可以，过个十天八天，把该做的事做做，哪天走，事先买好票……
  "是啊！你这样偷偷摸摸，多不好。"周云嚷道。
  "妈妈，你先别说行吧？"显然，李海有些不耐烦。
  李春仍蹲着吸烟，一声不吭。
  "回去吧，爸爸！"儿子在哀求。
  突然，手机响了！李海忙接："有事吗？"
  "还有事吗？找着爸爸了吗？"
  李海把情况简明扼要地说了一下，褚丽叫他把手机交给爸爸，李海就把手机交给他，他接了，说道："褚丽，你照顾好三石，别管其他。"

"我不是这个家庭里的一员吗,我为什么不管?你当长辈的不正,别怨晚辈无理……"

听了这些,他不寒而栗,能跟儿媳妇吵吗?他把手机还给儿子,叹口气蹲下,再次点着了烟。

"回吧,爸爸!"

"你要不回去,我就在这里一头撞死!"

他有什么办法?"好,回。"

3

歇息了一天,就到了双休日,李海说去故宫或颐和园看看吧,李春不同意,说这么近,改天自己去就行。他叫儿子拉着他去看长城,他说讲了多少遍长城,但还没有亲眼见过,这回可得看看。李海说可以,问妻子,褚丽说就不去了,已经去过多次了,也嫌太累人,还说自己得回娘家,上个双休日没有看二老。李海同意,问妈妈去吧,周云说,你爸爸去,我不愿意去也得去啊!周云兴致很高,欢声笑语,楼房里装不下,从敞开的窗子飞向天空。她以为这样会感染李春,但李春阴着脸,一言不发。他心里在想,你如果这么看重我,怎么还会发生那样的事?不发生那样的事,我得讨好你呀!现在,你再怎么表演,也无用了。他心里极其龌龊,实在不愿意再与周云一起做任何事,然而无法,为了孩子,他不得不强打精神。

小车直奔八达岭……

两人坐在后车座,周云向他怀里偎,李春轻轻地把她推开。

"我有些头晕。"周云说。

"你晕车还来干什么?"

"已经来了,怎么办?"

不能再争吵啊!再争吵起来,叫正开着车的儿子怎么办?周云靠在李春身上,李春背倚着座椅,一动没动。他眼前不停地出现那些龌龊暗影,心里腻歪死了,但无法,为了暂时的安宁,只有忍受。过了半个小时,他说:"你自己坐坐吧,叫孩子看了,多不好。"

"什么不好?孩子明白。"

"你让一让,我抽支烟。"

周云移动了下身子,他点着了一支烟……

到了八达岭,儿子给买了票,对他们俩说,自己去吧,他看过多次了,不想再逛,而且昨天夜里打一个文件,下1点才睡,现在还感到有些困,想在车里睡一觉。对于儿子的这个请求,二人都同意,嘱咐了几句,就走了。周云扶他上阶梯,他不从:"我还没老到要人搀扶的地步!"他紧三步上前,噔噔噔地跑上去了。

周云讨了个没趣,并不气馁,快步追了上去。到了甬道里,周云去挎他的胳膊,他挣脱,急步向前,周云很快赶上来……

"你做什么?"

"你没看人家吗?"

"人家是人家,咱是咱。"

"人家是两口子,咱……"

"咱还是两口子吗?"

"咱怎么不是两口子了?"

有人过来围观,李春转身甩手走了。

一个老太太过来问周云:"怎么啦?"

周云的泪水就下来了……

"你给我说说,到底为啥呢?"

周云摇头,说一句两句说不清楚。

"一句两句说不清楚,一百句能说清楚吧?只要没做贼养汉,咱女同胞就没有错,他男爷儿们欺负咱就不行……"

一个四十来岁的男人来叫老太太了,他说:"妈,走吧!世界上的事多着呢,你管得了吗?"

老太太扶了扶眼镜,叹了口气,走了。周云坐下,抹了一把眼泪,看着渐走渐远的老太太,心里说不清是个什么滋味……

4

　　李春一口气跑了五百米，后背有了出汗的感觉，就放慢了脚步，解开了外套的扣子。他来到一个垛口前，站下了。举目远眺，北方茫茫苍苍，看不真切。近处，有阳光照耀，到处明亮，田野里收庄稼的农民，道路上的行人，奔驰着的各种车辆……尽收眼底。他这个历史教师，对长城还是熟悉的。长城，始建于战国年代，后经秦始皇连接重修，初见规模。以后历朝历代，都整修过，才有了现在这个样子。修长城耗费了多少人力物力，死了多少老百姓……修长城功大呢还是过大呢？吵吵嚷嚷，几千年！万里长城防御了外敌入侵呢，还是作用甚少？吵吵嚷嚷，几千年！据说，在卫星云图上所能见到的人工建筑物，只有长城。长城，多么宏伟啊！长城，多么厚重啊！这就是中华文化，博大精深得令人们无法用文字阐述。站在她的脚下，你就立即感到自己的卑微和渺小，一般老百姓自不用说，就是秦始皇再世，也不能不为之折腰！如果开一个专题，研究一番长城的历史沿革，不是一项非常有意义的工作吗？自己成天愁眉苦脸地想那些破事烂事干什么，大好时光荒废了，既苦了自己，也苦了孩子……

　　有个学者模样的老者走过来，拍了一下他的肩膀，笑道："朋友，想什么呢？"

　　他说："站在长城脚下，感到自己太渺小了。"

　　"哈哈哈……"老者笑了，他说就是嘛，我们与长城比起来，一粒沙子都不如。长城是永恒的，我们呢？几十年，顶多一百多年，就烟消云散了。比长城大的还有的是，昆仑山，喜马拉雅山……再大者，天、地、宇宙！一个人算个啥呀？能想透这一点，一通皆通。他说他的老伴走了，儿子想把楼房的产权改在自己的名下，他问为什么，儿子说你不是还想找一个吗？要不改，多少年以后，不就叫人家弄去了？他说是呢，改就改吧。儿子欣然前往，不几天就办好了。半年以后，秦皇岛来了个女士，49岁，见面一谈，同意了。问及房子，他实话实说，人家听了，脸色立即晴转阴，说对不起，起身要走。他忙拉住她，说怎么，我不是还有六千退休金吗？她说你要是早我一天走了，我住哪里？他说，就住这儿。人家问你儿子要撵我呢？他说不可能。人家说百分之一万可能！女士走了，他喊她，叫她住住。女士停下，问还有事吗？他忙穿了外套赶上，到银行取了两千给她。女士犹豫了片刻，苦笑着抹了把眼泪，说了句"谢谢"，拿着钱走了。

"后来呢？"李春问。

老者苦笑道："哪还有后来！"

"你何苦给她那么多钱？"

"不是说财宝动人心吗？试探试探……"

"人家已经说明了，你何苦啊？"

"人家来一趟不易，给她那点也应该。"

李春叹息，说老人家你太好了。老者说，他对这事已经淡漠了，他已是八十多岁的人了，什么都想开了，一个人轻松，上午爬爬长城，下午看看书报，一天也就过去了，十年也好，二十年也好，找到老伴再叙谈，一切皆好。

李春想，人家这也是一条路。可自己呢？自己的情况与他不一样啊！他能洒脱，自己能吗？人家没有是非争论，他心里不是有一把乱草堵着吗？

"你好似有心事？"老者笑道。

"是的，老先生！"

"能提纲挈领地说几句吗？"

李春想，素不相识，家离得这么远，说说又何妨？即便他嘴贱，跟熟人讲说，他也不知道说的是何许人啊！而且，这样的破事烂事，光有文字记载的，就可拉几火车，没有文字记载的，谁知有多少！"可以。"李春略作犹豫，就把周云的不轨行为说了。

老者抹了太阳帽，搔了搔头皮，笑着说道："就说这长城吧！摧毁旧的，重建行吧？当然行，但是损失太大。修！秦修，汉修，隋唐修，宋明修，清也修。重修旧好，整个世界上，到处如此。一件外套，裂了缝子，缝缝照样穿。扔了拉倒也可以，但不觉着心疼吗？三十年的婚姻，四十年的婚姻……对于一个家庭来说，就是座万里长城，能随便毁掉吗？当然，这只是个比喻，比喻永远都是蹩脚的。离婚是可以的，是法律赋予每个公民的权利，但要慎重，万万不可轻举妄动。你说的那点事，实在不值得大动干戈啊！朋友，你不也六十多了吗？实在该三思而后行了……"

话说到这个份儿上，似乎无法再说下去了。世界上的理原来怎么讲都通，这位老者说的这些，谁敢说是谬论……他想走了："老先生，咱走动走动吧？"

"好，好。你不要想不通。想不通，自己折磨自己，到头来，还得想通。"

李春点头，跟老者握手："老先生，你能给我张名片吗？"

老者略加沉吟，说没带，摸出笔来，找了张纸片，写了个手机号码，交给李春，说道："我姓乐，人称老乐。有事打这个手机号，我们再讨论。"

"好，好。"他收了纸片，再次握手，然后转身走了。

5

周云被甩，没有心情再游览。她一向信心百倍，认为自己与李春的关系是牢不可破的，有个三差两错，李春也不会就甩她。再一说啦，都这么一大把年纪了，一点不轨算得了什么，小菜一碟。不就是那么一会儿吗？无所谓，玩玩而已。可怎么也没有想到，这回是怎么了，李春要认真，揪住不放，大祸要临头……第一次，郑起审到她家，抱着她就不放了！她喊，他捂嘴。他说就一会儿，你要不从，惊动了别人，传出去就坏了，浑身是嘴也说不清，叫李春知道了，就塌了天……没有办法，她顺从了。有了第一次，就不愁第二次，第三次，第四次……这样浪漫浪漫，很滋润啊！那时的她，完全不思考李春知道了将会如何。三十多年来，李春对她一直很好，有了白头发了，还能再塌天？她也想了些办法，尽量做得隐秘。可惜她忘了"机关算尽太聪明，反误了卿卿性命"，"要想人不知，除非己莫为"……现在，她悔恨了，她恨自己，更恨郑起,也恨李春。她恨自己怎么昏了头,她恨郑起毁了她的一切,她恨李春一点旧情不念,想一棍子把她砸死……一想这些,就天旋地转,她也无法给别人说,只有窝在肚子里痛苦。她掉了几滴眼泪,但在此哭,谁来同情?她擦了擦眼泪,爬起来往回走。她走到李海的车旁,见儿子还在酣睡,就没惊动,坐在地上等吧。孩子熬了夜,肯定困了,叫他睡吧。坐着干等,不知不觉打开了盹……一会儿李春就回来了,抓住她的头发就打,她就喊救命,但喊不出来。她挣扎着使劲喊,终于喊出了一声,惊醒了李海。

"妈妈,你怎么啦?"

她揉了揉眼睛,知道做噩梦了,不好意思说什么,说做梦了。

"我爸爸呢?"

'他,他……"

"他怎么啦?"

"他不跟我一块,自己走了。"

"你们俩……唉,真是!"

"你去找找吧!"

"多长时间了?"

"有两个钟头了吧。"

"这么长时间了……"

"找总比不找好吧!"

正说着,李春来到了他们面前。大家哭笑不得,都拉着脸,什么话也不说。过了片刻,李海问:"回去?"

李春点头,说回去。三人分别上了车,一会儿就跑起来。到家时,1点多了,吃过午饭,各自休息。吃晚饭时,褚丽说明天她爸妈请客,李春说别麻烦了,都是自己人,有这份心意就行了。周云说人家亲家真心实意请你,你怎么这样说呢?李海说别争论啦,就这样定了,得去。李春点头,说好吧。夜里睡醒一觉,他推醒周云,说商量点事行吧。周云惊喜,说行啊!她以为李春要跟她亲热,忙去搂他,他躲开,说咱的事早已结束了。周云自然来气,嚷道:"商量什么?"

"咱办个手续拉倒吧！好聚好散，到此一站，也行了。"

"你还有点良心茬儿吧？三十多年了，家里湖里，风里来雨里去，我一点好事没做吗？你现在行了，不要我了……"

"不是我不要你，而是你不要我！"

"放你的狗臭屁！我哪雯儿说过办手续？"

"你跟郑起混混……"

"你血口喷人，你，你……你扒瞎话，不得好死！"

"我的眼睛还没瞎，也还不是植物人……"

"你，你……呜呜呜……"

无法再说下去，先这样吧。他穿好衣服，来到客厅，坐在沙发上，点着了烟。老乐的话对他不是没有启发，只要周云认个错，并保证以后不再犯，就此了结也可；但她张口就是血口喷人，还骂人，事情已经挂在悬崖上了！一支烟烧完，再点一支，一支再一支……一包烟吸完，窗玻璃也就发白了。等儿子起来，他说有趟从北京到日照的车，可能晚间发，叫儿子早去买张票，头晌到三石姥爷家做客，晚间走，正好。

"过一周再说吧。"李海说。

"不走啦，在这里过冬。"褚丽说。

李春又点着了一支烟……他说他怎么也不待下去了，要不给买票，他自己去买。

"叫他走吧，留住他的人，留不住他的心。他的心要真铁石了，神人也无法，但我觉着……"周云哽咽着，说不下去了。

"好吧，我去买。"李海说着就要走。

"你别忙，走时现买，来得及。"褚丽说。

第九章　赵珍负重

1

过了两天，程同打电话问儿子，欣欣妈妈回去了吗？锡明说没见影。早饭是豆汁和油饼，他默默地吃完了早饭，坐回沙发，仍然沉默不语，脸色也不好看。赵珍刷着碗筷，瞅了他好几回，觉着有点奇怪，就问："又怎么啦，脸阴得像鏊子底？"

程同的脸面上慢慢地露出了笑模样，他说他想起了一个成语，叫赵珍猜是什么。赵珍说成语成千上万，你又没说范围，谁能猜着？他想了想，这范围还就是不好说。

"你就别卖关子啦，说出来俺听听，不就行啦。"

程同笑道："那好吧。"他就说是"解铃还需系铃人"，解释完了，又说咱家里现在就有个铃铛，是咱两个人系上的，需要解下来……

"你绕恁些圈子干什么？"赵珍显然烦了。

程同就说刚才给锡明打了个电话，说郑兴兰还没回去，看来不使用点办法是不行了。他说你当时心情很坏，八下里挨挤，你可能承受不了了，要发泄，发泄就发泄吧，也许发泄发泄，心情会好一些，至于以后的事情，再想办法补救……现在，就到这个补救的时候了！他说欣欣的父母闹离婚，我们不能坐视不问。他说郑兴兰离家两天了，还没回去，看样子待下去不好，我们该出面说说了。

"你是不是叫我给她赔不是？"赵珍两眼直瞅着他。

程同叹了口气，说道："你毕竟推倒了她……"

"可是，是她先扑上身来的！"赵珍的脸色不好看了。

"咱是当老的嘛！咱先让一步，利于缓和矛盾。俗话说得好，进一步狭路相逢，退一步海阔天空。"

"我要给她磕了头，也不饶我呢？"

"走一步，看一步。试试看嘛！"

赵珍冷静了一会儿，长出了一口气，说道："好吧！"

程同忙到里间床上，拿来了手机，拨通后，递给了赵珍。手机里很快传来了郑兴兰的声音："喂，哪位呀？"

"你赵姨妈。没想到吧？"

手机很快扣了！

"你说怎么办？"

程同无言，拿过手机来，过了五分钟，又拨，郑兴兰立即回话："你烦人不烦人，咱们之间没有说的……"

"我说欣欣妈妈，我是欣欣爷爷。我知道你对你姨妈有些意见，有意见交换交换不好吗？常窝在心里，窝出病来怎么办？傻孩子，你听着了吗？"

"她打我！我跟她……"

赵珍忙把手机拿过去："欣欣妈妈，我错了，我向你赔不是。一家人不说两家话，咱别再不给对方好脸看了，和气生财，生气伤身子，耽误干活，伤财，多不划算……"

"你是可以了，赚了便宜又卖乖！欣欣爷爷弄了两个钱都叫你骗去了，还不罢休，还叫你儿女来搜刮。你还有知足的时候吧？"

赵珍感到心里憋屈，泪水不知不觉就下来了。她把手机递给程同，说没法说了，她怀恨我使了你的钱。程同来不及说啥，又呼叫，但郑兴兰已经关机。怎么办呢？

"也别打电话了，咱到北湖里一趟，问问锡明再说。行吧？"

"行。那就走吧！"

2

厂子已经停了工,程锡明还没有起床。

"都9点了,你怎么还不起?"

听到喊声,程锡明忙爬起来,明亮的阳光从窗玻璃上映射进来,照得睡眼乱眯缝。开了门,见爸爸来了,赵姨也来了,他忙说:"赵姨,屋里坐。"

到屋里坐下,他就数落儿子,说怎么能这样,什么也不做了,光睡觉?程锡明去洗脸,老子说什么他也不吱声。

"欣欣妈妈还没回来?"赵珍插话道。

"没有。"他擦着脸应了一声。

"我不是让你去叫吗,怎么还不去的?"

"我给他哥说了,郑兴富不让去叫。"

"他不让去叫,你就不去叫啦?"程同越说越有气了。

程锡明当然不敢顶撞老爸,他解释说郑兴富不叫着急,等几天再说。程同叫儿子拨通郑兴富的电话,他有话给郑兴富说。

"大侄,忙吧?"他说。

听筒里立即传来了郑兴富的笑声:"大爷,你老好啊!我想你啊,有空吗?来我这里,我请你酒……"

"喝酒的事以后再说。锡明和兴兰闹乱子,好几天了,咱得给他们解决解决。"

"这事我知道了,别急……"

"我不急,可也不能太拖。我已经来到锡明厂子里了,你来吧,我们一起商量个办法,光这样拖着,我心里不好受。"

"好好,我这就去。"

半个小时后,郑兴富来了。程同出门去迎,郑兴富大声哈哈着,紧三步向前跟他握手。到屋里坐定后,说了几句闲话,就纳入了正题,程同说你赵姨给欣欣妈妈打过电话了,认了错,并说向她赔礼道歉;然后又介绍了那天闹乱子的前前后后,赵珍不时插话。郑兴富说这些情况他大体都了解，问大爷想怎么处理。程同说自己没有什么好办法，首先要叫欣欣妈妈回来，他们俩做些商量，别再无事生非。郑兴富说好办，摸出手机就拨号，电话很快通了："喂，谁呀？"

"我，你哥！"郑兴富话里带着火气。

"你家来一趟不行吗？程锡明要跟我离婚……"

"你想离吧？"

"我哪想离啊！"

"你既然不想离，回来不就行了吗？我听说赵姨已经认了错，向你赔了理道了歉，你还想怎么样？不管怎么说，赵姨是长辈。长辈向晚辈认错，难能可贵啊！你别不识相，不识抬举。你不是没错，你不明就里，泼妇骂街，向老年人发难，行吗？你不要尽听咱爹胡说，他是个不讲理的主儿！你没有脑子了吗？程锡明娶了你，算倒了八辈子血霉，三天两头找事儿。你要继续往下闹，真离了，有你哭的日子……"

"你别说啦，我这就回去。"

郑兴富收了手机，说道："行啦，她总算听了一回话。"

"锡明，你接去。"程同说。

"她已经说回来了，还接什么！"程锡明有些不痛快。

程同的脸色顿时阴暗下来："又不听话啦，是吧？"

赵珍推了他一把，笑道："去吧，小孩子家恁懒做啥？"

程锡明没再说啥，从车棚里推出摩托车，走了。郑兴富说厂子里离了人不行，他要回去。程同说也快晌午了，等欣欣他爸爸妈妈回来，咱们一起坐坐，平时你们都忙，机会难得。

"机会好找，以后我请你。"他哈哈地笑着，走出屋门，很快踩响了油门，回头对程同说，别恁多担心，没有什么大不了的事。说完，他就飞了。

"慢点！小心没有过位的。"

没见回话，赵珍说："这孩子，怎恁冒失！"

"百人百性百脾气，德性蛮好，是个好孩子。"

说着话等，半个小时，一个小时……怎么回事，三里路，用不了这么长时间啊！

"咱走吧，路上也许能遇着。"赵珍说。

程同无言，回身锁了门，走了。

第十章 石波浪村

1

　　秋雨绵绵愁煞人！十月天气，晚秋季节，又下着雨，气温下降，凉意袭身。麻秆子细雨，紧一阵，松一阵；有时也露露日头，可很快又细雨唰唰。李春独自一人坐在当面，眼睛直盯着屋门外出神。院子里已有流水，雨点子落在水面上，溅起了许多水花。

　　他从北京回来，已经三天了。他心里灰暗得要命，前路茫茫，荆棘丛生！他半卧在沙发里，脑汁却像海涛一般翻腾，他想起了那位冯女士，那位谢女士，那位张老师，那位余女士……也许，她们都是好人，但与他无缘。老乐的话不能说没有道理，但周云硬啃着他无事生非，他能伏地称臣吗？士可杀而不可辱！如果受了侮辱再磕头，他还是个人吗？这就上法院起诉，他也下不了这个决心，儿女反对，他也无法面对。他被赶进了死胡同！山穷水尽了，死路一条了……想到死，他泪水唰唰。不知为什么，有一个声音从云层里飘来："人生最宝贵的是生命，生命属于人只有一次。一个人的一生应该这样度过……"上高小的时候，他就读完了《钢铁是怎样炼成的》，保尔的这段名言，他曾经背得烂熟，现在背不全了。但意思是清楚的，就是生命要过得有意义，不能枉费，更不能放弃。保尔也曾经掏出过手枪，把枪口对准了自己的胸膛……在那千钧一发之际，他总结了那么一段传世经典，把枪收进了枪套。他在生命的最后几年，做了艰苦卓绝的挣扎——他再也不能骑马驰骋了，再也不能挥刀拼杀了，他拿起了手中的笔，投入了另一个战场……也许，现在的青年，对保尔不以为然了，但他那一代人，是绝对信奉那份经典的，特别是他，每逢读到此处，都热泪盈眶。他一个高小生，通过自学能拿到本科学历，不能说与保尔精神一点关系也没有……但现在是怎么了？这一切似乎都忘了！不然，怎么怯懦到了如此地步？自我结束生命，轻而易举，但绝不是勇者的壮举，而是懦夫的行径。像他，如果现在就死，几天之后被发现，尸体腐烂……人们一定捂鼻痛骂！"哎呀，这都想了些什么？"他跳了起来，两手乱挥，似乎想把这些乱七八糟赶走。

院子里有脚步声，他探头一看，有两把雨伞飘来。谁呀？啊，二哥和嫂子！

"二哥二嫂，我没去看你们……"

"你还去看我们，你还没生完气吧！"程同笑着大声说。

"哎呀，二哥你这都说到哪里去了？"

进了屋，收了伞，程同把一碗饺子放在桌子上，赵珍把另一碗也放在桌子上，并把塑料袋解开，说道："他叔，趁热，吃吧。"

李春热泪盈眶，他是饿了，可谁想着他呢？早晨他就没吃，现在已经下午2点了。他狼吞虎咽，一口一个，吃了五个，打开了嗝……程同就笑了："今年才3岁吗？"

赵珍也笑，伸手拿过他桌子上的暖水瓶，给他倒过一碗水来："喝口水压压，慢着点吃，没有跟你抢的，我们都吃了。"

李春放下筷子，喝了两口水，不打嗝了，又拿起筷子吃，边吃边说："二哥、嫂子别笑话，我确实饿了。一个人的日子不好过，光棍汉的日子多么艰难，我初步有了些体会。"

"你从北京回来做什么，凭着好日子不过，怎么恁傻的呢？"赵珍说。

这就戳疼了他的心尖子！他无言，眼圈红红的，吸溜了一下鼻子，忙放下筷子，到门口擤了一把鼻涕……程同大体知道他的心境，忙给赵珍使了个眼色，说道："别说别的，吃完了饭再说。吃不言，睡不语，我爹活着的时候常说这话。"李春明白程同这话的意思。谁能体谅他？除了程同没有第二个人！吃完了第一碗，吃第二碗。第二碗吃了一半，他放下筷子，端起茶碗喝了两口，放下，摸出烟盒，抽出一支，点着了。

"吃饱啦？"程同问。

"吃饱啦。"李春吸着烟，脸上有了光彩。

赵珍笑道："都吃了吧，还差那几个？"

李春摇头，说已经够十分饱了。稍停，程同就问这次北京之行的情况，李春深深地叹了一口气，就说先到了济南，冬雪和德仓忙着上课，寒露由她爷爷奶奶看着，都很好。这些都是大路旁的话，说与不说都没什么，但在大明湖畔见到的那三位女士的情况，以及跟茌平的那位张老师通电话的内容，不能瞒着二哥。说罢，程同苦笑道："六十多岁的人了，还是没长大啊！你没想想，天上能掉馅饼吗？世界上到处都充满了利益，不是这利益，就是那利益。谢女士、余女士，他们为什么要钟情于你呢？没有点什么可图，谁缺老头子？"

"可她们不也都是老太婆吗？"

"老太婆就随便给人吗？是有条件的……"

"我也有条件啊！"李春有些激动了。

"我说兄弟，你那些条件不符合人家的要求啊！就是那位张老师，人家不是要手续吗？很多问题不好办啊，我看算了吧！你不是也去李海那里了，他妈妈怎么样……"

不提周云则已，一提周云他气就不打一处来："她还怎么样？她一口咬定我血口喷人……"

程同就叹气！李春又说游览长城时遇到的那位老乐，程同说他同意这位老者的意见，李春说他也认为老乐说得有些道理，可回来一跟周云说，她就说我血口喷人……

"二哥，我受了污辱，还得伏地称臣吗？"

程同说不出话，他问李春要了一支烟，点着了。

"你们男爷儿们也太什么了，逼一个女人做什么，不觉着有点丧良心……"

李春无言，程同也无言。一支烟烧到一半，程同站起来，说道："时候不早了，俺回去吧，你也该歇歇了。"

雨停了，云彩朵朵，夕阳在云层里钻进钻出，像小孩子藏猫猫似的。李春送二哥、嫂子到大门外，说有空就来玩。程同答应，赵珍叫他晚上到他们那里喝碗稀饭，他说就不去了，有豆奶粉，弄两包喝就行……

2

夜里，李春睡了两个小时，就睡不着了。他的心情坏透了！他无法否认程同对自己的关心，程同不支持自己去跟吴梅交往，也不支持他另做打算，程同所希望的，仍是他跟周云和好。这恐怕不是程同一个人的看法，每一个有良知者，都会这样说。"能毁十座庙，不破一门婚"，这话说了几千年，这是公论，俗话说得好，人言皆同。但一说周云骂他血口喷人，程同怎么就不说话了呢？也许，二哥有话说不出口！二哥能看着他干受罪吗？干受污辱，干受糟蹋，干受煎熬……这不可能。如果可能，程同还是程同吗？石波浪村也就不是石波浪村了。

石波浪村，因祊河北岸边一片突出水面的岩石而得名。相传万历年间，一对逃荒要饭的夫妇，来到这里。妇女怀孕临产，不能沿街乞讨了，丈夫拾了些树枝子，薅了些枯草，好歹搭了个草棚住下。他每天到远村去要饭，维持生计。一天临天黑，他才蹒跚而归。媳妇问他怎么样，他说没要着干的，要了一瓦罐糊粥。媳妇说有糊粥也行，她正饿得心里发慌。丈夫忙生火热饭，然后盛给她喝。喝了两碗，她对丈夫说，还有一碗，你喝了吧。丈夫问，你饱了？她说不饱，可行了。丈夫说你再喝了吧，孩子还要靠你拉扯大。他说他乞讨的时候就喝了。媳妇信以为真，就把最后一碗也喝了。

临天明，孩子来了，是个小子，两口子喜不自禁。丈夫把早准备好的几斤小米拿出半斤，熬了端给媳妇吃上，他抱着饿扁了的肚子，又奔上了乞讨的路。快到晌午了，没见丈夫回来，她已经饿得眼前昏花了。婴儿啼哭，但没有奶吃，怎么办呢？太阳偏西，来了一男一女两个讨饭的，可能是两口子，女的怀里抱着个婴儿，男的筐里挑着个稍大一点的孩子。他们停下，问了情况，觉着天色向晚，近处没有村庄奔，只有在此凑合一夜，天明再说。产妇喜不自胜，忙做了安排，新来的女人放下自己的孩子，忙喂新产儿，男爷儿们生火做饭。产妇时不时地看日头，眼泪不住地流。新来的女人就劝她，说别哭，月子里流眼泪不好。产妇擦了擦眼泪，就说她的担心……新来的女人愕然，说河堰北坡有一具男尸，看样子想爬上来，但爬了几次没爬上来，躺下就没气了。产妇慌了，挣扎着起来，到堰北坡一看，果真是丈夫……

好歹掩埋了丈夫，产妇也不行了！她在奄奄一息当中，交代了后事，她说男人姓程，一路从关中讨要过来的，大半年了，儿子就叫远吧。新来的女人说他们姓李，女儿叫妮，儿子叫兴。产妇动了动嘴唇，露出了一丝笑纹，把破褂子包着的儿子递给李家媳妇，说托付你们了，我活不了几天了。她擦了擦眼泪又说，孩子要有出息，就做您的女婿；没有出息，也就算了……几天之后，她就撒手西去了。李家夫妇掩埋了程远的母亲，就在程远父母搭起的草棚里定居下来。那样的境况，养育三个孩子，是何等的艰难，可想而知。但不管千难万险，他们还是闯过来了。二十年后，李兴娶了媳妇，程远和李妮也结了婚……以后不断繁衍，到现在，已是千户大村，不光有程姓、李姓，还有晁姓、郑姓、王姓、林姓、贾姓……

1950年春天，程同和李春已是9岁的孩子。"解放区的天是明亮的天，解放区的人民好喜欢……"元宵节刚过，一个振奋人心的消息传遍全村：村西古庙里要办小学了！一天，程同的老爹和李春的老爹并肩前行，他们俩早跑到了头里。老师一见两个孩子长得都有模有样——圆圆的脑袋，大大的眼睛，精神得很，就说可以入学。记名字时，程同的爹说还没有，请老师给起一个吧。李春的爹说两个孩子从小一起长起来的，像亲兄弟一样，名字就连着起吧。老师笑着点头，沉吟片刻，说道："一个叫程同，一个叫李春，怎么样，取'六合同春'之意？"两位老人都说好，就这样定了。石波浪村的历史老人们常讲，程同的爹和李春的爹自然也没有少讲，两个孩子听了，内心里常感到热乎乎的。上学一块去，放学一块回，风风雨雨，春去秋来，日复一日，月复一月，年复一年……世界上什么东西不是日积月累起来的？友谊、感情自然也不例外。一个大雪纷飞的日子，郑经文一膀子把李春扛到路沟里，程同顿时气撞斗牛，拦住郑经文质问，你争我吵，很快抓挠在一起。李春从路沟里爬上来，两手像铁钳子一样，掐住了郑经文的脖脖子，使劲一拽，就把他摔倒，二人一齐用劲，一下子把郑经文推到路沟里……

第二天刚到校，老师就来喊他们俩，到了办公室，老师叫立正站好，问昨天打仗的事，二人都耷拉了头。老师要他们好好检讨，并向郑经文赔礼道歉。李春就哭了，老师问哭什么，觉着委屈是吧？李春哭着说是郑经文先找事，把他扛进路沟，然后程同才动的手。再问程同，程同实话实说，老师没再说什么，叫他们俩先回去。中午休息时，三个一起被叫去，老师说郑经文首先发难，是事件的肇事者，做得不对，要检讨；程同打抱不平，出手太重，要检讨；李春虽然是受害者，但报复得太凶，也不对，也得检讨。各自承认错误后，老师说以后要团结友爱，不能再闹。三人各自表明态度后，老师要他们握手言欢，并把他们的手拉到一起……事后，虽然没有再发生什么，但成见是留下了；另一个结果是，程同和李春走得更近了。

程同考上初中，李春为他高兴，也为自己难过。送程同去上学，李春送他五元钱，程同不要，李春就哭了，说你高升了，看不起我了。程同无奈，说好好好，我收下。星期六回来，程同忙吃上几块地瓜，背起书包就去找李春，但李春还在湖里，他不得不扫兴而归。临天黑，李春跑了来，几句话后，就翻书包，语文、中国历史、代数、几何……掀掀这本，看看那本，都爱不释手。

"二哥，你能留两本我看看吗？"

"我上课得用啊！"

"那你给讲讲吧。"

程同就讲，李春也听也记，忙得不亦乐乎。开初兴致勃勃，但程同跑了三十多里路回来，李春干了一天活也累了，没撑一个钟头，两个人就相拥在一起睡着了。第二天，李春忙着出工，程同返校，连话别也没来得及。第二个星期六回来,程同给他带来了惊喜,全套课本送来了。

"这,这……这得花多少钱?"李春激动得嘴唇都在打哆嗦。

程同说没花钱,由于自己表现突出,一下子就赢得了老师们的一致好评,教语文的乔老师特别喜欢他。他就把李春的情况说了,请求老师给找套课本。星期五,乔老师就把课本交到了他手里。

"可惜是旧的,你不嫌吧?"

"我还嫌!旧的我上哪儿去找啊?"李春高兴得眉飞色舞。

从此,李春开始自学,程同星期天给他解说疑难。起初,全课进行,到了高中阶段,李春渐渐感到力不从心,就放弃了数理化。改革开放后,自学考试、函授教育大兴。由于底子丰厚,通过自学考试,他在一年内就拿到了本科学历。这一切,固然与他自己的刻苦努力密不可分,但离开了二哥的帮助,也是不可能的。不过,遇事对人,两人也有意见不一致的时候,但冷落不了几天,就又取得了一致,像对吴梅的看法,就是这样。对于周云制造的这份灾难,他一直劝自己忍耐,不能说没有道理,但一说周云哭闹,并反诬自己血口喷人时,他为什么就不说话了呢?赵珍为周云辩解,有情可原,因为她们都是女性,但他为什么也一声不响了呢?如果自己一意孤行,二哥会从此跟他断交吗……李春思绪万千,头开始疼痛。他看了下手机,才3点。他爬起来,穿好衣服,向卫生室走去,他想买几片去痛片吃。

3

程同回到家里,从放在八仙桌子上的烟盒里抽出一支烟来,刚要点,就被赵珍夺去了:"你不是不吸烟吗?人家戒都来不及,你还学抽烟,真叫人难琢磨!"

程同坐到沙发上,无可奈何地哈哈大笑起来。

"你笑我也不让你抽,学好行,学坏不行。"

"吸着解闷,成不了烟瘾……"

"你有什么闷解？成了瘾就晚了！"

程同叹着气说道："我为李春发愁啊！李春太难了，六十多岁的人了，摊着这种事，不郁闷死吗？怎么办都不好！离，一个家庭毁掉了；不离，窝囊！"

"窝囊什么，不窝囊不行吗？把心放宽，丞相肚里能撑船，那么多小心眼做什么，斤斤计较个啥劲……"

"这话好说，做起来可就难了。你们做女人的不懂得男人的心！大丈夫死可也，辱不行，士可杀不可辱，这句话呼喊了几千年，李春心里明白的。他要忍气吞声，以何面目见世人？他咽不下这口气的，我了解李春。他的心里很苦，我也为他难过。你说的那句话，是完全站在女人的立场上说的，惺惺惜惺惺，可以理解；但你说逼一个女人没有良心，李春听了会多么难受啊！俺俩当时都没有说话，你知道是为什么吧？你是我新娶的媳妇，我能当着外人的面说你吗？李春也不好意思说他嫂子啊……"

赵珍听完了程同的这一席话，也叹气了，她说人们都说家家都有一本难念的经，自己还不相信，总以为就自己倒霉，人家一家子一家子地都过得多么好！没寻思程同家、李春家也有那么多烦心事……"唉，怎么回事啊，没有这事有那事，是吧？没有一家子没有难念的经的，没有一霎儿清静的时候，不闹腾就不行，是吧？"

程同倚着沙发后背，眯着眼，似乎睡着了。

"你睡了吗？"

程同坐好，说没有，说你的话一句一句都听清了。

"听清了，你回答啊！"

"我回答不了，我正在思考。天不早了，你去烧点玉米粥咱喝吧。让我静一静，我的心里乱得很……"

4

秋雨仍在绵绵！雨停了一夜，临天明，又下起来了。麻秆子细雨，

第十章 石波浪村

淅淅沥沥，急一阵，缓一阵，好似小孩子游戏一般。好歹吃了早饭，李春又没事干了，他坐在当面，看着院子里的落雨出神。

大门一响，一个女人撑把雨伞来了："李老师在家吗？"

李春拉开屋门，探头一看，来人身高顶多有一米半，脚步很矫健，脸相如何，看不清。说时迟，那时快，一眨眼的工夫，人已经来到了屋门首。

"你，你……"李春不认识来人。身个儿虽然不高，面相还算可人，小脸圆圆的，满脸红润，两眼精明，鼻子嘴儿都安排得合情合理，满脸上弥漫着玲珑剔透。

"不认识吗？贵人眼高！"

"我不是贵人，眼从来没敢高过。"

"你别光说话不让人进屋啊！"

"好好好，屋里坐。"李春闪到一边，来人进了屋。坐定后，她随即自我介绍说自己叫杨萍，是费县人，花钱上的医专，毕业后在亲戚家的村庄里开了个卫生室，开初不景气，随着时日进展，名声渐渐扩大，特别对胃病有些妙法，但自己的婚姻却非常不幸，找了个农村青年，过门后不足一年，人家领着当庄的一个闺女跑了。万般无奈，她回了娘家，屈指算来，已有十几年了。最近听说李老师有难，特来坐坐，有些冒昧，如若嫌弃，就赶快离开……

"不不不，哪能嫌弃？有朋自远方来，不亦乐乎！"

杨萍就笑了，笑声银铃儿般响亮，怪甜人心。李春觉着此人性情挺直爽，肯定弯弯肠子不多，说话也就无须那么多小心翼翼了，开门见山，痛快淋漓，也许比藏着掖着、闪烁其辞好得多，投其所好，是交往的一大绝招……但真开口说去了，又心跳不安，他在这方面毕竟不是老手。

"那，那……"

杨萍笑得咯咯的："你那什么，大老爷儿们家怎么说话吞吞吐吐的，像个老嬷嬷家。"

杨萍的话立即刺激了他，他心里坦然多了："你乐意做我的媳妇？"

"有那个想法。"

"我还没有办手续。我想协议,但她不从,儿女……"

"手续不手续,无所谓。"

"那今天你就住下?"

杨萍脸上飘来一块红云彩,随即笑道:"你不觉着有点儿急促?总该给两天考虑时间吧,就是不登记、不举行仪式,也不能头一次见面就……"

李春也不好意思起来:"说得是。你吃没吃饭?要没吃,咱上饭店吃点饭。"

"什么时候了,还没吃饭,你寻思我是来讨饭的?"说着,她站起身来,拿着伞,就往外走。

"哎哎,你别慌忙啊!"

"我还有事,没说完的话,改天再说。"

话音没落,人已经不见了。他慌忙走出屋门,只见杨萍的雨伞已经飘出了大门。细雨依然下着,他走得慌忙,路面湿滑,不小心跌了一跤,他急忙爬起来追出大门外,杨萍的身影已经不见了。他在大门口站了片刻,心情灰冷极了。

夜里9点,手机响了,他忙接:"喂,哪一位呀?"

手机里立即响起了一串朗朗的笑声:"杨萍!听不出来吗?"

"听出来了,有事你说吧。"李春忙说。

"也没有什么事,想你了,跟你联系联系。"

"好啊!我说杨大夫,你虽然是乡村医生,但也担负着治病救人的职责。人们普遍认为,医生越老越值钱,不像我们教师,退休了,无用了。我愿意做你的一名徒弟,给你看门,给你拉药匣子,我们同心协力办好卫生室,造福一方百姓,经济上也有一定的收入,感情上还能收获幸福……"

"好啦,好啦,你的意思我懂,明天我再去商量。"

手机扣了,李春心里有些怅然,但转念一想,明天就见,心里也就轻松了。这一夜他睡得很好,早起做饭吃了,扫地,整理桌子板凳,打扫院子……忙活了个多小时,也就快9点了,他洗把脸,拿把小椅子,坐在堂屋门前歇息,等候杨萍到来。天晴了,满世界一片明亮。阳光明媚,空气格外清新,他顿时感到浑身舒畅,不由得吹起了口哨。

"好滋润啊!"大门一响,杨萍来了。

"等你,能不滋润吗?"

"咯咯咯……"杨萍的笑声响亮而动情。

"屋里坐吧!"李春满面堆笑。

"就坐这里吧,雨后空气清新,阳光也好……"

李春忙到屋里拿来一把小椅子,两人对面坐下了。刚要说话,从大门口跑进来一个男孩一个女孩,男孩在前头跑,女孩在后头追。

"妈妈,姐姐打我!"男孩叫喊着,扑到杨萍怀里。

"别闹,叫大爷。"杨萍说。

男孩很听话,叫了一声,李春忙做答。女孩接着跑来,也叫了一声大爷。李春做答后,就问这两个孩子是谁的,杨萍就笑了,说三年前,她到过大庆一趟,她兄弟在那里,兄弟有三个女孩,她就把大的领来了。这个男孩是一对离婚夫妇遗弃的,别人一说,她也就要了。

"原来如此!"李春感叹道。

"对此,你是不是感到不愉快?"

"不不,我一向喜欢孩子。"

"那太好了!我想把他们放在你这里,你是教师,便于辅导。平时接接送送,早晚两顿饭……"

"那你做什么?"

"我看病啊,得到处跑。"

"你的卫生室呢?"

"早不要了,死蹲在那里干什么,挣不着钱,事却不少,整天忙得团团转……烦死人了!"

李春的心一下子凉了半截,他弄不清这其中有无猫腻!他想起了在济南长途汽车站遇到的那位汪女士……人太复杂了,如果每个人都像自我表白的那样就好了;可惜,往往不尽人意。他的脑细胞在三秒钟内运转了几万次，然后他苦笑着说："我说杨大夫，此事的可行性太小了，你叫一个男爷儿们蹲在家里看孩子……"

"我没叫你蹲在家里看孩子，不就是接接送送吗？"杨萍激动了，红太阳似的笑脸一下子弥漫上乌云来。

"我在电话里已经跟你说了，你我的想法差距太大。"

"你六十多岁的人了，俺才四十多……"

"这不是年龄小就能解决的问题。"

杨萍站起来转身就走，脚步坚定而昂然。

"妈妈，怎么走啊？"

"走就走，没有怎么不怎么。"

两个孩子忙尾随而去……

5

石波浪村沸腾了！为啥呢？郑教授回乡省亲了。

郑经文大学毕业后，留校任教，父母病故时回来过两次，并无什么特别，也没有谁受过惊动。这一次不同，三十年过去了，学子变教授，青年变老人，又是从大都市归来的，就颇有些震撼力了！他在老家已无住处，只得住在他侄子家。他大哥的大儿郑兴友是村中数得着的富户，有三处二层小楼，腾一处给当教授的叔叔住住，实在不成问题。第一天，安排好了住处；第二天，上坟；第三天，请客。三天过后，也就没有什么事了，单等着别人来请他了。五个亲侄子请过之后，叔伯侄子开始请。八个叔伯侄子七个请过，郑兴富不得不跟媳妇王田英商量了。以前也商量过，请教授大爷，不请亲爹怎么能行呢？一提郑起，王田英就骂，郑兴富只得罢休。这回不行了，人家都请了，就自己不请，什么说法？这个孬种自己充得起吗？郑兴富叫媳妇忍耐，少说话，真不行就到娘家过一天。王田英没有再争执，默认了。郑兴富请了一周遭客，就是没回家给郑起说，他找到程锡明，叫他给老头子打个电话。程锡明说恐怕不合适，他说没有什么合适不合适，给他说一声，来就来，不来拉倒。程锡明清楚内中的因由，没有多说，同意了……

第二天10点，郑经文和夫人钱玉娟来了，其他大爷叔父也陆续来到。王田英见老公公来了，给郑兴富说了一声，走了，没去娘家，回厂子干活去了。直到11点40分，程同才到，他带来了两瓶五粮液。

"大爷，让你破费啦！"郑兴富说。

程同没来得及回答郑兴富的话，忙跟郑经文握手，寒暄。然后，郑经文指着钱玉娟说："这是我夫人。"

当二人四目相遇时，两张脸上都涌起了红潮，两只手轻轻地握了握，就各自坐下了，两颗心却来了慌乱地跳动……

酒宴很快开始，三巡过后，互相敬酒，中间断不了嘻嘻哈哈，打打闹闹，说些东扯葫芦西拉瓢的闲话，一直闹腾到3点，有人说行了，吃点饭吧。于是，每人面前来了碗面条。吃罢，收拾了碗筷，抹干净桌子，摆上了茶杯，开始喝茶，会吸烟的点着了烟……这时，郑经文喝了几口茶，咳嗽了几声，对郑兴富说："侄子，能想着请请大爷，很好啊！人老了，看着晚辈有份孝顺，心里就舒坦。不过，我听说你对你父亲有些不恭，还能是真的吗？"

郑兴富立即眼泪滂沱，他站起身来，推了他爹一把，喊道："你走，我没叫你来！"

众人忙过来劝阻，郑起趁机跑了。郑经文也像挨了一闷棍，不知所措，脸色黄黄的，嘴中念念有词："怎么能这样，怎么能这样……太不给面子了！"

他大哥拽了他一把，叫他快走，别没事找事。钱玉娟就架着他，匆匆离开了……

6

回到住处，郑经文气急败坏，往沙发上一坐，拍着大腿高声直嚷："郑兴富，无理，无理，不肖子孙……"

随后，兄弟们来了几个，都七嘴八舌地说郑起的不对，说他趁儿媳妇洗头摸人家的奶子，叫王田英踹了一脚。事情到此为止也好，谁知王田英又向郑兴富说了，郑兴富压不住火，揍了他一顿。郑经文说这事说大也大，说小也小。众人忙说可不能那样说，要叫郑兴富知道了，他会找上门来。郑经文问他平时跟谁走得近，都说程同是他的老师，他姐又是程同的儿媳妇，他可能最听程同的话。程同这人谁都知道，最烦恶这些乱七八糟……

"我知道了，是程同在背后烧的火！"郑经文说着，站起来对钱玉娟说，"走，咱去找程同。"

钱玉娟一动没动，懒懒地说："你要去你去，我的胃有些疼。"

郑经文没有再说啥，径直走了。

"你好生说，别动气……"不知是谁喊了这么一声。他没有回话，很快就闯出了大门。

程同回到家里，正在跟赵珍说今天的酒宴，直到郑经文走到堂屋门首，才住声。"三哥来了，快来坐。"程同觉得很尴尬，不好意思地说了这么一句。

郑经文坐下，摸出烟盒，递给程同一支烟。程同说不会，忙从八仙桌子上拿来火柴，郑经文说也不会，于是哈哈一笑，作罢。随后，郑经文哀叹："唉，今天这酒喝得要多窝囊有多窝囊！兴富这孩子怎么能这样？"

"孩子毕竟是孩子，原谅他吧！他们父子不睦已经三年多了，郑起那么混账，能怨孩子吗？再一说啦，你怎么能在那样的场合提这事？你如果单独跟他谈谈……"

"我说兄弟，"郑经文按捺不住了，"郑起混账不混账自有公论，可他儿总不该打他吧？你作为亲戚，又是当庄，还是他老师，就不能说说他们吗？"

"三哥，你先住住。那天，兴富跑到我这里抱头痛哭，把我弄蒙了。我再三追问，他才说了他爹的恶迹，并说叫他打了，已经住进了医院。他哭哭说说，说无法抬头了，没脸见人了，不能活了……你说孩子多么苦啊！你能体会一点吧？灾难的源头在哪里？在孩子身上，还是在郑起身上？前不久，他又去骚扰李春家里，把人家全家搅得鸡犬不宁……何苦啊！道德何在，伦理何在？我正要找你说说的，你作为兄长，不能批评批评他，叫他收敛一二？"

"说说当然可以，但也无须小题大做。像这样的事，自古就有，没有什么大不了的。你不知道唐玄宗唐明皇吗？他的爱妃杨玉环，就是他的儿媳妇！时至今日，谁批判李隆基是个扒灰头来？唐代大诗人白居易还写了《长恨歌》……"

"我说三哥，谁说李隆基霸占他儿媳妇是正当的吗？"显然，程同激动了，他目光炯炯、闪闪发亮，语势凶猛而犀利，"白居易写《长恨歌》，原因很复杂，我们今天不去讨论，但有一点是错误的，就是选材错了。他那些美丽的诗句，什么'天愿作比翼鸟'，什么'在地愿为连理枝'……用错了地方。值得歌颂的爱情故事，何止千万？为什么单单张扬一个乱伦者的？"

"你这也算一家之言？谁响应你，谁支持你……"

"老百姓。每一个村夫野老没有一个不骂扒灰头的，谁也没有把李隆基剔除在外。有《长恨歌》，不会给白居易身上增加多少光环；没有《长恨歌》，白居易的历史地位也降不了丝毫。道德、伦理，任何时候都不能不讲。如果不讲了，还算人吗？"

郑经文听得出来，程同开始骂人了。他回来一趟，挨侄子的一个没脸，受程同的一顿臭骂，何苦来着？"兄弟，我们不说这些。这些学术问题，我们二人争论不出结果来。咱来点实用主义吧，你说说郑兴富，我说说他爹……"

"郑兴富用不着说，只要你说好郑起，叫他走人路，就处处阳光明媚，莺歌燕舞。"

"问题没有那么简单，你不能把罪责完全压在郑起一个人身上。"

程同终于笑了："三哥，道不同，不相为谋。我们的谈话到此结束，你看可以了吧？"

程同下逐客令了！郑经文感到胸口有些堵，慢慢站起身来，向外走……

"你慢走,恕不远送。"

郑经文仍不说话,脚步突然加快了。

7

李春心里时时都觉得灰冷,他想不清杨萍是个什么人物,她来了两次,头一次诸多欣喜,第二次一头露水。近几天,都说郑经文回来了,他不禁想起了小学四年级时的那次殴斗,老师各打了五十大板,也算公平了,自己的报复心确实有些重。自那以后,没再发生纠纷。人都老了,还计较这些做什么?况且,郑经文也帮助过自己!夏初,一伙光腚猴子在河岸边摔泥巴,《摔凹炮歌》响彻云霄:

> 东胡同,西胡同,
> 我摔凹炮大窟窿;
> 东南庙,西南庙,
> 我摔凹炮放大炮!

凹炮用泥巴捏成,形状像个倒扣的笼子,底一定要薄。摔时,先唱《摔凹炮歌》,然后高举,猛力向平面石头上摔去。摔得成功的,铮响——"哇",鼓一个大窟窿,窟窿多大,对方就得用多大的泥饼子给补上;摔得不好的,"呱叽"一声,瘫在平面石头上,算是输了,这堆泥就是对方的了。有一次玩凹炮,李春跟郑起叫板,输了好几回,李春都认了,好不容易摔了个窟窿,郑起却不耿直了,不给补。郑经文不平气,站出来指责郑起,郑起只好硬着头皮给补上。此事感动了李春,两人好过一段时间。那次殴斗,郑经文突然向他发难……究竟为什么,至今不明。说起来都是小孩过家家的事,五十多年了,还计较什么!人家远道归来,怎么能不朝面呢?可真要去找人家坐坐了,心里总觉着不坦然。于是,他就来找程同。

到程同家里时,快9点了。赵珍正在晾晒衣服,见他来,忙打招呼。

李春应着，问二哥呢。她说他身子有些不舒服，躺着去了。李春走进里间，就问："又怎么了？"

程同拍了拍床沿："快来，坐下再说。"

李春坐下，就听二哥连连叹气，说马壮的夫人柳清明刚走，看来马校长也难耐寂寞了。

"什么，你说什么？马壮也乱七八糟搞女人……"

"柳清明说，他与吴梅形迹可疑……听说我与马壮的关系还不错，叫我去说说他。"

"这可能吗？"

程同再次叹气道："有可能，也不可能。按说马壮有那么一个如花似玉的媳妇，何必再去寻花问柳？吴梅就难说了……"

李春低下头，轻轻地叹了口气。

"我心里乱七八糟！你说我能去数落校长大人吗？咱算什么？一个平民百姓，而且已经退休。唯一的优势，就是白头发多了些。不去说吧，失信于人，也不妥当！况且，不到十分九厘，柳清明能来说这个话吗？拒一个女同志的面子也有些欠妥……"

"我说二哥，指桑骂槐，旁敲侧击，火力侦察……也用不着去，打个电话试试再说。"

程同一下子坐起来，笑道："那就试试。"他拨通了马壮的手机，几句寒暄过后，很快切入正题："我说校长，最近听了几句传言，有关咱学校干部作风方面的，想向你汇报一下，可以吗？"

"怎么不可以？非常欢迎！"

"据说有个干部跟吴梅黏在一起了！吴梅如何咱就不说了，很替这位干部惋惜啊！好好的一个人，何必走这条邪路？此事初露端倪，没浮出水面，还来得及教育。建议你在干部会议上吹吹风，不点名地敲打敲打，把王维信和韦林的事再翻腾翻腾，前车之覆，后车之鉴，千万别再重蹈王维信和韦林的覆辙……"

"好，好，我一定照办，但不知是谁向你反映的？"

"谁向我反映啊？我头皮上一点纱帽翅都没有，而且还退休了。

我是听的传言,风不来,树不响,虱子不咬不痒痒。有则改之,无则加勉,好不好啊?没有倒好,真有,翻腾出来就疤瘌眼子照镜子——难看了!本人难看,你当校长的面上就有光吗?我看你还是做做这方面的工作吧,按说,这也是你的职责。本来,此事与我无关,嘴贱了,随便说说。我觉着给你提个醒,对你的学校工作有好处,起码没有坏处。自从你来,我们就谈得拢,所以才跟你扯扯这些,不然,就守口如瓶了。"

"好,好,我一定认真考虑你的意见。有空来玩,请你喝一场。"

"好说,好说。你要不嫌我人老嘴碎,路过来歇歇脚,保证不叫你饿着肚子回去……"

"那就这样,再见。"

程同收了手机,下得床来,出外小解了下,回来一看挂钟,11点多了,他对赵珍说:"炒两个小菜,我与兄弟喝二两。"

"我家里已经准备好了。"

"又外气了是吧?我不是有意请你喝酒,还有话跟你说。饿着肚子说话不划算,弄二两小酒,边喝边说,很惬意……"

李春笑了:"哈哈哈……我想起了一句流行话……"

"什么流行话,针对我的?"

"恭敬不如从命!"

"是嘛,这不就对了嘛。"

这中间,两个小菜已经上了桌子,一碟子豆豉,一碟子猪头肉。

"你们先喝着,我再去炒两个热菜。"赵珍说。

"这些就可以了!不是还有饺子吗?快下去吧,兄弟不是外人。"

"就是嘛,这样就很好。"

"那可不行!您喝您的,别的甭管。"赵珍说完,扭身走了。

李春笑道:"二哥有眼力,找的这个嫂子不简单……"

"别扯远了。来,咱喝。"说话中间,程同就把酒斟满了。

三盅下肚,话语迅速增多,程同说你这旁敲侧击的主意不错,我怎么就没想出来呢?马壮听了,肯定不会无动于衷。李春说他怎样,咱说了不算,作用大小,就看他的素质了,别的办法,不便采用。再呷一口，李春就把自己的心事说了出来。程同叹了口气，说用不着自作多情了。他把郑兴富请酒，以及郑经文前来兴师问罪的情况，做了详细介绍后，说道："'道不同，不相为谋。'孔圣人这话说得太经典了。郑经文心态如此，你跟他坐在一起说什么？他跟我们好过，也跟我们闹过，谁也不欠谁的，扯平了。见还不如不见！不见，清心；见了，话不投机半句多，像我跟他见了一面，辩论了一场，新仇连着旧恨，他愤愤不平，我义愤填膺，何苦来着？没有这一场，双方心里都清静，有多好呢！"

这时，赵珍端来了两个热菜，一个鸡蛋炒芹菜，一个肉丝炒土豆片。

"行啦！嫂子，坐下喝一个吧。"李春说。

程同也说："你就来喝一个吧，别拒兄弟的面子。"

"俺不会！"赵珍抽身就跑了。

"别管她，趁热快吃。"程同说着，夹了一大筷子。

李春说："那就不见了。多亏来问了你一声，不然……"

"你别光说话忘了吃啊！"

"好，好，吃，吃……"李春忙伸筷子夹菜。

不大会儿，热腾腾的饺子就端上来了。赵珍坐下，擦了一把额头上的汗，说道："你们俩的酒量都不大，就喝这些吧，喝多了不好。"

"还有你这样的来！李春都没说算完，你当主人的却不叫喝了……"

"算完，算完。喝这些正好，再喝就多了。"李春收了酒杯，端过去一盘子水饺。

赵珍笑道："俺只是提个建议，您愿喝再喝，俺不管了。"

李春吃着饺子说："你愿喝就再喝吧，反正我不喝了。"

程同哈哈地笑着，端起了饺子碗……吃完饭，也就快2点了，李春想回去躺躺，程同说不忙，喝杯水再走。喝了几口水，李春点着了一支烟。程同说有一件事想问问你，就怕你多心，开口相当艰难。

"你跟我绕口令啊？"

"不是。是传言，我也拿不准……"

"二哥,你别卖关子了行吧?"

"有人说,杨萍去过你家两次,而且待的时间还不短……"

"这事有。"李春没有一点做贼心虚的惊慌,他实话实说,基本上没有遗漏。

"你知道这个人的底细吧?"

"我已经回绝她了,还知道底细干什么?"

"回绝了知道点底细也无坏处,以免再次受骗。她曾经做过乡村医生,医术也有一些,后来就四处流动,不务正业了。现在,她操持开了为人怀孕的勾当,二年一胎,男孩十万,女孩八万。人们都说她是生孩子的机器……"

"哎呀,这样的人怎么也算计我?"

"她不是在算计你,而是在算计钱。"

时至今日,他不得不向二哥说说汪女士了!

"这两件事,还像个人做的!"程同笑了。

8

霜降过了,天气日渐趋冷。每天,赵珍都陪着程同到河堰上走动走动,三里路,一个小时。伤腿还一瘸一拐的,恐怕难以恢复正常了;但不能间断了锻炼,就是好胳膊好腿,每天也得走个三里五里。回到家里,赵珍做饭,他压水浇菜。还没来得及吃早饭,大门就被推开了:"大爷在家吗?"

听到喊声,赵珍走出锅屋一看,大门口站着三个人,一个老年妇女,两个年轻人,一男一女,都三十来岁。赵珍不认识,向他们笑了笑,就忙跑到堂屋里,对程同说:"来了三个人,俺不认识,你快去看看吧。"

程同二话没说,到院子里一看,大吃一惊,是周云、李海和冬雪。李海走上前去,连声叫大爷,抓住他的手,紧紧地握着,握着,就哭了。程同意识到他可能是为父母的事而来,就忙让他们屋里坐。到屋里坐定后,程同忙问吃过饭了吗,周云说他们一会儿到他舅家吃,顺便来看看二哥，并示意儿子把礼物送上。一听这话，他忙跑出去，叫赵珍再出去打两块钱的豆汁来。他顾不了其他，一瘸一拐地跑着去买油条……既然程同如此真心实意，娘儿仨也就不再谦让。饭罢，李海从提包里拿出了两瓶茅台，一斤西洋参。程同连忙推辞，说这可怎么了，花这么多钱，可承受不了。李海说，从小就知道大爷与爸爸不是亲兄弟，胜过亲兄弟，他和妹妹买这点东西孝敬大爷，完全应该。冬雪也说大爷你就收下吧，别难为我们了，我们是诚心敬意的。程同说你们的心意我领了，但东西不能收。为什么呢？村夫野老，不喝这么高档的酒，西洋参也用不着，身子虽然受了点伤，但没有大碍，才六十来岁，早着呢。李海又说，你可不是村夫野老，你是中学高级教师，相当于副教授。程同就苦笑了，说那是国家给的一点奖励，我生在农村，住在农村，工作在农村，跟一个老农民没有什么差别……这时候，周云哽咽了，程同也就无法说下去了。

"二哥，俺求着你了！"周云抽泣着说。

赵珍看了程同两眼，说道："别那么较真了，我收下了。酒你跟李春兄弟一起喝，西洋参两人分着用……"

冬雪说他们还有给爸爸准备的，李海瞪妹妹，说别争执了，大娘收下就行了。稍停，他又说："俺爸爸妈妈闹矛盾，想必大爷已经知道了，俺求大爷从中说和说和，俺听说您兄弟俩从小要好，爸爸最听大爷的话……"

没等儿子说完，周云开了腔："二哥，你得狠狠说说他爸，别涨了几块钱工资就不知姓什么了！糟糠之妻不下堂，老人古语说得可好。三十多年了，你问问他，我哪点对不住他？他说的那事，是他瞎编的，他血口喷人……他休了我，再找一个就能一心？他别净做美梦，人家是奔着他那两个钱来的，钱刮没了，情也就尽了，最后鸡飞蛋打一场空……"

趁周云说话的空，赵珍走到程同身边，瞪了他两眼，又掐了几下手心。等周云说完，程同满口答应，说行，我一定好好说说他。既然这样了，娘儿仨也就起身告辞了。

送走周云及其儿女，回到屋里，程同埋怨说，你听明白周云的意思了吗？她与李春说的针尖对麦芒，两人的心意没有接茬的地方，这叫别人怎么说，老虎吃天，无处下口啊！

赵珍笑道："弄了半天，你是个死心眼的人啊！你能说什么样算什么样，那娘儿仨给你定指标了吗？只要尽力了，对得住良心了，也就行了。"

"可是人家送了大礼啊！"

"人家不是说了吗，你从小跟李春要好……"

"你糊涂啊！这是周云送来的，不是李春送来的。"

"也好办，她能送来，咱也能送去。我看当时相持不下，不转转脸不行了，就说了那话。"

9

"二哥！嫂子！"

程同一抬头，见晁四妮来了，有些不解，但又不能表现出来，忙笑脸相迎，说道："四妹妹来啦，快来坐。"

晁四妮一下子抓住了赵珍的双手，又说又笑，虽然是初次见面，却没有一点儿陌生感。但赵珍觉得很茫然，不知道这个四妹妹是何许人。程同忙介绍说，四妹妹是晁大叔的四闺女，婆家是柳帐子村，今天来走娘家，特意来认识认识二嫂子。晁四妮忙说可叫二哥说着了，俺早听说了，成天忙，也不知忙了些啥，今天才来找嫂子坐，是不是晚了？赵珍忙说不晚不晚，说着又笑。然后，两人就絮叨家常，晁四妮说嫂子这么显年轻，怕是还没有我大。赵珍说自己55岁了，晁四妮说怨不得呢，我57岁了……东扯葫芦西拉瓢，不知不觉半个钟头过去了，晁四妮说她还没到哥家里去呢，程同说那得去。晁四妮说着就往外走，程同叫赵珍送送妹妹，自己就不向前迈步了。

"二哥，你得出来一下，我想问你件事。"她站在大门里等。

程同走过去，笑道："什么事啊，神神秘秘的？"

晁四妮没笑,脸色迅速阴暗,张口就数落起她那口子来,说王士伦就会喝酒,喝醉了发酒疯,还打她,以前还好点,现在越厉害了。她说这个罪她不受了,跟他弄开算完……

程同习惯性地叹了一口气,说道:"谁家不闹?打打闹闹,哭哭笑笑……谁家都如此。常听人说,谁家两口子一辈子没红过脸,那都是哄人的,没有大打出手是真的,小吵小闹经常发生。才听人说来,勺子怎能不碰锅,牙有时还咬舌头呢。打两下,无大碍,别动不动就说离。离了怎么办?前不着村,后不着店。你不才57岁吗?以后的日子还长。再说,还有儿女……"

"二哥,俺听说李春正在闹离婚……"

原来是这么一回事!

"你听谁说的?"

"你别问听谁说的了,你说有这回事吗?"

"有,但周云不同意,他儿他闺女都反对。"为了让晁四妮相信,他就把周云、李海、冬雪来找他的情况说了。

晁四妮就像没听着似的,依然唠叨她自己的事,她说李春曾经对她一往情深,全怨她爹,没成,现在想起来,时时心尖子疼……她说着说着,就哽咽,就泪水涟涟。

"唉,都是过去的事情了,还提什么!三十多年了,孙子、孙女都满地跑了,没有必要再说这些。抓不住的东西,追悔没有用。"

"机会不是又来了吗?"

"你是想叫我给李春透个信,是吧?"

晁四妮流着眼泪笑了:"人家都说二哥有学问,聪明,实在名不虚传……"

"可是人家还没有弄开呀!"

"二哥,俺求您了!你就给他说一句话,说我想他,没有做成两口子,不怨我,我当不了自己的家,都怨俺爹……就捎这几句话,没有希望,不怨你。"她又哽咽了,又流泪了。

晁四妮的声泪俱下,感动了程同,他无可奈何地叹着气说道:"好,我给你传这个话,我这就去。"说着,他就往外走,晁四妮也随后跟出了大门。

10

夕阳又挂在河堰杨树林的上空了!早晨的太阳叫朝阳,黄昏的太阳叫夕阳,还有"地心说""日心说",古时候有个诗人大发感慨,说什么"夕阳无限好,只是近黄昏"……弄这些做什么,吃饱了撑的,无事干了,瞎琢磨?这都想了些什么,谁又得罪你了,历史教师?你学了阵子历史,钻了迷魂阵吗?发癔症,神经错乱,胡思乱想……李春蹲在河堰上,无可奈何地望着河水出神。目光再往前延伸,就碰上了河南岸的那片柳树林,再往里就是柳帐子村,因这片柳树林而得名。建村时间与石波浪村差不多,建村的历史也有相似之处,但姓氏不同,那里有王、张两大姓,是最初的老户人家。晁四妮出嫁的最初几年,有时来到此处,举目南望,流水、沙滩、柳帐子……于是,他就想到了四妮,仿佛看到了那个熟悉的身影。看着,看着,心就酸了!想这些有什么用呢,墙上画饼不能充饥,不想不行吗?他扭头便走,眼泪流出来了,忙擦掉,恐怕别人看见。四奶奶过世二十多年了,那时碰着他,就安慰他,老人家的心太善良了,只是没有结果,就在无奈之中不停地叹气。后来,他娶来了周云,四奶奶喜不自胜,常念叨他好好过日子。从那以后,四妮的身影也就不在他眼前晃动了,走在河堰上,也不南望了。今天是怎么了,她竟哀求二哥来说那样的话?太迟了,三十多年过去了!人生有几个三十年?昨天,冬雪来电话说她妈她哥和她明天回来,他不同意,闺女就跟他吵,他无奈,只得把手机关掉。凌晨5点,他就起来锁门走了,中午回来,才知道他们果真来了,躲避得实在及时,当时还有点高兴,可没过多大会儿,二哥就来了,告诉了他这两件事,两件事哪一件都令他头疼……

身后有脚步声!李春回头一看,四妮推着自行车,快走到他跟前了。他不由自主地站了起来,但晁四妮低着头,走过去了。一种被蔑视的

第十章 石波浪村

感觉袭上心头，几句戏谑冲口而出："过富啦，不认得这些穷哥儿们了！"

"你怎么还认得俺啊？你拿那么多钱，还认得俺这样的穷人家，可真稀罕……"

"话怎么说得这么难听，啥时候得罪你了？"

"你没得罪俺，是俺得罪了你。"

李春想，二哥一定把话传过去了！传过去就传过去吧，不传过去，叫人家抱着个空希望等待，不是罪恶吗？话说明白了，难过痛苦，一时半刻也就过去了，省得干熬煎。

晁四妮见李春不说话，一线希望又在升腾……

夕阳仍在西移，河水被照得一片橙黄。一阵溜河风吹来，掀动着晁四妮鬓角处的几根白发……李春见了，一丝苍凉袭上心头，他觉着四妮有些可怜了。

"大哥，你没有一句话跟俺说了？"

李春叹气道："你叫我说什么好啊！"

"你不要老是怀恨我，那时候的事全由我爹说了算……"

这话不假！那位晁大叔，脾气暴戾，说一不二，张手是天，合手是地，是一个像模像样的独裁者。他心里到底怎么想的，谁也不知道，但有一点是清楚的，人们都说他看不起人，一定认为李春完了，教个社办小学，一辈子被坷垃块子埋没了，不然，他为什么觍着张老脸，托人求情去向郑经文求婚呢？郑经文是大学生，毕业后吃皇粮，拿工资，晁大嗨嗨太希望找这样一个女婿。郑经文能看得起晁四妮吗？人家一口回绝了，气得晁大嗨嗨胡乱骂了好几天。晁四妮就一点责任也没有吗？在四奶奶家里见面，没说三句话，怎么就走了呢？你倘有些许热情，我们相爱了，父母还有啥法呢？这样想，李春又觉着冤枉了四妮，她那时只是个19岁的女孩子，怎么能有恁些主意？何况还有她爹的高压……想这些做什么，已经过去了，就让它过去吧，再翻腾，除了伤心以外，啥用也没有了。

"四妹，你把事情看得太简单了，你与王士伦的事跟我与周云的事不一样，王士伦不就是肯喝点小酒吗？勤说着点，多监督着点，就行了。三十多年的情分怎能叫一点小酒蒸发干净了？我与周云一点余地也没有了，恩断情绝了……"他说着，鼻子发酸，嗓音哽咽，说不下去了。

"你们恩断情绝了，俺的事也好办。俺过去对不住你，今后来补……"

李春摇头，觉着不能这样纠缠下去，就说道："不能那样！我们真的到一起，人们会怎么说？舌头板子压死人，唾沫星子淹死人。当然，我们可以完全不顾这些，但王士伦能答应吗？你的儿女能答应吗？他们找上门来，闹上天去，怎么收拾？"

"好办，咱走……"

"三十年前你有这个主意就好了！"

晁四妮一点不笨，她听明白了，李春还记着三十年前的那笔账。那有什么办法，谁有本事返回到三十多年前去？"你行行好吧，别老翻腾那些旧账了！"

"眼下的事就好办吗？"

"你还是个男爷儿们吧？"

李春没再说啥，顺河堰北坡溜了。走下三十米，他竟站下了，回头一看，晁四妮仍站在那里，像一棵弯腰老树，在溜河风的吹拂下，身子微微颤动。他心里又翻腾上来几许难忍，但几秒钟过后，最终还是蹒跚而去了。

11

他走着走着，就来到了三婶子的大门首，她正坐在门外歇息。

"三婶子，出来看看？"说完，他就走过去了。

"你别走啊，李春！你过来，我问你句话。"

李春只得走到三婶子身边，蹲下，笑道："什么话，说吧。"

"你跟李海妈妈闹什么的，有你这样的吗？"

"没闹什么，为鸡毛蒜皮的事吵几句嘴……"

第十章　石波浪村

"鸡毛蒜皮的，还闹什么？有福不享，烧的什么穷包？"

"三婶子，你九十多了，管这些闲事做什么？"

"一百多了也不行！只要不死就得管。听说你疑惑她不正经，你可别冤枉好人，周云那孩子一向板正……"

李春一脸难看，连忙否认："你听谁说的，哪有的事？"

"没有就好，你别管谁说的了。"

李春心烦死了！他灰头土脸，转身就走。

"你别忙走啊！我还有话没说完……"

要是别人，李春早甩手走了，但面对三婶子不行，不是三婶子有什么特殊身份，也不是她有什么家庭背景，只因她是全村的高寿人，又是德高望重者，她的话谁能不听，她的话谁敢不听，除非青皮二愣。三婶子45岁那年，三叔一病不起，西去了。她一个妇道人家拉扯着三个儿子四个闺女，硬撑起了那个家庭就要塌下来的天。不是没有孬种欺负她，但每当骚扰袭来，她就拿把剪刀，挥舞着高喊："你想死不拣好日子了，是吧？"孬种们无奈，只得狼狈溜走。五十多年过去了，三婶子已儿孙满堂，重孙子都上学了。晚辈们都孝顺，她正在享受天伦之乐呢！可她也不闲着，不管谁家吵仗闹乱子，她都打上前去，听明白了是非曲直，就发表"特约评论员文章"，往往说得双方心服口服……李春听了三婶子的话语，又见她脸色有些严肃，就忙站住，转过身来，走近三婶子，说道："还有什么话，三婶子？"

"听说有个叫杨萍的女人，常朝你家里跑……"

"来过两回。"

"你是不是也要学孬种啊？"

"三婶子，你说我会吗？"

"论说你不会，可学坏容易学好难……"

李春只得把杨萍两次到他家的情况，一五一十，说了个清清楚楚，并赌咒发誓说自己要有半句瞎话，出门就被汽车轧死。

"你说，你说，三婶子说不信来吗，你赌的什么咒？还有你这样的孩子来！"

李春松了一口气,说只要三婶子相信,他就谢天谢地。三婶子终于笑了,说就知道侄子做事不会荒唐,还说听大伙儿讲,那可不是一只好鸟,以后再也别跟她来往了。李春频频点头,连连称是。三婶子喜得哈哈的,说自己爱管闲事,耽误了他恁半天,叫他有事快走,三婶子不再耽误他。李春也笑,说了几句客气话,就走了。

　　他回到家里,静下心来一想,满心的烦躁又飞扬跋扈起来!他觉着自己过的不是人的日子,处处挨白眼,时时受歧视,风不来,树不响,虱子不咬不痒痒……程同已经警告他了,三婶子又这样说,说明这事已经街谈巷议了。当然不会都朝坏里想他,但也不会都说他好,说风凉话的肯定不会只有一个两个。村人还不知道他给吴梅写信,也不清楚他跟晁四妮之间发生了些什么,更不了解大明湖畔的故事。如果人们掌握了这一切,恐怕要讲上天去,把他的面容描绘成白脸的,实在不难找……灾难的源头在哪里呀?周云!周云!周云你都是怎么想的?"你血口喷人!"我的眼睛瞎了吗?我得了老年痴呆症,我的神经错乱了……我好好的日子不过,自我制造灾难?"怎么办啊?"他大喊一声,一头栽到床上……

第十一章　四千汇款

1

没觉着似的，一个月过去了！程同说给孩子许的那个愿该还了。赵珍问哪个愿，程同说不是答应给韩雪韩铁每人两千块钱吗？赵珍一下子想起来了，她说不就是说说吗，恁认真做啥？程同冷笑说，言而无信就失去了做人的资格，我们万万不能那样。他给赵珍讲曾子杀猪的故事，说曾子也舍不得杀那头小猪，但为了兑现诺言，忍痛割爱，只得杀。老百姓怎么讲？吐口唾沫砸个窝！对那些说话不算数的，则说他的话没个准，蒙山顶上也听不到他的实话。这还是些文明的说法，粗野的很难听，像"别听他胡说，他的话还不如放屁……"程同说，信守诺言，是一种美德；不守信用，是一种恶行。君子一言，驷马难追，怎么讲？就是说……

"你别说啦，俺知道。动不动就教训人，恐怕别人不知道你是教书匠子！"

放在往常，赵珍不敢这样说，听现在这口气，胆子大了，没有什么顾忌了。这倒是件好事，说明两个人的感情厚重了。程同没有责备她，笑道："你别烦气，事情只能这样……"

"你不就四千块钱吗，都寄给孩子，咱还吃还喝吧？"

"活人还能叫尿憋死！"

"你嘴里干净点好吧？"

"好，干净点。"程同说把这四千寄给孩子，零花借点就行，艰难一个月，很快就过去了。

"你问谁借？现在借钱可难啦。"

程同笑道："这要看谁借，还要看问谁借。"

"我不就是说的这个吗……"

"咱问李春借，一点问题也没有。"

"问他借，他当然不能不借。可人家就没点事吗？"

"咱还借多少，一千足够一个月花的。一千我都借不出来呀？"

"我看够呛！"

程同有些来气，拨通了李春的电话，李春满口答应，说给你两千吧，程同说先借一千，不够再说。程同挂了手机，转脸对赵珍说："怎么样？"

赵珍满脸堆笑，啥也没说，跑出去收拾脚蹬三轮去了。

2

到银行里取出钱来，就到邮局里汇。正写着汇款单，郑兴兰来了。赵珍跟她说话，她应付了几句，眼睛瞄上了老公公正在写的汇款单……她心里激灵了一下，连告别的话也没说，扭身就跑了。

回到厂子里，她把程锡明叫出厂房，等不迭到办公室，就把公公婆婆汇款的事说了。回到办公室，她追问程锡明怎么办，程锡明往沙发上一坐，点着了一支烟，吸着，无言。

"你说话呀！"

程锡明吐着烟圈，默不作声。

"你哑巴啦？"

"你说你……怎么说你好呢？"

"怎么说我好啊？以前你埋怨遇事不跟你商量，现在有事及时告诉了你，你却一个屁不放了。你，你……"郑兴兰越说越气，她脸红脖子粗，她声嘶力竭，她气喘吁吁，她满眼流泪，她话不成句了。

"他有钱寄就是了，你腰里绑扁担，拦恁宽做啥？他又没问咱要，他自己的钱，你管得着吗？"

第十一章　四千汇款

　　程锡明的话说得太轻巧了，这就激起了郑兴兰的愤怒："我怎么管不着的！你不是他的儿了吗？我不是他的儿媳妇了吗？"

　　程锡明冷笑了，他说长辈得在晚辈的监督之下生活呀？有句俗语说得好，老不管少事。这句话反过来说是不是就不对了呢？少不管老事，不行？他费心劳力、省吃俭用，到了这把年纪，弄了点退休金，也没有支配权了？郑兴兰立即反驳说，要用到正道上，咱不说什么，可他向外乱扔，咱就不能说说啦？

　　"他怎么乱扔啦？"

　　"他给赵珍的儿女寄，不是乱扔是什么？"

　　"赵珍是咱什么人，她儿女……"

　　"我不听你这些胡咧咧，要给他们也得给咱，平分也得分一半！"

　　"他没给咱吗？"

　　"你不要又翻旧皇历！"

　　是的，郑兴兰不认旧账了，她现在盯着的是老头子银行卡上的那点退休金。论说，爸爸也太多事了，你管好赵姨的生活不就行啦，还管她儿女干什么！你就不顾及外人怎么看、怎么说了？你的儿不能说你，可郑兴兰不是盏省油的灯啊！她说你外向，她说肥水外流，她说弄了个女人昏了头，不知东西南北了……

　　"怎么不吱声了，理屈词穷啦？"

　　程锡明长出了一口气，说道："老头子是有点多此一举，可咱们不好说他啊！"

　　郑兴兰立即心花怒放，满脸上处处都泛着兴高采烈，她说你做儿的不便说，不是还有儿媳妇吗？程锡明说你愿说就说吧，我不管了，说完甩手走了。郑兴兰忙拨通了老公公的手机："爸爸，俺的流动资金有些紧张，你能不能借俺一点，以后宽松了就还你。"

　　程同问："要多少？"

　　"有一万最好，几千也行。"

　　"我的积蓄花干净了，这个月还有点别的事，无法给你多，给你两千吧。"

郑兴兰迟疑了一下，同意了。

赵珍立即着急，一声不连一声地埋怨道："俺说不寄吧，你非寄不行，这下可好……你再问谁借呢？"

程同没接赵珍的话，拨通了李春的电话："兄弟，在家吗？"李春回话说在家，程同叫他不要外出，说自己这就去找他，李春说你走路不便，我去。程同说也行，但不能迟疑，李春笑道，立即动身……

程同收了手机，高兴地对赵珍说："有劳夫人赶快办两个菜，我们实在该喝两盅了。"

3

李春刚迈进屋门槛，就问："有急事？"

程同拍了拍沙发，笑道："坐下再说。"

李春坐下，程同从招待客人的烟盒里抽出一支来，递给他。他说你不吸烟，怎么还怂恿我上当？程同说能吸就吸，不能吸就不吸，咱不搞一刀切。李春说俺也想戒，程同说那就太好了。他把烟重新放回烟盒，坐下了。

"什么急事啊？"显然，李春有些着急。

"是这样……"程同的话语并不急促，他从四千元汇款说起，直说到郑兴兰打电话要钱，最后问还能不能再借他两千？李春沉默片刻，笑了："有意思！"

"还有意思，有啥意思？世界上到处都充满了利益，不是这利益，就是那利益。利益烧烤着人们的每一根神经，使其时时刻刻都处在亢奋之中。有些人神经虽然亢奋，但尚能克制，想事做事都还没有超越道德底线，所以尽管小错误不断，大错误并未发生。另一些人就不同了，他们神经亢奋得不能自抑，哪里还有闲工夫考虑道德方面的问题，还顾及什么道德底线不道德底线！因此，在他们那里，不道德的事情也就成了家常便饭，大小错误不断，犯罪也已箭在弦上……"程同说着说着就激动起来，浑身都在热腾，他解开了外衣的扣子。

第十一章 四千汇款

李春清楚二哥的这个脾气，谈论某人某事，往往跟世界万事万物联系起来说，动不动就海阔天空，不着边际，听者难免有如坠云里雾里的感觉。他认为无须这样，咱是平民百姓，就事论事，解决实际问题得了，海阔天空那些做啥！他倒了一杯水端给二哥，程同喝了几口，放在了桌子上。

"你在生锡明和兴兰的气，是吧？"

程同叹气说，儿子还不至于，郑兴兰这样做也好理解。他说我刚才说的那些，并不是又在海阔天空，我是说人如果失去了道德，事就难办了。他说本来那四千可以不寄的，你嫂子也不叫我寄，可我想不行，为人说话不能不算数，不守信用还算人吗？他说着，起身从桌子上拿过来一本书，找了一阵，指着一行字对他说："你看孟子怎么说的：'君子不亮，恶乎执？'什么意思？君子要是不守信用，还凭借什么呢？"李春忙表示，寄完全应该，说不就是缺两千嘛，好办！程同忙解释，说不给她也行，但怕她又跟锡明闹，所以不得不如此。他说再有两千足够了，下个月就还你，你真没有我再向别人借……

李春忙站起来，说道："那我走啦，两个小时后回来。"

"不用恁急火！菜已经炒好啦，喝了再走不晚……"程同说着嚷着，急忙走到院子里，人已经不见了。

赵珍把菜端上桌子，问道："人呢？"

程同忙解释，赵珍叫他趁热先吃，程同说等等再说。赵珍只得找碗把热菜扣上。等了不足一个小时，李春就回来了，他笑嘻嘻地把一沓子百元大钞递给了程同。

"这么快吗？你家里有啊……"程同顿时高兴起来。

"具体怎么弄的，以后再说，现在赶快喝酒。"

程同忙应和："好好好！"

第十二章　九九重阳节

1

院子里的银杏树叶渐渐发黄，时不时落下一片。以往，程同对此有过伤感，现在想通了，不再多动心思。他拿个马扎子，坐在树下，翻到《四书》160 页，眼前立即呈现出如下的一段文字：

　　子适卫，冉有仆。
　　子曰："庶矣哉！"
　　冉有曰："既庶矣，又何加焉？"
　　曰："富之。"
　　曰："既富之，又何加焉？"
　　曰："教之。"

程同看了一遍又一遍，琢磨过来琢磨过去，觉着其意未尽，如果再添上两句，才算完备。于是，他提笔在空白处写下了四行：

　　曰："既教之，又何加焉？"
　　曰："德之。"
　　曰："既德之，又何加焉？"
　　曰："和之。"

写罢，正沉吟着，赵珍来了，她拿来一件大衣，慢慢地披上他的肩头。

程同随手拉了下衣襟，笑道："是有点凉了。"

"今天初八，明天重阳啦，还不该凉吗？"

程同点头，说明天离退休人员聚会，马壮叫他说几句话。说什么好呢？思来想去，没的说，他没做过领导，不会讲话，只得讲一段课文，搪塞过去。赵珍对此不知所云，还没来得及说话，程同又兴致勃勃地开了腔。他越说越兴奋，说到激动处，猛然站起来，甩掉了大衣，径直向大门口走去。

"你，你……"

"我去找李春！"话音未落，人已走出了门外。

2

农历九月初九，是中国人的传统节日，俗称重阳节，这天登高望远以图吉利，并插茱萸以避邪，唐朝诗人王维有诗云："独在异乡为异客，每逢佳节倍思亲。遥知兄弟登高处，遍插茱萸少一人。"近来，重阳节又被定为老人节，被赋予了一层新的含义。

程同与赵珍早吃早饭，梳洗打扮了一番，赵珍推出脚蹬三轮，程同坐上，直奔中学而去。

来到校门口，李春早在那里等着了，笑着招呼他们，并说嫂子既然来了，也去坐吧。赵珍忙拒绝，说我给你们看车，你们去吧。李春不同意，程同说不能乱了规矩，拉着李春就进了校门。走到办公楼下，遇上吴梅，吴梅瞟了他们俩一眼，啥也没说，就闪过去了。程同一愣，惊呼："怎么啦？"

"不很正常吗？"李春镇定自若。

"不正常。我没有得罪她呀！"

"你认为没得罪她，她可能早已记恨上你了。你那次旁敲侧击马壮……"

程同深深地叹了一口气，不再说啥，一瘸一拐地继续往前走。来到二楼，柳清明刚从计生办公室出来，一见二位，立即笑逐颜开，先招呼程老师，再招呼李老师，并请二位到办公室里坐坐。程同心里有话要问她,就没谦让,点头说好,李春也就随声附和,一起进了办公室。柳清明倒了两杯水,分别端给他们俩。喝着水,闲扯了几句,柳清明就说道开了吴梅,说孙石被汽车撞死后,吴梅怎么怎么哭泣,她听了如何如何难过,就白天黑夜地陪伴着她,连说夹劝,一连七八天。哪寻思此人道德水准恁低,狗咬吕洞宾,不识好人心,恩将仇报,竟然混混开了马壮……她说自己熊马壮,他嬉皮笑脸,漫不经心,说改不改,无奈之际,她提出离婚,仍不见效果,就去找了程老师……"谢谢你,程老师!自从你旁敲侧击了那么一通,总算老实了。"

"今天在楼下遇着吴梅,一句话没说,看样子是记恨起我来了。马校长还能出卖了我吗?"程同的话说得有些无奈。

"这可能!别怕,我有空熊他。"

"别别……"程同连连摆手。

李春趁机插话,说就别多一件事了,搭腔也是五八,不搭腔也是四十……

柳清明就笑了:"李老师的头脑终于清醒了。前不久听说你也打过她的主意……是真的?"

李春脸一下子红涨起来,连声否认。

程同哈哈笑:"哪有的事,谣传不可信。"

柳清明也笑:"随便说说,李老师别上怪。"

这时,走廊里响起了马校长的吆喝声:"老同志走啦,到'来了还想来'饭店聚齐。"

程同看了李春一眼,起身走了。李春站起身来,没有立即走,对柳清明说:"程老师的夫人在校门口看车呢,你能不能端杯水给她?"

"你们怎么能这样对待我们女同胞?那好,我去,我去……程老师也真是的!"

3

时候已近中午,天气很好,阳光普照大地,到处一片明亮。凉意没了,温热扑上身来，使人们的精神为之一振。

柳清明小跑着来到校门外，见赵珍正坐在脚蹬三轮车上打盹，就扑上前去，一把抓住了她的手。赵珍被吓得连声哎哟，随即站起，定睛一看，笑道："原来是柳主任啊！"

"嫂子见外了是吧，怎么到了校门口还不家来的？"

赵珍只得解释，说程老师腿脚不便，送了他来，他去办他的事了，自己在此看车。

"那一块去有多好呢？"

"我又不是退休老师……"

"哎呀呀，哪有那么多讲究，程老师太多事了！"

"不是他多事，是我不愿去。"

"那是为啥呢？"

赵珍苦笑道："不是得看车吗？"

柳清明三步闯到传达室门口，喊道："老王，这辆脚蹬三轮是程同老师的，请给照看一下。"

传达室的老王答应后，柳清明拉着赵珍就走，她问去哪，柳清明说去"来了还想来"饭店，赵珍执意不去，说自己不是退休教师，不能去滥竽充数。

"也好，那就去我家。"柳清明的话语斩钉截铁。

赵珍很无奈地笑了："还有李老师的摩托！"

柳清明只得再做交代，老王烦了，嚷道："所有的车我都看着，啰唆什么！"

"这回放心了吧？"

赵珍再也无话说了，只得跟着柳清明走。来到家属楼，进了201房间，眼前到处明亮，处处闪光，120平米的住处，几明窗亮，沙发、座椅、圆桌安排考究，字画、奖状悬挂齐正……刘姥姥进了大观园！正当赵珍四处看之时，柳清明已把四个小菜摆上，问她喝什么酒，赵珍说不喝酒，柳清明说那就喝饮料，易拉罐，赵珍说可以。说着喝着，不一会儿，一瓶干了，又开第二瓶……柳清明就说感谢程老师的话，赵珍很有感慨地说：“这男人到底是怎么回事呢？韩树林孬种还有情可原，他没上几年学，家教不严。马校长怎么也恁样，实在叫人难想通……"

"女人就好吗？这个学校里的吴梅，你说的那个苏枝花，还有个叫杨萍的乡村医生，听说已在你们村住下来了，还去骚扰过李春……是真的？"

"前不久走了。"

"又有了更有钱的雇主？"

"谁知道呢！"

"女人坏比男人坏更可怕！男人全部坏了，只要女人不坏，社会仍能稳定；但女人只要坏了三分之一，社会就到了崩溃的边缘……"

柳主任语出惊人，赵珍被惊得目瞪口呆，问道："你这都是听谁说的？"

"我自己想的。一个吴梅弄走了两个校长，害死了她的男人，还不罢休，还要继续为非作歹……你想想，是这个理吧？"

"可这是怎么回事呢？"

"我想过，有时候想得头疼，但想不出来。程老师没说过这个问题？"

"说过，他说有人不要脸了，不顾道德品质了，肆无忌惮了，就有了这样或那样的破事烂事。"

"这说得太笼统，叫人不得要领。今天不是请他发言吗，不知要讲些什么？"

"听他说，想讲《论语》里的一段话……"

"是吗？那咱快吃饭，吃完了饭去听听。"

赵珍说不饿，柳清明也不再多让，说那就快走……

4

招待会 12 点正式开始，首先由马校长致辞，他满面堆笑，热情地祝贺离退休老教师们节日快乐，万事如意。接下去，他就解释这次聚会的目的,说学校里也没有什么好表示,召集大家来坐坐,喝盅酒,吃顿饭,拉拉家常,一起乐和乐和,以示庆贺,不周的地方,请大家多提意见。于是,掌声响起。安静后,马壮又说,为了使会议更具教育特色,特邀请程同老师谈谈自己的退休生活,也许对大家有些启发,并请大家听后踊跃发表意见,共同切磋,以求完善。马校长话音刚落,程同就站了起来,向大家抱拳致意,掌声顿起。稍微平静后,程同就说:"咱们都是老相识,谁不知道谁的。我这两下子,在座的心里都清楚,不比任何人多什么。讲课凑合着勉强还行,讲话就不行了,咱没当过干部……"

"你谦虚什么,讲课讲话一个样。"有人不满了。

"不,不!这是两个概念。"

马校长插话道:"你怎么准备的就怎么说,别扯闲篇子。"

"好,好。"程同笑着,咳嗽了一声,然后又说,"我们确实老了,是不是?"

"这还用你说吗?"姜疙瘩姜士成火了。

"姜老师,要是有人不服老呢?"

"不服老,就得死!"

全场哄然大笑,还夹杂着零星掌声,三分钟后才平静下来。

"想发言的,等程老师讲完了请举手说。"显然,马校长不满意了,也有些着急,好歹是个会议,如果吵吵嚷嚷,成何体统,不显得组织者太无能了吗?"程老师,你没有讲稿吗?有,就拿出来念吧。"

程同说念什么,他想跟大伙拉拉家常。马壮说可以,那就快开始吧。程同说:"我们确实老了,夕阳正西下。有人高唱,夕阳无限好;有人哀叹,只是近黄昏。我不高唱,也不哀叹。高唱什么?日趋衰老,清清楚楚地摆在我们的面前。哀叹什么?自然法则是全部生命都要经历的过程。既不高唱,也不哀叹,何以处之,坐以待毙?与其坐以待毙,何如奋起做事!当然,钓钓鱼、遛遛鸟、养养花……也是做事,有趣于此,可以用心钻研,必定能取得成绩。我人笨,做不了这些巧妙事,只得再拾掇旧生意,读书。在岗时,成天备课、上课、批改作业,忙得焦头烂额,哪有工夫读书?现在好了,有时间了,可以坐下来,安心读一本书了。读累了,放下书,闭目想想,能悟出些道理来。想不明白的,再去翻书,这样翻来覆去,一定会有收获的。说到这里,他就读《论语》中的"子适卫"篇,又把自己后续的四句做了说明。他笑道:"如果孔夫子地下有灵,对此也不会有异议吧!这样一来,这段文字就有了五层意思:庶之、富之、教之、德之、和之,即人口众多,使其富有,继而加强教育,使其具有高尚的道德品质,那么,家庭就能和睦,社会也就和谐了。如此想来,教育是多么重要,它处于中心位置,承上启下,庶之富之的发展趋势,必然是教之,教之的最后结果是德之和之……我今天在这里讲这么一点读书心得,是想重新认识一下教育的重要性,跟同志们共勉,有别的事做别的事,有闲空读几页书,是很有好处的,既能开阔自己的思路,遇着在岗的领导和老师们,念叨几句,对他们也会有些启发吧。我就先说这些,说错了的,请给予批评。"

马校长立即鼓掌,接着掌声四起。

"还有谁想讲讲的?"马校长问。

姜疙瘩嚷嚷起来:"哎呀,我说校长,今天你是请俺来吃饭的,还是叫俺来听报告的?我早晨没吃饭啊,前脊梁骨已经贴着后脊梁骨了……"

会场开始骚乱,笑声、嘀咕声、扯拉椅子的响声……此起彼伏。

"那就开始吧!喝着酒,吃着饭,可以议论议论,饭后留半个小时,大家交流交流,这样好不好啊?"

姜疙瘩首先鼓掌喊好,宴会开始……

5

下午3点散会,程同刚走出饭店,姜疙瘩就嬉皮笑脸地凑上来:"程老兄,真有你的!说你什么好呢?你哪辈子没捞着书读啊,读了一辈子书,教了一辈子学,现在退休了,废品一大块啦,还吆喝读书……"

不等程同做答,就有好几个老师围拢过来,七嘴八舌,好一场争论,有赞同的,也有反对的。程同刚要介入,李春拉着他就走了。来到中学大门外,见赵珍已经站在那里等他了,柳清明同她站在一起,正在说话。打过招呼后,柳清明就不停地埋怨程同,说你的讲话俺听了,说得还不错,但不深刻,你怎么就不说说为人师表呢,怎么就不揭揭那些不要鼻子不要脸的乱七八糟呢……程同歉然一笑,说道:"柳老师的心情我理解,人都是有自尊心的,点到就可以了,不能屡屡揭疮疤。疮疤不揭,过些日子,结疤脱落,就好了;不停地揭,不停地流血,就麻烦了……"

柳清明多聪明啊!她一下子就悟明白了程老师话里的含义:"那就不再揭啦,等着结疤吧。"

"这就对了嘛。"

柳清明又说嫂子忒执拗,准是你早就说了话的,到饭店一起坐坐有什么不可以,她就是不同意,真不好找你们这样儿的……程同只得苦笑,他说为人的大忌就是对自己宽容,这也不碍的,那也不碍的,不注意在每一个细节上严格要求自己,久而久之,放任自流,小错聚成大错,以致不可救药。他说叫你嫂子入席就坐,吃一顿,不是什么大不了的事,可不该吃却吃了,坏了规矩,失去了原则,无形之中,做人的道德也就受了损伤……

"明白了,明白了!"柳清明笑道。

"我们就走啦。"

"天还早,家里坐一会儿,老马有好茶叶……"

"改日吧!"说着,他就爬上了车子,转脸见李春还蹲在摩托车旁吸烟,就喊道,"还不走吗?"

李春懒懒地站起来,程同见他一脸泪水,忙问:"你怎么啦?"

李春啥话没说,骑上摩托跑了。

"李老师怎么了?"赵珍问。

"走吧,回家再说。"

第十三章　多行不义

1

夕阳已经挂在西河堰上那几棵高杨树的树梢头了，街西的树荫不停地向东拓展，街道上很少有行人，村庄很安静。

突然，一声声号叫像炸雷一样卷来：

> 妹妹你大胆地往前走啊，
> 往前走，莫回呀头！
> 通天的大道就在你前头哇，
> 直往高粱地里走啊，
> 那里的好事等着你呀！
> 哇呀，哈哈哈——

"蹬快点！"程同说。

"怎么？"赵珍诧异，忙问。

"你没听着郑起的号叫吗？"

"他喊他的，跟咱……"

"我不愿遇着他，你快着点，听着了吗？"

赵珍一阵猛蹬，车子很快穿过大街，拐进小巷，不多一会儿，就来到大门首，停下车子，扶程同下来，然后投开门锁，把车子推进家来。这当儿，程同已经从屋里拿来了两个板凳，他坐下，招呼赵珍："来，坐下歇歇吧。"

赵珍坐下，脱了外边的厚褂子，她累得已经满头大汗了。

"你去洗一把脸吧。"说着，他就把赵珍的褂子拿了过来。赵珍喘着粗气，摇了摇头，说不用，歇一会儿就好了。接下去，程同就说在大街上听到的那一声声炸雷般的号叫，是郑起在发疯，谁知他受了什么刺激，按捺不住了，就号叫起来。这一号叫，很可能又要出事……赵珍叹气，说这人德性太差。

"他还有德性！"

"那你跟他做的什么亲家？"

程同苦笑道："不是买猪不买圈吗？"

赵珍没再说啥，起身去了锅屋。

2

第二天早晨，窗玻璃还没有发亮，就有人砸屋后墙，赵珍忙爬起来，蹬上裤子，穿上褂子，连扣子都没来得及扣，就急急忙忙跑着去开门。大门外站着郑兴兰，她叫了声赵姨，就失了声，两行泪水挂了下来。

"你哭什么，出了什么事？"

"我爹摔断了两根肋巴骨……"

"是吗？怎么弄的，叫车撞的？"

"不是，在街上摔的。"

"你家来说不行吗？"程同站在屋门口喊。

到屋里坐下，郑兴兰又把她爹摔断了两根肋巴骨的话说了一遍，并说昨晚8点住进了市医院，只交了一万押金，院方嫌少，不给动手术。给她哥打电话，还没说三句话，手机就被她嫂子夺了去，嫂子咬牙切齿地说不管……

"你想要我做什么？"

郑兴兰未曾开口，泪珠子就一串一串地往下掉。

"别光哭！哭解决什么问题？"

郑兴兰擦了擦眼泪，哽咽着说："我想叫锡明先拿上，他也不乐意……"

"你回去，叫锡明来家一趟。"

郑兴兰刚走出屋门外，又回转身子说道："爸爸，你最好说说我哥……"

"你哥要说，但轻易说不好，以后找时间再说。现在得尽快交足医疗费，尽可能早地动手术。"

郑兴兰点了点头，没再说啥，走了。

半个小时后，程锡明来了。问及郑起被摔的事，儿子长吁短叹，程同说摊着了，无办法，挣钱不容易，但该花还得花，人命关天，救命要紧。

"你知道他是怎么摔的吧？"

"走路不慎，摔的。"

"他还走路不慎？"程锡明说他又上了邪疯，头晌给了杨二媳妇二百块钱，临天黑去找人家，被杨二追出来，到大门外，又被砸了一扫帚，正好扑到一块石头上，硌断了两根肋巴骨……"他要不是因为这些肮脏事受伤，即便叫汽车撞了，拿上两个钱给他治伤，心里还好受些，脸上也好看。这是什么事？我已经交过一万了，还不可以吗？郑兴富一个子儿不出，我包不起这个干。"

听完了儿子的哭诉，程同无可奈何地叹了口气，点着了一支烟。正吸着烟，赵珍端来了小铝锅，叫爷儿俩盛了豆汁喝。说完，她转身去拿放在石台子上的油条。油条拿回来了，豆汁还没有盛，儿子低着头，老子吸着烟。赵珍一把夺了烟蒂，扔到了门外。

"你，你……"

"我什么？你不是不吸烟的吗？熬了豆汁，买了油条，叫你们吃饭，怎么就是不动弹呢？锡明，你爸爸没有手，你也没有手吗？伺候不好不伺候……"赵珍终于发惨，泪水涟涟，捂住嘴，跑了。

"你去把她叫回来。"

程锡明如梦初醒，忙站起身来，向外跑去。

程同站起身来，高喊了一声："怎么这么多事呢？"你是怎么了，赵珍有什么错,弄脸子给人家看什么,她来这里容易吗?诚心诚意伺候你,怎么就没伺候好呢……他一瘸一拐地往外走,走到大门外,老远处有行人,但不是儿子,也不是赵珍。他慢慢地向前走,心里不停地打鼓:"还能真的走了吗?"一阵酸楚涌来,两串热泪珠子垂下来。他忙擦拭着,继续往前走,走……终于看到儿子了,儿子正向他跑来……

"怎么,找不着啦?"

"遇上俺三奶奶了!三奶奶说有她怎么能走了赵姨妈,她叫我赶紧回来告诉你……"

程同长长地叹了一口气,转身往回走。

"我回去吧,爸爸?"

"不行,我的话还没有说完。"

回到屋里,程同说吃饭吧。他坐下就端起了碗,儿子没再吱声,也端起了碗……饭后,程锡明收拾了碗筷,说道:"你有什么话,说啊!"

"郑起不是人,咱也不是人吗?"

"我已经送去一万了,不是告诉你了吗?"

"一万不行!人命关天,救命要紧!如果我们守着钱,让郑起死了,我们就不是人了。我们手里要是一个子儿也没有,那讲说不起……你抓紧时间再送一万去,动完手术再说,郑兴富、王田英的工作我去做,真做不通,这两万块钱过一年半载,我给你们,我现在手里实在太空了……"

程锡明说行,走了。

"这就去送,听着了吗?"

"知道啦。"

3

儿子走后,他把屋门锁了,把大门锁虚挂上,走了。他想找杨二问问。走了一阵,来到杨二的大门首,一看锁着门,他只得返回。路上碰着李春,李春脸上的表情有些生动,他开口就说郑起摔断了两根肋巴骨,问程同知道了吧,程同说知道了。李春又问你知道怎么摔的吧?不等程同说,他就把郑起骚扰杨二家的那档子事,说了个活灵活现,自然不缺乏生动的细节。

"你怎么知道得这么具体的?"

"全村人都在街谈巷议了,你还蒙在鼓里呀?"

"是吗?唉,这人……"

"多行不义必自毙,这人恐怕不可救药了。实际上,郑起活着不如死了好,他儿他儿媳妇都希望他早一天咽气。"

李春这些话虽然尖刻,但不为过。如果李春不说这样的话,还是李春吗?但程同能顺着他的话说吗?如果程同顺着他说,还是程同吗?"兄弟,我知道你心里有气,说几句气话也应该,可不能遇着谁都这么说。常言道,秦桧还有三个相好的……"

"郑起的相好的不止三个,但不会有你吧?"李春瞟给了二哥一个白眼。

程同心领神会,李春又一次对他不满了,但不满也不能顺着他说。顺着他说,既失去了原则,对李春本人也没有好处。他情绪正在亢奋,稍一鼓动,定如火上浇油,他会愈加张扬,谁知会做出什么事来?"兄弟,郑起孬好不济是我的亲家,在这个时候,我说什么好呢?咱孬好不济也是教了几年书的人,说话做事总不能丧失了道德底线……"

原来如此!"二哥,我理解你的心情。你不说他的坏话,可以;但也没有必要为他操劳什么吧?"

程同苦笑道:"我能操劳什么?"

有人过来凑趣,他们俩只好走散。

程同回到家里,见赵珍已经回来了,而且面带喜色,也就不再提那件事。他往沙发上一坐,拨通了郑兴富的电话:"大侄,怪忙是吧?"手机里很快传来了郑兴富的声音,问大爷好,问有事吗,程同就问他爹的情况,郑兴富一下子失了声,说别提他了,提他叫做儿女的说什么,他们的脸无处搁……

"兴富,别说脸了,说说手术的事吧。"

听了大爷这话,郑兴富立即反问:"大爷,你对郑起还怪有兴趣吗?"

"话能这样说吗,兴富?"程同的责问有些严厉,他稍停一下,不见郑兴富回话,就接着说下去,"你爹做事是有些不地道,这谁都知道,也不是今天才这样,可他坏咱不能坏啊,大侄!他千坏万坏,总是你的爹吧?他生你养你,供你上学……现在,他的命危在旦夕,你能袖手旁观吗?"

"我本来想拿上两万的,跟王田英商量得也差不多了,可是李春不知怎么来得恁巧,李春不是王田英的舅吗?经他一说,王田英死活不愿意了。"

"好,我知道了。"稍停,他又说,"李春说那些话,也是可以理解的,你千万别记恨他。"

"我知道。"

"那就好。"

"大爷,你先别挂,我还有话要说,我妹妹来电话说,锡明又送去了一万,手术可以动了。大爷,你放心,我不会叫我妹妹单独承担的,我有办法,但需要时间……"

"那就好,那就好。就是她自己承担也应该!"

"应该是应该,那我就不是人了……"

"大侄,你不要过度自责,我知道你心里很苦。"

"大爷……"郑兴富呜咽了,随即,手机掐了。

程同收了手机,仰天长叹……

第十四章　古老的石碾

1

　　日头冒红，石碾就转起来了。压碾的是谁呢？赵珍顺街赶路奔碾场子。她以为自己已经够早了，哪曾想，还有比她更早的！她虽然来石波浪村已经三月有余了，但谁赶早压碾，却没拿准；也没听程同说过，程同很少谈这些家长里短。他肯谈的，净是些古今中外的响名人物，前些日子，说《论语》，说《古文观止》，开口孔子，闭口范仲淹，不时谈论道德底线什么的。最近几天，他被郑起摔断了两根肋巴骨的事烦乱了心，常常呆坐在沙发上，一言不发；呆一阵子，就叹气。他心里多么痛苦，多么无奈，谁知道啊！赵珍看了这些更无奈。她的无奈是双层的，她为丈夫的无奈而无奈，更为自己的无能而无奈，她清楚自己的无能，没有能力宽慰丈夫几句。她的话往往说不到点子上，说些家长里短，反倒更增加他的烦心。她曾经骂过郑起，但程同立即嚷道："光骂两句有啥用？不挡风，不遮雨……"那怎么办呢？只有不吭声了。自己所能做的，只有办好饭了。这些日子，她摸透了丈夫的食性爱好，喜欢喝咸糊粥。这好办，巧妙不多，勤快点儿就行了。这不，她赶早来压豆钱子了。

　　十步开外，她认出来了，是三婶子。"三婶子，是你呀！"她满心欢喜，兴冲冲地喊起来。

　　听到喊声，三婶子停住了脚步。

　　"你老人家起得可早！"

　　"躺着做什么？鸡叫头遍，就睡不着了。窗户纸一亮，就起来了……"

说着话,赵珍去抢碾棍,三婶子不让,赵珍就夺,说你恁大年纪了,不撑累了。三婶子说年纪越大越得勤快,不然,越懒越懒,最后不能动弹了,就只有叫人拉到火葬场里去烧了……

"你给我扫着,就行了。"她说着,又推着石碾风葫芦般地转起来。

逢到赵珍压豆钱子了,三婶子还要压,她抱着碾棍不放。

"这回,俺可不能再依你!"

争执了一阵,三婶子只得把碾棍让给赵珍。

压碾的人越来越多。她们俩压完了,忙收拾好,让别人压。两人到碾旁边的一堆石头上坐下,擦了把汗,就说道起来。

"这郑起怎么恁坏的?"赵珍说。

"不说他,不说他……"三婶子连忙捂嘴,"他不是人,说他做什么?"

三婶子既然这么说,赵珍就不好再说什么了。是呢,说谁不好,说他做什么,说他个孬种,太没意思了。可不说不行啊!程同的大儿媳妇就是他闺女,他做出了这么损的事,我们脸上就好看吗?特别是程同,他的苦窝在心里,说不出口啊!

"你看,这碾……"三婶子的话题转了。

"这碾怎么了,三婶子?"

三婶子就说,她来到这石波浪村时,就有这碾。碾出了毛病,都是贾木匠修。贾木匠为了神后,就到了生产队的时候,刘正义接着修。刘正义做木匠活是无师自通,手艺不精,但修碾还行。他成分不好,可修碾上心,村里人没有一个不说好的。刘正义走后,刘宗成修。刘宗成做木匠活也不精,但一见碾不转了,就来修,很热心,大家都说好。现在,他还修……

"咱石波浪村的好人多着呢!你数吧,数不完的。"

赵珍频频点头,连连称是。

"就说你家程同吧,有次压碾,忽然下起了雨,也不知他从什么地方钻出来的,把斗笠扣在我头上就跑了……后来,我去送斗笠,还打了他的腚一巴掌,说你个小孬种,怎么连斗笠也不要了……"

赵珍就笑起来,三婶子也笑起来。

走到半路上,三婶子非得给赵珍一半糊粥面子,赵珍说家里有,三婶子说日子多了不好了,扔了算了,新压的好,不要不行。赵珍拗不过她,只得收了。

2

回到家里,赵珍烧开了咸糊粥,来到堂屋里,就说三婶子。程同叹息,说石波浪村的好人多的是,可孬种也不缺。赵珍说,就别说孬种了,一听他们的名字就恶心,光想呕吐。程同就笑了,说咱说说三婶子吧,三婶子的故事好说又好听,谁听了都哈哈大笑;有的不能引人发笑,可令人深思,挺教育人的。

"是压碾吧?"赵珍问。

"对喽!与压碾直接有关……"程同说,那年三婶子40岁,早晨落着零星雪花儿,她起早去压碾,压着压着,肚子就疼起来,越疼越厉害,她知道孩子要出生了,回家已来不及了,她忙放下碾棍,蹲下来……一会儿,孩子来了,哭喊起来。她说别哭别哭,一边念叨着,一边收拾。她把棉袄脱下来,包好孩子,放在碾道一旁,又去压碾。程同说,我娘也去压碾,见了这情景,就埋怨三婶子,忙抱起孩子,跑回家,给他喂奶。三婶子压完了碾,回家放下瓢子,跑到我家抱孩子。我娘又埋怨她,说怎么能这样,身子要紧,大月子里,能这个颠法吗?三婶子说不碍的,又千恩万谢我娘给孩子喂奶,并央求我娘再给喂几次,我娘说那还用说。后来这孩子起名叫碾,现在小六十了,壮得像头牛,成天出工,也特别孝顺,天天晚上都去看娘。程同说完了这些,赵珍并没有笑,光说:"可怎么了,可怎么了!"程同叹息,说村人拉起这一段来,都赞叹,说三婶子真是个铁人,也说她儿子命大;当然也有说笑的,说天底下还有这样的事来!赵珍说,也不是说的,这事可真神奇……程同一转话题,说三婶子也是个苦命人,碾出生的

第十四章 古老的石碾

那年腊月里，三叔去世了！40岁的女人守寡，难啊！七个孩子，三男四女，大儿子娶了媳妇，另过去了，大闺女也出了嫁，可还有五个啊！有人给她找了个主儿，她说她什么也不图，只图他能真心对她，真心对孩子。媒人捎话回来，说带着两个孩子去还行，多了养不起。她哭了，她哭着说，那就算了。从此以后，她不再提找主儿的事，谁再说，她都拒绝，说这条心死了。三婶子年轻时并不丑啊，40岁的女人，能容颜尽失吗？有些男人就想入非非了，特别是郑起的爷爷郑挺之，虽然六十多岁了，但狂得很。他仗着自己是贫农组长，有恃无恐，常来骚扰。三婶子软硬不吃，但常以泪洗面。二儿李猛问她，她说了实话。李猛说好办，15岁的少年，已有力气，也挺懂事。他只上了三年小学，就下来挣工分了，他说他不能叫娘太吃苦。有一天，郑挺之又来找事，三句话没说完，就动手动脚。李猛从门后蹿出来，举起枣木杠子，劈头盖脸砸下来。郑挺之忙躲闪，枣木杠子落在了他的肩膀上。他"哎哟"一声就跑，跑到大门外，李猛赶上，又捅了一杠子，郑挺之一溜狗抢屎，趴在了大街上……后来，他告到驻点干部那里，驻点干部大怒，说这还了得，打贫农组长，阶级斗争新动向！派人把三婶子和她二儿李猛叫去，三婶子没怕，李猛也敢说，驻点干部一听，无话说了，叫娘儿俩先回去。娘儿俩走后，驻点干部把郑挺之熊了个狗血喷头。自那以后，没人再敢造次。五十多年下来了，她已五世同堂，还壮得很，村人谁不夸她！都说这就应了那句俗语：恶有恶报，善有善报；不是不报，时候未到；时候一到，一切都报……

"40岁守寡，三婶子……"赵珍说着，泪水就下来了。

"哭什么？人家三婶子轻易可不掉泪。"

赵珍无言，转身盛糊粥去了。

过了两天，赵珍压了些花生米，路过三婶子的门口，就走进去了。

"三婶子，赵珍来了。"

"哎呀，侄媳妇，快来坐。"

赵珍没有坐，就把压碎了的花生米抓了两把，放在了三婶子的一个空瓢子里。

"你、你……你这是做什么？"

"煮咸糊粥，放上豆钱子，再放上些这个，特别好喝。你要不信，做一回试试就知道了。你别怕，不是敌敌畏。"

"赵珍啊赵珍，你别鬼精，我知道你是来还账的，我给了你些糊粥面子，你就还我花生米。你真是……唉！"

"三婶子，你可别生气！常言道，来往来往，常来常往，日久天长；只来不往，情谊难长。你要不要俺的东西，俺也不要你的东西，咱娘儿俩就小葱拌豆腐了……"

三婶子笑了："你个赵珍来，乍看文口善面的，怪和善的个孩子，没寻思也……好好好，我收下你的花生米，行了吧？"

赵珍赶忙笑道："谢谢三婶子。"

坐下后，闲扯了一阵，终于说到碾道里生孩子的事，三婶子就笑，哈哈连声，说都说太险乎，可事来了，也就那么回事……话越说越投机，也就少了顾及，赵珍竟然提起了40岁守寡的话题，问三婶子怎么寂寞得了，就不想吗？三婶子长长地叹了一口气，说人都是血肉骨头堆成的，大概什么都一样，这个用不着多说，但有谁肯来挑这副担子呢？孬种不缺，招手就来，他玩弄你一阵子，拍拍腚走了，什么也不承担，咱图什么，何苦啊？不但如此，他还到处败坏，说他跟谁谁怎么着怎么着，来显示他有多能……没办法，有罪就受吧。三婶子说白天干活，夜里给孩子们缝缝补补，忙到半夜，一觉到天明，一年，二年……没觉着似的，几十年也就过来了。现在，儿孙满堂，她知足了。说到这个节骨眼儿上，三婶子转了话题，说开了赵珍，说她命好，遇上了程同，说可得善待他呀，别身在福中不知福，享着福，不知足，使小性子，闹家包子，程同可不是心性高的人，有点小好就满足……

"三婶子，你净夸他，怨不得他也常夸你呢，说你是个伟大的女性，伟大的母亲；说你的这种伟大，是平凡中的伟大，是老百姓中的伟大……"

"哈哈哈……伟大，伟大！什么叫伟大？"

说说可以，但真刨根问底，什么叫伟大，赵珍还真就不知怎么说了。

第十四章 古老的石碾

她愣怔片刻，脸红了一阵，说也就是平常说得好，也做好了，就伟大了。三婶子笑道，那就多做好，嘱咐她程同腿脚不好，得多应心，这可是第一好。赵珍说自己早就有了主张，时时陪伴着他，处处留心在意，还不行吗？

"这时间，不就不陪伴了？"

"三婶子，你可不能抬杠！我不是去压花生米来吗？说时时，并不很准，总有离开的那霎儿……为了这，他给俺弄了个手机。"

"是吗？"三婶子惊喜道，"那就试试。"

赵珍掏出手机来，拨通了："欣欣爷爷吗？"

程同回话道："你怎么还不回来？一把花生米，压得了这么长时间吗……"

"在我这里呢，俺们娘儿俩说会儿话……"三婶子喊起来。

"说吧，说吧。"程同笑了。

三婶子推赵珍道："走吧，走吧……"

赵珍哈哈地笑着，跑了。

3

回到家里，也就8点了。

"跟三婶子说什么来着？"

赵珍就把跟三婶子说的大体内容说了说，程同叹息说，三婶子这辈子可不容易，最难能可贵的，是人品好，道德高尚。他说有人说她老封建，他反对！三婶子是道德高尚，不是封建主义。人的心性是可以转移的，爱情是宽泛的。三婶子抛弃了男女之爱，扩展了母爱，成就了名节。现在，某些男女缺乏的可能就是这个了！你看郑起、韩树林、王维信，还有吴梅、杨萍……有时蹲卫生间，墙壁上竟写着小姐热线，不堪入目！公安局怎么不循着这些线索去抓呢？有些性爱专家，到处张扬，唯恐天下不乱，长篇撰文吆喝，男人怎么啊，女人怎么啊！哎呀呀，了不得了啊，天崩地裂了啊，洪水泛滥了啊……禁欲主义不好，纵欲主义就好吗？我们应该有个正确的方向，特别是对于青年……

赵珍摆手，说你别往深处说了！

"怎么，说说都不行吗？"

"说郑起行，说韩树林也……"

程同泄气了，不能说赵珍说得没有道理。实际上，说郑起并不行，说韩树林也不行，说吴梅、杨萍……都不行。在家里，或者几个好友私下里议论一番，只要传不出去，也无妨碍。可要传到当事人的耳朵里，人家找上门来，可就麻烦了，轻则质问，重则谩骂，甚至推搡几下。找这些麻烦做什么，还是少说为佳吧！再一说，也不能伤欣欣奶奶的心，她受的折磨够多了，太需要过几天平静的日子了！想到这里，他按了按心口窝，喝了几口茶，拿起了放在沙发上的那本《古文观止》……

第十五章　远方来电

1

　　九月将尽，时令进入晚秋。吃过晚饭，稍坐，就感到有些凉了。程同到里间找那件呢外套，找了一阵没找着，就问赵珍。
　　"我不早给你放在沙发上了吗？"
　　他走出来，赵珍已经拿着呢外套站在里间门外，顺手给他披上，随即埋怨道："早说一句有多好呢！"
　　程同无言，坐下了。
　　7点看过天气预报，程同就问："关了吧？"
　　"忙什么，俺看一会儿。"
　　程同起身进了里间，打开台灯，摊开几张稿纸，旋开圆珠笔，想写点什么。写点什么呢？程同沉吟半天，就写下了"关于道德建设"几个字，随后加上书名号，再往下，就不知写什么好了。他正沉吟之际，手机响了。
　　"喂，哪里？"
　　"大爷，我是李海。"
　　"李海呀！好孩子，想大爷了？"
　　"是的，想大爷了。"
　　"那就说吧，想叫大爷做什么。"
　　"大爷，俺想求你件事……"
　　"这孩子，怎么恁样说话？谁跟谁呀，说求做什么，只要我能做的，就尽心尽力给你办。你说吧，什么事？"

"再过一个月，就入冬了，俺爸爸一个人在家里，俺实在不放心。请大爷再去说说他，叫他来我这里吧！俺这里有暖气，比在家里强多了。真不愿来我这里，去妹妹家也行，她那里也有暖气……"

"好好，这事你放心，我一定去说说他。"

"一定把他说来！"

"好好，我尽力，尽力……"

手机里很快传来了周云的声腔："二哥，麻烦你了！"

"麻烦什么，不就是说几句话吗？"

"就是呢！我寻思，谁都说不到他心里去，就是二哥能行。"

"我是出了名的裤腰嘴，说动过谁？不过，李春还是看我的面子的！我们一起光着腚长大，又一起上学、教学，一辈子几乎没有离开过。虽然也吵过，但雨过天晴，头一天吵了，第二天又好了……"

"是啊，是啊。就因为这，我对二哥特别有信心！"

"我说弟妹，有句话，我思量了好久，不知该讲不该讲？"

"二哥思量的话，怎能不该讲呢？"

"我就怕你生气……"

"二哥，你情管讲！说什么我都不生气。"

"弟妹，你能不能服个软，说几句认错的话，并表示今后再也不会发生那样的事了？"

"认什么错？我有什么错？他血口喷人，他捏造事实，他……"手机里，周云泣不成声。

赵珍从外面闯进来，夺去了手机："妹妹，你消消气，你还不知道你二哥，他太实落，太相信李春了，他……"

"这女人太难做了！"周云的哭声更大了。

"妹妹，你别太难过……"

手机掐了，屋子里一片沉寂。

良久，赵珍说："你就不能叫李春让周云一步？"

"我试过，他不听。"

"你们不是鳌子盖锅吗？"

第十五章 远方来电

"毕竟不是一个人!"

"李春也太什么了……"

程同张口要说什么,但没有说出来。

赵珍走出里间,把电视关了,走出屋门,去关了大门,回来坐在沙发上,闷了老大一会儿。挂钟敲响了9下,她走进里间,拾掇了床铺,说天不早了,睡吧。

"你先睡,我再过一会儿。"

赵珍眯了一会儿,忽然坐起来问程同:"我要是做出了周云那样的事呢?"

程同愕然:"你会吗?"

"我是说'要是'。"

"即刻逐出家门!"

赵珍笑道:"没寻思你的心比李春的还毒……"

程同没笑,他沉默片刻,问道:"你为什么恨韩树林呢?俗话说得好,人心都是肉长的,将心比心一个心。可惜,有些人只要求别人,不管束自己。人之所以叫人,就是因为有道德规范,在男女关系问题上,彰示得特别明显……而禽兽就没有这些。不!某些禽兽,也有道德意识,那些不知廉耻、只知鬼混的流氓阿飞,远不如这些禽兽。我和李春说道起这些来,观点太一致了……"说到这里,他就讲起了李春曾经讲过的一个故事,说是在济南听说的:"济南不是有座白马山吗?何以叫白马山呢?从前,在这座山下住着一户人家,喂养着一匹母马,全身白毛。后来,白马产下一匹公马驹,也全身白毛。公马驹子越长越喜人,成年后,英俊得不得了。主人就产生了一个想法,想叫它跟它母亲配种,一定能产下好马驹子。但无论怎么引诱,公白马也不干。无奈之下,主人把它的眼睛蒙上,这才做成。但一拿开蒙眼布,公白马立即暴跳,一头撞到山崖上,撞得死死的。后来,人们为了纪念这匹白马,把这座山叫白马山。"讲完了白马山的故事,程同说李春讲一回骂一回,说某些人不如畜生,白马尚有道德,他们没有,他们不如禽兽。"所以,说服李春,难度太大。而且周云还说他血口喷人,因此希望几乎为零。"

"睡吧,睡吧。"赵珍拽了他一把。

"你先睡吧。我心里烦乱,得到院子里走走。"

2

窗玻璃刚刚被晨曦擦亮,手机又响了。程同忙从被窝里爬起来,披上短大衣,急急忙忙地按通了手机:"喂,是李海吧?"

"大爷,俺是冬雪……"

程同惊喜,忙回话:"早就听说你当了大学教师,光在暗中窃喜,还没来得及祝贺,趁这个机会祝贺祝贺吧。"

"大爷,你怎么能这样说?高中阶段你教了俺三年,俺没有忘记,有空俺回去看你,你要来济南旅游,俺一定请你家来住。"

程同就笑了,说跟你说着玩的,别当真。

冬雪忙反驳道:"俺可不是说着玩的!"

"那好,那好……"程同猜测,她和李海一样,也是为了她爹娘和好,才打这个电话的,"冬雪,你有什么话就说吧。你想叫我……"

"俺哥来电话说,他想叫俺爸爸去北京过冬,恐怕他不去,求你做做他的工作……有这回事吧?"

"有啊,有啊!我懒,昨晚上没出门,今天早饭后就去说,行吧?"

"行啊,太谢谢大爷了!大爷,我跟你说,俺爸认死理,脾气偏执,你可得认真说呀!你们一辈子友好,都说您俩鳖子盖锅,他不会不听你的吧?"

程同再一次感到了压力!"侄女子,咱们大家都说,光靠我一个人说不行。再一说啦,光说你爸爸也不行,你妈妈那里……"

"她那里没啥。只要俺爸不偾事了,俺妈随时都准备欢迎他。叫俺爸去北京过冬,也是俺妈提议的。"

"可是你妈说你爸血口喷人,他不接受啊!你能不能劝劝你妈……"

第十五章 远方来电

"哎呀，我说大爷，你叫我妈在我爸面前低头认罪，这恐怕不可能吧！他一个大男人家，怎么能这样，你不会批评他几句吗？"

"冬雪，这样吧：这事先不提，压一段时间再说。叫你爸先到你那里过个冬天，行吧？"

"这事当然也可以，可我有老公公，有老婆婆，我爸来，人家就不能不接待。你知道的，俺爸那人肯认死理，唯我独尊。亲家一起坐，不能光你吃了我喝了吧，不能光好好好、是是是吧？一旦论及什么具体事件，看法难免产生分歧，可我爸不肯让人，不会通融，不会见好就收。如果争吵起来，多难为情！我站在中间说什么？大爷你说是吧？"

"你多虑了，我看还不至于。说你爸爸肯认死理那是一种偏见，我怎么从来没有感觉到？如果有人说雪是黑的，你爸爸当然不同意。你能说这是认死理吗？你担心亲家相聚会争吵，这也太多虑，有话则长，无话则短，争吵什么？不能相叙，逛公园不行吗，何必坐在一起？我说冬雪……"

突然，手机掐了！

"这么个丫头，也配做大学教师？"

"你别掺和他们的事了！"赵珍已经起来了。

"好，你做饭去吧。"

3

早饭后，赵珍去找李春。

"你就别去了。"程同说。

"我不去，你行啊？"赵珍满心疑惑。

"行！不就是瘸点吗？"

"俺不放心。"

"不放心，那就一起去。"

走在路上，赵珍去扶，程同不让，他说不能光这样，让他练练，力求自立；扶常了，有了依赖性，可就麻烦了。

"有什么麻烦的?"赵珍有些不满,"不是说好的吗,永远不分离……"

"这是两回事……不能混为一谈。"

程同一瘸一拐地前进,赵珍跟在后面,随时都准备救援。走得虽然艰难,还就是没有跌倒。穿大街,过小巷,走一步近一步,终于来到李春的大门前。他喘着粗气,推开了大门:"兄弟,你好忙啊!"

见二哥和嫂子来,李春忙插下铁锨,笑道:"闲着没事了,想翻起这点地来,栽几棵蒜。是不是有些晚了?"

"不晚,再过一个月也不晚。"

来到屋里,李春忙收拾桌面上狼藉的碗筷杯碟,又很快冲上来两杯热茶。

"还怪讲究来!"程同笑了。

"不讲究行吗?不怕你笑话,还怕嫂子笑话来。"

"怕我干啥,我又不是老虎……"

"你可厉害呀!你管制着我哥嘛。"

说笑一阵子,话入正题,程同把周云及两个孩子的电话内容,做了简略的陈述,然后说:"我看到火候了,去吧,重归于好。千不看,万不看,看在两个孩子的面上……"赵珍接话说:"一日夫妻百日恩,百日夫妻似海深。将近四十年的恩爱,怎么一挤巴眼的工夫,就烟飞火灭了呢?"

李春沉默不语。不一会儿,他站起来,进了里间,很快出来,拿给了程同一张报纸:"你看看这个。"

程同接过来,一行大字标题赫然入目:《郁达夫〈毁家诗纪〉的背后》!关于郁达夫,现代文学史讲到过,他是爱国诗人,文学家,抗日烈士。不容程同多想,李春指着用红笔画了的一行字念道:"除了许绍棣老爷,还有更危险、更可怖的军统特务头子戴笠在。"李春念罢,又说:"文章对许绍棣、戴笠的卑鄙和无耻进行了揭露和批判自不用说,对郁达夫寄予了无限的同情,也在情理之中,但对王映霞的态度却很暧昧。王映霞是郁达夫家中的一个板凳、一个沙发吗,许绍棣、戴笠想拿走就拿走？许绍棣，特别是戴笠，他们有权有势不假，但也不是在光天化日之下，在大庭广众面前奸污的她吧？而是戴笠派人用小汽车接走的，但不是绑走的。她怎么就那么乐意坐戴笠的小汽车呢？她就不想想郁达夫看到这一幕后，心像被刀子捅了一样血流成河吗？许绍棣、戴笠对郁达夫的家破人亡该承担什么罪责，谁都明了，可王映霞就一点责任也没有吗？社会上的淫滥，男人孬种，早有公论；淫滥中的女人，往往忽略不计，或轻描淡写地说几句，草草而过。这公平吗？在当时，某些正人君子还责怪郁达夫，说他神经病……历史太应该感谢汪静之了，他临死之前，说了几句实话，算是给了历史一个交代。不然，九泉之下的郁达夫，不还会长年哭泣吗？说到周云……"李春掩面呜咽，泣不成声。

程同忙拍了几下他的肩膀，说道："一个大男人家，哭什么？"

李春起身去洗了把脸，回来刚坐下，赵珍就给程同使眼色，随即说道："他叔，栽蒜苗子去吧？"

"那个不忙。"李春低沉着嗓音说了这么一句。

"来盘棋吧！好多天不摆持了，是吧？"

李春没说话，起身从条几上拿来了象棋盒子……

4

8点钟，天完全黑下来了。赵珍看着电视扒花生，程同坐在沙发上看《郁达夫〈毁家诗纪〉的背后》。在李春家里，下棋下到11点，也不好再说什么了，程同想走，但李春不让，他说出去有点事，叫程同、赵珍给看着家，顶多半个小时。赵珍叫他锁上门，他不回答就跑了。二十分钟后，他回来了，弄来了四个便菜。那就没的说了，喝吧……直到下2点才回来。临来，李春把这张报纸塞到他手里，说拿着回去，抽空好好看看。他点了点头，把报纸放进了口袋。现在，该认真看看了！他看了一遍，再看一遍……看完了第二遍，他把报纸递给赵珍，叫她也看看。赵珍不看，说你给我说说就行了，程同不愿意，硬把报纸塞到她怀里，并把电视关了……

赵珍看得很吃力，有些字她不认的，孬孬好好啃了一遍，大体意思明白，跟李春说的差不多。赵珍看完放下，揉着眼睛叹气，说真没寻思日本鬼子进中国，老百姓到处逃难，可有人还搞那个……她嘟囔了几句，听不到程同说话，就进了里间，见程同睡了，也就不再说啥，解衣上床睡觉，但一扯被子，程同就醒了："你看完了？"

赵珍说看完了，接着呵欠连声，说天不早了，睡吧。程同说就说几句，赵珍叫他快说，她说困死了。

"你看王映霞像谁？"程同问。

"苏枝花！"赵珍脱口而出。

"不对，像吴梅！王映霞害了郁达夫，吴梅害了孙石……"

赵珍裹紧了被，说道："不说这些了，睡吧。"

但程同睡意全无，继续发问："你明白李春叫咱看这篇文章的心意吧？"

见赵珍不回答，他也只好躺下睡觉。刚眯上眼睛，手机响了，他忙接："喂，哪一位呀？"

"我是钱玉娟……"

"啊，是钱教授啊！你好啊，郑教授也好吧？你们回去有些日子了，也没跟你联系，实在对不起。"

"我知道我们之间有隔阂，你又跟老郑有新旧，所以为了避免是非，就尽量拉远了距离……"

程同就笑了："说隔阂，说新旧，都不存在吧。过去毕竟过去了，见识不同，各抒己见，说几句，没有什么，难说就是隔阂，就是新旧。说到拉远距离，这倒是实情，为己为人，更具体点说，为你为我，我们之间的距离还是拉远一点好……你说是吧？"

"你的心情我理解。有个情况我想告诉你……"

"好，你说。"

手机里能听到钱玉娟的咳嗽声，然后就听她说："我们回来后不久，经文就迫不及待地撰写大块文章，奋斗了半个月，洋洋洒洒三万余字，在电脑上打出来，首先叫我审阅。他的主要观点，仍是他跟你争吵的那些，说李隆基和杨玉环的相爱值得肯定，一个君王，集'三千宠爱于一身'，实在难得可贵。《长恨歌》写李杨情爱声泪俱下，实在是千古佳作。不管以什么理由否定这一切，都是徒劳的。我看后，怕他生气，没置可否，说我的头常常发晕，不想深思这些陈年旧账、是非恩怨。我叫他去跟别的教授讨论，也许能得到支持，大获成功。他就拿着打印稿去找柴教授。十天之后，他就想打电话问人家，我阻止他，说柴教授办事特别认真，人家得思考、论证、查阅资料，你催人家做什么？我劝他沉住气，耐心等待，去搞点别的，别纠缠在这里，转转眼珠子，看看别处。五天后，柴教授拿着老郑的打印稿及他个人的几点意见来了，两人坐下喝了一杯茶，就谈论起来。柴教授首先言明这是学术讨论，千万别意气用事，别激动，别争吵，要以理服人，别以势压人。老郑微笑着点头，说可以。柴教授申述，说'三千宠爱于一身'，比天天换人、夜夜纳新要好，这是李隆基的进步性。《长恨歌》中有好多佳句，历代传唱，也为人熟知。这些，都用不着我们再做研究，也没有必要再做研究。柴教授说，今天如果再探讨这个问题，最好另辟蹊径。不管《长恨歌》，还是《长生殿》，都是抒发文人之感慨，都是借题发挥。他们到村夫野老中间做过调查吗？老百姓怎么讲？他们说李隆基是扒灰头！他睡了自己的儿媳妇，是乱伦，是不齿于人类的狗屎堆……为什么得逞了呢？他有权势啊！他是皇帝啊，他是天子啊！他做什么都是对的，睡儿媳妇还在话下吗？但是，老百姓不认可！柴教授说，前不久，他回了老家一趟，家乡人正在议论一个热门话题，有位企业老板欺负他儿媳妇，第二天，儿子悬梁自尽了。不悲哀吗？柴教授质问老郑，说你还为你的兄弟郑起张目，何苦啊！王田英真是好样的，她比杨玉环好，她敢于抗争……就是这样，他的儿子不还在哭泣吗？他总觉着无脸见人嘛。像这样的事情，拿刀砍死老头子的也有！鉴于这些，我们有理由为李隆基说好吗？听到这里，老郑火了，他说人家杨玉环就是看中了唐玄宗怎么办？柴教授也来了气，说你这是节外生枝，强词夺理！在封建社会里，允许儿媳妇看中老公公吗？当时，杨玉环二十几岁吧，李隆基多大了？五十多了啊！一个二十几岁的年轻女子，如果没有其他因素的制约，单因男欢女爱而看中一个五十多岁的老头子，这是不可思议的。就是到了今天，也是不可能的……柴教授一再强调，李隆基离我们一千多年了，但郑起还活着，郑兴富还活着，王田英还活着……你要是在石波浪村张扬这些，光王田英一人就能抓破你的脸皮！有那么一些人，唯恐天下不乱，男女关系越乱了他越高兴，这是一种病态，是为中国老百姓所不齿的。说到这里，柴教授放缓了语气，说如果不服气，可以去做些社会调查，看看村夫野老到底认可什么……柴教授走时，老郑连送也没送，我送到门口。这天午饭后，他急急忙忙出去，我喊住他，问他怎忙做什么去，他说去找齐鲁大学的许哲教授。等不迭我说话，他就跑了。个把小时他就回来了，往床上一躺，长吁短叹。我问情况，他说许哲无可救药了！我追问，到底发生了什么？老郑说他正跟几个人打麻将，他说他再也不争论这个那个，管他妈的李隆基、杨玉环干什么，他只要打好麻将就行了，谁爱怎么着怎么着去……我安慰了他几句，见他睡了，也就不再絮叨。7点钟，我叫他起来吃晚饭，他不吃，只喝了杯水，就又睡了。第二天早晨叫他，不应，我去看时，身子已经凉了……"手机里传来了哭泣声。

"郑教授是善终，比卧床多年的好多了，没有受着罪……"

"不说这些了。"钱玉娟止住了哭声。

"也好。近来还好吧？"

"无所谓好，也无所谓不好。心里挺烦！不知为什么，翻腾开了我们年轻时候的那些事……"

"想那些做什么？"

"谁知道呢？"

"别胡思乱想了，都过去四五十年了。"

"制止不了啊！老是翻腾怎么办？"

"多逛公园，多参加文体活动，多找朋友谈天说地……"

"我说程同，你是真傻了，还是假装糊涂？"

第十五章 远方来电

"我，我……我觉着还没傻啊！也……"

钱玉娟哽咽了几声，不说话了。

"喂，喂，钱教授！"

"你叫我玉娟行吧？"

"好，好。玉娟，你有什么话就直说吧。"

钱玉娟嗓子有些沙哑了！她说自己想了好几天，觉着郑经文已经那样了，你的老伴也走了一年多了，虽然又找了一个，但也好解决。她说我们到一起吧！叫程同到她那里去，别在农村里苦苦熬煎了……四十多年过去了，再拾掇起这份感情也不能说不是一件好事。

"这件事，似乎没有可行性。"

"你，你……"

"什么事？"赵珍坐起来了。

程同忙把手机掐了，接着拉了拉被子，躺倒了。

"你跟谁打电话？怎么钱教授、钱教授的……"

没做亏心事，何必躲躲闪闪？他就直言不讳："一个老同学，叫钱玉娟的，我记得曾经给你说过。她的老伴去世了……"

"啊，啊……想起来了，你们俩在大学里有那么一段，现在又有了可能是吧？就是多了赵珍这块绊脚石！我说老程，这好办……"赵珍说不下去了，哭了起来。

程同有些生气，话语显然有些粗暴："关你什么事！我答应她什么来吗？你无事生非，也真有你的！"

赵珍收住哭声，抽泣着说："欣欣爷爷，我醒了一会儿了，差三落四，听了几句，大体意思我也明白……"

这个赵珍怎么会这样！要放在四十年前，他非得暴跳如雷不可；现在老了，脾气得减减了。积六十年之经验，发脾气除了伤身以外，什么问题也不能解决。他坐起来，喘了几口粗气，压了几压胸口，尽量放缓语气，解释起来。

赵珍听完解释，闷了半天，才说："俺不能耽误你。"

"你想借题发挥，是吧？你嫌程同是个瘸子是吧？你……"

赵珍又哭起来，哭声震动得瘸腿人的每一根神经都在哆嗦，但有什么办法呢？哭吧，哭吧！也许哭完了，也就好了。他缩进了被窝，伸直了腿……这时，挂钟敲响了11下。

5

笼天明，程同默默地起来，在院子里一瘸一拐地练步。不大工夫，赵珍也起来了，也一声不响，做起饭来。一切都在平静之中，好似什么都没发生过一样。早饭也在默默之中进行，喝糊粥，吃油条。饭后，赵珍拾掇碗筷，程同铺开几张稿纸，写开了什么。赵珍拾掇完了碗筷，拿个板凳，到院子里坐下了。身子是不动了，可脑子并没闲着，昨晚的远方来电，对她是个很大的刺激，她老觉着有人在挖她的墙角。她继而想，自己这是在做什么，耽误人家的好事！自己的命太苦了，韩树林这个婊子的牛屎，要不出蛆，永远保持着初中时候追她的那个热度，她怎么能千里迢迢游逛到这里，怎么能进了程同的家门……苏枝花有什么好的？除了比自己年轻以外，别的什么都不行，尤其那张凹坑脸，谁人见了谁恶心。但是邪了门，韩树林不知中的什么邪，就热上了她呢。唉！真的是情人眼里出西施吗？她越想越憋气，弄不清世界上怎么恁些事的呢！说良心话，她没嫌弃过老程腿瘸。他说这样的话，太伤人了！当然，腿不瘸更好，但已经瘸了怎么办呢？二十岁左右时，可能不行，到了这个年龄，就不计较这些了，千不图，万不图，图他个心好……没寻思还有人念着他！既然这样，也就无所谓了。她不允许自己的人心里还装着别人，她的心里很腻歪，就像一锅好饭，掉进了一只老鼠。可走也难！毕竟，他还没撑自己啊……她想着想着，眼泪又挂下来。

"我说欣欣奶奶，你来一下。"

"做什么？"她忙擦拭眼泪。

"你过来，我一说你就知道了。"

赵珍进了屋，程同笑嘻嘻地说道："我写了一封信，你看看，不知行吧？"

第十五章 远方来电

无形之中，紧张空气没了，赵珍随口说道："俺看什么，你看着行就行呗。"

"看看嘛，累不着，提提意见，有什么不好？"

赵珍坐下，拿过信纸，只见上面写着：

钱教授：

您好！我请李春捎这封信给你，希望你能收下。

李春是本村的一位异姓兄弟，从小要好，至今依旧。他比我聪明，小学阶段成绩很棒，但家庭生活困难，高小毕业后就在村子里当了社办教师。他勤奋好学，通过自学，完成了中学课程；接着参加函授学习，拿到了本科学历。有人说，函授生只能学到在校生的三分之二。这个估量，就一般意义来说，也许是对的；但对李春而言，是不对的。我曾拿了本科生的毕业试题让他做，成绩烁然。其毕业论文《儒学在各个历史阶段的发展状况》，在齐鲁大学的学报上发表过。因此，他很自然地被评上了高级职称。

其家庭状况也不错，儿子在北京一家软件公司工作，女儿家两个人都在齐鲁大学教书。但天有不测风云，不久前，他的家属出了点问题，两人闹翻了天，家属找儿子去了，他自己在家，愁苦不堪。

你在电话中提到的那件事，我已经说了，没有可行性。我从前对不住你，已经无法挽回了。即便我们再到一起去，也没有那时那地的意义了。对于这一点，我们应该有清醒的认识。处理这些问题，我一直是个保守主义者。我认为，我们做任何事情，都应该尽量地考虑得周全一些，要考虑到有关的各个方面。毫不夸张地说，我这条六十多岁的命，是赵珍给我的。在我被车撞了的时候，正下着大雨，如果没人救援，再来一辆车，我的命也就报销了。即便不是这样，大雨如注，雨水浇淋伤口，我也会因流血过多而毙命。救命之恩，涌泉相报！这条古训，我没敢忘记。有人说，恩情不等于爱情。这句话不能说没有道理，但往往成了喜新厌旧者的托词。恩情和爱情相距十万八千里吗?有些爱情,就是由恩情直接发展而来的,我和赵珍就是其中一例。我不愿看到赵珍的眼泪,也不愿听到她的哭声,更不愿她再流落街头,四处乞讨……

李春与他的家属和好的希望微乎其微,详细情况,不便赘述。我看你们二人有些合适!在此,我提这么个引子,希望你能考虑。行与不行,你们见面后协商。

此致
敬礼!

程同
2008.9.26

赵珍看完,把信纸往桌子上一放,跑到里间里,扑到床上就哭。程同没怨,也不去劝说,让她哭哭吧,哭过了也就好了。他掏出手机,按了一阵号码,很快传来了声音:"喂,哪一位呀?"

"我是程同。兄弟,忙吧?有空的话,请你来我这里一趟。"

"好,好。这就去,这……"

没用多大会儿,李春就跑了来。

"来人啦,还哭!"

李春惊问:"怎么回事?"

程同摆手:"别多管闲事。"

这时,赵珍低着头出来了,她径直向外,先洗了脸,又去洗开了衣服……

"你说嫂子什么来?"

程同再次摆手:"最好别问。"

李春沉默了。他坐下,长长地嘘了一口气。程同端给他一杯茶,他接过来,没喝,放在桌子上,小声问道:"什么事?"

程同再次说起了两个孩子的来电,说到火候了,去吧,一点小矛盾,一张纸掀过去就掀过去了，别纠缠起来没个完；还说，千不看，万不看，看在两个孩子的脸上……

"二哥，是一点小矛盾吗？"李春的声调骤然提高了八度，以不可忍让的态势，打断了程同的话。以往，他们常谈论这个话题，忠于妻子，是男人的道德和义务；同理也一样，忠于丈夫，是女子的道德和义务。那时候，两人的夫妻关系都好，也都自信，自己不胡作非为，妻子那里是不会出问题的。周云的红杏出墙，打了他一闷棒，他欲哭无泪，欲死不能。现在，怎么竟然成了小矛盾？二哥说得太轻巧了，这也许应了那句俗话，骑驴的不知下步走的。转念一想，二哥也难为情，他怎么说呢？他能说你弄开拉倒吗？他只能这样说。最终怎么解决，还得自己拿主意。"她说我血口喷人，我能认这壶酒钱吗，二哥？"

程同一时无话，点着了一支烟……

"她是不是还这样说？"

程同还是无话，他一时搜寻不到合适的语句陈述，烟圈拧着绳子上升，然后消失了。

"只要她还那样说，就没有和好的那一天！"

"我说李春，咱们都不是小年纪了，还没看破红尘吗？世界哪一刻干净过，不只有青山绿水，还有污泥浊水……想通吧！想通了，一通百通；想不通，钻牛角尖儿，太苦自己了。周云，一个女人家，跟着你，苦苦奋斗了四十多年，太不易了。到了这个节骨眼儿上，儿女都有了工作，孙子也能跑了，外孙女也能唱了，你们该多么高兴啊，再这个那个什么？别偾事了，让她一步吧，只要你去了，我想她一定会倾心照顾你的。这就行了，我们还求什么？"

"二哥，你这是和稀泥！你还没有告诉我，她还说我血口喷人吧……"

"你嫂子不是说过吗？逼一个女人低头认罪，太没良心了。"

"我不认可嫂子这话！她造罪我受，我为啥还讲良心？"

"最终你想怎么办？"

"离啊！离了，一了百了。"

"那样，李海也不管你了，冬雪也不问你了，三石也不叫爷爷了，外孙女也……"

李春立时热泪滂沱，继而呜咽，泣不成声。

程同把烟蒂扔出门外，扯条毛巾给他，叫他擦泪，叫他别哭。程同说知道你心里很苦，但又不能这样长期熬煎啊！他说万全之策也没有，你必须拿出决断，鱼和熊掌是无法兼得的……他说郑经文，自然说到了钱玉娟，然后把那封信拿给李春看。李春看完了，程同忙说："总得求个解脱办法，不能继续熬煎下去，你说是吧？"李春点头，程同继续说："你到闺女那里去一趟吧，顺便去见见钱教授，把这封信递给她，看她的态度如何。态度好，就谈；不好，回来就是了。先这样活动一下再说……"

"行，就这样。"

"哪天走呢？"

"明天……"

"那好。"程同忙找了个信封，写了钱玉娟的名字，用胶水封好，递给李春。李春拿了信，就跑了。

赵珍已经坐在屋门外的厦檐底下做针线了，见李春跑走，她走进屋来，瞟了丈夫一眼，说道："你这样做，周云知道了，不骂你吗？"

"你说怎么办更好一些呢？"

"只要李春不执拗了，就什么也没有了。"

"他能不执拗吗？"

"你不是他哥吗？他不是最听你的话吗？他……"

程同直摇头："那得看是什么话。"

6

从临沂坐火车，四个小时到济南。女儿女婿都高兴，自不用说。一夜无话，第二天，吃过早饭，他就去了黄河大学，几经问询，终于找到了钱玉娟的楼房。敲门之前，不知为什么，他的心怦怦地跳起来。

第十五章 远方来电

他暗骂着没出息鬼，按了几下心口窝，稍好一些后就敲开了门。不一会儿，楼房门上的小窗户开了，传来了一声低沉的女人的问话："谁呀？"

"是我，李春，石波浪村的……"

"噢，石波浪村的。你有什么事吗？"

"有啊！程老师给你写了一封信，叫我捎给你。"说着，李春就把信从小窗户里递了进去。

很快，门就开了："你进来吧。"

李春进来，钱玉娟请他坐下，并冲上一杯热茶，端给他。他接了，觉着有些烫，就放回了茶几。这时，钱玉娟已经把信拆开，看起来。李春见钱玉娟身个与周云差不多，面色白净而富态，圆中见长的脸蛋儿很耐看；毕竟老了，黑发中有了些许白发……大约过了十几分钟，信看完了，钱玉娟一抬头，目光撞上了李春的目光，他忙转了下脸，钱玉娟就从他身旁走过去了。她从卧室里出来，正拿着手机拨号，很快就拨通了。

对方说什么，听不真切，钱玉娟的话语却句句明白："程同，你请李老师捎来的信，拜读过了，感慨颇多。程同毕竟是程同，四十多年了，还像从前一样道德高尚，不，应该说更加高尚！李老师，一表人才；自学成绩斐然，值得尊敬；个人遭遇悲惨，也令人同情。如果我们因其他原因相识，也许可能，现在是你从中搭桥，就没有希望了……"

手机里传来了程同的话语，但怎么也听不清楚。足足过去了三分钟，钱玉娟又说："我从来没有勉强过你，你能勉强我吗？四十多年前犯错误，怨年轻；老了，又犯同样的错误，我感到很悲哀。我有眼无珠，看错了人……"她哽咽了，不等程同回话，就把手机掐断了。

李春不是傻瓜，钱玉娟的态度已经非常明朗了，还待在这里做什么？他忙站起来，说道："钱教授，打扰了，敬请谅解。"

钱玉娟转身到垃圾桶前擤了一把鼻涕，一边擦拭，一边说："这与你无关，请你别误会。"

是的，与我无关！但自己为啥来的，这条冷板凳还能坐下去吗？"钱教授，我该走了。"

"好，好，你慢走。"

他刚走出门外，房门就砰的一声关了，随即响起了哭声。李春没敢多待，急匆匆地踏着楼梯跑下来。天阴了，有零星雨点，穿街风刮着，枯黄的树叶一片又一片，落下又飞走。雨点似乎多了，他的脚步只得加快……

第十六章 四面八方

1

在钱教授处碰了一鼻子灰,李春心情自然不好,但女儿女婿态度还可以,也就把那些不愉快冲淡了。沈德仓很勤快,按时上班,准时下班,回来就忙家务,一日三餐拾掇得井井有条。他就说女儿,叫她也帮帮德仓,别懒得筋疼。李冬雪理由十足,她说济南的女人都这样。李春问她,你是济南的女人吗?你是啃着蒙山的石头,喝着沂河的水长大的。再一说啦,济南的家庭也不都是男人下厨,女人看电视,勤快女人并不难找。这大概也是正义之声吧!女儿开始择菜、擦地板了,沈德仓笑了。沈德仓从内心里感激岳父,不愧是个老教书匠子,正义感无处不在。为了充实老人家的退休生活,他每天都拿回些报纸杂志,让岳父有时间就翻翻。浏览之中,他又一次见到了《银河鹊桥》。既然人家能登,自己为什么就不能登?于是,他拨通了编辑部的电话,手机里立即传来了一位女编辑的声音,说可以登,要登从速,下一期正好还缺一则。李春喜出望外,赶忙拟稿,照葫芦画瓢,半个小时后就跑到邮局,寄出去了。11月3日,第一个电话来了,他抱着一颗惴惴不安的心,忙接:"喂,哪一位呀?"

"你登过征婚广告吗?"

"是的,登过。"

"看了您的广告,想跟您联系一下。"

对方话语甜软,想来一定是笑着说的。他自然也来了高兴,忙响应:"好啊,好啊。说说你的情况吧。"

"今年 58 岁，身高 1.6 米，中学会计，大专学历，丧偶，一子已有工作……"

"我姓李，您贵姓？"

对方笑道："姓王。"

"王老师，你的情况适合我，咱见见面吧！"手机里又一次传来了王老师的笑声，她说不有些急促？李春也笑了，说好似有些急促，但早晚得见，晚见不如早见，见了面，有缘就谈，无缘就算完，免得时常郁结于心。王老师说也好，那就明天 10 点，趵突泉南门，行吧？李春忙说行，又说别忘了带手机，好随时联系。王老师说好，明天见，就关了机。

第二天 10 点，李春准时到达，有几个身影晃动，都不大像，他就拨手机，电话很快来了，说这就到。他抬头一看，有一女士骑辆电动车，已经闯到面前了："你就是李老师吗？"

"是啊，是啊。你……"

"我就是那位姓王的中学会计。"

王会计中等身材，圆盘子脸，面色虽然不白，但两眼炯炯有神，越看越耐看。人家也在看他……你看我，我看你，一边看着，一边说话，二十分钟后，李春就表示了明朗的态度：同意。王会计态度暧昧，说她的儿子最近结婚，正在忙那一摊子，等过去这一阵再说吧。李春忙说我可以去帮你，王会计笑笑，说就不累你了，说着推着车子就要走。李春挡住去路，说别忙啊！王会计说我还有事，今天就到这里吧。人家既然这样说了，硬挡也不好，只得握手告别。

李春看着王会计的身影渐渐消失在人流中，心头不免涌上来一阵苍凉，他不知道此事的结局是什么，难道她没有看上自己，自己的脸长得有些长，不如她的圆实……

手机再次响起，是青岛的一位女工来的，话语有些纤弱，说丈夫打她，离了，有一女孩，在大学就读，由男方出资。她是信用社职员，已退休……李春忙表示可以谈，对方问你的征婚广告上没说婚姻状况，是离异还是丧偶？李春慌了，但一想，纸里终究包不住火，丑媳妇早晚得见公婆；再一说，撒谎也不是自己的秉性，就实话实说了，并一再强调，他愿意到女方家居住，无限的愁苦，一走了之。

对方迟疑了："没有手续，恐怕不行。"

"这样的不是很多吗？"

"俺不管人家，俺不想那样。"

"我是真心的，绝不是骗子！"

"这俺知道，但……"

这可怎么办？对方语调软绵，好可怜的，但道理又不容置疑，人家怎么会凭空相信一个素不相识的人呢？

"大哥，就这样吧。你要有了手续，就再来电话；没有手续，就别再来电话了。"

话说得虽然客气，意思却很清楚。往下怎么说呢？不等他说话，人家又说了："我会等着你的！"

还说什么？关了手机，李春心里阴冷极了。向前没走几步，手机又响了，他不想再接，手机响了一阵，不响了……

2

回到家里，他就躺下了。眯困了一阵，女儿叫他吃饭，他只得懒洋洋地爬起来。

午饭后，他出去溜达，重新把手机打开。不多会儿，就来了电话。他忙接："喂，哪里？"对方说，她是聊城地区的，中学教师，中级职称，姓张，身高1.62米，59岁了，离异，两个孩子都已自立……他觉着这一个也合适，就怕嫌自己没办手续。她是否能同情他的尴尬处境呢？试试吧！不说，空谈一阵，仍然是竹篮子打水一场空。他就说妻子不轨，闹了，到儿子那里去了；并说他们之间已经毫无感情可言,恩断情绝了！办手续，李春说他当然同意，但她不给方便，儿女也不同意……

"你别说了，没有手续，不好商量。"

"我这种情况，你一点也不同情吗？"

"同情，但同情代替不了其他……"

"那怎么办呢？"

"你办了手续再说。"

信号没了，人家掐了。

就在他怅然若失之际，手机又响了，接通后，对方说是海阳的，卫校毕业，后因种种原因，当了工人，退休好几年了，千元退休金，丧偶，一子在烟台工作，一女在当地医院工作，今年61岁，身高1.62米，有住房，50平米……此女士话说得很坦诚，也很热情，他心里热乎乎的，还能就是她吗？一想前两个都要手续，他就又犯了愁！但瞒着总不是个办法，咱又不是行骗的，瞒来瞒去，最终呢？他就说自己有一件难事，也说了吧，说你那么坦诚，那么热情，瞒着你等于犯罪……对方听了，立即表示，这没什么，说只要你真心实意，我不计较那些，你来就是了，我一定好好待你。大概为了表示自己的真诚，说到激动处，她就报出了姓名，说叫包莲月，紧接着问他的姓名。人家既然说了，投桃报李，他毫不犹豫地说叫李春。

"哪天来呀？明天？"

他感到太突然了！艰难的时候，觉着难于上青天；现在，眼前似乎闪出了一条光明大道。事情真的这么简单而又容易吗？"我刚来女儿家不久，而且他们对我监视得特紧，过些天我想个因由脱身，就去你那里。"

"也好，但不能日子过久。"

"好，好，明白，明白。"

……

远方的路灯在闪烁，远方的人影在晃动。一阵小风吹来，他打了个寒噤，觉着有些凉了，毕竟深秋了。那就回家！他刚一迈步，手机又响了……

3

11月4日，他在泉城广场见到了倪副教授。倪玉萍身高1.62米，脸型显长，嘴唇略厚，笑时有点歪，不过瞬间就消失了；尽管如此，还是给人留下了不愉快的感觉。但人家是副教授啊，重工业学院的！你不就是个乡村教师嘛，而且本科学历还是自学的。人家要是摸清了，是否会嗤之以鼻？人家能看上自己就不孬了，你还有什么资格挑剔人家？人家面色白皙，没有皱纹，眼袋也不明显，没有白头发……不像57岁的人。

"找个地方坐一会儿吧！"倪副教授说。

他这才醒过神来似的，忙说："可以。"

倪玉萍推着电动车，他紧随其后。很快来到存车处，把车放好，倪玉萍提着手提包，昂然前行，李春像个孩子，急急忙忙跟随。到了路边一处喝茶的地方，两人坐下了。

"喝茶吗？"服务员问。

倪玉萍说不，随便坐坐，服务员就转身走了。闲谈了几句，李春就说他的艰难，他的无奈……他已经意识到，手续是个非常关键的问题！也许倪副教授见多识广，对于这个问题能大度，能宽容。如果是这样，那就好了。世界上的事情就是这样，关键的问题解决不了，上天无路，入地无门，死路一条；关键问题一旦冲开，一了百了，刚刚还满天乌云，一阵狂风过后，艳阳高照，满世界一片明亮。他就壮起胆子说，说周云的不轨，说自己的耿耿于怀、无限痛苦，说儿女的不解，说自己的别无选择，说想找个能同情他，能宽容他，能理解他的女士，到她那里安身，一了百了，其他什么也不管了……

倪玉萍稍愣，说道："没寻思你有这么多情况！我的家庭情况很简单，丈夫因病去世，一女在大学教书……"

"我甩掉了那些复杂，不也就简单了吗？"

倪玉萍笑了，一笑，嘴唇就歪斜了下，然后恢复正常。"先这样吧，考虑考虑再说。"说着，人家拿起手提包就走，高跟鞋踩得地板砖直响。

走过马路，她说到商店买点东西，李春忙说，我跟你一起去。他想跟人家并肩前行，但人家走得特快，他赶不上。到了商场，人家买了几件家电零件，李春掏钱付款，等他掏出钱来，人家已经交上了。

出了商场，倪玉萍依然快步前行，一边走一边说，先这样吧，以后再说。

"还有几句话，想跟你说说。"

"以后再找时间吧，我还有别的事。"她说得匆忙，走得更匆忙，刮风似的，裙片飘起来了。

倪玉萍走到看车处，他追到看车处。倪玉萍把车推出来时，李春迎面赶上，伸出了手，人家礼节式地握了一下，就走了。

他站在泉城广场路边，觉着就像做了一场迷梦，倪玉萍脚步怎么恁疾速呢，高跟鞋响得怎么恁有节奏呢，她刚要笑怎么就收敛了呢，她嘴角稍歪斜怎么就恢复了正常呢……

手机再次响起，但他没有听到。人声、车声，太嘈杂了，他的心神也正在紊乱中。倪玉萍一阵风似的来了，又像一阵风似的走了，把他搅晕了！他走着，心神稍定后，终于产生了一个念头：副教授级的女人，可能不是他床上的人。

4

中午，女儿、女婿都不回来，外甥女寒露由她爷爷奶奶接送，在他们家吃饭，也不来家。为免是非，他把手机关了。他从冰箱里找了点剩菜，在微波炉里一热，就着吃了两个煎饼，喝了杯热开水，就躺倒了。开初睡不着，头脑里乱七八糟、无头无绪，张老师、王会计、包莲月、倪玉萍，还有那个信用社的职员，可能都不错，但没有手续，已经有两个回绝了。王会计那里没有给人家说，要是一说，可能也不行，她走的时候，似乎也不够意思。倪玉萍心中怎么想的，虽然没有明说，但从她的脚步与气色上看，好似也有了答案。包莲月那里希望最大，毅然决然地前往？忙了是否不好，等等看看再说？

他在胡思乱想中睡着了，一忽儿，周云闯进来了："好啊，还假装正经呢！"他挣扎着想争辩，但说不出话来。"你避着我胡搞乱搞，你还是人吗？你正派？你哪点正派？你是个犯罪分子，我这就上法庭告你……"他去抓，他去打，但手脖子酸酸的，抬不起来……

他终于醒了，出了一身冷汗。

他走出房门，锁了门，匆匆下楼，走着路，把手机打开了。很快就来了电话，接通后，对方说是济宁的，在科学院工作，离异，只有51岁，一男孩判给了对方……李春的眼睛突然亮了，他忙说自己的婚姻，对方说，这没啥，只要你真心实意就行。

"那就见面？"

"行啊！你哪天过来？"

"我，我……"

"你这个人是怎么的，吞吞吐吐干什么？"

"等我回老家后，才方便。"

"那好吧，等你回老家后再联系。"

收了手机，他的思绪又紊乱起来！包莲月，还有这一个，都不要手续，选择哪一个呢？这一个，比包莲月年轻10岁，从这一点出发，应该先与她见面……

手机再次响起，他忙接："喂，哪里？"

"怎么样啦？别挑花了眼啊！"

"你是谁呀？"

"我是邹城煤矿中学的……"

5

有军号声传来，知道已是凌晨时分了。李春不想起，一夜烦躁，没有睡好，早晨却来了困乏。他翻个身，裹了裹被，就不动了。有脚步声响，知道是沈德仓起来了，他得外出买早餐。这个孩子，也真难为他了，忙工作，忙家务，没有一霎儿闲着的时候。想这些干什么呢？为了能再多睡半个小时，他就使劲眯眼。

"爸爸，该起来了吧？"冬雪叫他了。

"噢，噢，这就起。"

他起来一看，沈德仓已经把豆汁、油条拾掇好了。见他起来，沈德仓笑着招呼他:"爸爸,来吃吧。"

饭后,女儿带着寒露走了,沈德仓收拾碗筷,他说你也走吧,这些零碎活我来。沈德仓说弄惯了,不收拾妥当,心里不舒服。收拾完了碗筷,擦了桌子,又去擦地板,他把拖把夺过来,再次催女婿走。

"那就谢谢爸爸了。"

"这孩子,谢什么!"

沈德仓笑着走了。擦完了地板,他仍感到倦怠,就决定不外出了。他躺在床上,打开手机,不一会儿,就迷糊了。睡梦中,他又被手机吵醒了:"喂,哪里?"

"俺是莱西……"一个很柔和的女中音传来了。询问详细情况,对方说,莱西市隶属青岛,她在镇政府供职,今年57岁,已退休,丧偶,有一男孩,已工作……李春喜出望外,政府官员也找上门来了,能不高兴吗?他进一步确定了以诚取信的方略,再次把自己的家庭婚姻状况说了一遍,问她能行吧。

"那不违法吗?"

"可能有点儿不合法,但不违法。"

"怎么能说不违法呢?"

"你没有男人,找一个合情合理合法;我与她感情破裂了,找一个也在情理之中。"

"话恐怕不能这样讲吧!感情既然破裂了,为什么不去办个手续呢?"

"她不合作,儿女也不同意。"

"你不能去起诉吗?"

"这么一大把年纪了,再去……"

"我理解你的心情,考虑考虑再说吧。"

李春挂了电话,觉着这一个希望也不大。他仰面朝天,睁着大眼,看着天花板,不大会儿,眼睛就酸酸的,闭上了。

当他再次被手机吵醒时,已是10点钟了。

"喂,哪里?"

"潍坊的,原先在内蒙古做小学教师,退休后,回来了……"他忙做记录,一边写着一边询问。

"你看我们能谈吗?"

"能啊,能啊……"他连忙说。

"你几时来呢?"人家紧紧追问。

这可怎么回答人家呢?得筛选一下吧,先见可能性大的:"天气有些冷了……"

"刚入冬,冷什么?给你去电话的很多是吧?你拿不就主意是吧?你最近不愿意来是吧?你……"

"我说孟老师,我是得考虑一下再定。哪天去,我给你电话。"人家没有再多说,就挂了。

不一会儿,手机又响,是莱芜的一位女教师打来的,她说她住在新开发区,那里环境优美,是养老的一个好去处。但他一说还没有办手续,人家就不热情了,说那恐怕不行……人家挂了,他也只好住嘴。他感觉到了,没有手续,不好办。也有不要手续的,但她们为什么不要手续呢?别另有算计……他伸了伸懒腰,正打着哈欠,手机又响了,是烟台一位姓汪的女士打来的,说明天来看他。他感到有些茫然,刚要说什么,对方就挂了。他一时兴奋,跃然坐起来,不由自主地喊了一声:"见见就见见!"他心想光纸上谈兵也不行,她自愿来的,拒绝了不好。倪玉萍那里显然无望,见见这一个再说吧,也许真的交桃花运了,天上要掉馍馍了……

6

6日下午2点,在济南火车站,他见到了从烟台方向来的汪女士,竟然就是前些日子在长途汽车站见到的那一位,他二话没说,扭头便走……

7

  李春越想越觉着害怕，他想起了人们风传的骗人事件……情景一幕一幕地闪过，好似有些相同，心里产生了更多的害怕。骗人、挨骗，确实不是子虚乌有！那怎么办呢？电话里谈不出个大概，就不能见面；即使见面，也得防着几手……他想事走路，不小心碰着了一个女人，人家大发雷霆："你这个人是怎么了？"

  "对不起，对不起……"他连连道歉。

  "知道对不起，还算是个人，真是的！"

  他把头昂起来，不想什么了，回家后再考虑吧，别再碰了人。他跑到公交车站，喘息未定，上了公交车，坐下，长叹一声，终于放松了一下心情。

  十几天过去了，他把随处记录的来电数了数，三十多个，该清理一下了。趁家里没人，他找了张白纸，开始誊清。第一个，倪玉萍；第二个，王会计；第三个，张女士；第四个，包莲月……

  还没有誊写完，手机又响了。

  "喂，哪里？"

  "你是谁，声音怎么恁熟的，我们见过面吧？可能见过……"

  他刚要回话，对方挂了。他翻了一下从前的记录，发现这个电话号码与春上见到的那个谢女士的电话号码相同，就又拨通了："你是铁路系统的那个谢女士吧？"

  "对，对。你还是那个情况？"

  "是的，变化不大。"

  "那就算了！"

  他连忙说："别先挂呀……"

  "你没有房子，我们还谈什么？"

  "你不是有房子吗？"

  "我有房子不是给你住的……"

  "如果我们成就了百年之好，你的房子我为什么不能住呢？"

人家笑了，哈哈数声后，又说："到一起生活，能一帆风顺，没有三差两错，甚至不和，吵闹……如果出现了这种情况，你一走了之，我呢？你要有房子，闹了，俺走，就算什么也没发生过。你要有二十万元也行，到郊区买处住房……"

这个女人太精明了！他再一次记起了那个抹着口红、打着青眼圈、染着黄头发、戴着大耳环的形象，这样超级现代化的女人，他有能力伺候吗？没有能力伺候，还干磨嘴皮子做什么？不管谢女士再说什么，他索性把手机掐了。

当他把三十多个来电者的大体情况写好之后，手机又响了。

"喂，哪里？"

"爸爸，我是李海。"

"是海子啊！你怎么没上班吗？"

"上着班呢，抽空打个电话。快冬至了吧？你来吧，三石成天嚷着找爷爷呢。"

"好，好。我考虑考虑再说。"

"考虑什么？你真是！"

8

显然，李海跟他妹妹联系了，他妈妈也可能跟女儿通了电话，他们娘儿仨是一致的，唯独他成了外人。晚上吃饭的时候，冬雪说三石想爷爷了，爸爸你就去吧，去过几天，想回来就回来，别疼那张火车票钱。他说什么？他说什么也不好，只说过两天再说吧，不急。沈德仓无话说，冬雪也只能说这些，可寒露却嚷起来了："姥爷不走！姥爷领我玩……"

李春就把寒露抱起来，高举了好几下，笑道："姥爷不走！姥爷走什么，这不是过得好好的嘛！"

"就是的啊！"寒露又嚷。

沈德仓歉然一笑，打开了电视。冬雪呆坐在沙发上，面相木然。

这样缄默了三天，冬雪憋不住了："爸爸，你这何苦呢？凭着福不享，专向苦水里钻！我看别这样熬煎了，这样长期熬煎，会弄出病来的……你到俺哥那里去吧，见了俺妈妈，把该说的话都说说，该怎么就怎么，别这样藏着掖着了……"

沈德仓从后边点了一下她的脊背，冬雪一转头，两个人的目光撞在一起，沈德仓又摇头，又摆手，冬雪停住了话。

李春走了，回到卧室就躺下了，但脑袋里却来了翻江倒海，他觉着女儿说得不无道理，是该怎么就怎么了，何苦这样暗中作业？该闹了就闹，该吵了就吵，该上法庭了就上法庭……他翻身跃起，出了卧室，说道："我出去一下。"

"你出去做什么，什么时候了？"冬雪直嚷。

"你别管！"他径直开门走了。

"爸爸，你慢走……"沈德仓追出门外，递给他一个手电筒。

街道上到处灯火通明。他到商店里买了个玩具电动车，刚走出门口，手机就响了。他有些来气："你担心什么？我还没到那个年龄……"

"你说什么呀，李老师？"手机里传来了一个女人的笑声。

他慌了，忙问："你是谁？"

"听不出来了吗？包莲月！"

他忙笑道："是包女士啊，你近来好吧？"

"我好着呢。盼你的电话盼不着，只得打给你……"

"谢谢你，谢谢你。你打电话给我，我欢迎！"

"我说李老师，咱别光打官腔……你说哪天来吧？"

"我家里有些麻烦事，等处理得差不多了，再给你打电话。"

"真是这样吗？你别吃着碗里的，看着锅里的……"

"我说包女士，李春一向不会骗人，自然也不能骗你。给我来电话的，三十来个，你是重点考虑对象之一，希望你能宽限些时日。如果你等不迭，另做选择也是可以的……"

"那得等多少日子？"包莲月的话语有点沉郁了。

"最迟不超过明年阴历二月初，行吧？"

第十六章 四面八方

"好,那就等吧。"

掐了电话,他心情很沉重,要是人家等得不耐烦了怎么办?一阵烦躁涌上心头,他感到了危机,就按济宁的那位张女士的电话号码,手机里很快传来了张女士的问话:"喂,哪一位?"

"我是老李。我想跟你商量件事……"

"好啊,你说吧。"

"我原先的媳妇没有工作,我想每月给她一千元生活费……"

"啊,你说什么?你想得可怪周到!既然你还念着她,何必另找,跟她好好过不就行了吗?"

"张女士,你误会了!她不讲理,就想跟我闹……她孬好跟了我四十多年,拉扯大了两个孩子,给她这点也是应该的。给她这些她答应不答应,还很难说……"

"你别说了,你这人活得太窝囊,我不跟你谈了。"信号迅速没了。

那就跟王会计联系,但人家不接;再拨,仍然不接。联系联系倪玉萍吧,看是个什么情况?

"喂,哪一位呀?"

"倪副教授,我是老李……"

"噢,老李啊,着急啦?"

"急倒不急,就是想知道一下你的想法。"

"我还没有考虑成熟,请你再耐心等些日子。"

"好,好。"还能再说什么?他就掐了手机。

拨通莱西王女士的电话号码后,手机里很快传来了她热情的话语:"我经过反复考虑,又跟亲友商量了商量,决定不计较有手续没手续了,只要你是真心的就行。你来吧,我等你。"

李春受了感染,高兴起来,就把想去北京一趟的种种原因说了一遍,王女士说那更好,你去吧,回来后,及时来电话。

回到女儿家,已经9点了。他把玩具电动车装进手提包,就说走,女儿女婿都很吃惊,说走也不能这么急火,得准备准备,买点东西……

"不需要啦,我给三石买个玩具电动车就行了。从日照到北京的那趟车,12点到济南,我坐上,天明就到了。"他说着就往外走。

"就这样让爸爸走吗?"沈德仓有些着急。

"走就走吧,别拦了。真拦下,就怕一夜又起变化……"

沈德仓不再说啥,忙开门去追。

"你又做什么?"

"我得去送送他!"

第十七章　吴老师的艰难

1

程同听了钱玉娟的话,深深地叹了一口气,无可奈何地坐在了沙发上。"好事难成,好事难成啊!"他忽然高举双手,喊起来。

"别穷操心啦!多一事不如少一事,你穷忙活啥呀?"

程同无话说了,拿起那本《古文观止》,看开了目录……

"这是程老师家吗?"大门外有人吆喝。

听到喊声,他忙走出屋门,大门已经被推开,门外站着一位老者,胡子拉碴,三扇帽子的耳朵耷拉着,好像打折了的鹰翅膀;棉袄棉裤都脏兮兮的,好像在尘土里滚过……

"瞅什么,不认得啦?吴清银,收破烂的!"

"老吴啊,快家来坐!"程同说着,就去拽他的手。

"不不不……"吴清银嚷着,连连摆手,说他叔叫他给捎来了一封信,说着就从棉袄口袋里掏出了一封折叠成三角形的信,笑着递给他,"俺叔叫你去一趟。"

拆开信一看,简单两行字,也就是叫他去一趟。

"你可得去呀,俺叔太想你了……"

"好,好,我去,我去。"

老吴没再说啥,笑眯眯地转身要走,程同忙上前两步,拉住了他:"屋里喝碗茶再走。"

老吴笑道:"不啦!俺得转转,不比您。"

他只得松手,站在门口,看着老吴拉着地排车渐渐远去。回到家里,他就叫赵珍拾掇脚蹬三轮,去看吴老师。

"又多管闲事……"

"九十多岁的人了,捎信叫去,能不去吗?求求您了,欣欣奶奶!"赵珍还能再说啥?只得去推脚蹬三轮车。

2

出村向西,走河堰,半个小时,就见到了吴家庄。吴老师住庄头,很快就找到了。吴铚,现年91岁。1949年春天,他响应县政府的号召,参加小学教师培训班,考试得了第一名,从此就得了个"锋利的小镰刀"的美称。可惜他膝下没有儿女,内心里常有不快。1958年腊月初三,大清早起来一看,大雪正在纷纷扬扬,他冒雪去开大门,大门外放着一个包裹,从包裹里传出了微弱的婴儿啼哭声……他一下子明白过来,忙把包裹抱回了家。妻子闻听,忙来抱,打开包裹一看,是个妮子,两层小包被,都是新棉花,妮子的怀里还放着五十元钱。

"要是个男孩多好!"吴铚有些怅然。

妻子忙说:"总比没有强吧。"

吴铚没再说啥,坐下了。这时,女婴哭起来。

"妮子饿了,你去叫侄媳妇来一趟。"

侄媳妇来后,给喂了奶,女婴就不哭了,还笑了笑。侄媳妇夸小妹挺俊,问起名字了吗?一句话说乐了锋利的小镰刀,他口中念念有词:"梅花喜欢漫天雪……哈哈,有了,就叫梅花吧。"

侄媳妇说好,妻子也说好,就这样定了。

梅花越长越喜人,吴铚心中的那点遗憾早已云消雾散,成天宝贝儿一般地看着梅花长大……二十年前,老伴走了,吴铚虽然悲痛,但有梅儿与孙石劝说,也就不很难过了。万没有想到,万万没有想到啊,孙石会那样死去!这大半年,他老相多了,步履维艰,几乎出不了大门了。欣欣奶奶去世时,他还来吊丧,那时走路还很有劲,不到二年的工夫,就这样了。显然,孙石的去世,对他的打击太大了!

第十七章 吴老师的艰难

在门口停住车,程同下来,一手提着牛奶,一手提着苹果,往里走,赵珍跟在后面。吴老师坐在堂屋门首晒太阳,见有人来,忙摇晃着身子站起来,笑道:"谁呀?我的眼睛不行了!"

"程同!程同来看你了……"

吴老师笑了:"是吗?你怎么来得恁快的,吴清银一告诉你,你就往这跑的?"

"基本上没敢迟疑。"

老人家笑了,笑得哈哈的。他说你还像年轻时一样,是个急性子。程同说看了你的信,感觉你可能有急事,就马不停蹄地来了。老人昏花的眼睛里立时流出了热泪,他嗫嚅着说:"是有急事,是有急事。屋里坐吧,坐下再说。"

程同走到屋里,把牛奶和苹果放在吃饭桌子上,找个板凳坐下了。吴老师坐下后,见赵珍仍站在门外,就问:"她是……"

"你侄媳妇,没有外人。"

"听说过,听说过。"他找了个板凳,向赵珍招手,"来坐啊!"

赵珍笑了笑,走进屋里,坐下了。吴老师去拿暖壶倒水给客人喝,这才发现了一箱牛奶和一兜苹果:"我说程老师,这就太过分了。君子之交淡如水!我们不能变了宗旨……"

"三叔,别争执这些啦,争执起来没个完。你有什么急事,就说吧。"

老人家倒了两碗热水,直冒热气:"稍凉一会儿再喝。"

"知道,知道。三叔,你坐下吧。"

吴老师坐下,刚要说话,眼泪又挂下来了。

"三叔,有什么大不了的事,哭什么?别哭!"

吴老师使劲用袄袖子擦眼泪,擦了几擦,情绪总算稳住了,就说自己的艰难。他说昨天才听外甥说的,吴梅跟一个叫曹木的男教师,到南方游逛了半个多月。曹木不满30岁,还没结婚,为什么跟一个50岁的女人混混在一起呢?乍一听,我还不信,不免生我外甥的气!后来又听了些传言,花钱全由吴梅出,曹木何乐而不为?

"她哪有那么多钱?"

"她爹的离休金她全掌握着！"老人家说，他这才想起了领离休金的"活期一本通"放在她那里一年多了，而且三个月不见她的面了……吴老师到里间里拿出一张纸，说道："这上面有我的银行卡号，你去给我挂个失。"

程同接过纸片，稍加思索，说道："此事是否有些盲目？最好先找吴梅核实一下再说。"

"我打电话她不接，怎么核实？"吴老师有些气愤。

程同心里总觉着不踏实，略一犹豫，又说："先到学校里打听一下再说，行吧？"

"程同，你还是那个毛病，遇事不果断！其他的事都放在后面，首先得挂失……"

程同一下子明白过来，笑着说："行，我这就去。"说着，他就站起了身子。

吴老师把他按住，说别恁忙。他走到电话机旁，拨通了一个电话："小二，你给我送四个菜来：一盘五香花生米，一盘猪头肉，一盘芹菜炒鸡蛋，一盘白菜炖豆腐……"

"三叔，做什么？"

"喝二两！古语云：酒逢知己千杯少，话不投机半句多……都忘啦？"显然，锋利的小镰刀又回到了年轻的时候。

"不得抓紧时间去挂失吗？"

"你看，又死搬硬套！要有灵活机动的战略战术，现在才10点，喝两个小时，你1点走……明天去办那事也行。"

正说着话，菜来了，两人就喝。喝完一个，又倒满，吴老师对赵珍说："侄媳妇，劳动劳动你，去给烧点水，下点面条咱们吃。"

赵珍笑了笑，没说啥，忙活去了。三个酒满上，程同收了酒杯，说不喝了，吴老头微有醉意，说你不喝俺喝。程同说我不喝了，也不叫你喝了。老人家就哭了："呜呜呜……我真的老了吗？程同，你个坏小子，怕我喝死了，是吧？"

程同顿时伤感，抽动了几下鼻子，滴下两滴泪……他忙擦了擦，安慰三叔,说不是的,咱还有别的事。程同问有笔、墨、砚台吗?

"有啊!"他顿时兴高采烈,进里屋就拿出了笔、墨、砚台,还有几张大白纸。

程同连连摇头,说白纸不行。他把赵珍招呼来,叫她去买张大红纸来。赵珍说面条已煮好,叫他们盛了吃,她去去就来。赵珍走后,两人忙盛了面条吃。他们吃完了,赵珍还没回来。

"还怪远吗?"

"村西头!我得去看看……你写什么,还用红纸?"

正说着,赵珍回来了。吴老师叫她快吃饭,程同忙把大红纸铺在桌子上,又磨墨……趁吴老师小解的工夫,一首贺诗一挥而就。"三叔,快来看哪!"他有些得意扬扬。

吴老师挪着碎步跑来,眼前一片明亮,只见上面写着:

敬赠吴老师!

年逾九十犹称壮,
不信东水不西向!
白发有何可悲处?
夕阳贵在能自强。

学生程同敬上

"好,好。既然你这样说,我不壮也得壮,不自强也得自强!"

过了二十分钟,笔墨干了,程同用图钉把它端端正正地钉在了北墙上。做好了这一切,赵珍吃喝走,程同也就站起了身子……

走出门外,吴老师拉住程同的手,昏花的两眼直瞅着他的脸面:"别忘了去银行……"

"我不回家,直接去!"

"明天倒也不晚。"

"不!这就去……"

3

总算过了三天安生日子！第四天，天气很好，吃完了早饭，太阳已经升到东南，阳光照得到处明亮。庭院里尽管有几棵银杏树，但光线仍不显灰暗。银杏树叶全黄了，不时落下一片，觉着怪有意思的。程同一手拿把小椅子，一手拿着《水浒传》，一瘸一拐地来到屋外，坐下，掀到有关武松的章节，看起来。记不清何时何地了，也记不清是谁说的了，说有人要为潘金莲翻案……潘金莲的案能不能翻，这要去看原著。如果撇开原著，单凭个人的好恶，天马行空般臆想一番，恐怕不是研究学问的严谨态度。从古至今，淫妇绝过迹吗？施耐庵只是塑造了一个淫妇形象，叫什么名字并不重要，叫潘金莲可以，叫李金莲、王金莲……都可以。暴露淫妇，批判淫妇，在相当长的一个历史阶段，恐怕仍是道德建设领域里的一项任务。像苏枝花，像杨萍……还有身为教师的那个吴梅，她们与潘金莲所处的时代不同，经历也不同，但她们的作为，她们的思想品质，她们的道德观念，与潘金莲相差有几？继而思之，为潘金莲翻案的现实意义是什么呢？想这么多干吗，还是看看书吧！翻过一页，再翻过一页……

"哎呀，程老师的日子过得好悠闲啊！"

抬头看，吴梅来了！她来做什么，她觉察到了什么，或者她父亲告诉了她什么……不能啊！吴铨从来就不是那号人。

他忙站起来，笑道："哪阵风把你刮来的？"

"你说呢？不欢迎吗？"

"哪能不欢迎呢？"他转脸向堂屋，"欣欣奶奶，拿个板凳来！"

赵珍听到吆喝，忙拿来了个小椅子，瞅了吴梅两眼，不认识。打扮得有些超常，口红抹得太多，青眼圈打得太重……猛一看，还有30岁的风采，再一看，就不行了，浓粉重脂遮掩不了生理性的皱纹。她没多嘴，放下小椅子就走了。她不明白，老程跟这样的女人打的什么交道！她不想往深里想，她相信欣欣爷爷不是那号人……

第十七章 吴老师的艰难

"坐吧！"程同把小椅子推到吴梅跟前。

吴梅不坐，继续质问道："你到过我家是吧？还给俺爹写了一首诗……写得不错呀，蛮有韵味，不愧是大学校园里走出来的高才生……"

"顺口溜，随口诌，只想逗吴老师高兴高兴，没想别的。"

"还做什么来？"

这就有点审讯的味道了，程同感觉受到了侮辱。他正眼看着吴梅的脸面，说道："吴梅，你今天到底想问什么？你的父亲，是我小学五六年级的老师，我去看看他，还有什么错吗？"

"你到银行把他领离休金的活期存折挂失了，是吧？"

"没有！你怎么知道的？"

"我爹告诉我的……"

程同哈哈大笑："我说吴梅，你来讹诈我，咸盐还没吃够年岁！别说我没插手此事，就是我做了，吴老师也不会出卖我……"

"那么，你为什么插手我家的内部事务？"

"我没有啊！"

"你刚才说的……"

"吴梅，你疯了吗？我刚才真说来吗？"

"你不用嘴硬，到时候，就割倒秫秸显出狼来了。"

"好啊，那就等待着狼出现的时刻吧。"程同一边说，一边掀书页，全然不再理会吴梅。

"你说不说？"

程同像没听见似的，依然看他的书。

"你先别看……"吴梅说着，就去夺书。

程同忙躲，吴梅扑上来，程同用力猛一推，吴梅趔趄几下，差点儿歪倒。赵珍闻声赶来，从中隔开……

"程瘸子，好啊，你打人！"吴梅歇斯底里起来。

程同向后退了几步，按了按胸口，说道："吴梅，希望你保持点自尊！你走吧，你所提到的问题，可以约定个时间，去找你父亲解决。"

"也好！"吴梅愤愤地吐了口唾沫，扭头就走。

"恕不远送。"

4

下午2点，吴梅又来了。

"怎么，还想闹？"

吴梅低着头，没吱声，找个板凳坐下了。

"你说话呀！你到底想做什么？"

吴梅终于抬起了头，一脸冰霜，两行热泪……

程同顿觉诧异，忙问："吴老师，你到底怎么啦？"

"程老师，你还能原谅我吗？"她哭起来了。

"我们之间，不存在能原谅和不能原谅的问题，我们只是同事关系，合得来，多打几回交道，多说几句话；合不来，少见面就是了……你哭什么？你想给我说什么就说，无话说就回去吧。"

吴梅停住了哭声，开始向程老师掏心窝子。她说头晌多有得罪，相信哥哥能原谅，孬好他们一起工作过多年，她爹教过他二年，不然也就无脸再来了。她说她遇到了一个难题，她与曹木混混到一起了，正面临登记结婚，他要她拿五万，他出三万，买辆车，她说就还有四万了，他说四万也行。昨天去取钱，她爹的本子已经挂失……

"吴梅，我问你，曹木今年多大啦？"

"29周岁，腊月生人。"

"你呢？"

"49周岁，也是腊月生人。"

"你觉着你们二人有可能吗？"

"有！千真万确，他下过好多次保证，还发过誓赌过咒……"

"那登记举行婚礼，不就完了？"

"他说买不上车，不结婚。"

"哪有这一说？"

第十七章 吴老师的艰难

"他的志向,他的理想……"

程同开始叹气,并且点着了一支烟,吸了几口,咳嗽了两声,说道:"吴梅,你是不是在做梦啊?诸葛亮曾说,'大梦谁先觉,平生我自知……'做梦不要紧,就怕不醒!诸葛亮也睡觉,也做梦,但人家有自知能力。你有吗?女人比男人大二十岁的婚姻有吗?有!但女人必须是富婆,或者另有优越条件。你有什么?你了解曹木吗?他没有未婚妻吗?"

"有过,半年前散了。"

"你听谁说的?"

"他告诉我的。"

"他说一句,你信一句?"

吴梅沉默了,不吱声了。她脸色灰暗,程同这才发现,她已经把脂粉与口红洗干净了,只是青眼圈依旧。

"我告诉你吧,你与曹木的事,吴老师都给我说了。你们到南方旅游三周,花了多少?"

"将近一万。"

"是不是都是你掏的?"

吴梅点头,又无话了。

"他为什么不搁上一部分呢?"

这叫吴梅怎么回答呢?去南方旅游,是她提议的,她慷慨陈词,说死葬活埋在这里做什么,浪漫浪漫,放松放松,舒畅舒畅,也不枉为一生……曹木说得花不少钱,她说花钱她包。既然如此,曹木还有啥顾虑?可是这些细节,她说得出口吗?

"我说吴梅,你是不是认为金钱能买到爱情?"见吴梅不说话,他就继续说下去。他说这个问题很大,不是一句话两句话能说清楚的,而且各式各样的说法又杂乱无章。程同说,他认为单靠金钱收买,是买不到爱情的!但也不能把问题说绝对了,两口子过日子,要有一定的物质基础,任何人都不能喝着西北风谈恋爱,但这要建立在真心相爱的基础上!他说吴梅呀,你爱曹木是真心的,但他呢?他爱你的什么,他一个29岁的小伙子,能爱一个年近半百的老太婆吗?他爱你的金钱?你有多少金钱?二十天花掉一万,又要四万,半年以后,再要十万怎么办……你想过吗?孙石走了,咱不想再说他,但要提醒你一句,那件事对你老爹的打击比对你的打击要大得多!如果你跟曹木热火朝天一年半载,再各奔东西,老爷子还能活下去吗?说这些的时候,老人家哭了,一把鼻子两行泪……吴老师多么疼爱你啊!你心里没有数吗?你把他的工资本拿去,三个月不朝面,你良心何在,道德何在……

"你别说了,你说怎么办吧?"吴梅已经泪水满腮。

"你回去跟曹木说,车先不买,先登记结婚,过一段时间,积攒的钱差不多了,再买。他要是真心爱你,就会同意登记结婚;不然的话,考察一下再说。你一旦觉察到他是耍弄着你玩的,那这场戏,最好早收场……"

"行!那我走。"

吴梅走后,赵珍忧心忡忡地说道:"你说了这么多,人家要是成了恩爱夫妻怎么办?"

"咱去祝贺啊,咱去喝喜酒啊!"

"就怕人家把你推出门外……"

"那也好办,回来就是。"

第十八章　电话号码

1

听说老爸要来,李海跟褚丽商量:"这回爸爸来后,说话应尽量和蔼。只要他不提那些不愉快的事情,咱就别提。他要提,咱就用另一个话题岔开……"

褚丽笑了,咯咯笑着连声说行,狡猾的小狐狸,跟老子玩起戏法来了。李海说,只要出发点不是坏的,目的是明确的,方法可以随机应变。

"就怕妈妈那里……"

"先给妈妈说呀!"

"妈妈满肚子委屈,她忍得下吗?"

李海稍一沉默,说道:"只要说清理由,妈妈不是糊涂虫。"

小两口取得了一致后,趁吃晚饭的工夫,就做妈妈的工作。儿子说几句,儿媳妇应和数声,三石不停地嚷嚷着:"对呀!应该的,应该的……"引得大伙哈哈连声。饭后,李海抱着三石下楼玩耍去了,褚丽一边拾掇碗筷,一边解释她和李海的意思。周云坐在沙发上,眼泪汪汪的,哽咽着说她明白。

"就是心里有气,也得先压压。"

"我清楚你们的心意……"

2

到儿子家里时,已经 8 点了。饭菜摆满了桌子:一盘子北京烤鸭,一碟子八宝豆豉,小塑料筐里盛着油条,豆浆机旁放着两个花白瓷碗,上边放着一双象牙筷子。

"你先洗洗脸吧!"周云端过来一盆温水,接着拿来了毛巾。

他没有说什么,接过了毛巾……

"你吃饭吧。"周云又说。

他坐下,抬头看了一眼周云,周云朝他笑了笑,他忙移开视线,随口说了一句:"你也吃吧。"

"我吃过了。"说着,她走到他身边,开了豆浆机,给他倒豆汁。

李春喝了两口豆汁,就拿筷子去夹油条吃,周云随即笑道:"这是一双象牙筷子,去年春节单位奖给儿子的,一直没舍得用……"

"我可不用这么贵重的东西,你拿双普通的来!"

"用吧!留着做什么?"

"留着招待客人,或者送给三石姥爷。"

"人家有。用吧,别弄那个土老帽儿样了。"

李春没再说啥,自己到厨房找来一双竹筷子,吃起来。周云坐在一旁,心里七上八下,像倒了五味瓶,什么味都有,就是没有好味。关系好的时候,怎么着都行,深一句也行,浅一句也行。现在不行了!已经是仇敌了!话不投机半句多了!但是,儿子儿媳妇都有言在先,还是压压吧。周云有生以来,从未吃过这样的憋气!她是个火爆脾气,容不得任何侵犯,一有来犯,就咧鼻子瞪眼,就争吵,就唾沫星子横飞……自从来到李家,他们的关系一直亲密无间,当然也有勺子碰着锅沿的时候,免不了叮当一阵。"不做贼,不养汉,你能怎么着?"她这样怒吼着,完全没有退让的意思。到了这个时候,李春也就毫无办法,只有生闷气。过不了几天,也就好了,亲热如初。这一回就不同了!她明白性质的严重性!一瓢水泼出去,收不回来了!那一天,也不知是怎么的,鬼使神差,昏了头!郑起窜了来,她正在脱裤子……郑起说:"就一会儿,不碍的。"谁知李海爸爸就闯进门来!下半辈子,就这样完了吗?这回会怎样呢?李海和褚丽的办法,会奏效吗?就怕他铁了心……

"我出去遛遛。"李春站起身来。

"刚来，歇歇吧，明天再出去。"

"我不累……"说着，他就往门口走。

能够硬阻吗？关系正常的时候，一定得硬阻，而且阻得下。现在，怎么硬阻？硬阻，也阻不下啊！还不知人家心里怎么想的？也许，人家是有意躲开自己的……

"别过时候大了，中午孩子都回来。"

"知道了。"说完，他就走了。

周云长叹一声，揉了揉发酸的眼睛，起身来到厨房，拾掇案板，端来馅子，开始包饺子……

3

中午，李海、褚丽都没有回来。周云把刚刚下出来的饺子端上饭桌，招呼他："来吃吧。"

"你不是说孩子都回来吗？"

"11点的时候，来电话说，不回来了。"

"三石呢？"

"他中午不回来，吃包饭……"

李春没再多说，就吃起来。一会儿，她又盛来一碗饺子水，直冒热气："凉凉再喝。"李春点着头说你也吃吧，她就坐下，吃起来。事情如果这么平和，也就皆大欢喜，只是肚子里塞满了炸药，引信也不是没有，只要有人想拉，即刻就会爆炸……

"我出去走走。"

"你怎么还出去走走？你不累？中午你不睡一觉？"

李春没再说啥，往沙发上一坐，稍停，躺倒了……

"到床上睡去吧，我得出去买面。"

"这样就行，眯会儿眼就出去。"

晚饭弄得很丰盛，烤鸭、扒鸡、猪肚……火锅煮着诸多鲜菜，李海给爸爸斟满了法国葡萄酒,给三石倒了半杯露露……

"三石乖,跟爷爷碰杯,祝爷爷身体健康!"褚丽逗儿子。

小家伙确实很乖,端起那半杯露露,走到爷爷跟前,李春忙揽过他来,同时端起酒杯来,当的一声碰上了。

"我祝爷爷再活五百年!"全家人都哈哈大笑。

李春抚摸着孙子的圆脑袋问:"爷爷再活五百年?为什么不再活六百年的?"

"电视上说的……我真想再活五百年!"三石奶声奶气地唱起来,又一次引起了全家人的欢笑。

这顿饭吃得欢乐,自然吃得饱。饭后,孙子仍缠着爷爷不放:"爷爷,高高。"

李春站起,双手抔住三石的半腰,用力上举,嘴里连声念叨着:"高,高——"一连三次,累得他气喘吁吁。

"爷爷,还高!"小家伙"高"惯了,缠着爷爷不放。

李海过来说:"爷爷累了,叫爷爷领着下楼玩玩吧。"

三石忙拉住爷爷的手,嚷起来:"下楼,下楼!爷爷……"

祖孙二人走后,褚丽问老婆婆:"妈,俺爸一直都很高兴吧?"

周云长出了一口气,说摸不透人家是个什么心情,跟你们说得都很好,跟我没说什么,吃了两顿饭,饭后就出去。褚丽说慢慢来吧,这不才一天吗?

"来了,就好了。"李海说着,起身弄电脑去了。

"明天,叫他去送三石。"儿媳妇说。

周云拾掇着碗筷,点头说行。

4

睡到半夜,周云起来小解,回来后给他掖了掖被角,他一骨碌爬起来,很有些烦气:"你做什么?"

"哪做什么!给你掖掖被角,别冻着……"

李春围着被子，闷了好一会儿，才说："三石奶奶，不需要这样了，我们的关系就此终止吧。我想每月给你一千块钱生活费，你愿跟着儿子，照看照看孙子，很好；愿到女儿家过些日子，也可以；愿意另寻他路，也行……"

良久，周云终于哭出了声音："你不要我啦？"

"不是我不要你，是你首先离开了我。"

"你血口喷人！"不知为什么，这句话还是喷出了口。她很后悔，但后悔有什么用，说出去的话，跟泼出去的水一样，收不回来了。

"是啊！我血口喷人，我头顶长疮，脚底下流脓，坏透气了！"

周云哭着说："这都是你自己说的，俺可没那样说……"

"我都血口喷人了，还有什么好？"

这样的争吵已经不是一次了，翻过来没了，倒过去糊了，你有来言，我有去语，糊粥黏粥，一盆糯子……说什么？不说了！李春躺倒了，伸直了腿。周云的哭声也停了，一切都陷入深夜的寂静。可惜，只过了十几分钟，李春就又坐起来，他说我这个人不但血口喷人，还会违法乱纪，他就把如何发征婚广告，如何跟三十多个女士有了联系，一股脑儿和盘托出，接着说，如果有个手续，那就很容易办了。他求三石奶奶给个方便，好聚好散，反正他们过不到一块去了，这样僵持着，对谁都没有好处。

"你想得倒美！"周云话里已经毫无哭意，好似在说别人，"我给你个方便，谁给我个方便来？"她笑起来，笑得哈哈的，"我就这样缠住你，缠死你，熬死你，临死也拉个垫背的……老娘累死累活，熬过了四十多年，刚到了好处，你就不要我了……"她终于又饮泣起来。

想和风细雨地解决，根本不可能！他再次躺倒，睁着两个大眼，看着黑乎乎的天花板……不知什么时候睡着的，他再次醒来时，窗玻璃已经大亮。他忙起来，穿衣下床，跑到楼下去了。稍稍活动了一会儿，他就找电话号码，但是找遍了全身，也没有找到。顿时，他急出了一身冷汗！晨风一吹，他又感到有些寒冷……他记得清亮的，写着三十多个电话号码的那张白纸，夹在旧电话本里，放在上衣里面的口袋里，还用别针别了，满以为万无一失，可怎么就是找不着了呢？他忙往回返……是否放在手提包里了？他摇了摇头，不可能。她给偷了去？他眼前突然明亮起来！十有八九，十有八九……最后这一觉，三个小时。三个小时，做这点事，时间太宽裕了。这点事，两分钟就能做完！但问她，她肯定不承认。也不能吵，如果吵，她反咬一口，说你无理取闹怎么办？你抓不住事实，胡咬乱咬，还中学高级教师呢！再一说，自己也不能在儿子儿媳妇面前失态啊……他扑到卧室，从枕头边拿来手提包，一翻，没有！是她给偷去了，是她，是她……他坐在床上，干喘粗气，一脸无奈！

"爸爸，吃饭吧。"褚丽站在门口说。

"爷爷，吃饭喽！"孙子也跑来吆喝了。

好吧，吃饭。饭后，他们三口走了，周云拾掇碗筷，李春坐在沙发上，点着了一支烟……

"你不是不吸烟的吗？"

"偶尔吸一支。怎么，烦俺啦？"

周云微微一笑，稍停，说道："俺敢吗？"

这就有点奇怪！夜里哭泣，现在怎么笑了？

"三石奶奶，我的电话号码找不着了……"

"是吗？怎么弄的，丢啦？快找啊！"

"到处都找了，找不到。我记得清亮的，搁在外套里面的口袋里的，还用别针封了口……我考虑，你是不是跟我闹着玩的，掏去了？"

周云的笑脸立即漫上冰霜来："又想赖人是吧？"

李春吸着烟，琢磨来琢磨去，无可奈何。如果她没拿，追问等于零；如果她拿了，肯定要不出来。她恨的不就是这个吗？到手的"密电码"，怎么再释手？她不是憨子，她……

"你到医院里看看去吧，头脑可能出了毛病。"

"好，我去。"他把没有吸完的半截烟扔进了垃圾筐，抓起手提包，就走了。

"早点回来！"周云追到门口，喊道。

他没有回话,他觉着没有那个必要了。

5

天阴着,有零星雪花飘落。街道上行人不多,车辆却拥挤不堪。北风很猛,裹挟着雪花,打在脸上,冰凉冰凉的。到哪里去呢?跟上回一样,奔火车站?就这样走吗?不给李海说一声,以后再怎么见面呢?可是跟他说了,他肯定就不让走了。不走,往后怎么待呢?跟周云待在一起,皱着鼻子抗着脸,活受罪呀!突然,他想起了电话号码,这才是当务之急!这里的,肯定被她偷去了,也许已经毁掉了。女儿那里是不是还有存根?他记得抄好后,一团纸都丢进了垃圾篓。别处是否还有写下的?记不清了,只有赶快回去,才能看个究竟……于是,他就拨通了李海的手机号码。

"喂,哪一位?"

"你爹……"

"是爸爸呀!什么事?你说。"

他一说要走,李海就烦,说你的神经系统可能出了毛病吧?如果那样就更不能走。一听儿子这样说,他就火了:"你胡扯什么!"

"刚来,你就走,谁得罪你啦?"

"我有急事……"

"什么急事?"

怎么说呢?但电话不能停顿过久,他只有掐断。他顺着街道前行,既找不清东西南北,也不知奔什么目标。眼前突然明亮起来!他猛抬头,见太阳已经从云层里露了出来,雪停了,风似乎也小了……手机再次响起,是儿子打来的,他哀告爸爸,千万别走,说你走了,我怎么向沈德仓解释?你真想走,也得半个月以后再说。你有什么急事?你跟我妈妈不睦,我们慢慢解决。李海表示,半个月后,他请假送爸爸回济南,跟妹妹家两个人商量一下,爸爸愿住妹妹家,他同意,爸爸的退休金都给妹妹,他和褚丽也没意见……

还能再说什么呢？他只有答应，但不能回去，跟周云一起待一分钟都是罪过……到哪里去呢？就这样在街道上磨蹭着消磨？他走到了一个公交车站牌前，仔细查找，这路车竟然通居庸关！好，那就去居庸关……

居庸关没有八达岭险要，但远望仍有雄关漫道的感觉，城墙随山势起伏，一级一段，时时上升。他爬着爬着，油然心旷神怡，宠辱皆忘，只剩下心慌跳、汗欲出、腿酸疼了。爬到第二座烽火台，他不得不坐下歇息了。喘息稍定，环顾四周，崇山峻岭，高高低低，起起伏伏，野草杂树，遍布山野。枪眼俱在北侧，显然是为了抵御北方游牧部落的侵扰。他这个历史教师，触景生情，自然想起了那部中国历史和那部世界历史！游牧部落，你放你的牛羊；农耕部落，你种你的大豆高粱。"鸡犬之声相闻，老死不相往来"，可以；想往来，用牛羊换大豆高粱，当然也可以；但是，为什么就非得兵戎相见不可呢？打打杀杀多少年？你揭我的寨，我断你的路……

"先生，怪面熟啊！"

他抬头看，见一位老先生，头戴咖啡色礼帽，手持一根文明棍，老脸消瘦，皱纹纵横，两眼却炯炯火亮。他想起来了，乐教授！他忙站起来，握住了乐教授的手，欢呼道："乐教授，你好啊！"

"好，好。感谢你还能记得我。"

"我更感谢你，一眼就认出了我……"

乐教授哈哈连声，问他近来还好吧，烦心事都烟消火灭了吧？他脸上的喜色瞬间消退，连连摇头，说想好不见好，事情的发展，并没有按我们预想的轨迹运行……

老先生说："你一定读过《论语》吧！子曰：'已矣乎！吾未见能见其过而自讼者也。'什么意思？算了吧！我还没有看见过能够看到自己的错误而自我责备的人。孔子那个时代是这样，到现在怎样了呢？基本没有改变！如果人人都能自我责备，世界上还有官司打吗？一个农村妇女，风风雨雨五六十年，太不容易了，男爷儿们想通就行啦，不要再为难她……你看这万里长城！缘何修万里长城？游牧部落看着农耕部落的大豆高粱好吃，用牛羊去换不就行了吗，何必抢呢？为了防抢，农耕部落就修开了长城。自战国时代施工，断断续续，绵延将近三千年，竟然成万里之巨！这当中，耗费了多少人力物力，是无法计算的。如果无人侵扰，还用得着如此劳民伤财吗？但是，侵略者谁曾认过错？这是大事。小事怎么样？普通民众做错了事，能主动认错的，也为数不多。这是人性的缺陷，短时间内是解决不了问题的。三千多年以前，孔夫子就看明白了，时至今日，我们为何还糊涂着呢？宽容吧，李老师！只有宽容，才能解决这些是是非非、恩恩怨怨……"

"乐教授，我想插句话。"

"好，好，请讲。"

"孔子只揭示了问题，并没开药方。都不自责，就听之任之吗？"

"当然不能听之任之，要进行批评教育，甚至是某种形式的制裁。"

"离婚不就是制裁吗？或者说是报复……"

"具体到你自己的事，可以这样说，但那样代价太昂贵，你的子女恐怕不会同意。自责不自责，不好界定，也许内心里早就自责了，但为了面子，口头上就是不承认。"

"她一再说我血口喷人……我能接受吗？"

"李老师，这个话题咱就说到这里，你考虑些时日再说，我看就宽容了吧！你真想不通，走另一条路也不是不可以。我想说说我的事，对你也许有启发。以前的事上次说了，就不重复了，两个月后，她又来了。我问她，怎么又来了？她说房子已经给你儿子了，给就给了吧，退休金能不能完全属于咱？如果能，她说我可以到她那里住……我立即打电话给儿子，儿子不答应，我就说他，不能把所有的利益都据为己有，总要给别人留一条路，要学会宽容，来的这位女士不争执房子了，就是在宽容啊！儿子说考虑考虑再说……经过了十多天的思虑，最后勉强答应了。"

李春艰难地抬起了头，含着泪光的双眼，直直地看着乐教授的脸面，说道："宽容不是没有原则吧，乐教授？鄙人认为，钱可以少要一些，东西可以少拿一些，话可以少说，态度可以少要……就是在夫妻感情上，不便宽容……"

乐教授叹了口气,笑着说:"李老师,这个话题说简单也简单,说深奥也深奥。我感到有些累了,咱改天再谈。我天天上午都来,你只要不走,我们有的是机会。"

李春弄不清乐教授的心态,含含糊糊地连声说好。

"来,咱们一起往上爬!"乐教授站起来,笑着说着,就爬起台阶来。

李春心里像锥了一把草,干什么都没有兴致,但乐教授相邀,怎么好意思拒老人家的面子?

"看似很高,不免打怵;可爬上去了,也就觉不着什么了。"

"好啊,爬吧!"

第十九章　倪副教授

1

　　倪玉萍对李春不是一点好感没有，身个 1.72 米，中等偏上；脸相天庭饱满，地阁方圆，面色白中微透红润，很少老年斑，基本不见皱纹，眼眶还没塌陷；头发有些白的了，但为数不多，鬓角白的较为明显，毕竟六十多了，这也没有什么奇怪。不好琢磨的地方，就是他的家庭状况较为复杂，如果事先拾掇不干净，事后的烦心事恐怕少不了。而且他收入比自己少，还说得给他前妻一千块钱生活费。他在城市没有住房，声言想到女方居住……这一切，实在令人颇费寻思！恰在此时，系主任纪学明前来向她透露了一个信息，说有个姓冯的公司经理，丧偶不久，很想找个文化人。冯经理年龄不足 60 岁，一表人才，虽然只有高中学历，可玩起生意来，博士后也不如人家。论家产，谁也说不准有多少，朝最少处说，也得以千万计……她并没为纪主任的夸夸其谈所动！丈夫活着的时候，他们俩关系不错，免不了相互吃请，交道打多了些。丈夫因事故死亡后，纪学明一如既往，但倪玉萍不愉快了，她说亡夫已经走了，你也就别来那么勤了。能当系主任的纪学明，还能听不明白倪副教授话里的意思嘛，从此不再光顾。这次确实有事，纪学明趁机搅动起三寸不烂之舌，好好为冯经理炫耀了一番。两相比较，各有各的优势，倪玉萍一时难以决断。见她犹豫，纪主任就说："明天，我领你跟冯经理见见面再说，行吧？"

　　"你有他的电话号码吗？"

　　"有啊！"

倪玉萍得了冯经理的手机号码，歉然一笑，说道："就不麻烦纪主任了，我跟他联系一下再说。有什么情况，我会及时告诉你的。"

既然如此，纪主任还能再说什么？他说好，就回转身子走了。

2

当天晚上，倪玉萍跟冯经理通了次电话，一提纪学明，冯经理就明白了，他嘿嘿地笑着，说非常感激倪副教授能主动跟他联系，并立即声言明天在五星级酒店请她吃饭。

"吃饭就免了！"倪玉萍说得斩钉截铁。她提议明天上午9点，在泉城广场见次面再说，对方立即响应，连声说行。

第二天天气很好，秋高气爽，万里无云。9点钟的太阳挂在东南方向的天空中，照得泉城广场一片明亮。他们在标志牌前见面了！礼节性地握手后，倪玉萍说找个地方坐坐吧，冯经理说可以。轻车熟路，二人又来到了上次倪玉萍跟李春相聚的那个茶座。人家比李春大方多了，伸手从内衣口袋里摸出一张百元票，递给服务员，说来两杯咖啡。

"你破费什么？"倪玉萍随口说道。

冯经理笑着迎合："两杯咖啡，算不了破费。"

二人面对面坐下，细端详冯经理，怎么是个瓦鼓脸啊？这样一想，另一个声音很快从远方而至：不要以貌取人！继而又有一个声音响起：人不可貌相，海水不可斗量……

咖啡来了！冯经理端一杯给倪副教授，倪玉萍接过去，就放在了桌子上。冯经理喝了一口，也放回了桌子。天冷地热地闲扯了几句，冯经理就说开了自己的家庭，自己的公司，自己的理想……他说自己中年丧妻，实属不幸；他说老伴去世已经半年多了，还一直没找……倪玉萍冷笑了一声，冯经理不禁惊愕，忙问："倪副教授，我说错什么话了吗？"

"没错。我那口子去世十一年了……"她开始伤感，嗓音有些哽咽，随即有泪水涌出。

第十九章　倪副教授

"你说我这人……"冯经理连忙道歉,说了自己一大堆不是。

倪玉萍擦干泪水,调整好了精神,说道:"叫冯经理见笑了!"

冯经理连连摆手,说这没啥、这没啥,又说在这些方面,男人和女人毕竟不同,男人有泪不轻弹,女人伤心就流泪……

"好,今天就到这里吧。"说着,她就站起了身。

这就有点儿猝不及防!"这,这……"冯经理慌了,连忙站起来,挡住了去路,并把咖啡端起递过来,"不热了,喝了吧。"

冯玉萍再次接过来,又放回了桌子:"我喝不惯这个。"

"那……换别的。"

倪玉萍没再说啥,飘然而去。

3

下午2点,倪玉萍刚迈进系办公室的门槛,身为系主任的纪学明就从座位上一跃而起,高举双手,兴高采烈地欢呼起来:"欢迎倪副教授的到来!"

"你怎么啦,要发疯?神经病!"她把手提包扔到办公桌上,气呼呼地往椅子上一坐,就什么也不说了。

良久,纪主任讨好似的笑着问她:"感觉怎么样?"

"什么感觉怎么样?"

"你装什么糊涂!今天上午,你跟冯经理见过面了,是吧?"

消息传得好快呀!她想冷嘲热讽纪学明几句,问问他与冯经理之间是否有什么交易,是否正在拿她当商品耍呀……这想法稍纵即逝,觉着不妥,何苦如此?他要忍受还好,要翻了脸呢?那样多不好,除了闹得关系紧张以外,什么作用也不起……

"你说话呀!"纪主任按捺不住了。

"感觉一般。"倪玉萍随便说了这么一句。

纪学明很觉愕然,瞪圆了两个眼珠子,喊叫起来:"感觉一般?你好大的口气!人家有几千万资产,甚至……"

"甚至什么，甚至上亿，是吧？"

"是啊！这上亿的资产……"

"我是在寻找一个富翁吗？"

"人家其他方面也不差！"

倪玉萍不再说话，拉开抽橱，拿出教材，翻得纸张哗哗作响，然后就看起来，有时也圈圈点点，写写画画……

"拒绝人家算完？"纪主任穷追不舍。

倪玉萍把身子往后一靠，双手搓了把脸颊，长长地嘘了一口气，说道："过些日子再说吧。"

一看倪玉萍这个漫不经心的样子，纪学明急了，他埋怨起人来，可不是轻描淡写，眼皮一耷拉，训起人来也蛮有官僚意味。他说他可不是掉进风箱里的一只小老鼠，两头受气！冯经理那里埋怨，你也不给句明白话，自己这是何苦……

倪玉萍终于露出了笑模样，她说还没有考虑成熟。

"哪些方面不满意？"纪主任见缝插针，紧逼上来。

话说到这个份儿上，那就说吧："他那脸相太难看。"

"哎呀，你怎么还有这种看法？郎才女貌！这话说了几千年了，副教授级的人物，怎么也还糊涂着？你到大街上，煞住眼神仔细看，男人有几个上相的？男人要的是才干，有本事就是好男人……你说是不是这个理？"

对于这个问题，倪玉萍没再说啥，纪学明暗喜，知道他的三寸不烂之舌终于有点成功！那就再问下去……

"他媳妇怎么去世的？"

"得了癌症，治疗无效死亡。"

"什么癌症？"

"乳腺癌。"

"乳腺癌的治愈率逐年上升……"

"治疗了十年，花费了一百多万，就是没治好呢，怎么办？"

"妻子死了半年，他就另寻新欢，这人的道德品质恐怕不咋的吧？"

第十九章　倪副教授

"你说你这人！怎么说你好呢？什么时代了，思想还那么古板！你倒好，守了十一年了，可那个人知道吗？如果他知道，咱就守一辈子，有朝一日，在另一个世界相见，也是一份荣耀。但是，有阴曹地府吗？你是有神论者吗？再一说啦，人家是个大老爷儿们，是个有身份的人，又那么富有，怎么能孤守空房呢？你别鸡蛋里挑骨头了行吧？你要觉着行，咱回人家一句话；要觉着不行，也回人家一句话……"

纪主任的这一通连珠炮，把倪玉萍轰愣了，她像坠入了五里云雾，不知东西南北了。老伴死后半年另找，不能说是罪过；孤守空房十一年，也没有什么伟大！问题是这个人到底怎么样，自己一无所知。这样的事，能在茫然不知的情况下，就断然决定吗？"男人有了钱就坏！"社会上流传着这样一句话，不能说一点道理也没有吧？有钱的男人，不能说个个都坏，但确实占一定的比例。姓冯的这位经理，是在比例之内呢还是之外呢？"女人坏了就有钱！"这是社会上流传着的另一句话。假如姓冯的是个坏男人，自己跟了他，也就自然而然地成了坏女人……

"你说怎么回复人家为好？"

"你看着办吧！这样的事情，我决不能草率决定。"

"那得等多少日子？"

"不会超过三个月。"

"不有些漫长？"

"他等不得，就另找啊！"

"倪副教授，人家已经准备好了一张百万元的支票，作为聘礼，还给你准备好了一处 120 平米的楼房……"

"好啦，好啦。我得去上课啦。"

"你听说过'抹了这个村，没有下个店'吗？"

"你听说过'死了张屠夫，不吃带毛猪'吗？"

4

对于纪学明这人，既不能不相信，也不能全相信，总之，多留一个心眼比较好。他的积极性来自何方？她一直存有疑问。姓冯的是否给了他十万小费？不然，他何苦操这份闲心！不管怎么说，她不能被人耍了。要想不被人耍，就必须掌握真实情况，这需要时间。所以，纪学明的一再催促，实在令人讨厌！

课上得并不顺利，不时响起冷笑声，还夹杂着嘀咕声……突然，有个学生举起了手："报告！"

"林春时，你有什么事？"

那个叫林春时的男学生站了起来："老师，那个分子式，你写错了。"

她忙看黑板，是写错了，她脸色顿时涨红，忙改……课讲完后，留下十五分钟，布置学生们看看课文，有不明白的地方，提一下。然后，她走下讲台，来到林春时的课桌旁，随手拿起了桌上的一个硬皮笔记本子，掀了一页，只见上面写着："世界上到处都充满了利益，不是这利益，就是那利益。利益猛烈地烧烤着某些人的心神，使其时时都在亢奋。在这整个的亢奋过程中，有些谨小慎微者，尽管亢奋，却在临近行动之际停止了脚步；另一些人，道德底线尚存，在亢奋突飞猛进之时，感到有损他人利益之嫌，于是就放弃；还有一些不管三七二十一的人们，他们唯利是图，心中不停地念叨着：'人为财死，鸟为食亡'，'人不为己，天诛地灭'……行动上，无了顾及，因而错误频频发生，罪恶也就不难接踵而至。但也有在利益面前从未亢奋过的人，他们始终保持着清醒的头脑。属于自己的，坦然去拿，这叫取之有道；不属于自己的，决不去抢，这叫遵纪守法；见他人的生命财产处于危急之际，能挺身而出，这叫见义勇为；见有人生活拮据，就慷慨解囊，这叫助人为乐……这是些道德高尚者，他们是社会进步的前导，是社会安定的脊梁，是社会和谐的楷模。他们何以能如此？道德！道德！是中华五千年的传统美德铸造了他们的灵魂！"她看过一遍，再看一遍，然后问林春时："你这是从哪里抄来的？"

"从我爸爸的本子上抄来的。"

"是他自己的感悟，还是抄了别人的？"

"一位老教师说的。"

"这位老教师叫什么名字，在哪个学校任教……"

"他叫程同，在我们家乡中学任教。"

"他直接教过你吗？"

"没有，但对他并不陌生！他对学生要求特别严格，作业错了，往往找上门去……听说他发表过许多教学论文，还经常在家乡的报刊上发表文学作品。有一篇散文《雨天的记忆》，我记忆很深……"

"你这个本子我拿回去看看，明天就还给你，行吗？"

学生怎么能说不行呢？林春时双手拿起本子，递给倪老师。

回家的路上，倪玉萍不停地思索程同的那段话："世界上到处都充满了利益……"我是不是也被利益迷住了眼睛？上亿的家产，百万的支票，120平米的楼房……那个叫李春的中学教师，面相比他好看多了，可惜没有楼房，别说120平米，就是50平米也好啊！甭管大学教师，还是中学教师，毕竟都是教师，职业相同，共同语言多些；弄个公司老板，跟他说什么呢？只是李春还没办手续……

"车！车！车……"有人喊道。

她猛抬头，已经来不及了，一辆机动三轮拱到了面前……

5

伤势并不重，住院三天后，已经感觉不到什么了。她当时一闪，机动三轮一躲，左小腿撞上了前车轮。车主是个中年汉子，收破烂的。事故一出，他急了满脸汗，忙跳下车，搀扶伤员上车，说送医院。倪玉萍看着他那个焦急的样子，心里很难过：他一定是个乡下人，收破烂一天能赚多少呢？她说你走吧，我坐出租车去医院。车主立即泪如雨下，从钱包里掏出五百元钱，塞到她的手里，哽咽着说，身上就这些了，请先拿着，家里还有两千，明天就送来。她没要，招呼了一辆出租车，就走了。她躺在病床上，心里很熨帖。小腿骨头出了1.6厘米长的裂缝，打上石膏，已经不疼了。花费不足一千，何苦勒索一个收破烂的？况且，责任不全在他！"世界上到处都充满了利益……"让点利益给别人，有什么不好？

10点，护士领着冯经理来了，他带来了鲜花和许多水果。

"冯经理，你……"她想起来。

"别，别……"冯经理忙上前按住她，既殷勤，又关切。

"冯经理，咱们的关系还没发展到这一步，请你自重。今天你来，多少有些多余。"

"好，好。我明白，我明白……"他诺诺连声，后退两步，坐在了椅子上，"听说你出了点事故，很担心，就来了。"

"已经来了，也就来了。"

"是的，是的。今天绝不谈你我……伤得怎么样？"

倪玉萍就说事故的经过和小腿骨的受伤情况……

"你太善良！这年头，收破烂发大财的有的是。"

"那人很憨厚，绝不是那类有钱不想往外拿的主儿。"

"你只看了个表面，怎么就知道了他的内心？"

倪副教授不说话了，转脸向里。冯经理感觉出来了，倪副教授对他的话可能不感兴趣。他内心里嗖嗖刮起了冷风：本来想套套近乎的，这可好，偷鸡不着蚀把米，弄巧成拙了……

"倪副教授，你歇着吧，我走了。"

"好，好。你慢走。"

"这是一张支票和些零花钱……"

倪玉萍忙爬起来，但冯经理已经走了。她忙抓来手机拨号，很快就通了，她直嚷："冯经理，请你赶快把支票、现款和水果统统拿走，我只接受那束鲜花！拿走了，我们还可以继续谈；不然，就此了结。"

"你，你……你怎么能这样？"

"我就这样！"

6

　　没觉着似的，跟李春见面已经过去一个月了！光这样叫人家干等，是不是有点太熬煎人？不行也就不行了吧，给人家个准信，也不失认识了一回。李老师有许多优点，但城区没有楼房，可是个不小的缺陷！人，不是神仙，衣、食、住、行……哪一样缺失了都不好过。富足与贫穷，绝对是两个概念！"有钱能使鬼推磨！"这话是不是说得有些太损？你看好了一件物品，交上钱，就可以拿走；你兜里没钱或者没有那么多钱，干着急，无可奈何。现实就这么明明白白、清清楚楚地摆在每一个人的面前，不承认行吗？冯经理的钱比李老师多多少，难以计算；他其他方面可能有些不足，但一美遮百丑，这就足够了。自己担心的那些、疑惑的那些，也许都是杞人忧天，根本就不存在……

　　出院已经有些日子了，纪主任来过电话，特别是冯经理，已经来过好几次电话了，回回都要求来看望，光拒绝总不好吧？真答应他来，还能再打官腔吗？吃着碗里的，看着锅里的，不是正经女人的做派……她掂量再三，终于拨通了李春的电话。

　　"喂，哪一位呀？"

　　"李老师，听不出来了吗？"

　　"你是倪副教授吧？"

　　倪玉萍笑了："是啊，是啊。李老师，你还好吧？"

　　"好，好。倪副教授，太感谢你了，你能主动给我来电话，太求之不得了……"接下去，他就说电话号码如何如何找不着了，想打电话没办法，干着急；然后又说自己跟家属之间的争吵，说着说着，就说开了乐教授，说人家多么多么豁达、多么多么乐观，说人家净遇好人，找了个女人善解人意，儿子也还通情达理……

　　"我说李老师，咱长话短说吧，电话上拉家常，多有不便。"

　　"好，好。你一来电话，我又高兴又激动，满肚子的话都想向你说说，就唠叨开了，请你别介意，有话就说吧。"

　　"咱做朋友吧……"

李春早有思想准备,听了这话,虽然不感到突然,但还是有些吃惊:"那就不做夫妻了?"

　　倪玉萍笑了两声,说是恁个意思,接着就劝他,说别怎着怎着了,安顿下来好好过吧,一个家庭妇女多么不容易,你就别计较了……宽容是一种美德啊,高高手让她过去吧……

　　"我说倪副教授,这个话题就到这里吧!你是不是已经有了?"

　　倪玉萍又笑了两声,说道:"怎么说呢?这样说吧,初步有了个目标……"

　　"应该祝贺你!谈话到此似乎应该结束了,可我还想多说两句,说对了,你别感谢;说错了,你别上怪……"

　　"哎呀,我说李老师,你打这么多预防针做什么,有话直说多好呢!"

　　"当今世界,物欲横流,金钱到处闪光……我请求你不要被金钱眯住了眼睛!"

　　"非常感谢!李老师,你的话我记下了。"

第二十章 "为政以德"及其他

1

"小雪"后三天,落下来一场薄薄的小雪,刚刚盖过地面。赵珍忙着去扫雪,程同阻止道:"不要扫,不要扫。"

"你管这个干什么,又没叫你扫?"赵珍有些不耐烦,继续扫。

"你先歇歇,我跟你说几句话。"赵珍只得停下。他说有一年初冬下了一场小雪,薄薄的一层,刚刚盖住地面,校长就发号施令,叫全校师生一齐出动,打扫校园。他就阻止,说小雪不大,太阳一出就融化了,正好滋润下地表,扫它做啥?可别做那种破坏性的事!校长不听,还是扫了。"校长有权,人家不听,咱无办法。目前,这个家院由我们二人主持,你还是听我一回话吧!"

"那好,我正好歇歇。"

"就是嘛!何乐而不为?"

赵珍忙活早饭去了,程同来了兴致,看着小雪,看着东方冉冉升起的朝阳。阳光落在雪层上,尤其明亮。没过多大会儿,雪层化了,地表湿漉漉的,好舒和人心。他略有所思,忙到屋里找纸找笔,疾书道:"小雪一层薄薄,扫它多有不妥!阳光一照融化,大地滋润欢乐。"反复诵读,觉着诗味不浓,难登大雅之堂;但又一想,有做诗之意,有解诗之意,诗意往往在诗外,只看表面,可能显得浅薄,挖掘一下呢?不扫,任其融化,有益;扫它,花费劳动,反而无益。总之,做一些劳而有害的事,太不好了……

弄了半天,又进入哲理了!哲理太深奥,不好驾驭,他想不下去了,但对"滋润"二字特别喜欢，滋润，滋润……他忽然又想到了什么，忙写道："道德滋润精神，精神支配行动，行动日积月累，成就指日铸成。"他念一遍，再念一遍……摇着头叹气，叹着气摇头，觉着没有诗味，刚要揉搓了扔进垃圾桶，但又觉着虽然没有诗味，却还有其他意思！他不由得想起了吴铨老师，年轻的时候是把锋利的小镰刀，年老了也还一身正气！继而想起了三婶子，她一个女人家，拉扯着七个孩子过日子，是什么力量支撑了她？还有李春，一个高小生，能拿到本科学历，能成为中学高级教师，能在家乡的土地上广受父老乡亲们的爱戴，又是凭借了什么？他走了有些时日了，究竟怎么样了呢，是不是仍在怄气？他的面前还有好多艰难……马壮马校长，也不失为一个好人，尽管有些毛病；还有他的夫人柳清明，多么有正义感的女性！学校里，村庄里……好人遍地都是！他们何以能够如此？"道德滋润精神……"王维信呢，韦林呢，吴梅呢，杨萍呢，郑起呢，韩树林呢，苏枝花呢……他们的身上还有道德的影子吗？他们的精神已经掉进污水坑里去了！人世间，多少是是非非啊，多少恩恩怨怨啊，都是怎么产生的呢？好从何来，坏从何来，是从何来，非从何来，恩从何来，怨从何来……道德！道德！有道德，鲜花盛开；无道德，丑恶滋生……

"吃饭吧！"妻子招呼他了。

"稍等一会儿。"

"天冷，别凉了。"

"你先吃，过一小会儿我就吃。"

2

早饭后，赵珍收拾着碗筷，就听有人敲大门，程同忙走出屋门外，喊道："谁呀？"

"我！郑起，听不出来吗？"

"家来吧。"程同随口说了这么一句。

郑起慢腾腾地走进屋来，程同没有起身，拍了拍沙发，说这里坐吧。郑起坐下，叹了口气。

"家来几天了？"

"半个月了。"

"那么些日子了吗？"

"二哥是个实在人，怎么也说开了假话？你早知道了，只是装不知道罢了。我知道你生我的气，就不去看我，装不知道。不看也应该，你住院时，我不是也没去看你吗？有来有往，不来不往……"

"欣欣他姥爷，你……"赵珍有些不满了。

程同阻止她，咳了一声，笑道："郑起，我就喜欢你这直筒子脾气！人家都说你是头直肠子驴，直肠子驴有什么不好？"

"别净说难听的！"赵珍向他使眼色。

"这不难听。嫂子，让二哥说吧。"

"说话直截了当，不拖泥带水，是一大优点；但是，兄弟，你做起事来，怎么恁不叫人放心呢？你多大年纪了，六十几了……怎么还恁张狂呢？你把李春一家……"

郑起的头耷拉了下来，他说："我不是人，我连条狗都不如……我知道这回能捡回这条命来，全赖二哥暗中做工作，才及时动了手术；不然，早烧成灰了……"

"人家王田英就盼你早一天死了！"

"这个，我知道得清清楚楚。"

"那就好，但只清清楚楚太不够了！清清楚楚之后再怎么办？"

郑起的头再次耷拉下来，几乎落到腔沟里去了。程同见他这样，猜测他有了一定程度的悔悟，就想往深里劝劝他，问他听说过浪子回头金不换这句话吗？他说听说过。程同顺着话口往下劝，说不犯错，当然好，但不犯错的人有吗？我们都是凡夫俗子，不是神仙，都吃五谷杂粮，都尿尿、拉屎、放屁——这尿尿、拉屎、放屁就是一种错误！你往外排泄脏物，污染环境，不是错误是什么？所以说，人活着，每天都在犯错误。因为人人都犯类似的错误，也就不把它算作错误了，还想办法变脏物为宝贝,弄到地里长庄稼,坏事变成了好事。你为什么就一条道跑到天黑呢?你不能改吗?你不能浪子回头金不换吗?他越说越激昂,话就留不住了!他说人要脸,树要皮——树剥了皮,用不了多少日子就枯死了,人呢?人要没了脸,还活着做什么?也许你会说,不要脸的人倒是有,可人家不活得好好的吗?这要分两种情况说:第一种,人家改了,人家要脸了,人家浪子回头金不换了,人家当然活得好好的了;第二种,他暂时还活着,表面上还好好的,实际上正在苟延残喘,如果继续作恶,厄运很快就会到来。就说你吧,这次之所以能及时做手术,是你二哥做了工作。这个,我用不着你感谢;锡明拿上两万,也应该,因为郑兴兰是他媳妇,但这钱不是树叶子!就是两万张树叶子,也得有人一张一张地去捡。钱是一个一个的汗珠子摔成八瓣换来的!这两万块钱做点什么不好,送到医院里做啥?拿也就拿上了,可他们不疼得慌吗?如果有病,或其他伤害,还情有可原……

"我,我我……我去问兴富要!"

"兄弟,我刚才说了,王田英就盼你早日死了拉倒,你别再去搭那一撇子了。郑兴富虽然是你的儿,但他也不是不恨得你牙根痒痒……明理还用细讲吗?"

"那就叫锡明一个人扛着?"

"没有别的办法。"

"我不信,我就是不信!"郑起的驴脸陡然愠怒了。

"你可以不信,反正我信。弄了半天,你别把我的意思弄反了,我不是问你要账的,我要你浪子回头,要你改邪归正。你要再闹出乱子来,我就再也没有办法破解了。村人常说,再一再二不再三……"

郑起啥也没再说,疾然站起,转身就走了。他脚步很快,瞬间跃出屋门,等程同走到院子里时,人影早已不见了。

"走了就走了吧,还去追他做啥?"

"人家来到咱家里,是客,得送送。"

"他有个客人的样子吗?"

程同笑了笑,坐回沙发,打着哈欠,不说话了。

3

夜里,程同只睡了一小觉,起来小解后,就再也睡不着了,辗转反侧,痛苦不堪。没有办法,他只得拉着灯,坐起来,披上短大衣,翻开了《论语》……

"深更半夜,又看什么?"

"你睡你的,别管我。"

"我是你什么人,能不管吗?"

"唉,你不管我,就是关心我。"

"你有病啊!我怎么听你在说胡话?"

程同想解释,但一句话两句话能解释清吗?他觉着还是不解释为好,于是就哀求道:"允许我看十分钟吧!"

赵珍听了他这话,也就不吱声了。

翻了几页,猛然见到了"为政以德"这句话,他盯了一眼,再盯一眼,盯了十几眼,他合上本子,拉灭了灯开始思索。"为政以德"可能是孔子思想体系中的一条主线,但这条路并没有走通。他周游列国,诸侯们听他说教的不多,该怎么征讨还怎么征讨。"为政以德"对不对呢?当然是对的,但世界上的事物是复杂的,光"以德"是解决不了问题的。这就像一个中药方子,光有人参是治不好病的,还得有其他辅助药物。有人讲:"人之初,性本善。"也有人讲:"性本恶"。人性到底是善还是恶?人性的本源来自生物性,即自私性。不论微生物、植物,还是动物,它们要想生存,就必须从外界攫取食物。人类从生物界分离出来之后,已经文明化了,但这种生物性(自私性)是否也甩掉了呢?没有!一个牙牙学语的幼童,拿着一块糖块,你问他要,很乐意给你的,不多。成年以后,这种现象没有了,但更深层次的问题,表现得比这还突出。两个饥肠辘辘的人,遇到了一个馒头,可能有如下几种情况出现:二人分而食之;一人抢而食之,一人无可奈何;一人抢而食之,一人跟他争夺;

一人宁愿饿死,不食,拱手让另一个人食之;一人让另一人食之,吃了有劲,好走路逃命,如有可能,找到吃的,回来救他……第一种情况,公平公正;第二种情况,不公出现了,需要社会舆论评判;第三种情况,存在刑事问题,需要公安介入;第四种情况,闪烁着人类道德文明的光辉;第五种情况,既闪烁着道德文明的光辉,也闪耀着人类智慧的亮光。所以说,只"为政以德"显然是不够的。此时的程同,还没有读过《韩非子》,韩非是否说过"为政以法"的话,不得而知,但在他的著作中,一定有"为政以法"的思想。"为政以德"和"为政以法"是一柄双刃剑,缺一不可。当然,应以"为政以德"为主,"为政以法"辅之。由此推而广之,就想到了"为人以德"和"为人以法"——即便是一个普通老百姓,也得以道德立足于社会,并且遵纪守法。想到这里,他就后悔白天郑起来的时候,忘了用这些思想劝说他……想到这里,他就吆喝赵珍:"我说欣欣奶奶,今天白天忘了用孔子的思想说郑起呢……"

"哎呀,你这人是怎么了?俺听街坊邻居都说,郑起只上了两年半小学,考试还回回不及格。他这样的一个二百五,能听懂'为政以德'了?你那不是对牛弹琴?欣欣爷爷,别胡思乱想了,睡吧!穷折腾什么?你的神经是不是出了毛病?明天得上医院看看……"

他长长地嘘了一口气,裹紧被子,眯了眼……也许是真困了,不多会儿就睡着了。怎么有人敲门,开了门,郑起来了,他喜出望外,忙让座,并说你来得正好,我正要去找你!他就说"为政以德",说"为政以法",说"为人以德",说"为人以法"……郑起不以为然,唱着走了。锡明妈妈来了,流着眼泪说他,他就解释,锡明妈妈生气,坐上一块云彩飞走了。赵珍又说他:"怎么样,读书读糊涂了吧?"马壮马校长来做什么?怎么一句话不说就走了?从大门外拥进来好几个人,有李春,有周云,有钱玉娟,有郑经文……祊河涨水了!水流湍急,打着旋儿,急急东下。河堰决了!他在前面跑,水浪在后面追,眼看就要吞没他……"救命啊!"他终于喊出了声。

"锡明爸爸,你怎么了?"

"没有怎么,做梦了。"

4

　　吃着早饭，赵珍说他神经衰弱。他说可能有点，但不严重。赵珍说严重了就晚了，还是去医院看看吧。他点了点头，说可以。早饭后，收拾了碗筷，他们就上路了。

　　枣岭镇医院他并不陌生，不少医生护士都认识他，但关系很铁的也没有。他到内科门诊室里一坐，坐诊医生就站起来打招呼，并说要他先看。他摆了摆手，说不，按次序来。轮到他看病了，医生问他哪里不舒服，是否腿又疼啊？他忙说不，赵珍接话，说睡不好觉，多梦。医生一边问着一边写处方，不多会儿，处方就写好了。他拿着处方往外走，医生直送到门口，并一再嘱咐他多休息，少用脑。他答应着，一再表示感谢。划过价一看，竟然1398.00元！赵珍说这点小毛病，怎能这么贵呢？程同说，现在兴开大方，你一汽车把所有的药物都拉走，他才高兴呢。赵珍要回去改处方，程同说算了，人家开了大方，能拿回扣，咱扫人家的兴做什么？知道了，以后少来不就行了？拿了药，走到医院门口，又碰上了那位医生。他哈哈地笑着，说这都是好药，滋阴壮阳的。程同应和着，没多说话。

　　"吃完了再来啊！"

　　"好，好……"

　　走出医院大门，刚要上车，一声吆喝把他镇住了："程瘸子，不在家看书，来此何干？"

　　不是别人，是姜士成，姜疙瘩。

　　"你来这里做啥，不去扒树皮？"

　　"那个，咱不干了！"

　　"你舍得，谁不知道你的……"

　　"知道就好。我不干这个干那个，你寻思我就会出憨力？老子现在给人家看大门，每月两千……怎么样？"

　　程同竖起了大拇指，姜疙瘩张大嘴巴，哈哈大笑着走了。走出老远，他又喊:"程书呆子,快回家去,看书!"

"人家在讽刺你……"赵珍说。

"我知道。各人有各人的活法,讽刺什么?"

"以后还是少看点吧,神经不好……"

"好好好……走吧!"

刚拐上国道,斜刺里跑来一个穿军衣而没戴领章、帽徽的年轻人,一声不连一声地直吆喝:"程同大爷,程同大爷,程同……"

小伙子跑到眼前,程同左看右看,不认识:"年轻人,认错人了吧?"

"大爷,你过富了,不认得你这个穷侄子了?我叫李公范,小名叫歪,我爹叫李碾……"

"哎呀,原来是公范侄儿到了!"

说话间,四只手就紧紧地握在了一起。程同笑着自责,说自己老了,眼睛昏花了,不认人了。李公范说这他知道,大爷千万别往心里去,又说自己没出息,当了三年兵,好歹弄个党员回来了。想当年,大爷说破嘴皮子,叫他好好学习,他就是不听,现在后悔晚了。一个初中生无用!他要是个高中生,经过这三年的锻炼,完全可以去考军校……

"侄儿啊,别说这些啦,越说越叫人心里难受……咱说点令人高兴的吧!咱们的眼睛一定要向前看,脚步更要往前迈……"

小伙子擦了擦湿润的眼睛,说道:"大爷,行,我听你的。"

"侄儿啊!咱回家吧,有话有的是日子说……"

"好,请你把行李给我带回去,我随后就到。"

赵珍忙说:"侄子,你上来吧。"

李公范把行李放到车子上,说带带行李就蛮好,他上去太沉,大娘骑不动……说完,他就跑了。

路上,赵珍问有关李公范的事,程同直叹气,说孩子很聪明,就是调皮……说起这些来,程同感到很惭愧,他没有把三婶子的这个孙子教育好,实在对不住三婶子,对不住李碾兄弟,更对不住孩子;再往大处说,对不住党和国家!如果李公范能上完高中再去当兵,孩子的前程肯定是不可限量的……

赵珍说："这也不能全怨你啊！"

"咱别时时事事都原谅自己，行吧？"

听口气，他又生气了！赵珍就不再说话，一个劲地蹬脚踏子。没用半个钟头，他们就来到了李碾家的门口，但锁着门，没办法，只得奔三婶子家。三婶子可能早就知道了，已经坐在大门首等着了。

"唉，唉！二侄儿，侄媳妇，上哪去来，没遇着我孙子？"

二人忙下了车，一边说着李公范的有关情况，一边往下拾掇行李，还说年轻人走路快，这时候可能也进村了。

"家里坐会儿吧！"人逢喜事精神爽，三婶子满面春风。

"就不啦！三婶子，你往家拾掇拾掇吧，俺该回家弄晌午饭了。"

听了赵珍这话，三婶子有些不快："怎么还吃晌午饭，这么短的天……"

程同笑了："孬脾气，几十年了。"

"知道是孬脾气，就得改呀！"

"改不了啦！你也得快做饭，你孙子饿了……"

"我不做，饿了就叫他到你家吃。"

听了三婶子这话，二人同时答应着，哈哈地笑着走了。

5

第二天一早，就有人敲门。

"欣欣奶奶，你快去开门，可能是公范来了。"程同在床上穿着衣服，急急忙忙地说。

等到他穿好衣服，来到明间，李公范已经来到堂屋门首了。

"侄子，快屋里坐，我就知道是你。"

李公范到屋里坐下，笑道："我昨晚上就要来的，我奶奶不让，她说晚上不拜访老人……"

"三婶子可是人好心好！"赵珍说。

"听着了吗，公范？我们石波浪村最属你奶奶人缘好！你大娘才来了几天……"

"人家三婶子好就是好，不是我一个人说的，全村人都说。"

李公范笑道："大爷大娘，咱就不说这些了。"说着，他就从军大衣的口袋里摸出两瓶"宁夏红"来，放在饭桌上，接着脱下军大衣，披在程同身上："大爷大娘，区区薄礼，请别嫌少。"

程同忙把军大衣拿下来，就往侄儿手里塞，李公范忙推……程同急了，嚷道："酒我收下，军大衣我有……"

"去年回来，已经给我爹一件了。"

"那就给你奶奶压脚头！"

"我也是这样想的，可是奶奶不要，是她叫我送给你的。"

赵珍说话了："那就收下，等两天我套床新被，送三婶子压脚头。"

程同笑道："就那样吧。你买豆汁油条去吧，咱请公范吃早饭。"

李公范哈哈连声："多谢大爷大娘。"

赵珍走后，沉默良久，李公范吞吞吐吐地说："大爷，俺想跟你商量件事，但又怕你笑话……"

程同笑起来："这孩子，小时候那么调皮，哪句气人说哪句。现在怎么啦？说吧，说什么我都不笑话。"

"是这样……"李公范嘴一张开，就闭不上了，话语如流水，滔滔不绝起来。他说昨晚上，街坊邻居挤了满满一屋，喝茶、抽烟、说笑，自不用说，可在不经意间，也透露了一些不满情绪，说现任村支部书记郑开昌和村主任张学立靠卖地发了财，还有人说郑开昌扬言谁也怎么不着他，他愿怎么做就怎么做，想怎么做就怎么做……

"吃饭吧。"赵珍回来了。

程同到饭桌旁一坐，对李公范说："过来，边吃边说。"

"时候一大，人越走越少，最后剩下几个光腚长大的好友，说最近要换届选举，怂恿我露露脸……大爷，这事能干吗？"

"你想不想干呢？"

"我年轻毛嫩，就怕干不了；但想想大家伙儿的议论，又折不了这口气……"

赵珍把最后一点豆汁都倒到李公范碗里,程同把最后一根油条也拿给他,他就是不要,说饱了。

"年轻轻的,不差这点儿。"程同说着,油条就锥进碗里去了。

李公范吃完了,觉着有些饱,站起来打了两个饱嗝,走出门外,到厕所方便了一下,回来一看,大爷正在大白纸上写毛笔字——"有志不在年高,无志枉长百岁"。程同放下毛笔,回头看了侄子一眼,问道:"怎么样?"

"很好啊!"

"既然很好,那就干吧,别凉了大家伙儿的心。"

"可是现在得买选票……大爷,你能不能……"

程同笑了笑,叫他坐下,说这事得好好商量一番。他说你年轻轻的,怎么能走那条路呢?这是一条罪恶之路啊!一条丧失党性的路,一条违背民心的路……别人能走,你不能走。

"人家花了钱,我不花钱,人家能选我吗?"

"孩子,你只知其一,不知其二啊!"到了这个时候,他情绪上来了。他点着了一支烟,吸了两口,咳嗽了几声,继续往下说:"如果用钱买选票,你花一千买一张,人家花一万买一张,你摽得过人家吗?"

"这不就想起问你借钱吗?"

程同无可奈何地笑了!他又吸了几口烟,咳嗽着解说自己的经济情况……他说这还不是主要的,前边已经说了,这是一条罪恶之路,他不支持。他说如果正当,可以给你借……

李公范泄气了,他站起身来,说道:"大爷,俺回去。"

"怎么,回去?我还没有把话说完啊!"程同急了。

"你不借,还说什么?"

程同走近他的身边,按了按他的肩膀:"坐下,坐下……孩子,你对石波浪村的情况虽然也了解一些,但不具体、不详细。我劝你还是虚心一点,多听多问。昨晚上,不是有人说郑开昌、张学立卖地贪钱吗?具体是怎么回事,你进一步了解来吗?"

李公范重新坐下,说大爷你就说说有多好呢!他把烟把扔了,就一五一十地说开了"卖地贪钱"的事。他说十多年前,程锡庆以每亩每年200元的价钱,承包了咱村北湖里100亩土地,期限30年,有正式合同书。去年春天,他把杨树伐了,把土地全部转让给了一家工厂,每亩每年2000元,期限仍是30年。当时全村炸了锅!有人到镇政府告状,镇政府说承包合法,转让也合法,还说别看人家发了点财就红眼,谁叫你们不承包的?回来一说,大家都泄了气,风波渐渐平息。也有人找过他,当时觉着也不好办,因为手续齐全,而且村支书和村主任都签了字。后来他仔细考虑这事,还是挖到了其中的猫腻:30年的转让期,应分为两段——前20年和后10年。前20年,还在承包合同期内,程锡庆尚有权转让;后10年,他就没有这个权利了。党支部和村民委员会应向全体村民公布此事,讨论处置办法,这才公平公正,但此事却是在全封闭的状态下进行的! 10年,200万,小数目吗?他们三人竟然私分了!怎么私分的呢?说法不一。一种说法,还按10年前的标准,扣除承包费20万,还剩180万,三人平分了,每人60万;第二种说法,没扣除承包费,三人平分了……至今仍在街谈巷议,几乎每一个村民心里都窝着火。

"孩子,在这换届之际,你只要表明态度,绝大多数党员和村民都会拥护你的,何苦去花钱买选票啊!"

李公范一下子跳了起来:"那好,大爷……"

"你别急呀,大爷还没说完。"

李公范重新坐下,两眼直瞅着大爷的脸,笑道:"你说,你说。"

程同长出了一口气,笑道:"我还得教训你几句!"

"你别说教训几句,打我两把棍子,也不反犟!"

"好,我说。"程同精神大振,又把自己对"为政以德"和"为政以法"以及"为人以德"和"为人以法"的全部理解,讲说了一通,然后问,"怎么样?"

"我一定不胡作非为,讲道德,讲法律……"

李公范走后,赵珍忧心忡忡,她说:"你这样怂恿人家,出了事怎么办?"

程同笑道:"天上的云彩掉下来,砸破了头皮怎么办?"

第二十一章　大雪纷飞的日子

1

冬至刚过，一场大雪铺天盖地而来。

程锡明骑着摩托车，冒着纷纷扬扬的大雪往家奔。他跑到大门首，把摩托车停在门楼子底下，抱着刚刚买来的暖气片，一忽儿就跑进了堂屋。正在看电视的赵珍慌忙站起来，埋怨道："大雪天，你跑颠什么？"她边说边给他打扑身上的雪。

"给您买了个暖气片，好几天了，也没来得及送……"

"俺有煤球炉子就行了，你买那个做什么？"老爸说着，就从里间里走了出来。

"夜里太冷……"

"俺没有恁娇惯！多少年了，不都过来了吗？"

赵珍就瞪他，说已经买来了，就别再说孩子了。程锡明啥也不说，只顾忙着拆包装，拆完了，才问："爸爸，放在北墙根间吧？"

"行啊！管怎都行。"

程锡明把暖气片搬进里间，不多会儿就喊起来："你们来吧，一会儿就暖和了。"

程同进来，坐在床沿上。赵珍进来，搬过欣欣爷爷常坐着看书写字的那把椅子，叫锡明坐下。她随即坐在床沿上，惊喜道："是有暖和味了。"

"这个快。真觉着热了，拔下插头就行……"

"你回去吧，厂子里忙，欣欣妈妈一个人不行。"

"你听你！孩子好不容易来一趟，你撑得人家屁不在腔里，哪有你这样当老的？锡明，别走，我还有馅子，包碗饺子，你吃了再走。"

程锡明眼睛湿润了，啥也没说，低下了头。赵珍包饺子去了，程同轻轻地叹了口气，说道："欣欣这些日子怎么样？"

"没什么，就是他姥爷家又出了点事，怪烦人的。"

"郑起又闹鬼？我刚说了他没几天……"

儿子说大前天，欣欣姥姥哭着到了他那里，住了一夜，第二天就到兴富那里去了。据她说，郑起弄了个叫杨萍的女人家来鬼混，她说了几句，郑起就打她，她走投无路，就跑出来了……

听了儿子这些诉说，程同点着了一支烟，吸了两口，然后问道："欣欣妈妈什么态度？"

"她说不管了，任他作去吧。"

"既然欣欣妈妈这样说了，你也就随着吧。没有什么好办法！前不久，他来找过我，我说了他一狠顿……该做的事，咱做了；该说的话，咱说了，就是感动不着他怎么办？吃屎的狗离不开秫秸窝！老百姓说的这话，太有道理了。大人不作不大，小人不作不死。他想作死，咱拉不住他。杨萍那娘儿们，臭名昭著，靠替人生孩子发财……她来找郑起，为了什么？明眼人一看就懂，郑起也不是不懂，但他就是那种人，生就的骨头长就的肉……"

"你别说那些了，歇歇吧。你操那些闲心做什么？欣欣爸爸，你去扫扫雪吧！雪下了有一拃深了，还没住……"正在明间里包饺子的赵珍说话了。显然，她对老头子多管闲事有些不满。

"下完了再打扫。"

"还得走路吧，先扫出条路来！"

"姨妈，你别急，我这就去扫。"程锡明说着，跑出屋门外，拿起竖在门旁的扫帚，就干起来。雪仍在下着，但没有先前大了，零星雪花飘着，很有耐心的样子。

大门一响，有人推门进来："兄弟，忙什么？下完了再扫。"来人是程锡庆，他小五十了，但身子骨很硬朗，乍一看，也就是三十多岁。

"大哥，快来！屋里暖和暖和。"

程锡庆怀里抱着个纸盒子，竟然和他买的那个暖气片一模一样。程锡明就笑了，说要知道你买，他就不买了。听了这话，程锡庆先是一愣，接着忙哈哈大笑，说两个也不多。他说着嚷着，就进了屋。赵珍忙起身招呼他们坐，两人相互打扑了打扑身上的雪花，就坐下了。

"婶子，俺叔呢？"

没等赵珍说话，程锡明就吆喝起来："爸爸，锡庆大哥来了！"

程同答应着，从里屋里走出来："锡庆来了？"

程锡庆忙站起来，说了好多热情话，又把暖气片双手抱着，送到老叔面前。程同连连推辞，说你弟弟已经给买了，但程锡庆怎么也不让，说弟弟买了是弟弟的心意，他买是他的心意。

"给你爹娘吧！"

"我已经给他们买了。"

"那就拿回去你们自己用。"

"俺自己也有了。"

赵珍包好了最后一个饺子，站起来说："您爷儿们别争啦，先留下再说。大侄好心好意送来，可不能拒人家的面子……"

程锡庆笑了，程锡明也笑了。程同没笑，无可奈何地叹了口气。

"二叔，走吧，下雪没事，到我家喝两盅。"

程同说什么也不去，他说自己不胜酒力，但程锡庆就是不折气，说我不姓程了吗？又说二叔你跟俺爹是亲叔兄弟啊！我请你喝酒你不去，我哪件事上得罪过你？赵珍也说，程锡明也说，程同没了言辞，只得跟着程锡庆走。

2

程锡庆的爷爷是老大，程同的爹是老二，亲兄弟俩。也就是说，程锡庆与程锡明是堂叔兄弟，论血缘关系相当近，但实际上并不亲密。远的不说，就说最近十几年吧，程锡庆承包那100亩地的时候，并没找他商量，合同签订后，才告诉他。程同还能说什么呢？程锡庆畏难发愁，说一无资金，二无技术，怎么办？单纯种庄稼，收入不可观。当时，程同给侄子提了个建议，说栽树吧，栽杨树，不用高深的技术，头五六年里，还不耽误种庄稼。程锡庆听了他二叔的话，日子逐年好转，称白糖一回称10斤，但1两也不给他爹娘。有一段故事至今流传——有一次他到郑二憨的商店称白糖，开口又是10斤，称好后拿走，很快又拿回来，但商店关了门。他刚要回头走，郑二憨回来了，笑着问道："不够秤是吧，只有9斤……"程锡庆大发雷霆，说你明知故犯，什么居心？郑二憨满面堆笑，说那1斤刚送给你二老了，给1元跑腿钱吧！程锡庆恼羞成怒，破口大骂，两人闹了个不亦乐乎。事后，郑二憨找程同诉苦，程同把程锡庆结结实实地数落了一顿……从此，爷儿俩结怨。在这种情况下，程锡庆转让土地当然不会找他商量。也亏得没找他商量，要是找他商量，不又得吵一通吗？奇怪的是，大雪天里送暖气片，还请他喝酒……程锡庆怎么啦，发癔症吗？

程同在雪地里一瘸一拐地前行，脑子里不停地转悠着这些乱七八糟的事情，他实在把不透这位堂侄的脉搏……一个打滑，他差点摔倒，程锡庆忙上前搀扶，他说不用，程锡庆说可别犟了，你腿脚不好，要出了差错，他可担当不起。没有办法，程同只好让他搀扶着，一直走到家。

凉菜已经在桌，热菜也已放在热锅里了。见老叔来了，侄媳妇忙拾掇，一会儿就弄好了。

"二叔，你上坐。"

"你爹娘呢？"

"叫过啦，雪大，他不来。"

"我这个瘸子都来了，他们俩腿脚比我好……"

程锡庆看着媳妇说道："那就再去叫叫。"

"还是你去吧！"

程锡庆无奈，起身走了。

侄媳妇倒了杯热茶，端给他喝。他喝着茶，啥也不说。这位侄媳妇，也不是让人户，男人孬种，她比男人更孬种，跟她没的说。

"老庄舍邻，都说新来的婶子好。"

"好，好……"他随口应付。

"每逢遇着，老远就笑嘻嘻地跟俺说话。"

"她就那样……"

爹娘离他们不远，程锡庆一会儿就回来了，说还是嫌雪大，不来了。既然如此，那就喝吧。三杯酒下肚，程锡庆把真货拿出来了：他说昨晚支部换届选举揭晓，李公范胜出；郑开昌回家哭了一夜，跟李公范走得近的，喝了一夜欢庆酒……

"二叔，俺有一件难事……"侄媳妇直言不讳，就把担心转让土地的事被翻腾出来的话说了，接下去又说二叔跟李碾一家子关系不错，请给说说，千万别叫李公范带头翻腾那事了；只要能按下，他们忘不了他的好处，也忘不了二叔的好处。

"我一人给您10万！"程锡庆嗓音洪亮，两手高举，十个手指头一齐乱动弹。

程同一直阴着脸，一言不发。他点着一支烟，默默地吸着……

"二叔，你看这事怎么样呢？"程锡庆急了。

"我看不怎么样。"程同终于说话了。

"怎么能不怎么样呢？不就是说几句话吗……"侄媳妇似乎更急。

程同苦笑了！他说这件事是一个萝卜两棵葱吗？别说说两句，就是说千句万句，我也能说，但人家听吗？就算我跟李碾一家子关系不错，那都是一碗糊粥几个煎饼的小事，怎么能跟这样的大事相比？再一说啦，就是李碾听我的，三婶子听我的，李公范听我的吗？人家是退伍军人，共产党员，又年轻，刚刚选上，能不考虑自己的前途吗？怎么能随随便便听别人的胡言乱语呢？程同扔了烟把，喝了口茶，叹了口气，说咱别耍小聪明了，等着吧，人家不翻腾，咱谢天谢地；人家翻腾，该一是一，该二是二，是咱的，别人抢不去，不是咱的，咱不要了……

"这样，不就清心了？何必像现在这样提心吊胆！"

程锡庆从八仙桌子上拿来一个用红纱巾系成的小包裹,锥到二叔怀里。程同忙往外推,随即站起来,慌慌张张地问道:"你这是做什么?"

"你先拿着再说!"程锡庆直嚷。

"拿着吧,二叔……"侄媳妇也帮腔。

"锡庆,你怎么能对我这样呢?"

"二叔,区区10万,小意思。事成之后,再给你10万……"

没等程锡庆说完,程同就站起身来走了。

"你快去追呀!"媳妇哭泪洒洒地嚷道。

此时的程锡庆已经没了那份耐心,他气急败坏地说道:"算了吧,小庙的神,担不起大香火!程瘸子这个老东西,城里四乡有名,人们都说他死硬眼子一根筋,瞎眼犍子走路,一条路走到天黑,钻了死胡同,撞不死不回头,撞死了,也就不能回头了。他一个1964年毕业的本科大学生,混到现在这个样子,还不够可怜吗?别指望他能办成件事了……"

"那怎么办呢?"媳妇擦着眼泪说。

他没回答,忙打电话给郑开昌,接着又打电话给张学立……

"你快炒菜吧!还是得跟他们俩商量……"

3

雪住了,但仍没放晴。有风,不大,一阵一阵的。卷起的雪花打在脸上,冰凉冰凉的。程同走到程锡庆他爹娘的门前,稍一停,就进去了。雪没有打扫,他走过去,留下了清晰的瘸子走路的痕迹。他到屋门口一站,拍了下玻璃门,笑道:"大哥,你猜谁来了?"

程锡庆的爹叫程传仁,上过几年私塾,识字不少,对儒家学说有一定程度的认识;毛笔字写得也不错,全石波浪村的婚丧嫁娶,都得请他。近些年,他不大露面了,一则年纪大了,反应有些迟钝了;二则儿子不孝,留下些笑话,每每提起,实在有损脸面。因此,露脸不如窝在家里。今年春上,他拉了几天肚子,治好后,不知为什么,耳

第二十一章 大雪纷飞的日子

朵聋了,就更不愿到人多的地方去了。老天下雪,他连到院子里晒太阳也不能了,只有坐在煤球炉子旁烤火……怎么好似有人敲门,也好似有人叫他?"蓉蓉她姥姥,是不是有人来?"

老伴比他聋得早,也厉害,见他张嘴,但听不着声音,就直摇头。这时,程同推门进来了。老两口子忙站起来,睁睁眼再睁睁眼,当认出来人是二兄弟后,两位老人几乎同时惊呼道:"是你呀!"

程传仁拉着程同的手,大嫂子拿过来马扎子。坐下后,哥哥问小弟话,渴吧?程同说不渴。又问,饿吧?程同说不饿。然后说,不渴也不饿,一定害冷!他念叨着,把炉门拨开了……

"这煤球炉子,是锡庆给你弄的?"

"他舍得花钱吗?是你大侄女弄来的。"

"刚才,他来叫你去喝酒了?"

"他还叫我去喝酒?4两白糖他都舍不得……"

"给你买过暖气片吗?"

程传仁苦笑道:"大兄弟,你今天是怎么啦?他连4两白糖都舍不得,怎么还舍得买暖气片?别提他了,我没有他这个儿!好歹还有五个闺女……"

一切似乎都明白了,程锡庆心里根本就没有亲爹亲娘,怎么会有他这位二叔呢?又送暖气片,又请他喝酒,还送他10万元……这孩子处世为人的套路已经形成了,说教恐怕不起作用了。再跟他爹娘讨论这些,显然也是多余,他们耳聋,说话就得动喊声,太不方便了。这里离程锡庆的宅院不远,如果被他听着,又多是非……想到这里,他不得不站起来,向大哥大嫂告辞。

"忙什么,暖和一会儿。"程传仁抓住了他的手。

程同嘴贴着老哥的耳根说,出来老大会儿了,得回去了。程传仁点头说,那就走吧。程同刚迈出屋门槛,老哥又喊他,递过来一根手杖,说拿着这个,你也六十多了,不是小年纪了,腿脚又有毛病,可不能粗心大意……程同接过手杖,连声致谢。

"你听你,谢什么?堂叔兄弟,远啦?"

"不远，不远……"

"就是嘛。哈哈哈……"

他笑，程同也笑，只是笑得并不舒心。他看着老哥年老体衰的那个憔悴样子，儿子儿媳妇又都那么心胸狭窄，一阵阵的酸痛就不停地直朝心窝子里涌……他不让老哥出来，硬拉过门来，走了。

雪花又在飘，风似乎也大了，风卷起的雪溜子，顺着街筒子跑得很快。天好似也比来时冷了，但他腿脚不好，不敢走快。也就是500米的路程，他走了半个钟头，到家时，嘴唇都有些发青了。赵珍忙把他扶上床，盖上被，压上大衣……

"程锡庆怎么不送送你呢？"

程同就说那场酒，又说路过他爹娘的大门口，进去坐了一会儿，看着老哥老嫂子那个样子，心里很不好受……

"你打个电话给欣欣爸爸，叫他来把那个暖气片送给程锡庆的爹娘吧。你那件大衣，也该送给三婶子了。"

程同稍愣，说行。赵珍抱起大衣走了，他忙拨儿子的手机号……

4

第二天，天气放晴。程同推开屋门，只见一轮红日滚出了地平线，阳光直照得眼睛都难以睁开了！"……须晴日，看红装素裹，分外妖娆……"

"你说什么？"正在打扫雪的赵珍听他高声吆喝，就停住手中的活，一边擦汗，一边问他。

程同就兴致勃勃地解释开了那几句词……赵珍一边打扫着雪，一边听着，脸上浮现出安详的微笑。雪培了三大堆，紧接着她就往外端，程同说话了："我说欣欣奶奶，就别费那个劲了，让它慢慢地化吧，化的雪水渗入地下，正好滋润一下我的白果树根……"

赵珍笑道："你早说有多好呢，我把雪都培在白果树上！"

程同摇头，说那样并不好，他说树根已经扎得院落的角角落落都是，培在哪里都一样……话没说完，手机响了。

"喂，哪一位呀？"

手机里传来了一位女士的笑声，接着问道："你是程老师、程哥哥吧？"

"我叫程同。你是谁呀，声音很陌生啊？"

"你刚找了个老伴叫赵珍，是吧？"

"是的，是的……"

"那就好了，你叫她接电话吧。"

程同忙把手机递给赵珍，赵珍忙问："谁呀？"

手机里立即传来了张霞那清脆的笑声："老姐姐，我是张霞啊！五个多月不见了，想死俺了……"

一听到张霞的声音，赵珍就哭了！她说俺也想你，可惜走得慌忙，连你的电话号码也忘了记，多谢你给俺打电话，不知你是怎么知道的手机号码。

"我想去找你一趟，我有满肚子的话要跟你说，电话上不好拉家常。不知你同意吧？老程哥哥能同意吗？"

赵珍赶忙说道："我巴不得啊！我跟老程说说，一会儿就给你回电话，行吧？"

"那好，我等着。"

挂了手机后，不等程同问，赵珍就说张霞，说在那些痛苦的日子里，张霞是她最知心的姊妹。张霞很有正义感，对韩树林跟苏枝花鬼混，她恨之入骨，既当面骂过韩树林，也当面骂过苏枝花……

"既然这样，那你就快回电话吧，就说欢迎她光临。"

就在赵珍给张霞回电话的时候，大门忽然被推开了，一位邻居慌慌张张地跑进来，小声说了几句话。程同惊愕，不由自主地说道："怎么能是这样？"他来不及告诉赵珍，就急急忙忙跟着那位邻居走了。

5

原来是程锡庆的娘老了！怎么老的，昨天不是还好好的吗？那位邻居不说，说快去吧，去到就知道了。他急急忙忙赶到，只见大嫂子已经躺在灵床上了。大哥见他来，抓住他的手就呜呜地哭起来。他晃着程传仁的肩膀头，一声不连一声地劝说大哥，程传仁不得不停住哭声，边擦眼泪边抽泣。程同问："怎么能是这样，昨天不是还好好的吗？"程锡庆的爹又泪如雨下，哭泣着说昨天临天黑，魏春花跑来发疯，说她爹娘还没用上暖气片，你怎么就用暖气片？俺送过一个给程同，他儿送给你的这一个就等于是我们的……她蛮不讲理，抱了暖气片就走，老嬷嬷去夺，被她推倒了，但仍不折气，直追到她家，非要回来不可！追进儿子的家院，儿媳妇从屋里蹿出来，就跟老婆婆抓挠在一起。可怜八十多岁的老嬷嬷，怎能敌得了四十来岁的儿媳妇？没用几下子，她就被魏春花弄倒在地……程锡庆蹲在屋门槛子上，叼着一支烟，一副若无其事的样子，好似眼前打架的不是他娘和他媳妇，更不是他媳妇在用脚踢他娘，在用拳头捶他娘。打够了，两口子回到屋里，关结实了门。老嬷嬷老半天才爬起来，回到家里，跟老头子一说，程传仁也没好好安慰她，而是声色俱厉地呵斥道："他们没有人肠子你不知道吗？你跟他们闹，能闹出什么里（理）表来……"她哭着到床上躺下，一会儿喊叫着难受，程传仁叫她忍着点，他去请医生。也就是一顿饭的工夫，医生来了，她早就没气了……

既然这样，还说什么？程同只有安慰自己的老哥，给老嫂子磕了三个头，烧了几张黄表纸，走出门外，握着办丧事的头领晁老四的手，拜托他多尽心。晁老四沉着脸，怒气冲冲地说道："你们老程家的事，怎么这样难办呢？"

不等程同答话，另一个人开了腔："程教授，你得去叫程锡庆。"

程同拱了拱手，笑道："程锡庆连他爹娘都不放在心里，我这个当叔的算老几？现在，家族已经毫无权威。别说我还不是族长，就是族长，我也毫无办法……还是你们去叫吧！真叫不来，你们不会走吗？

或者把事交给村民委员会。"

晁老四的脸色渐渐阴转晴,他说道:"老兄,错怪你了。你回去歇着吧,我们自有办法。"

6

程锡庆的娘出殡那天,天阴着,飘着零星雪花。大街小巷,到处都有人,三个一群,五个一伙,都在议论程锡庆娘的死,大家都说老嬷嬷死得太冤,老天都为之悲伤了。看看这飘飘下落的雪花吧!每一片雪花,就是一朵小白花,这是为老人家戴孝啊……

忙到响午,程同感到体力不支,就对晁老四说了一声,回来了。一入屋门,见赵珍正在跟一位四五十岁的中年妇女说话,那妇女见他来,忙站起身来,脸一红,刚要说话,却被程同抢了先,他笑着问道:"这位就是张霞妹妹吧?"

"是啊,是啊。程老师真是好眼力!"

"我猜的。这两天,赵珍不停地念叨你。"

他们说道了一阵子,就吃午饭。饭罢,程同说自己还得去看看,叫赵珍就别去了,陪客人好好说说话。赵珍和张霞都说行,他就一瘸一拐地走了。

赵珍就说她这位死去的嫂子……说着说着,就流了泪。张霞也很难过,叹着气说道:"这是怎么回事呢?程锡庆与魏春花不是人生父母养的……"

赵珍说,她问过老程,老程说那两个狗东西确实不是人玩意儿,全村人都这样评论;进一步探究,就是失却了道德,渐渐也就无了人性……"

"苏枝花可能也是因这!"

"她现在怎么样了?"赵珍忙问。

"甭提了,她已经死了两个多月了!"

赵珍惊愕,急问:"怎么回事,叫韩树林害死啦?"

"我不敢说,我害怕,一想就浑身打哆嗦。"

"你怕什么?咱姊妹说话,还不担是非吗?你管说什么,我也不会到大街上败坏你……"

张霞开始打抖,嘴唇发青,两眼蒙泪。她哽咽着说道:"太血腥了!太可怕了!"

"她叫人杀了?"

"嗯。"张霞双手捂紧了嘴巴。

"你说说咱听听,还怕什么,杀人的和被杀的又没在眼前,说说怎么就怕成恁个样?我就怪胆小,弄了半天,你比我还胆小。也真是的!你就不会壮壮胆子?"

这也算激将法,立即就有了效果。张霞说苏枝花不是弄了韩树林130万吗?一张50万的存单,是农业银行的;另一张50万的,是工商银行的;30万的那张,是信用社的。为了向苏枝花表示忠心,韩树林把密码和身份证都给了她。别看苏枝花只有27岁,神通可就是广大!她曾经有过未婚夫,叫周四海,比她小一岁,为人老实本分,但家境比较贫寒。在没有更好的人依靠之前,他们勉强维持着那层脆弱的关系,但她心里一直窝了许多不满。一旦上了韩树林的床铺,她就跟人家撕破了脸皮子。跟韩树林鬼混了大半年之后,新的不满又一次溢满身心,她觉着韩树林尽管有不少臭钱,但毕竟已是五十挂零的老头子了,跟他长期鬼混,划不来。世界上女人不少,男人更多,她既然能跟五十多岁的老头子鬼混,为什么不可以跟更年轻一些、更漂亮一些、更具魅力、更帅气的男人鬼混呢?这回行动,她深思熟虑,因此也就有了较多的理性。不久,她就瞄上了邻村一位年仅29岁的名叫周建立的小伙子,可惜人家已经结婚并有了儿子。结婚有了儿子有什么要紧,韩树林不但已经结婚二十多年了,儿女都到了结婚的年龄,不是照样玩吗?结了婚,不可以再离吗?周建立能不能离婚,就看自己如何操作了!苏枝花有了如此"神圣"的想法后,就立即投入行动,周建立也很高兴地进入角色……当苏枝花胁迫周建立离婚时,周建立摇头了。苏枝花就亮出了自己的杀手锏,说自己手中有130万,并拿出了那三

第二十一章 大雪纷飞的日子

张存款单给他看，周建立看后倒吸了口凉气，惊呼了一声"我的妈呀"！苏枝花紧紧追问，周建立只得说回去商量，苏枝花两眼喷着火焰般的目光，恶狠狠地对他说："限你三天！"周建立频频点头，连连称是。三天后，苏枝花昂然走进了周建立的家！周四海一直还盯着苏枝花，因为她早就把处女宝献给了他。小伙子太痴迷了，为了探求一条走得通的道路，他曾经咨询过心理医生。心理医生对他说，用不着这样痴迷，那位女孩子既然那样了，就让她去吧，你再纠缠人家，没有意思了，也显得自己没有骨气，何必呢？周四海立即脸红脖子粗，但并不消气，他向心理医生陈述了两点意见：他家境贫寒，再找一个困难多多；他对苏枝花确实有好感。心理医生只得开导他，说那就耐心等吧，多关注一些她的行踪，一旦她有了回心转意的动向，就要抓住不放。为了关注苏枝花的行踪，他不再干建筑工，想方设法来到了韩树林的肉联厂。他的村庄与周建立的村庄中间只隔一条路，就跟一个村庄一样，所以关注起来，并不困难；而且苏枝花跟周建立鬼混的事，已经在两村中风传开了。周四海站在离周建立家大门口不远的一棵杨树旁，眼睛直盯着他的大门口，但从下午3点一直盯到6点，也没见有人出入。他困乏了，倚着杨树蹲下了，继而坐下了，很快就睡着了。直到10点多，他才被一阵脚步声惊醒，借着微弱的星光，他看到了两个身影，一男一女，男的推着一辆脚蹬三轮，女的扛张铁锨，紧随其后。他感到奇怪，但绝对没有意识到周建立两口子去埋苏枝花的尸首！他以为在自己昏睡过去的那段时间里，苏枝花早就回家了。他一直跟着，出村以后，为防止被发现，距离拉远了。离村一里路，有条东西公路，过了这条公路，他们就不知去向了。周四海无可奈何，只得回家。两天后，苏枝花的娘去问他见没见到苏枝花，他说没见到。苏枝花的娘说问过韩树林，也问过周建立，都说没见到。韩树林说没见属实，但周建立怎么也说没见呢？周四海本分老实，但不憨，他穷思苦虑了大半天，终于感到了问题的严重性，就打了个电话给派出所，把自己的所见所想都讲了出去，然后把手机卡抠出来，连同机壳装进一个塑料袋里，放进了抽屉的最底层……

说到这里，张霞缓了一口气，喝了几口茶，出去方便了一下。

"后来呢？"赵珍急需知道最后的结果。

张霞说，一般老百姓怎能知道怎么破的案？但也有些传言，说周建立两口子掠钱的欲望太强烈了，案发第四天，他就到信用社取款。派出所已经跟各金融单位打了招呼，没经几句盘问，他就露出了马脚，信用社的工作人员叫他稍等。电话很快打到了派出所，十分钟后，一辆警车即到，两位警察封锁了门口，另外两位警察进了内室，叫他到派出所一趟。周建立一见这情景，腿肚子的后筋一下子就转到了前边！到门口又见了两位警察，还见了警车，他慌不择路，撒腿就跑，但哪里跑得了？十步开外，他就被按倒在地。他喊："你们为什么逮我？"人家问："你跑什么？"他支支吾吾说不出话。人家又说："就是叫你到派出所里一趟，问几句话，只要没作恶，用不着怕。"到了派出所，没用半个小时，他就全部坦白了。当天就收捕了他的媳妇，苏枝花的尸首也在北湖里的一个树林子里挖了出来……

"是怪怕人，不过苏枝花也算罪有应得。"赵珍的心情终于有了些许轻松，"老天有眼，总算给我出了这口恶气。"

"赵姐，咱就不说这些了……"

"行，不说了。韩雪、韩铁怎么样？"

张霞稍一打愣，然后说道："很好，都很争气，韩雪家开了个零售肉店，韩铁沿街叫卖……"

"韩树林呢，没叫公安局逮去？"

张霞勉强笑了笑，说道："没有。说起来他也是受害者……"

"他还是受害者！谁害了他？"赵珍嗓音一下子提高了八度，冒火的两眼直瞅着张霞。

"苏枝花啊！她不是坑走了130万吗？"

"那不是她坑走的，是韩树林心甘情愿给她的。"

听口气，赵姐仍然对韩树林恨之入骨！张霞犯难了，她不知道怎么开口说她与韩树林的事，就怕一说，赵珍骂她贱骨头……

"他现在怎么样了？"

"谁呀？"张霞明知故问。

"姓韩的，跟苏枝花鬼混的那个孬种下三烂！"

"苏枝花一死，他又时来运转了，被苏枝花坑走的那130万，弄回来100万……"

赵珍立即黯然神伤："事情怎么会这样，事情怎么会这样……老天的眼又眯上了！"

张霞见赵姐这样，觉着光怕也不行，是福不是祸，是祸躲不过。丑媳妇早晚得见公婆！躲得了初一，躲不过十五，纸里怎能包住火？她大远路来一趟，为的什么呀？她攒了攒勇气，终于说道："姐姐，我命不好，一个月前，你兄弟出了车祸，死了……"她说着说着，就饮泣起来。

赵珍忙拉过来一条毛巾，给她擦眼泪，安慰她，说摊上了怎么治，就得认，兄弟可是个好兄弟，不像韩树林……怎么不撞死韩树林呢，撞死那个恶棍有多好呢！赵珍念叨着，恨得咬牙切齿。张霞理解赵姐的这份情绪，她也恨过韩树林，也恨得咬牙切齿，但现在情况不是发生变化了吗，我们能沿着一条路走到天黑吗？她想，赵珍不至于那么执拗吧！她擦干眼泪，再次攒足勇气，说道："埋葬了死人，韩树林就派人来说媒。来人说，韩树林痛哭流涕，说自己该死，说为什么撞死张霞的男人，为什么不撞死他呢？说他叫苏枝花弄得昏天黑地，对不住雪雪妈妈，但她已经另找了人，请不回来了。来人说韩树林非常同情我，一个女人单独过日子太艰难，求我能到他那里一起过日子，并说以后再也不敢孬种了……"

赵珍鼻子哼了一声，冷笑着问道："你就答应了，是吧？"

"没有，我就那么轻贱吗，赵姐？可是媒人隔三天五天就来一趟，闹得人成天心烦意乱，难以安生。我发了两回火，也不起作用。好歹给死人上了五七坟，娘家哥就来了，劝我改嫁。他说韩树林孬种，这谁都知道，但他现在宣布改邪归正，谁也不能不给他一步路走。俗话说得好，浪子回头金不换！毛主席不是也曾经说过吗？犯了错误有什么要紧，改了就是好同志。我哥还说，韩树林也不是穷汉……"

"说了半天，还是看好了人家手中的几块钱吧！"赵珍话里话外都带满了讥讽。

　　赵珍怎么会这样呢？张霞立即意识到，赵珍不是她姐了，也不是朋友了，而是敌人了！再说下去，还能有好话说吗？如果吵仗，何苦在人家吵呢？自己大远路来这里，就是为的吵仗吗？但也不能迁就她呀！迁就了她，回去怎么办……她不由自主地站起身来，举步向外，向外……走出大门外，也没见赵珍跑来挽留她，她不禁泪如雨下……

7

　　张霞顺街蹒跚……就这样回去？雪住了，太阳像个大火球，挂在西边杨树林的梢头，时间显然已经4点多了。这时候坐公交车，天黑之前也还能到县城，找个旅店住下，明天一早走，也还顺当，但这种走法，实在窝囊！程老师也会这样吗？据韩雪说，程老师是个讲理的人，也蛮会体贴人，她与韩铁来借点钱，虽然当时没有，后来还是给寄来了。就凭这一点，也能看出他的为人来。给他说一声，看他怎么说。他如果像赵珍一样，再走也不迟。于是，她问了声行人，就向丧主家走去。

　　丧主家正在打散场，程同随坐，喝了几盅。饭罢，他正在跟晁老四说话。有人叫他，说有个妇女找他，他一回头，只见张霞已经站在身边了。没等程同问她，她就先说了："程老师，俺走。"

　　"怎么，是我得罪了你，还是赵珍得罪了你？我今天有事，不是给你说了吗？赵珍不会慢待你吧，你们不是最要好的姊妹吗？"

　　"你朝这边走走，我再给你说。"

　　两人离开了人场子，站定，张霞就把她与赵珍谈话的内容大体说了一遍，并说她无法再待下去，只得走了。程同当即表示，要张霞谅解赵珍，她太恨韩树林了；并请求张霞冷静一下，同他一起回去，他有能力把这件事情解决好。既然这样，张霞还说什么？她就跟程老师一起回来了。进了大门，程同到锅屋里拿来个板凳，对张霞说："你先在这里坐一会儿歇歇，我去说说她。我会叫她来请你的。"

　　"好，程老师，你去吧。"

第二十一章 大雪纷飞的日子

程同推开屋门一看，无人！到里间一看，赵珍睡了，眼睫毛上还沾着泪水。他推了她一把，问道："怎么啦？"

赵珍睁眼一看，见欣欣爷爷回来了，就坐起来，穿上棉袄，用双手拢了拢头发，围着被，不动了。

"张霞呢？"

"滚啦！"

"你这个人怎么能这样，人家大远路来……"

不等程同把话说完，赵珍就哭了，边呜咽边说："她太欺负人！她男人叫汽车轧死了，又要跟韩树林勾搭……"

"别说得这么难听，张霞都告诉我了，人家是正儿八经结婚，既要领结婚证，也要摆宴席……"

"那更不行！"

"那怎么就不行呢？你以为你是谁呀？你已经是老程家的媳妇啦，你管得了人家吗？经过这次折腾，韩树林已经吃透了苦滋味，他正在改邪归正，重新做人。人家张霞都认可了，你为啥非做绊脚石呢？"

"张霞是叫那100万迷惑住了。"

"100万的事，张霞也跟我说了，起初她主张给韩雪30万，给韩铁30万，他们留40万，韩树林说行。后来她一想不行，不能忘了赵姐，就说给两个孩子各20万，给赵姐20万，韩树林也表示同意。从这件事上看，韩树林不是正在向好的方向转变吗？张霞作为一个农村妇女，能如此宽宏大度，谁敢说人家不好啊？"

"我听来听去，你也被20万迷住了心窍……"

"这就冤枉死人了！我已经向张霞明确表示过了，韩树林的钱，俺一分不要。领离婚证的时候，如果法庭判给，可以要一些；当时没办成，现在不再翻腾。再一说啦，给了孩子，跟给了我们一样。我对张霞说，我们每月的退休金够生活的，不想麻烦别人。"

赵珍把头埋进了被窝里，不说话了。

"欣欣奶奶，你说话呀！"

赵珍突然仰起了头："我说什么？我就是不能叫韩树林舒坦了！

我恨不能吃他的肉,喝他的血,敲碎他的骨头……"

程同禁不住哈哈大笑起来,笑了一阵,又说道:"要那样,你不成母老虎了?这么些日子了,你不像那么厉害的人啊!"

"没逼到那个份儿上,逼急了,兔子也会咬人。"

程同又笑起来:"要真那样,我以后可得小心。"

赵珍脸上渐渐浮现出了喜色。稍停,她说道:"我说欣欣爷爷,你看这样行吧,咱把张霞说给李春……"

程同摇头,说李春没办手续,张霞恐怕不会同意;李春真离了婚,也不会考虑张霞,他正在联系退休女工。赵珍反对他这样凭空猜测,叫他打个电话问问。程同就摸出手机,按李春的号码,电话很快通了,手机里传来了李春的问候,他先问二哥好,又问嫂子好,还说这些日子心里烦乱,也没联系,请多多谅解。

"你别絮叨这些啦,赵珍想问你个事……"没等李春说话,他就把手机递给了赵珍。赵珍一说张霞的情况,李春就推辞了,原因跟程同估计的差不多。

"怎么样?"

赵珍把手机递给程同,不说话了。程同只得再劝说,说望人方便自方便,望人瘸腿自己瞎了眼,宽宏大度一些吧,别小肚鸡肠啦!

"对谁都能宽宏大度,就是不能对韩树林宽宏大度。"

"那是为什么呢?"

"这个还用我解释吗?"

"韩树林跟张霞过好了,对韩雪、韩铁也有好处……"

"你说得天花乱坠,我就是不听。"

程同禁不住来气,脸色立即阴暗,一句刺疼赵珍的心的话冲口而出:"你是不是还念着韩树林?"

"程同,你也是一个没有良心的吗?你,你……"她说不下去了,号啕大哭。

哭声惊动了张霞,她忙跑进了屋……

8

张霞回到家的第二天,也正是给程锡庆娘上三天坟的日子。尽管心里窝着些疙瘩,但因为是近门,程同也还得到场。吃过早饭,程同给赵珍说了一声,就要走时,手机响了。他忙接:"喂,哪一位呀?"

手机里立即传来了一个陌生的声音:"我们不曾见面,但一说名字,你肯定不会感到陌生……"

"那你说吧。"

"韩树林!不陌生吧?"

程同高兴地回答:"不陌生。兄弟,我祝贺你迷途知返,浪子回头金不换啊!"

"程老师,别提那一桩了。别人一提,我就心惊肉跳,脚下要有个裂缝,钻进去得了,活着做什么,丢人现眼……"

"话可不能那样说!人都是吃五谷杂粮长大的,怎能不犯错呢?不过,你犯的错有些大!好在你能迷途知返,这很难能可贵。男子汉,大丈夫,能犯错,也能改错,好样的!"

"我说程老师,你就别给我戴高帽了,咱也别说这一节了。张霞不是去了您那里一趟吗?听说她回来了,我就去找她,被她骂出了门外……我求你说说雪雪她妈妈,别老记着那笔账了,还能真叫我死不行吗?高高手让我过去吧!我想给她20万,补偿补偿。她不要,我还有啥招?把我逼死,对她也没有啥子好处。请你问问她,是这样吧?张霞最听赵珍的话了,只要她支持我们,事情就有了八九成。如果她坚持使绊子,我的面前就死路一条了……"

"我说兄弟,请你不要太悲观。俗话说得好,天无绝人之路!但需要时间,请你耐心等待,我会说好她的。"

"还有一句话,不知当讲不当讲?"

"你说呀,怕什么?"

"雪雪妈妈如果还想回来,我欢迎。"

"好,我知道了。"他随即挂了手机。

赵珍忙端过茶杯，叫他喝口润润。程同喝着茶，赵珍问道："韩树林都放了些什么闲屁？"

程同喝了几口茶，就把韩树林的大体意思说了说，然后笑道："我看算啦！亏得张霞还听你的，要是不听，多没面子。咱就此放话，支持他们，也还不晚。如果一条路跑到天黑，张霞不听你的了，你的脸往哪里搁？以后，张霞与韩雪、韩铁关系搞好了，都不理你了，那多难堪……"

"好吧，"赵珍叹气道，"你说怎么办就怎么办吧。"

程同笑嘻嘻地把手机递给赵珍，说道："那就给张霞回电话吧。"

恰在此时，有人推门进来，一个，两个……一共五个，是程传仁的五个闺女。

"我这就要去的，等急啦？"

"二叔，俺另有事。"三侄女子快人快语。

"有什么事，说吧。"

"叫俺大姐说。"

大侄女子憨厚老实，不善言辞。她只摇了摇头，没吱声。

"他三姨，你说吧，谁说不一样？"二侄女子直瞪三妹。

小四小五也叫三姐说，三侄女子就连声叫二叔二婶子，说她娘时，两个人互相照顾，还可以；现在娘走了，撇下爹一个人孤苦伶仃，又八十好几了，耳聋眼花，她姊妹都不放心。给哥嫂说，嫂子一口咬定不管，说一个大活人，能吃能喝，担心什么？哥一言不发。她觉着，要无人照顾，爹用不了一年也……说到这里，三侄女子就哽咽了。听了这些，程同也就完全明白了，他说你哥这些年怎么对待二老的，你们还不知道吗？我看也就别指望他了，你爹娘就算没生养他，没有这个儿。这些年，不就是你们姊妹给大哥大嫂子送吃送喝啊？那就继续下去！你们每人轮流来照顾你爹三天，半个月一轮……最后他问："你们看这样行吗？"

姊妹们你一言我一语，赵珍也参与其中，都觉着这样也行。

"那就这样？"侄女们这么听话，程同顿时欢欣，随口问道。

小五慢慢站起来，说道："俺恐怕不好安排……"

小五在县城做买卖，忙得很。程同略加考虑，说道："你看这样行吧，小五：天气还冷，你把你爹搬到你家住俩月也行，仨月也行，其余的时间，由你四个姐管？"

"行是行，但现在还不能说定，等回去跟他爸爸商量商量再确定。"

"这样很好，你们回去都跟孩子爸爸商量商量……"

五个侄女子走后，程同来了高兴："我说欣欣奶奶，你看出问题来了吗？"

赵珍茫然，问道："什么问题？"

程同说家家都有一本难念的经，人人都会遇到难题，这就看当事人讲理不讲理啦，有没有道德品质啦。这事要跟程锡庆和魏春花商量，吵破天，打破头，也不会有结果。他直夸他的侄女子："你看这五个妮子，稍加指点，就认路……多好的孩子！"

"你是不是说我不讲理，擀面杖吹火——一窍不通啊？"

程同笑着摆手，连忙否认："俺可没那样说。"

赵珍没再说啥，拿过手机来，拨通了张霞的电话，说了几句，慢慢地关了手机。

程同哈哈大笑，说道："事情就这么简单，何必擦鼻子抹眼泪？"

9

"九月昭昭十月温，十一月还有个小阳春"，这句流传了几千年的民间俗语，还就是确切。雪后的天气渐渐转暖，每天10点以后，冰雪开始融化。下午1点左右，融化量最大，街道上的雪水淙淙地流着。这时，搬个小椅子，在庭院里一坐，晒着太阳，掀几页书，很是惬意。可是没过几天，寒流又一次南下，气温骤然下降，庭院里坐不住人了。吃过饭没事，赵珍看电视，程同坐在里间窗下的桌子前，看那些永远看不完的书，写那些永远写不完的文稿。又过了几天，雪花再次自天而降……

"姐，吃过饭啦？"

听到有人说话，赵珍回头一看，忙站起身来："他舅来啦！"说着，赵珍就给他扑打身上的雪。

程同闻声忙走出里间，笑道："兄弟来啦！"

程锡明的三舅叫董厚存，一个结结实实的农民。姐姐出嫁的时候，他还不满10岁，在送嫁的队伍中，是最小的一个。他扛个大板凳，跑在最前面。成人以后，他知道了姐姐与姐夫的婚姻内情，对程同由衷地产生了尊重，对外甥和外甥女也就多了几分关切……

"你来，也捡个好天气。"

程同的话里自然有诸多埋怨，董厚存不是听不出来，但这是关心，不能怪罪。他没有回话，只咳嗽了一声，就没有动静了。

"有什么事吗？"

"你听你！"赵珍回头瞪了他一眼，很快回过头来，问锡明三舅，"兄弟，吃过饭了？"

董厚存立即回答："吃过了，早吃了饭来的。"

程同倒过一杯热水来，叫他喝了，暖暖身子……到这时候，董厚存情绪才算稳定下来。他喝了几口热水，把茶杯放回吃饭桌子，吞吞吐吐地说道："姐夫，是，是……是这样……"

究竟是什么样？他说了个半截子话，又不吭声了。程同发急，但又不敢追问，他怕赵珍嫌他，无可奈何地点了一支烟。

良久，董厚存才说："姐夫！小二，出了点儿事……"

程同的头芯子直走凉气，但很快就过去了。他忙问："他三舅，你别怕，你说，出了什么事？"

"姐夫，你千万别生气！事情已经出了，光生气无用……"

"你别光担心我！到底怎么啦？叫汽车……"

"不是！他弄了公家的10万块钱，被朋友骗走了。"

程同把烟扔了，两手抱着头，老半天没说话……

"姐夫，你千万别太往心里去！"

"他三舅，你千万别瞒我！到底是怎么回事，你给我说清。"

话说到这个份儿上，还能再躲闪吗？董厚存只有竹筒倒豆子了。他说小二有个很要好的同学，想上黑龙江贩木头，但没有足够的本钱，想问小二借点钱。他问得多少，同学说 30 万最好，20 万也行。他说手头没有，但想想办法，可以弄 5 万。同学说，5 万你说得出口吗？不白使你的，你借给 20 万，仨月不出，还你 30 万。一方面，面子磨不开；另一方面，利益驱动，小二就给他弄了 10 万，并一再叮嘱他，这是公款，三个月一定得归还，也写了借据。同学很高兴，哈哈笑着说道："你尽管把心放在肚子里！"十天后，同学就来了电话，说钱交到卖主手里，卖主赖账，不给木头了……

"他的同学回来了吗？"

"还在黑龙江。"

"事情很清楚，他被同学骗了……"

董厚存长叹一声，说事就是那么回事，现在已经三个多月了，露馅了，科长向他交了底，十天之内把窟窿堵上，就算事情没有发生，写份检查，在科内说说拉倒；如果十天堵不上，小二的副科长就得给别人了；一个月之内堵不上，只得按贪污论处……

"姐夫，咱能眼睁睁地看着孩子受罪吗？"

程同立即泪如雨下……

"他舅，你有啥法，快说呀！"赵珍直盯着董厚存，催他。

董厚存擦了擦鼻涕，哽咽着说道："我能有什么好法？就得大伙都伸伸手，凑齐 10 万……"

程同直摇头，问董厚存："你能拿出多少来？"

"我把所有的积蓄都拿出来，不足 2 万，但就是再借点，我也凑足 2 万。"

"你是个好舅，但我不是个好爹……"

"姐夫，你不能恁心硬啊！"

程同又点着了一支烟，吸了两口，然后说道："我从前并不心硬，现在这心必须得硬起来。"

"那是为什么呀？"

程同只得再次重提小二提拔副科长的事，大家都高兴，他能不高兴吗？为了庆贺，他要了两桌菜，请亲朋好友来坐坐，一起乐和乐和，并给他妈妈上了坟……亲朋散去,他把小二叫到面前,掐破耳朵地叮嘱他,说这副科长也算公务员了,国家干部,但不是铁饭碗,干好了,可以升迁;干坏了,一样撸得干净;严重了,判刑劳改,甚至送了小命,都有可能啊!"厚存,你当时不是在场吗,忘啦?"董厚存忙说没忘没忘。"你当时还埋怨我说得难听,搅乱了孩子的心境……是吧?"董厚存再次点头。当时他一再强调,干部因贪腐落马的已经不少了,大的也有,小的也有,我们的脑子里应该有这些,警钟长鸣,前车之覆,后车之鉴……当时他是怎么说的?"爸爸,你儿是那样的人吗?"程同狠狠地把烟蒂扔在地下,用脚搓碎,又点着了一支。赵珍一把夺过来,扔进了垃圾桶:"别抽啦,也别说啦,歇歇吧。"

"不抽可以,不说可不行。我是心硬,但不硬行吗?以前我掐破耳朵嘱咐,他全当了耳旁风。这回要不叫他发发热,知道点利害,增长点记性,用不了多久,他还会旧病复发……到那时候,谁还能救得了他?"

"现在已经可以了,见了我活喊啊!"

"不行,叫他再难受几天!你那两万先别拿……"

"过两天再给他倒可以,可你不能叫我白跑这一趟啊!"

程同只得解释他的经济情况,他说以前没有什么积蓄,不久前遭了车祸,花干净了;近几个月,积攒了万把块钱,但还有四千块钱的账等着还……

"实话告诉你吧,我手中没钱;就是有钱,暂时也不能给他。这个狗东西,太气人了!"

"姐夫,就是借你也得给他准备一万!你是他爸爸,不能太绝情,我姐姐要还活着……"董厚存号啕大哭。

赵珍扯过一条毛巾给他擦眼泪,劝说他:"他三舅,你别哭。那一万块钱,他爸爸不出,我出,我借也给他借足。不是还有九天吗?第八天上,我保证送到锡志手里。"

董厚存爬起来走了,赵珍忙去送,赶到大门口,喊住了他,把自己的围巾给他围上,把棉帽子的耳朵抹下来,拍了一下他的肩膀,说道:

第二十一章 大雪纷飞的日子

"走吧!雪大,路滑,多加小心。"

"姐姐!"董厚存哭着跑走了。

回到屋里,从里间里传来了欣欣爷爷的哭声,她忙跑进里间,见他趴在床上饮泣,就忙过去拉他:"你哭啥呀?一个大老爷儿们家,怎么学开了娘儿们样……"

程同止住哭声,哽咽着说道:"我的命太苦!锡明那时,我一心供他,但就是没考上。丫头还算可以,考上了师专。顶数小二争气,考上了本科,工作了三年,就做了副科长……我高兴了好一阵子,可现在为什么非用这样的重锤砸我不可呢?"

"我说欣欣爷爷,你千万别自己糟践自己了,月有圆缺,天有阴晴,谁家天天喜事临门?"

你还真不能小看了赵珍!她这几句话太有水平了,哲学意味满满的……程同坐起来,擦了擦眼泪,不哭了。

"张霞那里不是还有20万吗?咱打个电话给她,叫她给咱寄10万来……"

这话说得就太没有水平了!

"我们已经说不要了,就不能再要了。好马不吃回头草,为人不能言而无信,反复无常……"

"那就打电话给韩雪、韩铁,叫他们给寄点来。"

程同连摆手加摇头,连声说不行:"那四千是给孩子的,怎么好意思再要?当时实在没有,弄了那么点去,太寒碜。如果再要,还叫孩子把我当人看吧?"

"这也不行,那也不行,工资本上那一万总得给他吧?"

"你不是说第八天上送去吗?"

赵珍轻轻嘘了一口气,说道:"你到底还是他爹,虎恶不食子。"

"他个狗东西,太叫我失望了!他要真有正经用处,多了我借不出,三万两万还是有办法的。"

这时,屋门外响起了郑兴兰的喊声、哭声……

10

　　老两口子闻声，忙走出里间，问出了什么事，哭什么？
　　"我爹死了！"
　　晴天霹雳！
　　"什么？听人说，昨天他还在疤瘌腮的饭店里喝酒来啊！"
　　赵珍过去，拉郑兴兰坐下，劝她别光哭，把该说的话说出来，叫欣欣爷爷做啥，也说清，好想办法。爹死了难过，这谁都知道……郑兴兰擦了擦眼泪，抽泣了几声，说道："今天一大早，来打工的人说，北湖路沟里冻死了一个人，我忙着活，没多追问。没过多大会儿，我大爷家二哥跑来说，那人可能是他三叔……一听这话，我才慌了手脚，忙给我哥打电话，我哥刚'喂'了一声，手机可能就被我嫂子夺去了，她说：'郑起死了，我们早就知道了，俺不管，他与俺无关系……'爸爸，你说这事……"郑兴兰又哭起来。
　　"你别哭啦！光哭中啥用啊？你把你哥的电话拨通，给我。"
　　郑兴兰拨通郑兴富的手机后，递给了老公公。程同接过手机，郑兴富正在发牢骚："不是已经给你说了吗？又来电话做什么？"
　　"我是你大爷程同！"
　　程同的这一声吼，把郑兴富惊醒了："大爷，是你呀！我说话莽撞，请大爷原谅……"
　　"我说兴富，你别耍滑头打官腔，你爹的事你知道了吧？"
　　"知道啦，昨天夜晚10点了，疤瘌腮来要酒饭钱，说我爹喝酒吃饭没交钱，父债子还，叫我替交。我说他有钱，多了没有，三千两千还是有的。疤瘌腮说郑起说了，他的钱都叫杨萍那个小浪娘儿们弄去了……不过，他并不疼得慌！钱嘛，有了就花，花没了再想法弄……他说杨萍那小浪娘儿们，还不满四十，跟咱个六十多的糟老头子睡，不图钱图啥？他喝了一斤还不罢休，又去拿，疤瘌腮不叫他喝了，去夺酒瓶，他不给，一膀子扛了人家老远；问他要钱，他说要钱没有，要命有一条。他说着，趔趔趄趄，还扯破嗓子喊叫着'妹妹你大胆地往前走啊'，向北湖走去……大爷，他死了，大家都清心了，不很好吗，你怎么还要责备我？"

听完了郑兴富这一通絮叨，程同长长地叹了一口气，说道："大侄，你爹的为人，谁都知道，就别说了。现在，他已经死了，你不管行吗？"

"怎么不行？"郑兴富理直气壮，大声回问。

"大侄，不知你还能听我的话吧？"

"只要你说得对，我就听！"

"那好……"程同就一条一条地分析给郑兴富听。他说第一，郑起是你爹，不但生了你，还养了你，并且供你上到高中，没供你上大学，是因为你没考上。只这一条，你就没有理由不给他送终。他说第二，活人不能跟死人一般见识。程同说，他不信神，人死了，一切都结束了，人死如灯灭，你一个大活人，跟个什么都不知道的死尸怄什么气？收尸、送葬，是做给活人看的，叫人们知道他的儿女还是人玩意儿，不管他生前如何，还给他举行了葬礼，送了终。第三，程同说，如果你不给他送终，人们会怎么评论呢？当然不会有人说郑起好，但也不会有人说你好。这就给世人留下了一份谈话的资料……这样你觉着怪好吗？第四，程同说，你不收尸，公安机关就得按无名尸体处理，但社会舆论不会就此停止，你还是免不了社会舆论的谴责。第五，程同说，如果有人告你，你可能还得吃官司。挨了惩罚，收尸送终的事还得做，哪如自动承担起来好呢？第六，程同说，你不管，你妹妹管了，你面上就怪好看吗？总括后四条，都是你不管此事所产生的恶果，你可要想好……

"大爷，你说的这些我都明白，可王田英她糊涂……你来说说她吧！"

"我不去。你要真想通了，就拿我说的那些理由解释给她听，我就不信王田英那么不明事理……真说不通，你去找她爹……"说完，他把手机掐了，还给了儿媳妇，"你快回去，叫着锡明，再去找你哥你嫂……"

郑兴兰走了，虽然抽泣着，但脚步挺快。

"欣欣爷爷，这样行吗？"赵珍一脸无奈。

"不这样，你说得怎样？"

赵珍说不出话，只有长吁短叹。

"等等看看再说，天无绝人之路。"

11

雪花又开始飞扬。大自然真的太奇妙了，你看它制造的这些雪花，多么精致，谁能制造得出来呢？程同站在门外，呆呆地看着飞雪出神……

"你站在外边做啥，不冷？"赵珍嫌他了。

"不冷！冷什么？"

"不是下雪了吗？"

"冷雨温雪，下雪不冷化雪冷……"

"好好好，反正都是你有理，不说这些了。你屋里来，穿穿这件刚打成的毛衣，合适不合适？"

正试着毛衣，李公范来了。

"公范，怎么样？"赵珍笑道。

"挺合身啊！大爷，还不快快谢谢我大娘？"

说笑一阵子，然后坐下，话入正题，李公范说支委和村委已经做了研究，准备起诉郑开昌、张学立、程锡庆，想请程同给写起诉书……

"我看还是协商解决为好。"

李公范说，他与村主任程锡岭一起，分别找他们三个都谈过了，就是张学立态度还好一些，郑开昌和程锡庆态度都非常恶劣，声言跟他战斗到底……

"大爷，既然这样了，我还有退路吗？"

"你应该到镇里，向镇委书记或镇长反映反映情况，看他们怎么说，然后再确定下一步……"

李公范说，都找了，他们说人家手续齐全，你折腾什么？教训他不要新官上任三把火！想显示自己的能力可以，但要找准突破口，不能乱来；更不能看着人家的钱包鼓了就眼红，那样会赔了夫人又折兵……李公范说，亲朋、同学、战友，能征询意见的都找了，多数人都劝他，别弄了，说这人不好得罪啊！鼓励的也有，但说"智取华山一条路"，就是打官司……

　　程同又一次叹气道："那就打吧。"

　　"那你就给我准备起诉书吧！"

　　程同眉头皱了起来，紧接着点着了一支烟……

　　"大爷，你是不是害怕呀？"

　　"我估计你会说这样的话，一时想不妥怎样向你解释为好，所以为难起来。这样说吧，不读哪家书，不识哪家字。写起诉书，得懂得有关法律条文，我这方面的知识太缺乏了。不是说不可以写，但写肯定写不好。是不是害怕呢？应该说也有点，不是怕别的，是怕程锡庆，特别是他那个媳妇魏春花……他们不讲理，秀才遇着兵，有理讲不清。我们是近门，他们要跟我闹，我怎治……"

　　李公范沉吟良久，说道："是有难处。"

　　"请个律师吧！"

　　"行，大爷。就这样吧，我走了。"

　　程同紧忙站起来送他，李公范回头阻止，说你行动不便，就别出去了。程同笑了，说就是瘸点，走路行了。雪已经停了，地面上落了薄薄的一层。

　　拉开大门一看，门楼底下蹲着一个人，竟是程锡庆！这实在有些出乎意料，神情难免尴尬。

　　"你，你……你蹲在这里……"程同不知怎么说好了。

　　"怎么，这里不兴我蹲吗？"

　　李公范啥也没说，紧三步，走了。

　　"锡庆，你今天是怎的？你跟我就这个说话法？"

　　程锡庆呼的一声站起来："就这个说话法啊，怎么，不行？"

这就应了那句俗话：话是话赶的，兔是狗撵的。程同的火气腾地蹿上了头芯子："不行！我这个大门口不许你蹲……"

"不行，我说啦！不许蹲，我蹲啦！你怎么着吧？"

"你给我滚！"

"我不会滚，你教教我吧。"

吵闹声惊动了大街小巷，街坊邻居渐渐围拢过来，三婶子也过来了，说了程锡庆几句。程锡庆不让，大声喊叫："这里没有你说的话。别以为你孙子当了村头，就充起人来了……"

"你说什么？"三婶子嚷着，就扑上前去……有人扶住她，劝她消消气，这么大年纪了，生这些闲气做什么。老人家叹了一口气，擦了把眼泪，走了。

赵珍出来，拉欣欣爷爷回家，他不回，挣脱赵珍的双手，径直向北走去。

"你上哪？"赵珍喊他。

他不吱声，一瘸一拐地顺街前行。突然，程锡庆的二儿从人群中跳出来，从后面照准程同的屁股踹去。他猝不及防，一溜狗抢屎，趴在了雪地里……

12

程锡明闻讯，急急忙忙骑上摩托，跑到国道上，截来了辆出租车，把爸爸和赵姨妈拉到枣岭医院，进了急诊室，挂上吊针后，又跑去请法医。拿到法医鉴定后，他跑出医院，直奔派出所……派出所所长高伟看了法医鉴定后，叫程锡明先回去，说得开个短会研究一下，半个小时后就出警……

程锡明并没有走，他蹲在派出所门外静候。果然，半个小时后，一辆警车呼啸着，直奔石波浪村而去。他心中稍安，慢慢地站起来，回到医院。

那辆警车驮着一位警官和两位警员，跑到石波浪村，察看了现场，血染的雪地还在，又访问了附近的十几个村民，都做了笔录。然后，那位警官向所长报告了情况，请示行动方案。

"抓吧！"报话机里传来了高伟沉重而坚定的嗓音。

警车刚进派出所的大门，程锡庆的摩托也尾随而入……

在所长办公室里，高伟和程锡庆进行了一场像模像样的唇枪舌战：

"兄弟，你摸摸心口窝，良心还在吧？"

"你有什么话就直说，用不着拐弯抹角！"

"你们为什么抓我的儿子？"

"你们为什么对一个六十多岁的退休老教师下此毒手？他怎么招你惹你啦？他还是你的堂叔，你有良心吗？"

"他，他……"

"他什么？说不出来了吧！"

程锡庆不得不把心中的疑虑说出来，他说新上台的支部书记李公范要起诉郑开昌、张学立和他，要翻腾那100亩地的转让案……而程同在家闲得筋疼，当起了李公范的帮凶……

"你怎么知道的？"

"今天上午，李公范到他家里待了两个多钟头……"

"街坊邻居，串个门也不许吗？"

"他们一定没有好事商量……"

"就算他们没有好事商量，你管得着吗？"

"哎呀，我的好兄弟，咱不是铁哥儿们了，你怎么一点也不为我着想……那件土地转让案要是弄明白了，俺就惨了！"

高伟从烟盒里抽出两支烟来，扔给了程锡庆一支，自己点着了一支，吸了几口，吐罢烟雾，说道："我管不了那么多！公安部门只管刑事犯罪，不管民事纠纷……"

"我那50万白给你了？"

高伟冷笑道："我就知道你要赖我，拖我下水……但我有言在先，那钱是我借你的。你要用，提前三个月声明，我会一个不少地奉还，并且按银行利率付息……"

"我没有寻思你这么狡猾！"程锡庆哽咽了。

"你就不想想，哪个派出所所长会为50万砸烂自己的饭碗？请你别再犯傻，再也不要把你儿子踹程老师和那50万混在一起说话了，这是两件事……"

"这么说，你不管了？"

"我怎么能不管呢，我不是把他抓来了吗？"

"噢，你是说的这个管啊！"

"我不说这个管，说哪个管呢？你们在光天化日之下，殴打一个年过六十的退休教师，良心何在，公理何在？你可能以为我们曾在一起喝过几场酒，称过兄，道过弟，我得帮着你，再殴打程老师一顿，是吧？"

"我不是这个意思……"

"你先别辩解，我说完了你再说！你在众目睽睽之下，殴打一位老人，犯了众人之恶。我如果再帮你，不是在助纣为虐吗？在我的管辖地盘里发生了这样的恶性刑事案件，我如果不把程建利抓起来，群众答应吗？上级领导答应吗？我的饭碗还保得住吗？况且，程老师的二儿程锡志是县局的一位副科长；他的爱徒钟明义，是交警大队长……程同从教四十余年，桃李满天下，在祊河县的处处地地、角角落落，哪里没有他的弟子？我如果不秉公执法，这些人找个地方说说，我吃得消吗？"

"程锡志不是遭了事吗？"

"谁不曾遭过事？跌倒了就爬不起来啦？我磕磕碰碰二十年了，现在不是还活着吗？当前这事又是我的一场灾难，我如果把握不住自己，陷进去，就拔不出脚来了！程锡志挪用了10万公款，领导找他谈话后，八天就把窟窿堵上了……你想乘人之危，落井下石，是吧？我明明白白告诉你吧，没门！"

"这么说，我那50万就白给你了？"

"这话一进门就该说，怎么憋到现在？那钱是我借你的，写过借条，也有言在先，你哪时用钱，请在三个月前通知我……"

第二十一章 大雪纷飞的日子

"我儿的事会怎样呢？"

"这就要看你怎么做了。"

"我得怎么做呢？"

"你可以不管不问，在家睡大觉，可能判三年；我从中活动活动，也少不了一年。"

"你不能看在我们铁哥儿们的情分上，多活动活动，无罪释放吗？"

"他无罪吗？程老师小腿骨折，额头3厘米的血口，是狗咬的？脑震荡，是他自己撞墙撞的？"

"这些话就别说了。我总觉着你不能就一点办法都没有了……"

"我没办法，但你有办法。"

"我有办法，能不朝外拿吗？"

"你现在就去医院交足医疗押金，到程老师病床前跪下认错，哀求他高抬贵手，让他主动来告诉派出所，他不跟孩子一般见识了，请派出所把程建利放了……"

"医疗押金可以交，但到病床前下跪……"

"怎么，腿不会蜷弯？"

"要那样，我在石波浪村还能为人吗？"

"甭说还是这个情况，就是在平常，你给他磕个头也算不了什么。他是你叔，是吧？你别觉着手里有了两块臭钱，就烧得不知姓什么了！你要会做事，当场就熊你儿几句，并亲自把程老师送进医院，交上医疗押金，也许他就不做法医鉴定了，我们也就不用抓人了……到了现在，你还执迷不悟，还充好汉。你回去吧，我不跟你磨牙啦，明天就送程建利进城……"高伟一甩胳膊，走了。

程锡庆忙去追："我说高所长，你，你……"

"没有什么可说的了。"

13

当程建利那一脚踹中自己的后腰时，他眼前一阵发黑，就知道自己的末日已经到来了！输了两天的液，他又清醒了，睁眼一看，自己的两个儿一个闺女，都站在床前，无声的眼泪涓涓而出……赵珍忙拿毛巾给他擦试。待情绪稳定后，他就问小二："你怎么没上班呢？"

没等锡志回答，赵珍忙说："孩子看你来啦！"

"看我做什么，我这不是好好的吗？"

话音刚落，锡兰就抢白他："爸爸，你又说这样的……"

"丫头，你怎么也来了，今天的课谁替你上？"

程锡明急了："爸爸，你别说这些了，你差点被人踹死，还说这些……"

程同没管大儿子说什么，又问小二："你的事怎么样啦？"

程锡志只得低沉着嗓音向爸爸陈述那件丑事……他说三舅借给两万，哥借给两万，郑兴富借给一万，赵姨娘送去一万，加上自己平时积攒的，又向朋友借了些，把窟窿堵上了。他说怕爸爸生气，没敢家来说。他说孩儿无能，闯了祸，以后再也不敢了。好在领导没多难为他，写了份检查，批评了一次，也就过去了。他求爸爸以后别再追究这件事了，自己下决心好好干，按爸爸说的，为官一任，造福一方……

程同无言，又滚出了两行热泪。

"爸爸，你别难过，程锡庆可能看我遇事遭灾，想趁火打劫，落井下石，欺负咱……这回我非给他点颜色看看不可，不弄程建利三年五年劳役，他就不知道马王爷还有三只眼……"

程同连连摇头，不停地叹气："冤冤相报何时了？狗咬咱一口，咱能再咬狗一口吗？人家糟蹋咱十分，能找回五分就行了，何必非找回十分，甚至十二分不可呢？不能得理不让人！那样，我们可能反遭社会舆论的谴责……"

"那就饶了他拉倒？"程锡明阴沉着脸问道。

"不行！至少也得弄他一年。不治治他，他就永远不知道天有多高地有多厚……"程锡志话说得咬钢嚼铁。

"给我一支烟！"程同嚷道。

赵珍说他："医生不让抽，就别抽啦。欣欣爷爷，趁此机会，我看就戒了吧。"

"心里不是烦吗？"

赵珍看看锡明，看看锡兰，再看看锡志，就说他们，说你爸爸都说了，怎么就是不听呢？说程锡庆已经来过了，头也磕了，错也认了，并交了两万块药钱……

程同接着说道："高所长也来过了，说你们毕竟是近门嘛，何必那么认真？退一步，海阔天空；进一步，狭路相逢，何必呀？程老师读了那么多书，教了一辈子学，比他明白得多。他说，程锡庆爷儿们确实不是东西，但您老人家能跟他一般见识吗？高高手让他过去算啦，真弄他三年，从此结怨，有啥好处……"

程锡志问程锡明："哥，你的意见呢？"

程锡明看了爸爸一眼，说道："听人说，高伟和程锡庆是铁哥儿们，他们有经济关系……"

听了大儿子这话，老头子很生气，说道："锡明，你别扯得太远！天底下的事多的是，你管得了吗？我们只能就事论事，不要扯别的。"

程锡志立即表示拥护爸爸的意见，并说自己就不出面了，请哥与姐跑一趟派出所吧，向高所长说明我们的意思，并要求程锡庆和他儿各写一份检讨书，放人就行了。

程同的脸上立即浮现出了笑意，他说道："这样最好……你最好尽量少掺和家里的事，别给人家仗势欺人的印象。你现在需要深刻反省自己，把工作做好……"

"那好，我回去了。"

"回去吧，别担心我，离死还远着呢。"

第二十二章　楚河汉界

1

自从接了倪玉萍那个电话后，李春心里就时时冷风阵阵了。他爬了些日子居庸关，跟乐教授谈了几次心，心情好了些。"大寒"之后，确实大寒了，创制二十四节气的先人，真的是一位伟大的气象学家！零下十几度的天气，再天天跑居庸关，儿子儿媳妇都不同意了。周云早就说过，不起作用，她现在不吱声了。也不见乐教授的身影了，他的脚步也就懒了……但怎么打发时日呢？在家混吃等死，周云的身影光在眼前晃动，太尴尬了。她跟你说话，你说不说？她做点什么活，叫你帮忙，你帮不帮？……没有办法，那就逛公园吧，但不能天天逛啊！那就逛街，信马由缰，走到哪算哪，遇着什么看什么，哪里累了哪里歇……目的只有一个，消磨时间！也不能走远了，看着手机上的时间走路，别耽误了吃饭就行。上午，吃罢早饭出来，11点半左右回去；下午，2点出来，6点半回去。他很快就遇到了能黏住身子的看点——下象棋的。天气稍暖，街道两旁的休闲处，9点多，就有几个老者，围着一个圆水泥桌子，摆盘象棋，厮杀起来，11点半才恋恋不舍地散去；下午，2点左右，再摆上，一直到5点。寒流来袭，出来得稍晚些。这玩意儿，可真拴人！看着看着，没觉着似的，三四个钟头下去了。看得日子多了，眼熟了，免不了搭讪几句，这朋友就算交上了。

"杀一盘？"有时对手没来，棋主邀他。

他笑一笑，摆着手说道："我可不是您的对手！"

"不就是来着玩吗？输了怎么样，赢了又怎么样……"

第二十二章 楚河汉界

既然如此，那就摆吧。下了两盘，一胜一负。等他的对手来到后，李春就让开了。

"不行，再摆一盘！"棋主说。

"继续啊！怯什么阵？"围观者齐嚷。

那就继续……这第三盘，李春又赢了。棋主黑着脸，一声不吭，又摆好了棋子。李春知道没有退路了，只得再下。第四盘、第五盘皆输，李春退了下来。

"你有意让我的吧？"

"不不，哪有的事？您的棋厉害，我下不过您。"

"不是那么回事，改天再下。"

"好好，改天再学习。"

李春转身走了，一路走一路想，这下棋也和做别的事情一样，该要强的时候要强，该让步的时候也得让步。如果第四盘、第五盘不输，自己恐怕就走不了了……他越想越觉着这件事处理得好，进退都掌握得恰到好处。他心情好了，吃饭甜津，觉也睡得踏实。

第二天，他又去了。棋主还在，但坐在一旁，坐在棋位上的，是一位略显年轻的红脸大汉。

"请吧，老李！"显然，棋主介绍过了。

李春看了棋主一眼，棋主就笑了："他姓尤，老棋友，下吧。"

"那就向尤先生请教一盘！"

"两军对阵，无须客气……"说着，他就架上了当头炮。

兵来将挡，水来土屯……顿时，杀了个昏天黑地。老尤一着不慎，把车放进了李春的马嘴里，他忙拿回。

"兴悔棋吗，老曹？"

棋主笑道："悔悔也是可以的吧，不就是玩玩吗？"

可是，当李春想悔步棋时，红脸大汉不乐意了，棋主也不主持正义了。李春愤然站起，走了。

"你走什么？要输棋了，就走啊？这么不耿直！"

李春站住了，回转身子，嚷道："兴你悔棋，怎么就不兴我悔棋呢？

没有公平，还来个啥劲！"

"我说老李，输盘就输盘嘛，强词夺理干什么？"

听棋主老曹也这么说，李春知道就是满身是嘴也说不清了！他疾然转身，坚定不移地走了。不知为什么，他有些头晕，一会儿好些，一会儿又厉害了。他走走停停，停停走走，坚持着，坚持着，到宿舍楼下，再也坚持不住，呕吐了……

2

周云听楼下有人吵嚷，下来一看，竟然是三石爷爷！她慌成一堆，忙成一块，跑到路口，招呼来一辆出租车，把李春拉进一家医院，送进了急诊室……

挂上吊针后，周云问他："给李海打个电话吧？"

他摇了摇头，说道："别给他说了，我觉着这一阵好多了。"

"那就先不说？"

"先不说。一说，孩子又吓一跳……"

周云点了点头，说道："可就是的。"

一阵忙乱过去，一切都平缓了，药水很有规律地滴着，李春慢慢地睡了。邻床没有人，周云把那床上的被子拿过来，给他盖上，自己坐在床边，轻轻地叹了一口气。如果三石爷爷不死盯着那件事了，该有多好！看样子，没有那么容易。不管怎么样吧，他现在有病，就得尽心尽力照顾……半个小时后，第一瓶滴完，护士来换药，李春醒了，他说有些热，把上面的那床被拿了吧。周云忙把被拿走，接着端来一杯水，说喝点吧，可能不烫了。确实不冷不热，正好喝，李春一气喝尽，把茶杯递给周云，但就是没看她一眼。输完液后，也就2点了。他觉着也没什么了，就想回去，请教医生，医生说回去也可以，但得输一个星期的液。此病为轻微脑血栓，幸亏治得及时，不然就麻烦了。医生给开了一个星期的药，说别来回跑了，在就近社区输液就行。他们俩答应着，离开门诊室，拿好药，回来了。到家后，周云叫他躺下休息，她去忙饭。

两碗面条很快下好，周云到卧室里叫他："三石爷爷，起来吃饭吧，都快3点了。"

"行，我起。"

吃完了饭，他又躺下了。

"你觉着身上还有什么不舒坦的感觉吗？"

"好似没有了。"

"那你就歇着吧。"说完，她就洗衣服去了。

3

晚上，儿子、儿媳妇及孙子都回来了，周云就把李春的病情说了。李海忙问爸爸，李春说没有什么，从来没经着过，一时手脚无措，打过针、吃过药就好了，现在一点也不难受了。

"爸爸，这回可知道妈妈的重要了吧！"褚丽笑着嚷道。

正在吹泡泡的三石一溜小跑，跑到爷爷面前，嚷道："爷爷，这回可知道奶奶的重要了吧！"逗得大伙都笑起来，正在厨房里忙碌的周云也笑起来。

褚丽从冰箱里拿出一只北京烤鸭，撕成两碗，放在饭桌上，三石跑过去，拿了就吃。褚丽过去阻止，说爷爷还没吃，你忙的什么？三石不听，哭着嚷着挣扎……

"让他吃吧，管他做什么？"李春说。

"让我吃吧，管我做什么？"三石夹着眼泪，冲着妈妈直嚷。

大伙又是一阵笑……李海开了一瓶葡萄酒，叫爸爸喝。

"喝什么，刚输过液！"他说。

"这个无妨，葡萄酒有助于心脑血管病的康复……"褚丽忙说。

"我给爷爷倒！"说着，三石就去抓酒瓶。

李海没放酒瓶，爷儿俩倒满了一杯酒。

"再给奶奶倒一杯。"三石又嚷。

李海说奶奶不喝，这酒是专让爷爷喝的。三石连声说不，挣扎着给奶奶倒，结果把个酒杯弄到地下，摔碎了。褚丽把儿子抱过去，打了腚一巴掌，三石哇的一声哭了。李春忙把孙子抱过去，连声哄道："三石乖，三石不哭……"

　　褚丽热了包牛奶，给儿子喝，三石跑过去，喝起来，喝过之后，自己爬到床上，就睡了。

　　"三石可乖，可省事……"李春喝着酒，笑道。

　　"光孩子省事不行，大人也得省事……"褚丽说。

　　李春明白儿媳妇话里的意思，就不再说话，默默地喝酒。酒罢，吃饭。羊肉水饺摆满了桌子，褚丽喊老婆婆道："妈妈，你也来吃吧！"周云闻声，答应着，端着一碗饺子水来了。

　　"爸爸，你看咱们一家人这样多好啊！"褚丽吃着饺子，又说。

　　"好，好……"李春只得迎合。

　　"爸爸，今年我和褚丽都准备考公务员……"儿子说。

　　"好啊，考吧！"李春一时来了高兴。

　　"家里千万别再出事，干扰我们。"儿媳妇再次提出了警告。

　　李春无言。周云说道："还有什么事出？三石上幼儿园了，接送有我和你爸爸，放心就是了。"

　　饭罢，李春坐在沙发上打开了瞌睡。周云洗刷好了碗筷，晃了一下他的膀子，叫他上床躺着去吧。他看了三石奶奶一眼，无可奈何地叹了一口气，站起来走了。躺下后，他又睡不着了，辗转反侧，折腾了个多小时，才入睡，却又做起了噩梦："救命啊！"听到喊声，周云忙去晃他："三石爷爷，你怎么啦？"他被晃醒，说做噩梦了。周云掀了自己的被，说给你揉揉就好了。他把她推开，说没有那个必要。

　　"你太狠心了！"

　　"我的心掉到冰窟窿里已经四个多月了！"

　　周云哽咽起来！她怕惊动了孩子，用手捂住了嘴巴……

4

日子还得往下过,程序还像以前一样,8点钟儿子儿媳妇走了,周云送孙子去幼儿园,他也就出来了,以往向北逛,这回向南。他再也不愿意见到姓曹的和姓尤的了,那两个说话做事多少带有霸道的成分,不大讲理。世界上的人,什么样的都好对付,就是不讲理的人难对付。没走多远,就见路西一个修自行车的摊旁,摆着一盘象棋,他就走了过去。

"想下一盘?"修自行车的问。

"愿意学习一盘。"

"那就来吧。"

坐下后,他很快就进入了状态……这一盘,只用了5分钟,李春就轻而易举地赢了,他心里自然有些高兴!他不由自主地抬眼看了看对手,磨石脸型,满布着皱纹,可能离七十不远了;戴顶棉军帽,一个耳朵耷拉着,像只打折了的鸟翅膀。怎么像个山东人?更准确一点说,像个沂蒙山人!

"老哥,高寿?"

"71岁了。"

"老北京人吗?"

"沂蒙山人,垛庄那附近的,当兵转业,留在了北京。"

"好,好啊!"

两人就攀谈起来。老人姓张,很健谈。他说,这象棋很有学问,从中既可以看到一个人的棋艺,也可以看到一个人的人品。他说家乡人常说一个故事——孟良崮战役前夕,陈老总跟当地一位老人下棋,三弈三胜;战后又下,三弈三败。陈老总惊问:"何以至此?"老人坦然微笑,捋着花白的胡须说道:"战前三局不赢,那是怕挫伤了你的锐气;战后三局皆赢,那是为了打打你的傲气……"这只是一个传说,是真是假,谁也说不准,但其中也传出了许多深意:人外有人,天外有天!老百姓多么爱戴解放军啊,战前,期望解放军全胜;胜利后,期望解放军别骄傲，乘胜前进，连战连捷。李春点头，说有这个意思。

"那就再摆两盘？"

"好啊！你可得手下留情。"

老张笑了："要是生人，可以手下留情。我们是老乡，应该说是很亲近的人了，再手下留情，那就太不负责任了……"

李春也笑了："好，那就请吧。"

三局下来，李春一盘也没赢着。

"老哥，你就是那位高人的徒弟吧？"

"哪能呢？在蒙山周边，棋下得像我这样的，到处都有……"

"天不早了，嫂子该办好饭等你了，拾掇摊子回家吧，明天再向你学习。"说罢，李春起身要走。

"咱没有那个福气……"

李春已经迈出的脚步，又收了回来："怎么回事？"

"离婚好几年了……"

"那是为啥？"

"为啥？我看你也不像傻子，这样的事还要说多明白！"

"嫂子，她……"

"她不老实，叫做男人的无脸见人……"

李春有些吃惊，没想到张哥也是个苦命人！老张擤了一把鼻涕，擦了擦眼睛，继续说他的故事。他说老乡见老乡，两眼泪汪汪。他说："李老弟，我一看你就是个实在人，就想向你倒倒肚子里的苦水……"

"你说，你说。"

老张把一个马扎推给李春，叫他坐下。李春忙接过去，坐下了。老张说，离婚后很快找了一个，过了大半年的舒心日子，后来就不行了。"她把我的工资卡控制起来了，我花一块钱，都得问她讨要……这算什么买卖？这谁受得了？就又离了。"

"再找啊！好人有的是……"

老张苦笑着摇了摇头，说道："我知道，好人有的是，但我命不好，碰不着，不枉费心机了。我买全了修车工具，买了象棋，就摆开了这个小摊……"

"这样也行？"

"很好啊！有挣多的时候，也有挣少的时候。不在挣钱多少，主要是消磨时间，有活就干，无活就下棋。忙忙碌碌，嘻嘻哈哈，一天很快就过去了……"

有人借酒浇愁，有人借唱消愁……老张这是借活磨愁，不能说不是一个办法。他呢？老张对他这么实诚，他何不敞开心扉，也倒倒苦水？听完了李春的诉说，老张缄默不语了。

"老哥，我怎么处理这些事呢？"

"兄弟，你怎么处理都对，怎么处理都不对……你的事和我的事一样，诸葛亮没留下这方面的锦囊妙计。"

老张把所有的物件都放在一辆小推车上，说了声明天见，推起车子来就要走，李春忙说："我去认认门行吧？"

"欢迎啊！"

这一夜，李春未归，好在有手机，及时联系了，儿子儿媳妇并不担心，但周云却一夜没睡好，光做噩梦……

第二十三章　春天来了

1

经过二十来天的治疗，感觉可以了，程同跟欣欣奶奶商量，想回去，说在这里做什么，怪闷得慌。赵珍说，闷得慌不假，可看病及时，吃药打针方便。这就叫公说公有理，婆说婆有理。请教医生，医生说再坚持三五天，看情况再决定。又过了五天，立春在即，春节也没几天了，再去请教医生，医生给他做了全面检查，笑着说道："程老师，一切指标都在正常范围之内，祝贺您啊！出院，可以；不出院，我们也不撵你……真有了新情况，就再来嘛。"程同连声说好，握手致谢。打了个电话给大儿子，过了半个小时，车来了，他就回了家。

当天，街坊邻居来坐的很多……到了下午，人渐渐少了，三婶子咯噔着两只小脚来了。人还没进屋，话早来了："我天天都在揣摩，我不死，我的侄子怎么能死呢？他要死在我前边，就是逆子，不孝之子。程同不孝过吗……"

赵珍忙跑出来迎接，程同随后也走了出来。

到屋里坐定后，三婶子晃了晃他的脑袋，捏了捏他的小腿，问道："都没事啦？"

"都没事啦，好似比以前还好了。"

三婶子笑了，笑得哈哈的："这小孩子嘛，磕点碰点没啥，常磕着点碰着点，长得快……"

赵珍笑道："三婶子可会说笑话！这一回差点送了命啊，两天不醒人事……"

第二十三章 春天来了

"大难不死，必有后福！"

"可叫侄子说对了！我刚要说的，叫你抢去了。这以后啊，别跟那些不三不四的人来往，惹不起还躲不起吗？"

"欣欣爷爷，听着三婶子的话了吧？"

程同忙说："听着了，听着了。可是没有办法呀，是他找上门来的……"

三婶子终于叹了口气，说道："这找上门来，也是没办法，是福不是祸，是祸躲不过。这一闹，他就舒坦了……"三婶子说了阵子程锡庆和魏春花，自然念叨起程传仁来，不停地夸他的五个闺女，说程传仁亏得养了五个丫头片子，没有这五个丫头片子，程传仁将死无葬身之地……他们谈论了一番，感叹了一阵，三婶子嘱咐程同好好歇息，嘱咐赵珍多办些可口的饭菜他吃，就起身要走。赵珍忙去搀扶她，她忙推开，说别，她还能行。说着，她就走出了屋门，赵珍紧跟着，程同赶不上了……

晚上，李公范来了。他首先检讨了一番，说大爷住院期间，只去看了一次，太不够意思了。不过，他常问锡明，大爷的身体状况，他了如指掌……说了阵子住院治疗，又说起他所起诉的案件……

"怎么样了？"程同按捺不住地忙问。

"已经结案了！"他说结局跟大爷说的差不多，最后10年解决了，前20年的没法办。

"这样就可以了，世上没有完美，为人做事，也就不要追求完美。程锡庆和郑开昌都很精，张学立也不傻……他们挨了你这么一榔头，心里一定很叫屈了，别抓住不放了。"

"可是，大爷，好多村民不平气，说他们凭什么拿集体的土地摆弄着赚钱……"

"公范，你现在是支部书记，有责任向村民宣传、解说，说人家有正式合同，不好办……"

"好些人也明白，但就是气不过，说他们钻了政策的空子，说二百和两千，差距太大了……"

"他就是钻了政策的空子!钻了也就钻了,放下算啦,干点别的吧。"程同就说他住院期间,想了很多问题,想到了郑起,好好的一个人,怎么就不要鼻子不要脸了,最后钻了路沟,冻死了呢?再就是那个杨萍,从外貌看,也是个不错的小妮,何苦做那样的营生?程锡庆承包那100亩地,栽种树木,成天在树林子里忙活,好似也没有这么贪婪,这二年是怎么啦?他的媳妇魏春花,没有爹娘吗?她的嫂子或者兄弟媳妇,对她爹娘如果不孝顺,她心里就好受?将心比心一个心,她何苦对公婆如此歹毒?郑开昌也当过兵,是老党员啦;张学立呢,也是十几年的村干部了,可是他们怎么就被程锡庆利用了呢?……当然,还是好的多,咱们石波浪村,三千之众,出这么几个,也不奇怪,但一粒老鼠屎,臭了一锅汤!要是不出或者少出,有多好呢?为什么出?怎样才能不出或者少出?他说他苦苦地思索了好长时间,之所以出,是因为缺少了教育,缺失了道德。缺少了的,加强起来不就行了吗?缺失了的,找回来!他说,建国初期,为了扫除文盲,农村办夜校,既识字又进行思想教育,很有成效;后来,改名叫政治夜校,那是突出政治的产物;再后来,就停办了。现在,我们能否再拾掇起来?文盲虽然不多了,但法律盲、科学盲、道德盲,却为数不少。从前,点煤油灯、罩子灯、草帽灯、气灯……现在好了,可以用电灯了。教室也好办,村委办公室腾出三间来,行吧?教师也好对付,我和李春,讲讲法律,讲讲道德,讲讲历史,都还凑合。你不能讲讲政治方面的课吗?也可以开几堂军事课呀!我们如果办好了,到农业大学请几位教授来,讲讲技术,也不是不可以……

程同这一席话,可把李公范说乐了:"行,这是一个很好的主意。大爷,你别着急,让我考虑考虑,拿出个意见来,在村支两委会议上讨论讨论,定下来,咱就办。案子的事,就此了结,不去挖空心思地掏那两块钱了。"

程同哈哈大笑着说道:"谢谢侄子能听我的一派胡言!"

"大爷,这怎么能是胡言呢?"

2

春节一天天地临近了,赵珍忙着生豆芽,压米面子,做豆腐……一天从早忙到晚,兴冲冲,喜滋滋,脸上挂着汗珠子,满布着红晕……有时候,程同见了,有些心疼得慌,就拿条毛巾给他,笑道:"恁忙做啥呀,擦擦汗吧。"

"你看不见俺两手都沾着面吗?你给俺擦擦就累着了?"

程同笑了:"那多不好意思……"

"怎么不好意思?"

程同一边给她擦脸一边埋怨道:"你弄这么多做什么,随时做了随时吃,就行了,也新鲜……"

"你就知道自己吃啊!孩子呢?光自己的三个孩子,不就得三份啊?吃着的,拿着的,不得准备点?其他的远亲近邻呢,他三舅,三婶子……不都得给他们一点?"

"哎呀,我可没想这么多!"

"没想这么多可不行啊!吃不穷,穿不穷,盘算不到就受穷。这些事盘算不到受不了穷,可得罪人……"

"这话实在,那就多做。"他们正说着话,有人吆喝二叔了,推开屋门一看,杨二来了。

"二侄儿,快来!"

杨二进得门来,笑容可掬,忙敬上一支烟……

"我不吸了。"

杨二摇头,不满意了,脸上的笑容也瞬间消失:"嫌孬,是吧?"

赵珍忙打圆场:"你二叔是戒了。"

"这是喜烟!喜烟不害人……"

"何喜之有?"

"过新年,贴喜对,不喜吗?"

程同恍然大悟,忙接过烟来,杨二立即打着火机,给他点着了,随即把腋下夹的一叠大红纸拿出来,还从大衣口袋里摸出一瓶墨汁来,一起放在桌子上，然后笑道："有劳二叔了！"说完，他抽身便走。

"喂喂，我说二伍儿，别忙走啊！"

"过年啦，都忙，就不多待了。二叔有什么教导，我抽个专门时间，来洗耳恭听。"

"你个小兔崽子，还洗耳恭听……"

杨二哈哈笑着，跑了。

每年，他都得忙三天，给街坊邻居写春联。近二年，春联也有了变化，手写的少了，印刷品多了。可石波浪村的村民还是向往手写的，而且特别喜欢程老师写的，大半个村子都贴他写的春联。可是今天都腊月二十八了呀，光顾的村民只来了个杨二，怎么回事？他就问赵珍，赵珍说你住院刚回来，人家好意思累你吗？一句话提醒了糊涂虫，他忙爬起来，一瘸一拐地走了。

"你去哪？"

"代销店。"

他到了代销店，求店主帮他宣传一下，他身子骨硬朗起来了，像往年一样，很乐意给大伙写春联，愿意写的，请早来说一声。店主满口应承，程同谢过，要他给揭十张大红纸，店主感到诧异，忙问："十张，怎么揭那么多？"

"自己用一些，别人的纸不够了，给补充点……"

"我说程老师，你每年拿出三天时间为村民写春联，分文不取，还搭上些纸，为啥，只图个好名声啊？"

"什么也不图，谁叫我是石波浪人来！石波浪的水土养育了我，石波浪村的叔父大爷婶子大娘教育了我，我为大家做这点芝麻粒子大的事，不是完全应该的吗？"

店主拱手笑道："说得好，说得好啊！"

3

除夕夜晚，他不得不给李春打个电话了！

第二十三章 春天来了

"喂,是二哥吗?"

"是的。李春,怎么这么长时间不来电话呢,生二哥的气了,是不是……"

"二哥,你怎么能这样说话?我很想给你打电话,几次拿出手机来,又收回去了。你不知道我心里乱得很吗?我心里塞着一团乱麻,不知从何说起。好些话,电话上难以说清,所以就没打。见了面再说吧,说它个三天三夜。"

"我说兄弟,你不能长期忧郁啊,那样有损身心健康……"

"我知道,但有什么办法?"

"情况没有进展?"

"一点也没有,来时怎样,现在还怎样。"

"别老是想这事,想点别的……北京没下雪吗?到雪地里跑跑,像小时候那样,扔雪球,打雪仗……立春好几天了,春天来了,还记得1950年我们刚上学时唱的那首歌吗?'春天来了,万物都发青啊!咱们的庄稼人,人人忙春耕,又互助,又变耕,闹得个热烘烘……'"

"记得,记得!"

"记得就唱啊!'春天来了……'"

程同唱起来了,李春也随着唱起来……

"你们要疯吗?"赵珍笑着说。

"叫嫂子笑话了?"

"她笑话她的,咱唱咱的。'春天来了……'"

"我说二哥,这回就到这里吧!非常想见到你,我过了正月十五,十六就回去……"

时不时地有爆竹炸响,新年,正昂首阔步,从天际向人间走来……

"爸爸,俺零点准时到家!"锡志媳妇在电话里说。

"没有那个必要,别误了早晨吃团圆饺子就行。"

他正打着电话,锡明和兴兰领着欣欣来了,还没来得及说话,欣欣就跪在他面前磕了三个头,起来又去给奶奶磕。赵珍一把拉住,说别磕了,给你爷爷磕的当中已经有了。随即,赵珍掏出二百元压岁钱,给了孙子。欣欣接过去就往口袋里装,爷爷说话了:"欣欣,交给你妈妈替你保管着吧,用着了再要。"

郑兴兰伸手拿了去,欣欣有些不情愿,别扭了一番,还是松了手。爷爷把他拉到怀里,安慰道:"妈妈保管好,你装着,丢了怎么办?"

欣欣很听爷爷的话,依偎在爷爷怀里不闹了。郑兴兰说包饺子吧,赵珍说她早包好了。又说了些家长里短,程同说没有别的事了,刚才锡志来过电话了,我们早晨吃顿团圆饺子就行啦,用不着起多早。说好便好,程锡明和郑兴兰就领着儿子回去了。

"零零零……"手机又响。

"喂,哪一位啊?"

"俺叫韩雪,您是程老师吧?"

"是啊,是啊!韩雪,你好啊?"

"好,好。程老师,俺给你拜年,给你磕头……"

"谢谢你,谢谢你!"

"俺妈妈……"

听得出来,韩雪嗓音哽咽了,他忙把手机递给了赵珍。

"雪雪,我是妈妈……"

"妈妈,你好吧?"

"好,好,一切都好。"

"程老师对你还可以吧?"

"可以,可以。你们怎么样?铁铁呢?"

韩雪长嘘了一口气,说道:"这不是正想给你说说吗?张霞阿姨从你那里回来,就跟我爸爸一起生活了,今天给韩铁结了婚……这些事,我事先想告诉你一声,但韩铁不同意。他说告诉不如不告诉,妈妈知道了怎么办?回来呢,还是不回来?回来,她坐在哪里?不回来,她心里忍得下吗?我一想,小铁说得也对,就没给你说……"

赵珍失声哭泣,程同忙把手机拿了去,说道:"韩雪,就别说这些了,说些令人高兴的事吧……"

"程老师,这话很难分类。俺妈妈就那样,俺说什么也难叫她高兴起来。哭哭就哭哭吧,哭过也就好了。俺两个舅也在念叨她,过了年,她能不能回来一趟?"

"这事我就替她说了吧,有老的,应该回去;二老已经不在了,就不回去了,免得遇人遇事又伤感。你转告你两个舅吧,哪时有空了,就来我这里,我一定欢迎。你和韩铁以及新娶的媳妇,头十五里,一定来一趟……"

"知道了,程老师,俺跟韩铁也是这样商议的。我们感谢程老师在最困难的时候,资助过我们……"

"你这孩子,怎么能这样说话?资助你们,完全应该。当时,确实手头紧,不然就多给你们一些。两千块钱,实在太少了。以后,可别再提这件事了!"

"我跟韩铁商量,一人给您两万。"

"又来啦!不叫你提,又说什么呢?"

"俺觉着……"

"别说啦!以后如果我们揭不开锅了,再要。"

"那样行吗?"

"怎么不行?"

"俺妈妈呢?俺还想跟她说几句……"

"别说啦!见了面再说。"

挂了手机,程同拿了块毛巾,倒了点热水,揉搓了几下,递给赵珍:"天也不早了,擦擦脸,睡去吧。"

4

大年初一,早晨8点钟,石波浪村村民委员会的大门前,已经聚集了好多人,大家都在观赏大门上的春联:

瑞雪兆丰年

风正一帆悬
　　春风化雨露
　　小康在眼前

　　"这是春联吗?"有人质疑。
　　"怎么不是春联?"有人反驳。
　　"春联讲究对仗,这四句……"
　　"倒是一首好诗:瑞雪兆丰年,比喻自然环境优越;风正一帆悬,比喻社会环境和谐;春风化雨露,比喻党关心民生;小康在眼前,说明前程似锦……"
　　李公范来了!
　　"支书,火鞭呢?"
　　"来拿吧。"说着,他开了大门。
　　鞭炮点起来了,锣鼓敲起来了……人越聚越多,祝贺的,拜年的,握手的,言欢的,说笑的,打闹的……熙熙攘攘,热热闹闹,好一派喜庆气氛!
　　"喂!喂!大家静一静,大家静一静……"扩音器里,响起了李公范的声音,他首先向父老乡亲、叔父大爷、婶子大娘、兄弟姊妹拜年、问好,然后祝贺大家新年快乐、万事如意,最后提高嗓门,宣布了一个好消息:"大家注意,大家注意!下面宣布一个好消息:由退休老教师程同提议,经村支两委讨论通过,我村决定成立农民夜校,教室暂时设在村委办公室里。课程设多种:政治、经济、农业技术、法律常识、道德讲座……欢迎大家积极参加学习,从明天开始报名……"
　　话音刚落,掌声雷动,石波浪村沸腾了!

第二十四章　薛城之旅

1

坐在颐和园的石板凳上,刚歇息了五分钟,手机响了,他掏出来,一按说道:"有什么事?"他以为是周云打来的。

"你登过征婚广告吗?"手机里传来了一位女士的问询。

他激动起来,忙回答:"登过!谢谢你来联系,请你说说自己的情况吧。"

对方就自我介绍说,现年 57 岁,身高 1.64 米,大专学历,一所中学的计生办主任;离异,两个儿子均有工作。介绍完,她接着问道:"你觉着我这个情况怎么样?"

李春爽快地回答:"很好啊!"

"那准备什么时候见面呢?"

"你是哪里人啊?"

"薛城……"

"我是枋河县人,现在在北京我儿子这里。"

"那你几时回来?"

"我正月十八到你那里行吧?"

"行啊!"

"到时候,电话联系。"

"好,好,记住了。"

自从电话本被盗之后,就再也没人联系他了。只有倪玉萍来过一回,但那是报丧的!不来还好点,她一来,又使自己心情沉重了几分。这一两个月是怎么过来的,他自己心里明白,但说不出来!在这里,语言就显得太苍白了。好在还有个老乡下棋解闷,消磨时间,不然自己可能早憋闷死了……想到这里,他觉着得找老张一趟了,好似有三天不见了,临走之前,得给老张说一声。一这样想,他就疾然站起,小跑着走了。

2

夜里,一切寂然。火车头拖着长长的车身,在辽阔的华北大平原上奔驰。李春坐在车厢里,很多乘客都倚着座椅后背睡着了。很少有人走动,乘警不时从身边过去。车厢在不停地颠簸,不知从哪里传来了一阵阵吭哧吭哧的声响,在深夜里,特别清晰。不知什么时候,他也睡着了……许久许久,一声汽笛长鸣把他惊醒了,播音员正在播报:"旅客同志们,济南站到了……"他慌忙站起,拿了行李包,就往车厢门口走……

到女儿家时,已是早晨7点半。冬雪和沈德仓都很高兴,外孙女寒露特别喜人,奶声奶气地叫着姥爷,扑到他怀里,叫他抱。李春笑着,抱起外孙女,转了好几个圈。寒露高声欢笑,还叫转。又转了几个圈,妈妈说到时间了,得去幼儿园了。寒露显然有些不乐意,但也无奈,含着两眼泪水走了。

"爸爸,豆汁、油条都是现成的,你自己吃吧,我得走了。"

"你快走吧,吃饭好说……"

沈德仓走后,他洗了把脸,吃了早饭,就躺下了。刚睡着,手机就响了,他只得起来接,真后悔没有关机:"喂,哪里?"

来电话的是潍坊的一位小学教师,姓王,61岁了,身高1.60米,离异,两个女儿也都是教师。

"好哇!清明节前后,我去潍坊看风筝,就便见见面,行吧?"

"那很好,哪天来,请给个电话。"

"好的,好的,请放心吧。"

这一接电话,睡意全消。他有些忘乎所以了!他弄不清是怎么回事,沉寂了两个多月，又开始起死回生。电话本被盗，他内心里灰冷得要死，哪曾想后来还会有这么些活路？他看了下手机上的时间，还不到9点，就兴致勃勃地跑出房间，锁了门，快步下了楼梯，不一会儿就进了五龙潭公园……

小径信步，看草地，枯草开始泛绿；看垂柳，柳条已经发青；看泉水；看游鱼……春天来了，阳气上升，万物萌动，人们的精神也无不为之一振。他像程同一样，也想起了1950年刚刚上学的时候，乡村父老在田野里劳动时所唱的那首淳朴而又热情的歌："春天来了，万物都发青啊！咱们的庄稼人啊，人人忙春耕。又互助，又变耕，闹得热烘烘……"他不由自主地哼起来。他哼着，走着，不知不觉地爬上了小土山，不远处的石凳子上坐着一位女士，怎么像倪玉萍呢？别认错了人！他眨巴眨巴眼，又向前走近了几步，确实是她。她穿一件浅黄色的呢外套，头发不再披肩，而是挽成了一个发髻，长脸白净，但脸面上弥漫着忧郁。她不是结婚了吗，还能又出了什么岔子……

"你是不是李春老师啊？"人家站起来了。

"是啊。倪副教授，你怎么一个人坐在这里呀？"

她苦笑了，一笑，嘴角就出现了些许歪斜。李春把手伸过去，倪玉萍也伸出了手，礼节性地握了握。

"结了婚啦，是吧？"

"是的，只是……"

"只是什么？"

"没有什么。你呢？"

"我还是老样子……"

"我得走了，你还转转？"

"好吧，再见。"

不期而遇，闪电而别，李春感到有些滑稽，但也无须多想，人家已经是有家之人，你想也白搭。

3

到了下午2点,他又来到五龙潭,手机又响了,是一个陌生号码,看来那个广告仍有生命力!

"喂,您好!"

"您好!你是李春老师吧?"是一位男同志,做什么的呢?

"你是谁呀?找我做什么?"

对方笑了,然后回答:"李老师,你是不是认识倪玉萍倪副教授啊?"

"认识。你是她什么人,她丈夫……"

"不不,我是她弟弟,叫倪玉胜。"

"好,知道啦。你有什么事,请讲。"

"是这样的,李老师,我原先的姐夫,十多年前就去世了,为了孩子,我姐一直没另找。现在,我外甥女已经工作了,并且结了婚……"

"这些情况,倪副教授都说过,就别重复了。她不是找了个土地开发商,已经结婚了吗,很幸福吧?"

"还很幸福呢!我这不是正要跟你说吗?"

"好,你说吧。"

"安生了一个多月,后来就闹起来了……"

"那是为什么?"

"后来发现,这位冯经理有十多处楼房,包着八个女人。他的大老婆,是叫他硬气死的……为了装点门面,他欺骗了我姐姐,把我姐姐扶上第一夫人的宝座,给他掩盖着一切,他好醉生梦死。我姐姐怎么能充当这样一个角色呢?她跟我商量之后,就起诉离了。"

李春叹息道:"竟有这样的事情!"

"听我姐姐说,今天上午,你与她在五龙潭不期而遇,她当时感到有些突然,想给你说,但又不知如何说好,就草草应酬了几句,回来了。李老师,说实在话,我姐对你的印象还是相当不错的,感到你为人厚道,对人实诚,是一个非常值得信赖的人。同时,我姐也很同情你的遭遇,但当时你说还没办手续,所以就犹豫了。跟冯经理这场事,说实在的，是被金钱挡住了视线，我姐懊悔不及。这一切，就不多说了。我姐要我问你一声，你是否还有兴趣谈……"

事情怎么会是这样？常言道，大千世界，无奇不有，这是否也是一奇？这个问题怎么回答呢？既不能撒谎，也不能愚弄人，以诚相待，以诚相交，说话做事都不能抛弃了道德底线……

"喂喂，李老师，你怎么不说话啦？"

"我说玉胜小弟，这事我不好断然回答。你姐姐刚经历了这么一场风波，她最好安静一段时间，好好梳理一下自己的思想，然后再谈论这些问题，也许更好些；忙了不好，忙中往往出差错。我心里乱得一团糟，很多事情不知怎么做才好……实在也需要一段时间考虑。"

"那好吧，李老师，我把你的意思转告我姐。你说的一段时间，具体讲来，是多少日子？"

"半个月行吧？十五天！"

"好，好，再见。"

李春装好手机，找了个地方坐下，开始考虑倪玉萍这个人……

4

走出薛城火车站的出站口，他摸出手机来一看：12：10。他拨通了电话，手机里立即响起了一个女人欢快的声音："李老师吗？你已经到了哪里？"

"已经走出了出站口……"

"看到啦！看到啦！"

随着声音，不远处果然有个穿着红袄的女子向他走来。相距只有一米的时候，人家说话了："你就是李老师吧？"

"是啊，是啊！你……"

"我叫章欣。"

见面说困难也困难，说容易就这么容易。两人礼节性地握了握手，相互看了几眼。章欣指了指不远处的一个门头，说12点多了，到那里吃点饭吧,边吃边谈。李春点头说好,章欣就跑到存车处,推来了电动车,爽快地说道:"坐上来吧。"

李春小心在意地坐上后车座,说声好了,电动车就跑起来,五分钟就来到了那家饭店。章欣放好车子,两人一前一后,走进饭厅,在一张餐桌旁坐下了。章欣叫他在这里歇息着等她,她去点饭菜,并把手提包交代给他,随手拢拢头发,走了。不大一会儿,她就回来了。服务员很快端来了两杯热橘子汁,章欣递给他一杯,自己端去了另一杯。

"喝吧!喝点润润嗓子,天气有些干燥。"

"谢谢,谢谢……"

章欣就笑了,一笑满脸上显露红润,脸蛋儿就像个红苹果,但毕竟已经五十多岁了,年岁不饶人,细瞅起来,皱纹已有一些,特别是眼袋已经很明显了。可以肯定地讲,她年轻时是位美丽的姑娘。头发金黄,肯定染过了,看来她很注重美容……

"不要太拘谨,光说谢谢干啥,随便喝嘛。"

喝过几口,章欣就说开了自己的故事:"前些年,时兴下海,我那口子动了心,我不同意。我的理由很简单,我们下海,学生怎么办?坚守岗位怎么讲?忠于职守是什么意思?……他说这都是老观念,我们走了领导自然会安排。我说就是单纯从自己的家庭小圈子考虑,也不应下海,两个人的工资够用的,把两个孩子培养成人就行了,还想什么……我们闹了三个多月,离了,他走了,去了南方。我拉扯着两个孩子,十多年过来了……"章欣哽咽了,掏出手帕擦眼泪。

米饭来了,两个便菜随即也上来了。

"吃饭吧!"李春说。

吃着饭,李春时不时地夹菜给章欣,不停地夸奖她,说她是一位伟大的母亲,说既然进了寺庙,就是当和尚的命,下海做什么?说如果是他,他们就说到一起去了。听了这话,章欣脸上再次浮动红潮。吃完了饭,服务员给倒上两杯白开水,章欣提议,说说你的情况吧。

李春的眉心皱起来了!怎么说呢?要说并不复杂,但难以启齿。不说当然不行,话不说不明,木不钻不透。面对的是即将成为自己妻子的人,还不好意思什么?他就把那天亲眼所见的情形,原原本本地说了一遍,然后说道:"我当时捶天跺地,无可奈何!我弄不清怎么会发生这样的事,自从周云进门那天起,我们一直很和睦。郑起是我们石波浪村最孬种的一个,她怎么会跟这样的孬种鬼混起来?当时我们就闹了,她无地自容,跑到儿子那里去了。后来,我们见面就闹,她一反常态,铁嘴钢牙,一口咬定我血口喷人,说我无事生非,捏造事实,涨了两块工资烧的。可应了那句流行语啦:男人有了钱就坏,女人坏了就有钱……"

"你没有去起诉吗?"

"我不想把问题闹得满城风雨,想协议办个手续拉倒,但难以如愿,她死啃着不放,声言缠死我,熬死我,难死我,愁死我……儿女也不省事,都说我神经不正常,得了老年抑郁症……"

"那就无法了?"

"我就想起了现在这个办法,找个人,到她那里住,远走高飞,一走了之。"

"你不懂得纸里包不住火吗?"

"知道,但没有更好的办法。"

章欣直摇头,一声不连一声地长吁短叹……趁这个机会,他从手提包里拿出个塑料兜来,解开扎绳,倒出来好几个证件:身份证、户口本、工资存折、高级职称证书……

"你看看这些证件吧!"

章欣就一件一件地翻看,看罢,说道:"很好,一个完整的李春已在我的脑海中了。"

"我表示个明确的态度吧:章老师,我看好了你,你如果也看好了我,此时此地就可以拍板……"

"那我们像什么呢?"

"是夫妻呀!"

"法律文书呢?"

李春哭丧着脸叹道:"转了一圈,又回到了原点!你何必计较那张纸呢？"

"李老师，用不着我解释，你不会不清楚那张纸的重要性吧？有它，我们是合法夫妻；没有它，人们会怎么说咱？你可别揣着明白装糊涂啊！我们孬好不济也可以叫知识分子吧，而且是教育人的人，能那样做吗？"

李春低下了头，不说话了。良久，章欣又说："咱回家吧！你可能累了，回去歇歇。"

"章老师，谢谢你，但我不能去，我们的基本关系没确定，我去会招致某些风言风语，有损你的名誉……"

"李老师，叫我怎么说好呢？我不能说对你没有那点意思，但叫我今天就答应你，我实在做不到。"

又沉默了两分钟，李春站起来说道："我走吧。"

章欣看了一下手机：15：12。她说道："3点多了，还来得及吗？"

"我回祊河县，时间足够用的。"

5

到祊河县城，已经7点了。走黑路不好，他就找了一家旅店，住下了。他给章欣打了个电话，报了平安，再到街上吃了点饭，就回来躺下了。他闭了阵子眼，但就是睡不着，章欣的说话声不停地在耳边萦绕……他思来想去，关键的一点，是手续。怎样弄张离婚证呢？实在艰难！起诉，会引发许多其他问题，诸如家庭矛盾、亲戚朋友的不解、社会舆论……协议，周云死不同意。他感到自己钻进了死胡同！潍坊那位小学教师会是个什么态度呢？是不是也像章欣一样？盲目地跑一趟，乘兴而去，败兴而归，何苦啊？联系联系吧，实话实说，干吗捂着盖着？这样的事情，骗人行吗？骗得了初一，骗得了十五吗？他在无可奈何之中，拨通了电话，对方很高兴地问道："李老师吗？是不是明天过来？"

他支吾道："我说王老师，我，我……有些话，我想……"

"有话就说，支吾什么？"

第二十四章 薛城之旅

"王老师，是这样，你，你……"

"你看你，一个男爷儿们家，说话怎么恁不利索的？"

他终于壮起了胆子："俺想问问你，怎么离的婚，觉着不好意思开口，所以就支吾、吞吐起来。"

"这也不难说，他和一个小妮鬼混在了一起，提出离婚。我虽然痛苦，但觉着不同意也没意思，就离了。"

李春忙安慰她，哀叹"同是天涯沦落人，相逢何必曾相识"……他就把周云的不轨也说了。那边的王老师就哭了，她说男人变心，对女人的打击太大，她不知哭过多少回，眼泪早就哭干了；女人不轨，可能是一时的差错，你就原谅了她吧！

李春说："男人要的是脸，脸皮子都被人抓破了，还怎么原谅？况且，她还一声不连一声地骂我血口喷人，声言缠死我，熬死我，难死我，愁死我……"

"既然这样，离了算啦，还犹豫什么？"

"儿女不同意，他们要跟我断绝关系！失去了儿女，我还有什么？以前的六十多年，不都白过了吗？特别是我那孙子，他一叫爷爷，我就想哭……"

"既然你有这么多心思，将就着过吧，何必再瞎折腾！"

"王老师，祈求你能同情我的艰难处境，别非要手续不行了，我到你那里去，风萧萧兮易水寒，壮士一去兮不复还……"

"别说得那么悲壮！让我想想，过些日子再联系，行吗？"

"行，行，谢谢王老师。"

"别说得那么客气了，再见。"

李春收了手机，稍加回忆，顿觉一阵喜悦涌上心头，就像漆黑的屋子里，从门缝里透进来一缕亮光一样。小解后躺倒，他很快就睡着了。

6

2点钟，他被手机吵醒了。一位女士笑道："打扰了！这个时候打电话，有点烦人是吧？"

"是有点烦人，但能说吗？李春说道："有话就说吧。"

"你登过征婚广告是吧？"

"是啊，去年9月份登的。"

"那就对了。是不是晚了，你已经找好了？"

"不晚，还没有找好，事情有些麻烦……"

女士又笑了："这个还有什么麻烦？"

李春叹了口气说："电话上就不说这些了，真有可能走到一起，再一条一段地向你说。你说说你的情况吧！"

这位女士也是教师，姓王，龙口人，离异，子女都在学校工作，身高1.63米，61岁，大专学历。简单介绍之后，王老师又笑起来："你觉着我这个情况怎么样啊？"

"很好啊，只是……"

"只是什么？有话你就直说嘛，何必吞吞吐吐！"

因为一个手续，把他弄得焦头烂额、寝食不安，这回不再受这份洋罪了，说了吧，纸里包不住火，瞒得了初一，瞒不了十五……他就说自己糟糕的夫妻关系，说自己的家庭状况，说协议不成，对簿公堂又不忍心……

"李老师，你别说啦！一句话，你还没办离婚手续，是吧？"王老师快人快语，一句话就把问题的实质挖出来了。

"是的，是的……"李春赶忙回答。

"我不在乎这个，只要你对我真心就行。"

没寻思又遇到了知己！失去了包女士的电话号码，失去了张女士的电话号码……但天无绝人之路，周云你高兴得太早了，你没想到龙口还有位王老师在等着我吧？想到这里，他兴致勃勃地回王老师的话："王老师，那就太感谢你了！"

"我们之间，还用着感谢了吗？我还需要向你说明一件事：离异后，我曾经找过一位企业老板，因性格不合，半年后就离了……你不会嫌弃吧？"

第二十四章 薛城之旅

李春一愣，忙说："过去的事情，就让它过去吧。"

"你如此宽宏大度，实在令人感动！一家人不说两家话，把家底也交代给你吧，我与儿子住在一起，他暂时还没有房子。你如果能拿出二十万来，买处住房，就什么问题也没有了。"

又是二十万！二十万，并不是天文数字。对于富裕者来说，区区二十万，算得了什么！对于李春这样的退休教师来说，二十万，实在不是个小数目，不吃不喝，也得攒五年。他现在只有三万存款！怎么办呢？

"怎么不说话了，李老师？"

"王老师，我手头只有三万存款……"

"三万，少了点吧？"

"王老师，我们考虑考虑再商量，行吧？"

"也好。"

他挂了手机，下床小解后，重新躺倒，心乱如麻，辗转反侧，就是睡不着了。要房子的要房子，要二十万的要二十万，要手续的要手续……好似没有要感情的。是不是不好意思说，羞口？李春再一次感到了艰难！一度对王老师产生的那份好感渐渐消散，一阵阵的灰冷不停地向心口窝里扑……他不知什么时候睡着的，但睡得很不踏实，梦来了，从非常遥远的地方，飘来一声吆喝："天上不会掉馍馍！"

第二十五章　关于道德建设

1

　　凌晨6点起来，收拾了一番，交了钥匙，背着大包，提着小包，匆匆来到街上，把一碗糁和五根油条全弄到肚子里后，就坐上了13路公交车。半个小时后，在柳树村边下了车，步行半里路，爬上祊河河堰，再西行四里，就到了石波浪村。站在河堰上看自己的村庄，还是老样子。自己离去不足四个月，能有多大变化呢？他摇了摇头，自我解嘲似的笑了。

　　下了河堰，顺一条小道向北走200米左右，再向西一拐，就进了村。家家户户的春联仍新崭，有些印刷品，但大多是二哥的手写体。二哥的字，没有龙飞凤舞，没有遒劲飘逸，全是一笔一画的正楷。走不多远，就到了村民委员会的大门前。大门锁着，门面上红纸黑字被阳光映照着，格外醒目：

瑞雪兆丰年，
风正一帆悬，
春风化雨露，
小康在眼前。

　　春联的这种写法，还是第一次见到。传统的写法是两句，上联，下联，上下联必须相对，名词对名词，动词对动词……二哥写的这四句，不大合乎春联的格式；按诗词的格律讲，还可以，赞扬改革开放，有现实意义。这也许是一种创新，把诗词搬上门面，扩大了春联的范围，有利于普及传统文化……他走着想着，没觉着似的，就来到了自己的大门前。自己的大门上，红纸黑字，同样醒目：

又是一年春光好，
眼前绿起一地芳草，
看着看着心醉了，
几声哈哈，
惊飞了几只树鸟。

李春的心情一下子被感染了，他不由自主地笑道："老程啊老程，真有你的！"

他忙投开门锁，拾掇起来……

2

下午2点，他才拿着早就准备好的一只北京烤鸭、两瓶宁夏红，来到了程同家。推开屋门，见二哥坐在沙发上看一本什么书，嫂子在改一件衣服。听到门响，两人一抬头，见是他，几乎同时惊呼："兄弟，是你呀！"

来不及说话，两个人的四只大手就紧紧地握在一起了……

"你哥天天念叨你呀，这回可念叨来了。"赵珍说。

"我知道……刚过了十五，就往回跑……"李春说着，把礼物放在吃饭桌子上，"也没有什么贵重东西送哥嫂，弄了这么点，应付应付公事。"

一见北京烤鸭和宁夏红，程同立即兴奋了，忙发号施令："欣欣奶奶，俺俩的事你就别管啦，你弄馅子包饺子。李春，咱俩的任务是喝酒说话，这攒了三四个月话，塞得一肚子两肋发疼，不说说，无法活了……"

赵珍笑了，李春笑了，他自己也笑了。赵珍没说什么，忙活饺子去了。他兴致勃勃地对李春数落："北京烤鸭，一个菜，有啦。我有猪头冻，挖来一碗就是,第二个,也有啦。第三个,昨天刚买的黄瓜还有好几根,砸窝子蒜泥,抓上一把虾皮,就成。还缺一个,你稍等,我到小卖部买半斤五香花生米……"

"你腿脚不方便,我去!"话音未落,人早跑走了。

程同无法阻拦,去就去吧,亲兄弟嘛,谁去不一样?他也不闲着,拆烤鸭,挖猪头冻,砸蒜泥……这些还没忙活完,李春就回来了。

"再弄上两个热菜,六六大顺……"

"四个就行啦,你怎么恁多讲究?"

"不行!"赵珍说话了,"你们先喝着,那两个热菜我弄,一个白菜粉条炖豆腐,一个鸡蛋汤,行吧?"

"我看行,你说呢,李春?"

"不能再好了啊!"

"那还不快谢谢你嫂子?"

于是,三个人一齐哈哈大笑。

酒下三盅,李春就说起了春联,说村民委员会大门上的那四句,说他大门上的那五句……程同说:"世界上的万事万物,都有一定的规格,但也都在发展变化,春联也是这样。至于我这种写法是否对呢,心里也一直在打鼓。村委会大门上那四句,好多人都说好,我就放心了,他们不管对得准不准,意思好就行。你门上那五句,显然不属于春联,也只求个意思,渲染个气氛……你要觉着好,就保留着,不怎么样,可以……"

"二哥,很好啊!眼前绿起一地芳草……可是,我眼前……"

见他呜咽,程同知道他还没有从那个暗影里走出来,就忙举起酒盅子说道:"满了吧!"

夹了几筷子菜,他就数落李春走后村子里发生的事:说大嫂子的死,说程锡庆和魏春花两口子的不孝,说程传仁大哥的可怜,说他五个闺女真是好样的……然后就说李公范打的那场官司,他被怀疑上了,还被程锡庆的二儿踹了一跤……

"现在怎么样了?"

"没留下什么后遗症……"

"那就好，那就好。"

"从这件事情上，我弄明白了一个问题，家族观念已经荡然无存，尽管有人拼命续家谱……"

"二哥，这话说得不有点绝对？程锡庆孬种，能代表什么？"

程同被说红了脸！是的，自己的话说得太绝对了，可能受感情的支配多，少了客观分析。姓程的也有五六百吧，像程锡庆那样的孬种有几个……

"我的想法，可能有些偏执……"

"你们的酒喝得怎么样了？"赵珍在东里间里问道。

"行啦！嫂子，你下饺子吧。"

"忙什么，还不到5点！"

"嫂子，你别听我哥的，下去吧。"

赵珍没再多说，端着饺子下去了……

酒罢，饭罢，李春刚说了周云几句，程同就哈欠连声，说喝大了，想躺躺，改天再叙吧；并说东里间里还有张床，也有铺盖，叫李春在上边歇息，别回家啦，家里还冷……

"我已经拾掇好了。"李春说着，就跑了。

3

第二天凌晨6点，有人敲门。

"谁呀？这么早……"

"还谁呀？你二哥！"

二哥来了，不能怠慢，他忙爬起来，穿好衣服，去开门。

"我就不家去了，你快到我那里吃早饭，饭后咱还有事……"

"做什么？"李春好似还没睡醒，两眼乱眯瞪。

程同就奚落他："还没睡醒，是吧？话还没说完啊！你不是说得说三天三夜吗？我们昨天只说了大半天……"

"我在家里吃点就行,怎么能顿顿麻烦你们?"

"你嫂子已经弄好了!你这个人怎么能这样?"

他没有办法,只得顺从,不顺从,会伤二哥的心……

早餐很简单:豆汁、油条。饭后,程同递给李春两张纸,对他说:"你先看看这个。"

李春接过去,只见上面写着:

关于道德建设

目录

第一卷 道德滋润精神

一、高尚的共产主义道德品质包括哪些内涵

二、道德的一般性

三、道德的特殊性

四、雷锋,一座高尚的共产主义道德丰碑

五、不损人,应是我们的道德底线

六、在利益面前,切勿忘记道德

七、禁欲主义和纵欲主义

八、道德规范下的夫妻关系,才是家庭和睦的基础

九、孝顺父母与关爱子女

十、"为政以德"和"为政以法"

十一、"为人以德"和"为人以法"

十二、道德滋润精神

十三、和谐社会急需高尚的共产主义道德品质

第二卷 谈古论今话道德

一、所谓的"李杨爱情"不值得歌颂

二、隋文帝钟情于皇后一人

三、司马相如与卓文君

四、如果潘金莲值得同情,西门庆呢

五、三婶子不改嫁,不是封建主义

六、郑起害人害己

七、吴梅的行为缺乏道德指引

八、杨萍的脚下没有道德土壤

九、一念之差,并不是一时之错

十、宽容也是一种美德

十一、在郁达夫的悲剧中,王映霞应承担多少罪责

十二、苏枝花年纪轻轻殒命

十三、韩树林浪子回头

十四、张霞的行为德为都堪称一流

十五、一块钢洋

十六、白马山的故事

十七、五女行孝

十八、李公范打官司

十九、"先天下之忧而忧,后天下之乐而乐"

看了一遍,再看第二遍,看到第五遍,李春发问了:"你想写一本书,是吧?"

程同就给他解说这件事情的发端、发展以及最后的设想。他说经历了这么些年的磕磕绊绊,特别是退休后这些年的生活积累,通过学习胡总书记建设和谐社会的有关论述,自己产生了道德重要的思想。年前,他跟李公范闲聊,提议恢复农民夜校,村支书一口答应,自己答应上道德课,经过几天的穷思苦虑,列出了这么个提纲,并把前五节的草稿打出来了……

李春频频点头,等二哥的话停下后,他不禁叹息道:"应该说是一件很有意义的工作,可惜工程量太大。也许你担负得了,我一看就吓了一跳。"

"我不是一个志大才疏的人吗？"

"这话是你自己说的，俺可没说，但这两卷书确实不是闹着玩的，你就是有那份实力，也不是一年半载就能完成的……"

"这不就想起了你吗？"

"我一腔薄屎擦不净，还有工夫干别的吗？"

"我说李春，二哥得批评批评你了，你不能长期那样苦闷啊，你必须换个心态，从那个阴影里走出来……"

"我不是不想啊，但走不出来啊。"

"得想个办法……"

"天底下不存在这个办法！世界上的良药有千万种，就是没有这一种。"

"司马迁受宫刑之辱，发奋写成千古不朽的名著《史记》……"

"第一，我是何等人物，敢与司马迁相比？第二，宫刑之辱，与我所受之辱，性质完全不同。"

程同叹了口气，他又一次感到了自己的无能！李春不是强词夺理，他心里的苦水好似比以前多了，浓度也高了。还能就这样苦死算完吗？别的办法确实也没有，只要把他的心神按到写作《关于道德建设》上来，他就没有时间想那些了，不就行了吗？没想到他不顺从！小雀不叫，功夫不到；一次不进继续……

"我说兄弟，咱都读过《钢铁是怎样炼成的》，是吧？《钢铁是怎样炼成的》，世人好似都不知道了，乌克兰人，俄罗斯人……知道的恐怕也不多了，但我们不能忘记吧，我们读过好几遍啊！保尔·柯察金怎么说的来……我们现在有能力做事而不去做，临死的时候，我们能不因碌碌无为而懊恨吗？九泉之下，我们的眼睛能合上吗……"

"二哥，即便我想写，也写不了啊！"

一听这话，程同心花怒放！他立即意识到，春天来了，冰正在化，雪正在消……

"我知道，有些章节你写不了，但有些章节你是能写的，而且能写得很好，像'一念之差，并不是一时之错'，'宽容也是一种美德'，'在郁达夫的悲剧中,王映霞应承担多少罪责',‘白马山的故事'……"

"要不就试试?"

"不用试,一试就行。"

4

二月二这天夜晚,程同开讲。

再也不是黑屋子、土台子、煤油灯……电灯雪亮,一抹新的课桌,还散发着油漆味。当程老师一瘸一拐地走向讲台时,李公范带头鼓起掌来。程同在讲台上坐下后,挥了几挥手,掌声渐渐平息。程同像往常上课一样,首先扫视了一眼学生,然后问道:"大家好?"回答七零八落,参差不齐。他就笑了,说第一次不整齐不要紧,再来一次。第二次,果然整齐了。他说谢谢大家,听说邻村也来了好多朋友,我很高兴,又很害怕——大家的积极性这么高涨,令人兴奋,但就怕讲不好,使大家扫兴……

"过门别太长,书归正传吧!"

"程老师,谦虚什么,开始吧。"

"老程,别不给书听啊!"

……

李公范忙站起来维持秩序,说要说话,先举手,课堂不能这样乱哄哄的。这时,黑板上出现了一行清晰的粉笔字:高尚的共产主义道德品质包括哪些内涵。程同说:"这个问题的答案很明确,就是我们经常说的一句话:全心全意为人民服务。既然这么明确,还讲什么呢?我们经常这样说,但感觉并不具体。今天,我想讲具体一点……"他一边说着,一边就把一张图表用两个图钉钉在黑板上:

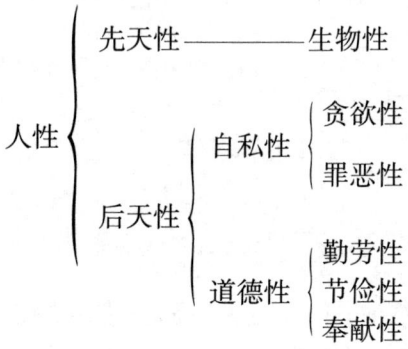

他说，首先需要解释一下什么是先天性，即生物性。所谓生物性，是指生物体生存所必需的物质条件，其中最主要的是食物。人和其他生物体一样，活着就需要一定的物质条件。古人云，民以食为天，说的就是这个道理。人活着所需要的这个一定的物质条件，是生来就需要的，与其他生物体一样。这个与生俱来的生活需求，不应归于自私性，它属于先天性。然后，他就解释后天性，说后天性包括自私性和道德性两个层面。人活着就需要一定的物质需求，这是天然合理的。这部分的物质来源，主要靠劳动获取，或亲友接济。如果不具备这两个条件，由社会救济，也是应该的。但生活条件是不断提高的，要求是无止境的，这就产生了贪欲性，贪财、贪色、贪权……平常我们所说的自私性，主要就是指的这一部分。贪欲性再度膨胀，就不可避免地进入罪恶性的领域了……

接着，他就讲后天性中的第二个层面，道德性。他指着勤劳性说道："我们不管是做工的，务农的，经商的，做公务员的，搞科研的，做医生的，当教师的……都有一个工作岗位，都应该恪尽职守，出色地完成任务，这就是我说的勤劳性的含义。我们的每一个社会成员，如果都能做到勤劳，那我们的社会主义事业就有了基本的保障。但是，这还不够，还需要节俭性跟进。节俭性是勤劳性的另一个侧面，或者说节俭也是勤劳。劳动产生物质，节俭节约物质，都是增加物质的手段，所以说可以相提并论。如果只勤劳不节俭，等于不勤劳，勤劳得来的东西，都浪费掉了，勤劳还有什么意义？"说到这里，他又指着奉献性说道："奉献，是第三个方面。做工的，有了工资收入；务农的，收获了谷物……怎么使用这些收入和收获呢？养家糊口！对，养家糊口，在上，孝敬长辈；在下，抚养子女。从表面上看，这只具备一般意义，其实不然！家庭是社会的细胞，如果每一个家庭都和睦了，社会和谐也就有了坚实的基础——这就是深刻的社会意义所在。当然，只做到这些还远远不够，还要支援灾区，援助难民……这不单单指钱物，更重要的是身体力行——譬如说，半路上你遇到了一个人正在呕吐，你是擦肩而过呢，还是把他送到医院里去？……'一个人做点好事并不难，难的是一辈子做好事，不做坏事，一贯地有益于广大群众，一贯地有益于青年，一贯地有益于革命，艰苦奋斗几十年如一日，这才是最难最难的啊！'如果能够长期坚持这样做下去，由量变到质变，高尚的共产主义道德品质不也就具备了吗？"接下去，他用教杆指了指开初写下的课题，说道："现在，我们该归纳一下了：高尚的共产主义道德品质包括哪些内涵呢？就这三个方面：勤劳性、节俭性、奉献性。也许有人要问，我们天天都在工作啊，劳动啊，干活啊，怎么没被授予共产主义战士的光荣称号？你还有没有不足的地方啊？你看人家白求恩同志，'他对工作的极端的负责任，对同志对人民的极端的热忱'；'他对技术精益求精，在整个八路军的医疗系统中，他的医术是很高明的'；他舍生忘死，不停地给八路军伤员做手术，以致感染中毒，不幸以身殉职……白求恩同志，是国际主义战士，共产主义战士，我们与他比较一下，怎样呢？再如雷锋，'雷锋出差一千里，好事做了一火车'，你做到了吗？再一说啦，我们只要做到了，也就行了，何必要个称号？授予个光荣称号，很好；不授予，做个无名英雄，不也很好吗？"

课堂上，顿时起了一阵骚动……

"也好，我的课讲完了，大家讨论一下吧，有什么问题提出来，我再解答，十分钟。"

大家热情很高，都争着发言，有的还争辩起来……十分钟后，程同拍了几下巴掌，叫大家肃静，想发言的，举手说。先后有五个发言的，他们一致认为，白求恩、雷锋都是伟人，咱们平民百姓，谁敢跟他们比？做了好事，得不到个光荣称号，心里总觉着不是个滋味。也有人说，但行好事，莫问前程！还有人说……

程同就笑了！他说："大家能畅所欲言，很好。这些问题，以后再做回答。大家回去再往深处想想，相互之间多多议论议论。"

他刚要宣布放学，又有一个学员站起来问道："程老师，你把你讲的这些打印出来，发一张给我们不好吗？"又有人说："程老师，俺记性不好，这个耳朵进，那个耳朵出，听完也就完了……"还有人说："俺不会不给你钱的！"大家七嘴八舌，乱哄了一阵子。

"大家静一静！"他敲着课桌喊道，"这事我早考虑到了，明天就去中学打印。钱，我一分不收，这点讲义费我还出得起。如果我收钱，还讲奉献干什么，还讲共产主义道德品质干什么……"

课堂上，响起了一片欢笑声。

5

只用了五天的时间，李春就把四篇文章交上来了。

"写得好快呀！还像上学时一样，按时完成作业，好学生……"

"你说你唠叨什么！你看看吧，行就行，不行也就不干了，我就这些本事了。"说完，李春转身就走了。

程同清楚李春心里很苦，不跟他一般见识，好在他写了，于是就坐下看稿子。应该说，《在郁达夫的悲剧中，王映霞应承担多少罪责》写得相当不错，这可能是有报纸参考的缘故。《白马山的故事》写得也还可以。《一念之差，并非一时之错》，原先的想法，是想挖一挖深层次的原因，强调一下道德堤坝的重要性。由于道德堤坝坚固性不足，所以一遇大水就出漏洞，就像周云那事，不能把责任完全堆积在她一个人身上，郑起是罪魁祸首自不用说，李春对妻子的教育不够，防范措施不足，也是原因之一。但李春的文章完全抛弃了这个理念，大笔一挥，写开了孙石，说他心理素质差，撑不住小风小浪的吹打，随便轻生，太不负责任了，进而究之，也有道德防线不坚固的原因。他死了，一死了之，痛快了，可他的父母呢，他的儿女呢……这样写《一念之差，并非一时之错》不是不可以，但与初衷相差太远，能不能用，只好放放再说。《宽容也是一种美德》前半部分写得还可以，肯定了这一观点，但后半部分笔锋一转，却说这只能对某些事件而言是适用的，对另一些事件就不能无原则地宽容，像李隆基睡自己的儿媳妇（杨玉环），也能宽容吗？宽容了这样的扒灰头，也是一种美德吗？再如潘金莲和西门庆之流，宽容了他们，能是一种美德吗？……掩卷思之，这篇稿子似乎也应该有它的立锥之地，但与最初的设想也相差甚远！最初是想，像周云那样的偶尔失足，应该宽容……退一步，海阔天空；进一步，狭路相逢！何必狭路相逢呢？为什么不海阔天空呢？显然，他对这类事情不持宽容的态度，宽容周云也就不可能了。看完稿子，放在桌面上，程同长叹一声，对欣欣奶奶说了说，赵珍说道："你别掺和人家那些事了，你光以为比亲兄弟还亲，就怕哪件事上不和，翻了脸……"

"意见不和是常有的事，翻脸是不可能的。"

"还是少插言为好……"

他没再多说，他得抓紧工作……

6

晚上，他想去李春家里一趟。

"不是叫你少掺和吗？"赵珍烦气他了。

"不是那事，我想跟他商量点别的事……"

"你腿脚不便，打个电话叫他来一趟吧。"

程同连连摇头，不停地摆手，说可不能那样，兄弟之间，不是上下级关系，不能动不动就发号施令……

"那我跟你一起去。"

"用不着，没有几步路……"

"一步路也有可能磕倒！"

"去就去吧，我不想做这些无聊的争论。"

赵珍拿个手电筒，两人就一起往外走……推开李春的屋门，雪亮的电灯光照得明间如同白昼，但屋里无人。

"兄弟，没在家吗？"

"啊，谁呀？是二哥吗？"话音未落，人就从里间里跑出来了。

坐下后，程同问道："什么时候，就睡觉？"

"干坐也无意思，就躺下了。"

"吃没吃饭？"

"吃啦。"

"怎么吃的？"

"烫了碗方便面……"

"你怎么能这样？再壮的人也不撑这个糟蹋法！我不是叫你到我那里吃来吗？三个人的饭，跟两个人的饭一个办法，你要不愿占我们的便宜，可以交伙食费嘛……"

李春说就不说这些了，问那几篇稿子看过了吗，说那几篇稿子没有完全按二哥的意思写，写着写着，心血来潮，就塞进了一些个人的私货，不知合适不合适？程同说，那个以后再说，还有几篇，你再帮忙写写，一边说着，一边就从口袋里掏出一张纸来，递给了李春。李春接过去一看，是三个题目：《吴梅的行为缺乏道德指引》《杨萍的脚下没有道德土壤》《一块钢洋》。程同对这三个题目做了简单的解说后，说道："我觉着你对这些内容都了解，写起来不会有太大的困难。"

"可以。"李春这回答应得很干脆，不过又说，"二哥，我对你做的这件事，有些担心……你只讲了一课，村民们就已经议论纷纷了，他们说程老头子脑子里可能进了水，伤害了神经，不然怎么能这样？现在，谁不忙着抓钱，他却吃喝开了奉献！当官的贪污，企业家捞钱，叫几个穷老百姓奉献什么？他们奉献点多好呢！他们一敞手，少则几十万，多则几百万、上千万……那多过瘾！"

程同就笑了，说有些反响很好，说明我们的工作已经接触实际了。

某些干部有贪污行为,那归纪检管;企业家捞钱,也与我们所讲的道德建设不是一回事……我们所讲的道德建设,主要是指公民的道德行为,奉献只是其中的一部分。而且,奉献不分穷富,更不能攀比,不能因张三比李四富有,张三不奉献,李四也就不奉献。帮人、助人、奉献,是道德行为,看一个人的觉悟高低,需由个人亲自去做,完全建立在自觉自愿的基础上,来不得半点勉强……解说了这么一番之后,程同进一步说道:"这个问题,我可以再补一课,做一些说明。你要听到议论,也可以解释解释嘛,嘴别太懒。不要干讲大道理,可以结合一些实际例子,说得深入浅出一些……"

"例子哪有恁现成?"

"弄了半天你不用心啊!咱们石波浪村助人为乐的事有的是!大热天,三婶子烧开一锅水,等水凉了,舀进瓦罐里,放在大门口,谁路过渴了,就喝上一碗,你不是也喝过?打日本鬼子的时候,林景让弄了辆英伦牌的德国造自行车,跑济宁,去时带剪子,回来带中草药……有一次,在平邑的山路上,遇上逃荒要饭的晁风举和他娘,林景让掏了一块银元给了这娘儿俩。晁风举的娘临死对晁风举说,管忘了谁,不能忘了你大哥……林景让不是石波浪村最富的人,但没听说过别的人施舍过一块银元。林景让过世多年了,但这个故事还在村民中传颂。这不是道德品质吗?用这样的事例解说,能感动不了人……"

李春说,他知道这个故事,只是以前没往深里想,经二哥这么一说,他才醒悟……

"行,以后再遇着有人议论此事,我一定尽心尽力解说。"

"这就对了嘛!"程同一下子高兴起来。

"那就回去吧,天已不早了。"赵珍催促道。

"忙什么,再坐会儿。"李春眼睛直瞅着二哥。

程同笑了笑,站起身来,说道:"今天就到这里,别忘了明天到我那里吃饭。"

李春说,中午去,早晚好对付。

"你怎么恁多讲究呢?"

"那就随兄弟的便吧。"赵珍拉了欣欣爷爷一把。

回家的路上,赵珍埋怨道:"人家不愿意的事,你硬说什么?"

"你不要这样埋怨!他们夫妻之间如果不发生纠纷,李春会有这些艰难吗?他到咱家吃饭,你觉着他心里怪好受……"

第二十六章　鱼和熊掌

1

屈指算来，离开薛城已有半月，不知章欣的情况有变化吗？万事俱备，只欠东风！他们之间的东风是什么？章欣已经把话说得相当明白了，是手续。尽管他花言巧语，但人家就是不买账，原则问题，寸步不让。经过这十多天的思考，她是否有了某些活动？他把修改得乱七八糟的文稿收拾起来，夹到一本书里，倒了一杯热开水，慢慢喝着，不停地想着……然后，他把茶杯放下，掏出手机来，拨通了章欣的电话。

"喂，李老师吗？"

"是的。章老师，近来好吧？"

"还可以吧，你呢？"

"我也还行，就是心里很苦……"

"别自己苦自己啦，把一切不愉快都抛到脑后，光想那些令人高兴的事，令人振奋的事……只讲过五关斩六将，不讲夜走麦城，好不好啊？"

"有一句话，不知你听说过吗？"

"什么话呀？你说出来俺听听。"

"劝人昧着良心！"

"哎呀！你这话不有些恶毒？我是很同情你的，怎么赚了个昧良心的恶名？你光想那些苦事，苦死自己有什么用？不想了，不就完了吗……"

"事情没有那么简单！我的感知器官暂时还没有丧失功能，越想不想了，记忆越来了清晰，就像失眠症那样，越想睡了越睡不着。如果得了老年痴呆症，或者成了植物人，那倒谢天谢地……"

"我说李老师，你不要太悲观……你的儿女都是大学生，又都找了那么好的工作，光这一项，还不够你乐一辈子的？有些星星点点的不满意，一张纸揭过去算啦，斤斤计较什么？"

"这不是一张纸揭过去就能算完的事……"

"上一次，我已经表示了明确的态度，我不想再重复。"

手机信号突然没了！显然，章欣挂了。他就重拨……信号来了。他忙说："怎么掐了，生气啦？"

"还有什么要说，请讲！"

"这夫妻关系主要靠什么来维持？"

"感情啊！"

"是啊。如果没有了感情，光一张结婚证是维持不住的。二婚与一婚还不同，一婚有子女牵扯，二婚多数没有共同的子女，如果感情基础不牢固，单靠一张结婚证是维持不住的，既然能结，也就能离啊……"

章欣就笑了，她说你的意思我明白，结婚证、离婚证代替不了感情，但它是一个全社会公认的法律程序，有了它，堂而皇之；没有它，人家指着你的脊梁骨说什么，你都有口难辩，这是其一。其二，它还具备总结性，千言万语说不清两个男女的关系，一张结婚证总结了；千言万语说不清两夫妻的感情纠葛已经到了何种程度，一张离婚证说明了……

"好，好，你说得太对了。"

"既然你承认我说得对，那这个问题还有必要继续讨论吗？"

"似乎没有了。"

"那就再见吧。"

2

章欣那里的路似乎堵死了！通往潍坊那位姓王的小学教师的路，

恐怕也不宽广，但尚未堵死。光镜里看花有什么用？再问问吧，有希望就谈下去；无希望，也就拉倒："喂，潍坊的王老师吗？"

"是的。你是李老师，对吧？"

"对，对。近来好吗？"

"就那样，无所谓好，也无所谓坏，天天吃饭，天天送孩子、接孩子，如此而已。"

"咱们的事，没有再往深处考虑考虑？"

"你的情况有变化吗？"

"没有变化。"

"没有变化，你又来电话做什么？上一次已经给你说了，没有手续不行。我劝你别折腾啦，你也不像那样的人！重归于好算啦，瞎折腾什么？我的男人跟人家鬼混，我难受了好些日子，差点死了。我想你这样折腾，你的那个女人也好受不了……将心比心一个心，我不愿丧这个良心！"

"你和她的为人一样吗？"

"不一样，但我们都是女人……"

"岳飞和秦桧不都是男人吗？谁同情过谁呀？林冲的媳妇和潘金莲，也能相提并论吗？人能因性别归类吗，我的王老师？"

"李老师，咱不争论这些了。你不是曾经说过，清明前后来吗？你要有了手续就来，没有手续就别来了，以后也就用不着打电话了。"

"那你以后不找啦？"

"找也不找你这样的。"

"找什么样的？"

信号没了……

3

手续，手续……他的耳畔，除了这个声音，没有别的了。这个事，除了祈求周云，没有别的办法。他把北京的电话拨通，手机里很快传来了三石奶奶热情洋溢的话语:"三石爷爷,你好啊?早就盼望你的电话了,怎么现在才来的?"

"怕你生气,没敢打。"

"盼都盼不着,还生什么气?"

"既然不生气,那咱就商量件事……"

"狗嘴里吐不出象牙来!我不跟你商量那样的骚事。"

"我说三石奶奶,我已经找得差不多了,你虽然偷去了我的电话本,但你没有能力封锁所有的信息。咱们办个手续吧,很简单,你给祊河县民政局写份协议离婚申请书,签上你的名字,按上你的手印,连同一张身份证复印件,挂号寄给我,其他的事你就别管了。"

周云哭了!她哭着说:"我给你当牛做马四十多年,你想一张卖身契就把我处理掉啊?没门!你要真想撕破脸皮闹,也行。我回石波浪村,我披头散发,我呼天抢地,我叫父老乡亲听听,我叫老天爷看看……我闹它三天三夜,跳祊河死了拉倒!"

"三石奶奶,你这样做,对谁有好处?"

"对谁都没有好处!"

"那何苦如此?"

"我没有别的办法,我对付不了你……"

"你就不想想,你死了,我还活着,我照样还能找?"

"你的名声就败坏了,就没人跟你了……"

"可是,我们这样僵持着,对你有什么好处?"

"不会不僵持吗?"

"怎么不僵持?"

"以前怎样还怎样。"

"那……再也不可能了!"

"为什么?你说到底为什么?"

"恶鬼做乱啊!你心里明白的,还问我做什么?"

周云再次号啕:"你血口喷人啊,你捏造事实啊,你太没有良心了……你、你……"

"我早就没有良心了,头顶长疮,脚底板流脓,坏透气了。这样一个坏人,你要他做啥呀?扔了多利索呢?"

"这话都是你自己说的,俺没说你坏。"

"不是血口喷人吗?不是捏造事实吗?不是没有良心吗……"

"话是话赶的,兔是狗撵的。"

这样胡搅蛮缠,啥时能有结果?他把手机关了。

4

中午,李春在二哥家吃饭,菠菜汤,杂粮煎饼,青椒拌辣疙瘩咸菜。饭罢,李春走出屋门,擤了把鼻涕,回来笑道:"以后的中午饭,天天都这样吃就蛮好。"

"听着了吗,欣欣奶奶?"程同笑着对赵珍说。

"原来兄弟这么好招待啊!"赵珍也笑了。

赵珍忙着收拾碗筷去了,程同拿过烟盒来,递给李春一支,李春说不想吸了,程同说你不吸,我也不吸了,吸这个确实没好处,说着就把烟盒扔回了桌子。

"二哥,我心里窝着好多话,想向你说,又不知怎么说……"

程同笑道:"六十多岁的人了,还是小孩子吗?"

李春长叹了一声,用两手搓了搓脸,但泪水还是下来了……

"你说你,这是为何呀?"

李春掏出手帕,擦了一阵眼泪,才说:"找谁都张不开口,只有给你说说……"

"说吧,别难为情啦。有话说出来,也就轻松了。"

李春说也不是新话,还是跟李海妈妈的那些纠纷……有些话已经说过,就不重复了。他说这次到闺女家以后,登了份征婚广告,来电话的有三十多个,但一听说还没办正式手续,大多数就退却了。也有不要手续的……他就说海阳的包莲月,还有莱西那个姓张的乡镇干部……可惜,自己没抓住时机!到北京后,电话本被周云盗了。他不能不说倪玉萍,说见了一面,犹豫了些日子,最后吹了。从北京回到济南,一次偶然的机会,在五龙潭公园邂逅,才知道她找了个姓冯的房地产开发商,最近又离了。原来这位冯经理另外还有八个小妾,最大的四十来岁,最小的只有十八岁。他有这么多女人玩着,何苦再找一个将近六十岁的老太婆呢?原来他想娶了倪玉萍去给他装点门面,倪玉萍是副教授嘛。半年前,他已把原配逼死了……上午见的面,下午她就委托她的弟弟给自己打电话联系,说了那些话,并问是否还有意愿重新谈下去。李春说,当时心里感到有些腻歪,没有断然回绝,也没有痛痛快快答应,说考虑考虑再说。接下去,他就说章欣,又说潍坊那位小学教师……这两个,都有希望,就是缺少手续。他不得不说周云的态度,还有李海和冬雪……他说,起诉等于把前六十多年的一切都扔了,协议的路看来难以走通,就这样熬煎着……

程同倒了一杯热开水给他:"喝一口吧,润润嗓子。"

趁李春喝水的工夫,程同到里间拿来了那本翻了不知多少遍的《论语·孟子》,掀到317页,递给李春,说道:"你看看划了红线的那几句话。"

李春接过去,眼前立即就闪现出了红线标出来的那几句话:"鱼,我所欲也,熊掌,亦我所欲也;二者不可得兼,舍鱼而取熊掌者也……"李春一下子想起来了,二哥曾经说过这话……难道自己设想的那条路就是走不通吗?周云盗他的电话本,实在是一步高棋……

"二者不可得兼!孟子在两千多年之前说的这句话,至今仍闪耀着哲学光彩。"程同说了这么一句后,就再次帮他分析。他说好在你们的感情基础还不错,出现了这么一次不幸,就宽容了吧。严于律己,宽以待人,是我们的老祖宗留下来的传统美德之一。郑起已经死了,这件事渐渐也就淡忘了。你也尽量别再考虑,一切烟消云散,重归于好。起诉,后遗症太大,就别折腾了。要手续,是正派人的正当做法;不要手续,即便有人同意,那人的道德品质究竟怎样,是很难保证的……世界上没有两全其美的事,有得必有失,有失必有得。这就要求每一个将要行动的人,认真权衡一下自己的行动所能产生的结果,是利大还是弊大？只要得到的多，失去的少，就可为；否则，就不可为……"

"你讲的这些我都明白，但做起来就难了……我心里很苦，苦不堪言！我不知道舍鱼还是舍熊掌，前路茫茫，唯有死了才能解脱……"

听了李春这话，程同立即训斥他："你怎么能说这么没出息的话？"

"我不知道怎样才有出息……"李春呜咽了。

沉吟片刻，程同长叹一声，说道："李春，你不能这样长期苦下去了，再壮的人也不撑这样熬煎。真咽不下这口窝囊气，你就去起诉吧……"

李春低着头，啥也不说了，沉默了一会儿，站起来走了。

李春走后，赵珍埋怨他："你怎么能那样说啊？"

"你说得怎样说呢？"

赵珍并不知道怎样说好，满脸无奈，泪水就挂下来了……

第二十七章 往事重提

1

农民夜校的开办,使石波浪村人活跃起来了,不只年轻人,老年人也都喜笑颜开,奔走相告,都说不能光讲挣钱,还得讲为人。程传仁回家来转了一圈,不停地说"君子爱财,取之有道",称赞二兄弟举办道德讲座实在是件好事。村支部书记李公范,一见村民们的情绪如此高涨,特别激动,跑了一趟农学院,但在职教师教务忙,难以脱身,有关领导给联系了一位叫陶丰的退休教授,说这位陶教授造诣很深,是植树造林方面的专家。李公范听了,喜出望外,植树节在即,他就想请一位这方面的专家,给村民们开一场技术讲座,掀一场植树造林的热潮。陶教授来后,当晚就讲了两个小时,很受欢迎,大家要求再讲两个小时。李公范征求陶教授的意见,陶教授欣然同意。当晚,安排他在李春家里住宿。陶教授随口问及家庭情况,李春就说儿子如何,女儿如何,寥寥几句,就过去了。陶教授又问家属,他说在儿子那里。陶教授见李春情绪不高,就没再说什么,收拾床铺,睡了。第二天起来,在程同家里用了早餐,程同和李春陪着陶教授,在田野湖坡里转了转,9点半时来到了石波浪处。河水已经不多,石波浪完全裸露出来了。经年累月的风化冲洗,使棱角完全没了,表面都显得很平坦。阳光很好,无风,气温时时上升,身上有了出汗的感觉。

"陶教授,在此稍歇?"程同说。

"可以,可以。"

坐下后,他们都舒了口长气,放眼四周,谈论开了河水、沙滩、岸柳……

"程老师，你是60年代的大学生，怎么会在农村留住呢？"陶教授突然提出了这么个话题。

程同稍愣，就笑了："不是有一般性，也有特殊性吗？"

"怎么个特殊法？愿闻其详。"

程同笑道："你这不是逼着鸭子上架吗？"

"不至于吧！虽然相识还不足24小时，但我觉着程老师从里到外，都是亮堂堂的，不会有什么难言之隐吧？"

这就将了程同一军！不解说不行，不解说就失去了一个朋友，人家可能还会猜疑你有什么龌龊之事，甚至怀疑你犯过什么重大错误。他就说自己的婚姻，说是老婆扯了后腿，恰巧家乡正在筹建中学，校长抓住就不放了。到了1980年，驻城中学整顿师资队伍，计划从农村选调一部分教师进城，程同自然进入了名单。程序也很简单，县教育局组织个听课小组，听一堂课，由领导拍板。那堂课讲的是同义词，课讲完后，有个叫沈德仓的学生问道："江、河，是不是同义词？"程同反问："你说呢？"学生回答："我认为是。"他接着追问："为什么？"学生说："长江不可以叫长河吗？黄河，叫黄江也可以啊！"程同笑了，叫沈德仓坐下，并表扬了他，说他说得很好，赞扬他思路开阔，能举一反三。但是，在课后举行的听课总结会上，带队来的县教育局普教科张科长却宣布："程老师犯了知识性的错误！江与河不是同义词……一个本科生，犯这样的低级错误，可悲啊！"此事很快传遍了全校，老师们都在窃窃私语，那个叫沈德仓的学生，也成了某些人取笑的对象……程同怎么忍得了这口窝囊气！他跑到地区教育局教研室，见到了时任教研室主任的余老师，申述了如下几点理由：第一，江与河，不但是同义词，而且是等义词，这与玉米和玉蜀黍是等义词是一样的，即同一个事物有两个或两个以上的名称。有典籍曰："江者，大河也。"这种解释，并不确切。《史记·屈原列传》有这么一句话："投汨罗以死"。汨罗江，可不是大河。第二，中国为什么有江有河呢？这可能是因南北风俗不同，沿革而成。长江以南，因长江统称之为江；长江以北，因黄河统称之为河；但在黑龙江流域，又出现了一组称之为江的河流，那是为什么，程同说他没有做深入研究，但可以推想，也一定有历史原因。第三，世界地图上，除了朝鲜有几条称江的河流外，其他都称河，那是翻译者的执意之举。朝鲜的河流称江，原因与黑龙江流域称江相同。黄河流域是中华民族最早的发祥地，一般认为黄河文化为其正统，把世界上的河流都翻译成河，也是顺理成章的事。第四，湄公河的上游是澜沧江。上游是江，下游怎么成了河呢？还不就是说，江就是河，河就是江吗？二者不仅是同义词，而且是等义词……程同申述完了这四条理由，又把致教研室的一封信交给余老师。余老师接过去看了一遍，基本上就是他说的那四条。余老师说道："事情我都明白啦。这点事用不着着急上火，真理总是要大白于天下的。你错了，强词夺理也不行；你对了，别人说你错了，恐怕也不行。但现在已经有人说你犯了知识性的错误，你只得忍耐几天，解决问题需要时间。孙悟空不是被弄进了老君炉吗？烟熏火燎，那滋味实在不好受，可孙猴子收获也颇丰，他不是炼出了一双火眼金睛吗？"程同说，这时他笑了，但余老师没笑，余老师是个挺严肃的人。余老师问他："你笑什么？我可不是在跟你开玩笑，这是真的，俗话说得好，不受烟火不成神，经受点磨难没有坏处……"他只得说是，但心里可不实落。走时，余老师送他到门口，握手告别时，余老师这才笑了笑，说道："心里别老惦着这事，没有什么大不了的，一个月内给你解决问题。回去安心工作，该干什么干什么，别老唉声叹气……"半个月后，有一次开校会，校长宣读了一封信："枣岭中学校长：你校程同老师来反映，说县教育局组织的听课小组有位领导同志说他犯了知识性的错误，认为把江与河视为同义词是不对的。我们查阅了有关资料，并做了研究，认为可以把江与河视为同义词，虽然还有些不同意见，但并不妨碍这一定论。请你能向贵校师生说明这点意思，并向程同老师致歉……"

听到这里，陶丰笑了："总算有了结果。"

"是的，这也就是我长期蹲在乡下的原因。"

"以后你没有再活动活动吗？"

"没有，我懒得动弹，也觉着没有意思。"

"可不能那样说，你要进了城，起码能弄到一处住房，当时只交几万，现在值几十万了……"

程同哈哈大笑，竟然把陶教授笑红了脸，他不好意思地问道："程老师，你是不是笑我这人太重金钱？"

"不不不！陶教授，请你不要误会。世界上到处都充满了利益，不是这利益，就是那利益……应该得到的，就去争取；不应该得到的，何须追悔？而且，我在乡下也有厚重的收获，我与乡亲父老交往，互相帮助，建立了深厚的友谊，这份收获，多少金钱能买到？"

"说得好，说得好！"

这时候，走到远处的李春跑了回来，气喘吁吁地说道："公范来电话了，叫回去吃午饭。"

2

午餐是在疤痢腮的饭店里进行的，"三大件"的酒席，这可是此地最高级别的菜肴了。餐后，陶教授仍到李春家里休息，程同、李春作陪。到家后，李春泡上一壶茶，慢慢喝着闲聊。陶教授说程老师生活道路多坎坷，但确实也磨炼出了品德。程同说哪里哪里，全怨自己愚笨，不会来事，以致如此，陶教授经多见广，知识渊博，境遇一定好得多。陶教授没有立即回话，他喝着茶，陷入了沉思。良久，他才说："一家门前一个天，家家都有一本难念的经……"

"陶教授怎么也发这样的感慨？嫂夫人一定也是教授吧，应该满足了。"

"她去年西去了。"

"是吗？太早了！"

"这个有什么早和晚，黄泉路上无老少……"

"再找一个吧，现在时兴。"

"对此，一点兴趣也没有了！"

"陶教授,心灵深处受过什么创伤?"

陶丰叹气了!他说我和你一样,父母主张,也娶过一位农村的妻子,并有了儿子。大学里跟一位女同学有了感情,就离了婚,跟那位女同学结合了。前妻虽然没有文化,但很要强,当天就抱着儿子走了,后来找了个农民,又生了三个儿子,生活相当拮据。我那儿子上高一的时候,找过我一次,好歹吃了点饭,妻子就撵他走。他哭了,我无法,只得送他走。到了汽车站,我把身上所有的钱都掏出来,数了数,只有五十多元,全部给了他;又把刚买了不久的上海全钢手表给了他,嘱咐他到学校请班主任老师帮忙卖了,说原价120元,只戴了二十几天,少了100元不能卖。儿子把钱和手表装进内衣口袋,并用别针封了口,擦干了眼泪,向我深鞠一躬,走了。回来没过几天,妻子发现我的手表没了,就质问,我说丢了,她不信,一口咬定我给了那个小鳖羔子,连哭夹喊,闹翻了天……去年,她归西了。我的第一个儿子很有出息,在一处军事院校任教,大校军衔。他的继父也去世了,他妈妈在他那里生活。今年春节我去了一趟,一进门就被他妈妈推了出来,她破口大骂:"你这个没良心的东西,来俺这里做什么……"儿子给我找了家旅店住下,哭着说妈妈不容你,我没有办法;还说那块表卖了120元,班主任老师知道了表的来历,二话没说,原价留下了。这170元钱,他花了二年,读完了高中。我不胜感慨,抱头痛哭,儿子也哭……

听完了陶教授的故事,程同忙插话道:"陶教授,你可别悲观,好在你们的父子感情尚在……"

陶丰连连摇头:"那是不可能的了,我把他妈妈伤得太深了。"

"有一句话,你听说过吗?"

"别卖关子啊!说来听听。"

"小雀不叫,功夫不到。你勤去跑着点,并诚心认错……"

陶丰沉吟了片刻,说道:"谢谢你的指点,这事就说到这里吧,我还得把今晚要讲的内容看一遍。"

第二十八章　寻找李春

1

送走陶教授后，程同要李春上一课。

"上一课可以，当了一辈子教书匠子，还怕讲课吗？讲什么？"

"在你整理的讲稿中，你觉着哪一份最得心应手？"

"《在郁达夫的悲剧中，王映霞应承担多少罪责》。"

"那就讲它。"

李春走上讲台，一句话没说，就写上了课题。然后，他对郁达夫做了简单的介绍，并说王映霞是他的妻子，但并不是一个农村妇女，起码是个中师生。接下去，他就根据《郁达夫〈毁家诗纪〉的背后》一文，把郁达夫妻离子散、家破人亡的悲剧历程，简略地说了一遍，嗓音骤然高亢："是的，许绍棣是孬种，戴笠更是孬种，但王映霞呢？军统特务头子是一个双手沾满鲜血的凶神恶煞，但他没有绑架王映霞呀！是戴笠派小汽车把她接走的，事后还'提及戴笠家花园洋楼如何漂亮，室内陈设如何富丽堂皇'，言谈当中，不乏得意扬扬。在这里，王映霞充当的什么角色？婊子啊！她鬼混一个许绍棣还不过瘾，再来一个军统特务头子戴笠……她、她……她是人吗？她是畜生！当然，戴笠有权有势，杀人不眨眼，但郁达夫也不是等闲之辈，就凭郁达夫的声望和能力，只要王映霞跟他一心，避开戴笠的视线还是有办法的。可惜，王映霞不是这样的人！她主动地钻进了戴笠的小汽车……"说到这里，李春趴在教桌上呜咽起来。

学员们个个吃惊，但不知如何是好。这时，李公范闯进来，随手扯过一个学员来，把李老师架走了。程同急忙走上讲台，说道："同学们，不要惊慌！李老师讲课讲得可能有些激动，请大家原谅。我们讲这一课的目的，还是想讲道德，我们不能偏离了这个大主题。王映霞的所作所为，归根结底一句话，她丧失了道德。这对她并没有太大损害，她跟郁达夫离婚后，又组织了新的家庭，戴笠还给她的新丈夫找了一份不错的工作，想来此后王映霞日子过得也不会很坏。可郁达夫呢？他被逼无法走南洋，先去了新加坡，新加坡陷落后，又去了苏门答腊，1945年8月29日夜，被日本宪兵暗杀于丹戎革岱的荒野之上。呜呼！何哉？王映霞稍有良知，别把道德尽失，郁达夫的归宿怎么会这么悲惨……"

2

夜里没有睡好，清晨不想起。赵珍从来不睡懒觉，她得忙活早饭。她起来洗了把脸，就拿着小铝锅去打豆汁。刚进大门，见门里有一封信，她拾起来一看，上面只写了"二哥收"三个字，就知道是李春写的。有什么话不可以面谈，写信做什么？她放下小铝锅就往回跑，跑进里间，把信放在程同的枕头边，说道："你快起来看看，这是什么？"

程同忙爬起来，披上大衣，把信撕开，里面有好几张稿纸，还有几张报纸，其中有《郁达夫〈毁家诗纪〉的背后》那篇文章。一张白纸上写下了如下的文字：

二哥：
　　我不面辞，而用这封信向你告别，你不会生气吧？昨天夜晚那堂课失态，我将永远痛苦！我觉着我不宜于再讲这样的课程，似乎也不宜于再在石波浪村待下去。我内心里淤积着许多屈辱，又没有勇气言说，长期郁闷，苦不堪言……这一切，你是清楚的，我即便有个三差两错，你也能理解，并能谅解。可是，别人呢？我走在路上，有一种抬不起头来的感觉，总觉着比人矮了一头。

第二十八章 寻找李春

士可杀不可辱！大丈夫，宁愿站着死，不愿躺着生。"一箪食，一豆羹，得之则生，弗得则死，呼尔而与之，行道之人弗受；蹴尔而与之，乞人不屑也……"这既是精神，也是道德。可是我却没有！我内心里矛盾重重，无路可走，想过一千次一万次之后，才知还有一条路可走，那就是浪迹天涯。

我不会走自绝之路！这一点，请你放心，但前路无尽头，究竟会发生什么，我是估计不到的。如果有不测，请您能想开。因此，这一次分别，很可能是永诀……

还有很多话要说，但是乱糟糟的，毫无头绪，只好打住。

《关于道德建设》，我认为是一本很好的书，但我从来没敢想过，帮点小忙可以，大事肯定做不了。这一走，就什么也做不成了。我预祝你成功，但希望你不要拼老命，一天写一点，燕子衔泥垒大窝，天长日久，也就完成了。我的女婿沈德仓，也是你的学生，我认为那是一个好孩子，你如果感到力不从心，可以叫他帮忙。我想，他是不会拒绝的。

二哥，别了！

二哥，夕阳仍在明亮，请你走好每一步……

此致

敬礼！

李春
2009.3.31

程同看完信，已经老泪纵横。赵珍接过信去，看了大半，惊呼道："这可怎么了？"

程同哽咽着说道："没有办法。"

"快给他的近门亲戚说一声，赶快找吧。"

"恐怕无济于事，瞎忙活……"

"瞎忙活也得忙活！你是最先知道的，你一声不响，事后会落埋怨的。"

程同如梦初醒，忙给李公范打电话，然后又给锡明打电话……二十多人出动，下午归来，一无所获。

2

只过了一天，周云就领着儿女回来了。他们带来了冬虫夏草和西洋参，周云一句一个二哥叫着，李海和冬雪一句一个大爷叫着，恨不能一下子从程同嘴里挖出李春的去处。这时候的程同，再一次尝到了做人难的滋味！全石波浪村，三千人众，谁不知道程同和李春鳖子盖锅？李春出走，他谁也不会告诉，但不会不告诉程同！追问来，追问去，程同无言以对，周云就哭了。赵珍忙把她拉到里间里，一边劝说，一边解释，但不管怎么说，周云就是不信，说二哥也不会给你说实话，二哥一定知道李春的去向，他跟李春从小就一个鼻孔眼里出气，谁都知道……赵珍摇着头叹气，已经没了办法。

明间里，程同正在跟两个孩子说那天晚上李春给夜校学员讲课的情形，然后把那封信拿给了他们。李海看完了，递给冬雪，冬雪看完了，还给程同。

"发现这封信后，我通过电话告诉了李公范和我大儿，他们俩组织了二十多人，找了一天，一点音信也没有打听着……"

冬雪终于哭了！她哽咽着说："我爸真能扔下我们不管了吗？这不可能啊！我爸，我爸……"

李海也泪水唰唰，但没有哭出声来。

程同无可奈何，只得耐下性子安慰道："我像你们一样难过、着急，可是光难过、着急，有什么用？我们现在必须冷静，只有冷静下来，做些理性的分析，才能理出一些头绪……"

"大爷，你说，俺不哭啦！"李海说着，瞪了妹妹一眼。

冬雪忙止住哭声，擦着眼泪说道："大爷，俺不知道好歹，你别上怪，你有什么教导，就快说吧。"

第二十八章 寻找李春

程同说,他和李春鳌子盖锅铁相好,谁都知道,但毕竟是两个人啊,他就没有一点自己独立的思考吗?特别像这样的重大决定,他怎么会完完全全地告诉别人呢?信,你们也看了,看不明白吗?他不会告诉除他以外的第二个人!如果向任何第二者透漏了信息,李春就不是李春了。"这是我需要说明的第一点。"程同喝了一口茶,继续往下说。他说你们也不要担心他会到外地随便找个娘儿们鬼混起来,你们的爸爸不是那样的人。另一方面,好女人不会接纳来路不清的人,人家要手续,人家要堂堂正正地做人。他为什么要出走,要浪迹天涯呢?他无路可走了,老天爷只给他留下这一条路了!手续轻易拿不到,他又不愿跟你妈妈对簿公堂,哪里还有路?依我看,他们的关系已经到了这种地步,何必再僵持下去?再僵持下去,对谁都没有好处。现在,出现了这么个结局,谁会说就怪好呢?至于其他……

"大爷,这一切我们都明白,但见不到他怎么办呢?"

程同喝着茶叹气,说见到他已经不可能了,除非他改变主意,再跟我们联系。这时,周云从西里间走出来,阴着脸恶狠狠地嚷道:"谁不知道你跟李春穿一条裤子!他的去向,你不知道谁知道?"

解释了这么多,说得口干舌苦,周云还这么无理,他还说什么?程同一声没吭,站起来向门外走……

"你回来!"周云发泼了,她迈开大步往前闯,但被儿子挡住了。她无可奈何,就地一坐,号啕大哭。

李海和冬雪稍一商量,就劝妈妈回家,再做商量。周云不依,哭着直嚷:"商量什么,还有什么商量?你二大爷不帮咱的忙,怎么商量也白搭……"

"你在人家哭喊,总不是个办法。"李海说。

冬雪拽着妈妈的胳膊,说道:"妈妈,你听话,咱回家再说。"

李海也上来搀扶妈妈……周云无奈,只得走了。

娘儿仨走后,赵珍到院子里,把蹲在白果树旁边的欣欣爷爷搀扶起来,进屋坐下后,说道:"俗话说得好,闲事少管,能推不揽;多一事,不如少一事。这下可好……"

"你行行好，少说两句，让俺清静一会儿，行吧？"

赵珍转身去了里间，啥也不再说了。

过了十多分钟，程同说道："欣欣奶奶，咱把李海他们送来的冬虫夏草、西洋参，退给他们，你看行吧？"

"行啊！"

"那……你就去吧。"

赵珍还没有回到家里，李海和冬雪又拿着那份礼物来到了程同面前，李海哭着说道："大爷，你怎么能这样？你是不是要跟我们断绝关系，再也不理我们了？我们必须有个老人依靠……如果俺爸爸一去不复返了，你就是俺的依靠。你要这样……"

没有听完李海的哭诉，程同的老泪就流下来了。他不让李海再说下去，把李海扶起来，颤着嗓音说道："我怎么能不理你们呢？不管你爸爸如何，我们的关系都不能断绝……"

冬雪立即说："那何苦叫大娘退这个？"说着，她就举起了那个礼包。

程同似乎还想说什么，但嘴唇刚一张就合上了。稍顷，他长出了一口气，终于说道："放在桌子上吧。"

冬雪放下礼包，找个小椅子坐下，说道："大爷，俺已经想通了，俺只想爸爸回来，别在外漂泊了。他想怎么着就怎么着，俺妈妈也不硬阻了……"

"你们能想通这件事，很好，可惜有些晚。"说着，程同起身到里间里，拿来了李春留下的那封信，"你兄妹俩再好好看看你爸爸留给我的这封信……"

看完信后，李海阴沉着脸，没说啥。冬雪流着泪，哽咽着说道："俺总认为俺爸爸不会那么狠心！"

"我也这样认为！"程同说，"我们等着吧，等着他回来。其他的事情，等他回来再说。你们也不要太难过、太着急了，回去把自己的工作干好。我们坚信，冬天过去，春天就会到来……"

两个孩子眼睛突然明亮起来，几乎同时说："谢谢大爷！"

"好，你们回去吧，回去好好安慰安慰你妈妈……"

兄妹俩走，程同送到大门口，李海回身说道："大爷，你一旦知道了我爸爸的音信，一定及时告诉我们。"

"好！我前一分钟知道了，后一分钟就打电话给你们……"

听了这话，冬雪破涕为笑，说大爷真会说话。

"你们的心情，我都明白！"

3

十天之后，倪玉萍来了。

"这是程老师的家吗？"

时间已近 10 点，坐在银杏树下看书的程同，听到大门外有人吆喝，就忙起来去开门。

"程老师在家吗？"又一声吆喝，比前一声响多了。

"在啊，在啊……"程同一声不连一声地答应着，赶忙开了门，但一见来人，不认识。来人是位女士，头发乌黑，偶见银白，脸型漫长，面色白皙；穿一件浅灰色呢料外套，显得素雅端庄，全身处处都给人一种不俗的感觉。

"你就是程老师吗？"

"是啊，是啊！你是……"

"我叫倪玉萍，在重工业学院教书……"

"哎呀，倪教授！快家里坐。"

听到有客人来，赵珍迎出门外，握手问候，到屋里坐定。赵珍忙倒过两杯热开水，端给倪玉萍一杯，另一杯端给了程同。

"喝吧，倪教授。"程同说。

倪玉萍喝了一口，嫌热，就放下了。

"程老师，我贸然来访，有些不礼貌……"

程同连忙摆手："哪里，哪里，倪教授来访，我很高兴。"

"程老师，你别叫我教授啦，我只有副教授职称，你就直呼其名，不乐意的话，就称倪老师吧。"

程同笑道:"那就恭敬不如从命了。"

趁这个空,倪玉萍端起茶杯,喝了两口,然后问道:"你们这里有个叫李春的中学教师吧?"

不等程同回答,赵珍就说:"有,但不在家。"

"去了哪里?"

"倪老师,你是怎么认识李春的?"

倪玉萍稍愣,觉着有些话不便说,但又一想,还羞口什么,既来之,则安之,你不把话说明白,人家不清楚,能说心里话吗?于是,她就说自己怎么丧夫,怎么含辛茹苦把女儿拉扯大,现在女儿已在美国教书……这才想起自己该找个老伴了!又说怎么跟李春见的面,当时感觉还不错,就是觉着李老师只是个乡村教师,收入也并不比自己高,而且还比自己大将近十岁,有些不合适,就放弃了。又说怎么跟冯经理混混的,又怎么散的……她原原本本地说了一遍,不等程同说话,又解释自己来石波浪村的因由:她说李春曾给她写过地址,又讲在一个叫林春时的学生的笔记本上见到的那段话:"世界上到处都充满了利益,不是这利益,就是那利益……"因此,她对程老师也不陌生。她表示,程老师对利益的看法有独到之处,令人佩服。她说自己的思想认识当时没有达到那个高度,走了一段弯路,非常悔恨。这次来,她想通过程老师,再见见李春,看是否还能重修旧好……

当倪玉萍的谈话告一段落后,程同不得不把那封信再拿出来给倪副教授看。倪玉萍看罢信,有些吃惊,忙问:"李老师出走了?"

"是的,他走了。前些日子,他的夫人、儿女回来问我要人……"程同就把当时的情况做了大体说明。

倪玉萍流下了两行清泪:"是我害了他……"

"倪老师,话可不能那样说。李春这人脾气有些特别,他一味地追求完美,但实际上,世界上从来就没有过完美。你看我吧,是个瘸子,自然不完美。怎么办?要放在李春身上,就得去死。他高小毕业,当了社办教师,但从未沮丧过,追着我,不停地学习,最终拿到了本科学历。儿子,研究生,在北京一家软件公司工作;女儿,也是研究生,

第二十八章 寻找李春

在济南一所高等院校任教；孙子、外孙女，也都牙牙学语了……多么好的一个家庭啊！去年初秋，他媳妇与村中的一个孬种龌龊在一起，被他撞上了……这样的事，不可细究，不是屡教不改，一次偶然事件，眯眯眼过去拉倒，这是一般人的处置方式；可他不然，耿耿于怀，非弄个一清二楚不可。他媳妇不跟他协议离婚，他又无勇气对簿公堂，最后就只剩下出走一条路了。关于你，他也说过，你在丈夫去世之后，能把女儿拉扯大，很令人敬佩，但与冯经理混混的这一场，实在叫人难过……"

"这我清楚，他应该有这样的态度。不然，那还算正经人吗？"

听了倪玉萍这话，程同有些迷惑，看了她两眼，说不出话来了。

"程老师，你可能感到我这话有些玄，是吧？我是说，一个正经男人，遇到这种情况，有个这样的态度，是正常的。一个他心爱的人，跑到别的异性家里混混了些日子，他能高兴吗？也正因为他有这样的心态，我才特别敬重他……"

一听这话，倪玉萍在程同心目中的分量立即有了提升，他迅速意识到，倪副教授实在不是一位庸俗的女人，她看问题的高度，是一般人无法达到的。可惜，卖金没遇着买金的！"倪老师，我已经说过了，李春走了，这件事情已经无法进行了。"

倪玉萍的热泪再一次涌出，她走到门外擤了把鼻涕，用手帕擦拭了一阵，回来坐下，叹息道："我可能无命担他！"

"倪老师，我看无须这样叹息。你是一位副教授级的知识女性，各种条件如此优越，想找个老伴还不轻而易举？莫愁前路无知己，天下谁人不识君！今后选人，建议多关注思想道德品质，少要求金钱、房产也就行了，没有太多的难题做。"

"程老师，这些话我记下了。只是，看花容易绣花难，真做起来，很难把握。像李春这样的人，不是绝无仅有，但几时碰着，却很难说。同样的道理，像冯经理那样的人，也不止他一个。想谁不见谁，怕谁遇着谁，如果再有这样的人，乔装打扮，前来纠缠怎么办……"

程同就笑了，他说："我想，经过这一番折腾，倪副教授已经具备这个识别能力了。"

"即便是这样,俺还是想跟李春谈谈,我相信会说好他的。"

"他不是出走了,不跟任何人联系了吗?"

良久,倪玉萍站起身来,说道:"那就这样,我回去了。"

赵珍拦住了她,说怎么也得吃了饭再走。

"倪老师,请你听我一句话,来者为客,叫客人饿着肚子走,不是沂蒙山人的做人风格。我不是政要,也不是大款,没有山珍海味,只有家常便饭……"

赵珍看了程同一眼,打断了他的话:"妹妹,我包两碗饺子你吃,你早晨是不是没来得及吃饭?"

倪玉萍的眼睛里立即蓄满了泪水……

4

倪玉萍走后的第二天,章欣就来了。她拿来了一封信,信曰:

章欣同志:

近来你好吧?我决定出走,临行前跟你告个别。

我对不起你,深感内疚,但我软弱无能,没有其他办法,老天爷只给我留下了这一条路。我家的那个女人,至死不跟我协议离婚,声言要跟我闹个天翻地覆、鱼死网破。我六十多岁的人了,丢不起这个面子,这是其一;其二,我也不忍心得罪儿女,还有孙子和外孙女,他们虽然还小,但长大后,他们会怎么看待这件事呢?维持现状,我又忍受不下去。不得已而求其次,离家出走这一预案,终于被提到议事日程上来了……

你面前的路,比我宽广得多,请你好自为之。

还有好多话要说,但一想,都多余,就不说了。

再见!

李春
2009.3.30

第二十八章　寻找李春

程同看完了，无话可说，默默地把信还给章欣。

"程老师，李春跟你谈起过我吗？"

"谈起过，说你是一位良母，丈夫下海捞鱼去了，睡别的女人去了，你在危难中站起来，把两个孩子拉扯大，他们虽然没考上大学，可也都有了一份工作……"

"没说过我和他之间的事吗？"

"也说过……"

"他这个人怎么能这样呢？"

程同没有立即回答，给章欣端过去一杯水。章欣接了，说声谢谢，喝了一口，放在了桌子上。程同说："也就是他信上说的那些……他心里窝着疙瘩，重重矛盾，把他逼上了绝路。"

章欣红润的面色渐见阴暗，沉默了好大一会儿，她才说："真没想到事情会是这样！说起来，他好可怜，想事做事顾虑太多，我可能也有同样的毛病，总想把事情做得四平八稳……"

"你一个女同志，那样做就对了，只是稍欠灵活。"

"怎么灵活才好呢？"章欣紧紧追问道。

程同稍稍沉默后说道："你们如果能把关系确定下来，叫李春心下有底……手续可以慢慢想法解决。"

章欣脸色红涨了一阵，头轻轻地摇了几下，长叹了好几声。

应该说，章欣是一位道德高尚者，她对李春的同情和热爱，都是非常真实的，但叫她违规做事，也是不可能的。程同非常尊重这样的女性，感到没有必要再说别的，就嘱咐欣欣奶奶做饭。章欣忙阻止，说在村头饭店里刚吃过了。

"那就喝茶……"程同说。

章欣端起茶杯喝了两口，又问："程老师，真的无法跟他联系了？"

程同无奈，只得再次把李春留给他的那封信拿给章欣看。章欣接了过去，看完，还给程同，什么话也没说，低下了头。

"章老师，这信中，有没有永别的意思？"

章欣没说话，掏出手帕，捂住嘴巴，转身跑向院子……赵珍忙去追，在大门口拉住了她。程同随后赶来，气喘吁吁地埋怨道："你怎么能这样走啊？"

章欣擦拭了一阵眼泪，心情平静了些，哽咽着说："哥哥、嫂子，这一趟，我来得有些多余……"

"话怎么能这样说呢，俺嫌你来了吗？"

"哥哥、嫂子，咱别争论这些了！我只求您一件事，李春一旦有了音信，一定及时告诉我。"

"一定，一定……"

大门外停着一辆客货两用车，章欣说这是她儿子的车。她与程同、赵珍分别握手话别后，上了车。不一会儿，汽车发动机响了，几分钟的工夫，汽车在拐弯处不见了。

第二十九章　第三次住院

1

　　早晨起来，小解后，刚走出厕所，程同就觉着有些头晕，又走了几步，感到天在旋，地在转……怎么啦，要地震吗？他忙蹲下，好了些，再站起来时，又来了那种感觉，而且呕吐起来，他忙扶住了一棵银杏树……

　　正在洗脸的赵珍忙跑过来，问他："你怎么啦？"

　　"我觉着天在旋，地在转，直想呕……"说着，他又呕了几下。

　　赵珍扶他到屋里坐下，喝了几口水，感觉好了些，但一站起来又那样。好歹走到里间里，他从枕头边拿过手机来，拨通了大儿子的手机。不一会儿，程锡明就来了。见状，程锡明惊呼："脑血栓！"他忙打电话给出租车司机，接着跑到大门外，骑上摩托车，一溜烟不见了。

　　"锡明呢？"程同问。

　　"跑出去了。"

　　"做什么去了？"

　　"不知道，他没说。"

　　"你说你……"

　　话没说完，村卫生室的医生晁玉波和程锡明一起来了。他们前脚到，出租车司机后脚也跟来了。晁玉波弄了几样药片叫二哥服上，倒了满满一碗白开水，掺了点凉的，叫他喝上，说快走，去医院。在枣岭医院输了三瓶药水，程同感觉好了些。不知什么时候，小儿子锡志来了，他坚决主张进城去脑血栓专科医院治疗，大家都说也好，就雇辆出租车去了。

经过一个星期的治疗,感觉差不多了,而且没留下什么后遗症,大家都喜形于色,特别是他本人,无限感慨,说阎老五可能不喜欢他,想方设法阻止他前往。赵珍被他说笑了,就说他:"你听你,怎么恁个说话法?"

他想出院,锡明、锡兰、锡志三人一起去征求主治大夫的意见,人家说真愿意走,当然也可以,但最好再过一周,一边治疗,一边观察,真感觉恢复到先前的健康水准了,再走多好呢!三人一商量,一致同意主治大夫的意见。回来一说,赵姨也同意,但程同却说:"那就再拖三天。三天后,如果还这么好,谁说也不行,我得回家。住院你寻思怪好,跟坐监狱差不到哪里去……"

三个孩子没多说话,都说三天后再说,就走了。

"你急什么?一周就一周!"赵珍说。

程同真有点着急,嚷道:"在这里做什么?我回家还有好多事……"

"你那些事,做也行,不做也行。"

"话可不能这样说……"

赵珍板起了脸,一声不响了。

"怎么不说话啦,哑巴啦?"

"俺说什么?俺说了你也不听,还不如不说。"

"你怎么能是这个态度?欣欣奶奶,咱远了吗?听也好,不听也好,都得说。你不说,谁知道?你说了,对的就听,不对的当然就不听啦。"

"人家医生说的话,还能不对吗?"

"医生的话,也有不对的时候……"

"人家叫你再住一周,也不对?"

程同稍一寻思,觉着争论这些没有什么意思!日常生活中,就有那么些似是而非的话题,公说公有理,婆说婆有理,争论起来,永远没有答案……他一边摸手机,一边说"对,对",总算结束了这场争论。

电话来了,是沈德仓的声音。

"德仓,我是程同……"

"老师，是你呀！你身体一定很健康吧，各方面都很好……"

"不怎么理想！"他就把近来的病情简略地说了一下。

沈德仓说："要不要来济南治疗一个阶段？"

"没有那个必要，基本好了。"

"那就祝贺你！以后应加强保健……等放了暑假，我回去看你。"

"我说德仓，我现在就想见到你，有一件事急需跟你商量。"

"不能在电话上说说吗？"

"电话上恐怕说不明白。"

"不能笼统地说说吗？"

"我有一部书稿，恐怕有生之年完不成了，想托付你……"

"好，好。我双休日回去，行吧？"

"可以。"

2

正在病床上迷困之际，手机响了，他忙接："喂，谁呀？"

对方笑了："听不出来了吧？不服老不行，将近七十岁的人，各种器官的功能都退化了……"

"你别做学术报告啦，我听出来啦，你是陶教授。"

陶丰哈哈大笑："老弟，怎么样啊，近来还好吧？"

"好，好啊！你呢？"

赵珍插言道："还好呢，差点……"

程同瞪她，摆了好几摆手。

"我想告诉你一件事……"

"好啊！说吧，我洗耳恭听。"

陶丰说，他最近又去了大儿子那里一趟，得到了比上一次稍好一点的待遇，儿子、儿媳妇就不用说了，他妈妈没有上一次凶了，尽管还阴着脸，但也没有撵他走，住在另一个房间。他在那儿过了十二天，回来了。

"你走的时候,她没送送你吗?"

"没有,光坐在沙发上掉眼泪……"

"你没安慰安慰人家吗?"

"没有。"

"陶老兄,这就是你的不对了!出于礼貌,你也应该说句告别的话,怎能一言不发就走了呢?"

"这不就来请教你吗?"

"那好……一个月后,你再回去,把户口本、身份证、工资卡……都交给她,就说自己经常外出,怕丢了,让她给保管一下。如果她不拒绝,事情可能就差不多了;如果她拒绝,甚至摔回来,那说明问题还有一些,以后再想办法。好在你在你儿子最困难的时候,资助过他五十块钱和一块上海全钢的手表,虎恶不食子,你们父子之间的感情基础还是牢固的……只要你锲而不舍,坚定不移,最后的胜利一定是你的。"

"感谢你的吉言,我就依计而行。"

"成功之日,别忘了请酒啊!"

陶丰又一次大笑起来:"忘不了!怎么,也来了小气?"

"那就再见?"

"不不,夜校的情况怎么样了?"

"这些日子有点别的事,没多过问,我问问村支书,再向你汇报,可以吧?"

"当然可以!我还很想再去讲两课……"

"欢迎啊!我一定向公范转告你的热心。"

跟陶教授通完了电话,他兴犹未尽,眉飞色舞,哈哈笑着,不停地念叨陶丰的喜日子就要到来了……但赵珍不以为然,阴着脸问他:"你不是说为人以诚为本吗?怎么有病也不说,还好啊、好啊的?"

"欣欣奶奶,这你就不懂了!告诉人家有病,人家来看你呢还是不来看你呢?不来看你,不够朋友;来看你,大远路,叫人家跑颠什么?又没有别的事,我的病也好得差不多了……这诚实不诚实,也要看情况:该说实话了,怎么也别撒谎;不该说实话的时候,就别说实话……"

"你歇歇吧！为别人想得这么周到，就应该也想想自己。"

程同没再说啥，喝了几口水，躺下了。

3

又过了两天，就是星期五了。程同念算着，沈德仓今晚可能就能来到。果然，21点15分，沈德仓闯进了程同的病房。

"德仓，你明天来也不晚啊！晚饭吃了吗？"

"吃了。"沈德仓说着，就把一个鼓鼓囊囊的塑料包递给他，"也没有买别的营养品，买了点专门防治心脑血管疾病的保健品，你吃吃看看效果如何，有效果再买。"

赵珍端给他一杯茶，他接了，说赵姨你别忙，我喝我自己倒。他喝了两口，把杯子放在茶几上，说就不打搅了，快10点了，有什么话明天再说。说完，他就要走。

"你别忙啊！今晚你睡哪？我给锡志……"

沈德仓忙摆手，说到他大哥那里睡，说完一转身就走了。

程同感慨道："到底是年轻，脚步快得像闪电。"

赵珍没接他的话，只说快睡吧，天不早了。他没再说啥，睡了。天明起来，他就说："欣欣奶奶，咱今天回去。"

赵珍愕然，问道："不是说再过一周吗？"

"我说欣欣奶奶，为人做事不能按死铆子抠，该灵活了得灵活。昨晚那个年轻人，是我的学生，找我有要紧事。再一说啦，我行啦，浑身都怪舒服，在这里耗什么？"

赵珍没有忘记三天前的那次争论，再多说恐怕也白搭，就说："你得告诉他姊妹仨一声吧？"

他摇头说不，说自己能做的事，就别去打扰别人。他叫赵珍快去弄早餐，吃了到住院部的收款处算算账就走。赵珍刚走，手机响了，他忙接："是德仓？"

"是啊，老师！"沈德仓哈哈地笑起来。

"我说德仓,我这就回家。你什么时候去石波浪村?我在家里等你。"

"你的身体行吗?"

"早就行啦,他们非要我多住一周不可。"

"那好,我大哥送我回家,咱们一起吧。"

"好啊,好啊!求之不得,求之不得……"

"您和赵姨在医院门口等候,我们8点准时到达。"

"好,好,就这样。"

4

石波浪村离县城三十里路,因为有老人,车开得慢些,到石波浪村时,已经9点。沈德仓叫大哥先走,说他晚上回家,叫大哥给爹娘说准备好饭。

"你说什么?你再给我说一遍!"程同眼睛瞪圆了,话音虽低沉,却很严厉。

沈德仓猛然想起过去程老师曾经说过的一句话:"不孝敬父母的人,说他尊重别人,这可能吗?"

"怎么啦,程老师?"沈德运问道。

没等程同说话,沈德仓忙说:"老师叫我先回家看爹娘……"

"这就对了嘛!"程同笑了,"你们别忙走,我这里还有点冬虫夏草、西洋参,拿去给老哥泡酒喝。"说着,他一瘸一拐地向里间里走。

"你留着自己用吧,爹用我们再给他买。"沈德运说。

程同拿出个绿色塑料袋,交给沈德仓,说道:"这还是李海拿来的,各半斤。送给老哥各二两,你们不要以为我没有自私性……"说着,他就笑了。

沈家兄弟俩同时笑起来,沈德运说:"程老师,你对人不能这么实诚……"

"德运,我对人差不多都是这样,对有恶迹的人,略有保留。"

沈家兄弟俩走后，赵珍埋怨他："你送就送吧，何必要露自己的老底？"

"欣欣奶奶，你别担心这些！诚心换诚心，人家没把我当外人，我能把人家当外人吗？"

赵珍也就不再说什么，忙着打扫开了卫生。程同也不闲着，拿把扫帚，扫开了院子。

"你先别忙活，我拾掇完了屋里，就去扫。"

"你干你的，我干我的……"

"你不行！累犯了病怎么办？"

"你不懂，这种病，不是累犯的……"

5

下午2点，沈德仓来了。

程同首先把《关于道德建设》的目录拿给他看，然后又把已经写好的稿子拿给他看。字迹很清楚，而且工整，都是正儿八经的楷体，跟打印的差不多。

"写得这么板正，这得多长时间？"沈德仓不由自主地说道。

"有大半年了吧！"程同说。他说一遍草稿，二遍修改，三遍誊清，有的正写着就觉着不合适，只得毁了另写，四遍、五遍是常事。他说："我早就有这个想法，我将近七十岁的人了，随时都有撒手西去的可能……"

"老师，你别那么悲观！时代不同了……"

"你别先说！"程同打断了沈德仓的话，"我知道，人的平均寿命提高了许多许多，但这很难说明我个人的问题……所以，我就尽量地不潦草。我要真的不行了，需要托付个人，我不想让别人像破解甲骨文一样，面对我的稿子……"说明白了这个问题后，他叫沈德仓把稿子先放一放，说一时半会儿难以看完，只得带回去抽空看。他说稿子写了三分之一，余下的三分之二，只要他的生命状态还行，还由他写。

"谁知道这脑血栓怎么对待我？听说脑血栓死人，就在一瞬间！"

"老师，没有那么严重！只要科学保健，注意饮食……"

"咱不说这些，今天不是说这些的时候。咱只能朝最坏处想，往最好处努力。如果不做这些预想，一旦厄运降临，我们将措手不及！稿子你复印一份带走，先熟悉一下，半年以后，我们再到一起商量。这是说的我的身体状况还行的话，不然的话，一切都托付你了。"

听了老师的这一番言论，沈德仓感到一切都明白了，无须再多言多语，就说："那我这就去复印。"

"用不着恁忙，还有件事我没说……"他喝了两口茶，接着说，"我考虑着需要写个'前言'之类的东西，或者叫'写在前面的话'，但一直没有考虑成熟。道德是个无形的东西，它在哪里，捕捉不到。建设它，与建设某项工程绝非一样。道德好似与利益联系紧密，把利益让给别人，即为道德高尚；不让不损，算是站在了中轴线上；拿走了自己的一份，顺便挖取了别人的某些，就是没有道德了。如果做个形象的比喻，利益好像江河里的流水，它由堤堰管束着，昼夜流淌，给舟楫之利，与灌溉之便，兴鱼虾之养，多么好的事情！但汛期来临，堤决堰破，洪水泛滥，灾难也就不言而喻了……如此说来，加固江堤河堰的行为本身，即为道德；破坏者，即为不道德。任何比喻都是蹩脚的！所以，道德建设与加固江堤河堰，不是一回事。前者没有实体，后者却有实实在在的物体存在。世界上到处都充满了利益，不是这利益，就是那利益。利益烧烤着某些人们的心神，使其每时每刻都在亢奋。在这整个的亢奋过程中，有些谨小慎微者，尽管亢奋，却在临近行动之际停止了脚步；另一些人，道德底线尚存，在亢奋突飞猛进之时，感到有损他人利益之嫌，于是就放弃；还有一些不管三七二十一的人，他们唯利是图，心中不停地念叨着：'人为财死，鸟为食亡''人不为己，天诛地灭'，行动上，无了顾及，因而错误频频发生，罪恶也就不难接踵而至。但也还有在利益面前从未亢奋过的人，他们始终保持着清醒的头脑，属于自己的，坦然去拿，这叫取之有道；不属于自己的，决不去抢，这叫遵纪守法；见他人的生命财产处于危急之际，能挺身而出，这叫见义勇为；有人生活拮据，就慷慨解囊，这叫助人为乐……这是些道德高尚者，他们是社会进步的前导，是社会安定的脊梁，是社会和谐的楷模。他们何以能如此？道德！道德！是中华五千年的传统美德铸造了他们的灵魂！由此说来，道德建设是多么重要！怎样进行道德建设？教育是一个重要的方面，如果教育也没有效果了呢？"

沈德仓插话道："不是还有法制吗？"

程同叹气，说这法律手段，有人拿得起，有人拿不起，像你的老岳，就是拿不起。谁知道他现在怎样了……我们无法说周云没有道德，但说她道德防线不坚，不冤枉她吧？又说孙石的故事，说他吃了那么些窝囊气，直到把自己的性命送掉，也没有吭声。说罢孙石，又提起程传仁，说他是自己的一位本家老哥，他的儿程锡庆那么孬种，有人给他指点，让他去上告，他光淌眼泪，不说话，亏得还有五个好闺女……

"老师，前言不能这么具体，前边你说的那些，还可以……"

"我糊涂了，胡言乱语开了。前边那些，我觉着也不行，说理不透彻，语句欠文采……"

"老师，你不要太忧虑，写好前言确实不是一件易事，等我把全部材料熟悉了以后再说。真不行，就不要，没有前言的书也很多，我们不需要为个前言干伤脑筋。"

"也只好这样了。"

"那我这就去复印。"

"好，去吧。"

6

阳光很好，溜河风轻轻的。下午2点，程同顺街往河堰走。赵珍紧跟其后。四月的天气，已经相当暖和了！临近清明，河柳都吐出了嫩芽，枝条随风摆动，很觉动人。"碧玉妆成一树高，万条垂下绿丝绦。不知细叶谁裁出，二月春风似剪刀。"唐人的感悟确实真切，表达得也形象，实在令人佩服。程同爬上河堰，在堰南边支好马扎子，坐下了。举目南望，河滩上枯草已经泛青,只是河水稀少了,像一条线,在阳光的映照下,闪着亮光。有几只水鸟在天空中上下翻飞,可想而知,它们的心情一定非常惬意……大自然永远是年轻的,这就叫"人生易老天难老"!一个人与大自然比起来,算得了什么?一粒沙,一抔土,一滴水……好似都不是!沙、土、水是永存的,不管你把它弄到哪里去。而人呢?人来到这个世界上,混混几十年,长寿者活到一百多,一眨眼就什么也不是了。最近,有几句顺口溜到处传播:"好好活,慢慢拖,一年还有几万多。不怕拿得少,就怕走得早……"这种心态,说来很有意思,多活些年岁,多拿些退休金,于己于家人都有好处,想法很不错,但活着,单纯为了几多退休金,不有点小家子气?你给儿女看看孩子也好嘛,料理料理家务,生存也有了实际意义。如果在力所能及的前提下,为公益事业做些贡献,不会有人说你坏吧?想到这里,自然想到了自己,自己不甘寂寞,净管闲事,有人说他吃饱了撑的,有人说他充能……当然也有说好话的。这第三次住院可就有些不同了,赵珍和儿女们异口同声地说他老了,别再去操那些闲心了。写什么书?一个名不见经传的草木之人,即便写得出来,也不会有人问津。大人物的书都船载车拉,哪里还缺一本村夫野老的书!现在都忙着挣钱,谁有工夫读书?识点时务吧,别穷忙活了……他没跟他们争辩。争辩什么?一反驳,就得吵,观念不同,永远说不到一块去;道不同,不相为谋。好在沈德仓还理解他,他所嘱托的一切,沈德仓欣然答应了,但不能因为这,就不努力了。他觉着身体还行,思维也还敏捷,还是自己写吧!自己设计的,自己去写,容易浑然一体;让别人代劳,恐怕少不了困难……

从东面来了一辆摩托,跑到他的跟前,停下了。司机翻身下车,抹了头盔,竟然是李公范!

"大爷,在这里散心?"

他点了点头,问道:"做什么来?"

李公范在他身旁蹲下,跟他细说端详:"这些日子,村子里争吵着一件事:有个老板要买村西河堰北的那一片地,计150亩。租赁也行,最少30年,他想在上边建硫酸厂。我们初步计议,可以租赁;拿到村民大会上讨论，多数人反对。镇委书记和镇长找我谈话，问你个支部书记是干什么的？我没有办法，今天跑到国土资源局咨询了一下，心里才算有了底……"

"人家怎么说？"

"国土资源局表示，镇政府可以牵线搭桥，但无权指令。"

"既然这样，你想怎么办呢？"

李公范狡猾地笑了："大爷，你别光问我，我得问问你了……"

程同也笑了笑，向南望了一眼，说道："那是咱村的肥田沃土，种粮哪年也下不来两千斤。现在，好多人家不是都在那里种大棚蔬菜吗？我听说，一年至少也能收入一万。总书记一再强调科学发展观，村支两委最好专题研究一下这个问题，从品种、管理，直到销售，都能够科学起来。如果每亩地每年收入两万，不比向外租赁好得多吗？程锡庆已经转租出去100亩了，这150亩再租赁出去，石波浪村还有多少好地？还有一个环境污染问题……"

"大爷，你就别说那么多了，说怎么办吧。"

"弄了半天，我的话你还没听明白啊？"

李公范哈哈地笑起来，转身要走……

"你别忙走啊！"程同忙喊。

"还有啥事？"李公范只得收住脚步。

"夜校的情况怎么样了？"

李公范叹了口气，说停了。他说李春大爷走了，你病了，不停怎么办？他们找过许桂林，人家要劳务费，每晚2小时，50元。村支两委开会研究，没有通过……

"要劳务费，也可以理解。30元不行吗？"

"人家少了不干。"

程同思索片刻，说道："你看这样行吧：杂务你揽一揽，我再上几课？讲课人可以广泛搜索，像你奶奶，可以请她讲几课嘛，怎样做媳妇，怎样做娘……相信她能讲得很生动；还有程传仁，他儿他儿媳妇那些恶迹无法讲，讲讲他闺女的那些美德，对人也蛮有教育意义啊……还有，陶教授来过电话,说只要需要,他还想来讲课。"

李公范脸上有些难色,说道:"上次给他讲课费,他不要,再请人家来,好意思吗?"

"这你就多虑了!陶教授是个热心人……"

"是不是给得有些少?他再来,翻番,行吧?"

"我看,陶教授不是那种人!你要有这种顾虑,可以翻番,但我考虑,他拿的可能性也不大。国家都在资助农民,他一个大学教授,怎么能没有这点觉悟……"

话没说完,李公范的手机响了。李公范接完电话,忙说:"大爷,你想的这些很好,咱晚上再研究,我有点事……"

"那你快走!"

"就是担心你刚出院……"

"担心什么,歇歇就好了。"

李公范没有接话,急忙骑上摩托跑了。

赵珍就埋怨他:"你说你揽这些做什么?病刚好了点……"

"欣欣奶奶,多多包涵吧!江山易改,秉性难移,我做事一向不虎头蛇尾。"

"如果一口气不来呢?"

"那另当别论。"

赵珍不说话了,她的脸色不好看,有怨气在浮动。

"你先回去吧,该弄晚饭了。"

"那就一块走吧,时候不早了。"

"我想再待一会儿……"

"也好。我不来你别走,下堰容易摔倒。"

"还没到那个时候,不要有那么多担心。"

赵珍没再多说,抱着满心的忧虑走了。程同站起身来,甩了几下胳膊,又坐下来,看了看手机,已经3点半了。"不就走吧!"他自言自语了这么一句,再次站起身来,拿起马扎子,一瘸一拐地往回走……

到家里一看,赵珍正跟三婶子说话。

第二十九章　第三次住院

"正说你呢，你就来了。"三婶子嚷道。

程同笑了笑，说道："我有啥可说的？"

"还有啥可说的呢？小小孩家，就把死常挂在嘴上，没出息鬼！我今年 98 岁了，还没想到死呢；你倒好，还不足 70 岁，就常说那种丧气话……"

三婶子确实令人佩服，不只是品德高尚，身子骨也硬朗得令人赞叹，虽然年轻时吃了那么些苦，受了那么些罪，可现在却来了壮实，耳不聋，眼不花，腰不弯，腿不疼……她批评自己，程同觉着没有必要做过多的解释，几句话就岔开了。他说接受三婶子的批评，以后再也不说那样没有出息的话了，使劲活，活到九十九……三婶子拍得巴掌叭叭响，笑得前仰后合，流出了眼泪。

趁高兴之际，程同说出了请她到夜校里讲课的事，说是跟她孙子一起商量的。老人家立即响应："好啊！我早就想说说了，夸夸俺侄媳妇、程传仁的五个丫头、王田英……也想骂骂你中学里那个叫吴梅的，还当老师呢，不要鼻子不要脸！还有那个叫杨萍的小女人……"

"赞扬人可以，骂人可不允许！"

赵珍也说："三婶子，我可不同意你在大庭广众面前夸我！"

三婶子生气了："那俺就不讲了，你两个人……"

程同只得解释，说批评人不点名可以，提名道姓，容易引起乱子……好说歹说，三婶子最后终于接受了。

三婶子走后，赵珍就又埋怨开了："你说你多这些是非做什么，是不是舒坦一霎儿就难受？"

程同苦笑了！他啥也没说，走进里间，在写字台前坐下，叹着气，铺开了几张稿纸……

2008.12—2011.10，草就于故乡；

2011.12—2012.6，修改于济南。

悠悠岁月

刘贞年作品自选集·故乡的路

刘贞年　著

济南出版社

目 录

诗歌汇编

黎　明 / 3
迟说的一些些话 / 4
夏　日 / 5
一堆石头 / 6
邮筒前 / 7
故乡的路 / 8
观云赏月 / 9
春的萌发 / 10
蟋蟀的歌 / 12
插秧时节 / 13
河　水 / 15
春　游 / 17
春之歌 / 18
攀登者的呐喊 / 19
冬天的阳光 / 21
上月亮 / 22
冬　忙 / 23
小　雨 / 24
绿色诗章 / 25
秋雨荷塘 / 26

风 / 28
路　灯 / 29
朋友的来信 / 30
粉　笔 / 32
海　浪 / 33
闲　谈 / 34
宴　请 / 35
前园和后园 / 36
想念家乡 / 41
树和风 / 43

散文汇编

第一辑　亲情友情

思念到永远 / 47
那盆热水 / 49
黄烂煎饼 / 52
那束亮光 / 54
也买芹菜，也买韭菜 / 56
多给老人一点儿精神安慰 / 57
失去父亲的孩子 / 58
黍子年糕 / 60

记忆中的后园 / 62
喝糁与喝粥 / 64
地理老师 / 65
考试的日子 / 67
草　桥 / 69
老朱的嫂子 / 71
赶　会 / 73
玩泥玩水 / 75
割草喂牛 / 77
看　场 / 78
四婶子 / 80
换零钱 / 82
编辑的信 / 83
鞋匠老吴 / 85
压　碾 / 87
七月的雨　七月的泪 / 89
蒲　团 / 90
大红枣儿 / 92
娘住东屋 / 94
灯　笼 / 96
两个鸡蛋 / 98
小学时代的三位老师 / 100
想念余老师 / 102
三嫂子 / 105
娘炖的辣椒豆沫 / 107
娘缠铁钉 / 109
灯下掌鞋 / 111
怀念一位老人 / 113
穿黄衬衫的女孩 / 115

兖州火车站 / 117
看电影 / 119
问路记忆 / 121

第二辑　故土风情

放爆竹 / 123
放琼花 / 125
二月二 / 127
家乡的煎饼 / 129
清明习俗 / 131
春　会 / 133
吃粽子 / 135
纳　凉 / 137
临费边地区抗日救国第一枪 / 139
送　饭 / 141
访　媒 / 143
棋　迷 / 145
民间歌谣 / 147
包工队 / 149
一队大雁从天空飞过 / 151
结网子 / 153
分　磨 / 155
夜　校 / 156
元宵照灯 / 158
纳鞋底 / 160
垛麦穰 / 162
糊　粥 / 164
打墙盖屋 / 166
晒瓜干　拾瓜干 / 168

草窝子 / 170
"老足意"再婚传佳话 / 172
矢志不移 / 174
割　麦 / 176
赶　喜 / 178
祊河上的桥 / 180
看萝卜 / 181
送月饼 / 183
猜谜语 / 185
渣豆腐 / 187
闰月年送鱼 / 189
说唱艺人 / 191
席夹子 / 193
扎笤帚，扎饭帚 / 195
耪麦茬豆子 / 197
打苫子 / 199
喂　鸡 / 201
剜野菜 / 203
找知了猴 / 205
老太街头结渔网 / 207
想念地瓜 / 209
拾果子 / 211
辞　灶 / 213
除　夕 / 215
野　炊 / 217

第三辑　红花绿草
雨天浇树 / 219
狗皮草 / 221

小园春菜 / 222
看麦苗 / 224
屋前有架子黄瓜 / 226
爬泰山 / 228
怀念杏树 / 231
一片绿叶 / 233
何首乌 / 235
雨天逮鱼 / 237
日子在规律性中前行 / 239
蒙山里的故事 / 241
灯　光 / 244
浇　树 / 246
家乡的银杏树 / 248
游植物园 / 250
一位女生的抄录本 / 251
播　种 / 253
晨　跑 / 254
秋　天 / 256

第四辑　说三道四
求人与求己 / 258
一盘不该输的棋 / 260
喜欢诚实 / 261
大理归来话机织 / 262
多姿多态说散文 / 264
季　节 / 266
韩寒现象有害于中学生 / 268
我心目中的好编辑 / 269

关于《赤兔之死》/ 271
不休息 / 272
人老心不老 / 273
车铃铛还需再响 / 275
商城乎？水城乎？历史文化名城乎？/ 277
王祥精神和王览精神 / 279
从诸葛亮挥泪斩马谡谈起 / 281
交往的尴尬与无奈 / 283
小丽出走 / 285
结义三兄弟 / 287

教学论文汇编

小议介词词组 / 291
与中学生谈"的"字 / 295
从《一件珍贵的衬衫》谈开去 / 297
抒情散文的三段式结构形式 / 299
"总—分—总"的结构形式 / 300
三段式在议论文中的表现 / 302
省略式、添加式、复合式 / 304
修辞三题 / 305
怎样分析记叙文的结构 / 310
模仿、抄袭、创造 / 312
巧妇难为无米之炊 / 314
作文综合批改法 / 316
中学作文教学不应处于从属地位 / 320
顺势教育和逆势教育 / 324
形象性、准确性、论辩性 / 328
"引用"的妙用 / 335

诗歌汇编

黎　明

黎明，将窗玻璃擦亮，
于是，我匆忙起床。
我感谢她的帮助，
写首小诗把她赞扬。
她的脸红了，
好像说不必这样。

我背起书包急跑，
脚步声咚咚直响。
响声震动着她的耳膜，
激动得顿时精神昂扬！
于是，她笑了——
笑出了一轮火红的太阳。

（原载于《沂河文艺》，1987 年 7 月）

迟说的一些些话

一次,又一次,
欲说,未说。
内心里有好多好多
那样的一些些话,
熔岩似的腾腾沸沸,
可到了嘴唇上,
却又不敢述说。

从布谷鸟啼叫的时候,
那一些些话就烧得心疼,
就到了夏日炎炎,
又到了秋雨绵绵,
又到了冬雪飘飘。

第二年,布谷鸟又叫了,
叫得人心烦意乱,
那一些些话
终于冲破了
嘴唇坚固的堤岸。
"你早干吗来?"
"怎么,已晚?"
人家轻轻地叹了口气,
抹抹眼泪,走远。

(原载于《心中的花园》,1997年)

夏 日

夏日，晒绿了大地，
父亲笑了，
满脸的汗水，
滴滴落地。

夏日，晒旺了庄稼，
父亲笑了，
腰弯如弓，
锄草捉虫。

夏日，晒圆了谷粒，
父亲笑了，
激动的泪水，
淌成了小溪。

（原载于《山东文学》，2000年7月）

一堆石头

一堆石头，
堆在街口，
怎么看，
也不美观。

有人拉走，
砌起了墙，
怎么看，
怎么顺眼。

（原载于《中国现代诗坛》，长征出版社 2001 年 5 月出版）

邮筒前

站在邮筒前,
又没了勇气。
信里包着火的!
投进去呢,
还是收回来?
手哆嗦得厉害。
几滴泪水下落,
信封上现出了几个湿涡。

(原载于《中国现代诗坛》,长征出版社 2001 年 5 月出版)

故乡的路

故乡的路,很窄,
但多么宽广的路,
都是从这里起步。
常想着,娘领着我,
在这条窄路上学步。

故乡的路,很弯,
但多么直的路,
都是从这里起步。
常想着,娘领着我,
在这条弯路上学步。

故乡的路,崎岖不平,
但多么平坦的路,
都是从这里起步。
常想着,娘领着我,
在这条崎岖的路上学步。

故乡的路啊,
留下过自己多少脚步!
尽管走过了好多好多大道,
却总忘不了故乡的那条小路。

(原载于《沂蒙生活报》,2001年6月11日)

观云赏月

月圆了的时候怕缺，
月缺了的时候盼圆。
就这样——
抱着圆，守着缺，
也苦，也乐，
难熬的岁月，
过了许许多多。

有一天照镜子，
猛然发觉，
黑发中有了银线，
好生惊愕，
难过的潮水涌出眼窝。
哭泣声惊动了老伴，
老伴笑了，
说白了好，
圆月的光色浓重啊，
浸白了美丽的头发，
笑才对，哭什么？

从此，不再相离相别，
白天，一起观云，
夜晚，相伴赏月。

（原载于《沂蒙生活报》，2001年8月6日）

春的萌发

冬天来了,
大地睡了,
躺在厚厚的雪被下,
暖和和的。

冬天来了,
大树睡了,
虽然站着,
梦已进爪哇国。

冬天来了,
野草睡了,
披散着枯发,
沉睡在地下。

冬天来了,
种子睡了,
堆积在仓廪,
相偎着说梦话。

冬天来了,
青蛙睡了,
早营造好了一个宫殿,
舒心地躺下。

冬天，是个睡觉的日子，
暖暖和和，
躺在被窝里，
听老奶奶拉呱。

老奶奶说冬天睡觉，
万物养足了精神，
春天一来，
再作奋发。

就见了枯树发芽，
就见了野草的绿眼睛睁大，
就见了种子萌发，
就见了青蛙一蹦丈八，
……

老奶奶笑了，
问，是吧？
孩子们笑着回答，
真的不假。

老奶奶张大没牙的嘴巴，
说这回知道了吧，
该睡觉的时候，
可别再胡闹啦。

（原载于《临沂日报》，2001年5月26日）

蟋蟀的歌

感到了秋的凉爽，
于是，就唱起来，
不是引吭高歌，
不是兴高采烈，
更不是忘乎所以，
也不是流行音乐。
是一种担心吧，
它怕天凉了，
人们还不准备棉衣，
就唱这首古老的歌，
像老奶奶的唠叨，
一遍又一遍，
在窗下墙根诉说——
　　拆拆，浆浆，
　　洗洗，捋捋，
　　叠巴，叠巴，
　　放在柜里……
孙子问，蟋蟀唱这干吗？
奶奶说，怕你冻着。

（原载于《沂蒙生活报》，2001年10月15日）

插秧时节

插秧，插秧！
爷爷说，插正当，
横看横成行，
竖看竖成趟。
奶奶说，何必那样？
怎么插，怎么长，
难为孩子不应当。

插秧，插秧！
爸爸说，深入土壤，
浅了不行，容易漂荡。
妈妈说，也不能过深，
闷了秧子，
长不旺相。

插秧，插秧！
大家一阵好忙，
低头弯腰似鸡啄碎米，
顿时，满地绿星闪亮。
就见绿线条条竖直，
像一床绿毯铺展地上。

田埂上歇息，
张张笑脸上，

都溢满惬意，
似看到了金黄的稻穗，
在微风中摇晃，
像闻到了稻谷的醇香，
那么神怡心旷！

（原载于《临沂日报》，2008年7月13日）

河 水

河水，河水——
你也曾漫过我村前的沙滩，
淹没过我的脚面；
你也曾冲上过我的搓板，
打湿过我的衣衫；
你也曾流进过我的田园，
解除过干旱的熬煎！

河水，河水——
我也曾捧起过你的清凉，
冲洗过我的脸面；
我也曾醉饮过你的甘甜，
滋润过我的饥寒；
我也曾沐浴过你的温暖，
洗刷过身上的污点！

河水，河水——
你悠悠远去，
流向何方？
那些从前，
还有思念？

河水，河水——
你还能流回来吗？

再漫过村前的沙滩，
再淹没我的脚面，
再冲上我的搓板，
再打湿我的衣衫……

（原载于《临沂日报》，2007年9月2日）

春 游

又是一年春光好,
眼前绿起一地芳草,
看着看着心醉了,
几声哈哈,
惊飞了几只树鸟。

(原载于《临沂日报》,2008年3月28日)

春之歌

小草说,它要绿,
小花说,它要红,
松柏说,它要青翠,
白杨说,它要挺拔,
垂柳说,它要婆娑,
禾苗说,它要茁壮,
……

啊,吵吵嚷嚷,
多么喜人的景象!
太阳笑起来了,
笑得那么欢畅;
春风唱起来了,
唱得那么悠扬。

攀登者的呐喊

攀登者的理想,
已经放置在珠峰之巅,
攀登者的脚步,
正在山下蹒跚。
爬一步,淌一身汗,
爬一步,淌一身汗……
测高仪的指针正在旋转,
攀登者的身躯刚刚爬到 4424.13 的谷川!
心跳不安,呼吸困难,
攀登者就要死去了:
"哪曾想我的坟地就在此间!"

当攀登者再睁开眼,
艳阳挂在天际,
血红血红的,就像炎帝或者黄帝的那张大脸。
凝固的血骤然沸腾,
浑身的羞愧如火一样烧燃,
爬不上珠峰之巅算得了什么男子汉,
爬不上珠峰之巅定使炎帝黄帝心中惨然!

脚步儿匆匆——
踏雪,
履冰,
躬身,

弯腰,
不是眼花缭乱吧?
就见——
珠峰上的太阳光辉灿烂!
顿时,攀登者热血沸腾,
高声呐喊:
向前!
向前!
向前!

冬天的阳光

冬天的阳光,
照在你的身上,
温热着你的心房,
那么舒畅。

冬天的阳光,
叫你很容易记起过往——
娘给做的棉袄,
爹买来的草窝,
还有,还有……

冬天的阳光,
温热了回忆的翅膀,
在阳光下飞翔,
想起许许多多,
那过去的时光。

上月亮

天边,挂一弯月,
似镰刀,
但拿不下来。

天边,挂一弯月,
似帆船,
但坐不上去。

孙子说,我能拿来,
孙女说,我能坐上,
爷爷说,不要狂妄!

爷爷睡了,
一觉醒来,
孩子还在忙。

"咋啦?"爷爷生气。
孙子说,设计个方案;
孙女说,到月亮上逛逛。

冬 忙

冬阳高照,
院内挺暖和。
戏匣正唱好田野,
老太洗碗抹碟。

傻儿织筐编篓,
巧媳描花绣朵,
小女突然家来,
笑说去学编箩。

小 雨

淅淅沥沥,
小雨润田地,
禾苗儿窃喜。
绿叶儿水亮亮的,
好神气!

淅淅沥沥,
小雨湿衫衣,
心乐忘顾及。
眼前无边绿茵,
勃勃生机!

淅淅沥沥,
屋檐水滴滴,
正好歇息。
待天放晴,
去锄地。

绿色诗章

大地上的绿字,好鲜亮!
春来细雨响,似口令一样,
绿字匆匆忙忙,排成整齐的诗行。
燕子蹲电线杆上,歌唱家的模样,
精神昂扬,朗诵这广袤大地上的绿色诗章。
布谷鸟忙来伴奏,乐曲声动人心肠。
春风无比兴奋,急忙跑来帮忙,
努力将这歌声传向四面八方,
刹那间,原野激动成诗情四溢的海洋!

秋雨荷塘

万点雨滴齐击,
惊起满塘白花吐丽。
荷叶微醉,
耸耸肩膀,
抖得雨珠旋转,
好似孩儿游戏。

雨淋得绿叶翠,
叶催得荷花艳。
"哪儿,哪儿?"
"尽里,尽里!"
"俺不信那是荷花开,
分明是仙子笑嘻嘻。"

唰唰,唰唰,
欲停又急。
满天水线已分不清,
准是倒悬银河小溪。
鹅鸭岸边惊呆,
鱼儿打挺跃起……

急后来缓,
雨丝儿绵绵,
牛毛似细微,

薄雾似轻软。
水静荷叶稳,
茫茫雨雾密。

"嘎嘎——"
岸边惊起水禽万千,
满塘畅游。
水荡荷摇,
似扁舟叶叶,
像白帆点点……

风

夏天里盼风,
有风的日子很凉爽。
夏天里常刮风吧!
风笑着走了,
没置可否。

冬天里怕风,
有风的日子很寒冷。
冬天里别刮风吧!
风笑着走了,
没置可否。

路　灯

夜里照明，
谁都致敬。
白天仍亮着，
哪个还欢迎？

朋友的来信

朋友的来信,
字字句句
都明亮。

第一段,
写满了
语重心长。

再往下,
有批评
也有赞扬。

几句安慰,
温暖着
我的心房。

朋友的来信,
鼓舞着我,
不再沮丧。

细细想想,
就有了
前行的方向。

反复读读，
又有了
奋进的力量。

粉　笔

站着，一个正直，
躺下，一个沉默。
没有高贵和富有，
只有质朴和廉价。

于是，就劳作，
在一块黑土地上躬耕。
几经风雨，
几经坎坷，
粉身碎骨，
变成粉末。
无数粉末，
飞散又凝结，
经过了多少年多少月，
终于沉积成绿地广阔，
绽开了无尽的花朵，
结出了累累硕果。

站着，一个正直，
躺下，一个沉默。
完整，洁白着完整，
粉碎，洁白着粉碎。

海 浪

月夜，海浪又起，
瞬间涨满脑际，
汹涌着，汹涌着，
向着远方冲击——

都是过往的一些踪迹，
今夜为什么这么清晰？
像细雨滋润过的绿草，
又像春风催放的花枝。

月光洒上床头，
才知人在梦里。
总是忘不了那些过往，
虽然早已无法追及。

闲 谈

有一次,几个人闲谈,
说到了清官,说到了廉政,
也说到了贿赂,还说到了贪占。
有人说,好些事真也难怨,
叫咱干也不能不乘机弄点。
有人说,不叫你干实在对了!
那人的脸顿时红花灿烂。
众人哈哈,惊飞了一群麻雀。
有人说,天气似乎有些旱了!
有人说,下点儿雨吧,
心田干涸了,该滋润一下了。

宴　请

又与领导相见，
高声喊，握手言欢，
拉拉扯扯去饭店，
不想喝，也得喝，可少喝。
有个勤快人，
喊跑堂，有笑有说。
猴头燕窝摆满桌，
使劲喝呀，不喝白不喝！
算账时，公款落。

前园和后园

尽管过去了许多年,
但我忘不了前园和后园。
前园啊,看不着的奶奶说过一句话,
后园啊,有棵杏树我想念。

爹过继给另一位奶奶做了儿子,
十二岁就到了她家,
担起了做儿子的义务,
一年,两年……
但他忘不了自己的亲娘,
我那看不着的奶奶。

每天吃过了晚饭,
爹就领着我,
到她那里坐一坐。
夏天,给奶奶摇摇蒲扇,
说一阵子话,家长,里短……
冬天,焐一盆温火,
大家围成一圈取暖。
奶奶抓一把果子,
烧熟,扒给我吃。
尽管看不着,动作却熟练得令人感叹。

许多年后,

一个我该叫他哥的人长大了,
有了老婆孩子,
需要盖屋住了。

我家有个后园,
它是我儿时的百草园,
那里不仅有覆盆子和何首乌,
还有一棵杏树盖住了半个园。
那棵杏树名叫闺女杏,
杏熟的日子正当麦后的热天。
此时闺女回娘家,
吃口杏果心中欢。
那杏个儿大,味道酸且甜,
杏仁不苦,香味弥漫……

那时候,找个地方盖屋难上难,
我该叫他哥的那人急得热锅里的蚂蚁一般,
抓耳挠腮,搓脚摸眼,
唉声叹气,尤人怨天。
我的爹见儿急成这样,
紧皱着眉头,一筹莫展,
蹲在地上,默默抽烟。
我的娘倒有主见,
她说就在后园盖,
那地方可是好上天。

我该叫他哥的那人,
请来了风水先生,
风水先生围着后园转,

还安上了罗盘……
过了两顿饭时,
风水先生才哀叹,
他指着西边的来路说,
西天的鬼神从此路来,
三年内准给你带来灾难……

看不着的奶奶知道了,
问过我爹,又问过我该叫他哥的那人。
有一天晚上,
把大伙叫到她跟前,
看不着的奶奶说话了,
她说我什么也没给二份里,
把那个前园给他吧,
叫汪(我该叫他哥的那人的乳名)在上面盖两间屋住。
大爷听了,不吱声。
大爷的儿子听了,也不发言。
看不着的奶奶叹着气,
扑簌簌两行苦泪珠子掉在地上面。

屋还是要盖的,
我该叫他哥的那人暴跳,
怎么办?
他终于想出了一个高招,
用后园换前园。

娘坚决不同意,
我也说不行。
我该叫他哥的那人发怒,

他喊，你懂得什么！
爹闷着抽烟，默默无言。

有一天早晨推磨，
娘，姐，和我，
爹与那人又说这事，
娘插言，别再胡乱盘算。
爹摸起一根磨棍，
就往我娘的头上抡……
我和姐护住了娘，
空中的磨棍落向旁边。
娘哭着走了，
去了姥姥家。
我哭着埋怨爹，
你还能打死我娘？
"我打死她！"
爹怒吼，直跺脚。
我该叫他哥的那人，
一动没动，一声没吭。

人类历史记载着一个铁律，
女人永远斗不过男人！
尽管我的娘也怒发冲冠，
但几个回合就败下阵来。
后园换成了前园，
盖屋的日子，
娘还得忍气吞声做饭。

看不着的奶奶知道了这一切，

她没有哭,
但流着泪!

我也哭过,
我哭那棵杏树,
不久,就被砍伐了!
我的姑回娘家,
再也吃不到杏了,
我的姐回娘家,
再也吃不到杏了……

多少年过去了,
我的心仍在不安。
把这段事写成文字,
到奶奶爹娘的坟上点燃,
叫他们知道,
我还在为这事哭喊。

我的哭喊不只为这点家庭琐事,
更替世事人情作难。
这个世界是怎么了?
竟有那么多的父子反目,
还有那么多的兄弟相残!
多一点关爱好不好?
若那样,
既没了是是非非,
也少了恩恩怨怨。

想念家乡

独在异乡为异客,
想念家乡——
想念家乡的小河,
想念家乡的野坡,
那里有我儿时的欢乐,
那里有我童年的过错。
还想念父老乡亲,
东家的李婶,
西家的三哥。
更想念沉睡了多年的父母,
蒙山脚下的那座荒坟,
风吹雨打矮了几多?
没有每年都去添几锨新土,
心下常存愧疚难过。

独在异乡为异客,
多想回家看看啊——
看看小河,
看看野坡,
小河上架起了几座新桥,
野坡里新种了些什么。
看看村南头的三爷爷还恁壮实,
看看村北头的四奶奶还恁能说?
看看父母的荒坟,

坐在身旁说说。
还惦念着院内的几棵小树,
是否长粗了许多?
如果一眼看出茁壮,
心下该有多么快乐!

树和风

风来了,
树响。
树拽着风,
但风还是走了。

不久,风又来了,
树照样响。
但树拽不住风,
风再次跑走了。

很多天很多天了,
风没有再来,
树站在村头,
望着风来了又去了的那个方向。

散文汇编

第一辑 亲情友情

思念到永远

深秋的一天,我来到了母亲的墓地,母亲的坟头上长满了老草,在秋风中抖动着。

夜里,我躺在床上辗转反侧,朦胧中,母亲的身影出现了,她还是那么朴实,那么慈祥,但苍老多了。"娘,你坐下歇歇吧!"

当我惊喜地睁开眼时,只有银白的月光洒在窗台上。一只看家狗子(蟋蟀模样的秋虫,家乡人都这样称呼它)孤独而又急促地唱着那支古老的歌:"唧唧,唧唧,唧唧……"

记得小时候,也是有月的夜晚,看家狗子也是这样叫着,我躺在母亲怀里,娇声娇气地问娘看家狗子为啥叫得那么焦急呢?母亲说,它催人们做棉衣呢!"你是怎么知道的?"母亲笑了:"你好生听听,看家狗子是不是这样唱的:拆拆,浆浆,洗洗,捋捋,叠巴,叠巴,放在柜里?"我循着看家狗子一阵比一阵响亮的"唧唧"声想去,还真有点儿像呢。

1950年,我上学了。那一年,母亲与三个姐姐夜以继日地纺线,拼死拼活忙活了一年,总算挣来了能织五匹布的线。这五匹布一拿到手,母亲就忙着给家人裁衣裳,裁到最后,只剩下一丈了。母亲老早就想给我做个大褂的,我也望眼欲穿,但给我做了大褂就没有母亲的棉袄了。母亲的棉袄上,大补丁摞着小补丁,已经破得无法穿了。

为这件事,家中发生了一场争执,爹蹲在一旁不表态,三个姐姐一致反对给我做大褂,把我说恼了,我号啕大哭。母亲就训她们。过了两天,母亲又同我商量,我"唔"了一声,勉强同意了。但是,当大年夜的爆竹响过以后,母亲笑嘻嘻地拿出来一叠蓝土布,随手一抖,啊,大褂,我的大褂!我穿上大褂,兴高采烈地跟着大人们拜年去了。回来一看,母亲仍旧穿着那件补丁摞补丁的红不红黑不黑的破棉袄。

1956年,我到县城一中读书。临近中秋节,每夜都听到看家狗子在窗下叫。我想,母亲白天下地干活,夜晚又该忙棉衣了。果然,没过几天,母亲就来给我送棉袄了。棉袄是用那件旧蓝布大褂改的,染成了青色,穿在身上很合适,就连当时班上最爱挑剔衣着毛病的女同学,也不得不连声赞叹。母亲住了一宿就走了,我送母亲到河堰上,望着母亲的身影渐渐远去,心里很不是滋味:四十里路,她多会儿挪到家啊!……我的视线被泪水蒙住了。三年困难时期,我正在高中学习。也是深秋时节,有一次我周六回家,发现屋门锁着。太阳快落山了,母亲到哪里去了呢?邻居说,好像下了湖。下湖干什么,她不是腿疼吗?我忙顺着田间小道,向北湖里跑。跑到北湖,见母亲正跪在地上捡豆粒,有两个指甲磨破了,泅出了血。我哭了!

"哭什么,憨孩子!你看,小布袋都快满了……"母亲坐好,拢拢散乱的头发,笑着对我说。我哽咽着说:"娘,天不早了,回家吧。"母亲不走,她指了指面前的豆粒,说道:"捡完了这些再走不晚……"

后来,母亲用这些豆子做了酱豆子咸菜,我一星期装一小瓷坛,度过了三年困难时期,完成了高中学业。

我的母亲朴实、勤劳、善良、爱子女如命。她一生为子女及孙辈们奔波操劳,耗尽了生命。

这些天,看家狗子每夜都像往常一样,叫得既响亮又急促,既亲切又悲怆。听着这熟悉的叫声,我不能自抑,与母亲相处的情景,又一幕幕闪现在眼前……

天亮了,我向母亲的墓地走去……

(原载于《当代散文》,1993年第7期)

那盆热水

永远忘不了那盆热水!

那盆热水,虽在许多年前,可至今仍热乎乎的,时时刻刻都温暖着我的心。

上高小时,要到远离自己村庄八里之遥的闫家屯完小。晴天还好些,就是多跑几里路,累点,别无啥。就怕变天!无论刮风还是下雨,都会给我们带来好多困难。那年初冬的一天,早起来一看,天上下着小雨,淅淅沥沥,下得地面刚要淌水。去吧,不愁挨淋,就愁蹚泥。前半截小路还好些,沙干道,穿着布鞋走还行。就愁从琅珊庄到闫家屯那三里路,全是黑泥油子,焦黏,沾在鞋底上就甩不掉,弄得两只鞋像榔头大,走不几步就拔掉了。而且天又冷,赤脚不行。不去吧,又不甘心,耽误了功课怎么办?犹豫了一阵子,咬了咬牙,还是去了。

一踏上黑泥油子路,就来了艰难!

"脱鞋吧?"有人问。

"冰凉啊!"有人嚷。

但不脱不行,不脱拔毁了鞋,也还得赤脚。

我脱了鞋,夹在腋窝下。脚插进泥里,冰凉揪心!石头碴子也硌脚,一硌一龇牙,嘴里不断地透出"嘶嘶"的痛苦声。走了一阵,脚冻麻木了,也就感觉不出来了。

好歹赶到了学校!

老师一见,惊呼:"这可怎么得了!"他拉着我进了他的宿舍,把他的洗脸盆拿出来,倒上了一暖水瓶热水,又兑了些凉水,用手试了试，叫我把脚插进去。我看着花花绿绿的搪瓷盆，瞅瞅微微荡漾的那盆热水，再看看自己那两只沾满黑泥油子且带有牛屎狗粪的双脚，怎么也不敢往里插，光坐在床沿上发呆。

老师喊道："插进去呀，插进去呀！"

我瞅瞅老师，还是不敢。

"这孩子，你怎么啦，听不着吗？"

我看看那盆子，那么新，那么漂亮……

老师把我的双脚扳起来，放了进去。温热立即从脚底往上升腾，像一股热流，向心口窝里涌，向全身扩散……

我也从教多年了，月月岁岁，教过了好多学生，总结其教学效果，无不与"那盆热水"有关。记得有一位调皮学生，向一位刚刚毕业来校任教的女老师身上甩墨水，把一身鲜艳而又入时的衣服弄脏了，疼得那位女老师哭了。她来找我告状，我自然气愤难忍，把他叫来，狠狠地批评了一顿。他当时也承认了错误，并答应向那位女老师道歉。从那以后，这个学生不调皮了，但精神不振了，特别怕我，见了就躲。我知道我们之间已隔着一层厚障壁了，虽然这层厚障壁与鲁迅和闰土之间的那层厚障壁的性质不同。我很苦恼，扪心自问，我发现我缺乏老师的那盆热水。我的老师能给我一盆热水，我怎么就不能给自己的学生"一盆热水"呢？

学期终了，要交学杂费书费，他不来了。

去家访，他的家庭经济状况不好，而且他也丧失了学习信心，他说他犯了错误，矮人一头。我的心被刺痛了，我知道那次批评太过火了。回校后，我向校长做了汇报，校长同意减免这位学生的学杂费。新学期开学后，我带着新书找到这个学生，说学杂费减免，书费我给交，叫他放心地升学好了。这个学生和他父母都感动得哭了！从此，他学习劲头猛增，毕业后，考上了小中专，好多人都感到惊奇。

临入校，他父亲邀我们老师去喝酒。我说他家贫寒，就不要破费了。他父亲不答应，说怎么也得庆贺庆贺。只得去！喝完了酒，其他老师都走了，他们把我留下，非要叫他儿子给我磕头不可。我忙解释，说破了嘴皮子，总算说通了。这个学生送我走时，眼泪汪汪的，啥也说不出，一切都在不言中了。

水常热，心常热，情常热。

永远忘不了老师的那盆热水呀！它永远温暖着我的心，它永远伴随着我做人、从教。

(原载于《临沂政协》，1994年第2期)

黄烂煎饼

饿时想起黄烂煎饼,就像渴时想起酸梅。

何谓黄烂煎饼?娘烙的煎饼,圆顶处火色重,发黄,有时还间有焦色,故称黄烂煎饼。黄烂煎饼又干又脆,咬一口响亮,嚼一口喷香,嚼数口甘甜。我愿吃黄烂煎饼,娘就烙黄烂煎饼。"还不揭吗?"爹在一旁着急,喊道。娘说:"孩子爱吃黄烂的,再熥一会儿。"

三年困难时期,每人都吃了不少苦瓜干窝窝头,我也不例外。

那年临近麦收,我的嘴唇上面鼻孔处,长了个毒疗,人说是"龙须疗",非常危险,有性命之忧,但我大不以为然!几天后就发作了,肿了大半边脸,我初步体会到了"龙须疗"的厉害。从此,学校医务室里的青霉素便一针针地注射进了我的肌肉,半个月后才消肿。放麦假我也没能回家,校医说得继续治疗。一位邻村的同学来看我,问我有事吗?我就给他说,我馋,想吃娘烙的黄烂煎饼。麦假过后,那位邻村的同学回来了,果然给我捎来了一包袱黄烂麦子煎饼。我取开就吃,那一口黄烂煎饼啊,怎么那样香甜,怎么那样透心润肺?我嚼了几口,忙着慌着往下咽,差点儿连舌头一块儿吞下去。从那以后,我再也没有吃到过那么香甜的饭食。

后来才知道,邻村的那位同学捎信给了我娘,娘就急了,家里一个麦粒子也没有啊,拿什么烙黄烂煎饼?只得去找队长,说孩子在学校里得了重病,馋麦煎饼。队长说大队里还没叫分。娘怅然叹气,寻思半天,又去找大队长,大队长做过长时间的沉吟,同意先给五斤。娘领了条子,称回五斤小麦,打听好了邻村的那位同学返校的日期,一个人抱着磨棍推呀推呀，从半夜一直推到天亮，接着支鏊子烙。娘一个也没舍得吃啊，一包袱都包给了我。

岁月悠悠，三十年过去了，但我常记着这件事，每每想起，就别有一番滋味在心头。娘已离开人世十二个年头了，现在小麦年年丰收，实在够多了，可是娘却沉睡不起了……

（原载于《兰山区报》，1996年1月8日）

那束亮光

今天有事进城,回来晚了,走到祊河桥头时,就上黑影了。

远方,有车灯亮,像萤火虫。看着那闪闪烁烁的灯光,不由得想起了一件往事……

上初中时,每到星期六都得回家背煎饼。春季的一天,天阴得很厚。我吃中午饭时,肚子突然疼起来。一位同学见我疼得厉害,就帮我到医务室要来了两瓶十滴水,让我喝了,然后扶我走到床前,待我躺下后,他才去上课。我躺在床上,一会儿便感到舒服些了,就迷迷糊糊睡着了。当我醒来时,下午第二节课已经上完了。我觉着好了,忽然想起是星期六,便想回家,只是太晚了。走吧,时间不够用了;不走吧,一个星期的伙食怎么解决?踌躇良久,我还是咬咬牙,决定走。

40里路,走了一半,天就黑了,而且下开了雨,虽然不大,但也够烦人的。

那时候,常听老人说鬼讲神,说下着小雨的黑夜,最肯招鬼迷路了。我一边走路,一边想着这些,心里怕极了。路过一条小河时,我脱了鞋,卷起裤子,蹚水过河。那水流在我的腿周围,哗哗有声,黑夜里伸手不见五指,听来特别聒耳,似乎身后也有响声。"有鬼吗?"心里这样想着,身上就起了鸡皮疙瘩子。忙回头,那响声又没有了。这时候,越想越怕!但没有办法,只好硬着头皮继续往前走。终于,爬上了河堤,见到了河堤上的那棵老杨树,知道自己并未迷路,就大了胆子,跑了几步。可是就在这时,前边不远处,有火亮在跳动!我屏住了呼吸,想起了人们讲说的鬼火……

"前边是谁?"

啊,是娘的喊声,娘来了!

我跑起来,像百米决赛那样,跑到娘的面前,一头扑到娘怀里,就呜呜地哭了。

娘抚摸着我湿漉漉的头发,埋怨道:"怎么这么晚才回来?"

我忙解释……

娘把她的破棉袄脱下来,给我披上。

娘儿俩相伴着往家走,心里不再害怕了。我见娘手里拿着手电筒,就要过来照路。我们一边走着,娘一边唠叨,说天一黑,还不见我来,就急了,到我二婶子家借了这个手电筒,摸了来。

我想说几句感谢娘的话,可又感到没有任何语言能表达出我对娘的感激之情。无奈,我只好默默地走着,我在前头,娘在后头……

多少年过去了,我仍无法忘记那个落雨的夜晚。夜深人静时,我常常做梦,有一束亮光耀得眼睛生疼,很远,但很亮。再朝前走走,就见到了娘。跟她说话,娘不吱声,她的身旁不断地闪耀亮光……哦!那是娘给我烙煎饼时从鏊子底下蹿出来的火头吗?那是娘给我缝补衣裳时点亮的油灯吗?不!那是娘晃动的手电筒的亮光。多少年来,在我蒙受苦难的时候,在我遭遇不幸的时候……我就想起了娘手中的那个手电筒,就想起了闪耀在那个雨夜里的那束亮光,我的心就会为之一振,一股拼搏奋斗的勇气,便会油然而生。

(原载于《临沂日报》,1997年5月24日)

也买芹菜,也买韭菜

一日,跟妻子一同上街买菜,准备包水饺。到了菜市场,妻问我,买什么菜,我说买韭菜。

妻说:"俺不愿吃韭菜馅儿的。"

"韭菜怎么了?杜甫曰:'夜雨剪春韭。'连老杜都赞美韭菜……"

"俺不管老杜老李怎么说,反正就是要买芹菜。"

我见妻子脸上有气色,一下子想起了那句老话——"小事讲风格",于是忙说:"实际上,芹菜也挺好。"

听了我的话,妻子的脸上荡起了春风。

我们一起买了二斤芹菜,又买了些别的菜,就回来了。走到菜市口,正好碰上女儿,妻子跑过去跟她说了几句话,女儿就进了市场。

"丫头又去干吗?"

"你去问呢。"

我想也是,孩子大了,何必多操心。

回家不大一会儿,女儿就回来了,她们娘儿俩忙饭,我看开了报纸。一个小时后吃饭,我端过来一碗热气腾腾的饺子,一搭口,竟然是鲜嫩的韭菜味,忙惊呼:"不是买的芹菜吗?"

女儿就笑了,说妈怕你吃不惯芹菜,又指派她去买的韭菜。平常不爱说话的儿子也开了腔:"你还说我妈不疼你呢!"

当着孩子的面不好说别的,我瞅了妻子一眼,她正红着脸笑呢,我心里也暖融融的。

(原载于《大众日报》,1999年5月7日)

多给老人一点儿精神安慰

小时候,每天晚饭后,爹都领着我到奶奶家里坐坐,特别是冬天里。奶奶双目失明,烤火不便,爹给奶奶拾掇好火盆,生着火。奶奶坐在火盆旁烤火,有了温暖,但一个人烤火,很感寂寞。我们爷儿俩一到,奶奶就跟爹说话,不时有笑声响起。奶奶还烧花生我吃。灯光下,我见奶奶脸上满布着喜色。那时候,我并没有体会出什么来,年龄一大,渐渐明白了这点儿道理:精神安慰,是老年人身心健康的第一需要。俗话讲,病从气上得,因气而得的病也最难治。我的奶奶能活到九十多岁,这在旧社会里是很罕见的。这与爹每晚都去坐坐很有关系,儿孙一去,她心里一定非常舒服,精神一好,自然少生病。

我在外工作,每回到家里,忙喊一声"娘",娘就说"你回来了",脸上顿时浮现出一层高兴的神情……

目前,社会上流行着一首歌——《常回家看看》,唱得很有道理。它之所以能流行起来,也许就是因为它的内容与人们的亲情意识产生了共鸣。常回家看看的作用,就在于多给老人一点儿精神安慰,使他们心情舒畅。老人的精神舒畅了,身心自然也就健康了。这是孝顺的一种表现,也是幸福与健康的必由之路。

在外地工作的同志,不具备"常回家看看"的条件,仍然可采取其他形式,多给老人一点儿精神安慰,像写信,像打电话……

诚然,物质是基础。要在保障老人吃饱穿暖住好的前提下,再多给老人一点儿精神安慰才好。如果物质没有保障,再多的精神安慰,也是空话。

(原载于《临沂广播电视》,2000年2月15日)

失去父亲的孩子

一个9岁的女孩失去了父亲！女孩的父亲是在一个突发事件中去世的，只那么一挥手，就走了，连一句话也没有留下……我不禁为之伤心，潸然泪下。

我的父亲是在我14岁时撒手人寰的，经过一段时间的痛苦折磨，怀着对儿女的无限牵挂和不放心，走了。我永远记住了父亲那张消瘦的脸，凸出的颧骨，难以瞑目的双眼……那年夏收，父亲带领着我们割麦，年轻力壮的推车。那时推麦子还得用独轮木车子，实在是个累活。推着推着，推车人草鸡了，撂了车子，睡了大觉。父亲无奈，自己架起了车子。我牵着牛，每一回头，都见父亲满脸的汗水在闪光……垛完麦穰垛，父亲就病倒了，没过一个月，就走上了不归之路。当时，我哭得死去活来，街坊邻居，亲戚朋友，无不为之垂泪。我觉得，一个孩子失去了父亲，就像一根藤蔓失去了支柱一样，再也立不起来了。母亲非常慈爱，心疼自己的每一个孩子，但她懦弱，疼儿女的那颗心时时都很灼热，好多事摆在面前，却束手无策，只有掉眼泪。母亲能做的，就是做饭、缝补衣裳，每天熬稀饭、烧咸糊粥；做熟饭后，盛到碗里盆里凉着，看着我喝。晚上我回家晚了，母亲就到处找；衣裳破了，等我睡下后，再掌灯缝补……其他事情，她就无能为力了，譬如花个钱买支笔、买个本子什么的。实在无法，母亲愁得掉眼泪。尽管如此，我还是上完了高中，是我的三个姐姐支持了我，特别是我三姐。

有一次，我见到了上文说到的那个女孩，见她的字写得一笔一画，非常工整，很少有错。我就问："怎么写得这么好的？"女孩忽闪忽闪大眼睛，说道："这是悼念爸爸的最好表现。"

"听谁说的？"

"妈妈说的。"谈话就这样开始了。说着说着，女孩的眼泪就挂下来了，她光擦，嘴唇虽也瘪鼓，却没有哭出声来。我鼓励她好生说，尽量排除悲伤。女孩很乖，挺了挺身子，一下子调整好了心情。她说爸爸走后十多天，妈妈还哭，她也哭，姑姑就劝她别再哭了，说她一哭，引得妈妈更伤心。她就强忍着不哭了，并且向妈妈提出了挑战："你每天教一堂好课，我每天写一篇日记，完不成挨罚……"妈妈答应了，他们终于走出了生活的低谷。

女孩的妈妈是我的同事，课教得不错。后来谈起她的女儿，她说是她的女儿帮助她从痛苦的深渊中走出来的。

"真是个懂事的孩子！"

见我夸奖，她叹息道："女儿是在生活的不幸中长大的……"她说，丈夫走后，女儿一下子像长大了十岁，是个大姑娘了。

我好似也是在失去父亲后才懂得世事的艰辛的。父亲生前很关心我的学习，临终前的两天，还跟我的一位本家大哥念叨这事。我站在父亲的病床前，听清了这一切，至今记忆犹新。所以，我学习是很刻苦的。可惜，我没有考上大学！也许，九泉之下，父亲仍在为之叹气。为了使父亲安息，我通过函授取得了本科学历。

我相信，这个女孩一定会考上大学的，她不会辜负了父亲的厚望……事情一定会是这样！

（原载于《济南时报》，2000年2月16日）

黍子年糕

有三十年没吃到黍子年糕了,很馋黍子年糕!

记得小时候,腊月二十过后,娘就忙年了,磨面碾米,成天忙得不住脚。娘碾两种米,黍子和谷子,有的人家还碾稷子。碾好后,就粉,然后再碾,再然后就蒸。娘用小米粉蒸发团,还搋上些地瓜,吃起来发甜,挺好吃。稷子发团,有别于小米发团,我家没有稷子,自然无法蒸。大娘家有,年年蒸,我就有意到她家玩,大娘就塞给我一块,我拿了就跑。稷子发团有些酸,吃起来别有一番滋味。黍子年糕家家蒸,包上红枣,蒸出来黄澄澄的,挺好看,香气扑鼻,馋得你流口水。吃起来,香满口,粘在牙上,扯长拉不断,可是喜人;最后吃到红枣,很甜,特别欢人心。凉下,挺硬,石头蛋儿似的。有时,埋到火盆的温火里烧,烧透后,鼓胀得像个气蛤蟆子,火重的一面,黄烂的,一敲梆梆响,一咬香脆,特别甜肠胃。二月二,炒年糕,特别香,因为加了油,谁吃谁馋,不吃遗憾。

人民公社化以后,统一种植了。不清楚是谁规定的,家乡的土地上,两季收获,一季小麦,一季地瓜。一些稀罕粮食,如谷子、黍子、稷子、绿豆、红小豆、芝麻……都不见了踪影,连高粱那样的高秆作物,也不见了。推行承包责任制后,豇豆、绿豆、红小豆、芝麻之类有种的了,但仍不见有种谷子、黍子、稷子的;有种高粱的,但很少。有一年,我特意想种些谷子,有人劝我,说你种了,得拴上只老虎;不然,等不到熟,家雀子就会给你吃光。我一想也是,就打消了这个念头。小米倒不缺,市场上多有销售,但一直没见黍子、稷子,是否绝了种?

年糕,市场上也有销售,都是糯米、豇豆、大枣之类做的,与黍子年糕相比,逊色多了。

现在的汤圆，多数是糯米做的；我小时候吃的，都是黍子面做的。我不敢说糯米汤圆不好，但它绝对代替不了黍子汤圆，它没有黍子汤圆所具备的那一番滋味。还有黏谷子汤圆，黏秫秫汤圆……也都别具一格。有一次去临沭同学家，嫂子包黏秫秫汤圆我吃，没出息，吃多了，吃了一顿，饱了一天。

不见黍子，还念着黍子。什么时候再吃顿黍子年糕？

（原载于《沂蒙生活报》，2000年3月25日）

记忆中的后园

孩提时代,老宅子后有个园,不大,半亩地的样子,四周靠墙的地方,栽了一些杂树,榆、槐、桑、柳、桃、杏、香椿……密密麻麻。空闲的地方,也垛麦穰,也垛豆叶。再有空地,种畦子小菜,弄架子山药,栽几棵芋头……

有两间小东堂屋,前后都有门,是去后园的通道,家里人经常来往于此,我跑的次数尤其多。

后园,是我小时候的乐园。春天,在这里看爹娘种菜。稍大一些,自个儿找来些树苗子栽上,用爹给买的两个小瓦罐挑水浇。夏天,杏熟了,常爬树偷杏吃,磨出了满肚皮血印子也不罢休。秋天来了,大人忙着垛柴火,我们也帮着抱。这时候的后园,已经是名副其实的柴园了。冬天,常跟着爹娘来弄柴火,抱回家去烧火烤火。下雪后,也常玩用筛子逮家雀子的游戏。一年四季,都在这里捉迷藏,常常钻柴火垛,弄了满头的麦穰、豆叶之类。

园的北墙外就是我家的打谷场,也有半亩地那么一片。庄稼一上场,夜里就得看场,但爹打呼噜,娘不放心,不叫他看。

"你一个娘儿们家……"爹忧心忡忡。

"我自有办法。"娘胸有成竹。

"不行!我……"

娘说:"你累了一天,在外边叫露水露了歇不过来,第二天怎么干活?"

"你看,露水就不露你?"

娘凑近爹的耳朵,小声叽咕了几句,爹笑了。一觉醒来,不见了娘,我就哭了。爹抱起我来哄，哄着哄着就又稀里糊涂地睡着了。时间长了，我就摸着了底细，原来娘弄了扇旧门，竖在北墙上当梯子，趴着趴在墙头上看场，头上顶着个盖顶子，这样既能挡露水，又能起伪装隐蔽作用。

有时候，我随娘一起去看场。夜空中有许许多多星星，亮晶晶的，像孩子的眼睛那样调皮地眨着。我痴痴地看星星，越看越亮……记不清是什么时候睡熟的，醒来的时候，却躺在柴火垛边，身上盖着娘那件破旧的棉袄……

沧桑巨变，后园没了，娘也沉睡在九泉之下十多年了。但是，心灵深处总忘不了从前那些事情，睡梦里常见到后园，梦见娘趴在后园的北墙上看场……

（原载于《济南日报》，2000年5月3日）

喝糁与喝粥

3月13日,清早进城,在北关的一个饭摊上坐下,喊道:"一碗糁,五根油条!"一会儿,糁来了,油条也来了。

我的座位一旁,坐着母子俩,正在喝糁吃油条。母子俩对面坐着,儿子拿着油条吃,母亲用筷子从碗里捞起肉丝,放在儿子的油条头上,儿子一口咬去,香甜地嚼着。母亲就再捞,捞起一筷子肉丝,又放在儿子的油条头上,儿子又一口咬去……母子俩并不作声,像商量好了似的,配合默契。母亲微微笑着,儿子不时得意地眨一下眼皮。

儿子吃完了这根油条,喝了几口糁,母亲又递给他一根油条,他摇头了。

"饱啦?"

"嗯。"

这时候,母亲才端起剩下的半碗糁……

见了这一幕,我想起了我的娘。

小时候,娘没有什么好饭办了我吃,就天天做咸糊粥我喝。娘上碾压谷子糊、粥面子或高粱面子,回家来做糊粥,还放上些豆钱子,再撒上些盐。娘盛两碗,放在饭桌上凉着。有时,我饿极了,娘就忙着荡——这碗倒到那碗里,来回十来次,一试,不烫嘴了,就端给我喝,然后再荡另一碗……咸糊粥很好喝,咸滋滋的,香喷喷的。

那母子俩走了,母亲牵着儿子的手!我思想的潮水却还在不停地翻腾,真想到娘的坟前大哭一场,娘已经睡在黄泉之下十六个年头了!

(原载于《沂蒙生活报》,2000年5月12日)

地理老师

有一次上地理课,老师提问我,我回答得一塌糊涂,老师很生气,说了我几句,我哭了。下课后,我心情难以平静,一气之下,就写了张小纸条子,夹在地理课本里,以警示自己努力学习。小纸条子上写着:"坚决学好地理,免得受鄙视!"第二天,不知怎么小纸条不翼而飞了。我正在着急,一位姓苏的大同学威胁说:"好啊!你骂老师,吃不了兜着走吧。"

放学的时候,地理老师把我留了下来。我低着头,走进了办公室。

"这是你写的吧?"地理老师问。

我心跳不安,抬起头来,瞅了瞅放在办公桌上的那张纸条子,"嗯"了一声。

"鄙视,咋讲?"

"看不起的意思。"

"你知道我为什么看不起你吗?"

"我把墨西哥搬到南美洲去了……"

"你已经下决心学好地理了,我还能继续鄙视你吗?"

这是啥话?我偷眼看了看地理老师……

地理老师笑了!他拿起我写的那张纸条子,递给我,眉飞色舞地赞扬道:"这是学好地理的宣言书,写得好啊!"

我拿着那张纸条子跑走了,一路欢歌,回到了家。

再上地理课的时候,老师提问我,我回答得不错,地理老师很满意。期中考试,我又得了高分,发卷子的时候,地理老师表扬了我。

下课后,我对那位姓苏的大同学说:"地理老师真好,他没有叫我吃不了兜着走……"

姓苏的大同学瞪大了眼睛。

（原载于《临沂日报》，2000年8月26日）

考试的日子

那是几十年前的事了。

考初中,第一年我没有考上。第二年临近考试,娘又把我送到闫家屯完小复习,再考。考试的前两天早晨,我和娘一起推下了几斤粮食的糊子,娘烙好了煎饼,又炒了鸡蛋咸菜,给每张煎饼都卷上,然后用包布包好。娘还给我洗了洗那件小蓝粗布褂子,晒干后又缝了下脱线的地方。到了下午4点,娘叫我穿上小蓝粗布褂子,把蓑衣、煎饼包袱递给我,催我走。

"娘,给我2毛钱。"

"要钱做什么?"

"老师说拿着点钱,巧了花一个……"

娘说她手里一分钱也没有了,有吃的就行了,该花的就省了吧。我就哭了……娘忙给我擦眼泪,擦着擦着,也哭了。娘送我到村头,嘱咐了好多,我才走。

到学校过了一夜,第二天,凌老师领着我们二十多个学生,步行向县城进发。走到我们村的北湖里,老远见一老太太站在路边,走近一看,竟然是娘。

"娘,你……"

娘忙把我拉到身边,给了我5毛钱,我接过娘的5毛钱,心里暖暖的。走出十几步,回头一看,娘还站在那里看着我……

赶到县城,睡了一夜,早晨起来吃饭,凌老师说愿意喝粥的,可以到街上喝碗粥。我就跟着老师去喝了一碗粥,只花了5分钱,又吃了三个煎饼,顿觉浑身舒坦,考试进行得相当顺利。

20 天后，录取通知书来了，我忙告诉娘，娘老半天没有说出话，低着头抹眼泪。

"娘，我考上了，你哭什么？"

"娘高兴得……"

我愣住了，又不知说啥好了。

"那 5 毛钱是借你四婶子的，我借了好几个门都没有借着……"

"给四婶子说，我考上了？"

"对，快去！"

我一溜烟似的，跑到了四婶子家……

（原载于《临沂广播电视报》，2000 年 8 月 29 日）

草 桥

小学五年级,我在北屠苏完小就读。

北屠苏在我们村南,中间隔着一条河,叫祊河。冬天,过河去上学,太受罪了!水虽不深,但冰水冷得杀骨头。脱了鞋,卷卷棉裤,一溜小跑跑过去,到河南沙滩上,溜河风尖厉得像小刀子,刺得皮肉疼痛难忍,就忙撸下裤子,穿上鞋,抬起冻得近乎麻木的双脚,艰难地向前蹒跚。久而久之,小腿肚子冻皴了,裂了些小风口,直往外淌血汁子,针扎着似的,火辣辣地疼。去一次,哭一次。天气晴明还好点,一遇阴天,或刮风,或下雪,老早就犯愁。犹豫半天,就不去了。这个样子,三天打鱼,两天晒网,学习成绩怎么好啊?

当时的班主任赵老师是个二十几岁的小伙子,虽年轻,对学生却关怀备至。旷课一天,第二天再去,就满心害怕,忧心忡忡,怀里像揣了只小兔子,怦怦直跳,怕老师批评。有一天,数学老师提问,我不会,站着一言不发,数学老师大声呵斥了几句。我哭了,心想这是活受的什么洋罪,挨冻受寒,还得挨熊,这学上得可真窝囊透了。我暗下决心,老师再熊人,就不来了。赵老师就不这样,第一天旷课,第二天找了你去,耐心问原因。起初不敢说,怕老师笑话自己是软骨头,一星半点儿困难都克服不了……一天课间,赵老师叫我去,问我旷课的原因,我见赵老师态度诚恳,就说了实话。赵老师听了,叫我把我们村的所有同学都叫了去,给我们用碘酒擦拭小腿肚子上裂的风口子。我们排着队,赵老师一个一个挨着擦。

"不能长期这样下去啊!"赵老师说。

但究竟怎样解决,一时也没有定论。

放了晚学，赵老师随我们一起来到了我们村上。第二天，一个好消息像长了翅膀的鸽子一样到处飞翔起来："要搭草桥了！要搭草桥了……"后来，赵老师又来了几次，搭草桥的事终于商量成了。有学生的户每家出一棵棒，村民凑集些玉米秸、高粱秸之类，村里组织群众施工。开工那天，赵老师也来了，他用木轮车从家里推来了三棵木棒……赵老师的热心感动了大家，三天就把草桥搭起来了。

我们走在草桥上，踩着像海绵一样软和的沙土，心里滋润极了。本来，我们这伙学生十几个，都打谱不上了的，草桥一起，谁也不说不上了，个个精神焕发，学习积极性猛增。学期终了，考试成绩都高了一大截子，我还得了三等奖呢，奖品是一个笔记本子。

第二年，大水一发，草桥被冲走了！

这事已经过去了四十多年，但每每想起，还像在眼前一样。听说赵老师已经作古，但他的精神还活在人们的心里。

（原载于《沂蒙生活报》，2001年2月4日）

老朱的嫂子

老朱,是我外甥的好朋友。

有一次,老朱到我外甥家玩,我正好也在那里。一桌喝酒,自然谈开了家常。老朱出身于高成分家庭,每当政治运动来临之际,就不得安宁。有一次,好心人给他家透信,说有人正在盘算抓他的大哥。无奈,他大哥只得逃跑,去了东北,临走,嘱咐了媳妇许多话。那时,老朱的母亲已经去世。大哥嘱咐媳妇,千万要看管好小弟弟小妹妹,再苦也不能苦了他们。

大哥一去十年未归!十年,多少个日日夜夜?嫂子就拉扯着他们几个小弟弟小妹妹过活,相依为命。白天,她去做工,挣几个钱维持一家人的生活,有时还去拾菜叶子;晚上,就给他们几个缝补衣服。日子虽然拮据,却也过得井然有序。斗转星移,他们也上了小学,中学……

老嫂比母!每一个中国人大概都明白此理。老朱的嫂子就是这样的嫂子。中国大地上的嫂子大体可分为三类:牛郎嫂子那样儿的,老朱嫂子这样儿的,这两类可能都占少数,大多数的嫂子跟小叔子小姑子的关系,都属于不甚亲密的那种。如果父母健在,嫂子怎样并不重要;一旦失去了双亲,而嫂子又不关心其痛痒,那就惨了。无论城市还是乡村,这样的情况到处都有,丫头片子还好说,孬好找个主儿;小子就有好戏看了,无人管,无人问,最终流落街头成了叫花子。各个村子,都不乏其人。老朱有幸,摊了个好嫂子。

有一次去杭州,老朱给嫂子扯了块绸料,但是同行者连他老娘也没给买什么,老朱很不理解,但又不便问。

有人问他:"你这是给谁买的?"

"给我嫂子。"

"怎么给嫂子买这个?"

老朱只得给众人讲他嫂子的故事。最后,老朱动情地说:"对于我嫂子,我必须敬之如母!"

(原载于《沂蒙生活报》,2001年1月12日)

赶 会

记得小时候,有一年赶春会,三月二十八日,娘领着我和三姐,去卖一只大芦花公鸡。我急切地等候着娘卖了鸡,有了钱,好称斤烧饼吃。

"多少钱卖?"

"一块五。"

"一块二卖吧?"

"少了一块五不卖!"

过来了好几个人,都这样走了。我有些着急,催娘卖,三姐也催。娘说不急,多卖一个是一个。等了老大半天,问价的不少,娘不松口,人家问问就走了。第一个问价的人又逛回来了,仍给一块二,我拽娘的胳膊,娘瞪我,仍不松口。日头偏西后,连给一块二的也没有了,只给一块了。我饿得焦急,跺脚要走,娘没了办法,一块钱卖了。有了这一块钱,我看到了希望,但娘最终没舍得称烧饼,只买了块煮地瓜我吃了。我虽然不甚乐意,但肚子饿啊,也只有将就。而饿得同样难受的三姐,还没捞着吃呢。肚子饱了,就又来了困,娘把我抱起来,放在了三姐的脊背上……

醒来的时候,我已经躺在自家的床上了,娘和爹以及姐们正在明间里说话,而且点上了灯。我下了床,来到明间里,娘把我搂到怀里,伸手拿过一个小红席夹子,问我喜欢吧?我当然喜欢,忙夺过来戴在头上。娘说她手里钱不多,临去赶会爹给了一块,鸡卖了一块,共两块钱,要是买了烧饼,买席夹子的钱就不够了。这样,既给全家人都买了席夹子,还给我买了小红席夹。没吃上烧饼的不快终于云消雾散,大家都挺高兴。娘说以后有了钱,一定称斤烧饼打打我的馋虫,爹也做了这样的保证。我心里高兴极了,喝了碗咸糊粥,就又睡了,很快做了个好梦。我戴着小红席夹子,娘领着我赶会。三姐跟在后边,也戴着新买的席夹子。很快就碰上了一个烧饼摊子,娘称了一斤,给了我两个,给了三姐一个。我瞅了瞅娘,掰下一半给了她。

但,我的梦没有变成现实,爹娘抱着无限的遗憾,相继走了。

去年,三姐回家来,正好赶三月二十八春会。她买来了烧饼锅饼,还有熟肉之类。我们吃着饭,自然想起了爹娘,说起娘领我们赶会卖鸡的那些情景……如果爹娘健在,吃个烧饼,啃块锅饼,该有多好!

(原载于《沂蒙生活报》,2001年4月20日)

玩泥玩水

村前河崖头上,有一段黑泥油子,挖出来很硬,越摔越软,越摔越黏,像浸了油似的。摔好了,就玩"摔凹屋"。把泥弄成蒸笼那样的形状,右手托起,并作歌曰:"东胡同,西胡同,我摔凹屋大窟窿;东南庙,西南庙,我摔凹屋放大炮。"歌罢,猛力一摔,嘭———一声巨响,底鼓破了,参与游戏的对方就得用泥饼子给补上,这是对胜利者的一种奖赏。也有鼓不出窟窿来的,那就惨了,整个泥块都得归属别人,以示惩罚。

玩腻了"摔凹屋",就捏泥哨子,仿照货郎挑子上的泥哨子捏。没有火窑烧,就放在太阳地里晒。能吹响的,就爱不释手;吹不响的,就摔碎。也捏大车,车架子、车轱辘子,一应俱全。车上还安上大炮、机关枪,自然也是泥捏的。还捏上些骡马,叫它们拉车。干什么去?打日本鬼子去。也捏狗、猫、牛、羊……还捏些小雀鸟。晒干了,就套骡马奔赴前线,雄赳赳、气昂昂的。也令鸡打鸣,也令布谷鸟唱歌,还操纵着狗猫咬仗……

放倒麦子,天气热了,光腚猴子们不约而同地来到河边,跳下水去,追逐打闹。有时阴天,水有些凉,泡过一阵,冻得嘴唇发青,浑身筛糠,只得跑上岸来,拍着腚,跑着唱道:"东拜拜,西拜拜,出来日头我晒晒;东磕头,西磕头,出来日头暖暖光腚猴。"跑跳一阵,热了,又一个猛子扎下水去。

涨大水的时候,河里就更热闹了,几个小伙伴来到河边,稍作商量,立刻拍板决定:下一趟!于是,几个光腚猴子就腚跟腚地顺河岸往上游跑,跑上一里多路,才一个个鱼贯而入汹涌的河水,甩水,踩水,仰水……八仙过海，各显神通。二狗子和三义最调皮，他们俩会仰水，挺起肚皮，露出水面。岸上的人见了，就扔小土块砸。砸疼了，一个鲤鱼打挺，不见了……

很眷恋小河，我孩提时代的乐园！不发水的日子，清澈见底，喝一口，满腔甘甜。但现在无人来玩泥玩水了，更无人来喝水了，因为河水遭了污染。还我乐园，还我清澈，还我甘甜……相信，这个日子不会太远的。

（原载于《沂蒙生活报》，2001年4月27日）

割草喂牛

到处都是野草,长得葱茏旺盛。小时候,要有这么多草该有多好,割草喂牛还犯什么愁,哪个地方都能割一筐。

那时候,我家喂着一头黑母牛,吃就靠我和大侄。我大侄和我同岁,我们俩一前一后,每天背着草筐,满湖坡里转。夏季和初秋还好办,一般都能割满筐,够牛吃的,但到了深秋就不行了,没的割了。

吃晚饭的时候,我和大侄提出了困难,但哥不答应,吓唬我们俩,说割不来草,就叫老黑母牛吃我们俩。我们俩吓得默默无言。爹没有说什么,吃完饭,吸烟,一锅又一锅……

第二天,我和大侄忙活了一天,也没有割满筐。临天黑,我们抱着一颗慌跳的心,回了家。爹正坐在板凳上吸烟,他的身旁放着一筐草。

"谁割的?"我和大侄几乎同时问,惊喜之状,溢于言表。

爹很平静,慢声说是他割的,他说:"光指望你们俩小孩割草够牛吃的吗?我得帮帮忙了……"

我就哭了,大侄也擦开了眼泪。

那一夜,我睡得很香,并且做了个梦,梦见爹扛着一大筐草回家……

(原载于《沂蒙生活报》,2001年6月1日)

看 场

为什么看场？防贼。有贼吗？没有。没有还看个啥劲？不怕一万，就怕万一。

看场分三个季节，夏季看麦，早秋看秫秫（高粱）、谷子、稷子，晚秋看豆子、花生。

看场很受罪，既要有责任心，还得能吃苦。这苦主要指两个方面：一是露水重，二是蚊子咬。以前没有塑料布，睡在露天地里，早晨起来，到处都叫露水打湿了，浑身发紧，睡了一夜，还挺困。蚊子一闻着人身上的汗腥子味，就来光顾，还唱着歌。只有用棉单蒙了头裹了身子，但又太热……

不过，看场还是乐趣多多。

铺一领蓑衣，盖一床棉单，望夜空，看星星，就想起了小学时候学过的课文："青石板，板石青，青石板上钉银钉。一个钉，两个钉，数来数去数不清。"念着唱着，不知不觉就睡着了。

看麦场，给我抓知了猴提供了方便。若在家，老人不让出去，急烂了心也无法；看麦场了，可就自由了。抓来许多，第二天早晨，或烧或炒，都是美味。晚秋看场，更有机可乘，炀一堆火，焖几块地瓜，烧一捧豆子或果子（花生），塞塞有些空荡的肚腹，实在美不可言。

生产队时期，劳动力轮流看场，好几天才摊一回，罪受得少了，乐趣也不那么多了。搞联产承包责任制后，已经有了塑料布，每家也都能拿出一顶蚊帐了。用麦捆打墙，上苫一块塑料布，里面挂上一床蚊帐，一个窝就做成了。也有用床架子撑起一个小棚的，扯上塑料布，挂上蚊帐，一个一个宫殿就盖起来了。

到了今天，麦用收割机收了，打下的麦子弄到平房顶上晒，用不着看场了。早秋和晚秋作物，有的也用机器打了，像水稻。其他作物，大都弄到平房顶上去了。场不用看了，看不到夜里的云彩怎么飘动了，月亮多么皎洁了，星星怎么眨眼睛了；觉不出夜风怎么凉爽了……惬意当中，也多了几许怅然若失。

（原载于《沂蒙生活报》，2001年6月15日）

四婶子

屈指算来，四婶子离开这个小村庄，已经四十多年了。她走的时候，大概还不足四十岁。因为四叔去世了，膝下又没个男孩子，还怕别的男人生邪念，只得一走了之。

但好多人都没有忘记四婶子，包括我和我娘。我高小毕业后，头一年没有考上初中，在家当了一年会计。四婶子的娘家人全去了东北，四叔常把我叫到他家里写信。写完信后，免不了拉些家常。四叔和四婶子都劝我别当会计了，去当兵也行，去考学也行。当兵当然好，但还不够年龄，我就决计去考学了。麦秋后，我辞了会计一职，回校复习了三个星期，考上了，四叔和四婶子都为我高兴。

有一次我星期六回家，娘病倒了，发着大热，眼看下星期的煎饼没有了着落，这可怎么办？娘看我发愁，就叫我去跟四婶子说一声，看她能帮上忙吧。我去跟四婶子一说，她满口应承。天不亮，她就来了。我跟四婶子一起推好十几斤煎饼的糊子，天才大亮；紧接着支鏊子烙，一直忙到中午才烙完。娘叫四婶子吃了饭再走，四婶子实在，就着咸菜吃了个煎饼。

过了两年，大热天，四叔一病不起，走了。

都说四婶子命苦。说起四叔来，人很耿直，但穷，三十多岁了，没有说上媳妇。硬攒了两个钱，买通了媒婆，说来了四婶子。四婶子来时，刚刚十八岁，那可真是花容月貌，光彩照人，但丈夫却是三十多岁的"老汉"了。她在洞房花烛夜时，就哭成了泪人，但没有办法，只有认命。因为不顺心，自然断不了闹仗。有一次，闹了，打了。四婶子的姨家在临沂南关，她黑夜出走，奔西门进城。四叔神机妙算，派人连夜赶奔西门。早晨起来,四婶子满身露水,走到西门,被堵住了,四婶子一下子软瘫在地……忍气吞声,过了十几年,总算有了些温热,但四叔却西去了。

四叔走了两年多,四婶子奔了她姨家,听说另找了婆家。有些邻居去看过她,但人家男人不乐意。四婶子噙着泪说:"你们往后就别来了!"那时候,我并不理解这份心情。有一次,我在老南门外见到了四婶子,忙喊:"四婶子!"但她没搭腔,一转身钻到人群里不见了。回到家里,我跟娘说这件事,娘说你四婶子心里苦啊,她是迈了二道门槛子的人,不愿见咱们村上的人了。当时,我听不懂娘说的话;现在,总算明白些了。

后来,听说她再婚后生了两个儿子,村人们知道了这件事,都为她高兴。

(原载于《沂蒙生活报》,2001年6月22日)

换零钱

　　下了火车，得坐公共汽车。一摸口袋，没有零钱了，最小的是一元票。票价六角，需要五角票和一角票，只得求人换零钱。走近一个烟摊，摊主是一位老太太，见我来，笑道："买什么烟？"我说不买烟，想换点零钱，说着就把一张二元票递上去。老太太脸立即沉下去了，说没有零钱。我只得转身走，很快就到了一家小店，店主是位男士，态度也很和蔼："买什么？"我说不买什么，想换零钱，坐公交车用。男士也像那位老太太一样，笑脸一收，说没有。我就又向前走，很快遇上一位小姑娘，她摆了个儿童玩具小地摊，人长得很好看，是那种人见人爱、人人喜欢的瓜子脸，腮帮儿红润得像个红鲜桃。我说麻烦小姑娘，给换点零钱。"俺没有零钱。"小姑娘说这话的时候，脸相虽然仍是原先那样，但毕竟有了几分不快，其漂亮程度也有所降低。

　　我又走向第四个门头……问了六次，都说没有零钱。我不禁有些气愤！十分钟后，又有了些许自责，我知道自己太小气了，你看人家坐出租车一溜风跑了，多潇洒；也太自私，为什么为少花四角钱遭遇这么些白眼呢？我给无人售票车一元钱，司机能不让我坐吗？我走上了4路车，把一张一元票投进了箱子，司机满脸惊喜。

　　到了三姐家，我就说这段经历，难免牢骚。三姐说不能光埋怨人家，摊主手中不会没有零钱，那是为了找零而准备的，给你换了，有了买卖怎么办？要多为人家想想，别光想自己这一方面……三姐给了我十张五角票，十张一角票，说先用着，用完了再给你，还说不管做什么，都得事先做好准备，埋怨别人无用。在济南待了五天，兜里的零钱充足，再也没因换零钱而苦恼。

（原载于《沂蒙生活报》，2001年7月4日）

编辑的信

三十多年过去了,那时我二十多岁,可谓风华正茂。那是1965年的春季,我在教学之余,突发奇想,写了篇儿童小说《小霞上学》,寄给了《山东文学》。不久,稿子退回来了,并附了一封信,全文如下:

刘贞年同志:

  《小霞上学》我们有几个同志看过了,都感到有不少优点,语言生动亲切,小霞有一定的形象。缺点是后半部分太拖,可大力压缩一下。

  我们刊物六月份因发了一批临沂的报告文学,未及发配合"六一"的儿童文学作品,原来确定的几篇都压下来了,所以考虑最近期间怕难挨上号。你是否可以修改一下,寄给少年儿童的刊物去?关于具体的修改意见,我们觉得第六页"不断革命"以下的,可以全部删掉,因为加上和地主婆子的矛盾这一节,内容乱了,也不太真实,后面一些其他情节也有点太拖,如果把这一部分删去,前半部分再加以精练,是有一定水平的。用不着太贪长,短一点倒好。

  以上意见望作参考。

此致

  敬礼!

山东文学社编辑部
1965.6.4

我看过了信，激动不已，跟发表了一样高兴，然后就忙着修改，按他们的指点该删的删，该改的改，誊清后，寄给了《少年文艺》。稿发出去后，我松了一口气，睡了个好觉。那时候，自己太没有经验了，满以为《山东文学》编辑部怎么说，事情就会怎么办，这篇稿子是确定无疑能发表了。可惜，泥牛入海，再也没有得到消息。后来，底稿也丢了，我的这篇"处女作"就这样无影无踪了。

　　但这信至今我还保存着，看看心里就发甜。我一直爱好文学，其源泉是什么，我自己也弄不清。作为力量的支撑，这封信不能不说是其一。三十多年来，我遇到过许多困难和疑惑，在迷茫中，是最容易丧失信心的，但每当拿出这封信来看时，已经熄灭了的火又重新燃烧起来。非常感谢这位编辑，可惜至今不知他姓甚名谁，常为此而遗憾。

　　后来，我还收到过许多编辑的信，都语重心长，具有很强的指导性；有些批评，也都中肯，读后顿觉心里热乎乎的，故以此文献给兢兢业业的编辑们。

（原载于《临沂广播电视报》，2001年11月6日）

鞋匠老吴

走出大门，向北一看，村头撑开了一把太阳伞，火红火红的。见到这把太阳伞，就知道鞋匠老吴又来了。

这些年，鞋匠老吴常来。

"一天也能转悠二三十块？"有人问。

他笑道："挣那么多做啥，花不了！"

挣钱虽然不多，但做起活来却从不马虎。每天早晨8点安上摊，直到晚6点收工，整整10个小时，什么时候过去看，他都在忙，钉掌、补帮、上底……望望这双，看看那双，拿来锤子，找来钉子……

有人来问事，他忙笑脸相迎，不停地说"好说、好说"。修好了这双，用塑料袋装了，放在一边；修好了那双，用塑料绳捆了，放在一边；擦擦额头上的汗水，再修第三双……

有人来拿鞋了，问掌好了吗？要是掌好了，拿着就是了；要是没掌好，他就笑了："对不起了，还没掌好。"鞋主也就不好说什么了，回头要走，他就说："你要不得闲，掌好了我给你送去。"既然这样说了，还能真叫人家送吗？人家正忙得不可开交呢！

有的来拿鞋，说钱不够了，缺两毛。鞋匠老吴好说话："缺两毛就缺两毛吧，缺两毛还能就不穿鞋了吗？"

鞋匠老吴一年多没来了，大家都很想念他，听说他在路上出了点事，走路有些不灵便了。

去年秋后，他竟然又来了。

人们奔走相告，不一会儿，就围了一圈人。老吴腿虽然瘸了，但身板却比以前还硬朗了，满面红光，精神挺好，虽然戴上了老花镜，眼神却炯亮炯亮的。

"闲着难受是吧？"有人跟他开玩笑。

他说不假，闲也闲不出劲来，再说也想你们了，一年多不见了！手艺搁日子多了就忘了，想再熟练熟练……说笑一阵子，该干活了，人们渐渐走散。

王老头和李老头没走，他们俩与老吴交情深厚，一边看他做活一边说话。老吴藏不住内心的欢欣，就兴致勃勃地向两位老朋友敞开了心扉：两个孙子都笨，只上到初中就下来了，没寻思小孙女有恁个本事，考上了大学，但学费挺贵，光指望儿子种地供不起，他怎么着也得重新拾掇起鞋匠活来，挣两个添补添补……

消息传开，大家都为鞋匠老吴高兴，再也没有少给两毛钱的了。

（原载于《沂蒙生活报》，2002年4月6日）

压 碾

　　一盘石碾，安在街头，给人以温馨感。没有石碾的村庄不像个村庄，没有石碾的地方给人以不食人间烟火的感觉，叫人感到荒凉。我们村有三条南北大街，每条街上都有石碾。从我记事起，就是这样。无人压碾的时候，石碾像一位老汉蹲着，一声不响，不知在沉思什么；有人压碾了，它就"吱呀吱呀"地唱起来。压碾是乡村的一道风景线，压碾的"吱呀"声，是乡村的一支古老歌曲。

　　每天早晨、晚上，碾场子里都站满了人。为什么早晨、晚上压碾的多呢？庄稼人忙，先干活去了，忘了准备下顿的饭食，临做饭了，才发现既无糊粥面子，也无豆面子，只得忙挖粮食去压。来的人多，只好按先后次序，挨号压，但也有例外。有的这一顿不急着吃，就先让急着吃的压。"二婶子，我先压压你再压行吧？""行啊！怎么还不行呢？"二婶子不但让了碾，还帮她压碾，小妮子自然感激不尽，压好糊粥面子送回家，又跑回来帮二婶子压。就这样，你帮我，我帮你，深厚的友情把双方的心都暖热了。还有慌慌地跑来挤煎锅豆子的："侄媳妇，我想挤挤这几个煎锅豆子……""行，行，你快撒上，我给你压。"压的时候，也多是相互帮忙，你压的时候我扳着，我压的时候你扳着，这样压得又快，也增进了情谊。

　　偶尔也发生一些争吵，但经人一劝，双方各自退一步，也就平息了。

　　天天压碾，不撑损坏，日子多了，不是碾轴坏了，就是碾框出了毛病，热心人就凑钱买木料、请木匠，进行维修。停压一天就感到不方便，已经停压了三天，大家就有些急了。第四天上，石碾修好了，大家奔走相告，满街筒子里响起了欢呼声。石碾又转起来了，又唱起了那支

"吱呀吱呀"的悠长而又深沉的歌。歌声虽然不甚响亮，却情深意浓，传向小村的四面八方，温暖着村人的每一颗心，使他们时时都能感觉到悠悠乡情的无限温馨。

（原载于《沂蒙生活报》，2002年5月11日）

七月的雨　七月的泪

1962年7月,我进过一次炼狱,参加了全国统一高考。

1960年以前的高中生,国家全包了,不管成绩多么差,都有大学上。1961年高中生开始倒霉,一个班也就是考五六个。1962年仍然没有好转,情况与1961年差不多。可是我那时仍自不量力,填报志愿的时候,有人怂恿我报考复旦大学新闻系,我也就没犹豫,向班主任老师说了此愿。班主任老师是上海人,没说什么,就给写上了。任何希望都在有和无之间游弋,多一分努力就多一分可能,那时拼死拼活地复习,现在想起来仍令人激动。发榜的日子到了,我开动"11"号,跋涉四十里,赶到学校,一看榜,没有自己。那时那地,心里是多么酸楚,只有名落孙山者才知道。回来的路上,天下着大雨,我流着热泪——一滴雨水下落,一滴热泪伴随……

后来,跟王校长(王火先生)闲谈,他说1962年复旦大学在不在临沂招生,还很难说;新闻系更难,不光成绩要好,政治条件也特别严格。

1962届的临沂一中高三一班,只考上了六个人,其中两个学习成绩较好,考上是应该的;其余四个,学习成绩平平,有的还在中下游。好多成绩较好的,都名落孙山了。后来,我拼死拼活地搞函授,总算弄了个本科学历,但是没有受过系统的大学教育,遗憾又遗憾。每当想起此事,我心里就发酸……

(原载于《临沂广播电视报》,2002年7月17日)

蒲 团

　　蒲团,圆形,像车轮。最原始的蒲团,是用蒲草编成的,故名蒲团,后来发展了,也有用麦秸编的……

　　编蒲团,大多是老年妇女的活。俗话说,立秋三日遍地红。那时候不种玉米,更不种水稻,只种少许谷子、黍子、稷子,主要的早秋作物是秫秫,即高粱。满湖坡的青纱帐,风不透,雨不漏,很是壮观。立秋过后,高粱熟了,穗子火红,像一团团火焰在燃烧。千万个高粱穗子,燃烧成了一片火海,那景象实在壮观。难怪许多文人墨客发红高粱的感慨!割高粱的日子,正是"秋后加一伏"的时候,很热,活又累,但都兴致勃勃,看着红红的高粱穗子,也就忘记了疲劳。割倒秫秫,扦下莛子,再把莛子运到场里,妇女们把秫秫穗子剁掉,把莛子裤脱下来,就是编蒲团的原料。老奶奶坐在场边的树荫下,既看场,又看孙子或孙女,还编蒲团。打个马莲垛,就编起来,一圈又一圈,一边编,一边念叨:"编蒲团,编蒲团,编个蒲团圆又圆……"有孙子在身边,就哄孙子:"编蒲团,编蒲团,编个蒲团给蛋蛋。"有孙女在身边,就逗孙女:"编蒲团,编蒲团,编个蒲团给丫头片。"经过几天几夜的奋战,蒲团编好了,往地上一放,把孩子抱上去一坐,喜笑颜开。

　　有的老奶奶不光给孙子孙女编,还编了走闺女家。庄邻朋友之间,也当礼物赠送。我老姑奶奶家,是西北园老崔家,日本鬼子来后,逃亡来到我们村上住。新中国成立后,表侄到湖南怀化火车站工作去了,表嫂子还住在这里,我常给她看信写信,关系很密切。八十年代初,表嫂子去怀化找他儿,临走,把一个用麦秸编得特别精致的蒲团送给了我们。我儿子像得了宝贝似的,在上面坐一会儿,又站起来,掀起蒲团来当车轮子滚,满院子里跑,满院子里笑。

(原载于《沂蒙生活报》,2002年8月31日)

大红枣儿

一天回到家,孩子他妈端来一瓢小红枣儿,叫我吃,我立即笑问:"谁给的?"孩子他妈说是西院李家侄媳妇。我立即就吃,一吃就乐,禁不住哼唱起来:"大红枣儿甜又香,送给亲人尝一尝。一颗枣儿一颗心,哎嗨哎嗨哎嗨,哎嗨哎嗨哟……"好激动了一阵子。

西院李家的那棵枣树是小甜枣,熟得早,个小,很甜。记得小时候,大婶子家也有这么一棵,在她的当院。一见青果满树,像我这么大的小馋虫们,每天都到她的大门口光顾几次,眼巴巴地望着青枣儿流口水。有时,趁她不防,打一石头,哗啦啦掉下几个,抢了就跑。大婶子追出大门口,骂道:"小杂种,还不熟,不好吃。等熟了,少不了你们的……"大婶子说得一点不假,不熟的枣儿青涩苦口。家长们听了大婶子的喊骂,都训斥我们,我们也就收敛了。盼星星,盼月亮,终于盼到枣儿熟了,大叔大婶把枣儿打下来,一家送来半瓢子。吃着枣儿,也就忘了大婶子的叫骂。

除了小甜枣,还有木枣,俗称大枣。木枣个大,肉多,但熟得晚,大概得到中秋以后。木枣的甜味深厚,留在口中久久不散。我家就有那么一棵,在屋山头上,树下有粪坑。有时枣儿掉进粪坑,脏了,不能吃,很觉可惜。因此,每年枣儿快熟的时候,娘就叫我们用干净土把粪坑和周围垫好,再用秫秸薄棚盖住粪坑。熟得差不多了,就打。一家人齐忙活,扯被单的扯被单,抡竹竿的抡竹竿……打了半筐子,抬到堂屋门前就吃。娘说先别吃,得先送人,亲戚换筐,庄邻换碗……自然得先送大婶子。

木枣除了鲜吃,还可晒干储存,以备药用。记得小时候,村中有位神婆老奶奶,常到我家找我娘坐。有时给人看病,叫我给人开药单子:

"当归、熟地、胖大海……大枣为引。"她给病人家属说,缺大枣可以到我家找。娘见了来人,就找几个给他,直到找完为止。

(原载于《沂蒙生活报》,2002年9月14日)

娘住东屋

1962年的冬天好寒冷！娘住了两间东屋，就更加寒冷。俗话说得好，东屋南房，不孝的儿郎。但我无能为力，毫无办法弄间堂屋给娘住。那年我毕业回家，是一个一无所有的穷学生，千思万想，一筹莫展，就给远在济南的三姐写了一封信，说娘的腿已经冻伤，成天疼痛，再过一个冬天，恐怕还要加重；人家住堂屋，还有炉子烧，而俺娘儿俩住东屋，无炭烧不成炉子；请求三姐，让我们去济南过个冬天，过个舒服一点的年。不久，三姐夫写来了回信，同意我们去济南。看罢来信，我欢欣鼓舞，忙说给娘听，娘听了，多皱的脸上顿时堆满了笑容。

正在忙着准备启程的时候，一位同学来访。那时候，同学相见泪汪汪，抵足而眠，但睡不着，坐在被窝里说话，一说就说到了天亮。同学劝我别去了，他听说城市里的住房很紧张，去给人家添麻烦……我一听，觉着同学说得对。同学走后，我跟娘做了认真的商量，就决定不去了，给三姐家写了回信。

三姐夫的信很快又来了，问前些日子要去，现在怎么又不去了？是否没有路费？并说给寄来二十元，做路费，叫我跟娘一起赶快去。我看完信，百感交集，一时没有控制住自己，就趴在那张旧书桌上，号啕大哭起来。哭声吓慌了娘，忙问我怎么了，出了什么事吗？我一时无法向娘倾诉自己的内心，只是大哭不止。娘慌了，跑到街上，眼泪汪汪地向街坊邻居诉说，请他们快来看看我怎么了。有人跑来，从我的手中抽去三姐夫的来信，看了看，说没有什么呀，信上说得很好，叫你们去，怕没有路费，又寄来了钱……我只得止住哭泣，请众人坐，告诉大家娘住东屋，冻伤了腿，无钱治，别人没有问一声的，再过一个冬天,不会更严重吗?又说三姐家的情况……众人听了,都很感叹,一致安慰我,说别想那么多了,既然三姐叫去,就拾掇拾掇去吧!送走了众人,我又安慰了娘几句,娘说她好吓,当是出了什么事呢。我破涕为笑,说三姐夫三姐这么关心我们,心里一时激动,就哭出了声……娘也叹息,擦着眼泪说道:"那就去吧。"

我们忙着把家中仅有的十几斤黍子碾出米来,粉了,又压成面子,装进了袋子。三天后,我们锁了冻我们的那两间东屋的门,我背着那条盛黍子面子的布袋子,娘跟在我身后,步行三十多里,去了临沂汽车站……

到济南时,天已经黑了。走出火车站,我一眼看到了三姐夫和三姐,他们早站在那里等我们了。我两眼一阵热辣辣的,虽然流下了眼泪,但抑制着,没有哭出声来。

(原载于《临沂广播电视报》,2003年1月27日)

灯 笼

灯笼起于何年何月？无考。看电视剧，春秋战国时代，宫廷里的人们就已经打着灯笼巡夜了，可见灯笼的历史相当悠久了。

民间的灯笼，构造很简单。小时候，家中有一灯笼，长方体形，木头框子，四面用玻璃挡着，上方中间留个圆孔，透气用。四角拴细铁丝，在上方集中打结，结上插一小木棍，挑起灯笼。里面放一茶杯样的容器，盛油，油里放捻。用时，点着灯捻子，挑起，即光亮四射。还有一种用铁丝编成的灯笼，椭圆形，像个小冬瓜，大概有三十厘米高，外面用白纸裱糊，里面竖一蜡烛，用时点燃，蜡烛就立即放光亮，光亮透过白纸洒向四周。

高档次的灯笼，小时候见过一次。1954年春节，那年五谷丰登，大爷家的大哥心情好，用高粱莛子扣了个转灯，中间竖一支蜡烛照亮，周围有八仙绕灯转……年夜点燃，引来好多人观看，我也有幸饱了一回眼福。

现在的灯笼都高级起来了，真正是大红灯笼高高挂，宫灯、龙灯、兽灯、虫灯、福灯、寿灯……五花八门，异彩纷呈，琳琅满目，而且不用油和蜡烛了，里面放个灯泡，比油灯蜡烛亮多了。

农家的灯笼，主要用于春节拜年和元宵照亮。大年夜，大都早起，特别是丰收年景，大家心情好，都想热烈庆祝，就早起放鞭炮、烧纸烧香，敬天敬地，然后再到长辈那里拜年。一伙三五人乃至十几人，结成一队前行，挑灯笼的走在前方照路，后面的紧跟。正月十五，大门上高挑灯笼，其他各处也需挑着灯笼照照。据说万物沐浴了元宵节的光泽，会有一年的好运气。

平常日子，灯笼也有用处，夜晚找东西，照明用，特别是夜里下雨，急着苫垛，最需要灯笼了。阴雨的夜晚，伸手不见五指，突然有一灯笼高挑，苫垛者眼前一片明亮，心头顿觉舒畅，垛很快苫好。

有一年秋天，我在北乡教学，回到家中已经大黑了，娘正抱着我女儿，哄她睡觉。娘见我家来，忙告诉我那娘儿俩下了北湖，叫我快去看看。我二话没说，掉转车头，走出大门，奔了北湖。夜幕笼罩着田野，微弱的星光映照着一排排模糊的树影。朦胧中，我见远处有灯亮，就奔了过去。儿子和他妈妈正在加工瓜干，儿子把地瓜递到他妈妈手里，他妈妈的手臂像根机器的摇把，在不停地上下摆动。旁边，亮着我家那盏四扇子灯笼。

（原载于《沂蒙生活报》，2003 年 3 月 18 日）

两个鸡蛋

六七十年代，生活不宽裕，娘跟我们一起吃"大锅饭"，身体状况欠佳。加点什么营养呢？我们做了研究，决定每天早晨起来，用开水冲两个鸡蛋给娘喝。开初，娘不喝，她说不馋，得攒几个给孙子孙女吃。我说你别管那么多，不够吃了我买。听说要买，她更不愿意了，说你那两块钱得攒着，以后用钱的地方有的是。这可怎么办？我们又做了商量，决定每天早晨冲了端给她，硬叫她喝。耐不了我们的再三恳求，娘喝了。十几天后，娘的脸色就好看多了。我们的心里自然有了舒坦。

自家养的鸡不下蛋的日子，我就买些。但我手里的钱并不宽裕，每月三十几元工资，花着花着就没了。有时说话不慎，叫娘听了去，娘就不叫买了。我安慰娘，说不用你管，我自有办法。一时没钱，就先借着花。不管怎样困难，每天不能少了娘的两个鸡蛋，这是我们的既定之规。当时，三姐在济南工作。三姐很孝顺娘，虽然收入不多，但不时寄些钱来，帮了我们的大忙。每次接到三姐的汇款，我心里就有一种久旱逢甘霖的感觉。手中宽裕的时候，不仅买鸡蛋，也买些点心回家。娘见了点心，就把两个孩子叫过去，分给他们吃。我不愿意，她就嫌我。为了不使娘生气，只好随娘的便，但娘不吃，我不愿意，娘只好跟两个孩子一起吃。看着他们祖孙三人一起吃点心，我心里就有了一阵又一阵的甜津。

1977年的冬天，有个星期六下了大雪。我怕路滑，带鸡蛋走路不安全，就没买。回到家刚坐下，儿子就扑到怀里撒娇："爸爸，我吃鸡蛋！"丫头听她哥要鸡蛋吃，也跑来要。见娘不表态，我只好哄孩子。

孩子妈妈从锅屋里盛来了糊粥，两个孩子有了糊粥喝着，也就不要鸡蛋了。睡下后，我问孩子妈妈，她说娘今天早晨就没有鸡蛋喝了。我有些生气，就埋怨她为什么不想想办法，还能光依靠我吗？我重新穿好衣裳，去淘鸡蛋，跑了十几个门子，费了两个多小时的工夫，总算买来了二十个鸡蛋。

第二天早晨，娘又喝上了鸡蛋，但很疑惑，问我："你不是没买鸡蛋吗？"

孩子妈妈说了实话。娘一边埋怨儿媳妇嘴贱，一边拿了四个鸡蛋去煮。我不让，娘就吵我，我只好同意。鸡蛋煮熟了，一人一个，两个孩子自然高兴，扒了皮就吃。我和孩子妈妈拿着煮鸡蛋发愣，娘就催我们趁热快吃，我们怕娘生气，只得吃了。

娘如果健在，今年103岁。可惜，她走了二十年了！非常想念娘，特别是重阳老人节到来之际。听一位医生说，娘的心脏很好，临终也没弄明白得的什么病。我估计，可能是营养不良！如果对娘照顾得更周到一些，也许娘还健在，大家围坐在她周围，祝她生日快乐，那该有多好！想到此，内心里常有愧疚……不孝儿跪拜于此，愿娘地下安息。

（原载于《临沂广播电视报》，2003年9月30日）

小学时代的三位老师

1955年夏季,我升初中。到发榜的日子,我抱着一颗慌乱的心,去了学校,见到了我的班主任老师朱敦杰,他非常惋惜地说,榜上没有我的名。

回来的时候,我心里非常凄惶。朱老师送我,一直送到我们村北湖里一个叫茅墩子的地段,我不叫他送了。他站下,叹了口气,说别灰心,这次考试失败,并没有判定下一次考试也失败。他鼓励我明年再考,并说如果家庭条件不许可的话,也不要怠慢了学习,有很多自学成才者,应该效法。朱老师谈到了高尔基,谈到了华罗庚……我听着,心里立即有了信心。

这年冬季,合作化进入高潮,我自然被席卷了进去。村领导叫我当会计。来年临近麦收,升学考试在即,我心里就有了不安,找了两名替工,跟我见习。我一边工作,一边复习功课。

我把做好的算术习题和作文,托本村的一位在校生送给六年级的班主任凌仁修老师,请他给批改。后来,听那位同学说,凌老师大加赞赏我那篇题为《我的理想》的作文,并作为范文在班上宣读了。那篇作文,写得有点慷慨激昂,或坚守高山哨所,或驾雄鹰保卫祖国的辽阔蓝天,或驾航母驰骋于祖国的万里海疆……凌老师的关爱,给我增加了更多的信心。

考试了,我跟凌老师去了临沂一中。考试很顺利,算术都做对了,作文题竟是《我长大了做什么》,这题目与《我的理想》相差无几,我轻车熟路,一气呵成。

但是,出榜时仍然没有我的名字。那时那地,我的心情是多么灰暗,恐怕任何人也体会不清楚。也不知哪里来的心眼子，我突然想起来写信去问，信封上写着"临沂第一中学招生委员会收"。几天后，回信来了，说没见你来查体，见信后才知道你没接到通知。我拿着信，急奔闫家屯完小，刘仲则老师看了信，有些生气，说这是怎么搞的！他忙领我到卫生所查体。查完了体，他叫我拿好体查表，又给了我两毛钱，嘱咐我怎么买信封买邮票，怎么写信封贴邮票。我一一答应，匆匆忙忙去了俄庄邮局，刚要掏钱买信封邮票时，刘老师竟然也闯了进来，他汗流满面，气喘吁吁……

"老师，您怎么又来了？"

"我，我……我不放心。"

不久，我终于进入了梦想的临沂一中学习。

人的一生，要经历多少事！许多事都忘记了，但有些事是永远不会忘记的，那就是人们常说的"刻骨铭心"。这些"刻骨铭心"，不但不会随着时间的流逝而遗忘，反而磨砺的时间越长越清晰。朱老师的教诲，凌老师的激励，刘老师的关爱，都在这"刻骨铭心"之列。有人说，师徒如父子，一点不假。

（原载于《临沂广播电视报》，2005年8月23日）

想念余老师

去年,我的长篇小说《走过风雨》问世,11月份,回临沂一趟,16日去拜访余润泽老师和闵宜老师,送给了他们两本书。当时看,余老师呼吸有些困难,但神志很清,吐谈条理分明,与以往并没有什么差别。那时想,余老师虽然肺部有病,但危及不了生命。我还有别的事,谈了个多小时的话,就匆匆走了。在家乡待了半个多月,我就回了济南。临行,我想打个电话给余老师和闵老师,但找不着电话本了;再去探望,时间已来不及。同路人说,明年春天就回来了,再去造访不迟,我想也是。谁知天有不测风云,和余老师的那次见面,竟成了最后一次。

今年5月份回来,跟一位朋友叙谈,他说余老师走了。

"你说什么?"我大吃一惊,忙问。

他又重复了一遍,并把悼词和家人的回复函拿给我看。我接过来,视线一触及题目,泪水就潸然而下了……现实就这么残酷,我再也见不到敬爱的余老师了!

我并不是余老师的"嫡系"弟子,只在临沂一中听过他的一堂高考作文辅导课。1984年,我报考临沂教育学院的中文函授时,才跟他有了诸多接触。那时,我自觉考试成绩不佳,遂产生了求人说情的念头。那时,我已发表了两篇小说:《半截蜡烛》,发表于《山东文学》1983年5月号;《蒙蒙细雨》,发表于《大众文学》1984年第2期。我想,把这两篇小说拿给余老师看一看,请他再推荐给学院领导,也许能照顾点分数;但又想,这样的行为,是否有些卑鄙?余老师那么光明磊落、正直无私的人,能做这样的事吗?想到这里,我不禁脸红心跳,但又放不下这个念头,最终还是去了。自然,他不认识我,我便硬着头皮做了自我介绍,并说明了来意。余老师把两篇小说拿过去,看了一会儿,笑了。我心中立即忐忑,忙红着脸说,这种弄法,可能有腐败成分在内,有可行性就运作,不行的话也就算了。听了我这话,余老师正色说,不能把一切行动都纳入腐败,那样就什么也别做了,你发表的小说,是实实在在的东西,交给学院领导看看,怎么就成了腐败?余老师表示,可以推荐一下,说考虑照顾三分五分是可能的,多了恐怕也难。我心里立即涌进来一股暖意,高兴地说,照顾三分五分就很好,就很好。十几天后去问,余老师高兴地说,你的分数够了,放心好了;并说小说也交给学院领导看了,学院领导说,这样的学生当然要收。

1988年,我写了一篇教学论文《小议介词词组》,抽空送给余老师看。记得当时余老师态度很严肃,说发稿子很困难,理论性的稿子更难。我表示,无意为难老师,只想请老师看看,讨些教导。谈论了一阵,他最后表示,把稿子放在这里,看看再说,有价值,决不埋没你;没有价值,也决不照顾。就这样,我把稿子放下,怀着满心的不安,回到了学校。半年之后,没见音讯,我知道没有希望了。自己暗忖,理论方面的问题,实在难以研究,但又不死心,时常拿出底稿来掂量,觉着《小议介词词组》中所论虽然理论性不强,却是教学经验的真切总结,有很强的可操作性和使用价值。我憋不住,就再次造访余老师。余老师一见我,高兴地说你可来了,那篇稿子给你发表了……随即拿给我一本《沂蒙教育》。这是我发表的第一篇教学论文,那时那地的激动心情,现在还能真切地感觉到,只是无能力用文字形容出来。

还有许多事情,现在想起来,都历历在目。我虽然不是他的"嫡系"弟子,但他对我的关怀却无微不至,现在想起来,心里常热乎乎的。他不但对我的教学工作给过许多指导,而且对我的教学论文的写作和小说创作,也提过许多宝贵意见。表扬、批评、鼓励……满腔热情,实在令人感动。对这样一位恩师,病时没能在侧尽孝,送葬时也没能跪拜英灵,实在愧疚!

余老师走了!但他的音容笑貌、高风亮节,却永远活在人们的心里。

沂河流域，蒙山四围，无数学子都在想念他，都在化悲痛为力量，都在尊奉他的教诲，在各自的工作岗位上奋发图强、激流猛进……九泉之下，余老师一定有知！他知道了这一切，一定会安然含笑的。

余老师，安息！

（原载于《临沂广播电视报》，2006年9月5日）

三嫂子

三嫂子已经八十多岁了。

三哥娶三嫂子的时候,我5岁,刚刚记事。那天,大家都很高兴,言说着三哥和三嫂子的恋爱深情。三嫂子是三哥的表妹。三哥在舅家干活,年复一年,相互之间就有了男女之间那种难以言说的感情。舅母要给三嫂子找主儿,三嫂子就哭,三哥也不高兴。后来,经人说情,舅母松了口,两个人都喜得合不拢嘴。花轿抬到大门前,鞭炮齐鸣,三哥和三嫂子一同踏着红毡,拜过天地,入了洞房……

一位10岁的本家哥哥领我去看媳妇,三嫂子分别给了我们俩一块糖,我们俩就欢天喜地地跑回来了。路上遇着一位大娘,她问我们将来找什么样的媳妇,那位本家哥哥红着脸说:"找三嫂子那样儿的!"大娘又问我,我说不出话,大娘就问:"也找三嫂子那样儿的?"我红着脸"嗯"了一声,跑了。

有一年,生活特别困难,家里已经没有几斤粮食了,三哥为了活命,决计要下东北。那一夜,三嫂子哭成了泪人。她拉着三哥的手,哽咽着说:"饿死也在一起,我就是不让你走。你走了,孬种欺负我,怎么办?"三哥也哭了,最终没有走。邻居帮忙,你三斤,我五斤,凑集了点粮食,剜些野菜掺和着,度过了春荒。

有一年,三哥外出当民工。一天夜里,一位邻居哥哥领我玩,闯进了三嫂子的院子。那时因为穷,没有大门。那位邻居哥哥敲响了三嫂子的窗户棂子,三嫂子怒气冲冲地喊道:"什么娘儿玩意?"那位邻居哥哥长叹一声,只得悻悻离开。路上,他告诫我,可别给旁人说。

前些年,三哥得了一种癔病,怕人,常卧床不起。三嫂子精心护理,寸步不离。看三哥当时那个样子，都说没救了，但在三嫂子的耐心护理下，没过二年，三哥神奇般地康复了，现在虽然八十多岁了，仍很壮实。大家都夸三嫂子，都说没有三嫂子，三哥到不了今天。每逢这个时候，三哥就频频点头，连声说是。

时常见三嫂子用脚蹬三轮拉着三哥赶路，有时赶集，有时到板厂捆皮子。偶尔碰着，我问："干什么去？"三嫂子笑着说："捆皮子，挣两毛，零花……"

（原载于《临沂广播电视报》，2007年8月28日）

娘炖的辣椒豆沫

巧妇难为无米之炊，人们都这样说。那么，没有油就不能做菜了？答案却是否定的。

小时候，家庭经济条件欠佳，虽然也有些粮食，但仅够喝稀饭的。常年的主食，几乎全是地瓜，特别是到了冬春。菜的种类也不多，仅只萝卜与地瓜秧，连最普通的白菜也没有。所以，娘做起饭来就犯愁，感到特别困难的，是没有油，没法炒菜。

娘做饭，差不多都是一锅出。推来豆沫子，或下地瓜秧，或下萝卜菜，上面放上地瓜，然后烧大火煮蒸。熟后，先把地瓜拿出来，再盛渣豆腐。这样，饭菜都有了。就菜是一碟子臭豆子咸菜，有时切上几个红辣椒放在里面。长期这样吃，很觉俗气，但无法。叫娘炒菜，娘说没油；叫爹打油，爹说没钱。一筹莫展，只有这样将就。既然无法，也就不再妄想。

忽有一天，煮好饭后，娘掀开锅，热气顿时升腾。娘忙吹吹热气，用笼包包着，从热锅里端出一个大海碗来，放在桌子上。我看碗里煞白，是淤的豆沫子，浮皮还有红辣椒、葱花什么的。娘用筷子搅拌了几下，尝了一口，笑着说挺好吃，叫我尝尝。我一看，心中不悦，心想不炒菜，弄这个，真是的……吃饭的时候，娘让大家吃辣椒豆沫，爹先吃了，姐们也吃。爹吃饭，一向不多说话，姐们忍不住，都说辣椒豆沫好吃。我自然受了影响，终于夹了一筷子，填进嘴里，味道果然鲜美，咸滋滋的，辣乎乎的，还满溢着豆子的醇香。"怎么样？"娘笑着问。我无言以对，红了脸。爹吃完了饭，就吧嗒开了旱烟，我看他满脸上都是高兴，准是叫辣椒豆沫滋润的。

有了鸡蛋，娘也用这个办法炖，把鸡蛋打进碗里，放上切碎的辣椒葱花，再撒上些盐，搅拌匀和，放在锅里炖，也很好吃。

后来，终于打了二斤油，娘问我是炒呢还是炖呢？我说炒吧，炒一回吃吃试试。吃过几回炒菜，也就是那么回事，就又叫娘炖辣椒豆沫，那味道绝不是任何炒菜所能替代的。

人们总是在穷苦中奋斗，在奋斗中创造。多少年过去了，还想着娘炖的辣椒豆沫好吃，日子多了就馋，自己就再炖一回。

娘缠铁钉

　　思念亲人，是人们的"通病"，思念母亲尤甚，母亲是所有亲人中的长者。

　　在村卫生室里闲坐，有一妇女领一男孩来，男孩的脸上有血。怎么回事？那妇女说，男孩子调皮，碰在墙上的铁钉，碰破了头。男孩的娘一声不连一声地埋怨儿子调皮，男孩子光低着头，不吱声……

　　触景生情，我想起了娘用布绺子缠铁钉的事。

　　儿子长到五六岁，来了调皮，娘就用布绺子、棉花套子，把墙上揳的铁钉都缠了，把门鼻子也缠了……自然不美观，看了令人啼笑皆非。后来，娘把我的自行车把也缠了，自然缠得不中看，骑出去一定招人笑话。我就生气，说了些不耐烦的话。娘坐着，脸色木然，一言不发。我就去解，娘立即阻止，终于说话了："不缠不行，万一碰着孩子的头，可了不得……"我一下子醒悟了，说缠了铁钉、门鼻子就行了，车把就别缠了，缠了出去，人家笑话。娘愣了半天，才说："那你得把它放到不碍事的地方去。"

　　从那以后，我只得遵守娘给我定下的这个规矩，一回家就把自行车推到夹道子里去。就是这样，娘仍不放心，我自然少不了埋怨，但娘不吱声。

　　娘疼爱儿女自不用说，疼爱孙子孙女子也是出了名的，可是在她在世的时候，我体会得并不深刻，对她的某些做法有些埋怨，现在想起来，非常愧疚！一位老人，用布绺子、棉花套子缠铁钉、缠门鼻子、缠车把，单看这个行动，好像有些不可思议，但细究她的内心，那一腔疼爱孙子孙女子的情感，是多么深沉啊！她唯恐孩子的头被铁钉之类的硬物碰破了，她的内心成天惴惴不安……

娘过世差不多有二十年了！每天早晨散步，都到娘的坟前站站，看着她坟头上的荒草，心里就酸酸的。说些什么呢？心里默念着，告知娘自己已经真真切切、实实在在、深深刻刻地理解了她用布绺子、棉花套子缠铁钉、缠门鼻子、缠车把的用意了？这还有用吗？如果当时能理解到这个程度，坐在她面前，给她说说，该有多好！她一定满心欢喜，高兴地笑起来……可惜，当时没有这样做！原谅儿子吧，娘！好在我现在心里什么都明白了。

娘，安息！

灯下掌鞋

现在穿鞋都是买了了，可从前，却都是人工做。每户人家做鞋的任务，自然地落在了家庭主妇的身上。我们一家六口人，每人一双就是六双，娘为此忙得不可开交。白天做饭，还有其他家务，做鞋的活儿只得放在夜里干。就是这样，仍做不够穿的，有时候只得掌掌旧鞋，将就一段时间。

每天夜晚，大家劳动了一天，都睡下了，娘就拿过这个的鞋来看看，拿过那个的鞋来瞅瞅，绽了的掌，裂了的缝。有的鞋底坏了，没有皮掌，更没有砸掌子的工具，就找块旧鞋底，比量着割下一块来，用麻绳子缝上。穿不了多少日子，麻绳子磨断了，还得再缝。掌鞋很费工夫，弄弄就忙大半夜。往往一觉醒来，见娘仍坐在灯下，聚精会神地穿针引线，心里就不是滋味，叫娘别弄了，该睡了。逢到这个时候，娘总是说："快掌完了！"或者说："你别多管闲事，快睡你的吧。"有时不小心，手被锥子扎了，她用布绺子缠缠，也顾不了疼，继续掌。

有一年夏天，我的鞋前底烂了，娘看了看，没法掌了。娘拿着鞋，急得团团转。我坐在床沿上，见娘急成那样，就说："别掌了，我赤脚就行。"娘死活不愿意，说赤脚可不行，起痒痒疙瘩子，可难受啦。我没的说，就睡了。睡醒一觉，见娘正在编苘辫子。我问："娘，你编这个做什么？"她说别没有好法，用这个包起来。我很疑惑："那样行吗？"娘说："行！你睡吧，我弄好了，你穿穿就知道了。"天明起来，娘把用苘辫子连底带帮包好的鞋拿给我，叫我穿。我一看，心里就不自在，苘辫子翘着，像个鲶鱼嘴，难看死了。我说："就是起痒痒疙瘩子我也不穿！"娘就流了泪。爹说："将就着穿吧，能垫脚就行，总比没有强，别管好看不好看了。"娘擦了擦眼泪，又劝我，说先穿着，她抓紧时间给我做新的。姐们也批评我，说娘大半夜没睡觉，还就是服侍不好你了！不穿拉倒，起痒痒疙瘩子活该……娘就嫌姐们，不叫她们说了。我确实也觉着娘不易，熬夜受累，还落埋怨！她心里一定很苦，不然怎么还哭了呢？不能再偾事了，不乐意穿也得穿那双"鲶鱼嘴"。

半个月后，我穿上了新鞋，可娘的手肿起来了。十指连心，她疼得直咬牙……

我问："不找个地方看看吗？"娘不叫我管这些，问我鞋穿着舒坦吧，不挤得慌？我说舒坦，她就笑了。

怀念一位老人

四十年前,我认识了一位姓张的同志,我们一起办农业中学,他当校长,我做教师。我们一起艰苦奋斗,在三间茅草屋里,不怕三九多么冷、中伏多么热,怀抱着革命理想,学政治,学语文,学数学,学农业知识……他的脚有些跛,但他却想与常人看齐。出操时,他跟我们一起跑步。我说,你别这样。他问,为什么?我不便明说,怕刺伤了他的自尊心,只好慢跑,为了照顾他,但他却落下了我,赶上了学生。他是一位贫农的儿子,像中国农村许许多多贫农的儿子一样,惯于吃苦;他是一名共产党员,像中国大地上许许多多的共产党员一样,忠于革命忠于党;他是一位好学者,仅有的一点文化知识,就是在夜校里获得的。

但他是一位光棍汉!本来,他也是可以娶妻生儿育女的,可惜错过了一个良好的机会。有人给他提过一回亲,女方可能也有点残疾。女方同意,他却犹豫了。为什么?有人说,可能嫌女方有毛病吧!他说不是,他想找个识些字的,一起讨论些马克思主义学说方面的问题,那才叫幸福。他要求得似乎有些高,有些不切合实际,错过了那个良好的机会。

二十多年前,他去世了,在一片哭声中,被葬在了黄土之下。他给我们留下了许多遗憾,许多思念。遗憾什么?他不该匆匆西去,他还年轻。思念什么?朋友们相聚时,谈论起他来,常讲他的两个故事。他当大队面子坊的会计,他母亲去拉面子,该交多少钱就得交多少钱,账本上记得清清楚楚、明明白白。别人说他,他母亲更说他,他说我是一名共产党员!生产队的干部去公社开会,保管员背一袋子小麦,去换烧饼吃,他不吃。他拿了三个卷了咸菜的瓜干煎饼,喝着白开水啃。有人问他,瓜干煎饼比烧饼还好吃吗?他说瓜干煎饼是我自己的,烧饼不属于我。朋友们赞扬他,无不承认他是一位好人,一名优秀的共产党员,一个清正廉洁者。就是反对过他的人,也不得不承认,他是革命者,正直者。

我们称他张校长。后来不办农中了,我们叫他老张。他是哪里人呢?我的同乡。如果今天还活着,他大概还不足七十岁。

穿黄衬衫的女孩

8月25日,我去济南。

到临沂火车站,就见到处是人,心中顿生疑虑,今天人怎么恁多?售票处,长队已排到了厅外,多数是学生。这才恍然大悟,暑假将尽,正值学生返校的高峰期。没有办法,既然来了,就得买票走。好歹买了张无座票,挤了半天,才上了车。

火车开起来了!咣、咣、咣……

站着的几个人中,还有一个长者,面色木然,无可奈何的样子。过了一阵,也不知怎么弄的,他坐下了,面色自然舒展了,我为他感到庆幸。我站时间长了,肯打盹,迷困当中,难免摇晃,就招来了好多嬉笑,我心中有些懊恼。我身旁有一位穿黄汗衫的女孩,戴一副白色眼镜,面色白净,不胖。她看了我一眼,笑了笑,就站起来对我说:"你坐吧!"

我忙推辞:"不不!我行……"

"我看你有些困,坐下歇歇吧。"

我感动了,大概红了脸:"我,我……"

"坐吧,别不好意思。"说着,她走到了旁边。站久了,一坐下,顿感舒坦。太感谢她了,说句什么话表示谢意好呢?

她站了大约二十分钟,另一个男生让她坐,她笑了笑,坐下了,那个男生站着了。我环顾四周,有好几个大学生模样的男孩和女孩,都在嘻嘻哈哈地说笑。又过了一会儿,又一个男生站起来了,刚才站着的那个男生坐下了。我终于明白了,他们在轮流给我让座。

过了泗水站以后,那个穿黄汗衫的女孩又站起来了。

"你坐吧!"我站起来,对她说。

"不需要。"她笑了笑,扶了下眼镜。

我心里又是一阵感动,想问一下她的姓名、工作或学习单位,但看他们谈兴正浓,一时难以插嘴。到了曲阜,他们一哄而起,很像要下车。

我忙问:"你们是曲师大的学生?"

穿黄汗衫的女孩笑着向我点了点头,啥也没说,转过身子,背了背包,就走了。

我一下子着急起来,怎么不问一下她的名字呢?我急忙往前挤,及至挤到车门,人已经不见了。

火车又跑起来……我开始自责,行动太迟缓了,早问一声,有多好呢!但又一想,你问她会告诉你吗?再进一步想,名字重要吗?穿黄汗衫、穿蓝汗衫或穿红汗衫,都不重要,重要的是她曾经有过这样一次行动!她的这次行动,不但方便了一位素不相识的长者,而且影响了她的同学,一起行动起来了。事不大,也不是什么英雄壮举,但却不是每一个人都能做到的,特别是年轻人。不要小看了一件小事,汪洋大海就是由一滴一滴的水汇集而成的。她和她的同学几年后就会走上讲坛,可以放心地相信,他们有如此的风尚,一定会用雷锋精神教书育人,他们的学生也一定会像他们一样,向雷锋叔叔学习,助人为乐……想到这里,我心里高兴极了。

兖州火车站

许多年之前了,我同娘一起去济南。

在临沂坐上公共汽车,一位邻座老哥问我话,我就实话实说,说去济南,走姐家。那人说他是临沭的,也去济南,正好同路做伴,很好。他穿一件蓝呢中山装,这在当时相当高级了,我心想他可能是县上的大干部,但也不能光看穿戴……一路说话,没觉着似的,就到了兖州。下了汽车,急奔火车站。我背着包裹在前面走,娘跟在后面。走了一阵,不知那位老哥去了哪里。到了火车站,买了票,到候车室排队等车。不一会儿,那位老哥来了,跟我打招呼。到了检票进站的时候,人有些挤,一时不见了娘。我很着急,不知所措。那人说,你把包袱放下,赶快去找,我给你看着。我有些迟疑,瞅了他两眼,面色黑浑,中等身个,四十来岁样子,不像个奸诈之人。可谁又拿得准呢?人不可貌相,海水不可斗量……他似乎看明白了我的心思,就劝我快去找娘,东西他给看着,丢不了的;再一说,东西重要,娘重要?我如梦初醒,来不及多想,放下包袱就向候车室里跑,一边跑一边一声不连一声地高喊:"娘——"人们都用惊异的目光看着我,但那时候,怎还顾得了这些?喊了一阵,不见娘的影子,我就跑到候车室外喊,带着哭音的喊声,伴着严冬的寒风,传向远方。我真想哭,但来不及哭!我正在绝望之际,那位老哥来喊我了:"小兄弟,大娘回来了!"我喜出望外,热泪夺眶而出,忙跟着他往回走,见娘已经坐在那个包袱跟前了。娘说她误上了去济宁的车,不见我去,也急了,问了声别人,人家说那是去济宁的车,她就急急忙忙地下来了。我就埋怨娘,那位老哥劝我,说这样的事常见,别埋怨了,找到了就好了……

年岁越来越久远，但这事却越来越清晰！

娘生前常念叨这件事，埋怨我怎么没问问人家的名字。是的，非常遗憾！没有那位老哥的帮助，我们娘儿俩将会如何呢？常听人们说，滴水之恩，涌泉相报，而那位老哥对我的帮助，绝非滴水之恩。可惜，我连人家的姓名都不知道，又怎么去报答呢？

看电影

看了这个题目,也许有人不以为然:"现在,谁还看电影?"是的,现在看电影的不多了,人们习惯成自然,都坐在家里看电视了,特别是孩子们,对看电影相当陌生,好似那是旧石器时代的事情。

但我对看电影却情有独钟!记得第一次看电影,可能是12岁那年的春季。有一天,消息来了:"闫家屯今晚放电影!"从前听说过电影,但没看过。机会来了,千载难逢,说什么也得去看。天色刚黑,我们就上路了。走了不到三里路,天就全黑下来了。到闫家屯八里路,恐怕晚了,就相互吆喝着快跑。不一会儿就淌了汗,解开了小棉袄的扣子……跑一阵,走一阵;紧一阵,慢一阵。无数条道路上,人影晃动,手电筒的亮光星星点点,像萤火虫,闪闪灭灭。人流像百川汇大海,向闫家屯村西的打谷场上集中。有人说西边也有火亮,费县那边的人也来了。终于赶到了,打谷场上竖着一个高架子,上面亮着一个灯泡,照着满场子黑压压的一片人。架子上挂着块白色幕布,也在做沉默状。满场子人声鼎沸,嗡嗡嗡……都没有表,谁也弄不清什么时候了。打听过后,才知道还没有放,就舒了口气,总算放了心。

停下脚步后,汗就败了,感到有些凉,忙扣上了小棉袄的扣子……突然,喇叭响了:"喂,乡亲们!"

"哈哈,要放了!"大家欢呼雀跃起来。可惜,人们估计错了,不是要放了,而是公社领导要讲话了。随后就响起了一个中年男子沙哑的嗓音,究竟讲了些什么,现在已记不清了,只记得会场上人声嘈杂,前面坐着的人有时还起来……维持会场秩序的民兵,不停地呼喊,还挥舞着大枪,老大半天才安排好。大家都非常着急,大有度日如年的感觉,都盼望乡领导别啰唆了,赶快开演吧!乡领导终于讲完了最后一句话,电灯随即灭了,幕布上出现了三个醒目的大字:鸡毛信!

顿时,全场鸦雀无声,只有幕布上的人物在活动:儿童团来了,查路条;八路军来了,个个都非常英武。嘀,消息树倒了,鬼子来扫荡了!海娃的爸爸来了,交给了海娃一封信,信封上插着三根鸡毛……当看到海娃的羊群被鬼子掳去以后,我们的心都提到嗓子眼上了。我们的眼睛都紧紧地盯着那只带鸡毛信的绵羊,每当它与海娃亲近时,我们就笑起来,但鬼子一摸它,我们就都捏着一把汗……八路军的机枪响了,我们欢呼起来!看着海娃笑,我们也笑;看着海娃着急,我们也着急!海娃赶着羊群爬山,向前冲,冲!我们也暗中给他使劲。"加油!"有人喊道。突然,海娃扑到八路军叔叔怀里去了……我们会心地笑起来,流出了激动的眼泪。一个半小时,没觉着似的,就过来了。当电影结束时,人们还不走,有人问:"完了吗?"还有人问:"海娃以后会怎样呢?"但放映员说话了:"今晚电影,到此结束。"回来的路上,大家议论纷纷,有说海娃以后能做大官的,有说海娃能参加八路军的,有说海娃保准能当战斗英雄的……总之,大家都放心不下,都觉着电影不应该就此结束,而应该接着演下去。

此后的岁月,又看过许多这样的电影,一般每晚放两部,有时中间还放幻灯片。都是在打谷场上,男女老少都来,很热闹。自己庄上放自不用说,邻村放,就是跑点路,也都兴致勃勃;尽管半夜回来,也不觉疲乏。

多年见不到这样的火爆场面了!像许多一去不复返的事物一样,这样的场面可能也一去不复返了,但却使人非常怀念,那也是一个历史阶段,激动过许多人的心……现在的电视固然也有好片,但一晚两集,刚看出点头绪来就完了,等到再看下一集,黄瓜菜都凉了。每集中间还插广告,真是倒口味!何时电视剧能像电影那样,淋漓尽致地放呢?

问路记忆

外出容易迷路,就问路。被问者有男有女,有老有少,有热情者,有冷漠者……但都能指点迷津,绝没有使坏的。热情者,给你说得非常仔细,会令你顿生感动。冷漠者,或说一句,或用手一指,虽然草率,但也不便责难。

有诗云:"松下问童子,言师采药去。只在此山中,云深不知处。"童子说了实话,诚实可嘉!但是,为什么不领来人去找找呢?是的,深山老林,找有困难。但,不是助人为乐吗?自己辛苦一些,多给别人提供点儿方便,不是更好吗?

有一次我去济南,找《山东文学》编辑部。循介绍找到杆石桥,一问没有。再遇一人,又问,那人说不知道。见一老者来,忙笑脸相迎。老者说搬家了,可能搬到洪楼那里去了。

"洪楼在哪里?"

他就给我指点,在此处往哪走,到哪里坐几路车,到哪里下车,换乘几路车……介绍完了,见我呆立着,好像没有听明白,就问:"记住了吗?"

我说差不多。他就不满意了,说什么事啊,还差不多,得记准确,十拿九稳……

我不禁脸红:"走走再问吧。"老者急了,忙说:"你先稍等。"说完,他就跑走了。不多会儿,他又跑回来,拿来了一张白纸,还有一支铅笔。他把那张白纸铺在膝盖上,边画边说。不大会儿,一张草图形成,递到我手里,并催促我好好看看,哪个地方看不懂,赶快问。我看了一会儿,完全明白了,连声致谢,握手告别……刚走出三步,猛然想起从前的一些失误,就忙转身说道:"老哥,留个姓名吧!"老者笑了笑,转身走了。我还想去追,老者转身送来了一句话:"没有那个必要!"

  我拿着这张草图,很顺利地找到了《山东文学》编辑部的新址。事情过去许多年了,但我至今记忆犹新!虽然不知道他姓甚名谁,但我知道在济南杆石桥附近,有这么一位老者。

第二辑 故土风情

放爆竹

过新年放爆竹,是孩子们的一大乐事。

我小时候家境贫寒,每逢过年,爹只买一挂二十五个头的小火鞭,年五更里放放。我就嚷着要,嚷嚷时候大了,爹无奈,只得从上面解下三个五个给我。看人家放,馋极了,我才放一个。等放没了,见人家还有,我心里就发急。跑回家来,不敢再问爹要了,就缠磨娘,叫她偷着给我解几个。娘为难,只得哄我:"放多了不好。"

"人家怎放来?"我不信服娘的话。

"人家不识好歹!别跟他们学。"

哄半天,我也信,但出门见人家放,心里又痒痒,跑回家来又要:"娘,俺要!"

娘揽过我去,给我擦擦鼻涕,贴着我的耳根说:"那可不行,放不巧会炸手的。"

我仰脸看着娘,气呼呼地说:"俺会放!"

"人家放,你听听还不行吗?"

说起来也是,可心里就不是那个滋味,只有自己亲自放的,听了才舒服。听别人放爆竹,越响越发馋,总想有自己的一声响亮,跟他们比一比,只有那样,心里才足意。

娘见哄不好我,就急哭了,她流着眼泪说:"好孩子,听话,等来年,我多喂鸡,下多了蛋卖了,给你多买。"

见娘哭了，又如此说，我就只好不嚷了，空着手跑回大街上，看别的小伙伴放。有一个小伙伴见我眼馋，就戏弄我，他弄了一包枪药，用纸包了，掖在一处墙窟窿里，点着捻子后向我吆喝："喂，喂，那里有个刺火的！"

我见墙窟窿里乱冒火花，就去抓，"轰——"我眼前一片火红，忙向后退，迅速倒地……第二天照镜子一看，眉毛没了，头发也焦了许多……

童年时因放爆竹遇到了许多不愉快，心头笼罩的阴影至今没有消散，所以我深知孩子们爱放爆竹的心情，每年过春节、过十五，都置办些爆竹和烟花，并教育孩子们这样放那样放。孩子们放，我也亲自参与，老觉着小时候因放爆竹受了委屈，现在应"补偿"一下，所以放起来如痴如醉，像孩子般迷恋。

随着生活水平的提高，这放爆竹的档次也在逐年提升。一百头的挂起来了！二百头的挂起来了！五百头的挂起来了！……不停地有雷管爆炸，不停地有土炮轰响。有人说，他们手里如果有原子弹，也会点燃的，因为他们要狂欢，几挂小爆竹实在不过瘾。

有的孩子脸被崩了，被他们的妈妈抱着向卫生室里跑；有的青年手被炸了，鲜血淋漓，被他们的兄弟好友用排车拉着，奔跑在去医院的路上……

有消息说，有人用十元一张的人民币卷了爆竹，编成一千头的火鞭，登上了某市最高的楼房，用长竹竿挑着，点着了捻子……对此，有人赞扬，也有人骂娘，还有人说，那是为了夸富。立即就有人反驳：想夸富，不会捐献吗？可是又有人说，捐献能产生那么大的轰动效应吗？

我就想，这放爆竹是否已经到了该节制一点的时候了？君不知，乐极会生悲吗？

（原载于《临沂日报》，1994年2月9日）

放琼花

春节过后,家乡人的第二个大节当推元宵节。元宵节,人们要做两件大事,吃元宵(汤圆)和放琼花。吃元宵自然甜嘴香肚肠,但孩子们对此并不十分热衷,他们更关心放花。富裕一点的人家,都给孩子买花炮放。我家不是富裕户,收成好的年头,爹也给买少许起火、刺花,但多数年头不给买。买不起花,也不能干待呀!办法虽然不多,但也有,那就是燃放饭帚头子。饭帚头子,就是使得不能再使的饭帚,通常都很潮湿,就割开前一道腰箍,扒开晒。这样的工作,春节前就开始了。自然,越找多了越好。找两三个,太寒碜;找七八个,还可以;最好能找十多个。自己家里哪有恁多?还能使的,娘自然舍不得给。到邻居家找,但每家的饭帚头子都不多,有孩子的自然摊不着别人找;无孩子的都去找,那有恁多?有一年,我去求四婶子,但我去晚了,四婶子家已被搜查多遍了。四婶子见我怅然若失的样子,很是同情,就把刚刚使了不久的一个饭帚给了我。

经过好多天的准备,就等待那个庄严时刻的到来了。终于,正月十五的夜幕扯起来了,起火升天了,刺火燃着了,还不时有爆竹炸响!我们一伙穷孩子腋下夹着早就晒干了的饭帚头子上路了。圆圆的月亮升起来了,笑嘻嘻地看着我们。我们跑到村后的旷野里,点燃了一个个饭帚头子,高擎着转圈跑,饭帚头子着旺了,火光冲天,"噢——"一声高喊,抛向了天空,像条火龙,升空又落地,拾起再抛……火星子四散,一片红花灿烂,壮观极了。

放了一阵,饭帚头子燃放得差不多了,虽余兴未尽,也不得不走。

"咱还有一个!"二蛋突然喊道。

已经走远的众人又拐回来，见二蛋手里拿着一个崭新的饭帚，就要点火。

"你舍得？"有人喊。

二蛋犹豫了！

"舍不得了吧？"有人讥笑。

"二蛋冲孬了！"有人高喊。

二蛋没再说啥，点着了那个崭新的饭帚……我们又欢呼雀跃了一阵。事后，二蛋自然挨了巴掌。

那时候，人们都把这叫"放穷花"，说这是穷人家放的花，富贵人家是不屑一顾的。对于这种说法，我也曾随声附和过，只是到了现在，我才产生了与此不同的看法。我查了下《新华字典》，其中 qióng 条目中，有一"琼"字，意为"美好"。我回忆起幼时燃放饭帚头子的情景，仍有心旷神怡之感，实在不应以"放穷花"命名之。那是真真正正的放琼花，放美好之花，因为我们在点燃每一个饭帚头子的时候，在欢呼雀跃的时候，在奔跑的时候……我们的眼前一片片红花灿烂，尽管有时候挨了巴掌，也绝无遗憾。

现在，见不到孩子们燃放饭帚头子了，但已经做了孩子的爸爸或爷爷的人们，能不能给孩子们讲讲这一经历呢？我想，你只要讲了，孩子们就一定会听出其中的意趣来。

（原载于《临沂广播电视报》，2001 年 2 月 13 日）

二月二

二月二,龙抬头,是家乡人的第三个大节日,是真正春天的开始,龙抬头了嘛!做些什么活动呢?炒豆子,是每家每户的第一项大活动。天不亮,家庭主妇就起来了,点灯炒豆子。为什么炒豆子呢?豆子像损害庄稼的虫子,炒死它,并吃了它,五谷丰登就有保障了。还有的人家炒果子(花生),意喻炒蝼蛄。天亮时,豆子炒好了,孩子们起来,怀揣腰别,跑到街上,见了好友,互相赠送,并作歌曰:"二月二,炒豆子,谁不吃的小舅子。"这不是在骂人吗?表面似骂人,但深层次里却满蓄着深厚的友谊,他在逼你吃他的豆子呢。

再就是煎年糕。春节时的年糕,放到二月二,有的已经长了绿毛,可是放在水里一泡,洗净,然后下油锅煎炒,吃起来又香又黏。现在这样的炒年糕不多了,因为没了黍子,年糕都不蒸了,还煎什么年糕!

还下杂面条。先炒好萝卜菜,续足水,烧开,即下杂面条。煮好后,先盛三碗端到土地庙上,祭奠完了,回来才吃。有俗话说,"土地老爷熬了个二月二",即指此事。

还要围仓囤。抓一把五谷杂粮,放在场当央里,找一块石头压住,然后以它为中心,溜青灰绕圈。通常都是绕三圈,也有绕五圈的。围仓囤的寄托,在于盼望丰收,仓满囤尖。有俗话说,"二月二的仓囤,各人为(围)的",就是说的这件事。

除了这些活动以外,还有一件趣事,就是敲瓢碴。

从前,农家都住土屋,老鼠打洞,气死人。每逢二月二,家庭主妇就拿一个破瓢碴,到屋里的角角落落敲打:"二月二,敲瓢碴,十窝老鼠九窝瞎,还有一窝没瞎的,送到老王家。"

小孩子问娘:"老王家送到谁家?"

娘回答说:"送到老李家。"

"那老李家呢?"

"送到老张家。"

……

也有厉害娘,瞪儿子:"别嘴尖毛长!"孩子就被唬住了。

但送来送去,老鼠依然肆虐。后来,有了老鼠药,这歌谣就有了改变:"二月二,敲瓢碴,十窝老鼠九窝瞎,还有一窝没瞎的,买包老鼠药药死它。"确实也药死了不少老鼠,但老鼠繁殖力太强了,并不见少。近些年,多数人家房屋重盖了,地面用水泥封盖了,老鼠再也没有主意了。

(原载于《沂蒙生活报》,2001年2月16日)

家乡的煎饼

小时候，常做一种从高台子上往下跳的游戏，跳时先唱："跳，跳老呱，吃麦煎饼卷大虾。卷多少？卷十八。"歌罢，纵身一跳，落入台下。

此项游戏宗旨很明显——想吃卷了大虾的麦煎饼。想归想，至今还就是没有吃上卷了大虾的麦煎饼，但吃过卷了虾皮的麦煎饼。拿一张刚刚从鏊子上揭下来的煎饼，抓一把虾皮子溜上，再找一棵大葱卷上，咬一口，细细咀嚼，满口溢香，虾皮子的海腥子味，大葱的清新辣甜，再混合了麦煎饼的粮香，那味道真是美不可言。

煎饼的吃法不止于此，还有一些。

摊鸡蛋：烙在鏊子上的煎饼，打上一个或两个鸡蛋，摊匀，熟后揭下来吃，也很可口。

卷香椿葱棵：揉过的香椿芽，放几天，发过来了，正当好吃，取绺子香椿芽，连同剥好的大葱，一起卷进煎饼里，那味道别提有多鲜美了，香椿的清香，葱棵的辣甜，一同生发……

还有一种吃法，叫"翻打贴"。揪一把花椒叶子，洗净，切碎，撒入麦糊子，再撒上适量细盐，搅拌均匀，像烙煎饼一样，烙在鏊子上，熟了，揭起，翻过来再铺在鏊子上，复加一层糊子，细火烘熟，揭下来，趁热吃，花椒叶子味，盐味，麦子味，一同混合，美味可口。现在这种吃法不多见了，人们嫌麻烦。

麦糊子最好用石磨推，现在用面粉和了烙，成色已经大打折扣。泡了小麦，用石磨推，有许多好处：麦子带皮推，多了粗纤维，益于健康；带麦皮的糊子有筋骨，好烙；经过石磨的研磨，还能掺入少许石粉，增添了一些矿物质。

听说近几年蒙阴、沂水一带，有人创造了一种用小米面烙的煎饼，名之曰"蒙山煎饼"。烙好后，叠了装塑料袋，封好口，贴商标，竟然远销到北京、上海等大城市。

（原载于《沂蒙生活报》，2001年2月23日）

清明习俗

　　小时候,每逢清明节的前一天,就忙着折柳枝、松枝,临近傍晚,插于各个门头屋檐下。那时候,只知忙活,并不知为啥。后来才知道,清明节插柳插松,是有来历的。

　　据《左传》记载,晋献公晚年宠爱骊姬,听信她的谗言逼死了公子申生。公子重耳和夷吾为避杀身之祸,流亡国外。路上缺粮缺草,人困马乏,随从介之推割大腿之肉熬汤给重耳喝,渡过了难关。重耳回国后做了国君,封赏众人时,却忘了介之推。介之推不悦,背老母到绵山隐居。后重耳发觉此事,懊悔不已,带人到绵山找介之推,但介之推就是不出山。重耳无奈,放火烧山,想逼介之推出来。大火烧了三天三夜,也没烧出介之推母子来。后来搜山时才发现,介之推与老母已分别被烧死在一棵柳树和一棵松树下了。那天,正是阴历的三月初二。为了纪念介之推母子,后人就在三月初三插柳插松。这个日子渐渐与二十四节气中的一个节气重叠在一起,就形成了清明节。现在,清明节已经演绎成悼念所有亡者的节日了,清明节给已故亲人添土上坟,给烈士扫墓,都来源于此。

　　吹柳笛,也是清明节一项有趣的活动。这项活动,是与折柳枝紧紧连在一起的。折下的柳枝,拣一截光滑的,用刀割下,慢慢一扭,得到一个空心柳枝皮筒,就是柳笛。这样拿过来就吹,可能还不响,需用指甲将头掐扁,一边掐一边作歌曰:"哨哨,响响,吱嘎就响。"你也吹,我也吹,大街小巷,到处都有柳笛响亮,给小村增添了许多生气。

　　吃什么呢?也有特殊食品。清明节的早晨,添满一大锅水,放上大麦仁、秫秫米、豇豆、绿豆、红小豆……稍加搅拌,再按人头放上几个鸡蛋,就烧火煮。这锅杂粮米饭煮熟后,很香,扒上两三碗,解馋解饿。鸡蛋更是奢侈品,虽然是按人头煮的,可有时男孩子霸道,抢两个就跑。当娘的偏男孩子,女孩子只好两人一个。

清明节还有一种习俗,就是用热鸡蛋烙眼,把刚刚从热锅里捞出来的鸡蛋,放在眼皮上来回滚动,说烙烙眼亮。这可不是迷信,可能有针灸那样的功效。

(原载于《沂蒙生活报》,2001年3月2日)

春 会

  庙会多在春天，像我们枣沟头镇的牛王庙，庙址在庞家村，三月二十八日是牛王的香火日，因而形成了三月二十八会；闫家屯有雹神庙，四月初八是雹神的香火日，因而形成了四月初八会……新中国成立后，党和政府号召破除迷信，烧香烧纸的少了，庙宇也由于各种原因拆除了，但庙会却延续了下来，成了春季的物资交流会，简称春会。

  从前的庙会，自然少不了烧香烧纸的，但还是做买卖的多，布匹、粮食、铁货、木料、海货、青菜、肉蛋、水果、牲畜……各种市场，一个挨着一个，一个连着一个。农民们趁这个机会把需要卖的卖出去，再买回自己急需的。逢到这一天，几乎全家出动，不叫谁去都不合适，各人有各人的事，各有各的忙。家庭主人要去变卖农产品，然后买进叉把、扫帚、扬场锨等一应农具，还得给每人买顶席夹子，最不能忘记的，是给孙子孙女买顶小红席夹子，还得称斤烧饼或锅饼。刚结婚的年轻人，男的要给媳妇买顶胡椒眼的席夹子，媳妇称斤麻，给丈夫纳双千层底的鞋底。十七大八的闺女赶会，娘不放心，怕叫野小子拐跑，就紧跟其后。野小子急绿了眼，也没有办法。更多的年轻人，热心打拳卖艺的，他这一天的时间都消磨在那里了。有的老头爱听说书，8点钟到说书场子里坐下，回到家里，老伴已经点上灯，等他吃饭了。

  新中国成立后，特别是改革开放以来，春会的规模扩大了，赶会的人多了，买卖做得大了。当然传统并没有丢却，该卖的卖，该买的买。但孩子们不盼望一顶小红席夹子了，他们要一顶花斗篷；也不馋烧饼锅饼了，他们更热衷于雪糕和水果。男人也不给媳妇买胡椒眼的席夹子了，给她买了把小花伞。媳妇呢？她给丈夫买了双运动鞋，说这个穿着上山干活舒坦。春会还成了男女青年处对象的大好机会。介绍人牵线，会上见见面，觉着顺眼，就相跟着逛会去了。老娘虽然不拽着闺女的手脖子了，但仍不放心，跟在旁边看着，像个卫兵……

现在的春会，较之从前，还多了一道特别的风景线：临近黄昏，赶会的人走得差不多了，可有些角落里却躺着一个人，嘴里还在吐白沫……

（原载于《沂蒙生活报》，2001年4月13日）

吃粽子

小时候,每逢端午节,街上就有小姑娘挎着篮子,沿街叫卖粽子。爹娘手头宽裕的时候就给我买一个吃,但那时只知粽子好吃,不知为何吃粽子;后来才知道,吃粽子是为了纪念伟大的爱国诗人屈原的。南方人过端午节更隆重,不光吃粽子,还划龙船,可热闹啦。

关于这项风俗,古书上曾有清楚的记载。

《续齐谐记》中说:"屈原五月五日投汨罗而死,楚人哀之,每至此日,以竹筒贮米,投水祭之。……世人作棕,并带五色丝及楝叶,皆汨罗之遗风也。"

《隋书·地理志》中也记载:"屈原以五月五日赴汨罗,土人追至洞庭,不见。湖大船小,莫得济者。乃歌曰:'何由渡湖!'因而鼓棹争归,竟会亭上,习以相传,为'竞渡'之戏。其迅楫急驰,棹歌乱响,喧扰水陆,观者如云。诸郡皆然,而南郡尤甚。"

从这些记载可知,此风俗刚开始时,"以竹筒贮米,投水祭之";后来就有了演变,"世人作粽,并带五色丝及楝叶"。到了我们北方,就不用五色丝及楝叶了,而是包大枣,用芦叶裹之,放锅内煮。屈原投汨罗时,有好多船去救他。回来时,"鼓棹争归",景象一定非常壮观,后来演变成划龙船的习俗。据说,洞庭流域划龙船的活动很兴盛,每年都有新闻报道,但北方这项活动不兴盛,因为没有那么多水域。

爱国主义教育是我们的基本道德教育之一,而屈原精神就充满了强烈的爱国主义热情。所以,过端午节时,不应只为吃粽子而吃粽子,为划龙船而划龙船,还应该给孩子们讲一讲"为什么"。据说,"从竹筒贮米,投水祭之"的内涵来看,有两种说法,一是投米给屈原做饭,一是投米喂鱼。"鱼儿,鱼儿,来吃粽子吧,别吃我诗人的尸体了。"不管哪种说法,都寄托了深厚的感情。现在,做粽子自己吃了,这也无可厚非,因为我们是无神论者,但总不能忘记了屈原,忘记了屈原的爱国精神!

(原载于《沂蒙生活报》,2001年5月18日)

纳 凉

冷在三九，热在中伏！俗话，实话。

垛起麦穰，接着搒麦茬豆子，搒秫秫。忙过这一阵子，差不多就到了伏天。还得钻秫秫棵，这是雨伏天以前最后一个硬仗了。秫秫棵里一丝风也没有，像闷葫芦，而且又热，闷葫芦里装蒸笼，那滋味儿不是人受的。可是秫秫地里还有一层草，不在这时候消灭一下子，任其疯长，会夺去很多养分。再苦再累也得干，不干不行。钻过秫秫棵，庄稼活基本上告一段落了，中伏天也就来了。白天还好过，真热了，跳进河里泡泡就凉快了；再一说，白天没有蚊子咬，好过多了；而且白天可以到树荫下乘凉，找个风溜的树阴凉，或坐或躺，都很舒坦。

就是夜里难熬，屋里热得像蒸笼，待一会儿就出一身汗；还有蚊子咬，又没有蚊帐，你想睡，蚊子不让你睡。好在天无绝人之路！村前流过一条河，河岸上边有处不大的打谷场，在家热昏了的人们，都往那里跑。太阳刚下山，就有小孩来占地盘了，扛着苫子，抱着蓑衣……入夜，这里就像开了夜市，大人吸烟拉呱，小孩打闹猜谜语……有人耐不了热，不时三三两两下河洗澡。有的时候，溜河风吹来，挺凉快，好惬意，就欢了孩子们，有的蹦跳着嚷："凉风来，凉风来，凉风吹来跟我玩……"

有人嘲笑他："就你会玩！"

夜深了，人们渐渐睡了，满场里都是躺着的人……但妇女们还得不到这种方便，她们只能坐在大街上摇扇子。

下半夜，气温降下来，人们陆续走了。也有一直睡到天明的，只是露水大，不舒服。

现在,再也没有这样纳凉的了。首先,蚊子的问题彻底解决了,有的挂蚊帐,有的用纱网封闭门窗,还有的用喷雾药水杀蚊子……蚊虫叮咬人的时代一去不复返了。室内的降温问题也有了好多办法,有条件的安空调,多数人家都有电扇。有人在床上方安个微型吊扇,在温馨的微风中,不知不觉就睡着了。不过,也要注意使用得当,空调不要调得过低,过低了可能招致感冒,多花药钱,反倒受了罪。电扇及时关,别睡熟了还在转……

(原载于《沂蒙生活报》,2001年7月13日)

临费边地区抗日救国第一枪

《王洪九兴衰始末》称:"这村(指周井铺,今属兰山区义堂镇)群众,在地下共产党员郭华和乡绅訾其昌的领导下,组织起20多支枪的抗日武装。1938年3月26日,抗击从义堂西犯之敌,打响了临费边地区抗日救国的第一枪。28日他们再击日军,两次战斗打死打伤日军30余人,缴获骑兵战刀一把,极大地鼓舞了临费边人民抗日救国热忱。"

笔者日前到义堂镇周井铺村,拜见了几位老人。说明来意后,他们就兴致勃勃地谈起当年打鬼子的事来。日军在东门攻不进临沂去,妄图向西迂回,从西门进犯,不几天,就侵占了义堂,并安了据点。据点里的鬼子兵天天派骑兵巡逻队西犯诸村,周井铺在其内。

前些日子,已经开过几个会了,郭华表示了"跟鬼子干"的决心,要求大家做好思想准备,还要马上行动起来。首先要坚壁清野,粮食只留下够五天吃的,其余全部埋藏;其他物资,也要尽量埋藏,不给鬼子留下一丝一毫可以利用的东西;并号召大伙出枪出人捐资。一时间,全村组织了20多人,人手一枪,有土压五、汉阳造、老套筒子、单拐子(有些地方叫单打一或单抽子),还有几个人使洋炮。非战斗人员全部撤离。

3月26日,全体战斗人员分为两组,一组埋伏在村南石墓子汪里,一组埋伏在村东蒲汪里。

9时,鬼子的马队从义堂出发,向西窜犯。郭华跟訾其昌两人做了简短的协商后,各自回到埋伏地,准备战斗。

鬼子的马队越来越近……

"听我的枪声!我放了响,大伙再打。"訾其昌把声音压得低低的,语势很严厉。

鬼子的马队像没事人一样，缓缓西去。訾其昌松了一口气，有人投过来不满的目光……

当鬼子的马队走到石墓子汪正南时，所有战斗人员的食指都扣紧了扳机……郭华眉毛拧紧了，眉心已成沟壑！

有一位农民老大爷，撅搭着个棉花叉子，从通往团埠屯的小路走来，走上公路折向去王富村的一条小路，正遇上鬼子的马队。一个鬼子骑兵手起刀落，老农倒在了血泊之中。

"打！"郭华一声喊，他的汉阳造首先射出了一颗仇恨的子弹，其他人的枪随后也都响了。那个砍杀老农民的鬼子中弹倒下，战刀扔了老远。突如其来的袭击把鬼子打蒙了，惶恐之中，他们胡乱放了几枪，掉转马头就逃。

鬼子逃窜后，众人跑去看，拾到鬼子战刀一把，并把那位老农民的尸体掩埋了。

下午，鬼子的大部队上来，他们抵抗了一阵，顺街道西撤，经过官地沟子，到訾家林，清点了一下人员，无一伤亡，随即向王富庄撤去。

鬼子进村就烧房子，霎时，周井铺成了一片火海。

3月28日，天刚亮，鬼子又来了，步兵、马队、机枪、大炮……气势汹汹！村民利用村舍街道，跟鬼子展开了英勇的巷战，最后撤到村后北沟。刚擦了一把汗，鬼子就从北迂回包抄上来。蓦地，下坡村（周井铺北，相距二里路）的大五环（生铁牛，一种土炮）怒吼了："轰——"铁砂子、锅碴、砸碎了的旧錾子和铲头像冰雹一样，砸在了鬼子的头皮上，鬼子全部趴下了。紧接着，又响了一炮！趁此机会，武装村民迅速顺官地沟子撤了……

后来，下坡人说，鬼子抬走了两具尸体，是被大五环炸死的。三天后，有人回村，发现村子四周及村中街道上，有30多处血污，由此推断，此役毙伤鬼子30多人。

（原载于《临沂广播电视报》，2001年7月17日）

送　饭

　　《九九歌》的最后一句唱道："九九八十一，家里送饭湖里吃。"九九，大概在阴历二月初（阳历三月初）惊蛰前后。这时，大地回春，天气转暖，土地已经解冻，农民开始下地干活，也就有了"家里送饭湖里吃"。不过，在我的记忆里，这个时候，还没有送饭的。

　　送饭，主要在大忙季节，三夏、三秋，即割麦、砍秫秫、割谷子、种麦、刨地瓜、刨花生……有时候到远湖里劳作，来回跑路太累、太耽误工夫，也需要送饭。如果找人干活，更得送饭，这样好集中时间劳动。

　　送饭越早了越好，有的人家干活的刚到地头，饭就到了。饭后，干劲足，效率高，实在是个好办法。"喂，吃饭了！"这样一吆喝，既表现出了礼貌和友情，也显示了一种自豪感——你看，我们的饭食多早！可有的人家就是送不早，很令人失望。家庭主妇常因此而遭谴责，甚至打骂，但她的手艺就是不精，逼着鸭子上架，也有些不讲理。在这方面，家庭妇女实在受了不少劫难。她们往往半夜就得起，先推磨，推下糊子来，有的用鏊子烙煎饼，有的烧茶熬稀饭，有的炒菜……但好饭好菜都得挑着下湖，她们所能吃的，就是一些残汤剩饭，有时还吃不饱。

　　干活的都是自家人，饭菜虽然也需要尽量办好，但档次不用多高，比家常便饭稍好一点就行，比如平常吃渣豆腐，送饭添个鸡蛋炒辣椒就蛮不错了；但如果有找的人，那就不行了。找来的人都是近邻亲友，并不开工钱，为好帮忙。人家累得筋疲力尽，再吃不上几口可口的饭菜，还干个啥劲？逢到这个时候，就得想方没法地买些好菜，割几斤猪肉，杀只鸡，买条白鳞鱼……但确实也有困难户，手中拮据，难以应酬。常听村人讲,一家送饭,送了一瓦盆子渣豆腐。正当耪麦茬豆子,一下不使劲,麦茬就不掉,汗似小溪般从脸上淌下,汗珠子叭叭落地。干这么重的活给渣豆腐吃,谁能高兴?老实人蹲着吸闷烟,有个暴躁脾气的人,端起那瓦盆子渣豆腐,摔在了地上……几十年过去了,至今村人还当故事讲。

以上说的这些情况,都发生在单干时期。合作化后,也有送饭的时候,但那时送的饭,差不多都是地瓜萝卜汤,一人能摊上两个瓜干煎饼,就蛮不错了,就菜是几个青辣椒和一块辣疙瘩咸菜。就是这样的饭菜,上级知道了也不允许,说有集体吃喝之嫌,可真"左"得可以。责任制后,虽然是单户作业,但不大见送饭的了。在湖里吃饭,怎么说也不方便。在家吃饭多好,回家洗洗,透恣儿;坐在桌子前吃饭,舒坦;打开电扇一扇,凉快;饭后躺躺,容易消除疲劳。路远也不怕了,都有了自行车或摩托车。有的老人贪活,不愿回家,叫别人给他捎饭。捎什么?猪肉大包子,麦煎饼卷火腿肠……真正送饭的,已经很少见了。

生活的进步,改变了风俗。

(原载于《临沂广播电视报》,2001年7月31日)

访　媒

从前的婚姻制度，是父母包办。这个制度，害了一代又一代青年，其苦水不知能汇成多少条长江大河，但多数父母还是挺负责任的，为了使儿女的婚姻美满幸福，想尽千方百计访听。

十媒九瞒。穷人家说个媳妇不易，不瞒怎治！瞒啥？瞒穷，只有一亩地，却说十亩地；瞒丑，本来是个瘸子，却说无比健壮……情况如此严重，不调查一番行吗？

但想了解到真实情况，也实属不易，因为人们普遍认为破坏红媒是有罪的。一般都是水皮打一棍，说几句大路旁的话，敷衍过去了事。有时候也可能发生这样的情况：受访者与被调查的对象关系不错，就净说好话，优点说了不少，缺点一点没有；如果受访者与被调查的对象关系不好，那就糟了，缺点说了两大车，尽是些添油加醋、子虚乌有之事。因此，要想打听到实底，就必须找那些跟自己关系尚好，且心地善良者，他才能跟你说几句实话；也必须多打听几个人，综合起来分析一下，才能得到近乎真实的结论。

五十年代末，村中有一李姓人家，儿子三十多了，尚未说着媳妇，非常着急。忽有人来提亲，经过几次联系，很有成的希望，女方父母说访听一下再定。这位姑娘的一个远房姑，正是我村的媳妇。一天，姑娘的爹来到了他这位远房妹妹家，说明来意后，他这位妹妹不瞒不夸，说了好多实在话，重点突出了这户人家的手艺——会编席夹子。姑娘的爹回去一商量，亲就成了。两人很快结了婚，婚后都拿着当掌上明珠，正像俗话说的，可掉到福窝里去了。那时，成天割资本主义尾巴，但贫下中农下湖总得戴席夹子。白天出工，夜晚挑灯夜战，收入颇丰。

好些人家生活困难，人家的日子过得相当殷实。现在逢年过节，她和丈夫还去看望她姑，关系一直很好。

（原载于《沂蒙生活报》，2001年8月10日）

棋　迷

小村不大，可会下棋的却有五六十人。

豆子、苞米耪过了，水稻返青了……农活不多了，到了该放松一下的时候了。

"下一盘吧？"

"下一盘就下一盘。"

于是，就坐在树荫下，拨炮，抄马，出车……不多时，众多棋迷陆续围过来，也有帮张三的，也有帮李四的，各为其主，指手画脚。

下棋能入迷，棋迷一坐下，十个人也拉不起来。家人来叫吃饭，没有一个说饿的。早上8点坐下，到了下午7点，仍激战犹酣。不下棋时间真难熬，只要棋子一摆开，时间就坐上了超音速。有两个老哥下棋，白天战了一天，午饭、晚饭都没吃，挑灯夜战。等他们出去方便时，发现天亮了，非常吃惊："这么快吗，天明了？"一天，两人下棋，天黑了，拉着了灯，一会儿断了电。"算啦，算啦！"观战者说。"我可不能跟他算完！"一个说。"当然不能算完！"另一个也说。打着了火机，照着下，早晚下完了这盘棋才散。后来，这事就当成了呱拉，说一回，笑一回。

有个民间故事，说有个壮年农民，到东海崖推鱼，回来的路上，见二老者在一棵黄杨树下下象棋。他停下车子，观战。二老者让他喝茶，他也确实有些口渴，谢过二老，喝了几杯。喝茶后，他顿觉浑身滋润，蹲下看棋。自己虽也通棋路，但一看人家那走法，可就神多了。看着看着，就见黄杨树叶子一会儿黄了，一会儿绿了，怎么回事？他一回头，小木车子已经烂了，所推之鱼更烂得无影无踪了。这盘棋还没有下完，但他不能看了,得回家。二老者赐给他一根秫秸,拿着走路。他回到村子,村子已经没了原来的模样,全村人没有一个认识的了。他就做了自我介绍,村人都说听老人说过,但已经过去许多年了。他的七代玄孙都63岁了。弈棋二老者为谁?两位神仙,南斗和北斗。观棋者为谁?没有留下姓名,是中国古代一位农民吧。据说,他也成了神仙。后来,这里立起了一个村庄,叫烂鱼店子,现属江苏省赣榆县。你看人家这棋下得多入迷,观棋者迷得也够可以吧!

村中棋迷当然达不到这种炉火纯青的程度,但也满腔热忱,实在令人感慨。总的说来,大家都迷,但又各有侧重。一人棋术略高,赢惯了,输一盘就脸红,连输两盘就不耿直了,乱悔棋,村人评论不高。另一人棋术也高,走得很稳,但人家不悔棋,输了就输了,令人赞服。有猛打猛冲者,有防守严密者;有精于炮者,有巧用马者;有把所有的子拼掉,最后以两个卒取胜者;有输死不认输者,也有赢了不吹嘘者……还有有意输两盘,让对方高兴高兴的。

(原载于《沂蒙生活报》,2001年9月14日)

民间歌谣

你听过民间歌谣吗,就是老百姓常说的那些民间小唱?以往,我也没有注意这个问题;近来,闲坐街头,听几个孩子唱,觉着怪有意思,就记录下了几段。

其中有首《小叭狗》,唱词如下:"小叭狗,叭个叭,俺上南园采黄花,一朵黄花没采完,家里来了亲家,手忙脚乱转回家,亲家亲家你坐下,咱俩说说知心话。刷刷大锅熘馍馍,刷刷小锅炒芝麻。芝麻芝麻你别炸,听听亲家说的什么话。刷刷盆,快和面。擀成纸,切成线,下到锅里滴溜转,盛到碗里怪好看,吃到肚里真舒坦。"唱词所述,通俗易懂,完全是老百姓自己的语言,自己的感情,自己的风格。

小时候,有时做梦,醒来就想说,但娘不让说,她说出了太阳才能说。我问为什么,她说太阳光能增福消灾。等太阳出来,我就说梦。我说罢,娘立即唱道:"早梦东,晚梦西,夜晚做梦水上鸡。大夜叉,小夜叉,铁手铜指甲。好梦做了五香宝,孬梦化作水和泥。"意思是说,好梦升华,孬梦消解。这首歌自然不是我娘的创作,传唱而已。究竟是谁人的创作,也无法考证,可能是老百姓的集体创作。

还有很多,像《花椒树》,像《倒卷帘》,像《十二个月》,像《小鸡嘎嘎》……民间歌谣自然也有粗俗的、不健康的,甚至反动的,这要在搜集当中鉴别,在传唱当中剔除。

民间歌谣是老百姓的文学创作,它与老百姓的生产劳动同步,与时代同步。杀人不眨眼的王洪九盘踞李家宅时,派李凤瑞驻扎汪沟,但立足未稳,就被八路军打跑了。于是,汪沟附近的老百姓拍手称快,作歌曰:"李凤瑞,好大胆,汪沟街上安据点。一个据点没安完,后边来了老四团。老四团，真勇敢，一家伙撂倒一大片，剩下一半多一点，降的降来窜的窜。"

　　近年来，老百姓无不切齿于腐败，有歌曰："革命的小酒天天醉，败坏了党风糟蹋了胃。劝君少进一杯酒，多为百姓做点事。"听了这首歌谣，那些热衷于公款吃喝的人们，是否能收敛一些呢？

　　　　　　（原载于《沂蒙生活报》，2001年9月21日）

包工队

从前苫屋，都是找人。先自己顺好草，然后准备好饭菜。三间屋，十几个人忙活一天，管三顿饭，连同烟、酒、糖、茶各种花销，下不来三百元。

那时闲人多，而且人们都缺肚子，你不找他，他还有意见。生产队解散后，各人忙各人的营生，闲人少了，找个人帮忙实在不易，人们也不再贪图那口吃了，都想挣点钱……苫屋包工队就应运而生了。

李家大叔和刘家三哥是苫屋巧手，是全村人公认的苫屋领头。每次苫屋，都是他们俩把屋头。屋苫得好坏，全在于屋头。只要屋头拿好了，里边一般不会出问题。李家大叔尤其仔细，每次苫完，别人都歇息了，他还在上面查漏补缺，一捣鼓就是一两个小时。

那时，苫三间屋只要一百八十元工钱，很便宜。包工队内部也团结，领头李家大叔和刘家三哥以身作则，虽然操心费力很多，但跟其他人拿一样的工钱。

智者千虑，必有一失。有一年，给一王姓人家苫了三间屋，雨天一来，出了漏子，人家找上门来。李家大叔和刘家三哥见面一说，都非常闹心："谁做的好事？"他们俩亲自去看了一下，排了排队，估计这段屋可能是李家大叔的近门兄弟苫的。他们俩登门找到那位苫手，说了此事，但他不承认。没有什么好法，他们俩爬上了屋，扒开草一看，里面竖着一个草把子……

屋修好了，王姓人家硬留他们俩喝酒，盛情难却。王姓人家说，因争地边子曾经跟李家大叔的那个兄弟吵过仗，可能是他使的坏。他们俩安慰了一下，这事也就算过去了。

包工队再集合的时候，两个领头当场说了这事，说以后不能再这样，分段包干，谁那段出了漏子谁负责；对优秀的苫手，要多给工钱，苫出了问题必须罚款。

（原载于《沂蒙生活报》，2001年11月2日）

一队大雁从天空飞过

多年看不见大雁了,再也没了"碧云天,黄花地,西风紧,北雁南飞"的壮观了!大雁到哪里去了?

小时候,我们一伙孩子只要看见天空有雁队,就拍着手呼喊:"大雁大雁摆不齐,到家死您老二姨;大雁大雁摆不开,到家死您老奶奶。"现在想来,这歌太不文雅了,怎么能这样咒骂大雁呢?

念小学的时候,有篇课文讲大雁守纪律,只记得"有时排一字,有时排人字"这两句了,还记得老师以大雁是守纪律的楷模来教育我们。我教书的时候,也以大雁为楷模,教育学生守纪律,效果也很好。现在的教师再也无法以此为例教育学生了,因为现在的孩子根本就没见过大雁。

大雁吃麦苗,我们村北湖是一片广阔的麦田,常常落下数以万计的大雁。它们在那里饱食之后,自然也留下了一片片的大雁屎。大雁屎是很好的猪饲料,我们常常结伴去拾,赶到大雁驻足的地方,不大会儿就拾一筐。

大雁往往在河滩上过夜。祊河从我们村前流过,往东二里,就是一片宽阔的沙滩,大约有二三平方公里,那里常常落下雁群过夜。说起这片沙滩上的雁群,还有好多故事。老人们说,大雁内部有严密的组织,有头雁,即领队,飞在最前头的那只就是;过夜的时候,还有站岗的。其他大雁都睡了,站岗的大雁直挺挺地站着,观察敌情,发现情况就放警报,通常都是尖叫一声,叫醒同伴,起飞逃生。有一猎手很狡猾,他乘着夜色,挨近雁群,把火杆一摇,又忙用褂子蒙住。站岗的大雁看到了火亮,知道有敌情,忙尖叫一声报警。它的伙伴们醒了,一看并无异常,自然不满,有的愤怒,就去咬站岗的。一阵骚乱过后,大雁们又沉入了睡乡。猎手又把火杆一摇,再次用褂子蒙住。有敌情怎能不报?站岗的大雁又尖叫了一声。众大雁又被惊醒,但一切安静,众大雁更加迁怒于站岗的,便一齐扑上去啄咬,把个站岗的大雁咬得破皮红伤。大雁们再次入睡,猎手第三次摇火杆,站岗的大雁再也不敢尖叫了。猎手迅速点燃了火炮,一家伙轰死了许多大雁。但不管猎手多么狡猾、多么狠毒,大雁照常排"一"字、排"人"字,唱着欢乐的歌,由北而南前进。那雄壮的气势,是向猎手的真正挑战——大雁是永远打不净的,雁队永远翱翔天空。

现在,还就是见不到大雁了!猎手呢?当然也不见了。是我们做了对不住你的事呢,还是说错了什么话呢,让你不愿再来?

昨夜有梦,一队大雁从天空飞过……

(原载于《临沂广播电视报》,2001年11月23日)

结网子

在经济困难的岁月里,有些人家依靠喂几只鸡下蛋,卖点钱称盐打油,维持生计;另一些人家,女孩子多,就靠结网子挣钱花,也很赶趟。

她们行走不离地带着网子杆,不管到哪里干什么,一有闲空就结几扣子。几乎用不着看,全凭手的感觉,也穿不错眼子,而且结得飞快,一挽一扣,一挽一扣,像机器转动一般。她们每个人都很有心数,都是白天起好顶子,晚上织,一晚上能织三个,快手能织五六个。不光闺女结,媳妇结,一些老年妇女也结,到了后来,有些男爷儿们也加入了这个行列。

五天一个集,逢集这天,都是早把网子捋好,穿成几串。吃过早饭,几个人结伴一同赶集。网子市很大一片,黑压压一眼望不到边。卖网子的几乎全是女的,网子商贩自然都是男的。生意大多在争吵中成交,集集如是。积少成多,喜不自胜,除了给父母些以外,自己自然也有了些许积蓄。闺女爱穿花衣服,但又怕父母不同意,就红着脸问娘:"娘,俺想扯个褂子布。"娘就给爹说了,爹叹口气,说扯吧。批准了,扯回来了花布,娘给裁了缝了,穿到身上,心里滋润极了。

这就是生活,艰难中的快乐。

后来,这网子就不时兴了,妇女不挽髻了,用不着网子了,但"天无绝人之路",她们又操持开了别的……

有时闲说话,一提起结网子,贾家二婶子就兴奋得不得了,说她家三把网杆,每天晚上娘儿仨围着一盏煤油灯,一结就是大半夜,可挣钱啦,除了一家人的花销外,还供着两个儿子上学。

到了现在，结发网的没有了，还有结渔网的、结鸡栏子网的。夏天，有几个七八十岁的老年妇女坐在树荫下结渔网，我问："多少天结一帖？"

她们回答说："什么也不干，三个月。"

我再问："能卖多少钱？"

她们笑道："七八十块吧。"

"太贱了，不够磨手钱。"

她们说，闲坐也不多长劲，挽几个扣子，活动活动手指头。

突然，三叔走过来说笑道："人家锻炼身体呢，你寻思她们指望这个挣钱花呀，她儿她闺女……"

"你滚，臭嘴。"

于是，满街筒子里响起了朗朗的笑声。

（原载于《沂蒙生活报》，2001年11月23日）

分　磨

分家的时候，还是六十年代。

也没有什么可分的，土地已经入社，也就是几间屋和几件子破旧家具。其他的都做了搭配，大体合理，也就行了。剩下大磨和小磨，不好安排。

"老大，你要大的还是小的？"分家人围着大磨小磨转了一圈，问。

当哥的蹲着，闷头不吱声。

"老二，你说。"

老二说："我要小磨，行吧？"

分家人再问老大，老大说行，但有一条，分了就是分了，不许他再用。老二说行，不用。

家就这样分好了。那时推磨是家务事中的主要活计，忙时天天推，闲时隔两三天。哥不叫使，老二就不去找那个没脸。

日月如梭，拉面磨糊子改用机器了。大磨没人用了，有的掀了，垫了路，但小磨仍有用，磨豆汁很方便。深秋一到，老二把小磨拾掇好，使遍了半个村子。每天下午，都有妇女来推豆子。老二媳妇跟她们说话拉呱，嘻嘻哈哈，笑声不断，可就是没见哥家有人来推豆子。

"怎不见你哥家的人来推豆子？"有人问。

老二就说说道分家的那场事，邻居们说那都是过去的事了，就别翻腾了。老二说，咱倒不想翻腾了，可能他心里还有。没用几天，这话就传到老大家里的人耳朵里去了，随即老大家里的人也来推豆子了。消息一传开，全村人都说好。

（原载于《沂蒙生活报》，2002年1月12日）

夜 校

新中国成立之初,办夜校是驻村干部的一项重要任务,他们联合小学教师,在各村开展工作。动员人们上夜校,相当费口舌,有些青年说自己笨,去上也白搭,特别是小媳妇大闺女,更难动员。好在有积极分子,他们整校舍,泥黑板,还捐钱买煤油……也算被诚心感动了吧,人们陆续来了,夜校开学了,但大浪淘沙,泥沙俱下。有些村庄出了一些丑事,个别小流氓混杂其中,做出了庄稼人最讨厌的那种烂事。这下子可让早就担心的家长抓住了理由,他们纷纷把自家的媳妇闺女叫回了家。可贵的是,那些坚定分子锲而不舍,不管剩几个,也都坚持上。冷落了些日子,又有往回返的,特别是几个丈夫或未婚夫在外的媳妇闺女,找别人写信怪难为情,就下定了决心上夜校,学文化。

渐渐地,夜校又热闹起来。每天天刚黑,班长就来了,开开门,点上灯,学员相继也来了。孩子们也都往这里跑,一集中一大片,都围在门口,伸头露角,闹哄个多钟头,家长来叫,才渐渐散去。

那时点的是小煤油灯,虽然也能照明,但黑烟过大。每天晚上都是学两个钟头,第一个钟头还好些,到了第二个钟头,黑烟弥漫,喘气都有些困难。尽管这样,老师还是认真教,学员们也认真学。两个钟头下来,吐出来的痰都是黑的。

功夫不负有心人,三年下来,有个青年学员当了信贷员,有个姑娘当了小医生,有的能看报了,那几个媳妇闺女也能写短信了,还有几个孩子被推荐上了小学,插了三年级……

办夜校,资金是个困难。凑一回可以,凑两回可以,凑回数多了,有些学员就不乐意了。后来，终于寻到了一个"财路"——闺女出嫁抬嫁妆，非夜校学员莫属，挣来的赏钱交夜校，做灯油钱。这下子好了，有了这部分收入，可解了燃油之急。后来买了罩子灯，鸟枪换炮了，再也不受黑烟熏了。一年多后，又换了汽灯，亮度跟电灯差不多。

到了"突出无产阶级政治"年代，夜校理所当然地成了"政治夜校"，多数时间学文件念报纸，已经失去了原来的功能。再到后来，就开起了批判会。不开批判会的夜晚，也无人来上夜校了。

现在，听说有些村庄办起了"技术夜校"，照明有电灯，房子宽敞，有桌子，有凳子……不像过去，点煤油灯，趴土台子。

（原载于《沂蒙生活报》，2002年1月19日）

元宵照灯

我刚能记事时,奶奶就失明了,但她闲不住,非常能操心。到了元宵节,她要支使你做许多活,最重要的就是叫我们挑着灯笼四处照,说这样吉祥。

奶奶说去照照杏行,结果多,我们就挑着灯笼,跑到杏行里,会爬树的爬到树顶,不会爬树的站在树下。灯笼被传递上去,树顶上那人伸胳膊挑灯笼四下里照照,尽量把每个枝条都照到;然后把灯笼挂在树头中间的树杈上,待一会儿才下来。照完了这棵照那棵,十几棵杏树,一照就是两个多时辰。临走,集体歌曰:"灯笼明,灯笼亮,十五的灯笼照吉祥。麦黄甜杏照灯光,打满筛子盛满筐。"

奶奶说照照麦苗子,打麦多,我们就跑到麦田里,高挑着灯笼,从这头一直走到那头。

奶奶说照照猪圈,猪长得快,我们就挑起灯笼,奔了猪圈。

奶奶说照照牛棚,牛长得壮,我们就又去照牛棚。

奶奶说照照鸡窝,鸡肯下蛋,我们就去照鸡窝。鸡们见了灯光,惊得"咯嗒咯嗒"地乱叫。

奶奶说各屋里都照照,缸里,盆里,床底下,桌子底下……旮旮旯旯,连老鼠窟窿也要照到。我们问:"照老鼠窟窿有啥用?"奶奶说:"老鼠见了灯光,害怕,少偷粮食。"我们都信了奶奶的话,屋里外头,旮旮旯旯全照遍。

最后,将灯笼挂在了大门头上,奶奶说一家人天天进出大门,得多照些时候,每个人每次出门都平安。

此时,家家户户都是大红灯笼高高挂,天上地下,一片明亮,到处红花遍开。嚷声、喝彩声,此起彼伏。就这样,一直欢乐到深夜才散。

（原载于《沂蒙生活报》,2002年2月25日）

纳鞋底

"六月里，热天气，谷子那个秀了穗高粱晒红米。生产队里那个放了假，姑娘媳妇坐在树荫下纳鞋底，纳呀么纳鞋底。"这几句，是一首名曰《纳鞋底》的歌曲的首段。这首歌传唱于上世纪六七十年代，算得上那个时期的流行歌曲。

纳鞋底的最佳时候是六月天，此时空气湿度大，麻绳柔软，拉力强，不易断。由于湿度大，鞋底也柔软，纳时好进针。这时，相对来说是个农闲时候，妇女不大用下湖了，就拾掇些针线活，而纳鞋底首当其冲。纳鞋底的姑娘媳妇，往往到街上找个好树荫，凑在一起纳。这样既能乘凉，又有人说话，很惬意。针锥扎鞋底的金属脆响，麻绳子拉动时的长腔，伴着众人的说笑，很有一番情致。

尽管都在纳鞋底，但目的不同，每个人的心态也就不一样。待嫁的姑娘纳鞋底，心情最激动，也最想把鞋底纳出高水平。姑娘出嫁，要做"满床鞋"，即除了给丈夫做几双鞋以外，还得给婆家所有的人每人做一双。这任务相当艰巨，婆家人口少的还好点，多的真难以承受。算算日子赶不过来了，就请人帮忙。媳妇们纳鞋底，自然与待嫁的姑娘心情不一样，她们没有了恁些急切，心情较为轻松。负担最重的，当属四十岁左右的家庭主妇，她一个人要承担一家人的做鞋任务。同时坐在树荫下，她的心情最沉重，因为她的儿子或者闺女还光着脚。

纳鞋底做布鞋，还有重要的革命意义。抗日战争和解放战争时期，到处都有"妻子送郎上战场"的激动人心的场面。"送郎送到大路旁"，妻子双手捧一双新鞋给丈夫，洒泪而别。有的识字班里的姑娘，听说未婚夫三天以后就去参军，三天三夜不眨眼，一双新鞋做成，临别相送。

那时候，根据地的识字班和妇救会，把做军鞋当作自己的战争任务。战士们穿着这些布鞋，南征北战，爬山越岭，取得了一个又一个胜利。

现在，再也见不到纳鞋底的了。布鞋还在大量生产，但鞋底都是塑料的或胶皮的了，纳鞋底的时代结束了。

（原载于《沂蒙生活报》，2002年4月13日）

垛麦穰

　　割完了麦子,全部运到场上,就忙打场。场打好了,麦收的最后一件事,就是垛麦穰了。
　　先搭垛底,用土垫高,四周用石头砌好。
　　垛麦穰是一项非常有意思的劳动,都是在夜间进行。为什么在夜间进行呢?都说夜间凉快,没听说别的原因。
　　一切准备妥当,选好日子,晚饭后忙睡觉。一觉醒来,大人忙爬起来,把全家人叫起来。事先找的帮工也陆续来了,把人员一分,各司其职,就干起来。人分两部分,一部分人从场里把麦穰运到垛根,一部分人负责垛。运麦穰都是抬,把麦穰捆好,两人抬着走,抬到垛根,用手一拽绳头,绳子开了,麦穰就散下来,抬麦穰的人忙收拾扁担绳索往回返。捆麦穰很有学问,麦穰发滑,不好捆,绳子放不正当,杀偏了,路上容易散。一旦散了,费时费力不说,免不了埋怨和争吵。不过还是会捆的多,一般路上出不了事。垛麦穰更有学问,开始时,得搭老大的底盘,苫过垛底很多。周围的人用叉往上撩,垛上的人用脚踩着,用叉拨拉着,时时都得掌握四下里匀称,不能垛偏了。这是一项技术性很强的活,得由有经验、有技术的人干。垛得差不多了,就得刷垛,把四周多苫出来的部分拽掉,再撩到垛顶上去。这也是一项技术活,一般人干不了。好的刷手刷出来的垛边,像刀削的一样,很好看。
　　夜里垛麦穰,月黑头不行,都是趁月亮地。月亮悬在空中,月光虽然朦胧,但垛麦穰不是描画写字,大体上看得清就行。有时候累了,往麦穰堆里一躺,很舒服。睁眼望望月亮,笑嘻嘻的,满心里溢满了惬意。运麦穰的路上,撒满了麦穰,月光一照,很亮很亮的一条路,走起来很便当。

麦穰垛垛好了,最后一道工序是上糠。听老人讲,麦糠是个好东西,苫一拃厚的麦糠,一犁雨淋不透。糠都上得很厚,垛顶一般都有半米,所以麦穰垛一般漏不了。垛好后过一段时间,实落实落,还要泥垛顶,保险系数就更大了。

垛完了麦穰,要来一次会餐。全家老少及请来的帮工围坐一桌,痛痛快快地喝上几盅,不会喝的也可以敞开肚皮吃一顿。菜中自然有肉,饭自然是白面馍馍,都是平常吃不到的珍品。大家吃着喝着,说说笑笑,到处洋溢着庆祝丰收的热烈气氛。酒足饭饱后,可要歇歇了,累了一个麦季,已经筋疲力尽。扯一领蓑衣,铺在场边柳树荫下,实实在在地睡上一觉。醒来吸锅烟,有好友来坐,下盘大六棋,滋润滋润心情。

(原载于《沂蒙生活报》,2002 年 7 月 6 日)

糊　粥

吃的什么饭？喝的糊粥。这样的对话，在乡村的街道上，随处都可以听到，特别是在早晨或晚上。由此可知，在一个相当长的历史阶段，糊粥是庄稼人的主食。

糊粥主要分两大类，咸糊粥和淡糊粥。显而易见，咸糊粥里放盐，淡糊粥里不放盐。这是主要的一点区别，但还不只这一点。咸糊粥用豆钱子煎锅，淡糊粥不放豆钱子煎锅，而是放豇豆、红小豆、绿豆之类煎锅。如果咸糊粥里放些菠菜叶子或萝卜条子，其味道会更加鲜美，但很少见有人往淡糊粥里放菠菜叶子。

有一种被称为"热水"的饭食，是咸糊粥中的上品。先用葱花油盐炸锅，然后续水烧开，再把和成黏稠状的面粉以条状拨入锅内，第二次烧开。满锅小面团拥挤不堪，大的如指头粗细，小的如黄豆粒子大小。如果切上些豆腐条，或者打上几个鸡蛋，那就更好了。

单用麦面做稀糊粥，清淡、素雅、爽口，实在别有一番滋味在心头。吃罢大鱼大肉，喝一碗这样的稀面汤，舒服得很。

但一般的糊粥面子不用面粉，而是淘了麦到碾上压，那才是真正的糊粥面子。其他像高粱，也是淘了带皮压。谷子都是压成半米，就压面子。开初是为了节约，现在看，吃些粮皮，有益于健康。糊粥面子不能碾得过细，带些米头，有咬头，好喝。

新中国成立前，半年糠菜半年粮，没有别的办法，只有喝糊粥。三年困难时期，"瓜菜代"，不喝糊粥也不行，粮食不足，只得以水代之。一锅糊粥做好，一家人围在桌子周围，一人面前放一个碗。糊粥上面的稀，底下的厚。怎么盛呢？先给老的盛碗稠的，再给顶小的盛较稠的。给爷爷奶奶盛碗稠的,大家都没意见,但给小的盛稠的,好几双眼睛就都流露出不乐意,但爹的眼睛瞪着,谁也不敢说什么。爷爷奶奶那碗稠的,只喝一半就留下了。不等响午,有人就喊饿,爷爷奶奶就把那半碗稠粥端出来给他,狗小子头也不抬一抬,一口气喝了。

  糊粥,糊粥!它历经了多少沧桑,养育了多少生灵!

  现在,粮食多了,绝对不再用水代替粮食了,似乎不用喝糊粥了。但是,不!喝的什么?糊粥。怎么还喝糊粥?喝糊粥怎么?还是瓜干汤?不是。是什么?家来喝一碗尝尝就知道了。到家里喝了一碗,麦糊粥用碾碎了的花生米煎的锅,味道实在不一般。

        (原载于《沂蒙生活报》,2002 年 7 月 20 日)

打墙盖屋

作为庄户人家，最大的建筑工程，莫过于打墙盖屋了。盖三间屋，老早就得积攒，积攒几年甚至十几年。买石头，买棒，买屋草……今年买点这，明年买点那，准备得差不多了，才敢动工。

先拾好垫脚，再到地里推土。有的户宽裕，就找人推，四辆车子，集中两天时间，也就推足了。有的户困难，就自己推，一辆车子单拱，得十天半月。土推足了，找来薄木，搓好引绳，请来帮工，就动手干。

墙打好了，得过些日子再盖，让墙干干，实落实落。这段时间大致得一个月。有些急性子，不几天就盖，有的也行，但也有墙倒趴窝的。为免不幸，还是等些日子好。这段时间，还有好多活要干，涮棒、顺草……

也有的户资金不足，或不急等屋住，就拖得时间长些。有的今年打墙，明年盖屋，也有拖两三年的。这中间苫墙是个麻烦，一听打雷，特别是夜里，必然要忙乱一阵子。

盖屋最隆重的时刻，是上梁。梁安正当了，叉手立起来了，脊棒上的红绸子像一团火焰似的燃烧着，叉手上贴的双联炫目耀眼："上梁恰逢黄道日，立柱正遇紫微星。"梁上的横批也乐人心："太公在此，上梁大吉。"一挂爆竹挑起来，烟头点火，立即炸响，哗哗叭叭，好一阵响亮。大伙嘻嘻哈哈，各就各位，就奋力干起来，拉笆、上泥，苫草……一天好忙。有时弄到天黑，也没有整好，顺屋草的事，只得等到明天再干了。从前打墙盖屋都得找远亲近邻帮忙，帮家都乐意前往。如果你不找他，有的还说到脸上："我得罪过你吗？打墙盖屋怎么不放个屁的……"逢到这种场合，难堪又尴尬，只得满面堆笑，百般解释，但也无济于事，成见还是形成了。何以至此？那时生活困难，人们都缺肚子。打墙盖屋，总得割点肉买些鱼，饭食自然也得弄得好一些。人们都愿意趁此机会解解馋虫，吃顿饱饭。再一说，人们也无事可干，干点活比蹲墙根还好，何乐而不为呢？

  有的盖屋户弄的饭菜差些，干活的人就不满意，特别是苦手，他们是技术工，就更不满意。这其中要有刁钻苦手，屋主就倒霉了。村人常说，有一年有人盖了三间屋，雨天一来就漏，屋主找人维修，没人敢去，只得再去找那位刁钻者，但维修过后仍漏雨。有人问他割肉买鱼来吗？他说这么点活，还用着那么大的动静了？人家说，你不割肉买鱼还得漏。逼之无法，只得割肉买鱼。活很简单，他在里边竖了个草把子，拿出来就不漏了。

（原载于《沂蒙生活报》，2002年8月24日）

晒瓜干　拾瓜干

上世纪六七十年代，家乡的土地上，到处生长着地瓜。一过中秋，晒瓜干拾瓜干，成了家乡人的主要活计，老婆孩子齐上阵，男女老少都动手。每天下午，生产队分地瓜，各家各户忙着运，大户用小车推，小户用挑子担，人来人往，川流不息，非常热闹。也有不朝家里运的，当时就馇了，馇了就撒到地里去了。

如果看到晴天，大家都高兴。三天以后，瓜干就干了。远看白花花一片，像雪地一般，那景象实在壮观，人们见了，自然精神振奋。过晌就拾，大多数天黑前就能拾完，拾不完的众人一帮忙，掌灯时分也就都拾掇到家里去了。晒好的瓜干雪白，往囤里一倒，哗哗啦啦，像欢笑一样，人们听了，乐在心中，喜上眉梢。

有的老娘儿们过日子在意，尽管劳累，也还是赶夜把地瓜一块块洗干净，再乘着月光切出来；切完后半夜多了，睡不了三个小时又爬起来，把切好的瓜干片子割个口，一片一片地挂在绳子上。晒干后，收拾了放在缸里，成了一家人最好的食粮。

晴天，什么都好说；一遇上连阴天，可就愁死人了。晚上切好，早晨晒。天气半阴不晴，心里很觉不踏实，但无法，不晒焐烂了怎么办？就硬着头皮去晒。到了下午，下雨了，束手无策，眼看着淋就是了。为什么不拾呢？拾了家来焐着，还不如不拾。第二天，虽然不下了，但太阳不露面。第三天，好歹晴了，为了早点晒干，就叫小孩子去翻瓜干。翻个个，透透气，干得快。这样的瓜干，晒干了也不好了，里面夹着一层暗色，人们叫它"溏心瓜干"，有苦味。如果已经晒了两天，大半干了，叫雨淋了，时间短还不要紧，两天以上，就会长毛霉烂，以后就是再晒干了,也精轻了,人们叫这"糠瓜干"。最闹心的是那种晴一阵雨一阵的天气。人们觉着不对劲,似乎要下雨,就抽人拾瓜干。刚拾了一部分,太阳出来了,就把拾起来的又撒开。刚撒开,天又阴了,不一会儿,就滴答了。这可怎么办!做其他活的人都来帮忙,一阵紧张,抢起来了,刚抬回家,太阳又笑嘻嘻地钻出了云层。"怎么办?"孩子问爹娘。爹正皱着眉头吸烟,说等一会儿再说。一锅烟吸完,太阳越加明亮了,赶紧往外抬。刚晒好,轰隆一个雷,大家又慌了……人们说,一个瓜干得经十遍手,并不夸张。

遭了几次雨淋,也就有了经验,大半干就拾。天好,第二天弄出去晒一下就行了。天气不好,晾在屋里比遭雨淋强。抢拾瓜干,弄弄就天黑了。有的还打着灯笼拾,满湖里都是灯光,现在想起来,还真是颇有诗意,只是当时并没觉得。

今年特旱,人们都说,今年要有瓜干晒该有多好,两天一个干,保证没错。但是,家乡的土地上,基本上没有地瓜了。

(原载于《沂蒙生活报》,2002年9月28日)

草窝子

现在的年轻人恐怕没见过草窝子吧,更别说穿了。他们穿的不是布棉鞋,就是皮棉鞋,都是工厂货,美观且暖和。一提起草窝子,许多穿过的人一定很激动,也许还会说出很多动感情的话来。

这里说的草窝子,是指冬天穿的起保暖作用的那种靴子,相当于棉鞋。草窝子种类繁多,因地域不同而花样各异,从用料上分,大体分为两种。一种叫蒲窝,在南方流行,是用蒲草编织而成的,也有运到北方来卖的。家乡的草窝子是用稻草编织而成的,中间掺杂上一些芦花,既美观,又给人以温馨之感。因为芦花暖融融的,所以这种草窝子又有一个雅号:芦花瓮。有些地方,还把这种草窝子叫老头蹲。什么意思?冬天来临,农活不多了,特别是那些老汉们,闲来无事,吃完了早饭,太阳渐高,就都穿双草窝子,来到南墙根,倚墙而蹲,吧嗒着旱烟晒太阳,拉家常,说闲话……

每年立冬过后,人们去赶集,要买的东西杂七杂八,但买草窝子却是最重要的一项。小户人家买得少些,大户人家得买好几双,男爷儿们买大号的,小脚女人买尖头的,半大孩子买二号的,可不能忘了刚会走路的小孙子小孙女,得给他们买双小蒲窝。草窝子买回来后就沿,男爷儿们的简单,用块蓝布或青布沿一下后跟就行了;妇女们的费事,周遭都得用布沿。有的为了多穿二年,还找双旧鞋底绱上。小孩子的更得精心整理,得用花布沿边,做到既美观又耐穿。

草窝子的保暖性能很强,零下十几度,只要有双草窝子穿着,就不觉得冷。草窝子的保暖性能主要是由麦穰提供的,草窝子本身也保暖,草编得密实,很少空隙,里面空大,塞上些麦穰,就形成了一个温室。

集市上，有时飘着雪花，西北风小刀子似的刮着，好些摊主穿双草窝子蹲在那里招揽买卖，不觉冷；没有穿草窝子的，光跺脚。有时雨雪天来了，草窝子更有优越性，塞满的麦穰湿了，拽出来扔掉，再填上干的……

我们上学时，冬天坐在教室里太冷，爹娘就给买双草窝子，用根绳子拴着，挂在脖子上，带到学校。上课时就把双脚伸进去，暖和极了；上体育课或课外活动时，再换上单鞋。有的家庭经济拮据，只买一双，放在教室里，回家冷了就偎被窝；也有的不嫌麻烦，早晨拿到学校里，晚上又拿回家。家庭富裕一些的，都是买两双，一双放在教室里，一双放在家里。

有一年，正愁没有钱买草窝子的时候，二姐送来了一双，已经沿好了，我顿时热泪盈眶。又有一年，大姐二姐都给买了草窝子，我一下子成了富裕户。有个同学没有草窝子，穿着一双露着大拇脚指头的单鞋，上课光跺脚。我送给了他一双……至今见面时他还说这事，说着就有泪光闪动。

现在，没有卖草窝子的了，自然也就没有穿草窝子的了，草窝子的时代结束了。但所有穿过草窝子的人们，都不会忘记草窝子吧！它在那艰难的岁月里，给过我们温暖。

（原载于《沂蒙生活报》，2002年12月5日）

"老足意"再婚传佳话

有一离休干部,儿媳妇离婚出走,扔下一个不满周岁的孙女子。儿子忧愤成疾,得急病而去。其心情若何,可想而知。那些日子,他以输液为生。屋漏偏遭连阴雨,赶上瘸子加棍捣!不久,老伴病故,他又大病了一场。毕竟是条汉子,经过一段时间的治疗,他又爬起来了。他与小孙女相依为命,坚强地生活着。

人们都看着他苦,既可怜他年迈无靠,又可怜小女孩幼小失去了父母之爱。大家商量着,为他找个老伴,可找了几个,都不合适。他说:"算了吧,这么大年纪了……"冷清了一段时间,终于有了进展。有一妇女,丧夫后生活困难,尚有一小儿正在读高中,也供不起了。女方声言,娘儿俩可以一起过来,而且都是王姓,连姓名都不用改。介绍人说:"这样你既有了媳妇,也有了儿子,多好!"老王一想,这个情况有些合适,就答应见面谈谈。一见面,一说话,皆大欢喜。很快就娶过来,转户口时,还办了农转非。老王对儿子说,供他上大学,只要能考上。娘儿俩听了,笑着流了泪。

有人跟老王开玩笑:"还行吗?"老王从小练过拳脚,一时高兴,练了几路给众人看,练完后笑道:"你看,行不行?"众人哈哈大笑。

两年后,儿子果然考上了大学。老王送儿子上大学,千叮咛,万嘱咐,努力再努力。临上车了,他又说:"没钱花了,就来信要,我不能难为着你。"儿子红着脸,一声一个爸,恋恋不舍地上了车。

媳妇为人忠厚,既勤劳又贤惠。割麦时,她领着小孙女拾麦穗,一季麦拾了二百多斤。平时还去拆袋子,那活又脏又累,老王不让她去干,她说闲着也是闲着,多少挣点,添补添补。

儿子大学毕业后,安排在河务局工作,小孙女也上学了。现在,全家和睦,两人身体越来越壮实,成天乐呵呵的,小日子过得幸福又美满。村人也都为他高兴,好事者为他编了个外号,叫"老足意"。

(原载于《临沂广播电视报》,2003年4月1日)

矢志不移

徐大夫退休不久,妻子病故,难过了些日子,又拾掇起旧营生。但没有女人的家不像个家,他忙活了一天,回到家里,锅碗瓢勺都还冰凉,已经累得眼前发晕了,还得自己去做饭,心下很是悲伤。有些患者来的次数多了,知道了此事,就问他想不想再找一个。徐大夫不羞口,实话实说:"很想找一个,但没有合适的。"摸准了徐大夫的心底,好几个朋友都为他操心,经过三个多月的撮合,终于找到了一个。娶过来后,过得蛮可以,但家中有一哑巴儿子,不大懂事,回家吃饭,常咧鼻子瞪眼睛,摔摔砸砸,嘴里不住地直啊啊。徐大夫百般劝阻,但这次劝好了,下次又发生。再婚的妻子忍耐不下去了,流着泪说得走。徐大夫一听这话,慌了手脚,忙安慰。妻子不忍心走,又坚持了些日子,但哑巴儿子仍闹,弄得人家左右为难,最终还是走了。

没有人做伴,实在为难。过了大半年,朋友又给他联系了一个。一起生活了一段时间,性格不合,遇事意见常常不一致,只好分手。

两次再婚,都失败了。朋友来安慰他,并表示愿意继续为他操持。他说别忙活了,就这么着过吧。朋友说那可不行,不能灰心,你应做个矢志不移者。他无言,只好苦笑。朋友说,你等着,有情况就来通报。

时过两月,果然有了新情况。一日,朋友领来了一位48岁的丧夫者,还骑着摩托车,很有现代情调的一位女性。徐大夫一见,顿觉眼花缭乱,内心里喜得唱起了歌,又说又笑,忙得脚不踮地,要了一桌子好菜,盛情招待了他们。谈话当中,徐大夫不隐不瞒,说自己的家庭有些复杂,自然谈到了前两次失败的经历,说这回可不能再等闲视之,得采取点措施。他说把哑巴儿子安排到女儿家干活,不让他再来胡闹。来人听徐大夫说得实诚，看徐大夫为人忠厚，就一口答应了。

　　第三次再婚很隆重，人家娘家来人送的，徐大夫摆了喜宴招待了来客。至今结婚已有半年，老伴每天上午骑摩托去儿子家帮着做些活，下午回来收拾自己的家务，生活奔上了轨道。徐大夫成天乐呵呵的，治愈率大大提高。有人惊呼："妙手回春啊！"他说："这都是你嫂子的功劳，她给我操持家务，我有了更多的时间钻研医术、关心病人……"众人一听，都频频点头，笑着为他祝福。

（原载于《临沂广播电视报》，2003年4月29日）

割 麦

　　一入阴历五月，村里村外都有人唱歌："五月里，午端阳，大麦上场小麦黄……"庄稼人的大忙季节来到了，所有的庄稼人，不管男女老少，都忙活起来。男主人找出了旧镰刀，看看能用的还有几张，算一下还得买几张，跑到集上就买了来，镶好，再磨。女主人也忙得不可开交，得给每一个家庭成员钉席夹子，缝补裤褂，掌补鞋袜……

　　临近芒种，男人成了热锅上的蚂蚁，时时不得安宁，围着满湖里转，看看这块，瞧瞧那块。大麦熟了，割回场；豌豆熟了，薅回家；小麦还有些青，就再等等，但不能放松，还得天天去看。俗话说得好，蚕老一时，麦熟一响。早晨看还青，过午就挓挲芒了。熟过了头不行，连用来捆绑的鲜秸秆也难找，就没法割了。一般来说，芒种过后三两天就得动镰，有经验的老农常念叨："麦到芒种自死。"先拣熟得好的割着，不过三天，整个湖坡就都忙碌起来，处处镰刀响，人人挥汗如雨。头响还是一片麦浪，过响就变成满地麦个子了。运麦的大车小辆，川流不息。

　　割麦是场硬仗。俗话说得好，挣死夺麦，虎口抢粮，可不是闹着玩的。时间紧，任务重，不豁上十斤肉，淌两罐子汗，就吃不上白面馍馍。割不及时，麦子干掉了脖，就难以收割了；割不及时，还可能遭冰雹打，损失更惨重。所以，能不能在最短的时间内，高质量地把小麦割回家，是对一名庄稼汉的真正考验。

　　自家人割麦还好说，不拉趟子，大人小孩一起，将就着割。有些大家主儿，地多，找的帮工多，一到地头，岔开垄子，按下趟子，八仙过海，各显神通。就听镰刀碰得麦棵儿响，噌、噌、噌……一眨眼，已经下去了半截子地。不见割麦人的身影，只见他的腚后麦个子乱滚。主人家都是事先找好领头的，给两个人的工钱。他割得快，其他人得跟上，跟不上的，自然得少拿工钱。这个领头的并不好当。俗话说得好，人外有人，天外有天。有时，突然从后头杀上来个毛头小伙愣头青，一下子割到了领头的头里，领头的气得脸焦黄没话说，只得卷铺盖走人，这个毛头小伙愣头青自然就成了新的领头人。

　　生产队那阵，多数是队长领头，按割的垄数记工分，往往也有一场竞争，但不严格，有人割到队长头里去了，也不能不让队长领头了。到了责任制时期，又挥舞了许多年镰刀，割麦子的竞争气氛非常热火，特别是那些承包大户，找好多人来帮工，自然少不了一场又一场认真的比武。近几年，多了收割机，这种竞争场合不多了，但一到割麦的日子，谈论起以往那些年月的拼干，仍让人激动不已……

　　　　　　　　　　（原载于《沂蒙生活报》，2003年6月11日）

赶 喜

叫花子，俗名要饭的。叫花子当中，行色也各式各样。一般的，挎个破筐子头，或背个褡裢，拿根打狗棍，沿街行走，挨家乞讨，每至一门户，便喊大爷大娘，给点什么吃的。比较高级的，是那些能唱上一段拉上一节的，有的打竹板，有的拉京胡，唱罢拉罢，即吆喝大爷大娘，找点什么吃的吧。

逢到有人结婚，叫花子自然欢欣鼓舞，因为可以去赶喜了。一般的赶喜，跟平常要饭差不多，直接上门要饭要菜要钱款。能唱会拉的赶喜，可就多了名堂。他们也多有才华，都想趁此机会露一手。这当中，还得分两个层次，有的赶到喜主门前，又放鞭，又放炮，随便说几句好话，要点吃喝钱款；还有一些高水平者，他们编了一些快板书，趁此机会演唱。有单个说的，平铺直叙，有些单调；也有两个人合伙说的，比较精彩。如果一男一女演唱，就更热闹。两个人合伙说的，又分两种，一种是你说几句，我接着说，这样轮换，例如甲说，进大街，穿小巷，这才来到喜主大门上；乙接着唱，喜主好，喜主安，请你向前三步迎迎俺；甲又接，迎迎俺，迎迎俺，俺给你带来了高兴和喜欢……另一种是主角唱，帮手紧接着喊句好，做伴奏似的，因为句句说好，所以又称说好的。其大致情况如下：

主角喊，新人进洞房，
帮手赶忙接腔：好！
八宝桌子象牙床，好！
象牙床上一对鸳鸯枕，好！

鸳鸯枕上绣鸳鸯,好!
一对鸳鸯多恩爱,好!
明年准生状元郎,好!
……

这些唱词说唱了许多年,随着时代的前进,说唱的内容也渐演渐变,到了现在,也就完全"现代化"了:

喜主家里有电灯有电话,好!
大哥大,对讲机,好!
全球通,真方便,好!
北美欧洲亚非拉,好!
霎时通话一大片,好!
五洲四海齐祝贺,好!
乐得喜主跳起了迪斯科,好!
……

说唱完了,红知客迎上前去,开始讨价还价,酒菜饭食自不用说,还得给赏钱。说唱时间虽然不超过二十分钟,但得给二十元,因为是两个人。富裕户不在乎,二十就二十;稍微差些的,不免费些口舌,但少到底也得给十元。

有赶喜的来,喜主家高兴,都想图个吉利。大喜大庆的日子,有人前来说好话,非常舒和人心;一有这种场合,村人都来听,又多了一份热闹,更添了喜庆气氛,就是多花几个钱也值得。不过,也不能太多了,太多了应付不过来,那就不好了。当然,太少了也不好,稀稀拉拉,冷冷清清,制造不出应有的那份喜庆气氛,难免令人怅然。

随着生活的提高,叫花子终有一天要绝迹,赶喜的自然也会随之烟消云散。到那时候,谁来制造这份喜庆气氛呢?

(原载于《沂蒙生活报》,2003年9月23日)

祊河上的桥

从临沂北关到花园村,大概不足 15 公里,现在已建有 5 座桥。在这一路段内,过河很方便,用不着绕很远的路,真可谓南来北往,畅通无阻。新中国成立之初,这 15 公里之遥,只有城北关处有一座水漫桥,冬春行人尚可通过,一到夏天,特别是雨季,山洪暴发,就不能走了,人们时常为不能过河而发愁。有民谣曰:"隔河千里远!"一语道出了过河人的苦衷。当时那里仅有一只渡船,水小时尚可摆渡,水大时就不敢摆了。人们站在河岸边,只能望水兴叹。我们村坐落在祊河北岸,1953 年,老师送我们一帮该上四年级的孩子到祊河南岸就读。两村相隔虽然不足 1 公里,但"隔河千里远",水大时,无法过去,只得旷课;水小时,还可以过去,但父母担心,得天天送,很不方便。冬春的水虽不深,但水寒透骨,涉水急跑,一趟,两趟……久而久之,小腿皮皱裂了,直往外渗血。下雪天,刮风天,望而生畏,就不去上学了。这样三天打鱼两天晒网,学习成绩怎么会好呢?没有办法,只上了一年,我们就转学到了另一处学校。

上世纪五十年代,在花园村后的祊河上,修了一座水坝,大概有 4 米宽,主要功能是拦水、蓄水,但坝面可以行走,小型车辆也可以通过。这比没有桥的日子好过多了,人们有了"天堑变通途"的感觉。坝不高,发大水的时候就被淹没了,无法通行。有时坝面水深到膝盖,有胆大的就试探着过河,一般可以通过,但也有例外,一不小心跌倒,被冲到坝下,就没命了。

一切都过去了!现在,这 15 公里长的河段上,已经有了 5 座桥可以通行,回顾新中国成立 60 年来的变化,真可谓天翻地覆。

(原载于《临沂日报》,2009 年 9 月 4 日)

看萝卜

种二分萝卜，是一家人一冬一春的吃菜，所以倍加珍惜，都是搭个萝卜屋子，专人看管。所谓萝卜屋子，就是秫秸折个倒V形，上面苫草，挡风遮雨。里面也就是有一张床那么点儿地方，顶多能躺下两个人，地面铺些晒干的豆叶、野草之类。看萝卜的任务，白天往往落在小孩身上，大人得干活。我家看萝卜的任务，自然由我承担。

白天看萝卜，很悠闲，围着萝卜地转转，想吃了拔一个。萝卜的种类很多，有青头萝卜，也有红萝卜，还有紫糖心。想玩了，拔两个红萝卜，拴在一起，扔着玩一阵。一般没有偷萝卜的，因为各家都有。那为什么还看呢？这是一种防备，俗话说得好，不怕一万，就怕万一。有人路过，口渴了，拔个萝卜吃，也是允许的，但得说一声；一声不响就进地拔，当然不行。真来了恶小子，不讲理，免不了争吵几句。情况紧急时，就跑去告诉大人。他们害怕，就跑了。

夜里都是爹来看，每天临天黑，爹就来了，他嘴里衔着烟袋，烟头火亮一闪一闪的，肩膀上搭着床破被……爹一来，我就回家了。有时候，月亮地很好，皓月当空，如同白昼，吃完了饭，尚无睡意，我就给娘说一声，跑到了萝卜地。这时候，爹仍蹲在萝卜屋前吸烟。见我来，爹很高兴，就拢一堆柴火，放在一个早就挖好的坑里，点着了。火光一起，照得近处锃亮，四周围却像打了墙，黑乎乎的，什么也看不见。烤完了火，爹到地里扒两块小白薯，埋进了火里，就睡觉。第二天早晨起来，爹扒开火堆，掏出白薯，一股特有的甘甜气味直钻鼻孔。爹吹吹灰，递给我……那甜丝味儿，至今想想还流口水。

有时候，叔父大爷来找爹玩，如果我去了，他们就讲神鬼故事，吓唬我，讲半边老嬷嬷，讲壁墙鬼……讲一阵子，他们走了，我们睡觉。一觉醒来，要小便，我害怕不敢出去，爹就笑了，说哪有，全是吓唬小孩的。他跟我一起走出萝卜屋子，月光如水，夜空高远，田野一片静谧，灰蒙蒙的，好神秘。萝卜呢？一个个静立在地里，一声不响。"什么也没有吧？"爹问。我就"嗯"了一声。

有时候，我睡醒一觉，见爹坐在被窝里吸烟，烟锅里的火亮明明灭灭。我问爹："还不睡吗？"爹说："小孩子，别多问话。"一听爹这样说，我就不敢多问了，但心下不实，也睡不着。过一会儿，我又翘翘头看，爹仍坐着吸烟，烟锅里的火亮不停地闪烁。后来，我就把这情况告诉了娘，娘说你爹不光看萝卜，还要考虑许多事，收割、耕种……成年之后，我对此才有了少许认识，做个农民太不容易了！

尽管用心看管，还是遭遇过一次小偷。有天夜晚，我们刚睡下，就听外边有脚步声，爹披衣出去，我也随后跟出来。一个黑影跑了。"站住！"我大喊一声，撒腿就去追，被爹一把拽回来。我问怎么不去追，爹说逮贼容易放贼难，让他跑了吧，追急了不好。我说那不白看了吗？爹说不白看，以后他知道这里有人，就不敢来了。果然，这样的事没有再发生过。

霜降过后，萝卜拔了，萝卜屋子也就拆了。

送月饼

中秋节,是中国人的传统节日。从重要性上说,中秋节仅次于春节;但从送礼的广泛性来说,却比春节还要大,有些百姓人家春节并不走动,但中秋节必然得转送月饼。

一进入阴历七月份,月饼就开始走路,当然还不普遍,零零星星的;一进入八月,就日甚一日;到了初十以后,送月饼的人群就形成了无数支大军,而且都在急行。可以说,地上有多少条道路,就有多少支送月饼的队伍在行进。从前,多数步行;现在,也还有步行的,但已为数不多。骑自行车的,骑脚蹬三轮的很普遍;骑摩托车的,骑机动三轮的也常见;坐小汽车的,也不稀罕。一个个腚跟着腚,尾巴咬着尾巴,争先恐后,鱼贯而去。那阵势,蔚然壮观。

过去送月饼,未免有些寒碜。

提着两包月饼,到亲友家里一坐,自觉礼薄,心中不安。有客人来,主人不能不热情,但无面无肉,何以招待?而且两包月饼实在还不值一斤酒钱。亲友关系不甚密切的,磨蹭半天,见主人无意招待,只得客气几句,起身走路。主人自然也不强留,一场笑脸哈哈的滑稽剧就此了结。当然也有殷切者,特别是那些老年妇女,觉着娘家侄儿来一趟情意深厚,不能光看东西多少,千里送鹅毛,礼轻人意重,不管怎么困难,也得借二斤面,办顿饭给侄儿吃。

因为困难,每包月饼都有长途旅行的机会,所以也就笑话多多。

笑话之一:某包月饼,从七月初就串亲戚,张家送王家,王家送刘家,刘家送李家,李家送赵家……一直送到八月十五,落脚马家,再也无时间送了。入夜,一家老小围坐饭桌,圆月敬天,仪式作罢,开包吃月饼，小孩眼尖，惊呼："长毛了！"大人拿过去一看，仰天长叹，无可奈何。

笑话之二：有人接收了一包月饼，馋嘴孩子撕开盒子拿出一个就咬，叫爹一把夺去，说不能吃，还得用它走亲戚。孩子自然哭了，娘忙揽到怀里哄。咬了一口咋办？天无绝人之路，掰了块瓜干窝窝头，稍作修理，补上了。许多天过去了，最后送来的月饼没有亲戚再走，别难为孩子了，打开吃吧。打开一看还是那包，补的那块瓜干窝窝头已经有霉味了。

到了今天，送月饼的情势已大为改观。

规模大了，内容也丰富了。就规模而言，不但亲戚朋友之间传送月饼，同事之间也大兴其道；就内容而言，已不是两包四包月饼的问题了，除了月饼以外，鱼、肉、烟、酒、火腿肠之类，应有尽有。这些，还都属于正常范围。一些年来，腐败现象猖獗，某些权钱交易者，看好了中秋节是个以"送月饼之名，行贿赂之实"的大好时节，于是就大加利用，月饼盒子底下塞票子的，绝非只有张三李四那两份。

亲朋之间，平时忙碌，很少有机会聚聚，中秋节也算一站，带点月饼之类的礼物，到一起叙叙亲情友情，是非常好的一件事。再摆一桌酒菜，边喝边聊，说说家长里短，交流交流发财之道，亲情友情更深更浓。临别，互祝幸福，实在是人生之快事。也有另外一种风景，热酒盖着脸，嘴巴无了遮掩，一语不慎，把些往年的陈谷子烂芝麻翻腾出来，就吵就闹，甚至抓挠起来……把送月饼的美好含义，搅了个精光。

送月饼是中华民族的淳朴民风，不管是城市还是乡村，是江南还是塞北，也不管是哪个民族，在中国九百六十万平方公里的土地上，到处都在进行这项活动，这是全国性的、全民性的。每个中国人都应有自己的良知，保障其健康发展的势头，不应让打架斗殴参与其中，更不应让腐败渗透进去，以玷污其高尚性和淳朴性。

猜谜语

　　小时候的冬天很冷,虽然有个火盆,但解决不了根本问题。好似连煤油也没有,点灯都是用花生油或豆油,但多了舍不得,只弄一点点,照照亮就睡觉。冬天夜太长,睡不着就偎在被窝里猜谜语,你说一个我猜,我说一个你猜……争先恐后地猜,互不相让地争论,好不热闹!在不知不觉中,两个小时过去了,也就睡着了。

　　还记得那时候常说的几个谜语,都很有趣。

　　"一个老头不大高,咳嗽一声就没了。"

　　谜面既出,大家都冥思苦想,顿时鸦雀无声。漆黑的夜里,什么也看不见,只听见好几个急促的喘气声。每一个都猜过了,但爹仍说不对,可把众人急坏了。我就问爹,叫他说出来。爹哈哈笑道:"是爆竹。"

　　大家一想,太对了,自己怎么就没想到呢?有人捶胸顿足,后悔莫及。

　　轮着娘说了,娘咳嗽了一声,说道:"千条线,万条线,落到水里都不见。"

　　我大姐忙说:"是雨点子。"

　　"你怎么知道的?"娘有些吃惊!

　　我大姐说,是姥姥告诉她的。

　　轮到我了,但我不会,爹就咬着我的耳朵教我:"一个小汪,四四方方,里边小鱼,个个嚷嚷。"我欢呼起来,大声复述了一遍。大家猜了一阵,但没猜出来,叫我亮谜底。我并不知道,就装模作样地吃喝再猜一会儿。我趁机向爹讨教,爹小声告诉了我。众人再催时,我胸有成竹似的喊起来:"是算盘子。"

二姐一直不说话,爹叫她说。二姐说不会,爹说我不是教过你一个吗?二姐想了一会儿,忽然笑起来,说:"家后头有一双鞋,谁也穿不来。"

三姐立即吆喝起来:"我知道!"

二姐说:"你先别嘴贱,叫大家猜猜再说。你知道也是咱姨告诉你的!"

你猜我猜,一阵好猜,但都没猜对,大姐叫爹说,爹不说,娘叫三姐说,三姐说是烂了的草窝子,二姐立即说不对,说是脚窝子。三姐说她猜对了大半,爹也帮三姐说话,说三妮子是猜对了大半。猜一阵子,大家都带着微笑进入了梦乡,在尽兴的惬意中,一觉睡到天亮。

渣豆腐

一说渣豆腐，你一定就想起了庄户人家，想起了农村街道上压豆面子的石碾，想起了庄户家院里磨豆沫的小磨，想起了老奶奶烧火过猛溢了锅……

家乡人都说，菜饭一半。实际上，粮食不足的时候，菜占一多半，像"瓜菜代"的年月，就是如此。庄户人所说的菜指的是什么呢？就是渣豆腐。

渣豆腐的种类很多，萝卜渣豆腐，白菜渣豆腐，蔓菁渣豆腐，白薯秧子渣豆腐……也就是说，不管什么菜，只要洗净炸好，都可以用来做渣豆腐。用什么菜，就叫什么渣豆腐，有多少种菜，就有多少种渣豆腐。野菜也可以做渣豆腐，像荠菜渣豆腐，荞麦菟穗渣豆腐……

如果按水分的多少分，渣豆腐又可分干稀两种。干者，相对来说，水分少些；稀者，水分自然多些，成汤，有些地方叫小豆腐，也有叫渣豆腐汤的。做干渣豆腐，多用老菜干菜，像白菜帮、萝卜缨子。白薯秧子可鲜用，而如果晒干了，到春天一泡，做干渣豆腐特别好。米豆皮子是上等干菜，用油炒了好吃，如泡过来做干渣豆腐，吃起来特别香口。干渣豆腐不只是就菜，也可做主食，真正能起"瓜菜代"的作用。记得小时候，有时没有饭吃了，娘给热两碗白薯秧子渣豆腐扒上，也能弄个肚儿圆。干白薯秧子渣豆腐还有一种吃法，用葱花油盐一炸锅，炒一下，那味道可就更上一层楼了。做渣豆腐的主要用料有二，一是菜，二是豆子。做干渣豆腐多用碾上压的豆面子，当然也可用小磨推下来的豆沫子，但要厚。稀渣豆腐都是用小磨推下来的豆沫子，稀溜的那种。菜用鲜嫩的，多数是间苗时拔下来的小嫩苗苗。立秋后，广大农村广种白菜萝卜,半月后,就得间苗,家家户户拔来了好多小嫩白菜、小嫩萝卜。做稀渣豆腐的黄金季节到了!有小磨的农户敞开了大门,大家都来挨着号推豆沫子。一锅稀渣豆腐熬熟,用瓦盆子盛来,一家人围坐饭桌周围,一碗一碗地盛了喝,菜味豆味一齐进肚,透心润肺,实在爽口。老人家泡上一个煎饼,像喝面鱼儿似的,更觉一番滋润。

渣豆腐看似平凡,是庄户人家的菜食,但它的营养价值却是不可低估的。它是真正的绿色食品,不管现在的食品公司如何标榜自己的货物,都不能与农家的渣豆腐相提并论。它来自自然,绝对纯洁,也没有假冒伪劣,用不着这担心那顾虑。在漫长的农耕年代,并没有什么高级营养品,人们却健康依旧,这绝对与渣豆腐的功绩是分不开的。

现在生活条件好了,但渣豆腐依然倍受青睐。君不见大都市的街头巷尾,有几多小吃摊位吗?那里就有做小豆腐的。又不见五星级饭店的宴席上,服务小姐端上来一盘子用嫩白薯秧子做成的渣豆腐吗?老外吃着新鲜,跷着大拇指怪叫:"OK,OK……"

有一对在大都市里工作的夫妇,携女儿来乡下探望父母。爹娘知道儿子儿媳妇及孙女子在城里多有鱼肉食用,为了改一改他们的口味,就从菜园里拔来了鲜嫩的勺子头(一种菜柄像勺子的蔬菜),拐豆沫子做起了稀渣豆腐。调皮的孙女子喝着可口,喝了一碗又一碗,拍着已经饱了的肚皮说:"撑得了不得了,还想喝一碗……"说得爷爷奶奶咧开没牙的老嘴,哈哈大笑起来。

闰月年送鱼

常听村人顺口作歌曰:"六十六,吃他闺女一刀肉。七十七,吃他闺女一只鸡。"从前并没作深思,近日考虑此事,并与他人讨论,也多说不出个所以然来。推论之,可能是因为以往生活困难,年纪一大,嘴馋了,盼闺女送点东西他们吃,就念叨起来了,久而久之,就有了此歌,也可能是些像李有才那样的民间诗人唱出来的。不管何种原因,总的说来,都是因嘴馋而致。

闰月是阴历的一种特殊现象,闰月年送鱼,是乡村间的一大景观。从前都是蒸面鱼,差不多十斤一条。和好面,做成鲤鱼样,并用黑豆做眼睛。都是两条,双数吉利。做好后,放在大锅里蒸。蒸好后,再用红颜色染染嘴唇,然后找个大筅子,里面铺块笼包,上面放些芫荽,把两条面鱼放进去,鲤鱼卧在青菜里,活灵活现,栩栩如生。第二天男人挎着,女人跟着,很风光地走一趟娘家。还有蒸一对鲤鱼,再蒸上一对蛤蟆的。有歌曰:"蒸上鱼,蒸上蟾,爹吃鱼,娘吃蟾,二老活到万万年。"这孝敬之情,是多么殷切呀!

但过去生活困难,蒸两条面鱼,得二十斤白面。一下子能拿出二十斤白面的人家并不多,因此而闹仗的也有。讲理的男人还好点,虽然困难,但为了脸面也得想方没法地筹集。不讲理的男人,就使用家庭暴力,因此打的闹的并不罕见。也有闹大了的,打开了离婚。还有减分量的,十斤一条,减为六七斤,甚至四五斤。

这闰月年送鱼究竟为了什么,谁也说不清。大概因为闰月老人多活一个月,为了祝贺他们,送鱼以表示。鱼者,余也,祝他们长寿安康,但实质恐怕还是与前面所说的"吃他闺女一刀肉"和"吃他闺女一只鸡"

的寓意一样。今年闰四月，自然又该送鱼了，但现在谁还稀罕几斤面食！于是，随着经济条件的好转，人们改送面鱼为送鲜鱼了，而且还都是活的。弄一个塑料袋，装上水，买两条五斤以上十斤以下的活鲤鱼装进去，带到老岳家去。岳父岳母皆大欢喜，酒足饭饱后，留一条，退一条。女婿不依，老人说退一条好，叫你爹娘也尝尝。既然如此盛情，也就不再犟，带回来了。你看这些变化，不都是因为不缺面食而引起的吗？

有些地方，还兴闺女给爹娘做闰月鞋袜闰月裤褂。从前，做一双黄布袜子（俗称圆鞋子）就蛮好了，现在可不行了，自然自己也不动手了，都是买的，单鞋，棉鞋，或皮的，或布的。衣服呢？更是式样繁多。

问及原因，都说吃了闰月的鱼蟾长寿，穿了闰月的鞋袜裤褂消灾。怎么能长寿的，怎么能消灾的，谁也说不出个子丑寅卯来。民间的好多风俗是不宜追问"为什么"的，就是人们约定俗成的一种行为。

还有些姑娘，除了给父母送之外，还给叔父大爷婶子大娘送。这种行为，多数有好结果，亲戚来往经常，关系密切，可也有例外！有一个姑娘给爹娘搁下闰月礼物后，又兴冲冲地奔到了叔家……但叔父和婶子一点也不领情，闹了个不欢而散。全村人议论纷纷，说什么的都有，有人哈哈，有人长叹……

"这是何苦来着？"

"可不是吗？"

……

说唱艺人

第一次听说书，是个说大鼓的。"嘣嘣嘣……"大鼓一响，他亮开嗓门，高声唱道："大鼓一响钢板掂，俺向明公来请安。众位明公都请到，问问明公愿听哪一段？愿听忠的唱包黑，愿听奸的把国舅来掀；愿听文的唱私访，愿听武的唱响马传。老大爷愿听三国志，老大娘愿听贤良女；青年愿听武松景阳冈上把虎打，新媳妇愿听穆桂英挂帅打西川；小伙子愿听苗条女，大闺女愿听南学堂里的白面书生把书念……哎呀呀，难死俺！一人难遂百人意，一段书难合众人愿……"唱罢这段开场白，才进入正题。这个开场白，讲礼貌，道理说得也清，嗓门洪亮，很吸引人。从此，我便迷上了说书的。

民间说书的有两类：一类赶集，一类串村，也有既赶集又串村的。赶集的，瞅好一个场地，安下摊子，就动器具。赶集人听到响声，就围拢过来，于是说唱开始。唱过一个回头就要钱，如果要钱顺利，自然唱得也有劲；反之，可能唱两三个回头就算了。唱得好的，从早到晚人员不减，因此一唱就是好几集。记得小时候赶俄庄集，有个干巴老头，敲着小鼓说评词，戴着眼镜，拿着书，照本宣科。听书的也就是十几个老头，但很稳定，集集如是。

串村说书的，一年三季，春季，秋季，冬季。夏季天热，不宜说书。春季在二三月间，秋季在八月初，冬季在十月初，相对来说，都是农闲季节，且天气冷热适宜。

说书人多数是盲人，有使大鼓的，有使小鼓的，有使坠琴的，有使鱼鼓的……有一回，还见过一个使三大件的。所谓三大件，是指钢板、大鼓、坠琴。说唱时，一脚打板，一脚打鼓，双手拉琴，嘴里说唱。

这种演奏法，难度较大，必须手、脚、嘴一齐动作，配合协调。这是说唱艺术中的佼佼者，我只见过这么一个。一部书，如果写成文字，短者十几万字，长者二三十万字，他们得从头到尾背下来，还得说唱得津津有味，叫人喜闻乐见，实在是种硬功夫。对于盲人来说，困难更大。他们拜师学艺，很苦，白天老师教几十句，背不下来，夜里还得背；第二天背不下来，就挨老师的打骂。

村人一见来了说书的，欢欣鼓舞，都是早做饭，饭后每人拿个坐窝，直奔说书场子。一个回头说完，稍歇一会儿，喝口茶润润嗓子，会抽烟的抽袋烟。歇息后再唱，也有开场白："上三回，唱了半部《响马传》，还有那本儿半本没说清。咱给它，哪里打断哪里找，哪里记着接连听……"这么几句过后，很快转入正题。一般一晚上唱四个回头，最后一句是"各人回家把门关"。唱到热闹处，人们不愿离去，主事人就说："先生，天还早，再来一个回头吧！"说书人不好意思违背大家的意愿，只好再唱一回。

给他们的报酬，并不丰厚。早晚管饭，有人到每一家门口要，有给湿的的，也有给干的的，不几家就够了。只唱一晚上，管两顿饭就算了。唱两晚上以上，得凑粮食给他。唱得好的，能在一个村子里待十几天，甚至个多月，那就能凑相当一部分粮食了。

但现在这种热闹场面再也见不到了，很觉遗憾。电视上有说评书的，好不容易见回说三弦的，可唱鱼鼓的，拉坠琴的，说大鼓的，说小鼓的……都不见了。使用三大件的，从前就不多，是不是已经失传了？记得有个说鱼鼓的，能把鱼鼓吹得很响，山呼海啸一般，震撼全村，随即一声高喊："马来——"惊心动魄！于是，人们一齐往场子里拥。这种场景，现在也见不到了。现代文明的发展，把好多民间艺术挤到角落里去了，有的濒临失传，说唱艺术就是其中之一。该做些抢救工作了……这恐怕不是杞人忧天吧！我相信，我们的说唱艺术一定很有艺术魅力。如果把三大件搬上国际舞台，某些洋人一定会看傻了眼，另一些洋人一定会连声高喊："OK！OK！"

席夹子

在城里，戴席夹子（一种用秫秸篾子或芦子篾子编织成的斗笠）的不多，可在乡下，每个下湖干活的庄稼人都有一顶席夹子，晴天遮太阳，雨天挡雨。你如果下湖找人，到地头一站，见绿葱葱的庄稼棵棵子里，有席夹子在晃动，径直走过去，很可能就找着了。

那时，我们村上有几家编席夹子的，都比一般社员富裕。白天在生产队里干活，夜里加班加点编席夹子。尽管"割资本主义尾巴"，但编席夹子还算不上是"尾巴"。每年一入冬，这些人家就买来了芦子。一根芦子打三节，顶节破细篾子，编精细的上等品，带胡椒眼的下托；中节破中等宽度的篾子，编普通席夹子；下节破出来的篾子又宽一些，编出来的席夹子俗称老芦根，是席夹子中的下品。还有专给孩子们编的小红席夹子，那是用红白秫秸篾子编的。

忙活一冬一春，席夹子摞子就要触着屋笆了。春会一开，忙拉着去卖。席夹子市好大好大，席夹子摞子一个挨着一个，竖立在街两旁，蔚然壮观。到了中午，就矮了一大截子。赶会的人在街筒子里拥动，头上差不多都戴着新买来的席夹子，白亮一片，煞是好看。

买席夹子，各有所好。新相成的媳妇，跟在腚后，为表钟爱，自然要买顶胡椒眼，并亲手给戴上。新婚不久的小媳妇，也有此艳福，丈夫一定给买一顶胡椒眼。闺女大了，还没有找主儿，爹娘疼闺女，也给买顶胡椒眼。普通席夹子，青壮年随便买，讲究不多。老年人多买老芦根，省钱，结实，他们喜欢。怎么也不能忘了孩子们，热心的爷爷奶奶领着孙子孙女子赶会，每人买顶小红席夹子戴在头上，孩子们从心里甜到脸上，满脸上堆满了笑，都说爷爷奶奶好。

常想着小时候爹娘给买顶席夹子，就喜不自胜，爱不释手。席夹子造型美观，编工精细，圆顶正好放进人头，周围平铺展开，能苫住肩头，样子像座富士山。周围用粗芦柴镶边，六条边，六个角。篾子规则排列，形成三组等腰三角形。记得上学的那些年，都用毛笔把这些图案描出来，很美观；还有的在上面写上自己的名字，以防错用；也有的写上些时尚警句，像"向雷锋同志学习""好好学习，天天向上"等等。有了这些警句顶在头上，心里就多了一份激励，因此也更加钟爱自己的席夹子。

现在，尽管有了斗篷草帽，但庄稼人还是热衷于席夹子。布斗篷虽然美观，也能遮阳光，但不能挡雨。草帽也只能遮阳光，挡雨的功能就逊色多了，而且透风困难。有雨伞的农户也不在少数了，闲时候打伞可以，但下湖干活就不行了。席夹子又美观又实用，永远是庄稼人的好朋友。

扎笤帚，扎饭帚

笤帚，扫地工具，每家都用，每人都用。饭帚，刷锅刷碗的工具，也家家都用。怎么扎呢，你是否知其详细？

记得小时候，一到阴历七月天，也就是立秋以后，割黍子、稷子了，妇女们都拿把切菜刀，奔了打谷场，把黍子个子或稷子个子解开，就割黍穗子或稷穗子。割下来后，摔掉籽粒，再用刀刮去壳子，就成了笤帚苗。尽管热得汗流浃背，但都喜滋滋的。有稷子就不用黍子了，因为黍子苗软，不如稷子苗撑使。割罢黍稷不久，就割高粱。家乡人都用高粱穗子做饭帚苗，把拣好的高粱穗子摔去籽粒，刮掉壳子，绑好，挂在屋檐下，就等扎了。

扎笤帚，扎饭帚，都得临近年关。记得小时候，过了腊月二十，瞅个晴朗天，爹把笤帚苗和饭帚苗泡泡，拿出来晾晾，就开始扎：腰里拴根绳子，绳子另一头拴根把棍子，绳子缠紧笤帚苗或饭帚苗，双脚蹬紧把棍子，然后续进麻绳子……为什么临近年关扎呢？新年临近，一切图个新。大年初一，要用新笤帚扫地，要用新饭帚刷锅……

到了今天，家乡的土地上很少有种黍子、稷子和高粱的了。怎么办？有办法！不是都种水稻吗？经过实验，弄了稻穗，摔掉籽粒，所得到的稻苗子，既能扎笤帚，也能扎饭帚。

村中有位二哥，去年得过脑血栓，虽然治好了，但不能做重活了。二嫂子身体很壮实，手也巧。以往，扎笤帚、扎饭帚，都是二哥的活，这回二嫂子不叫他扎了，她扎。"你行？"二哥担心。二嫂子说："你能扎，我就能扎。"可不是说大话，二嫂子扎了头一个还不大标准，第二个就蛮像样了，扎了一天，就扎热了手。于是，她就叫儿子把稻草都垛在了她的家门口，割一天稻苗子，扎一天。二哥也闲不住，过来给她捋。逢集就赶集卖，五天两个集，扎三天卖两天，规律起来。每次赶集，二嫂子骑辆脚蹬三轮，车斗里放满了笤帚、饭帚，二哥也坐在里面，很像个掌柜的。出好摊子，共同坐下，一边说话，一边招揽生意，很有情致。人们都说二哥命好，摊了个好家里的。收入怎么样？一集十几元，一月也弄一百多，蛮够零花销。

"又去赶集？"我问。

二哥"嗯"了一声。二嫂子哈哈笑道："又去赶集呀，他叔，你不去？"

于是，住下，说话。二嫂子说他们日子过得很好，儿子给粮食，闺女送鱼送肉送衣裳，他们自己还能转悠两个零花销。

"奔小康了？"我笑道。

"还走在路上呢！"二嫂子说。

二哥叹气："要不是我有病……"

二嫂子嫌他："说那些做啥？人吃五谷杂粮，哪有不得病的？"

我说："那是……"

耪麦茬豆子

收拾完麦场，紧接着耪麦茬豆子。

耪麦茬豆子，也是庄稼人的一场硬仗，尽管略逊于麦收。麦收复杂，割、打、垛、晒，是个系列工程；耪麦茬豆子单一，耪而已，但劳动强度不弱，有时甚于麦收。

我们村近湖的土地是黄土，略带沙质，好耪；远湖里的土质有些特别，湿了黏，干了硬，人称老土。雨后耪，光粘锄，耪不几下就得往下刮，很费事。干天耪，更累人，锄插不进去，锄刃一触地面，划一道白杠，又蹦起来。三回才插进去，一拉又蹭上来。再插再拉，麦茬在锄刃下乱咕嘟嘴，咕嘟来，咕嘟去，锄刃又飘上来，只好拉回来再插……这样五次三番，也就是一米多长，却得插五六回锄才能耪完。胳膊发酸，汗流如注，豆大的汗珠子一个连着一个往下掉。烈日高照，风丝儿也没有，虽有顶席夹子遮太阳，也起不了多大作用。时时害渴，耪不多远，就抱起茶罐子，喝一气。

如此劳苦，当然想吃好的，但穷苦人家有啥好吃的，只有干受。找人帮工耪豆子就不同了，主人家必须恭而敬之，割肉买鱼，方能使其甘心流汗卖力。至今村里仍流传着一个故事，我的一位本家大爷找了位堂侄，帮工耪麦茬豆子。二大娘去送早晨饭，饭挑子一到，累极了、饿慌了的堂侄跑到饭挑子旁，伸手抱出来个瓦盆子，揭开一看，是渣豆腐。他顿时怒火中烧，端起瓦盆子摔在了地上。二大娘哭着说："我放了好多豆面子啊！从来没做这么白过……"

但不管多么困难，拼死拼活也得赶在梅雨天之前把麦茬豆子耪完。如果耪不出来，雨天一来就是个多月，就没救了，野草一个眼地冒，很快就把豆苗吃了。小割草的见了这样的豆地就放镰，秋后往往绝收。因此，这场硬仗非打不可。苦也苦了，难也难了，但千苦万难，也没有苦煞难倒家乡土地上的庄稼汉，他们一代一代地拼干，练就了一身钢筋铁骨，练出了一种知难而进的坚强性格。起早贪黑，顶着烈日耪，淋着小雨干……一年又一年，没有荒过一亩麦茬豆子。后来实行稻改，种豆子的少了，但人们谈论起当年耪麦茬豆子的情景，都慷慨陈词，有的竟潸然泪下。

打苫子

　　如果说麦收和耪麦茬豆子是大江东去,那么打苫子就是浣溪沙;如果说麦收和耪麦茬豆子是钢琴协奏曲,那么打苫子就是小提琴演奏的月下夜光曲……任何比喻都有局限性,这两个比喻也不例外。然而打苫子确实是庄稼人在农闲时节做的零碎活,此时庄稼汉们心情优哉游哉,完全处在大战后的休整时期,做点零碎活,心情滋润极了。

　　麦茬豆子耪过,雨天来了。戴顶席夹子,穿领蓑衣,围湖转转,诸样庄稼都在旺长,心里很舒坦。回家蹲蹲,手闲得痒痒。做什么?想起来了,打苫子。下雨的时候,在过道里打,孩子他娘来给递麦秸,一边说话,一边打。六月的天,孩子的脸,说下就下,说晴就晴。天晴的时候,到树荫下打。

　　苫子分两种,一种是苫垛用的,做工比较简单,中上部一道腰,随打随抽麦秸撖成的,所以又叫撖苫子;另一种是床上铺的,做工比较复杂,小床上铺的三道绳,大床上铺的五道绳。这种苫子又可分为两种,不撖边的和撖边的。不撖边的做工粗糙,一天能打两床;撖边的做工精细,一天能打一床就不错了。

　　打苫子一般是闲时打。撖好了苫垛的,归拢到一起搁着,庄稼上了场,雨一来,拿来滚到垛上就行了,应时又管用。打好了床上的,当时就可用,夜晚乘凉,往打谷场上一铺,躺倒歇息,很惬意;铺在床上,又排场又暄乎,也是一种享受。

　　打了床上铺的苫子,还可以送亲朋。背一床撖边的苫子走闺女家,闺女闺女婿都喜欢,外甥们高兴得连声叫姥爷,忙打酒炒菜,请老人家喝两盅。送其他亲朋更不用说,都热烈欢迎。如果送几床撖边的苫子给城里的亲朋，情况就更不一般。掀边的苫子买也能买到，但很薄，不撑铺。自己打的苫子又厚又结实，自然受欢迎。酒足饭饱后，不能不往你车子上拾掇些农家没有的稀罕物，不要还不行。这样，既联络了感情，又密切了关系，是庄稼人纯朴而又实在的往来方式。

喂 鸡

春暖花开，小鸡子孵出来了。有人挑着，沿街叫卖："小炕鸡了——嗬！卖小炕鸡了——"婶子大娘们听了吆喝，忙跑出家门，围住卖小炕鸡的挑子，讨价还价，七嘴八舌，好不热闹。讲好价钱，就开始拣……东邻三大娘拣好十个，一抄褂大襟，兜着，喜滋滋地回了家。西邻二婶子拣好二十个，也兜着回了家……

娘也是个喂鸡迷，每到春天至少买十个，有时也买二十个。兜回家来，放在一个大黑瓦罐里，还在里面放了些麦穰。我问放麦穰做啥？娘说暄乎、暖和，还说小鸡怕冷，冻着不行。还在瓦罐的中当腰间钻孔，我问做啥？娘说透气，不透气小鸡喘气不顺溜不行。过夜的时候，瓦罐上坐个瓢子，里面压上块不大不小的石头。娘还把我的一件小旧棉袄围在瓦罐上，说小鸡怕冷，不围不行。夜里，娘起来好几次，点灯照照。小鸡仔见了灯光一定很惊喜，"叽叽叽……"像是跟娘说话儿似的。

喂小鸡也很有乐趣。小米需先用温开水浸泡，大约半天，喂时滤干，铺一块纸片或薄木板，把小米均匀地撒在上面，然后歪倒瓦罐，小鸡就扑扑棱棱跳出瓦罐，争先恐后地啄吃，一边啄吃，一边还发出一声声细碎且亲切的叽叽声。吃饱了，再饮些水，就捧进瓦罐里。五天后，小鸡硬梆了，中午暖和，可以放出来跑跑了。

一只小鸡要喂大半年才能下蛋，这其中的艰辛自不用说。欢乐的时刻自然也有，就是鸡下蛋的时候，那惊天动地的"咯嗒"声传来，逗乐了正在忙家务的婶子大娘们。她们先抓一把粮食撒给下蛋的母鸡，其他鸡们也"跟着凤凰沾光"，都跑来吃。然后，她们跑去拾鸡蛋，还热乎着呢，可欢人心了！喂得好的，腊月就下蛋，正好过年吃；一般的，正月里下蛋。这时，天气暖和了，人们的精神都为之一振。走在街上，就听这里也"咯嗒"，那里也"咯嗒"。小村不大，到处"咯嗒"，自然形成了一曲动听的"咯嗒"交响乐，小村沉浸在了温馨之中。

那时候，农家收入甚微，有"鸡腚门子银行"一说。大多数农户用鸡蛋换油换盐换火柴，维持生计。最大的奢侈，也就是煮几个或炒几个鸡蛋。因此，喂鸡是农家妇女的大事，都精心操持。

当粮食多了的时候，喂鸡方便了。老年妇女在家专事喂鸡，下的鸡蛋吃不了，就到集市上卖，卖了钱给孙子孙女子买糖果，孩子们都说奶奶好；还给老头子称回来二斤大红柳（烟叶），给自己买了件带暗花的褂子……

剜野菜

阴历二三月，是剜野菜的日子。

记得小时候，每逢到了这个时候，每户贫穷人家都处在青黄不接的火山口，都得想点办法，节省点粮食，好歹熬过春荒。别的办法也不好想，最切实可行的办法，就是剜野菜。把野菜掺进粮食里混吃，能节约好多粮食，不然到不了割麦，就断了顿。早饭后，不管大人小孩、男女老少，都挎个筅子，或挎个提篮，或拿个筐头子，握把铲子，就下了湖。满湖坡里，星罗棋布，到处是人，三个一群，五个一伙，剜野菜的居多，也有拾柴火的。有个二婶子，性情活泼，肯说笑话，爱唱小调。有人说她"顺口作歌，死了不多"，她立即哈哈一笑，毫不介意。二婶子早已作古，那些小唱也就很少有人记得了。现在，我还记得两句："拾把柴火剜把菜，这个日子还不赖。"

荠菜是野菜中的上品，但都剜就不够了。其次是婆婆蒿、荞麦朵穗、萋萋芽、父母秧……还有一些带苦味的，显然有毒，像蛇吃苗（苦菜）、剪子骨等。这些野菜，得用开水焯了，再浸泡几天才能吃，不到十分缺乏的时候，是不剜的。野蒜，像韭菜，味道很鲜美，生吃可以，用它炒鸡蛋，更是别有一番滋味，但近湖里没有，需跑老远的路才能剜到。小孩子跑不恁远，都是大人去，也不经常。

到了今天，剜野菜的几乎没有了，人们再也不用"瓜菜代"了，蔬菜也应有尽有，不需要再吃那份苦受那份累了。然而也有例外，当人们吃腻了鸡鱼肉蛋，弄一盘子野菜改改口味，也不是不可以。于是，空闲之日，几位好友相约，挎篮下湖，重温开了旧活。

前天，我也下了一趟湖，剜了些荠菜。正剜到兴头上，家人来叫，说有人来找,叫赶快回去。我不得不回返,心中有些扫兴。

"忙什么去了?"朋友问。

"剜了把荠菜。"我忙回答。

"荠菜?荠菜者,野菜中之上品也……"朋友兴致上来,斯文开了。于是,我们就说剜野菜,抚今追昔,诸多感慨。说到吃饭,朋友建议吃荠菜饺子,我自然同意。大家一起动手,个多小时,几碗羊肉荠菜饺子就端上了饭桌。可能味道不错吧,朋友吃了三碗。"好长时间吃不到这么美味的饺子了!"朋友打着饱嗝说。

饭后喝茶,其情亦深深,其乐亦融融!与以前为了饱肚子满湖里跑的那种疲于奔命,根本不是一回事了。

找知了猴

小时候，也找过知了猴，但那时候的找法，都是傍晚时分到树林子里，看有没有爬到树上的，有就捉住。天黑了，就用手电照。树林子里黑乎乎的，手电一照，打出一条条光的胡同，很振奋人心。你也照，我也照，树林子里到处电光闪闪，很是热闹。那时年龄小，不敢深入树林子，所以找得不多，一晚上也就是找三个五个，天明放在火里烧烧，吃到嘴里香喷喷的，也就知足了。有些半大孩子，他们敢于进入树林子的深处，自然找得多。还有的蹚过河水到河南树林子里去找，找得更多，有的一晚上能找一二百，是很好的一盘家庭肥菜。也有的拿到城里去卖，能换回好几块钱。当时的学杂费也就是一元五角，书钱一元多，能有几元钱的收入，很不错了，学费书费都有了。上中学以后，不在家，也就无暇操持此事了。等到放了暑假，找知了猴的黄金时节已经过去了。

后来的许多年，因忙于工作，也无暇顾及此事了。

近日发现院子里有好多知了猴窟窿，知了猴皮也随处可见，心想不到外面找也罢了，家里的都让它跑了，实在太可惜。一日雨后，我拿把小铁铲，就挖起来。一铲子挖出一个来，喜不自胜！继续挖，挖过五六个，都没有，这些都是出过了的。虽然有些泄气，但仍坚持。又挖了几个，仍没有。换了个地方，有窟窿眼小的，一挖就有。一鼓作气，又找了九个，一共十个，就有了踌躇满志的感觉。一下子想起人们总结的经验，窟窿眼大的，都是空洞，已经出过了；窟窿眼小的，十有八九有，特别是蚂蚁洞那样的，越往下挖，窟窿眼越大，准有。

第二天早起，再挖，又找了四个。竟从一个大窟窿里挖出来一个懒虫,它已经打开了通道,却又趴在底下睡着了!这就有违人们通常总结出来的那些经验,说明事物的发展有普遍运动规律,即普遍性,也有特殊运动规律,即特殊性。下午,忙活了两三个钟头,又找了几个。可是,第三天早起,发现竟又新添了十几个窟窿!我只有叹气,知道玩不过这些小虫猴了。这时,一位堂哥来玩,我向他一说,他立即兴高采烈,说你要浅挖地皮,发现窟窿再深挖,一个也跑不了。他说他年轻时就用这个办法,一找就是一大把,现在老了,没有力气了。堂哥走后,我如法炮制,果然灵验,浅挖了一大片地,淌了满身汗,找了十多个。

显然,找知了猴最有效的办法是动手挖地。到树上去摸,收效不大,这是从前找不多的一个原因。因为知了猴一爬出洞来,就被蛤蟆吃掉一部分,爬到树上的,已经减了一次员;找的人又多,碰到的机会就少。到树上摸,有的人也能找很多,那得熬大半夜,跑许多路,不是一般人能撑得了的。挖地找,在你所挖的范围之内,一个也跑不了。当然要选"富矿区",值得"开采",多流几把汗也甘心。

老太街头结渔网

大街上，树荫下，几个老太太坐在一起结渔网，拉着呱儿，说着话儿，两手不停地挽着扣儿。说到高兴处，就爆发一串哈哈哈，那份滋润惬意，那份轻松愉快，那份欢乐舒畅……像放飞的鸽子，翱翔蓝天。

不只一处树荫下，有的一条街上有三处，有的有五处……这三处，那五处，形成了七月乡村街道上的一道风景线，很有一番亮丽：它既是劳动，也是休闲；既有忙碌，也有潇洒；既能凝聚团结，也能升华友谊……

一天路过，见三奶奶正与两位好友坐在一起结渔网。我走近她们，说道："三奶奶，大婶子，二婶子……"

"过来，过来！正想问你句话呢。"

不等三奶奶话音落地，大婶子和二婶子也都开了腔，她们都不叫我走，都说有话问我。我只得走近她们，问有什么话。她们就都笑了，问孙子怎样了，问孙女子如何了，说笑一阵子，我想她们也就这些话吧。我说你们问完了，该我问你们了。快嘴二婶子抢先开了腔："问吧，问吧！有话不说，闷久了烂脚……"

听了二婶子这话，三奶奶和大婶子都笑起来。我忙笑着问："您这网，多少天结一帖？"

她们一怔，好似计算了一下，说得三个月。

"能卖多少钱？"

她们说论卖钱就稀松了，撑满天一百。

我愕然！三个月结成，才卖一百元，合算吗？我又打听线钱，她们说得花十五元。这就是说，结一帖网只赚八十五元钱，还得熬三个月，一天划不到一元钱。

"这太不合算了！"我话音里充满了愤愤不平，觉着她们的劳动等于白干。

她们不同意我的看法，你一句我一句地说她们的理由。她们说闲着无事干，并不是福，清熬时间，难受得很。一听这话，我就想起了辛弃疾说的"闲愁最苦"！她们说这样活动活动筋骨，身子舒坦。娘儿们坐在一起说说拉拉，心里透亮。老了，干别的干不了，年幼就结这个，轻车熟路，挽个花扣心里欢畅，挣钱不挣钱不在乎。可话又说回来了，多少也能挣几块，一天进一分，强似一分不进。有了这几块，零花一个方便，比问儿女要强。爹有娘有不如自己有，两口子有还得张张口。我就笑了，说她们净说实话。三人都笑了，快嘴二婶子笑得最响，说咱庄户人不说实话，谁说实话！

我想，她们的这种生活方式，是否也是一种养生之道？想做点什么，就做点什么，不求挣钱，只求快乐。能做多少，就做多少，不争强，不好胜，顺其自然，但不闲着，每天结一点，积少成多，燕子衔泥垒大窝……

想念地瓜

地瓜，原名番薯，又名甘薯，家乡人叫白薯。小时候，常吃地瓜，它是家乡人的主粮，特别是冬春两季，一日三餐，均以地瓜为主食。那时候，娘每次做糊粥，都搁上一水瓢地瓜。吃饭时，每个碗里都盛上三四块。我不爱吃地瓜，每次盛饭，爹都问要不要地瓜，要几块。我就说要一块，或者干脆不要。到了1958年以后，生产队的土地上，几乎全是地瓜了。每到深秋，湖里家里，旮旮旯旯，到处都是地瓜。吃的饭，自然也都是地瓜，不管煮的还是烧的。有人做菜都用地瓜，还说是一种创举。每顿饭都吃地瓜，实在吃腻了、吃烦了，尤其是有胃病的人，特烦气地瓜，一吃进肚里就发酸，难受死了。

种了那么多地瓜，光鲜储显然不行，必须切瓜干晒。晒瓜干更加愁人累人烦人。遇上晴天还好说，一遇连阴天，就愁死人。晚上摸到半夜拾回家，再生火做饭。吃了饭，已经到了下两点，一搁头就睡着了，睁眼时已天光大亮。见天有放晴的样子，就往外拾掇。可是，一会儿又滴答开了，再次往家抢……有人计算过，一个瓜干，得经人手十几次。有时连阴几天，瓜干就烂了，难怨人们一提地瓜就皱眉头。

话说回来，当时不种地瓜行不行呢？当时没有现在这么多化肥，水浇条件也不足，每亩小麦二三百斤。秋季若种玉米、谷子之类，亩产也就是二三百斤。全年亩产五百斤左右，纳足公粮，卖足统购，留足种子，一亩地仅能养活一口人。那时候，人均占地已经不足一亩。在这种形势下，不种地瓜显然不行。每亩地瓜能产三四千斤，晒一千斤瓜干，养活两口人。这就从根本上解决了当时人们的吃饭问题。从这个角度看问题，人们不应该责难地瓜，而应该感谢地瓜。从种植计划上来看，地瓜种植得显然多了一些。若拿出三分之二的土地种地瓜，其余三分之一种杂粮，各种粮食搭配着吃，那就好了。

据有关资料记载，地瓜原产于美洲，相传是哥伦布把它带到西班牙的。后来，西班牙人又将它移栽到菲律宾。到了明代，福建长乐县有个叫陈振龙的华侨，见其产量高，想带回故乡种植，但是当地统治者严禁带其出境。他将其装进竹筒，瞒过检查，才带了回来。第二年，福州大旱，巡抚下令农民广种地瓜，得以度过饥荒。后又经农学家徐光启著书介绍，到清代，地瓜已成为我国南北各地的高产作物了。

物以稀为贵，多了就不值钱了。鼻子眼里都是地瓜，怎么能不生厌呢？"你是吃白薯长大的？"有人这样说。意思是说，地瓜是粗粮食、孬粮食，吃它长大的孩子心笨。这完全是无稽之谈！据营养学家研究，地瓜不但高产，而且富有营养价值……但单吃显然不好，特别是有胃病者，如果跟大米、面粉混合起来吃，对身体健康绝对有益。它是碱性食物，能保持血液的酸碱平衡，润滑消化道、呼吸道和关节腔，防止动脉硬化，保护心脑血管壁的弹性，等等。据传，乾隆皇帝曾有过便秘症，就是吃地瓜吃好的。

君不见大都市有烧烤地瓜的吗？政府官员下班后，买两块带回家去；有大款路过，也捧回几块……又不见五星级的饭店里，山珍海味满桌，其中就有一盘子鲜地瓜秧吗？其他菜都剩了大半，唯独那盘子鲜地瓜秧所剩无几。北岭上来了一车地瓜，一进村就吆喝："换地瓜了！"媳妇们闻声跑出家门，围过去，经过半个小时的讨价还价，交易终于做成，一斤大米换三斤地瓜。

看来，人们还在想念地瓜！

家乡人绝对不栽植地瓜了，我很觉遗憾。我想念家乡沙土地里种的地瓜，干面子，或煮或烧或做糊粥削进锅里，熟后咬一口，栗子黄一般，香甜可口，那美味只可意会，不可言传。

拾果子

一天，有点闲事去找朱老师，他没在家，他夫人说拾果子去了，我立即来了兴致，说要早知道，跟他一块去多好。他夫人笑了，说你要也想拾，我给他说，你早点来。我说想拾，叫他明天等我。

我回家就忙做准备，找了把抓钩，找了个编织袋。"你要做什么？"孩子他妈问。我说明天去拾果子。她说你是闲得没法治了？我说不是，人家朱老师都去拾了，光蹲在家里做什么，出去活动活动，也添一份心情。孩子他妈一愣，随即说倒也是。一切准备停当，就等明早出发。

夜里，梦连着梦，一个个都是拾庄稼的情景，拾麦、拾地瓜、拾豆子、拾果子……1960年，正是三年困难时期最艰难的日月，秋季开学不久，一天班主任老师宣布，放假一天，外出拾庄稼，什么都拾，地瓜、稻穗、萝卜、白菜叶子……所有能拾者，皆在拾之列。一千多名学生，潮水般地拥出校门，有奔河东的，有奔城西的，我们奔了城南。没有目的地，盲人骑瞎马般地往前走。走着走着，人群走散了，最后只剩下我和曹风岐两个人了。俺俩在一处坡地遇上了一块胡萝卜地，挖了半天，拾到了几个小胡萝卜，这时已经累得气喘吁吁了。曹风岐说："歇歇吧！"我说行，就坐下了。俺俩拿起自己拾到的小胡萝卜，在裤子上擦了擦泥巴，就啃起来，谁还顾得了卫生不卫生。只可惜无人给留下个镜头，如果留下了，一定很生动；现在看了，一定感慨万端。傍晚回来，班主任老师问及情况，我们说挖了几个小胡萝卜，当时就啃了。班主任老师嘴角动了动，摇着头，啥也没说。

后来，我也拾过果子。一年秋天，刨果子的时候，我跟村中几个伙伴一起奔了北山里，但人家不叫拾，还要搞复收。已经复收过了的，所剩无几,刨十几抓钩拾不到一个。既来之,则安之,只得下力干。拾了大半天,总算盖过了筐头子底。确实累了,就蹲下歇息,扒果子吃。生果子鲜美,越嚼越香,只一阵子就把所拾的果子全吃了。然后就再拾……拾到喂牛时,得走了,回家还有二三十里路。回到家里,娘忙拿过筐头子看,我的筐头子底下总算还有二三斤,娘喜不自胜,忙洗,忙煮。煮熟后,一家人都吃,吃得好香,只是少了点,没有吃够。第二天传出消息,我的伙伴中有贪食者,路上就把果子吃干净了,回到家里,父母一问,气不打一处来,有的被拧了耳朵,有的挨了鞋底……

第二天早起,我吃了点饭,急奔朱老师家。

走到半路上,遇着外甥,问我做什么,我如实说了,外甥埋怨我,问我缺果子吃吗?我说不缺,想出去活动活动。他说上他家吧,他正在刨果子,缺人手。我还有什么话可说,只得跟他去。到了外甥的果子地,外甥媳妇给我弄了大半袋子鲜果子,叫我带回家去吃。我说帮他们刨,她说可不能累您老人家。我见她爹娘都来了,用不了恁些人,就带着果子回了家。

几天过去了,朱老师前来"兴师问罪",问我怎么不去,我只得介绍过程。听罢,朱老师说:"我也不是缺那两个果子吃,不就是出去一趟吗?溜溜腿。"听了朱老师这话,我一下子想起了一位钓者的话,他说:"不在乎钓着钓不着,更不在乎钓多钓少,只在乎参与。"意思是说,参与第一,其他都无所谓。钓者有此心态,倒是可以,拾果子者也可以紧步后尘吗?当年,我们拾庄稼的功利性太明确了,绝对不能拾不着,越拾多了越好。今日之拾果子,远非昨日之拾果子了,它也随着时代的前进,改变了最初的内涵。当然,我们仍想多拾一些,但拾不多,不过确实没有了从前那些拾者的焦灼心态。

"要不就再去拾两天?"

"时候过去了,明年再说吧。"

辞 灶

家乡流传着几句俗语:"官辞三,民辞四,阔子王八辞五六。"事实上,并不是当官的二十三辞灶,为民的二十四辞灶,而是有些地方二十三辞灶,有些地方二十四辞灶,二十五、二十六辞灶的根本就没有。

辞灶,又名过小年,是相当隆重的。

晚饭后,天黑下来了。当娘的拿过新买来的三个黑碗,洗净,抹干,一个里面放麦芽糖,一个里面放麦麸子,再用剪刀铰上几多谷草,一个里面盛清水。当爹的忙着打纸。男孩子们早就兴致勃勃地准备鞭炮了,女孩子们则做娘的助手,忙活这,忙活那。一切准备停当,就进军锅屋。爹把请来的灶王爷神像挂在锅门首一旁的墙上,娘烧上一炷香,然后就祭奠。娘掐一点麦芽糖抿在灶王爷的嘴上,小声念叨:"一年一个腊月二十四,吃个糖果粘粘嘴。上天言好事,回宫降吉祥。"传说,灶王爷腊月二十三或二十四要到玉皇大帝那里去开会,汇报一年的人间冷暖。人们担心他嘴上没个遮掩,见了玉皇大帝,激动异常,说了不利于人间的话,震怒了玉皇大帝,降灾于人间,所以临行前给他饯行,给他麦芽糖吃,使他嘴上既有甜味,又有粘感,因此就忘不了临行前人们说给他的话,这样就能时时有警惕,说话慎之又慎,该说的话要说,不该说的话就不说,特别是不能胡言乱语、信口开河、虚报浮夸。灶王爷吃过了麦芽糖,娘再抓些麦麸子谷草撒在地上,并说:"喂好你的马!"接着倒些水,又说:"饮足水!"这时,爹点着了烧纸,边焚边说:"骑上你的快马,走吧!"天井里很快响起了鞭炮声。最后,全家聚齐,一起跪拜,三叩头,整个仪式就完成了。

曾经有一个时期,视辞灶为迷信,我看有些不妥。这是一个美丽的神话传说，寄托了劳动人民的美好理想。你看，人们对灶王爷多么虔诚，给他糖吃，给他喂马饮马，还嘱咐他"上天言好事，回宫降吉祥"……所以，从前人们很当一回事，经久不衰，现在仍乐此不疲。

只是，现在没有麦芽糖了，不过不要紧，人们用糖块代替。从前，爆竹放得少，只从大年五更放的那挂上解几个放放；现在，每家都放一挂，有的放五十头的，有的还放一百头的，真是过小年的样子了。

除 夕

现在，人们把阳历年叫新年，把阴历年叫春节。尽管新年也开始以一种节日的形式进入平常百姓家了，但远不如春节重要。中国人真正的年节仍然是春节，平常人们所说的过年，是过春节，而不是过阳历年。如果新年的喜庆气氛只有 10 分，那么春节的喜庆气氛就该是 90 分。

过春节的准备工作，差不多一入腊月就开始了。到了除夕，即人们常说的"年唇"或"年三十"，最后的冲刺阶段到了。这一天，全家老少一齐动手，各司其职，忙碌不迭。当爷爷的自然要准备木头，好在年夜里烤火；当奶奶的也闲不住，有的看尚小的孩子，有的帮儿媳妇洗碟抹碗。男劳力自然得清扫院落，拾掇房间，收拾垃圾。女主人的活最多最重，要整理锅灶，并把所有的碗、筷、杯、碟放在一个大铁锅里，烧一锅开水洗刷，还要杀鸡、扒鱼……做菜头子，准备大年五更敬天神地神，最后还得剁馅子，剁完了素的剁荤。男孩子早扛着竹子或下河或下汪泡去了，女孩子自然跟在娘的身边做助手。

一家人忙得晕头砖向，直到下午 3 点，该贴春联了。孙子端着簸箕，儿子端着糨子，爷爷拿着笤帚。儿子刷糨子，孙子贴，爷爷在老远处端详："偏啦，稍往南点……"于是，孙子就往南移动一下。

这时候，有鞭炮响了，那是有家堂的在请家堂，有财神的在请财神……

做好了这一切，就下饺子吃晚饭。

晚饭后，把庭院最后清扫一遍，撒上芝麻秸，放好拦门棍。为什么撒芝麻秸并放拦门棍呢？相传撒芝麻秸的习俗很古很古的时候就兴起来了,撒在地上的芝麻秸经人们踩踏,芝麻蒴子都被踩踏碎了。"碎"与"岁"谐音,"踩碎"即"踩岁"。意思是说,人们的脚步踩在"岁"上了,按现在的说法,即落实在行动上了。这样一来,经过一年的辛勤劳动,一定能够获得一个五谷丰登的好年景。放拦门棍的习俗也由来已久,据说腊月里阴间放宽禁令,邪魔鬼祟的活动有些猖獗,特别是大年夜里,它们更肆无忌惮,所以才放上拦门辊,禁止邪魔鬼祟们入内。

　　天黑下来了,全家人围坐在一起包饺子。有些老年人虽然不参与,但也坐在一旁,一边看电视,一边听儿子、儿媳、孙子、孙女包饺子、说笑,虽然不言语,但脸上很喜相,内心里肯定很滋润,其乐亦融融,其意亦浓浓。到了这个时候,人生的天伦之乐,已经展现到了极致。

　　包好了饺子,有些老年人睡下了,更多的青壮年乃至孩子,都坐在电视机前,目不转睛地看春晚了。此时,九百六十万平方公里的土地上,不管是江南还是塞北,不管是万里海疆还是昆仑雪峰,到处欢声笑语,春潮涌动……

野　炊

　　城里人想拾野趣，伙几个近亲好友，买上红烧肉、海鱼片、面包之类，或带车，或买票搭车，来到山明水秀之处，散散腻烦了的心。到了中午，几个人席地而坐，围成一圈，中间放上买来的食品……于是，边说边吃，谈笑风生，非常有趣，但这只是野餐，还不是野炊。

　　炊者，烧火做饭也。野炊者，当然是在野地烧火做饭了。回想起小时候，在野地里烧豆子、焖地瓜，那可能就是野炊了。拢几把豆叶，拔一抱已经干透了的豆棵子，放在豆叶上，擦着火柴，点着豆叶，火头一蹿老高，烘着了豆棵子，豆秸和豆荚一齐毕剥作响……火着完后，可能还有不熟的，就把死火堆起来稍焐一会儿，再拨拉开，用席夹子扇扇灰，一片熟豆粒子就都显露出来。于是，人们一齐围拢过来，鸡啄碎米一般，拾一粒往嘴里一扔，嘎嘣一咬，满口溢香。吃完后，一个个都成了黑嘴老鼠，大伙相视而笑。焖地瓜也很有趣！挖一地窖，上垒坷垃，众人拾柴来烧。烧红后，把扒来的地瓜塞到里边去，然后把已经烧红了的坷垃砸进地窖里，上面再用湿土封严实。然后离开，去割一阵子草，过两三个小时回来，扒开地窖，地瓜熟了。一人一块，烫得龇牙咧嘴，但香甜美味，吃进肚里，很是舒坦。有些急性子耐不住，个多小时就回来开窖，自然焖不熟。不熟就不熟吧，半生半熟也得啃。到了生产队时期，烧豆子、焖地瓜的就更多了。那个时候，搞野炊虽然仍有取乐的成分，但更多的目的是为了充饥。近湖里不行，离庄近，容易被发觉；都是到远湖里，二三里路的地方。一年秋假里，我随几个小伙伴一起跑到道洼子，离庄差不多四里，烧好了一堆豆子。我们刚要开吃，看青的大叔来了。他是个光棍子，肯说笑话，平常都不怕他，我们差不多都跟他闹着玩过,但现在不行了,他有任务在身。我们知道这回"在劫难逃",都老实地站着,低着头,等候发落。

"谁领的头?"

没有一个说话的。

"说呀!都哑巴啦?"

还是没有一个说话的。

"知道坦白从宽,抗拒从严吧?"

"知道!"有人小声咕哝了一句。

"那就快说。"

你瞅瞅我,我瞅瞅你,都寒寒着脸,没有一个吱声的。大叔拧住了二狗子的耳朵……二狗子跪下了,哭着说:"我们都馋,就……就……"随即,我们都跪下了。

大叔失声了,也挂下了两行热泪。他叫我们吃,我们都面面相觑,不敢吃。他第一个蹲下吃了!我们仍惊恐不安,互相瞅着发呆。突然,二狗子也蹲下吃了,我们就相跟着吃起来。吃完后,大叔对我们说,不准回村乱说,更不准说他吃过。我们都下了保证,他向我们笑了笑,抚摸了一下二狗子的头发,走了。因为大叔没有上报,我们几个都没有挨整;因为我们几个都没有嘴贱,大叔也没有挨批评。最近,我们几个在二狗子家请大叔喝酒,酒至半酣,有人问大叔:"那时,你怎么也吃啊?"

"你寻思光你肚子里缺油水,我肚子里就不缺……"大叔说话瓮声瓮气的,两眼通红。

二狗子笑道:"大叔也是个馋鬼!"

于是,我们几个齐声哈哈大笑。

大叔忍不住,也笑了!

第三辑 红花绿草

雨天浇树

雨天，我浇树。

我在街中心挖一个坑，街上的流水急急忙忙往里奔，一会儿就满了。我拿来水舀子，一舀子一舀子地舀进水桶，水桶满了，忙提着跑到树跟前，倒进早已挖好的土坑里，一桶，两桶……越浇兴致越浓。

一会儿，雨小了，各家各户的人出来，有的瞅着我笑，有的瞅着我撇嘴，有的瞅着我摇头，有的瞅了一阵，蹲在大门口吸开了烟……

二叔过来，气哼哼地说："有力没处使啦？"

我一边舀着水，一边给二叔解释。我说，家院、街道的地皮硬，不大渗水，下了点儿雨，差不多都淌走了，树根扎得深，不浇不行；春雨贵似油，白白地让它淌走，老觉着怪可惜……这就叫利用当时当地的各种可以利用的有利因素，把事情办好。

二叔闷了半天，回到家里，也拿出了水桶……

二叔家的小兄弟跑出来嚷嚷："闲着一霎儿都难受！"小兄弟的吼声似雷鸣，我忙过去劝说。

"又不让你浇，你孬种得什么？"二婶出来了，强扯硬拽，把他拉走了。

再下雨的时候，我仍浇树。

二叔也浇树，小兄弟来帮忙了。

我说："嚄，转变思想认识了？"

小兄弟斜了我一眼，不好意思地笑了。

东院李家大哥也出来浇了，西院王家三哥也出来浇了。

我说："你们都学我，浇毁了树，我可赔偿不起呀！"

东院李家大哥说："我知道你要卖乖！"

西院王家三哥说："他想叫你请酒。"

雨声哗哗，笑声朗朗。

夏雨绵绵之际，二叔问我："还用浇吗？"

我笑着反问："你说呢？"

二叔说："我看不用浇了。"

"我听二叔的。阴天没事，咱喝酒。"

几个凉菜上来，二叔捋了捋胡子，干咳了几声，笑嘻嘻地在上首坐了。一会儿，东院李家大哥来了，西院王家三哥也来了。我们喝着酒谈天说地，看着雨雾中葱茏旺盛的绿树，心里滋润极了。

（原载于《当代散文》，1994年9月）

狗皮草

小时候割草,不喜欢狗皮草。它蔓生,每节都有根扎于地下;茎蔓铁硬,不宜牛啃;叶小,费劲不少,割了半天,弄不了几把。为此,小割草的们都不高兴割它,见了它,一阵疯跑,踏着它的叶蔓,跑向野草丰茂的地方。今年发大水,别处有的河堰漏水,酿成了大祸,而我们村西有长达三里之遥的一段河堰,却完好无损。细究其因,都说全是狗皮草的功劳。

于是,我想起了教科书上有关水土保持方面的一些知识。有时到村西河堰上散步,望着河堰坡面上的狗皮草,绿茫茫一大片一大片的,心里就不是滋味,开始意识到小时候对它的某些不恭,实在有些偏颇。蹲下来细瞅,它的蔓像无数张网撒开,紧箍着堰坡,风不透,雨不漏,那认真劲儿,实在令人钦佩。我心疼地伸手摸了摸它那小小的叶片儿,崇敬之情油然而生。

狗皮草貌不惊人,实在不是绿色世界里的佼佼者,甚至连中品也算不上,但它却是水土保持战线上的一名杰出战士!由狗皮草我想到了人类社会,我们应该不应该提倡一下这种精神?有人好高骛远,大事做不来,小事不愿做,听任时光流逝,只会怨天尤人,能不能学学狗皮草呢?

(原载于《当代散文》,1995年1月)

小园春菜

春天来了,菜园里一派生机。

我的小菜园就在屋前,南北一线六畦菜:一畦莴苣,一畦蒜苗,一畦菠菜,一畦韭菜;其他两畦闲着,准备深翻施肥后,栽一畦子黄瓜,掩一畦子米豆。

立春过后不久,我偶然发现一片莴苣叶子挺出了地面,肥厚而鲜嫩。溜墙风吹来,那片叶子轻轻摆动,像翩翩起舞的蝴蝶在扇动翅膀儿似的,撩拨得你的心里顿生欢乐。

天气一天比一天暖和,小园春菜日见旺盛。

一日中午,外甥突然来了,说还没吃午饭。现做饭已经来不及了,我就切了一碟子咸菜,拔了几棵蒜苗子切切,再给他拿几张煎饼,叫他随便吃点。谁知,这正合他的口味,吃得很香。

"好吃吗?"我问。

"好吃,比炒菜还可口。"

我笑了,心想这小园春菜倒能应急。

一日,同学来访。人家是局座,来寒舍重温同学旧情,何以待之?我上街买菜,被他拦住。他指着那畦子韭菜说:"割了,我有带来的虾皮,拌点儿馅子包饺子吃。"

我只好遵命。那一顿,他吃了三碗饺子,乐得直嚷:"史无前例呀,史无前例呀!哈哈哈……"

春分刚过,我用了整整一个星期的工夫,清理了萝卜窖子,把山药畦上。

下雨了,轻纱般的水雾笼罩下来,湿了地皮,滋润了菜叶儿,一片片鲜亮亮的、绿油油的。你站在屋檐下看吧,那畦畦青菜,棵棵都水灵灵的、旺相相的。此时的心境,真是要多舒畅就有多舒畅。

一天傍晚,我拔了一棵刚蹿苔的莴苣,劈下叶子,剥剥皮就切。妻嫌我,说太嫩,吃得可惜。

我就嗔她:"妇人见识!等长大了,吃不迭……"吃就吃吧!切好,加了调料。多日不喝酒了,今晚高兴,斟满了一杯,正喝着,有人来要莴苣叶子。妻说是东邻二嫂子,她养了几十只鸭子。我说叫她把叶子都拿去,我正愁没地方扔呢!

不久,东邻二嫂子端来一大瓢子鸭蛋。

"你这是……"我看着二嫂子,有点吃惊。

"你的莴苣叶子肥了我的扁嘴,我送几个鸭蛋你吃,还不应该吗?"说笑着,她把那瓢子鸭蛋硬递给我。

我只得接了,打趣道:"我的菜畦子里也生出了鸭蛋?"

"可不是嘛!"

这之后,我更加钟爱那片菜园子,因为它不仅给了我许多生活上的便利,也使我在劳作中得到了无穷的乐趣!

(原载于《临沂日报》,1995 年 4 月 22 日)

看麦苗

掐指一算,十八种麦,今天二十五了,心想麦子该出了吧?天麻麻亮,赶紧爬起来,往麦田里赶。到地头一看,刚露头!那锥尖儿似的黄绿色的嫩梢梢头,顶着露水珠儿,样子好叫人心疼,心中禁不住涌上来一阵滋润味。蹲下身来,用手轻轻地抚摸着刚刚露头的麦苗子,那滋润味儿顿时扩散到浑身上下的每一个细胞中,我不由得笑出了声。

"笑啥呀?"有人问话,我忙扭头看,邻边种地的三哥也来了,正蹲在地里看麦苗子。

我站起来,喊道:"怎么样,出得?"

"刚露头!看样子,能出齐。"

我走到他的地里,见他正在扒垄。

"你看,都挣着往上蹿啊!"

出的已经出来了,没出的也就是还有一层薄纸那么厚的点儿土盖着。三哥站起身来,拍打了一下子手,掏出了"宏图"牌的香烟。他甜甜地吸着,眯缝着眼,面部每条皱纹里都汹涌着笑意。他吸了一阵子,吐了几口烟雾,笑嘻嘻地念叨起来:"苗全苗旺,收成有望……"

我笑了:"看,足意的!"

"你不足意?"

我当然足意!我是农民的儿子,自己一生也没有脱离庄稼地,深知农民的这种爱苗之心是多么火热。

中学时代的第一堂讲评课,老师为了鼓励我们努力奋斗,曾经说过这样一句话:"最好的开始,是成功的一半。"这句话烙印在我的心扉上了,至今记忆犹新。我想,苗全苗旺不就是"最好的开始"吗?这是第一步!有了这个第一步,才有第二步,才有第三步……

(原载于《临沂日报》,1997年1月11日)

屋前有架子黄瓜

立春后,天气渐渐暖和起来。

屋前有片空闲地,种什么呢?大家都主张种花,最后叫我决定,我说种黄瓜。意见被否决了,大家自然不满,我就解释,说种黄瓜既有花看,又有瓜吃,一举两得,何乐而不为?

"清明前后,种瓜种豆",这是老观念。现在,有了塑料大棚的种植经验,可以提前一些了。提前多少,视御寒设备的优劣而定。

我稍做准备,惊蛰后下种。

春阳挂起来了,小火炉般烘烤着大地,暖暖地热了人心,劳动的欲望从内心里升腾。双休日一到,我就干起来。首先翻地,一锨又一锨,黄黄的土块散发着浓浓的土腥子味,好醉人啊!耧平,打畦,开沟,再溜上点儿水,就可以点种了……一切做停当,再盖上塑料布。

等吧,可不能急。

几天过后,苗苗出来了,鹅黄色,可疼人。浇水吧,最好喷洒,千万别使猛水灌。

小苗儿很娇嫩,得精心保护,特别怕寒流袭击。寒流来了,要赶紧用苫子之类盖盖。清明过后,可以松懈点儿了。

只要管理得当,五一前后就有瓜吃了,很欢人心的。

天热了,在坡里劳动,又渴又累,回家洗一把脸,随手摘一根嫩黄瓜,蹲在黄瓜架子旁嚼嚼,脆嫩甜润,爽口提神,可真是别有一番滋味在心头。

外出回家,正是口渴之时,摘一根黄瓜润润嗓子,可解了燃眉之急。

而且有趣!白天还是个小瓜纽儿,一夜的工夫,长大了。

"黄瓜夜里肯长！"我惊呼道。

大家就争论，各抒己见，好不热闹。绿的叶，黄的花，嫩的瓜，看着，吃着，自然都有兴致。

春黄瓜败了秧子，扯了再种秋黄瓜。秋黄瓜立秋下种，能吃到霜降。想弄个小小的塑料棚，如其然，大雪纷飞的日子，也可以摘一根嫩黄瓜，坐在被窝里吃了。

自己种瓜的最大好处是应时，何时想吃何时摘。买黄瓜，可就没有这么方便了。买少了，天天买，多麻烦；买多了，搁时间长了，就不新鲜了。屋前有架子黄瓜，想吃了，摘下来，洗洗就吃，多应时。

屋前种架子黄瓜，真好！去年种了一架子，深有体会，今年就再种一架子。

你也想种一架子吗？

（原载于《临沂日报费县版》，1999年4月1日）

爬泰山

十年前,就应该爬泰山的。那时,学校里安排大家分两批去。第一批去了,第二批因故没有去成,我恰恰在第二批中。

后来,就听到了好多传言,说十八盘如何如何陡峭,紧十八,慢十八,不紧不慢还十八。还有的说,爬时得仰脸看天,得稳住脚,一不小心,就有失脚的危险……旁边就是悬崖峭壁,下临万丈深渊,小命就难说了。还说山上很冷,山风强劲刮人,必须赁大衣穿,但价钱特贵。又说上山容易下山难,下山晕眼,也伤脚。如此云云,说得神乎其神,叫人忧心忡忡。想象之中,就有了几分惧怕,自然想起了《老山界》里的一段文字:"走了不多远,看见昨晚所说的峭壁上的路,也就是所谓雷公岩的,果然陡极了,几乎是九十度的石梯,只有一尺多宽,旁边就是悬崖,虽然不很深,但也够怕人的……"冥思苦想,还能比这更陡峭吗?但不管怎么样,爬泰山的欲望如一烛火苗,虽然晃晃悠悠,可从未熄灭。一个山东人,连泰山也不去拜访,实在令人汗颜。

今年五一,终于成行。

我们一行十三人(其中有三个不满十岁的孩子),星夜赶往泰城。凌晨2点起床,坐车到中天门,扑着夜色,随人群拾级而上。陡亦陡矣,但没有传言中说的那么陡峭。确实累人,爬一阵,就喘粗气,浑身燥热;再爬一阵,出了汗,只得把外衣脱了。

那天人真多,人挨人,人挤人,攒动的人群像涌动的浪头,前一个过去,后一个紧跟上,一浪赶一浪,层层推进……

"封山了!"有人喊。

人太多了，拥挤不堪。有好多人往下走，问他们，他们说不叫爬了，人太多，怕出事。

也爬累了，又听了这些传言，就坐下来歇息。

已经都大汗淋漓了，小范说腿疼，哭丧着脸央求回去，但大多数人都不泄气，说好不容易来这么一趟，决不能半途而废。吃了点饭，又爬。

天渐渐放亮，陡峭的山崖，葱郁的山林，都出现在了眼前，但有雾，看不真切。

"到十八盘了吧？"我问。

见无人回答，我又问了一句，晁老师烦我，说问什么，爬就是了。

陈老师叫小范在她前面走，她在后边推着，唠叨着鼓励："你看那三个孩子……"

是的，两个男孩子，卓伟和涛涛，圆圆的脑袋向前探探着，像小牛犊子抵仗一样，一抖劲地往上爬。小妮子秀秀也不示弱，她跳跶着，就像跳皮筋儿那样轻快，爬得很快。小范委实受了感动，脚步也快了。

我们终于爬上了玉皇顶！我们站在雄伟的巨石下留影，我们围坐在巨石下畅谈说笑……欢声笑语，感动了泰山神，泰山神向太阳神禀报，太阳神露出了笑脸，满山的雾气散了，我们看到了千山万壑的雄伟壮丽，齐鲁大地的辽阔无垠。"会当凌绝顶，一览众山小！"妙哉，杜公英灵在此。

下山时，有人主张坐索道，但一算账，坐了索道，就没有回去的车票钱了。逼之无法，只好步行下山。感到累了的人，就皱起了眉头，但都没表示反对。我就劝说大家，我们来此是做什么的，观景矣！上时在夜里，没有看清楚，一路下山，可以尽情地看看了。晁老师说那就走吧！没有人再说什么，大家就行动起来。果真如此，一路下来，日观峰、瞻鲁台、南天门、碧霞寺、对松亭、朝阳洞、五松亭、云步桥……都尽收眼底，看得兴致勃勃，再没怨言了。

遗憾的是，我没有弄清哪是十八盘；也没有赁大衣，一直大汗不止。来时，穿了件羊毛衫，还带了件绒衣，准备冷时好穿，可不但没穿着，羊毛衫也脱了。下山时，是有点儿眼晕，往下看，又陡又深远，难免毛骨悚然，但也总结了一套经验，不向下、向远处看，只看脚底。确实也有些伤脚，但也有办法：斜着走，别直下。上山容易下山难的说法，一点也不确切，我的感觉，下山绝对比上山容易。

下午 5 点到中天门，坐车归来。

累是累了些，15 个小时都在紧张赶路，还能不累吗？但收获颇丰，除亲眼目睹了天下第一山的雄姿以外，思想也开阔了不少，感到啥事都不要听人妄说，亲临其境最确切。

（原载于《临沂广播电视报》，1999 年 7 月 5 日）

怀念杏树

梦里，有时梦见十里杏花，热烈火红……

小时候，与二安、富旨友好，常挎个筐头子满湖里转。二安家有两棵杏树，一棵麦黄杏，一棵羊屎蛋子。富旨家有一棵酸大愣。我家有三棵，一棵清香味，在场边；一棵巴豆杏，在后园；一棵小白杏，在东园。我们就编成歌，唱着割草："巴豆杏，酸大愣，麦黄杏，小白杏，羊屎蛋子清香味，又酸又甜好受用。"为什么叫巴豆杏呢？至今没弄明白这名号的来历。它还有一个名字叫闺女杏，因麦秋过后闺女来娘家时熟，故名。杏仁不苦，吃罢杏肉砸杏仁吃，刚刚还满口酸甜，一下子又来了香，很欢人心。酸大愣，顾名思义，个大而味酸，吃起来特别开口味。麦黄杏，麦子黄梢时开始熟，这时虽然也可以吃了，但还不是最佳时期，真正熟好，得等到割倒麦子。小白杏，个小而皮白。羊屎蛋子比小白杏还小，皮黄。清香味，特点有二：皮青，熟时向阳面红润，有的还有深红色的点点子，像星星，很好看；味香，咬一口透心润肺，浑身上下每一个细胞都能感受到它的清香。

到杏熟的日子，我们就把两个褂子口袋装得满满的，到湖里交换着吃。吃完了，再割草，一边唱着自编的歌，惬意极了。

可惜，这些杏树都在大炼钢铁时代烧了木炭。以后的年月，又无人栽植。多少年吃不到杏了，很馋得慌，想想就流口水。每每唱起小时候自编的那段歌来，就想哭。

有报载，喜马拉雅山南麓的山国尼泊尔，有一地区漫山遍野都是杏树，山民多食杏果，很少有癌症发生，因此引起医学界的关注。经研究得知，杏果中有一种抗癌物质，久食必有益于身心健康。当然，多食无益,民间传说杏有火。

我产生了重新营造杏林的想法。我跟村人们协商,家家院外都栽杏树,把自己的村庄变成杏花村,但响应者寥寥无几。今年清明节前,我又建议在河堰的空地上栽杏树,但依然无人赏识。我终于灰心了,知道自己人微言轻,不足以引起人们的重视。不几天,满河堰上全栽上了杨树。我这才恍然大悟,人们被急功近利束缚住了手脚——杨树十年后就能卖钱,十年以后的杏树,能结几个杏呢?

正在郁郁寡欢之时,忽见去年埋下的一捧杏核儿,已经挺出了十几棵新苗,忙松土,浇水,施肥……可以设想,几年以后,这些杏树就能挂果了,熟时摘而食之,小时候割草时吃杏的那种情趣,也许还能溢满身心吧!

昨夜有梦,梦见了十里杏花。

(原载于《临沂日报费县版》,2000年7月26日)

一片绿叶

讲《黄生借书说》，我正讲到兴头上，见郭晓露慢慢地从桌洞里拿出个橘黄色的小本本乱翻，两眼不看黑板了，直盯着那个小本本，口中还念念有词。我想，这个小妮子思想上又开了小差……真气人！我从讲台上走下来，伸手把那个小本本拿了过来，行动神速，闪电似的。她脸一下子红了，然后就哭了。哭，你就哭，不遵守课堂纪律，哪有你这样的淘气学生！

下课后，回到办公室，我这才仔细看：小本本是全新的，塑料皮面，橘黄色，光润耀眼。这还在其次，主要是里面抄着一首小诗，蝇头小字可秀气呢：

> 绿叶，春天的绿叶，
> 铺满山岭，盖遍田野。
> 暴雨打不烂，
> 烈日晒不灭。
> 衬托红花分外美，
> 孕育金果枝头结。
> 啊，绿叶，可爱的绿叶，
> 你多像我的青春，
> 那么蓬勃，又那么纯洁。

我被这诗情打动了！中午休息时，我把郭晓露找了来。她站在我面前，低着头，两只小羊角辫直插天空。她光抽鼻子，一声不响，热汗珠子顺着脖颈淌。

"郭晓露，这诗……"

她不回答，泪水滴下来，打湿了桌面上的作业本子，我赶忙移开。

"不要尽哭，这诗很好，在哪里抄的？"我给她擦了把眼泪，竭力宽慰她。

"在我姐姐本子上……"她声音很小。

"噢，你一定很喜欢它吧？"

她的脸一阵红润，但无话。

"下星期，我们开个诗歌朗诵会，你朗诵一下这首《绿叶》，好吗？"

她激动了，小嘴巴鼓鼓着，欲言又止……

我笑着鼓励她："郭晓露，勇敢一些！"说着，我就把那个橘黄色的小本本还给了她。

她接过去，小心翼翼地抚摸着，满脸的红润燃烧着，满脖子的热汗珠子流淌着，两个戳天羊角辫子生动地抖擞着……她不就是一片正蓬勃向上的绿叶吗？

（原载于《沂蒙生活报》，2001年1月17日）

何首乌

院里的南墙根下,栽了棵何首乌。几年以后,何首乌爬满了整个南墙,其生命力可谓强矣!孩子他妈就埋怨,说栽这玩意儿做什么,栽棵南瓜也结个瓜吃。我说,你懂什么,这个,入药。

有好多邻居来找何首乌,我都给他们。有位邻居侄媳妇来找,说您侄的脚脖子崴了,村医生叫他找何首乌熬水汤。我就给了她一包前年刨出来,并且晒干了的。她有些不乐意,说村医生说鲜的好。我说他胡扯,并拿出了《山东中草药手册》给她看,但她不识字。没过几天,遇着村医生,提起这件事来,我就质问他:"你怎么说鲜的好呢?"

他自然不服,跟我犟。我回家拿来了《山东中草药手册》,指着一行行黑字念道:"根及茎叶入药,四至五月间或十至十一月间采收根部,晒干,即赤首乌。九至十月采茎叶,晒干,即夜交藤。"至此,村医生张着大嘴,无话说了。

过了些日子,有传言说,那位邻居侄媳妇和村医生对我都有意见,村医生坚持说鲜的好,侄媳妇说我舍不得给她挖鲜的。这下子好了,一向持反对意见的孩子他妈更有理了,说你搭上东西得罪人,也不知图个啥。后来,在我全然不知道的情况下,她把南墙根下的何首乌全部剿灭了。我还能怎么样呢?面对被剿灭的现实,我只有长吁短叹。

今年春天,我发现几根何首乌藤从南墙外的乱枝子底下钻出来了。它昂着不屈的枝叶,活嫩新鲜,生机勃勃,喜人极了。我惊呼道:"天不灭曹!"我跟孩子他妈做了义正词严的交涉,我说天意如此,不能再伤天害理了。她说她想栽南瓜,我说栽南瓜有栽南瓜的好处,栽何首乌有栽何首乌的好处,二者不可兼得,舍南瓜取何首乌吧!最终,她同意了我的意见。我想,夏天来临时,南墙头上的何首乌藤,肯定又要葱茏一片了。

(原载于《沂蒙生活报》,2001年4月9日)

雨天逮鱼

俗话讲，豆子开花，捞鱼摸虾。豆子开花的季节，大概在阴历七月间，也就是阳历八月份。这个时候，若旱，豆子就难有好收成；若涝，即预示着这年收豆子，故有此说。小时候，老天爷也真遂人意，一到这个时候，就发布雨，即人们通常说的连阴雨，一下就是个多月，但很少有暴风雨。淅淅沥沥的麻秆子细雨，一连几天不住点。这个时候是逮鱼的最好时节。我们村里有个大汪，全村的雨水都到这里汇聚。汪里自然有鱼有虾，汪北沿有个开口，水满了，就往北淌。汪北有条南北走向的小路，旱时走路，涝时就成了下水道。汪水一外流，自然有鱼虾随水流出，所以趁这个时候逮鱼，实在恰到好处。拿了网兜，戴顶席夹子，赤着脚，光着脊梁，只穿个短裤，提个洋铁筒，悄悄地溜出了大门。

小路两边长满了野草，没草的地方只有尺多宽。长草的地方水缓，没草的地方水急。有些鱼乖，肯钻草棵子。这得仔细观察，才能发现鱼的踪迹。水流也能冲得草棵子动，但很有规律，水流绕草棵子转，激起一圈一圈的波纹，草棵子向一边倾斜。若有鱼，草棵子乱动，没有规律。这时，就悄悄地挨近，伸手去摸。这样摸到的，有时是鲫鱼，有时是花哨……有时也可能摸到蛤蟆头，使你毛骨悚然，大为扫兴。摸到泥溜子（泥鳅）的时候居多，泥溜子浑身发滑，弄不好，已经抓到手了，它一扑棱，就又跑了，必须把洋铁筒放在跟前，一摸到就装进去。

逮鱼还是网兜子好。网兜子不大，拦不了那么宽，就挖泥土堵水道。水道被堵窄了，只留网兜子那么大的一个口，把网兜子插上，下来的鱼虾就都钻了进去。但水口子小了，水流急了，过不多大一会儿，哗的一声响，堵的泥土被冲走了，无奈惋惜，但不折气，再挖再堵……一而再，再而三，也不觉得累。小雨唰唰，淋得浑身挺湿，也不觉得凉。想想当时逮鱼的那个傻劲，真是又可爱又愚蠢。后来学了柳宗元的那首《江雪》，觉着还真有那么点意思："千山鸟飞绝，万径人踪灭。孤舟蓑笠翁，独钓寒江雪。"

　　逮的鱼多是石光皮子，肉不多；有时也逮一些鲫鱼、麦穗子、花哨；也能逮到虾，但它挺皮，很能蹦，已经抓到手了，可它一蹦蹦了老高，寻不到了。

　　有时逮得多，娘就择择，没有油，放在锅里干熥熥，放上盐，切上几个辣椒，卷个煎饼，也十分好吃；有时逮得少，就烧烧吃。如鱼很小，吃不着，就喂了鸡。活着的鱼，就养起来，时不时地去看看它们在盆子里游泳，很好玩的。

　　如今气候不但变暖了，而且变旱了，多少年不下大雨了，过去那种一下就是月余的梅雨天，看样子再也不会有了，很觉遗憾！若再有那样的梅雨天，尽管年龄相当大了，我也还会重温旧课。想想小时候雨天逮鱼的情景，实在令人神往。

（原载于《临沂广播电视报》，2001年9月11日）

日子在规律性中前行

已经内退，老年将至。

如何打发日子呢？有人言，热爱生活是人生之本意，身体健康是热爱生活之前提，生活规律是身体健康之保证。念及此，自回家之日起，即向生活规律性的目标靠近，尽量避免紊乱。

早晨，常到南河（祊河）沙滩上溜达，走近水边，捡几多薄石片，蹲下打撇，手一扬，将石片抛出。石片在水面上跳跶着，溅起一个个水点儿、水花儿，煞是好看，像小雨点儿落水时轻轻巧巧的样子。打一个再打一个，直到汗出才毕。站起身来舒气，自然遐想，这些薄片如不捡拾它们，何时能在水面上欢腾跳跃？儿时就玩此游戏，今日重温，分外亲切。继而沿沙道前行，也跑，也跳，也漫步。

老有所为，因人而异。我"为"什么？写作是终生之爱好，虽无显著的成绩，却乐此不疲，再操持别的，实在有困难，只有"为"此。每天头午，即操持此事。有腹稿时，将其写成草稿；有草稿时，将其誊清。腹稿很激动人心，待写成草稿时，却苍白无力了。于是丧气，只得到庭院里转圈子。几经焦虑，才另有所悟，再作修改。誊清的稿子，也有纰漏，修修补补，剪剪贴贴，是常有的事。如错误甚多，只好重新誊写。写作疲惫之时，出户奔湖，看看那一分菜地，浇水、捉虫、除草、施肥，天天干一点，松弛一下绷紧了的神经。拔几棵青菜回来，做个淡菜，端上饭桌，吃一口好滋润，那是自己劳动的果实。

阅读常在下午，主要是看报纸，看新闻，看评论……但更多的是看副刊。现在的副刊多姿多态，美文迭出，令人眼花缭乱，目不暇接。见人家的文章写得那么好，多生羡慕，不经意中竟受了鼓舞，虽老朽也还想奋斗。

有时有棋友来玩,自然得摆几盘,难免"你死我活""昏天黑地",但念及生活规律性,恋战不得,看看钟点已到,只得连输两盘,然后歉然一笑:"大哥,算完吧?"棋友也就答应了。

(原载于《临沂广播电视报》,2002年1月2日)

蒙山里的故事

有位乡村医生跟我说,他"文革"期间爬过一次蒙山,攻上了主峰龟蒙顶。那时正开展赤脚医生运动,提倡一根针一把草。他们在县卫生局的统一组织下,一起到蒙山上挖草药。一天,他们一行二十多人,由当地的一位民兵连长带领,向龟蒙顶攀登。民兵连长说,有盘山道,但很远;他熟悉近道,但陡峭,怪难爬,征求他们的意见。他们都很年轻,不怕艰险。一听他们这话,民兵连长兴高采烈,喊道:"那就好,跟我来吧!"山路果然崎岖,净陡崖,还有直上直下的峭壁。民兵连长是位爬山能手,像只猴子一样跳跃着,很快爬上去了。他们紧跟着,都是爬,虽然艰难,还是爬上去了,没有一个掉队的。爬上龟蒙顶,9点多钟。山顶有几亩地那么一片,到处怪石嶙峋。民兵连长说,晴好天气,日出时能看到海水荡漾,太阳从海水中跳出。9点钟有些晚了,太阳像个红柿子,挂在东方的天际。远处,云海苍茫,看不真切。低头往下看,万丈悬崖,很是惊心动魄。下面的牛,像只兔子;人头只有拳头大……其他物件,大都看不真切。

他们挖着药,来到了鬼谷子居住的洞口。民兵连长介绍说,当年,王禅老祖就住在这里修炼。前年,有一连拉练的解放军路过这里,他们好奇,想探探山洞的深浅,就打着手电,手拉着手进了洞,但没有走到尽头。一路斜坡往里,越往里越黑,冷风嗖嗖,阴森可怖。后来,有一个小孩进去没出来,人们就用石头把洞口堵死了。

听了这位乡村医生的介绍,我对龟蒙顶产生了浓厚的兴趣,决定前去爬一番。

春季的一天,6时坐公共汽车前往,8时即到,接着坐车绕盘山公路来到了半山腰。坐车上山,快是快了,却没了攀登的那份享受。拾级而上,遍山游览,就见到了东鲁在望,古道奇观,云海松涛,虎踞龙蟠,鹰峰伫立,玉泉枕流,三关雄姿,一径通天,龙门三潭,碧水垂帘……在"寿星巨雕"面前,流连忘返,拍照留念。遗憾的是,我没有找到何处是鬼谷子修炼的山洞。询问旁人,说法不一。

到山下时,已是下午3点。

一棵松树下,围着一堆人。近前一看,中间端坐一位老人,正在讲故事。我好奇,就站下聆听。老人说,孟良崮战役刚刚打响,陈毅司令员在凝神察看地图,警卫员来报,一七旬老者来访。陈毅忙亲自来迎,茶罢,问老者有何指教,老者说想向司令员学盘棋,不知肯赐教吧?陈毅哈哈一笑,随即摆开了棋盘………三盘陈毅皆胜,老者满面红光,笑声朗朗,连连称赞陈司令员的棋艺。陈毅忙说老人家的棋下得也不错,只是个别地方,有些疏忽。老者微笑,点头。走时,陈毅亲自送老者到大山口,握手告别。

孟良崮战役胜利后,陈毅心情很好,决定亲自拜访老者,再下几盘棋。警卫连长不同意,说派两个人请来就是。陈毅不允,带了两名警卫员就出发了。结果,下了三盘,输了三盘。陈毅大为不快,问老者:"这是怎么回事?"老者摸着花白的胡须,笑道:"前些日子,输给你三盘棋,是为了长长你的志气,因为那时战役刚刚打响;今天,赢你三盘棋,是为了煞煞你的傲气,因为战役已获全胜……"听了老者的话,陈毅佩服得五体投地,立即致军礼,并连声赞扬老者德高望重,高风亮节。临别,陈毅执意邀请老者到司令部当高参,老者笑道:"老朽离不开山石,离开了就无了精神。"陈毅领会,尊重老者的意愿,就握手告别。

老者为谁?一说是蒙山套里的一位普通老人,棋艺高强;一说是王禅显灵,他遍游蒙山各地,见大战在即,想助陈毅一臂之力,就会见了他。前一种说法朴实,后一种说法浪漫。不管哪一种说法,都很生动,都令人神往。

回来之后,常想这个故事,蒙山不只山明水秀,景色迷人,而且人也好,像那位弈棋老者,不只棋艺高强,而且心地善良。可惜陈毅已经作古，那位老者恐怕也早已去世了，下棋的地方不好找了。如他们都还健在，不又可以添一处名曰"下棋处"的文化景观吗？

（原载于《沂蒙生活报》，2002年8月24日）

灯 光

小时候，夜里娘纺线，点豆油灯。一个破碗放在矮板凳上，里面放少许豆油，灯捻子是棉花搓的，有麦秸粗细，像一条蚯蚓，蜷曲在碗底。挑一头耷拉在碗沿上，擦根火柴点着，顿时放亮。娘就在这微弱的灯光下摇动起纺线车来。有时我想看书，但灯光太弱，只好凑近，这就妨碍娘纺线。每逢这个时候，娘就停下纺线车子，轻轻地叹口气，让我看一会儿。等我睡了觉，她再纺。

后来，有了煤油（当时叫洋油），用煤油点灯，省多了，但煤油灯烟太大，一点着，红灯头上方直冒黑烟，一直蹿上屋顶。点的时间长了，满屋子黑烟，还有煤油气味。如果在灯附近做活或看书写作业，不出一个小时，鼻孔就被熏黑了。过了数年，有了罩子灯，但太贵，一般农户都用不起，而且罩子灯仍然不能全部消除黑烟，用不了几夜，罩子就被熏黑了。

改革开放初期，村子里扯来了高压线，村民们终于用上了电灯。电灯与油灯相比，既明亮又无污染，而且也方便。近几年，又有了节能灯。现在，每当夜幕降临，家家户户把电灯拽开，黑暗跑尽，处处明亮，想做什么做什么，方便极了。上了岁数的婶子大娘们无不感叹，说纺线时要是有这样的灯光该有多好！年轻人就笑，说现在都是机器纺纱，谁还稀罕你摇那纺线车……

刚安上电灯的时候，有的老汉把烟袋头子贴在电灯泡上，想烤着烟，但过了老大半天，也没有烤着，怒道："连烟都烤不着，要这破玩意儿干啥？"引得孩子们哈哈大笑，后来就当了笑话讲，说这可能就是电灯的一项不足之处了。

灯光是夜的眼睛,没有灯光的夜晚,就像一个人失了明。有了灯光,才有了光明,做事才看得清,行路才能看准方向。从油灯到电灯,是一个漫长的历史过程,我们终于走过来了。

(原载于《沂蒙生活报》,2002年11月30日)

浇 树

春天，栽了二十多棵白果树。没过多少日子，大部分的芽眼就都生动起来，很快放出了绿叶，娇小嫩亮，很令人喜爱。但有三棵，迟迟不发芽，实在令人担心。还能枯萎了？掐掐芽眼，绿意尚存。于是，一线希望又在心中幽幽升腾，就浇水，隔不几天，就浇一次。人们见我浇得这么勤，顿加讥笑，说我憨憨傻傻，有力气没处使了，神经可能出了毛病……

我说："树根需要水的滋养……"

有人笑道："不是已经死了吗？"

"那是假死，芽眼还绿着。"

"俺说你不信，你就浇吧！"

在人们的讥笑面前，我动摇了，心想有力气做点什么不好，瞎浇什么，没指望了。有位朋友来玩，我向他说了此事。他就说我心理上缺乏坚定的信念，虽然开初做对了，但一遇风吹草动就动摇，最可悲了。失败了，还可以从中获取经验教训，并不是白操心、白搭力气。如果不坚持呢？从此一瓢水也不浇了呢？绿意渐渐干枯，那一线希望就永远地消失了。我觉着朋友的话很有道理，就接着浇，一次，两次……起初，一周一次；后来，三天一次；再后来，两天一次；再后来，一天一次。

也可以说，功夫不负有心人吧！一段时间后，三棵树都放出了绿叶，那娇小的样子，可怜又可爱。它们在风中摇动着，好像在向你频频点头，招手致意。那飒飒之声，像是在说："谢谢，谢谢！"它们感谢我做什么？我该感谢它们，它们出现了，我的心情就愉快了。

有一邻居栽的白果树，也有好几棵没有发芽，我看了下，有的芽眼干枯了，我说这样的恐怕不行了；但有两棵的芽眼仍有绿意，我就建议他一天一浇水，有希望浇活。他当时是答应了，但后来我路过，没见他浇……我只有叹气！

三哥有病，很危险。我向侄子侄女说了这个道理，我说一定别间断了治疗，有一线希望，就有治愈的可能性。愿侄子侄女们能想通这个道理，能听我的这几句话。

（原载于《临沂广播电视报》，2005年8月2日）

家乡的银杏树

徐家庄距我们村不足十里，那里有一棵银杏树，占地一分多，很有名，兰山区人民政府在此立碑曰："2002年出版的《临沂地区志·林业卷》记载：临沂市枣沟头乡大姜庄村一株树龄630年、高40米的银杏，为山东省最高的树。"（1989年底资料）为此，兰山区人民政府于2001年3月14日将此银杏树公布为县级保护文物。关于此树有多粗，当地流传着一个故事，常说常新：有个盲人好奇，想知道此树到底有多粗，就亲临现场，把明杆子竖在树干上作为标记，伸开双臂去搂，一搂，两搂……有人跟他嬉戏，当他快搂到明杆子时，就往前挪一下。他边搂，别人边挪明杆子，一直搂到十八搂，累得他满头大汗，别人也就不挪明杆子了，他惊呼道："十八搂！"这就是从古至今，流传了几百年的"瞎子搂了十八搂"的故事。笔者于2009年8月3日亲临现场，用软尺测量，树围约7.8米。此树历经六百多年，仍枝叶茂密，四周树根隆起，如几十条龙蛇盘绕，很是壮观。能把一棵银杏树保护得如此之好，真是人间奇迹。

花园村的沭河岸边，有一株银杏树，树围约3米，也是数得着的古树名木。临沂市人民政府在树上砸了一个标牌，编号为A18。此树独立独站，树龄也不少于百年，生存下来实属不易。现在枝叶已不算茂盛，大概与周围环境有关：南临大河，东有建筑物，北面、西面是路。要想使此树枝繁叶茂、青春永驻，大概得采取些保护措施了。

青年路范村处，向南那条路的中心，矗立着一棵银杏树，树围约4米。真应该感谢筑路者，不但没有挖掉此树，还砌了石护栏。只是此树在以往受损过重，树皮去了半围，而且有烧痕，树枝子有些也被砍掉，现在的树貌已经很不乐观。怎样使其繁茂起来，实在令人发愁！也许，植物学家有招。

我曾在闫家屯完小就读过，也曾在那里教过几年书。完小设在一处古庙里，那里有一棵银杏树，当时枝叶繁茂，蔚为壮观。最近去看了一趟，树已经死了！问村人，他们说已经五六年了。树皮全没了，树枝也被砍去了几枝。我怀着痛惜之心，量了一下树围，仍有 1.8 米。

我们匡庄院村，曾经有过一座古庙。听老人讲，那里有好多银杏树，当时就有一搂多粗的了，后来几经兵祸，多数被砍杀了。到了 1958 年，就剩下一棵了，据说将近两搂粗。如果现在尚存，很像样子了。可惜，不肖子孙算计上它了，杀了做了他用，而且连树根也没有留下！如果有树根的话，在上边发出的新株，到现在也有一搂粗了。

薛家村距我们村一里，孟家村距我们村三里。前者还有银杏树四十多棵，后者也还有三十多棵。这两个村子的银杏树，就大多是根生的。1943 年，王洪九盘踞此地，他的 29 支队驻在孟家村，树木尽杀。薛家村为他的前沿阵地，为清除障碍物，树木尽杀，房屋推倒，整个村庄被夷为平地。然而，"野火烧不尽，春风吹又生"，被砍杀的银杏树又发出了新株，历经六七十年，现在已成参天大树，最粗者树围已有 1.8 米；而且出现了奇观，夫妻树，母子树，比比皆是：二株同样粗细，竞相生长，为夫妻树；一株主干挺出，旁生小者，或一株，或二株，为母子树；还有祖孙三代同丛的，尤其喜人。听村人讲，近利者也卖掉了一些，但大多数保存下来了。

为区区小利而毁树者，难道不令人作呕吗？但愿此后别再发生毁树事件！

向护树者致敬！

（原载于《沂蒙晚报》，2010 年 5 月 1 日）

游植物园

　　就见这边绿树林立,又见那边青草铺地,前面不远处,鲜花簇拥,红的、白的、紫的、黄的……五彩缤纷,姹紫嫣红,好看极了。小湖里,有游船在划动;树荫下,有情侣在私语;有歌声,不知是从什么地方传出来的,轻轻的低吟,满怀着浓浓的柔情;有读书声,是从一丛藤蔓下漏出来的;有垂钓者下钩,有围观者静心观看;有弈棋者,有练剑者……

　　从远处传来了一声鸟鸣,不一会儿,就有一群鸟飞过天空。有蜜蜂嗡嗡,来来回回,忙着采集花粉。

　　好一片绿地!大都市里辟这么一块植物园,真好。谁说的?我说的,我的同游人都这样说。擦肩而过的不认识者,尽喜形于色,其中就有喋喋不休者。说什么?可想而知吧。有黄头发,有蓝眼睛,叽里呱啦,还伴随着嘻嘻哈哈……

　　拍一张照吧!留个纪念,记下这美好而又珍贵的时刻。倚树微笑,拍一张;坐在绿草地上,拍一张;站在花丛中,拍一张……不能光拍个人照啊,来几张合影吧!但谁给帮忙呢?有位姑娘毛遂自荐,义务服务。给了她相机,众人就站在了一起,坐在了一起……

一位女生的抄录本

看了许多学生的抄录本,百分之九十的是流行歌曲。你能不深思一下这一现象吗?

偶见一女生的抄录本迥异,我很感惊愕,就问她:"你为啥只抄李清照的这首《无题》呢?她还有好多词作,写得情深意浓,含蓄动人……"

她脸色就涨红了,而且还渗出了好多的细汗珠子,喏嚅片刻,没有说出话来。

我又说,李清照是宋代婉约词派的杰出代表人物,她的文学成就主要在词而不在诗。

她笑了,笑得像一串小铃铛在风中摇晃。

"老师,俺觉着她这首诗好。你听:'生当做人杰,死亦为鬼雄。至今思项羽,不肯过江东。'多么豪迈啊,多么悲壮啊,多么有志气啊……"

她这啊啊的慨叹把我感动了,我觉着她说得很有道理。

再掀一页,是秋瑾的《鹧鸪天》……

她问我这一页怎么样。我不懂诗,更不懂词,无能力做评论,但基本知识还知道一些,就从教学的角度给她做了一些解说,并一再强调秋瑾是民主革命的英勇战士,她的词作无处不昂扬着一股革命激情,是很值得学习的。我表扬她能把这样的语句抄录在自己的本子上,老师见了,很感欣慰。

她听着,脸色红红的,没说什么。

"从哪里抄的?"我问。

"从俺妈的本子上抄来的。"

噢，我想起来了，她妈妈是位民办教师，1994年度的地级先进教师，这可能就应了那句"什么娘什么女"的俗语吧！

又过了些日子，再看她的抄录本，上面已经写着好几段居里夫人的名言：

"勤奋和聪明在一起，懒惰和愚蠢在一起。"

"人要有毅力，否则将一事无成。"

"我发现了镭，但不是创造了它，因此它不属于我个人，它是全人类的财富。"

……

我看着，想着，这个女孩子心性不凡，她的作文不算真好，但文通字顺，逻辑性特强；数理化各门功课都很出色，是全校令人瞩目的前几名中的佼佼者。如果说她抄录李清照和秋瑾的诗词是为了汲取精神力量的话，那么她抄录居里夫人的名言，就是在为自己树立奋斗目标了。

"这也是从你妈妈的本子上抄来的？"

"不！是俺随时搜集的。"她的两个腮帮上，又泛上来几圈女孩子害羞时惯有的红润。

初三毕业了，报考什么学校呢？她问我，我反问她："你自己的主意呢？"

"俺想报高中，可俺爸叫考小中专。"

"好，有志气，应该考高中奔大学，你爸的工作我去做。"

"多谢老师的支持！"她说着，笑着，跑走了。

在21世纪的女性天空中，我这位学生能不能成为一颗闪亮的星星呢？我将翘首以望。

播 种

春天,是播种的季节。

人们说,种瓜得瓜,种豆得豆。是吗?农民们说,是这样。

有人播种草籽,就有了一片绿茵。

有人播种花籽,就有了五颜六色。

有人爱大山,播种树籽,就有了满山青翠。

有人爱黄土,播种谷粒,就有了仓满囤尖。

有人热情,播种友谊,就有了朋友。

有人钟情,播种红豆,就收获了爱情。

有人执着,播种韧性,就得到了成功。

也有播种仇恨的,也有播种嫉妒的……他们得到了什么呢?大家都知道,无须赘述。

还有种福得祸的,也有种祸得福的。这两种情况很特别,不在生活的规律性之内,是跑出了轨道的一些怪异现象。种福得福,种祸得祸,才是绿色世界里钢打铁铸的规律,就像种瓜得瓜,种豆得豆一样。种什么,得什么!从前这样,现在这样,将来还这样。春天,是播种的季节。快下坡,把你准备好的优良品种,播进春阳暖过的湿土窝。

"咕咕,咕咕……"

布谷叫了,催你了。

晨　跑

启明星在向你微笑，明亮的星光饱蕴着无限的深情。夜幕渐渐收拢，晨曦像一束渐渐加强的光环，向你面前推进。

地面上铺着一层厚厚的霜雪子，特别是路旁的枯草叶子上，霜雪子更浓重，像老人的一头白发。

跑啊！迎着凛冽的寒风，踏着满地的浓霜，向前，向前！心跳骤然加快，呼吸顿时急促，几口恶气颠出，数口新鲜空气入肚，浑身的滋润感如丝如缕地游遍……终于出汗，脚步放慢。

路旁的塑料大棚边，停放着一辆机动三轮，车厢里放好了两个竹箅子编的方筐，里面可能已经装满了刚刚摘下来的黄瓜。时值新年新岁，一定可以卖个好价钱。是谁的呢？

不一会儿，从塑料大棚里钻出一个人来，头戴风帽，捂了半边脸，看不清是谁。

"喂，二叔！"

"哈哈，是敬重啊！"

敬重是我的本家侄子，他弄塑料大棚已经三年了。听说第一年打错了农药，糟蹋了很大一部分，几乎没有回来本钱；第二年又施重了化肥，烧了一部分，但仍然盈利。这是第三个年头了！听说黄瓜长势喜人，财神爷是该给他个好收成了。

"怎么样？"

"不瞒二叔说，行情喜人。昨天批发三元五，零售已经到了四元。"

"哈哈，那就好，那就好。"

不能多耽误，我催他走。他跨上车座，踩响油门，跑了。

走不多远，跟一位诨号叫心眼子包的老哥碰上了，他推着满满两篓子猪圈粪，弓着腰，像只老虾，一抖劲地往前拱，胶车轱辘颠颠地向前跑得好快，像匹撒欢儿的小马驹。他两个粗鼻孔里喷出来的热气形成了水雾，壮观极了。

"闲得筋疼了？"他嚷道。

我堵住了他的车子："歇会儿。"

俺俩就打开了嘴仗。

"你做点什么不好，疯跑什么？"

"你做点什么不好，单推这个……"我也不示弱，把话给他反驳回去。

他就给我解释，说早晨地里硬梆，车子好走。他说这样一举两得，既送了粪，又锻炼了身体。我就笑他："难怨人家都叫你心眼子包，果然怪会算计！"这回他不反驳了，那张开始出汗的大脸上，现出了坦然的笑。我也给他解释，说早晨跑跑，壮筋骨，爽精神……

"给你拉进地里去？"

"不用，地里挺硬……"

太阳已经露出她那固有的大红脸！乡村的道路上，自行车、机动三轮、摩托、汽车……一辆跟着一辆，鱼贯而去。

是的，大家都在晨跑——一日之计在于晨！

秋 天

秋天来了！人言秋高气爽，果然灵验。立秋那天，头午闷热，人人大汗淋漓，相见无不言热，一个个尾追着向河里跑……到了晚4点左右，一阵狂风刮来了凉爽，刮来了细雨。酷热气闷，一扫而空。第二天，即见到了蓝天白云，一派秋高气爽的景象。

秋天，是四季中的第三个季节，是籽粒饱满与否的决定性时期。春天美好，夏天热烈，秋天呢？秋天壮丽！何以壮丽？请看那一湖秋庄稼，无边无际，由春天的嫩绿到夏天的深绿，到了秋天，已经变成了青蓝。风一来，棵子在摇，叶子在飘，像潮水在涌动。庄稼棵子不再是嫩条，已经变得粗壮。穗子已经抽出，开始灌浆，籽粒正在形成……金秋的收获，满囤的金黄，已经指日可待！村人说，"立秋三日遍地红"，高粱熟了；沉甸甸的谷穗低了头，谷子熟了；豆叶黄了，豆子熟了；而地瓜、花生等晚秋作物都在奋力向成熟迈进。这是就北方而言。这个时候的南方，万山红遍，层林尽染，枫叶红了；晚稻和其他作物都在努力奔向成熟。漫山遍野的成熟，漫山遍野的厚重，漫山遍野的粮香，多么壮丽的金秋图画！可不可以这样说，春天是育苗的时期，夏天是生长秸秆的时期，而秋天是果实成熟的时期？由此可知，有了秋天的奋斗，才最终实现了果实的收获。如果丧失了秋天的奋斗，任何粗壮的秸秆，都将成为一根枯柴。有的可能还能收获几把秕谷，有的甚至连秕谷也得不到。

人生也分季节，壮年是人生的秋天。

青少年是长身体学知识的时期，有的获得了初步的成功。壮年时，身体长成了，知识和生活阅历都已相当丰富，成就事业的黄金季节到来了……这一切，与秋天的情景多么相似啊！有些人经过青少年时期的奋斗，到了壮年仍无倦意，马不停蹄，奋力向前，像秋天里满湖的庄稼棵棵子一样，为了成熟而奋发！可也有些人经过了少年时期的苦苦挣扎，青年时期的滚爬摔打，已经产生了腻烦心理，心灰了，意冷了。何不沿湖转转，看看那些被狂风暴雨击倒了的庄稼棵子，又从泥地里爬起来，挺直了腰杆，勃然奋发，还要收获几多圆实的谷粒呢？领悟了这种精神，人生的秋天里，也就有了奋发前行的方向和力量。不管你在少年时期如何聪慧，神童一般；也不管你在青年时期多么顽强奋发，骏马似的，只要你在壮年时期无了方向、无了气力，你都将功亏一篑。就如秋天的庄稼棵棵子一样，无了此时的继续奋发，所能得到的，仅只一根枯柴。奋发吧！只要你保持住秋庄稼的那种进取姿态，你的人生粮仓里，一定会装进圆实饱满的谷粒。

第四辑 说三道四

求人与求己

求人难！好多人这样慨叹。

求人既难，为何求之？盖因不求不行！一个人来到这个地球上，混个几十年乃至百多年，要遇到许多许多意料不到的事情，单靠个人的力量是不能解决的，于是就有了一个求人的问题。

说求人难，并不是说求任何人或者任何一次求人都难。也许，你求人就很容易！你与所求之人情深意厚，他又有能力助你一臂之力，于是所求之事便办得稳妥而又迅速，你与友人皆大欢喜，并相聚一桌，"把酒临风，其喜洋洋者矣"。有此求人易，无彼求人难吗？据世人估计，求人难的数量绝对大于求人易。

求人之难有四。

所求之人，对你并无帮助之意，你的到来被视为不速之客。痛快者断然拒绝，虽使你难堪，但毕竟脸红心跳几分钟，也就过去了。稍有心计者，给你捧过一杯热茶，再跟你说些模棱两可的话，使你迷茫之中，还能看到一线希望的亮光，满怀侥幸而去。当你钻了数日迷魂阵之后，才悟到了受愚弄的滋味，虽气愤但又无处发泄，只好叹息人情如纸。此难者之一。

所求之人，与你是莫逆之交，有肝胆相照之深情。然而他确实无能为力，爱莫能助，可得知你受此煎熬，又怎能隔岸观火，见死不救？于是东奔西走，求亲告友，弄得你急朋友也急，你忙朋友也忙。可是忙归忙，急归急，最终仍然徒劳无益。此难者之二。

所求之人，本人无能为力，必须再求他人，中间奔走，需要礼物，你却无力拿出。所求之人感到为难，操心费力不算，自己还得掏腰包，实在有点儿不情愿。事至此，搁浅。每人心里都结着疙瘩，撑得肚皮鼓胀难受。此难者之三。

你虽然不是什么大款，但手中也有几万，为做成一件事，就向所求之人赠送"红包"，可最终钱花光了，事也没有办成。这时，你感触颇深，心中犹如五味瓶破了底。此难者之四。

求人难，世人有所共识。

于是，有识之士大声疾呼：求人不如求己！这个口号提得很好，有警世醒世之效。

何以求己？

今天办不成的事，别急于厚着脸皮去求人，去坐那条冷板凳，去碰那张冷面孔！寻思一番，办成此事还缺什么，缺什么补什么，经过一番努力，条件满足了，再去办。此其一。

要早有算计，想达到个什么目标，想办成件什么事，早动手脚踏实地去干。虽然困难，但毕竟日见功效。这样吃些苦，也比备尝"求人之难"好受。此其二。

有些力所不及的事情，不要妄想。能爬上珠穆朗玛峰当然好，但自己本没有那样的体质，又何苦求人抬着去爬呢？此其三。

遇事多谋划，求个"绝处逢生"，也不是不可能，世间毕竟存在"山重水复疑无路，柳暗花明又一村"的机遇。此其四。

万事不求人，神仙可也，凡人则不成。皇帝都有求于人，刘备都曾"三顾臣于草庐之中"，何况平民百姓？但可以尽量少求人，少给别人带去麻烦。要想少求人，就必须多求己。多求己是少求人最可靠的保证，最坚实的基础。

（原载于《当代散文》，1994年5月）

一盘不该输的棋

有一次朋友下棋，我观战。

啪，啪，啪……二十步棋下去，朋友的"马"已经卧了槽，逼对方的"老头子"出宫，攻势非常猛烈。其他部位，朋友的人马也都处于有利位置，牵制得对方寸步难行。他的"车"只要往肋里一照，立即就构成了死局。他想跳开另一匹"马"，给"车"让开路，把对方将死，旁边也有人这样吆喝。但当他把"马"跳开时，对方猛喝一声："将！"嘀，完了！他的老将被"将"死了。

太遗憾了！不但他感到遗憾，我心里也很沮丧，所有支持朋友的人都感到很惋惜。朋友老半天没说话。

对方很高兴，喊道："险哪！"然后拍拍屁股跳起来……是那种得意忘形者的神态。

好几个人都说对方赢得勉强，更多的则是宽慰朋友。有人说，一招不慎输了满盘的棋，朋友摇头；有人说，大意失荆州，朋友也不同意……最后，朋友说是求胜心切，被胜利冲昏了头脑，才输了这盘棋，光想着制人家，忘了受制。朋友说，当前社会上流行着一种"急躁病"，栽树的，想一年就长成材；盖楼的，想一天就盖成大厦；做买卖的，想一下子就挣百万……很少有人再精雕细刻，铁杵磨针了。他说他受这种"急躁病"的传染，下棋也没了耐心。这次教训很深刻，应该铭刻肺腑。

朋友自我批评式的一席话说罢，大家都面面相觑，一时没了话语。

（原载于《临沂日报》，1999年5月2日）

喜欢诚实

诚实,是一种美德。

三国时代,东吴的鲁肃是个诚实的君子,尽管周瑜和诸葛亮之间矛盾重重,两人斗智斗勇,疑心都很重,但他们都很信任鲁肃。由于鲁肃从中穿针引线,孙、刘两家最终才结成联盟,取得了赤壁之战的伟大胜利。

取得人们的信任,并不是一件容易事,这其中的奥妙固然很多,但诚实待人却是最根本的一项。

诚实最基本的表现形式是说实话。有人两片薄薄的嘴唇很会说,能把死的说活,把老鼠药说成蜂蜜,但终究有被戳穿的一天,在铁的事实面前,还有什么诚实可言,叫人如何信任?

大家都知道"狼来了"的故事,那些善良的人们听到呼救声,是多么虔诚地前去救助啊!但是,他们受了愚弄,他们的心凉了。那个孩子由于不诚实而招致了灭顶之灾,谁能说不是罪有应得呢?

(原载于《临沂日报》,1999年6月13日)

大理归来话机织

　　大理，是白族同胞聚居的地方，行政官署叫"大理白族自治州"。勤劳勇敢的白族同胞在这块土地上繁衍生息，一代一代地挥洒汗水，创造了丰富多彩的地域文化。其中，机织布就是独具地域文化色彩的一种工艺品。一进入大理市区，不管商店还是个体小摊，到处都是机织布制品，各种服装，沙发罩，枕巾……五光十色，琳琅满目。一些学生书包特别引人注目，书包的式样并不别致，与常见的大同小异，但布料都是五颜六色的机织布，上面再绣上一些花纹图案，就别具一格了：有的绣着阿诗玛的头像和字样，有的绣着双双起舞的蝴蝶，还有的绣着大理城堡的图案和大理风光的字样……价钱虽然贵些，但游人都争相购买，我自己就买了四个，回来送给孩子，都很喜爱。

　　到一处商摊，见有机织布匹，我问多少钱一米，答曰："不卖。"再问："怎么不卖的？"回答说："自己加工衣服的。"又问："有卖的地方吗？"那人摇摇头说："不多，这类机织布现在很缺。"由此，我更加深了对这类机织布的印象。我想起了我们沂蒙山区民间，也曾经有过一种用木制织机织作的名曰"小土布"的机织布，印上一些猫蹄子小花，还有的印上牡丹、芍药……小时候，几乎家家都有，结婚用作被面或枕巾，是很雅致的。后来，化纤逐渐充斥市场，这种具有浓厚沂蒙山区地域文化色彩的工艺品自惭形秽，败下阵来。诚然，从"小土布"到化纤，是一次伟大的技术革命，但灭绝"小土布"的做法，并不是明智之举。化纤固然有化纤的优点，但"小土布"也不是没有自己的长处。人们的思想意识正在向"返璞归真"的方向发展，大理机织布的畅销，就是一个很好的例证。如果把我们沂蒙山区的"小土布"再搞起来,难道就不能占领市场的一角?果如其然,也给下岗职工的再就业开辟一条新路子。中国即将加入 WTO,我们能不能以此打入国际市场?

当然,"小土布"不应简单地复制,要"旧貌换新颜",在传统工艺的基础上,融进现代技术。笔者认为,如果这样做了,"小土布"一定能重放光彩。也许,沂蒙山人不热衷,而老外们却兴高采烈了,道理很简单,物以稀为贵嘛!

(原载于《临沂日报》,2000 年 3 月 25 日)

多姿多态说散文

散文写作不应囿于一种模式。散文反映生活的面无限广阔，不论从时间方面还是从空间方面考虑，它都应该是丰富多彩的，上下五千年，纵横数万里，从分子原子的微观世界，到高山大河乃至宇宙空间的宏观世界，无所不包。即是说，生活有多么丰富多彩，散文就应该有多么多姿多态。

可惜，人们往往偏执一端。

近年来，小桥流水多了，阴柔之美多了，娓娓动听多了，儿女情长多了……多了，好不好？好！但，山呼海啸少了，阳刚之美少了，大声疾呼少了，英雄壮举少了……少了，好不好？不好！我们既要小桥流水，也要山呼海啸；既要阴柔之美，也要阳刚之美；既要娓娓动听，也要大声疾呼；既要儿女情长，也要英雄壮举……从内容上讲，要丰富多彩，不应囿于小圈子，散文的笔端应深入社会生活的各个层面；从写作风格上讲，应多姿多态，既要山溪潺潺般的婉约，也要大江东去般的豪放，还要甘霖润物式的蕴藉、至亲至爱般的火热及手术刀一样犀利的战斗风格……

但，并不是说一个散文作家身上都应具备这些，有一专长就好。众人拾柴火焰高！你添一把干树枝，我送一抱山草，他找来几根禾秸……这火不就越烧越旺了吗？

当然，一个散文作家身上能体现多种创作风格就更好了。像鲁迅，冷峻、深沉，是他的散文总的基调，但他的杂文及《朝花夕拾》《野草》等所体现出的风格还是与其有很大不同：杂文多深刻的揭露和无情的批判；《朝花夕拾》多回忆，重寄托；《野草》重象征，善比喻……

我们的散文创作似乎走进了一条胡同，路太窄了。尽量拓宽好不好？当然好！

所以，散文创作还是要多姿多态。

（原载于《临沂日报》，2000年6月3日）

季 节

　　什么季节忙活什么活,都是一定的,不能随心所欲。你能在春天里就割麦吗?你能在夏天里窖萝卜吗?你能在秋天里拔棉花柴吗?你能在冬天里种小麦吗?不能!中国人根据几千年生产劳动的经验和气象观测研究的成果,创制了一套历法,就是现在通行的二十四节气。什么节气忙什么农事,都有明确规定,如"白露早,寒露迟,秋分种麦正当时""清明前后,种瓜种豆"……由此推论,人生有没有四季呢?我认为有。人们通常说人的一生分为少年、青年、壮年、老年四个阶段,好似就跟四季差不多。二十四节气的界限并不明确,至于什么年龄做什么事,虽然也没有明确规定,但大致也有些杠杠。活到老,学到老,83岁还学巧,是说学无止境,但83岁的老翁总不能与6岁的学龄儿童坐在一起学吧!这就是说,人生做事也有个季节性问题。

　　近来发现两位学生表现异常,好似在谈情说爱。我就把这两位学生找来,问问情况。还好,男生说了实话,说对那位女生有些那样的想法。我又问还能安心学习吧,男生说安不下心来了。我再问女生,虽百般引导,但她光哭,不说话。我无法正面说教了,就用打比方的话,说了有关季节的那些话。我说,你们不懂得春夏秋冬四季吗?现在是什么时候啊?毕业在即,中考在即,你们怎么能有闲心谈情说爱呢?这不是自我毁灭吗?这不是拿着自己的命运开玩笑吗?这不是拿着自己的前途糟蹋着玩吗?中学时代不是谈情说爱的季节,聪明的孩子应把这份刚刚萌芽的感情来个"冷处理",牢牢地深藏于内心最秘密的一个小小的角落里,等到谈情说爱的季节来临之际,再把"它"请出来暖热。为了进一步教育这两位学生,我把一位女学生给我的来信拿给他们看。在高二期间,有位男生向她表示爱意,她也不安了几天,但最终稳住了自己,没有向那位男生再露"笑脸"。1995年高考,她进入本科分数线,现在山东大学就读。最后,这两位学生都表示了很好的态度,愿意集中精力学习。我又把他们的位子调了一下。做老师的,永远期望自己的学生有出息,别把季节弄错了,做那些"冬天里背着喷雾器去灭虫"的蠢事。

也许有人会提出异议,说某某某中学时代恋爱也谈成了,大学也考上了。我不否认有这样的特殊情况,但这是极个别的现象。单就这个"个别"来讲,如果他不分心,成绩是否还会更好一些呢?有个朋友的女儿,1991年高考,差3分不够专科分数线,花了5000元。后来才知道,他女儿在高中学习期间谈成了恋爱。他生气地斥责女儿:"要不弄这些事,怎么多考不了这3分……"女儿红着脸,无言以对。无数铁的事实告诫我们:中学时代不是谈情说爱的季节!有出息的中学生,应该学好人生"气象学",认清季节,做事要四季分明。

(原载于《临沂日报》,1996年5月18日)

韩寒现象有害于中学生

韩寒是上海市的一名中学生，据说已出了两本作品集，写作是强项，理科成绩自然不佳，也不愿学，并且不愿进大学深造。

有人很欣赏韩寒，自然多是中学生。

但是，不要盲从！作为一个作家，要有各方面的知识，当然不需要很专业，但起码要懂。而中学阶段所学的，都是基础知识，如果连这点基础知识都学不到手，将来怎么会有大发展？前几年，有报载，某些高校选拔了一批数学尖子进行深造，但这些数学尖子的文科成绩并不佳，写一篇数学论文，语病百出，从而制约了他们的发展，不得不再补习文科。对中学生来说，不管将来学文还是学理，中学阶段的这个基础一定不可缺少。要想将来有所发展和造诣，不夯实这个基础是不行的，过早地舍弃一部分学业的做法，急功近利，偃苗助长，实在不可取。

我有一个亲戚，作文写得不错。他来找我，带来了几篇文章要我修改，并想发表作品。我对他说，喜爱创作很好，但不能把精力全用在这上面，更不能执迷，一定要摆正爱好文学的位置，要在全面发展的前提下进行文学创作，千万不能荒废了理科的学习。我告诉他，自己在高中阶段也有偏科现象，对理科功课的学习放松了，后来有了切肤之痛，但却晚了。

韩寒现象是什么？就是偏科现象。

有出息的中学生，不应偏科。

（原载于《沂蒙生活报》，2000年11月3日）

我心目中的好编辑

不薄名人，爱惜小草

这个题目好似与铁面无私有相同之处，其实有区别。我认为，名人和小草处于两个层面上，不能相提并论。名人的稿子在于厚重、深邃、开阔，具有某种指导意义；小草的稿子在于新颖、活泼、生动。从总体上看，名人的稿子高于小草的稿子，如果放在一起"铁面无私"，可能就把小草全封杀了。

有的编辑见了名人的稿子就眼亮，见了一般作者的稿子就打瞌睡，是否有病？

有些名人的稿子可能重复了过去，或者是粗制滥造之作，如果也作珠宝视之，那就煞风景了。小草的好稿子，堆积在无限的自由来稿之中，就像埋藏在沙堆里的金子，需要花费很大的劳动才能挖掘出来。有一百篇稿子，你看了九十九篇，筋疲力尽了，最后一篇你不看了，连前面的九十九篇一同归于垃圾堆。而这最后一篇，有可能就是你所要挖掘的金子。

有的编辑就不是这样，他能从无限的自由来稿中，发现一株亮绿的小草，一朵艳丽的红花。

当然不能薄名人，名人的重要稿子，一定要在显要的版面上刊出。

尊重原稿

有些稿子，除纠正了几个错别字外，原稿付印了，令人欣喜；但有时大删大改，砍掉了原稿的一半甚至三分之二，原稿的主旨也就荡然无存了。不是不可以改，编辑的权利和义务就是改。要是不允许改，要编辑干什么？但不能改得面目全非，成了另一篇稿子。可能为了照顾版面，不得不压缩，但这种削足适履般的压缩，效果往往难以见佳。

平易近人

有一位朋友，做某报总编，每次去都热情招待，细节不赘述。尽管工作忙，总要抽点时间聊聊。聊什么？尽多聊稿子，聊你稿子的得失，哪篇发了，优点何在；哪篇没发，缺点是啥。当然不能篇篇谈到，大概如此。但也有的编辑很傲慢，以居高临下的气势压你，你去见他，好似去行乞，他腔也不抬起来，三言两语，打发你走。忙是个原因，但不能回回都忙。编辑和作者之间，应该有个思想交流的渠道，而平易近人，可能就是这条渠道的挖掘机。

实话实说

跟一家刊物打交道十多年，一篇稿子也没有发出去。每年去跑几次，至少一次，什么效果也没有。有位编辑见面就哈哈哈，说你的稿子写得蛮不错了，挑不出什么大毛病，只是还差点火候。什么火候？他说这个不好说，要自己去悟。另有一位编辑见我又愚又傻，出于一种同情心吧，向我透了点风，我才明白了一二。我终生感谢这后一位编辑，他实话实说，很感动人的。

（原载于《沂蒙生活报》，2000年11月4日）

关于《赤兔之死》

有报道称，江苏一考生高考作文《赤兔之死》通篇用古白话写成，阅卷老师当场打了满分。后来，我找到这篇作文看了一遍，写得确实不错，但打满分似乎不妥。

我们国家有关语言文字方面的方针政策有明确规定，就口头语言来说，要求使用普通话；就书面语言来说，要求使用现代白话。以此而论，给一篇古白话作文打满分合适吗？当然，一个人或几个人使用古白话写作，也应该是允许的，但不能提倡，不能全盘肯定。如果提倡了，肯定了，那把现代白话文放在哪里？把国家有关语言文字方面的方针政策放在哪里？考生的一篇作文，如果平放在那里，也就是一篇作文而已，但经过媒体的炒作，就不仅仅是一篇作文了，它还与社会的方方面面产生了千丝万缕的联系。肯定它还是否定它，给高分还是给低分，加一分还是减一分，都会对后来者的学习方向产生深远的影响。试问，一篇优秀的古白话作文给满分，一篇优秀的现代白话作文给多少分？

媒体炒作，意在赞扬，赞扬即意味着号召人们学习。那么，我们应该抛弃现代白话，而去学习古白话吗？古白话有着过重的文言胎记，欠通俗易懂。五四运动的主要战斗任务之一，就是提倡白话文，反对文言文。古白话虽然不是文言，但也确实不是现代白话。我们已经使用了这么多年的现代白话，怎么一下子又热衷起古代白话来了呢？如果李大钊、陈独秀、鲁迅等五四战士地下有知，他们会同意这样做吗？

因此，笔者认为，给《赤兔之死》打满分欠妥，最多给59分足够了。

（原载于《沂蒙生活报》，2001年8月29日）

不休息

因住在乡下，对城里的事知之甚少。个把月进趟城，能遇到好多新鲜事，自然叫人眼界大开。

有一次，路过汽车站，有位中年妇女尾随着我呼喊："那位先生，那位先生……"

我一回头，站住了："做什么？"

"你休息吧？"

我一愣，反问道："你管我休息不休息干吗？"

那位妇女凑上来，我看她土里土气、瘦巴巴的，黄脸婆一个，四十多岁的样子，但说话很甜："你不累吗？跑大半天了吧，休息休息，舒坦舒坦，干什么都有精神……"

此时，我还蒙在鼓里。我问："你是学雷锋小组的？"

她笑了，说道："现在，谁还学雷锋？"

我仍茫然，问她："你不学雷锋，管我累不累干吗？休息不休息，与你何干？"我气哼哼地说完这些，扭头便走。

她仍不舍，又追上来，拽住了我的胳膊："很舒服的，也不贵，三十元……"

突然，我头顶如有五雷轰响，紧三步跑了。跑了二三十步，回头看，不见了她的身影，我松口气，脚步慢下来。很快又上来一位小姐，打扮得花枝招展，二十来岁的样子。她盯了我一眼，问道："住招待所吧？"我忙说不住，脚步又快了。有次到济南，从火车站出来，经过一条胡同，突然从一家门口出来一位中年妇女，拦住我问道："休息吧？"有了以往的经验，我忙说不休息，匆匆走了。

（原载于《沂蒙生活报》，2002 年 5 月 23 日）

人老心不老

　　几位老者见面，常有戏谑，调笑说逗，哈哈连声，你说我"人老心不老"，我说你"老有少心"，主要的用意是儿戏，说你老不正经，还有年轻人那样的花花肠子。有时，几个人坐在一起，议论某人有不轨之事，也用这两句话谈长论短、说三道四，自然都有斥责之意。这些场合，都取其贬义。实际上，如果舍去了这个贬义，取其中的积极意义，这两句话还是相当经典的。人老了，如果心也老了，不就完了吗？人老了，年岁既大，身体状况也每况愈下，但心志仍不衰老，这就能弥补年老体衰的缺陷。由于心志旺盛，很可能奋发有为，因而仍具备青春活力。这样的"人老心不老"、这样的"老有少心"，难道不值得赞扬吗？

　　曹操曰："烈士暮年，壮心不已。"表现了一位古代老人壮怀激烈的博大胸怀。他就是一个"人老心不老"者，一个"老有少心"者。如今，这样的老者更多。他们当中，有的身体仍强健，也有的病魔缠身，但都不服老，劳力者仍起早贪黑，劳心者仍呕心沥血。

　　邻村有一老者，满头白发了，每天早晨7点左右，就见他蹬一三轮，不慌不忙，从我的大门口经过。做什么去？他说到西乡收旧纸箱子。大概有二十多年了吧，风雨无阻。

　　朱老师，我的一位好朋友，热衷于象棋，是真正的一位情有独钟者，退休后，专事此道。他下棋入迷，见棋就摆，还研究棋谱，津津乐道于灯下，常至深夜；也访友拜师，虚心求教；常参加比赛，往往顾不了其他。去年，他到县上参赛，虽然没拿着名次，但并不灰心，听说今年还去……不但想拿着名次，还想捧回冠军奖杯，更想参加市级赛。

他开过刀,割去了脾脏,身体状况并不好,但他一意追求自己的所好,积极向上。由于精神好,他身体也来了强壮,走起路来健步如飞,跟小青年似的。

大家都知道王校长(王火先生)吧,他的长篇小说《战争和人》荣获第四届茅盾文学奖,是全国著名的作家。他已是年近八十的老人,而且视力不佳,但他仍笔耕不辍,不时有新作问世。他在沂蒙山区的朋友和学生,都为他的这种"人老心不老"的奋发精神所感动、所鼓舞、所教育。大家在一起的时候,谈论起王校长来,都很有一番感慨,灰心者重新扬起奋进的风帆,沉沦者再次站立起来,迈动前行的步履⋯⋯大家都说,王校长正在前方奋战,我们怎能怠慢?我很注意阅读报刊上发表的有关王校长的信息和他的新作,读罢,掩卷沉思,不禁心情激动,热血沸腾。我想,王校长不会不知道自己年事已高吧,但他却保持了年轻人所特有的那种奋发向上的心态,实在难得可贵,因此既受教育,也得鼓舞,还获启发。于是,我认真地剔除了自己身上的几多懒筋,又重新做起自己不曾做完的那些事情⋯⋯

(原载于《临沂广播电视报》,2002年11月26日)

车铃铛还需再响

当年,自行车的铃铛铮响。车检部门要求三点:行车证、铃铛、车闸,三者缺一不可。曾几何时,此三点无人问津了,车铃铛也就不响了。这好似是一种自然演变,机动车多了,自行车少了,车铃铛响与不响,无关紧要了。

仔细想来,这种铃铛不响的现象还有许多。

当年戴口罩,不仅是讲卫生的一种表现,也是一种美观,所以不仅医务人员戴,其他人也戴。曾几何时,路人不戴了,医务人员戴的也减少了,平常想买个口罩都无处买了。现在"非典"来了,这才又提倡起来,医务人员都戴起来了,但其他人还是不习惯。

冬春围围巾,一度时尚过,现在销声匿迹了,不管多么寒冷,人们也无此举了。

土杂肥长期为主要肥料,现在差不多都被弄到水沟里排掉了,农民一味崇尚化肥。

从前各类树木都栽,现在只栽杨树了。

凡此种种,不一而足。这种现象,说明了什么?

社会在前进,风俗也在渐变之中,这是一种不可抗拒的变动力,但变化的方向,需要大家把握。要坚持好的,改掉错的,不能把好的抛弃了,把坏的却培植起来。有句名言,大家可能没有忘记吧,有道是"剔除其封建性的糟粕,吸收其民主性的精华",我们应有这种心态。优良传统应发扬光大,坏习惯抛弃得越彻底越好。

还有一种"随大溜"的心态,也很值得探究。人家的铃铛响咱的也响,人家的不响了咱的也不响;人家戴口罩咱也戴口罩,人家不戴了咱也不戴了……不管死了谁,人家哭爹,竟然有人也随声附和!有人作歌曰:"不靠前,不靠后,螃蟹过河随大溜。"这种心态,合适吗?

　　为了不出或少出车祸,自行车的铃铛还是响起来好!戴口罩别再是一阵风,"非典"过后又不戴了。戴口罩是一种好的卫生习惯,没有"非典"了,戴戴也有利而无害。

　　　　　　　　(原载于《兰山区报》,2003年6月20日)

商城乎？水城乎？历史文化名城乎？

临沂到底应有一个什么样的城市文化名片？商城乎？水城乎？历史文化名城乎？

商城！有道理。水城！有道理。历史文化名城！有道理。都有道理，何为其核心？半斤八两吗？平分秋色吗？

临沂有个批发市场，发展势头很可观，其综合效益已连续10年位居全省第一，全国第三。据此，有人主张临沂应打商城的旗号。笔者认为，其理由不足。哪座城市不是商城？凡有人群的地方就有消费，有消费就有商业。可以说，商业遍地都是，不是某地所特有的。就是位居第一，称其为商城也显牵强。春城，唯其昆明；泉城，唯其济南……

世界著名的水城是威尼斯，据说处处水道，出门就坐船。我国哪座城市为水城，不明确。临沂已在沂河上建筑了一道橡胶坝，形成了大片水面，据说还将在祊河上建造几道橡胶坝，将其水拦蓄。这些举措，正在或将要造福于沂蒙人民。有了这些，临沂是否就是水城了呢？水城的标准是什么？朋友们在一起议论，都说没有水路航道，是难以称其为水城的。

目前有一个共识，临沂是一座历史文化古城，但不是名城。何也？古迹破坏得太严重，存留下来的不多。看看书本，临沂了不起；走走看看，不大见古老建筑。城门楼子荡然无存，沂州路北段曾有一截石头街，也被水泥覆盖了，连井水楼子也填平盖了楼房。西岳庙、城隍庙等早就拆得无影无踪了。汉墓竹简博物馆闻名于天下，但位置太闭塞，交通不便。唯有羲之公园在砚池街上，交通比较便利。也就是说，临沂的历史文化底蕴深厚，但作为名城还有很长一段路程，还需认真打造。

建议有关部门组织切实的论证，做整体规划，该恢复什么，该建造什么，要有统一部署，不要零打碎敲，更不要各自为政。

具体做法，笔者建议修建金雀银雀公园，纳汉墓竹简博物馆于其内，作为兵家文化的基地。羲之公园正在扩建，园内除弘扬书圣文化外，还应给历朝历代临沂的文人墨客一席之地，以此作为书圣文化的基地。在沂南建筑诸葛亮故居公园，在孝河处建造王祥庙……以这四处为基点，向全市辐射，兼以各处的庙宇、楼台、亭阁，形成历史文化体系。临沂的现代革命历史文化，其内容也极其丰富，华东烈士陵园早就闻名全国，孟良崮烈士纪念碑享誉中外，如能在沂河东岸选址建一处抗日战争纪念馆，以此三处为基点，向全市辐射，现代革命历史文化的轮廓也就有了。如果我们能做到这些，临沂历史文化名城的形象，也就会在人们的面前熠熠生辉。以后逐步拓展完善，临沂历史文化名城的辉煌之日，定然离世人不远了。

（原载于《临沂广播电视报》，2003年6月24日）

王祥精神和王览精神

《晋书》卷三十二《王祥、王览传》记载:"王祥……祖仁,青州刺史。父融,公府辟不就。祥性至孝,早丧亲,继母朱氏(现在的沂南某村人)不慈,数谮之,由是失爱于父。每使扫除牛下(打扫牛棚),祥愈恭谨。父母有病,衣不解带,汤药必亲尝。母(继母)常欲生鱼,时天寒冰冻,祥解衣将剖冰求之,冰忽自解,双鲤跃出,持之而归……"

这就是"王祥卧鱼"的故事,从晋代一直流传至今,经久不衰。

据《晋书》记载,王祥的继母是个狠毒刁滑的女人,曾十几次想害死王祥,但均未得逞。王览对亲生母亲这种没有人性的行为,看在眼里,恨在心里,不是暗中保护,就是据理相争。有一次,朱氏在王祥的稀粥碗里放上了毒药,当王祥正要喝时,王览见哥哥碗里有异样,就夺过来喝了近半碗,朱氏连忙夺下。这次王览险些丧命,但亲生儿子的这种行为,并未触及朱氏的丑恶灵魂,促使她良心发现,她仍我行我素。从此,小小的王览为了哥哥的安全,就倍加尽心保护,白天形影不离,夜晚同床共眠。兄弟俩相依为命,亲如手足。朱氏尽管贼心不死,但也无可奈何。这样年复一年,兄弟俩也就长大了。

王祥精神的精髓在于孝顺。现在不孝的人实在不难找,这就是颂扬王祥精神的现实意义。朱氏曾经想害死王祥,但王祥不予计较,当朱氏有病时,竟然卧鱼给她调养身体,何等的至孝!寒冬腊月卧鱼是有生命危险的,更显示出王祥孝心的真诚。铁石也会感动得开花吧?难怨惊动了上苍神灵,命"双鲤跃出"。

王览精神的内涵里并不缺乏孝顺,但其精髓不在这方面,而在捍卫正义、保护弱势这个层面上。王祥与王览是同父异母的兄弟,这种关系，最容易发生相煎之事，但王览一反常态，勇敢地站了出来，做了同父异母兄的保护神，这是多么高尚的道德行为！没有王览，或者王览跟生母一个鼻孔眼里出气，有十个王祥也死干净了，他怎么还能卧鱼？卧鱼是重孝之举，如果王祥是头功的话，王览也应得二功。因家庭内部错综复杂的矛盾（主要是为争夺家产），同父同母的亲兄弟姐妹之间反目成仇的事例，我们见得还少吗？但两千年前的王览却如此深明大义，没有助纣为虐，实在令人敬服。从这个层面上讲，王览精神的历史意义和现实意义，都可与日月同辉。

在一新建的广场上，立有王祥的石刻塑像，却没有王览的石刻塑像。游人至此，驻足观看，难免议论。看法当然不会完全一致，但多数人认为，说王祥不能不说到王览，立王祥不能不立王览……游人离开，不禁叹息，多有遗憾。

从诸葛亮挥泪斩马谡谈起

马谡失了街亭,触犯了军法,当斩!但诸葛亮为什么挥泪呢?众人说法不一。有人说街亭为军事咽喉要道,守住街亭,蜀军进可以长驱直入,退可以固守;街亭一失,把诸葛亮的全部军事部署都打乱了,使其陷入了非常被动的局面,诸葛亮因此而挥泪。也有人说,刘备白帝城托孤时,曾对诸葛亮说过:"朕观此人,言过其实,不可大用。"但诸葛亮却重用了马谡,以致铸成大错,辜负了先帝的一片苦心,因此而挥泪。还有人说,马谡并不是草包,诸葛亮在征服南诏诸国时,马谡曾有过一番"攻心为上,攻城为下;心战为上,兵战为下"的议论,诸葛亮非常赏识马谡的这一番议论,当时即叹曰:"幼常足知我肺腑也!"七擒七纵的具体行动,就是按照这个基本思路进行的。诸葛亮赏识马谡,痛惜马谡被杀,但不杀又不能正军法,不得已而为之,因此而挥泪。

笔者认为,第三种说法比较中肯。第一种说法,只能引起愤恨,引不出眼泪。第二种说法,只能引起悔恨、内疚,也不足以使诸葛亮挥泪。只有第三种说法,才能触伤诸葛亮的感情。在南征时,马谡的战略思想与诸葛亮的不谋而合。也许,当时诸葛亮虽有此念,但还不坚定,经马谡一番言辞,才坚定了信念,而且取得了极大的成功!诸葛亮能不从内心里喜欢马谡吗?应该说,马谡是诸葛亮的志同道合者。就是这样一个志同道合者,即刻就要由自己下令斩首,能不叫人流泪吗?

"攻心为上,攻城为下;心战为上,兵战为下。"这并不是马谡的创造,但他能认识到这一步,也是难得可贵的。马谡与诸葛亮的这次谈心,定下了征服南诏诸国的战略,奠定了七擒七纵的胜利基础。功矣,千载不灭!但他却失了街亭,掉了脑袋。看来,世人不可因功而自傲,仰仗着破鞋扎不着脚,有恃无恐,一意孤行。古时候是这样,当今大致也如此。因腐败罪而被查办的高级干部,已不是一个两个,最近读报,又见江西省副省长胡长清因贪污数百万赃款及其他罪行,被判处死刑,掉了脑袋。身为副省长的胡长清,能无功于革命吗?但他腐败了,"失了街亭",无法姑息,只能杀头。任何一部法典上,都没有写上过去有功者,今后怎么胡作非为都不追究啊!马谡如此,胡长清也如此,今后有如胡长清者,还得如此!过去的辉煌,只能说明辉煌的过去,绝对不能掩盖今日的腐败。谁"失了街亭"都难逃"当斩"的命运!如果不想掉脑袋,最可靠的办法,就是别"失街亭"。

再者,马谡对蜀汉、对诸葛亮都是忠心耿耿的。失街亭是他战略战术思想方面的错误所致,也是第一次,但有军令状,不杀不足以正军法,诸葛亮痛惜但又无法救他,只有挥泪作别。今天,反腐败的鼓点敲得如此之响,有些人却充耳不闻,有的知法犯法,有的执法犯法,查办、判刑、杀头之日,谁还挥泪呢?

交往的尴尬与无奈

有位朋友来诉说,他有位朋友,开初很投脾气,常在一起玩,但没有常人所说的那种礼尚往来,是人们经常赞美的君子之交淡如水,内心里却都激动不已,常觉情也浓浓,意也浓浓。有时朋友来找他,说一阵子话;有时他去朋友家,拉一阵子家常,兴尽归来,心里很透亮。碰着饭时也吃饭,有酒也喝两盅,都很随便,家里有什么菜就炒什么菜,从来没有特别讲究过。

不知从什么时候起,就有了礼尚往来,而且相当热烈。为了不叫对方觉着自己小气,就尽量多搁上点。往来了两年多,朋友不来了。不来就不来吧,再恢复以前的君子之交淡如水,但家人说不行,叫他再去一趟,如果以后朋友不理咱了,再算完不迟。他按家人所言而行,朋友没有再来,从此冷了下来。

一过就是两年,朋友又来了。既来之,则迎之,仍然热情如初。

过了一年多,又冷了,这回怎么办呢?

家人说:"还像上回一样,多去一趟,看他怎么做,别叫他搂着后腰……"

他就又去了一趟,以后朋友没有再来。

他说这朋友间的交往实在太累了,一如既往有多好呢?一直淡如水,或者一直礼尚往来……现在这样子,叫人心里疙疙瘩瘩的,很难受,既尴尬,又无奈,享受不到友谊的滋润,反倒增加了一份沉重的心理负担。

我问他都是怎么交往的,他说朋友送他20斤花生米,他送朋友50斤大米;他儿子结婚朋友送来100元喜礼,朋友的儿子结婚他送去了

120元喜礼……我说这就是你的不对了。他瞪大了两个眼珠子,惊呼道:"怎么?"我说你要搁上200元,他绝对不会跟你断来往。我说当今世界上,某些人的心完全被金钱包裹起来了,交往并不是为了友谊,而是当买卖做了。只挣20元钱,还得等两年,他当然不满意了。朋友就反驳我,说朋友满意了,他呢?我说他管你干什么,现在一部分人的思想就是这样的。

我们争论了半天,除了尴尬与无奈之外,就是一声不连一声地长吁短叹。

"还就是淡如水好!"朋友说。

"人们都在热烈交往,你淡如水,撑得了汹涌而至的说三道四吗……"

最终的结论是什么呢?还就是不好说。

"咱们之间淡如水行吧?"朋友问道。

我坦然回答:"那当然好。"

我们的这场谈话,终于有了结束语。

这时,孩子妈妈端上来两个菜,朋友立即义正词严:"刚才,我们不是说好了吗?"

"晌午了,我能叫你饿着肚子回去吗?淡如水,就是别搞那些繁琐的物质往来,别计较得失,要重友情……晌午了,连顿饭都不管,那可不叫淡如水。一顿饭,就是一杯水……"

此时,他的眼睛里有泪光在闪烁。

小丽出走

爱与生命同步，人类历史有多长，爱的历史就有多长。不！生命的历史有多长，爱的历史就有多长。一切生命，包括动物和植物，以及微生物，都有爱意存在，只不过人类的爱是有意识的，而其他生物的爱是本能的。

正因为人类的爱是有意识的，所以就更光辉灿烂、绚丽多彩，但其中不乏阴谋、欺骗和迫害，也不乏幼稚、盲目，甚至被拐被骗。

近日，村里人都在议论小丽跟一位温州人出走的故事！小丽去年高中毕业，没有考上大学，在一家民办塑料厂打工，跟一位温州人相爱了。爱的过程怎样，无人知详，大体情况，人们可凭自己的生活经验去推测。憨厚的老年人问："是不是睡了？"聪明的年轻人笑道："这个还用说吗？"小丽是抱养的孩子，养父养母四十来岁，没有生养，才把她从亲戚家抱来，疼得掌上明珠一般，指望她养老送终，没有想到会闹出这么一场。开初几天，父母急昏了头，像热锅里的蚂蚁一样，什么法都使了，任何消息也没打听着。妈妈哭了，爸爸也哭了，在漆黑的夜幕下，哭得满天上的星星都悲伤起来，流下了无尽的眼泪，凝成了遍地的露水。

私奔，是反对封建包办婚姻的壮举，那实在是万般无奈的办法。私奔者，勇敢者！实在该热情讴歌之。但时代变了，现在谁还在搞包办婚姻呢？即便有那么一个半个顽固分子，也撑不住舆论的谴责，几个回合下来，也就服气了。如果小丽爱的那个温州人确实可爱，跟父母商量一下，她的父母能不同意吗？何苦这个样子，叫父母哭哭啼啼！

爱从萌发到生长，到开花，到结果，是一个漫长的过程。小丽的爱情也不例外。但愿那个温州人是个善良者，几年后三口人回来探亲，父母就来不及哭了，只能流着眼泪笑了。如若那个温州人是个玩弄女性的老手，或者是个人贩子，或者是个遇一个爱一个的花花公子……那小丽的爱情还有归路吗？

有道是，哪个少女不怀春，哪个少男不爱人？爱在少女少男心中骚动，自然而又自然，稍有良知的人，就不会说三道四，但人是有思想意识的高级动物，很会做戏给人看。恋爱中的男女，往往会竭力展示自己的长处，而尽量遮掩自己的短处，没有相当长一段时间的观察，是不易看清庐山真面目的。只凭一时的冲动，就慷慨激昂，就海誓山盟，就私奔……这样行吗？你如果遇到了牛郎、许仙、梁山伯那样的钟情男子，把爱献给他，甚至上了床，确实也值得。你如果遇到的是一位李甲式的伪君子，跟他风餐露宿，千里跋涉，最后被抛弃，何苦来着？但愿小丽跟的那个温州人不是李甲式的人物，而是一个理想中的钟情男子。

总之，不应私奔！一条路也没有了，才走私奔之路。现在还有一万条路可走，为何去私奔呢？别的不说，光小丽父母日甚一日的哭泣怎么办？小丽，你在哪里？父母含辛茹苦把你拉扯大，你就这样"报答"他们吗？总可以来封信吧！来一封信，你的父母也就平息了焦虑，不哭泣了，也算你尽了一份孝心。

结义三兄弟

刘备说，我哭的本领特强，一哭地就动，山准摇，效应非常明显。

关羽说，我的青龙偃月刀，砍谁谁死！

张飞说，我的丈八蛇矛，刺谁谁亡！

有人质疑，问刘备，陆逊火烧连营时，怎么没有把火哭灭呢？又问关羽，夜走麦城时，你的青龙偃月刀哪里去了？最后问张飞，自己的脑袋怎么叫部下割下来了？

结义三兄弟哑口无言！刘备的脸更白了，关羽的脸更红了，张飞的脸更黑了……

教学论文汇编

小议介词词组

一

　　初中阶段的语文知识短文，散见于各册语文课本当中。这种编排法，有一定的科学性和实用性，但个别地方也出现了脱节现象，关于介词词组无专章讲述，就是其中一例。

　　介词词组在句子中的存在量较大，据不完全统计，《一件小事》，一篇千字小说，就有 23 个介词词组，再加上方位词组，以及表示时间的名词性词语，总共不下 30 之多。不光记叙文是这样，说明文、议论文也是这样。一篇《向沙漠进军》，竟有介词词组 60 多个；一篇《纪念白求恩》，也有 30 多个。由于介词词组存在量大，所以回避起来也困难。讲课举例、学生质疑都会碰到，试卷中也时有发现。初中生划分简单的句子成分尚可，一旦出现介词词组，就眼花缭乱，无所适从。一次期中考试，曾出过这样一道题，让学生划分句子成分：

　　我走到窗户前打开窗户。

　　两个班，全做对的不超过十个人。差错全出在"到窗户前"这个介词词组上。大多数学生把两个"窗户"都当宾语处理，对"到"和"前"则舍掉不予理睬。后来，大家都说，介词词组是个"小调皮"，它一出现，就把人搞得昏头晕脑。针对这个问题，我拿出了一堂课的时间，专讲介词词组，然后布置了 10 个带介词词组的句子，让他们分析，学生们反映说，认清了介词词组，其他成分就一目了然了。

二

　　要想从句子中找出介词词组，并确定它在句子中的地位，首先要解决识别问题；要想识别，必须找出特征。介词词组是由介词、名词或者名词性词语共同构成的一类词组，根据它的构造特点，可以分为两类，如用通俗的比喻方式，可以看作：（一）戴帽赤脚式。这类介词词组，是由介词和名词构成的。其帽，是介词本身；其中心词，是名词；无鞋，即赤脚。例如："在阅览室""对人民""通过调查"等等。（二）戴帽穿鞋式。这类介词词组，是由介词、名词、方位词构成的。其帽，是介词本身；其中心词，是名词；其鞋，是方位词。例如："在桌子上""从外套袋里""向车前"等等。

　　解决了识别问题，再分析它在句子中的地位。划分句子成分的传统做法，是"先主干，后枝蔓"，即"先找主、谓、宾，后找定、状、补"。应当说，这个传统的分析法，是合乎人们的思维规律的，应用起来也方便，对于没有介词词组的句子来说，尤其如此。对于存在介词词组的句子，我认为应当增加一道工序：即第一道工序是清理介词词组，第二道工序是找主、谓、宾，第三道工序是找定、状、补。介词词组"混"在句子中，容易障人眼目，一经清理，立即就会出现"水落石出"的佳境，其他各项成分也就容易划分了。

　　介词词组主要做状语、补语，有时也可以做定语。做状语，分两种情况：

　　（一）用在谓语动词前，例如：

　　它和那海面上的银光［在我们面前］揭开了海的神秘。（《听潮》）

　　（二）用在句首，表示时间或地点，例如：

　　［在汉江北岸］，我遇到一个青年战士。（《谁是最可爱的人》）

[到这边时]，我赶紧去搀他。(《背影》)

做补语时，用在动词谓语的后边。例如：

他们可以坐〈在挺豁亮的屋子里〉……(《谁是最可爱的人》)

如果把上面两种情况概括一下，即：介词词组在谓语前、句首做状语，在谓语后做补语。
做定语时，后面要加"的"，容易识别，在此就不再多说了。
为了便于理解，再举几个例句，加以说明。

①这[对于一班见异思迁的人]，[对于一班鄙薄技术工作以为不足道、以为无出路的人]，[也]是(一个)(极好)的教训。(《纪念白求恩》)
②[到距离防护林等于林木二十倍的地方]，风[又]恢复(原来)的速度。(《向沙漠进军》)
③卢沟桥[在我国人民反抗日本帝国主义侵略的历史上]，[也]是值得纪念的。(《中国石拱桥》)
④[在汉江南岸阻击敌人日子的里]，[有一天]，他[从阵地上]下来做饭。(《谁是最可爱的人》)
⑤(几个)(大)雨点砸〈在祥子的背上〉。(《在烈日和暴雨下》)

三

从实践看，我主张在讲知识短文《复杂的单句》之前，设一节语文知识课，课题可为《介词词组及其他》，主要讲介词词组，兼顾方位组和表示时间的名词，因为方位词组与介词词组的作用相似，而表示时间的名词放在句首做状语，也和介词词组的作用相似。只要讲透了这个问题，就可以克服介词词组"混"在句子中障人眼目的困难，初中生们也就不会望而生畏了。

另外,介词词组结构特殊,作用比较单纯,在分析句子成分的时候,可以不分析它的内部结构,这就使它某种程度上带上了固定词组的色彩,但现有的语法著作似乎对这一点强调不够,有些语法著作把介词词组放在"还有"的位置上,实在令人感到不平。我认为,应该把介词词组提到一个特殊的位置上进行讨论,特别是在各类学校的教材中。

(原载于《沂蒙教育》,1988年第1期)

与中学生谈"的"字

提起"的"字,大家一定很熟悉。可能有人会说:"你说的那个白勺'的'呀?是个虚词,没有实际意义。更准确一点儿说,是个结构助词。哼,谁还不知道这个!"

说得对,但是这种轻视"的"的态度可就不对了。别看它是个虚词,用处可比一些实词还大呢!也许有的同学说我有意唬人,也许有的同学还说我"瞎吹"呢。

这既不是唬人,更不是"瞎吹"!让我们拿事实来说话吧。

首先,"的"字的使用量大。《一件小事》,共875字,其中"的"字25个,占2.86%;《春》,共632字,其中"的"字40个,占6.33%;《小橘灯》,共1397字,其中"的"字53个,占3.8%。

"的"字的使用量一般在3%左右,《春》则高达6.33%,这是任何词语都无法比拟的。

第二,"的"字的用法是多样的,作用是神奇的。

它是定语的标志,把它放在词或短语之间,表示修饰关系,这是它的基本用法。但它不甘寂寞,性情相当活泼,有时候还跑到实词群中玩耍。长期接触,它与实词建立了深厚的友谊,有时"乔装打扮"一番,竟然成了名词家族中的成员,这便是"的"字短语,像走路的、写字的、白的、黑的,等等。如果你把"红的像火,粉的像霞,白的像雪"中的"的"字当作结构助词,那可就错了。

"的"字也常出现在句末。出现在句末的"的"字,词性比较复杂,一般来说有四种情况:其一,"的"字短语;其二,比况短语;其三,定语后置;其四,语气词。怎样鉴别这四种情况呢?这就必须结合具体语境，分析研究，揣摩体会。能代表名词的，就是"的"字短语；而"像……似的"这种格式，是比况短语；有时候为了把长句化为短句，往往把定语后置，像"春天像小姑娘，花枝招展的，笑着，走着"，本来是"春天像花枝招展的小姑娘，笑着，走着"，这种情况容易与"的"字短语相混，要注意分析。除去以上三种情况，那就是语气词了，像"散在草丛里像眼睛，像星星，还眨呀眨的"，这个"的"字，就是语气词。

"的"字的功能，不仅表现在语法方面，有时候它还能改变短语的性质，请它来与不请它来，情况迥然不同。请看这样两个短语：

①我做作业
②我做的作业

①是一个主谓短语；②成了一个偏正关系的名词短语。

除此以外，它还有加强语气、增强表意效果的作用。像"我的很重的心忽而轻松了，身体也似乎舒展到说不出的大"，不用第一个"的"字，语法方面没有什么差错，但表意功能就差多了；用了这个"的"字，读时在此一顿，就把那"很重"的意味托出来了。这句话的第三个"的"字同样有这样的表意功能，把"大"的意味突出出来了。

说到这里，你还小觑"的"字吗？

（原载于《中学生学习月刊》，1994 年第 7-8 期）

从《一件珍贵的衬衫》谈开去

——试论三段式之一

一棵树,分根、茎、叶三部分;一艘轮船,分船头、船身、船尾,也是三部分……世间万事万物都是这样,文章呢?

当我们学习了《一件珍贵的衬衫》后,知道它的结构是这样的:开头部分(第一个自然段)说他家里珍藏着一件白色的确良衬衫,"每当我捧起它,就不由得回想起那激动人心的往事",从而引起了下文;中间部分详述了这件珍贵的衬衫的来历;结尾部分(最末一自然段)谈激动之情,叙难忘之谊,与开头呼应,点明题旨,结束全文。显而易见,这篇记叙文全文分三大部分:开头部分用倒叙手法开篇,起总领全文的作用;中间部分是本文的主体;结尾部分呼应前文,起收束全文的作用。凡是用倒叙手法写成的小说或回忆性散文,像《老山界》《同志的信任》《我的老师》《小橘灯》《社戏》《一件小事》《背影》《记一辆纺车》《回忆我的母亲》《藤野先生》等等,都具备这样的结构特点。

当我们学习了《故乡》这篇小说后,就觉着这篇小说的开头和结尾与《一件珍贵的衬衫》的开头和结尾存在着明显的不同:它的开头部分(从开头到"搬家到我谋生的异地去")通过景物描写,渲染气氛,"我"触景生情,通过议论,说出自己"本没有好心情"和搬家的情由,为下文的展开准备了条件;结尾部分(从"我们的船向前走"到结尾)再度议论,深化主题,结束全文。它与《一件珍贵的衬衫》最明显的区别是:不用倒叙手法,以议论开篇,以议论收尾,但在结构上仍然是三大部分。像《人民的勤务员》《挖野菜》《谁是最可爱的人》《听潮》等,都属于这种情况。

由此可见，文章的结构形式也和世间的万事万物的组成一样，分头、身、尾三部分，我们称这种结构形式为三段式。

记叙文中具备三段式结构特点的典型篇章是《谁是最可爱的人》。

从全文看，是三段式。开头部分（头三个自然段）以议论下笔，提出"我们的部队，我们的战士，我感到他们是最可爱的人"。接着以设问的方式，深入议论，指出"这是由于他跟我们的战士接触太少，还没有了解到我们的战士的缘故"，从而引起下文。中间部分是由各自独立的三个小故事组成，其结构方式为砖块式。最后两个自然段，是全篇的结尾部分，再次通过议论，赞扬中国人民志愿军"确实是我们最可爱的人"，与开头遥相呼应，结束全文。

中间部分的三个小故事，其结构形式也都是三段式。第一个故事，松骨峰战斗。开头部分是一个独句段："让我还是说一段故事吧。"结尾部分是第八自然段，以三个排比反问句议论作结。中间部分详述了这次战斗的经过。第二个故事，志愿军战士马玉祥救朝鲜女孩。第九自然段以议论引起下文，为开头部分；结尾部分为第十二自然段，使用两个反问句议论作结。第三个故事（第十三自然段）虽然只有一个自然段，但内部结构仍然是一个三段式：前两句为开头部分，从"有一次"到结尾为中间部分，叙述这件事的详细经过，结尾没有再加议论，可视为省略结尾的省略式。

全篇结构谨严，无处不体现三段式的结构特点。这篇文章是我们认识三段式结构形式的典型篇章，只要把这篇文章的结构状况分析透彻了，三段式这种结构形式的特点基本上也就可以掌握了。

不仅记叙文是这样，抒情散文、说明文和议论文的结构形式多数也是这样，但这并不等于说文章的结构形式是僵化的、一成不变的，像八股文那样。文章的结构形式应该是富于变化的，多姿多态的，但大的框架、基本形式，又是不能改变的。

"万变"大都"不离其宗"——三段式。

（原载于《中学生报》，1994年11月7日）

抒情散文的三段式结构形式
——试论三段式之二

有些抒情散文，也采用三段式的结构形式布局谋篇。

像《春》，前两个自然段用拟人的手法总写春回大地、万物复苏的情态；中间部分从五个方面颂春：写草，写花，写风，写雨，写迎春；最后三个自然段为结尾部分，从"新""艳美""充满活力"等方面总括全文。《济南的冬天》也是这样：第一自然段为开头部分，总述济南"温晴"的天气特点；中间部分描绘了三幅图画——第一幅为阳光下的济南全景，第二幅为雪后山景的秀美，第三幅为济南冬天的水景；结尾部分，一语作结。《野景偶拾》同样如此：前两个自然段为开头部分；中间部分（第三到第七自然段）写溪流，写小路，写登山，写高粱，写落日，写霞光，写河流，写公路，写山顶鸟瞰；结尾部分，也是一语作结。

这就是说，采用三段式结构形式的抒情散文，一般都具备这样的特点：开头部分引出赞美对象；结尾部分总括全文，照应开头；中间部分从不同的方面（或角度）写景抒情。

第四册中的几篇抒情散文，其结构形式也是这样的。《白杨礼赞》的第一自然段为开头部分，最末一自然段为结尾部分。开头说："白杨树实在是不平凡的，我赞美白杨树！"结尾说："我要高声赞美白杨树！"照应性何等强烈！中间部分从形象、精神、象征意义三个方面抒发对白杨树的赞美之情。《井冈翠竹》和《茶花赋》等，也是这样。

（原载于《中学生报》，1994 年 11 月 21 日）

"总—分—总"的结构形式
——试论三段式之三

记叙文一般不以"总—分—总"的方式组织材料,结构文章,某些抒情散文有这方面的表现,而这方面表现特别突出的当属说明文。

有一部分介绍建筑物(或建筑群)的说明文,均以"总—分—总"的方式组织材料,结构文章。从整体上看,形成三大段,像《故宫博物院》就是这样的。从全文看,是一个大的三段式:第一自然段为开头部分,概括说明故宫的称属、历史及现状;最末三自然段为结尾部分,补叙了故宫的兴衰历史和文物价值,与开头相呼应;第二自然段到第二十一自然段为中间部分,是本文的主体,介绍了故宫博物院的历史、现状、规模、布局特点,是分写。其中,又可把中间部分视为一个小的"总—分—总"的结构形式,开头部分是第二自然段,总写紫禁城,概括了故宫的建筑艺术传统及独特风格;结尾部分是第二十一自然段,回望紫禁城,以鸟瞰的方式,勾勒其整体形象,这都是总写;中间部分(第三到第二十自然段)分写了三大殿、后三宫、养心殿、御花园等。

初中语文课本中,还有几篇说明建筑物(或建筑群)的说明文,像《人民英雄永垂不朽》《苏州园林》《中国石拱桥》《雄伟的人民大会堂》《巍巍中山陵》《晋祠》等。它们的共同特点是:开头部分总说概况,中间部分说特点,结尾部分再总结,形成三段式。

除了说明建筑物(或建筑群)的说明文以外,其他说明文(有的解答一个问题,有的说明一类事物,有的介绍一种方法,等等)大部分也具备三段式的结构形式,像《看云识天气》《奇特的激光》《春蚕到死丝方尽》《食物从何处来》《统筹方法》《石油的用途》《读书四法》《庄稼的朋友和敌人》《珊瑚岛》《洲际导弹自述》《花儿为什么这样红》《月亮——地球的妻子、姐妹、还是女儿》《美洲"彩蝶王"》《听觉的作用》等等。这一部分说明文,开头部分"总"的色彩有的浓重,像《庄稼的朋友和敌人》,第一自然段一句话总提:"庄稼有许多朋友和敌人。"也有的"总"的色彩不那么鲜明,像《石油的用途》,第一、二自然段为开头部分,只是引出说明对象:"这种东西就是石油。"但从结构方面考虑,它仍起"总领"全文的作用。结尾部分"总"的色彩也有差异:有的鲜明,有的重点不在于"总",而是从另一些角度(或指明发展前景,或说明其局限性,或讲解其作用,等等)做一些补充。中间部分"分"的色彩却都是鲜明的:如果解答一个问题,则从几个方面解说,像《花儿为什么这样红》;如果说明一种事物,则从种类、性能、制造方法、用途诸方面说明,像《奇特的激光》;如果介绍一种方法,则从定义、内容、应用范围等方面介绍,像《统筹方法》。

(原载于《中学生报》,1994年12月5日)

三段式在议论文中的表现
——试论三段式之四

"引论—本论—结论",是议论文的基本结构形式。这种结构形式,是再明显不过的三段式了。由于开头部分和结尾部分的某些差异,又可分为两种类型:其一,"提出论点—论证论点—归纳总结"型;其二,"提出问题—分析问题—解决问题"型。前者开头部分明确地提出论点,结尾部分归纳总结的色彩也是很鲜明的。后者开头部分问题是提出来了,但不一定出现论点,结尾部分或指明解决问题的办法,或发出号召,或提出希望,一般具备"解决问题"的成分。

像《谈骨气》,开头第一句话就明确论点:"我们中国人是有骨气的。"然后引用孟子的话,解释骨气的含义,从而引出论证部分,这是引论部分。中间部分(第五到第九自然段),依次列举三个事例(文天祥兵败被俘,慷慨就义;不食嗟来之食;闻一多横眉冷对国民党的手枪,宁死不屈),分别从"富贵不能淫""贫贱不能移""威武不能屈"的角度论证了论点,是本论部分。结尾部分总结全文,指出无产阶级骨气的具体表现,号召我们克服困难,奋勇前进。很明显,《谈骨气》属于"提出论点—论证论点—归纳总结"型。

像《想和做》,前五个自然段通过摆事实、作分析,提出了问题,是引论部分。这一部分虽然也明确了论点,但不直接,不像《谈骨气》那么简洁明快,而是转了好几个弯子才提出来。中间部分(第六到第八自然段)从正反两面分析问题,是本论部分。最末一自然段是结论部分,指出解决问题的办法,就是"应该抽点工夫想一想"。像《见大而忘小》,开头部分虽然提出了问题,但中心论点没有出现,其中心论点——无产阶级的革命者,从来就是"见大而忘小"的人——是在中间部分出现的。中心论点出现在结论部分,也不乏其例,像《论"基本属实"》就是如此。这是"提出问题—分析问题—解决问题"型的三种情况。

总之,议论文的结构形式是三段式,具体到某一篇文章,又各具特色。也就是说,议论文的内部结构情况是多姿多态的,应当针对具体篇章做具体分析,不要把问题看死了。

(原载于《中学生报》,1994年12月19日)

省略式、添加式、复合式

——试论三段式之五

前文已经说过,三段式不是僵化的、一成不变的。由于运用得灵活,出现了好多生动活泼的结构形式,使人赏心悦目。省略式、添加式、复合式等,就是这种变化的具体表现。

三段式有时省略开头,有时省略结尾,可称省略式。像《一面》,就省略了开头,《任弼时同志二三事》则省略了结尾;《从甲骨文到口袋图书馆》省略了开头,《松鼠》则省略了结尾;《纪念白求恩》也省略了开头,《怀疑和学问》则省略了结尾。

《松树的风格》的第一自然段,从结构上讲,是一点"题前说明",或曰"小序"。从第二自然段开始,才是本题。全文的结构是这样的:第二自然段为开头部分,引出赞美对象;中间部分(第三到第八自然段)从多方面赞扬松树的风格;结尾部分写象征意义。我们把这种结构形式叫添加式。这种形式现代文有,古文也有,像《岳阳楼记》,其第一自然段也是"题前说明"。

复合式,分两种情况:

(一)像《谁是最可爱的人》和《故宫博物院》,大的三段式中包含着小的三段式。这两篇文章的结构前文已有分析,在此不再赘述。

(二)像《"友邦惊诧"论》,全文由正文和后记两部分组成。正文是一个完整的三段式:开头竖"靶子",中间批驳,结尾归纳。后记虽然没有分自然段,但就其内容分析,仍可分为两个层次:树立"靶子"和批驳。这是一个省略式(省略结尾部分)。因此,全文是两个三段式的复合体。

(原载于《中学生报》,1995年1月2日)

修辞三题

叠 音

词语中的音节重叠,称叠音,古人称"重言""复字"。其主要修辞功能是增强语言的表意力度,加大复数意识,增强语言的形象性和音乐美,具有强烈的描绘作用。但不同的词语,其重叠方式又不尽相同,其重叠的修辞功能也有所差异。

名词一般不能重叠,但也有例外,如"风风雨雨""山山水水""坑坑洼洼""枝枝叶叶"等。这些名词与一般名词不一样,重叠后具备描绘作用,有点形容词的意味。

动词一般都能重叠,其主要重叠方式有两种:AA 式,如"敲敲""按按";ABAB 式,如"活动活动""讨论讨论"。其次,还有 A 一 A 式,如"想一想";AABB 式,如"来来往往"。动词还能用肯定否定相叠的方式表示疑问,也有两种方式:A 不 A 式,如"走不走";AB 不 AB 式,如"开会不开会""完成没完成"。动词重叠后的主要修辞功能是表示动作时间的短暂,有尝试之意,还能表示动作的次数之多,即复数意识。

形容词一般也都能重叠,其主要重叠方式有三种:AA 式,如"亮亮""快快";AABB 式,如"急急忙忙""清清楚楚";ABAB 式,如"蔚蓝蔚蓝""漆黑漆黑"。其次,还有 A 里 AB 式,如"糊里糊涂";ABB 式,如"绿油油"。形容词也能用肯定否定相叠的方式表示疑问,其方式有二:A 不 A 式,如"高不高";AB 不 AB 式,如"清楚不清楚"。形容词重叠后,一般表示程度加深,有的还带有喜爱、亲切的感情色彩,如"鲜嫩鲜嫩的韭菜黄儿"。

有一部分表示"严肃、庄重"意义的形容词，一般不能重叠，不能将"严肃"重叠成"严肃严肃"或"严严肃肃"，理由是这样一重叠，不但收不到"程度加深"的效果，反而冲淡了其原有的色彩，变"严肃"为"不严肃"了。最近翻阅一份杂志，见到这样一个句子："鱼塘周围的芦苇挺挺拔拔……"笔者认为，"挺拔"不能重叠，"挺拔"是与"伟丈夫"的气质联系在一起的，重叠了，不但不能加强这种严肃性，反而给人一种轻佻之感，冲淡了它原有的感情色彩。

量词的重叠方式主要是AA式，如"天天""次次"；也有ABAB式，但数量不多，如"日日夜夜""千千万万"。数量词有时也以重叠方式出现，其方式有两种：ABAB式，如"一排一排"；ABB式，如"一排排"。量词和数量词重叠的主要作用是增强复数意识。

恰当地使用重叠词语，能使文章生色，这是确定无疑的，但要使用自然，不能强拉硬扯，当用即用，不当用千万不能勉强。不要自造不合乎语言习惯的重叠式；能重叠的可以重叠，不能重叠的不要硬逼着使其重叠，不然，弄巧成拙，可能会闹出笑话来。

前　置

句子的三种主要成分的排列顺序一般是：主、谓、宾。有时候，为了强调谓语或宾语，把谓语提到主语之前，或者把宾语提到主语和谓语之前，这种句子成分的位置变化现象叫前置。

请看下面几个例句：

①起来，饥寒交迫的奴隶！（《国际歌》）
② Ade，我的蟋蟀们！ Ade，我的覆盆子们和木莲们！（《从百草园到三味书屋》）
③怎么了，你？（《荷花淀》）
④沾衣欲湿杏花雨，吹面不寒杨柳风。（志南：《绝句·古木阴

中系短蓬》)

⑤ "雷峰夕照"的真景我也见过，并不见佳，我以为。(《论雷峰塔的倒掉》)

⑥这个，我很熟悉。(《二六七号牢房》)

⑦单调，有一点儿吧？(《白杨礼赞》)

⑧旧时茅店社林边，路转溪头忽见。(辛弃疾：《西江月·明月别枝惊鹊》)

①②③④句，都是谓语前置句，都是为了突出强调谓语部分所表达的内容：①句突出强调"起来"，加强号召力；②句突出强调"Ade"，表达鲁迅先生对百草园无限眷恋的感情；③句强调"怎么了"，突出水生女人的聪慧，察言观色，细致入微。④句和⑧句，均引自古代诗词，前者是谓语前置句，后者是宾语前置句，既有突出强调的作用，也有照顾诗词韵律的原因；⑤⑥⑦句都是宾语前置句，都是为了突出强调宾语部分所表达的内容：⑤句强调"并不见佳"，表示鲁迅先生对"雷峰夕照"并不欣赏，为下文的"则普天下的人们，其欣喜为何如"做了铺垫；⑥句强调"这个"，说明伏契克坐监狱的次数之多和时间之久；⑦句强调"单调"，突出旅客的精神倦怠。

后　置

状语和定语的正确排列顺序，应在中心词之前，有时候故意放在中心词之后，称作后置。请看下面几个例句：

①在我们的脚下，波浪轻轻吻着岩石，像朦胧欲睡似的。
②月光闪闪地颤动着，银鳞一般。
③远处灯塔上的红光镶在黑暗的空间，像是一个红玉。
④海在我们脚下沉吟着，诗人一般。
⑤战鼓声，金锣声……掺杂在一起，像千军万马混战了起来。

⑥我喜欢海，溺爱着海，尤其是潮来的时候。
⑦小草偷偷地从土里钻出来，嫩嫩的，绿绿的。
⑧他们的房屋，稀稀疏疏的，在雨里静默着。
⑨春天像小姑娘，花枝招展的，笑着，走着。

前六个例句，引自《听潮》；后三个例句，引自《春》。前六个例句，全是状语后置句；后三个例句，全是定语后置句。如果不后置，①句应是"在我们的脚下，波浪像朦胧欲睡似的轻轻吻着岩石。"⑨句应是"春天像花枝招展的小姑娘，笑着，走着。"其他例句可以此类推，不再一一说明。《听潮》中的状语后置句较多，即使是一些非状语后置句，状语的使用量也很大，这是由文章的内容决定的：为了表现海的动态美，就需要用更多的状语渲染情态。同时，这也说明作者熟谙这种句式的变化形式。

状语和定语的后置，主要作用是突出强调状语部分和定语部分，如⑥句，就是为了突出"潮来的时候"，强调爱海的深情；⑨句，就是为了突出"花枝招展的"，强调小姑娘活泼可爱的情态，从而表现作者对春天的喜爱。另有两个例句，它们的突出强调意识，好似更明显一些：

⑩他们应该有新的生活，为我们所未经生活过的。（《故乡》）
⑪对于一个刚从伦敦回来的人，像我，冬天要能看得见阳光，便觉得是怪事。（《济南的冬天》）

状语和定语后置的另一个作用，是能够把长句变成短句，使语句生动活泼，简洁洗练，读起来节奏齐整，音律和谐，富有音乐的美感。《老山界》中有一个非常精彩的单句："耳朵里有不可捉摸的声响，极远的又是极近的，极洪大的又是极细切的，像春蚕在咀嚼桑叶，像野马在平原上奔驰，像山泉在呜咽，像波涛在澎湃。"这个句子可谓神来之笔！之所以有如此的功效，就是因为作者运用了定语后置的修辞手段，将一个长句化成了若干短句。如果恢复长句形式，则是"耳朵里有极远的又是极近的极洪大的又是极细切的像春蚕在咀嚼桑叶像野马在平原上奔驰像山泉在呜咽像波涛在澎湃（那样的）不可捉摸的声响"。如果这样行文，其原有的艺术魅力就丧失殆尽了。

（原载于《临沂师专学报》，1995年第1期）

怎样分析记叙文的结构

一般说来，记叙文的开头部分和结尾部分结构简单，中间部分结构复杂，因此中间部分分起段落层次来，难度较大。有些同学感慨地说："真像钻进了迷魂阵！"究竟难在哪里呢？关键之一是抓不住"标志"。段落层次的"标志"是什么？一般来说，有时间的推进、地点的转移、不同人物的活动和事件的更换等几种"标志"。

如《老山界》的中间部分，分两个层次，是以时间的推进为"标志"的：第一天和第二天。如果再细分，每一天还可以分若干小层次。

《一件珍贵的衬衫》的中间部分，分三个层次，是以地点的转移为"标志"的：在马路上，在医院里，在交通队里。

《故乡》的中间部分，是以不同人物的活动为"标志"的：少年闰土，豆腐西施，中年闰土。

《小橘灯》的中间部分，分三个层次，是以事件的更换为"标志"的：小姑娘打电话，小姑娘制作小橘灯，有关小姑娘家的一点补述。

有时候还应把这四种"标志"结合起来运用。如分析《社戏》中间部分的层次，首先，以时间的推进为"标志"可分成三个层次：第一天、夜里和第二天。夜里这一部分，又可以地点的转移为"标志"，再划分为三个小层次：去赵庄的路上，戏台前，回来的路上。如果再结合不同人物的活动和事件的更换，进行周密的分析研究，斟酌审定，就会更准确了。

有些传记性的散文，像《回忆我的母亲》，它的中间部分可按人物思想品格的几个方面，划分层次。

还有的记叙文，中间部分叙述几个小故事，从情节上看，前后虽无联系，但又围绕一个中心，结构形式是并列的。这样的结构形式，可称砖块式。像《人民的勤务员》，它的中间部分由六个小故事组成；《我的老师》，它的中间部分由七个小故事组成。

（原载于《中学生学习月刊》，1995年第4期）

模仿、抄袭、创造

学生作文，都是从模仿开始。朱熹说过："古人作文作诗，多是模仿前人而作之。盖学之既久，自然纯熟。"

模仿最忌抄袭。

绘画中的模仿叫临摹，越临摹得逼真了越好，如果达到了以假乱真的程度，那算临摹到家了。作文的模仿与绘画的模仿恰恰相反，越像越不好，如果模仿得太像，就成抄袭了。模仿一旦成了抄袭，模仿的生命也就停止了。

模仿不是抄袭，模仿是什么？一般来讲，所谓模仿，主要指模仿写法，但内容不能重复人家的，更不能照抄照搬原先的语句。

学习了《一件珍贵的衬衫》，模写一篇《一支金笔》，用倒叙手法，可以吗？

学习了《春》，模写一篇《大地在春天激动》，不也是可以吗？《春》写草写花写风写雨，你最好不要再重复这些内容，可以写麦苗写杨柳写小河写蜜蜂写青蛙……晚间，青蛙耐不住春暖的欢乐，唱起来了："呱——呱——"写春天写青蛙，不蛮有生气吗？怎样模仿？要反反复复地读原作，有些语段力求达到背诵的程度；然后，合上人家的文章，自己埋头去写，写时一般不要再掀人家的文章。有些同学，写着写着，不知怎么写了，管不住自己，就去掀人家的文章看。这样就会老是被人家的文章束缚着，打不开自己的思路，难免仍然犯抄袭的毛病。要坚持不看，自己下大力气穷思苦虑，这样模仿下去，一定有好效果。

模仿的最终目的是为了创造，或者说，模仿是为了不模仿。模仿到了一定程度，就应该想一想，不这样写行不行呢？应该不应该增加些什么？应该不应该减少些什么？这样，你就开始走向创造的道路了。

　　学过《我的老师》一文后，老师是否出过类似的题目，让你写自己的老师呢？你是怎样写的呢？你后来认为那篇作文写得好不好呢？你现在是否已经有了新的构思？《我的老师》，写了蔡芸芝先生的七件事。赵和琪的《难忘那只温暖的大手》（《当代散文》，1993年7月号）却只写老师那只大手按在他的小脑瓜上。我也写过一篇散文，题目是《那盆热水》，发表在一家地级刊物上，写高小时，初冬天气冒雨赤脚去上学，脚丫子冻得麻木了，老师打一盆温水给我暖脚。同样都是写老师，魏巍的《我的老师》有自己独特的内容和写法。后来的两篇，不能说不受它的影响，但又不是模仿之作，特别是前一篇，创造性是很明显的。写一位老师，写数位老师，写一位老师的一件事，写一位老师的几件事……写法各异，各呈异彩。一位老师治学严谨，态度却有些粗暴，你曾经遭受过他的一次"治"，事后长期耿耿于怀，有时真想出手揍他一顿，泄泄满肚子的闷气。一个月，三个月，半年，一年……你终于悔悟，老师那是为你好啊，只是方法有点简单粗暴。可不可以这样写？我看未必不可。

　　作文从模仿开始，最伟大的作家，也不能超越这个阶段。可是，如果你长期在这个小圈子里蹒跚，那就难免令人遗憾。要尽早地从这个小圈子里冲出去，到创造的广阔天地里驰骋，写出具有个人创造性的文章来。只有到了这个时候，模仿的意义才更显得光艳夺目。

（原载于《中学生报》，1995年9月11日）

巧妇难为无米之炊

一个老话题,一句至理名言。

一位神枪手,手中没有火器,何以显示百步穿杨的枪法?一位工匠,没有砖瓦石块,何以建筑楼房?一位农艺师,没有园地,何以培育优良品种?一位车工,没有车床,何以制造零件?就是巧妇,无米,也难以为炊。无数的生活经验告诉人们一个真理:"巧妇难为无米之炊。"中学生作文,也跳不出这个圈子。

要想写出好作文,首先得解决材料问题,即题材问题。"没的写!""写什么呀?"常见作文题出来了,好些学生皱着眉头,哭丧着脸,不停地长吁短叹,说些畏难发愁的话。

没的写,孬作文也写不出,何况好作文?"巧妇难为无米之炊",何况还不是"巧妇",这不更叫人作难吗?真有点儿赶着鸭子上架!无须埋怨,还是研究一下症结出在何处吧。

稍加研究,就知因为"无米"。"米"在何处?如何找法?这也是个老话题。常听人说,记日记是积累材料的一个行之有效的办法。对于这一点,我不持异议。问题在于记什么,怎样记。如果硬着头皮去记,胡编乱造,有时为了应付老师的检查,不得不记"伪"日记,这样的日记有什么用呢?我认为,记日记本身不是"米",只是"找米"的一种手段。这个手段用好了,有效益;用不好,照样找不到"米"。

"米"并不在日记中。"米"在哪里?"米"在生活中。生活中到处有"米",但不热爱生活的人,不深入生活的人,常常视而不见,听而不闻。生活也有个怪脾气,见了热爱生活的人、深入生活的人,它就慷慨解囊,把大批的"米"奉献出来;见了那些不热爱生活、不深入生活的人，它就冷眼相观，绝不把"米"拱手捧出。

一天下雨，你妈妈给你送来了伞，你就不问问你妈妈在路上跌倒了吗？你就不看看你妈妈的衣服淋湿了没有？你就不想想你妈妈冒雨跋涉数里给你送伞是为了什么吗？你如果注意到了这些问题，并且深思了一番，那你就是在热爱生活，也有了一定程度的深入。如果老师出个作文题——《风雨中》，或《送伞》，或《我的母亲》，你一定写不坏。有的同学说，妈妈不就是送了把伞吗？她送来了，就回去了；我放学后，就打着伞回了家，有什么可写的？从这些话里，就知道这位同学有点淡漠生活。淡漠生活的人，是绝对写不出好文章的。"慈母手中线，游子身上衣。临行密密缝，意恐迟迟归。谁言寸草心，报得三春晖。"千古绝唱！一个不深深体会老母亲的爱子之心的人，能写出来吗？有一次，我出了一个作文题——《放学路上》，有两个学生写得特别出色：一个写他在放学路上，帮一位老大爷推车；另一个写他在放学路上，突然肚子疼，疼得不省人事，一位同学驮他进了医院，这位同学以前还被他打破过鼻子，里面还用了倒叙手法，写得很成功。后来我做了了解，都有其事。可见这两位学生热爱生活了，从生活中找到了"米"，便不犯"无米"之愁了。

（原载于《中学生学习月刊》，1996年第1-2期）

作文综合批改法

一

传统的作文批改,一直尊奉着"学生写,教师改"的原则。这种作文批改法沿袭了几千年,如果追溯历史,恐怕自有作文教学以来,就是这样做的。直到今天,这种批改法仍被沿用,不能说这种作文批改法一无是处,对任何事物不加分析地全盘否定,都是不符合辩证法的。前几年,曾有人对此发起过讨伐,列举的主要罪状就是"出力不讨好"。老师辛辛苦苦地改,学生走马观花地看,收效甚微。老师改一篇作文,至少也得用 10 分钟,有的甚至要花费半小时。两个教学班,至少 100 名学生,改好这 100 份作文,要耗费多少时间、心血和精力!可学生只是翻几下,看看批语,就放到桌洞里去了。这种现象,实在令人不安!但潜心思之,也不能以偏概全,你能肯定此法连一点长处也没有吗?如是,它何以立身于作文课堂几千年?稍加探索,就会发现,此法的长处就在于"教师改"。作文批改的全过程,应该包括"教师改"和"学生看并改"两步,传统的作文批改法只是走了第一步,废弃了第二步。其长处在于走了第一步,短处在于没有走完第二步。如果把此法说得一无是处,连"教师改"也成了弊病,那么教师的示范指导何以进行,教师的主导作用何以体现,学生"改"时何以效法?

后来,关于作文批改就出现了好多新的主张:自改法,互改法⋯⋯我们认为这些主张提得好,就探索着做,也搞自改,也搞互改,不停地实践,不停地体味,感到自改、互改各有好处,也有弊病。

改,是整个写作过程中的一个重要环节,文章要改,好文章是改出来的，这是诸多写作大家的经验之谈。传统的作文教学，将学生改的权利剥夺了，自改和互改，给学生提供了改的用武之地，可以说这是无数好处中最大的好处。其弊病是：第一，改的能力参差不齐，能力差的往往走过场；第二，自改和互改的次数多了，学生容易产生厌倦感，教师的指导示范作用容易被削弱。

都有长处，都有弊病，以谁为主？通过不停地实践，不停地探索，我们认为这里的主要问题是如何扬其长而避其短。就我们的体会来说，作文批改宜用综合法。教师批改，给学生以示范和指导，提供改的"样子"；学生自改互改，从实际批改中，获得修改文章的能力和技巧。这样，既发扬了各自的长处，也避免了各自的弊病，是一种比较理想的批改方法。

二

综合批改法的基本点如下：

（一）教师改，学生自改，学生互改，三种批改形式穿插进行，兼之以其他批改形式。

（二）教师改，离不开学生的参与。传统的批改法，教师改过的作文不是因学生不认真看而收效甚微吗？这得想个办法，让学生认真看。我们的做法是：要求学生在批语后面写出百字左右的"对老师的评改意见"来，以督促其认真看改过的作文。评改意见，要纳入作文分数当中计算。

（三）学生自改、互改后的作文，教师要检查，并进行评改总结。检查的数量越多越好，但最少不得低于全班作文份数的1/3。

（四）假如每学期写10篇作文，其比例可定为：4∶3∶3，即教师改4篇，学生自改3篇，学生互改3篇。初中一年级，教师改的分量可适当增加，二三年级逐渐减少。具体安排，有多种形式。我们曾经试用过三种形式——第一种：第一篇，教师改，以做示范指导；第二、三两篇，学生自改；第四篇，教师改，以做总结；第五、六两篇，学生互改；第七篇，教师改，以做总结；第八篇，学生自改；第九篇，学生互改；第十篇，教师改，做出全学期的总结评价。这种形式，突出了示范指导性，宜在一年级使用。第二种：第一篇，教师改；第二篇，学生自改；第三篇，学生互改；第四篇，教师改；第五篇，学生自改；第六篇，学生互改；第七篇，教师改；第八篇，学生自改，第九篇，学生互改；第十篇，教师改。这种形式，穿插性强，颇多新鲜感，宜在二年级使用。第三种：第一篇，教师改；第二、三、四篇，学生自改；第五篇，教师改；第六、七、八篇，学生互改；第九、十篇，教师改。这种形式，体现了集中训练的特点，宜在三年级使用。

（五）学生自改或互改前，要提出具体要求，使学生在修改过程中有所依据。要求应重点突出，切忌胡子眉毛一把抓。例如，第一次学生自改可专改错别字，以后再涉及用词、造句、篇章结构、中心思想、语法修辞诸项。要求应体现由浅入深、由简单到复杂、由单向到综合的循序渐进的特点。例如，修改记叙文，首先要看记叙的要素是否齐全，再看语句是否通顺，再看脉络是否清楚，再看中心是否明确……

（六）要鼓励创新。有的学生可能超出了修改范围，甚至提出了自己独到的看法。这时，教师千万别泼冷水，斥之为"逞能"。要表扬，要引导，要鼓励；不当的，耐心分析解说；正确的，要及时肯定，采纳运用。只有这样，才能调动学生的积极性，把文章修改得更好。

三

综合批改法的形式不只这三种，特别值得提出来一议的是骨干学生批改。

何谓骨干学生批改？经过初中一年级一学年的实践训练，你会发现若干写作能力和批改能力强的学生，这些学生就是班内的批改骨干。这样的学生，如果每个小组有二三个，就可以担负起这个小组的作文批改任务，就可以承担一次或两次作文批改任务。这样，既减轻了教师的负担，也训练了他们的批改能力，而且帮助了其他同学。

但这种方式不宜过多采用，多了增加学生的负担，影响其他学科的学习，还可能由于骨干学生理解的偏差而影响了教师意图的贯彻。

还有一些批改形式也可穿插进行，如集体批改，共同批改等。集体批改多有议论，不再赘述。共同批改，是指找一篇比较典型的病文，让学生都来改这篇文章，看谁改得好，教师最后做出总结评讲。

骨干学生批改、集体批改、共同批改等方式，可灵活使用，而应以教师改、学生自改和互改为主，综合进行。

四

前几年有人提出语文教师负担重，究其根源，大概就在于作文批改，又因此法收效甚微，因而成了众矢之的。改革，就是为了解放生产力，其中包括减轻劳动强度和提高功效两个方面，但教学改革与技术改革是性质不同的两件事！研制一架机器，可以仿造无数架，而且操作规程也基本固定。教学改革并非如此，它要受诸多主客观条件的制约，情况比较复杂。综合批改法能不能减轻语文教师的负担呢？这个问题，不好断然回答，需做些具体分析。

可以肯定地讲，初中一年级不省力，很可能还要多付出些劳动。"万事开头难""头三脚难踢"！所以，一年级要下大力气，要用细功夫。教师要认真改，确实给学生提供改的"样子"。学生自改互改，要提出严格要求，并认真检查，把好每一个关口。只有这样，才能训练出改的真功夫来。"好的开始，是成功的一半"！一年级多下点功夫，改的能力具备了，二、三年级就省力了。魏书生教学法的一个突出特点，就是造就学生的自我管理能力。我们学不了他的全部，可以学习一点，即学生作文批改能力的训练。学生具备了这种能力，就很容易收到事半功倍的效果。反之，一年级就采取"放羊"式的自改、互改，大呼隆，那很可能煮成一锅夹生饭，不但不省力，以后的麻烦事肯定还少不了。

（原载于《临沂师专学报》，1997年第1期；1997年7月，《中学语文教学》转载）

中学作文教学不应处于从属地位

众所周知,作文教学是整体语文教学的一个组成部分,但处在什么位置上,似乎并不明确。我认为,中学作文教学应处于整体语文教学的核心位置上。据我观察体味,目前的中学作文教学并没有被确立在这样一个位置上,基本上从属于课文教学,无论从日常教学来看,还是从高考中考试卷分数比例上来看,这是导致学生写作能力提高不快的重要原因之一。

一

"最重要的交际工具,最重要的文化载体",这是《普通高中语文课程标准》对语文性质的界定。这就是说,语文既有工具属性,也有人文属性。无论是工具属性,还是人文属性,写作能力都在其中起核心作用。通常来讲,语文教学是为了训练学生"读写听说"的能力,这个提法已成公论,但四种能力中的核心是谁,却不明确。好似四种能力处在一个平面上,各占四分之一的地盘,哪一项也不特别重要。我认为,这是一种误解。

首先说"读"。

语文教学,能训练学生的读书能力,这是确定无疑的。认字、释词、讲解句子、分析篇章结构……语文教学的所有活动,都在为训练学生的读书能力而奔走呼号。通过语文课的学习,学会了读书的方法;拿了这个方法,去读其他学科的书籍,以及课外的各类图书和报刊,从而获取各方面的知识,这是学习语文的目的性的一个方面。"读书破万卷，下笔如有神"，这是学习语文的目的性的另一个方面，而且是更重要的一个方面。如果说前者是浅层次的，那么后者就属于深层次的。读书不仅获得了丰富的知识，而且学到了写作技巧，为写作打下了厚实的基础。中学语文教学，就是要达到这样一个目的。为了写好一篇文章，需要去读某些书籍，查阅某些资料。这其中的作用有二：其一，获取写作素材；其二，学习写作方法。有时写着写着写不下去了，又得去翻阅一下有关文章。这就是说，"读"或直接或间接地为"写"服务，"写"的活动影响着、牵制着"读"的活动；反之，则说不通。

其次说"听"。

听什么？听街谈巷议，听老师讲课，听广播，听首长讲话……"听"的作用，在于明白事理，接受教育，提高认识。"听"与"写"的关系怎样呢？我们通常说，写作的内容来源于生活，生活中的写作内容怎样去获取呢？就是通过感觉器官去感知，其中最主要的是听觉和视觉，即通常所说的耳闻目睹。这就是说，"听"直接为"写"提供素材。不能说所有的"听"都是为了"写"，但对于写作者来说，"听"却是写作材料的重要来源。听一个报告，为了记录，就迫使记录者认真听；如果不记录，听者可以认真听，也可以不认真听。其他场合，也有类似的情况。这就是说，"听"受"写"的牵制，为"写"服务。

第三，说"说"。

"说"与"写"关系最密切，是孪生姊妹，"说"是口头语言，"写"是书面语言。"说"灵活多变，是初步的；"写"讲求章法和逻辑结构，是深层次的。一般来讲，写作能力强了，说话能力也就强；作文好的学生，口头回答问题的能力也就强。这是公认的普遍规律，毋庸置疑。在这里，可以清楚地看出，写作能力对于说话能力起促进和规范作用。有些写作大家的口头表达能力很差，那是生理障碍（有的存在方言因素），没有代表性。

这就是说，"写"处在其他三者的中心，它以各种不同的形式与它们相联系，起促进、牵制、规范其他三者的作用。可以说，抓住了"写"就抓住了语文教学的根本；如果放松了"写"，可能就要丧失这个根本。即使将四者相提并论，不把作文教学摆在整体语文教学的核心位置上，效率也就不会高。再则，从语文教学的人文属性来讲，写作的过程就是学生自我教育的过程。好多写作者，写着写着，激动不已，伏案恸哭，就是被文章内容深深感动了。中学生写作文也能起这个作用。当然，语文教学的人文属性不只表现在这一个方面，但这却是一个不容忽视的方面。

以上是从语文教学的内部关系而论。

从语文教学的外部关系讨论，语文教学为社会服务的功能，也主要体现在"写"上。专家撰写论文，作家创作文学作品，记者写作新闻通讯，政府官员拟定文件……就是普通公民写一封信，也是"写"在活动。诚然，"读、听、说"三种能力的运用，也有其广泛的社会性，但这种运用，总是在一定程度上受"写"的促进、制约和影响。这种促进、制约和影响，像语文教学的内部关系一样，总是以"写"为核心，向周围拓展、辐射。

二

诚然，课文教学是中学语文教学的主体，但主体并不等于核心，以往可能把这二者混为一谈了。人体的核心是心脏，仅拳头大而已，但从中流出来的血液却遍及全身。作文教学促进、牵制、影响着整体语文教学的方方面面，正像心脏跟整个机体的关系一样。可惜，这个问题还没有明确起来，高考和中考试卷所表现出来的倾向性，可以从某种程度上说明之。

高考和中考，不只为高一级学校选拔新生，其更深广的影响，是对中学教学工作的导向性作用。150分的语文试卷，作文只占50分。这个分数比例，给人的印象一目了然：重视课文教学，而轻视作文教学。无论教师还是学生，在计算分数方面，都不缺乏智商，他们的眼睛总是盯在分数上。对于教师来说，分数标志着教学水平的高低；对于学生来说，分数标志着学业成绩的好坏；对于升学考试来说，分数更具备权威性，它可以显示一处中学的教学管理水平。怎么多挣几分，成了师生们的普遍心理要求。100分的课文部分如果能得90分，作文即便只得20分，成绩不也还说得过去吗？因此，重视前者而轻视后者的现象，都程度不同地存在着。

从另一方面来讲，课文学习毕竟有章可循，而写文章却是创造性的劳动。打个比方说，课文学习是个学习建筑技术和准备建筑材料的过程，而写文章则是建筑高楼大厦的实践过程，其性质不可同日而语。显然，前者的劳动性强，只要勤奋，一般成绩不会差；后者的创造性、实践性、技术性、艺术性都很突出，难度也骤然上升。二者相比较，课文部分得分容易，而作文部分就困难得多。因此，不管怎么强调，重视前者而轻视后者的局面还是形成了。

有一次，一位语文教师叫我替他上一堂作文辅导课，我问学生这一学期写过几篇作文了，学生说一篇也没写，我惊得打了个冷战！那时，已近学期结束。后来，跟这位教师谈及此事，他说只要课文不失分，还怕作文得零分吗？我想，持这种观点的人，绝非只有我这位好友一人。

三

因此，确立作文教学在整体语文教学中的核心位置，应该提到中学语文教学和教研工作的议事日程上来了。

首先，建议有关语文教学的法规文件中的某些条款，明确这一点；其次，高考和中考的语文试卷，要适当地调整课文部分和作文部分的分数比例；第三，在日常的教学教研活动中，要恰当地把二者糅在一起，在整体语文教学的各个环节上，别忘了发挥作文教学的核心作用。讲读课不能渗进作文的讲评内容吗？作文讲评课不能结合已经学过的篇章进行吗？就是学习一个词语，也要联系写作，运用一下……我想，只要我们这样做了，语文教学水平一定能够上一个新台阶。当然，这样做不会没有困难，但是困难总会在工作中不断地得到克服。

（原载于《当代教育教学文集》，中国环境科学出版社出版，1999年9月第1版）

顺势教育和逆势教育

记得上高小的时候,计算航行速度,老师教给我们两个公式:航速+流速=顺速;航速-流速=逆速。后来想,这种现象好似普遍存在:顺风和逆风,上坡和下坡,升高和降落……沿着这条思路想下去,就想到了顺势教育和逆势教育。

一

中小学时代的好多事情,至今记忆犹新。第一次作文,老师批语道:"初次作文,很有意思。"初三时,有一次作文,老师批语道:"大有作意。"当时看了这些批语,心里很滋润,就暗暗地为以后的继续努力攒力气。好的作业,除打对号外,还写一个"好"字,表扬、鼓励、评三好、发奖状……凡此种种,大概都在顺势教育之列。所谓顺势教育,就是在学生做得不错的前提下,再助他一臂之力,就像顺流而下的航船,再帮他掌舵划桨。这大概是对优等生而言,像孔子对颜回,就是这样。孔子说:"吾与回言终日,不违,如愚。退而省其私,亦足以发,回也不愚。"孔子说颜回就像说自己的孩子,很亲切。"如愚",如同一个呆子;后来观察他的言行,就不是那么一回事了。对老师讲的道理,他能有所发挥,他能举一反三。孔子高兴地说"颜回并不愚蠢"。颜回听了老师这话,心情能不愉快吗?能不深受鼓舞吗?能不再接再厉吗?可见,顺势教育源远流长。

对于后进生,也应进行顺势教育。聪明的教师,善于捕捉后进生的闪光点,稍有进步,就夸奖一番,给他打气助威,促其马不停蹄,继续前进。这种做法,在当代教育中运用得特别普遍,很多优秀班主任在介绍班级管理经验时,都谈到了这一点。

以上所言,是顺势教育的一个方面;顺势教育还有另一个方面,即因材施教。

因材施教,在大学教育中,表现得尤其突出。每个大学生都有自己的专业所学,教师顺着知识的流向组织教学,完全是一种顺流而下的态势。中小学的教学任务是基础教育,与此有着本质上的区别,但中小学生的爱好开始萌动,个别学生在某些方面的爱好开始显现。面对这种现象,可因材施教,做些正面引导,也属顺势教育的一个内容,但不能像大学校园里那样,搞专业学习,如果掌握不好,容易出现偏科现象,这是不好的。

因材施教,是孔子的首创。他那个时代没有大学分科教育,他招收学生也不那么严格,只要愿意去学习,一般都能接受。他教育学生,按照学生各自的特点进行,久而久之,就产生了这种教育理念,并且收到了很好的效果,这是值得肯定的。现代教育出现了一些复杂情况,需要分别对待。大学教育可以放开手脚因材施教,越精细了越好。中小学教育阶段要掌握分寸,不要失却了基础教育的本色。

二

我的作文篇幅过长,老师说这不大好,应写得短小精悍些;后来又发现议论文中的论点论据不清,他把我叫到办公室里,批评了一顿,说得我心跳不安……我的体会,这都是逆势教育。

逆势教育,就是纠正学生的错误想法和错误做法,并指出纠正的方法。这对于学习好一些和差一些的学生都适用。"玉不琢,不成器",这是千古不变的真理。喜欢优等生,是教师常有的心理状态,但不能护短。护短,从感情上讲是爱护学生,但实际上是害了学生,严重的可能葬送其前程。有些优等生,在春风得意之时,可能滋长骄傲自满情绪,不给他浇浇冷水,很难清醒。当然,浇这种冷水也要适量,浇大了,得了"感冒",就不划算了。对于后进生,逆势教育更要及时进行。这项教育,班主任们都积累了大量的经验,在此就不赘述了。值得一提的是,对于中小学生痴迷上网怎么办？提起这个问题，班主任老师及其家长都很头疼，苦于找不到行之有效的办法。实际上，行之有效的办法就是没有，你想说一回两回就解决问题，天底下哪有那么便当的事！这里用得着"以其人之道，还治其人之身"。他不是痴迷吗？我们也痴迷，盯住他不放！他上哪儿，我们也上哪儿，但不能去网吧。可以做些体育活动，可以参加些简易的劳动……间以某些说教。以这些活动代替上网，或者说用这些活动排斥上网。这样坚持一月、两月……顶多半年，总能解决问题。班主任老师如能这样，当然求之不得；班主任老师不能这样，家长义不容辞，必须挺身而出。痴迷上网的孩子，就像吃鸦片的一样，不拿出戒毒的决心来，是不行的。这当然是一个"笨"办法，但有"巧"办法吗？如有，我们一定喜出望外。以上说的是校园内的逆势教育，社会上也有逆势教育，领导的批评，亲戚朋友的指点等都是。还有一种硬性教育，是在劳教所里进行的。我就读的中学里，校长的儿子偷篮球且屡教不改，他觉得很失面子，也别无他法，就把儿子送进了劳教所。一年后儿子回来，继续学习，后来读了农校，毕业后当了干部。应该说，这项硬性逆势教育取得了很大的成功。进劳教所的青少年不止一个两个，后来成为社会有用人才的，也大有人在。

三

顺势教育和逆势教育是一对孪生姊妹，绝不孤立，在整个教育领域内，二者相辅相成，互相联系，互相转化，有时也能相互制约。

一个学生，正在高歌猛进，顺势教育跟进；不知什么时候，就发生了故障，出现了毛病，逆势教育也就到来了，或者说，顺势教育转化为逆势教育了。上文已经说过，有学生痴迷上网，要下大力气进行逆势教育。当他转变过来了，顺势教育即刻发生，也就是逆势教育又转变成了顺势教育，但这时候还不能掉以轻心，必须时时在意，防止旧病复发。也就是说，顺势教育中潜藏着逆势教育。逆势教育中潜藏着顺势教育的情况也有，像教育上网痴迷者的整个历程中，一边进行逆势教育，见缝插针进行顺势教育，说他球打得好，干活肯下力气……总之，二者是联系在一起的，或者说是一个问题的两个方面。

可能有人会把顺势教育和逆势教育同表扬和批评相提并论，这是不对的。可以说，表扬是顺势教育的一种表现形式，但不是唯一形式；同理，批评是逆势教育的一种表现形式，但也不是唯一形式。前者的内涵比后者深厚得多。譬如电影、戏剧，屏幕上出现的，虽然是最终成果，却很表面，更深厚的内容，都在幕后。

四

不论是顺势教育，还是逆势教育，都必须认真进行，才有成效。

相对来说，顺势教育比较省力。快马不鞭也奋蹄；顺流而下的船只，不划桨也能前进，但是还是加一鞭走得快，还是在学生顺流而下的时候帮助他们掌好舵航行稳妥，免得搁浅。王安石的《伤仲永》，大家都知道，仲永的父亲就没把顺势教育做好。他得知儿子聪慧后，没有顺势加强教育，而是飘飘然起来，领着他四处见宾客友人，把儿子所有的聪慧都磨损掉了，久而久之，"泯然众人矣"。在顺势教育中因材施教，也是有教训的。前些年，有的高校选了一些数理方面的少年尖子生培养，但不久毛病就出来了，他们的文科水平太差，阻碍了理科的学习，没有别的办法，只有回过头来再补习语文。逆势教育更不能掉以轻心，稍有松懈就会前功尽弃，这样的例证一点也不难找。我有一个邻居，他的儿子10岁了，尚未入学，好多人都为他着急。后来他终于觉悟，同意儿子上学。老师很热情，给他免了学费和书费。但这孩子成绩不佳，纪律性也差，面对这种情况，加强教育就是了，可是他不，一听就火了，不叫孩子上了。现在，孩子二十多岁了，啥也不干，到处胡走乱转，人称"夜游神"，成了废人。

前车之覆，后车之鉴，记住这些教训，对今后的工作可能有指导意义。

（原载于《山东教育》，2010年6月）

形象性、准确性、论辩性

有人说，文学是语言的艺术，实际上，不只文学是语言的艺术，历数天下文章，无论何类，若论贵贱高低，语言的艺术性怎样，是其重要标志之一。驳论文《读孟尝君》（王安石）全文仅有九十来字，后人却称之为"千古绝调"，难道与它的语言的艺术性没有关系吗？

但是，不同文体的语言艺术又各具特色，这就是我们经常所说的不同文体的不同语言风格。

一

形象性，是记叙文的语言风格特色。

图画以色彩、线条形成形象，作用于人们的视觉，从而产生审美效果。记叙文的形象性则与此迥然不同，它通过文字的叙述构成形象，读者根据自己的生活经验产生联想，形象性随即产生，以此达到审美目的。

①深蓝的天空中挂着一轮金黄的圆月，下面是海地，种着一望无际的碧绿的西瓜，其间有一个十一二岁的少年，项带银圈，手捏一柄钢叉，向一匹猹尽力刺去，那猹却将身一扭，反从他的胯下逃走了。（鲁迅：《故乡》）

你看了这段文字后，会有什么感受呢？你感觉不到它的形象性吗？你的眼前没有出现各种形象吗？天空、圆月、沙地、少年、银圈、钢叉、猁……不都历历在目吗？深蓝、金黄、一望无际、碧绿……不都清清楚楚吗？一幅图画，一幅非常传神的图画！但又不是用色彩、线条画出来的，而是用文字叙述出来的。

这种形象性，包括如下几方面的内容：

1. 靠用词的精当，达到传神的艺术效果。

②他立即明白了，就轻轻地点上灯，拉开窗门，随手拿起准备好的扫帚，小心地挂在窗台下面的钉子上。（《挺进报》）

③小草儿也青得逼你的眼。（朱自清：《春》）

②句中连用"关上""拉开""拿起""挂"等几个普通动词，用"轻轻"状写关灯，用"随手"状写拿起，用"准备好的"修饰扫帚，用"小心"写出挂的情状，把一个临危不惧、从容镇定的共产党员的形象突现出来了。

③句用一个"逼"字，妙极了。妙在何处？色彩动起来了："逼"！把雨后小草儿的青色写活了。说"很醒目"，可以吗？说"赏心悦目"，好吗？说"看了，打心里喜欢"，怎么样？……有好多说法，都不好。

2. 靠各种修辞手段，使语言生动形象。

④一颗新芽简直是一颗闪亮的珍珠，"夜雨剪春韭"是老杜的诗句吧，清新极了；老圃种菜，一畦菜怕不就是一首更清新的诗？

这段文字，引自吴伯箫的《菜园小记》，两个比喻句，引用了一句古诗，还用了一句反问。短短几句话，四个修辞格，几乎句句有修辞手段。读后有什么感受？不觉着"清新极了"？不觉着形象生动？不觉着有喜爱之情油然而生？初学写作者，虽然不应忘了其他修辞手段的使用，但一定要特别注意比喻的运用，比喻是使语言形象化的首要修辞手段。

3. 多用短句，使形象连续跳跃，像蒙太奇镜头那样连续组接，由单一的零碎的形象，形成整体的大的形象。

⑤他的面孔黄里带白，瘦得教人担心，好像大病新愈的人，但是精神很好，没有一点颓唐的样子。头发约莫一寸长，显然好久没有剪了，却一根一根精神抖擞地直竖着。胡须很打眼，好像浓墨写得隶体"一"字。（阿累：《一面》）

⑥野花遍地是：杂样儿的，有名字的，没名字的，散在草丛中像眼睛，像星星，还眨呀眨的。（朱自清：《春》）

这样的例子不难找，打开一篇记叙文，随处都有这样的短句。最长的，十几个字；一般的，七个字，五六个字；一个字的，两个字的，三个字的，也有。例⑤几乎每一个短句都给予读者一个形象，然后由这些单一的零碎的形象，形成一个整体的大的形象：大病新愈的鲁迅，精神昂扬。例⑥先给整体的大的形象："野花遍地是"，然后分解之。短句活泼、生动，读来朗朗上口，字里行间散发着一股鲜活的生活气息，增强了语言的形象性，感人的力量油然而生。记叙文所选用的句式，多数为短句。要尽量使用短句，最忌用大量的长句，板起面孔来说教，那样读起来艰涩，大煞风景。

4. 性格化的对话，是记叙文语言形象性的又一个重要方面。俗话讲，什么藤结什么瓜，什么人说什么话，闻其声如见其人。

⑦"不多不多！多乎哉？不多也。"

没有读过《孔乙己》的人，听了这句话，就知道是个酸秀才在嚷，也就是说，这句对话性格化了。不用任何其他修辞手段帮忙，就树立起来一个酸秀才的人物形象。读过《孔乙己》的人，可以通过这句话，去体会他的迂腐可笑。

《变色龙》这篇小说的对话，写得生动传神，使警官奥楚蔑洛夫的变色龙形象跃然纸上，充分做到了对话的性格化。

⑧警官对巡警说："去调查一下，这是谁的狗，打个报告上来！这条狗呢，把它弄死好了，马上去办，别拖！这多半是条疯狗……请问，这到底是谁家的狗？"

"这好像是席加洛夫将军家的狗。"人群里有人说。

"席加洛夫将军？哦！……叶尔德林，帮我把大衣脱下来……真要命，天这么热，看样子多半要下雨了……只是有件事我还不大懂：它怎么会咬你的？"

引文不能太长，如果想全然明白，最好多看几遍原文，但从以上三段引文中就可以看出警官奥楚蔑洛夫以狗的主人是谁而"变色"的媚上欺下的走狗嘴脸了。开初，他叫巡警"把它弄死"，一听说是将军家的狗，立即吓得淌了热汗，叫叶尔德林帮他"把大衣脱下来"……这里的形象性，是人物语言的性格化起了决定性的作用。

二

准确性，是说明文的语言风格特点。

说明事物，不但要抓住其特征，而且要运用恰当的说明方法、准确的语言，将其表现出来。所谓语言的准确性，就是话不能说得含混模糊，给人以模棱两可的感觉，一是一，二是二，丁是丁，卯是卯，黑是黑，白是白。介绍建筑物（或建筑群），则运用准确的方位词以揭示确定的位置；说明其建筑规模，则需用准确无误的数字表示；说明布局，则找出最佳说明顺序，依次介绍；说明设计特点、外部装潢，则运用恰当的形容词，妥帖的比喻，予以介绍。如果介绍一种事物，可以从多方面，用准确的语言，选用不同的说明方法，从不同的角度进行说明。凡此种种，皆以准确为宗旨。

①在天安门右前方，巍然耸立着一座雄伟壮丽的大厦，就是人民

大会堂。

②庄严的人民大会堂，是首都最宏伟的建筑之一，建筑面积达十七万一千八百平方米，体积有一百五十九万六千九百立方米。

③我们在建筑师的陪同下，从天安门广场往西走，参观了人民大会堂。

以上三个例句，均摘自《人民大会堂》。例①用准确的方位词，说明人民大会堂的位置；例②用准确无误的数字，说明其建筑规模；例③按参观的顺序，把这座雄伟壮丽的大厦分成几个部分，逐次介绍，都是确凿无误的，与实物完全相符。其中，用"巍然""雄伟""壮丽""宏伟"等形容词修饰烘托，表现其气势。

④卷层云慢慢地向前推进，天气就要转阴。（朱永焱:《看云识天气》）
⑤又如济南苹果开花在四月或谷雨节，烟台要到立夏。（《大自然的语言》）

例④说天气，例⑤说季节，都以准确为念，绝不能有差错。既然以准确为念，说明文的语言就不容累赘和铺陈，要尽量简洁明了。

⑥语言是人们用语音按照一定规则表达意思、交流思想的工具，是人类所特有的交际工具。（吕叔湘:《人类的语言》）
⑦比如，想泡壶茶喝。（华罗庚:《统筹方法》）
⑧晋朝陆机在《文赋》中说，"观古今于须臾，抚四海于一瞬""笼天地于形内，挫万物于笔端"。（王梓坤:《想象的作用》）
⑨石拱桥的桥洞呈弧形，就像虹。（茅以升：《中国石拱桥》）
⑩这里的水，多、清、静、柔。（梁衡:《晋祠》）

例⑥给语言下定义，例⑦举例，例⑧引用，例⑨用比喻说明石拱桥的桥洞形状，都不失准确，且简洁明了。应该特别说明的是例⑩，用四个形容词，描写晋祠的水，既准确，又简洁——简洁得无法再简洁了。后面还有一段文字解释，也都具备简洁明了的风格。说明文的描写绝不同于记叙文的描写，能尽说明事物的职责就可以了，见好就收，简洁明了。

三

论辩性，是议论文的语言风格特色。

以理服人，是我们常说的一句俗话。议论文所要体现的，也就是这种精神。为了达到以理服人的目的，议论文的语言必须具备论辩性。

议论文的论辩性，一般包括以下三个方面的内容：

1. 大量使用长句。

①对于我们，经常地检讨工作，在检讨中推广民主作风，不惧怕批评和自我批评，实行"知无不言，言无不尽""言者无罪，闻者足戒""有则改之，无则加勉"这些中国人民的有益的格言，这是抵制各种政治灰尘和政治微生物侵蚀我们同志的思想和我们党的肌体的唯一有效的方法。（毛泽东：《批评与自我批评》）

长句例①，共 109 个字，不知是否是长句之最，总算长得可以，但其逻辑性极其严密：上半部分说明其做法，中间用"是"字连接，有很强的论辩性、说服力和判断力。这样的长句在政论性的议论文中，随处可见；在一些比较活泼的短评中和讽刺性强烈的驳论文中，运用较少，但也不难见到。

2. 用反问句。

②李先生究竟犯了什么罪，竟遭此毒手？（闻一多：《最后一次讲演》）

③凡有田夫野夫，蚕妇村氓，除了几个脑髓里有点贵恙的之外，

可有谁不为白娘子抱不平，不怪法海太多事的？（鲁迅：《论雷峰塔的倒掉》）

例②用肯定句反问，表达否定的意思。这种反问，用量较少。例③用否定句反问，表达肯定的意思。议论文中的反问，多数是这一种。

反问句虽然在议论文的句子总量中所占比重不大，但在要害部位使用几个，却能给文章增添强烈的论辩力量，起制论敌于张口结舌之境地的作用，是议论文语言风格的一个重要侧面。

3. 在遣词造句方面，多用"是"字，以表示肯定；多用"不"字，以表示否定。

《批评与自我批评》，一篇五百字的短文，竟用了9个"是"字，15个"不"字。《俭以养德》（马铁丁），一篇千字短文，就用了27个"是"字，16个"不"字。你可以逐篇议论文去统计，这两个表示肯定和否定的词语，大概占议论文总用字量的2%左右。议论文的旗帜必须鲜明，赞成什么，反对什么，不能有丝毫的含糊，或"是"，或"不是"，二者必居其一，这两个字正是为了达到这一表达目的的。这是议论文语言风格的又一个侧面。

"引用"的妙用

为使文章生动活泼，文采绚丽，常使用一些修辞手段，"引用"即此一例。

①我望着这群充满朝气的哈尼小姑娘和那洁白的梨花，不由得想起一句话："驿路梨花处处开。"（《驿路梨花》）

②他潜心贯注，心会神凝，成了"何妨一下楼"主人。（《闻一多的说和做》）

③"吹面不寒杨柳风"，不错的，像母亲的手抚摸着你。（《春》）

例①引用陆游的一句诗做小说的收尾，含蓄隽永，余味无穷。例②引用人们的一句赞语，歌颂闻一多先生刻苦治学的精神，深刻感人。例③引用志南和尚的一句诗，赞扬春风，生动形象，富有说服力。

④这使我记起幼时曾猜过的一个谜，谜语是："南阳诸葛亮，稳坐中军帐，排起八卦阵，单捉飞来将。"（《蜘蛛》）

⑤"春蚕到死丝方尽"，这诗句是蚕的一生生动的写照。（《春蚕到死丝方尽》）

⑥唐朝的张鷟说远望这座桥就像"初月出云，长虹饮涧"。（《中国石拱桥》）

例④引用谜语开篇，引人入胜。例⑤引用古诗说明春蚕的一生，既生动形象,又准确无误。例⑥引用古人名言说明赵州桥的造型奇特美观,既生动形象,也渗透了赞誉之情。

⑦诸葛亮在《诫子书》中说:"静以修身,俭以养德。"(《俭以养德》)
⑧据说,他小时候学画也是从画鸡蛋、苹果开始的。(《画蛋·练功》)
⑨"下笔千言""一挥而就"的情况也许是有的……(《关于写文章》)
⑩有一个故事在明清人的笔记重复出现过多次,尖锐地讽刺了这种妄人。这个故事是说:"……"(《从三到万》)

小说不宜多用"引用",多了影响叙述效果,致使语言晦涩难懂,其效果就适得其反了,但只要用得恰到好处,就会使你的文章陡然增辉生彩,像例①。相较之下,散文的"引用"多些,这主要是因散文的主观抒情色彩所致。像《菜园小记》,全篇"引用"有 11 处之多。说明文的"引用"也不少,这是为了说明事物,"借他山之石以攻玉"矣。

使用"引用"最多的是议论文。

例⑦引用诸葛亮的一句话,亮出论点。例⑧引用一个事实作为论据。又如《畏惧错误就是毁灭进步》,全篇引用诸多名人名言作为论据,证明论点,其特色也是显而易见的。例⑨在论证中引用成语。运用这种论证方法比较典型的篇章当属《批评与自我批评》,在其论证中,使用了大量的成语和格言。例⑩引用历史故事进行论证,也是常见的"引用"方法。又如《谈骨气》全篇引用了三个历史故事,从而展开论证,文顺理确,也是很典型的。

"引用"部分,都应当是经过千锤百炼的文化精品:成语、格言、俗语、农谚,自不用说;历史故事,名人名言,也都是在历史长河中得到验证的,是世人所公认的。它们无不言简意赅,含意深刻,说服力强,具有极高的权威性。如果使用一般语言,则显得苍白无力;恰当地进行"引用",既能增添文采,又能加强说服力和感染力,实在是写好文章的重要修辞手段之一。

要想运用好这一修辞手段,首先得刻苦读书,多做收集,并努力记忆。俗话说,"熟能生巧",记多了,记熟了,写起文章来,所需要引用的部分就会招之即来,使用起来,得心应手。

悠悠岁月

刘贞年作品自选集·春暖花开

刘贞年 著

济南出版社

目 录

多事之秋…………………………………… 1
砖厂三枝花………………………………… 47
水往低处流………………………………… 89
野地办厂…………………………………… 139
岁月述说…………………………………… 181
蒙蒙细雨…………………………………… 251
补写春联…………………………………… 260
憨 猪……………………………………… 265
杏花雨……………………………………… 272
栗木窗户…………………………………… 275
编 外……………………………………… 280
湖 边……………………………………… 290
重 逢……………………………………… 294
大雪落地…………………………………… 304
路漫漫……………………………………… 314
故乡行……………………………………… 324
小铺酒香…………………………………… 333
老壮赶会…………………………………… 343
大雨前后…………………………………… 355
春暖花开…………………………………… 364
小溪在歌唱………………………………… 374
收麦时节…………………………………… 382

叔叔看树林子	397
重孙从东北来信	405
潘英和胡萍	413
温　雪	427
瓦工纪运生	437
春光明媚	455
临走前	468
粘知了的孩子	480
半截蜡烛	494
有一段往事常常忆起	497
你没有爸爸吗	500
老　棋	501
打苍蝇	502
找短大衣	503
喊街人	504
下岗之后	507
奖　旗	510
小　典	512
别多心	514
暖　气	515
地屋子里的灯光	517
塞　翁	520
路　灯	522
偷　电	524
番　茄	525
资金紧张	526
兴趣小组今日活动	528
荒　地	531

多事之秋

一

秋天大旱,种麦来了难。

老土地,干得都裂了一指宽的纹,一敲噗噗响;沙土地,干得冒烟。土路上,踩踏起来的浮土,像灰窝一样。拖拉机、汽车跑过,立即扬起一阵土雾,然后渐渐散落,落在周围的树棵棵子上、草棵棵子上、庄稼棵棵子上。路两旁几十米以里,绿色植物都覆盖着一层厚厚的浮土,远看一片土黄色。

下点雨,该有多好啊!

可是,旱雨难下。秋高气爽,天空晶蓝晶蓝的,只有几朵白云,在高空飘飘悠悠的;低空,有几只老鹰在盘旋。

时令不等人!地干天旱也得种。今天,拖拉机耕老稻茬。各家各户的责任田里都站着人,等候撒化肥。耕完后趁土湿乎,还得赶快用铁耙耙,不耙不行!那么毒的日头,晒不多大会儿,就会把翻过来的那点湿乎土给晒干。地一干,可就难种了。地干了,坷垃块子一个个都像人头大,你有力气就砸吧,砸碎了也还是焦干。是等雨呢,还是挑水溜沟下种?等雨等到多咱?挑水溜沟,太艰难了!保墒,保墒如保命,人们都这样说。

耕满意家的地了!

满意妈妈跑着,笑着,急火火地撒开了氢铵,边撒边向南看。

"你快点,你的腿……"

杨平实刚推来一车子猪圈粪,还没来得及倒下,就被满意妈妈喊转了向，粪也不倒了，急忙朝她那里跑。

"快，你提着这些，快到北头去！"满意妈妈把半袋子氢铵递给他。

杨平实啥也没说，背起来就跑。

这一块地，不足半亩，一会儿就耕完了。

满意妈妈说："你快耙一耙，我该回家去做饭。耙完了就快回家，吃了晌午饭好种。"

"你走吧，这点地好耙。"杨平实垂着厚眼皮，瓮声瓮气地说。

"多耙两遍，天干……"

"这个还用说？"

二

下午2点，杨平实还没有回来，急得满意妈妈光朝大门口跑。看一趟不来，看两趟不来，看三趟还是不见人影……死了，烂了，成了路倒子，填了路沟！她又恨又气，噘起嘴来，先拾掇一桌，叫孩子们吃。她趁这个空，泡上麦种，拾掇好了众样子家什才去吃。吃过饭，也还不能刷锅洗碗啊，还得给那个实憨子留着吧！她盖好锅，又往锅底下塞了一把碎柴火，好使火继续烀着，热着饭；再把麦种、家什拾掇到小胶车上，才急忙火促地往湖里赶。

她一路走，不停地乱猜析，越猜析越气人，越气人越猜析：可能贪活，没来？人们都说他老实，干活实诚、细发，一星麻点儿鬼也不捣。可惜，太过位了！老实，老实得像块木头疙瘩；实诚，实诚得喝口凉水到腔门子；细发，细发得出了神奇：弄点活，摸拉过来，摸拉过去，这里瞅瞅，那里看看，就怕不板正。二亩黄土，细发个啥劲？再细发，还能绣出花来，描出朵来？这个人哪，唉！……她紧赶慢赶，赶到地头一看，地面耙得倒怪平整，顶大的坷垃蛋子，也就像黄豆粒子那么大小了。可是，人呢？人钻了哪个老鼠窟窿？

她的心里呀，毛个躁躁的！

得找，不找不行！知道死了，不找，可以；知道被人拐走了，不找，也可以；眼下活不见人，死不见尸，不找还行！她逢人便问，遇人就打听。怪不怪，这片地南北一里长，东西二里宽，她一块地一块地地找，一个人一个人地问，就是没找着。她累得张口气喘，急得那颗心啊，就像放在了油锅里煎炸一般！往南找……忽然间，坟地出现了，一个个馒头似的土坟，齐刷刷地排列着，里面安睡着河湾村的历代亡灵。西北角上有一座稍微大些的坟头，满意爸爸长眠在那里了，这半年前堆起来的土堆呀，上面长满了青草……她眼眶子一阵发酸发辣，泪流满面。她很想扑上前去痛哭一场，但那像个啥，活儿这么紧，叫人家听见……她忙移开视线，爬上河堰一看，原来实憨子在这里呀，正在给他叔伯兄弟家耙地呢。他耙得又严实又细发，光着膀子，赤着脚，裤腿角卷到了膝盖上。像块案板似的光脊梁黝黑黝黑的，上面淌着几道汗道子，在日头地里，油光光的……

见了这一切，她气得直打哆嗦。

"大嫂子，来呀！"杨平实的叔伯兄弟媳妇尚金兰尖着嗓子喊起来，"来歇歇呀，快——"

"不用歇，俺没累着。"

满意妈妈的嗓音，一撞响杨平实的耳膜，他就慌了，忙放下铁耙，跑到地头，从草棵棵子上抓起那件被汗水渍得像油袋子一样的背心，慌慌张张地往满意妈妈跟前跑："你吃啦？"

"你管我吃没吃干啥？"

"那我回家去……吃点？"

"你别回家去啦，俺家里没有你吃的饭。"

"满意妈妈……"

"什么，什么？"

"你小声点儿！"

"又不做贼养汉，小声点儿做啥？"

满意妈妈那张大白脸上，翻滚着乌云，两只杏眼，打着火闪……杨平实不敢瞅了，忙收住目光，爬上河堰，再溜下北坡，大步急跑，向老稻茬猛赶。

"你跑恁快做什么？你回来！"

她越喊他越跑得快，他越跑得快她越喊。

"你住下，你……"

他还住下？他敢住下吗？他跑着，连头也不敢回。

追——满意妈妈跑起来，一阵好追，但怎能追上杨平实呢？这个实憨子，快50岁的人了，腿脚仍像兔子一样快。等她赶回地头，实憨子又快耙了一遍。

满意妈妈走近他，伸手把铁耙夺过来："用不着你勤力，你滚，快滚！"

他哀求道："满意妈妈！我说满意妈妈……"

"不兴你再叫满意妈妈，满意妈妈该不着你叫……"气疯了的寡妇娘儿们，犹如母大虫，扑上前来，抓住杨平实那件油袋子一般的背心，猛一拽，"刺啦——"又用力一推，"咣当——"杨平实被推了个倒坐子。他在新耕过的土地上艰难地爬了几步，但没有爬起来，两行老泪顺着鼻翼两侧的凹陷淌了下来。

这情景，把满意妈妈吓傻了。她后悔自己下手太重了，是不是伤着哪里了？她心头一紧，头顶上像泼下来一瓢冷水。她上前两步，想去拉他，谁知再老实的人也有发怒的时候，他抓起一把土坷垃，劈头盖脸地砸了过去："没有良心的东西！"

她捂着脸，坐在地上哭，边哭边嚷："你就没忘了你本家，你跟着杨平起家过去吧，你何苦跟俺掺和在一起呀，你……"

"我就没忘了俺本家。邻居还相助呢，别说还是、还是叔伯兄弟。"

"那好，从今一刀两断，你愿帮谁帮谁。"

"行啊！你别当是离了你这个门，我就得生吃粮食粒子。"

"那好吧！"她从地上爬起来，不再哭泣：反正种不成了，走吧，明天再说。她拾起小胶车，推着就走，脚步迈得那个快劲，就像踩着风火轮子一般。

这时，已经快5点了。西沉的太阳射来一束束与地面几乎平行的光线，将他的身影拖得长长的。满意妈妈走了，她，她……他直挺挺地站着,眼睁睁地看着她远去的身影。他多么盼望她能回一次头啊!只要她回头看他一眼,他就立刻跑过去……但是,她就是没有回头。远了,远了,过了水渠上的石板桥了……她的心太硬了,硬得叫人叹气!他收回目光的时候,肚子咕噜咕噜地叫唤起来。他到谁家去吃饭呢?到谁家都能讨口吃的,可就是不能去,不能下贱到恁种程度,叫满意妈妈看不起。忍!一顿不吃饿不死。怎么忍呢?有办法——吸烟。他坐在地头草棵棵子上,影子也印在草棵棵子上,像一幅木版画。他卷喇叭筒,卷一支,吸一支,烧尽了这一支,再卷下一支……

三

　　水渠南岸,大路东边,盖了两小间平房,一间搁电机、水泵,另一间杨平实住。看护电机、水泵的报酬,是无偿耕种二亩地。

　　上弦月像西施的眉毛,挂在两间小平房西南角的夜空中。房后渠水哗哗的,蹲在门槛子上听,就像房后有两个人在絮叨什么。除此以外,毫无声息。翻腾了一天的田野安静了,像沉睡了的大汉,直挺挺地趟在那里。

　　杨平实蹲在门槛子上吸烟。叔伯兄弟杨平起来叫他三趟了,他没去。他不能去,满意妈妈的那几句骂声,老是在耳旁震响……这阵子不大饿了,只是渴,谁知是怎的!渴,好办,房后渠道里有的是水。

　　不一会儿,大侄女青枝来了。

　　"大爷,还你铁耙!"老远,她撂下铁耙,回头就跑,跑得可快啦,就像被狼追着一般。

　　他不说什么,他说什么好啊?

　　没过多大会儿,二侄女绿叶来了。

　　"大爷,还你镢头!"

　　你听听吧,连孩子都这么会说话!还你,还你……可是分得清啊!要不是大人教的,孩子会这样说吗?

　　又过了一会儿,满意来了。

　　"大爷,你的烟笸子。"

"好，谢谢。想得这么周到，连烟筐子也给送来了，是不是连脚窝子也挖了送来？"

随后，"佘老太"来了！她不是来对花枪的，而是推着小胶车呢。40岁的满意妈妈呀，身段还像年轻时那么好看。一张大白脸，两只水灵眼，双眼皮上长着细睫毛，扑闪扑闪怪好看。推倒你怕啥，爬起来不就完啦？谁知是哪根邪筋造孽，竟然动了怒！这下可了不得了，得罪下人了，得罪人容易，和好难啊！……容得他多想吗？眨眼的点儿工夫，小胶车就推到门首了。左一歪，右一歪，两袋子氢铵就直挺挺地躺在杨平实的眼前了。

"还你化肥！"

"满意妈妈，你这样……"

"唉，就这样吧。这样好啊！小葱拌的那豆腐，一清二白喽——"

他听了这话，心里像锥进了一把草，扎扎歪歪，不是个滋味，又憋得慌，又躁得慌，又恨又怕，又无计可施。他想大喊一声，他想号啕大哭……但那像什么，一个大男人家！要那样，满意妈妈说他充孬种，怎么回话呢？他想说话，想向满意妈妈说说内心里的懊悔之情，一张嘴却又没有词了。他恨自己，恨得牙根疼……

她走了，在月光和星辉下，晃动着她那微微发胖的腰身。她是有意晃给他看的，准是！这是在告诉他，分别了，一刀两断了，小葱拌豆腐了……他想哭，但是哭有啥用？满湖里没有一个人魂，哭给谁听？

不知道又吸了多少支喇叭筒，也不知道又过了多长一段时间，月牙儿没了，满天繁星密布，银河那边的牛郎，翘首观望着银河这边的织女，多深的情意！他也在这里翘首观望着夜色笼罩下的村庄，那个草门楼，那个院落，那张饭桌，那张床铺……满意妈妈还想他吗？"小葱拌的那豆腐……"话说得多绝情啊！你个光棍汉，怎么还有恁大的火气呢？远处公路上，一辆又一辆的载重汽车，像老牛一样，哞哞叫着，向前奔驰。两个牛蛋似的大车灯，两道闪电似的光束，平行前射，越射越远，越远越暗……终于又来了一个人，是谁呢？啊，尚金兰！

"你来，做什么？"

这话问得多笨啊，但人家尚金兰不计较这些，仍然笑着答话："给大哥带来了几个煎饼。"

"好，好。"他接过来，又忙说，"你快回去吧，人心不平啊，编撰出瞎话来，怪难听。"

兄弟媳妇笑了，笑得他浑身火腾腾的。

又说了几句话，尚金兰就走了。他开始嚼吃那几个煎饼。麦煎饼，里面还卷了猪头肉，一嚼满嘴里喷喷香，可是合口味。吃罢，灌了一气沟水，肚子里实在了，浑身怪舒坦。

他回到小平房，又卷喇叭筒，又烧喇叭筒。

吸着，吸着，他就眯困起来……

门外有响声！

"谁？"

他强打精神，出去一看，没见有人啊！耳朵岔气啦，疑神疑鬼啦……再回去躺下，他就怎么也睡不着了，心里毛个躁躁的，好多事都在往心里挤……

四

长得丑吗？中等身材，细高挑儿，长方赤红脸，也是堂堂的一条男子汉啊！就是眼皮厚点，猛一看不大精神。年轻的时候，跟一些同龄姑娘不是没瓜葛，可就是因为穷，姑娘被父母一吓唬，就不敢来往了。论干活，他是一把好手。农业学大寨，战天斗地改自然，年年领奖状。只是工值太低，一个工合一毛钱。人口多的净欠口粮款，多咱也分不着钱；他年终决算时，好歹还能领个三十五十的。这钱一到手，他立即成了"大财主"，借钱的挤破门。能不借给人家吗？有的治病，有的成亲，都十万火急。1967年春上，他跟全成香联系上了。有一天，全成香问他："你有30块钱吗？"他反问："做什么？"姑娘说："实哥，我是真心跟你好，什么也不图，咱扯个破麻袋片……"全成香哭了，杨平实忙劝，姑娘哽咽道："也……也能、能过……"杨平实劝她别发惨,有话慢慢说。全成香告诉他,她不嫌他穷,可爹娘那里通不过,现在正给她哥说亲,也愁没钱。只要有30块钱送到她爹娘手里,解解他们的燃眉之急,她再从中一活动,也就差不多了。杨平实叹气了,说钱还有点,可惜都借出去了。姑娘催他快去要,他就急忙火促地上了门……借账为好,要账为仇,借账的说一时没有,你还能把人家扛到井里去?不怕要账的英雄,就怕借账的净穷!火急而去,蹒跚而回。给全成香一说,姑娘气得骂他,骂他心中无数,骂他个憨熊!骂就骂吧,谁叫他办事恁实诚的来。骂着骂着,姑娘哭着跑了。他无可奈何,抱头活喊。那年,他已经25岁了!不久,全成香就跟着一个下东北的跑了。能去怨姑娘吗?全成香怎么不是七仙女那样的钟情人呢?她就不是那样的人呢,有什么办法!杨平实知道了,又恨又急,又难过又心酸,在家蒙头足足睡了三天。全成香也恨他,恨他连30块钱都拿不出来,真是个死羊眼子,一点儿心数也没有,弄了两个钱全长了翅膀……唉,这个人哪!从那,再也没有姑娘近乎他了。日子就像长河流水,无尽无休,一天天,一月月,一年年,苦的、甜的、酸的、辣的,日月中的什么滋味他没有尝过?终于熬到了这一天,熬到了45岁。45岁了,论说不大,正处盛年;可论起婚姻大事来,实在不算小年纪了。还想好事吗?当然还想好事。有人说:"45岁啦,还差几天不足半个数啊?"什么意思?他不追究这些,也来不及追究,追究出来也无意思,你说你的,他听他的。好事照样想,好梦照样做。瞎子瘸子都想好,杨平实总是还比他们高一头吧。其实,人人都在想好事。种田的,天天盼着千斤粮;做工的,时时都想超进度;淘金的,做梦也在想抓块"常林钻石";做买卖的,还怕一天挣他三千万吗?人只要活着,谁不想好事?杨平实是个光棍汉子,为啥不能想找个办饭的?他想好事,并不是平白无故地胡思乱想,而是有了目标,才想入非非的。

　　这年三月天,小孩吹得柳哨满街响。多么欢乐的春天啊!谁曾想,春天里也是要死人的。有一天,大街上忽然响起了哭声。他侧耳细听,是满意妈妈哭的;溜出大门一打听,才知道杨平进死了。满意爸爸杨平进,是县农机修配厂的工人,患神经病已经两三年了,他熬不过痛苦的折磨，寻了短见。人活着，该有多少事要做呀！一旦咽了那口气，也就非常简单了：火化，送葬。三天的工夫，除了满意妈妈还哭泣外，一切都恢复了原来的平静。一个月后，有一天满意妈妈出猪圈粪，从来没干过这样的脏活累活，乍干起来，实在不是个滋味。她干着，干着，脸上的汗水，眼里的泪水，交汇在一起，往下滴答，分不清哪是汗水，哪是泪水。杨平实早就想着好事了，一转悠就来到了满意家的大门楼前，毛遂自荐，慷慨大度，给她帮忙。满意妈妈喜不自胜，割了肉，杀了鸡，晚上一顿好喝。临走，满意妈妈送大哥，一送送到大门外，二送送到街中心，三送送到大汪崖……

"回去吧，满意妈妈。"

"大哥，你……"

"有活，你就去吆喝一声。"

"嗯，嗯。"

很快地，人们就看出了门道。热心人不止一个呀，四五个，有男的，也有女的；有老的，也有青年。人们都说，水帮鱼，鱼帮水，鱼水本是一家人。是一家人，都姓杨，虽然不近了，但一笔写不出两个"杨"字来，而且杨平实与杨平进还是兄弟辈分。自古到今，叔嫂亲，受人称赞；伯妹亲，也同样有人叫好。杨平实的厚眼皮抬起来了，原来那对眼珠子也非常明亮啊，难怪当年有几个姑娘跟他相过好。他很激动，非要明媒正娶，敲锣打鼓，披红挂彩，摆宴席，请大客，放一千个头的火鞭，他要紧紧地握着满意妈妈的手入洞房……所有这一切，都是为了向好亲贵邻说明一个意思：俺杨平实并不枉为人一世！但是，满意妈妈不同意。众人都劝，她无主意，就趴在满意爸爸的坟前哭。那哭声，好瘆人，哭得众人都流泪。杨平实火红的脸阴沉了，厚眼皮一耷拉，泪水也涔涔。后来，有人给他传来了满意妈妈的话："两家合一家，他来做活，有他吃的，有他穿的，有冷有热，有恩有义，不就行了吗，还弄那些洋动静做什么？"是呢，满意妈妈说得对。就这样，割麦时节，他们归落到一块去了。

麦收得好，玉米墩得好，水稻插得及时，地瓜压得早。责任田里，庄稼旺；菜园子里，米豆上架了，黄瓜长刺儿了……

雨伏天，无事干，满意妈妈炒两个菜，你东我西坐定，喝着酒，嚼着菜，说天道地，好满意。

"满意妈妈，我想，我想……"

满意妈妈微微发胖的大白脸上，盖上一层红绸子似的彩霞。她笑着瞅瞅杨平实，说道："喝醉啦，要说胡话？"

"没……没喝醉。我想跟你商量个事。"

"有事，你就说。大哥，一起过日子这些天了，还觉着不担是非吗？"

"担是非。我就知道担是非，才想跟你商量的。要觉着，要觉着，要……"

"什么呀，说呗！"

"我会熬羊肉糁，等秋后收割完了……"

"这样几句话还费了恁些事？唉，真是！"

实憨子的脸越发红了，谁知是酒力，还是被满意妈妈说的。他低了头，再呷一口酒，又去夹菜；嚼着菜，抬起头，翻起厚眼皮，红着脸，瞅着满意妈妈憨笑："嘿嘿，我想叫你……叫你……嘿嘿……"

"你听你，满嘴里像塞了块棉花套子，支支吾吾说不清。管有啥话都直说，多好呢。叫我做啥？熬糁，你掌锅，我烧火；赶集上店，一起去，一起来，一起干活，一起说话，亲亲热热，像两口子……"

"怎么还像两口子，不就是吗？"

"就是，就是。"

"哈哈哈……"实憨子敞怀大笑，"可还有一句话，怕说出来你生气！"

"我不生气，你说出来。"

"俺想……想有个孩子，是男是女……"

满意妈妈立即收敛了笑容，满脸冰霜，话说得挺绝对："那可不行！"

从此，说话就不那么投机了，亲起来就没有那么醉了，两颗心隔着两张肚皮，像隔着两层冰了。他想有个孩子！没有敲锣打鼓，没有披红挂彩,没有放一千头的火鞭,没有摆宴席,没有请大客……这都不要紧,他要有个孩子,要好好疼孩子,要让孩子吃饱穿暖,长得壮,长得高。孩子跟着他,满街跑……"爸爸!"孩子的嘴真甜。"哎——"他更会答,拖着长腔,答得也是甜滋滋的,脸上美得怎样,更不用说。孩子跑累了,他就背起来。孩子撒娇,他给买糖。回到家,孩子欢呼着,扑到妈妈怀里,把嘴里的糖块吐到妈妈嘴里;一回头,又扑到爸爸怀里,把另一糖块塞到爸爸嘴里。于是,他们就齐声哈哈大笑……孩子长大了,说媳妇,娶媳妇。这回,可得敲锣打鼓;这回,可得披红挂彩;这回,可得摆宴席;这回,可得请大客;这回,可得放三千头的火鞭……这样才算好,和满意妈妈亲热才算有意思,才能叫世人知道,他杨平实45岁娶亲得子,荣满人间!人家不给生,谁知人家心里是怎么想的?他犯愁了,他的厚眼皮耷拉得越来越长了……

这情况,很快就传到杨平起的耳朵里去了,叔伯兄弟不平气,找着他,大发雷霆:"你图什么,出力卖命,连个孩子都不给生,有丁点儿夫妻情味吗?撤回来,撤回来,跟她分得清亮的。老了,我们管你。别再挨她那个坑了。听着了吗?啊,啊……"

他说什么呀?他说什么好啊?他阴沉着脸,耷拉着厚眼皮,啥话没说。

过了好多天,满意妈妈突然说:"40岁生养,倒也还行。有了,长大了,叫你爸爸你高兴,叫我妈妈我也高兴。可是,满意要是个不通人性的货,追问我,我这张老脸往哪里搁?这不难为死人吗?你想想,大哥……"她说着,就擦眼抹泪。

"你别弄那个样啦,你想得也太周到了……"谁知道那些天是怎么回事,轻易也会发火,现在想起来,那话音都震得自己的心哆嗦。一气之下,他就走了。第二天回来,只见满意妈妈两眼红红的。当时自己也太不该了,他没有说半句暖和人心的话啊,只顾蹲在堂屋门槛子上卷喇叭筒,烧喇叭筒……

以后,两人再也没提起过这事。日出而作,日落而息,平静的田园日子,无灾无难,无风无火。凭良心说吧,满意妈妈对他不错。半路的，还要怎样？满意妈妈对他，完全是两个人的意思。人没识好的，鸡没吃饱的。好了还想再好，好上加好，锦上添花。别贪得无厌啦，这样就不错了，光棍一条，不也得认了吗？那时连个说话的都没有，别说热汤热饭热被窝了，还有满意妈妈呼唤他，还有三个孩子叫他大爷。把这三个孩子拉扯大，老了还能忘了他？人心都是肉长的嘛。没有良心的，恩将仇报的也有，可哪能就包括这三个孩子呢？三个当中，就是有不着调的，总不能个个都坏吧！

这烦恼过去也就过去了，他的心老早就归于平静了。他怎么也没有料到，突然间会发生今天这一场。今天这一场事啊，到底是怎么来的呢？来得又那么凶，那么疾，难道是积怨成灾？

五

把杨平实买来的氢铵还给他，第二天，李云天就送来了两袋子。他说，现在氢铵已经卖到23元了，他这个贱，20元一袋，嫂子用，更好说，真没钱，就算了。

是的，她当时手中无钱。

"他叔，你的心眼真好。"

"嘿嘿，好什么，人家少骂咱两句就算好了，叫人说好可不易。"

"你这么好的心眼，谁骂你？"

"你不骂，不等于无人骂。"

"别人也不骂，别人……"她冲过一壶热茶来，又忙乎乎地递过大闺女刚买来的"金鹿"香烟。

茶，他喝；烟，他也抽。他抽着烟，两只尖眼珠子死盯着满意妈妈的大白脸。她一翻眼皮，正撞上李云天的目光，大白脸火辣辣地红起来。

"咦，还有酒吗？"李云天一朝桌子底下伸腿，碰倒了一个酒瓶子。

"有，你喝？"

"嘿嘿，嫂子叫喝？"

"叫喝，请还请不来呢。"

"嘿嘿，真要是那样，也只得喝一个了。"

"那我快去给你煎两个鸡蛋。"

"不啦，不啦，有块咸菜疙瘩啃着就行。"

"哪能，哪能……"

满意妈妈说着，就找了个瓢子，拾上了七八个鸡蛋，一溜小跑，奔了小锅棚。

他这里斟上一杯，呷一口，暂时啃着咸菜疙瘩，喝得有滋有味。

不一会儿，一盘子炒鸡蛋端上来了；又过了一会儿，一盘子煎豆腐端上来了。两个菜，蛮好，他的兴致更高了。

"嫂子，来喝一个！"

"不行，不行，俺不会……"她笑着，嚷着，直往里间里躲。

李云天毫无顾及，一直追到里间……

"你松开手，你把俺当成什么人了？"她喘息着，挣扎着。

"大嫂子，你不想俺吗？你不是叫俺三婶子捎过话吗？那时，我一时心高，没想过来，错过了机会，叫实憨子……"

好歹挣脱，来到明间坐定，喘息了一会儿，才说："你要真有那份心，就用不着恁急，是夫妻就得等到洞房花烛夜，那样好，那样吉利。"

"哎呀，你脑子里怎么恁多封建思想的？要不，可能还是看着俺不如实憨子。要那样……"他说着，起身往外走。

"你把氢铵拿走！"

"给钱吧！"

"一时没有。"

"不忙，过些日子再说。"

她一时拿不就主意，李云天就走了。

六

睡醒一觉，就睡不着了，很多事都在心里乱翻。

娘在她未出嫁前就去世了，临终握着她的手说："菊儿，记住娘一句话，千万别把身子给别人……"她记住了娘的话，把一个清清白白的闺女身子给了丈夫杨平进。杨平进活着的时候，高兴起来就说这事，就不停地呼喊满意妈妈，她就去捂他的嘴……有了那么深的感情，怎么还自杀呢？你死了，上天堂享福去了，就不想想妻子儿女怎么办吗？一个寡妇娘儿们，拉扯着三个未成年的孩子，太难了。开初，她考虑过李云天，他35岁了，还光棍一条，也有些传言，说他夜宿"野鸡岭"。可是，一点毛病没有的，谁找个寡妇呢，带着三个孩子，还40岁了？他不守规，也难怨，他没有媳妇嘛。把他拢到手里，管住他，不就行了吗？她把这心思透给了三婶子，几天后三婶子对她说，李云天笑着摇头。李云天为什么又钻到她家里来了呢？是不是也把她当成了烂贱，玩一回拉倒？可能是！要不，怎么再也不朝面了呢？秋旱种麦这么艰难，一个寡妇娘儿们不更难上加难吗？他要连这些都想不到，还是人吗？娘的话太对了！她没有被李云天的热情所迷惑，正确极了。要说，还是实憨子实诚……想这些做什么，求谁都不易，求谁都是有好处的，实憨子不是想有个孩子吗？

天亮了，她把三个孩子叫起来，叫他们穿好衣服，再去洗脸。她两眼直勾勾地看着三个孩子：青枝，14岁了，再过一年，初中毕了业，就可以去顶她爸爸的班了（手续已经办好，因年纪小，没去上班），身个比她还猛，只是没有年纪，力气头不大；绿叶，12岁，比她姐矮点，可那胳膊腿的，比她姐还粗壮；满意10岁了，挺皮，就知道玩，就知道吃。

"妈妈，你光瞅俺做啥呀？"

她收住目光，拽过青枝来，给她梳头；给青枝梳完了，再给绿叶梳；给绿叶梳完了，又把满意拽过来，扒下那件到处都是泥巴的小黄褂，给他换上了一件浅蓝色的背心。

"妈妈，咱今天做什么？"青枝问。

"咱去种麦……"

绿叶说："还去叫大爷吧？"

妈妈摇了摇头，没吱声。

"去叫李二叔来吧！"满意抢话说。

满意妈妈拧了一下儿子的耳朵，训他："小孩子家，别嘴尖毛长，再胡说……"

满意不服："怎么是胡说呢？前天他来送化肥，还喝酒。"他瞪着两眼，铁板硬证。

青枝说："咱谁也不用。"

"对，你姐说得对。"

事情就这样定了，有牛使牛，无牛使犊。小满意跑出去了，青枝和绿叶帮妈妈做饭。娘儿仨一起忙活，很快就做好了饭。趁吃饭的空，她又劝说了一遍。孩子毕竟是天真烂漫的，妈妈一鼓动，一时心兴，都挺乐意，一个个摩拳擦掌。

用小穿子（鲁南地区的一种农具）穿沟，后边紧跟着一个人溜种。满意妈妈叫绿叶和满意拉，她先掌小穿子，穿两趟，叫青枝跟在后边看着，好学着掌握这项活路的要领。这样穿了一个来回，她忙去溜种，然后叫青枝掌小穿子，看能行了吧。乍掌，不是那么容易，穿得深的深、浅的浅，就像蚯蚓走姥姥家，除了弯还是弯。

满意妈妈看着看着，直叹气。孩子的兴不能扫啊，只能哄着，鼓舞着，引导着……自己心里有气，也只好忍耐着，自己再穿一趟沟，让青枝看着。第二次叫青枝掌小穿子，确实好了不少。

"就这样吧，有弯弯趟，无弯弯麦。"满意妈妈说。

三个孩子都笑了，她也笑了。

穿两趟就得歇歇，进度很慢。临近晌午，孩子们累了，都不想干了。

"妈妈，回家！"满意噘着小嘴，乱哼唧。

"不行，穿不完，不能回家。"

好说歹说，总算又干起来了……

"妈妈，我——我渴。"没穿半趟，绿叶也哭丧着小脸，朝她哀求了。二闺女脸上都是汗啊，好几绺头发粘到了脸上。

"妈妈，我饿！"满意又嚷，他配合得可真是及时。也难怪，小东西光着头，头发梢上似乎都有汗珠子在闪亮。

青枝低着头，一声不响。

她只好宣布歇歇。她把手提包里的油饼和萝卜拿出来，分给三个孩子吃。

"妈妈，你吃！"青枝撕下一块油饼，递给她。

她正望着蒙山出神，见大闺女递过油饼来，她忙接过来，咬了一口，慢慢地嚼着。

起初，穿两趟就得歇一阵子；吃过饭，力气头显然大了，穿三趟再歇。这活儿啊，放在人家壮劳力身上，两个钟头就完成了；放在她娘儿们身上，可就艰难了。从10点一直干到上黑影，好歹总算穿完了，前后差不多九个钟头。下一道工序就是用铁耙耙平，但地太干了，还得顺着沟溜上点水，才有把握出齐苗。天黑了，人也累了，不能再干了，这活只好放到明天去完成了。

回家吧，小胶车由青枝推着，绿叶扛着小穿子。满意耍赖，蹲在地头上唉哼，非要妈妈背着。你累，妈妈就不累吗？但是，10岁的孩子能懂这些吗？她背起儿子，一步一颠地往回走，走……走了一段路，实在不撑劲了，就放下满意，哄道："你这么大的男人了，还叫妈妈背着，人家笑话呀！"

满意惶惑不安，愣愣地瞅着妈妈，不知如何是好了。领着走了一段路，后边赶上来一辆排车，上面坐着两个小孩，满意也要坐。拉车人叫全富理，是个小木匠，为人厚道，满意妈妈一开口，他就同意了。

小满意走了，她长叹一声，坐在路旁草棵棵子上稍歇。她觉着头晕乎乎的，大得像个筐子；浑身像散了架子，酸疼，无力，困乏；小腿肚子就像灌了一吨铅，沉得抬不动，一抬就生疼。不能光歇，还得爬起来走啊！她扶着路旁的小树站起来，又上了路。

等挪到村后，天色完全黑了。路旁好多麦瓤垛，垛那边好像有人说话，她从垛与垛之间的空当里望去，见有两个烟头火亮在闪烁。有一句话好似提到了她的名字……唉，再歇歇，听听谁在嚼舌头。

"你想要她？"

"她那两个布袋子大奶子……"

"哈哈哈……我说老弟,你要真想要她……"

"要她?我要她干啥,玩一回呗。"

"那还不赶快下手?"

"下手了,没成功,想向你讨点巧妙,那娘儿们可不是个好缠的主儿!"

……

她听不下去了,更不堪入耳的话一定还在后头。听话音,一个是李云天,一个是全久挺。

回到家里,她叫青枝快烧火。青枝累了一天,当然不想再动弹,她噘着嘴巴,像个拴马橛子,一声不连一声地跟妈妈吵嚷,声称就是不愿烧火。她哪里还有恁些耐心,一怒之下,打了青枝两巴掌!大闺女哭了,捂着脸,耸动着肩膀,哇哇起来,就没完了。八仙桌子上的煤油灯放射着昏黄的光,几个人影子落在障子上,老大老大。绿叶和满意站在一旁,愣愣地瞪着两眼,看着怒气冲冲的妈妈,啥也不敢说。

她不能光跟这些吃屎的孩子怄气,她还有更紧急的事要办。她一扭身子冲出屋门,跑出大门,很快就进了邻居五大爷的家门。她向五大爷借了50元钱,反身又点给五大爷46元,哀求他帮回忙,说她前天买了李云天两袋子氢铵,没给人家钱,白天忙,没空;晚上,她一个寡妇娘儿们家,走动起来不方便。

五大爷热情大度,答应了,立即就去。她千恩万谢,丢下几滴眼泪,回了家。

孩子们都睡了,东倒西歪,躺在床上,像三只睡熟了的小狗。她找了几件棉衣裳,分别给孩子们盖上,自己坐在床沿上稍一愣怔,就要迷困,但还没做饭啊,怎么能睡觉?她忙睁开眼皮,强打精神,站了起来,端着小煤油灯,来到了小锅棚。刷锅、添水、烧火……终于烧开了这锅水,下了点白面,算是做好了饭。得把孩子叫起来,喝两碗再睡,这样不吃不喝地睡觉,会伤身子的。但是,怎么也叫不醒了!拽起一个,一松手,就又歪倒。叫叫,也哼哼,就是不睁眼皮。不叫了,也就又死睡过去。鼻息声,均匀的……起初,喊呼的声音还挺响,看看不起,也就丧失了信心，声音渐弱渐小。最终，由不得自己，也迷困过去……

一觉醒来，天刚蒙蒙亮。她爬起身来，忍着全身的酸疼去热那锅饭；热好后，把三个孩子叫起来吃饭。吃过饭，她就拾掇钩担、水桶，动员孩子们再下地干活。绿叶和满意怎么也不去了，青枝大点儿，懂点儿事了，没拒绝。不去也行，可得去截白薯秧，截回来还得切了喂猪。绿叶和满意答应得怪脆声。下湖的时候，天大亮了。她挑着水桶，青枝扛着铁耙。

到地头一看，怎么回事，地里溜过水了？谁给溜的，难道认错了地……

"妈妈，是大爷来溜的吧？"

"你瞎扯什么？"

"你看，这不是他的擦汗手布子吗？"

青枝从地头草棵棵子上拾起一块旧毛巾，递给妈妈。这块上面奔跑着两只梅花鹿的旧毛巾啊，是满意爸爸的奖品，使了三年啦，中间出了窟窿，又叫实憨子拿了去……她哆嗦着双手，忙把这块旧毛巾塞到口袋里。

"妈妈，咱耙吧？"

"好，你先耙着，我，我……"她觉着天也在旋，地也在转，忙蹲下，哇的一声，吐出来一口脏物，恶酸恶酸的。

"妈妈！妈妈……"

"青枝，别大惊小怪。你先耙着，我蹲蹲，一霎儿就好。"

青枝只得先耙。她时不时地扭头看看妈妈，妈妈脸色焦黄，无声的泪，一串连着一串，往外滴答、滴答……

七

她热恋过一个中学生。起初，他对她也是很真诚的，只是人家聪慧过人，考上了大学。两年后回来过暑假，他领回来一个女大学生。她能说什么？她暗中掉了几滴眼泪，就算了结了这笔情债。后来经人介绍,她认识了杨平进。模样儿当然没有那位大学生长得帅气,可人直爽,没有那么多鬼心眼子。她说什么,他应什么,很遂她的心意。过门后,两个人恩恩爱爱,小日子过得怪甜美。那些年月兴大呼隆,工值一毛多钱,当工人的收入也不多,日子过得怪紧巴。可夫妻恩爱苦也甜,心情还是好的。谁曾想,一切都在往上走的时候,他寻了短见。"唉,俺那命啊!"她哭天抢地。

以后的日子怎么过?她想过改嫁,但愁三个孩子。她觉着在本村找个人怪相宜,就想到了李云天。李云天父母早丧,无人过问,婚事撂下了,但小她五岁,谁知人家乐意吧?后来,求三婶子去问了一声,人家摇头,这事就拉倒了。现在她才知道,李云天是那么一种人,亏得没跟他混混到一起去。不久,像从地下冒出来的一样,杨平实翻起了厚眼皮,笑嘻嘻地站在她面前!但是,她有顾虑——杨平实太老实了,老实过头了不好啊,受欺负。她喜欢李云天,是因为李云天长得好吗?不是的。李云天一张磨石脸,哪地方好?但他能闯荡,满意妈妈喜欢他这点。杨平实恰恰没有这个能力!正在她心乱如麻的时候,为杨平实说合的人,就三天两头不断了。她带着沉重的心事,来到了娘家,娘不在了,向爹哭诉。爹说不能走那条路,他王家的闺女不做丢人的事,再一说,满意爸爸活着的时候,待人不薄,那样做,对不住死人!农忙时活紧,叫她兄弟抽空去帮两天忙⋯⋯一席话,说稳了她的心。

可是,兄弟回家来表示,农忙时很难抽出空来。爹吹胡子瞪眼睛,骂了几句,也无济于事。她流着眼泪回了家,不再犹豫,同意了。一过三个多月,都很和睦。雨伏天,炒两个菜喝酒,他喝得高兴,提议收拾完了熬羊肉糁,喜得她大白脸上映红霞。谁知他这一高兴,竟得意得不知如何好了,提出来给他生养个孩子。他真是仰巴着睡觉——净朝天宫里想啊!

不久,在外地工作的大哥回来看爹,也来她家看了看。她见了大哥,把心里的话都说了。大哥说,如今孩子还小,这样也行,再过几年,孩子大了呢?孩子大了,就由不得咱了。懂事的孩子,知道做妈妈的难处,还好说。谁知这三个孩子怎么样,特别是满意,他要张口揭你这些老账底,你那老脸往哪里搁?还有个婆媳关系,关系融洽,好说;

真有三差两错,儿媳妇揭挑起老婆婆来,更是不留一点茬儿……大哥的话,她全信。从此,她更坚定了自己的决心。

前天耕地,她想头晌耕完,耙好,过晌就种,也还能种完。哪里想到,他已经有了外心!他……他……都说他是实憨子,可不是恁回事啊,话头少点是不假,心眼子一点也不少啊!那句话伤他的心了,他记恨起来了,跟别人忙活去了。他帮开了他叔伯兄弟,他要开辟新路了,他把她抛到云彩眼子里去了……他发了泼,把这大半年的愁、苦、哀、怨,一下子化作一腔怒火,往她身上喷射过来了!既然如此,你又来浇水做什么?想施展小恩小惠,收买人心?伤透了的人心,一下子就能暖热?你以为俺是3岁的小孩……想这些做什么?她一下子站起来,朝青枝那里跑:"青枝,你歇歇吧,我耙!"

她耙一阵,青枝耙一阵;青枝耙一阵,她再耙一阵……就这样,娘儿俩替换着,耙了大半晌,才耙完。

往回走,她扛着铁耙,青枝挑着水桶。走到水渠的石板桥上,她坐下了,对青枝说:"下去洗洗这块毛巾。"她把那块上面奔跑着两只梅花鹿的毛巾——实憨子的擦汗手布子,递给了闺女。青枝听话,下去就洗起来。洗好了上来,她又嘱咐闺女:"给他挂到门鼻子上。"青枝去了。

实憨子的那两间小平房,就在桥东南角上,离桥不足五十米。她看着闺女的脚步,看着那两间小平房,禁不住又流下来一串热泪。青枝回来后,娘儿俩再扛起铁耙、挑起水桶,往前走。

八

种麦的季节,确实忙,难怨人们说三春不如一秋忙。青枝与妈妈回家来,刚收拾好晌午饭,还没来得及吃,就听村干部吆喝下湖撒粪溜化肥了。

"妈妈,这回种哪里的?"

"别光问,好生听着。"

"种西北洼了,到西北洼撒粪溜化肥了!"

"青枝,你先吃,吃了推着袋子氢铵先去,我得等等绿叶和满意。这两个孬孩子,怎么还不家来呢?"她唠叨着,忙给青枝卷了个煎饼,又盛来了一碗菜。

趁青枝吃饭的这点儿空,她把小推车放平,把一袋子氢铵抱上去,用绳子封结实,又找了个葡萄糖水瓶子,装满凉开水,再捏上把白糖,接着塞上皮塞子,装进了青枝的书包,嘱咐她走时背上。这一切收拾停当,青枝也就吃完了饭,妈妈把小推车推出大门外,叫她推着先走。

"妈妈,你得快点儿去呀!"

"噢,知道了。"

"你要去晚了,溜不过来,我可不管。"

"知道了,知道了,我收拾收拾就走。"

青枝噘着嘴,回望妈妈一眼,快快而去。

绿叶和满意怎么还不回来呢?还能又打架了?唉,这两个孽种!这颗心啊,几时才能安静一会儿?老是七上八下,熬煎死人了!她锁了屋门,赶快往外跑。

"大嫂子,要耕西北洼了。"

"啊,他二叔,是啊,是啊。"

"我怕你拿不了,我推着车子的,你把化肥放在我的车子上吧。"

来人叫徐贵兴,跟她邻边种地。杨平进活着的时候,两人很要好。杨平进撒手一走,他就不朝面了。这人很乖,可能怕寡妇门前是非多吧。满意妈妈当然知趣,既然你怕俺的腥臊气熏染了你,俺就躲着。这回怎么变了架子,还来打这么一声招呼?她说碳酸氢铵叫青枝推走了,徐贵兴没再说啥,走了。她转身锁了大门,忙朝西湖里跑。

到白薯地里一看,不见满意,只有绿叶还在那里截薯秧子。小妮子汗流满面,也好似哭过,两眼红红的。

"绿叶,满意呢?"

"他下河摸鱼去了。我嫌他,不让他去,说妈妈知道了不愿意。他就跟我吵,说不愿意,还能怎么着。他跑我就追,眼看就要追上了,他抓起一把土来，照准朝我脸上就撒……"绿叶说不下去了，哭了。

她给二闺女擦泪，又哄又劝。绿叶倒在妈妈怀里，哭得越恸了。她不能哭，她不能哭啊！她得哄闺女，自己要是也哭了，怎么哄孩子？她抑制住自己最痛苦的眼泪，劝自己的闺女，劝懂事的绿叶。绿叶好，绿叶好啊！绿叶听妈妈的话，妈妈叫做啥就做啥，从来不兴走样子的，看截的这薯秧……把绿叶哄好，给她捆了一小捆薯秧，叫她背着回家，给她钥匙，叫她投开门，盛饭吃。

"妈妈，你找着满意，狠狠地……"

"行啊，只要找着他，轻饶不了他就是。"

"可也不能打太重了啊！"

"是啊，是啊。"她眼前一片迷蒙，声音颤抖着。她不敢再回头看绿叶了，她看了孩子满身汗水的样子，心里很不好受。

她直奔河堰，越过河堰，直扑河滩……

"妈妈，你看这鱼！"满意见妈妈来，欢呼起来。他浑身是沙、是泥，背心与裤头全部湿漉漉的。

干沙滩上，挖出了碗口那么大的一个水汪子，里面有四五条小鱼秧子，在那不大的水域里游动，有时还浮上来乱呱嗒嘴，弄得水面上乱冒气泡……

"喝水了，小鱼秧儿！"满意欢喜若狂。

"我叫你喝水，你个孽种！一点儿人事不懂，就知道皮……"她拧住了儿子的耳朵。

满意叫喊着，挣扎着，哭着。

"快走！不快走，我把你的耳朵拽下来。"

满意只得快走。如果有空，她可以领孩子们在这里玩一阵子，像下班以后的夫妇那样。她小时候也这样，摸鱼，捞青菜……可这是什么时候，三春不如一秋忙啊，咱家里不更忙嘛，你个小冤家！她只有这样做了，尽管内心里也酸溜溜的。

到家之后，她正安排满意吃饭，青枝回来了。青枝是跑着回来的，满脸红霞，看样子挺高兴的。

"那袋子氢铵……"

"半路上，叫全久挺推走了。"

"怎么，叫全久挺推走了？"

"我哪叫他推？他硬要给推，叫我回来快叫你去，说拖拉机已经挪过去了。"

"憨孩子，你怎么能把化肥随便丢给别人，那玩意儿……"妈妈直埋怨闺女。

青枝不服："人家有的是，不用担心。"

她气得直喘粗气，脸色蜡黄。她能把一切都告诉闺女吗？青枝啊，才14岁，正是天真烂漫而又不知天高地厚的年龄。她哪里知道，漂亮的面纱下边，还有一张狰狞的面孔啊！"青枝，你快回去，把那袋子氢铵要回来，自己推着，快赶到西北洼。要轮着耕了，你就先溜着，我随后就去。"别的，她啥也不能说。

青枝走了，慢腾腾的。

"青枝，你快点！"

"噢，知道了。"

说归说，走还是那个走法，她生妈妈的气。这些天，也不知是怎么的，妈妈神神道道的，正春和景明，转眼就阴雨霏霏；或者正满脸乌云，突然又晴空如碧。听说爸爸是患神经病死的，她的妈妈怎么也有点像……

猛然，有人推她："你个死妮子，还能走快一点吧？"

妈妈来了，一脸怒气。

妈妈嫌她走得慢，没办法，只得加快点儿步伐。娘儿俩一前一后，赛跑一般。

拐弯处，正碰上全久挺。

"大嫂子，别忙了，地耕完了，我给溜的氢铵，那几车子粪，也是我给撒开的。"他说得太神气了，言外横溢着欢乐与骄傲。

"你受累了！"满意妈妈只好这么说，她脸色昏暗，说话有气无力。一会儿，她又低了头，正在寻思场边子上偷听到的那段话。她实在揣测不透，李云天、全久挺究竟是些什么人物？

青枝说："三叔，下晚……"

妈妈瞪她一眼，忙对全久挺说："三兄弟，这样的大忙天，你能给俺帮这么半天忙，俺真不知道该怎么感谢你。等拾掇完了，抽一天的空，俺办几个菜……"

"好说，好说，邻居相助，理所当然。"说着，他把氢铵袋子递过来，"给你袋子。"然后，他扭头就跑了。

袋子倒不错，上面有她用蓝墨水画的×，但她不放心，不相信全久挺一下子变得这么好，就是他想着那宗事，也不会这么做，因为他还没捞着啊。她叫青枝回去扛铁耙，她推着小胶车，向西北洼奔。

邻边子种地的两家，都在耙地。

"他贵兴叔，你耙得好快呀！"

徐贵兴见大嫂子来，忙停住手中的活，擦着汗说道："嫂子，你怎么这才来？要不是平实大哥早来一步……"

这是真的？实憨子，他……

"他贵兴叔，全久挺没来给溜吗？"

"全久挺？……没见！他怎么会……"

"青枝推到半路上，他非要给推着不行，小孩子不懂事，只图轻快，就叫他推走了。"

徐贵兴望着她，嘴唇干动，就是说不出话来。她只好再问另一家邻边子种地的人家。

"三婶子，俺三叔呢？"

"家走拿麦种去啦。"

"哎呀呀，你耙地还怪在行呢！"

这个三婶子，辈高人却年轻，二十八九的年纪，叫吴新兰。她男人就是全富理，当木匠的，两口子很要好，日子过得称心如意。

"王秋菊，你怎寻思跟杨平实闹那样的乱子的？咱这说啦，平实可是个好人啊！你看，你不来，他一样撒粪溜化肥，就像往常一样。"

"三婶子，这是真的？"

"这个还能假了,我多咱跟你说过假话?你要是不踏实,再去问问徐贵兴。"

还问徐贵兴干啥,已经问过了,她得去找实憨子了。他要真还念着她娘儿们,唉——不就重归于好?

往北走两块地,就是他那片地。她跑到那里一看,地耕起来了,还没耙,他死到哪里去了,就恁忙吗?一打听,他正在给叔伯兄弟杨平起耙地。她那一肚子气呀,一下子就鼓起来了。回到自己的地头,她坐下等青枝。她越想越气,越气越感到苦酸,禁不住流泪又怕人家见了笑话,只好不停地擦。

等了半点钟,青枝还没来,杨平实却来了。怎么办?是叫他耙呢,还是撵他走?叫他耙,等于和好;撵他走,更深一层仇!

他朝这边看了一眼,闷头耙起来。

不行,不能叫他耙!就说他忙,还得给他本家干,忙不过来,俺不丧那个良心,一个人不能劈成两半用,累死是个性命……撵他快走。

杨平实愣愣地看着她那个凶样子,抓过掖在裤腰带上的那块上面奔跑着两只梅花鹿的破毛巾,擦着汗,耷拉着厚眼皮,瓮声瓮气地说道:"满意妈妈,这口气就是生不完啦?"

"生不完啦,生不完啦!早晚死了……"

杨平实扛起铁耙,叹了口气,走了。

等青枝扛了铁耙来,10点多了,娘儿俩耙耙停停,直到下午2点也没有耙完,都觉着没有力气了,只得回家。

绿叶坐在大门首,见了妈妈,对她说全久挺来了。她"啊"了一声,没多说话,就快步进了家。全久挺已经坐在堂屋里了,吸着带过滤嘴的香烟,头像刚洗过似的,散发着一种芬芳气味。

"嘿嘿,大嫂子……"

"这时候,你来做什么?"

"我来告诉你一声,那袋子氢铵都溜上了。我寻思,七分地,也不多,要不够用的,就到我那里去搬,我有多买的。"

满意妈妈闷了片刻,啥也没说,转身走了。

青枝喊："妈妈，不做饭吗？"

"你刷刷锅，烧火。"她说着，找了棵葱，剥掉老皮就切。她正切着，发现全久挺偎过来拉了下她的褂子后襟。她仍没吱声，切好葱，放在刀面上，端着上了小锅棚，附耳低声，打发青枝走了。她又烧火，又掌锅。

全久挺过去要火，她递过去一根苞米秸。苞米秸正着得风旺，全久挺接过去，朝满意妈妈面前一摇晃："哈哈，大白脸！"

"你娘不也是大白脸吗？"

他没言语，身子却靠了过去。王秋菊忙站起来，向一边闪……正在这时，大门一响，五大爷和青枝相跟着来了。见五大爷来，她心里熨帖多了。

"五大爷，嘿嘿，五大爷……"全久挺忙着跟五大爷搭话。五老头子装作没听见，直木橛子似的站着。

满意妈妈说："青枝，快快给五爷爷找坐窝——到屋里拿小椅子去！"

不一会儿，青枝就拿来了小椅子。

五老头子坐下，这才佯装发现全久挺，忙说："喂，是全久挺吗？你来……"

"五大爷，刚才跟你说话，你没听见。"

"老啦，耳沉。你这是……"

"嘿嘿，闲坐。"

"这么的忙时候，怎么还有空闲坐？"

全久挺的脸立即红了，他干咳了几声，又归于平静。

"五大爷，是这样：全久挺哄着青枝，骗走了俺的一袋子氢铵……拐走了俺的东西，又来卖乖，你寻思俺寡妇娘儿们……"

"大嫂子，你这是血口喷人！"

"我血口喷人？我有人证物证……"

"我去找村政府！"

"别吵，别吵！就是呢，这样的事，找找村干部吧。你说呢，满意妈妈？"五大爷说话不紧不慢，永远是那种"中等"速度。

青枝说："五爷爷不就是村里的调解委员吗？"

"五大爷，嘿嘿，他，他……"

"他怎么？他是我的近邻，偏向我，你信不过？信不过，由你再找。"

"咱一块去找，走！"

"我得办饭，你先去找吧。"

"全久挺，你脚步勤，先劳动劳动也好。"

全久挺当然想溜之大吉，听了五老头子这话，觉着正是个下驴的好坡，好腿早拿到了头里："行啊，行啊。五大爷，这事光你一个人……"他说着，嚷着，拔腿就走。

全久挺一走，五老头子深深地叹了一口气，慢慢地掐上一锅烟，吸着，安慰道："你办点饭，安排孩子们吃了，歇着吧。这事不能急了，狗吃不了日头。今天处理不了，还有明日……跟杨平实，我看也别太执拗了，那人老实，条条合适，哪有那样的人啊？"

王秋菊哭着，送五大爷。

"回去吧，唉——"

五大爷走了，她顶好门，做好饭，照顾孩子们吃了，收拾好碗筷，坐下稍愣，觉着心里乱，身子也困，就爬到床上歇着了。孩子们一见，也一个个往床上爬……

九

李云天的大门紧锁着。

星光下，全久挺站在那里，摸摸锁，再摸摸锁，无可奈何地一声不连一声地叹着气。李云天又有几天不回来了！这个人哪，还能真认了那条路吗？那样好，那样自在，东逛一天，西荡一天……年幼还行，年老了呢？叫咱说还是成个家好啊，可他不听人劝。全久挺与李云天并不是一路货色，他有媳妇，但并耽误不了自己胡来。他想叫李云天跟他一样，但李云天不听。如果李云天在家，把今天这事跟他说说，也好拿个主意。光以为大白脸好对付,哪寻思也是个三条腿的蛤蟆——难缠(蟾)!不赶紧想个办法掩盖一下是不行了,一旦叫她抢了先,人证物证俱在,可就疤瘌眼子照镜子——难看了!还有那个五老头子,显然站在她那边。真的真相大白了,丢人现眼,见了老庄邻,怎么抬头?一个寡妇娘儿们啊!一袋子氢铵啊!全久挺可是个孬种啊!连一袋子氢铵也不值了……抽烟!他蹲在李云天的大门楼下,点着了一支烟……他终于想出了一个办法,去唬实憨子。他大步流星,一会儿就赶到了村后。远处,水渠边上,有一盏灯亮着……

走着,走着,他犹豫了。实憨子,真憨吗?他受唬吗?第一步,弄巧成拙,叫大白脸抓住了尾巴;第二步,再一意孤行,弄不好,惹火了人家,两家一透话,不就更难堪啦?实憨子,忠厚点儿是不差,可不憨啊!这样没有把握的事,最好不办。

他没力气走路了,蹲在路旁再烧过滤嘴。

路上有人问话:"三弟,蹲在这里干啥?"

"吭、吭……不干啥。"

"挨了老婆的揍?"

"开什么玩笑?等一个人……"

"等谁?"

"等……等……等杨平起!"

"等杨平起?想图什么老巧?"

"闲玩,哪有老巧图?"

"无老巧图,嘿嘿,谁信?"

"你不信算完啊,我有啥法!"

那人走了,他是村中有名的夜游神。起初,全久挺被夜游神追问得有些慌张,毕竟做贼心虚;可到了后来,在说话当中,他却生出主张来:对,找杨平起去!杨平起是杨平实的叔伯兄弟,他对大白脸没好感。在他腔门子上烧一把火,准能起作用。他脾气暴躁,能唬住实憨子。只要杨平实不承认曾经到西北洼满意家的地里溜过化肥,嘿嘿,再有谁证明,不也是嘴上抹石灰——白说嘛!嘿嘿,这主意……全久挺一下子兴奋起来,他把抽了一半的烟头扔掉,回转身子,大步流星,顺土路疾走如飞。

"久挺,慌的什么?"

"嗯,嗯嗯……"

他连是谁也没有认出来,一晃就过去了。

"忙的啥呀,这人……"

他哪里还顾得了这些!

十

"笃笃笃……"不停的敲门声,好急促。

谁呀,大清早?拉开大门一看,门外站着杨平起。他满脸横肉,鼻子眼里都是凶气。

"大嫂子,你跟杨平实那事……"

"大清晨起来,你来问这个做什么?"

"他是我大哥,这事我得问问。"

"你想怎么问,说吧!"

"这事两拉倒也行,可得把那300块钱还给人家。不还给人家,情理上说不过去;再一说啦,也太丧良心,俺大哥那么老实……"

满意妈妈脸一沉,剜了杨平起一眼,随即就哈哈大笑起来。

"大嫂子,你寻思我跟你说着玩的?"

"我知道,不是说着玩的。"

"那就好,那就好。我就知道大嫂子是个明白人!明白人办明白事,那就快还钱吧。"

"有句俗话说得好,捎钱捎少了,捎话捎多了……"

"你信不过我呀?我保证……他那人你还不知道吗?含着冰说不出水来,太老实了,你就行这份好吧,是他叫我替他来要的。"

"我是信不过你,更不信你的保证。你叫他自己来拿,我早准备好啦。只要他来要,我就给他。别人替他要,别说是你,老天爷来也不给。"

"弄了半天，你还真是三条腿的蛤蟆呀！给不给吧？俺没空跟你磨牙。天底下哪有恁好的事，给你干活，还得给你钱花……"

"你要看着这事好，不会把他叫到你家里去，叫他给您干活吗？"

这还了得，戳疼了老虎腔门子了！杨平起立即火冒三丈，暴跳如雷，圆睁二目，大喊一声："你说什么，你说什么，你想挨揍不用用钱买！"

欺人太甚！从来不发泼的女人发泼了，从来不放赖的女人放赖了！"我正想找个人揍，找了七七四十九天，也没找着……你来了，正好！"她扒下海蓝色的褪旧线呢裰子，扑上前去，将裰子甩过去，劈头盖脸地抽打开了杨平起……

她竟会来这一手，这是杨平起万万没有料到的。他还没来得及躲，就挨了一裰子。火撞顶梁，他按捺不住，一个饿虎扑食，把她推倒了。她号啕大哭！杨平起见事不妙，抽身便跑。哪里跑得了？她爬起身来，披头散发猛追……此时，看热闹的人已经一街两巷了，杨平起快步窜入人群，满意妈妈被几个妇女拦住了。

"你不凭良心，平实大哥弄两个钱可不易啊……"全久挺站在人群里，呐喊助威。

"你怪凭良心，实憨子可怜，你把他领到你家里，有多好呢！"她眼珠子异乎寻常地尖厉，恨得咬牙切齿，便当嚼吃了他。

"哈哈哈……"大家一阵哄笑。

全久挺火气正当旺时，他向前两步，大声吆喝："平实大哥想有个孩子，也不给生……"

大白脸笑了，散发仰脸，哈哈连声："你老婆的生养劲头不是怪大吗？借您个地方用用，给实憨子生养一个，杨平实保证感恩一辈子。"

"哈哈哈……"围观的人又是一阵哄笑。

全久挺无地自容，又气又恼，抓耳挠腮，走也不是，待也不是。他红涨着脸，跷了跷脚尖，四处察看，想找杨平起。杨平起的老婆尚金兰，全久挺的老婆许秀娥，都闻讯赶来了，另一场厮打就要展开。

五大爷从家里出来，大伙给他让开了路。

"吵嚷什么的？叫平实来，叫他说话，不许别人插嘴。成广，孙成广，去叫杨平实！"

一街两巷的人啊，都面面相觑，顿时鸦雀无声。那个叫孙成广的青年，又带来了两个小伙子，跑去叫杨平实了。街上的人恢复了平静，三个一群，五个一伙，小声嘀咕着。

"满意妈妈，你先家去。"

王秋菊听五大爷的话，爬起来，回了家。

不远处，杨平起与全久挺站在一家屋山头跟前，没有说话，都铁青着脸，狠狠地抽着烟，大口大口地吐着烟雾。他两人的老婆，就站在一旁，不知在小声嘀咕些什么。

实憨子来了！王秋菊当然不会怯阵，听人吆喝杨平实来了，她立即跑了出来。杨平实的厚眼皮耷拉着，耷拉得多长；脸上的皱纹也似乎多了，密了；年轻时的火红脸色变了，变成了紫黑色。他咳嗽了好几声，咳嗽得很不自然，咳嗽得鼻子尖上都沁出了细汗珠子。

人都往前挤，挤了黑压压一片。

五大爷说："杨平实，有话就当场说说，别光这样闷着闹啦。一家有事，百家不安。因为你这点事，弄得四邻八舍都不得安宁。秋天大忙，做点什么不好，非得闹仗？"

"我没的说。"

人群中，有人哧哧地笑。

"你不是差着杨平起……"

杨平起急忙插嘴："大哥，是你叫我来要那300块钱的吧？"

五大爷生气了："不许别人插嘴！"

王秋菊紧追："你自己没腿啦，差着你叔伯兄弟……"

"我，我……"实憨子不知如何说好了。

"你的舌头叫人割啦？"王秋菊吼他。

"我，我……他叫我……"

"大哥！大……"杨平起猛然大叫。

五大爷把脸一沉，厉声问道："杨平起，我这个调解委员还算数吧？"

你是怎么的,人家闹乱子,你在里面瞎掺和什么?"

"他是我哥!"杨平起还不服气。

"他在这里,用不着你。"

"他憨,含着冰说不出水来……"

"先叫他说,你好生听着。真有漏的话,你再添上。我调解的哪里不公,你再为他喊冤叫屈也不晚,乡里、县上,都许你去。"

人群中,又像油锅里撒了一把细盐……

这时候,满意妈妈已经平静下来了,褂子穿好了,头发拢起来了,大白脸没有那层神韵光彩了,暗灰混着土黄,当然不中看了;双眼也不再水灵,只有愤怒,眼珠子瞪瞪着,闪烁着母狼般的凶光。

"满意大爷,你是叫你叔伯兄弟……"她又追问。

五大爷说:"满意妈妈,别穷追这事了。我问你,杨平实真给过你300块钱吗?"

王秋菊的回答很干脆:"给过。"

五大爷又回过头来问实憨子:"平实,你说话,这钱还要吗?"

"这钱,这钱……"杨平实急得干抓头皮。他的脸红涨起来了,额头上的汗珠子一个个像黄豆粒子大,落在地上,砸了一个个湿窝窝,圆圆的。

"吭吭!吭吭……"杨平起装咳嗽,一声不连一声,乱朝他叔伯哥这里瞪眼睛,目光尖厉得像闪电,眼珠子险乎瞪出来,血红血红的。

突然,人群中有人喊:"杨平实,你有钱没处扔了吗?你……"

王秋菊听得清楚,是全久挺在煽动。

"满意大爷,俺西北洼那七分地里的化肥……"

一听满意妈妈问这事,实憨子立即惶恐不安,昨天晚上杨平起和全久挺威胁他的那些话,又在耳旁响起来……厚眼皮抬起来了,眼珠子乱转,瞅瞅这里,望望那里,嘴唇干动,发不出响来。

"咋啦,得了中风不语?"有人说。

"你怎顶张男人皮来!"

什么,满意妈妈说什么?听了王秋菊的呵斥声,实憨子心里更乱了。

杨平起按捺不住，蹿了上来："大哥，人说话得凭良心啊！再说，你可不要忘记了这里边的利害呀！"

杨平实的厚眼皮终于耷拉了下去！

五大爷叹气了。满意妈妈的眼里涌动着泪水。有人在叹气，有人在讥笑……人群中到处都在喳喳，有声大的，也有声小的。

杨平实从腰带上拽过来那块上面奔跑着两只梅花鹿的破毛巾，擦了一把汗，厚眼皮又重新翻起来。

"我说，满意家西北洼那七分地里……"

一街两巷的人，顿时鸦雀无声。

"吭吭，吭吭……"杨平起佯装咳嗽的声音，再一次响起。

闷了一会儿，实憨子终于抬起了头。"我溜的，我给溜的。我搭上人工，搭上化肥，我……"他说得太艰难了，心里委屈极了，泪水像急雨点子，夺眶而出，"不信，就问徐贵兴，三婶子吴新兰也在场。"

五大爷喊道："徐贵兴呢？"

徐贵兴从人群中走出来，很难为情地说："我当时、当时只顾忙活，没注意。"

王秋菊瞪了满意爸爸这位好友一眼，艰难地咽了口唾沫，啥也没说。

吴新兰出来说话了："我看见来，杨平实扛着氢铵去的，还撒了粪……"

孙小兰说："平实大爷扛着氢铵，跑着去的。我爹叫他慢点走，他说慢了赶不上。"

"我见来！"

"我也遇着来！"

……

王秋菊立时哭了，她哽咽着说："不用说了，俺那袋子氢铵，谁坑了去溜他娘那个黑窟窿里，长私孩子去吧，俺不要了。"

五大爷说："你不要也不行。全久挺，你出来说说，到底是怎么回事？"

全久挺跑了！他看事情不好，早鞋底下抹油——溜了。

这第一个回合，算是惨败了。全久挺真不是个东西，这一仗败了，还有下一仗来！他求别人给他放烟幕弹怪会说，轮到他帮忙了，就溜了。你那事是明摆着的，早晚得露马脚……要钱！杀人的偿命，欠债的还钱。这样的官司打到哪里也没有输！杨平实的叔伯兄弟杨平起看着全久挺逃跑的背影，"啐——"吐了口唾沫，迈着方步，走上前来："大嫂子，300块钱，快拿出来！"

王秋菊冷笑道："我欠你的？"

"大哥，你的嘴上贴封条了？"

"我，我……"

"你，你……我叫你……"

杨平起使猛劲推了实憨子一把。杨平实趔趄了好几趔趄，也没有站稳，终于跌倒了，五大爷忙拉起他来。

"死了吗，不会说话啦？"

五大爷说："杨平起，你想干什么？"

杨平起一点也不示弱："我要大哥说话！"

"好，我说话。"杨平实终于看出门道来了：昨天晚上，大半夜了，他叔伯兄弟和全久挺又跑到他的小平房里，说了恁些话，他这才想通是什么意思。他不再胆怯，向前走了几步，抬起他那张憨实的面孔，翻动厚眼皮，瞪着两个亮眼珠子，盯着大家，说道："众乡亲在场，我说几句话，也好明明心。当时，我是给过满意妈妈300块钱，叫她买点家什，给小孩截几件子衣裳。那是为好，现下吵了几句嘴，也……也没啥。我……我……我倒无所谓，干啥都行。那钱，我根本就没打谱要。钱是好的吗？钱不是好的，人是好的，钱是人挣的。往后，只要满意家里有活，给我打声招呼，我照样给干。哪家邻居用着我了，只要能腾出身子来，我就给帮忙。三秋大忙，别因为俺这点事，耽误了大家的工夫。五大爷，你说，这样，这样……"

听了这话，杨平起一跺脚，扬长而去。

五大爷捋着胡子笑了："满意妈妈，你也说说,有话说在当场好啊。"

人群又骚动起来，乱唧唧，胡喳喳，也有高声呼喊的："说说啊，说说好啊——"

"我说，这样不行……"

啊？大伙都傻眼了，五老头子立时呆了！

"我得和他一起去乡政府，我得……"

五大爷勃然大怒："杨平实，你就跟她一块去，看她能吃了你！"说完，五大爷气哼哼地走了。

人群像开了水的锅！

"我不去，我……"杨平实抬腿就要跑。

王秋菊急忙赶上，拉住了他。

人们散去了，人们不愿看了，人们看不惯了，都愤愤不平，都说这娘儿们太不知足了。

"满意妈妈，满意妈妈……"实憨子哀告了，厚眼皮可怜地麻眨着，两个眼珠子惊慌地望着她……他想起了杨平起与全久挺说的"流氓犯罪"，他分辨不清自己的所作所为，已经犯到了什么程度。"满意妈妈，你说怎着就怎着，等秋后收拾完了，我的手头宽裕了……"

"不行，咱得上乡政府！"

"去那，去那……去那做啥呀？"

"去了，你就知道了。"

只有孩子们围着看热闹了，杨平实被个寡妇娘儿们拉得团团转……

十一

实憨子好歹挣脱，顺街筒子跑。

太阳已经升起老高老高了，论时候也到大饭时了，可是早晨下湖的人们都贪活，早饭差不多得响午吃，响午饭得到下午3点，晚饭必定摸黑吃，吃到10点还算早的。今天清晨看热闹，大多数刚下湖，街道上很清静。几只母鸡正在觅食，被杨平实一冲，都"咯咯"地惊叫着，向两边小巷里飞……

实憨子跑得张口气喘,浑身冒汗,眼看就支撑不住了,忙回头一看,哪里还有满意妈妈的影子!唉,说你憨,也真憨,你跑恁快做啥,她还真能吃了你?

不远处,就是叔伯兄弟杨平起的瓦门楼,尚金兰正在朝这里观望。他这位叔伯兄弟媳妇啊,长得模样儿可真没的说,红润的面皮,杏眼细眉,流行卷发,满身常有一股香水味。有几次,他抬起厚眼皮,她总是笑脸相迎,弄得他惶惑不安。他觉着自己站在人家面前,就像癞蛤蟆趴在白天鹅的翅膀底下一样……他不愿在她面前多待,他觉得那滋味不好受;他尤其怕发生了意外的事,坏了名声。时间长了,他才悟明白,她所做的一切都是为了勾引他去干活,并无别的意思。

"大哥,你家来吧。"

"亮亮他爸爸,没在家?"

聪明的尚金兰并不正面回答他的问话:"大哥,我刚泡好茶,你家去喝两杯吧。"尚金兰这话,可说到他心窝去了,他已经淌了好几阵大汗,实在口渴,心里像有把火在燃烧。

一撞进大门,只见杨平起正坐在堂屋门外头的一张饭桌旁边,桌子上放着一把白色端把的小茶壶,两个茶杯里的茶水正往上冒热气。见他来,杨平起纹丝没动,大腿架在二腿上,擦油的牛皮鞋闪着乌亮的光。他吸着烟,吐着烟圈。他眯缝着眼,像修炼的和尚,可惜满脸横肉,隆起了一块又一块肉疙瘩,枣树皮似的脸色,看上去怪吓人。

他扭头要走,尚金兰手疾眼快,已经递过烟来:"大哥,你抽烟。"他只得接了。尚金兰接着就划着了火柴,他忙接过来,怎么能叫兄弟媳妇点火呢?"大哥,你坐。"小椅子送到了面前。"大哥,你喝茶。"他刚坐下,一杯茶端到了眼前。

杨平起说话了:"你来做什么?"

"我来,我来……嘿嘿,不做什么。"

"不做什么就别来。"

放在别人,就应该走了,可是他就没有这么灵透,厚眼皮一耷拉,满脸阴暗。

尚金兰光瞪男人。"大哥，你喝茶。"兄弟媳妇再次给他端起了茶杯，满脸带笑，话语也是甜软的。

他忙接过茶杯，低下头来喝。

"向你不知向你，误你不知误你，扳着驴屁股就嘴——不知好歹香臭……"杨平起大口大口地吐着浓烟，越说越气，"那300块钱要了来，又不是给我。俺出面得罪人，不是为了你吗？你却送人情！你呀，又得出力，还得花钱，又不给生养，图的啥呀？"

"唉，上当一回。"

"力气无数，钱有数啊！"

"钱是有数，有数也不要了。"

"那是为啥呢，还想着那些热乎味？"

杨平实满脸腓红，说不出话。

"你说呀，你说呀！"

叫他说什么？他能说清"为啥"吗？他只知道不能要了，不该要了，但叫他说"为啥"，那就难了。当然，也不是一句话说不出来，当着大伙的面，不也说过吗？只是说得很清楚，他办不到，他也不愿守着杨平起家两口子说。

"唉，不说这事啦，人情你已经送了，俺算陪着你当了回孬种。以后，你还听俺嚷嚷吧？"

实憨子不知怎么说好，他一翻眼皮，撞上了杨平起那两束尖厉的目光。

"你要听我嚷嚷，就在我这里帮着干点活，等秋后我在公路边上盖间小屋，你熬羊肉糁卖，叫我爹给你烧火，你掌锅……除了吃饭，每天给你一元钱。"

尚金兰忙接着说："多咱亏着大哥来？哪次来，不是好酒好菜，宾客相待？"

他不得不点头，但心里却翻开了江：干点儿活，好酒好菜；熬羊肉糁，一天一元钱……

"就说你跟大白脸闹仗那天吧，小半夜了，俺又给你送了煎饼去。"

杨平起忙插嘴道:"我去叫了四五趟!"

杨平实赶忙应和:"知道,知道。"吞吃了那几个麦煎饼,那几个里面卷了猪头肉的麦煎饼,饱了一大半天,但饱不了长久。半个多月了,谁再去问过他一次?昨天,他又去给杨平起耙地,两口子都知道,可谁也没来说一声。他心里想,都叫俺实憨子,俺就算比您少个心眼,这点深浅也还能看出来。俺给谁家干活挣不出吃喝来?干活,有酒有饭;不干活了,一顿也没有管的。吃龙肉也不如有个家,有个人办点饭吃,不管孬好,是恁回事。你们怎么就不朝好处说说的,光想叫俺离开满意家,这心眼子长得不有点儿歪?熬羊肉糁,俺跟你爹一块熬个啥劲?一天一元钱,俺数门鼻子也能弄一块钱……

"大哥,你哑巴啦?"

尚金兰瞪杨平起,然后说道:"今天俺种西北洼,亮亮他爸爸不得闲……"

杨平起是乡办企业的会计,职务在身,知道他忙,可是你忙,别人就不忙?"我也不得闲,我那块地连耙都还没耙。"

"俺那块已经耙好了,种完了再去捣鼓你那地。十天八天晚不了麦。"到这时候,杨平起语气也和软了,脸上的横肉也少了。

实憨子心里的话:十天八天晚不了麦,你种恁忙做什么?你寻思着,俺真憨实心了?

"嘿嘿,俺有别的事。"

"什么别的事,你别胡扯!"

"西头孟二家叫我去支锅。"

"你跟俺近,还是跟孟二近?"

"这个,不能论远近,我早答应的人家。"

"早答应了,就不能再改改……"

"你说,怎么再改?"

"不去就是!"

他的厚眼皮再一次翻了起来,只见杨平起二郎腿架得越来越高了,尚金兰粉嫩的脸面上,漫上来一层阴云。

他起身要走……

"你回来！"

不说他走得还慢点，这一吆喝，越走快了。

"你不挨揍，是不舒服！"

他站下了，回转身子，脸色自然不好看，头昂了昂，厚眼皮再次翻起，露出两只火炭一样的眼珠子："亮亮他爸爸，是你叫我哥，还是我叫你哥？"

"你问这个干什么？我昨天晚上找你，你说的什么来？你出卖了全久挺，又出卖了我。这些，我都不跟你一般见识。想跟你商量点事，你还乱拿架子！"

是的，昨天晚上，他既答应了全久挺，也答应了杨平起。谁知是怎么回事，到了大街上，守着大伙，当着满意妈妈的面，他的话口就变了。这事做得是有点儿不对，不对就不对吧，过去算了，他提咱不提，找别的话说……

"你开口就揍揍的，我就该着你揍了？"

杨平起哪里料到，实憨子还会说这么几句话！开初撮合王秋菊和杨平实这事的时候，他也是那四五个积极人物当中的一个。他原先的设想，揭起"明媒正娶"的旗号，给杨平实生养一个，是男是女都可。得知大白脸不愿效劳之后，他立时暴跳如雷。他脑筋转得快，不几天就想出了新主意：趁此机会，将实憨子拢在手中。兄弟，叔伯兄弟照顾老哥，名扬四海；实憨子康壮如牛，是最廉价的劳动力。此举有名有利，名利双收，岂有不为之理！杨平实还会熬羊肉糁呢，在抽丝厂大门口支一口锅，叫自己的爹烧火，实憨子掌锅，不又是一大项收入吗？谁知这个一向老实巴交的叔伯兄弟，并不像他想象得那么愚昧，这使他不能不恼羞成怒……此时此地，他已经到了黔驴技穷的地步，最后的一招，就是拳头了。

杨平起疾然跳了起来，尚金兰忙去拦他，他把媳妇闪到一边，几步就赶上了杨平实。实憨子见他瞪瞪着双眼，满脸的横肉都在哆嗦……

"你要做什么，你……"实憨子有些害怕。

"我要做什么？我要揍人，揍烂牛屎！"杨平起说着，扑上前去，一个"别脚"，就把杨平实摔倒在地。实憨子自知不是对手，忙爬起来就跑。杨平起大有豁出去的架势，拔腿就追。尚金兰拽住了他的褂子，他一挣歪，"刺啦——"褂子被撕开了。他闪开尚金兰，像一阵旋风，追出大门外。就在这时，杨平实一回头，正被赶上，他"嘭嘭"就是两拳头，打得杨平实两眼直冒金星，鼻流鲜血……

走路的人，下湖的人，一下子围上来七八个，硬把他们俩隔开。尚金兰哭哭啼啼追上来，硬把杨平起拉走了。众人围着杨平实问长问短，实憨子长吁短叹，光摇头，不吱声。

"告他！告他……"有人喊道。

"告什么？叔伯兄弟！"

"叔伯兄弟也不行，他怎么好意思下这样的毒手？他能拿下脸来，你就……"

他摆了摆手，忙向卫生室里跑。人们看着他的背影，有叹气的，有摇头的，有发怒的，有胡乱骂的，也有指手画脚的……

十二

到了前河堰下的老宅子，开了锁，进屋一看，到处都是尘土，蛾儿网子扯得满屋里都是。他拿了把笤帚，扫了下当面，又扫了下床铺，上床躺下，闭了会儿眼，好似晕乎了一阵子，也不知是什么响动，一下子惊醒了。

"大侄子！大侄子……"

啊，孟二来了！

"二叔，快来坐。"他忙从床上下来，给孟二找了个板凳，叫他坐下。孟二见他鼻青脸肿，额头上还缠着纱布，不禁有些吃惊，忙询问缘由。实憨子唉声叹气，粗略地说了几句。孟二只好安慰他，当然无法再请他给支锅了。

送走孟二叔，他好歹烙了个面饼子，烧了点水，啃了点咸菜疙瘩，算是一顿饭,时候已经到了小晌午。

饭后,他就卷喇叭筒,卷一支,烧一支,一直卷了19支,也烧了19支。他终于拿就了主意:走!他觉着再也无脸面待下去了,满意妈妈不跟他好算完,没想到亲叔伯兄弟还算他的黑账!打不过你,俺躲;躲,总还能躲得了吧。他从老娘留下的那个破柜底下,翻出来一个小木匣子,那里边藏着他这几年的积蓄,点了点,1200元。这点积蓄,他想到明年春上翻盖屋,先把满意家的旧屋砸了,给他娘儿们盖套新的;过二年,再积攒点,砸了他这两间破屋,又可盖套新的……可惜,人家不让盘算,满意妈妈有新章程,你有啥法?这钱给谁?给谁都行,给谁都不会骂他,但最需要给的,还是全成香。

去年春三月,全成香从关东回来了,带回来两个儿子一个闺女。她来过好几次娘家了,但都没有跟他碰过面。全成香是个什么心情,他不知晓。他自己的心情,当然还了解一些。他不愿跟她碰面,他怕遇着她。那都是遥远的事了,翻腾不起来时,心里还清静点,一旦翻腾起来,就抑制不住内心的痛苦,就暗自哭泣流泪……全成香,世界上第一个好人!他们俩相爱,纯真得就像水晶石一样透明放光。就是在这两间茅草屋里,他们度过了两个不眠之夜,那才叫感情。全成香一心跟他好,什么也不图……但她不是仙女,不是孤立的人,她越不过父母那一关!后来的事,都怨他,都怨他啊!谁叫他连30块钱都拿不出来的……

心里一涌上来这些情绪,他就禁不住热泪洗面。他哭着,点清,用块蓝条绒布块包好,再用红线扎牢,装在口袋里,这个,给成香;再点出180元,放在上衣口袋里,这个,好做路费;剩下那20元,放在另一个口袋里,好零花。就这样,他收拾停当,关了屋门,锁了;走出大门,关好,又锁了。然后,他认真地擦了几下泪眼,顺街筒子走了。

不一会儿,他就出了村庄。向西半里,折转向北,走百多米,就是水渠上的石板桥了。那两间小平房蹲在水渠南岸,像在等候着他,但是他没有进去。他径直闯过桥去,一直向北走去。

"平实,哪儿去?"

"不哪儿去。"

"不哪儿去，谁信？到西北洼种麦？"

他摇头道："不，不是的。"

"没事吗？帮一下晚忙怎么样？晚上，炒辣子鸡呷酒……"

"不行，不得闲。"

"怎么不得闲的？什么事愁得，脸像老阴天？"

……

这样不行，干扰太多，不走大路了，走小道。全成香家在闫家岭子，离此十里路，他紧紧脚步，一个小时就到了。他清楚她的家庭住址，但不能去。他去了，遇着她的老头子、她的儿女，说什么？他在村后路口等！他相信，不定什么时候，全成香就会路过这里，或者从湖里回家，或者从家里下湖。

太阳偏西，两点钟的光景。

他背靠在路旁一棵杨树上，卷喇叭筒，烧喇叭筒……渐渐地，面前堆起一小堆烟头，无法计算多少支了，他也没有这个兴致了。他吸得满嘴苦涩，停了下来。他觉着有点困乏，神志有点儿昏迷，厚眼皮垂下来，像两扇雨搭。

不知又过了多大阵子，好似有人叫他："大哥，大哥……"

他睁眼一看："啊，啊……唉，成香，你，你这是……"

"大哥，你怎蹲在这里打开了盹啊？"全成香与他同岁，完全丧失了20岁时的容貌，变胖了，变富态了。

"我……我……"他羞得满脸火辣辣的。

"家走，家走！在这里像啥？"

"不不，成香，你听我说……"

"我就不听你说，得家走。"

怎么也没有说服他，全成香动了气，一扭身子，走了。他忙上前拦住她，哭泪洒洒，连声哀告。看他那个可怜样子，全成香软了心肠，叫他有话快说。可好了，可好了啊！感谢天老爷、地母奶奶显灵，让全成香允许他说话。厚眼皮撩起来了，眼珠子闪光了，无数的泪水淋洒了，话语声声了："成香啊成香，你就听你大哥这一回话吧！只要你答应我这样做，不管我走到哪里，死在哪里，狗扯狼拉了，也都心安了……"

"你这都说了些什么，你跟满意妈妈不是过得很好吗？"

他摇了摇头，叹着气，泪水一下子涌了出来……

"大哥，你别这样。你先回去，过两天我走娘家，去说说满意妈妈。"

他还说什么，该人家什么事，扰乱人家干什么……他往回走，烧着喇叭筒。他突然醒悟：实憨子啊，实憨子啊，你憨死了！你至今还一往情深，人家还是这种心情吗？人家要你这几个臭钱做什么？你呀，你呀，憨死了，实诚死了——这辈子不会得别的症死的！人家得癌症死，你必定得个实诚症死。这一千，没处扔了吗？走，带着走！他恶起来了，啥话也不说了，快快，赶快离开这里，别惹人家生气。噔噔噔……他疾走如飞！

十三

三天后，天就阴了，满天都是浓重的铅灰色。

很快地，夜幕就拉起来了。他没拉电灯，只顾蹲在小平房的门槛子上卷喇叭筒，烧喇叭筒。夜幕下，他的厚眼皮不再耷拉，他圆睁着两个火炭一般的眼珠子，看着黑沉沉的田野。他一边卷喇叭筒，一边烧喇叭筒，心里不住地盘算事：前河堰那两间屋的钥匙交给五大爷吧，也不给他说什么了，他相信五大爷耿直，不会贪图他什么。要是今辈子不回这个地方了，把那两间屋撂给他也合适。种的那点麦，交给全富理吧，他这位小叔很有意思。自己曾经请他来做过几回木匠活，从来没要过工钱。给他，他就说："太少了！"实憨子信以为真，就添；添过了，还说少，嫌少就再添……一天的木匠活，添到10元还嫌少，杨平实莫名其妙，就问："到底得多少？"全富理假装正经，厉声喝道："拿一万块来！"两人相视大笑。这两间平房的钥匙好办，交给村长就行。别的，啥也不再想了。唉，人哪，真没治，怎么非想好事不行呢？像他实憨子，45岁了，还差几天不足半个数，光棍一条大半辈子，何必再经过这一场？真有点儿像人们常说的那样，屎壳郎拴在鞭梢上

——只知腾云驾雾,不知死在眼前!结果弄得心惊肉跳,丢人现眼,四邻不安,亲友笑话。完了吗?没有啊!谁知她跑到乡政府说了些啥,还得叫我怎么样呢?罚款?蹲劳改?他叔伯兄弟还恁样!光这些还不够受的,自己还死不觉,又想入非非,扯上个全成香。人家结婚已经二十多年了,老头子健在,儿女双全,小日子过得要多足意有多足意,人家还会想到你?你给人家1000块钱,是为报恩,还是为赎罪?全成香会这样想吗?人家准以为你存心不良,还想着二十多年前的美事儿,想破坏人家幸福美满的小康家庭……太不识好歹了!人家不要,做得太对了!想到这些,他觉着实在太丢人了,浑身发燥,脊背上热腾腾的一阵,很快就淌下了汗水……

他回到小平房,收拾了下床铺,又坐在床沿上卷了几支喇叭筒,烧完,拿了手电,想到庄里找全富理坐坐。他一出小平房,雨星子就劈头盖脸地落下来。他禁不住高兴,随即吆喝起来:"好雨,好雨啊!"是的,人们盼雨盼了好久了。不能再出门了,他回到屋里,一愣怔,就顶了屋门,躺下了。啥事都等到明天吧!好静啊,只有窗外的雨声,由远而近,由近而远,汇集在一起,形成一股既低沉又雄浑的声浪,像从远方滚了来,又从床下滚了去!

好多事,无头绪。想什么?不想还好点,越想越乱。不想了,一点也不想了,谁再想是孬种!他裹了裹被子,闭了眼睛。

"笃笃笃,笃笃笃……"什么响动,有人敲门?

他猛睁开眼,四周漆黑。

"哗啦啦——"屋檐水好响。

"谁呀,你是?"

"俺,是俺!"

"你,你——你是谁呀,不会说说名字吗?这么黑的天,又下着雨,敲我的门,想做什么?"他扭亮了手电,把床头上的木把棍子摸了过来。

"还谁呀?我!听不懂声腔了吗?"

"是满意妈妈吗?这么黑的天,又下着雨,你,你……"

"我来吃你!"

他暗笑道:"我说满意妈妈,我刚安生了几天,你就行行好吧,别再折腾我了。我已经躺下啦,懒得离开热被窝。"

"不行!有几句要紧话,得给你说说。"

"你把我告倒啦?我想过了,横竖我就这么百十斤,一切由你,管怎都行。你先回去吧,有话明天再说。"他怎么说了这么些胡话?他寻思,来者不善,善者不来啊!苦头,他吃得已经够多了,再也不轻易往好处想了。他知道,天上是从来不会掉馍馍的。天下的好事再多,都是人家的,挨号也摊不着他。他杨平实挨的是号外号的最末一号。

"有几句要紧话……"

"那你就说吧,我好生听着。"

"咣!咣!咣!"她擂开了门板。

要不就开开门?再厉害还能怎着,不就是个女人吗?只要自己心不邪,警惕性高点儿,还能出多大差错?不开不行啊,她光擂门板,你也得不了安生。再说,还不知她穿没穿雨衣!要真没穿,淋湿了衣裳,冻着,也不好啊……他拉开灯,穿好衣服,一手拿着木棍,开了屋门。

"你这是要做什么,我是贼?"

"喝茶拿筷子,是个招呼。"

"你刻板死了,我来你还弄那个样?"

他放下木棍,嘴唇乱哆嗦:"我,我……"

她是穿着雨衣来的,脚下一双深筒雨靴。来到屋里,她脱下雨衣,坐在床沿上。杨平实一打量,有点儿吃惊。她收拾得很利索,头发梳了,脸也洗了,还像搓过什么,一股子芬芳香气直朝鼻孔里钻。她穿着那件红缎子小袄,外面罩着那件海蓝色的的卡布便褂,这……这……

"瞅俺干什么?"

"嘿嘿,俺,俺……"

她昂起头来,卖弄似的拢了拢头发,大白脸在灯下越发光彩,红润染腮,楚楚动人。

实憨子的心慌慌地跳了!但是,能轻举妄动吗?你知道人家葫芦里装的什么药?杨平实不知怎么好了,只得蹲在地上卷喇叭筒,烧喇叭筒……他终于又想起了刚才寻思过的"警惕性高点儿",心里沉稳了。

"满意大爷,我到了乡政府一趟……"

"唔——"他没有下文了,擦着了一根火柴。

"咱的事,我都说了。"

"是吗,他们说什么来?"

"叫你明天到派出所投案自首……"

"我说满意妈妈,咱好聚好散,一切由你来,还不行吗?你那心、那心怎就恁硬的,不是肉长的吗?你,你……"他到底胆小,说着说着,浑身打抖,随即就呜咽起来。

王秋菊跳下床沿,拉过他的手来,良久良久,她也哭了,泪水纷纷。她忙从床头的竹竿上拽下那块奔跑着两只梅花鹿的破毛巾来,擦拭着眼泪……屋外,雨声大作,这雨呀,下得可真应时!雨呀,下吧,下吧,干涸了一秋的土地多么需要滋润啊!泪呀,流吧,流吧,感情上那些搓伤了的伤口,不正需要泪水洗涤吗?

"大哥,我找到了妇联主任,把咱的事都说了。她说,可以生一个。大哥,咱自己的肠子自己捋吧,我任谁的也不听了……你不是会熬羊肉糁吗?咱种完了麦,到闫家岭子公路边上盖间小屋,熬糁卖。我遇着全成香来,她问我做啥去,我没瞒她。她听了,哈哈大笑……那可是个好人,她同意给咱二分地,她的责任田就在公路边上。"

这话当真?满意妈妈不会哄人吧?他站起身来,呆呆地看着王秋菊,满心狐疑,眼睛直勾勾的。

"你怎的?"

他压低声音,神秘地问道:"这都是真的?"

"真的!你哪辈子被哄死的?"

杨平实浑身打抖,也不知说啥好了,就地跪倒,热泪如注……

(1987年12月草就,2014年6月修改)

砖厂三枝花

一

冷喜妮心里很烦。大表哥已经十多天没来了,他真有那么忙吗?恐怕不是吧,这种人,叫他心里有你,可是难事。她闲得无聊,拿过一本《小学生作文选》来,随便翻了几页,叹了口气,扔回桌子,就转身扑到床上,闭了眼。

几只家雀在窗下的那棵山楂树上喳喳叫,"咕——咕——"芦花公鸡的啼声很粗重。

差不多小晌午了,太阳高挂在东南天空,一阵阵热浪从窗口涌进来,更使人感到气闷心烦。冷喜妮翻了个身,眼睛里溢出几滴泪水来。

"五姨!五姨!"昏睡中,冷喜妮听到有人叫门。

他还真来了吗?他……他心里……

"没人在家吗?没人在家,怎么不锁门呢?"

是他,是他的声腔,清亮亮的,尾音有点儿尖细。不搭腔,跟他闹个笑话,急急他,看他耍什么把戏。

"五姨,五姨……真没人在家吗?"

她翻身朝里,向上拉拉被子,蒙住了头。堂屋门响了,里间布帘子被揭开了。有脚步声传来,越来越近,越来越响。她一动不动,死了一般。

"喜妮,你有病?"

她不搭腔,仍然一动不动。

"喜妮,你怎么啦?"他戳了下她的屁股。

她猛然坐起，怒目而视。

今天这是怎么啦，头发乱蓬蓬的，眉眼红肿，脸色发黄发暗……

"喜妮，你病啦？"

"病了呀！怎么，不兴有病？"

"嗓门放恁高做啥，有病还恁厉害！"

"有病不兴厉害，谁兴的规矩？"

"咳，咱不说这些。我问你，得的什么病，打过针，吃过药？"

"连我得的什么病都不知道，哼！不清楚你还知道点什么……"她闷头唠叨。

"你没给我说，我……"

"我就知道我是你的一个玩物！你心里根本就没有我……"她声音小了，脸色更加蜡黄，气色更加凝重，两眼渐渐溢满了泪水，迷迷茫茫。

他明白四表妹妹话里的意思，心里怦怦了两下，刚要动作，又一转念，怕有人在家，就抑制住了。

"俺五姨呢？"

"赶集去了。"

"五姨夫也没在家？"

"嗯，下湖浇麦去了。"

"防震呢？"

"进城了。"

"就你一个人在家？"

"一个人在家伺候不好你？"

王增高再也按捺不住四表妹妹这些淫火的烧燎，扑上去，吻了几下，拦腰抱起，嘻嘻哈哈，转了几圈，放回床上，几阵狂热，几阵忙乱……暴风雨过后，天地陷入了死静。

"章老杠叫我来要日子。"

"你怎么说的？"

"我还怎么说？我说去问问再回他的话。"

"你回去告诉他,三年两年不晚。"

"这样回复?"

"不这样回复,怎么说,你厌啦?"

"怎能厌呢!"他一下又扑上身去,"我就便当永远、永远……"

"那你就跟黑脸婆离婚吧!"

"她倒好说,上床的媳妇揉倒的面,我叫她站着她不敢坐着,叫她今天离她不敢明天离。这可不是吹大气……两个孩子咋办?"

"叫她带走啊!"

"话好说,事难办。"

冷喜妮翻身朝里,对着墙生闷气。

"光生气,能解决什么问题!"他又扳过冷喜妮来,"来,咱们合计个办法,想个万全之策。"

"还万全之策?哼,想得倒美。"

"我问你,想不想到章天文家里去?"

"要想去,跟你鬼混个啥劲!"

"是友好,别说是鬼混,怪难听。"

"友好?哼,鬼才信你的……"

"那你不是照样跟我来买卖吗?"

冷喜妮不吱声了,流下了两串泪。

"别哭!哭啥?一哭,弄得我心里不是个滋味。"王增高话说得还真是那么一回事。为了表示他的满腔热忱,他扬起双臂就去搂抱,冷喜妮急忙闪开,爬起来,坐在床沿上。

"哭啥?你又不娶我,可又不算完。章老杠家里穷得叮当响,章天文又那么无能,那么无血无肉,人事不懂……"

"这样好不好:我回去告诉章老杠,就说女方要三千块,给就给日子,啥时结婚都行,不给就不给日子。我考虑,章老杠手里连一千也没有……这样再拖他半年,等把招远那两万要来,我就领着你下东北……"

"手头没有,他不会借吗?"

"借？谁借给他，这是个小数目吗？现在的事你不懂，都跟钱近，还有几个重情义的！有钱存银行，也不往外借。都犯这个毛病，懂吗？嘿嘿……"

"他总有四亲八友吧！别人不借，他的亲戚朋友能看着他现眼？"

"他挤兑个三千块，咱那两万……"

一听"两万"这个数字，冷喜妮顿时精神抖擞，目光发亮，笑眯眯地急问："几时去要？"

"明天一早。"王增高说着，爬起来，穿好衣服，从口袋里摸出三百块甩给四表妹妹，"这个，先花着……"说完，他就要走。

"别忙着走啊！"冷喜妮见钱心热，连衣服都来不及穿好，忙下床拽住了大表哥，"你恁忙做什么？你稍等一会儿不行嘛，我炒两个鸡蛋……"

王增高何曾稀罕过两个鸡蛋？可现在是四表妹妹给他炒啊，两个鸡蛋说不着，四表妹妹这一番情义嘛……他用笑眼望着她："喜妮，你……你……你真好。"

"这个，还用你说！"她瞟过来一眼，像是生气的样子，可一转身，又扑哧笑了。

烧着火，王增高蹲在一旁加劲："章老杠可能来问，你可得咬定牙根。"

"不光咬定牙根，还得熊他，耍笑他。"

"熊他？耍笑他？他可不好缠……"

"不好缠，还能怎么着？有本事，拿钱来呀！穷鬼，还做梦娶媳妇……"

"好，好啊。要把嗓门放得大大的。"

"这个，还是好听的，还要耍笑他呢，叫他出不去门，叫他哭都找不着韵……"

"你有恁厉害的话？"

"当然有。你也不撒泡尿照照自己那张老鬼脸！人家都说疤瘌眼子照镜子——自找难看，你别照镜子啦，你还配照镜子，你在尿里照照就将就了,你那张好脸……"

"高!高!哈哈……哈哈哈……"他顿时兴奋,狂劲又发作起来,一把搂住冷喜妮,胡乱动作起来。

鸡栏子里的鸡,兔笼子里的兔子,不知发生了什么天灾人祸,都惊慌失措。鸡伸长脖子惊叫,那只芦花公鸡警惕性似乎特别高,叫声尤其惊心动魄。兔子在笼子里东一头西一头地乱窜乱跳,时不时地用爪子抓得笼子上的铁丝咯吱咯吱地乱响……

二

天刚亮,章老杠蹲在十字街口吸闷烟。清明刚过,早晨起来还觉得冷。他穿着那件半新不旧的青布老式棉袄,光着头,头顶秃了,红头皮在晨光下闪亮,像炯着的一盆火。他低着头,耷拉着厚眼皮,好像睡着了似的,只有那不时吐出来的烟雾才告诉人们,他正在思虑事。听天文娘说,王增高说冷家要三千块,拿了去,就给日子,啥时候结婚都行;拿不去,想结婚的事,难商量。他一夜没合眼……老远,有自行车的铃铛响。他站起来,咳嗽了一声。

"大爷,你起得好早啊!"王增高说起话来,很像人样,那称呼,那神态,那语调,都是标准化的,无可挑剔。语音清亮亮的,尾音有点儿尖细,很耐听。

"你起得早,我不早起行吗?"

咦,这话?王增高瞟了一眼老杠头,见他阴沉着老长脸,两个眼珠子瞪得溜圆,血红血红的,好像乱朝外迸火星子。他心下明白,这是要三千块惹出来的。你能跳跳啊,能蹦蹦啊!就看你章老杠有多大力气,有多爆的火性……杀人的偿命!气死你——气死人还偿命吗?我王增高是打什么家什的,不知道吗?我能轻易让你娶去个儿媳妇吗?哼哼……

"大爷,你吸烟。"王增高递烟,满脸含笑,两眼笑得就像两朵刚刚开放的喇叭花。

老杠头并不是不知道王增高有张阴阳脸——面上含笑，内里藏刀。得想法激怒他！他不发怒，不凶相毕露，怎么劈头盖脸说那些不好听的？要是怎么说他都不发火，还真不好办……

"不吸！"章老杠眼皮不翻，用手挡了回去。

"吸吧，孬烟。"

"从来就不吸孬烟，别看穷点。"这话乍听平常，细品品，盐味蛮足。

何须跟他多计较这些，赶路要紧，走吧，磨蹭什么！谁不知道老杠头是个三条腿的蛤蟆——难蟾（缠）！跟他磨蹭时候大了，没有什么好结果。

"大爷，你先歇着，我走啦。"

"你走，你上哪儿去？"

"大爷，你有事？"

"有事啊！没有事，大清早蹲在这里干什么，又没上憨疯？"

"有事，你就直说吧。只要是我能帮上忙的一定帮，能说上话的一定说，真无能为力……"

葫芦头掉到油篓里，油滑得可以吧！

"你要说不上话，天底下谁还能说上话？"

"大爷，话怎么能这样说？"

章老杠步步紧赶，半步不落下。不管你多么油滑、刁钻，今天你想溜是万万不能的……

"怎么不能这样说？"

这时，太阳已经露出了红脸，街道上好多人了，有十几个人围过来看热闹。

"我又没有三头六臂……"王增高两手一摊，现出一付难为情的模样。

章老杠磕了磕烟袋头子，剜了王增高一眼，然后耷拉下眼皮，用烟袋头子拨拉着地上的烂树叶子……他觉着光这样不行，得把事挑明，听听他说啥再讲，光这样打闷棍，像啥？

"你给天文说了个对象，我说要找你道道谢的，一直也没遇着你……"

"大爷，你这都说到哪里去了？邻居相帮，应该的，完全应该的。"

"你王增高走南闯北，知情晓理——远亲不如近邻，近邻不如对门。一点不差，老人古语，邻居相帮，是应该的。你帮俺的忙，给俺儿说媳妇，全是好心啊。可你不知道俺家里穷，俺儿——天文那孩子愚吗？哪能跟你比，前几年包砖场，这二年弄水泥袋子……腰里的票子装不下了。你表妹妹是金胳膊银腿啊，身子是金子铸成的，头是元宝壳子做成的。这么金贵的女子，为啥说给俺？你要行好，不会拣了穷人家的闺女给说一个！你表妹妹这样的，俺没地方搁呀……"长久积压在内心里的忧愤就像决了堤的黄河水，直涌直泻起来，想控制也控制不住了。

"大爷，大清早，你这都说了些什么？"

章老杠呼的一声，旱地里拔葱似的，站了起来，松眼皮骤然上翻，两眼气得一阵阵火溜溜地发疼发酸，两股混浊的老泪溢出了眼眶。

"不是大清早，还不说呢。"他拖着微微颤抖的身子，向前迈了几步。

"说这些无用啊！"王增高毫不在乎，像是一点儿味也没觉着。

章老杠仍然压抑着满腔怒火，仍然用商量的口气问他："噢，说这些无用，咱说有用的行吧？"

"好，好。大爷，你快说，我还得赶路。"

"慢不了。"他有点儿气喘，咳嗽了几声，吐了口痰，"成的时候，你大包大揽，说你表妹妹怎么怎么好，家里的活湖里的活，样样拿得起放得下；不嫌家穷，就图天文老实，又是军人；只要成了，决不三心二意，做官押印，要饭抱瓢……这么贤惠的媳妇打着灯笼也没处找啊，还能不成吗？后来是怎么的，怎么就是出不完的花样：第二年要日子，说盖不上瓦屋不来，就盖瓦屋；第三年要日子，说不在南面盖上三间平房不来，就盖平房；今年又要日子，开口要三千块，这是什么来头？成的时候是这样讲的吗？你说的那些话都忘啦？这个样，还有个头吗？"老杠头越说越气，越气越恼，越恼越怒，大汗淋漓，嗓子沙哑了，"俺家没有金银山，填不起这个无底洞。王增高，我问你，这次要三千块，下次是不是就要五千块？"

"你问我,我问谁?"

这是他娘的什么话?这个狗东西,他看着我章老杠好欺负吧!他狗眼看人低……

"你问谁?你问你自己!"

"大爷,我怎么听着你不大讲理?"

"我不大讲理,你怪讲理?十八刀礼(理)都出在你身上……"

"又不是我要三千块,你朝我凶什么?"

"你操纵的!"他怒吼一声,扑了上去。

"你,你……你血口喷人……"王增高见势不妙,忙往后退,后面有人推了他一把,他踉跄几步,又走到章老杠面前。

人群骚动起来,叽叽喳喳,一阵乱嚷嚷。

"我问你,你领着冷喜妮到招远过了一个月,都干了些什么好事?"

人群中响起了这么个声音。

"我买纸皮子,她自愿去看铺。"

"在祊河大桥上,你搂着她的腰……"

"刘小宝,你,你……"

"我跟刘小宝一起看见的,你能赖得了?"刘小宝跑了,另一个叫李龙起的青年又嚷。这下子王增高无神了,李龙起五大三粗,站在他面前,像一尊金刚。

"哈哈,王增高玩表妹妹,哈哈……"

"冷喜妮像鲜水萝卜呀!"

"那滋味……"

"糟蹋老杠头家,太丧良心了。"

"吃饱了撑的!哼,跟他爷爷一样……"

"有了两个钱,烧得不知怎么好了。"

……

人多嘴杂,说什么的都有。

王增高虽然走南闯北,玩婊子也不是头一回,但到底还没有完全丧失羞耻感,脸色一阵红一阵白,脖子青筋乱跳,鼻子尖上沁出了细汗珠子,擦都忘了擦。

"赖人不行!"他仍然嘴硬。

李龙起又嚷道:"谁赖你呀?"

"你个畜生,你娘挤你的时候是个什么时辰?你一点良心茬儿也没有了吗?这些年,我卖豆腐积攒了两个钱都做了什么……你糟蹋俺还没糟蹋够数,到现在还变着法子糟蹋,半天云里又冒出来个三千块来。这回俺不让你!你得讲清楚,这里边到底谁在出蛆?你那些乱七八糟,俺早有耳闻,俺都是瞒着啊,瞒着天文……"

"你,你……你去问……"王增高做贼心虚,汗从头皮上淌到了耳根。

"谁也不问,就问你。"

王增高向人空里钻,章老杠打前一步,抓住了他的衣领。他使劲一挣,拽掉了两个扣子,挣脱了章老杠的手,跑了。章老杠被闪倒了,众人忙把他拉起来……

三

嚓、嚓、嚓……尽管是踹沙窝,可脚步迈得仍愣快。晨雾笼罩着河道的上空,茫茫苍苍。祊河南岸的树林子,全被雾气遮掩了,看不到星点儿影像,但树林子里的鸟叫却听得特别清楚。"咕咕,咕咕,咕……"杜鹃的啼叫声,悲切而深沉。"吱吱啾,吱吱啾……"声音清脆响亮,婉转动听,是什么雀鸟叫的?真神!"喳!喳……"喜鹊在欢呼。"啊!啊……"这是啥鸟?前面是水,河水在晨雾下像一条宽宽的白带子,在河滩上漂浮着。流水悠悠,发出低沉而微弱的潺潺声。清明已过,但河水仍然发凉。好在不深,仅只没脚脖;也不宽,二三十步的样子,一阵小跑就冲过去了。稍停片刻,穿好鞋,爬上河岸,钻进树林子。河南岸的这片树林子啊,南北长五六里,东西宽十二里,遮天蔽日,大有原始森林的意味。清明已过,万树吐青,又加晨雾弥漫,树林子里一片昏暗。有人活动,雀鸟灵敏,纷纷展翅高飞。嫩树叶子上滴落下来的水珠子像小雨，不大会儿，就把衣服打湿了。脚下无路，尽是些野草。怎么走呢？章天文俯下身子看路，有几个水珠子落在脖颈上，凉飕飕的，但并没有足迹可循。

当啷啷，当啷啷……

啊，响锤声！响锤声从遥远的地方飘来，经晨雾一洗，音色更显得清脆、嘹亮，余音久久不息。

一个主意陡然而生：管它什么路不路，循着锤声走吧！锤声响处，准有铁匠炉。

钻了一个多钟头的树林子，弄得浑身挺湿，不过也值得，他找到了铁匠炉——胡铁匠的火炉支在村南路口左旁一棵老榆树下，紧靠老榆树，有一间破旧得很厉害的茅草屋。胡铁匠掌钳，他闺女胡铁花拉二锤。近处听，锤声却没有那么悦耳了，只叮当、叮当的，使人感到有点儿单调。周围有些闲散人，来拿家什的，来送家什的，闲说话的，挑水路过的……

他冷得打战！褂子、裤子都湿了，连里边的春秋衫也湿了半边。太阳已经升起一竿子高，晨雾渐渐消散。他想蹲在太阳地里晒晒，晒了一会儿，是暖和了一点，但一阵风刮来，又冻得难受。别磨蹭了，问问吧：有，买着走；没有，再到别处买。

他走近铁匠炉……真是名不虚传！胡铁匠虽然年事已高，但体格健壮，火红色的长方脸，浓眉大眼，炯炯闪亮，精神头仍然不亚当年。更威风的是那两抹络腮胡，竟没有一根白的，黑漆漆的，泼墨染过似的，一根根钢针儿一般，乱挓挲。他坐在炉前，时不时地把铁块往炉火里深插几下，然后再培培炉渣。炉火映着脸面，更加红彤，看上去活关公似的。闺女拉风箱，呼嗒——哗嗒——很有节奏。看样子风箱不轻，她拉得有点儿吃力，满脸热汗。她脸色和她爹的一样火红，只是脸型圆些，多了点女子的秀气。

"妮子，拉锤！"

老铁匠一声吼叫，胡铁花急忙拉了两下风箱，呼呼嗒嗒，几步过来，举起了大锤……

这阵敲打完毕,他凑过去,问道:"大爷,有斧头吗?"

胡铁匠闻声,转身上上下下打量了他片刻,问道:"你干什么来?"

"大爷,我是来买斧头的。"

"我知道你是来买斧头的。我是问你怎么弄得浑身挺湿的,不冷吗?"

"嘿嘿,钻树林子钻的,冷有啥法?"

"脱下来,晾晾。"

"脱下来,不更冷吗?"

胡铁匠转身把搭在高凳子上的破棉袄拿过来,扑打了几下尘土,对他说:"不嫌脏吧?不嫌,披披,怎样?"

他泪珠在眼眶子里打转,伸手接了过来,然后脱了褂子和春秋衫,晾在就近两棵小树上,披上老铁匠的破棉袄,霎时暖和了。

胡铁花瞅着他笑,他红了脸……

胡铁匠拿出五六个斧头来,任他挑选。他一个个地端详,看了半个多钟头,闷了半个多钟头,直到人家要吃早饭了,他也没有拿就主意买还是不买。

"拣好了吗?"胡铁花过来询问。

他摇了摇头,很抱歉地朝她笑了笑。

"恁些,挑不着中意的,你可真难打发!"

"妮子,什么说话法?"

胡铁花没再说啥,忙把斧头收拾起来,走到老爹身旁,拽了拽爹的衣袖,小声叽咕道:"我看这人是三条腿的蛤蟆——"

"啥话?不许这样说!"胡铁匠吵过闺女,忙转身对章天文说,"年轻的,眼眶子好高啊,这些斧头没有一个中意的?"

"大爷,不是手工差池,我掂着太轻。"

"咱打开窗户说亮的,你要多重的?"

"五斤,能打吧?"

"好说。家走一块点心一下,回来就打。"

说什么章天文也不去,胡铁匠有些生气,嘱咐他不来吃饭就找地方吃去吧,为买个斧头犯不上饿回肚子,叫他过了晌来拿。既然这样,章天文忙把破棉袄脱下来还给老铁匠,把自己晾在小树枝子上的褂子、春秋衫扯下来穿上,蹒跚而去。

胡铁匠没再管他,把家什收拾好,锁了小茅草屋,就走了。家离得不远,一会儿就到了。吃着饭,闺女说他,嫌他净管闲事。他不介意,说和气生财,为人别净窝坏心眼……

吃完饭回来,见章天文早蹲在炉前了,春秋衫穿上了,褂子披着,都还半干,身子微微打战。胡铁匠见此光景,深深地叹了口气,蹲下身子,埋怨道:"你这孩子,是怎么的?买斧头买得好急火,做什么?这样不行啊,天气还凉。你看,我那破棉袄又捎回家去了。这样好吧,你跟我家去吃点饭,暖和暖和身子,趁这工夫我也就给你打出来了。"

章天文终于被老人家的几句话感动了,两行热泪夺眶而出。

"你看你,哭个啥劲,还没蜕下孩子的那张皮吗?哈哈哈……"胡铁匠伸手拉起他来,"走!一个男子汉,这么不大方,羞羞惭惭,像个啥?"

章天文被说得破涕为笑,跟着他走了。

铁匠大娘是个胖老嬷嬷,圆圆的脸膛,白净净的,虽然六十多了,皱纹却不明显。老铁匠把章天文领了家来,拽着老伴到锅屋里嘱咐了一番,又回头叮嘱了章天文几句,这才走了。

铁匠大娘在锅屋里忙活了一阵,走到堂屋,笑眯眯地问章天文:"吃蒜吧?"

"吃——吃点也行。"

铁匠大娘就揪了一头蒜给他,叫他自己扒扒,又给他找来了蒜臼子,叫他自己砸砸;又说咱们都实落落的,你大爷就喜实落人,吃饭别装文明,要吃就狠吃猛吃,吃得饱饱的。"要吃就吃个肚儿圆,你说是吧?"铁匠大娘说着笑着,笑着说着,就朝锅屋里跑,不多会儿,端来了两大碗挂面,上面还有蛋黄蛋白。

章天文确实饿了,狼吞虎咽,两大碗挂面,不足二十分钟,就被他消灭干净了。

这个吃饭法可真喜人！铁匠大娘来了高兴，拾掇着碗筷，没话找话说："多大啦？"

"23岁了。"

"成着媳妇啦？"

"成，成……没、没……"

"到底成没成？"

"嘿嘿，嘿嘿……"他急了满头大汗，话说不出来了，头也低下了。

铁匠大娘立时生气，瞪了他一眼，手指头虚点着他的后脑勺，咬了咬牙，心里骂道："没寻思是个窝囊废，连句话也说不囫囵……"

等他回到铁匠炉前，那个五斤重的斧头已经打成了。太阳升到东南方向了，已近小晌午。斧头还没有磨，胡铁匠说还得等等，过了晌再磨。

"我自己磨，行吧？"

"当然行，但价钱不能落。"

他表示一个子儿不少给，胡铁匠就把斧头交给了他。胡铁花站在一旁，冷冷发笑。

他足足磨了半个钟头，拿过来给胡铁匠看。老铁匠一端详，又惊又喜，笑着频频点头。他知道磨功受到赞赏，心下来了高兴，大胆地向老铁匠求取一根斧头把。胡铁匠给他找了根斧头把，他拿了去镶好，提着向前走了几步，瞅着不远处有几个杨树墩子，紧三步赶上，双手抡斧头，举了个漫天高，一声叫喊："婊子的毛驴，吃我一斧！"就听"咔嚓——"一声巨响，树墩子被削去了一半。他二番抡起斧头，几步跳跃，说时迟，那时快，第二个树墩子又被削去了一半。他口中还念念有词，骂骂咧咧，把周围看热闹的人吓傻了，把个胡铁匠看呆了，把个胡铁花看蒙了……

章天文圈回来，走到老铁匠面前，放下斧头，掏出小票夹子，从中取出三张十元券，递给他。胡铁匠摆了摆手，没接，转身去添炭，一边培着炉渣，一边偷眼乱打量章天文：这个小子是怎么啦？刚才看着怪文静的后生，粗眉大眼，方方正正的脸膛，白面葫芦儿一般，满嘴唇上丛生着黑黑的小胡子,很打人眼。这又是上的什么黄鼠狼子神,陡然间抡着斧头像黑旋风下山,还骂骂咧咧:"婊子的毛驴,吃我一斧!"这里边还能少了牛梭头弯弯?

"爹,该出炉啦!"

"啊,啊!对对,你快去拉锤!"

胡铁花绕过风箱,伸手抓起了大锤。

当啷啷,当啷啷……响锤叫号亲切,在晌午头里脆生生的,格外悦耳。胡铁花的大锤落处,火花横飞,火星子"刺刺刺"四处闪光。

打过这一阵之后,章天文又过去递钱。

"不卖了。"

"怎么,大爷……"

"愿交朋友吧?"

"当然愿意。"

"我看你的磨功蛮好,请给磨几张镰刀怎么样?胡家的镰刀,百里响名,知道吧?但缺少人手,光我一个人磨不过来……"

章天文看了一眼胡铁匠,说了声"那好吧",手脚麻利,挽起袖子,就磨起来。

中午,喝了几盅,酒凉肠热,肠热温酒,酒热烧心。不多会儿,浑身上下就沸腾起来。

"年轻的,好似有心事。"

这问话触疼了章天文的心尖子,他一时激动,双手抱头,呜呜咽咽地哭起来。老铁匠忙把他拉起来,拽着他来到院子里的洋槐树底下,打了盆洗脸水,叫他洗洗。他洗过之后,老铁匠一边解劝,一边询问。章天文觉着老铁匠确实是位值得信赖的人,就把长久积压在心头的一桩桩心事一股脑儿倒了出来:怎样上学,怎样当兵,怎样定亲,他爹他娘怎样苦巴劳力,成年累月地做豆腐卖,挣了两个钱怎样全用在了他的亲事上:第一年定亲,第二年盖瓦屋,第三年盖平房,第四年要三千块……还得一年两季送衣裳,婚丧嫁娶,孩生日,娘满月,送礼行人情，都得重重的。什么好货吗？还是个婊子！全村人几乎都知道，自从在砖厂与王增高鬼混在一起，至今没断。他怎能忍得了这口恶气？他就想了这么个拼命的法子……王增高这人很坏，没有几寸人肠子，前几年戏弄刘小宝的媳妇，还糟蹋过李龙起的妹妹……他们都恨得咬牙切齿，光想收拾他。

"坏人可恨，是自然的事，可你这样做，合适吗？劈了王增高，你呢？"胡铁匠沉下脸，慢慢地问道。

章天文异常激愤，咬着牙说："我也死！"

"那样值得吗？"

"不值得，可解气。"

老人家摇了摇头，揎好一锅烟，慢慢吸着，脸色没有打铁时红了，两眼微微眯缝，陷入了沉思。过了一会儿，他又说道："解气，也是一时解气，最终还是不解气。一命还一命，解得了什么气！你想想，是吧？我劝你冷静冷静，再想想别的办法，别动不动就拼命。"

"有什么办法可想？俺家里所有的油水都被她榨干了，现在又拿就了不跟的架势……"

"不跟就不跟，还有什么了不起！"

"可是，再说那个……"

"你也太没出息了，你就不会找点营生干干，还不能就积攒几个钱说个媳妇了？"

"我的命苦，没有当成志愿兵，回家来一年多了，东一头，西一头，唉——"

"我这里正好缺个磨工，你要愿意干，咱可订个合同……"胡铁匠看着他，目光里饱含着期待。

章天文稍作沉默，答应了。

胡铁匠把打铁铺子的钥匙交给章天文，叫他先走。章天文走后，胡铁花娘儿俩都埋怨老铁匠，说你不摸他的底，冒冒失失地突然弄了来，就怕惹祸……

"鼠目寸光！"老铁匠哈哈大笑，"老嬷嬷见识，小妮子见识！"

没有办法,家有千口,主事一人。

爷儿俩回到铁匠炉前,章天文已经磨好了一张镰刀头。胡铁匠拿过来看了看,笑着招呼过闺女来,指着刃子说:"看着了吗?已经磨出了蓝莹莹的青光,这就叫功夫。"

胡铁花闷声不响,呆愣着。

"不能不服啊!行不行,当面试活……"

胡铁花脸一红,嘴一噘,走了。

"天文,歇息着干,累了就歇歇。"

章天文抬了抬头,抹了抹汗,说道:"刚磨好一张,不累。"

四

冷喜妮老是做梦,忽而梦见大表哥被汽车撞死了,血头血脸;忽而梦见大表哥回来了,腰里缠满了票子,嬉皮笑脸地靠近她……就这样恍恍惚惚地熬过了一个月零三天。第三十四天上,有人说王增高回来了,她那个高兴啊,老像有股子甜水从心田里流过:滋溜溜,滋溜溜……甜水在心头上唱,唱着一曲舒舒坦坦、甜甜蜜蜜、麻麻酥酥、酸酸溜溜的歌。她得很好地打扮一番了!穿什么呢?她从娘的柜里拿出那件麦绿色的长裙来,又犹豫了。刚入夏,还有点儿早吧?早点儿也好,显得与众不同嘛。冷喜妮是个美人儿,穿戴特别一点儿也是应该的。可是,人心不一样,也许有挤眼睛吐舌头的,说烧得不是她了,烧走形了,不知怎么好了,打扮得像个狐狸精,不是良家女子……管他去了,你想不叫人说,比登天还难。他说他的,咱穿咱的,顾虑恁多干啥!凡事都得勇敢些,"胆小不得将军坐"!要做成一件事,不冒点险,还有成功的时候吗?就像跟王增高亲热……对,就是这番主意,穿——

她打扮停当,来到家后菜园地里,想浇浇那两畦子米豆。"闲得无聊,这样活动活动,身子也舒服些。"她对娘这样说。真是这样吗?嘻嘻,蒙山顶上也难听到她冷喜妮的实话,鬼精!菜园地正处在路旁十米处,大表哥来,好迎迎他……这样的心意能外露吗?也真是的!咯咯……

来到菜园地，她就抓住了撅杆，嘻嘻，一使劲裙子一抖，一使劲裙子一抖，那麦绿色的长裙起伏着波纹儿，就像滚动着的麦浪，真美气，大表哥看了，咯咯……

有人往她这里跑，是大表哥吧？煞住眼色细看，怎么是个女的？还跑得恁快，好像有急事。谁呀？怎么像李香枝……近了，更近了，是她。她是……来闲说话的吧？

"二姑快来，想死你了。"李香枝娘家是杨树行子村，她们是在砖厂干活时认识的。论庄邻，王增高尊称她二姑，冷喜妮就随着她大表哥叫。先叫后不改，李香枝过门来，也还是这个叫法。

"俺要不想你，也不来。"李香枝说。

两人坐在井台上，好一阵说笑。几只燕子从她们身旁掠过……远处，有群家雀子在蒜苗地里啄食，冷喜妮拾起一块小石头扔去，扑棱棱——家雀子起群飞了，就像一片暗云飘远了。

乱扯了一阵，终于说到她的婚事上。

"喜妮，怎么不给人家日子呢？"

冷喜妮笑了，一笑满脸泛红："俺不去，俺上他家做什么？"

"这说的什么话！不去，成什么的？"

"成着玩的，咯咯……"

"你说你说，什么事，也好胡闹？"

"天底下，哪有不能胡闹的事？"

这话，这话……冷喜妮能说出这样的话来，还是正经人吗？人们嚼舌头，说她与王增高这样那样，李香枝从来都是护着冷喜妮的，她说王增高孬种杨树行子村没有不知道的，可冷喜妮不是那种人……现在看，很难说。人心隔肚皮，做事两不知。她能把心肝摊出来给你看看？管怎说好过一回，为朋友一场，总要帮几句话，听不听是她的事，说不说是咱的事……

"喜妮，想散吗？"

"谁说的？"

"不想散，就该给人家日子啊！"

"他不是拿不来三千块吗?"

"你要恁些钱做什么?结了婚,不是奔生活的?借下一腚账,到时候也还得你去还,你能要尽管要是了。"

"咯咯咯……"冷喜妮笑得喘不过气来,搂着李香枝的脖子,笑得直打呛,"二姑是个好人,直人……"

"好不好,你心里有数;直不直,你心里更有数。你既然同意成这门亲,反正也是看中了章天文的,轻易不能变卦呀!实话讲,天文那人不错。听人讲,他快学成铁匠啦,他师傅就是河南岭头子村的胡成桂老头,他打的镰刀百里响名……"

"那有什么一景,一个淌臭汗的!"

李香枝暗暗吃惊,她万万没有料到,冷喜妮会说出这样的话来。她,她……她是怎么啦,她成了皇姑啦?这时,她才认真打量开了冷喜妮,像观赏一件出土文物那样。漫长脸,尖下颌,好美的女人脸。白的粉嫩,红的柔和。弯眉细目,朱唇皓齿,都安排得巧夺天工。满面堆笑,可笑意中总带着令人感到不愉快的东西。是什么,李香枝说不出来。杏黄色的短褂,麦绿色的长裙,边边上绣了些粉红色的碎花朵。猛一看,很鲜艳;煞住眼色细端详,感到有点儿刺眼。是不是有了新恋?他与章天文这层关系,是王增高一手操持的。也有这样说的,也有那样说的,反正不是自己谈的,难说情投意合。要是真有合适的,散了另找也可。想散就明说,别玩人。要三千块,不就是插笼子给人家钻吗?要恁些手腕干什么,庄户人,实诚为好……可是,这些话怎么开口说呢?

两人一时沉默起来。李香枝拔了棵荠菜花,揉搓着,眼望着远方的蒙山峰峦发愣。

"不瞒你说……"

李香枝忙收回视线,瞅着冷喜妮那羞红的脸蛋儿,满以为自己猜析对了,心情一时激动,就抓住了冷喜妮的手,热情地引导她:"说呀,说呀!又有了新恋头……"冷喜妮使劲抽回手来,瞬间满脸冰霜。

李香枝可不是那样的软面瓜子,弄脸子给她看啊,她不看;拿小钱给她使啊,她不使;做小鞋给她穿啊,她不穿……狗咬吕洞宾,不识好人心！俺来说这些是为谁？不让说就不说，嘴痒痒了到枣树上拉去……走，走……李香枝气哼哼地爬起来，奔了来路。

冷喜妮顿时心慌神乱："二姑，你回来！"

李香枝没有回头，像没听见似的。

她跑着追了上去，长裙子飘了起来，像起伏的麦浪，那边边上的碎花朵朵，像蝴蝶儿飞舞。她很快追上，拽住了李香枝的手脖子。

"你别弄这个！"李香枝使劲挣脱。

"二姑，你还不知道吗？我这人说话……"

"俺来说三道四是为了谁？谁家拿着找婆家当买卖做，拿着闹仗当饭吃……我是专门来看你的脸子的？"

"俺笨，一时没想过来。"

"你笨，谁信？"

"你信，二姑信……"她又抓住了李香枝的双手，"现在才寻思过来，俺对你说，行了吧？二姑一向人善心慈，这回对俺……"

李香枝见冷喜妮终于服了软，气消了大半。

"是有了个新恋头……"冷喜妮赶忙说。

"哪庄上的？"李香枝亟不可待地追问。

"还不十分成熟，请原谅暂时不告诉你。"

"刁猴子，多咱长的心眼？"

"咯咯咯……谁没有这么点儿心眼！"

"人呢，啥模样？"

"你听你，我又不会画。"

"既然这样了，还瞒着做什么？"

"他说领我下东北……俺爹不同意。"

李香枝闷了片刻，问道："你说的是不是王增高？那可是个坑人的主儿啊，小心受骗上当！"

冷喜妮立即变脸："你怎么净朝歪里想俺！"她转身就走，风飘儿似的。

李香枝看着渐走渐远的冷喜妮，心里刮起了冷风。她觉着话说得是有点儿过火，光寻思自己心好不行啊，人家接受不下来……她待了一会儿，转身往回走，脚步沉重得几乎拿不动了。

五

又是两天过去了，还没见人来。狠心狼，他将我忘了吧？心火刚要升腾，冷喜妮又施展开了自我安慰的法术：他也许忙……我这是怎么啦，好好的事，动不动就寻思歪了！这样一想，气自然就消了。这一阵平静下去，过一阵又烦躁上来。爹娘娇她，叫她去看看。她却硬撑劲："他不来看我，我去做什么？"爹娘相视无言。过了一会儿，她又想：去就去，不怕别人嚼舌头，越怕越有鬼；不怕了，鬼也就没了。走姨家，见见表哥表嫂子，正大光明，谁要说三道四，那是不知好歹，心眼子不正……

可惜，那辆破自行车被兄弟防震骑走了，她只好步行。

眼前是无边的绿地，土路没入麦田，麦穗头儿都齐刷刷地排列着，微风过处，麦浪起伏。这里属临郊苍平原，从蒙山脚下，到沭河两岸，一马平川，全覆盖着厚实的麦穗头儿。麦子正在扬花，麦花的香气溢满田野，好清醇啊！冷喜妮一边走着，一边用手抚摸着路边的麦穗头儿，麦芒儿刺得手掌心麻痒痒的，觉着怪好玩。不知为啥，她陡然想起王增高要领她下东北的话，心头油然升起一股无可名状的惆怅。

冷家洼离杨树行子村不足五里路，半个钟头的工夫，冷喜妮就跨上了杨树行子村的街道……

王增高没在家，黑脸婆正在顺几张纸皮子。见她来，表嫂子很热情，问长问短，叫她给顺几张，自己出去找王增高。冷喜妮对表嫂子的这种宽宏大度，由衷地感到感动。她能没有一点察觉吗？就是眼笨，也还听人说吧，可是人家一点嫌弃的意思也没有，真是个伟大的表嫂子！你对俺好，俺对你也得够意思。她立即答应，下手顺纸皮子。黑脸婆跑出家门，奔了章老杠的家门，找着天文娘，小声叽咕了一大阵子。天文娘就忙着朝王增高家里跑，黑脸婆在街上慢腾腾地走着，看着天文娘远去的身影，叹了口气。走不多远，她拐进一条胡同，朝三婶婆家里走去。

一见冷喜妮,天文娘强装笑脸,说道:"他姐来了,快家去吧。这些天没见面,可把老娘想煞了!"

冷喜妮正低头顺着纸皮子,一听天文娘说话,大吃一惊,身子都哆嗦起来。她只好站起来,瞅着天文娘,勉强笑了笑。叫什么?婚约还没解除,还得叫娘,不能让人家抓着把柄:"娘,你来啦!"

"来啦,来叫你的。"

她怎么知道得这么快?表嫂子是奸细……

"娘,这次俺就不去了,俺是来看俺二姨的,顺便来表哥家坐坐。"

"分恁清做啥?管怎得家去……"天文娘说着,就去拉冷喜妮的手脖子。

冷喜妮阴着脸,一闪身子,跑了。冷喜妮跑到哪里去了呢?天文娘追到街上,见她奔了王增高爹娘家……不能再追了,追到人家,她要说些不好听的怎么办,这张老脸往哪里搁?天文娘顺着街筒子往家走,眼泪滴了一路。

晌午大西了,冷喜妮才从二姨家回到表哥家。王增高在家,脸阴着,表嫂子正在淌眼泪。看样子,刚停火不久,交战双方的心情还没有平静下来。她暗中斜了黑脸婆一眼:活该,谁叫你嘴尖毛长的!容不得她多想,王增高就发号施令了,他嘱咐冷喜妮在家照望着点,他与黑脸婆一起去栽葱。

黑脸婆扛着镢头先走,王增高拿把铁锨,撅搭着放满葱秧子的筐头子,走在后头。快出大门的光景,见黑脸婆走远,他忙折回来,对冷喜妮说:"晚了住下,我有话说。"

冷喜妮脸一红,低了头。

人都走了,家里空荡荡的,她也懒得再做什么,随手拿过一本旧电影画报看起来。不一会儿,王增高的两个小羔子相追着回来了,二孬被绑着,大孬牵着,全是一副捉俘虏的样子。她叫他们俩老实点,大孬二孬被唬住了,立即松绑,归于平静。两个小羔子调皮惯了,一霎儿安生就难受,见表姑不再使厉害,就试探着搞动作,胆子渐渐膨胀。不知怎么引起来的,两个人就开了火,一个扯着他爸爸的裤子,一个拽着他妈妈的褂子,来来回回地抽掴,像两面旗帜,呼啦啦、呼啦啦地响。三掴两抽,一下子从王增高的裤兜里掉出一封信来。冷喜妮见信猛一愣怔,好奇心驱使着她,急火火地捡起来,一看还没有封口,就掏出信瓤来看。"老吕兄——"信这样开了头,接着就是一大串问候话,再往下就谈生意。从信的意思看,那两万一分也没要回来。信上猛然出现了"冷喜妮"三个字,她神经骤然紧张,心跳加快:给别人写信,提我干什么,混账东西!"……说起我表妹冷喜妮来,那可真是月里长(嫦)蛾(娥)一般。这绝不是瞎吹,耳听为需(虚),眼见是真。不相信,亲眼看。至于她同意还是不同意嘛,我劝你就不要过于多绿(虑),到时候自有办法……这可不是吹牛皮!我们相聚多次,你觉着我是那种吹大牛皮的人吗?我处世为人的最大特点就是实成(诚),关于这一点,你就放宽心好了。八万块钱你可得准备好啊!老兄,我可不是高(敲)竹杠哈,实话讲,我这完全是为你着想,像你这般年岁的,弄我表妹妹这么个出水夫荣(芙蓉)一般的年轻女子,就是花上十万也没处寻。至于这八万块,也不是我装了私都(兜),我五姨家得重点照顾,她本人也得给两个,还有她原先那个主儿……"火药库终于到了总体爆炸的时候,心肺欲裂,头晕目眩,天旋地转……哪里曾想,人变成狼只在一瞬间!王增高,她的表哥,她的恩哥,她的情哥,顷刻之间,怎么变成狼了?一匹满面狰狞的狼,一匹龇牙咧嘴的狼,一匹面带微笑、怀揣刀子的狼,一匹张着血盆大口就要向她扑来的狼……是匹狼,狼!她和狼睡在一起已经三年零两个月了,她的血差不多被吸吮干了,肉也被吞噬得差不多了,只剩下一个骨头架子了。这骨头架子,在人们的眼里也可能早就不属于人的范畴了,像他那样,早被列入狼一类里了。怎么办呢?无可奈何了,无可奈何花落去了!哭吧,也只有哭了:"呜哇哇——"

见表姑哭,大孬二孬不闹了,愣愣地站着,不知如何是好。大孬到底大点,小嘴嚼嚼着,问道:"姑,你哭什么?你别哭,我去叫爸爸妈妈。"

大孬这话虽然平常,却惊醒了她:王增高回来怎么办?他要发现我看了他的信,能跟我善罢甘休吗?她略加考虑,把大孬二孬叫过来,命令他们俩在天井里站好,不许动。大孬二孬毕竟是孩子,看见表姑一脸冰霜,也不知道发生了什么事情,都骨碌着两个眼珠子,莫名其妙地看着她,不敢说话;站在那里,像根小木橛子,直挺挺的。她忙把信瓤装进信封,又装进裤兜,然后把裤子重新搭在椅子架上。接着,她找了个烟盒,撕开,铺展在饭桌子上,写道:"我忘了一件急事,得赶紧回家。"然后,她拉过门来,上了锁,把钥匙挂在大孬的脖子上,把字条装进二孬的口袋里,一本正经地训斥道:"就这样站着,一直到你爸爸妈妈回来,听明白了吗?"

"听明白啦!"

她无心再顾及其他,忙起身跑了。

六

在杨树行子村北湖的那片肥田沃土上,矗立起了一座三十多米高的烟囱。不久,烟囱里就直往外冒黑烟了。这虽然是1986年春天的事,但现在想起来,仍然像在眼前一样。

一天,王增高来了:"五姨,四妹妹在家有活干?"

"哪有啊!天天在家,也就是帮我喂喂猪,拦拦鸡,拾掇点饭……"

"我承包了座砖厂,想去干吧?"

无亲无故,谁为她操心?还是表哥好,表哥想着她,给她找活干。娘更是喜出望外,管怎能出去挣两个,比待在家里死靠强。爹也满意,忙上菜园弄来了菠菜、韭菜、小白菜和蒜苗子。外甥要走,那还行!管怎得吃了饭再走,饿着肚子跑路,像什么话。老头子发话,忙了娘儿俩,娘掌锅,冷喜妮烧火,烧得很应心。

"放这些油行了吧?"娘问。

"多放点,多了香。"她说。

"放这些盐行了吧?"娘又问。

"少放点,咸了不好。"她又说。

一阵忙活，菜炒好了，热腾腾的，香喷喷的，摆了一桌子，爹陪着大表哥喝起来。

冷喜妮好奇，站在屋门旁看喝酒，大表哥乱瞅她，她也瞅他，两个人都调皮地笑着，有意瞪眼睛。

"喜妮，来烧火！"娘在锅屋里喊她。

听见娘的吆喝声，她向大表哥挤了挤眼，转身走了。她一时心里来了甜美，大表哥真好，光笑，挺和气的，很会说话……相貌长得也不错，身个高挑儿的，脸膛平展的，白里透红的面色，堂堂一表人才……心眼也好，谁去求他来，他却把活送上门来……

"大表哥真好。"她说。

"是啊！"娘往锅里添着水，也随声附和，"这回到砖厂干活，可得应心，别给你大表哥丢脸……"

"这个，还用嘱咐？"她有点不耐烦。

第二天，她就去了。大表哥安排她运砖坯，这活儿不重，有小推车，上面摞上三层，不算沉。她和李香枝、王树花一组，几天就混熟了。大家干活没有一个偷懒的，都争着抢着干，活儿干得很出色。她从小在湖坡里干活，练出来了，力气头有的是。冷家洼的田地都是老黑土，很难捣鼓。从小就在这样的湖坡里摔打，十啥活都不觉得累。三人小组很快就出了名，人称"砖厂三枝花"。活儿干得漂亮，厂方满意，大表哥面上有光。只干了十天，大表哥就又到了她家一趟，当着爹娘的面夸奖她，当场掏出一扎"大团结"，点出十五张，递给了娘，说一天五块，十天五十，把这一月的提前给了吧，集中起来也好办点事。这可是及时雨啊，她爹胃疼，正愁无钱买药。

得热情地招待，饭菜尽量丰盛。她与娘一起拾掇饭菜，爹陪着喝，一喝就喝黑了天。他喝得酩酊大醉，可还是叫嚷着硬要走，就这么英雄。刚走到大门他就摔倒了，趴在地上呕吐……爹只好把他搀扶回来。

夜里，她正睡到酣实处，突然从空中降下来个重物，压在了她的胸口上。

"啊，啊……"她想喊，但喊不出来。

"喜妮,是我。"

"你是,你……"她醒了,出了一身冷汗,心慌慌地跳。

"我是你表……表哥。"

"表哥,你,你……"

"我想跟你说句话。"

"什么话,你说吧。"

"我想跟你玩玩。"

"玩什么?"

"玩那个……"

她感到有灾难降临,裹紧被子,缩在墙角处,大气不敢出,瑟瑟筛糠。大表哥的手又摸上来……

"娘啊!娘啊……"她急促地喊道。

"你怎么啦,发癔症?"娘来了。

她听到了大表哥匆匆离去的脚步声,松了一口气,可是一想,真可怕。娘问她,她说什么,怎着说……有口难言啊,她只有哭。

她几天没去上班,眼睛哭肿了。

"你不去啦?"娘问。

"嗯,嗯。"

爹挤鼻子瞪眼:"不去做什么?想上天,谁给你竖梯子!"

"你听你……"娘烦爹。

"听我什么,我得装哑巴?"

"能说说吧,可别叫旁人当哑巴卖了。"

"累死了吗?怪娇,你可生到娇地方去呀,到我这个地方下生做什么……"

"我怎娇的?"

"不娇,怎不去的?"

她能向爹解释一番吗?没法,她只有去。

"娘,他要再找我的事怎么办?"

"就叫他摸两把,也没啥。"现在回想起来,娘这话跟卖她差不多。

她看着外甥给的钱，晕乎了，什么是非曲直都不分了。哪曾想，让了第一步，还有第二步……

一天下雨，满路泥泞，她不能回家了。王增高叫她别走了，晚上到他家里吃饭。她翻了翻眼皮，瞅了王增高一眼，随即摇了头。王增高走了，半个钟头后，表嫂子来了。黑脸婆很热情，终于把她说动了心。她想，有表嫂子在家，他还敢胡来吗？

在一个雨伞下，她们说笑着向杨树行子村走去……小雨唰唰的，很有下头。先吃饭，吃完了饭再说。天黑时，雨仍不停，这就叫"人不留天留"！她只好住下了。

睡觉的时候，她啥也不脱，囫囵打连身，躺在床上，眼睁得大大的，瞅着黑乎乎的屋笆，强打精神，命令自己别睡。但是，累了一天，身子疲乏，不多会儿，她就迷困过去了。

胸发闷，手好像被一条白练蛇缠住了！她拼死命地挣扎，猛喊，但就是喊不出声音来。不行，还得喊……她终于醒了，嘴被塞上了毛巾，两手被反剪着绑了。电灯雪亮，大表哥吸着烟，龇着满嘴的黄牙，在向她嘿嘿地笑："玩玩，怕什么？我怕你不从，就采取了这么点儿措施。小事一桩，没啥！过些日子，你尝到了甜头，嘿嘿……就，就……"

悲愤、恐惧、哀怨、苦酸……但是，她毫无办法，只有流泪，说不出话。突然，王增高走了！她一阵惊喜，忙挣扎起来，踹开门就往外跑。怎么能跑得了？王增高撒完了尿，一下子蹿回来，就猛扑上身，连拉带拖，弄进屋里来。天昏了，地暗了，她像沉入了无底的深渊……

有了第一次，还愁第二次吗？每当事过之后，她想想就暗自流泪：光这样，算什么？早晚还得结婚吧，将来的丈夫是个什么样的人呢？这些事，能捂严实吗？人家要是知道了，做何解释……给娘说了，爹似乎也知道了，但他们没有表示反对，这就使她在错误的道路上越滑越远。开初痛苦，渐渐就有了那种无以言状的舒坦。人性的罪恶，就是这样一步一步地发展起来的。冷喜妮在舒坦和道德二者之间，还没有能力毅然决然地选择道德，更何况她爹娘那里还支持她的罪恶滋长！日子就这样一天天地过来了，从恨到无所谓，又从无所谓变成了盼望。

又一个月来临,大表哥再次提前支付了工资,并且外加五十,成了一个整数:二百。为啥多了五十块的?王增高没说,可她明白,她娘更明白。她收下那钱时,立时红了脸,但很快就恢复了平静。

这个月没来红,她慌了。王增高更愁,愁得耷拉了脑袋,但三天后,王增高就兴高采烈了,他想出了一个万全之策。本村章老杠的二小子去年刚刚入伍,小伙子长得不错,粗黑的眉毛,大大的眼睛,方方正正的脸膛,白面葫芦儿一般。还是初中毕业生呢!这一去当兵,就是出息不成军官,也能弄个志愿兵干干。王增高向冷喜妮一说这番话,冷喜妮欣然同意。章老杠那里更好说,一提这事,老两口子就千恩万谢。他家一直穷得叮当响,新中国成立前要饭为生,新中国成立后成了金字招牌的贫农阶级,分田地,吃救济,家境一直没有富裕起来。其唯一的攒钱方式,就是每天一包豆腐,常年喂两头猪,还有几只鸡下蛋……现在竟有人到他家给儿子提亲,能不喜出望外吗?

章天文来信说,得见面后再确定。日子长了,肚子大了怎么办?王增高像热锅里的蚂蚁一般:"见面还不好见吗?你去,喜妮!"

"人家说,等他探家……"

王增高急得直跺脚,憋着气指了指她的肚子:"去赖他!只要他上了身,就一了百了。"

冷喜妮落下了两滴泪,说道:"这样做,人家要是起了疑心呢?"

"你不会慢慢引逗吗?天底下没有见了鲜鱼不吃的猫……"

王增高的判断太想当然了,而冷喜妮更没有这方面的调查研究。见了鲜鱼不吃的猫不但有,而且数量相当可观。

冷喜妮到部队空跑了一趟,无法,只得手术流产。她恨章天文,恨得牙根儿疼:无血无肉,不是个男子汉!从此,她与王增高的交情终于步入了如胶似漆的黄金时期……

七

回到家里,天已上黑影。娘问她话,她一言不发。

"你哑巴啦？"

"哑巴啦！不光哑巴啦，还要死呢。"

"你说，你说，你怎么说这么难听的？"

"这还是好听的，难听的还在后头……"

"你邪啦，死妮子？"

"邪啦，邪啦……"冷喜妮说着说着，两汪热泪犹如断线的珠子，噗噗嗒嗒地掉在地上。她无力地靠在门框上，泪眼望着夜空。夜空中已有星星出现，在铅灰色的夜幕上，闪闪烁烁，像火花在跳动。

见闺女哭，娘不再说什么，赶忙拿来毛巾，哆哆嗦嗦地走过来，给她擦拭。

"你起来，用不起……"她喊着，抡起胳膊挡娘，把娘推了个趔趄，差点儿摔倒。

"喜妮，你，你……"

"我什么？你使钱，我受罪，你做的好事！"

"喜妮，你怨我呀？"

"不怨你，怨谁？"

娘哇的一声哭起来，瘫在地上，两手拍打着地面，一声长号连着一声短叹。出外喂猪的爹回来了，一见这场面，脚跺得地咚咚响，咋呼声像雷轰："我还没死啊，哭什么？"

果然奏效，娘收住了哭声，干抽咽。冷喜妮啥也没说，转身进了西里间。

霎时进入了死静，只有邻居家的收录机在"吭吭咔咔"地响着，响得挺有精神。爹蹲在堂屋门外，烟头的火亮乱跳动。

"五姨夫，你吃啦？"魔鬼来了。

"外甥，屋里坐。"爹对他这个外甥可是热情。

一会儿，油灯亮了。很快谈话开始，娘也加入进去了……她思潮如涌，心中怒火燃烧，喷着火焰，冒着黑烟，浑身都处在不安定之中，乱打战。她刚要流泪，又强止住。此时，她变得清醒多了，她知道羊的眼泪是万辈子也打不动狼的野心的。他想吃你，你哭顶啥用？你越哭他越高兴,越开心。等到你完全筋疲力尽了,再吃可能更美味香甜一些。能老实地任人宰割吗?她还不甘心那样。不能叫他舒坦了,得给他点颜色看看,叫他知道姑奶奶也不是好惹的。什么颜色?怎样给他看?她冥思苦想,不得要领。

"妹妹,你睡啦?"

来了,魔鬼来了!她忙从床上爬起来,坐在床沿上,见靠床头的桌子上放着一把剪子,慌忙抓过来……她呼吸急促,胸脯如波浪起伏,一想不妥,忙把拿剪刀的右手拿到背后……

"你要累,就先躺着,嘻嘻……"王增高眯缝着小眼,满脸淫笑,话说得酸溜溜的。

"你来做什么?"

"你问我来做什么吗?哼哼……这个,还用问吗?"

她翻了翻眼皮,心下有些慌,不知说啥好。

"个多月不近乎了,我心里油煎火燎的。"

她看着王增高那圆鼓鼓的腰身,心头打怵,握剪刀的手松了……王增高往她身边靠,不知哪儿来的胆量,她又把剪刀握紧了。

"怎么,厌啦?"

她无话说,憋得脸血红。王增高傿过来,冷喜妮握剪刀的右手迅速前甩,直挺挺地捅向王增高的前胸……

"哎呀!"一声叫喊,王增高倒下了。

冷喜妮慌忙跑走,她冲出屋门,跑出大门,顺街筒子急跑……她终于闯进了李香枝的大门:"二姑,快来救我!"

李香枝正要锁门到苹果园里去,她丈夫吃过饭早去了,她拾掇了阵子碗筷,刚要走。见冷喜妮这副模样,李香枝自然莫名其妙,忙把她拉进屋里来,重新点上灯,问她怎么回事。冷喜妮一把鼻涕两行泪,就说王增高欺负她,叫她用剪刀攮了……因为李香枝早有耳闻,听了冷喜妮的诉说,并不感到惊恐,就安慰她:"事情已经发生了,就别怕啦。你先坐着,我出去看看再说。"

李香枝走了,冷喜妮洗了把脸,拢了拢头发,重新坐下,心慌好似轻了些,但一静下来,就听到街道上有杂乱的脚步声,好似还有人吆喝什么,她的心就再一次慌乱起来……她寻思,如果王增高死了怎么办?一这样想,她就泪水唰唰,又去洗脸。洗罢脸,她再也坐不住了,起身来到了天井,抬头望了望夜空。夜空中已经繁星密布,无数颗星星好像都在望着她,眨着眼睛,递着私语……它们在说我吧,说什么呢?二姑怎么还不回来呢,事情到底怎么样了?时候不短了,该回来了;不回来,可能出了大事!实际上,只过了二十分钟,冷喜妮却感到过了一年似的。

　　李香枝终于回来了!"二姑,到底怎么样了?"冷喜妮急切地问。李香枝把她拽进屋里来,笑道:"吓死了是吧?以为王增高死了?"冷喜妮一见二姑笑,悬着的心一下子落了地。李香枝告诉她,剪刀只进去了一扁指深,离心还老远……过去,什么都瞒着二姑,实在对不住她。自己觉着做得怪妙,实际上愚蠢至极!早给二姑说说,怎么能这样?这回不能瞒了,她哭着说王增高孬种,也说自己糊涂,特别详细地复述了一遍王增高给招远的那位老兄的信,最后说到了章天文,说到了他爹娘……她哽咽着说:"我现在回心转意,恐怕晚了。"

　　听了这些,李香枝深深地叹了一口气,她还能说什么呢?这件事情,她早就意识到了,但没有估计到已经这么严重。已经这么严重了,她不能再埋怨了,而且冷喜妮已经认识到了。但自己不能不管,谁叫她们是砖厂三枝花来,自己还是老大,冷喜妮还叫她二姑!论说自己就有点失职,关心得太不够了……她沉思了一会儿,就提出了自己的意见,说最近抽空去章天文家里一趟吧,就说要三千块是爹娘的主意,她没有那样说,并表示愿意结婚,请他们操持吧。

　　"二姑,你是不是先跑一趟?"

　　"可以,我明天就去……"

　　"二姑,我的好二姑……"冷喜妮再次啼哭。

　　李香枝忙拿了毛巾给她擦眼泪,不叫她哭,还说自己得到苹果行里去……

　　"那,那……"

"你别那啦，我送你回家。"

八

丑闻满天飞，乍听，章老杠不信；听多了，不得不信了。李香枝来一说，他就更信了。"也有今天，老天有眼！"他深深地叹了一口气，好似这一下子就把这些天郁积在心口窝里的闷气全吐出来了。内心无限地舒畅，看天天高，看地地阔，看山山青，看水水亮……"热豆腐——"这种吆喝法太老气了，得换换！"豆腐，热的！"好，就这样，短促，响亮，惊人。果然卖得快了，刚刚转悠了大半个庄子，就卖了一多半，你说喜人不？章老杠舒畅又欢悦，吆喝声更加高亢嘹亮："还有几斤，控没水了，焦干了！"肯闹笑趣的傀过来，跟他胡打唠，三折六扣，最后的几斤也就很快处理干净了。他蹲在街旁，吸着一锅烟，点了点票子，数了数钢镚儿，一算计，十几块钱的赚头。"嘿嘿……"他笑了，忙推起小胶车往回走，得向天文娘说说，叫她别犯愁了。看样子，冷家不要三千块了，他这样抓挠着，年底给儿子结婚蛮够了。

这些天，他被三千块压得直不起腰来，不光憋气，还悲伤犯愁。要三千块，肯定是王增高出的计谋，只有这样才能拖，他才好耍把戏……这样的事，谁摊着不憋气，木头疙瘩也得蹦三蹦。人家还不说不跟，硬逼着你说不要。只要男方声明不要了，以往花多少钱，都不给了。章老杠能不发憷犯愁吗？在冷喜妮身上，已经花了五千块，这都是他老两口子的血汗钱啊！六十多岁的人了，早晨没喝过一个鸡蛋。十几个鸡下蛋，都攒着卖了。有时，天文娘盛碗豆腐汁子给他，他愣怔半天，又倒回锅里。这五千块挣得可是不易！要真散了，人也不来了，钱也不给了，这可叫人怎么过呀？天文娘也无计可施，就不停地长吁短叹，擦眼抹泪……

"你看你那个怂样，哭，哭！能哭你就成天哭吧，哭能哭出银子来？"

天文娘听他这一通号叫，吓得浑身哆嗦，只有憋住不哭。

谁能料到，冷喜妮会用剪子攮王增高，怎么不使使劲把他攮死呢？常言道，浪子回头金不换，从前那些事不能再提了，打人不打脸，骂人不揭短……对对，趁热打铁，买点东西到冷家坐坐吧，这回，这回……哼哼，也许一商量就行了。

他想得惬意，脚步也快，回到家里，朝堂屋门里一看，那不是冷喜妮吗？他暗暗吃惊，怕看错了，就忙揉眼……

"爹，你老卖完豆腐啦？"

"啊，啊，你，你……来啦？"

"我刚来，来看看你，看看俺娘。"

难怨人们说人怕见面，可不是嘛！原先一嚼舌头，可了不得了，冷喜妮多么多么风流，多么多么不要鼻子不要脸……可你听听她现在说的这话，不是很知情晓理吗？再说人也端庄，蓝裤、线呢褂子，红、蓝、黄相间的花纹；青布鞋，鞋脸子上绣着两朵月季花，红艳艳的，杏黄色的尼龙袜……打扮得说土气不土气，说洋气不洋气。章老杠就喜欢这样，太土了不好，走社会主义道路，怎么还像秦始皇他老奶奶时候那个样？他也看不惯那种张张狂狂、花里胡哨的洋女人穿戴——"什么烂货！"他见了就瞪眼珠子。

章老杠刚要坐下，冷喜妮忙站起来，从桌子上拿过自己的手提包来，从中取出两瓶麦乳精、两瓶白酒、两包白糖、两瓶罐头，放在桌子上，对章老杠说："别也没有什么孝敬您老人家……"

"这太破费了，这太破费了！"章老杠高兴起来，满面堆笑。

冷喜妮重新坐下，试试探探地说道："爹，俺今天是来给您老人家赔不是的，要三千块的那话，是俺爹说的，还有，还有……"

"嘿嘿，我就知道不是你的主意。话不说不明，今天说明了也就行了，至于谁出的主意咱就不去管那些啦。你娘呢，还不办饭吗？都快晌午啦！"

"俺娘，俺娘……像是……"

"她怎么啦？这个老娘儿们，这么不懂事！"

"俺看她脸上不大意思……"

"什么？"章老杠立即火了，可瞬间就转过弯来，弄大了动静，吓着儿媳妇，那可就麻烦了，"这样吧，你在家等等，我去找她。"说完，他就风风火火地往外走，在大门过道里正撞上天文娘，眼珠子一瞪，厉声喝道："人家来了，你怎么还像没事人一样？还不快办饭，再慢慢拉拉、磨磨蹭蹭，等到什么时候？"

"你原先说的话，都忘啦？"

"死羊眼子，你真是个死羊眼子！原先她不是要三千块吗，现在……"

"可是，天文……"

"不能依着他。原先他也是同意的。"

"刘小宝、李龙起，把什么都给他说了。"

"唉，这两个混江龙！"章老杠叹了一口气，忽一转念，忙瞪着老伴说道，"那个也好说，我去劝他。常言说得好，跟什么人随什么旨，在她娘家风流，丢她娘家的人，丢不着咱，只要过门来板正就行。再一说，那都是传言，不能传什么就就信什么。要真，怎么还挨了剪子？不管怎么说，咱已经花了五千了。这些钱，是我一天天卖豆腐攒的，真说不要了，人家还给吗？真要不给了，人财两空，咱还有什么家底子再说那个呀？"

天文娘是个无主张的人，东说东歪，西说西倒。章天文回家来说不要了，她就顺从了儿子。她更怕老头子！这个老杠头，一向不大讲理，啥事都得他说了算，别人一说反语他就瞪牛眼珠子。最终还是疼钱！这一点，老两口子是一致的。一听老头子这些话，她就频频点头，忙说："你说咋办？"

"怎还咋办？快办饭啊！"

天文娘再也没的说了，蹒跚着回家。

"你先忙活，我去割二斤肉！"章老杠哪里还有好声气，咋呼了这么一声，气哼哼地走了。

天文娘忙加快了脚步……

"娘，你快来歇歇。"

"我不累。"她不喜不笑，说了这么一句，进了锅屋。

冷喜妮觉出味来了！她给过老婆婆没脸，老婆婆能忘记吗？远的不说，这才几天，老婆婆跑到王增高家里叫她，她躲了，老婆婆能不记恨吗？解释解释？解释还不如不解释，越解释越说不清……都说老杠头是个三条腿的蛤蟆——难缠（蟾），但听他说话还还怪好听！去了哪里，怎么不见了？老嫌嫌木着脸，不大说话，可能她才是真正的三条腿的蛤蟆。无须待下去了，走吧。她提起空提包，走到锅屋门前，说道："娘，俺走了。"

"可不能走啊，吃了饭再走，你爹割肉去了。"

"很近，家去吃不晚。"

"那可不行，再近也不是那种说法！"

冷喜妮是干什么的，她怎能看不透老婆婆的内心！也许，他儿已经给她说过什么了，不然脸上怎么就是不见笑模样呢？真要不想叫走，不会过来夺下手提包吗？冷喜妮迈步向外……

"走也用不着恁忙！来，拿回点去给你爹娘尝尝。"天文娘说着，忙从锅屋里走出来，到堂屋里拿来一瓶酒一个罐头。趁冷喜妮搬自行车的工夫，天文娘就把退礼放进了冷喜妮的手提包。装好后，天文娘仍不喜不笑，木乎着那张老桑树皮似的脸，慢拉拉地说道："还真走吗？"

冷喜妮听了这话，心里更酸楚，立即瞪起了白眼珠子，不无气愤地说："怎么，走还有假的吗？"

天文娘还没反应过来是怎么回事，冷喜妮就气呼呼地推着那辆旧自行车走了。没过多大会儿，章老杠就回来了，手里提溜着二斤猪肉，喜滋滋地连声吆喝天文娘。

天文娘迎出堂屋门，怯虚虚地看着老杠头，鼻子尖儿上早已冒出来一层细汗珠子……

"你怎的？"

"人家，人家……走了。"

"什么？你，你……"

"我留来，没留下。"

"没有留不下的客……"

"没有留不下的客"，是一句俗语的上半句，还有下半句——"没有走不了的客"。天文娘并不是想不到，可又怕把老头子顶发了炸，暴躁起来她无法，干挨骂甚至挨打，无处伸冤告状。她只好忍气吞声，低下头，用褂袖子泗泪。

猛然，章老杠扑上身来："你给我叫去！"他一把把老伴拽倒了。

老半天缓过这口气来，天文娘满眼热泪，爬起来，哽咽着说："天文爹，俺说句话行吧？你光使厉害，就能把事情办好？"

"有屁快放！"

"前天天文回来说，他不要了。"

"什么理由？"

"他说她太会耍人了！"

"可她，现在……"

"看人能光看这一点吗？"

"再说一个容易？咱花的那五千多，你不心疼我心疼啊！"

"我也心疼……"

"你心疼，怎么还办这样的事？"

"转了一周遭又拐回来了，天文他……"

"我去问问这个小王八羔子，他是坐了官啊，还是发了财？"说完，他就气冲冲地向大门外跑去。

天文娘爬起来，追出大门外，人已经不见了，跑得就恁快！她坐在大门首，不住地掉眼泪……

九

冷喜妮走出杨树行子村不多会儿，就走到了旧砖厂。触景生情，她想起了在砖厂干活的那些日子，想起了李香枝，想起了王树花，想起了"砖厂三枝花"……李香枝帮她丈夫侍候苹果园，去年就挂果了，今年更可观，她的日子过得蛮可以。王树花与她同岁，可她精明得惊人，在砖厂挣的那两个钱,轻易舍不得花,拿着去了青岛,进了一家缝纫技校,半年回来,挂牌营业,听说生意很红火,而且经人介绍,跟一个志愿兵确定了婚姻关系……她呢?她现在却陷入了这种境地……砖厂很快闪过去,又走了一段路,就到了李香枝的苹果园。她吆喝了一声,李香枝就从里边跑了出来,问她情况怎么样。冷喜妮俱以实告,李香枝说就别管老公公老婆婆怎么样了,去看看章天文吧,看他怎么说,只要章天文还一如既往,就一了百了……冷喜妮沉思了片刻,说行,没再多说什么就走了。

"明天就去,不能拖延!"李香枝喊道。

冷喜妮回身答道:"知道了,大姐!"

李香枝听了冷喜妮的回话,满心欢喜,她改了称呼,彻底地从王增高的阴影里走出来了……

第二天,她骑上那辆旧自行车,直奔岭头子村。

当啷啷,当啷啷……

响锤的脆响,在村外岔路口就听着了。冷喜妮循着锤音,进村入巷,拐弯抹角,不大会儿,就来到了村南那棵老榆树底下,铁匠炉仍安在此处。铁匠炉四周,远远近近,大人小孩,到处都有:站着的,蹲着的,慢慢走动的,胡窜乱蹦的,下棋的,闲拉呱的,评头品足的,高声大笑的,小声叽咕的……热热闹闹,像个小集场。她把自行车停在树旁,抬头一望,掌钳的竟是个姑娘!就听风箱呼呼两下,从炉火中钳出一块烧得乱迸火星子的大铁,放在砧子上,响锤一敲,当啷啷,当啷啷,脆响悦耳。再看那姑娘,高挑子身个儿,粗胳膊大手,真有点打铁的威风。红黑的面皮上,浮着一层烟灰,右腮帮上,鼻子尖上,抹着两块炭黑,眼睛亮亮的,黑白眼珠格外分明。当啷啷,当啷啷……响锤叫号。拉二锤的正是章天文,他循着锤音,抡动大锤,虎势势地扑上来:"哼!哼……"大锤落处,火星飞溅。这样来了五六下,掌钳的姑娘操着响锤,不停地敲着点号:"当当,当当……"突然,她咬紧牙关,拧粗眉毛,趁大锤抡起的工夫,自己的响锤也落在了红铁上。响锤起时,大锤落下,大锤起时,响锤落下……一口气砸了二十几下,红铁渐渐变黑,再次塞进了炉火里。

旁边，大磨石跟前，一位须发墨黑的老者，正在磨镰刀……

章天文转身擦了把汗，就去拉风箱。

"天文，你……"她走近了，用手指头点了下章天文的脊背。

章天文忙转过身来，见是她，有些吃惊。冷喜妮随意说道："你好忙啊！"

章天文紧张过后，很快恢复了平静。他过去向胡铁花说了句什么，胡铁花点头，忙把风箱接过去，猛拉了几下。章天文脱开身子，走到胡铁匠面前，又说了几句，胡铁匠放下正在磨着的镰刀，过来掌钳……

章天文这才有空跟冷喜妮说话："你来，有事？"话音挺生硬。

"叫你回家……"她说得有点儿吞吐。

"前些日子，我回过家了……"

"想请你回家商量一下查日子的事。"

"俺爹还没有凑齐三千块！"

"那都是俺爹娘一时糊涂……"

章天文猛抬头，送过去两束暴怒的目光。冷喜妮暗暗吃惊，但她不慌张，仍笑脸相迎，虽然心里不停地敲小鼓："他，他……他怎么啦？还能，还能……"

章天文初次见这张脸时，也曾激动过。现在，他无此兴致了，他把这张脸与淫荡和凶狠联系在一起了。他已经有一个多月的打铁经历了！一个多月以来，他接受了严师的训导，也领悟了师妹的情谊，不光技术大有长进，心性也朝老练一侧前进了一大步。暴怒自然不会销声匿迹，可暴怒之后，很快就恢复了平静，他想出了一个法子……

"你稍等片刻。"说完，他忙走回铁匠炉近旁，对胡铁匠父女俩说了几句话，胡铁匠立即灭了火，胡铁花忙拉着冷喜妮回家。趁此机会，章天文从小茅屋里推出一辆半新不旧的自行车，飞奔去了县城。老铁匠蹲在大磨石旁边，吸着旱烟，啥话没说。

胡铁花领着冷喜妮回到家里，让她坐下喝茶，她跟娘一起忙活开了饭菜。一个多小时后，饭菜好了，也就到了10点多。于是，大家就吃饭。热情地让菜,殷勤地端水倒茶,不停地催促吃饱吃好……浓烈的盛情气氛,渐渐缓解了笼罩在冷喜妮心头的冷雾:你热情,俺也热情;你殷勤待俺,俺就笑脸相迎;你怕俺吃不饱吃不好,俺就吃饱吃好。开初,话语不多,只谈吃论喝,渐渐地熟了,话就多起来。

"你是章天文的什么人?"

"是,是……"红润涌满脸面。

"是没过门的媳妇子?"

"嗯,嗯。"

"昨天他爹来过,爷儿俩吵了一架……"

一听这话,冷喜妮的心紧缩成一团,但是她仍有幻想——她希望他爷儿俩吵仗的内容与她无关,那样就好了,那样……她最终鼓足了勇气,试探着问道:"那是为啥?"

胡铁花直爽:"好似就是为你。"

"都说了些什么?"

胡铁花笑着摇头:"俺不好意思说。"

当面叫人揭疮疤,脸朝哪里搁?可不细打听打听,难知就里,下一步如何进行?不管多难堪,还是得引导着这个打铁的丫头说说,看来此人怪直爽,她会说的。

胡铁花正想说,可她也不是块憨地瓜,她想找个合适的话茬儿说,省得别人疑神疑鬼。

"章天文进城带铁材去了,等他回来,你直接问问他吧。"

天边子上也没料到会是这样!胃口正在大开之时,这下子完了,馍馍光在嘴里打饼子,就是咽不下去了,她忙掰下一块放在桌子上。

胡铁花见状赶忙抓起来,硬塞给她:"不许剩饭底子,这是老规矩……"

她站起来躲,胡铁花站起来,再次往她手里塞。冷喜妮无奈,只好接了,可立即两眼流泪。胡铁花见状,忙把那块馍馍要了回来。冷喜妮轻轻地叹了一口气,坐回原位,擦拭着泪眼,不无怨愤地暗自嘟囔:"还问他!他要跟我说,还走吗?"

"看样子，你们之间有些隔阂。"

冷喜妮长叹了一声，没再说话。胡铁花直瞅着她，冷喜妮觉着这目光火辣辣的，有挑战的意味。人在屋檐下，不得不低头，她不得不说求人的话了："别客气，有啥你就说啥嘛。"

"喜欢听假话，还是喜欢听真话？"

这不是耍弄人吗？冷喜妮反唇相讥："你喜欢听假话？也真是的……"她翻了翻白眼珠子，毫不客气地瞪了过去。

胡铁花咯咯地笑起来。

"那，俺走。"

胡铁花一把拉住了她，冷喜妮禁不住哽咽起来，两眼泪花。

胡铁花为之一震，忙收敛了讥讽的神情。

"你要告诉俺，俺就听听。你要不说，俺就走。"

已经是哀告了，怎能不说几句实话呢？

"当初，你们不是很好吗？听说，你还到部队看过他……"

冷喜妮更加伤感，泪珠滴落在地面上，洇出了几个圆圆的湿点子。

"对于这一点，他还是很感激你的。"

"别提这些，还是说说不满的地方吧。"

"听说第二年要日子，你说不盖瓦屋不去；第三年要日子，你说不盖平房不去；第四年，也就是今年了，又要三千块……是有这些事？"

"有——那都是俺爹娘的主意。"

"是啊，我就知道不会是你的主意。"

冷喜妮身子微颤，头低下了。

"听说，你有个表哥叫王增高……"

冷喜妮立即脸红了，说不出话来了。胡铁花清楚，这样的事，点到就行，不宜说多。稍停，胡铁花又说："我看，章天文也是吃饱了撑的，有什么了不起，我就烦他。要不是我爹留他学徒，我早赶他走了。不就是个臭打铁的吗，恋他做啥？像你这样容貌出众的女子，眯着眼摸，摸一个就比他强。你说是不是？你是不是听说胡家的镰刀五块钱一张，一年能打三四千张啊？也就是今年，过二年，还有卖不出去的时候……"

这都说了些什么,这,这……冷喜妮猛抬头,见胡铁花神采飞扬。

"你怎么知道得这么详细?"显然,她变退却为进攻了。

胡铁花不慌不忙,笑着答道:"他跟爹叙说,俺在一旁听到的。"天衣无缝,她想找茬子也没处找了。胡铁花顿觉得意,瞅着冷喜妮笑。

"你瞅着我笑什么?"她有些失控,泪眼圆睁,满脸怒气,问话近乎斥责了。

"我笑你哭得无所谓。不就是一个臭打铁的吗?一个淌臭汗的,用得着动这么深的感情了?"

这话,这话……如针芒在背!冷喜妮无地自容,起身便走。

"你不等章天文回来后再……"

这话,这话……她有意奚落人了!冷喜妮没再回头,径直走了。

"咯咯咯……"

你能笑就笑吧!怎么,这女人的笑声像她的响锤一样响亮?她走出院落,骑上车子,猛蹬恶蹬,不一会儿,就冲出了村庄。怎么,耳朵有点儿塞疼,再蹬几下,猛然间涌来了响锤声:当啷啷,当啷啷……这么快就生了火吗?

尾声

王增高恢复得很快,不出半月,伤口就愈合了。他很快又跑了一趟招远,找到老吕,说他表妹妹来了,在旅店,拿钱来吧。老吕说,不见人不交钱,话说得铁硬。王增高说先交一半,见人再交那一半。老吕也好,就这样。王增高得了四万,就二沟子的水——溜下去了。买媳妇的发现上当,跟几个亲近的,驾起三辆摩托,追到汽车站,找到了王增高,他想跑,可哪里跑得了?四面围堵,抓住就打,有人打走了手,正中太阳穴……王增高就这样死了,老吕那几个,自然被捕归案。

人们议论,冷喜妮知道了这事,保证狂欢,但是冷喜妮听了这些街谈巷议,没笑,也没哭,浑身光打哆嗦……

麦后的某一天,弟弟防震从外回家,伸手从手提包里掏出一张县报来，塞给她。她接过来一看，那上面有则消息说，章天文被评为县级个体户劳动模范，他年产镰刀三千张，为临郯苍平原上的麦收立下了汗马功劳。报上还说，最近他正在改装红炉，要安电动鼓风机，预计明年打镰刀五千张……

冷喜妮看了这些，两眼直勾勾的，还好没哭。第二天，她话就多起来，有用的也说，没用的也说。她说耳旁光当啷啷、当啷啷地响，好端端的个男人被响锤砸跑了……没办法，家人只好把她送进了精神病院。

听说冷喜妮病倒了，章老杠生气地扔了豆腐挑子，光蹲在河堰上流泪……有人说，他不是为冷喜妮有病难过，他是被钱疼昏了。章天文不听他嚷嚷，宁愿白扔了那五千票子，也不跟冷喜妮纠缠了。章老杠不依，说那笔钱是他卖豆腐挣的。他一个子儿一个子儿地攒，那上面有他的汗，也有他的血……别人听了，哈哈大笑，不置可否。

"儿大不由爷！"几个二混子跟他开玩笑。

他听了，眼皮眨巴眨巴就落泪，老泪纵横在布满皱纹的脸皮上，闪闪发光。

刮南风的时候，隐约可以听到响锤声。有人在河堰上碰着他，笑道："听着了吗？那是胡铁花的响锤声！天文跟他师妹要成亲……"

他抓住人家的手，目光迷迷茫茫，问人家："胡老头能一个钱不要，白送个儿媳妇给我？"

"人家说，半个钱不要。"

他瞪着流泪的眼珠子，向人家脸上吐唾沫，一声不连一声地骂人家："你哄人，孬种！"

李香枝自然为冷喜妮感到难过。进精神病院后的第三天，早饭后，她就跑到了王树花的裁缝店，粗略地说了下情况，王树花为之惊愕，忙说："事情怎么会是这样？"

"她就这样了呢，你怎么治？"

王树花稍愣，又说："咱去看看她？"

李香枝点头道："我来，就是这个意思。"

于是，王树花嘱咐了同店的一位妹妹，就同李香枝一起上了路。

两人在路边店买了些营养品，跨上车子，就直奔县城而去。一个小时后赶到，已经9点多了。两人到了病房办公室，略作说明，就见到了值班医生。值班医生说，冷喜妮病情不算严重，但缺乏家人和亲朋的关爱。这种病光依靠药物不行，一个重要的方面，就是亲朋的安慰；也不能叫她闲着，必须有点活儿干，当然不能太重。听了值班医生的这一番说教，两人就要求见病人，值班医生就领她们俩进了病房。冷喜妮一见她们俩，热泪夺眶而出，一手拉着一个，泣不成声。

李香枝忙说：''喜妮，咱不哭……''

王树花也说：''姐姐，俺来可不是听你哭的。你要尽哭，还能撑起砖厂三枝花的门面来吗？''

冷喜妮一边擦泪一边说：''行，我不哭。只是，我被章天文给坑苦了……''

''喜妮，咱不说他。那些事一张纸掀过去拉倒，别再提了。''李香枝说。

王树花接着李香枝的话口，说道：''姐姐，章天文不管咱了，咱还说他干什么？他好也罢，歹也罢，与咱无关了，咱没工夫说他。世界上的男人千千万，不缺他一个。常言说得好，不怕受穷，就怕无能。你循着这话想下去，对于咱女孩子来说，能不能这样说，不怕找不到好男人，就怕自己无能？你不能再这样滴眼流泪啦，你要站起来，找点事干……''

李香枝笑着鼓起掌来：''三丫头不枉跑过一回青岛，这话说得很有水平。''

冷喜妮的脸上也现出了笑容，只是很快又隐去了：''上哪里找活干啊？''

''我那里还缺一个人……''

李香枝立即支持：''喜妮，去吧。王树花要是坑你，老姐不会饶了她。''

……

（1990年6—8月草就，2014年6月修改）

水往低处流

一

　　1962年，三年困难时期刚刚熬过。农历八月，一湖秋庄稼正在人们焦灼的盼望中成熟。"丁零零……"秀子顺着水渠北岸的土路，骑着自行车疾驶而来，见有人挎着半筐头子青草横路穿过，就急急忙忙按响了车铃。那人惊慌中抬起了头，突然刮来一阵风，把个席夹子从头上刮下来，一张熟悉的国字脸呈现出来。

　　她顿时脸发烧，忙跳下车来。

　　但是，国字脸忙拾起席夹子，跑了。

　　秀子见国字脸跑了，心里好翻腾……

　　自行车驮着秀子顺路而去，跑下一里多路，见路旁树荫下坐着几个妇女说话，她们是来翻地瓜秧的，干了一阵，来这里歇歇。秀子忙跳下车子，跟她们打招呼，邻村都认识，碰上了，自然说笑一阵子。几句话就说到了那张国字脸身上，他没有考上。他上了十二年学，和那些大字不识的黑脊梁们一样，面朝黄土背朝天了。有的叹息，说这是暂时的，为人一世，总有跌跤的时候，刘备也卖过草鞋……另几个人就不是这种说法，说考不上才好来，种地比当工人牢靠，玩龙玩虎不如玩二亩土。"七级工八级工，不如社员两沟葱！"尖嗓门儿的吴二嫂子打着哈哈直嚷嚷……秀子没说话，她心里像锥上了一把草，挺难受，不知说句什么好，就笑了笑，推着车子走了。

二

秀子再也睡不着了!

窗下的看家狗子叫得越来越欢了:"吱吱,吱吱……"万籁俱寂,月光如水,从窗户棂子缝里透进来,印在床沿上,清清亮亮的。她翻一回身,又闭了眼,那张国字脸却又出现了……见了她,他跑什么呢?落了榜,羞的?她想着想着,眼里就涌出了泪水,忙扯来块毛巾擦了擦。国字脸叫李成良,跟着秀子爹上了六年小学,今年高中毕业,考大学落了榜。她跟他从小就有交情,私下里定下了终身,虽然谁都不知道,但秀子心里时时都荡漾着海枯石烂不变心的坚定。成良见了她躲,叫人特伤心!

"吱吱,吱吱……"看家狗子仍然歌唱着,但调子没有当初悠扬了,变抑郁了,低沉了。也许,它见秀子伤心,也给予了一份同情吧!可是,它唱了些什么呢?这虫语,秀子解不清,也无心研究。她心里乱极了,泪水汹涌着,爬满了脸面,浸湿了枕巾。

小时候,爹回家来就兴高采烈地夸他的爱徒李成良。他说成良的悟性特棒,老师领学生念:"大羊大,小羊小。大羊小羊山上跑,跑上跑下吃青草。"他就举起了小手,喊报告。老师允许他发言,他就疾速地从座位上站起来,童声响亮:"还有不大不小的呢!老师,'不'字怎么写呀?"老师见问,满心欢喜,就教"不"字的写法。一会儿他又嚷:"大羊小羊还跑到河边喝水呢!老师,'河边'什么写法呀?还有'喝水'二字……"说着说着,全家人都笑起来,都说这个小孩好聪明。秀子爹就赞叹道:"此人日后必成大器!"秀子听着听着,小赤红脸蛋儿越发红彤了,她怕人见了笑话她,忙跑到里间里去了。

夜里,爹娘说闲话,娘说把秀子许给那个学生吧,爹闷了半天才说:"也行!就是秀子比成良大三岁。"

娘说:"女大一,有财积;女大二,好福气;女大三,黄金触着天。"

爹笑了:"老封建!"

娘说:"别管老封建不老封建,这门亲合适。"

爹笑着说:"先把这个想法搁着,等孩子大了再说,共产党不许搞娃娃亲……"

这些话都烙印在秀子的心上了,她开始注意那个叫李成良的小学生了。

春天来了,湖里满是割草的孩子。

每天下晚放了学,成良都去割草。秀子也割草,她家里像成良家里一样,也喂着一头黄母牛。

李家店子和杨树行子村相距一里路,下湖就碰面,像一个村的一样,都认识。不过男孩子不跟女孩子一块,娘告诉过每一个男孩子,跟丫头片子一块玩不好,光烂脚丫子。男孩子们就离得女孩子们远远的。秀子见了成良,就跟他说话:"你也割草啊?"成良就"嗯"一声。两人一见面,似乎怪亲热。秀子问他:"你不怕烂脚丫子吗?"成良说:"你是老师的闺女,不碍事的。"秀子就咪咪地笑。有一次,秀子拿来了油饼,让他吃,成良推辞,秀子就硬往他手里塞。油饼毕竟有无限诱人的香味,他耐不住那香味的引诱,就吃了。

"香吗?"

"香!葱花味蛮足。"

"你猜是谁烙的?"

"你娘。"

"是我娘擀的,我烙的。"

"哎呀,你有恁巧吗?"成良大声一吆喝,甜得秀子光笑。

吃完了油饼,就去割草,遇到一片好草,成良叫秀子割,他再到前边去找。秀子不让,直嚷嚷:"一块儿割,割完了再一块儿去找。"累了,两人就在路旁歇息。秀子捡几棵脚趾丫子草,放在手心里拍着,揉搓着,口中唱道:"脚趾丫子拍三拍,什么味啊?黄瓜味啊!"成良好奇,就过来闻,果然有黄瓜那样的一股子悠悠清香。他也学着拍,找来一棵脚趾丫子草,拍了三下,忙去闻,但没有味。他急了,就嚷:"怎么弄的,没有黄瓜味啊?"秀子就笑,说只拍三下不行,还得使老闷劲揉搓。成良瞪着两个亮眼珠子质问:"不是说拍三拍吗,没说还得揉搓啊？"秀子就笑他，说他是个书呆子。成良红了脸，忙从草筐里又找了棵脚趾丫子草，拍了三下，接着咬紧牙关，使老闷劲揉搓起来，然后一闻，果然气味浓烈。他就欢呼着跑到秀子跟前，双手一齐捂在秀子的鼻子上，浓烈的黄瓜清香气味呛得秀子打了好几个喷嚏……他回家就给娘说了，又问娘："她为什么跟我这么好？"娘就喜，喜了一阵才说："兴许秀子想做你的媳妇子吧！"再见面时，他就把这话说了，羞得秀子捂着脸跑了。

这事终于被人看出来了！那时候，学生的年龄差相当大，比李成良大十岁的就有五六个。这些大学生们学习不怎么样吧，演绎起这些男女故事来，却神通广大。秀子和成良的这么点事，经他们添油加醋地一编撰，神奇得很了。到了后来，连那几句顺口溜都走了调子："脚趾丫子拍三拍，什么味啊？秀子味啊！"流言传到杨老师耳朵里，他不叫秀子割草了，16岁的姑娘了，不能再像野小子般地撒着了。秀子不割草了，心里却想念着李成良，就红着脸向爹说："我上学！"爹不应允，说家里还有十几亩地，她两个兄弟上学，就得留下她帮着拾掇点零碎活。秀子懂事，不闹。"我上夜校！"爹答应了，她就上夜校，很用功，成绩特好，受到了团县委的奖励，奖品是一支金笔。这已到了1954年的冬天。一个飘雪的日子，秀子在村头截住了成良。

"天这么冷，你……"

"天冷无人见！"说着，她就把那支金笔塞给了他，什么也没说，慌慌地跑了。

"你，你……"成良惊喜得直嚷。

她回了回头，但没住下。笔卡上有张纸条子，上面写着："常听说你学习好，心里就高兴。把这笔给你，盼你学得更好。"他看了，好兴奋了一阵子。

去年初夏的一天，秀子进城，遇见了成良。

"李成良！"她喊。

成良就走过去，两人脸上都闪烁着兴奋的光彩，但不知说什么好，目光相撞，就笑笑，忙移开。到了一家饭店，秀子买了一碗烩菜，一斤外边裹着白面皮的瓜干馒头,叫他吃。

"你也吃!"

秀子说她刚吃完。他就吃,吃得很香,吃得很快,吃得很饱。吃完后放了个响屁,他就笑,秀子也笑,哧哧地,捂了嘴。又到了一处商店,秀子给他买了一件春秋衫,一双球鞋。成良的心眼子也来得好疾,他用刚刚领到的几元助学金,给秀子买了两块头巾,一块红的,一块绿的。

礼物交换后,成良瞅着秀子笑:"就这样定了?"

"就这样定了。"秀子也瞅着他笑。

"海枯石烂不变心!"

"做官押印,要饭抱瓢。"

"握握手行吧?"

"握吧!"秀子脸上涌动着朝霞。

成良就握住了秀子的手,好久好久。

"给爹娘说吧?"秀子问。

"先别说。"

"哪会儿说,总不能常瞒着?"

"等到明年考上了大学,我拿着通知书去找你,咱一块儿去见杨老师……"

"就你心眼子多!"

"嘿嘿,我想,那是个最佳时刻。"

秀子牢牢地记着这一切,盼着这个最佳时刻的到来。现在,这个最佳时刻已成水中的月亮了!"要饭抱瓢!"秀子说到的就能做到,但成良为什么躲呢?你把俺看成了那类贱胚……

月亮落了,屋里漆黑。

看家狗子睡了,四周一点儿声息也没有了。

她眯困过去!成良来了,说:"秀子,我对不住你……"说着,他就哭了。她给他擦着泪劝他,劝着劝着,两人就抱在一起哭起来。"秀子,秀子!你哭什么?"东里间里传来了娘的喊声。她醒了,是一场噩梦。

三

  八月天气，中午还很热，太阳挂在南天门上，向大地喷洒热火。李成良在生产队里翻了一头午地瓜秧，把自己薅的草和翻下的瓜秧都摁在筐头子里，挎着往大姐家奔。大姐家住徐家屯，离李家店子三里路。1955年，成良的爹去世，年仅14岁的成良就不能上学了，娘说实在无办法，成良就哭，哭得众人都伤心。大姐回家跟男人一说，大姐夫长叹一声，说叫他上吧，有难处咱帮着解决。就这样，由姐家扶持，成良上完了中学。如果能考上大学，姐家面上也有光彩，大姐大姐夫吃苦受累也值得，现实却是这样！他的心时时都像小刀子攥着那样难受！大姐大姐夫宽慰他："考不上的不光咱。咱把这两头猪好生喂喂，秋后卖了，给你成亲。"他能说什么？他在暗中流泪，他觉着实在对不住大姐家。他把这些草和瓜秧送给大姐家喂猪，他不能光坐享其成……

  迎头来了一辆自行车，是秀子。秀子在全家庄卫生所工作，这条路她一天跑两趟。成良忙把草筐放在路旁杨树荫下，自己几步跳下水渠崖，蹲在水边洗脸。这一切，全被秀子看到了，她知道成良在躲她。你怕见，我就硬见。她下了车，把自行车靠在他的草筐上，然后折了根杨树枝子，向成良投去，杨树枝子正落在成良的脖子上。他不由自主地回了下头，两人的目光相遇了。秀子笑着说道："好啊，躲我！我哪会儿得罪的你？"

  成良上来，用手抹着脸上的水珠子："我无颜见你，而且……"

  "说啊，把'而且'后面的话都说出来！"秀子有意制造欢乐气氛，话语中带有浓烈的挑逗性。她满脸兴奋，活鲜鲜宛如一朵月季花。

  "我想好了，打谱跟你断绝关系。"

  "什么？你再说一遍！"

  "我没有说第二遍的勇气……"

  怒气立即塞满了秀子的胸膛，一阵阵冷风直往心窝子里吹，脸面上的红润倏然消退，阴云立即漫上来，一副霜打嫩叶的蔫巴样子。待了一会儿，秀子哽咽着问："我在哪里说过什么错话吗？"

"我落榜了，从前的一切憧憬都成了竹篮子打水！我对不住你，更无脸见杨老师。唉，镜中的花，水中的月，竹篮里的水……黄粱一美梦，醒来后完全破碎了。我不想令你难堪，做我的殉葬品……"成良说着说着，连连摇头，随即泪水哗哗，看样子实在痛苦。

看着成良那痛苦的样子，秀子的心软了，她忙掏出手帕，去给他拭泪。他怪不好意思的，扭了下脸，闪开了。再看秀子的面容，没有从前红润了，变白嫩了些，只是两腮还红得热人；两颗眼珠子黑葡萄儿似的，晶莹闪亮，饱含温情。

"你呀，净想了些什么呀？"

"我清亮，你爱我，全是因为我学习好；杨老师喜欢我，也是为这……"

"是这样。"

"可是，我被刷下来了！"

秀子愣了一阵，抬头看了看天空中飘浮的白云，然后说："我盼望过你考上大学……可是，我从来也没有说过考不上就断绝关系呀！"

"那……你的意思，还是那两句话……"

"是的，做官押印，要饭抱瓢。"

"秀子姐，你忠诚得令人……实际上，你不应该这样，人往高处走，水往低处流。你已经有了一定的工作，完全可以找一个国家职工。你为了维系过去的关系，做此牺牲，是不值得的。我也想朝高处走，但我无法。你还有可能，我希望你想开阔一些。希望你千万别误解了我的意思，我是为你着想，光我自己痛苦就可以了，不能临死再拽上个垫背的。"

"你是不是另有人了？"秀子的火气又蹿上来了，脸色格外愠怒。

李成良略微思索了一下，解释道："没有，但有人想给说一个，问我是不是想要识字的，我说要识字的干什么，咱搬坷垃头子，面朝黄土背朝天了，还求媳妇识文解字……"

"成良，我打16岁就把心交给你了，你现在还说这样的话！你，你……"她啜泣着。人不伤心不流泪，秀子伤心透了。她想成良鬼心眼子太多，是来考验我的吧，拐弯抹角说了那么些，这样不信任人。他个鬼！她越想越伤心，泪水顺腮而下。"上一回遇着，你就不理我，害得我翻腾了一夜。这回你又卖乖，编些瞎话耍弄我……你扪心想想，该吧？"

水晶石般透亮的心呈现出来了，成良被感动得浑身打抖。他走近秀子身边，想替她掏出手帕来拭泪，却被秀子猛击一掌，打了回去。

"哎呀！"成良叫道，"我想掏了手帕，给你擦擦眼泪……"

"用不起，你去给别人给你说的擦去吧。"

"都是我不好，行了吧？"

"不好怎治？"秀子无可奈何地笑了，"我就知道你谅我无法治你……"她忙擦拭了几把泪水，止住了哭泣。

成良抬头看了看秀子："你不明白俺的心意？人往高处走，水往低处流，这是地球上一切事物运行的基本规律……"

"又来啦，又来啦！"秀子嚷起来，"我的高处就在李成良的脚下……俺想过了，俺做医务，你也学医吧。十二年的学问，还能啃不透那一本本的医书。俺不行，一张也看不懂。你学俺也学，弄他个十年二十年甚至一辈子，不愁没有成果……"

"是吗？"成良两眼发亮，国字脸面上顿时春风荡漾。这不全是知己话体己情吗？谁曾向他说过这样的话？只有秀子，只有决心做自己妻子的杨荣秀其人，才会吐露这些真情。他看了看秀子，秀子亭亭玉立，蓝布裤，白布褂，可体合身。圆圆的脸蛋儿，白嫩中泛着红润，腮帮儿上像有火苗子在跳跃。那两条油黑油黑的大辫子，16岁时就这样，只是从前扎着两个粉红色的蝴蝶结，现在换成了翠绿色的扎头绳。记不清什么时候了，他曾想摸摸这两条大辫子的，但终归没敢。现在，这种欲望又升腾起来，而且无限地强烈。

秀子感到辫子在受人抚摸，她假装不知道，低着头，急促地喘着粗气……她有点儿紧张，心在慌慌地跳。

"秀子姐！"

"什么？你叫什么？"

"叫秀子姐呀！"

"谁是你姐？"

"叫什么呀？你说。"

"……"秀子的鼻子尖儿上沁出了汗珠子。

"叫媳妇子？"

"真难听！"秀子捂了脸，哧哧地笑。

成良松了手，秀子的心情又恢复了平静。

时间过得真快，草筐原先放在阴凉里，现在晒着了。成良忙说："我得去送草了！"秀子就问这草送哪里，做什么。成良实话实说，秀子就笑，脸面上飞动着朝霞般的光彩。她把自行车调过来，叫成良去送，她在这里等他。等他回来，他们好一块走。国字脸就红涨起来，很难为情地说他不会骑车。秀子没再说什么，就忙着封草筐，封好以后才说推着走也省力不少。成良一想也好，就推着走。谁知他从来没有推过车子，乍推也不行，没走三步就绊了脚，歪倒了。"笨样！"秀子忙过去，扶起车子来，推着走。成良红涨着脸，跟在后边，挺丧气、挺狼狈的样子。

到了徐家店子村头，秀子停住了。

"你回吧，我挎着去。"他说着，就去解草筐。

"别忙，我到代销店里望望，一会儿就回来。"

"你去那……"

秀子不管他嚷不嚷，骑上车子跑了。没过多大会儿，秀子就回来了。她买来了一包糖块，对成良说："带着给外甥们吃。你得有个当舅的样……"

成良就憨笑，心里的话："我身上一个子儿没有，这个舅难当啊！"

秀子开了包，拿一块给成良，成良吃着，直嚷："真甜！"他顺手拿起一块，塞进了秀子嘴里。秀子什么也没说，红涨着脸，骑上车子跑了。

"喂，你不是说带着我的吗？"

秀子好似没听着，眨眼间就跑远了。

四

月光如水，把院子的角角落落都洗亮了。看家狗子见了这么美好的月色，也激动不已，叫声特别欢快："吱吱，吱吱……"秀子余兴未尽，她的脚步声和着看家狗子的鸣叫声，在院子里响着。她从锅屋里端来了饭，又从堂屋里揭来了一叠子煎饼，再到锅屋里盛来了菜……大伙儿围过来，坐下就吃。喝稀粥的呼噜声，啃咬煎饼的刺啦声，筷子碰着碗碟的撞击声，以及咳嗽声、喘气声，间或还有人说几句话的声响，都混杂在一起，响成一片，竟把看家狗子的鸣叫声压了下去。它似乎有点儿灰心，停下不唱了。月亮钻进一块黑云彩里去了，老大一会儿才出来，院子里顿时明亮起来。

爹在吃饭的时候，很少言语，他主张"吃不言，睡不语"。习惯了，大家都遵循这条原则，饭也就吃得快了。饭后，两个兄弟跑了，娘进了屋，爹不走，他有个嗜好——饭后一壶茶。秀子忙着洗刷碗筷，水响盆响碗响筷子响，一阵响之后，碗筷就被堆放在吃饭桌子上静默了。忙过这些以后，她觉着有些累，就想进屋休息。

"秀子！"爹拉过一条板凳，放在自己身边，拍着板凳说道，"来，坐一会儿，爹有几句话，给你说说。"

秀子一愣，折转回身，走近板凳，慢慢坐下。

杨仁则非常喜欢秀子，他的二闺女聪明伶俐，知情晓理，做事赶眼色，很讨人喜欢；脸蛋儿也像他，圆圆的，赤红色，但做爹的有对不住她的地方，他为了多个劳力干活，没让秀子上学，只培养两个儿子。不管口头上怎么不承认自己有重男轻女的思想，他内心里却是愧疚的。不过秀子上夜校也识了不少字，并且寻到了工作。在婚事上，他想尽力给秀子找个好婆家，寻个有出息的男人。成良曾经是他选婿的目标，当听说成良落了榜，一阵冷风扑进心里，他打了个寒战，又一声长叹。

"秀子，我那学校里的王老师想给你介绍个人，是在中学里当教师的……"

秀子惊呆了，她低着头，觉着心就要跳出来了。看家狗子不叫了，院子里静得很，月亮升到中天，银辉四射，雪亮耀眼。她不知如何向爹说，她开不了口，她能说自己已经与成良说好了吗？

"那人姓吕，七里沟子人，家里是贫农。虽然只是个中师生，但业务很棒，教课很受赞赏，听说有望提拔为副教导主任。"

"这样的人，能看起咱？"

"不是先看看吗？见见面，说几句话，能行就成，不行就拉倒。谁砍在板上的？"

"俺不去看……"

"怎么，爹误过你？"

"不得闲，明天俺所里有个人请假……"

"过明天也得闲！"

"过明天我去俺姨家。"

"大过明天！"

"大过明天也……"

"你是怎的？存心气我？你心里有什么事就说出来，别这样憋我，好不好？"

秀子低着头掐手指甲盖，就是不吱声。

"你还说话吧？闺女大了总得嫁人，人家王老师好心好意从中跑颠，要不答应看看，不得罪人家吗？影响出去，众人不帮忙，以后找个主儿还就困难……"

"你别愁困难，我不找啦！"

"又说这样的……"

"吱吱——"南墙根间有只看家狗子刚叫了一声就停了，这生灵也来了怪，是想偷听话，还是为秀子难过，不肯唱了？

秀子哽咽了，饮泣声惊动了爹："你说，你说，怎么还哭？我又没强迫你，人还没见，你难为什么？见见，不中意给王老师说一声就算完，还是上刑场吗？唉——"

"爹！你这样不叫人耻笑吗？"

"闺女找婆家光明磊落，谁家姑娘不走这条路？耻笑什么，我做错了什么事？"

"以前说的话，你都忘啦？"

"以前说的话？以前我说过什么话？"

"你说，你说……你说李成良……"

杨仁则一下子想起来了，也一下子看清了闺女的心境。他不是没有耳闻，他知道秀子与成良有过一些交往，但那都是孩童时候的一些事，谁还拿着棒槌就当真（针）？后来的事情，他一无所知，不清楚他们的感情已经发展到了那么一种程度。

"他不是落榜了吗？"

"落榜了怎么？这是赶集买张镰刀，不合适再拿回去换换……"

"咱成了吗？那都是闲说话，而且这话也说了快十年了，谁还想着。"

秀子不哭了，气愤涌上心头，她终于壮起了胆子，冲着爹说道："我还想着！"

杨仁则闻听，有些吃惊，没有立即回话。他小口喝着热茶，思绪混乱起来。这是他不曾想到的，十年前的几句闲话，会被闺女记住，而且把闺女的手脚束缚得这么结实！看家狗子又叫起来了："吱吱，吱吱……"唱得很悠扬啊，但吵闹得老头子心烦，他下腰抓了一把沙石向南墙根撒去："吵什么？烦死人了！"看家狗子挺知趣，立即销声匿迹了。

"爹，你不觉着成良是个好孩子了？"

"从前，我教他的时候很好，谁知这些年怎么样？人是会变的，有的变好了，有的变坏了。学习也是这样，有的进步了，有的退步了。"

"俺听人说来，一个班也就是考三四个，有好多学习好的没考上，有些学习不怎么样的，反倒考上了。"

杨仁则听了闺女这几句话，哭不得，笑不得。他觉着无法跟秀子多说这些，考学的偶然性有，但还是必然性占绝对优势。父女俩讨论这些干什么，干费脑筋。秀子在为成良辩护，他清楚这点。小孩子不懂事，感情用事。他再噜溜热茶，一边噜溜，一边思谋。过了老大一会儿，他又说："人往高处走，水往低处流。谁也不会放着白面馒头不吃，去吃瓜干煎饼。"

秀子头低得更低了，什么话也说不出来了。

见闺女不吱声，估计内心正在翻腾，他得趁热打铁，念叨下去。他说民以食为天，吃饭是第一件大事。他说毛主席这话说得真实在，是焦干的大实话，他佩服得五体投地。他说什么事都应该把经济条件放在首位考虑，充分体现物质第一的哲学观点。婚姻问题在这方面表现得尤其突出，特别明显。他说年轻人涉世太浅，不知为人处世的艰难，往往一时感情冲动就许下终身，还你生我死、海枯石烂、天崩地裂、做官押印、要饭抱瓢地慷慨一番。这些自由恋爱的勇士们经过一番英雄壮举之后，终于结婚。婚后不应该美满幸福吗？你看看张家，再看看李家……还有村前老韩家，村后老王家，他们吵闹得轻吗？他们都在吵闹着离婚，张家离开了，另外几户正在离当中。不自由恋爱的怎么样呢？也有闹的，但比例少多了。什么原因呢？父母做主的，还注意点家境，免受清水萝卜之苦，自然闹的少些。人不能喝着西北风生活，穷争饿吵，上哪去有好日子过？说要饭抱瓢，那都是大话，三天吃不上饭，急绿了眼，撑不住煎熬，女的就不想跟了，就闹。男的有时候还撸撸粗胳膊，但一提离婚就瘫了。成良是他的学生，他当然喜欢，但成良命不济！他说成良上学全靠他姐家接济，他娘儿俩住的那两间东屋，前不久还漏雨，是生产队里出人出草给插补的。你们要是成了家，能有什么好落点吗？吕恒的情况就不同了，工资收入三十四元五，还有提拔副教导主任的希望……

秀子慢慢抬起头来，拿起暖壶，给爹的茶杯里续了点热水。杨仁则暗暗猜析：可能想通了，树不撑百斧，人不搁百言，他的说教有效果了……

"听话吧，爹不会误你的。"

"成良正在难处，不更应该帮帮他吗？"她的泪珠子掉在桌面上，溅起了好些水星子。

"需要帮的人太多了,咱帮得过来吗?"

"你以前说他日后必成大器,现在就狗屎堆不如了?"

"我没说狗屎堆不如,可挣扎起来,不是件简单的事……我求闺女别执拗!"

"俺跟他熟悉……俺……"她说不下去了。

"不见面生,见了面不就熟了吗?"

"他站着有人高,躺下有人长,在生产队里劳动也饿不着。再说,我还拿二十……"

"啊,我养你这么大,你一撒手就不管我们了?你两个兄弟都该成亲了,哪个地方不需要钱?从下个月起,交二十来,留四块够买菜吃的就行。"从前,爹叫她交十四,留十块自用。

"行啊,我都交上!"

"都交上更好。"

爹走了,她仍坐在那里流眼泪。她心里憋闷得喘不过气来。月亮西斜,树影东去。看家狗子不叫了!累了,想睡了?明天怎么办呢?去看,走走过场?不去,唉,爹会气死的!去,也无妨,谁不见谁?就说不行,不就完了吗?

五

天色刚刚放白,爹就起来了,他得早走。

"你去吧,啊,秀子?"

"我早说了,不去。"

杨仁则气哼哼地走了。

娘问她,她就一边诉说,一边流着泪,也无心去卫生所上班了。她好歹吃了点饭,觉着发困,又躺下睡了。这回睡得夯实,真像死去了一般。娘来喊她,老半天才醒,她睁了几睁眼,还瘾瘾痴痴的,停了一会儿,才醒悟过来。

"来了两个人,不知道是做什么的?"娘脸色阴暗,小声细气,挺担心的样子。

"像县上来的吗?"前二年,县上来过人,问她爹在村子里表现怎么样,说过什么不满的话吗?又过了些日子,爹的右派帽子就摘了。说起爹的右派问题,真是冤枉死了!当时的中心校长杜学理,因呈报的右派人数不够,叫上级批评了,说他右倾。杜校长怕连累自己,就找到爹,动员他填张表报上,等过去这一阵,再给撤回来。爹就恁糊涂,填了……成了个有名的挂名右派。当时爹说了这一段,县上来的那两个人还笑了笑。这又是刮的什么风?还能……

"不像,还有个小年幼的。"娘说。

"你没问问吗?"

"我没敢。"

娘儿俩商量来商量去,无计可施。不管怎么样,得好生招待。娘叫秀子快去代销店买包茶叶,她忙跑到锅屋里烧水。秀子走出里间,抬头向外一看,院子里那棵洋槐树下站着两个人,一个高点儿一个矮点儿。她不敢细看,忙找了几角钱,低着头往外走。就听那两个人"大娘、大娘"地叫着,娘就笑着"同志、同志"地应声……秀子买回茶叶来,见爹已经回来了,正蹲在锅屋门首跟正在烧水的娘说话。

"秀子,你过来!"爹喊道。

秀子已经预感到一点什么了,后悔自己不该留在家里,可又一想,去了卫生所,他们就不会跑到那里去吗?唉,脱了尖枪,脱不了钢叉,该怎么样就怎么样吧!她走近锅屋,爹迎过来,对她说那个年纪大点儿,身个矮又胖点儿的是王老师;那个年轻的,就是中学里的吕恒老师。娘很快钻出锅屋,急忙火促地对闺女说:"我看这个人长得不孬,不比李成良差,人家又是中学里的,挣三十多,还要提拔……我看,这人不错……"

"不管怎样,来了,就得见见;不见,道理上说不过去。"

秀子无奈,只有见见,就跟着爹进了堂屋。起立,坐下,让茶让烟。哈哈,今天天气晴得真好。天有点儿旱了!下场雨最好。谁说不是来,嘿嘿……几句闲聊过后,杨仁则向王老师使眼色,王老师会意,清了清嗓子，干咳了一声，像个司仪似的，简单地做了介绍。然后，王老师和杨仁则相视一笑，走出堂屋，到院子里的那棵洋槐树荫下一蹲，说闲话去了。屋里只剩下秀子和吕恒了，这是有意留空给他们俩说话的。

吕恒端起一杯茶，送到秀子面前。秀子慌忙接住，不由自主地抬起了头，见吕恒白生生的脸膛，眉清目秀，两个眼珠子闪动着，含情露智，很是动人。穿戴也讲究，蓝呢上衣，白衬褂的领子和袖口都裸露着，更给人以美感。暗灰色料子裤，咖啡色牛皮鞋，无不闪耀着炫目的光彩。李成良红润润的国字脸，无处不给人以庄重之感；吕恒的浑身上下，处处都透着帅气的光彩。秀子呆了！她，她……她的心慌乱了！她把接过来的茶杯往桌子上一放，没放稳，歪了，茶水淌了……

"听说你做医生。"

"也就是、也就是学着擦擦抹抹。"

"这工作很好啊，救死扶伤。我原先就很喜欢这个工作，想报考卫校的，可是老师硬动员考师范……"

"是吗？"无意间，她惊呼起来。

"是啊！要那样，咱们俩干同样的工作，就更好了，互相帮助的机会就更多了……"

他说什么？"咱们俩"，这有点儿过分吧，谁跟你"咱们俩"？但这话怎么说得出口呢！

"现在这样也好，我不懂得的，你可以教我；你不懂得的，我可以教你。两人干不同的工作，可以多学点知识，也蛮有意思的。"

"这话你不觉着说得有点儿早吗？两人两人的，怪难听的。"

吕恒立即脸红，然后笑着道歉："这怪我。我一见你、一见你就高兴，说话有点儿颠三倒四，嘿嘿……"他说不下去了，抬起右手拢了下头发，不好意思地笑着，脸色红一阵白一阵的。

秀子起身去了西里间，吕恒心灰意冷，忙出去找王老师。

王老师说："你别急嘛。"

吕恒又回来坐下，等。

此时，秀子心里正在翻江倒海：这个吕恒倒也不孬，人长得不比成良差,而且有工作,可是自己能那样做吗?当初说的话都不算数啦?要那样,成良会怎么样?他不找上门来发横?街坊邻居怎么说?这后脊梁骨会被人指点出窟窿来的呀!再说,这人真好吗?金玉其外,败絮其中吧!好似有点儿不稳重,水性杨花……对对,有点儿……

"俺一时激动,说溜了嘴,请你别介意。"

秀子一向就怕别人找她认错!别人一认错,她的心就软了。她犹豫了一阵,还是走了出来。

"介意什么?吕老师别多心,俺想找样东西。"

"是吗?嘿嘿……"稍停,吕恒突然问,"你常使用青霉素吗?"

秀子说:"那是常用药。"

"可是肯出事故啊,得格外小心。"他就讲了一个"青霉素的事故"。有一个医生跟一个打鱼的交朋友,那医生就常送一些药品给打鱼的。有一次,医院里进了部分青霉素软膏,治疗疮疖之类有奇效。医生就送了两管给打鱼的,嘱咐他红伤疮疖都可以用。不久,打鱼的被葛针划破了点皮,他就拿青霉素软膏涂擦,立即过敏,抢救不及时,死了。

听到此处,秀子目瞪口呆:"啊?"

"万万不可粗心大意!"

好像说的是她,秀子"嗯"了一声。

吕恒见秀子听得入神,更来了精神。他说红伤化脓后不能再涂擦红汞。秀子就冷笑。吕恒知道自己说得太俗气,忙改口,一下子就讲开了酸性药品和碱性药品不能同时使用,他说他是教化学的,懂这个。为了说明问题,他从提包里拿出笔和纸来,列了好多化学方程式,说明其中的深刻道理,还说中药汤里有深奥的学问,里面会进行好多好多复杂的化学反应……秀子虽然听不懂,但却听入了迷,真没想到这里边还有这么多学问!成良不知道这些吗?嗯,可能不会吧,要不,他怎么从来没说过呢?她站起身来,走近吕恒,看他写的化学方程式。那都是些洋字,她哪里认得,但曲里拐弯地怪好看,秀子看得专注,目不转睛。吕恒趁机握住了她的手,她好紧张,想抽回,但吕恒向她笑着,握得更紧了。她觉着吕恒的手软绵绵、热乎乎的,那软绵味儿、热乎味儿传到她手上,又传到她心里,再传到她全身的每一个部位,那滋味儿怪好受的,也就无力往回抽了。吕恒欠身一让,叫秀子坐下,秀子不坐,可是被吕恒用力一拉,也就在他身边坐下了……

这时,王老师咳嗽了一声,秀子忙起身跑了。王老师进来,怪模怪样地瞪了吕恒一眼,小声说:"第一次见面,太急了不好。才听说来,心急喝不得热糊粥。"

吕恒低头不语,似乎有点儿愠怒。

不多会儿,菜就上来了。

饭罢,杨仁则送王老师和吕恒走。到了大门口,吕恒先走,王老师回头跟杨仁则一凑,情况都蛮高兴,说慢慢来,等几天再说,得留些时间商量一下。

当冷静下来的时候,秀子暗恨起自己来。她发现自己有些喜欢吕恒了,要不是王老师咳那一声,她险些落入吕恒的怀抱……太可怕了!那时候,她怎么就忘了成良,忘了慷慨激昂过的"做官押印,要饭抱瓢"?她心里乱糟糟的,样样事都无头绪,但她觉着自己怎么也不能离开成良,从16岁……唉,他现在又那么可怜,人心不能那样。她觉着这事必须赶快明确起来,免得吕恒再来打搅。

晚上,杨仁则问闺女:"怎么样?"

"不怎么样。"秀子不高兴。

一盆冷水泼下来,杨仁则心里的怒火腾地着起来,可又一想,有些话当爹的无法问,就把她娘叫来,到东里间里嘱咐了一番,她娘就到西里间里问她。秀子正坐在床沿上掉眼泪。

"你哭什么?"

"我哭成良命苦。"

"你管恁多做什么?"

"不做什么,非得做什么不行吗?"秀子瞪眼,那目光尖厉得吓人。

"该死的丫头,你不乐意你握人家的……"

秀子一头扑到娘怀里,泪水哗哗:"娘,俺看吕恒也不错,就……可是回来一想,不行,俺不能忘了李成良。成良不能有这点儿工作吗?

成良的学问……"

娘给闺女抹着泪水，叹道："憨丫头，别净说傻话了，成良的学问再大有什么用，人家不用他。"

"今天不用，明天还能……"

"那谁能算得准啊！"

"城市知青还得下乡上山，他家在农村，更没那个指望……"杨仁则在明间里赶忙插话。

"上山下乡，是为了锻炼，锻炼好了也还得安排工作。"

杨仁则知道秀子心里正在矛盾，就有意说道："你秀子要看准了，就照你看好的路去走。"

娘问："你看的这个有准？"

秀子就哭！她哽咽着说："俺听人说的。"

杨仁则暗笑了，他笑闺女的幼稚。

六

临郯苍平原属山地丘陵间的平地，可在小范围内也能给人一望无际的感受。几块豆子割了，露出了几溜子黄土地。多数地块还都青苍一片。地瓜叶子尽像小伞样撑在空中，微风一过，轻轻摇动。秀子的自行车到了这里，慢慢停下来，她下了车子，四下里看，但不见成良的身影。正是出工的时候，他还能不下湖吗？吴二嫂子来了！秀子跟吴二嫂子要好，就过去打听。吴二嫂子就笑，秀子就淌急汗，脸面上一阵阵地泛红。

"人家教学啦，支书叫他干的。"

"噢！我说他怎么没来呢。"

"怎么样啦？我看行，都说成良兄弟的学问棒啊，听说连你家大爷都夸他，是不是？"

秀子无兴致跟吴二嫂子拉这些，就用别的话支开，自己推着车子，过了石板桥，向李家店子村走去。

小学堂在西大街南头，是原先姓郑的一家地主的旧宅，堂屋安了大队办公室，南屋就做了学堂。堵了北门，开了南门，门外就是大街。读书声传来，街上的行人都能听到。

就听李成良领念："是——"紧接着，学生齐读："是！"成良再领："那——"学生又读："那！"

成良的嗓音稳重浑厚，但秀子听起来总觉着有些悲怆。学生的嗓音清脆响亮，满蕴着儿童的天真烂漫。秀子好疑惑，她弄不清成良这是耍的那门子戏，她也曾见过小学语文诸册课本，哪一册也没有这个内容。

"是那山谷的风———一二！"

"是那山谷的风，吹动了我们的红旗。是那狂暴的雨，洗刷了我们的帐篷……"学生们齐声高唱。歌声震得失修多年的瓦屋有些摇晃，屋檐下有碎土落下……接着，成良相继叫起三个学生来，读单字，读词语，读句子，最后串起来读；进行完这些以后，布置抄写，每个字写五遍。教室里寂静了，传不出一点儿声响了。成良的身影在晃动，他一会儿弯下腰去，也许是给哪个学生纠正笔画吧；一会儿又直起腰来……秀子在教室外边站着，眼睛死死地盯着窗户。窗户是木棂子的，六十年代临郏苍平原上的农村小学，很少有玻璃窗子。成良穿着一件褪色褪得发白的对襟蓝褂子，肩头上补着一块深蓝色的土粗布。这穿着……秀子心下发酸！这件褂子与吕恒的蓝呢上衣简直无法比较。如果成良也有那么一件穿上，直挺的身个，堂堂的国字脸，怎么就不炫目呢？攒钱给他买一件，也叫他风光风光，不能叫吕恒比下去……突然，成良在窗户前一站，眼睛向外瞅了一会儿，转身走了。来了！秀子的心怦怦了几下，她等待着成良的身影出现在门口的那一刹那，她就赶上前去，亲切切、娇滴滴、软绵绵、轻柔柔地叫一声："成良！"她默念着一二三……一直数到二十也没见成良的身影在教室门口出现，她的心像被人攮了一刀子，疼得流血！她的脸像被人抽了几个耳光，火辣辣地发疼发烧！她的自尊心受到了无与伦比的伤害，泪水立即像决了堤的黄河水一样，往下倾泻……

平静下来时,她就想,也许他没看着。隔了两天,她又来了。她想叫成良去见见爹,或者找个人去跟爹说说,爹会可怜他们的,爹的心肠不坏……

当她再一次站在李家店子村小学教室门外的大街上时,从教室里传出来一阵阵排山倒海般的童声齐唱:

> 是那山谷的风,吹动了我们的红旗;
> 是那狂暴的雨,洗刷了我们的帐篷!
> 我们有火焰般的热情,
> 战胜了一切疲劳和寒冷。
> 背起了我们的行装,
> 攀上了层层的山峰,
> 我们怀着无限的希望,
> 为祖国寻找出丰富的矿藏!
> ……

歌声像虎啸般雄壮,秀子的心灵被震撼了,她好似在哪里听过,是《勘察队员之歌》?孩子们唱得好,全指望成良教得好,这给她心灵上多了一份安慰。

"同学们,这是一首《勘察队员之歌》,你们听着好不好啊?"

成良开始了他的讲解,一声问话,立即引来了一声声杂乱无章却非常响亮的回答:"好——好!是的,好啊。"

"正因为好,我才教你们的。你们看,勘察队员们不畏艰险,翻山越岭,扛着红旗,在山谷中穿行。山谷之风吹着红旗哗啦啦地飘扬。多么壮观的一幅图画啊!夜来了,他们宿营了,睡在帐篷里。暴雨来了,把他们的帐篷洗刷一新。你们说,他们的生活艰苦不艰苦?"

学生们喊喊喳喳,也有说艰苦的,也有说不艰苦的。

"爬了一天的山,夜里睡在帐篷里,本来就寒冷,又下起了雨,就更冷,能说不艰苦吗?"

"艰苦，艰苦……"学生们乱叽叽。

"不要乱说话！要说话，先举手。生活是艰苦的！但是，我们的地质勘察队员们怕不怕艰苦呢？"

"不怕！"童声齐响。

"是的，不怕。为什么呢？"

鸦雀无声。时间一秒一秒地消逝，黑板前的那张旧八仙桌子上，有个马蹄表在嗒嗒地响着。

"报告！"突然爆发出这么响亮的一声。

"刘万山，你说。"

那个喊报告的孩子用标准的普通话喊道："他们有火焰般的热情，战胜了一切疲劳和寒冷！"

"说得好，说得好啊！就是这个道理……他们继续前进，背起了他们的行装，攀上了层层的山峰……你们想一想，他们为什么有这么大的劲头呢？"

又是一阵鸦雀无声，马蹄表的响声格外清脆。喘气声，孩子们着急的喘气声，呼呼的。成良在讲台上踱着步，脚步声也格外响亮。没有人举手，也无人喊报告，他只好解释："我们的勘察队员们都有崇高的理想，他们怀着无限的希望，为祖国寻找出丰富的矿藏！"

于是，课堂又乱了，嬉笑声，欢呼声，喳喳声……

"大家注意啦，再唱一遍。"歌声又起，像要顶走屋顶似的，从窗户棂子缝里，从门口间飞出来的一部分声响，都很聒人。

秀子有些着急，他不下班了吗？

唱过，他又讲："当个地质勘察队员好不好啊？"

"好——"童声齐刷刷的，好喜人。

成良接着问："你们愿意不愿意当啊？"

"是！"又是一声齐刷刷的回答。可是，有一个女学生站起来说："俺，俺……"

"什么事，大胆说。"

那个女学生说："俺不愿意……当。"

成良的脸色立即添了怒容,小女孩被吓哭了。

"想当也不一定当上。我就非常非常想当,可是我没有资格当。为什么呢?我没有考上地质学院……"他说着说着,声音就变了,很快呜咽起来。孩子们慌啦,有的跑了出来。

秀子抓住了一个女孩子:"怎么啦?"

那个女孩子战战兢兢地说:"老师,哭了!"

秀子就走了进去。成良见她来,立即抹了两把泪水,下令放学。学生们一呼隆,都跑干净了。两人面面相觑,无言以对。秀子在一个大方板凳上坐下来,低了头,随便扑打了下裤子上的浮土。

一阵紧张之后,成良瞅了瞅秀子,看着她那红润润的面色,黑漆漆的头发,齐刷刷的云鬓,心下好喜欢。他原先寻思,既然落榜,亲事也就告吹了,所以见了秀子就躲。谁知真金不怕火炼,秀子姐不但毫无嫌弃的意思,而且还寄予了无限的同情。前不久,在路上遇着,她说了恁些体己话,现在又亲自找上门来。此情此谊,把个李成良激动得心里好不是滋味,真想抱着秀子姐痛哭一场。

"你教的什么歌,小学生能……"

成良就笑了,情绪瞬间高涨。他就陈述自己那个热切的愿望,那个远大的理想。他说他向往那种生活,虽然艰苦,虽然不安定,却满载着传奇色彩,饱含着革命精神。晓行露宿,饥餐渴饮;与狂风搏斗,与暴雨逗乐;忍受着一无所获的煎熬,饱尝着找到大矿富矿的喜悦……可现实就是那么残酷,他被无情地逐出了这个行列!他只有寄希望于孩子们,十年后,二十年后,三十年后……到那时候再看吧,李四光那样杰出的地质专家,很可能就是他李成良的学生!他说得是那么慷慨、那么激昂、那么动情、那么实在,国字脸兴奋得满面红光,白亮亮的白眼珠儿,黑幽幽的黑眼珠儿,转动着,透着激动,透着希望,透着理想。他站起身来,挥动着胳膊,大声呼喊起来:"我这一辈子是不行了!可是,我的学生们,他们……"他的两汪热泪瞬间洒落下来。

秀子被他感动了,她觉着成良与吕恒完全不同,吕恒尽是婆婆妈妈,可成良完全是一个有血性、有理想、有追求的男子汉。她觉着自己的选择是对的,从小看准的人,没有错,尽管目前困难还多,但他们一定会有一个光辉灿烂的将来。

"成良,你的想法对。"

"是吗?你赞成?"

"赞成,赞成。"秀子向他微笑。

他走近秀子,握住了她的手……

秀子把手抽回来:"有人!"

"秀子姐,家走吧。"

"家走吗?家走……"

"就我娘一人在家,怕什么?"

"就怕有人去看!"

"你听你!每天来回两趟,谁没见过你?"

秀子就笑了,站起身来,随成良家走。身后跟来了一群孩子,拥拥挤挤,打打闹闹,叽叽喳喳,嘻嘻哈哈……

一走进家门,娘就来迎,忙拉住秀子的手,一声闺女长,两声闺女短,说着说着就变了声,泪珠子骨碌碌、骨碌碌地从眼眶子里滚出来。

"大娘,你可别这样!"

"秀子,你可把老娘想煞了……"

秀子被成良娘感动得眼眶子也热辣起来,她握着老人家的手说:"俺要不想你,还来吗?我寻思你年纪大了,成良从小上学,不懂家务,来看看……"说着说着,她眼圈一红,也流下了泪。

成良娘就笑了:"你寻思,你寻思!好孩子,别难过。你有恁好的心眼,我还愁什么呀,唉——"她叹了一口气,到一口缸里端出个瓢子来,里面盛着十几个鸡蛋:"您坐着说话,我去做点饭咱吃。"

秀子想去阻止,成良向她使眼色,她只好停下,转过身来,看了成良一眼,坐下了。

"俺不饿!俺……别叫……"

"你不饿我饿,我想叫你陪我吃饭。"

"你坏!"秀子嬉笑着,瞭了他一眼。

此时，成良完全沉浸在幸福之中了，他看了看秀子，微笑着；秀子也看着他，笑嘻嘻的。

成良说："秀子，我想，我想……亲亲你！"

秀子就低了头，说道："别那样，娘要来了看着，多难为人！"

果然，娘吆喝了："成良，来端啊！"

他们就吃饭。鸡蛋汤泡瓜干煎饼，这在当时的临郯苍平原上，已经是上等饭食了。成良朝秀子碗里挑鸡蛋絮子，娘也朝秀子碗里挑，最后她吃不了，又倒给了成良。

成良娘吃完了饭，收拾了碗筷，说有事，走了。

"大娘真好！"秀子说。

"什么好？"成良笑道。

"她在让空给咱说话……"

成良又笑："说吧！这半天光我说，耽误你了，很对不起的。"

"你听你，又说瞎话！"

"不说瞎话，真的，你来……"

"你得去找我爹一趟。"

"做什么？"成良茫然问道。

"该向他说明咱们俩的事了！"

"你说说还不行？"

"我怎么好意思说呢？"

"我就好意思说了？"

"你是男人家……"

成良哈哈大笑起来："原来我还是男人家！"

秀子也笑："你别儿戏，要快点儿。"

"忙什么？"成良瞟过来一眼。

"夜长梦多！"

"夜长梦多？"成良的眼神疑惑了。

"成良，我爹对你……"

"我知道，我没考上大学，老师很失望。"

"你去多说好话，爹会可怜你的。"

"我一向不会在人们面前装可怜相啊！"

"该装的时候，还是装一装吧。"

"唉，还得那样吗？"他抓了抓头皮。

秀子的脸色发暗。

"秀子，你怎么不高兴啦？"

"哪有！你瞎猜什么？"

七

王老师从吕恒那里跑回来，每一条皱纹缝里都拥挤着欢悦。

"王小鬼，又在闹什么鬼吹灯？"自行车刚入校门，就有人跟他逗。这位王老师，身高一米五不多什么，但胖，有点儿肉墩的模样。其身形如此，是近二年发展的。年轻时，他还算标致，长得短小但干练，且性格爽朗，小心眼子蛮多，由此，外人送号王小鬼。此时，身形虽然已失去小鬼的尊容，但心眼子却日益增多，也就更具备了小鬼的资格，因此这称呼不但没有消号，还大有越叫越响亮的势头。谁人叫他都不恼，都笑脸相迎，也给这称呼响亮提供了有利条件。

"你听你！大白天，吹什么灯？"

于是，他就哈哈笑着走近办公室。杨仁则闻声，忙走出办公室。王小鬼嘻嘻哈哈走过来，对他说："行啦！小吕说谈了几个都没有这个合心意。真是踏破铁鞋无觅处，得来全不费工夫！哈哈哈……"杨仁则被他笑得怪不好意思，脸上出火。哈哈声一停，王小鬼又说："杨老师，我的任务完成了以后，由他们自己商量去吧。"说完，他又是一长串哈哈哈。

他们正谈论到兴头上，李成良来了，当然是开动的11号，还穿着那件已经褪色褪得发白的蓝咔叽对襟褂，肩头上那块深蓝色的土粗布补丁尤其显眼。

"老师，你……"他目光怯怯的，看了杨老师一眼，就忙低下了头，不知说什么好了。

杨仁则见成良来，心头一震，打了个冷战，忙说："成良来啦，到我宿舍里坐吧。"

成良盯了王小鬼一眼，转身走了。

王小鬼兴致未尽，仍然哈哈大笑："什么人的干活，叫花子的模样……"

杨仁则瞪他一眼，用手遮了下嘴巴，示意不要胡说，很快走近王小鬼身边，小声说道："我的那个学生。"

来到宿舍里，杨仁则倒过来一杯热茶。

"老师，你喝！"

"我不渴，你走路，渴了，喝点儿吧。"

嘘溜了几口，成良说："老师，从小你就偏爱我，可我枉费了你的一腔心血……"

"唉，胜败乃兵家常事。成良，别灰心，考不上大学也无妨，条条江河归大海，七十二行行行出状元。听说你现在教社办，很好嘛，这是个开始，以后好机会有的是，脚踏实地，好好干吧。有困难，来给我说一声，我能帮的帮，不能帮的可以请教别的老师，还可以请示校长、主任……"

肺腑之言！成良感动得眼圈红了。该说他与秀子的事了，但怎么启齿呢？唉，实在不好开口！他心里翻腾，一阵阵急躁，脸色一阵白一阵红。中秋天气，屋里已不算热，但他还是浑身冒汗，汗珠子像豆粒子似的往下滚落。

"成良，你热？"杨仁则递过来一把蒲扇，扇了几下，好凉快！

"有事就直说，别不好意思。"

"俺，俺……俺跟秀子姐的事，也许你早知道了吧？"

杨仁则佯装惊愕："什么事啊？我，我……"

他再次热汗涌流，褂子后心都湿透了。

稍作沉默，杨仁则装作很平静似的说："你秀子姐刚定了亲，是中学里的一位化学教师。这些天都在忙这事，没听说有别的事。"

成良心里的火苗子一蹿一蹿的了！他反复考虑，还是以忍为高。你没有权利发作，人家成谁不成谁，全有自由。无理的话能说吗？说了，中什么用？说了，不更显得自己可怜吗？人家要是奚落你呢，不更显得难看吗？那台，就更无法下了。

"老师，俺回去。"

"吃了饭再走，快晌午了。"

"不啦，不多打搅了。"

"有什么打搅的！咳，别学那么客气。"

"俺走，学生还在教室里……"他说着，转身就往外奔。杨仁则还在絮叨什么，他已经到了宿舍门外。

"你恁忙做什么，自来就有时间。"

李成良啥也不说了，也没有再回头，风快地走着，一忽儿闯出了校门，大滴大滴的泪珠子才扑嗒扑嗒地掉下来。

八

这天是星期天，成良可能来卫生所吧，来说说他见爹的情况。爹喜欢成良，不信一下子就厌恶起来。人怕见面！不见面，也许净想短处，甚至恨起来，可一见面，就拿不下那个脸子来了。他只要在爹面前说几句可怜话，爹会动恻隐之心的，不但会认徒为婿，还可能亲手给操办婚事……她想着想着，就笑了。

"秀子，笑什么呢？"娘也笑，问道。

秀子无话，笑着，看娘。

娘说："吕恒那边的话捎回来了……"

秀子不笑了，脸相立即难看："娘，你给爹说，俺不同意。"

娘瞬间生气了："不能依着你！"

"想父母包办吗？"

"谁包办来，你……"

秀子不跟娘吵，她有自己的主意。她风飘似的，推着自行车走了，走到李家店子村后水渠上的石板桥旁,太阳才冒红。有云彩,朝霞没有往日那种海潮般的汹涌澎湃之势,淡淡的一抹挂在云彩上,像是成良给秀子买的那块红头巾。秀子过了石板桥,在一棵杨树下停下了。下湖的人还不多,老远有那么一两个,无精打采的样子。

有一个妇女陡然跑过来:"秀子妹妹,住一住!"

啊,吴二嫂子来了!

"怎么啦,我怎么听成良娘说你另成了别人……"吴二嫂子嘴快话急,唾沫星子横飞,说着话,还乱往后拢头发,眼睛也乱眨巴,鼻子也乱耸动……总之,到处都在忙碌,活像开动起来的一架机器,每一个部件都在工作。

秀子就怕坏了名声!她忙问:"二嫂子,这话是怎么传出来的?"

吴二嫂子就说是秀子爹说的,前两天成良去找过他,他在几句闲谈中带出来的。秀子红着脸,焦躁得像热锅里的蚂蚁一般,忙给吴二嫂子解释,并求她务必给成良捎个口信,叫他无论如何到全家庄卫生所一趟。

吴二嫂子是个热心人,答应着往村子里跑。秀子目送着吴二嫂子进了村,才懒洋洋地骑上车子走了。

10点光景,有人来卫生所。秀子又惊喜又紧张,忙跑出屋来迎接。来人不是李成良,而是吕恒!秀子呆了,满脸的兴奋一扫而空,心灰意冷,连话也没说,转身进了屋。

"杨荣秀同志!"吕恒紧跟了上来。

秀子立即意识到此事不好办,张扬出去,影响不好,最好别弄僵了,多说几句好听的,把他打发走。于是,她转回身来……

吕恒比上一次打扮得光彩十分,换了件灰色呢料上衣,黄军裤,咖啡色的牛皮鞋大概还是那双。刚刚理过发,头发还湿着,偏分头,梳得溜光,牛舔的一般。刮过的脸上,白白净净的,容光焕发,二目如珠,笑意微露。自行车也好像刚刚买来的一样,包扎纸筒还好好的。后车座上还带着个黄帆布提包,里面鼓鼓囊囊的,那里面……秀子顿时脸热腮红。

"你……来啦！"秀子终于说。

"来啦，来啦。你忙吧？"

两个男同事站在卫生所屋门外向这边张望，四周围已经有十几个小孩子了。秀子慌得不知所措，想不清以何种方式对待这位不速之客。卫生所的东边，隔着一道墙，有一个院落，那里有一间屋，是秀子的宿舍，阴天下雨时住一住。秀子想了一会儿，觉着别无他法，只好把他引到这里来，说几句话，打发他走。

见秀子请，吕恒满面堆笑，把自行车推到秀子的宿舍门前，扎下，解下那个黄帆布提包，提着就往屋里走。

秀子阻止道："别朝屋里拿！"

吕恒仍然满面堆笑，样子像在哀求："已经拿来了，就先放放吧。"

"说不行就不行！你把提包放在车座上。"

"嘿嘿，那——也好。"

秀子呆坐在床沿上，吕恒在一条短板凳上坐下来，搓着手说："你多什么心！成是夫妻，不成是朋友，别受难为。"

"谁叫你到这里来的？"

"嘿嘿，一时心血来潮……"

秀子无言，她哭了，两眼红红的，泪水像两条小溪，在她那张红润润的脸蛋上流淌。吕恒瞧见了，假装没看见，头尽往下低，两手掐手指甲盖儿。他听王老师王小鬼说，秀子正在为自幼看中的人落了榜而难过，全家人都嫌他，她正在犹豫之中，叫他加足火力打一场进攻战，火药少了，就怕以失败告终。他尽其所能，这趟来是做了充分准备的：买了两件呢料，一件深红，一件浅绿；两件丝绸，一件米黄，一件暗灰；还有一块大罗马和一些零零碎碎的洗漱用品，诸如香皂毛巾之类。而且他还买了两本医疗用书：《汤头歌白话新解》和《农村赤脚医生手册》。他并不懂医道，只是想以此书表明自己的热心，也容易从此处找到共同语言，上一次见面不就是从此处打破沉默的吗？沉默片刻，吕恒觉着到时候了，就起身去取书。

秀子见他走，顿时惊喜，忙起身跟去，堵住屋门口说道："吕老师，你就走吧，以后，再也别来了。"

吕恒从黄帆布提包里拿出了那两本书，还像刚来时那样满面堆笑："你别多心，我给你看两本书。"他一边唠叨着，就朝屋里进，秀子无奈，只好闪开。

进屋后，吕恒忙把《农村赤脚医生手册》递给秀子。秀子犹豫，吕恒就笑嘻嘻地往她手里塞："嘿嘿，是书，不是螃蟹，不咬人的。"

吕恒的话挺逗，把秀子说笑了。

不多会儿，吕恒又拿起《汤头歌白话新解》，说道："看，这本，有原文，有解释。原文准确无误，但艰深难懂，背起来困难，因为你不懂其义，硬记很吃力。白话就好懂多了。你看，这首'人参大补汤'……"他就念起来。秀子就把《农村赤脚医生手册》放下，洗耳恭听。吕恒见她专注，就站起来，向前凑凑，再凑凑……

秀子对吕恒再次有了好感，起初的防范基本消除。成良就没有这样的耐心，怎么老是皱着眉头，愁云密布，弄弄还眼泪汪汪的？就是在他家里时还说了几句高兴话……他要给爹好生说说，爹能不同情他？不管怎么说，从小爹就喜欢他！爹现在是有了些别的看法，可能说了些不该说的话，他听了，可能气炸了心肺，扭头便走……唉，成良啊成良，过去的那些事咱都白做了吗？我的心怎样，你心里还没个数吗？也不能说爹成心误她，吕恒这人还行，说话很耐听，而且，而且——想到此，秀子就心慌，脸上红一阵白一阵——而且长得也不错！长得不错是个根本，再加以修饰，自然惹人眼。但转了一百圈，秀子的思路还是回到了成良身上，如果成良也有几件像样的衣服穿上，不也能光彩照人？那形象，一定不比吕恒差……

吕恒见秀子有点儿心猿意马，狡猾的眼珠子一转，忙收了《汤头歌白话新解》，悄悄地出了门，从后车座上把黄帆布提包拿了过来。

"你，你……"

吕恒笑道："你别多心，我不是来下聘礼的。我买了几件子衣料，拿来你看看。我刚才不是说了嘛，不成夫妻，可以做朋友嘛。以后我还是要找媳妇的吧，我想请你看看这几件子颜色行吧？你们女同志的眼光总是亮的嘛，不行的话，我好去换……你要帮了我这个忙，你将来的嫂子，恐怕得好好地谢谢你了。"

一席话，说乐了秀子。

吕恒见秀子高兴，就把那件子深红色的呢料扯出来，抖开，让秀子看。秀子赞不绝口，吕恒趁机把呢料贴在秀子身上，秀子就笑，咯咯响亮，脸面上的红晕如朝霞般涌动。吕恒忙说："你穿着真逗！"秀子瞬间脸色阴暗，忙往下扯……

不管吕恒怎么纠缠，秀子就是没有松口。她怎么也忘不了李成良、自己说过的那句话，老是在耳边响亮："做官押印，要饭抱瓢！"吕恒无奈，只得走，走到杨树行子村头，正遇上杨老师，把情况一说，杨仁则阴沉着脸，说这无妨，叫吕恒家去。吕恒窃喜，慢慢地推着车子，向秀子的家门走去……

九

消息就像风飘似的，不但传遍了杨树行子村，而且也传遍了李家店子村……秀子临天黑回到家里，放下自行车，闯进屋里，扑到西里间的床上就哭了。

娘去劝她，她怒吼道："我没同意的事……"

杨仁则到西里间把秀子娘拽出来，小声说道："让她哭吧，哭完了也就完了。"

在秀子的饮泣声中，大家吃完了晚饭。娘叫她吃饭，她推了娘一把，险些把娘推倒。娘出来，擦了把泪水，去拾掇碗筷。杨仁则照例喝茶。茶罢，秀子娘歇息去了，两个儿子外出还没有回来，秀子的哭声也渐渐平息。杨仁则感到是时候了，就把板凳往西里间门口挪了挪，开始说道。他的说辞，除了过去那些"人往高处走，水往低处流"和经济条件之外，还表明了自己的态度，说当爹的并不误你，新社会了，婚姻自由，他杨仁则身为人民教师，懂得不能包办儿女的婚姻大事。他说他觉着吕恒这人还不错，起码对得住咱，如果秀子不乐意，现在还不晚。他又说李成良是个好孩子，他的现实问题明摆着，咱就不多说了，你真愿意"做官押印，要饭抱瓢"，我也同意。如果既看不中吕恒，也看不起李成良，再另找也行，但我再也不管了。说完了这些之后，杨仁则到院子里活动了一下，就睡觉去了。

一夜无话，第二天早起，秀子推着车子就走了。

"秀子，你……"娘追出了大门外。

但闺女没有回头，骑上车子风飘似的不见了。秀子娘回到家里，就朝老头子哭诉，杨仁则就说她，别太妇人见识了："天下本无事，庸人自扰之"……秀子娘听不懂老头子说了些什么，夹着眼泪做饭去了。

秀子到了吴二嫂子家，拍了几下大门，吴二开了大门，问妹子有什么急事吗，这么早。

"我二嫂子呢，还没起？"

"昨天，走娘家去了。"

秀子再没有话说了，扭转车头走了。

晚上，下了班，秀子在石板桥上等吴二嫂子，一会儿就等着了。但吴二嫂子满脸不高兴，走娘家挨了爹娘的数落？

"二嫂子，你有空吧，俺想给你说几句话。"

"还说什么，花已成蜜已就了！"

"二嫂子，你怎么也说这样的话？"

"大家都这样说，你叫我怎么说？"

秀子噙着泪水，给二嫂子解释……

"妹子，说这些都无用了，吕恒给你买的那些高级衣料，杨树行子村的大姑娘小媳妇都见了，都赞不绝口，都说李成良连半件也买不起……你爹也给成良说你已经成了吕恒了，他回来哭了一场……"

"二嫂子，我求你给成良捎句话……"

吴二嫂子没有直接回答秀子的话，而是指着南边说："那不是来了吗？有话快去说吧。"

李成良来了，他推着辆小胶车，上边有青草，还有地瓜秧，看样子又是往徐家店子他大姐家送的。秀子迎头堵住了他的去路："成良，这么晚了，还上大姐家去？"

李成良既不抬头，也不答话，把车头一扭，从秀子身旁冲了过去。一阵冷风刮进心里，秀子浑身打战，但她很快恢复了理智，骑上车子，很快圈到了成良的前头，再次堵住了他的去路。

"你这是做什么？"李成良终于说话了。

"你为什么这样对待我？"

"我们之间已经不存在任何关系了！杨老师对我说了，你已经成了吕恒了，杨树行子和李家店子已经家喻户晓……"

秀子哭了："成良，你听我说，你听我说呀！"

"没有那个必要了！"成良说着，又一次扭转车头，从秀子身旁冲了过去。

秀子站在路上，呆呆地看着成良远去……

吴二嫂子还没有走，过去拉了秀子一把，说道："妹子，回去吧！事情就这样了，吕恒不孬，吃皇粮，拿工资，比老百姓强多了。成良兄弟当然也不是坏人，但人太拗，他对你跟吕恒扯的这一场很反感，一时半会儿转不过弯来……听人讲，他也成着了，是他大姐夫托人说的……"

她还再说什么呢？秀子推着车子回家，热泪珠子滴了一路。

十

一切都平静了！入冬，第一场寒流相当猛烈，暴虐、强大的西北风裹挟着雪片，从西伯利亚，从蒙古高原，越过华北平原，穿过泰沂山区，向临郯苍平原进发……

秀子从全家庄回家，一路顺风，跑得风快。

在石板桥上，又撞上了李成良，她忙跳下车子，想跟他说句话，但成良和以往一样，低着头，猛拱车子，紧三步就走过去了。秀子知道成良是去他大姐家送糠喂猪的，她觉着成良可怜，心下发酸……回到家里，她一腚坐下，深深地叹了一口气。

"看你！一个丫头子家，叹的什么气？叹气不好，哪有小孩子家叹气的？"娘一边唠叨，一边整鞋底。她兴致蛮高，满面堆笑。她已经整好十几双了，还有两双没整好。"吕恒的那两双你纳，其余的我纳。"娘心里很足意，找了这么个女婿，她心满意足。她见秀子待着不动，又唠叨，说亲自纳了好，针针线线都是两个人的意思；还可以纳上些花样，红牡丹啦，双喜字啦，男人见了高兴。听了娘的这些话，秀子心里好烦，仍待着不动。

娘喊道："你纳呀！"

"娘，俺心里还念着……"

"就恁傻！木已成舟了，还说这样的。"

她想了想，毫无后退之路，只有硬着头皮纳，哧啦——哧啦——麻绳子响起来了。

"慢慢地就顺过劲来了，人家吕恒不孬，吃国库粮，拿工资，什么都想着你……"娘又唠叨开了。娘说的也是实话，吕恒说以前谈了几个都不如秀子，对秀子的爱是发自内心的……想想这些，秀子心里好受多了，脸上也就露出了笑模样。

冬天天短，回家不多会儿，太阳就落了。爹回来时，天已上黑影。不知为什么，爹阴着脸，不像往日，满面堆笑。说话也不像往日！往日，他都是说："秀子，给我打水去！"或者说："秀子，把酒壶净净，我得喝二两！"今天是怎么啦，很沮丧的样子，学校里出了什么事吗？右派帽子又给戴上啦……

吃饭的时候，爹一杯一杯的闷酒下肚，一筷子一筷子的酒肴进口，但就是不说话。

娘问："你哑巴啦？"

爹翻了娘一眼，仍不吱声。

"不是说十月里查日子吗？哪天来？今天都初四啦，反正得在头半个月里……"

"吃不言，睡不语。"

"昨日里，你吃着饭又说又笑……"

爹狠狠地瞪了娘一眼，娘不敢多嘴了。

酒后，爹抱着头呜呜地哭了！他一边呜咽，一边说："秀子，好闺女，爹误了你，爹对不住你。"接着，他就把近几天突然发生的事变摊给了秀子。纸里包不住火啊，早晚得说，吕恒嫌他是右派，不同意了。

"轰隆隆——"像六月天的一个炸雷轰顶，秀子觉着天也在昏，地也在转，脑瓜子一下子炸得粉碎了……她软瘫在吃饭桌子旁，爹娘忙把她扶到床上，盖好被子，一声声地唤着。没用多长时间，她醒过来了，有气无力地说："爹，你没给他说，你那个右派是凑数凑上去的吗？"

"说了，人家不信。"杨仁则欲哭无泪，站在床前，像个囚徒，浑身颤颤。他说他今天和王老师王小鬼一起到了县上，又到了地委，人家都摇头，没有一个敢表态把他的名字抹去的。

听完了爹的这一番话，秀子啥话没说，也不再哭，蒙了头，一声不响，只是被子还时不时地抖动。

"这是造的什么孽呀？"娘哭着嚷。

杨仁则骂道："吕恒他奶奶个臭窟窿……"

第二天一早，秀子爬起来走了。娘追到大门口问："你去哪？"

秀子很平静地回答："我去上班。"

"你千万别想不开呀！"

秀子没再说啥，骑上车子走了。她来到李家店子北湖里的石板桥上，停下了。她想等吴二嫂子来，但十月天气了，早晨谁还出工？没有办法，她只得硬着头皮进村……赶到吴二嫂子家，见她正在抱柴火。打过招呼，吴二嫂子让她屋里坐，她说就不啦；问她有什么事吗，她憋屈了片刻，只得把吕恒的背信弃义说了。吴二嫂子稍作沉默，安慰了几句。

"二嫂子……"秀子一张口就哽咽了。

"妹子，别哭！挨了榔头还哭，像啥？"

"二嫂子，我想见成良一面……"

"你见他做什么，他已经查过日子了！"

秀子愣怔了一会儿，起身说走。吴二嫂子送她，劝慰她，说好男人有的是，别犯愁，这么好的个大姑娘，谁娶了是谁的福大，别愁嫁不出去。"天一下雨，就怕天要塌，那还行！今天下雨，明天就晴……妹子，记下嫂子的话！"

秀子说记下了，就推吴二嫂子回家。吴二嫂子站下了，秀子推着车子走了十几步，然后骑上，慢慢远去。吴二嫂子看着看着，两串泪珠子还是挂上了腮帮子……

十一

只过了三天，本家三嫂子彭秀兰跑了来，说她叔伯兄弟彭达刚打离婚，39岁，是他们付屯公社银行的主任，月工资五十多，虽然有两个孩子，但都叫女方带走了……彭秀兰走后，杨仁则就问秀子，秀子百口不开。鉴于李成良和吕恒两档子事，杨仁则不便硬主。当晚，他在床上反反复复地向秀子娘说了一个多钟头，说新社会兴婚姻自由，咱拥护，但关键时刻还得老的把把关，不成李成良，不能说有错，天边子上也没寻思吕恒会耍人。杨仁则说，现在这个比前两个都强，就是年龄大点，男人大点怕什么，大二三十的有的是，彭达不就是大秀子十几岁吗？他再一次强调"民以食为天"，说富有是过好日子的基础，穷争饿吵，哪里能有好日子过！年轻能当饭吃？感情，什么是感情？饿不了三天，哭都没有力气了，还感情……秀子娘领了旨意，到西里间找闺女说，虽然说不那么圆满，但基本意思都表达出来了。秀子娘说完了，问闺女，秀子还是不说话。秀子娘叹着气，回了东里间。

第二天，她又去找吴二嫂子。吴二嫂子木乎着脸，说道："忙什么，嫁不出去了，怕当老丫头？"

秀子就红了脸，淌了急汗，实在无地自容！要放在别人，她可能甩手就走，但她怎么能这样对待吴二嫂子？她与吴二嫂子已经友好十多年了，怎么能因为几句话就翻脸呢？况且，她刚说了两句，后边肯定还有好多知心话，没来得及说。

"二嫂子，你打我骂我，我都挨着听着，但打了骂了，总还有几句知心话吧?"

"你还想着成良是吧?"

"想又怎样,不想又怎样……"

"是没有办法了,可能不能从中想出点什么经验来?"

秀子就低了头,掐着手指甲……

吴二嫂子说:"妹子,你肚子里有几条蛔虫,你二嫂子一清二楚,你说是吧?你与成良情深意厚,并且说了'做官押印,要饭抱瓢'的话,本不该是这个结局吧?但为什么又成了这个样呢?你家大爷大娘是有责任,可全推到他们身上,合理吗?你见了吕恒,是不是产生了好感,对李成良的感情出现了动摇?你能不能对你二嫂子说心里话?你要能说,咱就再说道说道彭达,不愿说的话,也就无须再多费言谈了。"

吴二嫂子的这一阵冰雹,块块砸在秀子的心上,她有些吃惊。但"打是亲,骂是爱,不打不骂不自在",吴二嫂子能拿下脸子来说这些,完全因为她们是知己,吴二嫂子想真心帮她。放在任何人,谁能说这些?过路人都愿抹拉光滑墙,满面堆笑打哈哈,能听句真心话,可是不容易……

"妹子,你是不是该去上班了?"

"二嫂子,你别撵我……"秀子张口就哽咽,两手齐抹泪,"我,我……我是对吕恒有过好感,对成良产生了动摇,几次见面他不理人,我有过怀恨。"

"这就对了。男人最怀恨自己的人有了别的心。李成良听说你跟吕恒扯拉,他心里能有好味吗?"接下去,她就说她跟吴二的事。他们在要饭的路上相遇,她跟着娘,吴二也跟着娘,那时正当日本鬼子进中国时期,兵荒马乱,要饭也难要。她饿得眼皮睁不开,脚挪不动。吴二忙把已经咬了两口的煎饼给了她,她吃上这个煎饼,顿时有了些力气……长大以后,上门说亲的一个接一个,娘问她,她说吴二不死,她不再另找。吴二娘老的时候,她来披麻带孝。众人说着,他们就"福亲"了。吴二嫂子说:"挑什么?谁好啊,谁孬啊?给我说的那些人,大多数比吴二强,不管哪一方面,可他们谁也没有在要饭路上给过我一个煎饼……妹子,你不是给过成良一支金笔吗?只要你坚定不移,你家大爷大娘敢逼你吗?现在是新社会了,你说是吧?现在又出来个彭达,他有什么赢人的方面?离过婚,有两个孩子,还小四十了,就是挣五十多,有些迭人。可钱是人挣的,他能挣五十,别人就一分挣不着?妹子,你能不能沉下心来,过个一年半载再说?一年二年老不了人,像彭达这样的,过个三年五年也好找。"

秀子使劲擦干了眼泪,说道:"二嫂子,我听你的。"

"不要全听,对的听,不对的别听,回去好好想想。"

秀子走后,吴二笑道:"亲爱的媳妇,伟大的直肠子驴,你觉着人家会听你的吗?"

"秀子妹妹人好心好,就是有点面糊子耳朵,东说东倒,西说西歪。我们友好十多年,我不说她谁说她,我不帮她谁帮她?现在跟她说了,听;可叫她爹娘和彭秀兰唠叨急了,也许就不听了……那些咱就管不着了,只要心尽到了,也就不讨愧了……"

十二

果不出所料,不但爹娘轮番说教,两个兄弟也加入进来,连大姐也从婆家回来了,说法跟爹娘兄弟的说法基本一致。杨仁则一见这样的家庭气氛,精神为之一振,再次陈述了一番"人往高处走,水往低处流"的深义,指出了经济条件在男女谈婚论嫁中的重要性。秀子自然不时反驳父亲的说辞,并且亮出了吴二嫂子的诸多观点。杨仁则说吴二家的,一个瞎字不识,她懂什么,一个煎饼定终身,太小家子气了,别听她胡咧咧。彭秀兰得知此情,也慌了手脚,开动11号,费时七个小时,赶到付屯,见到了彭达,详尽地诉说了一番杨家家庭内部的意见分歧,并建议兄弟赶紧去一趟,采取各种手段,稳住杨荣秀。彭达立即表示,今天有些晚,明天前往,一切照姐姐的主意办,叫姐姐吃好饭,睡好觉,明天一早上路。

第二天笼天明,彭达就去大爷家请来了彭秀兰,饱餐一顿,迅速上路，彭达驾起"大国防"（自行车），两个小时就赶到了杨树行子。彭秀兰到家门口下了车，叫叔伯兄弟先家去，整理一下衣帽。她就跑到秀子家，说人家来了，叫他们去看看，耳听为虚，眼见是真。杨仁则没在家，秀子娘、大姐和两个兄弟，一齐前往。呢子大衣，黑皮鞋，这在当时谁见过？脸相如何，还没来得及看，就都退了回来。彭秀兰赶上，问怎么样，都说蛮好。彭秀兰回来跟彭达一说，二人禁不住哈哈大笑了一阵。彭秀兰说好不容易来一趟，也别顾虑那么多了，去全家庄一趟吧，见见杨荣秀，叫彭达打个照面就走，然后她做介绍……

晚上，全家人又进行了一番议论，秀子怎么也说不过其他四个人，最致命的一击，是大伙都说李成良已经送了日子，下月初结婚。吴二嫂子说的话虽然在理，但都是空头支票，这日子一天天怎么熬啊？全家人，没有一个跟自己一溜的，这眼皮汤太难喝了！命该如此莫怨天，顺水推舟随它去吧……杨仁则摸黑来到侄儿家，说明了此意，彭秀兰再也稳不住神了，叫男人用排车连夜送她去娘家，赶到付屯，还不到半夜。她一说情况，皆大欢喜。彭秀兰说，就怕夜长梦多，赶紧查日子，礼要重重的……

"搁一千压盒子钱行吧？"彭达说。

彭秀兰立即欢呼："那太好了！"

一千元，这在当时是什么分量，问问七十岁以上的老人就知道。半个月的日子，杨荣乾、杨荣坤两兄弟带领着其他叔伯兄弟一行十多人，在一个雪花飘飘的早晨，送走了杨荣秀。尽管秀子哭声不断，泪水不断，但压不住鞭炮的响声……

秀子走后三天，李成良也举行了婚礼。这个故事似乎该结束了，但是，树欲静而风不止！在洞房中，她的三小姑子彭秀珍陪着她吃完了晚饭，就等着男人来了。她当然也盼望彭达是个能疼会爱的丈夫，特别是已经到了这步田地，还胡思乱想什么？一等也不来，二等也不来……她似乎有些困，趴在桌子上迷困了一阵，醒来时，已经到了11点。闲人都走了，家人也都睡了，屋子里静得怕人。怎么还不来呢，出了什么事吗？她心里一阵阵烦躁，不朝好处想了……直到挂钟敲响了12

下,彭达才醉熏熏地闯进来,张开双臂,像老鹰扑小鸡一样,扑向秀子……秀子尖叫一声,忙躲,最后像只小老鼠一样,枯缩到墙旮旯里去了……

折腾了大半夜,没有结果。彭达恼羞成怒,歪点子应运而生。第二天晚上,他叫他的大姐以及两个妹妹帮忙,并请来了彭秀兰和另外两个本家嫂子,把秀子的手脚绑在床上,然后她们退出去了。彭达狞笑道:"哈哈,杨荣秀同志,你既然做了我的媳妇,怎敢不伺候我?这回,我看你还有啥招!"

秀子哭着说:"彭达,你怎么能这样?"

"我就这样,你还能怎么着?"

"你不怕我跟你离婚吗?你已经离过一个了……"

"你想离婚?只要我不同意,你离不成,付屯公社角角落落我都有人。至于我前一个老婆嘛,是我不要的,我要不松口,她怎么能走得了?她比我大五岁……你嘛,小我十好几,一根嫩黄瓜妞儿,你想想我能放过你吗?"

以后的日子,她天天以泪洗面。她除了思念李成良以外,更思念吴二嫂子,自己没有听她的话,对不住她……最起码得调查调查彭达的为人吧,还有他跟前妻离婚的缘由。怎么就恁慌促呢,真叫他的五十块钱迷住了心窍?现在再想这些还有什么用!但又不能不想,只要还活着,这脑细胞就得转悠。为了防止她逃跑,彭达把他的大姐和两个妹妹组织起来,名曰做伴,实则监督。大姑姐和二小姑子,都很认真,不许她离开家门一步。三小姑子彭秀珍态度和软一些,对她寄予了许多同情,劝她吃饭,劝她想开:"今天下雨,明天日头还会出来!"这话很耳熟,好似听谁说过。她想了一阵,想起来了,吴二嫂子说过。可是她还有明天吗?她掉到陷阱里了,彭达又盖上了一个千万吨重的盖子……她的面前只有死路一条!但目前她还不能死,还需要再见吴二嫂子一面,说说心里话,还得写封信给李成良,明明心。她是有错,可李成良就没有一点错误吗?你一个大老爷儿们家,见了我躲什么呢?你要不躲,我们坐在一起好好商量商量,我们的现状会是这样吗?也许,他与他的媳妇很投缘,那就祝贺他们……三小姑子监督她的那五天里,她有了些许宽松,就偷着摸着写信。于是,从前那些事,都来到了笔下:什么"脚趾丫子拍三拍呀,什么味啊?秀子味啊!"什么团县委奖励的金笔呀!什么球鞋、毛巾啊!什么"做官押印,要饭抱瓢"啊……她承认自己有错误,一度被吕恒搅乱了思想,失去了最起码的坚定不移,可你李成良也有不对啊!你一个大老爷儿们家,见了我躲什么……事情到了今天,说这些已经毫无意义了,只是想明明心。往下,她就写自己的现状……她说她的面前只有死路一条了!她希望他好好疼爱自己的媳妇,孝顺老娘,把学教好。她为什么给他写这封信呢?她说她有个要求,盼望李成良每年清明节能往她的坟头上添几锹土……信写好了,她把它缝在内衣口袋里,像完成了一项大工程一样。她长长地呼了一口气,心里舒坦多了。怎么送出去呢?愁苦又来了!杨荣乾、杨荣坤两兄弟,满月来叫,彭达不允,说路远天寒,就不跑颠了,正月十六再走吧。好似理顺情热,两兄弟问姐,秀子无奈,只得答应。盼星星,盼月亮,好歹盼到了正月十六,两兄弟又来了,彭达再也没的说了。杨荣秀搭大兄弟杨荣乾的车,跑了将近两个小时,回到了杨树行子。到村头,她对两兄弟说,她先到李家店子,给吴二嫂子说句话,一会儿就回来。说完,她就跑了。

但是,吴二嫂子也走娘家去了。

"妹子,你有什么急事吗?"吴二问。

秀子稍一愣怔,忙说:"二哥,有封信,求你亲手交给李成良,行吧?"

"行,我保证送到。"

"二哥,千万,千万……"秀子满脸沉重,话语哽咽,两眼泪水。

"妹子,你要不放心,我这就去叫你嫂子。"

"我放心,我放心……"

"你在这里等着,我送到,叫成良写张收到条。"

十三

李成良婚后，日子过得还算平和。只是到了正月十五，寒流来袭，他娘为了取暖，在屋里烧火，引起儿媳妇的不满，双方发生了口角。已经点着的火怎么能再熄灭？老婆婆哀求儿媳妇，迁就这一次，以后再也不敢了，但儿媳妇就是不答应，伸手去拽柴火，老婆婆阻拦，儿媳妇推了她个倒坐子……成良娘哭着，爬起身来走了。

"你个老不死的！"

成良正在拾掇教室，准备明天开学，见娘哭着来找他，有些吃惊，忙问出了什么事。娘擦了擦眼泪，停了哭声，说想他姐了，想到她那里过几天。成良说想去我明天送你，还哭什么，天这么冷，又刮着西北风……娘执意要走，成良说也好，叫娘等着，他找辆排车送娘。

"不用，不用……"成良娘连连摆手，说自己能走，不就是三里路吗？

李成良回到家里，见屋里还在冒烟，着了半截的柴草一片狼藉。

"怎么回事？"他问。

"老不死的在屋里烧火……"

"谁是老不死的？"

"你娘啊！"

"你再说一遍。"

"你娘啊！"

"啪！啪！"两个耳光，着实地落在了许爱花的腮帮子上。她捂着腮帮子活喊，说你打我，狠心狼！她说这两间破屋还怪好，还得烧火熏……成良说，有事慢慢商量，骂我娘不行。

"我就骂了，你能杀了我吧？你一个臭社办，没有什么了不起的……"这就戳疼了李成良的心尖子！他飞起一脚，正中许爱花的臀部，许爱花趔趄几趔趄，哭着跑了。

下午，大姐夫就来了。大姐夫说他："你怎么能这样呢？许爱花一天学屋门没进过，不大讲理，咱慢慢教导……"

"说什么都行,就是骂我娘不行。"

"她要离婚,你怎么办吧?"

"离就离呀,还怎么办?"

"站着说话不害腰疼!离了以后,那一个在哪里?"

"我打十二辈光棍,也不吃这口窝囊气!"

大姐夫说,说几句软善话矮不了人的,过去这个坎再说,天无绝人之路,办法总会有的……他怎么也不认这个垄,说让了这一步,以后她更会骑着你的脖子拉屎。怎么说他也不听,叫他去认个错,他更不干。

"那就等着去离婚?"

"她只要去,我就去。"

"唉,当初我何苦操这份心!"大姐夫叹着气,走了。

他愣了一阵,觉着不送送大姐夫,实在不是个事,就忙跑去追。在村头,他追上大姐夫,说了几句感谢的话,大姐夫无可奈何地苦笑道:"兄弟,谁跟谁呀,你客套这些做什么?当前第一要务,是得整好你两个人的关系……"

他不再说这事,哽咽着说:"大姐夫,我要不在了,你就叫娘到你家去吧。"

"你怎么能说这样的话?"大姐夫很生气。

"怎么不能说?我一个臭社办……"他没把话说完,就转回了身子。

大姐夫回到家里一说,很气得慌,说没有别的办法,等两天再说吧。突然,丈母娘尖叫一声"不好",就跑了。成良大姐去追,叫娘回来,说天不早了,住一宿,明天再走,没有事的,成天提心吊胆过日子,累死人了。娘不听,最终走了。

娘回来后,成良没在家。两间屋里仍然那么狼藉,她稍加收拾,刚要做晚饭,儿子回来了,什么也没说,拿过暖水瓶来,旋开了一个药瓶,倒出来一大把白药片,一仰脖全部吞了进去。

"你怎的了,吃那么多药?"

娘一愣,觉着不对劲,忙跑到卫生室里,对本家侄子李成亮一说,李成亮顿时慌了手脚。李成良刚才买走了一百片安眠片,说自己睡眠不好。李成亮叮嘱他,不宜吃多,每晚一片……这是要干什么?他一路急跑,高喊救命,带了十几个劳力,扑到成良家里,把他拖出明间,灌了几口大粪汤,让他呕吐了一阵,拖上排车,由三个小伙子轮流拉着,直奔公社医院……

十四

正月十六开学,小学生们早吃早饭,抱个板凳,到教室门前等着了。太阳老高了,老师怎么还不来呢?有人路过,说老师有病住了医院。班长刘万山打听得更准,他伙拉了十几个稍微大一点的孩子,去了公社医院。老师静静地躺在病床上,他娘坐在一旁。十几个孩子围着病床站了一圈。有人提议唱个歌吧,《勘查队员之歌》,老师刚刚教的。大家同意,刘万山说声音小一些,大家点头,刘万山起个头,就唱起来:

  是那山谷的风,吹动了我们的红旗,
  是那狂暴的雨,洗刷了我们的帐篷。
  我们有……

李成良被歌声唤醒,翻身坐了起来,揉着眼睛,问道:"今天开学,是吧?"

"是,老师!"大家异口同声。

"你们到这里做什么?"

"老师,你吃那么多安眠片……"刘万山哽咽了。

"老师,你要死了,谁教我们啊?"十几个孩子都哭了。

李成良忙下了病床,穿好衣服,给孩子们擦了擦眼泪,说道:"我这不是好好的吗,哪要死?走,咱回去开学。"

"老师,你行啦?"

他伸伸胳膊踢踢腿:"这不是好好的吗?"

他们来到医院门口的粥摊上,李成良掏出了年前国家发给的两元补助金，对卖粥的说，按人头，一人一碗粥，一人一根油条……

乡村土路上，李成良带领一队孩子在前行。

……
是那条条江河，汇成波涛大海。
把我们无穷的智慧，献给祖国人民。
我们有火焰般的热情，
战胜了一切疲劳和寒冷。
……

歌声飞向四面八方，歌声在临郯苍平原上空荡漾，歌声鼓舞着孩子们，更是对李成良心志的一番砥砺。吃安眠片的那一刹那间，他怎么就忘了孩子们呢？

"同学们，我们跑几步吧！"

于是，他们跑起来……

尽管晚了两个小时，但还是开了学。

放了午学，他来到大队办公室里，大队支书张立本正蹲在门槛上吸喇叭筒。

"二叔，我……"

"开学啦？"

"开学啦，但晚了两个钟头。"

"别算计那么仔细了，要是死了，不就永远晚了吗？"

他低下头，没的说了。

"年轻轻的，怎么净朝歪道上想？谁家不闹仗，跟媳妇吵两句，就弄成这样？明天我去看看，能劝回来更好，真不想跟了，离了拉倒。三条腿的找不着，两条腿的有的是……那两间东屋，我给你们队长说了，砸了上地，另选个地方盖新的……"

吃安眠药这事，被灌大粪汤时他就有了后悔，经支书这么一说，更觉无地自容，好在支书对他的婚事有了明确的态度，又要给盖新屋……

大伙对自己这么抬爱,自己再不好好干,还有什么脸面见人?

回到家里,见吴二正坐在板凳上,忙说:"二哥,你……"

吴二忙把信递给他,并说得给写张收到条,李成良一愣,但没说啥,就找了张纸,写道:"信已收到。李成良。"他随手交给吴二,吴二接了,没再说啥,笑了笑,就走了。娘问谁的信,他说是秀子的。

"她已出了门子,别再跟她联系了……"娘说。

他"嗯"了一声,吃了个煎饼,就又回了学校。趁课前的这点空,他把信看了一遍,焦火骤然又攻上心来,秀子说得一点不错,几次见面他都躲,实在是个大错误……她现在的日子竟然也这么艰难,怎么办呢?当务之急,得赶快写信,劝她想开,别像他,一时想不开,吃安眠片,丢人现眼……放了晚学,他到吴二嫂子家门口一看,仍锁着门。二嫂子走娘家没回来,二哥去了哪里呢?找不着,干着急也白搭,还是写好信再说吧!他走在街上,正碰上公安特派员杨德运同志。老杨每次来,都找他坐一阵子,说会儿话,大半年的工夫,都混熟了。

"我说成良,你怎么搞的,吃安眠……"

他就去捂老杨的嘴,说不许再说这个。

"好,不说这个。你得好生干,张立本说啦,明天他就去徐家店子,许爱花真不回头,离了拉倒,三条腿的不好找,两条腿的有的是。还说给你盖屋……"

听了老杨的话,成良立即表示了积极的态度。然后,他就红着脸说了杨荣秀的事。老杨笑了,问他:"怎么,还有联系?"

"不是,她落入了陷阱,写信给我……能见死不救吗?"

"付屯公社离不开,不会到县法院起诉吗?"

"原来是这样……"

"喝了十二年黑墨水,喝晕了!"

成良红着脸,傻笑起来。

"成良,你最好别再跟杨荣秀近乎,她爹是右派,这对你将来的发展一点好处也没有。"

"我还有什么发展头,不就是个教书的吗?"

公安特派员没再说啥，叹了口气，走了。

回家吃了点饭，他就忙写信，折腾了大半夜，将信写好，正月十七早饭后，到吴二家一看，门还锁着，这可怎么办？他晚上去找，两口子都在家，吴二嫂子心直口快："秀子给你来过信，都说了些什么？"

听完了成良的述说，吴二嫂子忙问："你没给她写回信？"

"写了，但没送出去。"

"你把信给我，我这就去找她。"

李成良把信掏给二嫂子，吴二嫂子接了就走，走到院子里又甩回来一句话："你在这里等我，我去去就来。"

不到一顿饭时，吴二嫂子就回来了，她说秀子走了，今天一早就被她男人叫走了。

"这信必须尽早送到她手里……"李成良说。

"我也是这样想。吴二，你死了吗，没辙了？"

"我去找杨荣乾，秀子那辆车在他手里……"话没落地，人就跑了。但杨荣乾不借！三个人都耷拉了头。

"这样行吧，吴二？"二嫂子说。

"你说呀！"吴二急了。

"你找辆排车，咱们俩轮换着拉着去付屯……"

吴二立即响应，跑出去借排车去了。李成良说他也去，三个人轮换着拉，更快一些。吴二嫂子说不行，说你吃安眠片影响太坏，支书骂你没出息，开学没两天又缺课，浑身是嘴也说不清……李成良就流下了泪。

"男人有泪不轻弹！别弄那个怂样了，快回家睡觉去吧，信的事你就别管了，我要给你送不去，还是人吗？"

十五

正月十八，吴二家两口子轮换着奔跑了三个小时，拿下了五十里路。10点钟，他们见到了秀子。这天，正巧是彭秀珍做监督员。秀子对三小姑子说，是表哥表嫂子来了，来讨个药方，叫她去割二斤肉，买点菜。她掏给了彭秀珍五元钱，并一再说，她不会跑的，真想跑，回娘家时还不跑吗？三小姑子笑了笑，走了。

几句闲话过后，吴二嫂子就把信掏给了秀子："先别说别的，你看看这个再说。"

秀子忙看信。"二姐，您好！"信就这样开始了。成良承认错误，说当时听了些传言，杨老师也说成了，他就信以为真了。他见面就躲，一是忧愤，觉着自己比人家矮一头，二是认为再近乎也是枉然了。接下去他就说许爱花……他说他没有忘记二姐的情谊，那支金笔，那双球鞋……他说最要紧的一件事就是如何逃出虎口，付屯公社离不开，可以到县法院，但千万别想不开，像他……人往高处走，水往低处流，我们的高处在哪里？李成良说："只要我们在一起，到哪里哪里是高处。"

秀子看完信，笑着擦眼泪。

"怎么，看完啦？"吴二嫂子忙问。

"看完啦，他叫我想法逃出这个狼窝……"

"那就走吧，趁你小姑子没在家。"吴二嫂子忙说。

"她哥家来……"

"妹子，什么时候了还顾这些？"

"可是，彭秀珍是个好人……"

"妹子，你在最紧要的关头拿不出决断，这是你苦难的源头。吴二，我们走！"吴二嫂子气呼呼地迈步出了屋门，吴二随后也跟了出来。

"二哥二嫂子，我跟你们一块走！"正当吴二驾车要走的时候，秀子紧三步赶了上来。

吴二嫂子的老阴天脸一下子开遍了鲜花："那就快上车吧！"

秀子爬上排车，对吴二说："先下南，出村后向西拐，绕义堂，过花园河坝……"

"怎么恁个走法，回路不是下北吗？"吴二疑惑。

"傻子，妹子的主意对。下北来人追怎么办？"

吴二一下子明白过来，驾起车子就跑……跑下十里路，吴二嫂子叫他停下，她要拉一襻。秀子迅速跳下排车，去抢车襻，二嫂子推她："我拉一会儿你再拉！"他们就这样轮换着拉，四个小时后赶到义堂，已是下3点，吃了点饭，又走。这回不急了，估计已经脱离了险区。到家时，天上黑影了。吴二嫂子叫秀子歇着，嘱咐吴二去叫成良，她忙饭。

李成良来到，在锅屋门口一站，叫了声二嫂子。吴二嫂子说秀子在屋里，你去吧，有什么话都说出来，别再弄那个窝囊样……李成良进了屋，秀子忙站起来，两人都有些慌乱，满肚子里都是话，却不知从何说起。

"今天头晌公社法庭传我，我去了，许爱花坚持离婚，我没有犹豫……"

"那，那……我明天就去县法院吧。"

尾声

一晃四十年过去了，两人相继退休。大儿李勇是野战部队的一位团长，二儿李照在一所大学毕业后，留校当了教师，小女李雯上完医学院，在一家医院当护士长。三个孩子的工作都还说得过去，他们少了许多烦心。节假日相聚，儿孙满堂，尽享天伦之乐；孩子们一走，空空荡荡，不免有些失落之感。

一年至少三次回老家，清明、八月十五、春节。老人相继去世，姐与姐夫、吴二嫂子与吴二，都还健在，特别是吴二，虽然八十多了，却仍壮得像头牛，推着两篓子猪圈粪，还跑得风快。每次回老家，到姐家住几天，再到吴二嫂子家住几天。走在街道上，遇着熟人，就蹲下说阵话。他们走了，街谈巷议来了热烈，话题围绕着"人往高处走，水往低处流"展开，看法各式各样，但多数人认同李成良的说辞，那就是他写给秀子的信上说的："只要两人在一起，到哪里哪里是高处。"

（1992年春季草就，2014年7月修改）

野地办厂

他说:"我就不信那个邪!"

爹说:"贵安,你信也得信,不信也得信。买卖不好做,伙计难搭——这话说了千年万年,都信。犟筋也有,可到头来还得信。"

"难搭,不是照样搭吗?"

"人家能搭,你不能搭。"

"那是为什么?"

"人家有那个能,你没有。"

"我从来不从门缝里看自己。"

"贵安,爹不是小看你。办工厂不比干别的,一动就是按万数的钱,我怕你弄不好把老本搭上。这些年咱起早贪黑,弄到手的这几个钱可都是汗珠子变成的呀……"

"爹,你老放心,你儿不会拿了钱白扔。"

"就怕到时候,由不得自己了。"

"我不是泥捏的娃娃,可以任人摆布……"

"小兔崽子,我说不过你,不磨嘴皮子了,可汗珠子变成那两个钱,我不能叫你拿了去胡摆布。"

"爹,舍不上枪药打不着雁啊!"

一

张贵安赶路,急三火四。

深秋的田野,已经收拾净光。麦绿铺天盖地而来,把个临郯苍平原的角角落落都遮掩得严严实实。贵安看着无尽的麦田向远方伸展，不知不觉就骑慢了，自行车无了气力，急跑变成了散步。征二亩地得补偿承包户多少种子、化肥和耕种费用？心眼子没有够使的时候，早两个月动此心念有多好，种小麦前把地皮征过来，不省好几十……可又一转念，这世界上谁是神仙，能掐会算，一点儿差错不生？谁也没有前后的眼神，多埋怨也枉然……他就又蹬快了！过了花园河坝，二十分钟就到了李家洼子姨表哥李世广家。

表哥没在家，表嫂子给他冲了一壶热茶来，叫他喝着，她去叫。他说好，可得快点，他有急事。表嫂子说不用急，没到远处，在卫生室里，就走路的点工夫。贵安摆手，高声欢呼："快去，快回！"

十分钟后，李世广回家来了。

四十来岁的汉子，怎么就扒了顶，还是从医的呢？他叫了表弟，格外高兴，一高兴手就习惯性地摸自己的秃脑袋，嘴里哈哈着，眉飞色舞，喜笑颜开，激动得忙致欢迎词。

"大哥，抽烟！"

"你都说呢，我不抽烟，也忘了……"

"别忙活啦，管抽谁的还不一样！"

李世广从条几上拿过半包招待烟来，硬塞给张贵安。他无可奈何地笑着，只得接过来。

闲话一阵子，终归正题。

张贵安把自己的谱气一摆，好像一把火烧着了李世广的腔门子，他立时跳起来，笑道："表弟真是好眼力，会看行情。我听人讲过，只是自己不会孙猴子的分身法，一心不可二用，心里着急痒痒也无济于事。你干吧，有什么困难，表哥给你撑着……"

"就等表哥这句话了！"贵安的热泪珠子立时又在眼眶子里转开了，"不瞒表哥说，就缺钱，还不是个小数目。"

"多少？你只管说。"

"最起码得二十万，我手头只有五万。"

"我可以借你十万！"

贵安忙站起来，握住了表哥的大手："大哥，有你这句话，我就认你做西天菩萨了。"

李世广把表弟摁下，又给他递过去一支烟："你先坐着，我去叫你嫂子家来，炒两个菜，咱晕乎两盅……"李世广说完，拔腿就要走。

贵安忙伸手拽住表哥："我还得跑个门子，时候也还早，才10点。我心里毛躁躁的，八字还没有一撇……等厂子有了个大概，再坐下来喝才舒心。"

"也行，恭敬不如从命，哈哈哈……"

贵安走了，李世广送出大门外，握手话别。

张贵安跨上自行车，三拐弯两抹角，冲出李家洼子，奔上了去吴家岭的土路。吴家岭的吴波，是他高中时的同学。这十多年，他一直侍候塑料大棚，很能钻研，大棚蔬菜常年青枝绿叶。天天流汗，天天进钱，虽说算不上什么暴发户，可家有黄金邻居有戥称，人们都说他小子手里至少也有十万八万的。小挤巴眼的心胸并不豁达，手中有钱很怕露白，就是不借也没办法。但他在吴波的婚姻恋爱问题上立下过汗马功劳，吴波曾声言滴水之恩涌泉相报，他那话是金口玉言还是狗臭屁，这回就要看清楚。用不了太多，五万足矣！不用腔门子吓得缩了四指，写借条也行，找保人也行，别的什么都好说，只要弄到钱。

他跑到村西那片塑料大棚，跳下车，打听到了吴波的大棚，把车子推过去，扎下，走近小门，推了一下："屋里有人吗？"

无人回答。他推门进去，小屋里无人，床上放着一床旧棉被，被上扯拉着一件棉短大衣，放得很不规则，好似是在急忙中扔下的。地面上有些乱稻草，墙角上竖着几根棍子，没有铁锹、镢头、铁箍之类。他忙拉开通往大棚的小角门，一股热雾迎面扑来，眼睛顿时被罩住了，什么也看不清。他走进去几步，稍微好了些，但是还不见人。还能家去了吗？家去为什么不锁门的？"谁在棚子里？"他一急，高声喊起来。

"夏天早过去了，怎么又打开了雷？"

棚子里有人，在尽那头，蹲着，正忙着栽黄瓜。

他忙走过去："怪忙啊！"

"不忙，可也闲不着。"吴波正埋头作业。

直到张贵安来到跟前，吴波才站起来，一下子愣住了："哪阵风把你刮来的？"

"西北风，你没觉着有点儿冷……"

吴波眼皮慌乱地眨巴着，挓挲着两只泥泞的手，欲握不能握，忙说："实在没料到会是你！要早知道是你……"他一边解释，一边忙把双手插进绿色塑料桶里去洗。

"喂喂，我不耽误你的工夫……"

"别刺人啦！你还叫我活吧？"

"真的，你栽你的……"

"你没有事吗？"

"要没有事，敢来登三宝殿！"

"那，那……"他眼皮又眨巴了好几眨巴，两只手挓挲着，泥水滴滴拉拉地往下掉。

"几句话，一边栽着一边说吧。"

吴波就又栽起来，贵安想给他帮忙，他不让，说他不好意思累老同学，大远路的来了，茶没喝一口，烟没抽一支。张贵安就笑，说实质性的问题不是这，是怕别人不懂，给栽大差了。吴波笑了笑，说其中也有这方面的一些因素。说着说着，两人一起笑起来。趁此机会，张贵安追问吴波手头已经有了多少积蓄，人们都风传他银行里有二十万。吴波心想，间谍来了！可他也不穷，不会是来向他乞讨的。吴波一时放松了警惕，不无卖弄地说，二十万有点虚乎，十万八万是腚沟里摸家雀，手到擒（禽）来。贵安赶忙摊牌，说他想办个板材厂，想向他借十万票子，不知肯不肯赏脸。吴波顿时呆了，脸色黄了，眼皮也不眨巴了，手里的活也停了……刹那间，好像是雕凿成的一座石像。

"不用害怕，少借点也行，真不想借……"

"我说老同学，这样行吧：咱合办，我不弄大棚了，年年弄这个，太累人。"

上学的时候，师生们之间都传吴波的眼皮眨巴是心眼子的计数器，眨巴几下就有几个心眼子生出。这说法虽然有些玄，可吴波的心眼子多却是实情。他追文巧兰追得死去活来，人家就是不愿意，爹娘知道了更生气，一下子捅到班主任那里去，叫班主任好好给拾掇了一顿。这之后他老实了许多，像夹尾巴的狗一样，成天低头走路，眼皮虽然还眨巴，但其精彩程度已今非昔比。过了大概三个月，他还是耐不了这份寂寞，好了疮疤忘了疼，又开始向文巧兰身边凑近乎，有事无事地跟文巧兰搭话。文巧兰为了不得罪他，也睁着两个明亮的大眼睛跟他说几句，这就把他的情火重新点燃起来了。但是，前车之覆，后车之鉴，他再也不用以前多少掺杂着一些流氓手段的做法了。一天晚饭，他领着张贵安来到了中学大门外的一家饭铺，要了四个菜一瓶啤酒，硬要张贵安吃喝。张贵安见吴波如此慷慨大度重义气，很受感动，而且他的身体内部确实也缺少某些营养，见此鱼肉，馋虫跳跃，就敞开肚皮大吃大喝了一顿。吃喝当中，哥们义气话说了不少。在最激动处，吴波把自己的所求和盘托出：他求张贵安替他给文巧兰写封求爱信。张贵安一时被酒精烧得不可自抑，满口应承。夜里，他搜肠刮肚，翻书查字典，忙活了四个小时，一封情满意动的情书修成。情书作用确实神奇，自此文巧兰就跟吴波好上了。吴波自然又请张贵安喝了几回，滴水之恩涌泉相报的话，每次都说。那时，正值改革开放初期，吴波的爹会做买卖，发得很快，吃穿住行，都比张贵安高好几帽头子。除了平时的吃喝不算，吴波还给过张贵安一件夹克和一条涤棉裤子，都是八成新。按说，这恩德报得也差不多了，谁知他还缠住不放，又来告借。借钱，少了还好说，以后还不还都无所谓，可开口就是十万！谁家里有几个十万？半个家底子，闹着玩的吗？他眼皮眨巴了一阵子，慌乱之中虽然还没考虑成熟，但还是说了"合办"的话。这事不能开玩笑，得说实话。张贵安说咱得把丑话说到头里，办好了，皆大欢喜；办不好呢，破了产呢？他自己办；倒霉的是他自己；合办，都有份。吴波还弄着塑料大棚，已经积累了丰富的管理经验，而且效益仍然很好，在这种情况下舍掉安稳走此险路，值得吗？

听了张贵安的这番议论，吴波沉吟了半天，眨巴着眼皮说道："让我想想再定好吧？一是合办，二是借钱，二者必居其一，是吧？"

贵安笑了："还像以前一样聪明！"

二

第二天，申请征地。

征地很顺利。张贵安找到支书王兴存，他满口答应；找到乡土管所，所长孙来义立即带人给量地办手续。你要多少给你批多少，你要哪里的给你批哪里的。文件上虽然一再强调保护耕地，那是原则；实际做起事来，乡村野处，一点儿也不严格。都想钱啊，划地建厂，乡土管所收取管理费，村委会收取地价钱，都被钱支使得热情服务。

他进家就问媳妇要钱。

"你没请人家喝吗？"媳妇梦秀问。

"喝什么？按着耳朵擤鼻子，不管用。"

"喝两盅虽说花两个，可人家给减钱……"

贵安撇了撇嘴，满脸冷笑："没寻思你也怪赶形势！这个有规定，喝了该支的少了不行，不喝他也不敢多收。王兴存和孙来义都才四十来岁，明天还不想退休……"

梦秀在里间里翻腾了一大阵子，把一沓子票子拿给他，嘴里还是不住地嘟囔，要忙活几个菜，叫人家来坐坐，是怎个意思。他说："算啦，这个都有硬规定。遇着带松紧绳的事再请。请酒得花钱，这钱可不是凉水换的；就是凉水换的，也还得搭力气挑。"

"骑着驴头摸驴蛋，粗处不算细处算。"

"粗处也得算，细处也得算。"

当天下午就叫来了建筑队，拉石头拉砖的好几辆拖拉机也都开到了场地……

突然，从石板桥南跑来了一个人，气势汹汹的。他跑到麦地里一站，叉着腰，昂着头，挺得脖子上的青筋都鼓得老高，像蚯蚓一样乱扭动。他高声喊道："我这块地里的麦苗子，谁也不许动一棵，动一棵得给我栽十棵。这些都有承包合同,三十年不变……你们一个个都穿衣戴帽,人模狗样的,连这个都不懂了吗?你们都站出来给我讲讲,这承包合同不是擦腚纸吧?"那人蓬头垢面,眼珠子却火亮火亮的。

在场的人都被这突如其来的喊声惊呆了,一个个面面相觑,不知所措。

"怎么办?"工头问张贵安。

张贵安满心着火,七窍冒烟,但一想,又无理可讲。来人叫张培挺,人送外号熊子,跟人共事,得理不让人,无理争三分,很多人都说他那个头难剃,好些人见他来了,忙绕道躲开。今天,他手里攥着承包合同来了!事先没去拜他的门子,他逮着这个理,不把你讲死他是不会算完的。来硬的显然不行,你硬他比你还硬,从张贵安记事起,他都是这样;只有好生说,可能还有商量的余地。"二叔,你老消消气。咱爷儿们不是外人,有事好商量……"张贵安把气压在肚子里,凑上前去,忙递上一支烟。熊子抬手把贵安的手拨拉了一下子,那支烟被拨拉掉了,小可怜儿似的滚到麦地里去了。

"二叔,你别误会……"

"我误会?我还误会!我误会什么?我误会你娘那个心啊!兔崽子,这二年你有了两个钱,下眼皮肿起来了,看不起穷人了,想怎着就能怎着……我好好种的麦子,说糟蹋了甩上两个臭钱就糟蹋!你怎恁能的来?你凭的什么,就凭有两个臭钱……"

这一通叫喊,还就是起作用。不明真相的人还真以为张贵安财大腰粗、气壮如牛,横行乡里,欺压邻人,是个十恶不赦的痞子。建筑队停了工,叽咕着要走;拉砖的拖拉机还没卸,也要回头……张贵安急了,忙赶过来,拦头厉声喊道:"想干什么?都给我住下!"

拖拉机手停下机子,跳下车来。

"怎的,怕不给您钱?"

"嘿嘿,老张,装砖得支现钱……"

"你知道我不给你现钱吗?"

"那……俺怕这一闹哄……"

"闹哄,闹哄着你了?"

"嘿嘿,就是呢。"

"给我卸,不少你一块砖钱。"

熊子冲过来:"卸我地里给你扔出去!"

拖拉机手乖乖地按照张贵安的指点,向前开了几步,停下机子,卸起来。三车砖卸完,支了砖钱,三辆拖拉机开走。熊子仍蹲在他的麦地里黑着脸吸烟,一支接着一支,像烧火一样,鼻孔里喷出了两股水柱般的烟雾。

贵安想,他的气总有个来头,没疯没邪,无冤无仇,他跟我作什么对?虽然不近了,但总是都姓张吧!他就骑上自行车,忙朝村里跑。见了村支书,张贵安把情况一说,王兴存立即来了气,说他熊子阳沟底下翻不了船,不行叫派出所来人办他;叫张贵安快跑土管所,把情况如实反映上去,此事是小菜一碟,孙所长一出面什么问题都解决了。说好便好,张贵安像火烧着了腚门子,跑出来跨上自行车,直奔乡土管所。

没想到孙来义耍滑头,说无须他们出面,他们土管所的工作已经做完了,有不法分子捣乱可到派出所举报。他心急如焚,又慌慌张张地跑到了派出所。

所长老郭同志问他:"打了吗?"

"没有啊!吵啦,我先说好的……"

"这事你无理,人家手里攥着三十年的土地承包合同……征地之前为什么不做好工作呢?大帽子压人,出了问题就动公安,派出所不是某些人的打狗棍……"

迎面一瓢冷水!张贵安没气了,他心里发酸,两眼也热辣辣地一阵又一阵……他心灰意冷,推着车子出了派出所,天已经上黑影了。他肚子里叽哩咕噜地唱开了洋戏。他是饿了,只在早晨吃了碗面条,整整一天了!他到一家饭铺里坐下:"两个便菜,半斤散酒,一斤烤排。"饭铺主人一会儿就把他要的东西摞上了桌子,他一口气把这些东西填进了饿瘪的肚皮,付了钱,出了饭铺。满天的星斗都睁着明亮的眼睛看着他。醉意十分浓重！他摇晃着身子，推着自行车，东倒西歪地向前行。走下乡驻地的油漆路面，拐进通往自己村庄的土路，他觉得胃里翻腾得厉害，天怎么旋起来了，地怎么转起来了，眼前怎么恁些金星跳跃闪烁……他忙扎下车子，蹲在路边，一阵上撞，"哇——"一口恶物从口中喷出，腥臊酒臭，不堪嗅闻。接下去，他又呕了几口，觉着好似好受了些；又蹲了阵子，呕吐感没了。深秋的夜风掠过，凉意很浓，他打了个寒战，顿觉清醒，忙擦了擦嘴，吐几口唾沫，跨上车子再跑。

来到所划厂地的路边，见石头堆边有个烟头大小的火亮在明灭。"鬼火？"他立即想起小时候老人们讲的有关鬼火的故事……后来，他上了学，学到了一些有关磷火的科学知识，也就不相信了。但是，童年的记忆永远不会泯灭，而眼前的事实，更不容他不相信。他怕极了！为了壮胆，他不得不大声吆喝："谁？干什么的？"

"狗东西，你上哪儿去来，这么晚了……"

是爹呀！是爹那腔永远忧心忡忡而又满蓄着怨天尤人的低沉沙哑的噪音。怕味没了，心里顿时冲上来一股酸楚，想哭未哭："爹，夜里太冷……"

"这砖瓦石块，不都是票子换来的？"

"是。爹，我先当是你生气，不管我了！"

"我有那样生气的，一下生就掐死多好呢。"

他扑通跪在爹面前，号啕大哭……

"没出息鬼，哭什么，怕啦？"

我是怕了吗？我不怕，我不能怕。可是，我哭什么呢？爹不同意我办厂，生我的气，我寻思他再也不管我了，可是他又来了，在这个危难时刻。我心里好酸好酸的，能不哭吗？只是，爹想到别处去了，我不能再哭，我必须立时挺起身来！张贵安一下子止住了哭声，连忙爬起来："爹，我没怕。天底下的事哪件不难？车到山前必有路，我不信那个邪，也不信尿能把人憋死……"

爹抽得烟锅吱吱响，闷不作声。

"爹,你家去吧。"

"我不家去,你回去。一天没住下,累得够呛了!回去,好好给我睡一觉……"

他走了,走着,泪水又挂下来。

三

停了三天,也就摸着底细了。王兴存的闺女明兰跟张培挺的独生子贵增友好,已经谈了一年多。王兴存不同意,门不当户不对不说,贵增家境太穷,爷儿们不手艺不买卖,干啃二亩地,怎么过好日子?身为支书的王兴存,当然不满意这门亲事。贵增长得确实出挑,要身个有身个,要脸膛有脸膛。好歹也是个初中生,这在农村里也算不上下三滥。王明兰态度很坚决,扬言自己的眼没瞎!王兴存见闺女这样,硬来不行,还得用软法子。他动用了所有能助他一臂之力的女人当说客,最终明兰只表示等等再说。王兴存松了一口气,张培挺可气不打一处来,他的儿子贵增已经25岁了,没成上亲很着急。自从有了这个希望,他心里一阵阵地惊喜,逢人说话再也不气呼呼的了,而是满面堆笑,说话比谁都好听。人们吃惊:"熊子换了魂了!"不明就里的人都很纳闷,太阳要从西边出吗?不然怎么熊子不熊了呢……不祥的消息传来,似迎头一棒,他蹲在院子里老半天没缓过这口气来,后来就抱着头低声饮泣!他恨透了王兴存,仗着自己做了土皇帝,就欺负他这样的草民,一定不得好死。这次征地,如果王兴存拜拜他的门子,向他把道理讲清,他虽然心里不满,但口头上也说不出什么来。可王兴存偏偏不理他那个茬儿,依仗职权,硬性征用,这就把他心中长久积存起来的枪药一家伙都点着了……

别的办法都不好想,唯有自己亲自上门。

贵安走到院子里时,张培挺正背靠在屋门上吸烟,他眯缝着眼,像睡着了似的。

"二叔,吃啦?"

他扭头看了一眼贵安："没吃。你来请这些老爷儿们去吃饭？你孝顺一下老子倒也应该……"

这话你说怎么说吧？胡打唠，一说就多，一说就远；直奔主题，也不合适，很可能一说就崩；兜圈子哄吧，迂回接近。他说孝顺二叔应该又应该，可就是一见二叔生气心也慌意也乱，我张贵安没想着做过得罪二叔的事啊，咱爷儿们虽说关系不十分密切，可也还说得过去，咱何苦不顾这不顾那地就吵嘴骂仗呢？疼地疼麦苗子我都能理解，可这是没有办法的事！我想办个小厂，需要点儿地盘，你老就高高手让我过去吧，以后你侄儿要是赚了钱，还能不多孝敬你两个？再一说，办个工厂，不光工厂主能挣个三十八二十六的，对老庄舍邻也都有好处。他说他约莫着机器一转起来，也得用三四十个人，你家兄弟要不嫌挣钱少，保证优先安排。张培挺听着听着，肚子里的气一丝一丝地消，脸上的气色渐渐平和。他说这事我不是对着你来的，他王兴存目中无人，一个屁不放就征地，有这个说法？土地承包合同三十年不变，不是他定的吗？他说着说着，气就又撞上来，眼中冒火，络腮胡子一根根似钢针，都乱挓挲。贵安忙插话，问他们之间有没有积下的宿怨。张培挺就说起了独生子贵增和王兴存的闺女明兰之间的好事，说着说着两眼发红，嗓音哽咽，老泪下挂。他说他好不容易盼着了一点希望，没寻思又成了猴子捞月。贵安忙劝他说别急，也不能光生气，要多朝宽阔处想。说起来不怕二叔生气，人家不乐意还是咱有短处，咱的家境要比他强一百帽头子，看她不跑着来？她爹不就啥也不怨了……张贵安说到此处，心情来了激动，他觉着问题已经谈到最关键的地方了！他说只要他的厂子开了工，叫贵增去干，一个月四百五百的票子好挣。到时候，王明兰还会找上门来的；就是她不来了，咱也不愁，好样的说不着，她那样儿的有的是……

"大侄儿，你不是在放屁吧？"

"二叔，贵安要哄你老，你脚踏着劈了我，我绝不皱眉头。我也三十多了，说话要不算数，还是人吗？"

"那好，我不把屎拉在裤子里，跟狗怄气了。厂子的事，你该怎么弄就怎么弄去吧,我再也不添乱了。"

贵安忙从衣兜里掏出二百元票子,放在二叔的吃饭桌子上:"先用着,有困难朝我咳嗽一声,张贵安该帮忙的绝不皱眉。"说完,他甩手就走。

"贵安,你别忙走!"张培挺追了上来,在大门口一把抓住了贵安的胳膊,"小兔崽子,你看扁你二叔了,我还没穷到连称盐的钱都没有的地步。你办厂处处用钱,我不能在这个时候勒你。"

"二叔,你说的是心里话?"

"你二叔哪会儿耍过两面三刀,狗东西?"

张贵安接过了钱,两眼热泪晶莹。

他跑回家,刚要报告喜讯,媳妇梦秀从屋里冲出来,说表嫂子刚走,人家来说不乐意借钱给了!

四

临天黑,李世广跑了来。

贵安愁死了,蒙头大睡。

"兄弟呢?"李世广进门就问。

梦秀说:"犯愁,没办法,睡啦。"

"睡觉是个办法?你叫他快起来。"

梦秀进里间叫他,他没睡着,什么都听到了。媳妇叫了他一声,他就爬了起来。

"表哥,你怎么有空来了?"

"你别客套,出来说话。"

张贵安出来,李世广忙起身递给他一支烟。贵安接着,点着,吸起来:"你不抽烟,买烟干什么,又不是上别处去……"

"有意买了给你吸的,巴结巴结你!"

"老哥,我现在成泥菩萨过河了,谁还巴结我呀!厂子完了,办不起来了……"

李世广就把自己家里的一场争吵说了起来,说都不同意借钱,他们娘儿仨异口同声,要合办。不借钱,他们可出资十万。贵安表示,合办可以,但用不了那么多,五万就行。李世广摸着秃脑袋待了老大一会儿,说只要同意合办,出五万也行,出十万也行,说他的独生子和闺女也来充一份子。张贵安表示,来干活行,他保证朝好处安排,但充一份子不行!他对表哥说,丑话说到头里,入股出钱,按钱的多寡分红,但不能按钱的多寡分享权力!股东们有权推荐工人,包括自己的子女和其他亲属,但无权要求来干什么和不干什么。大家都想要来做山大王,这个厂子怎么办,还不乱了套?真有能力可以往重要位置上安排,但必须干干试试,考验一段时间,是骡子是马,得牵出来溜溜……

　　听了表弟这一番议论,李世广说:"我得回去跟他们娘儿们商量一下再说。"

　　"很好,事情都是商量出来的……"

　　说着说着,天就黑了,留他吃饭,他说吃了,表兄弟也不是别人,真想走就走吧。张贵安一直送表哥到西河堰。

　　"明天就回话,把钱也带来。晚了,别人入了股,我可不等你。"

　　"明天头午一定叫兄弟得信!"

　　他送走表哥,回到家里就叫媳妇埋怨上了:"十万不更好吗,你只要五万干什么?你真是,天底下没见你这样的,有时候上来那阵,一口吃头猪也敢下口,有时候花一分钱也得寻思半天……你有什么病吗?"

　　张贵安笑了:"这个厂子是我办的,我不能叫别人给我糟蹋了。他出十万,咱出五万,他说他出的钱多,他要说了算咋办?"他叫媳妇明天到娘家去,想法借五万块钱来。

　　"你不是丑话说到头里了吗?"

　　"说了也不行,到时候他跟你打搅……"

　　"五万块钱,可真不好借!"

　　"弄一万两万也比没有强。"

第二天，梦秀连早晨饭也没吃就走了。

张贵安办了点儿饭，叫起两个儿子来吃了饭，打发他们去上学。自己刚要锁门去工地，文巧兰来了。

"没有想到吧？"

"如果不叫撒谎的话，是没有想到。"

文巧兰一见张贵安说话很风趣，心里就升发暖意，笑着说："说实话的人少挨打。"

屋里坐下，几句闲话过后，文巧兰把个提包的拉链拉开，拿出来十扎老头子票："十万整，请当面点清。"

张贵安惊疑道："吴波不是说……"

"我叫文巧兰，不叫吴波。"

"你们俩各行其是？"

"大方向基本一致，小过节略有分歧。"

"大方向是什么，小过节……"

"都同意合办。他小气，想入五万的股；我不同意，要入就来个十万的。"

她也要合办！看来都想当工厂主，借钱不乐意，入股跑着来。他立即想起爹说的那句话来："买卖好做，伙计难搭。"他不由得正面盯了文巧兰一眼：墨黑的长发披肩下泻，黑瀑布一般；瓜子脸，嫩白中微透着红润；弯眉，杏眼，眸子黑亮晶莹。怎么，文巧兰白过了这二十年吗？她的容貌还像个中学生啊！她身着一件麦苗子绿呢料长袍，脖颈上绕一条火红色的绢质围巾，更显得潇洒有魅力。你不是来做工厂主的吗，打扮得这么妖艳做什么？做工厂主，特别是做女工厂主，还是打扮得庄重老气一点儿好啊！这是不是陈腐的老观念呢？也许是，他常在爹的熏陶下想问题，不知不觉地也就受了些这方面的影响。

"你点啊！"

他只得点，足足点了半个小时。

"对吗？"

贵安笑了："一分不大差。"

"是不是得给个收据？"

"你别慌，你不要也得给你。账目清，好弟兄嘛。这么大的个数目，弄着玩的吗？"他说着，就写收据，写好盖了私章，还按了手纹。他说还没刻公章，暂且只有这样。其实，这个收据比有公章的还管用，有指纹，打起官司来，是最有力的证据。

文巧兰忙致谢，收着收据说道："买机器我跟你一起去！"她明亮的眸子里饱含着泼辣的试探。

"你去，吴波放心？"

"以前的张贵安老实得像块榆木疙瘩，现在的张贵安学油滑了，肚子里的蛔虫多了……"

张贵安微微笑了笑："这事以后再论。"

打发走了文巧兰，他去了厂地。爹还在那里蹲着，像个石猴子。他跟爹说了几句话，接着又截了辆拖拉机，让给运棒、拉石棉瓦。他跑回村上，给张培挺说了一声，就把张贵增拽了来，叫他搭一个临时小棚，夜里好睡觉。看护厂地的任务就这样交给他了，一天暂定十元，干好了自然上升，干不好没有办法，就只得别换人。张贵增激动得脸放红光，两只炯炯有神的眼珠子也转动得特别欢快："大哥，我要干不好，就一天也不来干……"

张贵安高兴，拍着他的肩膀说："兄弟，只要你干好了，一切都好说。"

"大哥，你尽管把心放在肚子里。"贵增说着跑了，忙着搭棚子去了。

他对爹说，你老了，不撑熬煎，早晨、下晚过来看看就行了，成天整夜地在这里，不撑劲了。老头子闷着，什么也没说，吸了阵子烟，走了。张贵安围着厂地转了一圈，觉着一切都有了头绪，长出了一口气，浑身有了滋润味。昨天，他一听说表哥家不借钱，顿时像只掐了头的蚂蚱，不知奔哪里了，没了主意，蒙头大睡……还没过二十四小时，一切都变好了……他满心欢喜，跨上自行车，乐滋滋地回了村子，找到村支书王兴存，说了下扯电的事。王兴存满口应承，大包大揽，说这事好办，乡政府有指示，要厚待企业家，村里还有几根水泥线杆，正好使用。

既然这样,他得表示表示。他到饭铺里弄了六个菜,拿了两瓶白干,二番来到王兴存家。

"这是干什么?"

"今天的事办得很顺畅,喝二两高兴高兴。"

"你在家喝就是了……"

"一个人喝多没意思!想请你家去的,又怕你清正廉洁,不赏这个脸。干脆吧,我就来了……"

王兴存笑道:"说这个滑头那个滑头,我看顶滑头的还就是张贵安来。"

张贵安忙说:"别管那些!嘴说去就是了,言论自由。快拿碟子来……"

喝罢酒,已经日头占山了,他又跑了趟李家洼子,从表哥手里拿来五万票子,顺便把表侄儿李永刚叫来,让他临时委屈两天,跟张贵增睡一个小棚,既看门,又管事。贵安嘱咐表侄儿,自己走后,他必须全权负责厂地建筑的一切供应;需用钱,到表婶子那里暂借点,他回来后一并算账。

五

梦秀到娘家仅仅借来了两万。

"不少!"

"嫌少也没办法。借得有借不得无!就是有人家也不能都给你,人家还有人家的用项……"

"好说好说。"

灯光下,桌子上的大钞乱闪光!

张贵安点着票子满心兴奋,他点好了五万,收拾好,又叫梦秀点其余的。梦秀点罢,说还有十七万。他嘱咐媳妇把钱收好,这些天不许离开家一步。他好好睡了一觉,天明到工地上拽着李永刚,到义堂水泥厂买了十吨水泥,下好账,找了辆拖拉机,请司机吃了饭,装好车,李永刚押着车走了。这时,已经下午3点。他跑到临沂,把辆破自行车扔给一家建筑公司的门卫,他前几年曾在此处打过工,认识门卫。他找了家旅店住下,到街口小饭摊上简单地吃了一点,又拐回来,到屋里还没有坐下,就听服务小姐过来问:"老板,用什么饭菜?"

"我不叫老板,我叫张贵安,喊老张也行。"

服务小姐笑脸相迎:"老张哥,用什么饭菜啊?喝哪家名牌酒呀?"

"用过啦,明早再说吧。"

服务小姐嘟囔道:"为啥用过了呢?"

服务小姐走后,他收拾了一下床铺,倒头就睡。睡梦里,听到有人敲门,声音连续不断,他终于清醒了:"这么晚了,敲门干什么?"

门外传来了女人的笑声:"服务小姐前来送茶。"

"我不渴,请回吧!"

"这是任务,不喝也得送。"

真是他娘的乱弹琴,不喝送了干什么?他只好穿好衣服,打开门。

服务小姐披红装露白衫,灯光下,妖艳得如三月的春花盛开,描眉抹红,更加粉润动人。她端来一把小巧玲珑、晶莹剔透的白瓷茶壶,两个浅咖啡色的茶杯,往茶几上轻轻一放,哗哗哗……很快倒上两杯热茶,连忙端起,笑吟吟地几步上前,就往他手里递:"老张哥哥,喝吧,趁热!"一阵脂粉气直呛嗓子,他刚要低头咳嗽,女人胸前的两座山峰颤悠着拱到了眼皮底下……

他没有经验,但听说过。他忙接茶杯,放回茶几:"好啦,你回吧,我渴了自己倒。"

"那可不行,你睡熟了,会忘的。"

"好,你先坐,我出去方便一下,去去就来,可以吧?"

"可以,可以。可要快快回来哟!"

"慢不了!"他走了,噔噔噔下楼。他心跳眼热,一边走着,一边摸自己的内衣,那五万大钞,是媳妇梦秀给缝进内衣的。五万大钞仍鼓囊着内衣,他心下稍安。他闯出旅店大门,跑到了大街上。夜深了,街道上已寥无人迹,几盏路灯放射着暗淡的光,也像困倦了似的。

他踮起脚步，跑了一段路，确认背后无人追赶后，才放慢了脚步，缓了一口气。

终于来到了汽车站，那里有几个旅客还坐在连椅上打瞌睡，也有几个横躺着，裹着大衣响起了鼾声。他坐在连椅上，用手按了按仍然慌乱的心……

"这么晚了，还来做什么？"

"怕误了车。"

六

买好旋皮子机，雇好车，一天一夜从杭州赶回来，卸下机器，已经满天星了。他叫李永刚和张贵增一定看好机子，一个逛悠，一个睡觉，要找一根可手的棍子，逛悠时拿着，睡觉时放在身边。厂房还没盖起来，机器只好先放在临时搭起的小窝棚旁，上面用塑料布蒙了，又压上了些苞米秸。他指着机器一再叮嘱李永刚和张贵增，如果出了差错，就拿他们俩是问，就撅他们俩的头……两人也感到了责任重大，一再表示一定按他说的去做。他这才回过头来，吆喝着汽车司机回庄里吃饭。司机说不麻烦了，天太晚了，给钱吧，给了钱他好走，这样有多好呢，都图清静。张贵安一想也是，就掏出钱给了他。

司机一点，笑了："不少了点儿？"

"不是五百吗？"

"是五百，但讲好的管顿饭……"

"缺饭钱，是吧？"

"老板可是个聪明人。"

他又掏出二十来，司机笑着，拿了钱就跑上了汽车驾驶室……

汽车发了疯一般疾驶而去！

"你管怎别钻了路沟……"他看着远去的汽车，骂道。

吃过晚饭，他就睡了，确实累了，一放倒就响起了鼾声。一觉睡到下2点，一伸腿，浑身酸疼，刚要再睡，陡然想起了机子，"不放心"

像个火亮一样跳了出来,他忙爬起来穿衣。

"你做什么?"

"不做什么。"

"小解?"

"嗯。我想到厂子里看着……"

"你这个操持法,还撑几天?"

他不说什么,摸着手电,走了。

夜很静,好似是入了冬吧,不然秋虫子怎么不叫了?只有花园河坝上的涛声在轰鸣!下弦月出来了,还在地平线上待着,不很明亮。一阵小风掠过,挺凉,他裹紧了衣服。他穿得太单薄了,一件春秋衫,一件夹克。

他接近厂子,老远见路边有个火亮。

还能又是爹吗?他走近一看,果然是爹。

"你这时候来做什么?"

"我不放心……"

"年幼的看什么还许行,你不行。"

他心里一阵阵热浪翻滚,说不出话。他走近小棚,见两个看机子的一个躺着睡得像死狗一样,另一个逛悠的也蹲着,倚着墙睡着了。

他一脚把逛悠的踹醒了!

"干什么的?"

"干你娘的!"

"表叔,嘿嘿……"

"还笑!"

李永刚忙站起来,拿着把棍子走了。

他转到厂地边,爹说:"你家去吧,这里有我,你放心。"

他叫爹回家,他说他睡足了。爹不走,说机子买来了就得赶快安好,早转一天是一天;说他是主角,养不好精神可不行,弄机器可不是弄别的,丝毫差错也不能出……他只好走了,回家躺下又睡了一觉,醒来时已天光大亮。他忙起来,跑到代销店里买了两袋子豆奶粉给娘送去,对娘说早晨起来和爹一人打上两个鸡蛋，用开水烫熟，再放上一小包豆奶粉，搅拌一下喝上。娘答应，说你不知道你爹的，他弄根牛毛架锯解，会过死了："他不喝！"

"他不喝你喝。"

"我喝，人还能活几辈子……"

大门外，撞上爹。

"你怎么还在家里磨蹭？"

他只好向爹解释。

"你说你这是做什么？一心不可二用……你爹你娘还没到七老八十！"

他赶忙跑了。

七

厂房、锅炉房、办公室，还有厕所，一呼隆，十二天的工夫，也就盖起来了。大家都欢天喜地，准备开工。可巧，前天有两拖拉机杨木棒路过此地，截住一谈，价钱合适，就买了下来。李永刚和张贵增两人也没别的事，干了两天，扒了近二百棵，也够旋大半天的了。这就万事俱备，只待开工了。

张贵安跟媳妇商量，为了管理方便，就得搬到厂子里去。梦秀同意，说搬就搬。为了安全，张贵增住厂子，李永刚也得住厂子，但没处住！张贵安转悠了两圈，说有了，厂房这么大，哪个角落盛不下两个人？文巧兰作为股东之一，也要住下，这就难了。两间办公室，住着他们四口子，文巧兰再塞在当中算怎么着……

"吴嫂子，你就别住啦！"

文巧兰眼一斜嘴一噘："俺不！来回跑坏腿，你也放心，可不是你老婆……"

有些事用话是永远也说不清的！他想起了一句俗话——"活人不能叫尿憋死"，就笑了。他对文巧兰说，她与梦秀及两个孩子睡办公室，他跟两个小青年趴厂房。文巧兰说行,就看你夫人同意不同意。他再去动员媳妇,梦秀心里虽然不乐意,但也说不出口来。她疼自己的男人,这些日子忙得他已经够呛了,不能再给他出难题添乱了,咬咬牙就答应了,但她流着泪,抽泣着。他就劝,说权宜之计,临时又临时,将就十天半月,就有办法了。媳妇问他有什么办法?他想了一阵,觉着为了安全,也为了方便,不该省的钱就不能省,当天就决定在厂房两头南边再盖三个单间,因为李永刚、张贵增趴厂房,也不是个长法……

终于有了头绪!

这天午后,他在办公室里召开了第一次厂务办公会议,明确了各自的任务,李永刚和张贵增两人负责烧锅炉兼保卫,夜里绝对不能离开厂子。梦秀管理修补皮子,文巧兰管理扒树皮的,他自己负责旋皮子,还有全厂的杂务。各负其责,各尽所能,优者奖励,失职罚款。当时,谁也没说什么,都表示服从分配,一定干好工作。张贵安一看大家的情绪,也很满意,第二天就开了工。

机子很好使,大家齐心协力,生产日益增长,好叫人高兴。但好景不长,半个月后,表嫂子就来说三道四了,骂张贵安是个狠心狼,自己高官坐着,金钱挣着,舒舒坦坦,多自在呀!把她儿当苦力用,凭什么?"俺也投了五万大钱啊!这正厂长当不上,副厂长总该有份吧?叫俺烧锅炉……俺要烧锅炉,单上你这里烧,图你什么,图你的锅炉里冒出来的烟黑?"

他这个表嫂子平时看似面善,没寻思吵闹起来也像母夜叉,张青的夫人什么样她什么样。

"嫂子,你消消气!"

"我还消消气!我哪有气消?"

李永刚闻讯赶来,小伙子穿着蓝色工作服,脸熏得黑不溜秋的。

"你看俺那孩儿,成什么了?"她说着,就抽泣,就抹眼泪。

"妈,你像话吧?你说什么呀你说……"

"妈怎么不像话了,你个狗东西!"

趁娘儿俩说话的空,张贵安溜走了。

李永刚把妈妈拽到一边，劝说了半天，但他妈怎么也不听，说她不能凭着票子买罪受。小伙子无法，只得跑走了。永刚妈一看没了人，喊道："都躲了呀！"她忙找到厂房："兄弟，你说怎么办吧？"

"这好办，明天我去烧……"

"咳咳，你别唬我！你不会再找一个吗？"

"找十个也好找，可得开工资给人家。"

"我叫你不开工资给人家来吗？"

他没有办法，他没有给表嫂子说清楚的本事，他只有去找表哥李世广……

李世广态度也是异乎寻常，跟他老婆的腔调一模一样，好歹没吵，还算面子不小。他没有好法，只有另找锅炉工。

这回行了，李永刚穿得人模狗样的，跟在表叔腚后头，人们都喊二厂长。他妈妈又来了几回，看在眼里，喜上眉梢，甜在心头……母夜叉的凶相不见了，仍像以往一样面善。

这就引起了文巧兰的不满。她回到家里，跟丈夫吴波说了这事。吴波劝她，说弄个厂子不易，叫她别无事生非乱出蛆，平地冒狼烟给张贵安添乱。张贵安是好人，要不是他，哪有他们今天的美满幸福？吴波傻就傻在不懂得同一个事物由于立场不同、观点各异所得出的结论会不尽相同，甚至相离十万八千里！他以为，他们的婚姻开初虽然有些曲扭犟捏，但到了今天，都是三十好几小四十的人了，孩子已有了三个，夫妻之间怎能还会有三心二意？可惜，吴波的这个判断却是完全错误的！文巧兰有文巧兰的想法：你感他的恩，是你得了他的好处，我得了他什么，我凭什么感他的恩，忍气吞声少给他添乱？文巧兰越想心里越窝火，既恨吴波，也恨张贵安。在校时，文巧兰暗暗念着张贵安。张贵安堂堂一表人才，身个高高的，脸膛眉清目秀很耐看，红腮帮儿比姑娘的还动人，学习成绩又好，当时很难料到他会发展到什么高度，但他家里穷，文巧兰想帮他又不知如何开头。她遇着他就说好话，就暗送秋波，可就是得不到他的回应……"死榆木疙瘩！"她暗中骂着淌眼泪。这之后，就冒出个吴波来。吴波闹得她神魂颠倒，无所适从。后来，她就见到了那份情书……真没想到吴波对她如此情深意厚，她深受感动，答应了。婚后不久，她才仔细端详出来，那份情书的笔迹与吴波的笔迹不同。她就追问，吴波笑着不说；追问急了，就说那是他用左手写的。文巧兰不信，叫他当面写了她看，吴波只得逃之夭夭……文巧兰躺倒不起来，威胁吴波说，她就这样躺着绝食，直到咽最后一口气。五天以后，吴波哭了，跪在床前，说了实话……可惜，此时的张贵安已经娶了梦秀！年轻轻的，怎么也不能死啊！哪位伟人说的来："生命属于人只有一次……"吴波说了好多好话，下了好多保证，流了好多泪水……文巧兰看着吴波也怪可怜，就长叹一声："命该如此莫怨天！"她就起来了。这一气就过了十好几年，就下了三个崽，都长得驴驹子一样了，但心下的这块病并没有消除：那封信为啥写得那么情深意切、那么动人心弦，那一定是注入了他对自己的一份感情……不行，缺了的得补上！借这个巧，跟他摊牌。

回来后，她就向贵安说了自己的不满。

"叫你管扒树皮的，又没叫你亲自干……"张贵安忙着解释，说烧锅炉得顶个人用，是有点过分。管扒树皮的，早晨安排安排，下晚点点数，记记账；想干了扒两棵，不想干了不扒，没给她定任务。这活已经轻得没法再轻了，再说也是一个方面的头领，还不行吗？一个个体小厂，还得安多少头头尖尖……

文巧兰一时无话，张贵安赶忙走了。

她安静下来一想，不行！搁上五万块钱的就干拿工资，俺搁上十万块钱还得顶一个人用……这是什么理？她气得肚子乱鼓。

接近10点，她看张贵安回了办公室，忙跟了去。到门口一看，张贵安正在喝茶。

"就知道自己喝……"

"我要知道你来，早给你倒上了。"

"红糖嘴，黄连心！"

"我说巧兰……"

"你说吧，我听着。"

一时，他还就没的说了。他略作思索，有了！他说千万别学表嫂子，从中搅和，吃点儿亏赚点儿便宜都没有什么，搭伙的买卖不能盼得四沿齐，那样也就不用干了；为了把厂子办好，得多帮忙，别偾事……

文巧兰忙打断了他的话："可是你得一碗水端平啊，别一样客两样待，叫人心里难琢磨。"

"李永刚的事还没来得及安排，你还得叫人喘过气来吧！怎么恁样穷追猛打来？你这人本来不是这样啊！这些年……怎么啦？"

"这些年，我才看清你的面貌……"

"巧兰，你到底怎么啦，吃错了药？"

"吃苦受累挨歧视咱都先不说，你首先给我说说你给我写情书的心情。"

"什么？我哪年时给你写过情书？"

"二十年前……"

张贵安想了片刻，笑了："那是为人做嫁衣裳……这些年了，又提它做什么？"

"你要对俺没有些想法，能写恁深刻吗？"

这一说，还真勾起了他沉睡多年的那梦。他是有过一些想法，但很快就打消了，因为当时家境贫寒，怕张罗半天白搭，只在心里想了几天就拉倒了。后来，杀出个吴波来，他就更死了这份心。替吴波写信的时候，他是进入了点儿角色，想着文巧兰那韵味儿蛮足的身段儿，那生动甜人的漂亮脸蛋儿，一些动听感人的句子就产生了……到了现在，人都小四十了，孩子都一个个晃晃的个子了，提它有什么用？寻旧梦也不是这个寻法，得了病倒了醋瓶子……

"贵安，为闺女时有句话不好意思说，现在得说了：那时，我心里念着你……"说着，她的身子就靠了过来。

张贵安浑身燥热，身旁像搬来了火炉子……

梦秀的身影，突然出现在门口。

文巧兰忙把身子移开了。

梦秀啥也不说，坐下喝茶，木乎着脸。

夹在两个人中间，实在不是个味。文巧兰忙站起来，高昂着头，狠狠地扭动着屁股走了。

张贵安也要走，被梦秀拽住了："你别慌走！"她本来还想说"追恁急做什么，跑不了"的，可又一想，话不能说得忒呛，得给男人留点儿脸面；再一说，不就是坐得近了点儿嘛，又没摁在床上……

"有事？"

"有事没事你不知道吗？还问我做什么！"说着，梦秀就哽咽了，眼泪挺旺，一下子就流了满脸。

张贵安知道为啥，但不好说清。

"补皮子的那里离了人行吗？"

"你还知道离了人不行……"

"你去吧！有话晚上说，晚上咱一起回庄里睡，行吧？"

梦秀听了，擦了擦眼泪，走了。

八

夜里，两口子正儿八经地闹了一场。

贵安爹与梦秀爹认识的时候，还是动乱年代。两人都在建筑队里打工，相识不久就成了好朋友，每次吃饭都坐在一起，把各自拿来的瓜干煎饼放在一起，敞开卷来的就菜，也算两个菜。没有什么好的，鸡蛋炒辣椒、臭豆子咸菜炒鸡蛋……但兄弟俩坐在一起，吃得有滋有味。拉起家常来，梦秀爹说三个儿一个妮子，说完就笑。贵安爹夸他好命，说自己命苦，四个妮子一个儿，梦秀爹说也不孬。有一次拉起上学的事来，梦秀爹说大儿上了高中，二儿三儿浮躁，不愿用功，上完初中就拉倒了；丫头片子上高了也无用，上过五年级就拉下来了。贵安爹说他也是这个想法，但四个丫头联合起来给他吵仗，他没有办法，还是叫她们上了；看着就供不起了，真没办法，就得不叫贵安上了。梦秀爹说那可不行，上门讨要也得供儿子上学，真有困难他帮助。后来，梦秀爹卖了一头猪，把钱全借给了贵安家。大人交往多了，孩子见面的机会也多了，贵安娘看着两个孩子有那个意思，找着梦秀娘一说，梦秀娘早就相中了贵安，一拍即合。她们各自向老头子一说，皆大欢喜，亲就成了。结婚后，小两口子恩爱亲热，大家都很满意；又一连有了两个儿子，大家更欢天喜地。贵安爹疼儿媳妇比疼闺女强十倍，一年总得截两块料子，叫老伴给儿媳妇送去。初一、十五就给儿子上"政治课"，说千万别难为着宽宽妈妈。

两人回到家里，天就黑了。

两人都不说话，张贵安躺下了，梦秀坐在沙发上，低声饮泣。

"到底怎么啦？"

"你别明知故问。"

"我怎么明知故问的，憋死人啦！"

梦秀抽泣着说文巧兰趴在他身上……

张贵安勃然大怒："你哪只眼睛看着的？我是坐近了点儿，就塌了天？"

"塌了天就晚了！"

"怎么晚了？你看你那个死调！"

"你不用熊，我死了你就舒坦了……"说着，她就抓起了一根绳子。

张贵安忙下了床，夺过绳子来，把她抱到床上去。梦秀就撕他打他……一下子抠破了脸，又疼得连声骂自己该死，忙找消炎粉搽……

"你到底怎么了？"

"人家说男人要叫野女人弄了去，就不顾家了……"

"她弄去了吗，我不是还在这里吗？"

"很危险！亏得我去得及时……"

张贵安就仰巴在床上，哈哈大笑："要叫外人知道了，笑不掉大牙那算该着的……坐近了一点儿，就粘上啦？"

梦秀被说得淌了急汗！

接下去，张贵安就劝媳妇，叫她千万别疑神疑鬼，好端端的日子不过，无事生非，自己糟贱自己。人嘴是厉害的！这事要传扬出去，咱这个厂子就完了。文巧兰也闹，吴波也闹，怎么生产？辛辛苦苦巴结上来，连本还没回来，要垮了，你哭都找不着韵。"千千万，万万千，宽宽妈妈呀，你行行好，别闹了。我是那样的人吗？你就不想想……厂子刚走上正轨，你就闹，还叫我活吧？"说着说着，他就哭了，男儿有泪不轻弹，只是没到伤心处！

像演戏一样，刚才梦秀哭张贵安劝，这回张贵安哭了，梦秀慌了，也忙着劝。张贵安说你还劝我干什么，只要你心里宽亮了，我还有什么。梦秀说也不知怎么的，心里老是不实落，见了她心里就慌，也常做噩梦……

梦秀的担心不是没有道理的！文巧兰比梦秀漂亮多了，不光是脸蛋受看，皮色也鲜艳。梦秀嘴唇噘着，脸盘儿中间有些凹，皮色也显得粗糙。张贵安明白这些，但他不是浪荡公子，不是寻花问柳之徒。他得干事业，他知道那样干的后果，他常给自己敲警钟，他怎么能走那条路呢？别人信不过还可以理解，自己的老婆信不过做何解释！梦秀啊梦秀，我们白在一起生活了十多年吗？

这些话，梦秀信，梦秀不闹了。

张贵安看了下手表："快两点了，咱们睡吧？有什么话，明天想起来再说。"

天一亮，两人一起回了厂子。

张贵安直奔厂房，梦秀回到办公室。文巧兰起来了，正在梳头，见她来，一扭身子走了。梦秀没理她，忙给两个儿子穿衣服，穿好衣服，叫两个小东西家去叫奶奶来。

"叫奶奶做啥？"宽宽问。

"就说我叫她有事。"

"就说妈叫她有事，连这个都不懂……"广广嚷着早跑了。

两个孩子走后，她忙拨开炉门烧开水。

一壶水还没开，宽宽和广广就跑回来了，奶奶跟在后边。老婆婆刚坐下，水就开了，她说："娘，你稍等，我冲两个鸡蛋你喝。"

老婆婆说："我喝不惯那个。你有什么事快说，我还得家去。"

梦秀就把自己的疑虑说给了婆婆。

婆婆很生气，喊孙子："宽宽和广广呢，快来，叫你爸爸去！"

"叫爸爸做啥？"

"就说我有事。"

两个小东西一前一后，追逐着跑了。

"娘，你可别说重了，叫他知道就行。"

老婆婆瞪了她一眼："怎么又怕了？"

梦秀脸一红，没话说了。

张贵安跑回来，忙问："娘，有事？"

娘没说话，起身进了里间："贵安，你来，我问你句话……"

张贵安进了里间："娘，什么话呀？"

"宽宽妈妈哭哭啼啼因为啥？"

张贵安的脸唰的一下子拉了下来：不是都给你说了吗？这个彪子女人，你治不死我就不甘心……"娘，你都说到哪里去了？"

"我还说到哪里去了？我告诉你，你别没吃三天饱饭就望不着南天门了！你的膝盖疙瘩要是歪了，你爹非得给你敲正不可……"

"娘，你千万别给爹说！"说着，张贵安寒着脸，就要下跪。

"别弄那个怂样！"娘忙拽起他来，"我暂时不给你爹说，你可别走歪了路……"

"娘，实在是没有的事，你管怎别听着风就当是来了雨呀！"

"没有更好。"娘说着，走了出来。

"娘，你在这里吃饭吧！"梦秀忙说。

婆婆小声对媳妇说："你也别太多心了，自己给自己加罪……"

梦秀点了点头，脸皮子红腾腾的一片。

娘走后，饭也就好了。

"叫你爸爸吃饭去！"

宽宽和广广一起跑到了里间……

他喝了碗饭就站了起来。

"你吃好了吗？"

"我吃恁好做什么！"

"娘说你几句就恁样?"

"我怎样来?"

"拿不吃饭吓唬人……"

"我要有本事吓唬人就好啦!"

"你别多心……"

"我还敢多心!"

九

早饭后刚开工,熊子二叔就来了。

"贵安,你过来。"

他只好过去,递给二叔一支烟。

两人吸着烟说话。张培挺说他听人说,明兰娘在大街上说的,一个熊烧锅炉的,有什么出息。他要给他儿子贵增安排个体面活,因为明兰在厂子里补皮子,这样好看些。张贵安叫二叔先等一下,他安排完活再协商。他得催催建筑队,那三间屋得赶快拿起来,他再也不受这份熬煎了,他得赶紧把文巧兰弄到单间房里去,省得多是多非……

张培挺蹲在当院吸烟,黑着脸,很吓人。

过了个把钟头,张贵安才回来。

"烧锅炉的好找吧?"

"好找。只要给钱,缺不了干活的。"

"要一时找不着,我先干着。"

张贵安一愣,忙说:"也行,你去换吧。"

就这么容易!可是,给贵增安排活时却来了难。他想叫贵增管机子,学点技术,这是个长远活,也体面,但原来管机子的不愿让。他叫郑发建,三十来岁,这人并不想死心踏地在这里干下去,他想学点技术自己干,张贵安早摸着了底细。不得罪人是不行了,他瞪圆布满血丝的眼珠子吼道:"换也得换,不换也得换。没有商量的余地!"

"死贵安,当初你不是说的这话呀!是……"

"那好，咱签用工合同，十年的。"

"我还给你签一辈子的呢！"

"割倒秫秫显出狼来了吧？"

郑发建闷头走出几步，又回转身子："张贵安，到今天我才知道你是个什么东西……"

"知道比不知道强！"他也不示弱。

郑发建走后，厂子恢复了平静。他把张贵增和李永刚叫到机子跟前，交代任务。他考虑表侄儿成天像个夜游神样影响不好，难怨文巧兰提意见，趁这个空，把他也安排上，两个年轻人干这活，有干头。他事多，固定不住。他把问题说明，这回李永刚也没打盆，两人笑着拉着手上了岗。

机子又转起来了，皮子一张张地翻下来……

西边的三个单间很快盖起来了，他安排文巧兰住一间，张贵增和李永刚两人住一间，留一个做个小仓库……总算该喘一口顺溜气了。他联系来了一辆大黄河车，装了满满一车皮子，押车进城。这车货卖了一万五，算算净赚七千多。他心里高兴极了，嘴上唱悠悠的，招手喊来了辆出租车，钻了进去。

"多少钱？"

"到哪里？"

"俄庄西四里……"

"三十。"

他跳了下来，扬长而去。

"二十！二十行吧？"

他站住，回头嚷道："十元，多了不坐。"

出租车司机摇头，小声骂道："小气鬼！"

他搭公交车回到俄庄，下车步行回到厂子，正晌午头里。腚还没有坐在板凳上，贵增来了，话还没有说一句，泪珠子就挂下来了……

"又出了什么事？"

"大哥，文巧兰给明兰找了个主儿，今天看去了！"

"这个文巧兰，不搅和事不能过活！"他喝了口茶，劝兄弟，"你把心放得宽亮的。明兰真心爱你跑不了，不真心爱你硬拽来也无意思。三条腿的找不着，两条腿的有的是。你愁什么？你给我干好活，我保证缺不了你的……"

贵增闷了半天，说道："我想揍她！"

"想揍谁？"

"文巧兰！"

"那可不行！你要揍了她，闹大了，影响出去，就一切都完了……"

"兄弟，你沉住气！"梦秀也说。

"你装不知道，我说说文巧兰……只要明兰的心在你身上，什么都好说。"

"那谁知道？变化是常有的事……"

"别急，今天晚上我就问。"

张贵增耷拉着头，慢慢地走了。

"这人，真是……"张贵安连连摇头。

"一看就不是个正经玩意儿，你还拿着当香汤……"

张贵安不吱声了，忙着吃饭。

十

开工一个月后，有人要求发点工资用。

张贵安跟梦秀商量了一下，得及时发。他们办厂是为了赚钱，致富发财，过好日子。人家来干活，一个汗珠子摔成八瓣，为了什么？不也是为了挣几个钱吗？将心比心一个心！他造好了表格，分发下去：扒树皮的给了文巧兰，补皮子的给了梦秀，烧锅炉和管机子的给了李永刚，叫他们再逐个下发。

工资发放后，一片欢腾，唯独韩大麻子的老婆吴凤英厚嘴唇噘得高高的，能拴头驴。别人问她，她不说，光骂坑人鬼日的。吴凤英人高马大，虽然五十出头了，力气仍不亚当年，拿把铁铲当场一站，威风八面，杨排凤再世一般。她每天扒一百多棵，最多的一天扒到一百二，一个月下来，差二十八元不满一千。听说发工资了，她喜气洋洋，早准备好了二十八元零钱，好得个整数。没想到文巧兰只发给了她八百一。当时，她脸就耷拉了下来，但没敢问。她不大会算账，怕问错了，叫人家抓着把柄奚落她，但她不干了，坐在一棵棒上生闷气，不时有泪珠子落下……

"喂，我说吴老姐，还干吧？"

"还干，还干什么？还干她娘的那条腿！黑脖子挣了白脖子吃，她哪个憨爹有恁些力气给她使啊！"

"喂，喂，我说吴老姐，有理走遍天下，无理寸步难行啊。你有理讲理，干么骂人？"

"我哪有理！理都是人家的，钱在谁手里谁有理……"

"你这不是血口喷人吗？我说吴老姐，就你发的钱多呀，八百多！还不知足吗？"

"我干多少得多少，什么多不多？八百比一千还差一大截子，你知道了吧？"

"想一千，下个月猛干啊！"

吴凤英很想跟文巧兰干一仗，你成天价游手好闲当监工，不淌汗的钱白拿着，可怪自在。这倒不说，你还想抠俺的两个血汗钱，良心叫狗吃啦？但她拿不准，几次气撞斗牛，还是压下来了。她扔了铁铲，回了家。老头子正在屋门口晒太阳，他有痨病，一到冬天就什么也不能干了，但账码很清，这九百七十二元工资，就是他算出来的。吴凤英回家一说，老头子发愣，又闷闷地算了一阵子，捋着几根老鼠胡子嘿嘿地笑了，说好账算不折，也就别跟个娘儿们家吵嚷了，等贵安回来再说。吴凤英不让，说憋死人了，叫老头子一定给她说清楚，到底是怎么回事。老头子只得告诉她，那个文巧兰可能是按每棵两毛五算的！这一下子可就气翻了吴凤英，她高喊一声"她凭什么"，就跑走了。

老头子不放心，锁了门，咳嗽着也去了。

吴凤英大叉子步跑到厂地，指着文巧兰的鼻子就骂上了："你个不要良心茬的,你为什么按两毛五一棵给俺算,你坷垃头子擦腚朝里泥呀!你寻思这些人们糊涂死了……"

"你倒没糊涂死,就是死到梁里头去了!"

大个子女人实在气不过,闯到文巧兰面前,大手伸去,像鹰抓小鸡一样,把文巧兰提溜过来,摔倒在地,踹着她喊:"我叫你没良心!你欺负人不是这个欺负法!我叫你欺负人,我叫你欺负人……"

文巧兰活喊"救命",但无人过来。

她哭着嚷道:"我的为人就是那么臭吗?"

这时,韩大麻子赶来了,忙把她们拉开。

"大爷,你是……"

"我是她男爷儿们,你怎么算的账啊?"

"她是高收入户,得拿个人所得税……"

吴凤英喊叫:"从来没听说过!"

"按多少拿?"

"大爷,按个人收入的 16.7%。"

韩大麻子一搧算,忙对吴凤英说:"对,对,是这个账!"他拽着老伴就走。

吴凤英不知所措,心中无数,只得走了。

闹仗无人拉仗,作为弱者太失面子了。文巧兰觉出来了,平时自己为人太差。她哭着走了,回了自己的房间。毕竟做贼心虚,她好怕张贵安回来追问起来无法解释,就收拾了下衣服,搬出小木兰摩托车,锁了门,走了。

十一

张贵安出去五天,买来了三大黄河车杨棒,共计四十多方,卸完车,吃完了饭,打发车主走了。梦秀烧好了四暖壶热水,领着两个儿子到庄里去了,给他在外锁上门,叫他洗个热水澡,洗完就睡,好好歇歇。

他领会媳妇的心意,照章办事。

梦秀和两个孩子回来时,他已经睡了。西北寒流来了,风像牛犊子一样,刮得挺冷了。她忙给两个孩子脱了衣服睡觉,她自己也很快钻进了被筒。

"哎呀,扎死人啦!"

梦秀笑了笑,尽量蜷腿,不接触他……

半夜过后,他精神好了,就问厂子里的事。梦秀就把文巧兰与吴凤英干仗的事说了。

"这个文巧兰,真是……"

"你还拿她当香汤呢!"

"谁拿她当香汤来?"

梦秀知道丈夫这些天在外累得够戗,心情也不好,能省一句就省一句,听丈夫反驳她,就不吱声了。

他把灯拽着:"你把账本拿给我看看。"

"天明着吧!"

"你又别扭?"

梦秀只得把账本给他。

算了一阵,他笑起来:"哈哈哈……"

"你笑什么?笑她精明?"

"还精明,荒唐透顶!她按两毛五一棵算的,管头不顾腚,明眼人一算就明白……"

"韩大麻子哥来过了,你猜她怎么说?"

"她怎么说?"

"她说是凤英挣得太多,得交 16.7% 的个人所得税。韩大麻子还就叫她唬下去了,啥话没说,拽着老伴走了……"

"这个文巧兰,吃了豹子胆吗?口头制造政策,犯罪呀!"

"她还怕犯罪……哼!"

张贵安又算了一遍,还真不假,四舍五入,16.7%,正好是一百六十二元。"巧兰啊巧兰,你聪明一世糊涂一时啊,吴凤英不会算账,韩大麻子虽然窝囊,账码可水一样地清啊,你唬他,他会到处打听,他可不是吃白薯不知倒把的死庄户啊！"

"要是死庄户就玩人家？"

"当然也不能……"张贵安说着就爬了起来。

"你起恁早干啥？"

"天明啦，你看看窗子！"

是的，窗玻璃已经放亮了。

张贵安起来，洗罢脸，要了一百六十二元钱，骑上自行车，奔了庄里。风小了，天阴着，没有霜雪子，土路面上的尘土被吃干净了，路面很光滑。

到了韩大麻子家的大门口，一推大门开了。

"谁呀？"

"大婶子，是我！"他走进了门里。

"可了不得了，是大侄儿啊！"

"你老起这早……"

"你不比我起得还早？"

说着，他就走进了屋。

韩大麻子还没起。有痨病的人就这样，冬天温窝子，不到10点以后不起床。韩大麻子在被窝里数萝卜倒茄子，说自己身子弱，全靠你婶子抓挠两个，不想这中间就出了差错……

"你别叨叨啦，大侄儿可不是文巧兰那样的孬种！"吴凤英快人快语，也许是为了宠宠张贵安，叫他别学文巧兰那样耍赖。

张贵安把早就准备好的钱递给大婶子。

吴凤英见了，脸色立即变喜相了。

"点点，看够数吧？"

吴凤英点过，笑了："星点儿也不差，大侄儿真是明白人。是一百六十二，小胖爷爷？"

韩大麻子在被窝里笑着擦眼泪点头……

吴凤英把钱搁了，就说文巧兰，就说个人所得税，就说16.7%……她说文巧兰真是个人精，玩人还找个理由，又养汉又撇清，不是个人玩意儿……吴凤英一来气说话就快，嘟嘟嘟，嘟嘟嘟……就像打机关枪。

"话说明了就行了,你听你……"

"我什么?要不是大侄儿有良心,还不知哪年时弄明白,也许就白干了!"说着,她就抹开了眼泪。

"大婶子,好人到处都有……"

"好人到处都有是不差,可摊上一个孬种就够你受一阵子的!"

张贵安就笑了:"大婶子要觉得我不是孬种,今天就再去。这两天没去,梦秀说想你……"

"这两天气得,怕见了文巧兰又得打,就没去。"

"她没来,你去吧。"说完,他就走了。

吴凤英送大侄儿到大门首。张贵安回头对她说:"她要来了,也别闹了,看在我的面上……"

吴凤英脸一阵红,答应了。

张贵安跨上车子就跑,到了村后,遇上了另一家板材厂的厂主老李。老李跟他商量,想把扒树皮的工钱每棵落五分钱。

"别的厂子落了吗?"

"咱管人家干什么!"

"你落了谁给你干?"

"咱还用几个人!"

"你落了一个给你干的都没有。"

"只要你合作就行。"

"我可不去充那个孬种,遭众人唾骂!"

"庄户要紧,买卖要狠!没听说过?"

"听说过。是买卖要狠,不是心要狠。你一下子落五分钱,人家不骂你心黑心狠吗?"

老李走了,走出三步,回头又甩来一句:"没寻思你是一个吃白薯不知道倒把的憨熊!"

"你能精明就精明呗!"他跨上车子跑了。

十二

　　风停了，天仍阴着，像是要下雨。
　　张贵安骑着自行车，来到了吴家岭子塑料大棚集中的地方。一敲大棚头上的小屋的屋门，屋门立时开了。吴波站在里边，忙说："快来坐，这几天就盼着你来了。"
　　张贵安知道，吴波的嘴一向就这么甜。
　　吴波递上烟来："孬烟，将就着抽一支吧。"
　　张贵安没吱声，接过来……他吸着刚要说什么，就被吴波的话打断了。吴波说今天正好是个空，找处小铺坐坐，晕乎两盅，老同学好多年没在一起意思意思了，实在不够意思。碰不到一块也就罢了，碰到一块了，不意思意思，可真是墙上挂狗皮，不像话（画）了！特别是到了他家，要不喝两盅暖暖身子，这样的大冷天，还有点儿同学味吗？吴波一向能磨，不然他怎么缠上了文巧兰！张贵安知道走不了了，就由他摆布。
　　"走吧！"
　　"好！"说着，张贵安走出门来，推着车子。
　　"把车子放在小屋里吧！"
　　"不啦，推着好走路。"
　　吴波锁了门，一起走。到了平坦的路上，张贵安骑上，吴波坐上了后座，一会儿就到了庄头饭店。
　　吴波跑进去要菜。不一会儿，酒菜就上了桌。
　　两人就喝！哥儿俩好，上来就满了两个。
　　"我是来跟你商量商量厂子里的事的。"
　　"我是股东，只管分红，不管办厂……"
　　"厂子要办垮了呢？你那十万投资要是白扔了呢？"
　　"我找你呀！"
　　"不怕要账的英雄，就怕欠账的精穷……"
　　"你怎么说这样的，我的钱还得撤回来吗？"

"今天我就是来跟你商量这件事的。"张贵安说资金愿撤回来，可以；不愿撤的话，只要行情不变，一年后，保证吴波能分到一万红利。即便行情变坏了，只要资金在他手里，他就照国家银行贷款利率付息，要亏亏他，不亏别人，这是其一。其二，股东可以推荐两人，包括自己各式各样的亲属，但去就是干活的，实在无法安排位置，小小的厂子养不起恁些闲员。他说前一阶段的安排多有不妥，需要协商后改变，他已安排表侄儿到机子上去了，顶个人。

吴波说："上一菜再说，光说不害累？"

二人于是又喝，喝罢，吴波一连夹了十几个花生仁，然后喝了口茶，说道："文巧兰在那里闯了点祸是吧？"

张贵安来此就是专门为了这事，既然吴波提出来了，那就谈吧。张贵安说办厂子说话一定得守信用，定的三毛，怎么按两毛五算？百多块钱放在谁身上都无所谓，但丧失了信誉是大事。吴波说她回来也认识到了，还掉了眼泪……

"还愿回去干吧？"

"这倒没说。"

"回去的话，上边咱已经说了，按人头安排活，多劳多得……"

吴波终于听出了张贵安话里的真义：文巧兰的作为给他脸上抹了灰，他要驱逐她！

"要那样，我把钱拿回来算了。"

"刚才说了，请便。"张贵安站了起来，走出了饭铺。

"还没吃饭啊！"饭铺老板嚷道。

吴波追出来，话语缓和了："那事归那事，饭不吃不行……"

张贵安也不想把事弄僵，回去吃饭。吃着饭，张贵安说吴波，两地分居何苦啊？听说你弄大棚有时还找人，卖儿买闺女婿，合得来吗？他说吴波你是派文巧兰监视我的吧？她监视得了我吗？我要叫别人的麻绳拴了，怎么办厂子……他说吴波最好舍了大棚也去，或者叫文巧兰回来，把大棚弄漂亮一些……两地分居实在不是个好办法。

吴波眨巴眨巴眼皮，终于悟清了张贵安话里的意思；再说从经济利益上讲，也不吃亏……他夹着菜，品着滋味，想着心事。

张贵安吃上了一个煎饼，端起了茶杯。

"再吃一个！"

"饱了，吃饭还做假。"

饭后，两人走上街道。

走着，张贵安说："我就不拜访巧兰了，话都向你说了，你跟她说说，你们商量一下，何去何从，给我个信。"

"巧兰不去的话，一万红利有保障？"

"刚才咱已经都说了，行情不变的话，有保障。"

"行情要变好了呢？"

张贵安笑了："好了还可以多分。这话刚才我忘了说。"

他们没有再说什么，握手告别。

轻车熟路，半个小时他就回来了，好似卸了个包袱，也像又压上了块石头：吴波、文巧兰要真把十万资金抽走，还真是个愁……

他正想着心事，自行车还没有扎下，一辆木兰开到了眼前，车上端坐着文巧兰。她下了车，抹了头盔，满面含笑，走过来："张贵安，我来拿钱！"脸上有笑，话音却比铁钉还硬。

张贵安暗暗叫苦，怕鬼遇着鬼！"屋里坐。"他说着忙投开了办公室的门，他进来文巧兰也接着走进来。张贵安忙给搬过去一个小椅子，请她坐下说话。

文巧兰坐下，从衣兜里掏两张折叠的有点儿发黄的信纸："张贵安，你看这是谁写的，都说了些什么屁话？多少年来，我却念着这事，但没个机会；现在有了，你却当开了正人君子。你当时要对我不存思念，能说上这样的话来吗？你，你……"她哽咽起来。

张贵安拿过来一看，是他写的那信。当时他叫吴波抄写了给她的，可这小子太懒了……他掠了两行，就忙还给了她。

"这还不算，你还帮着那头母驴说话，弄我的难堪……张贵安，你还有一点人味吗？"

"我不是没找你吗，怎弄你难堪的？"

"你给她补了工资还不把我晒出来了！"

"别没有好办法……"

"你顺着我的说法支吾两句不就过去了？"

"早晚呢？"

"以后翻出来再说。"

"你这是失了火趴在床底下的办法！"

"咱什么也甭说了，咱们之间无情无意……"

"我不能为了有情有意，拿着刚刚建立起来的厂子糟蹋着玩。"

"很好！给我把那十万块钱拿来，我走。"

"你拿收据来了吗？"

文巧兰一愣："没有啊！"

"拿了收据来再算。"说完，他甩手走了。

十三

这天收工后，人们并没有散去。

大家都问发生了什么事。张贵安不得不说实话，他说文巧兰抠吴凤英的工资，他没替她遮丑打烟幕弹，他说吴波要抽走十万资金……他一下子动了感情，两串热泪落了下来。他高声喊道："老少兄弟爷儿们，大娘婶子姐妹们，你们看我张贵安还像个人吧？您要看我还像个人就帮我一把，一个不嫌少，十万不嫌多……就现在这个行情，我保证年终按百分之十分红利，行情变好了自然上升，行情变差了我按银行贷款给你们利息……自愿集股办回厂子，于大伙都有利啊！您说是吧？"

人群一派肃然！

吴凤英说，她没有多，出两千。

张培挺说，他砸锅卖铁凑五千拿来！

王明兰说，她回家跟爹说说，也入一股，入多少钱，她说不准。

孙大头说他有三千，周传元说他有两千，李献全说他入四千……

小花说:"俺就五百,存在银行里的,要吧?要,俺明天取出来;不要,拉倒。"

众人哄然大笑!

张贵安说:"要!你帮大叔的忙,你出门子时,大叔给你做嫁妆。"

晚饭后,张贵安算了下,大伙能集两万多,超不了三万,还欠缺些。这时,有人推门。

"谁呀?"

"是我。"

是爹来了,张贵安忙开了门。

"爹,你这么晚了……"梦秀忙搬过小椅子来,给安放好,叫爹坐下。

爹说厂子里发生的事他都知道了。他从怀里掏出个蓝布小包,递给儿子,说是两万块钱,拿了用吧。二三十年就积攒了这些,前些天没舍得拿出来,怕儿子拿去打了水漂。这些日子耳朵里也有,眼睛里也有,儿子似乎不是破坏星,干事还行,就决定拿给他了……

贵安接了过去,立即热泪盈眶,泣不成声。

"又弄那个怂样!"

张贵安忙去洗脸。

"买卖好做,伙计难搭。你觉出来了吧?"

"是难搭……也有好搭的。重要的是自己的心要正,别拿坑人的心眼子对人……"

爹高兴了,笑出了声:"嘿嘿嘿……我儿能悟出这样的理来,我就放心了!"爹磕掉烟灰,又揸上一锅,吸着站起身来,走了。

落雪了,沙沙的,好响。

"爹,我拿雨衣你披上。"

"不啦,你回吧,雪不湿人……"

见儿回去了,他小跑起来。

不一会儿,贵安就来了,他骑来了车子,拿来了雨衣,忙给爹披上。

"你说这都是多事吧?"爹有些不耐烦,"这回行了,回去吧!"

"我送你到家……"

"不用！这路我走了大半辈子，还瞎了？"

贵安不敢再多说什么，待了一阵，看着爹走远，他拐向了另一条路……

老头子走近家门时，见有个人站在门口。

"谁呀？"

"爹，是我！"

"你这孩子，真是……"他觉着无法说啥了，开了门，跺跺脚，问儿子，"还家来吧？"

"不啦！"

"快回吧！雪天多在意小人做歹……"说着，爹进了大门，关门顶门。

张贵安蹲在门口，吸着一支烟，蹲了好久，想了很多，抹了几把泪水，才推着车子往回走。

雪下大了……

（1999年10月草就，2014年10月修改）

岁月述说

一

娘说:"你还不该去看看沈荣?"

李山宝闷着,不吱声。

"这孩子,怎么啦?越大越傻……"

他仍不吱声,低着头,两手抓着头发,狠狠地住下薅,薅下一绺子,又薅下一绺子……娘看了心疼,忙掰开他的手。他看着娘,眼泪汪汪地,满脸上弥漫着阴云。

"什么事作难,你说话呀!"

"穷唠叨什么,也不嫌累得慌!"他嚷着,忽地站起来,眼泪没了,气红了的眼珠子,像两粒烧红了的炭丸,直往外喷发火星子。不等娘再说什么,他就跨出门外,推起车子,一溜烟似的冲出大门,骑上车子跑了。

娘追出大门外,高声呼喊:"你去沈荣那里,你去……"

"知道知道知道……烦死人了!"

只五分钟,他就跑到了村头岔路口。去哪?向北,去中学;去东,进城。他心里慌乱,一时拿不定主意,两腿一着地,车子停下了,愣怔片刻,懒懒地把车头拐向了北。

车子驰上石板桥,与杨萌碰了个对面。杨萌见了他,头一低,木乎着红扑扑的脸蛋儿,缓缓走过。他想打声招呼,一见人家这样,也就没了兴致。去年,杨萌从职业高中毕业,回家无事干,在家务农。她爹杨学三是位民办教师,高小毕业就从教,虽然一辈子兢兢业业,但屡次转公办都不够"杠杠",至今还是"民办"。自从李山宝来校任教以来,他就留心在意,一个想法在心里慢慢地酝酿着。杨萌一回家,这个想法基本成熟,就跟她娘商量。杨萌娘早有此意,老两口子一拍即合。老伴问女儿,杨萌红着脸蛋儿说:"谁知人家愿意吧?"意思娘清楚:同意。娘就托个媒人去说,山宝娘满口应承,但一问山宝,他说他从来没有考虑过此事。话传回来,杨萌在暗中掉了几滴眼泪,啥也没说。这事就这样无声无息地搁下了,至今她还记恨着。记恨着就记恨着吧,这样的事谁舍弃过自己的追求,单讨别人的欢心……

天阴着,有零星雪花儿飘悠。

他加大了脚力,不大会儿,就到了中学。

星期天,学校里静悄悄的。水泥硬化路面上散落着枯黄的树叶子。小风刮来,叶子都慌慌地跑几步,又像小呆子一样愣住了。三年级正在补课,他们的教室在西北角上,授课老师的讲课声传不到这里来。偶尔从田野里飞过来几只麻雀,喳喳几声,又飞走了。除此以外,星期天的中学校园,别无生气,寂静肃穆,就像一座深山老林里的庙宇一样。

他投开宿舍门锁,什么也懒得做,搬个小方凳,坐在床边,后背倚在床上,闭目养神。脑子一夜当中无时无刻不在翻江倒海卷巨澜,到现在困死了,眼眶子发疼,眼珠子发辣。他在眯困当中,见到了沈荣。沈荣正在跟一个很标致的男青年拥抱,他怒不可遏,冲过去,当胸送去一拳……

他倒下了!狗吃屎般摔到地上。

"瞎号什么!唉——"

他从地上爬起来,拍打了一阵子衣服上的灰尘,洗了把脸,稍微精神了些。他从书橱里取出那本《先秦散文精选》分卷,翻了几页,也看不下去,放回了原处,就踱起步来。"从门到窗子是七步,从窗子到门是七步。"他默念着《二六七号牢房》里的句子,苦笑了。踱了一阵子,他又烦了,倒在床上,蒙上了被子……

二

国庆节那天,李山宝去看望沈荣和她的二老双亲。他割了十斤羊肉,买了五十斤花生米。他理了发,穿上刚刚做成的一身深灰色的呢料西装,还配了领带,三接口的黑牛皮单鞋,擦得黑亮闪光。他往穿衣镜前一站:嘀,新郎官儿似的!那一时刻,他自己也羞红了脸。

夜幕上还有许多星星眨眼睛的时候,他就上了路。急赶一个小时,太阳刚刚冒红,他就赶到了沈荣家门口。听到敲门声,沈荣的爸爸沈庆达从里面应道:"来了,来了,这就……"门开了,沈庆达眨着有点儿浮肿的眼泡子,一下子认出了李山宝,满脸的皱纹一下子被笑容淹没了:"是山宝啊!恁早就……"山宝来不及回话,忙把羊肉和花生米拿过来。沈庆达接过去,不住声地慨叹:"山宝,来就来是了,带这么多做啥?"山宝说:"多什么!"见未来岳父夸奖,他自然高兴,说话也响亮起来。沈荣妈妈磨蹭着从卧室里走出来,一见礼物,满脸上无处不鲜花开遍:"带来了这么多,可是得吃些日子!"

屋里坐下,沈荣妈妈递过来一块热毛巾,叫他擦擦脸。山宝顺从,接过来,使劲擦拭着冻脸,顿觉舒畅。这时,老头子从外面端来了粥,买来了油条,都冒着热气。两位老人就紧催着山宝快喝快吃。李山宝不见沈荣的面,心里嘀咕,终于忍不住,就问:"荣姐呢?"

"她身子不大舒服,还没起。"她妈妈说。

"沈荣,起来吧,山宝来了!"沈庆达冲着女儿的房间喊起来。

愣怔半天,不见动静。

李山宝站起身来,要去看看。沈荣妈妈忙阻拦,连声说:"山宝,你吃吧,我去叫。"

等了十几分钟,沈荣妈妈出来说道:"她正烧得昏迷不醒,就别叫了,你们吃吧。"

饭后,李山宝要进去望望。

沈荣妈妈说:"她病得厉害……"

听了这话,李山宝大为不快。我们二人之间的事,您当老的又不是不知道，还忌讳什么，穷讲究！有病，不更应该近前看看？他闷了半天，才说："我看看病得怎样了？"

沈荣妈妈乱噘嘴，老头子使劲瞪她。

李山宝从容不迫，很大方地向沈荣的房间里走去。沈荣躺在被窝里，侧身向里，头发混乱地散落在枕头上。他在床前站了一会儿，听着沈荣均匀的鼻息声，觉着这时候叫醒她不大好，就转身出来了。他对两位老人说："她还睡着，就不打扰了。我上街转转，过午再来。药呢，还有？"

"有，有！"二老几乎同时说。

李山宝走了，在街上转了几圈，买了点零星日用品，快近中午时，想重返沈荣家，就驾着车子飞奔起来。下班时间快到了，街上的行人车辆陡然增多，拥挤不堪，放不开车速。他走走停停，走到农业专科学校门口，只见沈荣从里面骑着车，飞驰而出，他一时惊呆了！她，她……她不是病了吗？这，这……

"荣姐，你……"

沈荣忙跳下车子，目光一与山宝的目光相撞，脸蛋儿骤然红涨，一会儿又煞白。

"你不是病了吗？"

"这会儿好多了。"

"你这是……"

"来这儿有点儿闲事。"

"那……咱找个饭馆坐坐，好吗？进城两个多月了，既不见你回去，也不见你的信。我心里老是发慌，还能真像人们所说的那样……"他嗫嚅着，说不下去了。

"你净瞎想什么！咱原来怎么说的来，才几天，都忘啦？自己心里有鬼，就乱猜疑人家，好德性！咱们的关系已经到了哪步田地，也拿不准了？"

李山宝被她说笑了！

"还是找个地方坐坐吧，我想你。"

"别缠绵了，小孩子样。天不早了，你回吧！"说着，她骑上车，很快消失在人流中。

他呆立着，还像做梦没醒一样。

回来以后，他心里一直发闷，怎么着说，也不是个滋味！会出现意想不到的事变吗？他越想心里就越毛躁，心脏不停地怦怦乱跳。

三

国庆节前十天，沈荣到农专找个朋友，想借几本历史小说看看。她是教历史的，讲到历史事件，插进去点小故事，热闹，学生愿听。

那天，天气很暖和。初冬，风和日丽，像阳春三月那么清闲宜人。她进了学校大门，重新跨上车子，一直骑到教学楼前，把车子推进车棚里，随手锁好，向前走了几步，见楼前站着一个人，背朝她。那人身个不高，膀阔腰圆，长得很浑实。这副身架，太像宋成法了！他在江河大学呀，几时来的这里？不对！天下的人这么多，某些方面有点儿相似的人太多了。她继续向前走，及至走到那人身边，也许他听到了脚步声，很快转过身来：嚄，是啊！长脸膛儿，黑脸，粉刺疙瘩子一堆一堆的，小黑胡子丛生着，很打人眼……

"沈荣，是你？"

"你是……"

"不认识了？宋成法！"

猝不及防，宋成法的大手伸过来了。

你能不把手伸过去吗？

宋成法有力的大手，握紧了她那嫩条条的小手，一阵阵燥热像南风挟带来的热浪一样，向全身每个部位袭来。她面色骤然像被红汞涂抹了一般，慌慌地笑着，慢慢地将手抽回。

"哎呀，你像从天上掉到我面前一样啊！"

沈荣忙移开宋成法那两束贪婪的目光，应和道："见了你，也感到突然。"

宋成法的目光粘在她身上了！沈荣并无意打扮，红呢料上衣，深灰色裤子，咖啡色的敞口皮鞋，头发扎成一粗辫子，拖在背后，完全是随随便便的穿着，宋成法却错以为她是有意梳妆了一番才来的。哈哈，她也许听说了！他心里在欢笑。塞翁失马，焉知非福！他剜一眼，再剜一眼：28岁的她，少了些许少女的稚气，却多了许多成年姑娘的秀美。脸上的麦皮子色泽淡化了，粉嫩细腻起来，看一眼保证叫你心里发甜。身个细高挑儿，走相典雅稳重，脚步动而身不摇，更富有一番诱人的气度。当沈荣再正眼瞅他时，宋成法恰到好处地说道："敞处一坐，敞处一坐……"

"你没有课？"

"头午没有，正是个空。"

沈荣犹豫道："我想来找崔萍借几本书的，还想到商店里看看……"

"借书好办，我给你办理。逛商店什么时候不行？"

沈荣无话说了，红涨着脸蛋儿，跟着宋成法走。绕过教学楼，越过荷花池，就到了宿舍楼群。宋成法忙跑到前头引路，噔噔噔……跑上三楼，急急忙忙地开了302房间的门锁。

"请吧！"他站在门外，招手礼让。

沈荣两眼再次撞上了宋成法那两束热辣辣的目光，她心跳加快，头忙低下。他们一同进了房间。三室一厅，挺宽敞，只是摆设杂乱，纸屑满地，到处狼藉，不像有妇之家的样子。他忙拿了笤帚打扫，一边扫着，一边谴责自己的懒惰。他把厅房扫了，又擦试桌子，抹沙发……做完了这一切，他冲上一壶热茶，这才坐下来说话。

"嫂夫人呢，走娘家去了？"

宋成法拿过烟盒，抽出两支："会吧？"

沈荣摆手："那是男人的活。"

宋成法没接话，点着了烟。

"你总不会还没结婚吧？"

"结过！"他说着，狠抽两口，吐着烟雾。

见他这副神态，沈荣的脑门上突然闪出了另一番想法，你紧追人家这个干什么？不叫人家起疑心吗？该死，该死，傻丫头！她不吱声了，端起了茶杯……

"我不停地研究着物理现象，确保任何物体的任何运动形式都有规律，都会留下轨迹，但是……"这位物理讲师抽着烟，眯缝着双眼陷入了深思，虽然说的是物理现象，却像是朗诵诗篇。他语调低沉，情感凄怆，内心隐藏着无限的痛苦。

沈荣心里很乱！这位老同学怎么啦？神神道道的，精神遭受过什么伤害？

就听宋成法继续说："但是人的行踪绝不是物理现象，好似无规律可循。这个问题，我已经思索两三年了。"

"成法，你遇到过什么不幸？"

宋成法的语调带上了哭音："你还没听说过吗？"他抬起头来，望着她，两个眼珠子一下子浸润在浑浊的泪水中。

"没有。我到哪里听说？"

宋成法把烟蒂扔了，到洗手间里扯来一块毛巾，擦拭了下眼泪，就把自己的遭遇捅了出来。他于1991年结婚，妻子叫周苇，经人介绍的，是一处中学的英语教师，师大本科生。人很好，外貌漂亮，内心善良，性格温柔，疼人疼得你心甜心醉。半年过后，有一天去岳父家拜访，正巧她姐家两口子过来，摆上酒菜就喝。她姐说你们男人喝酒，我们无此兴致，出去遛遛行吧？这点要求算啥，他们就满口答应。酒逢知己千杯少，更何况至亲相见，当天喝得酩酊大醉。第二天醒来，岳父的哭声直上九重霄，说两个女儿一起失踪了！好歹没问他要人，因为是在她娘家走失的。一年后，真相大白，那天她姐伙着她上街，就是图谋的第一步，以后就被劫持着去了羊城，而真正的劫持者就是她姐和她姐夫。前两年，这两口子就在羊城做买卖了。终于，有电报来了，就更证实了这一点，但是没有地址！他起身到卧室里取来电报，递给沈荣。沈荣接过来，展开看。电曰：宋成法，我已做一大款的秘书，请你自便。看罢，沈荣叹了口气，把电报还给他。

"这就是我的故事。"

沈荣感到气闷,但不知道说什么好。

"我在江河大学无地自容!师生们都拿我的故事当笑料谈……不得已而求其次,我请求调回了原籍。"

沈荣忙接话:"回家乡好,回家乡好!家乡人熟土热,老同学遍布小城……"

宋成法闷着,没有立即接话。他又点燃了一支烟,吸了两口,突然问:"你还没有结婚吧?我有这个预感,保险没错。"

沈荣微微一笑:"你是神仙。"

宋成法的头向沈荣这边伸了伸。她立即感到有一股子充满强烈烟味的男人气息冲了过来,她侧立了下身子,捂住了嘴巴。

宋成法讨好似的笑了:"我可以戒烟的。"

"这……不关我的事。"

"不!沈荣……"他那有力的大手又抓住了沈荣的小嫩手,紧握着,紧握着,一堆堆粉刺疙瘩,变成紫黑,脸色越加黑浑了,"我相信,你不会忘记我们中学时代的故事……后来的事,全怨我。本来,我临考上大学的时候,该去看望你的。那时,人年轻,气盛,看天,天高;望地,地阔……"

沈荣的两眼涌出了泪水:"电大生理应受冷落,我从未怨天尤人。"

宋成法错以为沈荣这话是挑逗的潜台词,就一下子搂住了她:"沈荣,原谅我吧!"

沈荣挣扎着说:"是强迫吗?"

宋成法忙松开手:"不,不!"瞬间,他的脸红得像炉火烤热的铁板一样。

沈荣忙站了起来:"我该走了。"

宋成法慌了,也站起来,很委婉地叹道:"我们的话似乎还没有说完……"

沈荣站着,没有迈动脚步。

"从前,都是我不好……"

"从前,已经过去了。是谁不好都是不好了,追悔只能令人心悸。

除此以外,还能给我们带来什么呢?因此,不提为好。"

对从前,沈荣不满,宋成法听得出来。怎么暖热她那颗已经冷了的心呢?他想了一会儿,说道:"那次,我不该救你,是吧?"

沈荣撇了撇嘴,冷冷一笑:"想讨账?"

宋成法忙赔笑脸,满脸的肌肉都很尴尬地抖动着。他向前凑了凑,说道:"你都想哪里去了?沈荣,说句心里的老实话吧,我,我……我想娶你为为为……为妻。"他的手哆嗦着,又要去抓沈荣的手。

沈荣忙把手收拢,说道:"我该走了!这事,过些日子再商量吧。"说着,她迈步向外。

宋成法起身送客。不知为啥,他一下子倒在了地上。沈荣忙回身,把他扶起来。宋成法坐在沙发上,掩面大哭。沈荣在门口迟疑了两分钟,还是走了,尽管脚步沉重,走得缓慢。

四

回到学校,已是午饭时间,吃罢饭,她呆呆地坐在办公室里出神。

高中二年级暑假后开学不久,有一天夜里,下了晚自习回家,快10点了。沈荣走在小胡同里,心下禁不住发毛,头皮紧紧的,叭叭地乱炸。一条二百米长的幽暗的小胡同,没有灯,只有微弱的星光洒下来,能使人看清路面上的坑坑洼洼。突然,从墙角落暗处闪出两个黑影,把沈荣吓得魂飞魄散,大叫一声:"有鬼!"说时迟,那时快,一个黑影蹿上来,捂住了她的嘴巴,另一个黑影随后跑来,往她的嘴里塞了块毛巾。她两手被反剪着,两个歹徒左右挟持着她,推推搡搡地往前走。

不多大会儿,迎面来了一个人。

一个歹徒把她推到墙根,用身子挡着;另一个歹徒拦路质问:"干什么的?"

"走路的。"来人说。声调很嫩,是学生?

"快滚!"一个歹徒压低声音猛喝。

那人跑了,脚步声咚咚咚,很响。

两个歹徒继续挟持着她走。

嗖——一块石头蛋飞来,正砸在一个歹徒的头上,歹徒应声倒地。另一个歹徒忙上去扶,沈荣趁机逃跑了。

"向我这里跑,向我这……"

她随声音跑去!是返校的路……这人,好人,歹人?别刚离开虎穴,又入狼窝……她来不及多想,那人已经跑来了,星光下能辨别出他穿的校服了,她放心了。那人不甚高,膀阔腰圆,很烨实……容不得她多想,那人拽着她的手脖子就跑,跑不几步,就听后边响起了脚步声。那人叫她前头快跑,奔学校。她来不及说话,撒腿就跑……但没过多大会儿,那人就跑回来了。沈荣吓得浑身打战,跑不动了。"快!"那人喊一声,拽着她的手又跑。手被一个大男人拽着,那滋味实在不好受,但情况紧急,谁还顾得了那么多!她心里慌慌的,不知为什么,力气又来了,跑了一阵,终于冲出胡同口,来到大街上。几盏路灯闪着惨淡的光,路上几乎没有行人了。不管怎样,这里可以放心了。两人放慢了脚步,说起话来。原来他们俩是同届同学,沈荣是一班,这人叫宋成法,在七班。宋成法的父亲在城里建筑队上,他今晚去要钱,回来晚了,正巧碰上沈荣挨劫持。沈荣问他是怎么打退歹徒的,他顿时来了精神,像凯旋的大将军一般侃侃而谈,他说他从小就练飞石,不能说百发百中吧,但命中率绝对不低于80%,比梁山好汉没羽箭差一些。刚才,歹徒追得急,一时抓不着石头,好在口袋里还有两个苹果,是父亲给的,他没舍得吃,只好用它了。看着歹徒还远,他甩手就砸在他的面门上……

"你看过《水浒传》?"

"嘿嘿,看过。"

这天夜里,两人一起回校,被门岗盘查了老大一阵子,怪不好意思的。宋成法回了男生宿舍,沈荣回了女生宿舍,好歹过了一夜。

情况查明后,宋成法受到了表扬。

既然认识了,虽然不在一个班,也常见面。见面就说阵子话,两人的脸蛋儿都激动得红涨着。毕业时，她送宋成法一张图片：无边的大海上，有一只帆船在奋进，天空有几只海燕在飞翔……背面，她写道："谁同你一同驾起这人生的帆船乘风破浪？我想，你一定会找到这样一位意中人的。"发榜的日子到了，她去看榜，见宋成法考上了华东师大，而她只够电大的分数线。她为他庆幸，也为自己害羞。她估计他会来向她辞行的，就匆匆忙忙地做准备：织了件毛衣，套了床棉被，还准备了五百元现金。现金是问妈妈要的，她向妈妈说了实话，妈妈又给爸爸说了，爸爸也同意。一天过去了，两天过去了……9月15日的太阳落了，也没有见到他的影子。她问过老师，老师说一类院校的学生都走了，她就哭了。她不恨他，他看不起自己，顺理成章。

  如今，他来求爱了，但太晚了！一股愤恨的狼烟从心头幽幽升起……不知为什么，从前还能原谅他，现在却有了愤恨。另一种情绪也神不知鬼不觉地潜滋暗长：他毕竟是大学校园里的讲师，而且有三室一厅……

  1988年8月10日，她到那处乡村中学报到。她过不惯那里的生活，买东西不方便，交通也难，夜里还常断电……谁愿在这里把青春泡上？"专科下乡！"这又是铁的规定，你就是有飞上蓝天的翅膀，也难以跨越这个规定，更何况自己的双翼软弱得撑不住微风细雨的吹打……李山宝跑到自己面前傻笑的时候，她顿时来了好大一阵子激动：这里，这里……这里还有这么一尊珍贵的出土文物！他身材健壮高大，天庭饱满，地阁方圆，脸色红润精神，叫人一看就慌神。人不见了，那影子也还在眼前晃动，她禁不住梦里思潮泛滥如涛……那时那地，她能做另外的抉择吗？舍他又谁何？更何况，他的哥哥还在县府，终有一天，还会有法子进城的嘛。那时候，她思绪很乱！李山宝见面就"荣姐，荣姐"地叫她，笑脸一张张，弄得她乱了方寸，不知如何是好。李山宝进取心特强，在他前进的道路上，不断地送你个特写镜头，更叫你眼花缭乱。两人终于好了！李山宝那张大红脸成天挂着激动的微笑，见了她就悄声说："荣姐，一霎儿见不到你，就像掉了魂一样啊！"她能说什么，能顺着他浪漫吗？她内心里比山宝内心里想得多多了。

她也高兴，但忧虑多于高兴。山宝呢？他内心里全是欢乐。她说："山宝，快把倒了的醋瓶扶起来，都淌了可不好！"山宝就笑，笑得好滋润。她也笑，她全身心浸泡在幸福的温水中了。说笑一阵子，山宝走了，那种不尽兴的感觉就泛滥上来……星期天返回，一入小城的街道，一股亲切的微风扑面而来。小城喧闹着，向她欢呼！这里的一切是那样熟悉，那样亲切，那样舒和人心……晚间，她吃着妈妈做好的饭菜，看着彩色电视屏幕上一个个精彩的镜头，无限的温馨感觉像丛生的春草那样油绿新鲜。"俺想结婚。"山宝说。她就耐心劝他，悄声细语，娓娓道来。她说，结了婚，行政领导部门就不考虑他们的调动问题了。两人在一处中学，还有恁好的吗？为了堵住领导的嘴，就必须坚持"先返城，再结婚"的原则。李山宝尊重她的意见，就不提结婚的话头了。过些日子，有人在山宝耳边吹风，他就跑来哀求，说："你要进了城，把我甩了怎么办？"她就抚摸着他的头发，笑道："你觉着我会那样吗？"山宝就搂抱着她的腰肢，哭了……

宋成法像一只被人打折了腿的小兽一样，站立在她面前了！他，他……他怎么能是这样一种情况？她爱过他，暗暗地。谁也不知道啊，连宋成法也不知道，只有她自己清楚其中的细枝末节、苦甜酸辣……但是，他没有理她！现在，他重提两个苹果的故事了，他想唤起她的同情心呢，还是……如果那天晚上没有他甩出去的那块石头蛋和后来的两个苹果，自己可能早就烂成一摊泥了！应该说，他们之间还是有感情基础的，而且他还有一份不错的工作……山宝的问题猴年马月才能有个妥善的解决？只是关系已经深刻到了那步田地，之所以能返城，又是他哥给操持的，真起事变，何以言之？人的良心还能真叫狗吃了吗？自己的人格朝哪里放？再一说，李山宝能依吗？他要找上门闹，怎么办？她的脑子里在飞涌海潮！脑子涨得就要炸了，她抱着头，趴在了桌子上。

预备铃响了："当——"

"沈老师，有课吧？"

"有，你呢？"

"也有，怎么，不舒服？"

她站起来，拢了把头发，笑道："没有。"

五

当黎明以惯常的光束擦亮窗玻璃的时候，一阵麻雀的喳喳声也及时传来。娘喊山宝了。李山宝答应着，懒懒地。

"再去看看吧！现如今人家是城里人了，不比从前，咱得加班进步……"

不等娘说完，他就嘟囔："城里人怎么着，城里人就不是你的儿媳妇了？"

娘不知说句啥好，愣着，嘴唇乱哆嗦。

他洗过脸，吃了饭，准备走。

娘从里间提出半袋子大米来，递给他，眼睛直直地盯着儿子的脸面说道："带上！"

"不带，才几天，十斤羊肉，五十斤花生米，够意思了，不能趟趟带东西……"

"不行，不行！小孩子，懂什么。"

"不行，你去送啊！"说着，他出门推出车子，拉开大门，一溜烟似的跑了。

"小祖宗，你慢点啊！"

儿子啥话也没回，一忽儿就不见了。娘站在大门首，抹了阵子眼泪，回了家。

李山宝跑到学校，请了假，飞奔上路，一个小时后，准时来到第十五中学。他到历史教研组里问了一声，几位老师说刚才还在这里，这阵子谁知道去了哪里。有位女老师说，可能上了街，也许回了家。听了这话，李山宝心里很烦，他想，哪跟说没有离开地球好呢……他出了校门口，站在街道上，看着人流车流，拿不定主意。上了街，哪里去找？小城不大，可找个人，依然如大海捞针。还是到她家里看看吧！

家里没有，再回来等，反正还得等着，不能白跑一趟。头午不来，下午还能不来吗？主意既定，他骑上车子，直奔沈庆达家。沈庆达家已不在小街僻巷，旧屋扩街砸了，现在安排在南关公共住宅区。三间瓦房，两间西屋，院子挺宽敞。影壁墙外，一丛竹子，仍葱茏翠绿。院内有几盆橘子，也在阳光下生机盎然。

还在走廊下拾缀绳索的沈庆达，见山宝来了，忙站起来："山宝，来啦？这么早……"

沈荣妈妈闻声，也从屋里迎了出来。

闲话一阵，问及沈荣，都说去了学校。

李山宝满心不快，但不好说什么，闷了半天，起身要走。

"你吃饭啦？"沈荣妈妈问。

"什么时候了，还不吃饭？"

他的话说得很不耐烦。老头子瞪老伴，意思是叫她少唠叨。沈荣妈妈低了头，倒了杯热茶端给他。李山宝接过来，又放回桌子，说不渴，坚持要走，气哼哼的。二老去送，也没赶上趟，走出大门口，人已不见了。

不知去哪是好！他心下在嘀咕：好似进城成了问题的分水岭。没走之前，天天见面，说这道那，成天乐呵呵的，总是憧憬着美好的未来……怎么了，怎么了？自从进了城，两个多月了，见面的日子有数，笑脸少了，特别是最近，还能真的是"人一走，茶就凉"吗？他在街道上推着车子，踽踽独行，思绪万千。

在离羲之公园不远的地方，碰上了杨萌和姜美莲。杨萌躲了，把个脊背给他。杨萌的这种表示，已经是理所当然的了！这很好，他讨厌那种故作多情的人，单相思永远是一片寸草不生的沙滩，何必多费心思……姜美莲，四十来岁，在校教政治。他们是师生关系，还是都进城，路上碰着的……想这么多干什么？他摇了摇头，忙问："姜教师，你来……"

"没事，闲玩，有合适的东西买点。"

"买了吗？"

"还没有。路过这里，杨萌要进去看看，就进去逛了一圈。你不进去消遣消遣？"

"不，不！我没那份闲心。"

"去吧，沈荣在里边。"

"是吗，不骗人？"

"我骗你做啥，能多给块喜糖吗？"她眨动着两只神秘的小眼睛，嘻嘻地笑着，"去吧，别不好意思，你们的关系已经深刻到了恁种程度，何苦再装模作样。"她说着笑着，拉着杨萌走了，走了老远又回头送来一句："不骗你！"

他稍作考虑，把车锁了，就进了公园。建筑依旧，草木都枯凋了，唯有竹子翠绿傲直。大门口那丛竹子背后，就是假山。他从旁边绕到后面，看到假山半山腰里有些不高的塔松，间有游客，也有几对情侣在悄声低语。哪里有沈荣？姜美莲跟我开玩笑的？可她从来没跟我开过玩笑啊！西行五六十米，走过一座小桥，穿过一段廊房走道，眼前出现了几间正在拆的民房，旁边有几个新砖摞子，想来这里要建什么了。拆屋的人们正在忙碌，不时有尘土飞扬，有旧屋的呛人气味扑来。砖摞子旁边有两个人，一男一女，好像正谈到兴头上。那男的脸冲着他，个不高，膀阔腰圆，很矬实。女的背影朝他，红呢料上衣，深灰色的线呢裤子，很像沈荣。这个季节，她习惯穿这一身。已经相隔二十来米了！他向一旁走了走，看到半个脸了，是她！一股怒气直冲脑际，心跳陡然加快，怦怦，怦怦怦怦……他忙用手压了压胸口，告诫自己，千万别莽撞！他想，也许她来此遇上个熟人，聊起来了……他点上一支烟，吸着，情绪缓解了许多。他一支吸完，不见他们有"拜拜"的意思。他再点上一支！这一支吸完，仍不见他们有走散的模样。他憋不住了，绕到砖摞子那边，与沈荣面对面了。沈荣发现了他，对那人说了句什么，那人要走，李山宝快步赶上去，很礼貌地递过去一支烟。那人接了，打着火，点着了烟。李山宝见那人脸色黑浑的，一堆堆粉刺疙瘩很打眼，丛生的小黑胡子很精神。

沈荣并不慌张，给他们做了介绍，两人握手，都履行公事般地笑了笑，并寒暄了几句。

李山宝瞪了沈荣一眼，有些不高兴。

沈荣瞥了宋成法一眼，说道："宋老师，改日再聊吧。我与李老师好长时间不见了，我们得说阵子话了。"

宋成法知趣地笑了笑，转身走了。

"有什么好谈的，说得如此入神？"

"怎么入神的？你……"

"在下在此恭候多时了！"

沈荣的脸面顿时充血红涨起来。

"这些日子你很忙碌啊！学校里，家里，都找不着你，你……"

沈荣自然心虚，她怕在此吵翻，可李山宝句句带刺，实在不好忍受，她没办法，只有躲开。她扭身便走，李山宝哪能舍了，紧跟其后。她冲出公园大门，见宋成法坐在台阶上等候，也来不及说话，忙开了车锁，推着车，慌忙就走。

宋成法上前拦她，说道："走恁忙做啥？"

她怎好再理他！车子打了个扁嘴，她很快跨上，一溜烟似的汇入了人流……李山宝随后追去。

一直追到家里，二老见两人脸上都带气色，也不便问什么，就忙着做饭。好歹坐在一起吃完了这顿饭，沈荣对他说，下午她有课，就不多陪了；有什么话，叫他给二老父母说说，回来转告她即可。李山宝心中烦躁，紧追不舍，在影壁墙外抓住了她的手，可怜巴巴地哀求："荣姐，两个多月了，我，我……好想你呀！"

沈荣慌乱间抬手蹭了下他的头发，李山宝就势抱住了她……沈荣挣扎着，小声嚷道："我爸爸来了，快松手！"李山宝无奈，很不情愿地松了手。

她走了，车子驮着她，像一片红云飘远。

李山宝站在大门口呆望，怅然若失。他回到家里，吸了一支烟，喝了一杯茶，叹了一口气，对二老说得走。

沈荣妈妈问他："你叹的什么气？"

"我觉着荣姐烦我了……"

沈庆达说:"你们这么些年了,可不能胡乱猜疑呀!小女性情有时犟些,别多心……"

"她回来,我说说他。"沈荣妈妈插话道。

临走,沈荣妈妈给拾掇了一提兜点心之类的东西。两位老人一直送到大门外。沈荣妈妈说:"过两天星期天,我叫她回去看你们。"老头子及时接话:"现在农闲了,叫你娘来住些日子也行,光在家里不闷得慌……"听了这些,李山宝心里又热乎乎的了。

六

夜幕降临小城了!小城的眼睛亮了:大的,小的,红的,绿的,紫的,黄的……小城不计其数的眼睛都在闪烁,都在眨动,只此一项,就比乡村不知优越多少倍。沈荣骑着轻便车,一路快跑,看着小城无数的街灯,内心暖意融融,禁不住小声诵咏起来:"远远的街灯明了,好像是闪着无数的明星;天上的明星亮了,好像是点着无数的街灯……"(注:郭沫若《天上的街市》)她诵咏着,诵咏着,轻轻的心跳合着节拍,一阵阵寒冷的小风迎面扑来,吹在她那发烫的面颊上,挺惬意。

县府的宿舍楼群到了!她习惯性地在一幢楼前扎下车子,锁了。她把风帽掀到背后,擤把鼻涕,再摸了摸放在面包服口袋里鼓鼓囊囊的大信封,压了压心跳,就快步跨上了楼梯台阶。上了二楼,她站在东边写着202字样的门前,愣住了。路上的惬意此时全部飞散,别一种紧张情绪狂风暴雨般袭来……人生道路上的急转弯处到了!能心安理得吗?能脸不变色心不跳吗?人非牛马!在不停止呼吸之前,思想总是在时时刻刻的活动之中。诅咒,骂娘,海誓山盟,白头偕老,海枯石烂不变心,山崩地裂不动摇……到头来,都是屁话?一想到这,沈荣心里刮起了十级冷风。她在战栗!可是,她无路可走,无路可走啊!山宝何年何月转公办,猴年马月能进城,都是遥遥无期的事。两地分居,城里一半,乡下一半,也能将就,那是不得已而为之的事。可能老天也在作孽吧，怎么恰在此时，你老人家叫宋成法像土行孙一样，突然从我的脚底下钻出来呢……事情已经到了这步田地，还能再犹豫下去吗？上前一步，按门铃吧！她刚要按，又像被热烙铁烙着了一样，忙缩回来。从房内传出了隐隐的说话声，听不清楚说的什么，伴着笑声……这两口子过得可真滋润！时间在一秒一秒地溜走。突然，门开了，梅英出来了。

"啊，谁？"

"嫂子，是我。"

"哎呀呀，是小荣啊！不知道按电铃吗？来了老大一会儿了？"

成串的问话，把个沈荣问得脸红脖子粗。

这回，还能再犹豫吗？

进得门来，坐下，寒暄过后，李山宝的大哥李山厚说："那就我去吧，你们俩聊聊。"

"这说明你还知道点儿好歹！"梅英笑道。

听了梅英的话，沈荣勉强笑了笑。

李山厚也笑了："感谢夸奖。"

"也不怕兄弟媳妇笑话，弄那个酸样……"

李山厚做个鬼脸跑了，带跑了一串笑声。

"大哥可是模范丈夫。"

"他算什么模范丈夫，一只癞皮狗！你那口子才够格，你还没体会出来……莹莹在她姥姥家，就几步路，他非要我去抱。你要不来，他是决不会去跑这一趟的。"

这倒也是个有趣的故事，但她无心听。

岔开这个话题，又扯别的。梅英心意畅然，正在春风得意之时，一腔歌星般的嗓子，且识多见广，谈新闻，三天不能没的说，呱呱啦，呱呱啦……一个收尾，另一个接踵而至。沈荣心里像锥着一把乱草一样难受，哪里有兴致听这样的"新闻联播"节目？

一件新闻已近收尾，沈荣忙插话："嫂子，天不早了，我回吧？"

"等你哥回来再走不迟。你来，有事吧？"

"没有什么事。日子多了，想你们。"

"我说小荣，今年春节把你们的事办了吧。山宝虽然小几岁，可你已经28岁了呀！过过杠，也就安心了，谁见了都顺眼。不然，操闲心的人总要说三道四，咱沂蒙山区不比大都市，未婚同居，司空见惯。至于山宝的事，咱再慢慢想办法。俺那一口子，家庭观念强着呢，成天念叨啊！你放心，用不了几年……"

听梅英这么一说，她心里更乱，怦怦，怦怦……心跳又慌又乱。她心里暗暗祈祷：少说两句吧，行行好吧！但是，梅英的话语像"黄河之水天上来"一样，大有奔流不息之势。怎么办？听下去，直到把耳朵磨出老茧来？

"嫂子，我是该走了。"

"真要走吗？唉，这人真该死，怎么还不回来呢？你是不是还有话跟他说？"

"我怕哥有事不在家，就事先写了封信带来了，有些事都写在上面了，我也就不再重复了。那样耽误你休息。"说着，她把信从衣兜里掏出来，朝桌子上一放，转身就走了。

梅英来不及看信，忙追去送客，嘴里不住地埋怨："你看你忙得！"

"嫂子，请留步吧，我有空还会来的。"说完，她一阵风儿似的飘然不见了。

梅英一下子愣住了！她觉着沈荣今晚的神色不大对，怎么了？来也匆匆，去也匆匆，话语不多，挺沉默。自己光顾发表演说去了，忘了引逗她谈谈与山宝的事……她回到房间，拿过信来，坐在沙发上。信，挺厚，沉甸甸的。什么？啊，票子，一厚沓子！一点，五千！这，这……她搞不清这是什么来头，忙看信。信曰："大哥，大嫂：我噙着热泪给你们写这封信！我和山宝的梦无法做下去了，我在高中时的同学硬缠着我不放，我依从了他；当然，不依从也行，可我没有那份反抗力。我觉得这样处理，于我于山宝利多弊少。很可能他接受不了，请您多费口舌吧！我不会忘记和山宝相处的那段时间，忘不了你们的关怀之恩和帮助之情，更忘不了大娘对我的疼爱……如果你们不骂我的话，我会经常去看望你们的。有五千元奉上，以此谢罪。"梅英呆了，她半卧在沙发里，老半天没有喘气。

这时，李山厚抱着女儿莹莹回来了，小家伙进门就喊妈妈，梅英忙起身接过女儿来，把那封信扔给了丈夫。

"谁的？"

"沈荣留下的。"

"你没有看吗？都说了些什么？想结婚？"

"别瞎蒙啦，看看不就知道了。"

"你说说不行吗？"

"我不高兴说呢。"

"唉，谁得罪你了，沈荣……"

"别油嘴滑舌了，看看吧，好戏来了！"

李山厚把信看了一遍，扔回了桌子，啥也不说，点着了一支烟。

挂钟在嘀嗒嘀嗒地走着，有条不紊，不慌不忙，节奏如常，声音响亮而清晰。

50瓦的日光灯照得大厅如同白昼，他们都不说话，气氛沉重得似乎压得人喘不过气来了。

"爸爸，我吃橘子。"

李山厚起身取了个橘子来，用热水烫了，剥开，掰着，一瓣一瓣地往女儿嘴里塞。

梅英说："怎么办？"

李山厚说："还怎么办！婚姻自主，你有回天之力？他们之间的差距太大，不稳定因素早就存在，我一直担心……"

"别唠叨这些！"

"你要我唠叨哪些？"

"那就任她摆布了？"

李山厚从沙发上站起来，踱着步，咚！咚！咚……皮鞋的钢掌碰着楼板，响声尖厉，震得人心乱哆嗦。

"你踱什么，你……"

"爸爸走得好，爸爸……我也学……"莹莹挣扎着下来，学着爸爸的样子，像个大将军踱步，咚！咚！咚……迈着，迈着，把爸爸妈妈都逗笑了。可她猛然又跌倒了，哭声响起来，李山厚忙把女儿抱起来，又递给她妈妈。梅英哄着女儿，一会儿就睡了。

放好孩子，梅英又说："总要有个对策。"

"山宝的民办名额和沈荣进城的事，都有不正当的因素，我心里成天像揣着只小兔子，怕人知道，怎敢再张扬？叫人知道了，不成了当代笑话一则？再一说，沈荣不经过慎重考虑，也不会这样轻举妄动。既然这样了，肯定拿就了主意，谁有这个本事说服她？而且他们没有登记，同居一万年，法律也不保护。"

梅英扑通一声坐在沙发上，叹了口气。

"明天，你把那钱送回去……"

梅英瞪丈夫："送回去？那得你去送。"

"你总担心我这脸皮子还不厚是吧？"

"那样……太便宜她了。"

"我们不能叫她看得如此庸俗！"

"这事，得通知老二来商量再定……"

"不，不，不！压一段时间看看再说。"

意见不一致，争论也无济于事。

李山厚心里很烦，他为兄弟好，却招致了这么多的麻烦。他心里比吃摊屎还腻歪！他宣布停止争论，但梅英还在唠叨。他求妻子，叫她行行好，让他安生一会儿，好睡觉。

争论平息了，两人都钻进了被窝，灯随即灭了。

但他睡不扎实，一个噩梦过后，就是睡不着了；起来小便后，更无睡意了，好些烦心事都争先恐后地往脑壳里钻。夜深了！透过玻璃窗，可以看到夜幕上的寒星冷月……他不停地思虑着，山宝的人生之路上，还有多少坑坑洼洼呢？

七

这个夜晚，李山宝也像他哥一样，睡不着。他像条受了伤的狗一样，蜷曲在被窝里，长吁短叹，思绪万千，眼皮光发滑，睡意一扫而光。还能得了失眠症吗？透过窗玻璃，看着夜幕上的寒星冷月，他禁不住伤感：我的人生之路上，还有多少泥泞，多少坑坑洼洼？

老师说，他语文成绩好，作文尤其好，但是两次高考都不第。他无颜见老师了！老师很替他惋惜，派同学捎话，叫他不要灰心，可以再复习再考，复习了七年又考上的也有，但是他怯阵了！他清楚自己的毛病出在何处：其一，他文笔不错，但速度赶不上，两次作文都没有写完，无尾的文章，难得高分；其二，他数学成绩太差，一次45分，一次52分。

他像一个落水者，向哥呼救："救生圈！"1991年10月3日中午12点3分，他敲响了哥嫂的房门……

李山厚，曲师大高才生，初为县府秘书，前不久升任办公室副主任。他听完了弟弟的哭诉，微笑了。李山宝错以为哥哥讥笑他，满脸红涨，热汗珠子挂了满脖子满脸。他实在忍受不住了，哭丧着脸，吞吞吐吐地说要走。

"走恁慌做啥？小资产阶级的虚荣心太重了吧！走恁慌来干什么的？我说什么来吗？你看那个怂样，又红脸，又淌汗……"

哥哥连珠炮般的质问，把他唬住了。他低着头，不敢吱声了，也不敢挪动脚步了。

"到洗手间里洗洗去！"

他苍茫四顾，不知何往。

哥拽着他的手脖子，把他推进了洗手间。

吃饭的时候，嫂子端上来一盘子鱼汤，热气腾腾，一股子浓烈的鱼腥子味直往鼻孔里钻。嫂子说："这鱼买来一个星期了，没舍得吃；今天做了，以示对小叔子的欢迎。"

李山宝忙说："感谢嫂子的关怀。"

梅英说:"家礼不可多叙,不骂我就好。"

山宝慌了:"你请我骂也不敢啊!"

嫂子笑了,哥也笑了。

"你嫂子嘴碎,逗着你玩的。"

梅英说:"我见你老皱着眉头,想给你说几句笑话,放松放松。"

饭后,梅英休息去了,他兄弟俩坐着喝茶说话。哥说别老是自卑心躁,得分析一下情况,找一条适合自己的路。他说他分析不出道道来,来这儿就是请求哥给出主意想办法的。

"你先回去,过两天我回家,再说。"

半个月后,哥才回家,自然给娘带来了好些吃的用的,两口子开着一辆桑塔纳来的。娘忙活了大半天,像接天神一样,办了满满一桌子菜。酒足饭饱后,哥告诉山宝到中学里代课,教语文,他已经跟中学校长孙明仁谈妥了。哥说以后想法弄个正式民办名额,给转公办打好基础,并要他现在就做准备,报考曲师大的中文函授,差三分五分,他想法,差多了,他不管。

李山宝接受了这一裁决。

一年以后,他这个临时代课的果真转成了正式民办教师。这能不叫人刮目相看吗?民办教师的名额也控制得很紧啊,没有得力的人,怎能跨越这个台阶!他感到自己周围的眼睛都很明亮,连校长见了他都很客气:"山宝,不来坐坐?"他一想,也没有什么事,何必惊动校长的大驾!没有事,干坐,实际上跟坐牢差不了许多。如果正襟危坐,没罪找罪受,何苦?他笑了笑,说道:"不坐啦,得去备课。"老师们也都常来光顾,宿舍里常常满座。男的来了,还好招待;女的来了,怎么办?好在女客不多,来到也就是三言两语,说说就走了,李山宝不是健谈的人。可是,沈荣来的次数很频繁,尽管坐的时间不长,她,她……经了解,沈荣长他三岁。这位大姐频频光临,用意何在?有爱意驱使?长三岁倒也可以,但俺是民办啊!经打听才知,沈荣于1988年电大毕业就来此任教,已经三年了。岁月悠悠,岁月悠悠啊!太阳出了,太阳落了;月亮圆了,月亮缺了……盼了寒假盼暑假,她想调回城里呀！她跑过多少腿，求过多少人，说过多少好话，送过多少礼，流过多少眼泪……镜里花枝俏，水中月亮圆！一年，无望！再一年，仍无望！她内心的苦甜酸辣，谁知谁晓？想进城的人太多了！没有点说法的，谈何容易！1992年暑假过后，开学不久，沈荣又来了。她带来了一塑料兜橘子，大概不少于十斤吧，还给他织了一件浅黄色的纯毛毛衣，论价值不少于二百。山宝惊喜，心跳怦怦。他一时有些丈二和尚摸不着头脑的感觉，弄不清沈荣这是要做什么！爱我？敬我？我一个癞皮狗似的民办老师，怎好意思受她如此的敬奉？沈荣就说了实话："我想返城，因家在城里，这样来回跑，实在不便……"

　　受人之托，收人之礼，能不跑跑吗？李山宝跑到哥那里一说，李山厚毫不客气地训开了："你以后少给我揽乎这样的烂事！"

　　他回来给沈荣一说，沈荣那张俏丽的脸蛋儿上，立即挂上了泪珠子。见沈荣落泪，他心下也隐隐发疼。

　　这年教师节，学校号召师生演出节目，以示庆贺。庆祝大会结束后，文艺节目开始。轮到李山宝上台了，他像个幽灵，从台子右侧缓缓步入。台下有人小声嘀咕："看，李山宝……故弄玄虚……"他昂首注目，挺立片刻。这时，全场肃穆，鸦雀无声。他笔直地挺立于台子中心，右手突然从背后挥来扬起，一支粉笔在拇指和食指的捏持下，擎到了空中。他慢慢地、沉重地吐出了一口气："粉笔——"他再向前两步，开始朗诵：

　　　　粉笔，粉笔，
　　　　你一身洁白，
　　　　洁白得毫无灰尘！
　　　　粉笔，粉笔，
　　　　你直挺着沉默，
　　　　沉默着思忖，
　　　　粉笔，粉笔，
　　　　有人说你软弱，

可你体内的每一个细胞，
都有岩石的坚强品格。
粉笔，粉笔，
你是一位勤劳者，
一具犁杖化作，
在那块贫瘠的黑土地上，
犁出浅的沟深的沟，许许多多，
希望的种子就在那里落脚，
几番春雨的滋润，
新芽就笑着排成一字长列……

他的嗓音骤然高亢！他再向前几步，倾着身子，把手中的粉笔举向观众：

粉笔，粉笔，
一个完美的形象，
谁不这样评说！
可你曾几何时顾及过自己的完美？
磨呀，磨呀，
白天忙忙碌碌；
磨呀，磨呀，
黑夜里还忙着奔波！
你说你的使命就是磨损，
只有自己粉碎了，
才能布撒大地，
松柏才能参天，
椰林才能成片，
鲜花才能遍野，
……

朗诵毕，掌声雷动，经久不息。他只好再把尾段重复一遍，向观众致谢。

演出结束，他在礼堂门首碰上了沈荣。

"祝贺你，山宝！"

他的眼睛盯住了沈荣的脸面！说实在的，他还从未这样大胆地正眼看过这张脸蛋儿。这张脸，啊……他的内心响起了惊雷！他的目光粘在沈荣的脸上，就是移不开了。她的面色并不粉嫩红润，麦皮子色，略显微黑，却透出一股摄人心魄的神韵。高鼻梁，很精神；两眼亮丽，白眼珠珠儿晶莹透明，如露珠，饱含智慧；黑眼珠珠儿幽暗深遂，似潭水，情深意满……她被瞅羞了，忙低下了头。

"荣姐！"这是他第一次这样称呼沈荣。

"哎——"她含混地应了一声。

"朗诵得还行吧？"

"自我感觉呢？你写的……"

"不是，不是！在一张报纸上抄下来的。"

"朗诵得倒还可以，要是你自己写的就更好了……"她瞟了他一眼，跑了，甩下了一长串银铃般的笑声，人跑了老远，笑声还在响亮。

李山宝呆得像只木鸡了！愣了片刻，他突然醒悟过来，笑着追去，在图书室门口追上，拽了一下沈荣的衣襟。沈荣回头一看是他，问他是跑来送喜糖的？得个演出奖看来不成问题了，提前借几块钱买几块糖一包烟，庆贺庆贺非常必要啊！李山宝正在兴头上，撑不住这样的鼓动，伸手从衣兜里掏出五元钱来，不等沈荣来接，路过的几个青年教师一拥而上，夺了钱去，一呼隆奔了小卖部……

像山草着了火一样，再也扑不灭了。一种怀恋之情潜滋暗长，他的眼睛常常盯着沈荣的身影了。沈荣突然注意打扮起来，成天收拾得利利索索，排排场场，并不妖艳，重在清雅美观。真是千里有缘来相会，李山宝最喜欢的就是这么一股子清风。睡不着觉的时候，他就反复权衡：她，城里人，专科生；他呢，乡下人，高中生，民办教师。不可能，不可能……他的心冷了！但是，开会的时候，他时常发现沈荣瞅着他笑，满眼情火！是不是我的眼睛出了毛病？他常这样穷思苦虑，竟致头脑发疼。

教师节过后不久，校长在全体教职员工会议上，传达了开展优秀班级评选活动的决定。李山宝听后，非常兴奋，决心就此一显身手。为了全面掌握学生的学习状况，他决定建立学生学习档案。这可是个宏伟工程！为了挤时间赶进度，他吃住在学校，白天黑夜地连轴转。

一天中午，伙房都关门了，他才去打饭。

"废寝忘食者，忙的什么？"

沈荣端着一搪瓷盆子衣服来洗，见他那个窘迫样子，跟他开了句玩笑。他怎么能舍了这个凑近乎的机会，赶忙走过来，向沈荣诉开了苦："荣姐，你可不能见死不救啊！我搞学生的学习档案，这两天已经忙得焦头烂额了……"

"成天想做菩萨呀，就是缺少能力。"

"一点巧处也没有，全是抄写……"

"如是说，帮点忙也行。"

"那就到我宿舍里来吧！"

"不，不！"稍愣，她又说，"送到我宿舍里来吧，我抄好了，如数奉还。"

"还不一样吗？"

"那不一样噢！"

李山宝愣着，恍惚之间，似明白了什么，笑着说："怕我吃了你，是吧？"

沈荣脸上火辣辣的，端起搪瓷盆子跑走了。

在沈荣的帮助下，学习档案很快就理出了眉目，校长表扬了他，县里也挂上了号。

十月份开展"五个一"（一堂好课，一口好普通话，一手好粉笔字，一篇好下水文，一份好试卷）竞赛，李山宝激流勇进，报名参加。连校长都为他捏着一把汗，孙明仁说："李老师，你觉得行？"他说："把握不大。不就是试试吗，还能怎着？"孙明仁给他解释，说干系可大啦！成功了，喇叭头子朝天吹，名声响在外；失败了，可就苦了，给人的坏印象轻易不好消除啊，一年二年抬不起头来。他犹豫了，去找沈荣商量。沈荣说："干什么不存在一定程度的冒险因素？"他决心陡然坚定了，忙回来见校长。孙明仁见他态度坚决，也就同意了。结果他一炮轰响，全县第二名，获一等奖。荣归那天，他买了套《萧红全集》带给沈荣，以示感谢。沈荣接着，笑道："我无才做文学家！"

"不做文学家的，就不看书了？"

沈荣瞟了他一眼，说道："我不跟你理论这些。我问你，既然有心感谢，怎么把我的事忘到九霄云外去了？"

李山宝清楚，还是返城的事。他心里毛躁，恋火正在全身燃烧。他转念又想，这不是乘人之危吗？低头再想，顾虑太多不好，投石问路总可以吧？他朝前凑了凑，低沉着嗓音说："我哥说来，亲顾亲顾，无亲不顾。"这是十足的弥天大谎，最近他根本没见他哥的面。

"非得做了他的兄弟媳妇……"

李山宝笑了："聪明人好说话。"

沈荣啥也不说，脸上掠过一丝红云，走了。

今年夏初，李山宝双喜临门：先是考取了曲师大五年一贯制的本科函授，接着团乡委下文任命他为中学团委书记。有人趁机发难，说公办教师中那么多共青团员，找个民办教师干什么？校长护他，说民办教师所承担的业务量不是跟公办教师一样吗，有何理由轻视之？李山宝管理班级、讲课不是都很不错吗……

沈荣的眼睛更加明亮了，她瞅着山宝就笑容满面，秋波微动，脉脉情意，缠缠绵绵……见荣姐这样，李山宝再也压抑不住胸中熔岩一般的恋情了！他写张纸条儿，递给了她。沈荣接过去，没人处将开一看，白纸黑字，清晰无限："你没有那份心思吗？如有，该商量一下了；如无，我也就不再穷想了。"第二天，沈荣的纸条儿也递过来了："也许有，也许无！有还是无，取决于人的心是否诚实。"情胆包天！趁中午休息时间，他闯进了沈荣的宿舍。这天，他瞅准了和沈荣同宿舍的王雪雁老师请假走了。沈荣还躺在床上休息,只穿内衣,听到门响,忙坐起来。这时,李山宝已经进了屋,三步两步就扑上来,要拥抱她。

"你要做什么?"

"我,我……"他一时语塞,满脸羞臊。

"你出去!"沈荣自己也吃惊,怎么这样说话?但话已出口,拿不回来了。

他无地自容,怏怏而退,回到宿舍,放倒身子睡了。这回倒是睡踏实了,下午的课也耽误了。校长来找他,拧着耳朵拽起来。

不几天,就到了"夜来南风起,小麦复垄黄"的季节了。一天晚饭后,李山宝心意无聊,步出校门,沿着田间小径漫步。微风阵阵,吹得麦棵儿像不倒翁样,左摇右晃。麦子成熟时散发出来的幽幽香气,一阵阵直往鼻孔里钻。他顿觉惬意,揪穗麦穗,一粒一粒地剥着,送进嘴里咬着,新麦嫩甜,很好吃。转了一圈,返回的路上,遇着沈荣,他急赶几步,想躲开,但是,沈荣拦住了他:"还生气?"

"敢吗?"他并没有笑。

"就知道你不敢。"

谈话就这样开始了。说着说着,沈荣就哭了。她说她想返城,她从小就在那里长大,在乡下怎么也顺不过劲来,老是有一股子很烦躁的情绪绑着她。她说她并不是看不上他,李山宝的一切,面貌、衣裳、思想、灵魂,她都满意,特别是去年教师节出演的那个节目,给她的印象特别深。真没想到,平时老实巴交的李山宝,还有那么两下子!可是,相爱了,怎么办?她绝对不乐意把自己的一生泡在这块土地上……李山宝给她拭泪,她推他,自己掏出了手绢。李山宝说,只要相爱了,自然有办法,他说他哥不能见死不救,请她清心。

"那样,那样……"沈荣的话难以启齿。

李山宝握住了她的手,搂住了她的腰……

她没有拒绝,虽然泪流满面,但偎进了李山宝的怀抱。

"荣姐,我一看见你,就高兴……"

沈荣听了他这话,终于笑出了声。

两人缠绵着,拥抱着,亲吻着。两人倒在草地上,相偎着,说一阵子,哭一阵子,说一阵子,笑一阵子。过了好长一段时间,两人互相安慰着,相互鼓舞着,两颗心已经融在了一起。

预备铃响了:"当——"

"荣姐,我很想光这样抱着你!"

沈荣笑了:"别傻了,快起来走。"

两人同时起来,拉着手,向回跑……

尽管害怕哥训他,李山宝也不得不去说说沈荣的情况了!李山厚一听,很生气,瞪过来一眼,说道:"你以为办这样的事,就像从地上捡一根草棒棒那么容易?"他说他也知道哥有难处,但这不是别人的事,就是他不给哥说,哥知道了,也不会袖手旁观。听听,他学乖了,比以前说得动听了。女人教的嘛!李山厚的心情渐渐朝好处转,他沉吟半天,烧了两支烟,终于表了态,说得等机会。

"暑假是最好的机会……"

"我知道。回去等着,别乱说。"

回来一说,沈荣并不心实。

"岁月悠悠啊,岁月悠悠啊!我已经熬过五个年头了……"她说着,眼圈儿红红的。

过不了几天,沈荣又找山宝哭诉,哀求他快去找哥,想进城的人都在紧跑。她说她实在熬不下去了,只要返回了城里,她怎么也忘不了他。"童贞全给了你呀,闺女的什么还值点银子?李山宝,李山宝,你个冷血动物,感觉不到俺的心是凉的还是热的吗?"李山宝撑得了这样的哀告吗?他只得再去跑,但哥不答应,说此事难度太大了,等明年看吧。

明年复明年,明年何其多!谁也不指望,从来就没有什么救世主,只有自己救自己。她先到了山宝家,见了山宝娘。山宝娘一见儿媳妇如此俊秀,心里发甜,脸上堆笑,沈荣说什么她听什么。她忙办了一桌子菜,烙了油饼,下了面条。沈荣说:"还吃多少?"山宝娘说图个吉利,头一次来。怎么个吉利法?沈荣后来问了父母才明白:面条意味着关系密切，扯长拉不断；油饼表示团圆。请来了大娘婶子姑母姨母好几个，坐了满满一桌。临天黑，她要返校，山宝娘怎么也不让走，说没有亲够，也没有捞着拉呱，晚上没事，娘儿两个可得好生说说话。娘撵山宝回校睡，李山宝看了看沈荣，做个鬼脸，跑了。两人拉了半夜呱，商量好明天一早进城。第二天，沈荣驮着山宝娘去找大儿子。老娘一说话，自然引起了李山厚的高度重视。梅英也不敢怠慢，两口子一起跑到楼下迎兄弟媳妇。两口子一见沈荣如此光彩照人，又那么会说话，情况确实也够可怜的，同情心骤然升腾，答应尽力而为。

李山厚找到了教育局长许祥亮。

"难啊，难啊！"许局长叫苦连天。

"要不难，我就不来找你了。"

"上千人申请进城，我怎么办？"

"你是有办法的。"

"沈荣是你什么人？"

"未婚兄弟媳妇。"

"不好办。"

"你内妹不是进来了吗？"

许局长笑了："那是去年。"

"许局长，我无意为难你。能办就办，不能办就算……"

"李主任，你别急啊，研究研究看吧。"

两个月后，调令来了。沈荣拿着调令，自然高兴，但就是笑不出来，反倒哭了，泪如雨注，肩膀头乱抖动。

李山宝送她，两人一路盘算着，五年就能转成公办，转成公办就能进城。"顶多艰苦十年不是！"沈荣说。李山宝就说："今年春节举行结婚仪式吧，那样……"沈荣沉默片刻，说道："这事不早就说好了吗？"这天夜里，李山宝在沈荣家里住下了，起初睡在两处，后来还是摸到了一起。沈庆达生气，老伴横遮竖挡，总算稳住了老头子。年轻人不管这些，睡得既香又甜，有滋有味。

这才几天，事变就来得这么快吗？

八

那天晚上,沈荣从李山厚家里回来,像卸掉了一个沉重的包袱,顿感浑身轻松。她眉飞色舞,趴在妈妈耳朵上嘀嘀咕咕了老头天。娘儿俩都笑,好不自在!沈荣跟妈妈商量,得跟爸爸说了,再瞒下去已经不行了。

喝着茶,沈荣就吞吞吐吐地露了实情。

"什么,你说什么?"

爸爸眼珠子一瞪,火亮闪光,吓得她心在紧缩,忙低下头,不敢吱声了。

妈妈说:"这样好,这样……"

"放屁!山宝家哪点不好,啊?你娘儿俩还叫我出门抬起头见人吧?"好多年听不到爸爸的高嗓门了,沈荣的两耳乱嗡嗡,心跳也慌乱得没有节奏了。

妈妈说:"他是民办,又在乡下……"

沈荣忙接话:"谁知哪年能调进城里来!"

沈庆达直喘粗气:"当初怎么不想这些的?"

"当初是当初,现在归现在……"没等妈妈说完,爸爸就呼地站起来,一把薅住了老伴的头发,一脚飞起。他正要踢时,沈荣忙扑上前去,抱着爸爸的脚,气哼哼地往旁边一推,老头子咣当倒地,头撞在吃饭桌上,脸蜡黄蜡黄的,不动了。娘儿俩慌了,忙扶起来,见头发里泅出血来,忙找干净毛巾扎了。试试鼻孔,一息尚存;刺人中,掐合谷,老头子慢慢睁开了眼,嘴里含混不清地呜噜了一声……

"沈荣,快去喊人,送医院啊!"

沈荣跑出去,到邻居家喊来了几个人,把爸爸抬上三轮车,开着急急忙忙奔医院。

九

星期天过去了,李山宝一夜未眠。她妈妈说叫她星期天来的呀!她没来,怎么了?

早晨,他忙起来,既不吃饭,也没给娘说一声,就奔了中学,到学校时,传达室的姜大爷刚起来,还没来得及开大门。

天阴着,有零星雪花散落。

"你怎么来得这么早?"

作何解释?他只说:"姜大爷,麻烦了。"

"没啥。"姜大爷说着,就开了门。

他来到校长家里,编了一通瞎话,缠着校长准假。孙明仁就逗他,问他是否去见沈荣,星期天不去,干什么来?他苦笑着说,不全是,办完了事,也许顺便去看看。

"小伙子,抓紧吧!到手的小鸟,别再飞了。"孙明仁不是在说笑话,他沉着脸,说得很认真,也很严肃。

李山宝点头称是,忙起身就走。

天阴厚了,飘来了一阵鹅毛大雪。路旁的枯草叶子上,田园里的麦苗子上……都白茫茫的了。虽然戴着手套子,手也还是冷,于是脚下加劲。他没有吃饭,到底差劲。肚子里饥饿,浑身上下发冷,鹅毛大雪飘了一阵子,换成了细雪末子。这种雪,都说有下头。他赶到桥头,见有个卖油条小米粥的饭摊,大帆布围成临时挡风遮雨的布棚上,已经煞白了。到沈荣家里吃饭也不晚,但他多了个心眼子,此一时彼一时也,人家现在还有那样的热情吗?他略作思考,就坐在小摊的饭桌前了。

饭后感觉好多了,他快蹬恶赶,百货二店,护城河桥,汽车站……一口气就赶到了沈荣家。他推门进去,只见沈荣妈妈一人在家,袖着手,呆在沙发里,像个木偶人,眼睛里似有泪珠闪动。

"妈妈,你……"

"别这样叫我了,叫大婶吧!"

像刀子戳了下心！但与她能分辩什么？这回啥也不叫了，就问沈荣呢，爸爸呢。沈荣妈妈说，老头子有病住了院，她去服侍了。

"哪个医院？"李山宝急问。

沈荣妈妈翻了翻眼皮，盯了他一眼，说道："你也就别忙活了，该干点什么就干点什么去吧。我听说，她的事你已经知道了……"

还需要再听下去吗？噔噔噔……他走了。

到哪个医院去打听呢？他扶着车子，看着来来往往的行人车辆，心里茫然无措。

他又返回来，想打听一下沈荣的邻居，也许能知道点儿线索。问了几家，都说老头子不小心碰破了头，到底去了哪家医院，还是不清楚。也许早就封锁消息了！找吧，到各家医院都看看。既然碰破了头，肯定在外科，这就将范围缩小了许多，也算没有枉打听。到了县立一院，到了县立二院，到了二四六医院……都没有。已经中午12点了，再到哪里找呢？雪停了，云霾仍遮挡着阳光，不甚分明。二指厚的雪层，在小城街道上存不住，早被行人车辆践踏得面目全非。溜街风很冷，刺骨！他跑颠了大半天，也饿了，倍感寒气逼人。吃点儿饭再说吧！他又坐在街旁的一处小饭摊前了。吃着饭打听，才知道还有个中医医院，在汽车站东。饭毕，他就忙奔了去。怎么恁巧的，他一眼就盯住了站在门诊楼台阶上的一男一女，男的手臂正勾着女的脖子。女的虽然低着头，但他也能认出是沈荣。那男的正是那天在公园里遇到的那个黑矬子！憋在李山宝肚子里大的气小的气，爱的火恨的火，一齐翻腾搅和，气助火，火燃气，终于无法抑制，李山宝就像个气团、像个火球一样滚动起来……当胸就是一拳！他打得凶狠，对方全无防备，即时倒地。李山宝即刻跨到了宋成法的身上……哪料想宋成法也不是等闲之辈，30岁，正当盛年！他虽然不知来者为谁，但来者的凶狠是没的说的，必须认真对付，不能等闲视之。兵来将挡，水来土屯！就在李山宝骑上他的身子刚要抡拳殴打之时，宋成法一鼓肚皮，奋力翻滚，把李山宝压在了身下，还未来得及抡拳，又被李山宝掀翻……就这样，两个人在医院门前的雪地上翻滚厮打起来。

围观的人很快形成了一个圆圈。

沈荣不知所措,跺着脚哭。

有个大夫过来,问她:"你哭什么,这其中有你的亲人?"

她说不出话,看了那位大夫一眼,似乎有了主意,一下子冲进人圈子,喊道:"宋成法,你听话,你听话……你快跑,他,他……他就是,就是……民办,民办……"她喊着,冲上去抱住了李山宝:"山宝,你打我吧!山宝,你怎么能这样……"

宋成法得到了喘息的机会,拔腿就跑。

"山宝,山宝……"

李山宝把女人推到一边,拨开围观的人群,穷追不舍:"第三者,有种的你停下,我跟你拼个同归于尽!"

宋成法停下,嘻嘻地笑着:"小民办,恼急了眼吧?"

犹如火上浇油,李山宝箭头儿一般追去。

眼看着追上,宋成法急中生智,冲到苹果摊前,抓起几个苹果就扔,一个打中胸脯,一个打中肩窝,第三个正中额头。李山宝晃了几晃身子,但没有栽倒,只是蹲下了,两手紧紧地捂着头……

苹果摊主乱嚷,宋成法忙掏出十元钱,扔下就急急忙忙地跑了。

沈荣随即跑了过来:"山宝,你别太激动……"

"激动?"李山宝忽地站起来,冒火的眼睛死死地盯着沈荣的脸,鼻孔里、嘴巴里呼出的热气,像火车汽缸里喷出来的蒸汽差不多,沉重而有力。"我还激动?我激动她妈拉个×!我不光激动,我还要愤怒,还想揍人……"他一把抓住了沈荣红呢料上衣的前襟,触着了他抚摸过无数次的乳房,他的手不由自主地哆嗦了……

"你一拳把我揍死吧,千万别叫我零受罪!"

李山宝的拳头像生铁蛋一样凌空压下来,沈荣见拳头的黑影下坠,哎呀一声,两手抱住了头。但是,拳头触着她的头发时却无力了,只蹭了一下,就滚落下来。李山宝倒在雪地上,碰头打滚。

"山宝,我对不住你,这是无奈的事……"

"放你娘的×!你的良心变成狗屁了吗?"

"愿打就打，愿骂就骂吧！事情已经到了无法逆转的时候了，我已经跟他……"

李山宝从雪地上坐了起来："你说什么？"

"登记了！"

李山宝饿虎一般抱住了沈荣的大腿，哭道："荣姐，你把过去的一切都忘了吗？莫道昆明池水浅，观鱼胜过富春江啊！我把所有的爱意都抛给了你呀！"

"山宝，你那昆明池水并不浅，可我已经落入人家的富春江了，再也爬不上来了。"

"你就那么轻贱吗？"

沈荣浑身筛糠，脸色煞白，流着泪说："这些，这些……怎么说呢？山宝，你心里有气就骂吧，但……"

李山宝挣扎着站起来，也不顾四周围观的人的眼睛，就去搂抱沈荣。

沈荣忙喊："来人啊，救救我！"

有人不明真相，上来阻止。

"她是我妻子！"

"他是疯子，胡说的。"

那人说："是两口子也不能在大街上……"

沈荣挣脱，跑了。李山宝在雪地上摔腿碰头，头破了，汩出了血，血流染红了雪。溅飞的血滴，落在远处不曾被践踏的雪面上，像一朵朵开放的艳红的花朵。

沈荣跑了一段路，碰上了宋成法。两人模样都够狼狈的，浑身溅满了雪泥，头发散乱，疯子一般，宋成法的皮鞋还丢了一只。

"嘿嘿，这场戏唱得声色俱全！"

沈荣瞪他："你的嘴上长了疔，要流脓？"

大学里的物理讲师，还能不识相！他的笑脸立即收敛，笑眼立即冷漠，目光慌忙移开。待了会儿，他说："我回医院……"

"我爸爸不喜欢你！再说，那位民办也还没走，别再回去招惹是非了。"

"那……你回去？"

"你快到我家，把我妈妈送来。"

宋成法走了，穿着一只鞋……

沈荣看着远去的宋成法，苦笑了笑，拔腿跑向附近的公用电话处，拨通了李山厚的电话："喂，喂，大哥吗？"

"是啊，你是？"

"我是沈荣！"

"好好，沈荣，你好？"

"好好，我告诉你个噩耗，山宝在中医院附近被车轧了……"

"伤势怎么样？"

往下，话就不好说了，撒谎也得恰到好处。她忙把电话挂了，付了电话费，深深地呼出了一口粗气，拢了拢散乱的头发，笑了笑，昂然上路。

十

李山宝养好伤出院那天，已经到了十二月份。中午，他来到哥哥家。哥嫂与小侄女莹莹，一家三口正在吃午饭。哥嫂叫他吃，莹莹也嚷着叫叔叔吃。自家的饭，还客气什么，碰着什么吃什么。饭后，梅英哄着女儿睡觉去了，兄弟俩在客厅里闷坐，喝着茶，烧着烟……

过了老大一会儿，李山厚起身去了卧室，很快又回来，把沈荣那封信递给他。他接过去，看了一遍，还不放心，又看了一遍。

"一个多月之前就送来了，我满以为还会好转，就一直压着，没告诉你……"

李山宝说："我们被她愚弄了！"

"这很难说……她可能遇上了相宜的人。"

梅英来了，听了丈夫的话，反唇相讥："谁婚后遇不上相宜的人？还能就……"

"她是婚后吗？"李山厚瞪妻子。

"睡了好多次了,与婚后有什么两样!"

李山厚撇嘴道:"阮梅英同志,这你就差劲了。不管睡多少次,没结婚就是没结婚……"

"这说明她早有预谋!"

"少扣点帽子吧,生活是复杂的。"

"你少弄那个深沉状。从前什么样,现在什么样,就这么泾渭分明啊?要没有预谋……"

李山宝低垂着头,两手抱着。

李山厚向妻子使眼色,梅英叹了口气,不再说什么,在丈夫身边坐下,织开了毛衣。

清静了一会儿,李山宝抬起头来,瞅了哥一眼,说道:"哥,嫂子,还有事吧?要没事了,我该走了。"

稍愣,李山厚说:"那五千块钱怎么办?"

梅英瞪他,他也瞪妻子,两束目光相撞,在空中迸发出火星子。

"还怎么办?留着,有急用了就花呗。"

"你哥想退给她……"

"没有那个必要!再加上五千,退给她一万,她也绝对不会回到我们家里了。"

李山厚叹了口气,说道:"沈荣要的正是这个效果,她返城是五千块钱买的,不欠任何人的人情。如果退给她,她将永远怀念着我们,认为我们老李家还是户人家……"

"这年头,谁还像你呀!"梅英厉声打断了丈夫的话,"最实在的就是钱,唱那些高调干什么?叫她怀念有啥用,叫她说我们好能当饭吃……她还说我们好?说我们好,为啥不做你兄弟媳妇?抠钱不择手段,煞费苦心,想方设法,千方百计……这年头,就这样!你想清高,谁理你那个茬!已经到了手的钱,怎么也不能再打了水漂……"

"你住嘴!"李山厚嚷起来,"这不是我的初衷!我厚着脸皮子去求许局长,是为了我的兄弟,决不是为了沈荣,更不是为了五千块钱。"

"这人死就死在钻牛角尖儿上!"梅英气得嘴巴鼓得老高,"情况不是发生了变化吗？她还是你的兄弟媳妇吗？"

李山宝说："哥，嫂子，你们俩别争了，你们俩的意见都有道理，只是哥的意见更深刻一些。"

梅英气呼呼地站起来，奔了卧室，回头甩回来一句话："深刻个屁！"

李山宝目光怯怯的，瞅了瞅哥，低下了头。

李山厚烧着一支烟，闷着吸着，吐着烟雾。

"哥……"李山宝欲言又止。

李山厚小声说："你先回去吧！"

他们走到楼下的阳光处，停下了。

山宝低垂着头，站在哥面前。哥说："你不要老是沉浸在痛苦之中，要振作起来。过去的一切，就像没发生过一样，一张纸掀过去拉倒了，不要把爱情看得太重！我与你嫂子，当初也爱得死去活来，现在并断不了口角。你真与沈荣结了婚，也不一定不跟她……你才25岁，相信自己面前还有光辉灿烂的天地……"

李山宝扑到哥的怀里哭了。

李山厚扶起兄弟来，给他擦拭泪水，像哄莹莹似的："别哭，别哭！哭什么……"哄着哄着，他的热泪也流出来了。

十一

送走山宝，回到家里，已经下午1点了。

李山厚坐在客厅里，闷着吸烟。他觉得很困，眯上眼又睡不着。脑子像混沌了，考虑什么事也理不出头绪来。只有一件事还清晰地呈现在脑海里：退款，把那五千元退给沈荣！妻子那里虽有障碍，但树不撑百斧砍，人不撑百言劝，只要把道理讲透，她还能真是那种见了钱连命都不要了的人吗？不至于吧！阮梅英同志一向聪明伶俐，她的思想意识不至于一下子就发展到了那一步。

一支烟吸完，他扔掉烟蒂，进了卧室。

梅英正搂着女儿睡觉，听到脚步声，扭脸瞅了一眼，见是丈夫，又转回头来，啥也没说。

他在床边坐下，叹了口气。

"莹莹妈妈，我相信你不是那种不通情理的人，能全面地看问题……"

"你猜错了，阮梅英恰恰是一位不通情理的泼辣娘儿们，看问题一向片面……"

针尖对麦芒！李山厚气得脸色发紫。

过了老半天，听不着声息了。还能气走了？梅英憋不住，又抬起头来看了看，说道："我当是走了呢！"

李山厚阴沉着脸，啥话不说。

"你是不是要打人啊？"

"不逼到我黄河岸边，不会使用暴力。"

"真该谢谢你这位温厚的君子！"说着，她翻身起来，打开箱子，把那个装有五千元钱的旧信封拿出来，塞给丈夫，"给，这回可别再吃不香睡不甜了……"

"你真想通了？"

"我真想通了，你说的道理全面。"

"真是从内心里说的？"李山厚对这个闪电式的变化似乎接受不了，眨巴了眨巴眼皮，茫然不知所措。

"跟你作对干什么，又不想离婚。"

"莹莹妈妈，你这都想到哪里去了？"

"你管想哪里去干什么，你不就是要钱吗？钱已经给你了，你还磨蹭什么，快到上班时间了……"

他忙看了下表，跑出卧室，到客厅打了个请假电话，又跑回来，说道："我不是不知道钱好花，有钱就能到商店里搬东西……可沈荣这钱不能花！你花了，她今天不说，明天不说，后天有可能说。她只说她的调动是五千块钱买的，还好听！她要把咱搬出来一亮相，即使行政领导部门不追究，光社会的压力就够咱驮的。人家会说咱的心真黑，给他兄弟媳妇办个调动……"

"她主动送来的，脱离关系后……"

"你到十字街口去解释，还是请算命先生查生辰八字？谁给你细发地推算时间？"

梅英又拿起了毛衣，漫不经心地打着："反正钱给你了，你愿怎么办就怎么办，别跟我说了，我头疼。"

"那就走吧！"李山厚两眼直盯着妻子。

"还得我去？"梅英仰脸询问道。

"你得唱主角……"

"配角都不愿唱呢，还唱主角！"

"莹莹妈妈，你听我说：沈荣一定不接收，我怎么硬往她手里锥呢，这事全靠你……"

"你把我当工具使啊？"

"不管怎么说，把这事办过去，咱不能为图这五千，把脸丢尽。"

"你这人真是……想问题太复杂。"

"想复杂点儿好，因为世事本身就是复杂的。"

不管多么勉强，总算答应了。锁了门，梅英去给妈妈送钥匙，叫妈妈过来看莹莹。李山厚到楼下等她。不一会儿，她就来了。

"麻烦夫人跑一趟！"

梅英瞪他："贫嘴什么？知道你的阴谋，用着人家的时候了，甜言蜜语成串成堆，红糖嘴，菽子心……"

李山厚笑眼瞅着她，不吱声了。

去第十五中学，骑车十分钟就到。

下午课已经上了，学校里比较安静。

有位女老师跑到班上给沈荣说了，那位老师拿来了沈荣宿舍的钥匙，领着李山厚夫妇来到沈荣的宿舍里，给泡了茶，叫稍等，说沈老师给学生布置一下，很快就来。说完，她就走了。

半个小时后，沈荣来了。

客套话说完，一阵难堪的沉默……

李山厚从衣兜里摸出那个旧信封来，慢慢地放在桌子上，瞭了沈荣一眼，说道："请点点吧，沈荣，五千。"

沈荣以为他们是来兴师问罪的，没想到是这么回事，她内心的紧张立即松弛了。她把那个旧信封拿起来，塞给李山厚，说道："大哥，我这是赎罪的，你千万、千万别这样……"

李山厚扔掉了烟蒂，又点上一支，叹了口气，把信封递给梅英，并向她使了个眼色。

梅英拿了信封，就朝沈荣手里塞。

两人推搡起来，老半天……

梅英说："小荣，好多话，都无法说了。也许你是正确的！但我们的初衷，可不是为了钱。对于这一点，我相信你能理解。换个角度讲，你能送我们，我们也能送你……算作贺礼吧，我代表我们全家，祝你幸福！"

这几句话，说得相当得体。李山厚眼睛里放射着满意的光彩，满脸上洋溢着欢乐的笑容。他向妻子注目，向她致谢。

沈荣脸红一阵白一阵，眼眶里有泪珠子在旋转，闪闪莹亮，看看就要涌出："嫂子，你别说了，好吧？"

梅英说："不说了，你点点吧。"

李山厚站起来，要走的样子。

"大哥，嫂子！您不要，就给山宝吧！你们为他操心，找一个，快结了婚，他的情绪也就安定了……"

李山厚说："那得你去送。"

"这不是难为我吗？"沈荣的脸阴沉了。

梅英接话道："我们给他是我们给他的，你给他是你给他的……混了不好！"

李山厚看了梅英一眼，走了。

在楼下等了十分钟，梅英才下来。不等说什么，沈荣也紧跟着来了。

到了校门口，梅英扯了一下李山厚的衣袖，怯虚虚地说："她就是不留，怎么办？"

李山厚的心立即掉到了怒火里！他狠狠地瞪了妻子一眼，说道："给我！"

梅英脸色蜡黄，把信封递给了丈夫。

"你先回吧！"他的语调没了起码的温存。

梅英向旁边走了几步，愣住了。

李山厚转身面对沈荣说："沈荣，我给你办调动是为了同胞兄弟，不是为了……"

"大哥，别的话一句也别说了，只求你把这钱转给山宝。那样，我的心还能平静一些。"

"不！山宝还没到靠施舍生活的那一天。"李山厚说着，把信封丢给沈荣，跨上车就跑了。

沈荣下腰去拾信封，怎么心口疼起来了？她蹲下，"啊——"一口酸水漾上来，吐到了大街上。清洁工立即跑过来："罚款！"

她无言，掏出了一张五元券。

"没有零的吗？两元就行。"

她摇了摇头，捂着胸口，跑回了学校。

十二

第二天，李山宝回到学校，到校长室里，见孙明仁正在忙着写什么。见李山宝到，孙明仁朝他笑了笑，问道："好利索啦？"

李山宝脸腾的一下子红到耳根，支吾了半天，也没说出一句囫囵话来。他不知怎么说好，这样的负伤，值得炫耀一番吗？

接下去，他们就谈到了课程。

"没办法，找了个临时代课的，就是杨学三的女儿杨萌。"孙校长开诚布公，如实介绍。

怎么找了她？但他说不出口。

李山宝起身要走，说去接课。

"也好，你们认识吧，一个庄的？"

"认识，就不劳校长大驾了。"

"李老师，客气什么！如果不需要去而去了，不是多此一举吗？

有时候，还妨碍年轻人说悄悄话……"

李山宝勉强笑了笑，走了。

在语文教研组里，他见到了杨萌。杨萌的目光一碰到他的目光，那张很好看的红润粉嫩的蛋形脸蛋儿立即漫上来一片愁云。她忙把目光移开，把课本递给他，啥也没说，转身走了。

一阵冷风直朝嗓子眼里灌！她一向如此。

放了晚学回家，李山宝跟杨学三一路。杨老师说他老了，觉着力不从心了，挣扎了一辈子，也没转上公办。前几年，他很懊恼，老恨自己怎么就是不会来事呢，要是评上个地区先进不就行啦？这二年，他也不想这些了。他说他想退了拉倒，别的也不求，只求领导把女儿杨萌安排当个民办教师。至于以后能转不能转，就看她个人努力不努力了。他说他觉得女儿总是比他强，起点就高，女儿是高中，他只是高小……

回到家里，李山宝细细咀嚼杨学三的话，觉得话里的意思很明显，前二年的想法还在心里。

晚上，娘烧了一锅鸡蛋汤，娘知道他爱喝这个。娘给他盛一碗，他喝了；娘再给他盛一碗，他又喝了……他喝着，娘给他说话。娘说那事人家都知道了，都说乡下人说个洋妞，不牢靠，还是本乡土的好。沈荣确实也是个好人，可惜咱的水浅养不住她，也就别想不开了。杨学三家又托人来说了，我看就成了吧，萌萌那姑娘实在不错……

"娘，你行行好吧，让我清静两天。"

他睡下后，娘去回人家话。

这年，雪真多，刚下过一场，这才几天，又下起来了。第二天，李山宝早吃了点饭，骑车到中学去上课，刚出村，正碰上杨萌。她背着个沉重的旅行包，一个劲地赶路，天蓝色的大衣上落满了雪花。

李山宝下了车。杨萌见是他，也停下了脚步。

"这是……去哪？"

"北京，我姐家……"

"噢，找好工作啦？"

"没有,可总比在家里好,在家叫人看不起。"

意思太明白了。如果在这时候,李山宝拿出追沈荣的三分之一的热情,说几句暖和人心的话,杨萌也会扑到他怀里痛哭,成就百年之好;可惜,他毫无表示。杨萌见他呆若木鸡,心中委实腻歪,扭头拔腿就走。

雪花儿飘着,飘着。茫茫的雪雾,终于淹没了杨萌奋力向前跋涉的身影。

十三

一切归于平静,天又放晴了。雪地在阳光的照耀下,闪着银光,慢慢融化。时间正在向年关迈进,复习开始了,期终考试在即,全体师生都在全身心地投入,李山宝当然也不例外。

第一节课后,他回到办公室,见办公桌上放着一封信,是第十五中学来的。他心下咯噔一下子,好生疑惑,十五中学里,除了沈荣之外,别无熟人。是她来的?他忙撕开信封,掏出信瓤看,是一封匿名信,落款是"一位肯打抱不平者"。信的大意是说沈荣和宋成法将于腊月二十举行婚礼,其规模之大,气氛之浓,喜庆之烈……都将冠鲁南之首,这不是欺人太甚了吗?有半点儿男子汉气概的人,也不能忍下这口气……看罢,他把信塞进抽屉里,锁了。

当晚,他做了个噩梦,就睡不着了。

梦境很怪异:他飞起来了,顺公路南下,一按云头就翻过了屋脊,再一按云头,又跃上了杨树梢头……他抱住了沈荣,轰隆一声巨响,爆炸了,粉碎了,血肉四溅,花花绿绿。沈荣死了,他也死了!死了怎么还喘气的,不是已经粉碎了吗?他又飞起来了,一按云头,就跃上了层楼,他抓住了宋成法,轰隆一声巨响,他与宋成法都躺在血泊之中了……

十四

沈荣终于想通了一个问题!

她欠李家的，既欠他哥的，也欠山宝的，她想偿还，但是人家不要，那怨谁？她想不出更好的办法来。她一不想屈身从教于乡下，二没有更大数额的人民币，三无力提供其他方面的好处。她能做到这样，已经尽了最大限度的努力。五年多的积蓄全拿出来了，还不够意思吗？她爱山宝，只是……一这样想，她的心情就轻松起来了。

　　点过名后，沈荣就溜了，她上午没课。

　　她跑到农专校园，上宿舍楼一看，宋成法的房门锁着，她忙跑下楼梯，奔了教学楼。宋成法正在上课，她朝教室门口一站，宋成法就看见了，忙走出来，很快从衣兜里掏出一把钥匙，上面还系了红绫子带子，递给她，笑容满面："夫人，请拿好。房内乱些，先委屈片刻，我回去就收拾。"

　　她啥也没说，接过来，像十一二岁的小姑娘跳皮筋一样，跳嗒着跑了，心情是多么愉快啊，心意是多么畅然啊！歌儿啊，你唱起来啊！舞儿啊，你跳起来吧！"心口呀莫要这么厉害地跳，灰尘呀莫把我眼睛挡住了……"

　　钥匙一插进锁孔，叭一声脆响，开了。室内比以前好多了，只是没有从根本上改变那种混乱的局面。必须清扫！首先扫四壁，但没有长杆子，没办法？她四处搜寻，总算在床底下找到了一根一米多长的木杆子，把笤帚绑上，就扫起来；然后清扫地面，收拾杂物。一边收拾着，她犹豫了：有些东西，他再有用呢？先不处理，推在一旁，他来家后由他裁决。一这样想，她就笑了，做事还得照顾他那方面……笑声很大，无拘无束，四壁像到处都有银铃在响！最后擦玻璃……啊，他来了，站在门口，有意立正，向她敬礼……

　　"可怎么了，劳你大驾！"

　　"脏死了，脏死了，像个猪窝……"

　　"如果不存在这个现实，何以表现夫人的勤劳和智慧？"

　　"别先耍嘴皮子，你快来擦。"

　　两个人擦，比一个人擦快多了。

　　一切收拾停当，窗明几净，粉白的墙壁，典雅的字画，冰箱、彩电……都熠熠生辉。

"行了吧?"

"我看差不多了。"

"那……我该走了!"

"走?进来容易出去难。"

"怎么,要关押?"

宋成法抓住了她的手,揉搓着,说道:"该请夫人吃顿饭了。"

沈荣也不谦让,吻了他一下,两人一齐动手做菜,一个红烧鱼,一个炒肉丝,一个炒木樨肉,一个醋溜白菜。

"行了吧?"沈荣问。

"再做个汤。"

四菜一汤端上桌,二人相对落坐。

"喝什么酒?"宋成法眼睛笑成了一条线,丛生的小黑胡子一撅一撅的,很显精神。

"我喝香槟。"

"妻唱夫随!"

天气很好,阳光从玻璃外透射进来,照在地上、桌面上,室内温暖如春。

宋成法举杯,笑道:"牛顿见苹果落地,突发奇想,终于发现万有引力定律,成千古佳话。宋某人以苹果退贼,救姑娘,建妻室,虽不能万古流芳,说来也顿使人爽精神。谨为此,干一杯!"宋成法言讫,举起酒杯,一饮而尽。

沈荣发笑,说道:"演什么戏!"

"怎么,我说得不对吗?"

"两个人吃饭,该吃了吃,该喝了喝,实实在在的,出那些洋相做什么……"

"好,好!"他夹一块红烧鱼肉,放到沈荣嘴里,笑着问,"香吧?"

沈荣不吱声,脸红红的,羞答答地笑着。

一瓶香槟下去,宋成法没觉着,沈荣却有了点微醉。她退下,坐在沙发上，微闭着眼，迷困起来。宋成法想把她抱到床上去睡，问她，她直摇头。宋成法两年没捞着亲近女人了，像饿狼见了肥肉那么贪婪，那么迫不及待！可惜，沈荣却没有那样兴奋，她心里有难以言说的苦痛，她不愿意再随便糟蹋自己……她说："让我们有个像模像样的洞房花烛夜吧！"

宋成法眯着眼，颤巍巍地说："谁人还那么循规蹈矩，你看人家张艺谋和巩俐，未婚同居，多潇洒，多时髦……"

提起未婚同居，沈荣的心在流泪。

"你不是张艺谋，我也不是巩俐……"

"一个比方，何必对号入座。"

"我向往洞房花烛夜……"

"你在与那位小民办疯狂的时候，就没想到洞房花烛夜吗？"

这话，这话……沈荣勃然大怒，忽地从沙发上站起来，转身就冲出了房门，像一阵猛烈的旋风似的。下楼梯的脚步声，噔噔噔……急促而响亮。宋成法坐在沙发上，悠悠然吐着烟圈，蓦地转脸对着门口喊道："你不用使性子，一冷静下来还得往回跑……"他捏着生动的小黑胡子，抬头看着壁镜里的自己，不可自抑地哈哈狂笑。

沈荣在拐过楼角的地方停下了。她想等宋成法下来，矛盾也就化解了。一等就是十分钟，也没见人影。她没有办法，只得走。此时此刻，她心里是多么酸楚啊！她送贺卡给宋成法，意思说得还不够明白吗？在他去上大学的时候，她为他织毛衣、套棉被，还为他准备了五百元钱……但是，他没有光顾。那时那地，他的眼珠子在看天吧！现在，他热烈起来了，像只饿狼，垂涎三尺！爱情就等于那一会儿的痛快？也许，他调查过她与山宝的关系。现在就抓小辫子，婚后呢……她夹着眼泪，跨上了车子。

走到校门口，她一下子想起了女友崔萍。她敲响了崔家的房门。崔萍与她年龄相仿，婚后已有个男孩。两人说了半天闲话，才说到正题。崔萍说，已经这样了，还打听什么？话音里埋怨她了解得有些晚了。沈荣只好解释，并把自己的疑惑说了出来。崔萍说宋成法别无恶迹，只在去年被公安局拘留过三天,听说是因嫖娼犯罪,据传并未得逞,不然拘留三天太少了。

沈荣苦笑道:"倒有意思……"

崔萍倒杯热茶端来,请她喝茶。

她端起茶杯,又问:"其他方面呢?"

"听不到,离得远,基本上不打交道。"

沈荣就向老同学说自己的矛盾心理,说与山宝的关系,也说山宝的娘,还说山宝的哥哥与嫂子……崔萍耐下性子听完了沈荣诉苦般的述说,笑了:"老同学,什么是主要的,什么是次要的,你拿不准吗?两个人情投意合是最主要的啊,其他的都次之。什么城里乡下,计较那些干什么?发达国家的富翁们都在向偏远山区迁移……思想千万别错位呀!"

沈荣跑回家就躺倒了。妈妈来问,她把心情全端给了妈妈。

妈妈说:"那可不行,委屈点儿也得算。"

她摇头,闷了半天才说:"俺去找山宝。"

"好马不吃回头草,难啊!"

"不,他不会……"

"他保准骂你个狗血喷头!"

"吭吭吭……"隔壁传来了爸爸的干咳声。

"你爸爸也不准你乱变化。"

她笑了:"我最放心的就是俺爸爸。"

沈荣妈妈瞪着闺女,干喘粗气。

十五

李山厚正忙着写年终总结,电话铃响了。他忙抓起了听筒:"喂,哪里?"

"我是南里沟中学……"一个姑娘的声音。

"你是哪一位呀?"

"你是哪一位？"对方反问道。

他想，咱打听个姑娘的姓名干什么？

"你找哪一位呀？"

"我找李山厚，李副主任……"

"我就是。你有什么指教？"

"你兄弟李山宝这几天情绪很不正常，他正在制造炸药包，有人问他要做什么，他说炸不要良心者。有人偷了一个炸鱼，威力相当大。今天他没来学校，是不是作案去了？我想，他的目标不是沈荣，就是宋成法。建议你在路上堵一下，堵不着的话，请抓紧时间找……"

"好，好，谢谢你。"

李山厚立即要了两个门卫，驱车前往城北岔路口。停下车，还没过十分钟，李山宝就来了，他骑着车子，穿了件军大衣。

李山厚迎上前去，李山宝忙下了车。

"哥，我打谱到办公室里找你……"

"找我做什么，轰我？"

李山宝一愣，忙说："你这是什么话？"

"不在学校，跑来做什么？"

"来送一封信给你……"他说着，泪如泉涌。

李山厚示意两个门卫，两个门卫饿虎扑食一般，扭结实了李山宝的两只胳膊。

"哥，你要怎么着我？"

李山厚不理他，对门卫说："弄车上去！"

行人围上来不少，以为出了什么大案。

李山厚随即上了车，吉普车开走了……

车内搜查开始，扒了军大衣，露出了内身装束，穿双球鞋，还打了裹腿。上身只穿了件毛衣，皮带扎腰。小肚子上绑着一个大约40厘米长30厘米宽、用牛皮纸裹结实了的方匣子模样的物件，从里边伸出来的导火线，围腰缠了两圈……

"你要干什么？"

他低头不语，泪水下落，时不时抽动下鼻子。

"你哑巴啦？"

他仍然不说话，仍然流泪，仍然抽动鼻子。

"你打谱跟沈荣同归于尽？"

"我，我……我还有其他路可走吗？"

一个耳光掴来："啪！"

两个门卫忙拉住李山厚。李山厚挣脱："没出息鬼，想此下策！"

门卫忙把炸药包解下来，做了处理。

吉普车开到了县府宿舍楼前，兄弟俩下了车，李山厚叫司机和门卫稍等，他把李山宝推到楼上，锁进了储藏室："你先在里面给我好生蹲着！"说完，他急急忙忙跑下来，招呼司机和两个门卫，找个地方坐坐。尽管司机和两个门卫一再推辞，但李山厚不让，就去了一家饭店。饭间，李山厚再三拜托三位给他保密，此事如果弄到公安手里，非按刑事犯罪处理不可。三人下了保证，李山厚长叹了一声。饭后，各自回单位。

李山厚回到家里，给沈荣打了个电话。沈荣听了李山厚的述说，反倒笑了。李山厚很生气，说道："你笑什么？你千万不要放松警惕。失恋，气恼成疾，什么事都能干得出来。"

"我知道！但我想……"

"你想什么？"李山厚急躁，话音重，再问，电话挂了。

"唉——"他叹口气，放下听筒，一腚坐在沙发上，点着了一支烟。

梅英回来了，挂钟敲响了12下。

"怎么，又跟谁怄气？"

"跟谁也不怄气，你快做几个好菜……"

"怎么，馋啦？"

"是的，很馋。这几天写年终总结……"

梅英到厨房里去了。

李山厚开了储藏室的门，李山宝像个囚徒一样，低着头走了出来。

"拿你当人待，你别不朝人上走。洗洗脸去！洗完了脸，填饱了肚子，再说别的。"

李山宝无话，忙去洗脸。

梅英端菜上桌，见了小叔子，忙笑道："难怨你哥叫做几个好菜呢，原来有客来。"

李山宝脸红脖子粗，仍低头不语。

"吃吧，别像喜鹊一样啦！"李山厚说。

"你不吃吗？"

李山厚说他早吃了，招待了几个客人。李山宝和梅英吃饭，李山厚吸烟。突然，门铃响了："零零零……"

梅英忙去开门：啊，沈荣来了！梅英把沈荣让进来，她红着脸，递给了李山宝一封信。李山宝把信撕得粉碎，甩在了沈荣的头上。沈荣转身就走，李山厚、梅英忙去追……

楼下，阳光处，三人站立。

沈荣吞吞吐吐，说出了自己的心理变化。

梅英瞅着丈夫笑，李山厚瞪她。

沈荣哽咽着说："山宝既然这样了，我也就无脸吃这份回头草了。"

梅英忙说："这事有俺……"

李山厚接着说："你安心教好书，山宝的工作由我们做。他再鹞鹰，也得听我的。"

沈荣擦了擦眼泪，勉强笑了笑："我无意强求，但听哥嫂的。至于中间的这场波折，我不做过多的辩解，只求哥嫂理解……"

梅英说："那……没什么。"

李山厚说："我理解，你放心。"

沈荣走了，骑着她那辆轻便自行车，像飘走了一片红云。原来，她仍穿着那件红呢料上衣。往回走，梅英笑着，李山厚一脸沉重。

十六

太阳永远从东方升起，不管人们喜欢不喜欢，悲愤不悲愤。往常，李山宝并没有注意这一寻常的自然景观，更没有去做这方面的思考。他从哥那里回来，睡了一夜安生觉，吃罢早饭，骑车去上班。走在路上，见太阳笑嘻嘻地从东方地平线上升起，映照得白茫茫的雪地银天到处闪耀红光，才知道世界竟是如此美好。如果自己那份与沈荣或宋成法同归于尽的爆炸计划实现了，就永远没有这份眼福了。他窃然发笑："嘿嘿，嘿嘿……"他猛蹬脚踏子，车子飞起来了。他精神大振，放声呼喊：

> 粉笔，粉笔，
> 你一身洁白，
> 洁白得毫无灰尘！
> 粉笔，粉笔，
> 你直挺着沉默，
> 沉默着思忖。
> 粉笔，粉笔，
> 有人说你软弱，
> 可你体内的每一个细胞，
> 都有岩石的坚强品格！
> ……

几个过路人骑车从他身边擦过，一个说，神经病；另一个说，也许发了大财，高兴得疯狂了……

不一会儿，他就到了学校。

从来不打交道的音乐老师许玫已在语文教研组里等候多时了，见他来，笑脸相迎，问道："安全回来了？"

李山宝疑惑道："什么安全回来了？"

"你昨天不是去同归于尽了吗？"

李山宝一脸不快，脸红一阵，白一阵……

"我当了回间谍，向你哥告了密……你不恨我吧？"

我说呢,哥怎能那么准确地堵住了我,并解除了我的武装……如果当时知道了,真该一拳揍死许玫!现在,时过境迁,心态翻了个子,该感谢人家了,许玫是救命恩人。他笑着向许玫注目:"谢谢,太谢谢了,要不是你有这么个心眼儿……"

许玫小脸蛋儿红红的,很耐看,见李山宝看她,忙低了头,小声说道:"怪好的个人,怎么考虑问题就钻牛角尖儿呢?除了沈荣,就没有姑娘可爱了……"话音低低的、甜甜的。

李山宝被她说愣了,不知如何是好。

许玫受不了这样的冷漠,寒了脸,转身走了。李山宝这才醒悟,忙去送:"许老师,坐一会儿嘛!头午,你不是没有课吗?"

"我没有课,你可有啊!"

李山宝站在办公楼的台阶上,呆呆地看着远去的许玫:她有一张常常挂着笑容的、圆圆的、甜人的小脸蛋儿,只是身个太小巧玲珑了……他看着许玫那袖珍型的身影越走越远,说不清心里是个什么滋味。

十七

当暴风雨来临的时候,给人一种天要塌下来的感觉,世界的末日到了!雨过天晴后呢,整个世界又像一首田园诗,舒适得令人心甜心醉。腊月二十八日,是一个非常晴好的日子。忙得晕头昏脑的李山厚和梅英,总算打扫干净了各种事务的纠缠,有了一丝轻松,他们要回家过年了。他们拾掇了十几个大包小包,叫来了一辆出租车……

山宝没在家,娘说赶集去了。大儿子一家三口回家过年,可喜煞了老娘。她脸上时时挂着笑,嘴里不停地哈哈哈,手里不停地切菜……忙活了两个小时才吃上饭,饭罢已经下午2点了,山宝还没有回来。

这时,奶奶才有空抱起孙女来。一会儿,莹莹就睡了,梅英接过来,放在了床上。她这才有点儿闲空,给大儿和儿媳妇说山宝近几天的事:杨学三给山宝介绍了个对象,是杨萌姨家的闺女,叫林丽然,也是高中生。林丽然跟沈荣有惊人的相似之处，都有一张甜人的瓜子脸蛋儿，只是沈荣的脸黑浑些，林丽然的脸红润些。这种介绍人穿针引线的恋爱，决定的因素，是双方对介绍人信任的程度。目前，林家和李家对杨学三都相信，这就为这桩婚姻提供了根本保证。林丽然对李山宝早有所闻，颇有好感。而李山宝恋伤正在疼痛，很需要抚慰，一看林丽然那张甜人的脸，就有好感，其他方面也就不多计较了。双方一拍即合，只见了两次面，就定下来了。春节结婚太仓促，忙不过来，正月十五是一定要娶了……

这一切，太出乎李山厚和梅英的意料之外了！

娘不清楚他们的所思所想，她只要能娶上儿媳妇就行，不管那么多。说完了闲话，她说到园上拿几棵白菜，就走了。

"这事怎么办？"梅英问。

"问问山宝再说。"

李山宝到8点才回来，天早黑了。晚饭很简单，每人喝了两碗稀饭就算完成了。

"你的婚事就这么决定了？"哥问。

"还没来得及征求哥嫂的意见呢！"

梅英说道："我们的意见倒无所谓，只是沈荣并没有跟宋成法结婚……"

"她结婚没结婚，我不管那个。她坑得我还不够圆满吗？"

梅英推了丈夫一把："你哑巴啦？"

李山厚起身走出了屋门，一会儿回来，进了西里间，脱衣睡觉。一觉醒来，李山厚听到了梅英的哭声。他就推她："你怎么啦？"

梅英哽咽着说，妇女永远处于劣势地位，永远受人宰割。像沈荣，多可怜！跟人家睡了两年觉，什么也没得到，只赚了一身脏水。宋成法抓她的辫子，说她是破鞋；想回心转意，李山宝有了新欢……

"我说亲爱的，别唱小旦的哭瞎了眼好不好？你替古人担忧担得起吗？"

"谁是你亲爱的，你根本就跟我不一个心眼……"

媳妇又使小性子了，李山厚只得耐下心来解说。他说现在是改革开放的年代，一切陈旧观念都必须革除，从前破鞋丢人，现在你听谁还提破鞋二字……

梅英怒目圆睁，质问他："照你的说法，现在该给破鞋挂光荣牌了？"

"你是怎么了，怎么说话就钻牛角尖儿？时代前进了，观念已经变了，对节操这件事，人们已经不大计较了。"

"既然这样，我也去跟人家睡觉……"

李山厚笑了！他说跟人家睡觉也得有那份本事，阮梅英同志自身仍受着封建道德的束缚，怎能迈出那样的矫健步伐？梅英就捶他："叫你卖乖，叫你卖乖……"

李山厚忙抱住她，说别弄大了动静，惊醒了莹莹。梅英住了手，但仍啜泣。

"从前你恨沈荣，现在……"

"从前她背叛了山宝，我当然恨她；可是现在，她连回心转意的权利都没有了！"

李山厚缩进被窝里，深深地叹了一口气。

雄鸡叫了，嘹亮而清晰……

十八

岁月述说着幸福，也述说着苦难；岁月述说着快乐，也述说着忧愁。岁月述说着幸福后的苦难，也述说着苦难后的幸福；岁月述说着快乐后的忧愁，也述说着忧愁后的快乐。岁月述说着成功者的自豪，也述说着失败者的懊恼；岁月述说着成功后的失败，是多么悲惨，也述说着失败后的成功，是多么欢颜……有人说，岁月是个筐，什么都能装；也有人说，岁月是张嘴，什么都能说。是不是这样呢？多数人反映，基本如此。岁月总是不偏不倚，平心静气地述说着每一个人的故事。就在这个述说过程中，不清晰的面目清晰了，糊涂的事件明白了，是非曲直清楚了……

1994年麦黄梢的时候，沈荣在街上遇着姜美莲，姜老师两片子薄嘴唇快速地掀动着，叭叭叭……一口气就把李山宝和林丽然的闪电式恋爱结婚说了个绘声绘色。但她是个见人说人话，见鬼说鬼话的角色，见了沈荣自然要说沈荣的明智选择，说李山宝只是个冒牌民办，他哥行，但救不了他一辈子。沈荣抛弃他，实在是一次英雄壮举，是人生之大幸……

"姜老师，还有别的事吗？"

姜美莲见沈荣哭丧着脸，才知道她的话没讨得沈荣一丝一厘一毫的好感，但是沈荣不会像她那样，叭叭叭，也把自己的内心全部用语言表露出来。姜美莲没有失去正常人的判断能力，见人家不欣赏自己的叭叭叭，也就知趣地走开了。

沈荣心里很乱，急躁当中，就奔了电话亭。摁罢号码，她就又挂死了……

"怎么，又不打了？"

她没吱声，转身走了。

"神经病，挨了甩吧？"

没有必要争执，人家有嘴，愿怎么说就怎么说吧……她终于病倒了。

崔萍来看她，向她检讨，说当时不该说那些，扰乱了沈荣的思路。实际上，男人有那么点毛病算不了什么。她说自己嘴上没有站岗的，说了些不该说的话……她丈夫知道了，埋怨了她好几回。

"萍姐，我一点也不后悔和宋成法……"

"说起宋成法来，他做事也太不负责任……他已经结婚了。"

"那就好。"沈荣叹了口气，闭了眼。

"你是不是还在思念李山宝？"

这就戳到了最疼处，沈荣立即热泪盈眶。

崔萍忙给她擦泪，叫她别这样了，常以泪水洗面，弄坏了身子怎么办？她说在这件事情上，你有错是不假，可李山宝也有不对。真正的钟情男子，得等女方结了婚之后再寻他路。他撕了你的信，又急急慌慌地结了婚，能说明心里有你吗？她说你这样不行，要站起来，挑战生活！你这样软弱，叫人们怎样评论，叫亲朋好友怎么放心……

一个月后，沈荣重新走上了讲台。

1996年春季的一个星期天，沈荣去百货商店，想买双浅口皮鞋。路过一处小饭摊，她一眼瞅着了李山宝，他抱着个一生日多的孩子，旁边坐着一位女子……她怕被李山宝看到，紧三步走过去了。她一路恍惚，心里很乱，她认为坐在李山宝身边的那位女子应该是自己，李山宝怀里抱的那个孩子应该是她生的……皮鞋没有买成，她走出了百货商店。拐弯处，她神志不清，一辆摩托撞来，她不知怎么躲了，尖叫一声，就什么不知道了……

十九

沈荣醒来的时候，已经是第三天早晨了。

妈妈守在她的床前，见女儿醒了，擦着眼泪笑，笑着笑着，泪珠子又滚下来。

"妈，我这是在哪里？"

"医院里。你被摩托……"

她想起来了！那时，她不知所措……"骑摩托的抓着了？"

"没有，已经报案了。"

"别报啦，责任在我……"

妈妈不高兴了："他撞了人，不告他，那有恁好的事？最起码，他得包医疗费吧！"妈妈就说当时入院抢救的困难，交不上押金，院方不抢救。眼看着女儿流血，她的心像剪子铰！亏得张明晨张大夫，那次沈荣爸爸住院认识的。妈妈一见张明晨，就哭了。一问情况，张明晨立即做了担保人，签字画押，并且担任沈荣的主治大夫，他是骨科副主任医师……

沈荣嘴巴动了动，笑了。

"可不能忘了张大夫！"

沈荣点了点头，咧了咧嘴。

"哪里疼吗？"

沈荣没吱声，她知道，疼得忍着。

一会儿，查房的来了，一个大夫后边，跟着几个护士。这个国字脸型的大夫，好似见过，那次李山宝与宋成法殴斗，他曾问过她话。

查过体温，试过脉搏，开罢药单，张大夫对沈荣妈妈说："病人不宜说话，请老人家不要多问她话。"

沈荣妈妈点了点头，说记住了。

沈荣两眼直盯着张明晨，泪水满盈……

左腿粉碎性骨折，但由于手术及时，恢复得蛮快，一个月后就能活动了。一个月的时间，她跟些护士姐妹混熟了，有时谈起张大夫来，免不了说三道四。护士们说，张大夫这人太正经了，有时严肃得叫人喘不过气来。他的夫人跟卫生局的财务科长有染，有一天被他捉了双，他怒不可遏，打了夫人。就因这，两口子闹翻了，最终离婚。有一女孩，女方竟然不要，张大夫要，现在跟她爷爷奶奶生活。

一日，张明晨来坐，询问病情。沈荣想出院，张大夫说不要急躁，需要走了，自然会通知你。因为熟了，不能不谈到家庭状况，张明晨很直爽，就把离婚案说了出来。他说，这事要放在以往，可算今古奇观，现在已司空见惯，一点也用不着惊讶了。

良久，沈荣才说："张大夫，你实施家庭暴力，不对呀！"

张明晨有些生气："你怎么也是这个腔调？现在的舆论导向，只谴责家庭暴力，就是不追究原因，不说一句道德沦丧的话了……我也不赞成家庭暴力，但我们应该替当事人想想，怒火中烧，控制得了吗？如果某些有夫之妇或有妇之夫少一些淫乱，这家庭暴力不也就少了许多……"

沈荣低着头说："我要成了你的媳妇，你是否也拳脚相见？"

张明晨大惊失色："你怎么这样说话？"

"我怎么就不能这样说话？"

"不可以。你与李山宝……是恋爱中的事，与淫乱不能相提并论。"

"是不是非常伟大？"

张明晨笑道:"暂时还是不用这个字眼形容吧!这个字眼用频繁了,有失严肃……"

"那么,你原谅我了?"

"我原谅你,还是不原谅你,都没有意义。"

"这么说,你不曾动过爱我的心?"

张明晨脸色红涨起来,他叹了一口气,说道:"我已经45岁了。"

"我如果不嫌你大呢?"

"我当然喜出望外……"

这天晚上,张明晨熬了一锅鸡汤提了来。

又过了十几天,拆了石膏,下床一走,腿瘸了,沈荣立即哭了。

"不要灰心!来,我扶你走……"

三天的磨练,也没有改变现实。

沈荣说:"我不活了!"

"为了自己,可以不活,但为了苦心爱你的人,应该活着……"

"一个瘸子,跟在你身后,有什么好看?"

"不好看,也不难看。"

"你不嫌,我自己恶心自己……"

张明晨抚摸着沈荣的伤腿,深情地说:"不要这样,瘸子并不丢人。你知道四十军的军长庞炳勋吧?他也是个瘸子……"

"我是教历史的,怎么不知道庞军长?"

"临沂的老百姓无不赞扬四十军打得硬,庞炳勋是抗日英雄,但是到了湖南,他却当了汉奸……湖南之庞瘸子,远非临沂之庞瘸子了!这就是说,腿瘸致残,只是生理缺陷,它于一个人的其他方面,丝毫无损……"

沈荣哭着说:"难得你有这一番心思。"

"我们应该还有办法,现代医学不会使一位骨科大夫的妻子瘸腿……"

沈荣热泪盈眶,一下子扑到张明晨的怀里,呜呜地哭了。

不久,他们去了北京……

二十

这一年，暑假过后，教育局清退临时民办教师。第一轮，李山宝安然无恙。不久，就有人民来信揭发。一日，夜里9点，有电话来，李山厚忙接，是教育局长许祥亮打来的，说非常对不起，李山宝的民办教师资格保不住了，有人揭发。李山厚态度很积极，说该清退就清退，这没有什么可说的。他刚放下听筒，梅英就说："他是给你下通知送红包的。"

"你早接到通知了？"

"傻帽，还感觉不出来吗？"

李山厚坐在沙发上，跷起了二郎腿，随即点着了一支烟："既然是傻帽，有什么能力感觉出来？"

"我是说你该出去活动一下了，为了你的同胞兄弟……"梅英说，不用花多，一百元足矣，不是还有张副主任的虎皮在起作用吗？可是你不去，人家说你架子大，是不会无缘无故地照顾你兄弟的。如果你兄弟被刷下来，你这副主任的脸往哪里搁？现在的事，什么叫正确？礼送到了，也就正确了。

李山厚无意跟妻子打嘴仗，他说山宝的民办教师再也无法当下去了，原因有二：一是他与沈荣的事闹得满城风雨，已经尽人皆知，捂不下了；二是临时民办的数量也不在少数，据他所知，全县也有一百多人，不好办。既然有人民来信，说明已经被人盯上了，再打马虎眼，就不好看了。再说这民办干得也无意思，干点什么一个月转悠不了二百元钱……

"他能干什么？"

"八十的嬷嬷，没叫狼追着……"

"看样子，你是成心叫狼追一追你的同胞兄弟了！"梅英不无嘲讽地说。

"贤良的嫂子到处都有，你出良策啊！"

"我要有良策，要你做什么？"她一扭身子进了卧室。

第二天，天刚闪明就下起了细雨。7点10分，李山宝来了，他把雨衣挂在房门上，坐下就唉声叹气，把即将被清退的事说了。

"你哥已经知道了。"嫂子说。

"还有没有办法？"他看着哥。

李山厚说："吃饭吧，这事不是一句话两句话可以说明白的。"

饭罢，李山厚叫兄弟到街上转转，中午再来。他现在急等上班，没有时间说了。说完，他就走了。

"嫂子，真山穷水尽了吗？"

梅英把固有的同情心收起来，代丈夫传达了那两点看法，说事到如今，什么也别说了，另寻他路吧。

"你们见死不救啊！"他哽咽了。

这话太噎人！梅英一下子来了气，就拾掇开了陈谷子烂芝麻：说你哥怎么给你弄民办名额，怎么调沈荣进城……说沈荣一时思想有动摇，也难怨，是有思想不健康的因素，确实也存在一些实际问题……埋怨他遇事就急躁，火烧着腚门子似的，走极端，去跟人家同归于尽，怎么想得出来的？要不是你哥行动敏捷，措施得当，你现在还在地球上吗？后来，人家沈荣有了回心转意，你撕碎了人家的信……你该吧？你三天捞不着女人了，就急绿了眼，急急忙忙娶了。人家沈荣至今没结婚，三年了，也没不能过了……

"她还没结婚？"

"没结婚跟你有什么相干？"梅英瞪他，他浑身大汗淋漓。

李山宝啥也没再说，扯下雨衣走了。

雨住了，他推着车子在街上步行……没有必要再哀求哥了，嫂子已经把心意都说出来了。是不是去见沈荣一面？这点想法在脑际一闪就过去了，他没有这个勇气，人家决不会再有从前一丝一毫的热情了，时过境迁，自己已经是有妻有子的人了。

他回到家里，还不到晌午。娘正在给孙子欢欢洗脸，林丽然正在忙饭。

"哥答应了？"看他回来得这么快，林丽然猜想，哥可能答应得非常干脆，怎么说也是一个娘生的。一个县府办公室副主任，办这点事，还不跟吃个咸豆似的……

"还答应了……"

"怎么，他没答应？"

"墙倒众人推，别想那么好了。"

石破天惊！林丽然瞬间泪下，切菜刀歪在案板上……怎么会是这样？苦死人了！林丽然闪电式地做了李山宝的媳妇，并不是一见钟情，也不是感情早就深厚，所能有的，就是一切感觉良好，他们对李家崇拜，李山厚是县府办公室的副主任。李山宝虽然是民办教师，转公办是篮子里的鱼。哪承想，这个算计竟然落了空。这年头，人心黄了，亲兄弟也不相认了……

"你空着手去的，是吧？"林丽然突然问。

"什么意思？"

"你没买莹莹爱吃的……"

"你别心多烂肺了，我哥嫂不是那种人。我们不应再晕头昏脑了，也该理智地想一想了。"他就说开了哥通过嫂子的嘴说给他听的那两点看法。

"可是，你能干什么？"娘也插了嘴。

"就是的！"林丽然紧接着说。

"大不了面朝黄土背朝天……"

"不行！你还得去找哥。"

李山宝朝屋里走，林丽然紧跟了进来："你丧失了信心？"

"哥，不是别人……"他坐下，低了头。

"你还是个男人吧？"

"你还能说句人话吧？"

林丽然美丽的脸蛋儿上永远飘浮着的红润消失了，脸色吓人地阴暗冷峻，泪珠子骨碌一个，骨碌又一个……她终于号啕大哭，哭着说："早知道你这样，俺跟你做什么……"

"这不跟也还不晚啊!"

林丽然不哭了,她抹了把眼泪,恶狠狠地盯着李山宝:"那好,咱离!"说完,她刮风一样闯出了门外。欢欢正跟着奶奶在大门外玩,见妈妈来,一下子扑过去,被林丽然拨拉倒了,哇哇哭喊……

"欢欢妈,欢欢妈……"老婆婆直嚷。

但是,林丽然没有回头。

李山宝跑出来,抱起了儿子……

"山宝,有话不会好好说吗?"娘用褂袖子洇着眼泪,喃喃地说。

他啥也没说,抱着欢欢回了家。娘随即跟了来,仍然埋怨。他不说这些,只叫娘把儿子送到他姥姥家去。

"你送去不行吗?"

"我去,不还得吵吗?"

二十一

李山宝直接进了第十五中学……

历史教研组里,沈荣正在备课。

他推门进去,站住了……

沈荣慢慢抬起头来,吃了一惊!三年不见,山宝瘦多了,他娶妻生子,好不容易啊!她拿过一把椅子来,轻声说:"坐吧!"接着,她又倒过一杯开水来。沉默良久,沈荣说:"什么风刮了你来?"

"我也不知道是什么风……"

沈荣有些丈二和尚摸不着头脑,心中疑惑丛生,但又不知从何说起,就无话找话说:"大娘还好吧?说的有空去看看她的……"

"还好,她也常念叨你。"

"儿子会跑了吧?"

他没有直接回答,喝了口水,然后问:"听说你还未婚……"

沈荣笑了笑:"这跟你已经毫无关系了。"

这句话就像针刺一样扎疼了他的心!听说她遭车祸,伤了腿,但没有留下什么后遗症，走路也不瘸，真该感谢现代医疗技术的进步。她脸色好似比先前白嫩了，身材更加丰满圆实了……李山宝咳了一声，终于说："我还能说爱你吗？"

沈荣脸色肃然："你说呢？"

李山宝终于解脱了一切束缚，把自己与林丽然的婚姻状况和盘托出！他说闪电式结婚是一种报复心理使然，实际上是一种自我作践。他为了表示自己的忠诚，也想陈述同归于尽的爆炸计划，但转念一想，这计划太恶毒了，说出来虽然是忠诚的表现，但负作用太大，还是省略了好。他说他误解了荣姐的回心转意，失掉了一个千载难逢的好机会……他眼圈发红，有泪水涌出。他说他与林丽然的结合是一场灾难，有婚姻无爱情，她只会算计经济账，抠钱抠得很紧。他别无选择，只有走离婚的路……他当然知道不能透露被清退的事，如果说了，自己不就成叫花子了吗……

他一口气说了这么多，把沈荣说愣了。

"荣姐，我还念着过去！"

"我也没有忘记……"

李山宝的眼睛发亮了：有希望！

沈荣又给李山宝续水："喝吧。"

他心跳得怦怦响，又一次感到了爱的温馨。

"我对不住你，背着你做了不应该做的事，以致把我们的关系引向了灾难的深渊……"

"那也怪我，怪我无能力劝慰你。"

"不要提劝。鬼迷心窍的时候，神人也劝不转……但我埋怨你当我回心转意的时候，你不给机会，还撕了我的信……"

李山宝脸红脖子粗，豆大的汗珠子亮晶晶地直往下滚："以后，再也不会发生这样的事情了……"

"没有以后了，很多事情都是一次性的。"

"你不是一直还独身吗？"

"当！当！当……"下课铃响了。

"下课了，咱出去走走吧。"

李山宝只得站起身来，往外走。走出校门，向北五十米再向西拐，就是启阳路，路两旁，垂柳正婆娑。

两人站定，沈荣说："山宝，你这次来找我，有什么实质性的事吗？快说，别不好意思。"

"我想与你重修旧好……"

"山宝，你对过去是不是很留恋？"

"太留恋了！"他一脸痛苦。

沈荣深深地叹了一口气："太晚了！"

"荣姐，不晚……"他伸手要去抓沈荣的手，沈荣闪开了。

"在你那里，可能不晚，在别人那里已经晚了三春了！"

"荣姐，你不要蒙我，你不能一辈子独身。"

沈荣苦笑道："这些，用不着你操心了。"她的脸面上飞扬起来好些笑意。

"看样子，你对过去一点也不留恋了。"

飞扬起来的笑意，瞬间被阴霾遮掩。她仰脸看着远方行驶的汽车，说道："过去的那段时间，不管别人怎么评论，我个人总觉得有真情可言……可惜，这真情已经被你我二人糟蹋坏了，现在还说它做什么？一张纸掀过去了，再也别提了。"

怎么能再也不提了呢？他跑这一趟的目的太明确了，重修旧好，被清退了，来城里打工，仍有个依靠，有一个做中学教师的妻子，也是一份荣耀！过去，他太没有耐心了，一听沈荣另有所爱就火冒三丈，就走极端，就同归于尽……千古遗恨，可不能不记取了！好事多磨，耐下性子等吧。

"嘟噜噜——"手机响了，沈荣忙从衣兜里摸出来："喂，谁呀？"

对方笑了："还谁呢？"

"好，过一会儿给你打回去。"她随即把手机关了。

"谁的电话？"李山宝急问。

"你管这么多做什么？"

李山宝的脸红一阵白一阵……沉默了一会儿，他只好说："我求荣姐给我说句明白话……"

　　不说明白，他以后再来纠缠呢？她说得知你闪电式结婚后，自己也痛苦过，特别是有一次在街上遇着你们三口子一起吃饭，对她的刺激特别厉害……她神志恍惚，脚步错乱，被摩托车撞倒了……中医院的骨科大夫张明晨做了她的主治医师，他也有不幸的婚姻……出于同情和感恩，她就向他表示了爱情。

　　李山宝的脸寒了："不可逆转了？"

　　"早就不可逆转了。"

　　再往下说，还有什么意思呢？

　　看着李山宝满脸的窘态，沈荣知道此时的山宝心里是多么痛苦！于是，她就安慰他："你工作上有什么困难，经济上拮据了，健康上出了问题……都可以来找我。我力所能及的，一定竭尽全力帮助。你现在所期盼的这些，我实在没有办法满足你了。"

　　李山宝立即感到现在的沈荣已经不是三年前的沈荣了，她成熟了许多，老练了许多，或者说，她变得狡猾了，城府深了。事情已经到了这步田地，再待下去，还有什么意思？也许人家会说自己是只癞皮狗……

　　"荣姐，恭喜你！"

　　"你这是什么话？"沈荣瞪他，但立即又转缓了口气，"山宝，别有情绪。生活就是这样安排我们的，认了吧。你我岁月的脚步声，和谐的节拍太少……"

　　"好吧！"李山宝惨然泪下。

　　沈荣无可奈何，干搓手……

　　一时没了话，有轻风掠过，送来了凉爽。

　　"我该走了！"李山宝憾然，他看着沈荣，沈荣也看着他……他走上前一步，把手伸过去。

　　沈荣很犯犹豫，但还是把手伸了过去。李山宝抓住，极其贪婪地握着，大滴大滴的泪珠子扑簌簌地落下来……沈荣立即感到这样不好，持续时间长了,可能要出事。一想到这里,她狠劲将手抽了回来……

二十二

不知道沈荣是怎么走的,李山宝木鸡一样站在垂柳下,一脸悲哀。他知道这场戏的煞台锣鼓终于敲响了!他走回校门口,开了车锁,推着车在街上步行。人流车流……太阳移向西边,挨近树梢头了,可能到下班时间了吧?他的肚子叫起来了!他想起来了,早晨就没吃饭,到现在差不多有十个小时没进食了。走不多远,路边有个饺子摊,他走了过去。小姑娘的嘴挺甜:"要什么馅的?"

"什么馅的都行。"

摊主是个中年妇女,也笑脸相迎:"猪肉韭菜的吧,很鲜,挺爽口。"

他点头,坐下,没再多说。他一下子想起来了,沈荣自始至终,都没问他饿了吧。他们之间不但无了夫妻之爱,连朋友之情也荡然无存了……像火山爆发似的爱恋,冷却下来后,竟是如此冷酷无情!也好,这样利索。

饺子来了,直冒热气。稍凉,他就吃,一盘子下去,半饱还不到。"再来一盘子行吧?"

小姑娘笑了,中年妇女也笑了……

吃下第二盘子,好似还有点欠缺,但不好意思再要了。他伸手掏钱,口袋里空空的,钱包没了。他好惊愕,随口喊道:"钱包呢?"他找遍了全身,也没找着。他只得解释,只得说好话。但是,人家什么也不听,不给钱,说得天花乱坠也不行。中年妇女还好点,小姑娘却毫无商量的余地。

"我把褂子放下做抵押,明天……"

"谁要你的臭褂子!"小姑娘嚷道。

中年妇女也说:"你这褂子还值六元钱吗?"

"你留下车吧!"小姑娘直言不讳。

"没了车,我怎么走路?"

"那个，俺不管。"

这里有争吵，挂住了许多人。李山宝像被耍的猴子一样，在众目睽睽之下，窘态百出。

"李老师，怎么啦？"

他循声音看去，一张熟悉的面孔在向他张望，是孙广学，他曾在南里沟中学工作过，去年调进了城里。孙老师为人厚道，与李山宝交往虽然不多，但很喜爱他。救星来了！他们握手，言说，孙老师掏出了六元钱……

二人站在路旁，互相问讯离情。

"听说民办教师整顿，你的情况怎么样？"

事到如今，还有什么可保密的？他就把被清退的事说了。

"以后怎么办呢？去经商……"

他摇了摇头："我没有那个能耐。"

"去民办中学吧！我有个表哥退休后，进了民办中学……"

"那是个长远之计吗？"

孙广学叹了口气，一脸难色。你这种情况，到哪里去寻长远之计？可是这话无法说。他掏出了两支烟，递给山宝一支，山宝说不吸，没接。

"吸吧，开开斋。"孙广学笑道。

他苦笑着，接了过去……

吸了几口，孙广学突然问："家里情况怎样？在家里发展……"

"林丽然要跟我离婚……"他说着说着，就呜咽了。

"哭什么，男儿有泪不轻弹！"孙广学掏出一块手绢，叫他擦泪。

"孙老师，我觉着活着已经无了意义！"

"山宝，你怎么这样说话！你不才二十来岁吗？年轻轻的，一遇挫折就低头吗？我觉着人生的全部意义就是奋斗、拼搏，你说是吧？你如果不愿走别的路，就再去考学，我有个表侄儿，复习了五年，终于考上了。你就没有这点精神吗？不就是拼一拼嘛！你的学业底子很厚，我认为你行，别门缝里看自己！但要琢磨琢磨办法……先教着民办，抽空复习功课……"

"就怕再试不第，叫人笑话。"

"我们又没去偷人，笑话什么？你别作茧自缚好不好，我的好兄弟？在这个世界上，谁的路不是拼出来的……"

孙广学的苦口婆心没有打撇，李山宝终于被说服了。他也不回家了，在孙老师家住下。第二天，他就去了孙广学的表哥任教的那处民办中学，那里还缺两名语文教师，他就留下了。校方组织听课，反应良好，决定录用他。

漂泊的舢板又驶进了一处港湾！一个星期后，他给哥打了个电话，说自己已在民办中学任教，但没说考学的事。三年的社会生活，给了他好多教训，凡事不宜张扬，说得好听，不如做得实在。他暗中做好了一个计划，白天全部精力投向教学，夜晚复习。

半个月后，一切都进入了轨道。沈荣再也不是他的人了，她可能正在跟张明晨寻欢作乐，再千般思念、万般后悔，都毫无意义了。除了痛苦以外，谁也不拿着当回事了。跟林丽然尽管闹了，但毕竟领过结婚证，而且同床共眠了三个年头，儿子也快两岁了……他不得不写封信回去！信曰："……我已在一处民办中学找了个临时饭碗，前景如何，上帝知道。你我的关系怎么处置，请你拿出个方案来。特别想念欢欢，请不要虐待他……"

信寄出去一个星期后，林丽然带着欢欢来了……老远，欢欢就喊爸爸。他推着小汽车向前跑，他对爸爸说，他是开着小汽车来的。李山宝把儿子抱起来，热泪一下子蒙住他的眼睛……

（2002年秋草就，2014年10月修改）

蒙蒙细雨

麦后第一场雨,下得可真令人喜爱,轻飘飘的,细切切的,柔和和的,大一阵,小一阵,真有意思。下大的时候,唰唰,唰唰……雨道子扯天坠地,像无数根银丝织成的网,好清晰;下小的时候,无声息,像烟雾在天空弥漫着……

"云芝,你看,这雨……"

"嗯,下得真喜人,可该着养养苗子。"

"就是的。云芝啊,咱那两块薯地还缺些苗子,你到后院二婶家去,剪些秧子,再伙上你传坤哥,补补去。"

刚才,云芝的脸色还喜相,红扑扑的,活像朵夏初盛开的石榴花;听了娘这几句话,立即漫上乌云,嘴也噘,眼也瞪,满脸怒气,一句话堵死了娘的嘴:"要去你去,俺不去!"

"云芝啊,你不小啦,也该懂事啦……"

"娘,不小了怎么治,又不能往回缩!"

"唉——"娘无可奈何,长出了一口气。

云芝戴上席夹子,冲进了雨幕……

"你忙什么,给我回来!"

"回来就回来。"

"你上哪?"

"不是去补苗吗?"

"你上哪去弄秧子?"

"偷啊!"

有啥法,气不死人不算事!娘气得眼里含着泪水,嘴唇乱哆嗦。

一忽儿，娘还得强装笑脸，劝闺女："云芝啊，你别拗啊，娘不误你，他爹一退休，传坤就去顶替……"

"哼！他就光知道顶替，不像个庄稼人了。"她只在鼻子里哼了这么一声，嘴唇撇了几撇，就什么也不说了。

闺女的这副表情，娘可没看真切。她还当是说动了闺女的心呢，又接着唠叨："去吧，哈，好孩子。"

她跑出去了！别说上后院二婶家去，她连看一眼都没有，就闪过去了。她顺着大街，风驰电掣般向后疾跑，闪过一个门楼，又闪过一个门楼：大门楼，小门楼；瓦门楼，草门楼；高门楼，矮门楼……谁知闪过了多少个门楼啊，她都没有进去，直跑到村后第一个草门楼，门旁有棵高榆树的人家，才咯噔站住，掏出手帕，擦擦热汗，按按狂跳的心，冷静了一会儿，刚要进去，又退了回来。哎呀呀，怎么心乱如麻的？她前走走，后退退，扯扯褂襟，低下头，沉思片刻，本来就红扑扑的脸蛋儿，更像跳起了火苗子。

"云芝！"

"啊，三大爷……"

"家去吧，你三大娘与小霞都在家。"

她这个三大爷叫吴贵昌，是村里有名的"壮汉"，都五十大几了，可那身板儿仍然结实得像个小伙子。这当儿，他正挑着一担粪，扁担颤呀颤呀地远去啦。那股子神乎劲儿，恐怕年轻小伙子也比不上。云芝从小就像尊敬老爹一样尊敬这位三大爷，因为他们都是一个辈数上的勤快人。这样一寻思，刚才的胆怯、羞愧全云消雾散，一股子亲切感涌上心头。兴奋之中，一阵风儿似的，她就进了吴家的大门。

"三大娘！"

"哎——"

刹那间，小霞跑出来，两手一扑，抱住了她……到屋里坐下，说说笑笑一阵子。后来，她说明了来意，三大娘与小霞就陪伴着她上了菜园，给她剪了一大抱薯秧子，掐在筐头子里，三大娘亲手递到她手里。

"俺广进哥呢？"

"啊，你说什么？"

"聋子！俺哥呀，他也补苗子去啦！"

"噢……"云芝的脸上又跳火苗苗了。

"我帮你去补好吗，云芝姐？"

三大娘拨拉了闺女一下，朝她使了个眼色。

"不多，你就别……"

"好好，实际上也是干送人情，爹还叫我去给玉米抓粪呢！"

……

离开了吴家娘儿俩，她心里空荡荡的，走起路来无精打采，东瞅瞅，西看看，犹豫不定。谁知他上哪块地里补去了？应该找到他，把心里的那句话掏给他，光窝在心里不行。云芝家与广进家不在一个生产队，吴家的责任田都分在哪里，她摸不清。要是单给三大娘说，她就大着胆子打听打听，无奈小霞站在一旁，叫人难以张口。这个小妮子啊，什么都好，就是嘴碎，肚子里搁不住话。不管什么事，要是叫她知道了，用不了三天，是风就能给你刮成雨……她懒懒地走着，四下里瞅着。唰唰，唰唰……雨点子落在席夹子上，沙沙，沙沙……近处，青枝绿叶，玉米苗子，薯苗子，高粱苗子，谷子苗子……数样的庄稼苗子，都被这甘霖细雨滋润得活嫩新鲜，苗壮旺盛。远处，蒙蒙细雨，无边无际的烟雾，茫茫苍苍，什么也看不清。"他在哪里呢？"她心里一急，问号一个连着一个，在脑门上乱蹦跶。哎，要是遇上他，该有多好啊！她在前头散秧子，他在后头栽苗子，一前一后，说着话儿……

她来到河堰北边的那块薯地，刚补了三棵，抬头朝北一看，咦，大沟北沿的那块地里怎么像有个人影子乱动？她揉了揉眼，定睛再细瞅：是啊，是有个人影子啊！是谁呢？爹，病啦；弟弟，还没放学；娘，不会来。该不是他？她的心怦怦急跳了几下，脑子里乱糟糟的，像无数蚂蚁乱爬乱咬一样。不管怎么样，得去看看。她挎起筐头子，风飘儿似的上了路。近了，近了，像他。什么像他？谁知什么像他，反正她觉着应该像他。更近了，更近了，确实像他。看哪，那个大头竹编席夹子……她飞跑起来，脚下水花四溅，身后留下一串响声："叽哩呱啦——"

她跑到地头，定睛一看，星点儿也不错，是他，是他呢！激动的心险些跳到了喉咙眼儿上，欢乐的话语刚冲到嘴唇边，又被硬咽了回去。姑娘的心，热似火，细如丝。她四处瞅瞅，远远近近，好多人都在补苗。她缓了一口气，暗自笑笑，掏出手帕擦擦汗水与雨星子，往后拢拢头发，轻脚碎步，朝前走去。

"广进哥，让你受累了！"

广进忙直起腰来，一见来人是云芝，深嵌在黑乎乎的圆脸盘上的两颗火亮火亮的大眼睛，闪动着憨厚、诚实的目光，局促不安地笑了笑。他刚直视了云芝一眼，就忙把目光移开了。云芝感到不满足，光拿目光瞟他，但他不瞅她了，你说恨人不！

"我补完了俺的，见你这块地……"

"怨不得人家都说你心眼儿好呢！"

"别说啦，三妹妹，咱快补吧，你在前头散秧，我在后边压。"

"行啊，行啊。"

精神一好，手脚也特别灵巧起来。云芝眉飞色舞，跳哒着脚步，欢得好似跳橡皮筋儿的小妮子一样，东一棵，西一棵，散得风快。

"云芝，你别乱散呀！顺着沟，一沟挨一沟。你那个散法，容易落。"

"噢，是呢。你怎么不早点说！"

广进瞅了她一眼，笑着，没再说什么。

雨，来了阵子大的，唰唰，唰唰……

"云芝啊，最好随手挖个窝，把秧子插在里面。"

"那是为啥哩？"她嗓音低低的，缓缓的，却又是甜甜的。

"我怕看花了眼，落了！"

"咯咯咯……你七老八十了？"

"可，可别那么说。看多了，瞅时间长了，难免有看花眼的时候。你瞧，都绿茵茵的……"

"行啊，行啊，我听你的，挖！"

这样干活儿真好，你前我后，说着话儿，逗着趣儿，一点儿也不觉得累……

没觉着似的,就把这一块地补完了。

"堰北那块也还缺些。"

"行啊,好补。你累了吧?"

真好,他给俺帮忙,还问俺累了吧!难怪人们都说他是个实诚人,心眼儿好……

"云芝,你知道这块地是谁家的吧,缺的苗子恁多?"广进指了指西边的那块地说。

"不知道。"云芝摇了摇头,微微一笑。

"噢,是传德哥家的。他的腰闪着啦,老嫂子的眼睛又不好,咱帮他补补吧。你别愁堰北那块,头晌补不完,还有下晌呢。"

云芝脸上一阵火辣辣的,就跟着广进走到冯传德的薯地里去了。只压了几棵,广进就挨乎到她的身边,笑嘻嘻的,像要说什么话。她紧张极了,是不是,是不是……她闪闪水灵灵的俊眼睛,直瞅着广进。广进也直瞅着她,目光炯炯,满脸喜相。云芝受不了这两道饱含深情的目光探视,脸上又跳动起了火苗子,头慢慢地低了下来。他是不是要跟我说心里的话呀,或许还要握握手……要真那样,该咋办呢,羞死人啦!是不是,是不是给他擦擦汗……

"云芝!"

"嗯……"她的心跳得就像鼓点儿似的了。

"秧子不大够了,我再回家剪些来,你先压着,别着急,啊,我去去就来。"

"那,那……嗯,咳,咳,也行。"

当她重新抬起头来时,广进已经走出老远了。她远望着广进哥那铁柱子一般的身影,刚才的激动霎时一扫而空,一层惆怅漫上了心头。

雨,蒙蒙细雨,下得真有耐心,唰唰,唰唰……怎么大一阵小一阵的,越下越高兴啊,逗着玩的?雨星子落在水汪汪子里,击起了好多水花儿,冒出好多水铃铛,在水面上漂游着,好似小帆船儿一样……他怎恁死心眼,没有感觉出来吗?是嫌我什么吧?嫌长得丑?嫌文化不高?

嫌我娘弓腰子上山——前（钱）上紧……还是怕我什么呢……唉，别光胡寻思，忘了干活。他要来了，还压不完，他不笑话我懒？

精神一抖起来，手脚就快。她干了好大一会儿，累得浑身热汗淋漓，终于压没了秧子。她直了直腰，远望着村庄，还不见广进哥的影子。站在地里干等，真急人，越急心越焦，越焦心越烦，越烦心越乱，越乱越思念，不停地望，不停地盼。村庄被罩在雨雾中，朦朦胧胧，只有几棵杨树的树头隐约可见。她望着盼着，忽然想出了主意，先挖窝，别这样傻等。薯秧一到，两人齐下手，那样准快，广进哥也准喜欢……

"云芝！"

"啊？"窝还没有挖完呢，他就来了。她偷偷地瞟了他一眼，见他脸上很平静，不见一点喜相意思。她不禁一愣，心渐渐下沉。

广进一本正经地对她说："你娘叫你快回去，说有人给你提亲，说的是冯传坤，我看蛮好的，传坤有文化，他爹……"

"蛮好的，蛮好的，吃现成饭蛮好的！"她怒气冲冲。

广进傻眼了：我说的这话真有错儿吗，云芝为啥像头怒吼的狮子一样熊我呀？这当中的牛梭头弯弯是啥呢？我没得罪过三妹妹呀！

"云芝，他爹一退休他就……"

"好男不贪坟头土，好女不穿嫁上衣。古人还有这么点儿精神，现在人就连这么点志气也没有了？俺就贱得恁不值钱，也太欺负人了！门缝子里瞧人啊，哼！"

心眼子一向实落的广进，并没有听出云芝的弦外之音。他还想劝劝她，但又找不出合适的话来。想了半天，他才瓮声瓮气地说道："也别攀高了，攀高了不好……"

"就好，就好！"她抽泣了起来。

这可怎么办……什么事都好办，唉，就是姑娘哭不好办，既不能胡劝，又不能拉拉扯扯地去哄！咳，算了吧，不会说话，就别硬充六个脚指头的。不说不行吗，谁还能把你当哑巴卖了不成？

你也不言了，我也不语了，田野里好安静啊，只有蒙蒙细雨，唰唰，唰唰……

云芝把秧子散完，也压起来。

"传坤那人啊，确实也有些不济处……可还年轻啊！俗话说得好，树大自直。等有了空，我去念叨念叨他，一个青年人，为啥光往吃现成饭上想……"

哼，都说他憨厚，你听他说的这话，不蛮有心眼！你愿说就去说呗，谁能拦住你……

广进一边念叨着，一边偷看云芝。云芝满脸愠色，那层动人的红润也消失干净，嘴唇有些发青，再也见不到那两个圆圆的笑窝儿了。广进咯噔把话咬住，默默地压开了秧子。他寻思，人家不高兴，你瞎叨叨啥呀，单为讨人嫌啊，不遭人骂不舒坦？

云芝却另有想头。广进唠叨着心烦，不唠叨了意乱。这个人哪，心眼子怎么恁直的，你就不会朝俺这里想想……

"广进哥，你就别操这份闲心啦，俺心里压根儿没有他……"

"有谁？"这话问得多笨，但一言既出，驷马难追，悔恨也来不及了。

"有你！"这话电闪火花儿似的跃出脑际，冲向喉咙，刚到舌尖，就要迸出口外，但又一个信号发来，牙齿、双唇巍然紧闭，一下子把话卡住了，满脸羞红，与火烧云一模一样了。

唰唰，唰唰……蒙蒙细雨，可真有下头。一个雨星子落在眼前那片绿叶儿上，又一个雨星子落下，数不清的雨星子，都落在那片绿叶儿上，滋润得它活嫩新鲜，流绿滴翠……瞅着瞅着，绿叶儿动起来了，向上飘着飘着，咦，怎么又变成了两棵……

云芝摇了摇头，眨巴了眨巴眼皮，往前一看，广进哥已经赶到前头老远了。得赶啊，得赶啊，嘻，也真巧，这一截子正好不缺苗，她紧三步就抢到头里去了。

还能光这样闷着吗？她看了看广进哥，只见他揸着秧子，抓着土块，有条不紊，压了这棵，又压那棵。真是的，这人……为什么就不能说句亮堂话呢，窗户棂子纸永远蒙着，胆子缩成小米粒子啦？

"广进哥，你不成亲啦？"她没有丝毫羞愧，更没有半点儿嬉闹，一本正经。

嗵，这、这……她问这个干什么？"我嘛，早跟娘说了，要成个脸跟我一样黑乎的，心眼儿也一样憨乎的。"

"噢，你还怪会挑拣呢。脸要是白生点儿的、红亮点儿的，就不行？心眼儿灵巧点儿的，就不要？"

"嘿嘿，你行，人家不行啊！"

"人家要是行呢……"

广进猛一抬头，遇到了云芝两道闪电一般的目光，多情的黑眼珠儿，一动不动地直盯着他。

嗵，这……

说什么？从何说起？心里怎么这样乱腾？跳这么急干什么：怦怦，怦怦怦……要蹿到喉咙眼儿上？咳，什么也别说啦，叫外人知道了，还不知咋嚼舌头。默默地干活吧，快快地抓土吧，急急地栽苗子吧。

田野里安静极了，除了唰唰的雨声，什么声响也没有。雨声，不但丝毫没有损伤田野的静谧气氛，反倒给它增添了浓厚的神秘色彩。看哪，那遍地的青禾苗子，长得多带劲啊，棵棵都像洗了个透水澡的小扁扁嘴儿，翘翘着头儿，挓挲着小翅膀，撒着欢儿，抖抖着劲儿，长噢，长噢。连那刚刚栽下的薯秧子，也神采奕奕呢。

忽然响了一个雷，雨顿时来了阵子大的。

"云——芝！云——芝——！"

"云芝，二婶子喊你啦。"

"没事叫她喊去……天底下没见她那样的，人家不乐意的事，她偏偏给你硬主张，她也不看看社会已经走到哪一天啦！哼，就别应声……"

"云——芝！云——芝——！"

百呼不应——云芝生气，广进不敢。

喊了一阵子，也就停了。唰唰的雨声，又盖住了田野……

到地头了，两人直起了腰。

"你看你那一脸汗……"云芝把手帕递了过去，"快擦擦！"

广进慌了，忙往后退。

手帕飞了过来，广进接住，手乱打哆嗦。云芝也低下了头，又转了身。广进擦罢汗，忙找个清水汪汪子，将手帕洗干净，才还给云芝。

"广进哥，俺爹常夸你憨实、手巧呢！"

"嘿嘿嘿……"广进不好意思地笑了。

云芝动了老半天心思，才想出了这么个话头，心想能引出些话来，可这个"闷疙瘩"只笑了几声，就又闭了嘴。真是的，还有这样的人来，天底下难找。她心里可真烦死他了！既然烦死他了，离开他不就完啦，何须多去纠缠？咳，云芝的心思要那么简单又好办啦，这只是一小点儿，更多的方面，还是喜欢、思念……一个闷疙瘩，喜欢个啥劲，思念个啥劲？这个，谁能清亮哟！

没办法，那就再默默地补吧。

看看快补完了，云芝沉不住气了，又问："广进哥，你还上堰北那块地吧？"

"啊，去啊，去啊……我不是没说不去吗？"

"咯咯咯……"云芝一见广进那个惊慌神情，心里有数了。她纵声大笑，像一串银铃，一个碰一个，响得真脆生。

老实人的脸发烧了，一阵阵火腾腾的。

还有几棵，那就快压吧。云芝喜眉笑眼，看着广进哥那个忙活样子，自己也忙跑前几步，低下头，弯下腰，急赶起来。

落了阵子急雨点子，又渐渐小了。田野还是那么安静，蒙蒙细雨，仍然唰唰，唰唰……

（原载于《大众文学》，1984年第2期）

补写春联

醒来一觉,听到零星爆竹声了,我捏亮手电看表,才 11 点,就又倒头睡了。

"咚咚咚……"谁在敲屋山墙,真是也怪,还能有多么急的事呢,大年夜搅得人心不安?管做啥事,也得讲个时候,过年了,只要能将就过去的事,就得将就啊!敲屋山墙干什么?唉,真烦人……

"咚咚咚……"又是一阵敲,比头一阵更急促、更响亮了。唉,没有办法!早起晚起都得起,干脆不恋热被窝了。我起来开开屋门,跑去拉开大门一看,星光下站着三婶子。

"三婶子,你……"

"他大哥,你是怎么给我写的对子啊,怎么能漏了鸡栏子上的呢?我不是嘱咐了好几遍吗……"

"鸡栏子?嘿嘿,那个,小意思,写不写的,嘿嘿,没啥关系。"

"什么?你再给我说一遍!小意思,还得怎么才算大意思啊,三千块也是小意思吗?我真没想到你会说出这样的话来……他大哥,实话告诉你吧,管漏了什么上的我都不管,就是漏了鸡栏子上的,我不依!"

我知道三婶子也是个犟脾气,什么都是说一不二。现在正值大年夜,何必跟她纷争!顺着她吧,你说漏了,咱就抓紧补写。我当即认错,忙跟着三婶子往她家里走。刚走进她家的堂屋门,大挂钟就开始敲 12 点了。小勇兄弟忙了,跑里跑外,拿着根很长的竹竿,抱着一大盘火鞭,兴高采烈地直嚷嚷,他要赶在零时点燃鞭炮。三婶子一把拽住了他,厉声喝道:"你敢给我乱点?写好了鸡栏子上的对子再点……"

立下的规矩不能变啊,三婶子可是个说一不二的人。小勇兄弟着急也白搭,焦躁更无用,只有干喘粗气,干瞪眼睛。

三叔也起来了,他是个老实人,连声说:"你说你说,深更半夜,又惊动大侄儿!快点着火烤烤……"

"我说小勇他爹,你怎恁会说话的,跟你哪位老师学的?我就烦气你们这套穷客气!自己的侄子,什么惊动不惊动。他给我漏了鸡栏子上的对子,我没埋怨他就是好事,还'又惊动大侄儿'——该惊动……"说着说着,别人没敢笑,她自己却哈哈了起来。

她这一笑,把紧张气氛缓和了,我随着笑起来,三叔也笑起来,唯独小勇兄弟仍靠在门框上发闷……

三婶子找来了毛笔与墨汁,为了看得清亮,红灯笼旁边又点着了一支蜡烛。可惜没有对子纸了!这,这……这可怎么办啊——老风俗,大年夜,人家代销店不卖东西啦!家家都得到初二或初三清晨起来,点响一挂鞭炮,叫作"开市大吉",才开始营业。

"这,这……"三婶子急得团团转,就像小孩子抽转了的陀螺。突然,她稳住了脚步,直瞅着我:"你没有收拾的?"

我要是有收拾的,不早就声明啦,何必让当婶子的这么发急呢!我有点不高兴了,说道:"三婶子,你要是信不过你侄子……"

"你听你呀,小心眼子一包包。我不是急吗?急了不就胡乱打听吗?你没心数,人家梅梅她妈妈可是个有心数的人啊!"

顿开茅塞,我撒腿就跑。

"你怎的?你给我回来,你……"

我折转回身,像一个犯了错误的孩子,站在三婶子面前,嘴里喘着粗气,心还怦怦直跳。

"有?"三婶子满眼里透出了希望的光。

"我记不清了。你这一说,倒是提醒了我,梅梅妈妈是不是有收拾的……"

"那就叫小勇去看看,你得稳住心,想想写啥好——鸡栏子上的对子,可得有个鸡栏子上的样,像牛栏里不是贴'槽头兴旺'吗?你好生琢磨——小勇哪，你快给我拿去！"

小勇不吱声，显然在赌气。

她亲自出马了！跑出门外，她又回头喊："大侄儿啊，你先温温墨汁，泡泡毛笔，寻思寻思写什么好……"

三婶子走后，我和三叔一边烤着火，一边温墨汁，木头火着得正旺，蓝火苗子一蹿老高，烤不多大会儿，浑身就热烘烘的了。三叔拨拉着火炭子，笑嘻嘻地念叨："你是知道的，你三婶子那脾气……俺今年挂了个养鸡专业户的牌子，净得三千多块呀，你能不叫你三婶子喜吗？过年图个吉利，不给鸡栏子披红挂彩，她能心安？"

三叔不说，我也明白，可惜白天写的时候，一时粗心大意，把这事忘了。这也难怪，从记事起，我真的没见过给鸡栏子贴对子的。

写什么呢？火苗子一蹿三尺高，我一摸棉裤烤得有点儿烙人了，就赶忙挪开火盆，坐在桌子边，提笔练字。写呀，写呀，心下乱琢磨，但怎么也想不出合适的词句来。没有必要去找参考资料，因为就我手头现存的新春对联中，没有一副适合鸡栏子贴的。想不出来，我急得直冒汗。

"大侄儿，热啦？哈哈哈……"

被三叔这一笑，我更有点儿窘，浑身的汗毛孔都挓挲起来……

等了半个小时，三婶子还没回来。我没有记错呀，一年一度贴春联，一般都是先计算好，写几门，用几张红纸。真有剩的，也舍不得搁着，总是想方设法写个什么贴上。真找不着也好，省得我多费这个脑筋。三婶子回来，我劝劝她，多说几句吉利话，过去也就行了。贴对子，不也就是一种形式吗？不贴，只要心里高兴，不也一样吗？

又过了十几分钟，三婶子回来了。噔噔噔，噔噔噔……嗬，跑着来的！看她那个高兴劲，还能找着了？

"写吧，快着点儿，天不早了。"

半张红对子纸从她手里递到我手里来了。这时，只见她满面春风，腮帮子都通红了。她随手向后拢了拢散发，擦了擦鬓角上凝结的霜雪子，就忙过来给我搢纸。

"是梅梅妈妈……"

"不是的,我又找了好几家,在刚子家才找了这么一点点……写吧,快着点儿,别打破砂锅纹(问)到底啦,还得问问砂锅几条腿啦……"

我被她说笑了!

"写什么词儿啊,鸡栏子上的对子……"

"真不会写吗?你呀,喝了这么些年的黑墨水,连鸡栏子上的一副对子都……"

此时此地,我能申辩什么呢?我能用什么言词来掩饰自己的愚笨呢?我默默无言。

想吧,使劲地想吧,挖空心思地想吧,搜肠刮肚地想吧,也许一下子触发了灵感,一副盖世称绝的鸡栏子上的春联便跃然纸上……五分钟,十分钟……依然一筹莫展。当——1点了!全村的鞭炮响成了一片,爆竹的闪光映得大年夜的天空如同白昼。小勇兄弟急了,埋怨起来。我急得淌了细汗,心律似乎也有点儿不正常了。可惜噢,急无用,越急心越乱,越乱越想不出好词句来。我再也没有什么本事了,只好干搔头皮。

"他大哥,你要想不出合适的来,写副平常的贴也行……"三叔说。

"让我再想想!"我能想不出一副鸡栏子上的对联吗?这十几年的黑墨水还能白喝了吗?三婶子为了欢庆她养鸡事业的兴旺发达,跑出去找红纸,我能让她失望吗?三叔老实,可他不也正在眼巴巴地望着我吗?想,还得想……突然,脑际间好似闪烁起来几个火花,一副对联清晰地从脑壳中蹦到了眼前,我忙提笔书写,一挥而就。

"什么呀,写的什么呀?你快念念我听听……"

"柳绿花红春光好,鸡多蛋大气象新。"

"好哇,好哇!横批写'咯嗒咯嗒'!"三婶子拍着巴掌哈哈大笑。

"不,写'个大个大'吧,正好照应着鸡叫的咯嗒咯嗒声,一语双关。三婶子,你还是个文曲星呢。"我一时高兴,赞扬起三婶子来。

"好啊,好啊,你们娘儿俩……"那边,忙了三叔,他正在木炭火上打糨子。

等不迭墨干，就忙着去贴：三婶子挑着灯笼前头走，我用双手托着这副春联紧跟，三叔端着糨子锅随后。我们三人一行，浩浩荡荡地向鸡栏子进军！

小勇兄弟已经用根长竹竿把一百头的大鞭挑了个冒天高，看样子，他已经忍无可忍了。他嚷嚷着，叫我给他快点。

"再等一小会儿！"

他已经忍耐到最大限度了，再往后拖一秒钟都是不可能的了！他把竹竿担在影壁墙上，开始"自力更生"——他自己用烟头点着了捻子，又忙跑回来，高高地举起了竹竿，捻子爆了几个火花，紧接着一声响亮，春雷似的炸响起来……

这时，我们刚刚把鸡栏子上的春联贴好。

（原载于《洗砚池》，1984年10月）

憨　猪

　　这天头晌割草回来，平进哥对憨猪说，下晌烧豆子吃，偷盒火柴带上。烧豆子吃可好，一咬嘎嘣脆，香喷喷的。火柴归大姐管，她肯给吗？憨猪略一想，要说平进哥用，大姐准给，憨猪知道他们特要好。

　　刚上夜校的时候，大姐听不明白的事爱问树山哥，树山哥很用心地给大姐讲。大概一个月后，树山哥大爷家的二嫂子上门来为他提亲，大姐不乐意。晚上，娘问大姐，大姐说："他那脸黑得吓人！"娘说："那你还问人家字做啥？"从那，大姐有点生树山哥的气，再也不问他字了，便去问平进哥。平进哥也教得很上心，有问必答，有时还添枝加叶、眉飞色舞地讲解一番。大姐要他做伴去夜校，他痛快地答应了。有一次，放了学，平进哥和大姐在祊河边说了好一阵子话，大姐叫憨猪站在河堰上张望着点，如有人来，就扔块小石头。过了好久，憨猪的脚都冻得生疼了，他们俩才转回来。他问大姐："你们说什么呀？"大姐说："哪说啥，闲拉呱。"走了一阵，憨猪不服气，又问："没说啥，谁信？"大姐攥住他的手，小声说："商量着识字学习呢。"憨猪疑惑："老半天了，就为这？"大姐想了想后说："还有些话，小孩知道了不好。"大姐从小疼他，他信大姐的话，于是不再往下问。快到家时，大姐说："可别告诉爹！爹要问为啥回来晚了，就说放学晚了。"憨猪问："给娘说吧？"大姐闷了一会儿说："也先别说。"

　　这样的事，以后又有过几次。有一次，爹吵大姐，娘也帮腔，大姐好哭了一场。爹追问他："憨猪，放了学，你大姐去什么地方了？"他一口咬定说哪也没去。打那，大姐再也不敢跟平进哥坐在一起了，只是路上匆匆说几句，就离开了。渐渐农忙起来，夜校停了。农历三月二十八逢春会，大姐领憨猪赶会，在西门外遇上平进哥。平进哥给大姐买了个胡椒眼的席夹子，也给他买了个小红席夹，还给他买了块黏糕，里面有枣有豇豆，吃起来又黏又香，真滋润人。

憨猪回家放下草筐，偷偷给大姐说，平进哥要用火柴。大姐愣了一会儿，红了阵子脸，拿出了半盒火柴，塞给憨猪。他把火柴装进小裤子的口袋里，挎起草筐，跑出大门。大门外，平进哥正在等他。

"平进，别惹事。"跟出来的大姐嘱咐说。

"放心，没事的。"平进满面堆笑。

"你可别糟蹋人家的豆子……"

"哪会呢。"

平进领憨猪去邀二孬。走进二孬家的天井，见二孬正蹲在枣树下从草筐里往外撕草。

"二孬！"平进哥喊。

"做什么？"二孬低着头，只顾撕他的草。

憨猪走到二孬身边，使劲拽拽他的裤子："走！你不去啦？"

二孬瞪着圆溜溜的双眼，咕嘟着窝窝嘴巴，小脸憋得通红。

二孬娘突然从屋里蹿出来，气呼呼地说："你们走吧，他肚子疼，不去啦。"

他们俩只得走。到街上，两人嘀咕，觉着不对劲，二孬不像肚子疼的样。于是，他们二番回去找他，二孬挺烦，嚷道："俺不愿跟你们一块去！"

"为啥？"平进拉下脸来逼问。

二孬小窝窝嘴一鼓一鼓的，脸憋得发紫，但就是不吱声。平进就吓唬他："不去不行，真要不去，就抽空揍你！"二孬哭了，说你们孬种，光偷我的草……

平进狠狠地瞪了二孬一眼，拽着憨猪跑了。到了街上，平进眨动着亮闪闪的眼睛，对憨猪说："这个小孬熊！"憨猪无话可说。偷二孬的草是真的，虽不常偷，但只要割不满筐就偷几把。有时叫二孬逮着了,平进过去吆喝两声,二孬就不敢再说啥,小窝窝嘴巴憋鼓憋鼓,掉几滴尿汁子完事。有时平进不想干了,就逼着二孬"上贡"。憨猪见二孬怪可怜,就不想再偷他的草。平进不愿意,说:"尽管偷,有我,他不敢发熊!你要不偷了,我就不护你了。"二孬比憨猪大五岁,平进若不护他,他准挨揍。

"憨猪,咱糟蹋他一下。"平进说。

憨猪忙问:"平进哥,怎么糟蹋他?"

平进愤愤地说:"点着他家的门楼子。"

"那,那……"憨猪慌了。

"你敢去点吗?"

憨猪瞅了瞅平进哥,心里怦怦乱跳,脸上寒寒的,说不出话来。因大姐和他要好,憨猪对他有一种莫名其妙的亲切感,可也惧怕他。他拳头大,胳膊粗,他们那伙小割草的,谁不怕他?

"我,我……"憨猪的小嘴唇乱抖动。

"要不听话,二孬揍你我不管了。"

"叫二孬看见了呢?"

"我去唬他,他要跟别人说,我揍扁了他!"

憨猪只好去。平进从后边推了他一把,憨猪踉跄了几步,跑了起来……

走到二孬家的门楼子下,憨猪见上面垂下来一缕干草,不由得打个激灵,摸出火柴盒,由于使劲过猛,也许是心慌,第一根火柴断了,第二根又没着。

"干啥的?"二孬喊。

"玩!"憨猪壮了壮胆子说。

"不要脸!"

"要脸干啥吃,有鼻子有眼就行。"这是小割草的们常说的一句笑话。一说这话,憨猪紧张的心情顿减,轻松了许多。"来呀,二孬!我想跟你玩玩呢。"

"跟谁玩都行,就是不跟贼玩。"

二孬一骂,憨猪火了,划着了火柴,哆嗦着双手,点着了门楼子上垂下来的那缕子干草。呼的一下,火苗子蹿上了大门楼子顶,火舌翻卷着,眨眼间就舔着了竖在大门一侧的秫秸。

"憨猪,快回来!"

"秫秸,秫秸……"

"就是叫它着火的!"

憨猪跑回来,回头望着越着越旺的火,心里怕极了。

火被乡亲扑灭了,但损失惨重:二孬家三亩地里的秫秸烧了个精光,堂屋西头那间房也烧了大半。二孬娘披头散发,大哭大叫,躺在大街上打滚。村长来问,二孬娘一口咬定是平进放的火。平进没走,他叫憨猪快下湖,自己留下来看动静。一见火着大了,他也慌了,赶忙吆喝救火。村长把平进叫到村公所,问他这火究竟是怎么起的,无奈,他供出了憨猪。

"快去叫憨猪的爹娘来!"村长对一个村民说。

平进趁机溜走了,他在北老林找到了憨猪。憨猪正在坟子旮旯里割草,小红席夹子扔在一座坟头上。他光着头,西晒日头很毒,晒得他像只旱鳖,满头满脸热汗淋漓。

平进过来给他擦了擦汗,就说起放火的事来。憨猪听说人们已经知道是他放的火了,心慌意乱,暗暗叫苦,哭哭啼啼地说:"俺爹说过,我要在外边惹事生非,就剥我的皮!"

"你爹厉害,也不能胡说。"

"这火可是你叫我放的呀!"憨猪哭丧着脸可怜巴巴地望着平进。

平进扑过来,一把拧住了憨猪的耳朵:"你敢提我!"

憨猪疼痛难忍,不得不告饶。

"不管谁问,也别说是我叫你放的火。"

"我爹要问呢?"

"不能说。"

"我姐要问呢?"

憨 猪

"也不能说。"

憨猪愣了片刻,低声说:"行,行。"挎起草筐要走。

"你牙缝里要漏了风,我就把你的耳朵拽下来盛盐!"

憨猪从未见过平进这么凶,脸色这么难看,龇牙咧嘴瞪眼睛。不等他开口,平进又猛喝了一声:"听见了吗?"

"听着了,听着了……"憨猪诺诺连声。

天渐渐黑了,那伙割草的孩子都回家了,只剩下了憨猪。他不敢回家,怕爹真剥他的皮。他抬头看了看月光笼罩下的灰蒙蒙的原野,好似有些怪物,头顶上就一阵阵冒凉气,浑身起鸡皮疙瘩子。他怕极了,想起了鬼火。听老人说,鬼火是死人的魂子,天一黑就从坟丘里钻出来,专寻小孩,掐死就吃。二孬爹的坟离这儿不远……憨猪越想越怕,急忙钻进了豆子地里。

毕竟是个10岁多点的孩子!他像只小狗,趴在豆子地里,蜷曲着睡了。不知过了多久,有人叫他:"憨猪,是我。"原来是刘树山。"树山哥……"憨猪哭了。树山说都下半夜了,自己一直在找他。

"我不敢回家。"

"到我家去,不叫你爹知道就是了。"

来到树山家,树山把他抱上床,给他围上被子,然后出去了。不一会儿回来了,手里托着一块月饼和两张煎饼。

"月饼!"憨猪惊喜地说。

"忘啦,今儿是八月十五!"

憨猪深受感动,热泪流满了腮。

树山又给他端来一碗热茶,喝完,他觉着暖和多了,浑身上下挺舒坦。

这时,门开了,大姐走了进来。

"桂香,快来坐。"树山招呼大姐。大姐就在床边坐下,叹了口气。他们就说话,大姐说爹如何厉害,发狠说找着憨猪决不轻饶!树山朝大姐挤眼摆手,大姐就不再说了。她换了个话题,追问憨猪到底是怎么放的火。憨猪委屈地流下了泪,没敢说实话,想想平进那个厉害样子,他就心寒发抖。"大胆说,我护你!"树山说。树山哥护他就好办了,他想了想,就把事情的经过说了。

"我去找你爹说清楚,平进也太不像话了。"

"麻烦大哥了!"大姐说,"我爹正在气头上……"

树山走了。闷了半天的憨猪说:"朱平进真是个孬种!"大姐哭了。憨猪见大姐哭有点生气,猛地掀掉被子坐起来,嚷道:"以后再别跟他说话了,他脸白心黑。"

"他叫你放火你放火,叫你杀人你杀人?"

"他揍人呢,他拧我的耳朵……"

大姐不吱声了,擦着眼泪叹气。憨猪重新钻进被筒,自言自语起来:"树山哥脸虽黑,心眼儿可好。"

"小孩子家,别嘴贱。"

憨猪用被子蒙住了头,不再说什么了。

为放火这件事儿,憨猪一家人都恨朱平进,尤其是憨猪,见了平进就骂,说平进逼他去放火,叫他吃气受冤枉。大姐也恨平进,但内心里还惦着他。

秋活一松,树山又托人来提亲。娘说不能急,得慢慢来。晚上临睡前,娘问大姐:"我看树山不孬,人实在,心眼儿好,干活一身力气。咱庄户人家图个啥?你爹常夸他呢。"

"心眼好的多的是,能都招来做女婿?"

"死丫头片子,你——"

"叫我死还不易!"

憨猪在旁边帮娘说话:"拿死吓唬谁呀?"

"憨猪,你没个猫大,用得着你说话了?"大姐恼了。

第二天一早,憨猪爬起来就去找树山,把娘和大姐的话原原本本地说给他听,还把大姐与平进以前的那些事也说了,气得树山嗷嗷直叫。憨猪把树山看成救命恩人,若不是他,那一夜自己冻不死也够呛,若非他周旋,爹能饶了自己?憨猪想不通,树山恁好的人,大姐为什么死活不应口呢?

　　这段时间,平进家也托人来说亲,憨猪爹坚决不答应。大姐不好说什么,只是哭。

　　刚入冬,夜校又开课了。起初,爹娘不让大姐去,但她哭闹着说有憨猪跟着,能有什么事呢?爹娘合计了几次,后来同意了。

　　大姐给憨猪做了双棉鞋,鞋脸上还绣了花,很好看。憨猪明白,大姐想暖他的心,叫他别再记恨平进。树山一听慌了,忙把憨猪叫到家,送他一支可以装泥丸打麻雀的土制手枪,对他说,大姐仍偷着跟平进好。一听这话,憨猪眼珠子就发红,问树山哥怎么办。树山叫他多盯着他们俩一点,有事来通报一声。憨猪二话没说,满口答应。

　　那晚放了学,走到河堰上,大姐掏出钱来叫憨猪去买糖块。他很高兴地接过钱来就跑了。他吃着糖块回家,爹娘埋怨他乱花钱,他说钱是大姐给的,吃罢脱去衣服准备睡觉。娘问大姐呢,他一下子想起答应过树山的话,于是重新穿好衣服跑上河堰。来回找了两遍,不见大姐的身影,他只好跑着去告诉树山哥。

　　树山一听毛了,拿起村长发给他的那支步枪,如临大敌的样子。他又喊来二孬,三个人一起摸索着在河堰上寻找大姐。

　　他们终于在一个高高的麦穰垛旁边发现了大姐和平进,手电筒雪亮的光柱下,两人正紧紧地搂抱在一起……

　　三个人一齐扑上去,三两下就把平进捆了个结实。二孬牵着绳子,催他快走。树山端着枪押在后边。憨猪拿手电筒照着大姐,大姐捂着脸,哭得很伤心。"哭死啊?还不快回家!"憨猪气哼哼地说完,撇下大姐,便去追前边那伙人。

　　夜已很深,大姐还没有回来。爹娘急了,匆匆出去找。树山和憨猪,还有二孬也相帮着找,闹得整个村子到处鸡鸣狗叫。直到天明,也没找着。

　　第二天清晨,早起外出拾粪的树山的大爷,见祊河水面上,漂着一具女尸……

(原载于《当代小说》,1993年4月)

杏花雨

窗玻璃刚闪亮,颖颖就起来了。推开门一看,啊,怎么,地湿了,不见落雨啊?眯缝眯缝两眼细瞅,才见一些如细丝像牛毛样的雨丝儿在空中飘洒着,像仙女巧手编织成的薄雾似的轻纱,从高空漫下来,笼罩着大地。没有声息,大地在静悄悄之中润湿了。

院子里的杏树开了一树花。这棵杏树虽然才五年,树干不甚粗,树头不甚大,花开得可不算少,枝枝条条上都簇拥着花,被细雨一洗一滋润,那个鲜亮劲儿,就别提有多动人了。这棵杏树是颖颖亲手栽种的。

那年,奶奶从街上买回来一斤杏,笑着吆喝:"颖子,来呀!你看奶奶给你买来了什么?"

颖颖跑来一看,圆圆的果儿,黄中透着红润,样子俏得像个小妮子的脸蛋儿。她就喊:"像我的脸!"

奶奶说:"憨妮子,你的脸要像这样,不就像黄脸婆了!"

颖颖被说羞了,笑着红了脸,说不出话。奶奶就告诉她这果儿叫杏,吃起来可美味了,酸酸的,甜甜的,酸中透着甜,甜中带着酸。也真是的,咬一口满口又甜又酸,透心润肺。

吃完,她就把杏核埋在了地下,奶奶问她:"那是做什么?"

她说:"种上,叫它出杏树,等杏树长大了结了果,我就爬上去摘了给奶奶吃。"

奶奶笑了,抚摸着孙女的两个羊角辫辫儿说:"等你的杏树长大了,奶奶也就不在了。"

她惊慌了,忙问:"奶奶,你上哪?"

"我就入土了。"

"不行不行,我不让奶奶……"

奶奶叹了口气,脸色阴暗了。奶奶去年走了,她哭得好恸。看,今年的杏花开得多热烈,奶奶要健在,今年就可以吃上杏了。

娘催她快吃饭。正吃着饭,爹回来了,推来了两篓子黄瓜。他们今年包了个塑料大棚,黄瓜长得怪好。卖瓜,全是她的事;管理,归爹;做饭,娘承包;哥在外工作;小弟上学。他们一家五口,一向分工明确。

饭罢,该上路了。她收拾好车子,回头猛见那树杏花像火一样燃烧着,像霞一样飞腾着。这杏花怎么如此精神,是奶奶在显灵吗?她忙扎下车子,跑过去,小心翼翼地折下来一小枝。

到了镇上,细雨丝儿依然飘洒。那枝杏花插在车篓上,越发来了鲜亮,雨丝儿落在花瓣瓣儿上,滋润得花色活像一位妙龄女郎的面庞。

她安好摊子,刚刚坐下,见来了位老年妇女,起初低着头,到摊子前,一仰脸呢,啊,这脸膛儿,这脸膛儿……怎么像奶奶呀?奶奶复生了?这,这……一忽儿,她就冷静了。她想世界上相貌一样的人有的是,奶奶活着的时候,搂着她睡觉,一觉醒来,奶奶就给她讲故事,讲古时候有姊妹俩,长得一模一样……

那老年妇女拣好四根黄瓜,叫她称。

她就称,称好,一算账,报了钱数。

老年妇女找钱,最终挺难为情地笑了笑,说道:"嘿嘿,来得慌忙,没有带足钱,你往下拿拿吧。"

"缺多少?"

"一毛。"

"拿着吧,一毛钱,说不着。"

老年妇女就夸她心眼儿好,她就脸红心跳,不安了好一阵子。老年妇女走了,走相怎么也像奶奶,弓着腰,探着头,还能真是奶奶转世了吗?突然,雨下大了!她忙去追,追上,忙把雨衣脱下来,给老年妇女披上。

"你,你……你这是……"

"你年纪大了,可别淋坏了身子。"

"孙女子,你的心眼真好!"

"奶奶!你……"颖颖哭了,泪水如注。

傍晚,雨停了,来了个五十来岁的男人,说老人家病了,叫他来送雨衣,嘱咐他车篓子上插枝杏花的小妮子就是,还捎来了五个笼蒸肉包子。颖颖接了雨伞,但不接包子。那人说那可不行,老奶奶一再嘱咐的,她只好接过来。颖颖刚要问问他是她什么人,那人却转身走了。

回到家里,娘见她淋得浑身透湿,就埋怨,说有雨衣怎么还淋成这样?她只好实话实说。娘就叹气,说可能是她姨奶奶。前些年两家闹过乱子,好多年不走动了。颖颖顿时激动起来,说管那些做什么,她要去认姨奶奶,姨奶奶的长相走相跟奶奶一模一样,她见了姨奶奶就像见了亲奶奶一样。娘沉吟了一会儿,说跟她爹商量商量再说。

第二天,她照常到镇上卖黄瓜。娘给她把那枝杏花插好,她瞅了瞅,杏花依然鲜亮。她凑近它,闻了闻花香,笑了笑,忙转身推着车子跑了。爹带着娘随后,他们要去看望姨奶奶了。

杏花雨如常落着,如雾似纱,从天际间漫洒下来。

(原载于《沂蒙》,1993年2月)

栗木窗户

1

韩老奎老两口子跟着孙子家生活,这种"隔代赡养"方式,在他们村上还是首创。大孙子娶了媳妇,各开门另支锅。跟着孙子生活倒也不错,可惜因为个栗木窗户,却弄得他不时地生气。

春上砸旧屋,盖新房,因为安窗户,祖孙两个闹了不大不小的一阵乱子。孙子硬要安玻璃大亮窗,老奎坚持安那个从旧屋上拆下来的又结实又吉祥的栗木窗户。

"不安玻璃窗户,还是木棂子窗户结实牢靠!"老奎喝上两盅子地瓜烧,下达了命令。

"我非安玻璃窗不可!"孙子顶撞他。

"你敢安!要真安了,我就给砸!"老奎尽管已七十挂零,但身板壮实,说起话来,铜钟一般。他方脸盘,火红色,一拃多长的花白长髯飘洒胸前,且有酒力助兴,两只老眼烧得有点儿红了。

"愿砸就砸呀,爷爷份上的人嘛。"

"你这是熊我!"

儿媳妇与孙媳妇来了,把孙子拽走。

儿子也来了,扶着爹回家。

"一皮隔一皮,孙子不如儿。"老奎暗自心酸,一路走,一路淌泪,"我是望他孬吗?他,他……他翅膀硬了!"

"爹,你别这样。他不通人性,你偌大的年纪,值当的跟他一般见识吗?"

"是不通人性！"他喘着粗气，淌着醉泪，一边念叨，一边蹒跚。

到家了，儿子给爹搬来了椅子，又泡上了一壶浓茶，一杯杯地倒给他喝。老奎见儿子这么孝顺，气消了一多半，便对儿子说："他不用，给老二用。"

"我也不用！"

"胎毛未干，就给爷爷犯犟？"儿子呵斥孙子。

"哼！"二小子蹦出门外，跑了几步，又回身瞪了一眼，吐口唾沫，才愤然而去。

"他们不用，等你翻盖这屋时用。"

"爹，咱不用。"

"爹，用那个破烂货做啥？"

二丫头、三丫头，你一句我一句，叽叽喳喳不住声，吵吵嚷嚷不让人。

"为啥不用？"老奎瞪着孙女们。

"不亮！"

"要恁亮做啥？"

"读书啊，看报啊！"二丫头嚷道。

"做作业啊，画画儿啊！"三丫头紧接上。

老奎叹了口气，脸唰的一下子拉下来，阴了天。

"都给我滚一边去！少说两句，谁还能把你当哑巴卖了？"儿子呵斥两个丫头。

"走，二姐，找娘去。"三丫头说着，就扯起二丫头的手，一起跑了。

"爹，你放心。一时用不上，过后也还有用着的时候。你别为这事急坏了身子。"儿子装一锅烟给他点上。

老奎听了儿子这话，吸着烟，心里好受多了。他慢悠悠地抽着烟，喝着茶，心情渐渐平静下来。

2

不久，新屋盖起来了。窗户自然是镶了玻璃的。按照老风俗，老奎老两口子住了东里间,孙子家三口住了西里间。玻璃窗户自然比木棂子窗户亮堂,老奎对此也没有多大反感,但对那个栗木窗户仍爱护备至,放在哪里也不放心,最后塞到自己的床铺底下,心里总算安稳了。

到了中伏天,黑夜似乎比白天还热。在外边凉快,孙媳妇怕潮着儿子新新,就试探着向爷爷要那个栗木窗户,给新新垫着隔潮。

"行啊,行啊。"老奎一听,乐了,"那玩意儿不泛潮。"

孙媳妇跑到屋里,向新新爸爸挤了挤眼,笑了。

老奎乐颠颠地从自己床底下把那个栗木窗户抽出来,交给了孙媳妇。到了晚上,孙媳妇把天井打扫干净,把栗木窗户平放下,先铺上麦秸苫子、小躺席,再铺上小棉被、花塑料布。整理停当,孙媳妇从奶奶怀里把孩子抱来,放在上面。新新六个多月了,胖得就像面捏的一样,两条小胖腿不住地蹬跶,两只小胖手不住地抓挠,厚厚的两片子小嘴唇不住地咧咧着嬉笑,把一家人都逗乐了。韩老奎看着躺在栗木窗户上的重孙子,更是乐得胡子直翘。

可是,没过几天,新新爸爸改装了个下面安弹簧的小躺床,栗木窗户自然被淘汰了。孙媳妇随手拿去当了猪圈门子。头晌堵上的,下晌就被老奎发现了。他心里当然窝火,憋闷了老大半天,终于忍不住,脸红脖子粗地一阵枪炮火药,把孙媳妇说得脸像大红布,赶紧给他拿回来,恭而敬之地竖到堂屋门一旁去了。

他余气未消,端来一盆水,把那个栗木窗户细细擦拭了一遍,晒干以后,又塞到自己的床底下去了。

3

这天晚上,天气特别热,不光热,而且闷,一丝儿风也没有,空气像凝固了似的,逢到这个时候,上半夜是睡不着觉的。

老奎拿着马扎子,走到汪崖上,坐了下来。他点着烟,眯缝着眼吸着,想静静心。"吱——"汪边柳树上,响起了蝉鸣。汪里青蛙也不甘寂寞,叫了起来:"呱啦!呱啦……"顿时,蛙声就把蝉声压住了。他心里发烦,向树上撒把土,蝉扑棱几下子,飞了。他又向汪里撂几块小石头,蛙声也停止了。

"爹,你早出来凉快啦?"

嗬,儿子来了,他也带来了个马扎子。儿子把马扎子安在他近旁,两人并肩坐着闲拉呱。扯了一阵子,儿子就劝开了他。

"爹,上年纪了,亨几年清福算啦,多管那些闲事做啥?"

"我哪多管闲事!"

"你何苦为那栗木窗户……"

"栗木窗户怎么啦?那是你爷爷专门请木匠做的,可结实啦,至今一敲仍不破声音。听说那栗树是我老爷爷栽的……"老奎说着说着就动了感情,气哼哼地吼道,"没有栗木窗户哪有你?"这话有根据。五十年前新婚之夜的情景,又摆在了老奎的眼前:新窗打成,新屋盖成,新婚期到,栗木窗棂上,贴着红纸,新崭崭,光灿灿,老奎一见,甜从心里一直滋润到脸上。洞房花烛,窗纸灯光,交相辉映,满洞房红彤彤,亮闪闪,更使人心醉。

"你来看咱这窗户……"

新娘吃了一惊:"怎么啦?"

"认得它是什么木头做的吗?"

"俺哪知道?"

"是栗木的。栗树结果不是叫栗子吗?用它做窗,是让咱早立贵子……"

窗外听新房的哄然大笑。

新娘子羞了,双手捂脸……

说来也巧,刚过十个月,老奎就喜得一子。二十多年后,儿子成亲,又儿女双全。孙子结婚后,不过一年,也有了个胖小子。你能说这不是栗木窗户的大吉大兆吗?

"您老人家什么都好,就是这犟脾气……"

老奎一听这话,气得长髯直撅。他想骂儿子一顿,但转念一想,儿子也是50岁的人了,得给他留点脸。他深深地叹了一口气,站起身来,夹着马扎子，顺着汪崖，慢腾腾地回了家。

4

夜深了，凉爽了，人们陆续回家安歇了。

"新新他老爷爷，你护那个旧窗户做什么？旧的不去，新的不来，这个常理你都不懂吗？因为这个窗户，你跟这个吵，跟那个闹，看样子你不把人全得罪透就不算完。唉，你呀……"

"你别管，我自有用处。"

"有啥用处，烧火的材料！"

"放屁！等新新长大了……"

"咯咯咯……"突然，从西里间里传来了孙媳妇银铃般的笑声。孙子没笑，但他的咳嗽声却特别地异样……

（原载于《洗砚池》，1995年第1期）

编　外

　　夏兰走得好没劲。

　　太阳脱离了地平线，满世界都明亮起来。麦茬玉米苗子已经一拃多高了，嫩绿嫩绿的叶子，在露水的滋润中，鲜亮得喜人。豆苗子也如此。刚刚插下的稻秧子，开始泛青。看了这些，夏兰心头一阵欢悦，但一想起今天进城，心头的阴云又密布上来。公路上的自行车如大潮汹涌，一股劲儿往前奔腾。一辆超前，又一辆超前……夏兰无心争这份强好这份胜，她无此兴致。

　　天刚麻麻亮，她就起来了，推车到小学校门口，默默地站在那里，愣了好久，落下了几滴泪。她做编外民办教师已经二年了，所教班级在全乡范围内考试成绩名列第二。她的名字县局有档案，全乡尽知晓。正当她准备新的教改方案时，她的未婚夫赵海文逼她弃教从商——他在市区搞针织批发，很需要个帮手。赵海文也做过编外民办教师，只干了一年，就腻了。当夏兰第三次考小中专落榜后，他就找了来。很快，恋爱谈成了，工作也有了妥善的安排：他下海捞鱼，这个编外名额暂时还舍不得丢，就由夏兰顶替。日子过得真快，转瞬之间，两个年头就过来了，赵海文已由一个毛头小伙变成一个蛮有根基的商界人士了。他就跟夏兰商量，把这个编外名额扔了拉倒，到他那里经商，闭着眼一个月也抓挠个三百五百的，总比一个编外民办教师的收入多吧！夏兰很犯难，论经济收入，当教师当然不如从商，可她舍不了这班学生。半年以来，她就这样磨蹭来磨蹭去，一直没有作出决断。有时，赵海文要耍态度，她不得不答应，但夜里光做梦，老听着学生们"老师，老师"的吆喝声，她就哭了。第二天，她就变了卦，依然上她的课。

前天，赵海文喝了一头酒，回来发熊，言说再不答应，只好解除婚约。没有办法，她只好忍痛割爱，把自己苦心培育了二年的47棵嫩苗子弃了，奔上了这条路。

她赶到时，天近晌了。

西瓜切开了，香味儿甜味儿凉气儿，一股劲儿地直往鼻孔里钻。

"吃啊，吃啊！"海文捧过一块给她，满脸上都是激动的讨好。

她吃了一块，擦了擦手，叹了口气。

"甜吗？"海文问得可热情了。

她默默地点了点头，啥也没说。

"再吃啊！"

"不吃了。"她的话说得少气无力。

"咋啦？"

"不咋。叫我干什么，吩咐吧。"

"吃两块再说不晚。"

"感谢关怀，实在不想吃了。"

无奈，赵海文拿来了账本子。

下午6时，她返回来了。

不知为什么，她绕道到小学校门口。学校里静悄悄的，大门锁着，有个小女孩蜷缩在那里。怎么，睡啦？她忙扎下车子，近前一看，啊，是曹露芝！她两手抱着书包，头歪在门板子上，睡了，满脸上淌着热汗，一溜一道的灰道子，爬满了面颊。

"曹露芝，怎么在这里睡了？"

曹露芝睁开眼，迷茫之中认出了老师，憨憨地笑了："老师，老师……"她呢喃着，艰难地扭动着身子，想爬起来。

"曹露芝，别哭！"

"老师，坚强的孩子不哭，是吗？"

"是的！刘胡兰、龙梅、玉荣……"

"我也不哭！"露芝说着，狠劲用褂袖子抹着眼泪，但是抹干了一层,新的泪水又涌出来了,小嘴巴还一撇一撇的,就要放声。

"曹露芝,不是说不哭的吗?"

露芝哇的一声哭起来!她紧紧地搂着老师的脖子,哭得可伤心了。她边哭边嚷:"老师,老师……你怎么不教我们了?头晌,同学们,同学们……都、都……来了,直等到晌午。支书,支书……来说,你不教我们……了,新老师还、还没找到。可是,我回家没见到爸爸,到中学里一看,也没有……我,我……没处去,就、就又来了……"

她也哭了,滴滴热泪,悄悄涌出:这个可怜的孩子,这个失去了妈妈的孩子!夏兰给露芝擦拭着泪水,好言劝慰,说都是老师不好,今天误的课,明天就补。这样连哄夹劝,露芝就停了哭声。夏兰把她抱上后车座,驮着她回家。到家后,她弄了点儿饭吃了,再驮着露芝找爸爸。这时候,小妮子内心的伤感云消雾散,坐在后车座上,说笑着,特别精神。

到露芝家了,但锁着门。

到中学里一看,露芝爸爸的宿舍门也锁着。问过别人,说他进城去了。没有办法,她们只好回去。这时,露芝困了,夏兰把她放在前车梁上,赶快往回返。到家时,天完全黑了。她把露芝抱下来,放在床上,盖好毛巾被,放下蚊帐,这才坐下来轻轻叹了一口气,把诸样事情一寻思,心头顿时一团乱麻,越缠越紧,越缠越乱,越缠越难受,越缠越心酸。

露芝的爸爸叫曹富亮,做学生时,成绩不错,就是临场发挥欠佳,有时还慌场,竟然三试不第。他自己开始灰心,1985 年再考,差 0.5 分不到分数线,亲朋好友为此各抒己见,鼓励的、叹气的、阻拦的各占三分之一,他一时无了主意。正当踌躇之际,中学校长来访,说学校一时缺编,如愿代课可前往一试,只是民办教师刚做完整顿,上级不再下达名额,算临时代课。他考虑再三,就去了,填了张表,谓之"编外民办教师"。

世上万事怕认真,曹富亮做事一向认真,教学工作一开始,就钉是钉铆是铆地干,又能虚心向老教师请教,还能到处翻阅教学参考资料,一学期下来,教学成绩竟然名列榜首。半年光景,他感到了乏味,也尝到了甜头。此时说亲的络绎不绝,他瞧过一位小北岭的,叫储丽银,很中意,就成了。春节结婚,婚后的小日子和和睦睦,自然惬意。这年十一月,露芝降生。说着说着,就到了1988年夏天,曹富亮教的两个班级毕业,他一心想做出点惊人的成绩来,便日连着夜,夜继着日,连轴转,家里的活基本上撂给了露芝妈妈。储丽银也乐意,说你尽管放心去做,家里湖里有她。到了插秧的时候,他知道那活计确实不是一个人干的,早晨急忙上了两节课,向别的老师交代了几句,就跑回来帮忙。两个人一直忙到下午6时,连晌午饭也没捞着吃,八分地还剩下一分多没插完。储丽银撵他走,他直了直腰,叹了口气,说道:"明天再插吧,你也该回家做点饭吃了。"她说不行,就剩这点好插了,插完再走,一顿两顿不吃不碍的。劝说不听,他也无法。他确实急需回校,晚自习没有老师蹲班不行。谁知当晚暴雨倾盆!他安排好学生,顶风冒雨摸到家,一摸大门仍锁着,到爹娘那里一问,爹娘说露芝妈妈没回来,露芝已经睡了。雨还没住,他忙反身赶到地里,手电筒微弱的光亮下,地头水沟里露芝妈妈白底红花的褂子,在雨水的冲击下,起伏飘动。他忙去拉她,愣沉。他抱起她来,拖出水沟,她的身子已经僵直了⋯⋯

这些年,人们不停地诉说着这个故事,听一回,夏兰就心酸一回,就流一回眼泪。

1992年,她也做编外民办教师了,露芝成了她的学生。露芝聪明得令人喜爱,学什么会什么,小嘴巴也巧,朗诵唱歌,嘹亮甜润,听了叫人从内心里高兴。不久,露芝捎来了她爸爸的一封信。信上说,露芝是个喜人的孩子,露芝又是个苦命的孩子——还不到两岁,她妈妈就走了。他做爸爸的虽然也常记挂着,但总还有这事那事,有时因事不在家,或刮风,或下雨,请老师多给照顾⋯⋯这封信也没有什么特别,可夏兰读一遍伤心一回。至于为什么,她也说不清,只是觉着心里乱糟糟的,有一种无可言状的痛苦滋味儿。

"兰子,你还不睡?"娘问。

"娘，我明天不去了。"

"那行吗，海文不嫌？"娘说。

"他嫌去！新老师没找到，我扔了这么一大群孩子，人家不骂吗？"

娘叹了口气说道："可也是的。"

"我看不如待几天再说，等人家找好了老师再走不迟。这样撒手不管，情理上说不过去。"一直闷头吸烟的爹，表明了自己的态度。

夜深了，她拉灭了灯，在露芝的身边躺下，小家伙翻个身拱到她怀里，嘴里呢喃着："妈妈，妈妈……"她浑身一阵燥热，忙搂紧了露芝。

蒙山揭去夜的面纱的时候，朝霞骤然升腾。

山村醒了！蒙山以她翠绿的笑脸迎接每一个早起的人。夏兰一夜没睡实落，窗玻璃一亮，她就起来了，洗刷毕，去开大门。

"夏老师，你早！"

夏兰大吃一惊，大门外站着露芝的爸爸曹富亮，旁边停着他那辆生铁蛋儿似的破自行车。

"曹老师，你……"她不知说句啥好。

"露芝在你这里吧？"

"在，在。还睡着呢！"

两人相跟着回家来。这时，爹娘都起来了。曹富亮坐下，跟两位老人家说话。夏兰去叫露芝。小家伙听说爸爸来了，忙爬起来，扑到爸爸怀里，呆板的睡脸上立即堆起了欢笑。她跳下床，蹦跳着，欢呼着，小拳头儿使劲捶着爸爸的胸脯，埋怨他上哪去来，她跟夏老师一起找了他好久，也没找着……说得大伙儿都哈哈大笑。

曹富亮放下女儿，叫她去洗洗脸。露芝跑了，他就说开了昨天晚归的事由。他昨天进城，到县教育局打听民办教师报考师范院校的有关问题。他曾获得县级青年教师讲课比赛一等奖，并有三篇教学论文在地级刊物上发表。他想凭着这些"硬件"，剥掉这层"编外"的老皮，弄个正式民办名额，争取今年报考。

"活动得怎么样?"夏兰急问。

他抬起头来,猛然撞上了夏兰那两束燃烧着期望的目光。陡然间,他的心热辣起来,但很快就又冷了。他低下头,心意怅然,少气无力地说道:"李副局长说,还没有研究。"

夏兰说:"别松劲,应继续积极准备。"

曹富亮说:"劲一直没敢松,只是心里常年抱着只小兔子……"

"唉,咱们这些编外们啊!"

"没有办法,谁叫我们攻不破0.5分的防线的!干受折磨,也许是前世给定好了的。"

夏兰更戚然,她考小中专,也三试不第。

这时,娘喊她:"兰子,吃饭吧,进城路远。曹老师,你也别见外,一块吃点吧。"

"进城?你今天进城?"

夏兰顿时脸热,腮帮儿红得像着了火。

"有什么急事吗?"他又问。

她来不及给曹老师解释,忙问娘:"昨晚上不是说好了不去吗?"

"我害怕海文再来发脾气。"

"害怕?咱为什么害怕?"夏兰生起气来,脸色也不好看,话语也不中听,"你害怕,我不怕!"说完,她陡然起身,气哼哼地走了。

她走到大门口,见露芝正领着十几个同学站在大门两旁,伸头露角地朝里探望,想进又不敢进,见老师来,一齐嚷:"老师,今天上吧?"

"上!都去学校。"

一窝蜂,嗡的一声,飞了。

她领着露芝,随后跟去。

"饿了吧,露芝?"

"嗯,饿。"露芝说,"爸爸呢?"

"别找他了,我买几个煎饼咱吃,行吧?"

"行。"

正吃着煎饼的时候,曹富亮来了,他从大婶那里知道了她们娘儿俩关于进城与否之争的情由,他说最好别吵,都坐下来探讨个最佳方案,真要走的话,最好等新老师来了,做个交代再走。曹富亮稍愣片刻又说,新老师来时,请夏老师通知他一声,他好跟人家取得联系。夏兰嫌他操之过急,车到山前必有路,你想恁多干啥?她到底走不走,还没有定准,起码暑假前不走了,她不能为了几个臭钱,坑这么多学生。

曹富亮立即鼓掌,哈哈大笑。

夏兰被他笑红了脸,忍不住扑哧一声也笑了。正在吃煎饼的露芝见爸爸和夏老师都笑,也跟着笑起来。

赵海文也捎口信,也来书信,催夏兰回城。夏兰给捎口信的人解释,叫他们捎话给赵海文,并写了封信寄去,还和爹娘做了一次认真的商量,不管怎么说,也得等村里找好了新教师,做了交代再走。爹娘也为此事东奔西走,想方设法给海文家里的人捎信传话,说明原因,千万别产生误会。

一切总算正常了,学校里的挂钟很有节奏地走着。一个月后,到了星期天,娘说:"去看看吧,别冷落了人家,叫人家抓着话把。"

爹也说:"去吧,你娘说得对。"

她想了想,啥也没说,搬出车子走了。

赶到城里西郊商场的那间小屋,她扎下车子,拢拢头发,推门进去,见赵海文正与一个打扮得特别入时的姑娘温存……她忙退出来,稍待一会儿,那姑娘冲出屋门,跑了。

赵海文出来,笑着招呼她屋里歇息。她待在那里不动,愣了老半天,转身开了车锁,旋即消失在熙来攘往的人群中。

赵海文忙驱车追赶,没有追上。他忙奔北桥头,此处是夏兰回家的必经之路。

一个小时后,夏兰来了。

赵海文拦住了她的车子:"走恁忙做啥?"

"我待在那里不好,碍你们的事。"

"小事一桩。现在,谁的思想还那么狭隘,斤斤计较这些……我只是跟她玩一玩,没有真事,露水情谊,消遣一番而已……"

"我的思想一直还那么狭隘!海文同志,实在对不住了,请你放开一条路让我走,在路上吵闹不好,有话回村说吧,当着两家老的,当着全村父老……"

"你这话的意思已经很明白了!"

"我就知道聪明的赵海文一听就懂。"

"你可别后悔啊,我的积蓄已够六位数……"

"你够七位数不更好吗?"

"我相信你最终还是会后悔的。"

"是的!有朝一日要饭要到你的大门口,请你少说奚落话,多少施舍一点……"

还需要往下说吗?赵海文恼怒地加大了摩托车的油门……

星期天,初三学生补课。上午,曹富亮给学生上了几节课;下午,他匆匆回家,跟女儿商量着去给玉米追施氢铵。露芝从来没有干过农活,爸爸一说,就愉快地答应了,她想象着那活儿一定很好玩。到地里干了一会儿,她就腻了。曹富亮有点儿火,很想打她两巴掌,但一想起她那死去的妈妈,心就软了。毕竟还是个孩子,才8岁!谁家8岁的孩子干活啊……

露芝噘着小嘴乱嘟囔:"人家都是爸爸刨个窝,妈妈搁把化肥,咱可倒好……"

曹富亮的心在滴血!他叹了口气,耐住性子给女儿说:"你妈妈不是走远了吗?"

"你哄人!我妈妈死了,我听人家说的。"

曹富亮愕然了!这孩子,这孩子……他放下镢头,把盛氢铵的塑料盆子从露芝手里拿过来,放下,给女儿擦了擦汗,抱起她来,向地头的树荫下走去。

露芝突然说:"爸爸,你再给我找个妈妈不行吗?夏老师真好,她疼我,像妈妈一样……"

续娶的事,他不是没想过,但是经过多次考虑,已经打消了这个念头。能找个像储丽银那样的人吗?如果弄个小心眼子一包包的女人回家来,前一窝,后一块,如何相处?只凭一个编外民办教师的这点收入,能不穷争饿吵吗?露芝这个小鬼精怎么说出这样的话来,夏兰恁好的个人,怎么能看起他!她对你好,全是爱生之情啊……

"小孩子,嘴尖毛长什么?"

露芝眼含着泪水,不说话了。

走到地头树荫下,露芝睡了。他脱下褂子,铺在地上,把女儿放下,忙回头奔玉米地,自己刨个坑,再下腰抓把氢铵……

"怎么一个人上啊?"话音没落,塑料盆子就被端了起来。他猛抬头,见来人竟是夏兰。

"你,你……"他红着脸,不知说啥好了。

"我估计你星期天有活,有意来望望。"

"真不知该怎么感谢你!"

"富亮,你怎么老是这么客气……"

"可是,你叫我怎么说呢?"他声音颤抖着,满眼闪动着汪汪水亮的泪珠。

夏兰看了他一眼,低下了头。

天阴着,空气挺闷。

"我跟赵海文的关系吹了!"夏兰突然说。

曹富亮急问:"为什么?他提出来的……"

她据实说了经过,说得很平静,并无哀伤和悔恨,就像讲别人的一段故事一样。稍停,她又说:"你把露芝的事全部交给我吧,我会全力支持你去攻克九年前未曾攻克的防线的……"

他心里顿时慌乱起来,目光憨憨地瞅着夏兰,把她瞅羞了,瞅红了脸,瞅低了头。沉默了片刻,他终于说:"夏老师,第二次结婚我实在不敢想。你是女人,女人的路总比男人的好走一些。请不要因为同情我,毁了自己的前程。我前面的路还有许多艰难。当然,对于你这份心意,我是很感激的,并且……"

"胆小鬼！你再也不敢去碰那 0.5 分的防线了，是吧？"

"要是再失败了呢？"

"回来结婚，我守候你一辈子，做一辈子编外……"她终于哽咽了，扔了塑料盆，跑了。

"夏老师！"曹富亮猛喊了一声。

夏兰回头一看，曹富亮站在玉米丛中，像根榆木橛子，直挺挺的。她心里骂道："书呆子，你的脚跟长到地里去了吗？"

这时，露芝已经醒了，正坐在树荫下，自个儿拍着手唱歌："世上只有老师好，有老师的孩子像个宝……"

夏兰跑过去，抱起她来，给她一个吻，热泪终于混着汗珠子一起淌下来。

"老师，你哭啥？"

"别多嘴，咱走。"说着，她就把露芝抱上了前车梁……

（原载于《当代小说》，1995 年 9 月）

湖　边

他带着一队学生，向湖边走去。

在岔路口，他向学生讲了几句注意事项，宣布解散，学生轰的一声散了，他也舒了一口长气。

清明后的春天，苍穹高远，湛蓝的天幕上，飘着朵朵白云，像蓝缎子上盛开的白牡丹……他看着看着，心醉了，心甜了，心里就像有一股甜美的山泉在咕嘟咕嘟地往外喷水！脖子仰酸了，低回头来，看路边的绿草，都在顶着一头晶莹闪亮的露珠微笑。举步前行，不远处，一泓湖水正荡漾着金色的阳光，欢笑着迎接他的到来。

蜜蜂儿嗡嗡，小鸟儿吱吱……

能不激动嘛，面对这大好的春光！"孤山寺北贾亭西，水面初平云脚低。几处早莺争暖树，谁家新燕啄春泥……"他走着，吟着，兴致渐高，惬意满心。他似乎也应高歌几句春天的美好，涌动的诗情刚要成句，却又模糊了。他的灵感呢？他的激情呢？……啊，湖边，垂柳下……

湖边，一排垂柳像披发少女站立着。一位姑娘，身着米黄色的春装，靠着一棵垂柳，在看一本书。她是谁？她在看什么书？小说？散文？诗歌？……啊，她的脸蛋儿是那样沉静动人：白白的，圆圆的，虽然不是双眼皮，厚厚的，却给人挺舒心的感觉。小嘴儿咕嘟着，像在念书，声音小得似听着似听不着。猛然，她抬起了头，目光直射过来。他的目光迎上去，两人的目光在空中相遇了，那么热烈，那么动情，虽然只有几秒钟，却似说了好多好多的话。两人的脸都红了，火辣辣的，一阵阵发烧……

他走上前去，想跟她说句话。

不认识啊！人家要是多心，骂你是流氓，骂你有非分之想，咋办？

他犹豫了，心像掉到油锅里煎炸一般。

站着，站着，直木橛儿似的。

那姑娘仍在看书……

他蹲下来，从脚下的草地上拔了一棵草，掐着，然后放在嘴里咬着。

时间在一秒一秒地流逝！

突然，那姑娘走了，到了湖边，驾起了一叶小舟。他忙跑到湖边，挥动手臂，刚要喊，那种担心又袭上心头，终于没有喊出声来。姑娘向他笑了笑，挥了挥手，但啥也没说。她走了，桨摇舟动……他呆呆地望着小舟远去。

远了，远了……有一群鹅鸭游过来，有几只燕子掠过湖面……油煎着的心猛地震动了一下，一个念头从心房里冲出喉咙，在呐喊：何不驾一叶轻舟去追？于是，他跳上了一叶小舟……追了一程，湖面上只有轻风荡起的涟漪，姑娘的小舟已经无影无踪了！

第二天，他又去湖边等候。

无风，响晴的天气。湖面，一碧万顷。

耳边有蜜蜂儿嗡嗡，天空中有什么小鸟儿吱吱地叫着飞过。从远处芦苇丛中传来了不知什么鹊鸟的惊呼声，惊恐而焦灼："喳，喳——"

轻风送来一阵歌声：

> 微风儿吹过湖面
> 波浪多情，轻轻地吻着湖岸。
> 岸边的绿草，起舞翩跹，
> 水深处，野鸭在欢叫，
> ……

啊，这歌声，这歌声……那么圆润，那么悦耳，那么动情！是她，是她。他听出来了，歌声的音韵和前天那姑娘念书的音韵是一致的。

于是，他忙驾起了一叶小舟……

寻了一天，没见踪影。

回来的路上，腿肚子像灌满了铅。

第二年，清明后的那一天，他又来到了湖边。苍穹仍然高远，天幕仍然湛蓝，天幕上飘着朵朵白云，仍然像蓝缎子盛开的白牡丹。路边的绿草，仍然顶着一头晶莹闪亮的露珠微笑。那泓湖水仍然荡漾着金色的阳光，热情地欢笑着迎接他的到来。蜜蜂儿仍然嗡嗡，小鸟儿仍然吱吱……一切，都像去年的那一天一样，生机勃勃，春意盎然。只是，不见了他日夜想念的人，那位身着米黄色春装的姑娘！她那圆圆的脸蛋儿，她那白嫩嫩的面容，她那沉静的神态，她那读书的专注样子，她那眯缝着的厚眼皮，她那两束如火如烛的目光，她那含情脉脉的微笑……

怀着铅石一般沉重的心情，沿湖彳亍。他眼前现出了一排垂柳，柳条墨绿，更像美女的披发。定睛看时，他禁不住惊呼起来："啊——"他的心似乎一下子跳出了胸膛，好似还有震耳的轰响声。那不是她是谁？米黄色的春装，发型，靠树的架式，捧书的样子……这回一定得跟她说话了，问问她是哪个单位的，姓什么……再也不能错过这次机会了。那姑娘抬起了头，方脸盘，肤色也粗糙得令人作呕……怎么是这副嘴脸……

他眼望着湖水发呆：远处，水雾迷蒙，似有一叶小舟漂来。近了，近了……怎么是位老翁？再看，一会儿，又漂来一叶小舟，这回虽是位姑娘，但不是身着米黄色春装的她。这位姑娘脸色红扑扑的，像个熟苹果。再看，再等，再盼！他瞅累了，倒在树下草地上睡着了。一觉醒来，日头已经平西。

他重新坐起来，紧盯湖面。一忽儿，又见一叶小舟向他漂来。小舟上，有一个身着米黄色春装的身影……他忙向湖边迈了几步，唉，怎么又是她，那位肤色粗糙的方脸盘……

看湖人来了："年轻人，兴致未尽？"

他不满地问:"怎么?"

"天色不早了!"

"你想撵我走?"

"我怎么能撵游客,可是……"他指了指将要落山的太阳。

"我在等一个人,一位,一位……"

"一位姑娘?"

他诚恳地点了点头。

看湖人在他身边蹲下,跟他攀谈起来。

西边的火烧云映在湖水里,湖水像铁汁子一样翻腾着,汹涌着。起风了,柳条在摆动。

他终于从草地上站起来,向看湖人告辞,转身走去。看湖人送他,一直送到大门口。

"回吧!"他紧紧地握着看湖人的手。

"走好,有空就来玩。"

他默默地点了点头,走了。

看着蹒跚而去的他,看湖人的眼睛湿润了……他在年轻的时候,也有过这么一段类似的经历。

(原载于《当代小说》,1996年3月)

重 逢

崔凤坐在祊河桥头的石矶上，等丈夫。天阴着，有零星的雪花飘落。崔凤抬头看了看铅灰色的天空，心里好急。虽然二月了，天气还这么冷……可是，她忽然想起了一句俗语：打了春的雪，狗都撑不上。

有一辆自行车急急驶来。

崔凤站起来，盯着死瞅……不像他！做什么去了，怎么还不来呢？

渐近，渐近！他，他……他是蓬春明吗？自行车离她五米处，那人急刹车，跳了下来。

"蓬老师！"

"崔老师！"

两只手握在了一起，心里都热乎乎的，却又都酸楚楚的；脸上都悲兮兮的，却又都火辣辣的；眼圈儿都红了，有泪水在转……

他们俩曾在一处中专任教，崔凤代舞蹈课，蓬春明代语文课。刚刚认识，似路人。有一次，学校召开全体教职员工会议，蓬春明发言，初生牛犊不怕虎，血气方刚，仗义执言，大胆地反驳了教导处王副主任的讲话。他说："熄灯铃一响，全体学生都应该就寝睡觉，号令统一，令行畅通无阻，便于管理。如王主任所言，愿意学习的，可延长一小时或两小时，10点、11点熄灯都不为错，这不是在倡导无政府主义吗？那样，秩序怎么维持，管理不乱了套……"话说得义正词严，心情显然也很激动。

一石激起千层浪！会场顿时乱起来，嚷嚷声此起彼伏，都说没有个统一标准不好管理，千万别再给无政府主义开绿灯。

史校长忙站起来压阵，他说："会议就到此吧，有不同意见，留待下次再议。"

这是崔凤第一次在大庭广众之下听蓬春明讲话。她欣赏他的心直口快，也为他捏着一把汗：这些年，他没吃够苦头，说话怎么还这样随便？

散会后，他们俩走在了一起。

崔凤说："蓬老师大胆提建议，很可贵。"

"不合理的事就想说，憋在心里就像虫拱着一样，难受……"他瞅了瞅崔凤，笑了笑。

"不过，还是谨慎一点为好。"崔凤小声说，"你就忘了一个一个的批判会吗？"

话虽不多，心意很感动人。蓬春明仿佛听到了崔凤的心跳声。他很激动，不由得转脸瞅了崔凤一眼，两人目光相遇，崔凤脸面上腾起一片红潮，忙低下了头。她有一张很耐看的圆圆的小包子脸，胖乎乎的，样子好看且喜人。

蓬春明笑了，说道："感谢你的提醒。"

从此，两人就频频接触，崔凤叫蓬春明给刻份讲义，蓬春明叫崔凤进城给买本什么书；崔凤叫蓬春明给安块玻璃，就买一点好吃的叫他"委屈"一顿；有时崔凤去参加舞蹈研讨会，就叫蓬春明给照顾一下班级……

有一次，蓬春明星期六回家，把换下来的几件子衣服用洗衣粉泡上，端给她，笑道："崔老师，抽空给摆出来，行吗？"

"不行！"崔凤一抿嘴，低下头，咯咯地嬉笑起来。

他星期一回来，衣服已经洗好并叠得很板正地放在那里了。

晚会，崔凤表演舞蹈——《天鹅湖》片段。

蓬春明不懂舞蹈，看得眼花缭乱：天鹅展翅，好精神；天鹅直立，好静；扭身，像陀螺，脚尖儿怎么转动的？天鹅飞奔，好快……嗬，如此的功夫，耗费了她多少体力和血汗啊！不知为什么，他心里荡漾起无边的海潮，激动得坐卧不宁，无法自抑。当夜，他写了一首诗，送给了她：

> 新月挂上了树梢头，
> 像一张镰，弯弯又弯弯，
> 几时圆？常盼，心里慌乱！
> 吴刚说，没有时间，
> 只待一个人来，
> 几时来，几时圆。
> ……

也不知是怎么弄的，这首诗就像长了翅膀，满校园里传开了。处处都有三五成群的人在窃窃私语，一条"小道"消息很快传开："要批判小资产阶级情调了！要批判……"

一天早晨，崔凤匆匆赶来，还没说话，就先流了泪。

"你怎么啦，崔老师？"蓬春明很愕然。

"你还什么都不知道啊？"

"不知道！出了什么事？"

"要批判你那首诗……"

王副主任不知道什么时候来的，两人很窘，都不敢说什么了。稍停，崔凤忙走了。

王副主任盯了蓬春明一眼，笑了笑，什么也没说，走了。

下午，学校又召开全体教职员工会议。史校长说，有的人年轻轻的不学好，作歪诗，宣扬小资产阶级情调，很危险啊！如此等等地说了一通。接着，王副主任讲话，说进一步讲，这是阶级斗争的新动向……会场上鸦雀无声，空气像凝固了似的。

他剃了光头，准备挨揪斗了。

几天过去了，并无动静。

好几天不见崔凤的面了，他很急，说话不便，就写了几句话趁课间十分钟，小心翼翼地走进了舞蹈教研组。别无他人！王副主任正在嬉皮笑脸地挨近崔凤，崔凤已经退至墙角……

"有人来了！"崔凤惊呼。

王副主任忙回头，与蓬春明打了个照面。

"蓬老师，你没有忘了那首诗吧？"

"我，我……"

崔凤满脸羞红，两眼盈满了泪水。

"崔老师，你应该有个态度了！"王副主任命令道。

崔凤朝地上狠狠地吐了口唾沫，用脚一搓，啥话没说，走了。

王副主任脸上难堪了一阵，平静了："蓬老师，你的体重比我沉吗？"

蓬春明一愣，这是什么话？他灵机一动，忙回答："这要看用什么称称。"

"你很快就会知道自己的斤两的，哈哈……"王副主任狂笑着，走出了教研组。

可是，十几天过去了，也没见新的招数。

正在蓬春明疑惑的时候，一天夜里，工会主席夏立山来了，他带来了一封信。蓬春明忙撕开，看了一遍，脸色顿时阴暗。他忙收了信，给夏老师端过一杯茶去。

夏立山喝着茶笑道："说了些啥呀？"

信是崔凤来的，大意是说，因年轻天真，有一见钟情之嫌，也颇受那首诗的迷惑，因此就有了这一段曲折。初步了解已得知，蓬春明家庭成分系中农，大爷家是地主，如此等等，末尾两句话说得很绝情："请你不要再做梦，天鹅肉永远没有癞蛤蟆吃的份儿！"

蓬春明心情很不平静，经夏老师这么一问，更加烦躁，脸红脖子粗……

夏立山说："人家已经跟王副主任好了！"

"这不可能。"

"为什么？"

"王副主任已经结婚了！"

"那还算障碍吗？"

……

正说着,史校长和王副主任也来了。蓬春明更迷惑不解了:怎么,要进行小型批判?

史校长首先说话,动员他调离。

王副主任突然站起,说有别的事,走了。

史校长说:"看吧,又谈去了。"

夏老师也笑:"正在热处……"

这些话,都像针扎心,蓬春明气愤,但无言。

"走吧!在这里干喝眼皮汤。"

史校长的话刚说完,夏老师又接上:"你在这里他当权,还有你的好果子吃?"

就这样,他回了原籍。

半年后,十年动乱结束。不久,他收到了崔凤的一封来信,见笔迹与夏立山捎给他的那封截然不同,他的头嗡的一声炸了,就知道被愚弄了。信中说,那位当副主任的,阴谋想糟蹋了她,再抛给他兄弟。她至死没从,这还要感谢史校长,他毕竟是位老干部,没有完全丧失良知。她说有一次她找史校长哭诉,史校长说只要你不从,他就没辙,并一再交代,千万别露出他来。信中说,王副主任倒台了,他贪污了学校的十万元图书购买费。"春明,我一直想着你呀!怎么,生我的气了?来吧,像你诗上说的那样,只待一个人来,几时来,几时圆……"蓬春明哭了!他已经定婚,无法改变了。

他没有给崔凤回信,何必再打扰她!

崔凤又给他来过两封信……

无奈,接不到回信,她给哥哥说了实情。哥哥打听到了确凿消息,给她一说,她放声大哭。

一晃就是十年!还是那张可爱的脸,圆圆的,胖乎的,红润的,耐看且疼人。两眼微微眯缝,无限的深情都藏在里面。看着,看着,蓬春明热泪滂沱!崔凤也哭了,泪珠唰唰滚落下来……

雪停了，有阳光露出来。

蓬春明问："孩子几岁了？"

"5岁。你呢？"

"没有。她走了。"

"为啥？"

"我们对人生要义的认识不尽一致，经常发生口角……"

"多长时间了？"

"快七年了。"

"你没有再找吗？"

"我的心冷了……"

崔凤两腮顿时艳红，鼻子尖儿上露出了细汗珠子。她盯了蓬春明一眼，小声说道："此处说话不便，咱到那里。"她指了指不远处的一片小树林。

他们走到那里，把车子靠树放好。蓬春明薅了一把枯草，打扫了一下雪，露出了一小片干净的地方。他从手提包里拿出一张旧报纸来，铺好，转脸望了望崔凤，笑着说道："坐坐吧，站着累人。"

两人就挨肩坐下。

阳光明媚，雪地银白。四周很安静，怎么连一只飞鸟也没有？但心却跳得厉害！心里塞满了千言万语，但不知说哪句好，真的有点"老虎吃天，无从下口"的感觉。

"我不是好人，我，我……"蓬春明痛悔不已，几欲哽咽，说自己太粗心了，那时那地，怎么就信了夏立山的鬼话？

崔凤就安慰他："这也难怨啊！年轻，经的事少，怎能玩过他们？他们老奸巨猾……"

"我要对对笔迹就好了！"

"一计不成，还有另一计……"

"你给我信的时候，要不辜负你也好啊！可是，婚已经定了，全家人都反对变化，我当时……"

"蓬老师，咱不说这些了，命该如此莫怨天吧！唉，老天有眼，又让我们相遇了……"

"崔老师,你对我就没有一点气吗?"

"有,怎么办?砸烂你捣碎你,再跟谁说话?"

蓬春明的嘴角上终于露出了一丝笑纹,满布泪痕的脸面也开朗了许多。他们谈从前,说现在,论将来……

"我们不才三十多岁吗?"蓬春明说。

崔凤点了点头,说道:"是的,是的。"

时间过得真快,不知不觉,太阳快要落山了。

他送她,离那处中专一里之遥,停下了。

他向前一步,握手告别。

他问:"几时再见?"

她说:"三天后吧,还在祊河桥头。"

第三天,蓬春明起了个大早,洗脸,刷牙……匆匆上路。

跑出三里路,身上热腾腾的,他解开了袄扣子。一阵轻风吹来,凉飕飕的,灌进衣缝里,触着热皮肉,好舒畅。

到祊河桥头时,整9点。

桥上,行人,车辆,川流不息。

但不见崔凤来!他走到崔凤曾经坐过的那个石矶旁,坐下来,远眺来人:一个,两个,三个……远看很像她,到了近前,就面目全非了。近看桥下流水,翻着水花,淙淙,淙淙……似崔凤在悄声说话。

等人,等不来,焦死人!

一个钟头过去了,两个钟头过去了……她忘了吧?不!她的心又变化了吧?她的日子过得可能不错,她和那个男人的感情也许还说得过去,没有到决裂的边沿……胡思乱想这些做什么,静待一会儿不好吗?

太阳老高老高了,晒得他有点儿热。他把袄脱了,放在身旁的石矶上。河风立时乘隙而入,凉飕飕的,好舒服。

又一个钟头过去了,已经11点了,她不会来了!他心里难过,两眼发酸，两串苦泪珠子夺眶而出……他叹了口气，骑上车子，无精打采地往回返。

23天过去了，也不见有信来。

完了！他满心窝囊，满脸沮丧，丛生的胡须像茅草地，一寸多长了；蓬松的头发，像个栗蓬壳……

上完了课间操，他碰上了童先霞老师。

童老师说他："你弄那个邋遢样做什么……"

他头也不抬，擦身而过。

"喂，你别走啊！"

他站住了，愣着，木偶似的。

"童老师，你叫我？"

"啊，不行？"童先霞微笑着说。

他避开她的目光，少气无力地说："有事？"

"没事兴叫吧？"

他心烦，翻她一个白眼："有事请直说。"

童先霞收了笑脸，说道："有你一封信。"

"在哪里？"

"在我宿舍里。"

"怎么，在……"

"我捎来的呢，不在我宿舍里在哪里？"

他急着看信，忙随童先霞跑到她宿舍里。

一看崔凤那手笔画规范的字迹，蓬春明的心就哆嗦了。他急忙撕开信封，掏出信瓤，只见上面写着：

春明：

　　那天，我回家后孩子爸爸就问我到哪里去了，他在桥头等了我一个小时也没等着，就回来了。也不知哪里来的胆量，我把我们的事情都说了，我以为他会揍我……若那样，就此一闹，也就了结谁知他听了，闷不作声了。直到午夜，他才突然大恸，老牛惨叫一般，号啕大哭："我哪里对不住你，你说，你说……你说呀！"说实在的，这人本事不大，但不济处还就是难找。凡事依着我，饭他做，衣他洗，想吃什么买什么，想穿什么裁什么……我没的说，心里七上八下，光流泪。第二天，他领儿子出去玩了大半天，儿子回来就抱着我的大腿哭喊："妈妈不走，妈妈……"我叫儿子哭碎了心！

我心里念着你，可面前却是这么个现实！

听说闹了别扭，亲友都来探视。

表妹来了！我和表妹挺合得来，拉起呱来没完没了，说着说着，就说到了你。原来，她和你在一处学校，而且还在一个教研组。我的眼前突然一亮……我就问表妹，对你看法如何。表妹直爽，笑着说："有七分好感！"我精神顿时好转，笑着议论，说有六分好感就能在一起生活，其余四分可以在共处中培养。她就红着脸笑，没有表示出任何反感。我说你最大的优点是有一副热心肠，无论对工作，对亲友，还是对同志；说你最大的缺点是性子有些执拗，处理问题，对待亲友和同志，都显得有些固执。表妹说，她最喜爱的，就是有热心肠的人；最讨厌的，就是口蜜腹剑的伪君子。表妹还说，坚持错误的意见，固执令人生厌，坚持正确的意见，固执就是优秀品质了。我惊叹表妹这见解！我想，表妹可能早就对你有了感情……

我们把眼泪收住吧，尽往肚子里咽。我们的梦破碎了，再圆起来，缺憾太多。如果只为过去哭泣，把我们的全部骨肉都化作泪水也还是不够流的。我求你勇敢地把头昂起来……

还需要再说什么呢？对了，还得再重复一遍，我所能做的仅此而已。童先霞是值得信赖的，她比我好。

……

蓬春明看完了信，脸色铁青。
童先霞低着头，红着脸，轻声说道："我听表姐的。"

他捏着信的手在哆嗦……突然，他仰起脸来，热泪珠子扑嗒扑嗒地下落，像一阵热雨点子。他哑着嗓子带着哭腔说："童老师，你不知道我是个坏人吗？"

童先霞说："我只知道表姐是个好人，不知其他。"

……

（原载于《当代小说》，1996年12月）

大雪落地

天空中先是飘着细碎的雪花,一会儿就下大了。

他站在院子里,仰脸望天,铅灰色的天宇,像蕴藏着无尽的雪片。几朵雪花落在脸上,化了,冰凉冰凉的。好似去年也是这天,大雪纷纷扬扬,一忽儿,地就全白了。那天,他刚从城里回来,给叔家捎回来个节能灯,给叔送去。从叔家出来,忙着往家赶,拐过胡同口,刚要往大街上奔,忽听身后有人吆喝他。他停住车子,转身一看,胡同口右边的那根电线杆旁边,站着一个姑娘。

"是你吆喝我的?"

"是啊!不允许?"

怎么能这么个说话法?谁家的丫头片子,少教养……

"有事?"

"没事还吆喝吗?"

说话忒牙碜,这妮子怎么了……大雪扬洒着,雪雾茫茫,看不清脸面。

这时,姑娘往这走来。

"我当是谁呢,巧英啊!"

"俺在此等你老大一会儿了。"

"是吗?你,你……"他有些受宠若惊,不知说啥好了。

王巧英向前挪动一步,他也向前挪动一步,面对面,中间只有一米远了。王巧英围着条火红色的绒毛围巾,雪光一映衬,红白分明,格外惹人眼。前额的那簇头发,乌黑油亮,在这样的雪地银天里,可真是楚楚动人。雪光辉映,又加上红色围巾的折光衬托,白中透红,红中泛白,粉粉润润,耐看极了。他暗自惊叹,都说灯影里看媳妇,哪跟雪光下看少女?好多年前,他熟悉王巧英,那时候,她蓬蓬着几根黄毛毛,小可怜儿似的。这些年,他光在外边闯荡世界,没寻思巧英出挑得这么俊秀了。此一面早些日子见就好了,那时还有余地;现在,完了!三天前,他已经跟东庄上的孟玉欣定亲了。这风俗也不知是怎么演变的!新中国成立前,兴换帖,红枣子一换,亲就定了;新中国成立后,讲自由恋爱,兴男女双方见面相,路边桥头,媒人领着,看上两眼,说行一口定乾坤,说不行就散。再到后来,兴开了吃饭。开初兴吃饭,也就是女方的娘、姑、姨和她本人,由媒人领着,到男方家里吃顿饭,算是认了亲。此风越刮越大,到了现在,可了不得了,不光来女客,还来男客。孟玉欣到他家里吃饭时,他准备了五桌,两桌女客,三桌男客。既放鞭炮,也敲锣打鼓,热热闹闹,轰轰烈烈,跟结婚相差无几。这一闹腾,谁还不知道杨亮跟孟玉欣定了亲呢?

"巧英,这些年你做什么来?"

"哪做什么?一直帮爹侍候大棚……"

"巧英,说实在的……"他心里发慌,不知怎么说好了,话音在打哆嗦。

"俺早就瞅着你到你叔家去了,看你那个忙手促脚样,知道有急事,就没敢打扰。在此等你,已经老大一会儿了。你知道俺为啥等你吧?俺想跟你……"

"是吗?""俺想跟你",系此地方言,女的说这话,就是想做你媳妇的意思。不过王巧英说了个半截子话,她想说"俺想跟你说句话"的,一时羞口,没有说出来,杨亮想到别处去了。他顿时激动,心怦怦地慌跳起来,怀里就像揣了只小兔子。她早就想我了,我怎么这么笨的,差点辜负了七仙女的一番美意。我这个愚得不可救药的憨董永啊,怎么像个木头人似的……

"我也想你呀,我也想……你呀!"说着,他近前一步,伸手就去抓巧英的手。

巧英后退了两步,笑着说:"俺不是那个意思。"

"你,你……"他的心有些冷,但他立即警告自己别灰心,好事多磨,无数人无数事的经历都验证过。

"俺,俺……俺想求你一件事……"

"可别那样说,有事尽管讲,你的事就是我的事,我一定尽力去办,保证不耍滑头。"

"俺就知道亮哥心眼儿好,有求必应。"

"是啊,是啊……"他的心又热烈地怦怦起来,怦怦得浑身热燥燥的。

"俺想叫你给捎个节能灯……"

"就这么点儿事啊?"

"嗯。"巧英点着头,伸手掏钱。

杨亮见她低头掏钱的样子很好看,一绺子头发耷拉下来,几片雪花顺着滑下,脸蛋儿红红的,腮帮儿上有雪水在闪亮……

王巧英递钱给他。

"不要钱,我给你买就是了。"

"不要钱可不行!"

"行!怎么还不行?"

巧英把钱锥到他手里,杨亮没接钱,却攥住了她的手脖子……巧英挣扎着变了脸!他忙松开手,巧英转身就跑了。

大雪扬洒着,落了满身。杨亮站着,愣了好久,才踏着厚厚的落雪回家。

第二天,他就把节能灯买回来了,等不迭吃晚饭,忙去送节能灯。

巧英一家人正在吃晚饭,寒暄过后,重新坐下,继续吃饭。巧英爹说大侄儿好长时间不来他家玩了,长这么高了,猛一见面,真不敢认了。杨亮就说,这二年弄了点儿小营生,没有闲身子,怠慢叔了。巧英爹说听说过,不知买卖怎么样。杨亮说还行,就是人手不够,有个看摊的就好了。

"是吗?你看你妹妹去行吧?"

"好啊!"杨亮忙说。他压抑不住自己内心的惊喜,两只尖眼珠子落在了巧英的脸上。

饭后，又扯了阵子闲篇子，他才走。

到了大门口，他才说给他们捎来了个节能灯，放在石台子上了。巧英爹忙掏钱，他怎么也不要，说十几块钱说不着，就走了。

第二天，王巧英就去了。

开初，巧英早晨去，下晚回。

"巧英，来回跑，天气太冷……"

王巧英听了他的话，脸就红了，忙低下头，一声不吱，还是推着车子走了。

去年，雪真多，没过几天，又下起来。

"巧英，下雪了，别回去了。"

"你就一间小屋……"

"好办，你在屋里睡，我另找地方。"

王巧英呆了半天，答应了。

收拾了摊子，弄了点饭吃了，说了阵子话，看了个把小时的电视，杨亮走了。临走时他说道："你在里边顶好门，我在外边锁上，放心睡就是了，别光心里老像搂着个毛猴样……"

巧英柔声说："你可别走远了啊！"

"不远，就在孙大哥那边。"

巧英确实放了心，顶好门，宽衣解带，舒心地躺在了暖被窝里……

觉睡得正香，梦做得正甜，有人敲门。

"谁呀？"

"巧英，是我，杨亮。听不出来吗？"

"你回来做什么？"

"有点急事……"

"你心眼子不好吧？"

"没有的事。你快点！"

巧英拉着灯，披上棉袄，下床开了门。

杨亮进来，顶好门，说他没找着地方住，孙大哥家里来了客人，没空。

"那怎么睡？"

"你只管睡你的，我裹着大衣，在床边上偎靠着，眯一阵就行。"

巧英信以为真，又钻进了被筒。

一小时后，巧英又一次进入了梦乡。杨亮脱光了衣服，钻进了被筒……巧英就挣扎，就喊叫，就哭，但无济于事。杨亮抓了一沓子老头子票给她，说是三千元，又说几年不见，巧英长得这么漂亮了，馋死人了。他说他做错了一件大事，不该跟孟玉欣定亲，又闹腾得那么红火，弄了五桌席，又放鞭炮，还敲锣打鼓。他得想法甩掉她，娶巧英！巧英说她已经有主了，去年春天定的亲，也闹了不小的动静，男方也请了五桌客。杨亮说这好办，活人不能叫尿憋死，结了婚有了孩子都一样离，定了亲怕啥，找个理由吹了拉倒。巧英说那可不行，她的未婚夫对她很真心，她不能玩他。杨亮说他对她更真心……巧英说那样人们会笑话，杨亮说怕什么笑话，正常现象。杨亮说你忘记置换反应了吗？两种盐溶液混合在一起，各自分解，形成了两类酸根离子和碱根离子，然后再结合成两种新的盐。现在，你和你的未婚夫形成了一种盐，我和孟玉欣形成了另一种盐；在新的条件下，像今天晚上，分解，置换，我们就在这间小屋形成了一种新盐，他们俩……

"他们俩能愿意吗？"

"不愿意，各自再另找啊。有个萝卜顶个窝，最终都能找个地方。"

撑不了长夜之中的软磨硬缠，他最终得逞了。

事后杨亮又说本来想叫孟玉欣来看摊的，一见巧英，就产生了新的想法。孟玉欣只上了三年小学，账码恐怕还记不清，叫她来做什么？他喜欢巧英，除了她长得秀气之外，还有一个原因：巧英是个货真价实的初中生。

他说他的，巧英只是啜泣。

天亮，有人敲门，两人忙穿衣服。

开门一看，孟玉欣来了，身后站着她哥。

场面很尴尬！王巧英忙出门推着车子走了。

进屋坐下，孟玉欣的哥孟玉贵说："你说说你想怎么办吧！"他抬眼紧盯着杨亮。

杨亮耷拉着头,闷不作声。

孟玉欣说:"你哑巴了吗?"

"说什么,说……"他咕哝了一句。

孟玉贵交代他,想维持这个关系,耍流氓可不行;不想维持了,就当面说清楚,他们不癞狗求食。他脸色发黄,说不出话来。孟玉欣接着她哥的话口质问杨亮,说你说的叫我来看摊的,怎么一个屁不放又招来了个小妞?你到底想怎么着,开言吐语说明白,以后的路该怎么走就怎么走。杨亮一时拿不准主意,缓兵之计,只得服软,认错说好话。孟玉贵见他说得还算诚恳,就没再多追究,叫妹妹留下,帮杨亮看摊,自己就回去了。

孟玉贵走后,杨亮说:"俺怕你不会算账……"

"放你的狗屁!你怎么知道我不会算账?"

"好吧!你来……"

孟玉欣就这样上了岗。

但是,各人心里都另搁着一本账,平时不搭腔,非说不可了,问一句答一句,都带着气;说不了三句就吵起来,流泪的流泪,吸烟的吸烟。孟玉欣天天回家,早出晚归,风雨无阻。天一不好,杨亮就劝她住下。孟玉欣就骂他流氓,说她可没有王巧英那么轻贱,叫他死了那份贼心。杨亮被她骂耷拉了头,但心里实在窝火。一天回家,碰上好友马小六,两人在庄头饭铺里一坐,晕乎了两盅,酒后吐真言,杨亮把自己恨孟玉欣和想念王巧英的心情全说了出来。

"这事好办!"马小六一向说话利索。

"怎么好办?"

马小六说,王巧英的男人就是际家店子的小木匠际传庆,他们一起做过活,交情虽然不十分深厚,也还说得过去。他去告诉际传庆,王巧英已经跟杨亮睡了,际传庆一生气,不要了,不就由你收拾了。杨亮一听,激动起来,忙朝马小六手里塞钱……

"友情为重,友情为重!钱算什么?"

杨亮只好停住，忙表示只要马小六办成了这件事，至少也得给他两千块。马小六打着哈哈，说八九不离十，钱他不要，友情他收着。

第二天清账，短了两千。孟玉欣骂杨亮流氓，偷去玩了女人。杨亮反咬一口，说钱叫孟玉欣偷去了，她已经不跟他一心了……狗咬狗，两嘴毛，吵到激烈处，抓挠起来。孟玉欣身个儿挺壮，杨亮降不了她。孙大哥忙来拉仗，还数落了杨亮几句，暂时安顿下来。

正吃着中午饭，天又下开了雪。

杨亮吸着一支烟，望着门外飞舞的雪花，不禁黯然神伤，哀叹道："大雪呀大雪，你干什么落地？你在天空中多么潇洒自在，愿怎么飞就怎么飞，愿怎么飘就怎么飘，愿怎么舞就怎么舞……一旦落地，就完了！你落在什么地方就得在什么地方待着，然后化成水，死亡了……"

孟玉欣冷笑。

"你笑什么？"

"噢，我笑的权利都没有了，你管得也宽……"

杨亮被噎住了，翻了几翻白眼，说不出话来。

过了一会儿，孟玉欣也大发感慨："太可惜了！天上的雪花再能也还得落地，飞得热烈狂乱的也好，舞得神魂颠倒的也好，飘得晕头转向的也好……"

杨亮像根直木橛子似的坐着，又点着了一支烟。

孟玉欣走出屋门，启动木兰摩托，要走。

他忙跑出去，抓住了后车座。

"你松手！"

"你别走，雪下大了……"

"我不愿听人放闲屁！"

"我，我……"

她一加油门，他摔了个狗吃屎，滚成了个雪人。

他非常沮丧，无心再营业，也回了家。入村，他先奔了马小六家。马小六见他来，知道为啥，也不慌说，给他打扫了下落雪，又倒上半搪瓷盆热水，叫他洗洗脸，暖和暖和……

"那事怎么样了?"他洗着脸问。

马小六说:"际传庆那个小子孬种,他说他不信别人的挑拨离间,说巧英做不出那样的事来。"

他还说什么,只得走。马小六忙去送,说巧英快要出嫁了,腊月二十四的日子。杨亮又问巧英回家来的情况,马小六说像没事人一样,很平静,什么事也没出,还去了趟婆家,住了几天;在家就帮爹弄大棚,也赶集卖黄瓜。近些日子,她就全力以赴,准备出嫁了。

他叹气道:"唉,王巧英原来是这么个玩意儿!"

马小六说:"你得到孟家认个错了!"

"认什么错?"

马小六见他心情不好,就不说了。

他在家住了一宿,第二天等了一天,也没见孟玉欣来。从那会儿一直到过年,一个多月,孟玉欣一天没去。腊月天,可是电器的销售旺季,两个人的活一个人干,可把他忙坏了。他心情又不好,日子过得窝囊透了。

不管怎么样,年还是过了。

年后,听说孟玉欣到一家姓周的开的板材厂打工去了。周家沟离他们村八里路,她上那儿去干什么?那谁知道,人家就愿意去呢。厂主老周的儿子周士荣看上了她,孟玉欣有身有架,是把干活的好手。厂主老周一听儿子的话口,就急着打听,原来是孟玉贵的妹妹,他就去找孟玉贵。二人自然喝上了,酒逢知己千杯少,都敞胸开怀说了实话。孟玉贵说杨亮耍流氓打人,有错误还硬充好汉,背着牛头不认账,退婚是他造成的,与他孟家无关。老周说他不管这些,只要你们打理清了就行。

杨亮得知此讯,暴跳如雷,火冒三丈:"这么无王无法吗……"他跑到法庭,法庭的人说你们没登记结婚,不受法律保护。他跑回村里找村支两委,村支两委的人到东庄孟家问询,孟玉欣一口咬定杨亮耍流氓还打人,毛猴子吃蓑衣没点人味,不是她不跟他,实在是无法跟了。

有一天，杨亮在半路上截住孟玉欣，向她哀告，说他错了，请她高抬贵手。

孟玉欣说:"太晚了！"

杨亮就流了泪，泪眼望着她，孟玉欣身个儿长得很排场，就是脸黑点儿，没有王巧英的白嫩好看，可有一双明亮的大眼睛，非常精神。不知为什么，这时看孟玉欣的眼睛更加亮润甜人，以前好似没有这样过……他说你就忘了咱们好的时候了吗？咱们定婚时，一起进城买衣服，买金银首饰，一起看电影，一起吃饭；回来的时候，半路上，找个下道，两人搂抱在一起，好一阵子亲热……

孟玉欣说:"你要知道这些，还跟那个小妖精混混什么呢？"

杨亮说:"一时糊涂。"

"是一时糊涂吗？你一直气壮如牛啊！"

"你饶了我吧，从今往后……"

"杨亮先生，你收起此心吧！我不像你，朝三暮四。你不是埋怨大雪落地了吗？这回好了，你又飞起来了，谁也管不着你了！你愿怎么飞就怎么飞吧，愿怎么舞就怎么舞吧，愿怎么飘就怎么飘吧！"

"一时说着玩，你当什么真？"

"言为心声！肚子里有那样的蛔虫，嘴里才漏出了那样的响声……"说完，她就走了。

他仍穷追不舍！

但是，孟玉贵来了。哥从中一隔，孟玉欣就走脱了。孟玉贵又跟杨亮打了阵子嘴仗，不欢而散。

老周怕事闹大了不好，就送了两万元钱给孟家，又说了些和气生财的话，说钱不是好的，人是好的，给人家算算账，泼泼人家心口窝里的火气，你好我好他好大家都好，息事宁人，各人奔各人的路，瞎闹腾什么！瞎闹腾一点好处也没有，不管对谁。杨亮心情肯定极坏，人走了，再搭上些钱，俗话讲的，蛋打鸡飞，还不伤心死！将心比心一个心，放在咱身上也一样。孟玉贵信服老周的话。本来，他是一个子儿也不想退还杨亮的，太孬种了。他大略一算，退给了杨亮一万三千元。不久，老周说他家缺少人手，就给儿子结了婚。孟玉欣出嫁那天，动用了二十辆小汽车，五辆货车……

腊月二十四结婚的王巧英，四月底就有了个胖小子。小木匠际传庆大操大办了一番喜事，更加钟爱自己的媳妇，并向巧英说了马小六来扒豁子的事。巧英直骂马小六孬种，际传庆发誓赌咒不再跟马小六来往。满月回娘家那天，在村头撞上杨亮，小木匠不认识他，擦肩而过。杨亮见了巧英，想说句话，巧英撇了撇嘴，扭转了头。杨亮的心像叫人剜了一刀子，他在王巧英身上花了三千元，她给他看了半个月摊子，睡了半夜觉。光当是个宝贝疙瘩，却原来早叫小木匠开了卵子……从那以后，他心里才算明白点事理，自己的脚步迈得太笨拙了，心时时都觉着像叫黑瞎子抓了一爪子那样难受！

雪花飘悠着，地面全白了。

他的脑袋瓜子似乎有点儿疼！透过雪雾，他猛然见到了一双明亮的大眼睛……孟玉欣来干什么？一眨眼皮不见了。那对大眼睛不属于他了，他说了一通胡话，得罪了孟玉欣！实际上，哪朵雪花都是要落地的。

"你站在外边做什么？"娘嚷道。

爹瞪眼："你管得了他了？"

他的泪水终于涌出来，掉在雪地上，砸出了好几个深深的窝子……

（原载于《洗砚池》，2001年第4期）

路漫漫

臧连顺站在路边等车。

西南风越刮越大了,公路两旁,汹涌着麦浪。不由人,口中念念有词:"夜来风雨声,小麦覆垄黄……"

小路上,有一少妇领一女孩走来,渐近……他看了那少妇一眼,怎么是她,三年不见了……

"妈妈,我渴!"女孩嚷道。

少妇穿着并不华丽,好似没有来得及打扮,头发也有些散乱;脸色阴沉沉的,白中泛黄,很不顺心的样子。

"妈妈,我渴!"女孩再次哀求。

这时,少妇扫了他一眼,似乎也认出来了,脸上开始泛红,很不自然。

"妈妈,我渴!"女孩第三次哀求。

"忍着点吧,我忘了带钱。"

他买了一瓶橘子汁,送给了那女孩。

女孩挂着泪珠子的脸笑了,接过去,甜甜地嚷道:"叔叔好!"

"妮子,你也好!"臧连顺抱起小女孩来,向空中抛起又落下,落下又抛起,如是三次。小女孩欢笑了,百灵鸣啭似的。

"快下来,叫叔叔歇歇。"

他把小女孩放下,小女孩一头扑到妈妈怀里,又回头看着他……

这一阵逗孩子,把久远的过去都拉回来了。他看看她,她也瞅瞅他。两张脸面都通红,都冒汗……心里怎样?哀怨、痛苦、羞愧、局促不安……说不清!他们心里都毛毛躁躁的,充塞着难以言状的苦酸。

三年前，臧连顺和王素同在一处小学。两人一见钟情，情窦初开，相依相偎，形影不离。除了上课，两人都时时双双行动：备课时对桌，抬头相视，你笑笑，我也笑笑；打水一起，你前我后，你一言，我一语；吃饭同桌，洗衣一起到井台……有时有事进城，因有课不能一块，下了课，又匆匆追去。

"你是我的影子，我不管到哪里——即便到天涯海角，你也都跟着我……"臧连顺说。

"我一不见你，心里就发慌！"

已经到了如胶似漆、难舍难分的程度了，该是瓜熟蒂落的时候了！王素躺在臧连顺的怀里，娇滴滴地说："咱结婚吧！"臧连顺说："我也想……只是得半年以后。"王素忙坐起来，惊问："为什么？"臧连顺说，学校里通知他到县局参加个训练班，时间半年。

报名的那天，王素送臧连顺到路边。

两人手拉着手，相偎在一起。

王素说："连顺，可别忘了我。"

臧连顺说："怎么说出了这样的话？"

王素就抹眼泪……

臧连顺说："我每星期都回来。中间真有急事，你就去找我，打电话也行。"

虽是暂别，却似远离，王素还是哭了。

臧连顺虽然有言在先，每星期都回来，但有时也有例外。他光想在业务上出人头地，想在这半年时间里，搞出点小名堂来，譬如说搞个教改实验项目啦，写篇较有分量、能在省内外出点儿影响的教学论文啦，所以有些星期天就不能回来。他利用这点时间，或读点书，或访问些有经验的老教师。这就引起了王素的不满，她难免使些小性子，说气话，甚至哭鼻子。家里人早就看不上臧连顺从事的那份职业："一个小学教师，唉，咱说什么！"从前，见两人好成那样，也就不好说什么了，听其自然吧；现在，一见王素思想有波动，第二条战线立即行动。

中学里有位教师叫苗化森,很有才气,课讲得很有水平,特受赏识。王素的哥哥稍做活动,就有人找上门来。来人说,校长就是苗化森的表哥,过不了多长时间,就提拔他当副教导主任。

王素拿不定主意,不同意见面。

一天,苗化森找个事由,来到了前店子小学,有话无话地找话说。

又一天,苗化森跟着王素的大哥到了她家。一家人都夸苗化森,说身个儿高啊,脸庞受看啊,走起路来挺样子啊,说起话来怪软善啊,如此等等。

王素开初拒绝谈话,也不知怎么弄的,还是搭了腔,一说就说了一大篇……

还行,第一感觉良好,接触开始频繁。

这一切,臧连顺全蒙在鼓里。两个月后,他在路边碰着中学里的孙老师,从他口里才得知。他顿时慌了,忙去找,找到前店子小学,没有;找到中学,既不见苗化森,也没有王素。去了哪儿呢?进了城吗,一块……不堪设想!正是插秧季节,他恍然大悟,是不是去了苗化森家,给他们插秧去了?他怎么好意思去找呢?天已黑,只有回转。他一夜未眠,心怦怦直跳,眼瞅着黑乎乎的屋笆,干受熬煎……第二天闪明,臧连顺想出了一个点子,托故去找苗化森,大清早冲进了他家。一点不假,王素正站在天井里跟苗化森说笑。

臧连顺说:"苗老师,县局数学教研员郁老师,叫你们中学去个人拿单元测试题。"说完,他冒火的眼睛直瞪着王素,嘴巴上的肌肉狠狠地揪了好几揪。

苗化森也知道臧连顺的光临并不是为了下通知,但他身居优势位置,心意畅然,很想奚落一下臧连顺,就假惺惺地让他屋里坐,话语甜甜的,说得很动听。臧连顺此时正像一口吃了二十五个小老鼠,百爪挠心,哪里还有心思屋里坐,忙应酬了几句,就抽身走了。

他到前店子小学办公室里等王素。

8点钟,王素回来了。

"你的主意拿定了?"

"什么主意拿定了？"

"你到苗化森家有何贵干？"

"给他家栽稻，是我哥叫去的。"

"我家也栽稻啊！"

"你给我说来吗？"

"我知道我处处有错……"

"你别这样东一榔头西一棒槌的，心里有什么，最好明说。"

从来不吸烟的臧连顺，也烧着了一支烟。他吸一口，吐一口烟雾，烟雾笨拙地飘悠着。

"有话别闷在心里，憋出病来。"她又说。

"你该在他家里住宿吗？"

"不该！吃完饭已经12点了，就……"

"既然你听信你哥的，就那样吧！"臧连顺盯了她一眼，狠劲把烟蒂扔在脚下，踏上一脚搓灭，扭头便走。

王素稍愣，忙跑去追……

臧连顺冲出校门，骑上车子急蹬，但车胎没气，干蹬转不快。到公路边，王素追上来，抓住了后车座。她喘着粗气，哭着说："你给我说清楚，就哪样？"

"你……不！你们全家不是都看着苗化森好吗？跟着就是。"

"我，我……"

"别撇清了！你们已经情深意厚了，又在人家过了夜，还少了那些事。"

夜里，苗化森是来光顾过……但她挣扎着，哭着，嚷着，还是保住了自己的裤头。后来，苗化森的嫂子来喊他，拧着他的耳朵把他拽出来，笑着骂他："急了眼吗？心急能喝热糊粥……"

"连顺，相信我吧！"

"我相信你，但不相信苗化森，他有前科，因强奸女学生，险些被判刑……我没有忘记这一切，你可能一时头脑发热，把这一切都忘了。"

王素抱着臧连顺哭！

臧连顺一时下了狠心，用力把王素推倒，推着车子就跑……过了几天，王素到城里去找臧连顺。事情已经过去了好几天，心情都冷静了，往日的深情又像浪涛一样汹涌上来……臧连顺一见王素哭，他也就心软了，很自然地流下了两串热泪。

"你哭什么？"王素问。

"你哭我不哭吗？"

"我不哭了。"

"你不哭了，我也不哭了。"

两人终于相看着笑了，但是说着说着又争执起来，臧连顺执拗，他说满以为自己的爱情堤坝是钢筋混凝土浇铸成的，谁知只是一条土坝，而且蚁穴到处都有……说着说着，他就捶胸顿足。王素流着眼泪，使尽浑身的力气解释，但是解释还不如不解释，越解释越糊涂。

臧连顺追问道："你既然钟情于我，又跟他周旋什么？"

她没有办法，只得说："说内心话，一时立场不坚定，看着他也不错，周围的人又成天聒噪，就，就……"

话能说到这个份儿上，够知心的了！如果就此表示亲热，也就万事大吉了，他偏偏又说了一句："你最不该在人家过夜呀！"

王素脸色顿时煞白，泪珠子像银豆子一样哗哗下落，然后哭着说："你要不相信我了，也只有……"

臧连顺猛然往桌子上一趴，号啕大哭。

王素被哭傻了眼，她觉着就是自己浑身是嘴也说不清了。她止住了哭泣，擦干了眼泪，写了张字条，就甩手走了。字条上写着："一切就是这样，你看着办吧！"

正当臧连顺这里步步退让的时候，苗化森那里却步步紧逼上来。

"闪电战，闪电战！懂吗？希特勒的战法……"有人兴高采烈地嚷起来。好些人一致认为夜长梦多，速战速决是最佳方案。

中学校长来见王素的大哥，许诺半年后提拔苗化森做副教导主任。中学妇联主任来到前店子小学，找到王素，又说又笑，握着手，进了王素的宿舍,一坐就是三个小时。苗化森本人,就更加活跃……

如果臧连顺早两天来表示一下宽容态度,王素也还会等他,她觉着跟臧连顺坐在一起,就像背靠大山一样心安,可跟苗化森一起时,老像坐在船里一样摇晃。1992年9月20日,臧连顺来了!还说什么?王素已在18日跟苗化森登了记。

婚后,小日子过得不错。一年后,生下一女孩,起名银子,更添欢乐。1995年,反腐败斗争开始。

中学校长因贪污巨额公款被告,法律部门立案侦察,中学校长畏罪潜逃。在审查校长的过程中也发现了苗化森的不少问题,他的副教导主任也就被撤了。这个打击,对于王素来说,实在太重了!

家中有不快,主妇唠叨,是规律性的现象。王素虽然年龄不大,但也开始唠叨。苗化森本来心里就不快,王素一唠叨,更是火上浇油,有史以来的第一次殴打终于发生了……王素没有做任何反抗,老实地躺在水泥地板上,任其拳打脚踢。打着打着,苗化森无了力气,趴在王素的身上哭了……

两人站在路边,倾诉离情……

"你这是要去哪儿?"

"信马游缰,毫无目的,走到哪儿算哪儿。"

"这样能有什么好结果?"

"我怎么还能想好结果呢?"

"自暴自弃啦?"

王素无言,泪水像石头缝里涌出的泉水,晶莹闪亮,流了满脸。见王素这样,臧连顺的心就像有刀子劙着那样难受!王素擦着眼泪开始唠叨,说她曾经对臧连顺一往情深,只是在他进城学习的那段时间里,因他回来得少了,心里发慌,也有些赌气的成分在里面。当时,家人见缝插针,四处围追,八方堵截,她一时没把握住自己,就出现了那些波折。苗化森是想污辱她来,可不管怎样折磨,她也没从,衣服都撕碎了一件……说着说着,她就委屈地哭了:"我,我……我知道你不相信我，我，我……"

臧连顺叹了口气，说道："事到如今，还说这些做什么？"

站在妈妈身边的银子，瞪得两眼溜圆瞅瞅妈妈，望望叔叔……

"你娶过了？"

"没有。说过几个，都不合适……"

"求你收下我们娘儿俩吧！以后当牛做马，都心甘情愿。我相信你是好人，每当回想起我们相爱的那些日子，我就痛悔不已。我想，你也会这样吧！"

是的，那些逝去的岁月，也常魂牵梦绕般烧烤着他的心！可惜，他的顾虑太多："前边表演了那么一场，现在又来一场，不叫人家笑掉大牙？"

"我不怕笑话！你要怕笑话，我们可以离开这个地方，进不了城，到山沟里去行吧？"

"不能说这不是个办法……"

"那就好啊！"王素惊喜，忙擦拭泪水，脸蛋儿顿时泛红，昔日的秀美俊俏瞬间重放光彩。

"只是……"他口讷了。

王素的眉头又皱起来了："连顺，你犯的什么难，是不是嫌我是二茬子货？"

"你别多心，我并无此念。"

"还有什么难处，你尽管说。"

臧连顺直叹气，满脸无奈。

汽车来了！

"上车吧？"司机从驾驶棚里探出头来。

"不上！"王素回答。

"妈妈，我上车……"银子嚷道。

王素哄女儿："银子，咱不上车，咱跟叔叔走。听话，乖乖！"

银子扑过来："叔叔，抱……"

臧连顺把脸扭向了一边，银子受了没脸，回头扑到妈妈怀里，哇的一声哭了。王素流着眼泪哄孩子。

臧连顺心潮难平,转身回望蒙山,风和日丽,蓝天白云之下,蒙山的蜂峦清晰可见,青松、草地、上山道的轮廓,也能看得出来。近处,轻风吹得麦浪滚滚,一阵阵裹挟着麦香的气息扑面而来,刺得鼻子发痒。

王素哄着女儿睡了,说道:"臧老师,不难为你了!"说完,她径直走了。

他一愣,还是追了上去:"王素,你别慌。"

王素停住脚步,问他:"还有什么话说?"

"不能这样断然,苗化森那里……"

"你别假惺惺啦!"她又走,脚步匆忙而有力。

臧连顺跑前几步,拦住王素:"实话说吧,我已谈了一个……"

王素惨然一笑:"我祝贺你!如果给我一张请柬……"

臧连顺直摇头:"不知为什么,跟她在一起,怎么也不自然……"

"我以为你们已经好得上了床呢!"

"那,那……那哪能呢?"

"没有,就不欠她的。你要真有心于俺,就拿出点男子汉那种快刀斩乱麻的气概来……"

"好吧,我回去就跟她谈。"

于是,他们相跟着,去了一家餐馆……

忠厚老实的臧连顺,回来就向自己的恋爱对象小香说了实话。小香阴着脸,啥话没说,甩手走了。

会出现什么情况呢?他心里直打鼓。

第二天天刚亮,臧连顺起来,麻眨着眼皮,去开大门。大门一开,臧连顺连忙倒退……出现了什么?小香与她的三个哥哥已站在门口。

他好言请到家里,又递烟,又端茶,满脸堆笑,好话连声。

"还认得哥儿们,应该说你还是个人!"三哥斜楞着眼,出言不逊。

二哥满脸戏谑,似笑非笑,点着了一支烟,喝了两口茶,咳了一声,吐了口痰,开了腔:"怎么,你觉着我小妹不好,不如婊子风骚,是吧?

嗯？"两束利箭似的目光，直直地射向他。

臧连顺红着脸，满脖子满脸淌汗，不敢动，不敢挪，也找不清说句啥好。

大哥一直不动声色，只是狠狠地抽烟。

三哥挽了挽袖子，吼道："不行，就揍！"

小香把三哥拽住了："有理讲理，打人不行，打人输理……臧连顺，你既然心里有别人，为什么又答应我的？你以为婚姻能儿戏是吧？臧连顺，实话告诉你吧，你找错了人家！你想走另一条路也行，可得给个说法……"

三哥佯笑道："好，小妹说得好，哈哈哈……"

大哥推了老三一把，拽着臧连顺的手脖子，来到天井，在花坛一旁蹲下，小声说话。

二哥与三哥坐在沙发上抽烟，像烧火……

六天过去了，又一个星期天来临了。

早饭后，王素领着银子在路边等臧连顺。等了一阵，不见人来，她们就在树荫下坐下来。她抱起女儿，对她说："睡吧，乖乖。"

不一会儿，银子就睡了。她望眼欲穿，越等越急，越急心里越慌，各种思想都跳动起来，暗恨自己该死，千不该，万不该，不该立场不坚定……要是中间不出现波折，她和臧连顺的事该有多好！唉，天底下怎么就是没有卖后悔药的呢？她又哭了，泪珠子一颗连着一颗……

望望来路，有人。渐近，渐近……不是他啊！他不是个失信的人，即便不能破镜重圆，也会来说一声的……她脑子里翻上覆下，像海涛一样汹涌着。

时候大了，她也打开了盹。不知过了多久，她觉着有人推她，以为是臧连顺来了，忙睁眼一看，竟是苗化森！

苗化森笑着，一脸尴尬，伸手把女儿抱过去。

银子醒了，喊道："爸爸！"

苗化森说："银子，想爸爸了吧？"

"想……"银子直嚷。

王素站起来一看,娘,哥,嫂子,姐……都来了,在她的周围形成了一个包围圈。她啥话没说,扭头便跑,百步开外,就被哥抓住了手脖子……

故乡行

一

我想,建存哥突然回了老家,可能还怀念着他那行杏吧。他从小看杏行,对杏树的热爱,可是深切。理整那玩意儿,他有一套。

火车风驰电掣般向前飞奔……

随着车厢的颠簸,我昏昏欲睡。睡梦中,我又看到了那行杏:南北五趟,东西九行,葱茏茏、浓密密的一大片。树荫下,有两个孩子正在玩杏核游戏,那就是我与建存哥。

谁知道是为啥,俺俩从小就要好,遇到一起,就亲亲热热地玩一阵子。每年,从杏树开花,到摘净杏果,三四个月的时间,建存哥就常待在杏行里,看花,看杏。我呢,平时上学,逢到星期天,就跑来跟他一起玩杏核游戏。玩一阵子,他就帮我割草;割满了筐,就再玩一阵子。假期里,更是如此。

"一弹弹呀,二连连呀,三家雀呀,摸老窝呀……"建存哥的嗓子真好,自来韵,念叨起这杏核游戏歌来,比小妮子唱得还好听。

1954年,俺俩都13岁了。这一年,杏果结得特别多,棵棵杏树都被压弯了枝,有的险些碰着地面,特别是河崖头上那棵清香味,结得满树都像干饭蛋。它的树头伸下河崖头去三分之一,在河岸边行走的人,想怎么打就怎么打。清香味是这行杏中的"王牌",个头虽不甚大,味道可鲜美得很。乍一吃,甜丝丝的;稍一嚼,立即涌上来一股子酸溜溜的滋味儿;再过一会儿,满口清香,透心润肺。就为这,建存哥家的二大爷,把它视为重点看护对象。

"建存呢？过来！"听到二大爷这一声呼喊，我就觉着头皮发麻、乱炸。建存哥满脸的笑容，也顿时渗进了皮肉，圆圆的小赤红脸面上，蒜头鼻子憨憨地待着；两个黑黑的小鼻孔，吃惊地张望着；一对小鱼眼睛，不停地乱麻眨……他害怕了！俺俩一同走到二大爷面前，低下头站着，等候发落。

"别光贪玩，勤望着点儿清香味。听着了吗，嗯？"

建存哥小声答道："听着了。"

我没敢吱声，歪着头，斜睨着二大爷……

二大爷终于走了。俺俩我瞅瞅他，他瞅瞅我，会心地笑了。小牛犊挣脱了笼头一般，什么约束也没有了，什么顾虑也没有了。"山中无老虎，猴子称大王"！玩吧，耍吧，尽情地玩吧，放开量地耍吧！

"一弹弹呀，二连连呀，三家雀呀，摸老窝呀……"建存哥的小蒜头鼻子一耸动，小黑眼珠子一滴溜，做个鬼脸，唱开了那首唱烂了的歌。

"唰——扑通——"

"啊，不好，有人朝清香味上撂石头！"建存哥大喊一声，箭头儿一般地跑了。跑啊，跑啊……朝着清香味啊，奔向河下崖啊！越快了越好啊，有孙猴子的那个本事才好来，一下子蹿到小偷的前头，截住他……

跑到河下崖一看，晚了！小偷们已经像屎壳郎挨了一石头，嗡的一声，抢了几个半生不熟的杏果，四处奔逃。

俺俩垂头丧气，刚爬上河崖头，正撞上二大爷。他满脸怒气，脸板得像生铁铸的一样，两只眼珠子瞪得老大，红红的，像着了火又冒着烟一般。

这，这……我不敢想了，更不敢看了，无可奈何，只有低头闭眼。

"哪！"是打的建存哥吧？

紧接着又来了两下，我慢慢睁开眼，只见二大爷的烟袋头子，一下不连一下地往建存哥的头皮上搕。他的汗水濡湿了褂子，眼泪一串连着一串，往下滚，朝下落，但是他紧闭了双唇，连抽泣一声也没有。

我不敢看了，捂着脸，哇哇地哭着跑了。

娘一见我那个狼狈样，就追问我，但我啥也没说。当时为啥不向娘说说呢？现在已经想不起来了。娘怀疑我跟建存哥闹了仗，就再也不让我进杏行了。我怕二大爷的烟袋头子，也不敢去了。

但是，没过十天，建存哥又来约我了。

我撑不住他的好说歹说，就又去了。果然不假，在杏树行子中央，有一棵高大的麦黄杏树，树杈子上安放着一扇旧单扇门子，四周围绑了好几根棍子，像栏杆一样。

"行不行啊？"

"我上去看看。"我爬了上去，果然豁然开朗！从上往下看，一切清清亮亮的。一个人在上边瞭，一个人在下边等候追赶，小偷再狡猾也对付得了。我正想得美，二大爷来了，他仍然唬着脸，仍然拿着烟袋杆子……我管不住自己了，就觉着腿肚子的筋乱朝前面转。我捂着脸，大气不敢出。过了老大半天，不见动静，我把手指头闪开点儿缝，往下一看：咦，二大爷脸上怎么全是笑啊？这，这……怎么啦，换了个人似的，他，他……他不嫌俺俩调皮捣蛋啦？

二大爷走了，建存哥爬上树来。

"二大爷怎没用烟袋头子……"

"你怪能，不会猜吗？"他蒜头鼻子抽动了好几抽动，两个黑眼珠子转动了好几转动，一仰脸，伸手摘下两个麦黄杏，扔给我一个，另一个很快塞进了自己的嘴巴。

"快猜呀！"

"我得想想着。"

二

春阳高照，眼前一片明净。沙滩上，石英石碎成的沙粒子，不停地乱闪亮光，交织成各式各样的光束，耀得你眼花缭乱。流水不大，从足有二里宽的河床沙滩中间，曲曲弯弯地流着，像一条银带在飘动。

水面上跳动着春阳的光亮，浮光耀金，刺得你眼睛发疼。这一切，多么熟悉啊！这河，不就是日日夜夜在我们村前流过的祊河吗？这沙滩，不就是我与建存哥追逐小偷的战场吗？春天，在沙滩上摔跤；夏天，在水里扎猛子；秋天，摸鱼；冬天，滑冰。这里是我与建存哥儿时的乐园啊！它留存着我们儿时的脚窝，儿时的泪水，儿时的欢笑，儿时的歌……河崖头上，就是建存哥的那杏行。现在光秃秃的了——那是多么好的一行杏啊！不光建存哥痛惜，我心里也不好过……

我爬上河崖头，只见一个人正在挖树坑。

他，他……他怎么像……从后影里看，是个细高挑儿，很像建存哥。他正站在树坑一旁往外挖土，一锨连着一锨，不停地嘘着热气，灰涤卡裤子与红绒衣都扔在一边，上身穿件半棉的白汗褂子，脊背上已经热气腾腾了。

在离他三步远的地方，我站住了。他似乎已经觉察到背后有人来了，就放下铁锨，直了直腰，转过了身子。是啊，是啊，是那个圆圆的小赤红脸，蒜头鼻子一缩一龘，小鱼眼睛眨巴着，格外有神；满脸上的汗道子，一溜一道的……

"你，你……你是……"他很激动。

"你，你是……"我不好意思叫他的乳名，立即喊道，"你是王建存吧？"

"是啊！你是……"

"刘秉中，小名石头，不认得啦？"

还需要再说什么呢？俺俩的手紧紧地握在一起了。

"你挖这么多坑……"

"栽树，栽杏树，栽清香味……"他说着，兴致勃勃。他说这地方靠庄近，乱使土，挖得不像样啦。去年冬天村里开会，往外承包，无人接招，他搭了腔。

"管哪！你这个腔搭得好，就得这个弄法。一路上，我也就是这个穷寻思法，甚至还这样想过：建存哥要不把杏行打理起来，我非绑了他游街不可……"

"哈哈哈……这些年，准是馋草鸡了！"

"可能有点儿吧。酸大楞，又酸又甜；麦黄杏，甜中有酸；小白杏，发面……特别是清香味，甜中透着一股子酸味儿，后味里涌上来一股子清香，满口里那个鲜美，浑身上下那个舒坦……"

"兄弟，你别胡唠叨啦！经你这么一说，把我的馋虫也引逗上来了。只可惜远水难解近渴！今年栽树，最起码也得到 1985 年结果子。"

"要是不栽呢？"

建存哥蒜头鼻子一缩皺，会心地笑了："要那样，老白了头也捞不着杏果吃了。"

这样谈论了一阵子，我们就并肩往家走。他抢过我的旅行包，替我背着。我给他拾起褂子和红绒衣，又像小时候一样了，我挎着草筐，他拿着镰刀……

西斜的太阳，拖着俺俩长长的身影，在路上慢慢地往前移动。

"你还记得那几句杏核歌吗？"

咳，他兴致可高，还想着儿时的杏核歌。我像不理解似的瞅了瞅他，见他满面春风，小鱼眼睛笑成了一条线。他心里一定很足意！既然你提出来了，我也不能示弱，略一想，就嚷："一弹弹呀，二连连呀……"

三

日子过得真快，一晃就是三天。

这些天，街谈巷议，都在议论建存哥尚未营造起来的杏树行子。说什么的都有，刻薄的，担心的，赞扬的……为啥担心呢？众人说话，一个意思，担心无好杏树栽子。有人说，王建存没了法子，只得栽柴火杏，还得花钱买——五毛钱一棵，香条儿似的粗细。我听了这话，很着急！管怎不能栽柴火杏，那像啥货色？一嚼，满口渣子，不甜不酸，涩乎乎的……我怀着满心的狐疑，走出家门，向建存哥家走去。赶到他的大门口，就是一阵猛敲："笃笃笃……"敲了半天，我才发现大门锁着。

四

　　三月的清晨,还有点凉意,空气挺清新。从田野里刮过来的风,混合了泥土的醇香和麦苗子与诸样野菜的气味;从河沙滩上飘过来的风,饱含着水的清凉和甜润。河堰上,冒出来一层雀子头草。叶片上,顶着露水珠珠儿,在霞光中闪动着五颜六色。啊,那不是金银菜吗?开几朵紫色小花,点缀在青青草丛中,好美气呀,怪动人的。

　　河堰北侧,堆放着一大堆猪圈粪,已经捣好了,顶大的粪块,跟杏核差不多。

　　这粪,很可能是建存哥家的。没过多大会儿,建存哥来了。他挑着筐,拿着铁锨,嘴里哼着小调。我一听,还是唱的杏核游戏歌,真有他的!

　　"一呀么一弹弹呀,二呀么二连连呀……"

　　"大哥!"

　　"啊,兄弟,你……"

　　"听说你净弄了些烂柴火杏树栽子,你多咱得了憨疯,栽那些没用的货!依我看,没有好品种,倒不如干脆……"我控制不住内心里的烦躁,张口就打机关枪。

　　"你听谁说的,我栽柴火杏?"

　　"人家都这样说啊!"

　　"你问过我了吗?"

　　我被问得张口结舌,急汗出了满身。

　　"哈哈哈……"他的笑声是那样响亮,充满了自信与欢乐。小鱼眼睛眯成一条线,蒜头鼻孔里直往外喷热气。

　　"你还有设下的地下育苗室?"

　　"也算有吧。"

　　"在哪里呀?有酸大楞吗?有清香味吗……"

　　"告诉你倒很容易,一句话就能说明白,可是我暂时还不想那样做——那样,太便宜你了。我得罚你一下,帮我挑阵子粪再说。伸伸手,四两酒！怎么样？"

又上来想当年那股子调皮劲了！可惜，二大爷早就长眠于地下了，不然，他的那个烟袋头子也许仍然能起作用。不过，这个玩笑不能开。我一时想不出别的言辞对答，只得笑着点头应允。

他叫我装，他挑。挑了三趟，他就热了，褂子一脱，绒衣一扒，就只剩下那件半棉的白汗褂子了。粪挑子颤悠着，一会儿上堰，一会儿下堰，飘乎而去，悠乎而来。他这个干法真惊人，我望洋兴叹，甘拜下风，今辈子也干不了他这么神乎了。一阵子二十个来回，满脸流汗，满脸通红，像着起了火。

歇息的时候，我递给他一支烟。吸着之后，他叹了口气，低着头，闷了一阵，才说："临下东北的时候，我收拾了半筐头子杏核，送到山里小云她姥姥家去了……"

我一下子明白了，小云姥姥家早就给他准备好了杏树栽子！一时无话，他口里吐着烟雾，我口里也吐着烟雾。"嘎——嘎嘎——"河沙滩里突然响起了鸭子的欢叫声。我抬头向南眺望，只见祊河上空，一群野鸭子正在盘旋下落。

正在这时，嫂子来了。嫂子神情惊慌，不知发生了什么事情。她跟我打过招呼，就冲到建存哥面前，没头没脑地埋怨他："这怪好，这怪好！你管做什么都拖拖拉拉……"

建存哥倒笑了："什么事啊，你直说有多好呢。动不动就弄那个吓人样，何苦啊！天没塌下来吧？"

"大兄弟，你听你哥说的这话！大兄弟……"

我忙从中解劝："嫂子，你有事就快说，俺哥他心里也是急啊！"

"小云姥爷捎信来，好几处亲戚家都想要，庄邻也净想栽两棵的……叫你快去刨。真去晚了，没有了，别怨……"

建存哥的小鱼眼立即瞪圆了："兄弟，紧急情况，我得快去望望。"

"大哥，我跟你一块吧。"

"也好，你快家去推车子。"

五

走过了沙滩,蹚过了河水,我又站在祊河南岸了。回首望,河北岸那片黄土地上,又现出了一处杏行,虽然树苗不大,但在眺望中,也隐约可见。我来了,又去了,心中老是有一种难言的滋味,眼睛里老是有一股热流在滚动……我与建存哥从小就钟爱的杏树行子,又营造起来了——那一天,俺俩跑到小云姥姥家,商量中带着哀求,总算弄回来一百棵杏树栽子,那当中不但有麦黄杏,有清香味……而且还有二十棵闺女杏。这种杏,熟时正值麦后闺女回娘家的日子,正好招待她们。据传说,这种杏是老娘疼闺女、想闺女的心变成的,不但果肉酸甜可口,杏仁也不苦,嚼碎满口溢香。这件事,可欢了我们的心……

忙活了两天,把杏树栽好。完工的那天晚上,建存哥特意把我叫去,连同几个帮工,热热闹闹地喝了一场。

有苗不愁树,树多了就是林。这个杏树行子一百多棵,比从前那个多了三分之二,谁能不高兴呢?特别是建存哥,我见他的嘴唇老是乱动弹,好似又在哼那首杏核歌。

可是第三天上,就发生了不愉快,我也被席卷了进去,至今心里还窝囊着。临走,我也没去给他说一声。那天将近9点钟,就听建存哥骂开了大街:"小兔崽子,你作践我呀!我逮着你,要不零刀旋了,算你长得白……"我忙出去看,只见建存哥正在追赶一个孩子。嗬,那不是我叔家二哥的儿子连庆吗?这时,二嫂子迎了来,连庆一头扑到他妈妈怀里去了。

"连庆娘,连庆拔杏树,怎么办?"

"一棵小杏树,值什么钱?"

"站着说话不害腰疼!不值钱,你给栽去。"

"我赔,我赔!三毛,五毛,给一块!"二嫂子说着,一张一元的票子扔到了建存哥的面前。

建存哥把那张一元票扔了回去:"你留着给你儿买膏药贴去吧!我的一棵杏树十块也不卖……"

"还成银子核儿了？不要拉倒！"

二嫂子下腰拾起那一元钱，扭头就走，建存哥上前，一把抓住了她的胳膊……我忙上前拉仗，叫二嫂子快走，但这个娘儿们就是不走，就地打滚，连哭带喊……我忙把建存哥拉到一边，掏出二十元钱给他，他把钱甩了，扭头就走。

晚上，我找到二哥，好在二哥还讲理，好歹把这事安排下。但建存哥却对我有了意见！他说："还是你们近啊，我算老几？"

我走出他的家门，一声不连一声地叹气……我知道，他痛惜他的杏树，但也得讲理呀！一个小孩拔了棵杏树，他爹到你面前认了错，还不行吗？他娘不讲理就不讲理去吧，何苦再跟她一般见识……回到家里，我不安了大半夜，天明决定回去。这次故乡之行，一切尚好，就是最后这件事弄得有些窝囊。也不辞行了，我怕见了面再吵。

来到汽车站，我买好票，来到候车室，刚点着一支烟，建存哥呼哧呼哧地喘着粗气，跑了来。

"大哥，咱俩的事，还恁客套做啥？"

他还在喘粗气，流着热汗，眼圈也红了："兄弟，你可别上我的怪呀！折一根树枝我都心疼，别说拔了棵杏树……当时，我气炸了心肺……"

汽车来了，小站暂停，得快上车。

"大哥，你的心境我清楚……"说着，我忙着上汽车。

他嗖的一声，仍来了一个塑料袋，我忙接住，一看里面全是熟鸡蛋。还能说什么呢？我只好收下。我刚坐好，汽车的发动机就响了。

"兄弟，下次多咱回来？"

"明年这时候，行吗？"

"我看还是三年后吧！"

"为什么？"

"三年后，杏树就有结果的了。来时，最好在麦后，杏子快熟的日子。"

小铺酒香

一

初冬，屯里村的公路旁开了一家烟酒小铺。

"吁——"老乐把小走驴稳住，来到小铺前，往水泥台子前一坐，笑呵呵地大声吆喝起来："掌柜的，来二两！"

掌柜的来了，是个年龄不足三十的年轻媳妇。漫长脸上有星星点点的苍蝇屎，眼睛很精神，眼皮灵巧地眨巴着，很有一派买卖人的精明。她从小屋里出来，站在柜桌前，满面堆笑，与来客打招呼。

"老大爷，喝几两？"

"二两，先舀二两。"

一忽儿，二两酒就端到了老乐面前。

他呷了一口，摸了把嘴巴，很足意的样子。

突然，一碟子臭豆子咸菜出现在他的面前。

"使不得，使不得！"他忙推辞。

"大爷，一点自家做的咸菜……"

"不多收钱，我也不吃。我这样喝惯了，有了酒肴反觉着不得味。"

"咯咯咯……"年轻媳妇被说笑了。

他也笑了，笑着喝酒，很足意。

"大爷，实不相瞒，像你这样喝酒的不多了，十天半月也就是碰那么一个两个。吃点咸菜算不了啥，真贵重的我也奉送不起。别客气，你就……"

看到人家心诚意热，再推辞还近人情吗？老乐兴头一上来，也就不拘这些小节了,喝起来了,吃起来了。嘿嘿,这臭豆子咸菜的味道,还就是怪鲜美呢。

"大爷,俺叫吴小英,往后你来用酒,喊俺小吴就行。俺那人叫王宗田,提货去了。俺这小铺刚开业,有啥不当的地方,您老人家尽管说。"

"很好嘛!做买卖,心正财旺。才听人说来,老不哄,少不瞒,公道价钱,别弄虚作假,情管做啦,一年不过,准发大财。"

小英笑了:"听你说的……"

二两酒好喝,连抽烟的工夫算在内,也就是十几分钟。他付了酒钱,说了几句感谢话,用手背抹着嘴角子,走出小铺,吆喝着小走驴就跑:"驾!驾!……"

不多会儿,酒力上来,老乐满脸火红,满嘴里直往外喷酒气,满心里舒坦的,长鞭一甩,打出了几声响鞭,叭叭地响成串,像燃放开了烟火爆竹。小走驴懂号,鞭声一响,四蹄蹬开,你说跑颠得那个欢腾劲啊,就像奔驰在大草原上的骏马一般:"嘚嘚嘚,嘚嘚嘚……"

喝上二两散装酒啊,
胜似那瓶封口啊,
如若你不信啊,
小铺里边走一走啊。
……

二

他不姓乐,因为肯唱,外人给参谋了这么个诨号。近二年,他除了种好责任田,抽空还跑点运输,小日子过得火火腾腾,那嗓子也比以往更响亮了。别人听着如何,他不清楚,他自己听着,确实比从前增色不少。以前跑运输,心里就很足意,现在运输中心点上出现了个烟酒小铺,更使他来了精神。他每天到这里都打尖,小铺的酒味道醇正,掌柜的服务态度热情，为了照顾他这种喝酒不要肴的人，又添了一碟子不要钱的臭豆子咸菜。嘿嘿，这可真是锦上添花，好上加好！二两酒下肚，又解饿，又提神，你说那个舒坦劲，他怎么能缄默得住呢？

这样过了一个多月，吴小英发现乐老头有十几天不光顾了，她心里怪纳闷：怎么回事呢？是不搞运输了呢，还是生小铺的气呢……老乐一不来喝酒，小铺生意就日见衰败。那些日子，每天盈利四五块，现在只有一块来钱了，最不景气的日子，只赚到八毛六分钱。

夜里，小两口拉家常。吴小英一提这话，王宗田顿时暴跳如雷，破口大骂那个混账赶车的乐老头……

"你是怎的，疯啦？人家该你的？"

"他，他……"小王被噎得说不出话来。

"他怎么你了？"

王宗田张口结舌，说不出话来。

怪哉！两口子还有隔夜话吗？

这一夜，就这样不明不白地过去了。

三

十一月的天气，早晨已经很寒冷了，霜雪子煞白，落满了水泥台子，公路边的草棵棵子上，也都煞白……

吴小英早起来，忙着收拾了一阵子，交代了几句，勒紧了头巾，就匆匆地走了。她来到公路那边的一家车行，跟掌柜的说话："老魏大叔！"

"噢，侄媳妇来啦？"

"来啦，来啦。大叔，你起得好早啊！"

"要不早点起，你来不又得在外头站……"他说着，就哈哈大笑起来。

这买卖人啊，话来得就是快，但吴小英无心说笑，面对叔公公，说多了也不好，就把要说的话老老实实地说出来了。

魏大叔一听，抽着烟，皱着眉，叹着气。

原来，前些日子，她走了一趟娘家，小王跟乐老头吵过一仗，闹得很不好看。

"吁——"老乐稳住小驴，来到了小铺。王宗田舀过来二两酒，老乐抽着烟，等臭豆子咸菜，但一支烟抽完了，也没见臭豆子咸菜碟子来。

"小王，小英没在家吗？"

"嗯，走娘家去了。"

老乐点了点头，端起酒碗呷了一口，吧嗒了好几吧嗒嘴，品着不是个滋味；怕有差错，又呷了一口，又吧嗒了好几吧嗒嘴……

"掌柜的，退酒！"

"你已经插了嘴……"

"插了嘴怎着？我上了几岁年纪是不假，可无病无痕，一点不脏！"

"你这是不讲理！"

"谁不讲理？"

"你，你……"

乐老头呼的一声站起来，黑胡子一根根地乱挓挲，眼珠子一翻转，一条条的血丝像着起了火。他稍一愣怔，转身就走。

"你交了酒钱再……"

"我的钱买酒不买水！"

"你说什么，你有什么证据……你血口喷人！"

老乐一时也无了话，气得光吹气。

王宗田蹿上公路，抓住了乐老头，眼看一场厮打就要展开！南来北往的过路人，以及四周围的乡邻都围过来……车行里的魏师傅冲到最前头，把两人隔开。

"我交酒钱倒行，可得兴我唱两句！"

这是步什么棋？王宗田不解其意，魏师傅也听傻了眼，四周围的人都面面相觑……

老乐交了酒钱，顺口作起歌来：

有钱买酒烧肚子啊,
无钱买水冲肠子啊。
哈哈,我老乐喝上二两散装酒啊,
胜似那瓶封口啊,
心里乐悠悠啊。
要是喝了羼水酒啊,
一股凉气走啊,
……

"熊老头,我叫你倚老卖老……"王宗田气撞顶梁,小棉袄一甩,拔步向前……

魏师傅慌了,跑着喊:"小王,小王……"

四周围的人也都睁大了惊慌的眼!

"驾!驾!……"小走驴跑起来了。

"有种的别跑!"王宗田直着脖子喊。

"有种的再多羼些水!"老乐当然不示弱。

王宗田气得直跺脚……老乐却又唱了起来:"要是喝了羼水酒啊,一股凉气走啊……"

听完了魏大叔的讲述,小英的心揪了起来!她回到小铺,闷坐了一会儿,忽然想起个办法。她找出两个酒盅子,一个掬满了酒坛子里的酒,另一个掬满了昨天刚提来的酒,分别点着,蓝蓝的火苗,一飘忽一飘忽的。着到最后一看,酒坛子里的剩的水,几乎比酒篓里的剩的水多一半,这就完全证实了魏大叔的话属实。做买卖,信誉第一,丧失了信誉,也就没了脸面,买卖还有法做吗?

她流下了两行泪……

"你怎么啦?"小王从柜桌前转过身来,见小英流泪,忙问。

小英瞪了他一眼,啥也没说。

四

冬夜，显得格外地冷，格外地静。

公路旁的烟酒小铺，两间瓦房，小巧玲珑，玻璃小窗上，透出橘红色的光晕，映着高天虚空中的星火，仙境一般。

这里并没有神仙，房主人是两个年轻的买卖人，一男一女，一夫一妻。两人一怒一忧，正在争吵。

"做买卖为什么？啊，啊……"

"为赚钱，这谁都知道，可是你那赚法不行，人家上当一回，永远不来了，你再怎么赚？"

"就是那个贼乐老头挑事！要不是他……"

"早晚得露馅，你以为人家都是憨子。"

"要不是他个贼老乐，总不会这么快吧！"

"你这是失了火朝床底下钻……"

"你说怎么办呢？"

"明天卖酒篓里的，坛子里的不卖了。"

"还恁多……"

"送给爹喝。"

"你倒舍得！"

"你舍不得？"

王宗田脸面上烧起火来了，鼻子尖儿上急出了几滴汗……

第二天，在媳妇的一再催促下，王宗田不得不把酒坛子送给爹，早饭后才回来。吴小英知道小王一向不孝顺，一下子送给老爹恁些酒，爹娘肯定喜不自禁，怎能不款待儿子一番，一定是炒了鸡蛋卷了麦煎饼……

"娘办了什么好吃的？"

"嘿嘿，哪办什么……"

"你看你那个小气样，你说了，谁还上你肚子里扒出来？"

"哪送去了！俺，俺……俺又卖了。"

"你说，你说……"她气得直翻白眼珠子，忽然转身冲出门外，就向庄里跑，但跑了十几步，又转了回来。

"你卖给谁了？"吴小英指着丈夫的鼻子质问。

王宗田狡猾地笑了，但不吱声。

"你说不说？"

"等两天再说。"

吴小英气急败坏，一腚坐在地上，痛哭流涕……

五

夜幕又降临了，寒风一阵比一阵大，有零星雪花飘落。

王宗田因事外出，回来晚了，摩托车顶到门口，见小铺锁着门。这么晚了，她还去哪里？他忙投开门，拉着灯，桌子上放着张白纸，拾起来一看，上面写着："我走了，请你自重。"这是要干什么！走，去哪里？他越想心里越乱，想想近几天的争吵，一种不祥之兆袭上心头……他忙把摩托车推进来，重新锁了门，撒腿就往魏大叔那里奔。

魏师傅正在看电视，听见有人敲门，随口问道："谁呀？"

"我，王宗田。"

门开了，他进去就问："大叔，你知道小英去了哪里吗？"

"不知道啊！这么晚了……"

"是呢，急死人啦！"

魏师傅关了电视，叫他在沙发上坐下，先别急，问他近几天吵仗来吗？他寒着脸，把纸条递上，把这几天的争吵，大体说了一遍。

"你吃饭了吗？"

"哪来得及啊！"

魏大叔忙喊老伴，叫她快弄点饭给小王吃。魏大婶闻声端来了一盘子水饺，说他们刚吃完，还不凉，快吃吧。王宗田确实也饿慌了，狼吞虎咽地吃起来。魏大婶倒过一碗热水来，又拿来了一沓子煎饼："不够，就吃煎饼。"

他吃着饭，魏大叔点着了一支烟……

到他吃煎饼的时候,魏大叔就开了腔:"小王,你知道你大叔都是怎么给人家修车的吧?"

王宗田有些丈二和尚摸不着头脑:"大叔,你问这个干什么?我管你怎样修车做什么?我……"

"我给人家补胎,今天补了,明天来找,说又漏气了,那就再补。人家给钱,我不要,说对不起老哥,第一次没补好,耽误了您的好多工夫,怎么好意思再要钱?要是还不行,你再来,仍不要钱。"

"一个月后,他又扎了……"

"那是另一回事。有的人说钱不够了,只有三毛了,我说三毛就三毛。"

"他哄人,有钱不掏。"

"这样的人不能说没有,但还是耿直的人多。有人这次欠两毛,下次再补上。有的人过三天两天就送来,你不要还不行……就这样,我的活做不完,钱并没少挣。再说你那小铺,从前干得那么红火,近来怎么就不行了呢?小英又写了恁张纸条子……"

王宗田好歹把一个煎饼吃完,喝了几口热水。

"再吃啊!"

"行了,饱了。"

"你少呱哒几句吧!"魏大婶说。

老魏笑了:"小王,你大婶怕我得罪你。你还愿意听吧?"

"大叔,你快说怎么找小英吧,其他的有空再唠,行吧?"

"你能到小英面前认错吧?"

"能啊!只要她回来……"

"那你走吧,到她娘家去。"

六

一夜风雪过后,第二天风停雪住,太阳出来了,银装素裹,满世界一片明亮。

小铺的门开了，吴小英与王宗田一起扫雪，像什么事也没有发生过一样。到了10点钟，老乐赶着小驴车来了，王宗田忙迎上去："大爷，屋里暖和暖和。"

老乐勒住小走驴，拿眼睛瞅了小王好几秒钟，然后说："同志，认错人了吧？"

"不，不，大爷……"

"你是不是还想打一仗？"

这时，吴小英来了："大爷，屋里歇歇。"

"小英，看在你的面上，我是应该歇歇，可是我怕王宗田的拳头……"

"大爷，我还得给你跪下吗？"

"大爷，大人不记小人过，你就高抬贵手吧！"

吴小英已经把话说到这个份儿上了，老乐要是还不下车，就太不近人情了。老乐下了车，卸了驴，拴好，就随小铺的两位主人进了屋。

"这回呀，除了酒味醇正以外，还添了两个小菜，豆豉与猪头冻，愿肴就肴，不愿肴的，干呷也欢迎，臭豆子咸菜，与之前一样奉送。两个小菜基本不盈利，多少进，多少出，用意在于多销酒……"

"说得天花乱坠有什么用？"

"对对，大爷，你喝点尝尝再说。"

"兴尝吗？"

"兴啊，兴啊……"

王宗田低着头，一声没吭，舀过来半两酒。老乐呷了一口，吧嗒吧嗒嘴，又呷了一口，又吧嗒吧嗒嘴，又呷了一口……

"来二两——连刚才的。"

"不，大爷，刚才的奉送！"小英笑了。

老乐乐了："那可不行。"

"怎么不行？大爷，要小菜吧？"

老乐来了高兴："来点尝尝。"

不一会儿，酒菜齐备。

十几分钟的空儿，酒干，菜净，付了钱款，照旧抹了好几抹嘴角子，大步闯出小铺的门槛，套上小走驴，吆喝一声，甩个响鞭，顺路而下，唱腔随即响起：

> 喝上二两散装酒啊，
> 胜似那瓶封口啊，
> 两个小样菜啊，
> 实在怪可口啊。
> ……

老壮赶会

一

夏历二月初六，一年一度的义堂春会来到了。刚近早饭时，大路上就人流如潮了。刘老壮架着辆装篓子的地排车，像头壮实的老犍牛，呼哧呼哧地喘着粗气，扑通扑通地踏着脚步，吆吆喝喝地朝前急赶。

别看老壮是个庄户"老土"，做事的目的性可就是强。要是没有急事，他是绝对不来闲逛的。他常说，庄户人的工夫金贵着哩！往年，别人伙他去赶会，他一撇嘴就给打回去了："没个事，去做什么，瞎挨挤！"今年不行了，他老早就盼着啦——儿子春木得领着新成的媳妇截花衣服，他自己的那档子如意算盘珠珠儿，更需要在会上拨拉拨拉。

出村三里，路旁闪出了他那亩责任田。麦苗儿长得可真旺相，远看墨绿，近瞧粗壮……呵呵，露水珠珠儿还没败呢，阳光一映，闪闪发光，直着眼睛去瞅，还怪耀得慌呢。远望片刻，近瞅一阵，老壮动感情了，他想停下来，到地里看看，但又一转念，赶会不是赶集，早着点儿好啊，忙使劲拉车，车轮子转快了。一路上，他那档子如意算盘珠珠儿不停地在心窝子里活蹦乱跳：麦子长得恁好，一亩不弄三千斤麦穰？三亩呢……七八月里，天天割点青草，两个月能晒多少？喂头牛有啥难处，趁闲空就能料理料理……他豪情满怀，浑身火腾！他昂头挺胸，走得很精神。极目远望，春光好啊，满湖的麦苗儿都绿油油的；放眼纵观，一片绿海洋！微风一吹，绿波荡漾。一股股泥土、麦苗、野花散发出来，又酝酿在一起的醇香气息，直往鼻孔里钻。

"借光，借光！划哟——"

"老壮，好火气呀！"

"嘿嘿……"

二

8点到会，10点就把篓子处理干净了。他坐在这里，犹如热锅里的蚂蚁，一小霎儿也没有安生过。他的如意算盘珠珠儿不停地拨拉，他蹲在这里，无法坦然自在。为了快卖，他少要了五毛钱。春木编的篓子都是上等货色，样子大方，缝子小，特别是边纳得结实。识货人一看就眼馋，价钱再一便宜，几个主儿就要了。

卖完篓子，他把排车寄存在老相识的摊子边，点了遍票子，算了下账，十二副篓子，十二元一副，恰好一百四十四，星点儿也不差。数完，他把票子往怀里一揣，迅速颠起了脚步。他脚步迈得快，落得重，扑，扑！

铁货市，他一步没停；木料市，他不屑一顾；窑货市，他没予理睬……

牲口市到了，他的目光炯亮了！

正当央里，怎么围了恁大一圈人啊？里三层，外三层，风不透，雨不漏。他也来了好奇心，挤到近前，想看个究竟。哪里能看得见？他无奈，只得跷跷脚，只可惜，中等个，跷起脚来，也不比高个子高。他找了块石头垫脚，呵呵，这回看清了：人圈子里，有一头身个雄壮、皮毛火红的大犍子。他一打听，要价一千，买主四五个，有出八百的，有出八百五的，还有出九百的。这下子可就热闹了，买卖不成，乱子造就，几户买主吵吵起来。老壮无心看吵仗的，却热上了这桩买卖。他跷跷脚，再跷跷脚，死盯着那头大黄犍，恨不能把它的形影连同气概都摄进心扉……

"吵什么？买卖，买卖，周瑜打黄盖——一个愿打，一个愿挨。谁出的价高卖给谁，还用着吵了吗？"老壮突然放了高声。

人们都回过头来，用惊异的目光瞅着这个红脸老头。吵吵声住了，全场顿时鸦雀无声。老壮在众目睽睽之下，有些难为情了：这是怎么啦，偌大的年纪，还恁轻狂？高兴得？对对，是高兴得。可是，这高兴也得分年纪啊，老头子高兴了，怎么能跟二混子青年人一个样？他害羞了，扭头就走……

走着，看着，憧憬着，一年之后，他也能喂出这样一头壮家伙，甚至还好，能值一千二……他心下不停地算计，脚下不停地奔跑。他种地、喂牛，春木编篓子，叫春木媳妇拾掇拾掇家务就行了，小康日子舒舒坦坦。过二年，有个胖孙子，抱着，亲着，抓着自己的胡子……"嘿嘿嘿……"想到足意处，他笑出了声。真巧，他转到西北角的水汪边，那棵老窟窿柳树上拴着一头"瘦骨头"黑犍子——这正是他心目中的热门货。论体形，不小去那头千元货；论毛色，黑脊白肚皮，上数的"雪中碳"。只是人家油光闪亮，这个一色暗黑。肯定是瘦弱造成的，一胖三分俊，谁不懂这个！牛的一旁蹲着个六十开外的老汉，不用问，是卖主。

老壮向前凑了凑，招呼道："卖的？"

"嗯。"

"多少钱？"

那老汉伸出了三个手指头。

老壮跷起了两个手指头："怎么样？"

"真想要，还得添添。"卖牛的老汉似乎看透了老壮的心思，大声大气地吹呼起来，"你别把它当成了下三烂，才四个牙，就是身子穷啦，无力气，少精神。春上得使活，养不起，想卖了再添上点儿买头壮实的。要不，怎么舍得卖？这物件，养上一年，至少也得给一个数……"

老壮被他说馋了！他扒开牛嘴一看，果真才四个牙。再围着牛身看看，确凿是个好体形，那角，那蹄，那尾巴……无不像模像样，就是干瘦如柴，后臀两侧隆起了两座山蜂。

"二百得破头。"老壮狡黠地笑了。

"破头？你少了一分也牵不走。"

"好,那就整着。"

"老哥,钻空子数不着你,不添添没事。"

争执来,争执去,最后定准,牛价二百,老壮请酒。

"哈哈哈……就是还缺几块钱,我去借借,一会儿就来,破袄放在这里做押。"

"穿着,别冻着身子。你年纪也不小了啊,怎还恁冒失?买卖不成货在,要抵押做啥!"

但是,老壮像颗火流星似的不见了。

三

他上篓子市,找到老相识,借到了一百元。往回走噢,满心乐噢,浑身劲噢,大步流星噢,扑、扑、扑……

中午了,春阳当头,怪热乎的。街上的人拥挤起来了,老壮一下子被挤进了一个人疙瘩,你说这可怎么了?他忙捂住裆子上的口袋,咬着牙,跟那些年轻小伙子扛开了膀子。三晃悠,两晃悠,龇牙咧嘴,抡胳膊伸腿,费了九牛二虎之力,总算挤了出来。热得他浑身冒汗,燥得他嗓子里冒烟。他忙解开裆子扣,袒露出了前胸。一阵微风吹来,凉沁沁的,浑身顿时舒服,头脑也像清醒了许多,他随即加快了脚步。

"姐夫,你……"

啊,谁叫我,是春木舅?他头转得像货郎鼓,东瞅西看,没有啊!

"在这里!"

你说,你说,就在眼皮底下呀!他一把攥住了春木舅的手,兴冲冲地跟他搭话。呵呵,这回可得好好拉拉,满心里的欢乐与兴奋,怎能瞒着亲人呢?但是,四处人声嘈杂,听不清,满会场就像一窝巨大的蜂群在嗡嗡。

"做什么去,看你忙得?"春木舅大声喊道。

"买牛,买了头牛,买了头瘦牛……"老壮兴高采烈,欢声回应。

"你,你……"

春木舅到底嘟囔了些啥,老壮听不清。他一急,硬拽着春木舅走:"找个僻静处,好说话。"

他们俩找了个墙旮旯,蹲下了。

春木舅是个小心人,说话不敢大声,用双手罩成个喇叭筒,对着姐夫的耳朵眼子吹气:"你家里开着钱庄吗?花了这项有那项,还都是成千上百地往外扔……"

老壮被小舅子说蒙了,他不明白春木舅话里的意思,是嫌他手敞呢,还是别的什么。

"钱倒还有几百。我想买这么个物件,养上一年……"

"你呀,做起事来就管头不顾腚!你就没盘算盘算,自己家里顶要紧的事是啥,光依着自己的兴头胡弄。"

老壮挨了责备,心里有点儿窝火,但是不好发作。春木舅啊春木舅,他的话虽不中听,可心里没有坏水——他能望他姐家孬吗?

春木舅见姐夫不吱声,又接着往下说:"你得快给春木成亲,还差几天不是三十的人啊!盖屋盖恁好的,羊群里跑出个驴来——四间瓦房,两间平房,搁什么?就没算计计计娶儿媳妇用钱!屋已经盖了,钱也花了,说也无用,往后就别再张狂啦,赶快紧紧手凑集点钱,娶上来吧,真出了变故……"

"你听着什么来吗?"

"没有,可是咱得料到那里呀!"春木舅的脸色越来越不带笑模样了,"人家是高中生,文化人。春木喝过多少黑墨水?说是个初中生,那些年的学能学多少?人家说,图人好,老实,有手艺。这是内心话吗?是真是假,还得以后看。就怕咱这身份不撑人说,千人说好一切都好,一人说孬就怕变化。叫我说,你千万别再弄花花点子啦,赶紧把这事办过去,也就了了这份心事。入了洞房才算夫妻,你老糊涂啦?那牛,晚一年养也没事!"

是噢,是噢,春木舅说得在理……

当老壮走回来时,卖牛老汉气哼哼地直嚷:"我当是你不回来了呢!"

"嘿嘿，没借着……"

卖牛老汉脸一沉，闪电似的扭过了身子。

四

老壮往酒摊上一坐，把棉袄就手丢在身旁，随即喊来了二两酒。干呷了一口，又苦又涩又辣，他哪里管得了这些，一仰脖，第二口又下去了……

"爹！"

听到喊声，他忙抬头看，见春木已站在面前了。他什么也没说，又去呷酒。

春木见爹喝得微有醉意，脸涨得成了关云长。怎么眉心老是皱着，不像今清晨恁开朗？是卖篓子受了欺负，吃了窝囊气……但是，他不敢打听。爹是个爆竹筒子脾气，一点就着。别看平时闷声不语，惹发了炸了不得。就因为这，外人送号"闷爆竹"。这时，他见爹气色不悦，怎敢再火上浇油，只好在爹的对面默默地坐了下来。

"你没弄点肴吗？"他思量着，这话引不出是非来，也是当儿子的应尽的一点孝心。

"还弄点肴？我这样喝惯了！"

"那不行，我得给你弄点……"

春木刚抬起腚来，就被爹摁下了。他沉着脸，瞪着两只通红的醉眼，气哼哼地嚷道："别费那个事啦！"

春木一见爹动气，心里毛了！他寻思，看样子"闷爆竹"要炸，为啥事呢？一时，他就像坠入了云里雾里……

"喂，翠萍呢？"爹突然问。

"开拖拉机去了。"

"她会开拖拉机？"

"嗯。"春木正愁爹继续追问下去，无言对答，谁知往下他不问了，哈哈，谢天谢地！

老壮呷了口酒，又问："截全啦？"

"她不让……"

"谁说的？"

"她，她……"

"你这是娘儿们办的什么事？她不让截，我不信！是你舍不得花钱吧，拿着个钱当月亮？这是啥时辰，舍上座金山也得算。老的舍不得花还有情可原，你也舍不得花，心眼子叫洋灰泥死啦？你算个什么东西，擀面杖吹火——一窍不通了吗？"

"这不该我事。"

"不该你事，该谁事？"

春木看了爹一眼，不敢吱声了。

"你给我滚，快滚回去！"闷爆竹的捻子终于点着了！不光声高气粗啊，而且两眼瞪得溜圆啊，红红的，吓死人啦！

春木闪开几步，赶忙说："你听我细说……"

"我还听你粗说！"老壮一边吼着，一边迈步闯上来，伸手去抓儿子。

春木忙向人群里钻……

"你过来！"老壮指着春木嚷。

春木一见这么多人，爹即便真动手打他，也会有人拉，就抖了抖胆子走过来。奇怪，刚才那副霹雳火闪的样子没有了，倒来了老娘似的温存。他从怀里掏出那沓票子，塞到春木手里，把他扯到酒桌前，叮嘱起来："拿着，一定打发人家欢喜，别把好酒做酸了。"

"爹，不是恁回事啊！"

"不是，也是你的不是。"

"是她……"

"放你娘的狗臭屁！天底下哪有这宗事？你别多嘴绕舌啦，快回去，别疼钱，该买的就买，翠萍要什么买什么。要是抹了这个村，上哪去再找下个店……"

"爹，你听我说！"春木急得流眼泪了。

"有屁快放。"老壮的眼珠子瞪得像锥子一样了。

"她说得集中资金买些柳条,准备麦后把地退了,专做编织专业户。"

"什么,她说什么,把地退了?"

"是啊!她说咱们应该把编织专业户的牌子挂起来——我编篓子,她掐草帽辫做手提包,你拾掇些零活。她还说她已经跟地区外贸局取得了联系……"

老壮叹了口气,像泄了气的皮球,瘫坐在酒桌前的板凳上,揸上一锅烟,吸着,不吱声了。

"爹,你说这事……"

"我说春木,你也不小了,也该有点主心骨了。没过门的媳妇,谁知人家是啥心眼子?你还是照老规矩去做。至于做专业户的事,你胡乱答应着就是,告诉她,结了婚再说。"

"她说,五一就……"

"那不更应该置办吗?你还不给我快走……"

春木无奈,只好噙着眼泪,挤进了人群。

五

老壮眼望着远去的儿子,两只醉眼潮湿了……

自打春木娘下世后,撇下他爷儿俩,日子过得坎坎坷坷,顾了外头顾不了家里,收了干的忘了湿的,会做粗的不会做细的。自己横在湖里,春木蹲在土台子旁边念书,家里只好关门闭户。回家来,已经累得筋疲力尽了,浑身热汗淋漓,还得拉风箱"打铁"。好歹把粮食粒子煮个七八分熟,三口两口地扒拉进嘴里,又得往湖里跑。福是人享的,罪是人受的,这样的日子也一天天地熬过来了。春木长到十七八,出挑得挺排场,浑实的身个儿,粗黑的眉毛,火亮的目光,双眼叠皮,漫长脸,尖下颏,大鞋样替了个小鞋样,春木的模样跟老壮年轻时一个样。长得好有啥用,一穷百癞!像他这么大年纪的小伙子,虽然也还有好多没说上媳妇的,但那都是兄弟们多的,成了大的,顾不了二的。刘老壮就这么一颗夜明珠,要是再打了光棍,当老的脸往哪里搁呀?"管怎也得给春木成个家!"这个信念就像一堆扑不灭的火焰,在他心里越烧越旺。姑娘有的是,钱财不好抓,娶个媳妇少了七八百,就完不下场来。那些年月,春木正上初中。他觉着上学也无所谓,成天打打闹闹,能学着什么了?好歹混了个毕业证,老壮再也不让春木上学了,把他送给了他舅,去学点编篓子的手艺。

半年的工夫过去了!功夫不负有心人,春木的手艺学成了。他一回家,老壮就买来了两千斤腊条,没出三个月,就编出去了,净赚一千多。腰包一鼓,说话有了底气,给春木说媳妇的走进门来。可是,人家老的一来看家境,都嫌房子孬。这下子可气恼了"闷爆竹"!盖屋,积攒钱盖屋,盖砖石结构的,盖红砖亮瓦,盖钢筋洋灰棒的,盖玻璃窗玻璃门的……总之,得盖全村第一流的!一个老牛大憋气就是两年多,十足的"闷爆竹"的劲头!包工队一到,半年的工夫,四间瓦房,两间平房,盖起来了。从此以后,春木就像个活道具似的,成天被人拽着这里相,那里看。没过多久,一个叫胡翠萍的姑娘看中了春木,听说还是个高中生,老壮喜得眼皮直跳……

这个春会上,打算置办点衣料,过几天,选个良辰吉日,就去送日子,确定新年结婚。老壮算计着,他爷儿俩忙活一年,跑不了两个数,满够办婚事的。他兴头一起,又来经营项目——想抽闲空,喂头牛。如意算盘珠珠儿正哗哗响,叫春木舅一席话说黄了,但他信春木舅的话,不考虑喂牛的事了。谁料想春木又嚷嚷专业户,还说是他媳妇的主意,这可怎么得了?不行!春木舅说得对,结了婚才是一家人,管做什么结了婚再说……春木走了,他能办好这事吗?就怕叫他媳妇一说,又泄了气!满心的不快,各式各样的忧虑,焦心遇着担心,烦躁碰着气愤,火上浇油,油里烧火,哎呀呀,"闷爆竹"的捻子着了,就要爆炸了!他扣上扣子,紧了一下束腰带子,抹了一把泪水,再一次端起了小黑酒碗,呷了一口,默坐片刻,总觉着不放心,于是就抱起了袄……

"得去看看!"无形中,他喊出了声。

"什么，再舀二两？"

"还舀三两！"他端起小酒碗来，一饮而尽，扬手一抹嘴巴，气哼哼地走了。

"怪面善的个老头，好大的脾气！"

"一人一路，莫要犯恶。"

六

从酒摊上出来，他挤进了人群，就像一滴水落入了大海。到处是人疙瘩，挤得可真够戗。老壮小心谨慎，挤过来挤过去，晃香油似的。挤到十字街口，往东一望，嗬，满街筒子都是花布摊子，县城商店来的，供销社的，更多的是个体布摊，成品零售户；木板上平放着的，扯绳悬挂起来的；红的、绿的、花的、白的、黑的、米黄的、淡蓝的……五光十色，美不胜收。老壮觉着眼不够使的了，看哪个摊子的是啊？他看着看着，脸上笑了，心里舒畅了，好像置身于鲜花铺地、绿树成荫的仙境之中了！只是，他神经很快就转了弯，心下猛地咯噔一下子，又起烦恼："春木呢？翠萍呢？他们置办得怎么样了……"

"唉——"他叹了口气，又往前赶……

"老大爷，你……"

他靠人家摊子太近，人家嫌他，他诺诺连声，赶忙离开……一直挤到街东头的柏油马路上，也没见着他们两个人的影子，可把老壮急坏了！

"老弟，掉了什么？"

嗬，碰着那个卖牛的老汉了！他满面春风，话音里带着刺刺。

"胀饱什么，吃了豆饼？"他想回敬这两句，终于碍于面子，话到嘴边又留住了。"牛，卖啦？"他也不清楚，自己为啥这样问话。

"卖喽，二百八，嘿嘿……"那老汉说着笑着，好似有意炫耀，也像故意气他。

他觉着老汉的话句句扎人，心里越发来气，但又无法发泄，就忙转过身子，走了。

"嘿嘿嘿……"老远老远，还响着老汉的开怀大笑。

"狗肚子里盛不了四两酱油！"他骂道。

"姐夫，你……"

春木舅迎面走来，胳膊上挎着个三升筢子，里面盛满了各色物品。老壮忙转变脸色，与小舅子说话。三句话不过，就又扯到了春木身上，老壮像到了县太爷的公案桌前一样，把满心的冤枉冤屈都倾诉出来，说到痛心处，竟然一把鼻涕两行泪。

"姐夫，这是好事啊……"

老壮连看一眼小舅子也没看，扭身便走。

"姐夫，这是真的，我家也准备……"

"你家是你家，我家是我家，你家与我家不一样。别的我听你的，这件事，不听！"他嘟囔着，朝南几步，就挤进了人疙瘩。

"嘀嘀——"从南面驰来了一辆拖拉机，上面装着腊条，摇摇晃晃，像座小山包儿似的。上面还坐着一个人，怎么像春木？他奔上前去一看，果然是春木。大胆的狗头，你这是弄的什么事……

"春木！"

"嘀——"

"爹！"拖拉机戛然刹住车，像闪电一样，胡翠萍从驾驶室里跳了下来。

老壮慌了，就像杨六郎见了穆桂英那样手忙脚乱。他忙把刚要发火的神经调整过来，阴沉沉的脸上立即堆满了笑。他见儿媳妇比第一次来时还高了点似的，脸也丰润了，白里透着红光，挂着小细汗珠珠儿，两眼明亮有神，活像浸润在秋水中的两颗黑宝石……

"爹，你看这腊条好吗？"

他翻了一眼，不予置辞。

"你怎寻思着，因为少截了几块衣料，就硬训了春木哥怎一顿来？"

老壮脸上烧起火来了！

"那是我的主张，与刘春木无关。"

她这话，她这话……

"国家又没关闭纺织厂，截那么多衣料做什么？随穿随截，时兴新崭。那项钱，买了腊条啦！"

如果口上说的跟心里想的一个样，那当然好，但老壮心里总是不实落，女孩子家，哪个不喜欢花衣服，胡翠萍就另个样？她要是试探我们的，春木，你个老实鬼……想着想着，他老泪纵横了。

翠萍见公公发惨，话随即软和了："爹，俺知道有些事你一时想不通，这也难怪。老农民种了一辈子地，对土地有感情，是可以理解的。你要真想种地，咱就不退。你要想喂牛，下集再买。没有钱，我给你……"

老壮听傻了！这是真的吗？是不是耳朵走火，听错了？

"爹，俺先走了！"翠萍说了这么一句，跳上拖拉机，嘀嘀——转眼间，拖拉机就跑了。

老壮蹲在路旁，烧着了一锅烟。他心里仍乱糟糟的，儿子太老实，就怕玩不过人家。胡翠萍嘴上说的和心里想的要是一样就好了……

日头占山时，他拉着地排车，心事重重地往回走。走到那块麦地，他放下了排车，沿着田埂，慢慢地往里走，麦苗子青葱葱、绿油油，又粗又壮，实在喜煞人。晚霞一映，绿波中泛起一层层彩虹似的光带，更加催人振奋，令人神往。这时，也只有这时，他的眉头才舒展开来。他蹲下了，烧着一锅烟，吸着，用手轻轻地抚摸着面前的几棵麦苗子，就像慈母抚摸着儿子的头发……

大雨前后

一

郑喜有觉着老伤腿开始隐隐发疼,他心头一乐,眉心立即舒展了。

"来法娘,歇一会儿吧。"

来法娘刚挑来一担水,用手背面抹了抹额头上冒出来的热汗,在他身旁坐下了。

"来法娘,我的腿一阵阵地疼呢。"

来法娘仰脸看了看天,晴空万里,不挂一丝儿云彩。时令虽然已过霜降,但中午太阳依然火热,没有深秋天气那种特有的凉爽,一股股干风夹带着黄烟般的土雾,直往人脸上扑,给人一种枯燥闷热的感觉。

"你呀,净做美梦!"

"嘿嘿……"

"干吧,今天早晚得种完,赶早不赶晚。"

"还有分多地,好种啦。你早回去一步,做点饭……"

来法娘走了,脚步依然那么轻盈、捷练。五十多岁的人了,又是个女流,还跟男爷儿们一样,风里雨里,家里湖里,手不歇,脚不住。年年月月,日日夜夜,忙啊,忙啊,真比铁打的还结实……看着想着,喜有动感情了,流泪了。

聪慧的大闺女来香见爹流泪,当是出了什么事,忙过来安慰爹。

"小孩子家,多管啥闲事!"

来香愣了,她怎么能明白老爹口袋里的这个牛梭头弯弯呢。

"爹,我回去叫他来吧!"来香前年出的嫁,她那里水利条件好,早种完了。

"不用,不用。这不快完了吗?"

来香见爹不采纳自己的意见,就不吱声了,挑起水挑子走了。路上,遇上来法与来霞,她不轻不重地训斥了几句。这两个学生娃子啊,干活怎怎差劲。

这年秋季,一连三个月没下透犁雨,地干得冒烟。俗话说得好,人怕老来穷,麦怕胎里旱。他家五口人(大闺女的户口已经迁走),包种七亩地,他打谱种五亩麦,留二亩春田。那三亩平川地,水利条件好,早种上了。这二亩岭地,上不来水,只好挑水种。他有他的信念,管怎不能叫小麦胎里缺了水,宁愿人受累,也不让麦受旱。出战之前,他召集了个家庭会议,摆了他的目标,亮了他的雄心壮志:今年打八百,明年拿千斤。"粮食粒子是什么,不就是汗珠子变的吗?"他说这话的时候,就像县委书记在万人大会上做动员报告时的神态一模一样,手一挥,眼一瞪,嗓音洪亮、激越,犹如春雷震响。

经过七天的奋战,现在只剩下点尾巴梢子了,还愁什么!

又干了半个多小时,郑喜有把三个孩子招呼过来,叫他们回家吃饭,他在这里看铺,叫他们吃完了,给他捎点来就行。

"来香,我看就别叫你娘来啦。"

"是啊,我看早就不该来啦!"

"你怎么不早说?"

"俺说什么?你家的事你不说,还叫俺说!"

这个死丫头,没走三天就跟爹分开了。这些鬼东西,这么大了还不知道孝顺老的!不孝顺他,他倒无话说;不孝顺他娘,怎么讲……不知啥鬼引诱,他竟想起了三十年前与来法娘处对象的情景。来法娘是个苦人,在头一个主家里,受尽了毒打。火烈的女人啊,不低头啊!直到下来婚姻法,她才跳出了火坑。相亲那天,本来是说给他哥的,谁知来法娘一眼看中了站在一旁的郑喜有。"郑喜有娶了他嫂子!"乡人传着说,说着笑……

一个那么俊的大姑娘,一眼看中了他这个身穿破棉袄,头戴开花帽的穷小子，天大的恩德哟！婚后，果然和睦。来法娘性子急，做活麻利。月亮地里结网子，大半夜结五个，一集结三十几个，赚三块多。所以，不管什么时候，也没缺了他们的零花钱。

"你摊了个好家里的呀！"人们说。

他能说什么，只是乐着笑："嘿嘿……"

蹲了这么半天，腿有点儿酸疼，他就索性坐下。他从腚后头的腰带上取下旱烟袋，慢悠悠地掐上一锅烟，哧啦——划着火柴，点着了；吧嗒了两口，咝——倒吸了口烟气，心里挺惬意。吸完了两锅烟，他蜷缩着身子，打了个盹，就又干起来。得踩一遍，这样密封，风透不进，水跑得慢。

个数钟头，小来富作为"尖兵"，第一个蹦跶着来了，来香、来法和他娘随后，来霞没来。

"你为啥不叫我来，为啥不叫孩子歇歇的……"

对呀，对呀，疼儿不叫儿知道啊！老头子笑了："对，对，别吵啦，咱干吧，来法娘？"

"你不吃饭啦？"

"好，好，我吃，我吃。"

"你吃着，俺去挑。你吃完了，俺也就回来了。"

"好，好，就这样，就这样。"

二

累了一天，都睡得像死狗一样。直到鸡叫，郑喜有才翻了个身。他推了推来法娘："我的腿疼得厉害！"

"哗——哗——"

"什么响的？"来法娘醒了。

"哗——哗——"

"嘀，下雨啦？"

"不会吧！"

"还不会呢,你听……"

"哗——哗——"

"这不是屋檐水吗?"

"嗯,倒像。"

"坏了,坏了,我的亲娘哟!青草垛忘了苫,干瓜秧忘了垛,还有满院子柴火,满湖的瓜干……"

"让它淋去吧,有天湿了有天晒。"

"死鬼,你说得倒轻巧!"

"穿好衣服,别凉着……"

"搁着你的吧!"

"戴上席夹子,穿上蓑衣。要是真下大了……"

"别贫嘴贫舌啦,你也快起来!"

"是,是,我这就起。"

来法娘收拾停当,打着手电,很快冲出了屋门……

当郑喜有起来时,来法娘已经回来了,草帽上、蓑衣上,都直往下滴答水,一拨甩,弄了他一身。老头子被凉水一激,打了个喷嚏。

"我刚苫好草垛,你快去收拾薯秧!"话音未落,她抄起门后头那把木叉就往雨里钻,老头子伸手拽住了她。

"你,你……"

"不能再去啦!薯秧搭在树上的,这么大的雨,早淋透了,弄下来,还不如先搁在树上……"

灯光下,门外大雨如注。真没想到,旱了这么些天,快入冬了,还会下这么大的雨。她呆呆地望着门外,想想老头子说得也对,但心疼那些青草啊,薯秧啊,瓜干啊……可淋苦了!又疼人,又无法,她软瘫在地上,哇的一声哭了。

郑喜有给她摘下席夹子,脱下蓑衣,像哄小孩子一样,解劝起来……

"去你的,谁稀罕你说这些?"

"不碍的,这时节不是热天,烂不了。一晴天,一见太阳,西北风一起，很快就会干的，糟蹋不了多少。"

"你怪会圆场……"

"嘿嘿，你说怎么治啊？"

"管怎不如不淋。"

"那当然……"

"都怨你！"

"怨我，怨我。"

"不怨你怎么着？紧着种麦种麦，把什么都忘到云彩眼子里去啦！"

"是，是……"

这个老鬼，真乖！说一句他认一句，还有什么气生，还有什么脾气发！

"来香，快起来，烧碗开水，打两个鸡蛋，给你娘暖暖身子。"

"你去烧不行吗？"

"行，行。我去，我去，这就去。"

三

怕婆子出了名，腼腆出了名，勤劳出了名，发家致富出了名……看看这场雨，恣得手舞足蹈的也数他是头名！

天亮了，雨还没住，不下大的，下小的，毛毛细雨。郑喜有戴上顶破席夹子，噙上一锅烟，轻悄悄地走出了家门……

上湖坡里转悠了一圈，他心里乐得像揣上了一万只欢欢鸟。回到家里，他坐在床沿上，晃了晃正在蒙头大睡的来法娘，喜盈盈地说："那麦苗儿啊，叫雨一洗，活嫩新鲜，真喜人，就像小姑娘的头发上洒了层梳头油……"

嘭嘭嘭……来法娘一听他这话，气得猛掀被子，呼的一声坐起来，两个拳头像擂鼓一样，砸在了他的脊背上，"我叫你神，我叫你神！别人躁得像吃了枪药，你反倒恣得唱……"

"我说来法娘,是真的。你要不信,就去看呢。"

"我知道,可是那些青草呢,薯秧呢,瓜干呢……淋得那个惨样,你的眼瞎啦?咱的猪吃什么?兔子吃什么?吃你?"

是的,这不能不叫人心疼。他也不是不心疼,他这份心疼被小麦喝饱了水的喜悦挤掉了。他十分清楚,来法娘喂着一头肥猪,一头母猪,五十一只长毛兔,二十三只鸡,四只扁嘴,两只鹅。一年下来,也弄千儿八百的,占全家收入的三分之一。三分之一啊,少吗?但是,不易哟!个个都张口要吃。吃什么?吃来法娘!

"我说来法娘,俺知道你的心情,可光心疼有什么用!"

"不光心疼,怎么治?你又不是一架烘干机。"

"我说来法娘,这老天爷要是我坐着就好了。下雨前,我给你打个电话:'喂,喂,来法娘吗?'……"

嘭嘭嘭……一阵搋,接着推,"你滚,你滚,你快给我滚!"

"我说来法娘,你光这样,愁坏了身子,也弄不干柴草啊!淋得这么痛快的,光咱一家吗?"

"唉——"她深深地长叹一声,重新蒙上了头,"你滚,你快滚啊!我烦你吵吵,你滚了,俺好安静一会儿。"

停了一会儿,她憋不住,掀掀被角,闪开点缝,探头一看,人果然走了!去了哪里呢?雨不是还下着吗?她有些懊悔了,自嘲自责起来:你个恶老婆,上来那阵就由不得自己了,真是山难改,性难易呀!去了哪里呢,这样的雨天……可是,她是个枪药脾气啊,火烈一样的性子啊,不找他凶找谁凶?谁叫她是来法爹的!想到这里,她扑哧一声笑了。

"娘,你笑啥?"小来富迷迷糊糊地问。

"没笑啥,没笑啥。好孩子,天下雨,没处去,再睡一会儿吧。"

又是大被蒙头,但睡不着了,思绪仍然如潮:她觉着刚才熊来法爹有些过火了,老头子受屈了。来法爹是个好人啊——不是别的好人,是她的好人!她知道自己不好,脾气快、暴、硬,三样俱全:快得像枪药,点火就着;暴得像火炮,炸声轰天震地;硬得像钢铁,宁折不弯。

也就因为这，她在前一家里受了好个折磨，腿都被打断了，还是在娘家养好的。人生的历史揭开新的一页的时候，正在大张旗鼓宣传婚姻法。这个惨遭封建法权统治的火烈女人，开始行使自由解放的权利了。她没有做介绍人的奴隶，大胆地选择了自己的伴侣——说来也近乎荒唐，可她一眼就瞅准了呢。什么依据？郑喜有身穿破袄，头戴开花帽，脖子上的灰掉下来能砸死人……但是，他面带慈善，无横肉，不是那类狼眼竖眉的恶相。就依据这！"咯咯，果真不假呢！"第一趟走娘家，她就舒心地笑了。郑喜有心热义重，好小伙子噢！在外拾个小甜枣，也拿回来叫她先咬一口……从未享受过男人疼爱的女人啊，心醉了，肠热了，热泪涌流了。可是，她的火烈性子并没有改，夫妻好归好，闹、吵，月月断不了。要是喜有也是这么个火暴性子，他们一家子准又得砸锅，可是，喜有好噢！她闹，他劝；她吵，他笑。劝说，安慰，拿饭，端水……哈哈，阴天脸终于变成了荷花笑……

今年一秋，为了争取明年小麦亩产超千斤，他操了多少心，流了多少汗啊！满天星走，满天星归，手不住噢，脚不歇噢，忙啊，忙啊。这下子，总算忙出了个头绪。下雨淋柴草，能怨他吗？死不讲理的恶老婆呀，你就不想想，硬怨老头子有啥好处？他见淋得那个惨样，就不心疼？他说小麦叫雨一洗，活嫩新鲜，光他高兴，自己就不高兴？打了麦子，蒸了馍馍，光填饱老头子的肚皮，你就不吃一个……她越思谋，心里越难受，淌眼泪了，躺不住了。晴天闲不住，阴雨天又吵吵，不太缺德了？唉，该叫他舒心地歇一歇呀，欢心地乐一乐呀！雨天没事，不会弄两个菜，叫他喝二两，消消愁，解解累，乐和乐和？

"来法娘！"她刚下来床，就听来法爹喊她了。

"来法娘，别光发愁啦。我弄了两个菜，你快起来，咱一起喝两盅。"

唉，他又想到前头去了……

四

恣个闹闹的，乐个陶陶的。吃口菜，香喷喷的；喝气酒，甜丝丝的。

由于心里惬意，又有来法娘陪着，他酒下得格外顺溜，吱溜一气，吱溜一气……咂咂嘴，夹筷子菜，瞅瞅来法娘，更来了高兴。结果喝得酩酊大醉，倒在桌子旁，不省人事了。

　　不知道怎么喝的红糖茶，也不知道怎么上的床，只知道云里雾里地做好梦，小雨唰唰唰，真好，真妙，要多舒和人心就有多舒和人心。麦苗儿上挂着雨露，就像小姑娘的头上挂上了珍珠。

　　"嘿嘿，真好看……"

　　"什么真好看？"

　　"嘿嘿，嘿嘿……"

　　下半夜，酒力下去了，他呼呼地睡得烂熟，什么也不知道了。天明醒来，侧耳一听：“呼呼——"哈哈，起大风了吗？刮西北风了吧？

　　他忙爬起来，穿好衣服，跑到天井里一站，果然呢；再一细瞅，青草垛搬走了。她一夜没睡觉吗？她，她……她个急性子！他心里一急，脸上一热，就冲出了大门，顺着落在地上的碎草找去，一直走到场里，只见湿漉漉的干青草，全晾在那里了。挂在树上的薯秧也被扯下来了……他心里越发着急了，他怕来法娘说他，老死了还恁能睡？

　　他跑到河堰上，老远看见娘儿几个正在那里摆弄瓜干。

　　"嘿嘿，怎么不叫我一声的？"

　　来法娘头也没抬："还叫你两声……"

　　他寒寒着脸，像罪犯等候处置似的。

　　"爹，俺寻思叫你来，俺娘不让，说累了一秋，又喝多了……"

　　"咳，熊孩子，嘴贱什么！"

　　来法被镇住了，骨碌骨碌两个乌黑闪亮的眼珠子，瞅瞅娘，看看爹，不知说什么好了。来香、来霞、来富只顾低头摆弄瓜干，没吱声。

　　老头子笑了，舒心地笑了。刚才，那颗心还悬在半空中，现在已经稳稳当当地落在心窝里了。

　　"我特为叫你多睡一会儿的，养好了身子，还有新任务。"来法娘神采奕奕，冲着老头子笑。

　　郑喜有木了："什么什么，新任务……"

"回去再跟你说。"说着,她又向孩子们叮嘱了一番,老两口子就一前一后回了家。

"忘啦?"

"什么忘啦?"

"死鬼,好忘性!"

"嘿嘿,真忘啦,嘿嘿……"

"去买两个猪秧子!"

"是呢,前几天是有这个话。可那时青草、薯秧……没遭雨淋嘛!"

"不碍的——眼瞎耳也聋,不是雨过天晴又起大风了吗?"

"嘿嘿,俺说有天湿了有天晒吧。"

"别贫嘴呱哒舌啦,快推上车子上路!"

"还没吃饭呢。"

"批准你多花五毛钱,一毛五的火烧买上仨,五分钱端碗粥。"

他推着小胶车,出了大门,走了没三步,又立住了脚,回过头来,笑嘻嘻地看着来法娘……

"瞅什么,没见过?"

"勤撒着点,那样干得快。"

"你别心多烂肺啦,家里万事有俺。"

"好好好……"郑喜有连连点头,不光口服,而且心服。还有什么牵挂?还没挨够呗啊!郑喜有想着笑着,迈开大步,小胶车轮子欢快地转起来了……

春暖花开

阳春三月,大清早就很暖和。

枣岭乡供销社门前停放着一辆机动三轮,旁边蹲着个老头,他身边站着一位姑娘。

"舅,怎么还不来呢?"

"别急,再等一会儿……"

姑娘叫徐金霞,徐家店子人。她舅叫王升伦,桃树行子村人。两村相距三里路。两人好似在这里等人,等谁呢?说来话长,需从去年秋天说起。

去年刚过八月十五,村支部书记张宝杰就来找王升伦,叫王升伦把外甥女徐金霞招呼来。他把河堰上的杨树都砍伐了,徐金霞不是有辆机动三轮嘛,叫她跑一趟银行主任马庆林家,送几棵给他;再跑一趟团委书记许文岭家,也送几棵给他。张宝杰说,不白用她,对她有好处。许文岭见过她,被她的俊俏迷住了,只是她没有正式工作,是个遗憾。马庆林知道了此事,热心从中撮合,我们何不趁此机会活动一下,联络些人,多一个朋友多一条路,是吧?张宝杰说,也不能叫他吃亏,给他五棵树。王升伦当即表示,他可以去给外甥女传话,但徐金霞运不运,那得由她自己决定;那五棵树,他不要。

"为什么?"张宝杰显然不满。

"我是从枪眼里爬出来的人,命都丢过几回,要五棵树干什么?"王升伦说完,气哼哼地走了。他是老复员军人,共产党员,机枪班班长,参加过淮海战役,在朝鲜战场上负了重伤,但现在老了,没有用了。

他回到家里，稍一冷静，叹了口气，就去了妹妹家。五棵树可以不要，但支书的话还得传，人家是领导，军人以服从命令为天职。

徐金霞把杨木运到马庆林家，马主任自然热情接待，并把许文岭对她的一番赞赏，也一字不漏地说了出来。回来之后，她找到了亲娘舅，说许文岭这人她见过，人的外貌形象如何还在其次，二十来岁就受贿，多咱受到老，他将来还能怎样，咱跟这样的人扯什么？王升伦很同意外甥女的看法，夸奖了她几句。

"那你就快去给张宝杰说吧。"

"你去说一声就行了。"

"我不去说！又不是他找的我，我为什么去说？"说完，她扭头就走了。

好厉害的丫头！他只好自己去声明……

不久，张宝杰串通马庆林和许文岭向一家工厂转让了一百亩土地，期限三十年，每亩每年两千元。他却对村民说，每亩每年八百元。这一下子从中就捞取了三百六十万。墙打百板还透风，没过一个月，全村人就都议论起来。有人找到王升伦，问他怎么办，他说别着急，他到乡里找书记说说，看有没有效果……话音未落，有人嚷道："我们去告他！"

"可以啊，但不能乱来……"

他去乡党委找书记说了，村里有几个人也向信访办反映了情况，但十几天过去了，不见动静。王升伦急了，就跑到了县纪委……不久，县纪委与乡党委的联合调查组来了。两个月后，张宝杰被双规。他很识时务，坦白交代了全过程。按照党的政策，他没被起诉，只做了行政处理，解除职务，开除党籍，追回赃款。马庆林和许文岭也得到了相应的处分，马庆林被降为职员，许文岭被解除职务后，调往别处去了。但问题又来了，村党支部书记谁来干呢？一天，乡党委组织委员来召集党员开会，全村十二个党员，都六十多了，怎么办？大家议论来议论去，都说只有请王升伦暂时代理。王升伦连连摆手："我已经79岁了……"

会议无果而终。

第二天，一个消息不翼而飞，常耿田转业回来了，而且还是党员。王升伦喜不自胜，忙跑了去。他家里已经坐满了人，邻里相见，格外亲热，喝茶吸烟，嘘寒问暖，都高兴得不得了。一个小时后，大家渐渐走散。最后，王升伦也要走，常耿田拉住他，说道："二大爷，你不能走！"

"我晚上再来。"

"那就不如不走了！"

王升伦笑了，常耿田笑了，常耿田的爹娘也都笑了……

"娘，你弄两个菜，咱们请我二大爷喝二两。"

说好便好，六个农家菜很快上来，就喝起来。酒间说话，问及他的情况，小伙子的脸就红了。他说自己不争气，本来已进入志愿兵的选拔之列，但在考核时，因差一分落选，原先谈的对象知道了，也拒绝见面了……说到此处，小伙子伤感呜咽。王升伦忙说："侄子，不能哭啊！咱是男子汉，咱是共产党员……"

常耿田跑出去洗了把脸，回来后坐下，苦笑着说："叫二大爷见笑了！"

"这也没啥，不还是个孩子吗？"接下去，他就把村子里的情况念叨了一遍，最后问他，"你想留在村子里吗？"

小伙子有些吃惊，他不曾有这个想法，一时有些措手不及，沉默了会儿，才说："我没有想过。"

"现在开始想。"

"我已经有了两个去处，一处去做门卫，另一处去给老板开车，工资都是两千……"

王升伦作难了，这话怎么说呢？入党了，就是党的人了，党叫干啥就干啥，哪里还有什么个人利益，还有什么价钱可讲！党的需要，就是个人的志愿。现在这样说，年轻人还能听进去吗？在朝鲜，他参加的最后一次战役，是打阻击。美国鬼子的十四次冲锋都被打退了，第十五次冲锋即将来临，指导员来了："小王，怎么样？"

他哭了！他哭着说："就剩下我一个人……"

指导员笑了，拍了拍他的肩膀说："哭什么，我这不是来了吗？我们革命军人，我们共产党人，为啥在这里拼命流血？我们在这里多流一滴血，祖国人民就少流十滴血。我们死在这里，祖国人民就安全了……这就是我们在这里流血牺牲的意义所在！哭什么？我们死都不怕，何必哭！"

他擦干了眼泪，准备战斗……但是，机枪出了故障！

"王升伦同志，我命令你，五分钟之内修好机枪！"

"是！"他急出了一身汗……美国鬼子已蜂拥而来，只有三百米了！二百五，二百，一百，八十……机枪响了，美国鬼子倒下了一片。突然，他后背被猛撞了一下，就什么也不知道了……后续部队把他从血泊中扒出来，送往后方医院。伤愈后才知道，他们一个连队，就剩下他一个人了！

能向常耿田说这些吗？给人家说了，人家要是充耳不闻不怪难堪吗？现在的年轻人，即便入了党，思想深处也不一定有这些。你说党叫干啥就干啥，他说那个时代已经过去了，眼下谁不打自己的小算盘？他沉吟片刻，说道："我该走了。"随后，他就站起身来，向外走。

"还没吃饭啊，二哥！"常耿田的爹娘几乎同时说。

王升伦走出屋门，回头说："我喝了酒，就不饿了。"

常耿田忙去送二大爷，到了大门外，他拽住了王升伦的胳膊："二大爷，你容我再想想。"

一听这话，他打了个愣怔，心想也许常耿田不是那种人，可能错怪了人家……但已经离开了他家，怎么好意思再回去？

"好，好，你想想再说吧。"说完，他就走了。

他回到家里，吃了个煎饼，跑到乡党委，找到组织委员，把这情况做了汇报。组织委员听了很高兴，当即就来找常耿田。

晚上，常耿田来找他。

"怎么，想通啦？"

"乡党委的组织委员来啦，说了他们的意思，也说了你的心情……你在朝鲜打的那一仗，确实感人，是英雄壮举！所有革命先烈的血都还鲜活,有些人可能忘了,但多数人并没有忘,起码我就没有忘……现在确实不是战争年代,有些事情可以多放几天再商量。我们这么大的个村庄,比我强的人有的是,何必非要我主政不可?"

王升伦一听,笑了,知道组织委员的工作有了效果,就说:"侄子,你个人应该这样说,但组织也有自己的考虑,还有群众的呼声……"

"二大爷,我明白你的意思。"

"那就是说,你同意留村?"

"真需要,可以。"

第二天笼天明,常耿田的娘就来敲门,王升伦忙去开了大门,把她请进家来,问她有什么急事吗。耿田娘说:"孩子经你和组织委员说教,倒愿意留村,就是愁婚事不好办……"

"我六妹妹家那妮子怎么样?"

"你说的是徐金霞吗?"

"是啊!"

"她连乡干部都看不上……"

"不是那么回事。"王升伦不得不把许文岭的行为大略地说了说,并把那次拒绝运杨棒的事也说了。

"那你就去说吧。"

王升伦跑到六妹妹家一说,六妹妹与妹夫倒很高兴,徐金霞却噘起了嘴巴。常耿田和徐金霞是同届不同班的同学,因他很出名,所以早就认识。什么出名?缩缩瘪瘪,干干巴巴,面黄肌瘦,个子又矮,胳膊腿都像筷子一样细。就因为这,外人送号"干姜"……

"那时候不还小吗?"王升伦有些生气了。

"就凭小时候那个样,大了能长多好……"

听外甥女这样说,王升伦气哼哼地走了。尽管金霞爹去追,也没追回来。

爹娘当然不能不数落她,但她也有理由:"去年叫我去运杨树,结果弄了那么一场。俺舅……"

"你个死丫头!你舅那是不得不如此,张宝杰叫他叫你,官大一级压死人,他敢不来说一声吗?实际上,他对那事很不满……我不是给你说过吗?你舅还夸过你呢,说你遇事有主见……"

娘的这一番话,说服了金霞。爹也说,你舅不会害咱。最后他们商定,娘先去看看再说。金霞娘到了哥家,叫声嫂子喊声哥,并把两瓶白干、二斤点心放到桌子上。嫂子说话倒还行,就是王升伦脸色不见笑模样。金霞娘心里明白,就慢慢地把他们的意思说了。王升伦听了立即高兴了,说去叫他。

"那多不好意思,我跟嫂子一起到他家溜门子,随便看一眼就行了。"

王升伦忙说:"也可以,也可以。"

没过一顿饭时,姑嫂二人就回来了,金霞娘很满意,说回去给丫头说说,定个日子,叫他们俩自己商量去吧。

这天晚上,乡党委组织委员来召开全体党员会议,常耿田全票当选。组织委员叫他讲话,他说他很激动,也很感动!他感谢乡党委的信任,感谢同志们的信任,他决不辜负信任,完全按照全心全意为人民服务的宗旨为村民做事,决不像前任那样,卖地挖钱……大家立即鼓掌。接下去就讨论当下应抓的工作。大家都说,春旱严重,岭上的麦子都奄拉叶了……最后决定,在岭下打井,引水上岭。

会后回家,王升伦跟常耿田走一路,就把他妹妹的话说了。常耿田自然高兴,说那就等几天再说,他最近也不得闲,得到水利局请打井队。

到了第二天傍晚,金霞爹来说,明天一早金霞到供销社买尿素,叫他和常耿田一起到供销社门口等她,见一面,行与不行,叫他们自己定去吧。他说,那行,叫金霞来时走这里,拉着他,常耿田骑自行车,带人不方便……

怎么回事呢?已经8点半了!

"舅,咱不等了,先买尿素吧。"

"不,不,再等一会儿。他要来了,不见人,不也着急吗?"

话音没落，他兄弟常耿志来了。小伙子跳下自行车，气喘吁吁地说："打井队来了，我哥离不开。"说完，他掉转车头，又风风火火地跑了。

　　"这可能是推脱，人家可能还有更好的。"

　　"你这丫头，怎么这么多心眼子？走，装化肥去。"

　　打单子的时候，王升伦要了两袋，二百斤。

　　"舅，你买那么多做什么？尿素施多了不好。"

　　"我有几户近邻，岭上的麦苗很差，钱项可能也不及时。常耿田这不是要打机井吗？引水上岭是一定的了。浇了水，再用上点尿素提提苗，该有多好啊……"

　　"舅，人家会说你是在做买卖。"

　　"我多少进，多少出，不赚一分钱。真没有钱，我就不要了。"

　　"即便这样，还会有人说三道四……"

　　"共产党员凭着良心做事，自己的作为对得住自己的良心就行了，何必计较人家别人说三道四？"

　　"那，我也多买点吧！"她买了十袋，一千斤。

　　回来的路上，王升伦说："咱走打井的地方，要是常耿田在那里，你们见见面就行啦。他忙，我们应该体谅他。"

　　这回，小妮子啥也没说，点了点头。

　　汽车来到岭下打井的地方，停下了。王升伦下来，走到打井处，一个穿军服的人走近他，好似说了几句话，就一起往这里走来。徐金霞一见这情景，就忙跳下车来。见面后，王升伦说了几句，就去看打井的去了。

　　"金霞同学，叫你跑路，对不起了！"

　　"你还认得我吗？"

　　"不是很熟悉，但听说过。"

　　"我认不得你了，怎么这么高了？"

　　"不是干姜了，是吧？"

　　徐金霞就咯咯地笑起来。

　　常耿田说，当兵的时候，身高差0.5厘米，他的心里就刮起了冷风，左思右想无办法，摸摸身上还有二百元，回家问娘要了一百，找到带兵的余连长，哭诉了一番，掏出了身上的三百元……

余连长说："我尽量想法带着你，钱我不要。"

"那是为啥？"

"我是共产党员……"

三天后，余连长来了，还带来了军装。常耿田哭着穿好了军装，抹着眼泪，跟着余连长走了。两年后，他的个子竟长到了1.7米……这次转业，已经升任营长的余连长来送他，说小常我来送送你，以后常来玩。他抹着眼泪，说了志愿兵落选的事。余营长说："这没有啥，不就是这里那里吗？我们共产党员就像种子，到哪里都能生根、开花、结果……"临走时，他塞给常耿田两千元钱，常耿田怎么也不要，他说自己没钱给营长，怎么好意思再要营长的钱。

"我这是借给你的。你回家处处得用钱，我没有多，给你这点添补添补，希望你回家后尽快发展起来。以后你钱多了，再还我，但不要利息，我不是放高利贷的……"

金霞笑道："你的故事很感人啊！"

"别光说我，你这些年怎么样？"

她说她一直种植大棚蔬菜，两个姐都出嫁了，两个哥也都结了婚，分出去了，她与爹娘三口人，三亩地，都弄了大棚。五年下来，去年买了这辆车，花了八万。

"发展得不错啊！"

"还不错！有了这辆车，惹出了许多祸……"她就说给张宝杰运杨木棒的那件事，自然不能不说到许文岭，"他们以为姑奶奶一身贱骨头……"

"你确实有点厉害！"

"不是我厉害，是他们失去了做人的底线。"

常耿田点了点头，问她今后的打算，她说："继续干老本行。我们的事情能行的话，也可以在桃树行子村搞。我们不可以弄个蔬菜种植合作社吗？叫有条件的人家买几辆汽车，把蔬菜运输也搞起来……"

常耿田立即惊喜,忙说:"这就是说,你同意了?"

"谁说的?"

"你刚才说的。"

徐金霞的脸面上浮上来一层羞红。她低着头说:"俺没有那样说,你别逼人。"

常耿田长叹了一声,问道:"还得考虑?"

"是的。"

"那得几时定呢?"

"最早五一。"

既然这样,这次见面就该结束了。常耿田伸出了手,徐金霞连手也没伸,只说了声再见,就上了车……

已经10点了,阳光照得西岭一片明亮。汽车爬上岭头,只见路旁的桃树行子一片殷红。有的开了一树花,活嫩新鲜,粉粉淡淡,阳光一映,闪闪点点,活像无数火苗子在跳跃;有的似开非开,张含着,好似婴儿的小嘴,看了令人心疼;更多的花骨朵儿含苞欲放……只是有些早。如果常耿田的机井打成了,能够把水引上岭来,该有多好啊!不光浇麦,顺便也把这片桃树浇浇……这些桃树似乎有些少,再栽一些就好了……她跳下汽车,在麦地里坐下了。她心里乱糟糟的,想静一静,梳理一下。为什么非得到五一呢?在这个世界上,坏人确实没有死干净,势利小人随处可见,但还是好人多,像自己的爹娘、舅、东邻西舍……还有那位余营长!自己不是也想当好人吗?本来打谱买五袋尿素的,由于受舅的启发,就买了十袋。多买五袋干什么?向舅学习,助人为乐。需要帮助的人太多了,特别是庄西头的二嫂子家。二哥遭了车祸,还躺在床上。就送给她一袋子,不要她的钱了!学习雷锋,不能光挂在嘴头上。人生在世,说什么虽然也重要,但更重要的,还是做什么。既然自己愿意做好人,那又为什么难为常耿田呢?常耿田不是好人吗?他差一分没当成志愿兵,原先谈的对象也吹了……他心里是多么凄苦啊!但他没有忘记"党叫干啥就干啥",没有计较个人得失，愿意跟乡亲们一起艰苦奋斗，奔小康。他上任第一天，就开工打机井……谁能说他不是个好人呢？自己好似也说了愿意做他媳妇的话，可人家追问的时候，为啥又不承认了呢？折磨人家两个月，再说同意，有什么意思？舅知道了，肯定生气！这两个月，正是春暖花开之际，操持操持蔬菜大棚，该有多好！早说了那句话，一块石头落了地，常耿田打井抗旱也许会做得更好……

她从麦地里站起来，走到汽车跟前，稍停，终于爬进了驾驶室，掉过车头，向岭下驶去……

小溪在歌唱

九月,已是秋天。

秋天,该是天高云淡、清风送爽的季节呀!今年,偏不!雨多,雾厚……正所谓秋风秋雨愁煞人!雨不大,零星小雨,淅沥着,淅沥着,下得可有耐心了。下了一天,再下一夜。一天一夜之后还不罢休,第二天,仍然落雨星子,这里一点,那里一滴,老半天落下来一个响声。老天爷好似打了盹,瞌睡了,忘了,一下子醒过神来,才又落下一个雨星子……

尽管零星,时候大了也能淋湿。

小霞挎个草筐,行走在山路上。她割几把青草,放在筐里,直直腰,扬手往后推推席夹子,仰脸看看蒙山,蒙山高噢,像触着天。怎么触着天的?看不清,雨雾蒙蒙,山也模糊,石也模糊,树也模糊,草也模糊……

二大爷来了。天这么早,他去哪儿呢?

"小霞,你家的牛又缺吃了?"

"嗯。二大爷,这么早……"

"我闲逛,随便看看。"

"看什么?"

二大爷蹲下,揞上锅烟,吸着,吸了几口,把烟袋嘴子从口里抽出来,吐着烟雾,对小霞说:"小霞,咱庄稼人的心别太高了,高了容易挨摔呀!"

小霞脸蛋儿憋得红红的,不吱声。

二大爷又吸了几口烟,没再说什么,吐着烟雾,叹着气,走了。

小霞又低下头，割了几把草……

她愣了一阵子，挎着草筐，来到了小溪边。溪水清极了，不大，挺急，淙淙淙……匆匆地跑着。她蹲在溪边，洗手，洗脸……水，凉飕飕的，洗洗很舒服。捧一口喝吧，甘甜的，咽到肚子里，挺好受。

有人来，对岸……

是运动吗？可好，想他，他就来了。

运动考上大学了，全村人都注目，可风光了。他是全村第一个大学生啊！老人讲，大学生就是从前的进士。进士是什么？老人讲，进士是老爷，能做官审案子，像包黑子、刘罗锅，都是进士出身。小霞听了老人们的话，心里光怦怦乱跳。她想，可好，运动要当包黑子那样的青天大老爷了，她给他押印……咯咯咯……她偷偷地笑了，笑出了眼泪。

好几年以前，还是上高小的时候，运动数学考了62分，叫他爹打了一苦顿。他受不了，跑出来，跑到溪边，正碰上小霞，她在溪边洗衣服。

"运动哥，你……"

"小霞，我爹打我。"

"你光跑，到哪儿去？"

运动愣住了："我，我……"他哭了。

"别哭，我有办法。"

小霞领着他，沿溪边小路往南走，走不多远，有一崖头，崖头下边是一片沙滩。小霞叫他在那里待着，千万别乱跑，她洗完了衣服，就回家给他拿饭。过一天，他爹消了气，也就好了。运动无奈，只有听她的。

等啊，等啊！怎么还不来呢？天快黑了！刚过五一，天气还凉。运动心里害怕，肚子里饥饿，小溪上的风溜溜的，刮到身上挺凉……他蹲在崖头下的沙堆上，缩成一团，像只收紧了身子的刺猬。

小霞到底来了！

"等急了吧？"

运动没说啥，他闻到了饭香，忙去要。

"没有别的好拿，三个煎饼，卷了葱棵香椿芽……"

"好，好。"他忙抓过去就吃。他委实饿慌了，几口下去就打嗝。

小霞笑了："慢点，给，水！"她从书包里拿出来个盛了热水的盐水瓶子。

吃饱了，喝足了，天也就黑了。

小霞要走，运动拉着她，不让她走。

"我得喂牛，给牛添草。不家去，爹着急，到处找，多不好。"

最终，运动松了手，小霞走了。

"你来呀！天黑，我怕……"

"知道，知道。"

月亮上来了，银亮银亮的，到处闪光。他走到溪边，看到月亮在溪水里微笑，他伸手撩水乱泼，溪水溅起水花，月亮乱了，一溪碎银，闪闪点点……

等了老大一会儿，也不见小霞来。"她哄人……"运动心下惨然。

从蒙山那里刮来的风乱吼："呜，呜——"

张眼看，那边是什么，黑乎乎的，是狼？运动哭了，但不敢大声，干抽泣……

崖头上有响声，不一会儿，有沙土落下。他龟缩在崖头下，抱紧了头。

"哇呜，哇呜……"

什么声音，狼叫的？他浑身筛开了糠。

"哈哈哈……"人的笑声啊，大人，大男人，后音儿里还有点儿小姑娘的笑声那样的韵味，对了，是小霞装的，有意吓唬他的。

"你是小霞，你装大男人的腔，吓唬……"

随着一阵窸窸窣窣的声音，从崖头上出溜下个人来，他一看，是个小老头。

"你，你……"

"咯咯咯……"小霞笑了。原来她穿来了她爹的短大衣，头上戴着她爹的三扇帽。

"你真坏，把我好吓！"

"还是个大男人呢，胆子像芝麻粒。我特为吓唬吓唬你的，练练你的胆量……"

这一相见，格外亲热，两人又说又笑，但不敢大声，喊喊嚓嚓，说着笑着，小霞从衣兜里掏出把什么来，朝运动手里一放："吃吧！"运动鼻子尖，一闻就知道了，是炒花生。吃着炒花生说话，嘴里香，肚子里舒坦，可滋润了。

小霞埋怨他："怎么才考了六十几分呢？"

运动说："光想打弹弓……"

"那可不行，往后，你可得收收心。"

运动挠了挠头皮，说道："心里光痒痒……"

"你要不改，俺就不跟你好了。"

"可别，可别！往后，我改。不改，我爹……"

"就是啊！"

说着说着，他们就困了。两人相偎着，靠着崖头躺下，小霞把爹的短大衣脱下来，盖住了两人的上身。

下半夜，小霞的娘找了来，把运动送回家，拧着耳朵把小霞拽回家，就审问："才十几呀，就……"

小霞哭了，两手不断地抹拭眼泪，屈泣着说："娘，俺，俺……俺什么事也没有，他说害怕，叫我给他做伴……"

"真没有？"

"真没有。"

从此，娘看得更紧了。高小毕业后，家里就不叫她上学了，爹又买了一头牛，割草的任务全压在了她身上。

渐渐地，男大女大了，两人见了面就红脸，但很少说话，都是匆匆擦肩而过。

今天，小霞专门在此等运动。她想，运动去上大学，一定路过这里。果然，运动来了。他背着个大包，提着个小包，都用塑料布裹着。

"运动哥，你考上大学，全村人都为你高兴！"

运动笑着，两眼溢彩，满面春风。

"俺，俺……俺在此等你好几天了！"

"是吗？你有事？"

"没事，来送送你。"

"送什么！送，不也还得走吗？"

"从前的那些事，你都忘啦？"

"从前，什么事？"

"那天下晚，你爹打你……"

运动一愣，红了脸，忙说："想起来了。"

"俺要不想做你的媳妇，给你做什么伴？"

运动的脸越加通红，冒出了热汗……

小霞递给他一个小包，是用花手绢裹成的。

"什么？"

"我积攒的，二百元……"

"我有钱啊，拿足了。"

"你的是你的，这是俺的一点心意。"

运动眼圈儿一红，泪雾一下子蒙住了眼睛。他上前一步，紧紧地握住了小霞满是硬茧的手掌……

走了！远远地挥着手，激动地呼唤着。

雨停了，太阳从云层里钻出来。小霞放下草筐，跑到溪边，蹲下，清澈的溪水里立即映出了她那张激动的笑脸……

到了放寒假的日子，小霞好几天都在溪边等运动，尽管天寒地冻，冷风刺骨。一天下午，小霞在小溪的冰上翘首以望，过去了一群小学生，过去了一个抱孩子的妇女，过去了一位骑自行车的青年……终于，来了一个背行李的人，他，他……

小霞忙跑上前去，啊，运动！她忙着上前替他拿行装，运动阻拦，沉着脸说："我拿得动！"

小霞吃惊，忙看运动，他脸上没有星点儿笑模样，一阵冷风直扑小霞的胸口……她猛地一愣，忙问："怎么了？"

运动冷冰冰地反问："哪怎么？"

小霞有泪水涌出："我等你好几天了！"

"小霞，别感情用事。"

"那……得什么用事？"

"小霞，我们小时候的友谊，也仅仅是友谊，友谊并不等于爱情……"

小霞气呼呼地追问："那是谁说的？"

"报纸上就这样说过……"

小霞无话了，低着头哽咽。

"那二百元钱，我会如数还给你的。"

小霞哭着，踏着小溪的冰，向村里跑去……

冬天过去，春天来临。小溪上的冰化了，两岸覆盖着的雪消了，溪水又在日夜欢快地歌唱了：淙淙淙，淙淙淙……燕子来啄泥了，蜜蜂来采花了……小霞忙着来割草。她扎两个小辫，穿一件红夹克，显得很利索。她蹲在溪边，撩几把从蒙山上流下来的山泉水，洗洗手，洗洗脸，爽极了。她站起身来，舒口长气，浑身精神。她笑自己，怎么愁成那样的，怎么哭了恁些天的……听说运动跟小霞解除了婚约，上门说亲的人就不断溜了。娘问她，她说："这辈子不找主儿了！"

以后，就再也无人上门了。这样真好，她割草喂牛，爹种地，娘做饭，小弟小妹上学……

回头见二大爷正坐在岸边一块石头上吸烟，他是什么时候来的？

"二大爷，你……"

"小霞，你过来，二大爷有话给你说。"

小霞忙跑了过来。二大爷把烟袋嘴子从口里移开，说道："人要想叫人看得起，就得有本事啊……"

小霞的泪珠子一下子就掉下来了！

"又哭啥，我又没数落你？"

"俺，俺……俺没本事。"

二大爷就唠叨，说不是没本事，是还没奔上路。二大爷叫她去学做衣服，说咱山里人也要阔起来嘛，只要你手艺学精了，就会有做不完的活儿……

"那上哪去学呢？"小霞的泪眼发亮了。

"去上海吧，要学就学最新的式样。"

小霞走了，她爹和二大爷送她到车站。半年后归来，她在家里开起了服装店，活儿果然做不败。大家都说小霞做的衣服有样子，价钱又便宜。二大爷来，小霞拿石林牌的香烟让他吸。二大爷笑眯眯地摆手，说他吸惯了大红柳。二大爷坐了老半天，才走。

小霞忙跑出来送二大爷。到了街上，二大爷说："别忘了质量。"

小霞笑道："我都是一件一件地检查……"

二大爷点着头，笑着，捋着胡子，走了。

求婚的人又来了个高潮，有教师，有工人，有干部，也有个体户……娘问她："怎么办？"

小霞愣了半天，说道："不找了。"

娘知道闺女心里很苦，就不再追问了，她想找几个跟小霞投脾气的人开导开导再说。

四年之后的中秋，小霞又站在溪边了。不知什么时候，运动走近了她："小霞，怎么站在这里？"

"啊，运动哥吗？你哪天回来的？"

"回来三天了。"

"工作怪顺利吧？"

"还行。小霞，我想跟你谈谈……"

小霞脸腾地红了，忙说："你不是说友谊不等于爱情吗？"

"我的理解一时出了偏差……"

"你娘不是说你已经有了吗？"

"她跟着大款……跑了！"

"这话，你说得太晚了。"

运动还想说什么,一辆摩托车冲到了面前。

小霞说:"他就是我的爱人,乡农技站的果林技术员,去年刚从农学院毕业的……"小霞说这些的时候,虽然没有得意忘形,但她话语朗朗,吐字清亮,句句话里都洋溢着难以掩饰的欢乐。

那人下了摩托车,笑着跟运动搭话,握手。

运动很尴尬地伸出了大手……

摩托车跑走了,驮着两个人。

运动在溪边站了很久!

小溪依然在歌唱:淙淙淙,淙淙淙……

收麦时节

一

遇上这百年难见的好麦子，能不喜吗？但魏福祥喜不起来，他正在愁收割呢。他蹲在地头上，镰刀放在一旁，紧锁眉头，闷着吸烟，吱吱吱……一锅，吱吱吱……又一锅。吸完第三锅，他又揞上第四锅。他觉着嘴里发苦，想了一会儿，才慢慢把烟末倒回荷包里。他随后站起来，抬头望了望活像爬上岸来的黄河水那样的麦浪，心头上笼罩的愁云愈加浓重了。

春上，小三要外出（说是去大连）打工，他不同意，小三跟他吵了一仗，走了。三个多月了，也不见他来信。"就算没有了！"他无可奈何，只有说这样的气话。小二就是盏省油的灯吗？他二婶子给他介绍了个对象，是东庄老张家的闺女，人家长得头是头脚是脚的。老张家两口子老实了一辈子，人家养的闺女还有错？可是，小二不同意。这个狗杂种，谁知心里都想了些啥？说了他几句，两天不见影了。五亩多麦，长得又特别好，光他自己割，八天够戗割完的，可能得十天。谁家五天割不完？都收拾完了，撇他一人在湖里，怪好看？

"你那脾气怪好呢！"小二娘说他。

听了这话，他心尖子就疼。他脾气是不好，心里常像吃了二斤枪药，火烧火燎的。追其原因，还不是因为娶了你个黄南瓜？如花似玉的媳妇被人夺走了，他万般无奈，把个黄南瓜娶进了家门，脾气怎么好啊！儿女不知就里，就记恨，有意跟你对着干，气不死人吗？可他又无法说，哑巴吃黄连，有苦找谁言！他想着想着，老泪就纵横下来。忽一转念，哭给谁听？暂时还不能贱卖给他们，三十年前，一天割二亩半，那股子劲头呢？割，割，不能叫人看扁了，他要能在两天内拿下这五亩麦来，谁再敢说三道四，就掰下他的牙来！脾气不好怎么治？您脾气倒好，您两天怎么不割五亩麦……想到激动处，他忙往手心里吐口唾沫，搓几下手掌，下腰去抓镰刀。"哎哟！"腰疼起来了，唉，瞎老鼠单咬病鸭子吗？越渴了越给盐吃……他喘着粗气，忙蹲下来。

太阳已经一竿子多高了，好多人家都割了半截地了。

就这样服输，干瞪着眼叫人家看哈哈笑？得到小二面前讨饶认错？去求他回来割麦，说自己老糊涂了，别跟自己一般见识……他扭动了几下腰眼，似乎好了些。他慢慢站起，迈着沉重的步伐，艰难地把镰刀伸进了麦垄……

二

太阳已经升到东南方了，有8点了吧？小二娘怎么还不送饭来？有几户已经吃过早饭又干起来了。你连这点儿事也不懂了吗？长了眼不是看什么的，是喘气的？你就不会看看日头多高了吗？头顶上喷火，地皮上蒸热，麦棵棵子乱闪火星子……心里呢？油煎一样难受，热、躁、烦、闷、急、愁、怒……一齐搅和，就要爆炸！"我要捞着你——"他的心一揪一揪的，小二娘这时要在眼前，他准要一脚把她踹扁。堂堂的男子汉，人称小罗成，就因为穷，娶了个黄南瓜，三十年来，哪会儿高兴过？小二娘做的事顺眼还好点，一不顺眼就发焦。他活动了这一阵子，腰疼好了些，但饿得难受，肚皮贴在后脊梁骨上了。他实在坚持不住，只得坐在麦个子上吸烟。

"吱吱吱——"烟锅焦急地响着。

小二娘终于来了！她一路走，一路咳，永远是那个病秧子样。

是蒸包！小二娘说，她割了肉，多费了些事，晚了点，可别生气，趁热，吃了舒坦。

看着蒸包，肉香味幽幽飘来，直往鼻孔里钻。再看看小二娘那个微风一吹就要倒的可怜相，他的气消了大半。蒸包很合胃口，他吃了二十多个。

"好吃吧？"

"嗯，好吃。"

小二娘拾掇碗筷要走，魏福祥打着饱嗝，问道："还没见小二回来？"

"没见。听说……"

"听说啥？你说呀！"

"说倒行，你不炸锅，行吧？"

"行！哪会儿炸锅来？"

"谁不知道你的，听星麻点儿不顺心的话，就吹胡子瞪眼睛，弄那个厉害样，吓死个人。对我倒行，儿女可不买账……"

"你少叨叨两句行吧？"

"行，怎么不行。"

"说呗，你也学会了弄样子？"

"不炸锅？"

"不炸锅。"

"真的？说一句算一句？"

"假的！"他瞪过去一眼。

"那——俺不说了。"小二娘转身要走，魏福祥慌了，忙抓住她的胳膊，央求起来，说他闷死了，气死了，听了啥快说说，他好明白是啥回事；千不好，万不好，管怎也是三十年的两口子了……小二娘听了老头子这些话，很受感动，两行热泪夺眶而出，顺腮而下。她唏嘘哽咽，断断续续地说道："你要……要不炸锅、锅，我就说，你要炸锅我就、我就不说……"

"不炸锅，不炸锅。"他连连许诺。

"听人说，听人说……"

"你吃了棉花套子吗？"

"人家没来得及说，你就发火，还说不炸锅？"

魏福祥翻了翻白眼珠子，使劲咽了口唾沫。

"吭吭吭……听人说,他在艳花家割麦呢。"

"是吗?他怎么……"

"你还蒙在鼓里呀?他跟艳花谈上恋爱啦。"

魏福祥气得脸色紫黑,呼呼地直喘粗气。

小二娘悄悄蹑脚,走近老头子,贴着他的耳朵根子说:"艳花可是全庄最俊俏的闺女娃子,她跟小二好,咱高兴才是,你弄那个样子做什么?"

"你懂个屁!吕建营一肚子坏水,你能玩过他了?"

"买猪不买圈,吕建营好也罢歹也罢……"

"圈坏能养出好猪来?"

小二娘瞅了瞅老头子那个凶神恶煞的样子,怕极了,可又一想,光怕怎么治?怕了三十年,还不该到头了?儿子的终身大事,你要给耽误了,还有脸见人……这样一想,她胆量就来了。你厉害,能吃了人吧?得问问,不问不放心。"你说人家一肚子坏水,有证据吗?空口说白话,谁信?个个孩子都是这样伤的心,硬熊人,孩子能服气吗?"

魏福祥蹲下了,两手搐着太阳穴,叹气。

小二娘暗喜,她猜析,可能说着病了。

"不能成,不能成!"他挥动着镰刀,砸得地皮扑扑乱响。

小二娘不敢犟了,她拾起饭篮子要走,走不了几步,又倒退回来,小声说道:"小二爹,你可得好生寻思寻思啊!你硬阻,人家要是当倒顶门娶,不闪得咱怪难看吗?"

"他敢!"魏福祥像一副被压久了的弹簧,砰的一声,跳了起来,横眉竖眼,可吓人了。

小二娘寒寒着脸,急忙后退,被麦个子绊倒了,哗拉拉——饭篮子摔出去几步,摔坏了一个碗,碗碴子飞出去老远。

魏福祥忙过去扶她,连声埋怨:"真有用……"

小二娘重新收拾起来,擦了擦汗,坐在麦个子上歇息。她寻思了半天,才说:"小二爹,这么好的一门亲,你苦阻啥呀?你说说俺也好明明心,你说到理上,我这就去把小二拽回来。"

三十年了，心底的话他一句也没对小二娘说过。他能说吗？"说啥子？不成当庄的，就这理。"

"小二爹，这理站不住脚啊！"

"站不住也得站。"

"小二爹，你可别再糊涂了！人家吕建营跟小二商量好了，要一起办什么工厂，心都贴在一块去了，你还在这里老牛大憋气，真没见你这么愚的。你真不愿意，人家就在吕建营家里结婚，看你还有什么龙猴耍……"

魏福祥一腚坐在麦个子上，老泪顿时挂下来，砸得地皮扑扑有声，像来了一阵热雨点子……

三

小二娘走在路上，寻思寻思，偷偷地笑了。这是第一次见老头子发惨！她一路蹒跚，黄南瓜脸上的两个肿泡子眼笑成了一条线。

小二娘找了魏福祥这么个男人，好足意的。现在，人老了，无所谓了。想当年，魏福祥可是远近闻名的美男子啊，脸膛儿方正，眉浓眼亮，鼻直口阔，面色有红似白，好一派堂堂男子汉的气派呀！可她呢？一张黄南瓜脸，还有气管炎，实在不怎么样。为这，魏福祥委屈死了，成年累月拉着张老阴天脸，从来不见笑模样。两句话说不到他心里，就吹胡子瞪眼睛，就炸锅，就连讽夹骂，就捶你两下。小二娘很解事，凡事都让着他，你说天，俺也不说地；你说是白的，俺忙说跟雪一样；你说是黑的，俺忙说跟鏊子底差不多……这还不行吗？你还要怎么样？有好穿的，先做了你穿；有好吃的，先办了你吃；俺能干的活，决不累你；打不还手，骂不还口……凭你的良心去吧，你还真忍心撵俺走吗？小二娘这种"软处理"法还就是管用，三十年过去了，好歹保全了这个家庭，不就怪好吗？忍受是一种痛苦，但也有欢乐，魏福祥那个俊气劲儿，看一眼舒坦，这就够了！她为他生下仨儿俩闺女，也不是吃闲饭的。"丑夫人，丑夫人，命好！"人们赞叹。近几年，勤劳致富，家景大发，人们又说："丑夫人，丑夫人，担财！"听了这些，她心里滋润，舌头底下常吱溜吱溜地生津。今年春天，小二对她说，他跟吕建营的小闺女艳花好了，她眉飞色舞，哈哈笑着，嘱咐儿子如何如何。她想，自己丑点怕啥，男人俊，儿子俊，媳妇俊，众俊遮一丑，怕啥？就是没想到死老头子会阻儿子的亲事，第一次提这事就像秃子头上抓了把盐，谁知中了哪路邪？恁好的闺女娃，自己拱上门来，怎能不要！小二爹的心叫鬼打墙迷住了，替儿嫌妻，找气生。今天天刚亮，小二爹提着镰刀一走，小二就趁空溜回来，对娘说他去给艳花家割麦。她沉思半天，说也行。小二说："急急俺爹！"她点头同意，说道："也就得急他一下。"

岔路口处，撞上艳花娘，她也是送饭刚回来。两人就坐下说话，一说就说到两个孩子身上。

小二娘笑着说："两人怪合适哈？"

艳花娘长叹一声，点点了头，眼皮一忽闪，泪水就往外涌，包住了眼珠子，又很快从眼角边溢出来。

小二娘见状，忙说："三妹子，你别急，只要孩子真心，办法好寻。俗话说得好，狗吃不了日头。孩子都不大，有的是日子商量。小雀不叫，工夫不到。小二爹性子拗点儿是不假，可也不至于一撞南墙不回头……"

"大嫂子，你说的倒也是。"

小二娘斜斜眼角，盯盯艳花娘，人家长得到底标致，虽然五十多了，脸蛋儿还恁好看，难怪艳花长得排场。什么秧结什么瓜，什么娘养什么女，天底下就这么个理。一想这些，她心里就滋润得不行，呱呱啦啦，不住声地夸奖艳花，说那可是个好妮子，从小她就看中了。艳花娘毫无兴致，起身说走，她不好拒面子，只好随从。一路走，小二娘仍不住声。艳花娘心猿意马，不住地长吁短叹。小二娘心下疑惑："她是怎么啦，不乐意吗？看不中俺小二……"

两人闷走了一段路，就到了分手的路口。

小二娘说："到俺家里喝碗茶？"

艳花娘说:"不啦。咱不还得忙晌午的饭!"

"可也是的。"

"那就走吧!"

"那事,那事……"

"打完了麦场再说吧。"

"也好,心急难喝热糊粥。三妹子,是这么说吧?嘿嘿……"

四

艳花娘到家,觉着头晕乎乎的,就躺下了。

艳花娘叫凌素云,是凌家窝子人,三十年前是亭亭玉立的一位秀女。往事如烟,今天想起来,虽然像梦一样,但又清亮得如在眼前。

三十年前,临郏苍平原上的婚恋,已经有了新的约定俗成:媒人一说,就约个地方见面,看上那么一鼻子两眼,要说同意,亲就成了,然后就裁衣服,就吃饭,就查日子,就登记,就娶。有人提吕建营,两人一见面,凌素云吓了一大跳,个子倒不小,脸黑得瓷釉一般,且密布着粉刺疙瘩子,活像张癞蛤蟆皮。这个看不中,再看第二个。这第二个,也是魏家庄的,叫魏福祥。凌素云一见魏福祥,心就慌了,脸就红了,实在没见过这么英俊的小伙子啊!凌素云两眼飞动着激动的光波,媒人问她行吧,她转身"嗯"了一声,就跑了。

那时,娘得了慢性肾炎,吃药打针,长年养着,经济上实在困难。爹视闺女为摇钱树,开口要五百元钱的彩礼,但魏福祥连二百也拿不出来。媒人说,吕建营愿出七百。消息传来,凌素云就掉眼泪,哪一个也不成了。

没过三天,媒人又来了,带来了七百元钱,是癞蛤蟆皮脸吕建营的。1963年的七百元钱啊,那是什么分量,其诱惑力是多么大呀!爹问她,她无话,瘪鼓瘪鼓小嘴,没有哭出声来,两行清泪就挂下来了。娘给她擦泪,她一头扑到娘怀里,就哭了。

深夜,爹跟娘说话,她听得清亮的。

爹说:"不收这钱,你就没命了……"

娘说:"早晚都得死,我不能难为闺女。"

第二天,爹去退钱,她一把抓住了爹的破棉袄,哭着说:"爹,我愿意了。"

娘也哭了,她躺在里间床上嚷道:"云儿啊,我不能误你终身。"

爹的热泪珠子很快也唰唰落下,他攥着闺女的手问道:"云儿啊,你真想好啦?"

凌素云咬了咬牙说:"爹,我想好了。"

那年年三十出嫁,开春下地干活,生产队的妇女们到一块就喊喊嚓嚓,不几天她就啥都知道了:魏福祥因为穷至今没说着媳妇。他得知凌素云娘有病,急需用钱,就七凑八凑,弄了二百元,求媒人捎去,媒人嫌少,不给捎。

一天,凌素云下河洗衣服,路过魏福祥家门口,魏福祥跟她说话,不知为什么,她啥也没说,就端着衣裳盆子进了魏家。不等坐稳,魏福祥就握住了她的手,哽哽咽咽地哭起来,哭着说,说着哭,长期禁锢的恋情像山洪暴发一样,汹涌着淹没了一切!两人搂抱在一起,水深火热般亲着,亲着……

两人多次偷情,吕建营有所察觉。吕家开始派员盯梢,行动没那么便当了。十几天不见,魏福祥耐不住欲火的烧烤,冒险闯进了吕建营的家门,正巧那晚生产队开会,要求全员参加。他们温存起来就不想分开,过的时间太长了,吕建营家来正撞上,两人抓挠了几下,魏福祥夺路逃走。凌素云知道没命了,她畏缩在床头旮旯里,像刺猬一样,越缩越小。吕建营此时犹如饿狼,牙咬得咯咯响,拳攥得乱打哆嗦,眼瞪得像火碳子,满脸的粉刺疙瘩子都充分紫黑,嘴唇噘噘着,样子可凶恶啦。他要毁了我吗?突然,凌素云放声号啕,哭着嚷:"你打死我吧,你打死……"她这一哭,吕建营吓瘫了,跪在妻子面前,哽咽着说:"七百元钱救了你娘的命啊,那是俺砸锅卖铁凑齐的。凌素云啊,你不凭良心了吗?我,我……我哪点对不住你,你不能叫俺出不去门啊!呜呜呜——"像一瓢冷水浇下来,她如梦方醒,战战兢兢地爬起来，伸手去拉丈夫，吕建营顺势扑到她怀里……从那以后，三十年了，她没有再跟魏福祥说一句话，有时碰上，老远就躲。三十年了，这一切就像沉入万丈深渊的石头块子一样，谁料想今天会因孩子的婚事搅和起来，令她难过，叫她干窝囊说不出话来。

"当！当！当……"挂钟响了10下。

她爬起来，抹把眼泪，洗把脸，梳了几梳子头发，叹了口气，不管心里多么酸楚，还得忙饭。刚炒好鸡蛋椒子，大门响了，她探头一看，艳花回来了，满脸怒气，怎么了？

五

"你回来……"凌素云忙问闺女。

"娘，魏福祥正在打小二！"

"他怎么捞着的？"

"爹说咱的还青点，叫俺俩去帮魏福祥，俺就去了。你说他怎么样？一见他儿，就骂狗杂种，小二没敢还言，闷头去割。他就喊滚，小二不走，他一脚把小二踹倒……"

"后来呢？"

"我见这样，拽着小二走，他不走，我生气，就跑回来了，谁知他现在怎么样。"

凌素云闷了半天，长出了一口气，看了看闺女说道："艳花，这门亲咱不成了。"

艳花大吃一惊，瞪着眼睛问娘："怎么？"

"还怎么？小二爹不是已经弄脸子给咱看了吗？"

"他，他……他阳沟底下翻不了船！"

"你呀，你呀，你个死丫头片子，舌头板子换了铁的？"

艳花就噘嘴，噘得能拴匹大驮骡。她不服气，嘟嘟囔囔没个完："还想包办啊？什么年代了，一个死老头子……"她嘟囔着，流出了泪。

凌素云忙给闺女擦眼泪，擦着唠叨："唉，别这样，哭什么！只要别人都同意,我不硬阻。"

"娘,小二说他娘百分之一万地同意。"

"你爹呢?"

艳花立即破涕为笑:"第一个同意的就是俺爹,他可喜欢小二啦!"

"说来道去,就是小二他爹是个挡杠……"

艳花又噘起了嘴:"不是还有你吗?"

凌素云艰难地摇了摇头,叹着气说:"我心里再苦,也不做这个挡杠。"

"娘,你心里苦啥?"

凌素云后悔失言,不说话了。

艳花穷追不舍,她忙支开:"快拾掇饭。"

"娘,只要你支持……"

"你爹愿意我就愿意,行了吧?"

艳花拍手雀跃:"天亮了,又是一个绝好的天气。东方正在涌动朝霞,一轮红日……"

"疯丫头,还懂得丢人几个钱吧?这还在哪里,八字还没一撇呢!小二家爷儿俩正在闹仗……魏福祥的麦要收不及时,淋了烂了,他就怨咱霸着小二,误了割麦,任死也不成了,你怎么治?小二能气死他爹,向着咱?天有不测的风云啊,别把事情想得太容易了……"

"娘,俺已经……"

"唉,别说啦。快拾掇饭,见了你爹再说。"

于是,娘儿俩一齐忙活起来。

六

吕建营的脸面上,条条皱纹缝里都满布着笑意,丛生的黑胡须根根都挺精神地抖擞着,他内心里正激荡着一个赢家的欢乐。一位天仙般的女子拥入了他的怀抱,人生第一个回合,他已大获全胜。魏福祥,小白脸子,俊罗成,馋得干咽唾沫,疼得心尖子像被捅了一刀子!可有啥法？干瞅一眼。虽然有那么几天不愉快，但在关键时刻，他稍动心计，就稳住了艳花娘，可谓第二次胜利。小白脸子阴谋从他手中夺走天仙女，可惜没得逞。目前的较量，他自信胜券在握：魏福祥拢不住自己的儿子了，小二热艳花，眼看着小二就是他吕建营的儿子了。这小东西精明得很呢！他已经有了相当的资金，他大姐家三外甥在外贸局任职，信息灵通，老早就想叫他上个项目了。他准备建个胶合板厂，麦后动工。小二和艳花是他最好的左膀右臂！此时此刻，吕建营的心正浸在一江春水中，像是欢唱着一曲激情的歌。他已经割了一亩，其余二亩还青点，过两天割也不晚。他就指派小二和艳花去帮魏福祥割点，这样大面子上好看。如果不管不问，他说挣死夺麦的时候，吕建营霸着他的小二，这话多难听！为人做事不能太绝了，不能叫别人搂着后腰。这样一帮，他魏福祥还能说我什么？……去不多时，小二垂头丧气地回来了，说他爹打他。吕建营笑了，说打两下也应该，谁叫你是他儿子来！不管怎么说，咱去帮过他，这就行了。小二悟不清其中的深奥，心中莫名其妙，但又不好意思问，只好闷头割麦。

刚到12点，饭就来了。

他们吃着饭，又说起这些乱七八糟的事。艳花说死老头子人理不讲，狗咬吕洞宾，不识好人心。娘就瞪她，说小孩子家说话不知深浅。她不让，跟娘纷争。吕建营忙插嘴，说不知哪时候惯坏了闺女，学得舌头板子铁硬了。他说不去帮可不行，发脾气也得去帮，有矛盾得想法缓解，常言说得好，和气生财。"小二，你说呢？"他转脸有意跟女婿搭话。

小二只顾吃饭，不言语。

艳花用筷子戳他一下："哑巴啦？"

小二抬起头，擦把汗，说道："我跟三叔的想法一样。"

"顺着说话不挨拒！"艳花嗔他。

"艳花，事情办顺当了好呢，还是闹得乱糟糟的好呢？"吕建营盯着闺女。

艳花忙低下了头："那还用说吗？"

吕建营笑了："那就朝顺当处办。小二家两个大块麦地，都在北湖。

我去看过,都熟了,咱明天就去突击,一天割完;然后给小二大哥魏炳理说一声,叫他去告诉他爹,就说是他找人给割的……这叫'偷帮忙'。"

"那可不行!"艳花一翻白眼,嚷道,"咱出力流汗,他无功受禄……"

娘直喷唾沫星子:"狗吃了日头?"

爹笑闺女:"被窝里包不住火,早晚会知道的。"

小二哈哈笑道:"佩服三叔的谋划!"

艳花红了脸,笑着像悟清了什么,忙放下筷子,给爹擦汗:"爹,你真好!"

娘推开闺女:"别谝了,快吃了好割麦。"

七

魏福祥逢人便说大儿子好,危难之中帮他割麦,是爷儿们的意思;逢人便骂小二狗杂种,是个卖国的奸贼。魏福祥的五亩麦四天割完,不是魏家庄的最末一名。

摊开场晒麦,晒干了打省劲。

天闷得要命!将近中午,蒙山顶上起了黑云头,鏊子底一般。魏福祥一看不好,忙去垛。腰不疼了,动作起来仍然像模像样,呼哧呼哧地喘着粗气,汗珠子挂在脸上,也有淌的,也有落的……

黑云像奔马,一忽儿就把西北大半边天遮掩了,有雷声从远方隐隐传来。闪电撕开一块黑云,像海兽张开的血盆大口。风来了,狂风裹着麦叶,卷着尘土,刮得天昏地暗,叫人睁不开眼,站不稳身子。"风来了,雨来了,和尚背着鼓来了……"几个顽皮的孩子围着场乱跑,唱着古老的歌。魏福祥扯块塑料布,压住了这边,那边又刮了,赶快再去压那边;刚离开,这边又飞扬起来。"操你奶奶——"他又急又气,破口大骂。一个旋风头扑来,裹挟着枯枝败叶尘土麦糠,形成一个立体物,上触着天,下立在地,气势汹汹地压过来,压过来,压得人怪憋得慌。魏福祥怕极了！他的心紧缩着，刚才的咒骂还能触怒了天神吗？他急忙蹲下，什么也顾不得了，扯住塑料布的一头，龟缩成一团。这阵旋风终于过去了，魏福祥缓了口气，仰脸一看，满天都是翻滚的乌云了。闪电，火刺刺，一次又一次，把乌黑的天空撕烂！雷，炸雷，在头顶上炸开，咔嚓嚓——奇响，怪音，震得人浑身麻煞煞的，到处乱起鸡皮疙瘩子。

魏福祥扯着已经裂了两道口子的塑料布，束手无策。正在往家跑的凌素云看到了，愣了一下，还是跑了过来，帮忙扯塑料布。

魏福祥愣了："素云，你……"

凌素云忙说："说啥？快苫啊！"

他这才醒过神来，忙扯塑料布苫上，又忙用石头木棍压住四角。凌素云转身就走，跑了几步，被横在泥水里的一把木叉绊倒了。魏福祥忙跑过去拉她，四目相视，万箭穿心，该说的话不是有两大车吗，可一句也说不出。这眉浓眼亮鼻直口阔的堂堂男子汉啊，已经满脸皱纹了，下巴和两腮丛生的胡须，像茅草地了；这眉清目秀的蛋形俊俏脸蛋儿，虽然没离大模样，可也罩上了一层蜘蛛网……

"素云——"他失声了，泪水潸然而下。

"孩子的事情，你都知道啦？"

沉默了半天，他皱着眉头说："这样一搅和，我心里难受。人家伤口上越疼，他们越往上撒盐……唉——"

她又何尝不是这种感觉！但事已至此，还能为了两块老骨头，就毁了孩子的终身大事？"大哥，咱不为山高，也不为海深，只为可怜孩子，就答应了吧，咱有眼泪往心里……"

咔嚓嚓——一声炸雷，淹没了她的话音，雨一个劲地往下倒，两人席夹子上的水溜子像瀑布一样往下倾泻。天空，像个悬海……

两人跑进了一个为看场临时搭起的小草棚，凌素云精神有点儿紧张，挂满雨水的脸面顿时泛起红潮。两人一时找不着话题，好局促！猛然想起"偷帮忙"那事，她笑了，唠叨起来。

魏福祥显然很受感动，忙问："谁的主意？"

"都有股！"她笑眼望着他。

魏福祥抱住她，如痴如狂，像三十年前那样。凌素云闭了眼，急促促地喘着粗气。

魏福祥说："素云，我对不住你！"

凌素云说："什么时候了，还说这些？我只要你一句话，艳花和小二的事咋办？我要你一句明白话……"

"我同意还不行吗？"他搂得更紧了。

雨，雨道子，扯天坠地！闪，电闪，一个连着一个！雷，远处的，近处的，隆隆不断！

不远处，有个人往这儿走，像吕建营……

凌素云用手给他抹了抹脸上的泪水和雨水，小声说："有人！"魏福祥忙闪开身子，凌素云跑了。来人很快跟凌素云走到一起，把雨衣给她披上，扶着她走了。魏福祥的心猛地一缩，像猫爪子抓住的那种滋味——三十年了，这种感觉时时袭击着他，只是此时此刻特别强烈。

八

第二天，雨过天晴，空气清新宜人。

小二伙着几个人把打麦机推到了场里。

魏福祥蹲在场边吸烟，他翻了翻眼皮，见推打麦机的人当中有吕建营，眉头立时皱起了疙瘩，身子一动没动，照旧吸他的烟："吱吱吱——"

打麦的人渐渐到齐了。

艳花问小二："打吧？"

小二问娘："打吧？"

小二娘问老头子："打吧？"

魏福祥低垂着头，不吱声。

吕建营过去一看，魏福祥正在流泪。他忙问："大哥，你这是为哪桩？"

魏福祥扭过脸去,哽咽着说:"哪桩也不为!"说着,他站起身来,向祊河岸边走去。

吕建营愣了,大伙都面面相觑。

凌素云赶上几步,说道:"大哥,你还是3岁的孩子吗?"

魏福祥停住脚步,哽咽着说:"艳花娘,我心里堵得慌,想到河堰上蹲蹲……"

凌素云眼眶里瞬间注满了泪水,连忙说道:"你可要想开呀!"

魏福祥说:"想是想开了,只是难受。"

凌素云的泪珠子扑簌簌地挂下来,她向魏福祥摆了摆手:"那就去吧……"

艳花过来,见娘垂泪,忙问:"娘,你怎么啦?"她问得很不耐烦。

凌素云瞪闺女:"死妮子,就能问话!"

……

打麦机终于响了,响声动地惊天。

叔叔看树林子

一

立冬刚过,西北风就像牛犊子一样嗥叫了!

施增在村西那片树林子边拾柴火,叫风刮得难受,又流鼻涕又打哆嗦,实在冻熊了。柴筐快满了,他松了一口气,蹲在一棵粗杨树南侧,裹紧了小破棉袄,顿时感到暖和了。无意间,他掏了把口袋,里面还有半盒子火柴。"哈——"他暗自笑了,歪点子也就立时生出来:弄把火烤烤,暖和暖和……

一堆干树叶子堆起来了,他解开衣口,用袄大襟挡着风,划着了火柴,点着了树叶子。立时,烟雾被风卷着,扬上了天空,又向四处扩散。

"谁弄的火,啊?"看林老头喊起来了。看林老头不是别人,是他亲叔。他叔是个瘸子,连个大号也没起,人们都管他叫瘸子。爹娘也管他叫瘸子,管他叫大爷的叫瘸子大爷,管他叫叔的叫瘸子叔……户口簿上写着施瘸子。施增小时候不知道好歹,也喊过瘸子;上学后,就不喊了。瘸子看林很认真,自然很厉害,对破坏林木的人,一点儿也不讲客气,有人就骂他咒他,说他腿瘸心黑,说不上媳妇应该,说他就应该八辈子无儿,二十四辈子无孙……

施增也怕他叔,叔的眼珠子一瞪,牛蛋一样,叫人胆战心惊。有一回,他折了一根小树枝,叫叔拧着耳朵,熊了一狠顿。

听到叔的喊声,他怕极了,忙把火踩灭,像只田鼠,缩成一团,趴在杨树根上。

施瘸子来了,看到了火的痕迹。施瘸子很生气,拽着他,往里拖……到了看林小屋，把他丢在地上。

"谁叫你弄火的？这火好弄着玩吗？弄不巧，着起来，要命啊！"

他不说话，头低着，就要插到裤裆里了。

施瘸子拧着他的耳朵，喝问："抬起你的头来，我看看你是不是长了三只眼！"

施增圆实的小瘦黄脸露出来了，上面满布着惊慌和恐惧……施瘸子一见这张脸，呆了！他倒吸了口凉气，忙问："是你，小增……不上学啦？你，你……你逃学……"

施增终于哭了："叔，我没的拿了吃，爹不叫上了。"

施瘸子什么也没说，坐下，叹着气，摸过烟袋来，一锅烟没揸完，又把烟袋插到腰里，从火堆里掏出一块烧地瓜来，递给施增，老松树皮一样的阴沉脸面上竟然露出了几丝笑纹，问他："饿了吧？"施增肚子里的馋虫立时蠕动，但他害怕，不敢说，两只含着热泪的眼睛，直勾勾地看着叔手里那块热地瓜，那甜丝丝的气味儿，已经钻进鼻孔里去了……

"要饿，就吃了吧！"

他接过来，大口小口，一口不连一口地吞吃起来。

"小增，慢着点，别噎着。"

果然不出所料，叔话音刚落，他就打开了嗝。

叔忙盛来了一碗瓜干汤："还热乎，喝了吧，喝了压压。"

他忙接过去，喝了几口，缓解了。

施瘸子吸开了烟，吧嗒，吧嗒……吸得有滋有味。

"小增，这学可不能不上啊！"

"叔，没的拿呀！爹说连一分钱也没有了。"

施瘸子叹着气，无话说了。

二

第二天中午，一位干部模样的人，骑辆自行车从树林边经过，施瘸子正在拾干树枝。离他三步远，那位干部模样的人很敏捷地跳下了自行车,笑嘻嘻地问道:"大爷,前边这个庄是河湾吧?"

"是啊,是啊!你是……"

"我是中学里的老师。这个庄里有个叫施增的学生吗?"

"有啊,有啊!昨日里还来拾过柴火……"

"是吗?他没去上学,我还以为病了呢。"

"老师,你贵姓?"

"姓刘,叫……"

"刘老师,施增学得怎么样?"

"很好啊,全班第一名。"

施瘸子顿时惊喜,笑逐颜开,但激动瞬间而逝,叹了口气,述说开了他家的困难。刘老师说,是困难,但不要怕,得咬紧牙关,想方设法战胜困难,自力更生,艰苦奋斗……

"老师,你说得对,我也这样想过。"施瘸子的老桑树皮脸上,满布着笑容。

刘老师告辞,说他到施增家里看看,动员动员,并请老大爷帮帮忙,有空给做做工作。

施瘸子拐拉着腿,向前几步,满口应承。刘老师就要上车,施瘸子抓住了他的后车座,说道:"刘老师,要不嫌俺脏,就到里边坐坐,再去不迟。"

刘老师笑道:"好,好,多谢大爷了。"到了那间看林小屋,一看里面烟熏火燎,无处不黑漆漆的。除了一张床外,还有一张小吃饭桌子,上面放着几个碗,小铁锅放在桌子底下。门后头,堆放着柴火。

"坐吧!"他搬过一个麦秸坐墩来。

当面有一堆木炭火,四外用石头围着。施瘸子拨拉了一下木炭火,从中掏出一块烧地瓜来,吹了吹灰,两手捧着,送到刘老师面前,很不好意思地说道:"刘老师,我也没有什么好东西待客,这块地瓜,刚刚烧好,嘿嘿,嘿嘿……"他笑得很不自然,怪难为情似的。

刘老师被老人家的真诚感动了,忙接过来,吃了。

"怪不好意思的,嘿嘿,嘿嘿……"

"老人家待人实在,太感谢你了!"

施瘸子眼睛湿润了,掉下来两滴泪。刘老师紧紧地握住了他的手……

"我去看看。"

"你去可得好好说说啊!"

"知道,知道。"

三

第三天,施增又来拾柴火。

"小增,你老师不是来过?"

"嗯,昨天……"

"怎么还不去上学呢?"

"我爹我娘……"

"我听你老师说,你在班里数第一名啊!"

施增就哭了,肩膀抖动着,老半天。

"你来!"叔喊过这一声,头里走了。

树,高大的树,矮小的树……他从树的中间走路,踏着落叶,唰唰带响……很快,他就到了看林小屋。

施瘸子从柴火堆里扒出一个布袋子来,不知里面装的什么,挺沉。他提着,递给施增,说道:"这是二十多斤玉米,我一直搁着,没舍得吃。你拿回家,叫你娘给你推煎饼,别搁多了,一回二斤,拣些好瓜干,掺着推。家里的人吃点孬的行,别攀比!二十多斤,推十几回,吃十几个星期……"

"叔,你呢?"

"我什么?"

"玉米给了俺,你吃什么?"

"这孩子,管恁多做什么?"

施增走了,背着那二十多斤玉米,还拐着柴火筐。他走得很慢,脚步很沉重……

施增回家就忙记日记:"1961年11月3日,我叔给了我二十多斤玉米……"写着,写着,他就趴在桌子上哭了。

娘忙跑来,问他:"你哭什么?"

他无言,仍然抽泣。

娘说:"好孩子,别哭了,我做好了玉米糊粥,快来喝一碗吧!"

他狠狠地瞪了娘一眼,擦干了眼泪,背起玉米袋子就往外跑,娘一把抓住了玉米布袋子,嚷道:"小爹,你行行好!"

"我叔说……"

"就这一顿,以后再也不破费了!"

四

施增师范学院毕业后,因成绩优秀而留校工作,每月都给爹娘寄二十元钱来,附言栏里清晰地写着:"给叔五元。"

一晃五年过去了!腊月天,大雪盖地,树林里银装素裹,非常壮观。他回家来,走到树林边,遇上了叔。叔比前几年老了,胡子有了几根白的,像枯草叶子上挂着雪花,腿也比以前瘸得厉害了……

"小增,你回来了?"

"是啊,叔……"

"回来过年?"

"是啊,回来跟你一起过个年。"

又来到看林小屋,又见到了那堆木炭火……施瘸子拨拉着火,叫小增近前烤烤,又从里边掏出一块烧地瓜来,吹吹灰,递给小增。施增接过去就吃,很甜,像前几年吃过的一样。

"叔,我给你寄的钱,你收到了?"

"没有啊!"

施增就解释,说寄给爹的,叫爹分五元给他。老人家闷了半天才说:"我有的花。"

施增对叔的这个回答显然不满意,他搔了搔头皮,很焦急地问叔:"我爹到底给你没给你?"

施瘸子闷着抽烟,耷拉着眼皮,像睡着了似的,但烟袋锅里还冒烟,嘴里还吐雾。施增明白,叔有难言之隐,事情的真相是什么,他也能猜个七八了,就不再难为叔了。他从提包里拿出两瓶二锅头来,递给叔,就走了。

施瘸子一瘸一拐地,去送侄儿……

施增回头推叔,不叫他出来。

"回家多吃饭,少问话。"

施增一愣,忙说:"知道了。"

施增回到家里,爹娘及小弟小妹都热情接待,弄了几个从来不曾吃过的好菜,全家团圆,欢天喜地地吃了一顿,爹与他喝了两盅,脸色都红红的,非常惬意。

饭后,就拉家常,说不多时,就说到叔身上。

"爹,每月的五元钱都给叔了?"

"给他做什么?是我养活的你呀,还是他养活的你呀?"娘顿时来气,发话质问。

一切都明白了,施增的心在哆嗦!

爹说:"他一个人,不缺钱花……"

娘的气并没有出完,接着发泄:"今年春上,我在林边折了几根树枝子,瘸子就不让过去,硬跟我吵……"

爹也来气,接着说:"捂不下,最后弄到大队里,弄得我们好难看。"

娘哭了,哽咽着说:"他瘸子还有一点人肠子吗?谁都说他心黑……"

施增叹着气,什么也没再说。

这年春节,施增在家放完了鞭炮,就跑到看林小屋,给叔拜年磕头放鞭炮。施瘸子很高兴,弄了几个小菜,爷儿俩喝起来。因为高兴,多喝了几杯,施增醉了,在叔的小床上睡了。施瘸子把自己的脏被给他盖上,自己又到树林四周围转悠去了。

一觉就到了下3点,他爬起来一看,叔正在包瓜干面的大包子。见他起来,叔忙说:"你等等,这就好了。"

"叔,我得回家了,怕爹娘找。"

"也好,那就走吧。"

他掏给了叔一百元钱!

"小增,我花不着,我有。"

施增跪下了,热泪滂沱:"叔,你不收下,我就不起来!"

"我收下,我……"叔也哭了,两腮的皱纹缝里,正流淌着泪水。

五

又过了三年,也是腊月天,施增再次踏上了回乡的路。走到林边,一看看林人已不是叔了。

"施增,你回来了?"

"晁大爷,你好!"

"好,好……"

"我叔呢?"

"他去年冬天,大概十一月里……"

五雷轰顶!他的头颅要爆炸了:"这怎么可能呢?这,这……"

晁大爷领他到树林深处,指着一个长满枯草的土坟说:"这就是。"

施增扑到叔的坟上,大恸。哭过一阵,晁大爷就劝,说人死不能复生,心到神知,哭这些也就行了。施增停住哭泣,问道:"我叔得的什么病?"

晁大爷摇头道:"弄不清。那天,下着大雪,中午雪停了,我去找他坐,一推门,还顶着。我就叫,喊了十多声,不应。我使劲扛开门一看,浑身像冰块子了……"

还问什么?他告辞,匆匆回家。虽是久别重逢,但不高兴。他满眼泪痕,问道:"我叔老,怎么不告诉我呢?"

"告诉你做什么?"娘嚷道。

爹就瞪娘,娘红了脸,转身进了锅屋。

"爹，娘糊涂，你也糊涂吗？那年生活困难，叔给了二十多斤玉米，维持了我的学业。那是救命粮啊！他给谁不好，给咱做什么？他自己吃了不行吗？爹，你们是一个娘的亲兄弟啊！我娘如何，咱没法说，你呢？"

"我，我……"

"他能一下子就死了吗？冷天冻地，你没去看看他，叫个医生给他看看？"

"他是五保户，用不着咱管！"娘的喊声从锅屋里传来。

还能再问什么呢？第二天，他去走姑家。姑递给他一个信封，撕开一看，里面有两块银元、一百元钱。姑说："你叔是十月初来的，身子已经很衰弱了，一开口就落泪，说自己可能等不到小增再回来了。他把这个信封递给我，叫我给你；又从身上摸出两块银元递给我，说这四块银元搁在手里许多年了，给你两块，给小增两块……"

施增握着信封，几欲哽咽，说不出话。

"小增，别难过啦。我弄个桌子，咱去给你叔上个坟吧！"

施增哽咽着说："行。"

……

重孙从东北来信

一

今年快过春节的时候,赵岭突然收到了来自黑龙江的一张汇款单,款额二十元,汇款人赵小坤。嗬,小坤,可怜的孩子,可爱的孩子,懂事的孩子!赵岭拿着汇款单,欢呼雀跃着,跑到娘的屋里,兴高采烈地对她说:"娘,小坤寄钱来啦,准是给你的。"

娘一听,喜得合不拢嘴啦:"上面写的谁的名字?"

赵岭告诉她,写的他的名字。她沉吟了一会儿,慢慢念叨:"兴许是吧,兴许……"

赵岭回到自己的房间,找出手章,推出车子,就上了路。时令虽是数九寒天,但不刮风,天气仍暖和。阳光晒得地皮已淌汗,融化的雪水淙淙地流着。他推着车子,走得并不快,向远处看,小坤像是正在往这儿走……

小坤今年15岁了,该是初中生了吧?1976年春节,他曾跟着爸爸回来过一趟。过了年,他爸爸就回去了。临走的那天晚上,赵岭在场。赵岭跟小坤爸爸是同龄人,但从辈分上论,赵岭是小坤爸爸的亲叔。小坤爸爸对叔说,把小坤留下,在家上学,请叔多管着点。这些话,是大路旁的言辞。管教好坏,就看他爷爷奶奶的了。当时,他爷爷奶奶说得也怪好。

过了半年,情况就变了,赵岭的哥嫂不叫小坤上学了,叫他回来割草挣工分。

赵岭知道了,前去质问。

哥阴沉着脸，喊开了穷，叫开了苦："半年多了，一个钱毛也不来，我供不起……"

嫂子也瞪着两只血红的眼睛，一声不连一声地嘟囔，脸气得像张黄表纸。

这两口子是有名的"小乖"，一百条路他走九十九条，别人走一条，他就喊吃了亏。不管对谁，小算盘拨拉得就是精，多了不吱声，少了毫厘，也得争个面红耳赤。人们说他，刷锅水也得下笊篱捞三遍！也不知道是夸张，还是真有此事。赵岭觉着跟哥嫂无法争辩，就偃旗息鼓，怏怏自退。

每当遇着小坤眼泪汪汪地挎着草筐，在湖坡里转悠时，赵岭心里就有一种难言的滋味。他爹早丧，娘懦弱，哥嫂刁钻，遇事倍受欺凌。

小坤的爸爸妈妈正在火旺青壮之年，怎么能叫孩子受这样的难为？赵岭内心里直埋怨大侄儿，你不清楚你爹娘的为人吗，何苦留下小坤受这个罪？他想写封信给大侄儿，说说这些事，但又一想，清官难断家务事，咱在人家爷儿们之间夹楔子，有些不合适。经验证明，这样的话还是不说为妙，一句少了，两句多了，何苦来着！为了少生闲气，还是闭嘴吧。

那年腊月初十，哥家来了一位东北客。他自我介绍说，他与小坤家是近邻，又都是沂蒙山人，所以格外亲热。这次来家，他受小坤爸爸之托，来看看小坤。他又说，这年收成不佳，小坤在家拖累老的，心里常不安。听了这些，赵岭心里酸酸的，有嘴，但张不开。正喝着茶，抽着烟，小坤背着柴筐回来了。他累得张口气喘，大腊月天，零下十几度，小坤的额头上还汗渍渍的。火红色的老狗皮帽子掖在柴筐里，头顶上直冒热气。起初，他见有生人来，就躲在门后，低着头，手指头不停地抠墙土……

"小坤，不认得叔叔啦？"来人起身偎过来，一把攥住了小坤的手。

小坤两个眼珠子瞪得像电灯泡，火亮的目光直盯着面前的陌生人，眼眶里凝聚着泪水，小嘴唇抖动着，抖动着……突然，他向那人怀里扑去，哇的一声哭了……

小坤执意要走了!

赵岭的老娘知道了这件事,惨得光抹眼泪。她对赵岭说:"小坤要走,给他几块钱吧,路上好买点什么吃,也是咱的一点心意。"

难得老奶奶疼爱重孙子的一片热心!赵岭掏出两块钱,给了娘。他实在没有多,那时他每月挣三十块钱。

日头快占山了,小坤仍央求跟着东北叔叔走。

"过两天,我来叫你。"

"不,就不!我跟着你,你上哪,我也上哪……哼!"他说着,嚷着,大眼泪包着小眼珠,又哽咽起来。

东北客被他哭软了心,两眼一酸,也落下了泪。他擦了擦眼泪,又给小坤擦了擦,安慰道:"别哭啦,叔叔领着你。"

就在这个当儿,小坤的爷爷急急忙忙走到小坤的身旁,伸手就把他那火红色的老狗皮帽子摘了去。

"爷爷,爷爷呀!你不能摘我的帽子,黑龙江冷啊,没有帽子……"小坤哭喊着,抱住了他爷爷的腿。

就在这短兵相接的紧急时刻,赵岭的嫂子出马了,她文口善面,哄小坤:"小坤,好孙子,你撒手,我给你要。这样多不好看,还有东北来的叔叔,不叫人家笑话?"

小坤是个听话的孩子,松了手,也停止了哭泣。他爷爷得救了,一头钻进了里间,就像老鼠偷了粮食钻了洞一样,再也不露面了。小坤的奶奶进了里间,叽咕了老半天才出来,仍文口善面,笑嘻嘻地说道:"小坤,你爷爷老了,不撑冻了,那顶帽子送给他算啦。"

这出双簧就演得如此精彩!

"走!"东北客气得浑身乱哆嗦,一把抓住小坤的手,吼一声,就离开了这个院落。

赵岭心里燃烧着怒火,气哼哼地直嚷:"你办这样的事,还有脸见人?等孩子长大了……"

"我的事用不着你管!"哥在里间里,话口咬钢嚼铁。

嫂子的文口善面不见了,她朝赵岭翻了几翻白眼珠子,咬牙切齿地说道："装好人，数不着你能耐大……"

赵岭还能说什么呢？他什么也没再说，默默地离开了哥嫂的家院。

庄头上聚集了好多人，赵岭的老娘也站在那里，正在给小坤擦眼泪，又哄又劝："别哭啦，哭多了，眼泪皴脸……"说着，她就把自己的帽子抹下来，给小坤戴上。

"哈哈哈……小老嬷嬷！"

"哈哈哈……扭秧歌，好样的。"

"哈哈哈……"

小坤也破涕为笑，刚才的泪脸一下子变成了笑脸。他抓下老奶奶的帽子，还给她。

赵岭见此光景，忙把自己的三扇暖帽抹下来，给小坤戴上。他接过去，稍一愣，又递给赵岭。

"戴着吧，你三爷爷给的！"东北客说。

"俺不！俺戴了，三爷爷戴什么？"他说着，鼻子一酸，又哭了。

老奶奶也伴着淌开了眼泪，冷风吹拂着她满头的白发，身子微微摇晃着。

"娘，你家走吧！"赵岭说。

"老奶奶，你家走吧！"小坤也说。

娘哆嗦着双手，从衣兜里摸出个小蓝布包来，拆开，从中取出五张一元票，递给小坤。

赵岭心被震动了，脸上火辣辣的，显然有些内疚！他知道另外三元钱的来历：那是他上月给娘买豆腐吃的，她没舍得花。

"那位东北的好侄儿，路上，你用这钱给小坤买顶帽子吧。听说，黑龙江滴水成冰……"

也不知是伤感，还是冷风吹的，娘光流泪，不停地擦。

"大娘，你老放心。"

"老奶奶，你老放心。我这位叔叔挺好，他会听你的话的……"多乖的孩子，老奶奶抚摸着他的圆脑袋，笑了。

事情一晃几年过去了，但想起来还像在眼前一样。小坤长大了，懂事了，知道孝敬老奶奶了……

赵岭心情一兴奋，脚下猛使劲，自行车闪电似的，向乡邮局奔去。

二

第二天，他们就收到了小坤的来信。

"重阳（赵岭的大小子叫重阳，因他端午节生人，就起了这么个名字）爸爸，你麻利地念念我听，小坤都说了些啥。"

赵岭把信拆开，就念起来："老奶奶，你还记得小坤吧？这些年，我常想念你，夜里常做梦，十回八回梦见你。我也梦见过爷爷奶奶，梦见就吵仗，常常哭醒。到现在我也没有弄明白，爷爷奶奶怎么恁狠呢。他硬硬地从我头上摘去帽子，叫我太伤心了！老奶奶，回黑龙江的路上，那位叔叔完全照你的嘱咐办的，用你给的那五元钱，他又给添上三元，买了顶狗皮帽子，仍是火红色的，我喜欢这种颜色。回家后，我给爸爸妈妈说了，爸爸妈妈哭了一场。老奶奶，你知道这里有多冷吗？不戴帽子，真会把耳朵冻掉的！现在，我大了，除了上学，还上山捡蘑菇。今年，我捡的蘑菇卖了三十元，我决定寄给你二十元，好买点心吃。一定得买呀，老奶奶，听到了吗？你要不买，我可不愿意你！要是花没了，就来信说，我再给你寄。我今年上初中二年级了，还是三好学生呢。老奶奶，你听了一定会哈哈大笑吧？等我毕了业，劳动了，就把你搬到俺家，叫你享享重孙子的福……"

"哈哈哈哈……孬贼孙子，可怪会说话。唉，难得这孩子的一片好心！来，趁热打铁，给他写回信。"

娘有令，赵岭不敢怠慢，忙回自己的房间，拿来了笔、信纸、信封。

"我怎么说，你怎么写……"

赵岭点了点头，铺好了纸，旋开了笔。

"重孙子小坤：来信收到，内情明白。是你三爷爷念给我听的，叫我乐了一大顿。你爷爷抹帽子那事，别再提了。要怨就怨我，是我没调教好他。以后不要再寄钱了，我不缺零钱花。听说黑龙江奇冷，可得把衣服弄得暖和的。听说那里黑瞎子多,出外要多加小心,别憨大胆。要用功学习,考上北京的大学,我上北京去看你。小坤,有这个志气吗?得有这个志气,那才是老奶奶的好重孙子……"

写完了,娘不放心,叫他念一遍她听,赵岭就念了一遍。念完了,娘挺高兴,满脸喜相,拢了拢灰白的头发,急催儿子:"快寄去吧!"

赵岭不能扫娘的兴,写好信封,推出车子,又一次直奔乡邮局。

三

晚上,刚吃完饭,娘跟赵岭商量:"那钱,给你大哥五元二哥五元。过年啦,好买点年货。"

赵岭一听这话,就来了气,给二哥五元,倒还可以,他没有钱给娘花,总还过来坐坐;给大哥五元,太不应该了,长年累月不见他的人影。娘见儿子不言语,又催。赵岭心中火起,暴跳如雷:"小坤的信你没听明白吗?人家是叫你买点心吃的,你又发贩子!你可怪会疼儿,他怎么孝顺你的?你的腿疼得爬不起来,他花过一分钱吗?胃病恁厉害,他过来问过一声吗?长年累月,他照顾了你多少……"赵岭控制不住,就发了连珠炮。这都是事实,娘怎么就忘了呢?是不是母不记子仇……

娘摆了摆手,投过来两束责备的目光:"别翻腾这些陈谷子烂芝麻啦!他不管,我也还这样。咱不能跟孬种一般见识,狗咬咱一口,咱就非得再咬它一口?他今秋里得了场大病……"

"你呢?你还怪年幼,不需要补养?"

"我不年幼,身子还壮实……"

"他有钱,刚过了头四百多斤沉的猪。"

"他说都还了账。"

"他惯用的手法,跷着腿喊穷,想捞点外快。五六十年了,你还摸不清他的心性脾气?"

"他有病时,我没买什么他吃……"

"我不是买了鸡蛋,给了他五元钱吗?"

"那是你的心意,我心里……"娘抽泣起来,老泪滂沱。赵岭是个火暴性子,往往一生气,就控制不住自己。他知道自己吵得太厉害了,引起了娘的伤心。可他百思不得其解,娘怎么恁糊涂呢,儿子小时你得疼,大了还用你疼吗?你一个钱不进,怎么再给他们钱花……赵岭内心里的怒火一蹿一蹿的!为了避免再吵吵,他忙离开了家。

出门正遇上邮递员,递过来一封信,他一看,是小坤来的。他忙拆开看,小坤对他老奶奶说,那钱不能给任何人,只许你自己花,尤其不能给他爷爷奶奶。为什么寄给了三爷爷呢?他说他相信三爷爷!三爷爷不会断路。如果三爷爷暗自使了,他算又认识了一个人……他忙把信拿回家去,念给娘听。娘听了,半天没说话。

"娘,你明白了吧?"

"我明白什么?"娘生气了。她说小坤上一封信写得很好,这一封不怎么样。"咱不能依着孩子!孩子做对了,咱夸;做错了,得说说他……"娘叫赵岭快去找纸笔,立马给他回信,还说赵岭要不愿意写,她找别人。

他只好去拿纸笔……

"我说你写,我怎么说,你怎么写。"还是老规矩。为了不使娘生气,他答应了。

"重孙子小坤:来信收到,内情明白。你相信你三爷爷,很好。你三爷爷没有暗中使你一分钱,领出来全给了我。这钱你给了我就是我的了,我自然知道该怎么花。怎么就不能给你爷爷奶奶呢?他们是我的儿、儿媳妇,我有钱给他们几个,有什么不可以?你爷爷摘你的帽子,不对,我已经说过他了。不能因为这件事就不要爷爷了,你说是吧,小坤?对人要宽,不能死盯眼珠看人看事……"

信写好了,寄走了,赵岭终于理解了娘,同意给大哥二哥钱了,娘脸上立即有了喜相。腊月二十六早饭后,娘梳了梳头,说去他大哥二哥家里看看。赵岭说去吧,她就走了。

"倒孝去了!"重阳妈妈说。

赵岭只好解释，解释了半天，重阳妈妈终于笑了，说不关她的事，她不多掺和。

"那就好，那就好……"赵岭说着，伸了下懒腰，竟有了从未有过的舒坦。

潘英和胡萍

三月的早晨,还有些冷。

潘英早就站在操场上了。胡萍跑来,就劝她:"你这是何苦呢?"她盯了胡萍一眼,问道:"什么何苦?"

"这么冷……"

"冷啥?我没有恁娇。"

胡萍拉她,她挣扎着说:"你行份好吧,让我在这里看会儿书。"

"宿舍里看不了?"

"这里清静。"

……

这些天,胡萍一直紧盯着潘姐,怕她发生意外,白天黑夜不放松。

潘英与闫亮的恋爱关系是胡萍从中牵的线,可出力不讨好。谁叫你嘴贱的,痒痒了,到枣树上拉拉不行,费那些口舌做什么?操心跑腿受累落埋怨,活该又活该!人家潘英并没有说什么。没说什么,她心里就这么难受呢;要说什么,她就得投河上吊喝敌敌畏了。

她和潘英很要好,一来这所中学,两人就同住一间宿舍,形同亲姊妹,都是那种大大咧咧、满不在乎的脾性,吃的穿的用的,几乎不分彼此。潘英是民办教师,经济收入少些。胡萍虽然刚刚工作,但毕竟是公办教师,拿钱不少,家里又用不着,好多方面对潘英帮助不小。因此,潘英很受感动,心里常热乎乎的,有些过意不去,所以就尽量在其他方面照顾小妹胡萍,像洗衣服啦,回家拿什么好吃的啦……都尽量给胡萍提供方便。就这样,两人的关系日趋亲密,在一起说话毫无遮掩，无话不说。

这年，胡萍村上毕业了个大学生，名叫闫亮。小伙子长得还可以，个头不矮，脸型也不难看，就是有些粉刺疙瘩子，看起来不大受看。胡萍就跟潘姐商量，潘英说咱要恁漂亮的做啥，咱长得也不怎么样。胡萍两个杏眼一眨巴，就笑了，一笑就把潘英笑红了脸……后来，胡萍说这事还得搞点"假冒"，就说是公办，管怎别露了馅。那小子想找个公办，说是公办，十有八成；要说是民办，一成也没有。潘英犯愁，说瞒得了一时，瞒不了长远。胡萍一龇两个小虎牙，笑道："连这个都不知道啊？过一段时间，有了感情，还计较什么公办民办？重要的是头三步……"

计议一定，就去联系。

还行，大学生闫亮叫胡萍牵着鼻子上路了。第一次见面，两个人就谈上了，在操场西边那棵高杨树荫下，一谈就是两个小时。胡萍有点儿着急，她一跺脚，不管了，她得去上课。到了放中午学的时候，两人还在说，她有些生气，径直跑了过去，直言不讳，大声说道："光知道谈心舒坦，就忘了别人着急？"

闫亮红涨着脸，无言。潘英瞪她，她笑了。

宿舍里摆好了一桌饭菜，胡萍鬼，说有事，溜了……

闫亮走后，胡萍问潘姐，潘英俱以实告，胡萍听罢，大笑，嚷道："得赶上步，过两天再去找他。"

潘英脸红了，说道："等不迭啦？不叫人家笑掉大牙？"

"你这观念陈旧得发霉了，现在……"

潘英说："不是我观念陈旧，而是你年轻毛嫩，忘记了一个教训：忙中有错……"潘英一再向胡萍解释，说你急了，容易引起他的怀疑，宽松一点儿，以逸待劳，叫他找上门来，那才好掌握主动。

胡萍眨巴了眨巴两只精明的小杏眼，咯咯地笑起来，说怪不得人们说黄鼠狼子老的道业深呢。她们又商量了一番，把闫亮可能要了解的人排了排队，及时通知他们，叫他们一口咬定潘英是货真价实的公办教师。

事情还真叫她们俩估计着了,闫亮是打听了几个人,但众人一口,都说潘英是公办教师。一个月后,胡萍又碰上了闫亮。胡萍把架子拿得足足的,说你寻思人家嫁不出去了,赶着你?你小子架子也太大了,一个月不朝面,该吗?说得闫亮脸红脖子粗,干张大嘴无话说。胡萍说,要觉着行,就登记,不行干脆吹。

闫亮有点儿吃惊:"登记忙什么?"

胡萍说:"不登记容易发生变化,特别是男人孬种,见了漂亮小妮就……"

闫亮激动了,忙说:"我保证……"

"保证自古以来一个屁钱也不值,订立了互不侵犯条约的,一样悍然入侵,希特勒就是全世界最典型的孬种一个。"

"哈哈哈……我成希特勒了?"

"别多心,我没工夫成天泡在这上边。你们俩商量好,登记也好,不登记也好,以后我不管了。"

闫亮被胡萍说得回不过脖来,同意登记。

谁能料到,一个月后事发,闫亮摸清了潘英的底细——她是位民办……闫亮反悔了,非解除婚约不可。潘英无法,哭泣着向胡萍说了实话。胡萍直气得脸色发紫,跺着脚直骂:"这个希特勒……"她想骂他,但还是碍于姑娘的脸面,没有骂出口来。

有一天,他们决定见面。

潘英问闫亮:"你说吧,你想怎么着?"

不等闫亮说话,胡萍拽了下潘姐的胳膊,嫌她:"你怎这样说话?"

潘英愣了,两眼直勾勾的,茫然无措。

闫亮吞吞吐吐:"我想弄开……"

胡萍的尖眼珠子顿时上火:"没有那么便当!你寻思不管什么年代都得任你摆布着玩儿啊?你出尔反尔,还是个男人吧?登记的时候,你都放了些什么屁,一点也不记得了吗?"

"你撒谎!怎么还有脸说这些的?"

"民办怎么?民办……"

"民办我就不同意！"

"你孬种，你没有良心……"

潘英拉住胡萍，流着眼泪说道："别这样，他不真心了，闹也无用，想拉倒就拉倒吧。"

胡萍不折这口气，唾沫星子满天飞："不行，不能便宜了他个恶棍！"

闫亮笑道："我就想找个泼辣娘儿们，你倒怪上相，要不咱们就谈谈……"

"呸！小流氓，你想讨姑奶奶的便宜呀，那就来吧！"她抡起手提包，就往闫亮的头上摔。潘英忙拽住她，她哇哇活喊。潘英叫她这一哭，再也控制不住自己的伤感，失声哽咽，泪如雨下。两个女孩子，哭成了一对，闫亮忙溜了。

过了十天，胡萍重提此事，说还得去找闫亮理论。潘英长叹一声，少气无力地说道："已经办完手续了。"

"什么！你说什么？"

潘英只得实话实说，她觉着没有什么希望了，再闹也白搭，干吃气，不如早了结了利索，但怕胡萍再参与其中，乱子会越闹越大。为了息事宁人，她就通知闫亮，一起到法庭办了离婚手续。

胡萍一腚坐在床上，埋怨道："你怎么恁怂？"

潘英热泪洗面，泣不成声："我，我……哪有什么好法？"

经过一段时间的观察，胡萍才知道经过这次磨难，潘姐对人生这部厚书有了更深一层的理解。没有本事，怎么叫人家看得起？不能叫人家降阶迁就咱，咱得上个台阶，争取跟人家看齐。人生，就应该纳入竞争意识，才会日趋进步。光可怜平庸，迁就愚昧，有何出息？她立志再考大学，说干就干，开始暗中复习功课。但早起看书，影响胡萍睡觉，她只得到操场上来，天气已经不冷，这里清静……

秘密很快被胡萍识破，她按捺不住内心的激动，直嚷："潘姐，要当巾帼英雄？"

潘英很难为情，说道："萍妹，别嚷嚷了，我还没把人丢尽？"

胡萍看着潘姐满脸的难色,立即冷静了,她明白潘姐内心的酸楚,清楚潘姐心灵深处的创伤……她像做错了事的孩子,站着,憨憨地笑着,不敢再多言多语了。一天,胡萍批发来了两箱豆奶粉,对潘姐说:"每天早晨,起来喝上两包,再去操场。听清了吗?不听我的,我就跟你没完……"

潘英笑着点头,两行泪水小溪般挂下来。

胡萍见潘姐这样,就欢呼胜利,踮着脚步下楼,哼着她心爱的那支歌:"采蘑菇的小姑娘,背着一个大竹筐……"

可是,这年高考,潘英成绩很不理想,离录取分数线还有长长的一段距离。

胡萍直叹气,就劝潘姐:"算了吧,难啊!"

潘英流着无声的眼泪,傻了似的闷坐,然后蒙头大睡……

三天过后,她又重整旗鼓。

胡萍嫌她,她只好回避,除了睡觉,就不进宿舍了。但是,中午办公室里太热,又没有电扇,汗珠子不断溜地往外涌,根本学不下去。怎么办呢?她穷思苦虑了半天,搬把椅子,来到操场东边的一棵杨树荫下。西边的那棵高杨树荫浓密,但她不愿去,那里是她的伤心处。知了高兴了,在唱。她也感到惬意,这里空气清新,有阵阵凉风吹动……她看着书,不停地用笔划着……

到了冬天,潘英依然如故。

胡萍有个毛病,就是肯睡觉,早晨懒得不起,晚上不打熄灯铃就偷着躺下;到了冬天,中午也还得躺躺。她是全体女教师中的睡觉冠军,名声在外的懒虫。熄灯铃一响,潘英从办公室里回来,胡萍已经进入了梦乡。她慢慢将电灯拉着,坐在小桌子前,打开书本,又进入了奋斗状态。雪亮的灯光耀着,看书很好,却不利于睡眠。起初,胡萍还能忍耐,时间长了,她憋不住了,有史以来的第一次争吵,终于发生了。

"不会休息,就不会工作。你知道这是谁的名言吗?死用功从来就难出好成绩!"

"保证不了足够的时间,就难以达到一定的深度……多读多看,其义自见。"

"光知道自己学，还叫别人睡觉吧？"实质性的问题，赤裸裸地揭出来了。

"我没弄动静啊！"

"灯光刺眼，还不够呛！没弄动静，还是恩赐吗？光用自己的尺子量别人，就不想想别人受得了吧……真没寻思你是这样的一个人！"

潘英知道自己欠胡萍的太多，而且她小，娇气，因此自己不能"以眼还眼，以牙还牙"。她必须忍气吞声，尽量迁就。她干掉了几个泪珠子，收了书本，爬上床，拉灭了灯。

第二天，她去找校长，请求给个单间。校长解释，住房挺紧，不好开这个口子。

熄灯铃再次响过之后，不见潘姐的身影了。胡萍心中纳闷，她真生气了，去了哪儿呢？还能因为这么点儿芝麻粒似的小事，就跳了井……一这样想，她睡意全无，到办公室里一看，还真准，潘姐正坐在办公桌前用功，有时呵呵手，天气太冷了……见此光景，胡萍难过了！她这人就这样，心直口快，上来那阵不由她，枪炮火药，发癔症似的，说话不定辙口，面对天王老子，也敢直言不讳。尽管事后她也后悔，但以后遇着类似的事情，仍然如此这般。

她咣当一声推开门，很不好意思地笑道："潘姐，请你高抬贵手，饶小妹这一次……"

"你，你……你这是……"

两人都说自己的不是，没有再吵起来。说着说着，就动了感情，两人都哭了。最后，潘英叫胡萍先走，她一会儿就回。胡萍回到宿舍，倒头就睡。一觉醒来，已经零点半了，还没见潘姐回来。她刚要下床方便，潘姐回来了，仍无倦意，很兴奋的样子。

没有办法，胡萍也来找校长了。

"怎么啦，闹啦？"

"争吵过，但那无所谓，谁也不记恨谁……"

"那就好嘛。"

"可潘姐在办公室里学习太冷，特别是深夜里……"她请求校长出面做做其他人的工作。

校长笑了，说这个工作他不好做，最好她们自己商量，只要她们商量好了，他同意。胡萍立即来气了，嗔校长："哼，要是我们能协商好，还要你这个校长做什么！"校长笑了笑，无言。她气哼哼地扭身就走，满脸通红，两眼盈泪，滴滴答答。

她不知费了多少口舌，终于商量好了两位女教师。潘英见胡萍搬家，心里猫爪子抓着似的，忙扑上前去阻拦。

"你这是怎么啦？你想个清静，给你个清静，怎么又阻拦？"胡萍满脸不解，满心疑惑。

"萍萍，你，你……"她一张口，热泪珠子就扑嗒扑嗒地掉下来。

其他两位女教师忙把潘英叫到一边解释。

晚上，胡萍弄了四个菜，两瓶香槟，四个人喝了一场。喝着喝着，潘英思前想后，诸种情感一齐升腾，抑制不住，就哭了。三个人一齐劝，好的也说，歹的也说。劝着劝着，三个人一齐挤眼，同声大笑，咯咯连声，银铃儿碰撞似的。笑过一阵，还不过瘾，胡萍又唱又跳："采蘑菇的小姑娘，背着一个大竹筐……"其他二人看了她的滑稽表演，听了她的怪声怪调，也都随声附和，逗得潘英不得不破涕为笑。

高考临近，胡萍说得弄点"小抄"。潘英不敢，说查出来就取消考试资格。

"饿死胆小的，撑死胆大的……"

经不住胡萍的再三怂恿，潘英怀着惴惴不安的心情，搞了部分"小抄"。

考期到了，胡萍跟着去请假，校长问："你去做什么？"

"给潘姐壮胆啊！不允许？"

"校长，叫胡老师去吧！巧了有个紧急情况，她好帮帮忙。不是说，有备无患吗？"

校长笑着说道："好吧，胡老师打增援在行，但别动不动就跟人家吵仗。"

"我啥时候那样过？"

不等校长回话，潘英就拽走了胡萍。走出校长室，她就埋怨开了胡萍："校长说啥咱听啥，你辩解那个做什么？"

胡萍笑道："你不知道我肯掰扯吗？"

头一天两场，考得很顺利。

"用上啦？"

"用了一点……"

胡萍一听高兴了，拿起折扇，哗地甩开，给潘姐扇风，扇着嬉笑："慰劳慰劳从前线归来的英雄！"

潘英阻止她："别闹，来看看这道题……"

第二天，头一场下来，胡萍一问，潘英就哭了。胡萍着急，一声不连一声地追问，潘英一边抹眼泪一边说："小抄叫监考老师没收了，还记去了姓名和考号……"

胡萍一听，杏眼圆睁，满脸怒气。

潘英忙说："你可别再胡闹！"

"你别管！"她说着，一扭屁股，跑进了考点办公室，潘英随后也跟了去。

胡萍找到负责人，是位秃了顶的老教师。她强装笑脸，把事情说了，哀求高抬贵手，别给扣分，以后再也不敢了。负责人笑了笑，说这没办法，这是制度，制度不能随意改动。胡萍就说她是民办教师，因找对象如何如何……潘英听胡萍兜售这些，脸红心跳，热汗淋漓，忙拽她的胳膊，拿眼直瞪她，显然不想叫她兜售那些丢人现眼的烂事。她好似没有意识过来，还是说，说着说着就流了泪。秃顶老教师说，同情倒是值得同情，可制度不能用同情代替。

胡萍心中的怒火再也压抑不住，杏眼一瞪，唾沫星子就横飞起来："黑心贼！你们……"

对桌一个青年站起来："你骂谁？"

"骂你，就骂你！谁招声骂谁……"

那青年怒不可遏，冲了上来，负责人忙拦住他，转脸对胡萍说："姑娘，别太冲动，说话注意点分寸没有坏处……"

潘英忙把她拽出办公室，她哭着嚷："潘姐，是我害了你呀！"

"萍萍，可别这样说。"潘英说着，一阵酸楚涌上心头，泪水混着汗水，一齐往下流。

这一年，就这样泡了汤。

第三年，还能考吗？潘英有些畏惧，胡萍说不行，已经走到了这步田地，开弓没有回头箭，死也得考下去。潘英沉默了半个多月，想想无路可走，只得再复习。她总结过去两年的经验教训，又苦苦地熬煎了一年，第三年昂然进了考场，终于成功。

潘英高考告捷，喜得胡萍闭不上嘴，又因她最近与王兆生的关系明朗化了，心情特别好。前天一次谈话，好多疑虑都已冰释，就等回家跟爹娘说说了。这天早饭后，她想找王兆生商量个时间，随她到家里叫爹娘看看，好最后确定，但是找遍了中学的角角落落，就是不见踪影。"钻了老鼠窟窿！"她一生气，就出言不逊。

她回到办公室，坐着，木乎着脸。

老组长问："谁胆大包天，敢得罪你？"

"鬼！还能有谁？"

老组长笑了，他明白"鬼"指的是谁，就告诉她，王兆生在后操场。

她脸面上飘来两块红云，盖在了腮帮子上，连向老组长致谢都顾不上了，忙抽身跑出办公室，一溜小跑，奔向后操场。后操场的法桐树下，站着两个男子，一个是王兆生，另一个认不出是谁，两人似乎正谈到兴头上。

听到脚步声，两人一齐扭头注目。

真没想到，那人竟是闫亮！

闫亮见胡萍来，转身就走。

"你，你……忙什么？"王兆生忙阻拦。

"改日谈，改日谈！"闫亮慌慌如丧家之犬，匆匆离去。

"你哪年认识他的？"

"差不多有十年了。"

"交情还蛮深厚，是吧？"

"可以这样说。"

"还可以这样说？"

"萍萍，你今天是怎么啦，神经兮兮的……"

她不得不把话说清楚，于是就把闫亮和潘英三年前的那段故事讲了出来。

"这有什么？过去的三升谷子二升芝麻……"

"这说明闫亮不是人玩意儿！"

"话，能这样说吗？"

"能啊！我不是已经这样说了吗？"

"一个立体，由六个平面组成。如果一个面不光滑，还能就推理说其他五个面……"

胡萍一听这话，气就不打一处来。她瞪着气红了的两个小杏眼，逼近一步，指着王兆生的鼻子说："王兆生，我真没寻思你学问这么大，还懂得一个立体由六个平面组成……"

王兆生急了，满脸出火，热汗珠子冒出来一层，晶莹闪亮。他说："萍萍，我说的都是实话啊！一件事做错了，不等于……"

"我知道你说的是实话。正因为你说的是实话，才说明你和闫亮是一丘之貉……"说完，她扭身便走，一路小跑，风飘儿似的。

王兆生像打愣了脑的一只鸡，站着，呆了。

上课铃响了，王兆生才踽蹒着回到办公室。

老组长问他："胡萍找着你啦？"

"她找我来？"

"不光找，找得还怪急呢！"

听了这话，王兆生更加着急，到她上课的教室门前等着，直到离下课还有五分钟了，他走到了教室门口。

胡萍不理他，装没看见。

下课铃终于响了："当！当……"

胡萍走出教室，他迎上前去，问道："你找我有事？"

"你听谁说的？"

"老组长……"

胡萍冷笑道："那时有事，这时没事了，这就叫此一时彼一时也。"说完，她扬长而去。

王兆生穷追不舍……

中午，胡萍躺下就睡。

潘英看信，一封信看了十八遍，然后躺下，但睡不着，不停地长吁短叹。

"潘姐，你怎么啦？"

"哪怎么？没怎么。"

"叹气做什么？金榜题名，还叹什么气！"

"别说啦，睡吧。"

一会儿，胡萍就呼呼睡去了，但潘英只是躺着，尽管闭了眼，也无济于事，她的每一个脑细胞都在清醒的激动中。

午睡起来，胡萍似乎养足了精神，她一边洗着脸一边骂王兆生，说她瞎了眼，看错了人。

"萍萍，你吃错药了吧？"

她就说王兆生跟闫亮勾搭的事。她说物以类聚，人以群分，王兆生跟闫亮近乎，肯定也不是个好东西，跟闫亮一样，是个没有良心的恶棍。"我不跟他好了，我跟他吹！"胡萍擦着脸就把自己鲜明的旗帜升上了蓝天。

"你听你，可不能那么草率！"

胡萍没有接话，拉开屋门就跑了。

到了晚上，潘英把那封看了二十多遍的信递给胡萍，有些胆怯似的说道："你认真看看这信，替我拿个主意。"胡萍接过来一看，信封上写着"闫亮缄"，就立即扔回来，气哼哼地说道："我不看，狗嘴里吐不出象牙来！你说说吧，他都放了些什么闲屁……"

潘英低着头，小声说："他想恢复关系。"

"你打算怎么办？"

"他既然认了错，也就……"

"哼！你怕找不着男人了吧？"胡萍说了这么一句，就钻进了蚊帐。

尽管都躺着，但谁都没睡着，都有心事……

早晨起来，潘英又怯怯地问："你的意见呢？别光说气话……"

"我的意见？"她回头瞪了潘姐一眼，就下楼去了。潘英随后跟来，低着头，像犯了错的小学生一样。操场上人不多，只是跑道上有几个人在慢跑。胡萍回了一下头，见潘姐跟着她。她很生潘姐的气，哪曾想，潘姐是这么一个没出息鬼！怎么说呢？她一向不会委婉，一开口就喷火焰。朝阳在升腾，麻雀在成群结队地飞来飞去……从南转到北，胡萍站住了，回头一看，潘姐仍跟着。

"萍萍，你倒是说话呀！"潘英哀求道。

胡萍脸上的气色好似淡了些，她舒了口气，终于开了口。她说王兆生是师专毕业的，总的来说还凑合，但他跟闫亮近乎，这就叫人难以接受。她说她恨透了闫亮，只要他不跟闫亮脱离关系，她就跟他吹。现在，她还没有跟王兆生摊牌。她准备约个地方，跟他谈一次，该怎么着就怎么着。她说她希望她们俩之间的友谊常青，决不能因为别的事情而使其蒙受劫难！"我们哪点对不住闫亮，他却拿我们当猴耍……"她说闫亮见便宜就占，见灾难就躲，有一寸人肠子吗？他现在又来了热情，还不是因为潘英考上大学了吗？"他不是在爱你，他是在觊觎你那个学位，你那份工资。你怎么这么傻，不识一点好歹了？怕嫁不出去，当了尼姑，是吧？天底下的男人还没死干净，你忙什么！你要真想跟他，那好，我也不拦你，从今以后，咱就小葱拌豆腐了！我见了闫亮就烦。我在你家里不想见到他，我在我家里更不想见到他。我们分崩离析吧！潘姐呀，过去的一切都该结束了……"她说着，疯了似的跑走了。

潘英喊她："萍萍，这不是跟你商量吗？"

"没有商量的余地。"

"那,那……"

"那什么?婆婆妈妈的,真烦人!"胡萍站住了。

"可惜我年龄大了,能将就就将就……"

"潘姐,你不才29吗?怕嫁不出去了,当了尼姑……天底下的男人还没有死干净,你忙什么?"她冷笑着,怪眼直盯着潘姐。

潘英的脸羞臊得像初升的太阳了!

晚上,落了场小雨,天气凉爽了。

临睡觉时,潘英又向胡萍解释,说咱也有错处,不是公办却说是公办,欺骗了人家。看他这信上说得怪诚恳,高崖补到下洼处,也就别争了,吃点亏算什么?世界上没有人吃亏,赚便宜的人还能活吗?一听这些,胡萍就笑了,她说潘姐旧情难舍,她无权阻挡,但就是迁就也用不着这么忙。做他的媳妇也行,闫亮是建筑学院的高才生,就是给他当保姆也不吃亏,可总得熬煎他半年,再答应……

"那是做什么?"

"考验考验他。"

潘英沉吟良久,说可以。

"那就睡觉。"胡萍一下子钻进了蚊账。

"可是,闫亮还求回信啊!"

"没工夫……"

"他要再来纠缠呢?"

沉默半天,胡萍才说:"好办。"她爬起来,拉着灯,翻开一本书,指着一行字,对潘姐说:"写上这两句……"

"这像什么信?"

"相信这比千言万语都强!"

潘英略一沉思,点头笑道:"鬼精,真有你的!"信写好,装进信封,问胡萍信是王兆生捎来的,再叫他捎回去?

胡萍笑道:"好,好,怎么来的怎么回去。"

第二天,潘英把信交给了王兆生。王兆生如获至宝,惊喜若狂,骑上摩托,一溜撒欢,找到闫亮。闫亮撕开信封一看,傻了眼——上书:"休言女子非英物,夜夜龙泉壁上鸣。"

闫亮疑惑道:"这是什么意思?"

王兆生闷了半天,才说:"这得好好研究。"

……

温 雪

一

穿不住袄了,天气真暖和。

小时候,常听奶奶说,冷雨温雪。三九寒天,暖和到这个份儿上,恐怕老天爷正在酝酿着一场大雪吧。小秀把红面包袄脱下来,放在那堆板材上,露出了那件麦绿色的毛线衣。小秀24岁了,完全成熟了。一张红扑扑的脸蛋儿,红里透着白嫩,光润艳丽,楚楚动人。一对黑葡萄似的眼珠,深嵌在月牙儿眉毛下。胸围微微发胖,显得怪丰满。一脱掉袄,四周的冷风立时扑上来,她打个冷战,痛快极了。

她继续翻看图案本子,一页,两页……她想寻找一幅"最佳"图案,刻画在这个床面上。说到"最佳",并不是叫别人说"最佳",也不是经评奖委员会评论,奖给这个称号,而是他们两个认为"最佳"就可以了。这几天,她情绪特高,心劲很盛——她正在憧憬着一个梦,一个连她自己也说不清的美梦。高小时,她就觉着他好,可惜意念非常朦胧,也没说半句明白话。初中毕业时,十字路口,两人拉了拉手,心突突地跳,脸烧得像腾起一堆火,啥也没说,就走了。今年春上,他突然来到她家,说想请她去做刻画工。他说他办了个木工厂,记得她画的画儿挺神,想请她去帮帮忙……她当时说了些什么,忘了,反正是来了。两个多月的工夫,许光在忙,她也在忙。就在这忙碌当中,两个人的心就贴在一起了!前天,两人闲谈,许光一句话挑明,形势一片大好,商量着春节结婚。这,这……这又使人惊喜,又使人害怕。惊喜什么?害怕什么?天晓得!

"恁忙做啥？"她说。

"不做啥，不忙也行。"许光说。

"你要想结，就结呗。"

"你要不想结，就不结呗。"

"不就结了吧！"

"结了，就结了。"

想笑，但怎么笑好呢？想乐，但怎么乐好呢？想说几句高兴话，但怎么说才算高兴呢？想唱支愉快的歌，但唱哪支歌才显得最愉快呢？想做件最能表达激动心情的事，但是该做哪一件呢？嘀，有了，找幅"最佳"图案，刻画在床面上。这除了表达自己激动的心情以外，还可以露一手给许光看看，小秀可不是块烂地瓜，她的刻工技艺已经达到一个相当高的水平了！

双人床上的大红喜字，八仙桌子上的"出"字，太师椅子上的梅花鹿，狮子滚绣球，二龙戏珠，河边红鸭，两个黄鹂鸣翠柳，百鸟朝凤，鸳鸯比翼双飞，暴风雨中的海燕，蓝天晴空下的雄鹰，汸河细流，蒙山青松，泰山日出，黄山云海，井冈翠竹，喜鹊闹梅，牡丹争艳，月季吐红，洞房花烛夜，雨后春笋生，日出江花红胜火，春来江水绿如蓝……

"小秀！"

"嗯？哥，你……"

她哥像堵土墙一样，站在门口了。他身量高，腰粗背阔，黑实实的一个庄稼汉。他阴沉着脸，玉石眼散着不快的光波。

"你快进来，坐下歇歇吧！"她给哥拉过一把椅子来，用抹布抽打了一下上面的浮尘。

"我不坐，娘叫你快家去。"

"有啥事，这里的活……"

"我不清楚，你家去就知道了。"

"你还能一点也……"

她哥玉石眼一翻光，没吱声，转身就走了。

她呆了,望着哥的后背,感到迷茫:哥生她的气了?这些日子没见面啊,怎么还有没见面的仇家呢?这,这……

二

铅灰色的云霾,把天空盖严实了。没有风,田野静悄悄的。麦苗子顶着一头冻黄了的发丝,整齐地排成垄,像在沉思什么。

也是该下点雪了!可为啥不下呢,老是这样阴着,老是这样暖和?要酝酿一场大雪,一场暴风雪,下一米深……

只穿着毛线衣,外罩一件米黄色的针织便裖,还淌了汗,也真是的!前边路过汽车停车点,行人有些拥挤,她下了车,回头望了望夹在后车座上的红面包袱,掏出手帕,擦了擦额头上的汗珠子。"丁零零……"行人一躲闪,她忙上了车,猛使力气,轻便飞鸽自行车,箭头儿一般向前驶去。

十几里路,没用半个钟头,就到了。

在庄头上,正巧碰上她本家二大爷家的大嫂子。她脸黑实实的,性格挺开朗,虽然五十多了,跟些年轻媳妇、姑娘们一样能拉上呱,同辈分的年轻媳妇、姑娘们爱喊她黑嫂子,晚辈爱喊她黑脸婶子、黑脸大娘,通称黑脸婆。黑脸嫂子的娘家和她姥姥家同是杨树行子村。在娘家,她娘和黑脸嫂子姐妹相称,论说得怪亲近,可自从小秀记事起,两个人就见面不搭腔,好似有什么仇火。但黑脸嫂子对小秀却很好,小秀自然也跟她近乎。打过招呼,说了几句你冷了我热了的闲话,黑脸嫂子向她挤了挤眼,把她拽到路旁麦穰垛的北边,咬着耳朵,小声叽咕了一阵子,足有二十多分钟。刚才,她还满脸红润,那眼神儿,灵活闪烁;那嘴口儿,一动弹就露出两个圆圆的笑涡儿;那话语儿,句句都甜润,实在中听。经黑脸婆这一番附耳低声,坏了,她立时满脸冰霜,像打蔫了的红花绿草,娇嫩艳丽的面容渐渐变白变黄;眼眶里涌满了热泪,嘴唇直打哆嗦,笑涡儿再也不显露了。

"大嫂子,你说,我该、我该怎么……"

黑脸嫂子安慰她："你快家去看看，见风转舵，变着法子跟她转悠，反正不能叫她拿了糟蹋着玩。"

"就怕一家人都一个鼻孔眼里出气啊！"

"那也不用怕，现在不是过去。去吧，别怕，真有难事，给我说一声。"听了这话，小秀长出了一口气。

"走吧，待时候大了，叫俺三婶子遇着，疑神疑鬼望风捕影地乱说道……"

她擦了擦眼泪，推着车子往家走。

娘见闺女家来了，满面春风，忙把夹在后车座上的红面包袱拿下来，给小秀披上，又倒了半脸盆热水，叫她洗脸。

小秀怎么还有这些兴致？

"你叫我家来做啥，你快说？"

"俺那姑奶奶，你要吃人？"

"俺不会吃人，你可要……"

"嚼，你都知道啦，谁跟你说的？"

"我知道什么！你不是成天暗算我吗？又是换，又是转……这回叫我家来，零刀旋着卖？"

"你听你，死妮子，就是嘴犟！"

她忙拉着闺女进了里间，给小秀拍打拍打身上的尘土，然后趴在闺女耳朵上，就说道开了。十几句话后，意思全明白了，果然与黑脸嫂子说的一样。她哪里还有好气，一怒之下，哭喊着冲出屋门，就往外跑。娘也来了气，一边骂，一边追……她刚到大门口，跟爹撞了个满怀……

三

在爹的安排下，这场乱子算是暂时平息了，但都憋着火，好歹吃了点饭，看看天色已晚，就歇着了。

小秀一觉醒来，出了一身汗，忙爬起来，伸手把被子上压的大衣、红面包袄、毛裤统统掀掉。被子上轻了,热散得快了,心里稍舒坦了些。

突然,东里间的灯亮了。不多会儿,就传来了爹娘的说话声。

"黑天半夜,你唠叨什么?"爹说。

"我唠叨什么,你……"

"没有明日啦?"

娘就哭了!她呜咽着说:"这个家,也……也不是我自己的……"

"你行份好行吧?天明再说。"

听着娘的呜咽和爹的哀告,她的心碎了!不能说娘不疼她呀,娘要不疼她,怎么长这么大的?娘当然也疼哥,虽然哥有个玉石眼,但也是她的儿啊!哥27岁了,说不着媳妇,娘能不急吗?就想法换,又想法转,她都没有同意。这下子好了,一下子冒出个王秋生来,打过离婚的,比她大九岁。娘怎么说呢?娘说打过离婚不算毛病,大九岁更说不着,大十几岁的一样过得好。重要的是,人家是买卖人,票子有的是,见面礼可能就给一万。有了这一万,哥的媳妇还用愁吗?听说河南杏花庄有个人被汽车撞死了,嫌疑人跑了,什么也没弄着。他媳妇才23岁,想改嫁,但男方得给三千块钱,还清账再走。有了一万,三千算个啥?娘硬主张这事,不也很自然吗?她一个家庭妇女,别有什么法啊!还能就为三千块钱去卖身吗?她也上过十二年学,怎么就恁笨的呢?人们常说,吃白薯不知倒把,是讥笑某些傻瓜的。我小秀就是这样的傻瓜?她一下子想起了许光……但是,能在这个时候问人家要三千块钱吗?人要脸,树要皮。人不要脸了,还是人吗?她思来想去,没办法。东里间里,娘还在呜咽,爹还在说气话。她觉着得去说说爹娘了,光这样怎么能行?

她穿好衣服,来到东里间,说道:"爹,娘,你们这是要做什么?你们要觉着你们盘算的那法好,我跳火坑也行……你们别这样了!"

"小秀,我没叫你……"

不等娘说完,爹就不耐烦了:"别说啦!我打听过了,王秋生不是个人玩意儿,他开厂子,雇人干活,半年不发工资。人家不干了,过一段时间来要工资,他就赖账,说不欠人家的。人家拿出欠条来争辩,他就雇打手揍人家……他是人吗？他手里有了两个钱，就不知道东西南北了，在外玩娘儿们，他媳妇跟他闹，他揍人家，这才离了婚……我有闺女，撂了喂狼，也不送给他。"

"可咱来义怎么办？"娘嚷道。

听了爹这一番话，她心里有底了。爹就是爹，爹和娘一样，既疼儿，也疼闺女，只不过疼的方式有些不同……她说："娘，你别急，咱慢慢再想办法。"

"还有什么办法想啊！"娘又号起来了。

四

第二天，她回厂子，一路无精打采，车子也不想骑了，推着走。半路上，碰上许光，她忙问："你这是去哪儿？"

"不是来迎你吗？"许光笑道。

小秀扎下车子，擤了把鼻涕，擦了擦眼泪……

"你怎么啦？"

"哪怎么？"

"哭什么？"

小秀不得不把家里的事说了说……

"这事好办，我给你三千块！"

"你给我三千块？你用三千块买我呀？"

"谁那样说来？"

"你刚才说的。"

"你听讹了吧？俺是说借给你……"

"你不是这样说的，我的耳朵还没有聋。"

"就算我没说，行吧？"

小秀没再说啥，推着车子，转身走了回路。

许光顿时一头雾水……

在街上，遇着黑脸嫂子，黑脸嫂子见她满脸愁苦，就问她："你娘还硬坚持？"

她就说娘虽然坚持，但爹不同意，这事也就算了。

"那还愁什么呢？"

她稍作考虑，就把刚才遇着许光的事说了，还把他们之间的恋爱关系做了简单介绍。

"这很好啊！你想怎多做什么？心多烂肺，太不该了……"

"他与王秋生一个样，我去干了两个多月，也没见着他一个钱毛。其他工人也都不满，只是不敢当着他的面说。他这次对我慷慨大度，完全是为了暖我的心。他真娶了我，过二年，玩腻了，工厂大发了，钱多了，也会像王秋生一样，打老婆，休老婆……"

"妹子，你这都想到哪里去了？世上还是好人多，怎么会都像王秋生呢？你要这样想，那就没办法了，只有待在家里当老姑娘了……你说，是吧？"

经黑脸嫂子这么一说，她的心事更重了，哥的事，她自己的事，怎么都怎难的？人活着太艰难了！如果许光早把前两月的工资发给她，也就有了两千。爹娘还能一点积蓄也没有吗？凑三千，困难不大，哥的事也就有了着落。现在这个样子，可就难了。许光想趁火打劫，这不行！前几天跟他谈的那次话，太草率了，感情用事的成分忒重，现在必须重新考虑……她不好对黑脸嫂子再说什么，就推着车子回了家。

"怎么又回来了？"娘问。

她闷了半天，就把许光的事说了，娘立即惊喜道："他愿给三千，拿来救下急再说，你想怎多做啥？"

"娘，咱不能失了火，还趴在床底下呀！"

"拖延日子多了，人家要再另找了主儿怎么办？"娘说着说着，就擦开了眼泪。

"你动不动就哭什么的？"爹怨娘了，他说小秀考虑事比娘强，既然不给工钱，也就别去干了。他说他到她三个姑家看看，两千块钱还能就借不出来了吗？天无绝人之路，老天饿不死瞎鹰……叫她们在家好生待着。说完，他就走了。

五

　　许光是黑脸婆的姨的孙子，她早有此心意，小秀长得太标致了，姨要有这么个孙媳妇，该有多好啊！可惜，她无法进言。在为闺女的时候，她跟小秀娘闹过一仗，也不知是怎么的，几句闲话就吵起来了，还骂了，最后竟抓挠起来……那时候年轻气盛，不占高枝不解气，她身强力壮，一下子就把小秀娘踹倒了，揍了两下，有人把她拽走，乱子才算完了。她后来懊悔了，但人家小秀娘不领情，一直记恨到现在。要是没有这个过节儿，她从中一联系，是很好办的事，现在却成了火焰山！但她不能不作为，既然知道了这些情况，就得给姨家人说一声。

　　她上了路，两只解放脚咯噔着，走得风快。天气太暖和了，一会儿就热了，她只得把袄脱了，抱着走。云彩很厚，该下雪了，但为什么不下呢？想这些做什么，得抓紧赶路……到了庄头上，主意眨眼之间就变了，给别人说哪有跟许光本人说好！她不进村了，转弯下了北湖……一会儿，她就进了许光的木工厂。

　　许光见婶子来，忙领她进了办公室，给她倒上一杯热水，说有些热，一会儿就凉，也快晌午了，他去弄点菜来。

　　"我不是来讨饭的，你给我快坐下……"

　　"啊？婶子，有急事？"

　　"有啊！我问你，你多少日子没发钱了？"

　　"你问这个做什么？"

　　"我就是专门来问这个的。人家说你仨月没发工资了，可能要学坏，跟王秋生是一路货……"

　　"你听谁说的？"

　　"周小秀就这样说，别人……"

　　"婶子，不是这样啊！我都给他们说好了，把这一部分货卖出去，年前一定清账。真有困难的就提前发。林树立的爹住院，我借给了他一万……"

"我听说小秀家的事，你也知道了。"

"我说给她三千，她不要啊！"

"人家为什么要你三千？小秀是那种见钱眼开的人吗？你把工资发给人家有多好呢！一码是一码，别把账弄糊涂了。账糊涂了，事也可能就要坏……"

"哎呀，我怎这么该死！"

六

小秀的三个姑家都跑到了，一个子儿也没有借着，爹回来光吸闷烟，娘又唠叨着流泪……

"你少嘟囔两句行吧？"爹气得一摔烟袋，竟把烟袋杆子摔断了。

小秀忙说："爹，这样吧，你去给媒人说，叫他宽限咱半个月，我想法把这两个月的工钱要回来……"

爹高兴了，笑道："还是俺小秀有办法，你就知道哭！"说完，他就走了。

没用多大会儿，爹就回来了，说只宽限十天。

"十天也行。我明天就去找林树立，叫他跟我要。"小秀说。事情似乎有了解决办法，大家都心平气和了。

温雪终于下下来了！第二天天亮，推开门一看，铺天盖地，一片银白，没有一米深，却有三寸厚。小秀和哥早起扫雪，扫到大门，拉开大门，门外竟站着一个雪人。她吓了一跳，忙往后退："你，你……"

"小秀，我是林树立，你惊慌什么？"

"哎呀，吓死人了！树立哥，大清早，又下着大雪，你站在这里做什么？"

林树立把雨衣脱了，放在摩托车上，就说他来的原因。他说他是受许厂长之托才跑来的，说着就从衣兜里摸出一个纸包和一封信，一件一件地交到她手里。纸包上写着："周小秀十一月、十二月工资2000元整。"撕开信看，一纸正楷字立即映入了眼帘："小秀妹妹：

非常对不住你,拖欠了你两个月的工资!起初,我想亲自送去的,但怕你再有误解,就只得麻烦林树立大哥跑一趟了。派林树立去,还有另一个用意,就是他能向你解释清楚拖欠职工将近三个月工资的原因。听说,你已经把我的名字填到王秋生那一栏里去了!我实在欲哭无泪……现在,金钱意识不断加强,面对铜臭,人们的骨头日趋软化,你却不为其所动!这对于一个女子来说,尤其珍贵。因此,即便将来我没有资格热爱你了,总还有资格尊重你吧!其他的关系都消除了,同学关系能消除吗?我心里很乱,有一肚子的话想说,但又不知怎么说好……"信看完了,她把信装好,问道:"拖欠职工三个月的工资,是为啥呢?"

林树立立即解释,然后说:"小秀,你千万别把许光与王秋生当一种人看!他现在很苦,高中时有个女同学,什么都说好了,但人家考上了大学,他却没考上,人家要跟他拜拜,他能再说什么……"

"大哥,家去吧。"

"就不啦。我早起泡了两包方便面吃了来的,一点不饿,也不冷,你快回家写个收条给我,我拿着好走。"

小秀稍愣,转身回了家,很快就把收条写了来,林树立拿了收条就要走。

"你别忙走啊!"

"还有什么事?"

"你回去告诉许光,我在家待几天,把哥的事办妥,就回去上工。"

林树立立即哈哈大笑:"那得怎么欢迎呢?"

……

瓦工纪运生

纪运生娶了媳妇之后，就更安心种地了，晴天一身汗，雨天一身泥……

媳妇闫素萍见了，常心疼得想哭，忙找衣服给他替换，忙帮他洗涮。这还是1990年间的事。时过一年，不知不觉中，闫素萍神态有了些许微妙的变化，每逢纪运生从湖坡里归来，她少了诸多殷勤，多了一些唠叨，沉着脸说光这样出死力，有什么用？听一回两回不往心里去，听三回四回就有了记忆，听五回六回就有了不耐烦，听七回八回就有了争吵："不这样出死力，有什么仙法，你出啊！"素萍万万没有想到，纪老二老实得像个木头疙瘩，三把棍子砸不出个屁来，今天是怎么啦，太阳从西边出来了？他怎么也耍开了脾气！纪运生排行第二，众人都这样称呼他。纪运生这名字不响亮，只在户口簿上待着。媳妇见他发脾气，就更来了劲头，一年多积存在胸内的不满与愤怒，像火山爆发一样，直往外喷涌！她说干点什么也比你死待在地里强，收破烂的一天也能见个三十二十的……她说着说着就哽咽了。这话真噎人，但也是实情。他没有话回复媳妇了，低着头，枯缩着脖子，走出了家门。他心里想，我怎么也不能去捡破烂，我还不足三十，怎么能忍心去跟老头老嬷嬷们争生意？人家不骂你，不戳你的脊梁骨……他想着走着，走着想着，来到了地里，培地瓜垄。干了一阵，出了汗，他坐在地瓜垄上歇息，摸出一支劣质烟，吸着想心事。

"老二，还这么忠厚吗？"

听到喊声，他忙回头看，有个人把自行车停在路边，跑来了。谁呢？他忙站起身来，定睛一看，认出来了，是长头魏福林，他高小时的同学，他们曾经有过仇恨,二人争球,打破了鼻子……虽然还记忆犹新,但人家主动找上门来了,肯定不计前嫌了,咱还能继续耿耿于怀吗?两人握手,相互敬烟,就地坐下吸烟说活,说种地,说打工……没觉着似的,一个小时过去了。魏福林把他干建筑的事,说得神乎其神,把个纪二焦烦的心说动了。

"得走了,晚了罚钱!"长头笑着说。

"能不能介绍我去干两天?"

"行啊!工地上正缺两个小工……"

就这样,纪二入了建筑行,成了瓦工。

纪运生中午没回家吃饭,闫素萍心里有些不安,到地里一看,地瓜垄只扶了两垄,人没了,铁锨也没了。只有那把镢头,像个无人疼的孩子,可怜巴巴地歪倒在地瓜沟里。她没有往好处想,破口大骂,你个孽种,不务正业了,去打牌来局了……她扛着镢头回家,一路走,一路骂,到家里倒在沙发上,着实地哭了一场。

天完全黑下来,纪二才回家,媳妇生气,不跟他说话。

"素萍,你怎么了?"

她不说话,啜泣起来。

"你,你……"他去抱她。

闫素萍挣扎,骂他撕他:"你上哪儿浪去了,输了多少?"她的哭声大,骂声也大。

纪二忙把见到长头,跟他去建筑工地的经过说了一遍。闫素萍听了,住了哭声,耷拉了头,闷了半天,突然扑哧一声,笑了。

一个月后,有一天晚上回来,纪二喜滋滋地把十张老人票交到媳妇手里。闫素萍笑着,手直哆嗦……从来也没有一下子拿到过这么多钱啊!

这天夜里,小两口搂抱在一起尽兴尽乐,说着笑,笑着爱,爱着盘算自己的锦绣前程。闫素萍的娘家是山岭地,那里的姑娘一个个结实得像石头蛋,除了能过日子,能吃苦耐劳,别没有其他心眼。纪二这么能挣钱,更激发了媳妇的劳动热情,几亩责任田叫她一个人伺候得青枝绿叶，人人见了人人夸。

艰难的日子难熬，快乐的日子好过，不知不觉，一晃就是三年。三年过去了，手里有了两万票子，闫素萍有了两个儿子……谁不夸纪二命好？

小两口心里的那个滋润味，更是没法提。人们都说他们人财两旺，满院子里都是祥光瑞气。经过三年的磨炼，纪二在建筑队里也蛮有身份了！他已经不只是一名普通瓦工了，他学会了看图纸，近乎技术员了。长头魏福林也今非昔比，他离开了原来的老板，自己树起了一杆旗，成了老大。长头魏福林自立门户，来请纪二辅佐，说我是老大，你就是老二。常言道，滴水之恩，涌泉相报。纪二能出息到今天这个样子，是长头引的路。现在，长头有求于他了，而且还让他坐第二把交椅，好意思推辞吗？二人一拍即合，他跟着长头乐呵呵地走了。

不久，他们就承包了一处小学的建筑项目。

长头指派他去，说不要光拿自己当老二，你在那处工地就是老大，那里的一切，由你说了算。纪二顿时觉着自己的头像筐头子一样大了，天也在旋，地也在转……他实在不知道这老大怎么个做法。他说，那不行，还是你说了算吧，我听你的吆喝。长头说，这么没出息吗？连一处工地的头头也当不了……纪二说，小庙的神担不起大香火！长头忙说，好好好，我挂名，实际的活还得你干。纪二说，好好好，大哥只要有指示，你指到哪里，我干到哪里。

合同签过之后，校方交来了第一笔款子，长头一把拿走了。纪二来后，长头派人给他送来了水泥和钢筋，至于砖和沙子，长头指示先赊着，因为校方的承包费还没有交齐，交齐了就拨过来。纪二不放心，跑去问长头，欠条怎么写？长头说，欠条不会写，那你就别干了。纪二发窘，说不是不会写，是不知签谁的名。长头说，你收的，还签谁的名？长头说完，扬长而去。纪二寻思半天，有人给他打气，说胆小不得将军做，签吧！沙来了，砖来了……一张张欠条从纪二手中飞走了。

夜里，表叔来了。表叔是竹村小学的一位民办教师，他开始就说："你怎么想到狼窝里找骨头啃呢？"纪二惊愕，忙问怎么了。表叔说村内有几个青皮二楞,一天不吃霸王餐、敲竹杠就像失了盗。人们都在议论你,说用不了几天,准得挨一棍子……表叔走后,他仰面大笑,说全是杞人忧天,哪里有的事?闫素萍担心,说小心没有过分的,警惕一点好。纪二说,那是,那是。

第二天,一到工地,几个青皮二楞就围了上来,他头芯子直走凉气,才明白表叔所告诉他的,不是子虚乌有、虚张声势。容不得他多想,上来两个,左右挟持,嬉皮笑脸地说你来此地,我们欢迎,不表示表示,于心难忍,今天请你一桌,以尽地主之谊。尽管挣扎,但他们人多势众,推推搡搡,他一个人怎么抵挡得了?到了一家饭店,酒菜早已备好,坐下就喝……纪二以为,你请的酒,你付钱,喝又何妨?哪承想,青皮二楞要落地税五千,这桌酒钱也得由他包着。青皮二楞们嚷嚷,此项工程你净赚三十万,拿出五千算得了什么?九牛一毛!不给呢?不给你别想安生,不给你也省不了,堤内损失堤外补,偷你的建筑材料……纪二叹气,没有办法,只得就范……

五千票子点齐,工程顺利进行。

三个月过后,水泥、钢筋用尽,纪二去找长头!魏福林摸了摸自己长得出奇的后脑勺子笑了,说你先回去,这就派人给你送。纪二还没到工地,送建筑材料的汽车先到了,纪二兴高采烈,但一看水泥,硬了;再看钢筋,锈蚀严重,多处断裂……纪二不满,气哼哼地跑回去了,见了老大,哪里还有好话!长头哈哈一笑,请他喝酒。席间,长头对他附耳低声,说偷工减料,不懂吗?搞建筑,哪有不偷工减料的?不偷工减料,怎么赚钱……长头最后许诺,这项工程完工,奖他三万。纪二说他不敢,但长头咬定牙根不再更换。

到了年终,工程告竣。校方请来了质量检测员,经过检测,基本合格。纪二纳闷,长头哈哈一笑,说怎么样?这就叫能耐!事到如今,纪二也不再硬充好汉,开口要奖金和砖钱沙钱。长头翻脸,说你一直给我出难题,不配合我的工作,还有脸要奖金?至于砖钱沙钱嘛,有了就给你,不用急,急也无用。到了年末,不论赊砖的,还是赊沙的,都不让了。好像说好了似的,腊月二十四这天,十几家赊主同时冲进了他的大门……他说钱不在他手里,赊主们齐声嚷嚷,说他们问写欠条的要钱,别的他们管不了。纪二早知上了长头的当,此时才有了切肤之痛,但怎么说也不让,赊主们越嚷气越大,声言要揍他。媳妇闫素萍哭着央求,让她出去借钱还他们。闫素萍走后,气氛缓和下来。一个多小时,闫素萍回来了,纪二的哥与姐跟在后面,说了好多好话,二人每人拿来了五千,一人先给三百二百的,回去过个年。纪二的哥与姐好话说了两火车,来人总算走了。第二天,纪二再次去找长头,长头笑道:"欠条是我写的吗?"纪二气得直翻白眼,他着着实实地感到挨了长头的榔头了,但为时已晚。他气愤极了,挥拳直扑长头,反被长头放倒了……

春天的阳光很暖和,但纪二的心情依然灰冷。这建筑是不能干了,他叫魏福林坑得一个眼泪不掉。他只有再下地培地瓜垄了……

"人勤春早啊!"有人说话。

他抬头一看,于成功来了。于成功刚刚当选上村党支部书记,他想请纪运生出任村主任。纪二闻听,苦笑了,他说:"你看我像块当官的料吗?"于成功笑道:"我像?"二人一起哈哈大笑起来。于成功劝他,说知道你挨了长头的榔头,在家憋气。何苦在一棵树上吊死!为村民服点务,有什么不好?也算帮帮他的忙,兄弟们之间,彼此彼此,互相互相,增进增进友谊……撑不了三句好话,他就认可了。通过村民选举,他还就选上了。他回家一说,闫素萍挺支持,说别受长头的气了,就干这个吧,大小是个官。宣布的时候,他不是村主任,而是成了专职计生主任,一个顶得罪人的差使。村主任一职由于成功兼任。他心里有些不快,但又说不出口,哑巴吃黄连,暂时只有这样了。后来工作忙了,这个小过节儿也就忘了。有担子在身,当然不轻松,但有来客就陪吃陪喝;有什么公益活动,也到饭店里坐坐,吃点喝点,不光肚子里舒服,大家在一起说说笑笑,也蛮有滋味,这比干建筑强多了。干建筑爬脚手架,不止劳苦,还有危险;管点事了,不爬脚手架了,却受长头一类人物的愚弄……太难为人了!

正当夏雨绵绵之时,"葫芦架"和"沙壶头"来了,并且带来了白干一扎,猪头肉二斤。看样子,非得好好喝一杯不可了。喝着酒说话,三人都有了愤怒和不平。葫芦架奶名叫朋,人们送了这个雅号。沙壶头成天不说话,但心计并不少。他这个浑号,是从一句俗语中演化而来的——沙壶头煮饺子,嘴上不说,肚里有数。由于常这样称呼,真实姓名叫什么,已经无人知道。二人都上了二年小学就下来干活了。他们俩一起骂长头,说他苛扣了他们十个月的工钱;还说竹村的青皮二楞敲了你一扛子,这其中也有长头的股,他表弟就是那伙青皮二楞的头儿……

听了这些,纪二笑道:"叫他们行去吧!咱不干了还不行吗?咱离得他远远的!"

葫芦架和沙壶头立时怨他,说你怎么说出这么没有出息的话,咱还能叫他踩在脚底下算完吗?不能啊!咱得跟他较量……你为头儿,俺们俩辅助你,咱们共同成立个建筑队……听了葫芦架和沙壶头的乱嚷嚷,他立即表示反对,说不行,咱从哪一方面都不是他的对手。

这场酒越喝越冷,最后不欢而散了。

到了年终,得了一千元奖金,他就再也没有其他心思了。平时还有奖项,虽然不多,百儿八十的,但积少成多,一年算下来,也有千多元。

跟工资合起来,竟是四五千元的收入,也耽误不了种地,还想什么?

他正在踌躇满志之时,媳妇从外边回来了。她一脸阴沉,一步门槛子里,一步门槛子外,就开了腔:"这可不行!"她一腚坐下,满脸凶神恶煞,吓死人了。

"什么不行?"他有点儿丈二和尚摸不着头脑了,急切地问道。

"人家两千,为什么只给你一千……"

原来,村支书兼村主任于成功和会计代西荣,每人得了两千,只给了他一千。原先乡政府讲的,专职计生村主任,拿村主任的工资,其他待遇与村主任一样。他问媳妇怎么知道的,闫素萍说听素欣说的。闫素欣是她的远房姐姐,在娘家时两人就要好。闫素欣与会计的媳妇王荣秀友好,三天两头见面,时时都在交流情报……但口说无凭,你去质问他，他反咬一口，倒打一耙，怎么办？他心里憋气，也只有先憋着。到了大年初二，村里招待外村来的秧歌队，代西荣与他一起到办公室里拿糖块和香烟，走得慌促，忘了锁抽屉，纪二看在眼里，记在心里。二人把香烟和糖块送到场子里，纪二对代西荣说，他肚子不好，急需上茅房，说完转身就跑了。他到了办公室，一看流水账，果真不假，怒火一下子燃烧起来。等秧歌队走后，纪二按捺不住已经着旺了的怒火，跑回场子，当面质问代西荣。代西荣推却，说你去问于成功好了。他说我不问他，就问你……吵着吵着，纪二的皮锤就捅到了代西荣的嘴上，打掉了两颗门牙，鲜血直流……

代西荣捂着嘴走了。纪二蹲下，茫然无措，连自己也不知道，怎么发生了这样的事？看热闹的村民围了他一圈，说什么的都有。听了这些高谈阔论，他就觉着天也在旋，地也在转。

不久，乡里就来人停了他的职，并要他包着代西荣的药费。失了火，挨板子，双倒霉！他有什么办法，打掉了牙往肚子里咽吧，只有忍受，再忍受。

村里的人都盘算他，说他这二年也行，虽曾被长头骗了一回，但损失不大，也就是一万两万块钱；后来魏福林事发，又追回了一部分，可能也就是几千元钱的事。他跟于成功的乱子，本不该闹，但他把钱看得太重了。人家送礼都成千上万地送，你少得这一千元奖金，说着了吗？小不忍则乱大谋，小子毛，还是没有做丞相那样的胸怀……大家都估计，他手里没有十万八万，五万左右的钱，他一把拿得出来。这地方，弄旋皮机成风，村头路口，到处都有。有个叫孟天雷的火烧着腔门子一样着急，但自己弄不起来，一则缺资金，二则缺人手。他听了众人的议论以后，一个重要的盘算，在他心里迅速潜滋暗长……回到家里，他跟媳妇周小娥商量，觉着纪运生为人诚实，和他搭伙做买卖可以，就是不摸他的钱项到底有多少，他能不能投资五万……媳妇叫他去找一趟纪二，商量商量。孟天雷一寻思，说行，就去了。四五个小时才回来，孟天雷喷着满口酒气，说纪二很慷慨，投资五万，非得争一口气不可！纪二说怎么人家就行，咱们就不行的？他们并且把厂子的大架子也又起来了：每人投资五万，孟天雷做老大，在家掌握全盘；纪二跑外交，利润平分……

厂房不几天就盖起来了，进机子的时候又出了新情况。孟天雷说不如进部压板机，出板材，旋皮子的太多了，利润一天天下落……纪二说行。他们俩又犹豫了三天，确定了下来。

板材销售得很快，但多数没给钱。

半年过去，厂子的资金就周转不过来了。孟天雷有些不快，催他外出要钱。他也觉着内心有愧，就再整顿西装革履，把手机的电充足，理了发，洗了澡，及时出发。他一路跑颠，南京、温州、上海……但跑了几趟，收效甚微，两个人终于爆发了第一次争吵！

"为什么要不回来？"

"还为什么？他就是不给怎么办……"

"你赊什么来？"

"我赊，是你同意的。"

"我没想着放过这样的屁……"

"你反悔呀！你想把责任全压在我身上？"

"不压在你身上，压在驴身上？"

"压在你身上……"纪二不得不这样回答了，他觉着孟天雷不讲理了。

他觉着自己完了，可能要第三次倒霉了。

厂子基本上歇业了，大老板和二老板走个对面也不搭腔了……光这样下去，算怎么样？不这样下去又有啥法？哭不得，笑不得，尴尬、无奈、难堪……心里什么都有，就是没有欢欣鼓舞和意气风发；眼前什么都有，就是没有辉煌灿烂和锦绣前程！他心里很难过，资金又没在自己手里，为什么把名字签在欠条上？打代西荣那一皮锤，也不该呀！孟天雷叫你赊你就赊吗？现在可好，他不承认了，还得由自己顶着吗？

说着说着，就到了春节。

初二，纪二喝了一头酒，在街上闲逛，逛着逛着，遇上了周小娥。

周小娥邀他到家里坐坐,他不去。周小娥说孟天雷叫他姐去了,纪二一呆,去了。

到屋里坐下,周小娥倒了一杯热茶给他,翻了他一眼,有些埋怨地说:"你纪二光这样,墙上挂狗皮,像什么话(画)?"

纪二低头不语,两手捂住了头。

"你们两个,一头犟牛,一头倔驴……"

纪二的头还是没有抬起来。

"你还有屁放吧?"

纪二站了起来,要走。周小娥拉住了他,说你先别走,放个屁再走……

纪二仍醉醺醺的,回转身子抱住周小娥,把她压在了沙发上……一会儿,孟天雷推门进来了,见状暴跳。纪二吓了个半死,惊出了一身冷汗,忙拔步向外。孟天雷拾起一根棍子赶来,追到街上,一棍子把纪二撂倒,又要来第二棍子,被过路人阻挡了……

过了元宵节,人们都忙起来,但他们的压板厂还锁着门。到了二月二,有人给纪二捎来了一封信,来人说是孟天雷给他的。他拆开一看,大意是说我们的事怎么办,公了还是私了?公了,我们去告你;私了,那五万元你别要了,咱们两拉倒了。纪二对来人说,自己同意他的意见。

墙打百板还透风!闫素萍还是知道了事情的真相,她回娘家向娘家人哭诉,说不活了,回去就喝敌敌畏!这次来,最后给二老告个别……

娘家人一起劝她,说好死不如赖活着,千万可不能走那条路,谁也不恋都行,不是还有两个孩子吗?闫素萍就哭,说她最不放心的就是她的两个儿子,大虎和二虎。有人说,离婚,但她说丢那份人干什么,死了比离了好。既然这样,爹娘就不叫回去了……

就这样,纪二成了光棍一条。

到了秋天,收割完毕,实在寂寞得难受,他就到了舅家。舅有三个,大舅不理他,见他去了,说有事躲了。三舅家里很穷,种地为生,没有什么经济力量帮助他。只有二舅是个退休干部,手中还有点积蓄,也不像大舅那么绝情。他一说自己的近况,说着说着,就发惨。二舅说你别说了,我都知道了,你怎么也不能这样算完了,哪里跌倒哪里爬,知道错了,以后别那样做了还不行吗?二舅主张,他还是干建筑,说他已经学到了一定的技术,不能荒废了,非跟长头干不行吗?自己不会组织个建筑队……纪二耷拉了头,说他不想再受那份罪,爬脚手架有危险,当个老大很难……他说他想买辆旧三轮,贩卖碎皮子。二舅听了,不好硬主张,也就不再说啥,给他拿了两千元。他很快弄了辆旧三轮,开始搞运输,早出晚归。

闫素萍听说了这一切,觉着他知错改错了,知道过日子了,也就行了。要真离了,还能找个啥样的?一日夫妻百日恩,百日夫妻似海深……

娘家大哥捎话给他,他开着三轮,把她们娘儿仨接回了家。夜里叙话,两人哭着亲着,说日子就这样过吧,再也别想高门了……

一晃十年下来,纪二40岁了,大虎上初中了,二虎上小学了……三十不发,四十不富,看来日子也就这样了。

2003年的春天来了,春暖花开,到处生机勃勃。纪二和媳妇下地培地瓜垄,中午时分,他扒了膀子,露出了一身黑肉疙瘩。

"冻着,感冒咋办?"媳妇说。

"不碍的,又不是纸扎的……"

扒了膀子的他,挥动起如小簸箕一样大小的铁锨头,土坷垃像浪头一样翻腾起来。

"你慢点干不行吗?"

他不吱声,像头公牛一样,猛向前闯。

往家走,大舅哥闫开岭坐在大门口等他们。开门进家,闫素萍忙办饭,他们俩坐下说话。闫开岭说,他的二舅子在新疆塔里木林场打工,那里的木头贱极了,要是把那里的木头运到咱这里卖,能挣三分之二。也就是说,花十万买进,运到这里一出手,就是三十万,利润太可观了。饭后,闫开岭走,纪二送到村后,对大舅哥说,他自结婚以来,十多年了,弄了三回事,都砸了。他说非常感谢素萍没有舍弃他,他实在不敢乱来了。闫开岭说，也不能一朝被蛇咬，十年怕井绳吧！纪二说，倒也是，说跟虎他妈妈商量商量再说。闫开岭说可以，但是要早回信，真不愿干，他好另伙人。

夜里，两口子商量，但商量来商量去，还就是难定盘子：到嘴的肥肉不咬，太可惜了；但咬，又怕上了狼套……太难为人了！

"我哥不会坑你！"闫素萍说。

"就怕一起都砸进去了！人生地不熟……"

"他二舅子不是在那里吗？"

"许历新那人，靠不住……"

"你找咱舅商量商量，还有咱哥咱姐……"

"咱哥说了，谁也别露信。跟他们商量也白搭，他们一定一致反对！"

到了下一点，两人也没有拿出确定意见来，就迷迷糊湖地睡着了。没过三天，闫开岭又来了。他开口就问怎么样。两口子你看看我，我瞅瞅你，都说不出话来。闫开岭坐下，叹了一口气，点着了一支烟，吸了几口，猛吐了一口浓烟，气哼哼地说："你们怕，我理解。我也怕，但胆小不得将军做……咱丑话说到这里，以后我赚了大钱，别怨我不照顾你。"说完，他毅然拔步向外。

纪二忙说："以后受穷，可别再怨我了。"

闫素萍急了，猛踹了一下纪二的脚，说道："去吧，财神爷不会回回糟蹋咱……"

纪二得了"恩准"，拔步向外。

闫开岭用他的存款折做抵押，给纪二贷了三万元的款，第二天，二人昂然上路……

塔里木林场太大了，一眼望不到边。这里怎么也有杨树呢，像家乡的一样？这树的适应性太强了，看样子在哪里也能长。闫开岭和纪二站在一处草地上，正在感叹不已之际，闫开岭的二舅子许历新领着两个本地人来了。许历新介绍，这是他的两个朋友，专做木头生意的，只要你们把钱点上，一切就请放心，三十天以内，到附近火车站拉木头就是了。事情竟这么简单，二人有些茫然，你看我，我瞅你，拿不定主意了。片刻过后，纪二说，我们商量一下再说。来人说可以。二人走到一边，一商量，说不行，荒郊野外的，素不相识，只凭许历新的几句话，就把十万票子掏上，办事怎能这么草率？

"你们信不过我？"许历新的磨石脸上肉疙瘩开始发紫，两个眼珠子瞪得发亮。

"不是信不过你……"纪二说。

看他们自己吵起来了，那两个本地人走了。

"机会丧失了，你们另做生意吧！"许历新甩下这么一句话，阴着脸走了。

二人蹲下商量，都认为许历新这人太怪，他没给说几句近话，究竟这样做有几分保险。一见面就付钱，又不是二百三百，是十万啊，百元大票一厚扎，整整一千张，都是血汗换来的，真打了水漂怎么办？他们商量来商量去，一筹莫展，都耷拉了头，无了主意。等等再说吧！他们走不多远，遇见了一处谈买卖的，买主出十五万，卖主要二十万，争来争去没有结果，最后买主愤愤地走了。

卖主过来问道："你们是干什么的？"

闫开岭俱以实告。卖主很慷慨，说十万就十万，刚才那一伙耍滑头，昨天答应了二十万，今天又反悔，自己赔本也卖，非得气死他不可……又到了紧急关头！两人一协商，还是不能要，就怕刚才的那场吵是一场戏，引诱他们俩上钩的……

他们别无熟人，不管许历新如何，还得依靠他。两人走回许历新的住处，人家眼皮也没翻。二人只得低三下四，尽说好话。身为姐夫的闫开岭，也不得不嬉皮笑脸地面对小舅子，一句一个他二舅，虽然皮笑肉不笑，但这个笑脸不强装不行。最终，许历新答应明天另寻卖主。一块石头落了地，这一夜两人睡得还算香甜。

天明吃过早饭，他们就匆匆上路了。

出去十多里，碰上了一位卖主，他那片树林子，大约一千五百棵，要价十万元，少一分不卖，多一分不要。要就点票子，不要别干磨牙，就这么痛快！许历新说，你们拿主意，我只是引路的，如果这回不行，我就不管了。

二人围着这片树林子看了看，树木不可能棵棵长得一样高矮粗细，但差别不大。这样的树木，放在家乡，三百元一棵买不下来，运回家去，五十万也值。太馋人了！就怕有陷阱……

"买吧？"闫开岭问纪二。

纪二心下怦怦直跳，他说价钱可以，就怕中间有圈套，没有什么做保险。

闫开岭说，人家就这样卖，你怎么治？许历新来了，他说就这个交易法，点上钱，树就是你的了；你雇人杀，雇车皮装运……纪二还犹豫的时候，闫开岭开始点钱，纪二也不得不把自己身上的三万票子拿出来……

票子点齐，卖主拿着十万元走了。许历新说你们在这里看着吧，歇息歇息，明天雇人杀就是了。说完，他也走了。他们俩在饭摊上吃了顿饭，赁来了被褥帐篷，安了摊子。

第二天天明，一掀帐篷，已经有人站在门口了，问他们俩是干什么的。闫开岭忙说实情，并拿出了昨天卖主开的收据，给来人看。来人把收据接过去就撕了，斜刺里过来几个人，就是一阵追打……

他们无奈，只有逃跑，跑到许历新的住处，已经不见了他的身影；问及别人，都说不知道。二人一腚坐在地上，顿时苦泪滂沱。

"大哥，许历新这人到底怎么样？"

"他，他……在家时，手脚不干净过。"

"你怎么相信他的？"

"我，我……"闫开岭什么也说不出来了，他直砸自己的胸膛。纪二忙抓住他的双手，说别这样，别这样。

二人到了一处树林子里，说别无他路，一死了之，但是上吊无绳子，喝药没处买……爬树吧！爬树摔死算了。二人一齐爬到了十米高处，停下了。闫开岭突然问纪二，咱二人的命就只值十万吗？纪二立时泪如泉涌，说自己家里一个子儿也没有了！闫开岭说，一个子儿没有，只要还活着，不还可以挣吗？真死了，就永远一个子儿没有了。素萍，大虎二虎，还有你的爹娘，你的哥姐……不难受吗？我要死了，我爹我娘，你嫂子，我的儿……会怎样呢？二人抱着树干，边说边哭，最终没走绝路，下来了。这天，是2003年3月31日，他二人永远记住了这个倒霉的日子。

二人爬上了火车，但在兰州被列车员查看了。二人被带到列车长的办公室里，列车长问讯，二人一齐跪下，备说前因，并把衣服的口袋全翻出来请列车长看了。二人异口同声哀求列车长宽容，容他们在徐州下车，车票钱他们回家就送来。列车长叹息，说天下还有这样的事！列车长给他们开了免票，他们要交身份证，列车长说算了。闫开岭忙说，世界上还是好心人多！列车长就瞪眼珠子，说好心人多也不能处处做你的保护神，自己既愚又蠢，叫人坑死骗死，还不知道是怎么死的，好心人能救了你？二人脸红脖子粗，无地自容，忙溜出了办公室。

什么办法也没有了，纪二无颜回家。闫开岭劝他回家，他摇头。闫开岭有闫开岭的想法，他家里没有穷得像纪二那样，他回去了。纪二奔了河东，找到了他高小时的好友林春立。林春立是一位养鱼专业户，沂河岸边有他二百亩水田。二人多年不见，林春立格外亲热。林春立炖了条鳜鱼，实在鲜美。古人云，"桃花流水鳜鱼肥"，说到家了。两人坐下喝酒，林春立兴高采烈，频频举杯，欢声笑语，时时迸发。纪二哪里有这些兴致？他郁郁寡欢，勉强应付，满脸愁云密布，一身沉重心事……

"运生，怎么了，遭了灾吗？"

怎么说？俱以实告，还是打肿脸充胖子？

"你看你，捂着盖着干什么！有事尽管说，天塌下来我顶不住，地陷下去我填不满……小灾小难，我能帮你解决。"

纪二立即热泪滂沱，就要放响，他用双手使劲捂紧了嘴巴……

林春立有些着急，忙说你哭出来吧，哭出来心里可能就好受些。纪二哇的一声哭起来，哭了十几分钟，抽泣着住了声。林春立端来了洗脸水，他洗罢脸重新坐下，林春立劝他说实话，到底遭遇了什么。

他看林春立诚心诚意，就把灾难的塔里木之行，备说详细。说到痛苦处，他禁不住又哽咽，又流泪。林春立再劝说，再安慰，等他平静了些后，吃了点饭，安排他早歇息了。

林春立得早起卖鱼，纪二听到动静也起来了，随他一起捞鱼，一起上市……晚间，炖了条混子，二人慢慢地喝着，林春立唠叨开了自己的养鱼事业。他说你知道的，他的诨号叫打鱼郎子。纪二记得清楚，当年林春立学习成绩不怎么好，全班38个人，他是第25名，但有个嗜好——摸鱼。

他一猛子扎下去，没有空手上来的时候。有一回迟到，老师罚站，他揸揸蒜头鼻子，央求老师，说别罚他站了，他摸了条大鲤鱼，送给老师炖了喝酒，弄得老师哭笑不得……他说他开初弄这玩意儿，五年没挣着钱，也想放弃过，看着人家发迹，自然眼红。我老爹不愿意，批评我，问我干什么好啊，我看当电影明星不错，你有那份能耐吗？其实，电影明星也不是成天欢乐，他们也有痛苦的时候……台上一分钟，台下十年功，说的什么？他们吃的苦实在不少！放弃了，五年的工夫白费了；不放弃，也许成功就在前头不远的地方等着你……果然不假，第六个年头上，我就有了收入。现在我养了3650箱，每天清理10箱。资产嘛，不瞒老弟说，已有几十万……

纪二惊愕，不敢抬头看他了。

夜里，他琢磨林春立的话，想起了自己已经学到手的瓦工技能，想起了捅代西荣的那一皮锤，想起了跟周小娥耍的那一腿……我都做了些什么？又跑到塔里木干什么？太眼馋钱了，管头不顾腚……突然，他想起了葫芦架和沙壶头，怎么也睡不着了。他写了张字条压在床头，连夜摸了回来。

听到有人敲门，闫素萍吓极了，起来一听，是大虎爸爸，这才敢开门……

他喝了点茶，泡了碗方便面扒上，吸着烟垂泪。闫素萍叫他睡觉，说她什么都知道了，不怨你，有天湿了有天晒，慢慢挣着还吧！他抱着媳妇哭了，闫素萍也哭……哭声闹醒了大虎二虎，两个孩子也哭了……最先不哭的还是他自己，他劝好了媳妇，哄好了两个孩子。

闫素萍说昨天去了一趟，见到哥了，哥说这事全怨他，扯上大虎爸爸受累，钱全压在他身上，你别愁了。哥的话音没落地，嫂子就哭闹开了……我当场就表了态，说俺还！纪二当即紧搂了媳妇，说有种，说得好！

亲热过后，闫素萍又唠叨，说她也想通了，外财不发命穷人！咱种着这二亩地往前过吧，把两个孩子拉扯大了，也就行了……纪二无言，哼哼地睡去了。

第二天，早吃早饭，纪二走了。

"你又去哪儿？"闫素萍追出大门外。

"去找葫芦架和沙壶头……"

"找他们俩做什么？"

纪二走远了，那辆破旧自行车已经飞起来了。闫素萍急得直跺脚，无了法子。

葫芦架和沙壶头是刘庄人。他先找到了葫芦架，葫芦架一听纪二要拉建筑队，喜出望外，忙领他到了沙壶头家。沙壶头人闷，脾气也暴，一见纪二，就嚷："纪大官人，你怎么有空来我家，滚吧，我不巴结你！"

纪二无奈，退了出来。

"你怎么……"葫芦架说沙壶头了。

"你也滚！"一声响雷，沙壶头似乎炸了。

葫芦架被推出了大门，门随即上了闩。

葫芦架递给了纪二一支烟，说你先回去，我说说他再给你信。他说沙壶头可能还记着前些年那些不快，那酒那猪头肉可都是他买的呀！

只过了一天，他二人就来了。

纪二竭尽所能，弄了一桌便菜，请他二人喝酒。喝着酒说话，纪二首先检讨，说那次慢怠了二位兄弟，说他的塔里木之行，说人家林春立的养鱼事业……他说打鱼郎子有打鱼郎子的一技之长，我们也有我们的一技之长啊！

葫芦架说这些年，他们在家憋死了，外出打工怕遇上长头那路货！沙壶头说别说这些陈谷子烂芝麻了，说说怎么干吧……他们商定，明天就动手，每人扛张铁锨，带上大铲，早晨8点，在竹村北湖里那座桥上聚齐。

但是，三人像夜游神一样，走街串巷，可大麻风卖凉粉，没有近前的。

人们指着他们三人的脊梁骨挤眉弄眼："三个孬种！"

第三天天黑了，他才回来，垂头丧气。

"咱二舅来过……"闫素萍笑道。

"说什么来？"

媳妇告诉他，二舅听说纪二拉建筑队，特高兴，还说一时打不开市场甭急，明天到他那里去，先给他把院墙换了……纪二喜出望外！也许，这是个好兆头，时来运转，好运来了。

垒好了二舅的院墙，全村人都来参观，都说好。趁此机会，葫芦架扯开嗓子大声吆喝，但无人上前送活。怎么回事呢？吃着饭的时候，二舅告诉他们，人家还是担心质量，都说您给您舅砌墙，还能不往好处砌吗？这可怎么办呢？正在犯愁的时候，大门一响，来了一个人，打过招呼，就说他也想换院墙，但得砌得跟你二舅的一个样，有了差池，不给钱。"行啊！"纪二答应得很脆声。葫芦架也说，沙壶头跳起来喊："保证！"

半年过后，纪二和闫素萍一算账，有了一万现钱。两口子搂抱在一起的时候，都说早这样多好！建筑队也初步形成了规模，有技工五个，小工源源不断，用多少有多少。这天，铺好了第一家平房的垫脚石后，正要起砖墙时，长头魏福林来了，要求入伙。纪二还能忘了他的恶迹吗？自己干赔了一万多砖钱沙钱，现在还欠着哥家姐家。后来，竹村小学危房案发，长头进去蹲了三年，下了东北……现在又回来干什么，还想玩我们？纪二咬定了牙根不要，众人说情，特别是沙壶头，他说长头是他表哥，不看僧面看佛面，留下吧！他现在走投无路了，大人不计小人过……纪二有些动摇，但盖平房的人家对纪二说，你要收了长头，俺这平房就不叫你们盖了。纪二一咬牙，坚定了原来的立场！

2004年1月1日,又是一个黑色日子!纪二从脚手架上掉下来了……还好,没有性命之忧,医治好后,腿有些瘸了。回到建筑队,大家都不叫他爬脚手架了……他立眉竖眼,嚷道:"你们选新的队长了?"葫芦架说,别人当队长,工资能按月发吗?纪二说,没有工程质量,我就有钱发给你们吗?大伙都说,我们保证质量。纪二说,他不放心,队长不爬脚手架,还能保证质量,鬼才相信。谁也阻挡不了他爬脚手架!媳妇来了,晚上包了饺子他吃。夜里睡觉,闫素萍搂着他哭了,说怎么着也不能爬脚手架了……

他笑了,吻着媳妇说,不爬了,不爬了!

天不亮,纪二就走了。闫素萍收拾好房间,锁门想回娘家。她来到工地上,见丈夫不但爬上了脚手架,而且上了最高层。

"你,小心点啊!"

"我就不小心点呢。"

闫素萍无奈,心跳着,泪流着……

春光明媚

1

　　春光写诗已多年,虽然没写出有全国性影响的作品,但不时也有诗作见诸省市级报刊,因此在当地小有名气,好多人喊他诗人。
　　不知怎么弄的,他年轻轻的就有了胃病,看过好多医生,去过好多医院,都没治好。偶有一次外出,听友人讲,山村有位姑娘从医,很有手段,特别是对胃病的治疗。既然如此,那就去跑一趟吧。
　　到村头一问,村人指着街西的两间茅草屋说:"那就是。"
　　院落围着砖墙,留了个豁口子,没安门。春光走进院落,见有沙堆,苞米秸横七竖八,院子里并不洁净。他有些不快,但一想自己又不是卫生局长,管得着吗,就没气了。
　　屋里已经坐着好几个看病的了。医生姑娘见有个戴眼镜的进来,自然刮目相看,问寒问暖,问家乡居住,问职业,问健康状况。春光一一做了回答,姑娘就多瞅了他几眼,脸上有了桃红鲜艳,可能被诗人的什么话激动了。姑娘看过了几个病人,挨着给他诊脉了,软绵绵的小手摸着他的手脖子,春光就有了一份舒坦,心里充满了惬意……
　　"你这病有些时日了吧?"
　　"一年多了。"
　　"看脉象看得出来。"
　　"是吗?"春光惊叹,遇上华佗的几十几代孙女子了。
　　姑娘开方,抓药……一阵忙碌,三包草药包好,笑着递到他手里。
　　"多少钱?"

"你拿着走吧,治好了再说。"
"那,那……"
"行!怎么还不行?"姑娘嫣然一笑,很深情,瞟来一眼,眸子黑白分明,动人极了。

他一连吃了23服草药,姑娘均未收费。病基本上好了,不要钱怎么能行?那时已近春节,说什么也得给人家钱了,但姑娘光满面堆笑,就是不给说数字,怎么给呢?

春节过后,春光胃部又有些不舒服,就再去。诊过脉后,姑娘又开方抓药,仍不要钱。

"你怎么能这样?"
"我知道你们写诗的人,并不富裕……"

诗人的心战栗了,他终于意识到自己结识了一颗金子般的心!春光看着她,很想说句感激话,但心光怦怦直跳,脸上直发烧,就是不知说啥好了……

时间不等人,人家走了,他恨自己无能,懊悔一阵,也只有蹒跚而去。再去的时候,春光写了几句带给她:

> 对你产生了深层次的思念!
> 想爱你,但不敢说,
> 惭愧自己各方面都有欠缺。
> 实在难忍熬煎,
> 沸腾了的热血,
> 烹炸着心肺,
> 怎么了却?
> ……

姑娘看了,红了脸,没说什么。走的时候,姑娘送他到村头,很温情地说:"路上,慢走。"

他笑着回答:"你的话,不敢不听。"

姑娘也笑："那就谢谢了。"

过了很多天，不见动静。春光想，别找没趣了，人家可能没有那个意思。现在人人爱钱，谁还爱诗！诗歌算什么？狗臭屁！他正在胡思乱想之际，电话来了，叫他去。这还用说嘛，准是同意了……

第二天，闪明就走，7点即到。姑娘招待他吃饭，烧了山药汤，煮了鸡蛋，买来了蒙山煎饼……

谈话刚进入正题，来了两位客人。她先喊赵镇长，又叫郑院长，他们三人谈这说那，把他晾在一边了。接着又看病……折腾了两个多小时，还没有完，他有些按捺不住了，要走。姑娘有些为难，说不忙，叫他再等等。又等了半个小时，赵镇长和郑院长仍然没有离去的意思，他不得不走了。他拿起包，说了声"我得回去了"，就径直迈出了屋门……

"你别忙啊！"姑娘追了出来。

"你忙去吧！"他显然有些不快。

"明天还来吧？"

他立即兴奋，两眼一亮："来！"

"找个地方，玩一天……"

他连连点头，满脸激动，慌忙走了。

第三天，赶到那两间茅草屋，还没坐下，他就情不自禁地说道："走吧！"

姑娘脸色灰冷，问他："去哪儿？"

"你不是说找个地方，玩一天吗？"

"我说这话来吗？"

"你亲口说的……"

"你记错了吧？"

他就有了那种被愚弄的感觉……

2

后来他才知道，姑娘叫明媚。真弄不明白，她的名字与自己的名字怎么能串联在一起，成了一个成语？还真应了那句老话：无巧不成书，但这又是怎样的一种巧呢？春光确实很明媚，可他的心境却灰暗死了……

一年后，听人讲明媚做了一集团公司总经理的二奶，住上了别墅。听了这话，正在写诗的春光，写不下去了。他心里很苦，但后来听了人们"不该如此，也该如此"的议论，也就没气了。这之后，他也还想写诗，可惜就是写不出来了，好似这件事给了他一闷棍，把诗兴全打散了。

正是阳春三月好风光的时候，莺歌燕舞，柳暗花明，是作诗的好时节。沉郁了多日的诗人，走出了蜗居的老屋，寻诗来了。

他在公路上，踽踽独行……

一辆奥迪车在他身边停下了，车门一开，走下来一位贵妇人，披金戴银，满身光怪陆离。生长在山村野处的诗人，虽然对服饰并不是一窍不通，但他实在弄不清这一身穿戴是哪个系列的，是包法利夫人，还是伊丽莎白……

"你不是春光诗人吗？"

"你是……"他一时想不起来了。

"我叫明媚，从前给你看过胃病。"

诗人恍然大悟："原来是你！"

"认不出来了？"

"你变了……"

"我做过小整容。"

"上来走吧，我还有事。"从小车子里飞出来了不耐烦的声音。

明媚站在车外，半个身子伸进了小车内。不一会儿，一个大胖子被她搀下来了。大胖子西装革履自不用说，那条蓝色领带特别耀眼。

明媚对春光说："他是我老公。"

春光跟胖子握手："您好！"

明媚又转身向老公介绍春光："他是我们的诗人……"

胖子点头："久仰，久仰。"

"你这是去哪儿?"明媚再问。

"随便遛遛,尚无目的。"

"到我府上去吧!"胖子做出了邀请状。

见老公如是说,明媚忙拉春光上车。

春光挣脱:"就不打扰了。"

"生活有困难吗?"

"没有,一点儿也没有。"

"稿酬收入还可以?"

"可以,可以。"

胖子又发话了:"给多少?"

"一首十元八块的吧。"

"夫人,给他二百,给作一首。"

明媚就掏出两张老头子票,塞给诗人。春光忙躲,一再说不要他们的钱,并声明自己不会作赞美诗,只能随感而发,有时甚至胡言乱语,因此寄出去的稿子多数不能选用……

胖子急了,说我们管不了那么许多,请你快作,我想快乐快乐;只要我喜欢,给你两千也可以。明媚也劝他别多说了,作吧。

诗人就拿出了自己的硬皮笔记本,掏出了笔,抬头望蓝天,低头看大地,远眺碧海般的无垠麦田,近瞅脚下丛生的青青路边草……

不一会儿,诗人把写好的诗撕下来,递给了明媚。明媚忙接过去看:

云雀(赠友人)

云雀,你应飞向蓝天,
笼子里的生活虽然舒坦,
却无了身影的矫健!

云雀,你应歌唱大自然,
只在笼子里陪伴舒坦,

你的歌喉哑了怎么办？
……

没等明媚看完，胖子就把稿纸夺了过去，看了几眼，挺不满，吼道："什么乱七八糟的，云雀，云雀，云雀个鸡巴毛！我们这地方哪里有云雀？倒是家雀子不少……你也配称诗人？我作一首你听听：我的奥迪像骏马，带着二奶多潇洒！潇洒潇洒真潇洒，乐得胖子笑哈哈。咋样？"

这时春光正在瞅明媚，她的眼里正有两股山泉涓涓而出……

"你说话呀，诗人先生！"

明媚转身钻进了小车，春光仍愣着。

"还诗人呢，木头墩一个……"胖子把诗稿摔在地下，也钻进了小车。几秒钟后，奥迪车缓缓开走。春光下腰拾起《云雀》，折叠了一下，夹进了硬皮笔记本……

3

两个年头过去了，春光又明媚了。

一日，春光骑着自行车，北上孟良崮。回来的时候，路经小山村，自行车被一辆摩托车拱进了路沟，他被摔得鼻青脸肿，不省人事……

"春光，春光……"

谁在叫我？是秋英……不！诗人睁了睁眼，恍惚中，认不清眼前这位女子是何许人了，但肯定不是秋英，秋英的两眼像两汪深潭，面色黑浑……

"你是不是饿了？"是一声亲切的问候。

"你，你……"

"你不认得我了？"

他终于想起来了，是明媚，是她救了他。她不是总经理的二奶吗？怎么又……他想挣扎着坐起来，明媚忙过去安抚他，叫他别动，正输着液，动弹不得。他流了眼泪，千恩万谢，感激涕零。明媚不叫他乱说话，说安静有助于治疗，恳求他一定配合。

输完了液，明媚柔声问他："泡碗奶粉你喝？"她那两颗多情的眼珠儿直盯着他。

"你对我这么好……"春光的嗓音哽咽了。

明媚笑道："不是应该的吗？"

"还应该的？你可折煞我！"

奶粉泡好了，明媚自己喝了一口，凉热适中，就用汤匙舀着喂他喝。喝了第一口，她问道："是凉还是热？"他说正好，明媚就一汤匙一汤匙地舀着，放到他的嘴里……喝完，明媚用毛巾给他擦了擦嘴唇。他笑了，明媚也笑了。

"伤势怎么样？"

"车祸中最轻的，轻微脑震荡，但外皮擦破了不少……"

"有什么危险吗？"

"及时输液，别感染了，啥危险也没有。"

"那得多少日子？"

"这个不好说。你安心治疗，在我这里住些日子，治好了，自然放你走。"

春光就皱起了眉头，陷入了沉思。

到了下午，又挂上吊针……

"我包饺子你吃。"

"别，别……别麻烦了！"

"这说的啥话，有什么麻烦的？"

她看着液滴，包着饺子……春光睡了。

饺子下好后，盛出来凉着。输液瓶里还有点儿液体，就等。十几分钟后，起了针。

明媚用筷子夹着饺子，一个一个地放进了诗人的嘴里。春光感动了，有泪水涌出……

"你怎么了，哪里疼？"

诗人强装笑脸，说哪里也不疼。吃完了饺子，天也就黑了，明媚拉着了灯。陆续有来看病的，直到9点，才有点闲空。他把明媚喊过来，叫她另找间屋给他住。

"就住这里，你住明间，我住里间。"

"你不怕有人说闲话？"

"不妨碍，脚正不怕鞋歪……"

"那就太委屈你了！"

"别说傻话了，快睡吧。"她给他掖了掖被角，把自己的棉袄压在了他的脚头上。

一会儿，他听到了倒水的声音。

"你又做什么？"

"我给你洗洗衣裳……"

春光怎么也不同意，但又阻止不了。

三天后，他就能走动了。

"我该走了！"

"不行，得巩固几天。"

"还得几天？"

"再待一周，就放你走。"

诗人满脸焦急，忙申述道："我待着，心里不安。还有很多事情等着我去干，光这样静待，会把我急烂……"

这不是又在做诗吗？难怨人们说山难改，性难易！她想逗他几句，但又觉着不合适。他仍需要一个安静的心态，休养些日子，恢复体质。

"就别多说啦，休息会儿吧。"

又过了三天，他说什么也得走了。明媚就流了泪，嘤嘤啜泣，很伤心的样子。

"你这是怎么啦，不想让我走？"

"嗯……你感觉不出来吗？"

"你不是住在城里吗？"

她擦了擦眼泪，说自己从前的事：她和胖经理生活了两年半，他又弄了个三奶……她忍不下这口气，跟他闹了。他怕吃官司，提议私了。他们没领结婚证，公堂上见，不光彩，她就答应了。胖子给了她三十万……

"物质是基础，我们有了这些做底子……"明媚不哭了，就有了一张明媚的脸，两眼放射出了深情的亮光。

"但基础上面还有许许多多……"诗人语调低沉而缓慢，脸色木然。

一瓢冷水浇上了明媚的头顶，她怅然若失，两个眼眶子里，迅速汇集满了晶莹的泪水……

春光说，当时我对你是多么热爱！我整夜整夜地失眠，想我们的现在，想我们的将来……我可以做你的助手，为一方百姓医治疾苦；空余的时间，也写些诗篇。没寻思不能如愿！第一天你邀我，叫两个混蛋耽误了时间。第二天，我抱着热切的希望来见，没想到你一夜之间变了脸……我欲哭无泪，心像万箭穿！我至今弄不清你为啥不要我的药钱，你好似重情义，不重金钱，可你跟了胖子是为哪般？胖子除了有钱以外，还有什么值得留恋？痛苦之后，我对生活有了更实际的思考……邻居二婶提亲，我就跟秋英见了面。我们谈得很好，她早就知道有个我，她读过我写的诗篇。她是一个没有考上大学的高中生，虽然脸色有些黑浑，眼睛却亮得动人心弦。我说我除了会诌几句顺口溜外，什么也不会。她说她爹是大棚专业户，她对大棚技术也有相当的钻研，只要同心协力一定喝不了西北风，老天饿不死瞎鹰……我受了深深的感动，就拥抱了她！我们结婚已经两年整，儿子刚刚过了第一个生日。鉴于这一切，我怎么再对你表示热恋？我，我……

明媚的脸上，漫上来一层深厚的愁苦！

这时，来了几个病人。

"我得走了！"

"当时慌促，你的车子忘了收拾……"

"骑一下你的吧！"

"我的随时都得用，常有急诊。"

"那就步行。"说完，他就迈出了门槛子。

"你别慌……"

但是，他没听，人已经走出了院子。

明媚搬出车子，就去追……

春光接过车子，忙致谢，说你回吧。明媚说这段小路不好走，送送他。路是不好走，是人们常说的那种山间小径，俗称羊肠小道，两步宽，曲曲弯弯……

"我没有服侍好你，是吧？"

"你怎么能这样说话？"

"那你急着走做什么？"

"不是已经说了吗？"

"你念着儿子和他妈……"

诗人忙说："对极了！"

"你不明白滴水之恩，涌泉相报吗？我治好了你的胃病，分文没收；现在又救了你的命，你在我这里住了六个夜晚……"

春光直喘粗气，不知所措。

"你就不知道人家的心吗？"

"我知道！三年前，完全可以……"

"现在，仍然可以。"

"我不能让我的儿子和他妈哭泣。"

"你就想让我哭泣是吧？"她哽咽了，大滴大滴的泪水，像黄豆粒子一样滚落下来。

"你怎么能这样？"

"我哪样？"她坐在地上，放了响。

诗人呆住了，木桩一般，直立在那里……

朝阳已经出来了，满世界都明亮。山青了，柳枝绿了，杨、榆、槐，都炸开了嫩芽；松树一扫寒冬带来的土灰，也披上了一层亮翠；满山上的无名小草，都翘起了头；更多的野花，红的、白的、紫的、黄的……都在争奇斗艳。有山雀在喳喳，有燕子在呢喃，有黄鹂在鸣啭……好一个生机盎然！春天里，也得哭泣吗？

"明媚,你看看这生机盎然的春天……"

女村医听了这话,忙抬起头来,泪眼看着诗人的笑脸,希望的火花在脑际闪亮,她意识到春光要跟她好了。

"你哭什么?哭泣对不住这美好的春天……"

"你答应我啦?"她的泪眼立刻放射出了惊喜的光焰。

诗人又呆了!好久好久,他摇了头。

明媚再次啜泣,说我对不住你,我受了赵镇长和郑院长两个混蛋的愚弄,他们俩不知使了胖子多少钱,花言巧语,说昏了我的头……"一念之差呀,你原谅我吧!"泪水随着话音滴答。

诗人仰天长叹,满脸阴暗,两眼愁苦。

"你很为难吗?"

"……"他说不出话,不停地叹气。

"不能答应我了?"

"你说呢?"

"你在我这里住了六夜,你知道吗?"

"你不是说不妨碍吗?脚正不怕鞋歪……"

"可是,人嘴是厉害的!"

"委屈你了,二姐。"

"你不答应我,我就跳了前面那个悬崖死了拉倒……"说着,她拔腿就往前跑。

春光忙弃了自行车去追,就在明媚刚要跃身跳崖的瞬间,拦腰抱住了她……

4

不久,就有好多人来劝她,姨也来,姑也来,表姐表妹来得更勤,舅和舅母,表哥表嫂子……像下了通知似的,潮水般汹涌而至。有说好听的,说人家春光家三口子过得多么好啊,咱去搅乱人家做什么?有说难听的,说你早做什么来,人家前三年不是没给机会,错过了的机会捡不回来,别执迷不悟了!好听的,她信;难听的,她也信,越信越后悔,越难过,越想哭,越流泪……

邮递员来了,递给了她两封信。她忙拆开一封看,没有信,有一首诗——《春光赠诗》,显然是他来的:

> 从前的泥泞已被历史的车轮碾干,
> 让我们昂首挺胸向前!
> 春光一去不复返,
> 但还有夏天、秋天和冬天。
> 不要再想春光怎么怎么,
> 总忘不了从前的那些伤感。
> 我们有过一千次一万次的错误,
> 后来一次的胜利就能够光辉灿烂。

看完信,她很不满,把它装进信封,扔到了桌子上,又看另一封。这一封是文老师来的,信写得很短,只说想你了,希望你能来一趟。文老师叫文玉容,高一时给他们上过一个学期的地理课。文老师地图画得很神,粉笔一挥,几笔就画出来了,画美国像美国,画俄罗斯像俄罗斯……文老师很关心学生,一次她病了,在路上就晕倒了,正巧叫文老师遇上,文老师把她搀扶到自己家里……明媚太想念文老师了,但自己做错了事,带着一身脏水,怎么去见她?但不去怎么行,文老师说得那么恳切!她锁了卫生室的门,跨上自行车就跑,两个小时之后跑进了临沂第二十中学的大门……见了文老师,她像受了委屈的孩子,一开口就哽咽了。文老师给她拭泪,她抱着文老师就哭出了声。文老师拍着她的脊背说:"孩子,哭吧,哭出来好,我知道你受了委屈……"

哭罢,她去洗了把脸。

文老师递给她一张稿纸:"你看看这个。"

明媚接过去一看,竟是《春光赠诗》!她有些疑惑不解,忙问:"你认识李春光？"

"认识，他是晚你一届的学生……"文老师就说，春光来过十几天了，说了他的烦恼，自然说到了他们之间的一些情况。文老师说，她就喜欢《春光赠诗》的最后一句，"后来的一次胜利就能光辉灿烂"。过去的就过去了，别再去想它，重要的是把握住今天。"你再回校复习吧，准备参加今年的高考。你今年 25 岁了吧，考医学院，五年毕业，才 30 岁……"

"可是，文老师……"她欲言又止。

"可是什么？"文老师忙问。

"我毕业已经七年了，功课全忘了……"

"哪能全忘了，生疏一些不假，重新拾掇起来不易，但不是还有"有志者事竟成"吗？"

明媚低头不语了。显然，她没有这个决心。

"大胆地去考吧！真不行，就报民办大学……好孩子，听话！以前错过了，现在不能再错。要想叫别人把自己当人看待，只有去奋斗。你面前的道路，只有这一条！五年后，你身上的脏水没了，后来的一次胜利就来到了……"

明媚的两眼终于发亮了："要不就试试！"

文老师就领她到教导处办了手续。她回到家里，给爹娘一说，二老非常高兴，全力支持。一天的工夫，她就把药品处理了，封了卫生室的门。第二天，她带了被褥及学习用品，骑车奔县城。半路上，撞上了春光！不该再怀恨他了，该谢谢人家了。但是，与他一近乎，他再认为我贼心不死怎么办？干脆吧，不理他了。她目不斜视，装没看见，两腿使劲蹬脚踏子，自行车飘然而去……

临走前

一

放了下午学,杨春生整理好作业本子,抱着往办公室里送。周老师问他齐了吧,他"嗯"了一声,把作业本子放在办公桌上,就忙蹲下帮老师拾掇。周老师正忙着清点书籍,桌子上、床上、地上,各处都是纸张、本子和书刊。见他插手,周老师赶忙阻止他:"春生,回家吧!回家帮你娘干点活,这个好收拾。"

杨春生住了手,低着头,木立着。

"走吧!还待着做啥?"

"呜呜呜……"突然,杨春生捂着脸,放声哭了,哭得很恸。

周老师有些莫名其妙,好好的,哭什么?他忙问:"哭什么,谁欺负你了,给我说说……"

"老师,人家说你要走……是真的吗?"杨春生擦了擦眼泪,哽咽着说。

嘀,他个小机灵鬼,早知道了?这,这……这可叫他怎么办呢?他早就担心,别人都好说,杨春生这一关不好过。果然不出所料,还没等声明,他就找上门来了。怎么说好?哄瞒!早晚呢?实说!他正在伤心,这不等于火上浇油吗?"还没来调令!"他忽然想起了这句话,心里不急了。他给杨春生擦了擦眼泪,劝说了一阵,最后说:"还没有来调令。"

"不走啦?"小家伙的泪眼突然发亮了。

"以前有过这个说法。"

老师这句话说得太模糊了,他弄不清内里的真正含义。他虽然不哭了,但两眼仍在流泪。不知为什么,他一扭身子,跑了。周老师跑出门外,吆喝了一声,但他没有回身。周老师看着杨春生渐渐远去的身影,好多事情都泛上了心头,禁不住两眼也发起酸来……

二

1978年春天,周轩刚到这里,杨春生才读到三年级下学期。一个学期过去,他就被这个小机灵鬼的聪明劲惊呆了:只要有注音,他能立即读出字音;注音课文,他能熟练地朗读,绝无差错;书写工整,美观大方,好似比他还略高一筹;数学考试,回回满分,语文也下不来95分。可惜,好苗子恰逢沙土地!这年寒冬腊月,他年过半百的老爹,得了半身不遂。

有一天,这个可怜的晚生儿子,靠在办公室的门框上,清清地掉开了眼泪。等到老师发现,已经半个小时了。

"杨春生,你怎么还没走?"

杨春生欲言又止,哽咽了。

"你这孩子,哭什么?"

"老师,俺,俺……明天不来了……"

"不来了!为什么?"

"俺爹半身不遂,俺得挣工分。"

他沉思了片刻,说道:"你先上着,寒冬腊月也没有多少好干的活。过了年,暖和了,再说……"他给杨春生擦了把眼泪,领他走了。

晚上,他来到杨春生的家。两间土屋,烟熏火燎,四壁与屋顶都黑漆漆的。一盏煤油灯,散射着昏黄的光,照得满屋里朦朦胧胧。杨春生的娘正在修补一个破紫穗槐条子编的筐头子,杨春生蹲在一旁,正拿着一本小人书在看。

杨春生一见老师来,忙找板凳。春生娘抓把黄烟叶,放在簸箕里,并嘱咐儿子给老师撕张纸来,请老师卷支烟吸。周轩说不会吸,就把这层麻烦消除了。他要过杨春生手里的小人书一看,是《小萝卜头的故事》，随即笑道："很好，看吧。"

"是周先生来了吗？"里间里，传来了杨春生老爹热情的询问声。

周轩忙应道："老哥，是啊，我来了！"

"你过来坐坐，我怪想你……"

"你那里怪干净？"春生娘明知故问。

"唉，是不干净……"

就在说话的这个当儿，周轩已经走进了里间，摸着了老哥哥那只干柴似的手。

"周先生，周先生！你来得好啊，我正有满肚子的话跟你说呢。"

"好，好。别叫先生，叫兄弟。"说着，他就坐在床沿上了，"病情怎么样了？这些日子也没有来看你……"

"可不能那样说呀，兄弟！你忙，我知道。春生学习还行？"

"很好，第一名。"

"唉，我苦了他了！哪辈子没行好事，得了这种孬种病……"春生爹说着说着就发了惨，一滴滴热泪掉在了周老师的手背上。

周轩赶忙劝他。这时，春生娘把煤油灯端了进来，杨春生随后跟了来，见爹流泪，他眼眶里也兜满了泪水。

"你看你，他老师来坐坐，你弄这个样做什么？真是的……"春生娘直埋怨。

"嫂子，别这样说。你也过来坐坐，咱一起商量一下……"

春生娘听了周老师这话，长叹了一声，坐在了一条高凳子上，杨春生站在娘身旁。

"听春生说，不去上学了？"

春生爹娘就说他们的困难，家里没有劳动力，无人挣工分，三口人吃饭无办法，只得做豆腐卖，赚豆腐渣喂头猪，弄几个猪粪钱，好顶口粮款。这样，春生就只得在家帮娘做豆腐，还得出村卖豆腐，学是上不成了。周轩苦思穷虑了半天，给他们开导了个办法，允许杨春生早晨缺课，好去卖豆腐。上午、下午还是去上，早晨缺的课，他晚上给补。

"那可是好，那可是好……"春生爹喜得那张老脸上啊，全是笑了，

"可就是苦了你了！"

"哪能这样说！我能看着一棵好苗子枯死吗？每一个当老师的……"

"他能行？"春生爹惊喜，忙问。

"能，能啊！我看，准能做架大梁……"

"兄弟，过誉了！他能做根土柱子，我就死也瞑目了。"春生爹越说越激动，不停地用手背抹眼泪。

又说了阵子其他的话，周轩要走。

"春生娘，春生，送送周老师……"

周轩握着老哥哥干枯得像干树枝一样的手，安慰他好好歇着。

周老师走了，娘儿俩直送到大街上。

"嫂子，回吧！"

"春生，把你老师送到学校。"

"不用，你娘儿俩都回去。"

但是，杨春生不声不响地跟了来。

夜深了，天气很冷。西北风像小刀子一样，直往脸上锥。又走了十几步，周轩就住下了，他叫杨春生回去，说老熟路了，不用送。

杨春生闷了片刻，才说："俺明天得请假。"

"做啥去？"

"上俺姨家借点钱，做本……"

周轩当即掏出十块钱来，递给了他。

但是，杨春生不要。

"拿着！你这孩子，怎么啦？"

"俺爹说来，你拿钱不多……"

"不多，总比你们没有还强！"

上弦月非常明亮，照着杨春生那两只微微颤抖的手，他接去了周老师给的那张十元券。他心里喜噢，眼里涌出了泪。本钱有了，不用去姨家告借了。听娘说，姨家也不宽裕，借着借不着，还在两可之间，只是有枣无枣打一杆……记不清怎样辞别的老师，也记不清怎样回的家……就知道回家扑到娘怀里一说，就哭了。

从那以后，早晨杨春生就挑着豆腐挑子，沿街叫卖："热豆腐———"晚上他就早吃点饭，跑到学校里，周老师在灯下给他补课……
　　这棵沙土地上的嫩苗苗，居然生长起来了！又是一个双百分，又是一个双百分……1979年临近寒假，公社举行五年级数学竞赛，嚄，杨春生得了100分！全公社唯一，全县得一百分的也就是三名。他个杨春生，好神气呀，太令人喜爱了。奖状领来了，奖品领来了！杨春生跑来见周老师，把奖状献上。周老师笑着接过来，欣赏了一番，还给了他。但是，他没有接！
　　"老师，贴在你这里吧！"
　　"不，还是你拿着，拿回家去，叫你爹娘看看，高兴高兴……"
　　杨春生的眼泪包着了眼珠。这，这……周轩恍然大悟，明白了杨春生的心意……这个小机灵鬼，心眼子还蛮多呢！他立即把奖状贴在了办公室的北墙上。
　　这回，一接到调令，他心里就翻江。他就知道杨春生这一关不好过，因为他们之间的关系已经不同于一般的师生关系了。是兄长与小弟的关系？是父亲与儿子的关系？是连长与小鬼的关系？好似都有点，又好似都不是，说不清，道不明。
　　但是，感情归感情，事还得照章办。走，是确定无疑的了。离开这里，就只杨春生心里难过，周轩心里就好过？他也难过，但他毕竟是将近三十岁的人了，能控制住自己的感情，使其轻易不溢于外表。而且，他来不及有感情上的缠绵，他想得更深沉，他想到杨春生今后的学业，将来的发展……这些事情一翻腾，他再也无心收拾这些乱七八糟的东西了！他锁上门，走了。

三

　　春生娘跑到大门外望了好几趟，真怪，这个孩子去了哪里，天快黑了，还不家来？一听到脚步声，她就骂起来："你往哪里死去来？也不看看什么时候了……"

临走前

"杨春生还没有回来吗?"随着说话声,周老师走进了天井。

春生娘满脸羞愧,埋怨开了自己:"你说我多该死……他老师,你可别上怪!"

周轩笑道:"这没什么,春生还没回来?"

春生娘说没有,说她急等着他回来推豆腐。周轩自然疑惑,这孩子上了哪儿呢?但他又不便外露这份焦急,就安慰春生娘道:"别急,他很快就会回来的。要不,我先给推……"

春生娘连连摆手:"怎么能叫老师推豆腐?"

"老师怎么就不能推豆腐?"

周轩执意要推,春生娘怎么也不答应。还是他爹实在,从屋里送出来了话:"春生娘,兄弟不是外人,他想推就推吧。不让他推,倒显得外气……"

就这样,他开始推豆子,但直到推完,也没等来杨春生。周轩放下磨棍,擦了擦额头上冒出来的热汗,到屋门口跟春生爹说了几句话,就走了。他得找几个学生去找找杨春生,这么晚了,怎么还不回来,实在叫人担心。你不是怪机灵吗?这一阵喝了迷魂汤……他找了几个学生去找杨春生,然后就去找大队支书和春生家所在的那个生产队的队长了……

周老师刚走,杨春生回来了。

娘很生气,就埋怨他。不说还好点,一说,正好借劲,火上浇油,杨春生捂着脸,放声大哭,像牛犊子一样直号。痛心的哭声,把娘哭蒙了:"出了什么事啊?你说话呀,光哭……"

"周老师要走,呜呜呜……"

噢,原来是这样!娘忙给他擦眼泪,连哄夹劝,他终于止住了哭声。娘拽他进屋,叫他给爹说说。他说周老师要走,他听了难受,跑到教育组一趟,请求领导别调周老师走。教育组那个当官的不理人,说他们管不着,是县里调动的;还熊人,说什么人小鬼大,一个小学生,能管得了这些……

爹听完了儿子的诉说,劝了一阵子,说上级调人是常事,不能执拗。

周先生那样的好人谁不喜爱?很可能是高升吧,咱得为他高兴才是。这二年周先生操心费力,为你们那一班学生,更是为了你。他临走,别光哭哭啼啼,弄得他心里不好受;得商量商量,欢送欢送人家才是。

管怎说不行,杨春生接受不了这个现实!周老师,敬爱的周老师啊!没有周老师,就没有我杨春生的双百分;没有周老师,就没有我杨春生的五年级;没有周老师……

为了使他的豆腐卖得快,好早回来上学,周老师厚着脸皮"走后门",求哥哥,拜姐姐,容易吗?他领着杨春生来到中学里,中学的伙食会计是他的老同学,咳,熟人好办事,这个"后门"算是走成了。

"孩子很聪明,就是家庭困难……给点方便吧,权当是为了节约点时间。"

"这个好说,买别人的不也是买嘛。"

"就是呢。"

头一次,就这么顺利,师生俩凯旋而归。

第二次来,人家又收下了,只是最后说:"听说你们那里产花生,你回去跟你老师说一声,叫他给我买二十斤来……"

回到学校,杨春生实话实说。

"给了你多少钱?"

"一点没给……"

周老师眉头越皱越紧,皱纹越来越深,满腔的愤恨,满脸的阴云,满眼的怒火……他终于斥责道:"早也不买花生,晚也不买花生,求他这点事,就买花生,可真是不杀穷人不富!向一个小卖豆腐的索贿,也忍心?"

杨春生说:"就少弄点给他吧。"

周老师说:"你能挣几个钱,还交这份租子?这个门不通,再寻别处,天底下有的是好人。"

于是就另找!跑到医院,跑到粮管所,跑到养路工班……

1979年初夏的一天,杨春生早出卖豆腐了。早饭时,一场暴雨袭来。周老师忙去打听他的去向。打听清了,雨还没有住点,周老师就急忙火促地上了路。

杨春生去了枣岭，回来必经一条山沟。那条山沟不但狭窄，而且坡度极大。暴雨一下，山水来得很快，流水湍急，冲击力很大。看着水并不多深，一下去，很容易被冲倒。冲倒了，就爬不起来了，性命自然也就没有了。更何况，杨春生只是一个12岁的孩子！周老师赶到山沟岸边，足足等了半个小时，才见杨春生挑着空豆腐挑子，摇摇晃晃，唱着歌走来："小河的流水哗啦啦，你准是去走姥姥家……"

"别过，别过！"

"啊？周老师，你……"

"你别过！"

"没多深，不碍的。"

"不行，水急……"

但是，杨春生并没有想到安全不安全，当时他心里燃烧起来的火光，全都照耀在"快回去上课"这件事上了。老师都来叫他了，他能不忙吗？他哪里知道，周老师冒雨在此等他，全不是他想的那些……他挑着豆腐挑子，慌慌张张地下了水。水虽然没有没膝盖，但流速很快，冲击力挺猛，他有些站不稳了！

"站住！站住！别往里走了……"周老师急得浑身冒汗，急火火地冲下岸去，把一根三米多长的竹竿伸了过去……但是，还差一拃够不着！

"别慌！忙中有错……"周老师又往上卷了卷裤子，慢慢地往前挪动了两小步，杨春生终于抓住了竹竿头！"慢着，越慢了越好。这只脚踏稳了后，再迈那只……"

杨春生答应着，慢慢地向前移动。到了中间，水流更急了，打着旋儿，翻着水花，顺着斜坡，直往小腿肚子上撞……猛然，一个浪头打来，把他打了个趔趄，豆腐挑子滑下肩头，被冲走了。

"老师，豆腐挑子……"

"别管！抓牢竹竿！"

豆腐挑子被冲走了，杨春生潸然泪下。

"别分心,全神贯注……"

一步,一步……杨春生终于蹬过了山沟……

往事翻江倒海,越想心里越发惨,眼泪止不住地流。难过吗?也不是难过,就是,就是……就是不乐意周老师走。

"唉,上级已下了调令,不走还行……"躺在床上的爹叹息了。

杨春生倚在门框上,饮泣。

爹说:"人家要走了,咱怎么送送他呢?"

怎么送送?做豆腐的,有豆腐,有豆腐渣,送周老师这个?还有几百斤瓜干,还有一破席笼子烟叶,送他这个?无法表示啊!而且,还少人家十元钱。周老师说不要了,但能白用人家的吗?人家为自己的儿子操碎了心,不够可以,还再搜刮人家……春生娘想着想着,也哭了。

"唉,别光哭,别把喜庆当哭丧啊,叫周先生知道了,多不好……"春生爹无可奈何地念叨着。

不知不觉中,杨春生坐在地上,靠着门框睡了。娘把他拽到床上,盖上了那床破被……一觉醒来,天光大亮,他忙爬起来,向学校里跑。

娘追出大门外,喊他:"你不卖豆腐了?"

他既不回头,也不回答,一直往学校里跑,冲进办公室一看,周老师的被窝没了,书籍也没了……周老师走了!

"周老师啊,呜哇哇——"

"春生,春生!你哭什么?"娘问。

原来,是场梦。

四

早晨,杨春生卖豆腐回来,捎来了两元钱的猪肉;又跑到西庄他舅家,叫大表哥给打了三斤碎鱼。娘忙着杀了鸡,正在薅毛……娘儿俩忙里忙外,很像迎客。

吃过早饭去上课,杨春生给周老师说了。

"忙活什么……"

"俺爹俺娘说,不是为吃那一口,是想请您过去说说话。"

周轩摇着头,直叹气。

放了下午学,杨春生回家一看,饭菜都做好了。农家席,无讲究,但鸡、鱼、肉、蛋,也应有尽有。热气腾腾,四碟八碗,一满桌子。春生爹硬撑着起来了,还找人理了发,换上了刚刚洗过的裤褂。周老师一来,一桌四人,亲亲热热,说着话,喝着酒,有甜,有酸,有情,有谊,有关怀,有留恋……滴着泪,笑着眼……送别周老师啊,千言万语说不尽,万丈衷肠捋不完!你呀,有空常来玩,别叫俺常挂念……

第三天早晨,周轩把一切都准备好了,他真的要走了。预备的时间到了,他打了预备铃;上课的时间到了,他打了上课铃。他迈着沉重的脚步,走上了讲台!

"起立!敬礼!坐下。"

他看了一下他的学生,39人,一个不缺。他瞅着学生,学生也瞅着他……

这第一句话怎么说呢?他的嗓子眼乱打噎!

"同学们,我要走了!"他终于说。

"什么?"有人发出了惊叫。

"同学们,我要走了……"他不得不把实际情况讲给孩子们听。

39个孩子,哭了38个!谁没有哭呢?杨春生!周老师说了他大半夜,不叫他哭,要坚强起来,老师不喜欢眼泪。他的心在急跳着,他的泪在凝聚着,他的嘴唇在紧闭着……

周轩叫杨春生给他挑着行李先走,在村头路边等他。28岁的周老师,已经工作了八个年头,也没有混上一辆自行车。他挣钱不多,听说是三十四块五。这些钱,既要接济家用,还要帮助困难学生。他也想攒钱买辆自行车,但至今没有攒足。周老师的行李很简单,一床褥子,一床被子,一个枕头,毛巾、牙刷、牙膏、搪瓷盆之类,这些放在一头;另一头,则是一大捆书籍。

周老师从村里走来了,后边跟着一大群村民和学生,大队支书和生产队长也来了,周老师跟他们一一握手。"回去吧!乡亲们,同学们,后会有期……"周老师挥着手,高喊着。但孩子们还是穷追不舍,他们的眼睛里滚出了晶莹得像露珠一样的泪滴,有的学生仍在呜咽……

五

周轩辞别了乡亲们和学生们,赶到公路边时,杨春生已经下去一里多路了。他跑了一阵,好歹赶上,叫杨春生放下挑子,歇一歇。他跑得气喘吁吁,解开了褂子扣。

农历二月底,天气已经很暖和了。田野里的小麦苗子长得疯旺,绿油油的,劲头十足。沟崖下洼,开满了诸样野花,黄的婆婆蒿,白的荠菜,紫的金金菜……满湖坡,遍地生机。

"春生,你回家跟爹娘协商一下,以后就不要再做豆腐卖了。"

"啊?"杨春生吃了一惊。

"现在实行责任制,可包的活好多。我前天晚上找过支书,也找过你们生产队长,把你的情况都说了,请他们给安排一下……今年夏天小学毕业升初中,功课更紧,再这样耽误怕是不行了。"

杨春生低下了头:"就怕俺爹俺娘……"

"你别担心,支书和队长会找他们的。还有,你爹那病得想法治……"

"人家都说无法治!"苦孩子啊,眼圈又红了。他抽动了下鼻子,脸扭向了旁边。

"有办法!我们村有个会针灸的,前几年下了东北,最近回来了。祖传针法,很有效果。这个星期天,叫你大舅推着你爹来,住在我家,连着针灸半个月,看看效果再说。"

"那样,那样……"他嗫嚅起来。

"那样什么?别想那么多。"

杨春生的脸红起来,他说:"那样会给你添许多麻烦,我爹怕是不去。"

"添麻烦？哪里的话！就说是我说的，你爹准来。你爹那人实在，我看得出来……"

一听周老师这话，杨春生的眼睛发亮了，他想真有可能是这样。他们俩一起说话，一说就是两个小时。周老师从没嫌过爹脏，爹也常夸周老师识多见广，是个很有本事的人。

"以后，学习要更加刻苦，功课一步比一步深，一册比一册难……"

"老师，俺记下了。"

"你的面前还有许多困难，但不要被压折了腰。要常想想社会主义建设，要常想想你爹你娘拉扯你、供你上学多么不容易，要从心窝子里攒劲……"

"老师，俺记下了。"

"那本《红岩》，昨天晚上我给你放在书包里了，有空看看，不认识的字，勤问老师。"

"行，我一定认真看。"

"就这样吧，你该回去了。"

"不，我再送你一程，不还有十几里路吗？"

周轩怎么也不让送了，他挑起行李挑子走了。杨春生呆呆地站在那里，像个木桩。远了，远了！杨春生的泪珠又滚出了眼眶……

突然，周老师把行李挑子一放，又往回跑了！怎么回事？杨春生顿时蒙了！

"春生，星期天，别忘了推着你爹来呀！"

原来老师怕他忘了给爹治病！"忘不了！"他喊着，拔腿就往老师那里跑。

"别来啦！别来啦！"

但是，杨春生一口气就跑到了，忙下腰抓行李挑子，周老师过去阻止他，说今天新老师可能就到，你不能误了课。杨春生呆呆地站在路旁，望着周老师远去的身影。他没有哭，记得周老师说，男子汉轻易不掉泪，但他的眼眶里凝聚着晶莹的泪珠……

粘知了的孩子

8月29日，天刚亮，有人敲门。

"谁呀？刚扒眼就来闹！"

"张奶奶，是我呀，钱成新！也就是，也就是……"

门外边还没有"也就是"出来，门就吱呀一声开了。门外站着一个青年人，看那模样儿，顶大超不了30岁，顶小也小不了20岁。漫长脸，尖下颔，柳叶眉下闪动着一双挺水灵的大眼睛。咦，男人家怎么长了个姑娘相？张奶奶一瞅他，他就红了脸，低了头……那个羞羞答答的模样儿啊，真能笑煞人。一个男人家，脸皮子恁薄呢？现如今，这么老实的年轻人可真不多见。看穿戴，像从乡下来的，白的确良褂子，蓝的确良裤子，还都是老式样，特别是裤子，一点也不"喇叭"。凉鞋是旧胶车外胎做的，尽管鞋带也打着十字花，前头也露着"蒜瓣"，后头也露着"鸭蛋"。对呀，对呀！乡下人追赶起城市的"服装革命"来，心眼子生得就是巧。嗬，手里还拎着两个网兜呢，一个盛着地瓜，像是特意挑选过的，要不，怎么恁匀乎，胖乎乎的，圆溜溜的，不大也不小，一块块都像泥捏的娃娃似的；另一个放着两个布袋子，鼓鼓囊囊的，谁知道里面装的啥？千真万确，是乡下来的客人！是谁呢？不是常来的那几家，那几家的大人小孩，她都认得……想啊，想啊，还能真是上了几岁年纪的缘故，这记忆的阀门就是启动不起来了？哎呀呀，老糊涂啊老糊涂，你怎么能叫客人老是在门外站着呢……

来到屋里，刚坐下喝了一杯温开水，陈文老人就闯进了这间会客室。他一眼就认出来了，来人是他亲爱的捣蛋虫子——黑蛋，大号叫钱成新。

"陈爷爷！"

"黑蛋蛋子……"老人顿时容光焕发,眼睛笑成了一条线,向前紧三步,两手抓住了成新的双手,热烈地握了一阵,又猛地捧起他的热腮,刚要亲嘴,钱成新羞得忙低下了头……趁祖孙二人亲切交谈的工夫,张奶奶把客人带来的礼物收拾到厨房里去了。那两个布袋子里,头一个装着鲜花生,尽上面放着个旧洗衣粉塑料袋,里面是知了,一弄,知了就叫起来:"吱——吱——"这下子,可把她乐坏了:"这孩子,弄这个……"

"什么叫呢?"老头子来了。

"你看……看貌相怪老实啊,怎么也会弄这个?真是人不可貌相,海水不可斗量……"

"你瞎叨叨啥呀?没有调查就没有发言权!你忘啦,这知了炒辣椒,不光味道好,还有永远值得纪念的意义呢……"说着,他从知了袋子里拣了只最能叫的,装进了衣兜。

张奶奶一下子全明白了,刚要再说什么,就被老头子一摆手阻止了。他嘱咐她快做饭,并强调千万别忘了上街买两只烧鸡。

"你做什么去?"

"到县里一趟……"

张奶奶会意,咯噔着两只小脚上了街。

陈文回到会客室,找了几本杂志递给他,嘱咐了几句,就要走。

"陈爷爷,你什么时候回来?"

"快,快呀!你别撒急,用不了多大会儿。既来之,则安之,哈哈哈……"

"明天早晨,一闪明俺就回去……"不知为什么,他又一次涨红了脸色,搭讪着说,"俺想跟你说几句话。"

"好啊,好啊。你不说我也明白。你安心在家等着,吃了早饭,去看场电影,《牧马人》,很有教育意义,艺术性也高。"说完,他随手丢下两元钱,抬脚就走。

"爷爷,俺有钱……"

"这孩子……我知道!"不容分说,门砰的一声,就关过去了。

这一切进行得如此迅速，简直有点儿迅雷不及掩耳。此时，这整个房间里，就他只身一人了，环顾四周，一切都是新鲜的。他心境很好，陈爷爷、张奶奶都这么热情，心下满蓄着受宠若惊。他在地板上来回踱了几步，然后往沙发上一坐，抓起一本杂志，随便翻起来……

陈文急急地走着，胸膜上的那面鼓越敲越响：黑蛋蛋子啊，是个好样儿的，看得清亮的，从小就像块正经材料。首先心性好，用句土话说，就是有正心眼子。把孙子换下来吧！他嘛，户口在城镇，再待一年半，也无关紧要，反正缺不了吃，短不了喝；当然有点儿不"正当"，但无法呀，只好这样"顶替"，就是以后翻腾出来，再申述"理由"，同志们也会同情的——能同情，就不能谅解？再一说，还能真有人好意思硬啃噬他这个已经离休的老县委书记？他非常后悔，在自己在职的那些年月里，没把成新安排好。作为一个老共产党员，他没有把党的纪律置于脑后。他想找个合适的机会，解决下成新的问题，但他没想到离休的时间来得这么快！当领到离休的小本子时，他又进行了一个多小时的认真思考，觉着再没有值得忧虑的事情了……"吱——吱——"嗬，知了，知了叫了，粘知了的孩子，黑蛋蛋子，一个在山村里当孩子王的年轻人……他的心肝绞痛起来！

"文革"期间，有一年，正当酷暑盛夏，他被监押在"牛棚"里劳改。对于他这样一个全县最大的死不悔改的走资派，造反派盯得很紧，绝不客气，时常在他身上采取些"革命行动"，以显示他们的革命坚定性。经过半个月的熬煎，他有些吃不消了，竟然生了"邪念"！一天夜里，他趁小解的机会，闪进了树棵棵子……那地方是城郊的一个农场，当时满场子里除了野树丛，就是庄稼棵子，到处都可隐身。他慌不择路，深一脚，浅一脚，盲无目的，只顾往前闯。不一会儿，全农场就炸了锅！火把、手电，到处乱晃，四处闪光。脚步声，吆喝声，此起彼伏。你爱怎么着就怎么着吧，我陈文反正得逃！逃得了就逃，逃不了拼了拉倒。没有月亮，夜空半阴半晴。他借着几点星光的映照，顺着野地小径，忍着浑身的疼痛急走。笼天明,他闯进了一片树林子。这里有梨树,有桃树。梨树上,青梨满枝,都撅着腚,往下垂着,实在馋人;桃树上,鲜桃正在成熟,红艳艳的,一定蜜糖儿似的甜吧,但是,不敢摘哟!这时,他又饥又渴。对于一个"囚犯"来说,偷个瓜果什么的,不会再加重多少罪过吧。只不过他是"在逃者",一旦被当小偷抓了,可就麻烦了,保准"新账、老账一齐算"……想到这里,他浑身打了阵子冷战,迅速离开了这片是非之地,闯进了稍北一点的杨树林子。这里,树木高大,抬头不见天光,阴森森的,冷飕飕的,大有深山老林的滋味。他全身都被露水打湿了,褂子裤子都紧紧地裹在身上,凉气直往心口窝里钻。他缩了下脖子,两只胳膊紧紧地抱在胸前,倚在一棵杨树上,就迷困起来。朦胧中,一个念头突然钻进脑际:这样不会冻饿而死吗?如果在这里死去,逃还有什么意义?他再度强打精神,坚持往前挪动……

天越来越明亮了,树木也渐渐稀疏、矮小。嗬,太阳——太阳出来了!咦,什么明晃晃的,一大片?噢,大河,发大水了,满河的黄泥汤子,打着旋涡,翻着激浪,滚滚东下。

他不胜感慨,竟然想起了乌江,想起了霸王之死……他多么需要躺一下呀,浑身又酸又疼,又累又乏,眼皮乱打仗……但地上丛生着杂草,闪烁着露珠,怎么个躺法啊?他只好选了棵枯树,倚在上边,这样还能晒点太阳。他实在累极了,饿极了,乏极了……浑身似乎连一点儿劲也没有了,一靠上树身,就眯困起来,不一会儿,竟软瘫在树下,睡熟了……

  知了知了往下退,
  给你四两纬;
  知了知了往下爬,
  给你四两麻。

嗬,谁唱的,这不是粘知了的歌吗?我唱的,陈文唱的?陈文正在家乡的柳荫下粘知了?陈文成小儿童了,返老还童了——这么快吗?

怎么嘴上还长了胡子……不，不！陈文是走资派，而且是死不悔改的，而且是全县的，而且是最大的，而且是顽固不化的，而且是……

> 知了知了往下退，
> 给你四两纬；
> 知了知了往下爬，
> 给你四两麻。

他终于醒来了！一睁眼，金针尖似的阳光，直刺得眼珠子疼。他忙用手遮住，稍微一愣怔，揉搓了几下眼，好了，看清亮了，太阳已近正南。这一觉睡得可真大呀，而且香、甜。嘿嘿，有意思，衣服晒干了，又潲湿了。阳光像炉火，烤着他；地热像蒸笼，蒸着他。他忙从地上爬起来，活动了下手脚，扭动了下腰身，然后擦了擦汗水，四处一看：嗬，南边不远处，站着个男孩子，10岁左右的年纪，脸是漫长型，下巴尖尖的，一对挺机灵的大眼睛，像两个手电筒上的灯泡儿，紧盯着树上的知了，眼皮一眨不眨。两只手紧握着一根剥了皮的杨树枝子做成的粘竿，站在那里，一动不动，就像根埋在地里的直木橛子一样。"扑棱，扑棱……"粘上了，粘上了！知了挣扎着，可惜翅子已经粘在竿子上了，再也逃脱不了了。"伙计毛驴，别嚷嚷啦，哭也无用。我这里有给你准备好的宽敞住房……"他嬉笑着，顺下竿子，伸手抓来，很快掐了翅子。知了不管怎样活哭乱喊，扑棱挣扎，最后还是被丢进了挂在腚后头短裤腰带上的一个柳条小编篓里。

他一蹦三跳，跑到另一棵树前。

陈文向他近前挪动了几步……

"陈书记！"迎面有人走来。

"嗬，老刘吗？"他的思绪被搅乱了。此人是百货二店的刘经理，两人相互问候了几句，就分手了。这时，太阳已经升起来了，旭日红光，把座小城辉映得很有生气。

他又拐了一个弯,就到了县政府的大门。那里正有好多人进进出出。他随着人流进去,好些人见了面都热情地跟他打招呼,他很满意——毕竟自己在这里为了十几年的"王"!战友的感情,同志们之间的关系,是个无形而又实际存在的东西嘛。他径直闯进劳动局,找到了李局长,开门见山,提出了正题。

李局长沉默了半天,最后还是笑着摇了头。

他勃然大怒,一气之下,抽身便走……

他决定去找马县长,可惜马县长下了乡。无可奈何,他只得登书记的门了。新上任的县委书记杨兴业同志,是接了他的摊子干的。老头子来啦,这点面子还是能给的吧!

"陈老来得好早啊!"

"嘿嘿,有点事……"

杨书记知道陈老不抽烟,就没有谦让,只给他端过去一杯开水。陈文喝着茶,把自己想要解决的问题说了出来。杨书记沉吟了半天,只好推车子:"你最好去找找李局长。"

"我觉着最好就是找你!"他脸色顿时阴暗,肝火直往嗓子眼里窜。

"陈老,堵后门的事……"

"我知道!"

"现在不是一般号召,党中央指示,要坚决刹住不正之风,堵后门首当其冲。"

"可我……"

"不管怎么说,总是不合乎规定吧!"

"要是完全合乎规定,我还来劳你的大驾做什么?"

杨书记咽了口唾沫,烧着了一支烟,默默地吸着,一大口一大口地吐着浓烟,直到把这支烟吸得差不多了,掐灭了烟头,才吞吞吐吐地说:"恐怕我答应了,其他部门……"

"你得去做做工作啊!"

"陈老,如果今天你仍在这个位置上,你能这样做吗?"

无须再往下说了!他起身就走,杨书记送他,他也不予理睬——

他头也不回,腔也不答,一直往前走,一种"落地的凤凰不如鸡"的感觉袭上心头,老眼眶里顿时涌满了泪水……

他决定上行署了!汽车站不远,半个小时就赶到了。他买上票,又候了半个小时,就坐上了公共汽车。"吱——吱——"他衣兜里的知了叫了。坐在他身旁的一位四十来岁的胖女人恶狠狠地吐了口唾沫,嚷道:"这个死老头子……"陈文转脸盯了她一眼,捂着衣兜离开这里,另找了个座位坐下,平静了些,苍茫往事,又一次涌进了脑际……

陈文拖着疲惫不堪的身子,向那个粘知了的孩子挪动……他的肚子咕咕地叫着,这是燃眉之急!他想讨点吃的,他寄希望于这个孩子了!这会儿,孩子的脊梁骨对着他了,光着头,赤着脚,全身除了那个浅蓝色的土布裤衩,别处不挂一丝。浑身黑黝黝的,脊背上的水锈隐约可见,头发湿漉漉的,看样子刚从河里上来。他正仰脸看树,口中念念有词:

知了知了往下退,
给你四两纬;
知了知了往下爬,
给你四两麻。

这知了歌,他小时候也唱过,简单的几句话,却深藏着孩子们的希望与狡猾!他们希望知了往下退、往下爬,以利于他们粘捕;为了引诱知了往下退、往下爬,就许下了四两纬与四两麻的愿——你看,不有点儿狡猾吗?如果他陈文此时处于衣锦还乡的境地,一准要跟他的黑蛋蛋子嬉闹一番,跟他一起唱唱知了歌……现在,哪里还有这番兴致?

燃眉之急,得讨点吃的!

陈文挨乎过去,轻声招呼他:"小朋友!"

但不见反应,他没有听见?他直盯着树上的知了,既不回头,也不答话，两个眼珠儿转也不转；双手举着雪一样白的粘竿，一寸一寸地升高，快挨着翅膀啦，竿子微微地有点儿颤抖……

"扑棱——"知了飞了。

扫兴死啦，气恼死啦！糟老头子，全该你事！破坏分子，捣乱分子……粘知了的孩子一个急转身，与他面对面了，漫长脸上水灵灵的眼珠珠儿变成了火炭子，乱迸火星子啊！

紧接着，热辣辣的泪水犹如断线的珠子，骨碌骨碌，直往下滚。

"破坏分子，捣乱分子，从哪里来的？头发那么长，衣服那么破乱，准是个坏蛋！还想破坏我粘知了，痴心妄想，白日做梦，哼！"

粘知了的孩子怒吼了这么一阵，转过身去。谢天谢地，哪吒天神爷，息怒息怒，陈文知罪就是了。

谁料想，瞬间，哪吒天神爷的风火轮一下子驶到了他的眼前，怒吼声更加声嘶力竭：" 你赔我知了，你赔我……"

这，这……这可怎么办？画虎不成，反类其犬，他怎么赔人家知了呢？

"小朋友，请你多加原谅吧！"

粘知了的孩子忽然愣住了！他愣怔片刻，呆痴痴地念叨着："你，你是……你是不是陈书……"

"不，不，我不是，不是……你认错人啦，认错人啦……小朋友！"

"不错，星点儿也不错！你到过俺庄，还在社员大会上讲过话……你还抱过我，亲过我的嘴，还考过我一道算术题：1+0=？我说等于1，你说等于10，我们就争论起来……"

嘀，是黑蛋蛋子吗？是钱成新吗？对呀，漫长脸，尖下颌，水灵灵的两个亮眼珠珠儿……他，他这么皮吗？不上学啦，逃学啦，是个调皮鬼……

"你是黑蛋吗？"

"对呀，对呀！学名叫钱成新。"

"成新，为什么不上学呢？"

"还上学？不上啦！"

"那可不行！"

"怎么不行？人家拆了桌子腿打仗，射弹弓子儿打玻璃，我阻止了下，就骂我没有造反派的脾气，说我不想干革命……什么鬼脾气，破坏公物！我跟他们闹啦，闹了个大的！"

这叫陈文怎么说呢？

"陈爷爷，你挨过斗了吧？"

陈文估计成新不会出卖他，就照实说了。小家伙一听，撒腿就往北跑，像吓惊了的野兔子，连窜加蹦，箭头儿一般。

"成新，你……"

"我回家给你弄点吃的，你先等着。"

"水大，你过去再回来，行吗？"

"你别管！"说着，他就跑了。

陈文看着跑远的黑蛋蛋子，心下不住地怦怦，河边的孩子都会水，也许行，但是河里淹死会水的！怎么办呢？去追？他一丝力气也没有了！喊他回来？已经跑远了，喊也听不着了。等着吧，还能怎么办？等啊！等啊！肚子又咕咕起来，越咕咕越难受！他眯困了一阵子，再睁开眼时，太阳已经西斜。他估计，这时候大概下一点了！黑蛋蛋子啊，走了差不多快两个小时，怎么还不回来呢？还能真的出了事吗，这个捣蛋虫子？他眼巴巴地向北望着，望着……"啊——"他倒吸了口气，忙钻进了紫穗槐棵棵子里。他看到了什么？看到了黑蛋吗？看到了黑蛋，还用惊慌失措吗？看到了老乡？看到了老乡，也用不着这么恐慌！他，他看到了几个"红白棍"……

车身猛然一颠，把他全身的眯困劲震跑了。他朝窗外一看，嗬，到站了！他忙站起来，想下车，但车还没停稳，他摇晃着身子，就要往后倒，被后边的一位中年人扶住了。

"吱——吱——"

知了被触了一下，又叫起来，引得全车人都嬉笑起来。那个胖女人没笑，却出言不逊："活见鬼！"

"你说什么？"当年做县委书记的时候，他何曾听过这样的辱骂？他把衣兜重重地拍打了几下，知了的叫声更大了。"它叫，碍你什么事？你不愿听，有愿听的，起码我愿意听。"

那个胖女人瞪了他两眼，啥也没说，溜了。大家都忙着下车，此事也就不了了之。他下了车，直奔行署劳动局。一见行署劳动局长，他满心的委屈顿时变成了两汪热泪，滂沱而下。

行署劳动局长沈开义，一见老战友这副模样，愣了："恁大年纪了，怎么还轻易落泪？什么事啊，竟然伤感到这种程度？"

"一言难尽！先解决下肚子的困难再说。"

吃过饭，像开闸的渠水，陈文把满肚子的苦水都倒给了老战友。沈开义是个爽快人，一口答应下来，并表示他可以亲自出马，到他县上，去做诸位"大人"的工作，但也是有条件的，陈文必须住下，明早才有空，好一同前往。

"哈哈哈……我当时得拿四两黄金贿赂你！"

夜里，他只睡了两个小时，就再也睡不着了，往事仍毫不留情地揉搓着他的心……他怕沈开义骗他，就穿好衣服，去敲沈开义的门……

他横卧在紫穗槐棵棵子底下，刹那间，热、潮、闷、燥……诸种难受，一齐向他扑来。大概又熬过了半个小时，他的肚子再一次咕咕起来，不知为什么，耳膜也嗡嗡直响，身后的涛声，四周的知了叫，都听不着了。他挤压着肚子，豆大的汗珠直往下掉……不知什么时候，他又昏睡了过去。醒来的时候，太阳已经平西，气温下降，他觉着凉爽多了，精神头儿也像长了些，虽然肚子仍是扁扁的，肚皮几乎就要贴着脊梁骨了，但不再咕咕了，好受多了。他慢慢扒开紫穗槐棵棵子，伸头探脑地向外张望，没见有人，就大着胆子往外爬，头刚伸到棵棵子外边，哎呀呀，我的妈呀，三个红白棍正凶神恶煞般向他这边冲！他忙缩回了头……

心啊，怦怦直跳！汗啊，一个劲地往外冒！脑门上啊，什么念头都有，就是没个好念头！

三个红白棍溜达了一阵，远去了。

一场虚惊，他再度软瘫下来，眯困过去……

"爷爷！爷爷！"有人看见我了吗？头上是谁的手在抚摸啊？是小孙女吗？丽丽，你想捋捋爷爷的胡子？

"爷爷！爷爷！"

他终于被唤醒，睁眼一看，黑蛋来了！他一把拉过黑蛋来，抱在怀中，亲着亲着，失声恸哭。黑蛋忙捂住了他的嘴，告诉他，红白棍们封锁了树林子，准备大搜查，已经在不远处立了伙房。事不宜迟，他们俩相伴着向河边走去……正当陈爷爷蹲在水边洗脸的工夫，黑蛋把扎在腰间的塑料包裹解下来递到他手里："爷爷，你快吃吧，都一天水米没打牙了……"陈文哆嗦着双手接过来，啥也没说，低下头去，喝了几口黄泥汤子，就大口大口地嚼起瓜干煎饼来，好香啊，里面还卷着知了炒辣椒呢。

"俺爷爷叫我领你过河……你别看河水愣宽，却不深，不够底的地方也就有十来丈……"

星光下，两个身影向北岸游去。

"黑蛋，黑蛋……"

"陈爷爷，陈爷爷，俺爷爷来啦！"

"是吗？他老人家……"

水面朦胧，星光跳跃。

黑蛋爷爷一到，他们俩的双手就像铁钳子似的握在了一起，看不清面目，却听得见心跳……

"老人家！"陈文的喉咙里像塞进了什么。

"老陈啊，你的难处我清亮。咱走吧，过去河再说。这里是是非之地，早离开一霎儿，早安顿一霎儿。黑蛋呢？前头探路！来，老陈，你抓住我的胳膊。"

……

第二天早8点,陈文回了家。

"你神气什么来?一出去就是一天,连个电话也不来,你把家里的客人也忘啦?你呀,还怪小,十几啦……"

"哈哈哈……"他敞怀大笑,看那个高兴样吧,眉飞色舞,容光焕发,"上了趟行署劳动局,把黑蛋蛋子的事办妥啦。"

"那可好!但他走了,还给你留了封信呢。"老伴说着,也来了高兴,刚才的怨气不翼而飞。她小跑着,忙从抽屉里拿出信来。

"这个无须看。你快拿几张信纸来,我给他写封信,叫他快来报到。"

十几分钟,一封短信修成。他松了一口气,准备休息一会儿,再去邮局。他想躺一会儿,便随手抓起自己写好的信和钱成新的信,往卧室里走。他有这个习惯,躺着看点东西,不知不觉就睡着了。这会儿看看黑蛋蛋子的信吧,看看这个捣蛋虫子都写了些什么,文笔是不是比以往更潇洒啦?

陈爷爷:

您好!我爷爷问你好,我们全家人都问你好!

这次来,本来想跟你好好谈谈心的,但不知你有什么急事,竟一天不归。我明天一早得回去,现在是深夜十二点,五个小时后,你可能还回不来,因此,我只好以笔代言了。

你常惦念着我的工作,我们全家人都深受感动,但也不安!今年春节,在吃年夜饭的时候,我们全家开了一次家庭会,认真地研究了一下这个问题,统一了思想认识。靠走后门解决工作问题,你得承担搞不正之风的罪名,我虽能自得其乐,却也养成了靠树乘凉的懒汉思想,此曰一举两糟;靠自学成才,如能"得逞",既可减轻你的精神压力,也锻炼了我的奋斗精神,此曰一举两得。从那,我就一边教学,一边复习功课,但不敢向你报告——我心里没有把握呀!现在,我可以坦然地向你报告了,你可爱的黑蛋蛋子已经被师范专科学校录为新生了!

这次来,全家人都忙着给你准备礼物,我给你带点什么呢?

常记得你爱吃知了炒辣椒！来的前一天，我又钻进了"深山老林"，只奋斗了一上午，就粘捕了二百多个知了。我想，你可能会批评我调皮，都二十四五了，还没个大人样！可是，当你吃着知了炒辣椒时，你又会夸黑蛋蛋子了！

我爷爷常念叨你，你如果有闲空，来我家住些日子吧。我爷爷是1946年的农救会长，你们俩到一块，一定会有许多话说。

盼望您的光临。

此致

敬礼！

你的孙子，黑蛋

1984.8.29，夜

看完信的最末一个字，他坐了起来，抹了一把已经纵横在脸颊上的热泪，随手把刚写好的那信撕了，又慢条斯理地折叠开了黑蛋的信，折来叠去，反复几次，沉吟片刻，最后塞到枕头底下去了。他心里老觉着有些别扭，在床前来回踱了几步，忽然高喊："难道考上了师专不好吗？"他随即冲出卧室，吆喝起老伴来。

"做什么？"

"知了椒子炒了吗？"

"没有——不得等着你来吗？"

"快炒！"

老伴立即下了厨房……当炒好知了辣椒来叫他时，她看呆了——陈文正像小孩子一样唱知了歌，两眼直瞅着趴在书橱上的那个知了：

知了知了往下退，

给你四两纬；

知了知了往下爬，

给你四两麻。

"你是怎么的?"
"我哪怎么?"
"你念叨的啥呀?"
"我念叨的快乐!"
……

半截蜡烛

年夜点的蜡烛,只剩下半截了。天亮时,我将它收拾到桌洞里去了。

大年初一这一天,要多欢乐有多欢乐,特别是欢了孩子们。他们有的成群结队,跟在敲锣鼓的后面起哄助兴;有的三个一群、五个一伙,走着走着,朝天空扔个爆竹,一声响亮,连声哈哈……我家的成成,起初也站在大街上东张西望,没过多大会儿,就不见了。我担心他弄了爆竹乱放,惹出祸来,就问他妈妈。他妈妈说:"家去了。"我回家一看,果然呢,他已经把我收拾的那半截蜡烛点了起来,并用小刀划了两个口子,蜡油溜溜地直往下淌。他瞅着瞅着,笑着笑着,鼻涕就要过河了,也没有察觉……

我一见这情景,又好气,又好笑——哭笑不得!

本来应该扇他两巴掌的,但大年初一,都是不惹人流泪的,所以我尽量耐住性子,没有发作,平心静气地阻止了。过晌以后,我给他出了一个作文题《半截蜡烛》,叫他写一篇作文——他已经是三年级的学生了,应该练练作文了。一个小时后,卷子就交上来了。他的作文是这样写的——

蜡烛长长的,红红的,我一见就眼 chán,一点着,亮光光的。那灯头还一跳一跳的,更加喜人。点着,点着,渐渐地 ǎi 了,变成半截了,这时,天已大亮,爸爸就把它收拾起来,放到桌洞里去了。

我心里怎么也放不下,chèn 爸爸不在家的工夫,就把它拿出来,点着了。白天,没有那么亮,可灯头还是那样一跳一跳的,真喜人。一会儿,蜡油往下淌了,溜溜的,淌着,淌着,上冻了,就向(像)

些 jù 牙牙儿，真好看，真好玩。一会儿，不淌了。我急了，就用小刀 lí 了两道口子。这回好了，蜡淌通（痛）快了。

爸爸回来了，他批评我，说我 zāo tɑ 东西。我接受了爸爸的批评，以后不这样做了。

文章写得不算精彩，但三年级的小学生，不好要求高了。好在大体上还算通顺，我就没有多追究，除指出几个错别字外，特别强调了下"向些锯牙牙儿"的"向"字用错了，应该用"像"字。小东西一忽闪大眼睛，一抽缩鼻涕，忙在本子上做了个记号。

快吃晚饭的时候，我上桌洞里找大蒜，又发现半截蜡烛不见了。这时，一股子怒火从心底幽幽升起，我立即就采取了"革命行动"——把成成一把拽过来，果然从他的衣兜里掏了出来，而且还有一盒火柴。一见火柴，我更加来气，刚要揍他，又叫他妈妈说住了："过年，大家都欢天喜地，别弄得孩子擦眼抹泪……"我只得再耐下性子，好声好气地嘱咐，叫他先拿着玩，别到处乱点。他那对大眼睛一忽闪一忽闪地，脸木乎着，鼻涕眼看又要过河……只是不说话。

"成成，你说句保证的话不行吗？"他妈妈拽了下他的胳膊，有意引导他。

"我乱点来吗？"他怒吼起来，活像头小狮子。

"好吧，等你犯了错咱再算总账……"

这场争执，就这样不了了之了。

晚饭后，有人来玩，又是抽烟，又是喝茶，又是闲聊……一直玩到八点一刻才散。我这才发现，里间里亮着灯。我走进里间一看，床头的小桌子上正点着那半截蜡烛，成成弯着腰，趴在桌面上，正在写什么。我凑过去，从背后探头一看，只见他在本子上写着——

用"向"造句：
1. 向雷锋同志学习。
2. 向三好学生学习。

3. 向"四化"进军。

用"像"造句:
1. 爆竹真响,像连珠炮似的。
2. 蜡烛的灯头儿一跳一跳的,真好看,真好玩。那亲热劲儿,就像要跟我说话一样。
3.

看来第三个还没有想出来。我内心里猛然涌进一股暖流,浑身都感到热烘烘的。我爱怜地抚摸着他的圆脑袋,慢慢地说道:"天不早了,该睡觉了。"

"还有一个句没想出来呢!"

"明天再想……"

他往后一靠,撞到我怀里,撒娇道:"爸爸,俺不!"

我能伤害孩子的这颗心吗?

(原载于《山东文学》,1983年第5期)

有一段往事常常忆起

她有一个很好听的名字，叫春妮。

初次和她见面的时候，我刚刚二十挂零。那年七月，我师范毕业，怀着一腔热血，抱着无限美好的理想和追求，来到了一处小山村，迎接我的第一个人就是春妮老师。

"噢，你就是李老师吧？跟我来吧！"她话说得很甜，两眼热情地盯着你，叫你很不好意思地低下了头。

新来的教师都得过个听课关。教课不足半月，校长就组织人听我的课。我好慌了一阵子。春妮老师见我慌神，就跟我说宽心话，帮我备课，那热情劲头真叫人感动。临上课了，她递给我一根教杆。那教杆是枣木的，红润润的木色，细幽幽的木纹，一头粗点儿，一头细点儿，真是个精致小巧的工艺品。后来，她告诉我，她爹是个木匠，这物件就是他给做出来的。

课讲得还行，得到了校长和老师们的认可。

"李老师，我祝贺你！"春妮笑着逗我。

"里面也有你的一份心血呀！"我十分激动，情绪自然也高涨，有意跟她亲近。

从那，我们俩好似亲近了许多，你帮我我帮你的事儿几乎天天有。两个班的学生，也似乎因老师的亲近而格外团结。

有一天，突然下起了暴雨。

村西有条沙溜子，暴雨一来水愣急。怕孩子们出危险，我就跟春妮老师去送学生。我们俩站在大水当中，手拉着手，给孩子们壮胆，叫孩子们在我们俩的上游过。她的手软绵绵的，细柔柔的，热乎乎的。

她紧紧地拉着我的手,我牢牢地握着她的手,手拉着手就像心连着心,叫人激动了好大一阵子。

那天夜里,我睡不安。下半夜了,我穿衣下床,去敲春妮老师的门。

"谁呀,这么晚了……"

"我呀!我想,我想……想跟你说句话。"

"什么话呀,明天再说不行?"

"不行!光想这就告诉你。"

一会儿,灯就亮了。随即,门也开了。但不知为什么,见了她我又没的说了。

我坐在她的床沿上,低头沉默。她递给我一个橘子,叫我吃,我光拿着,忘了吃。

"还得我给你剥?"

"不,不,我……"我只好剥开吃。橘子又甜又酸,味道儿挺鲜美。

"什么话呀,说呗?"

我憨笑道:"俺又忘了,嘿嘿……"

她瞅着我笑起来,笑得咯咯的,好响,好甜,把我笑得心里乱糟糟的。

第二天,她突然告诉我,说她已经知道我要说什么话了。她那两眼亮亮的,两汪秋水一般,看看我笑,笑得我好窘。

下午,她回了家。

第二天回来,她满脸哭容,眼圈放黑,白眼珠儿上满布着血丝……我问她,她直叹气,不说什么。不久,就有话传,说春妮老师要调走。

"真的吗?"我问她。

她说:"谁知道呢!"

她终于要走了!我心里好酸。那句话还没有说呀,怎么就要走呢?

校长不错,叫我去送送她。到了大路边,我们停住了。她从衣兜里掏出一把钥匙给我,说宿舍里的东西都收拾好了,叫我替她向校方交代。然后,她推起车子就走了。她回了好几次头,停了好几回步,但还是走了。记得,她两眼泪水……

回到学校,开了她的宿舍门,里面收拾得井井有条。桌上放着个大大的笼包和一部《现代汉语词典》，词典上放着一封留给我的信，旁边还有那教杆。我忙拆开信来看，信上说，她知道我要向她说句什么话，实际上，她也是很喜欢我的，但她小的时候，就许下了姨家亲。她表哥也是老师，因强奸学生罪被判刑劳改。她表哥痛哭流涕，说坚决痛改前非，只要表妹等他；如果表妹嫌弃她，就只有死路一条了……她说，她无法再发展我们之间的感情了。她还说，那本《现代汉语词典》就送给我了，那里边有我们共同翻阅过的书页，有她滞留在众多书页上字里行间的深情，留给我做个纪念吧，还有那根枣木教杆……笼包里有二十张瓜干煎饼，是她亲手烙的："我只能供应你这些饭食了！原先，我也曾打算天天做饭给你吃的……二十张也是个象征，我们在二十岁的时候，有过那么多的欢乐和那么多的痛苦！"

我哭了，这是我第一次为爱情而哭泣！

她那多情的大眼睛，她那美丽的长睫毛……常常听到她那咯咯响亮的笑声和她那甜润如玉的话语。每逢这种时候，我就心酸，就涌动泪水……

（原载于《山东青年报》，1992年2月10日）

你没有爸爸吗

新新爸爸刚提拔副乡长,来拜访他的人就络绎不绝了。有个小黑胡子来得特别勤,也不知怎么有恁多话的,呱呱啦,呱呱啦,说起来就没个完了。新新讨厌死他了,爸爸给讲故事的时间,全被他给耽误了。

小黑胡子提着一捆好酒,又来了。

"你来干什么,你来……"新新瞪他一眼。

"我找你爸爸喝两盅!"

"你没有爸爸吗?干吗老找我爸爸喝酒,你跟你爸爸喝不就得了,我爸爸又不是你爸爸,你老跟他近乎什么……老耽误孙大圣翻筋斗云的时间,真没劲!"

(原载于《洗砚池》,1992 年第 1 期)

老 棋

一退休工人回原籍，因象棋下得神，人们送一美称，曰"老棋"。

学锋和玉锋二叔伯兄弟来拜师学艺，老棋心悦，泡茶待客，茶罢摆棋。学锋先上，一局胜，窃喜，眼神瞟玉锋，意思像说，也无啥。玉锋瞪他一眼，没吱声。摆二局，老棋胜，学锋不悦。摆三局，学锋又输，面有愠色，只好让位。玉锋上，第一局玉锋胜，第二局玉锋仍胜，第三局玉锋又胜。玉锋急了，忙嚷："老师你误学生！"老棋颔首捻须，微微见笑，说道："继续！"这之后又摆五局，盘盘挺车跃马，架炮攻卒，楚河两岸，汉界南北，硝烟弥漫，刀闪血溅，直拼杀得天昏地暗，难解难分，最后都是玉锋告败。这一天，就这样日落西山。以后，二兄弟常至，学锋与老棋摆，总是稳操胜券；玉峰与老棋摆，都有个艰难曲折而又复杂的厮杀过程，但最终都是玉峰败下阵来。学锋窃喜，玉锋也悦。

春季运动会很快到来，学锋玉锋皆当选手，赴县城拼杀。结果，玉锋得奖第三名，而学锋连鼓励奖也没有拿到。从县上归来，学锋沮丧，问老棋："老师，唉……怎么搞的？"老棋说："你获胜则喜，我何不叫你胜？玉峰获输则喜，我何不叫他输？喜胜者得胜，喜输者获输，老朽顺人意行事，还有错吗？"

（原载于《故事大观》，1993年第4期）

打苍蝇

一天,耿老师选一篇教学论文给县教研室主任田广。他们俩是同学,关系比较密切。

这篇论文的主旨已使用过两回,这是第三次粉墨登场了。前年第一次获奖,去年改头换面又获奖,田广觉着对得起老同学了。没想到今年经过一番"拆洗",又送了来。田主任很为难,沉吟半天,笑了。他倒杯茶给老同学喝着,长吁短叹起来。

耿老师问:"怎么,有不顺心的事?"

田主任说:"也无大事,在生孙子的气。早晨起来,孙子打死了一只苍蝇,就嚷着索要奖金。我曾经许诺过,只好兑现。孙子得了奖励自然高兴,转身又来了一拍,嚷着说又打死了一只。我看了下,还是那只绿头蝇……"

耿老师听了老同学这一番讲述,脸红了一阵,收起文稿走了。田广没送他。从此,二人就疏远了。

(原载于《故事大观》,1993年第4期)

找短大衣

孙老师跟妻子吵了一血仗,整整三天不搭腔了。有什么大不了的事吗?为一个碟子没刷。

寒流来了,西北风像牛犊般吼叫。

孙老师翻箱倒柜,弄得满屋乌烟瘴气,到处衣物狼藉。

"挣什么狼命?"妻子嚷道。

"找短大衣,那件深蓝色的。"

"找吧,怪有本事!"

孙老师继续找,但就是"踏破铁鞋无觅处"。

窗外风尖叫,寒风从门缝里挤进来,透骨冷。孙老师哈哈手,擦擦鼻涕,继续战斗。

"一个最蹩脚的妻子,也是那个家庭最出色的总务主任。孙教授,你知道这是哪位伟人的名言吗?"妻子跟他调侃。

"尊敬的总务主任先生,求你不记前嫌,帮我找一找那件短大衣吧,深……深蓝色的。"

"早给你找出来了,就在床头被底下。"

这一夜,他们又好了。

(原载于《临沂政协》,1993 年第 4 期)

喊街人

小时候，常听老农救会长拉呱，给我们讲一个喊街人的故事。那个喊街人，是个女的，年龄并不大，三十来岁的样子，身子骨很强壮，就是双目失明了。她手持一根明杆子，梆梆梆……鸡啄碎米似的，不停地点着地，脚步也快，行走如风。她沿街乞讨，喊声如歌：

也有那早吃饭的婶子们，
也有那晚吃饭的大娘们，
您都是些好心眼儿的人哪，
可怜可怜我这看不着的人吧，
找一口吃的给俺呀！

老农救会长学得很像，我们最爱听这喊声了，觉着韵味儿蛮足。

老农救会长说，你们寻思她真是喊街的吗？不，她是八路军的交通员。那时，她的儿子已经5岁了，叫小宝，能给她领路了，很可爱的。1940年7月17日，她带着小宝来到了俄庄。当时，俄庄设了一处敌伪军的据点，驻扎着一个中队的鬼子兵和部分伪军。入街，稍歇，她就沿街喊起来：

婶子们，大娘们，行行好吧，
可怜可怜我这看不着的人。
一日行善千日好呀，
千日行好一辈子安呢！

喊声刚落,一个伪军跑来,塞给了她两张高粱煎饼,说:"高粱煎饼两张!"

她说:"两张煎饼不够一顿饭噢!"

伪军说:"不够茶水补。"说完,伪军跑走了。

这是约定好的暗语。接上头,又得了"货",自然高兴。她把两张高粱煎饼握在手中,捏着里面有硬块,就扒拉开,摸着里面有四块辣疙瘩咸菜,这是"火速"或"紧急"的暗号。情报夹在里层,不便再找,就忙卷好,塞在袋子里,叫小宝领着急步往村外走。

出了东门,匆匆上路,沿着从临沂到蒙阴的大道直向北奔跑,走到柳树庄,天已上黑影。她把小宝留在一户老大娘家,摸黑上路直奔汪沟……由于急赶,脚上磨出了好几个血泡,还出了一身大汗,赶到目的地就病倒了。

当夜,情报传到八路军游击队首长手里,知道俄庄据点三个小队的鬼子兵抽走了两个小队,正是袭击的大好时机。八路军当夜组织奔袭,那一仗打得非常漂亮,毙敌伪30余人。病中的她,听到了胜利的消息,一高兴,很快就好了。

俄庄据点被袭,激怒了驻临沂的敌军头目,立即恢复了一个中队的编制,并且加大了伪军的数目。

不久,俄庄据点的鬼子中队长松岗大佐派10辆牛车向临沂转送抢来的大宗小麦。这消息被八路军的内线探知,喊街人来后,取了情报,火速传送回去,中途截杀,截回了万斤小麦,并打死17名鬼子兵,其中包括小队长长野。

一天夜里,八路军游击队的指挥员根据喊街人取回的路线图,组织突击队,摸进了松岗大佐的住处。他听到枪响,仓皇从小门溜走,险些丧命。这次突袭,打死6名岗哨,松岗大佐的两名卫兵也丧了命,这令松岗恼怒万分。联系前两次事件,他料定有八路军的暗探潜伏,不然,八路军的指挥员们如何算得这么准确?他松岗大佐的驻军重地哪能这么好进,竟摸到了他的床铺边……他开始清洗内部,逮捕了几名伪军和村民,严刑拷打,但毫无收获,急得松岗抓耳挠腮团团转,热锅里的蚂蚁一般。

正在这个时候,喊街人又出现了。那个伪军听到她的喊声赶忙跑来,大声喊道:"这回没的给你!"说完,他赶忙返回去了。

这是危险信号,她听了,忙领小宝出村,可是已经晚了。松岗已经注意这位喊街女人了,突袭事件总是在她出现后发生,难道是巧合吗?于是,一队鬼子兵出动,喊街人被捕了。

审讯,严刑拷打,坐老虎凳,灌辣椒水,竹签子钉指甲……最后,用大杠子针扎眼珠子。一无所获!她说:"我是一个穷喊街的,你们糟践我有啥用?"松岗气疯了,大叫:"衣裳的剥光,放大镜的搜寻……"这下坏了,她破烂的褂子大襟里面,缝着一个八路军的袖标……

她被活埋了,连同小宝,在祊河滩。

她至死没从牙缝里露出一个字来,保全了八路军游击队的情报组织。

今年,我又请老会长给学生们讲这个故事。讲完,老会长哭了,我和学生们也都哭了!他说,她是他表妹,叫高树兰,死时年仅 32 岁。鬼子活埋她娘儿俩时,小宝说:"娘,怪眯得眼慌!"她把儿子往怀里搂搂,用褂子大襟蒙住了小宝的脸……

(原载于《临沂日报》,1995 年 9 月 23 日)

下岗之后

李彩花下岗了!

爸说别急,慢慢想办法。妈说急有啥法?你爸老实得像头老母猪,偷巧的事一点也不会做。爸是老实,当了三十多年的装卸工,天天一身汗,拜门子的事从来没做过。人们问他,他嗨嗨几声,说不是不想做,是不会做。再就业谈何容易!没有办法,彩花跟父母说了声,说回乡到姑家看看。父母说行,她骑上自行车,买上一箱红富士,就到了姑家。

姑是位民办教师,还负点小责。

得知侄女的情况后,姑也很着急,就对她说,她的学校还缺名教师,你先干着怎么样?彩花想了想,就答应了。姑说是临时民办教师,干一天算一天,工资由乡财政拨,每月一百八十元。工资太低,可总比闲着强。说干就干起来,一气干了三个月,成绩还不错,彩花毕竟是正儿八经的高中生。

一日回城,她对父母一说,爸同意继续干下去,说挣钱多少不管它,可干的是正经事,教好了谁家的孩子谁不夸好?妈的意见与爸的意见截然相反,说28岁的大姑娘了,还没有婆家,在乡下再教几年书,三十多了怎么办?彩花夹在父母的争吵中,黯然垂泪。

彩花有个男同学,在乡下,叫贵生。贵生在城里高中读书,成绩不错,但三试不第,只得回家务农。贵生不是那种癞皮狗,见人说话就脸红,绝不会穷追不舍。按说他不应该考第三次大学,之所以能两次擦干眼泪重上考场,也是为了彩花。第三次败北,他没有去见彩花,悄然回了家。回家后,他一直侍候大棚,效益不错,家景从温饱跃上了小康。想跟贵生结婚的姑娘编一个班还余好几名,但他谁也没答应。爹娘发愁了,担心自己的儿得了傻症。同龄的哥儿们都娶妻生儿养女了,他仍傻乎乎的,孑然一身。人们戏说贵生要做贾宝玉了,可能想当和尚,但贵生并没奔少林寺,仍在大棚里,天天一身汗。听了这些议论,彩花心里火烧火燎,但妈怎么也不同意女儿再回乡下,说人往高处走,水往低处流,流下山的水怎么能再流回山顶?进了城的姑娘不能再回乡下寻婆家。彩花也不知道怎么办好,不提这些还好受些,一提这些心里就发烦,泪珠子就一串串地像银豆子一样滚下来。

这天,对门二嫂子来了。她性情豁达,不像彩花那么内向,说话大嗓门,伴随着声声哈哈,一下子就把沉闷的气氛搞活了。她说管那些干什么,什么挣钱干什么,今天摆摊,明天拾破烂,一天一换新鲜。她让彩花跟她一起到服装店干加工。彩花征求父母的意见,父母都同意,她就随二嫂子去了。

一月过去,也收入了四百多元。

但是,这是个长法吗?

年尽月满,又要添一岁。

腊月天,挺冷。爸在家,妈也在家。她偎在被窝里看一本小说,看着看着就流了泪。

有人敲门,爸去开门,有说话声传来。

很快,爸喊她:"彩花,贵生来了!"

她忙出来。两个人见了面,都红着脸,说了几句问候话,就没有词了。贵生带来了一小纸箱子黄瓜,说不成敬意,请大爷、大娘尝尝。妈说市场上啥也不缺,你费这个心干什么,拿回去卖了吧!贵生听了大娘这几句话,脸唰的一下子就白了,忙告辞,义无反顾的样子。

彩花忙跟出来,喊他别慌走。

妈跟在她身后:"你爸送送就行了,你……"

她没理娘,一直跑出大门外。

天阴着,有雪花飘落。

"贵生,你慢走。"

贵生停下了,她赶上来。

"彩花,我不是来求婚的。"贵生说着,大滴大滴的泪珠子骤然哗哗下落。

彩花见状,泪水也涌了出来。

妈来了,说要走就走吧,天气不好,大娘就不留你了。贵生看了彩花一眼,啥也没再说,很不情愿地走了。

干服装业也行,但得有高技术,只会使用机子,这太普通了,这样的人手不缺。物以稀为贵,是一条千古不变的真理。拥有高技术的裁缝老师,收入很可观,一般机子拼死拼活一个月下来只能挣四五百,一松懈就仅够生活。有时出点差错,一个月的工资就得全赔上,倒找的时候也有。这高技术你容易掌握吗?抱着本《裁剪指南》硬啃,看得头痛也弄不明白;就是弄明白,理论与实践当中也还有相当大的一段距离,实践全靠个人的悟性。彩花觉着自己在这方面悟性太差,干这个也不是个长法。春节后,她就再没光顾服装店。

到哪里找一件适合自己的工作呢?彩花耳边每时每刻都响着这个声音,心里烦透了。

别人也着急,不光父母急,姑也急。

一天,姑来了。

进门刚坐下,妈就说:"彩花再也不教学了,她不会干那活。"

姑就笑了,说她也不愿叫侄女干那活。她说想哥嫂了,也想侄女,就来了。这样一说,就都心平气和了,扯些家长里短,忙着办饭。饭后,彩花送姑。

路上,姑说:"有工作干就行,别攀高。"

彩花说:"我想回乡……"

姑问:"你爸妈的意见呢?"

彩花说:"爸同意,妈不同意。"

闷了半天,姑说:"我也不同意。"

姑走了,彩花在街头站了许久许久。她忽然又想起了贵生,人家贵生在乡下不是活得好好的吗?我怎么就不能去乡下?她决定明天去找贵生,让他帮着出出主意,或者……干脆就给他当助手。

(原载于《临沂日报》,1998年7月11日)

奖 旗

先建广场呢，还是先整街道窨水管子？两委成员争执不下。主张先建广场者说，广场一建风光，领导来一看，第一印象肯定好，年终评优就扎牢了根底。主张先整街道窨水管子者说，汛期在即，雨水一大，街道积水，怨声载道，一旦反映上去，面上无光。这是村中的热点问题，几年的教训了，还不吸取吗？村支书沉默良久，说暂且休会，听听村民的意见再议。

走出村支两委办公大院不远，街旁有几位老者在下棋，村支书走过去，蹲下了。

"下一盘？"老根问。

村支书摇头，就把自己决断不下来的事说了，还说了村支两委人员的不同意见。

"先整窨水管子。"老根说。

"大哥说得对。"老明说。

"我也同意。"李二说。

"也许今年没有恁大的雨水了……"

老根的眼珠子瞪得像鸡蛋大："咱村淹死了人，你就舒坦了！"

村支书没再说啥，走了。第二天，开工整修街道，整窨水管子。

汛期一来，水下得很快，不像往年，好多村民挨淹。村民上书乡政府，应当受表扬。

半个月后，村支书到乡里开会，回来后垂头丧气。妻子问他，他说挨了乡里的批评，乡党委书记说因为他们村没有及时建好广场，影响了他们乡被评为模范乡镇，还上纲上线，说他缺乏大局意识……

妻子就奚落他:"活该!谁叫你听信那几个糟老头子胡咧咧的?"话音未落,鞭炮响了!

他忙出门看,大门外围着三四十人,男女老少都有,老根双手擎着一面奖旗,上书:"模范党支部,和村民心连心。全体村民赠。"

村支书很激动,忙说:"这,这……"

老根叔说:"听说你挨了批评,怕你难过,大伙说得安慰安慰你。"

"乡政府那边,我们自然也会去人解释。"又一人说。

……

(原载于《临沂日报》,2000年11月4日)

小 典

那天，下着小雨。

我从学校骑车回村，经过北湖，走到三角汪东沿，见小典正在割草，头发已经湿漉漉的了。

"下雨了，小典，还不回家？"我说。

他抬头望了望我，摇了摇头，说不。

小典是个不幸的孩子，他爸爸年轻轻的就得肝癌走了。他妈妈改了嫁，家中就只有他和奶奶了。奶奶哭儿哭瞎了眼，家里的事全落在小典的肩上。小典上三年级，日子虽苦，但他学习很用功，成绩特好。

小典的舅去年师专毕业，分到了我校，和我对桌办公。他常去看小典，每次都留下些钱。小典很懂事，都是买些好吃的给奶奶。俗话说得好，穷人的孩子早当家。为了生计，也为了减轻舅的负担，他就养兔子卖，收入虽然不多，但也能解决一些小困难，比如买书、买本子、买钢笔什么的。

我问他要镰刀："我帮你割几把……"

他说："不行，俺不能耽误爷爷的工夫，人家都说，你是个忙人，除了教书，还得写稿。"说完，他就向水草茂盛处走去。

我忙摘下头上的斗笠，戴在了他的头上。

"爷爷，你……"

我摆了摆手，骑上车子跑了。

晚间，小典来还我斗笠，问我要小人书看。我说我没有，给了他几张儿童报纸，并许下诺言，回校给他找。

第二天，学校驻地逢集。下午3点，小典挎个筐子来了，老远就能闻到兔子粪便的腥臊味。他说到集上卖幼兔，顺便来拿小人书。

"谢谢爷爷！"小典拿到我从图书馆借来的小人书后，高兴得向我三鞠躬，然后跑了。

傍晚放了学，小典的舅和我同路，他想去看看小典。走到村口，见小典靠在一棵柳树上，睡了，手里拿着一本连环画《小萝卜头》，脸上带着汗，一筐青草被太阳晒蔫了。小典的舅叫了他几声没叫醒，忍不住流了泪，我心里也酸酸的。我们把小典抱上自行车后座，这时小典虽然醒了，但是仍很疲倦，趴在车座上又眯了眼……

晚上，有月光。我在街上遇着小典，他背着书包，喊了声"爷爷"就跑了。

"你上哪儿去，这么晚了？"我高声喊道。

"找老师补课！"老远，他回答我。

我一下子想起来了，他今天赶集卖幼兔，耽误了一天的课……

（原载于《临沂日报》，2002年7月27日）

别多心

二婶给小伟说亲,说是的一个卖矿泉水的女孩,叫小丽。小伟不悦,说不行。娘就嫌他眼光太高,说小丽长相可人,肤色白嫩,身个高挑……哪里对不住咱?小伟说,有次他跑过她的摊子,渴得要命,想买瓶矿泉水喝,一摸身上没有钱了,问赊着行不行,明天就送来?她说不认识他,不行。无奈,他只好走开。他渴着又走了二里,实在坚持不下去了,又奔了一个摊位。摊主也是个女孩,听人家讲叫小英,面相与小丽不同,是另一种秀气,面色有些黑,但两只眼睛特别明亮。小伟说自己口渴,但身上没钱了。小英说,喝吧,没钱不要紧。小伟很感动,就拧开一瓶,一口气灌了下去,无限地舒畅。小伟高兴极了,说明天就送钱来。小英说不急,路过时捎过来就行。过了三天,小伟才把钱送去。他当面致谢,态度十分诚恳。她说谢什么,她对谁都是这样……

从此,小英在小伟的眼里变得十分完美,稍黑的肤色在小伟看来也成了优点。

"那你找她!"

过了几天,二婶来说,人家小英说,她已经有了,她对顾客都是这样,并不是对小伟特别照顾,请二婶转告,别多心。

娘把这话告诉了小伟,小伟难过了好几天。

(原载于《沂蒙晚报》,2004 年 6 月 13 日)

暖 气

老憨又一次接到了儿子的信！儿子叫他到城里过冬，说那里有暖气，室外雪花飘飘，室内温暖如春，舒坦又舒坦，惬意又惬意，滋润又滋润……这些话，老憨听过好几年了，但他一直恋着自己那两间茅草屋，舍不得离开。今年不行了，撑不过去了，他就打点行装去了。

可室内温度太高，没下来20度，有时竟达到了25度。在室内穿春秋衣，有时穿单裤单褂；出去就得穿棉衣，过一阵子冬天，回来又得赶紧脱下来。这样折腾了好几次，他感冒了，挂起了吊瓶。

"这是受的什么罪！"老憨说开了气话。

病好后，他去了热电公司，见了经理，说出了自己的想法，说最高别超过15度。经理就给他解释，说热气一条管道，不能单独给你一家降温。老憨说不过人家，快快而归。不几天，外边就传开了一个笑话，说一个土老帽儿嫌室温高，叫热电公司给他降温……儿子儿媳妇埋怨，他默默无语。他心想，吵什么，人家说的也有道理，为了他个土老帽儿降温，其他人怎么办？好歹熬过了这个冬天。

以后冬天来临，气温骤然下降，降到了零下15度。儿子还是担心起老爹来，儿媳妇却说他不是嫌热嘛，叫他冷冷自在。儿子没有再说什么，就把这事放下了。

一天，儿子接到了邻居打来的电话，说二叔有六七天不出来了，大门紧闭着。儿子觉着事情不妙，忙驱车回家。撞开大门，撬开屋门一看，老爹已经冻成冰棒了。屋山头上出了个洞，冷风像兔子一样往里跑。

办完了老爹的后事，两口子吵开了架，吵了个昏天黑地，然后到法庭上离婚。

　　同族后辈的几个人，一起来到城里，狠狠地说了儿子一顿，宽慰了儿媳妇几句，还说老憨有福不会享，怨不得别人。

　　儿子说不出话，抱头恸哭。

（原载于《当代小说》，2005 年第 1 期）

地屋子里的灯光

许多年前了,也是这样的雪地冰天。

正远开初上夜校,老师看他学习成绩好,跟他父母协商后,把他送到小学里,插了三年级。上了些日子,他语文能跟上趟,但算术不行,夜校不学算术。一天爬黑板,他一题也没有算对,王老师生气,批评了他几句,他受不了,就啜泣起来。下了课,他偷偷地抱着书包溜了。

刚吃过晚饭,王老师就来了。寒暄过后,王老师就说爬黑板的事,并做了自我批评,说自己态度生硬,委屈了正远,说以后一定注意,别伤害了孩子的自尊心。听老师说得这么实诚,正远的父亲感动得了不得,连忙说都是孩子不好,老师可不能过度自责,严师出高徒,应该的。

"打他两下也不为过!"母亲说。

正远倚着屋门站着,低头不语。

"柳正远,去吧,有什么困难,咱慢慢想法解决。"

"那就去!正远,给老师说句明白话。"母亲说。

"我不去!我……"

"你什么?你不去,我打死你!"他父亲怒吼一声,跳起来,就去抓他。王老师忙站起来挡住了,正远乘机溜走了。既然这样,也就不好再说什么,王老师起身说走,正远的父母送到大门外,说了很多好话。

小学设在邻村,两村相隔一里路。王老师走到村头,见正远蹲在那里,乱抽鼻子,知道小家伙还在伤心。他走过去,蹲下,拽了拽他的耳朵,说道:"柳正远,别拗啦,老师不误你……"

正远哭着说，他没有怨老师，爬黑板，三道题一道也没做对，实在丢人。他说自己十七大八了，其他同学才十一二岁，却都比他强，他抬不起头来……王老师就说，自己也是十八岁才上的学。这学习，没有年龄界线，早上些年当然好，但已经晚了怎么办？晚上总比不上好，齐白石五十学画，终成大家，听说过吗？不管怎么说，他还是摇了头……

第二天吃过晚饭，父亲出去不久，又回来了。他在西湖里挖了个地屋子，在里面编篓子，天天忙到半夜多，今晚怎么回来得这么早？

"你老师又来了！"

"他又来做什么？他……"

"不管上不上，都得去见见你老师。"父亲的口气铁硬。

没有办法，他只得去。他钻进地屋子，只见王老师正坐在一个新篓子上看报，见他来，一把拽过去，笑道："怎么不去呢，同学们都想你……"他一时不知所措，脸红脖子粗，说不出话来。王老师接下去就夸奖这个地屋子，说不光是编篓子的好地方，在里面学习也很好。他说以后每天夜里他都来，给他补习算术，用不了两个月，就能赶上……父亲也说，老师这么热心，你再不去上，还是人吗？正远无法，只得答应。

一个月后，他的算术就很像样子了。

一入腊月，天气奇冷，河里、沟里、汪里的冰，都像石头一样硬了。初九那天，面粉一样的大雪下了一整天，到天黑，足有半尺厚了。晚饭后，父亲说这么大的雪，王老师可能不来了，叫他早睡觉。母亲也不让他出去了，拾掇好了床，叫他钻被窝暖和。正当他做着梦的时候，父亲又回来叫他了："快起来，王老师……"

母亲吃惊道："是吗？"

"爹，天太冷了！"他伸了伸懒腿，不想起。

"就你怕冷？王老师顶风冒雪……"

不想起，也得起，他爬起来，打着寒战，跟着父亲走了。

雪夜，到处闪耀白光。父亲在前，他在后，草鞋踩得厚雪咯吱咯吱乱响。渐近地屋子时，突然射来一束手电筒的亮光，耀得眼睛大花小花，什么也看不清了。

"你老师急了！"父亲说。

他"嗯"了一声，不知说句啥好。

手电筒的亮光忽然没了，传来了王老师的哈哈笑声……下到地屋子里，只见一盏罩子灯亮得耀眼，父亲常点的那盏煤油灯还亮着，但是灯光蜡黄，冒着黑烟，可怜极了。

"王老师，怎么好意思叫你破费……"父亲说着，就把王老师的罩子灯吹灭了。

"你怎么能这样？"王老师说着，重新点着罩子灯，"这样多好，我们学习方便，你编篓子也看得清。"说到这里，他转脸问正远："怎么，睡啦？"

"老师，我没寻思你还来，这么大的雪……"

"这么长的夜，光睡觉不太可惜了？"

这一年年终考试，正远算术得了满分，全班同学选他做三好学生，他拿到了一张红色大奖状。

塞　翁

金子那辆崭新的自行车被人偷走了！

路上，金子瞎磨蹭，天黑下来了，还没有到家。爸爸妈妈急了，寻路来找。一见金子背着书包，蜗牛似的爬行，爸爸心里就拱上来一阵不快，忙问："车呢？"

"叫，叫……"金子闪烁其词。

"叫什么？"爸爸穷追不舍。

"叫小贼……"

爸爸怒不可遏，饿虎扑食般去抓他。妈妈急了，伸手拽住了爸爸的衣衫："金子，快跑！"他趁机溜了。

第二天，金子没有去上学。爸爸不叫他上了！入校没有三天，就丢了一辆崭新的自行车，这还了得，三百多元啊！当时，爸爸想给他买辆旧的，花几十元钱，就是丢了也不心疼得慌。他不同意，非买新车不可。他妈妈也打帮腔，说打发儿子欢喜，也算是一次奖励。爸爸一想，就给他买了。临走，千嘱咐，万叮咛，小心再小心，谨慎再谨慎。这可好，只三天，丢了！爸爸能不生气吗？

"不上了！"爸爸吼道。

金子无言，干掉眼泪。

妈妈把金子拽过来，揽在怀里，小声说："等几天，你爸爸的火气消了，再去上……"

第三天晚上，班主任老师陈建来了。爸爸说可以去上，但车子是不能再买了。金子不吱声，光抽泣。陈老师劝了一阵，约好明天一早来接他，就走了。

塞 翁

　　第四天早晨,金子不想去上学,他还想买一辆车,旧的也行,但爸爸就是不答应。妈妈哄他,送他走,说不去对不住陈老师。

　　陈老师来了,接走了金子。

　　放晚学时,同学们都骑上车子,小燕子似的飞走了。金子踽踽独行,眼睛里夹着泪水。突然,陈老师来了:"金子,住校吧!"

　　初一、初二的学生没有住校的,陈老师想把他安排到毕业班的宿舍里。晚上,陈老师把他叫到教室里,给他讲成语故事,讲《塞翁失马》,讲《铁杵磨针》,讲《闻鸡起舞》,讲《凿壁偷光》,讲《草船借箭》讲……可把金子讲乐了。只三天,金子就安下心来。后来,陈老师找了好多课外读物给他,有《成语故事》《科技少年》《中学生》等,叫他完成作业后,就看点。金子的心沉入了一个崭新的世界,再也不想自行车的事了。

　　一个星期没回家,妈妈来了;一个月没回家,爸爸来了。到了第二学期,开学没几天,上早自习的时候,陈老师拿来了一封信,问大家:"谁叫塞翁?"

　　全班同学都愣了,没人回答。

　　"大胆地站起来,不是坏事,塞翁写的一篇稿子发表了,报社来信了……"

　　金子站起来了,全班同学的目光一下子聚焦在他身上了。陈老师把信给了他,笑着说:"怎么起了这么个名字?"

　　"塞翁不是失了马吗?我丢了自行车……"

路 灯

小屯村换届选举,海子当上了村支部书记。

"我不贪不占,绝不怕你背后捣鬼……"他在大喇叭上慷慨陈词。小屯村虽然不足百户人家,但不缺上访的,也不时有人写信上告。海子说这话,既是一种表白,也是一种警告。

半年后,他确实没有恶迹显露,工作实绩倒有,就是安上了路灯。

有天夜晚,县委书记路过此地,见路灯雪亮。

"这是什么村?"县委书记问。

"小屯村。"乡委书记忙答。

"不是很穷吗?"

"新任村支书海子很能干……"

"这样的村支书应该很好地表扬啊!"

第二天,乡政府召开村支书、村主任会议,乡委书记很好地表扬了一番小屯村的党支部书记海子同志。

消息传出,有村民不满,就写信上告。

县委书记见信后惊愕,只得亲自再走一趟。一天,他骑自行车下乡,来到小屯村,见街头有几位村民蹲在一起吸烟说话,就凑过去找火吸烟,乘机打听点事儿。他问及路灯,他们就都不说话了。夜里他又来,路灯果然没亮。他见人就问:"路灯怎么不亮了?"

"县委书记不来,亮了做什么?"一人说。

"平常不亮,上头有大干部来时才亮。"另一人说。

"人家摆面子的!平常亮了做啥,老百姓又无钱给他发奖金……"又一个说。

县委书记就找到海子,问他:"上一次我来,路灯雪亮,这次怎么不亮了?"

海子听了,就淌了急汗……

偷 电

小李老师走进石老师的宿舍，见墙根下有一电炉子正着得通红，铝壶里的水开始发响，就说："好啊，你偷电！不怕罚款吗？"

石老师摸着自己全白了的头发，笑了。

"不怕？"

"不是不怕，是校长不敢。"

"校长不敢？他怕你？"

"他怕我做啥，我又不是老虎。可他怕我揭他——他贪了一大笔款子……"

"你敢揭他吗？"

"他敢罚我，我就敢揭他！"

再往下，就是一阵喊喊嚓嚓；一会儿，又爆响了一阵嘻嘻哈哈。水开了，泡茶，喝茶，说话……

番　茄

我在院子里种了些许番茄。

我当然要精心管理，施肥，浇水，除虫，打叉……番茄长得不错！月余就有一尺高，并渐见花骨朵，继而开花，很快就有了果实，圆圆的，青青的，一嘟噜一嘟噜的。终有一天，果实红了……

我摘了红果番茄，美美地吃起来。有个孩子来，我送给他几个。他乘兴而来，欢笑而去。一个来，见有红果吃，就引来了两个；两个在街上一转悠，便引来了一群……

我站在院子里，听见有个大人说："去要，都去！"

我的大门被推开了，前前后后站着那么一群，都笑笑着眼，吸溜着鼻子，淌着热汗。开初还蹑手蹑脚，后来有个愣头青望前一撞，后面的一呼隆，就围住了我的番茄畦子……我算了一下，全部摘掉，也不够他们的了。

我为难了！这事，这事……

我只好拔了番茄，连大的夹小的，连红的夹青的，连好的夹坏的，都给了孩子们。这样还不够，就把大的掰作两半，分而食之。就这样，我好歹打发走了他们。

为这事，我得了一场病。到医院就诊时，谈起病因来，医生笑了："好治，不用花钱。"

"不用花钱？那……"

"你不种番茄，不就得啦！"

……

资金紧张

费老师对我说，他见书店里有一本书，叫《成语例示》，作为语文教师的参考书使用，很有必要；建议买十几本，放在图书室里，叫语文教师借阅。他先买来了两本，我翻了几页，确实不错，点头赞许。他接着又叫我向校长汇报一下，并把这两本的书款给报了，还说最好每个语文教师都给买一本。

我就去面见校长。校长看罢，笑着说："书是好书……"
不等校长把话说完，我忙抢话："那就每个语文教师都给买一本吧。"
校长又笑了："但是，资金紧张。"
于是就吸烟，烟雾缭绕，校长眯缝起眼睛来，好似在沉思什么。
"那就先把这两本给报了吧！"
"这不合财经手续，谁买的谁负担。"
我只好回来，向费老师叹息了一番。
放学的时候，校门口停放着一辆汽车，总务主任站在汽车上吆喝人卸涂料，二十桶。我就打听，这得花费多少？人们说，大概两千多元吧。刚卸完大白，总务副主任同几个人拉着十辆地排车进了学校大门，车上放满了盆花，红的、黄的、紫的……鲜艳艳的，五彩缤纷，好惹人眼。我跟总务副主任平常爱开玩笑，就向他打听。他挤了挤眼，又吐了吐舌头，做了个鬼脸，随即向我伸出了三个手指头。
"三百？"
"再添两个零。"
我心里很不痛快，找到校长，问他："不是资金紧张吗？"
校长笑得比不久前动人多了，还递过来一支阿诗玛，并打着火机，给我点着。

"刘老师,后天检查,不弄行吗?"

"用白灰刷刷不行吗?省点钱添置些教学仪器、参考书什么的。至于盆花……"

校长脸上还挂着笑容:"白灰不闪光!"

"既然想闪光,就全安上电灯泡啊!"

"咱做教师的,都是文明人,抬什么杠啊。"

……

检查过后,我们学校被命名为花园式乡镇中学,不久就领来了奖状,高悬在教工之家的正堂北墙上。

兴趣小组今日活动

一个月过去了,米春枝心里开始焦灼。

一天,邮递员送来一封信,是县报编辑部寄来的,信封较大,鼓鼓囊囊的,里面装的啥呢?她捏着信封的手哆嗦了,脸蛋儿红了,心慌慌地狂跳得怦怦乱响:发表啦?不不!怎可能呢……她轻脚碎步跑回宿舍,撕开一看,禁不住欢呼雀跃起来:"啊,我的散文诗发表了!"

她跑到电话室,急急忙忙要通了电话,火促促地嚷道:"还找谁?找黄宝文!"

听筒里立即传来了一个熟悉而又亲切的男中音:"春枝吗?你好!"她立即笑了,银铃般响亮,甜润润的。

"下午你回来吧!4点,我在桥头接你。"

"我也很想回去见你,可是……"

"还可是啥,来就是了。我爸弄了条白鲢,我妈正忙着拾掇,我说请你回来,妈高兴得不得了。"

"谢谢关心,只可惜我们的语文课外兴趣小组今日活动……"

"请假,请假……明白吧?"

"什么假都可以请,就是这假……"

"为什么?"

"学生眼巴巴等了一个星期了!"

"你这人太任性。"

"第一次见面时,米春枝就开诚布公了。"

"任性不是什么优秀品质,得改。"

"这次恐怕改不了啦,以后再说吧。"

"唉，你这人……还有事吗？"

"没事给你打电话做啥？你反客为主，抢先说话……"

"哈哈哈……我这人啊，没办法。这次表现不好，下一次一定引以为戒。春枝，可别介意！有事说吧。"

"我的那篇散文诗发表了！"

"是吗？祝贺，祝贺……"

"光祝贺就完啦？"

"你还想什么？请客得你请。"

"我说宝文，我们语文课外兴趣小组今日活动，我想讲讲散文诗的创作问题……"

"那很好啊，讲呗。"

"你别乱打岔，听俺讲完！"

"好，好，不打岔了。"

"我讲倒也行，就怕讲不好。我想麻烦你一次，屈尊来此一趟。"

"俺请你你不来，又叫俺去，嘿嘿，你想想，俺能去吗？"

"我想，你会来的。"

"你想错了，我没那么驯服。"

"那好！"她立即生气，把电话挂了。

天阴着，飘着雨丝。到了下午2点，没见黄宝文来，米春枝心情沉重起来。每次任性，他都跑来抚慰，这回是怎么了，要动真格的吗？她一想到这，泪水立即注满了眼眶……

这是她第一次发表作品，她的心情异常激动。她很想趁兴趣小组活动的时候，给学生们讲讲散文诗的创作问题，但又老觉着没有把握，怕讲不好，让学生们失望。能写得好，不一定能讲得好，写与讲是两回事。她多么希望黄宝文替她讲这一课，他是师院本科生，底子厚，一定能讲好，可是人家不给面子！没有办法，她只有准备自己讲。

"当当当……"当课外活动的铃声响过以后，她急匆匆地向语文课外兴趣小组的活动地点——合堂教室跑去，跑到一看，立即愕然！黄宝文来了，已经站在讲台上说开场白了……她心花怒放，宝文啊，你，你……激动的泪水一滴滴欢快地从眼睛里流出来,像清澈的泉水,淙淙,淙淙……是一曲发自内心的欢唱!学生们都在聚精会神地听讲,个个都像雏燕一样,翘首待哺。那样子,可真令人感动。她稍一冷静,觉着不应再去打扰他们,就忙转身去了伙房,向老厨师要了四个菜……

荒　地

每逢暑假，我都回老家过些日子，城里的水泥墙太烤人。踏上家乡的黄土地，一眼望去，满湖的庄稼绿油油的，心头顿时甜津津的。

有块荒地，野草长得特旺，齐腰深。我感到奇怪，就打听。人们都说，那块地是猛子的。

"怎么荒了的？"

"小孩没娘，说来话长……"有人说。

遇着猛子的老爹，我叫他大哥。我就问那块荒地，他直摇头，说不值得一提。经不住我的一再恳求，他最终还是说了。猛子前年结婚，媳妇是邻村老张家的闺女，叫明霞。婚后订发家致富奔小康的计划，老张给了闺女婿两万元钱做本钱，到西郊市场买了个摊位，批发五金。他白天到西郊营业，夜晚回家跟媳妇团聚；明霞在家种地，农闲时搞点家庭副业，有时也到附近厂子里干点零工，小日子过得有滋有味，很觉幸福。一年下来，万儿八千地也挣了，比上不足，比下有余，心情自然舒畅。

一年过后，明霞生了个胖小子，取名发展。正当人们齐声欢呼、拍手叫好的时候，猛子家来得懒了。起初，没引起明霞的怀疑；后来，十天半月不回来，明霞虽然不快，但经猛子巧妙解释，也就没事了；再后来，一弄就是个多月不回来，明霞终于产生了胡思乱想，有时禁不住掉几个泪珠子。

一日，她带上孩子，骑车进城。

摊位上，一个打扮得非常入时的女郎正在忙碌，披金戴银，粉面桃腮，口红鲜艳……

她没有惊动猛子，悄然返回。

那时，麦黄梢了。割麦总该回来了吧！但是不见人影，连句话也没捎回来。麦子干得快掉头了，明霞回娘家说了一声，娘家来人帮她割回了家，但娘家人不能常帮，他们也忙。打麦的时候，邻居们都来帮忙，也没愁着。一天晒麦，过午起了黑云头，人们都忙着抢麦，明霞更慌了手脚，忙去堆麦，发展跟在身后哭喊……就在这时，结巴子来了，啥话没说，夺过木锨去，就上下翻飞……把最后一袋子小麦扛进屋里时，瓢泼大雨直泻下来。

麦后，明霞去了娘家，那块地就荒了。

第二年盛夏，我又回家，再看那块地，有苞米也有野草，苞米多高，野草也多高，像是在竞争似的。大哥说，猛子烧了一回包，回来了，知道种地了，但是太懒了，不愿下苦力薅草。他结识的那位女郎是个骗子，她把猛子所有的票子都弄到手后就溜了。一觉醒来，猛子就一贫如洗了！怎么办？猛子耷拉着头，回来了。他再去找媳妇，明霞说我们离婚吧，猛子说可以。他们去了法庭，办了离婚手续。回来后，人们都埋怨猛子，但猛子很自信，满面堆笑，说用不了一个月，明霞就会来找他。人们听了，有信的，也有不信的。信者说，猛子长得像个白葫芦，明霞不会舍了；不信者说，猛子不行正，明霞不会再受二茬罪。

今年暑假特别热，我忙回家乡，去寻一份清凉；另一方面，我心里还惦着猛子和明霞的事。他们复婚了吗？那块地不会还荒着吧？再来到那个地段，荒地没了，那块地面上支起了塑料大棚，塑料布揭了，架子下面全是新鲜蔬菜。里面有一男一女，正在忙碌。我心中一阵惊喜，知道猛子和明霞不但复了婚，生活也奔上了轨道。

"二叔，你，你……"

怎么是结巴子？我有些惊异，但很快也就知道是怎么回事了。随后，明霞也走过来了，她脸膛圆圆的、胖胖的，面色红红的，上面挂满了晶莹的汗珠子。她始终没有正眼看我，说话也不是那么理直气壮，很像个做错了事的孩子。我不便多问，就向村里走去。

在街头遇着大哥，说起猛子来，他就哭了。他说明霞跟了结巴子，猛子就不正常了，成天喝酒，醉得东倒西歪，终于有一天叫汽车撞死了……我惊呆了，一句话也说不出来。大哥走了，抹着眼泪。我去追他，想安慰他几句，但说什么呢？我跑了几步，就停下了。我看着大哥远去的身影，心里乱糟糟的。信步走上河堰，举目西望，有一老者坐在一棵杨树荫下乘凉，我就向那里走去。

　　"老二，回来了？"是晃大叔。

　　"回来了，大叔，身板依然那么壮实！"

　　"不行了，比以前差多了。"

　　闲话几句，就说到了猛子。晃大叔指了指不远处的一座坟丘，说道："在那里。"

　　坟丘上的青草长得很旺，都一尺多高了。

　　"事情怎么会这样？"我说。

　　"它就这样了呢！你有什么办法？"

　　……